李辰冬——著

# 诗经通释

壹

山西出版传媒集团
山西人民出版社

# 总目

代　序：轻易绕不过去 ················阿城 1
三版修订自序 ································· 15
再版自序 ··································· 16
自　序 ···································· 17

【第　一　编】平陈与宋前后诗篇 ·························· 1
【第　二　编】西迎韩侯与韩侯迎亲诗篇（宣王四年）··· 167
【第　三　编】西征猃狁时诗篇（宣王五年）············ 195
【第　四　编】护送委积至谢城时诗篇（宣王五年）····· 283
【第　五　编】与南仲在方山会师时诗篇（宣王六年）··· 301
【第　六　编】南征淮夷时诗篇（宣王六年）············ 337
【第　七　编】与南仲在曲沃会师时诗篇（宣王六年）··· 393
【第　八　编】南仲在方山祭祖时诗篇（宣王六年）····· 423
【第　九　编】与南仲在首阳山会晤时诗篇
　　　　　　（宣王六年）························ 483
【第　十　编】宣王在镐京祭祀时诗篇（宣王六年）····· 503
【第十一编】西征时思归的诗篇（宣王五至六年）····· 569

【第 十 二 编】南征荆蛮前后诗篇（宣王六年）..............637
【第 十 三 编】戍申、戍甫、戍许时诗篇（宣王七年）...699
【第 十 四 编】东迎庄姜时诗篇（宣王七年）..............735
【第 十 五 编】复周公之宇时诗篇（宣王八至十年）...765
【第 十 六 编】东征时思归及初还家时诗篇

（宣王八至十年）..............807
【第 十 七 编】东征时仲氏思念尹吉甫的诗篇

（宣王八至十年）..............829
【第 十 八 编】尹吉甫向仲氏求婚时诗篇（宣王六年）...841
【第 十 九 编】尹吉甫与仲氏结婚时以及婚后诗篇......869
【第 二 十 编】尹吉甫与仲氏仳离时诗篇

（宣王十至十一年）..............891
【第二十一编】卫武公即位时祝贺诗篇

（宣王十六年）..............943
【第二十二编】卫武公在南亩祭祖时诗篇.............955
【第二十三编】逃荒与父母死亡时诗篇

（宣王二十五年）..............989
【第二十四编】出征西戎时谏诤伯氏诗篇

（幽王四至六年）..............1003
【第二十五编】谴责皇父等诗篇（幽王六至七年）...1049
【第二十六编】咒骂伯氏诗篇（幽王五至六年）......1097
【第二十七编】痛恨蹶父诗篇（幽王五至六年）......1117
【第二十八编】斥责仲氏诗篇（幽王六年）.............1139

【第二十九编】被逐出卫时诗篇（幽王六年）………1151
【第 三 十 编】被逐出卫后诗篇（幽王七年）………1173

附录一　补义与解答……………………………………1185
附录二　毛诗篇次在本书中页数…………………………1233
附录三　参考书目…………………………………………1243

# 代序

## 轻易绕不过去

阿城

美国人好邮购,书也一样,所以你可能不了解美国人正在看什么新书,倒能从旧书店知道美国人不看什么书。我是逢旧书店就进去一下,为的是旧书便宜,陆陆续续买了不少。有些书的扉页上玛丽们写着"这本书对你很重要",大概是彼得们认为不重要,卖掉了。

洛杉矶有几家中文书店。店里有些卖不出去的书,就会归置到一处,插个牌子,写明的价格低到你忍不住要检视一番,无非是再次证明没有人买。当然有漏网之鱼,端看网是什么网,鱼是什么鱼。

一九八九年夏天,路过一家中文书店,门口摆了两只竹筐,标明里面的书五角钱一本。当时汽油是一加仑平均一元两角五，再小的车加满一次总要十加仑。买一份当天的报，还要两角五。没钱倒不一定逼死英雄汉，贱价总是让人觉得有便宜可占，于是为五角钱折腰，翻检起来。

内中有一本《诗经研究方法论》，李辰冬著，台版，属该社丛书第三九。我对《诗经》有兴趣，既然是兴趣，所以积极性高，于是凡有关《诗经》的书我都买，历年积有四十多本。这一本亦是有关《诗经》，又只有不像话的五角钱，于是进店付款。之后回家，做饭，吃饭，不洗碗，喝茶吸烟，摸摸弄弄，写写划划，要睡觉了。睡觉之前，总要陪陪闲书，忽然想起下午买过一本旧书，不妨翻翻，于是光脚下床寻来，且看看写些什么，无非是"后妃之德"罢。有分教：前现代现代后现代管它世代时代，读闲书读书闲读书无关新书旧书。

翻开来，封面折进一窄条，上有作者照片，很犟的相，下面写：李辰冬，一九〇六年生，河南省济源县人，法国巴黎大学文学博士，现任"国立"师范大学教授。封底简介说"本书继《诗经通释》《诗经研究》之后，是李辰冬博士关于诗经之第三部论著"等等，看出版时间，一九七八年，十二年前的了。

不料这一读，竟读到天亮，躺下后想，怎么从来没听说过这样一个人，这样一种解释呢？怪。

大致说来，李辰冬先生认为（这本书就是在讲为什么认为）《诗经》是周宣王三年到幽王七年五十年间南燕人尹吉甫一人所作。这之前，我知道《诗经》里有几篇是尹吉甫所作，而且也知道有个"兮甲盘",王国维考释其"铭"是记载这个尹吉甫的功绩,但无论如何想不到诗三百一言以蔽之都是尹吉甫所为。我见到李辰冬先生的结论,第一个反应是,有意思,这倒可以是一篇小说,可见我是做不了学问的,常常就要来大胆假设,滑向小说。李辰冬先生对胡适之先生非常尊敬,却恰恰反对胡适之的"大胆假设,小心求证",认为不是科学方法,科学方法是从原始材料中寻求原理法则,再以这些原理法则解释原始材料。

李辰冬先生研究《诗经》总结出七条原理,且选两条看看:

> 三百篇的形式有点像民歌,实际上,作者是用民歌的形式来表达他的内心,并不是真正的民歌。民歌无个性,而三百篇篇篇有个性。所谓个性,就是每篇都有固定的地点、固定的时间、固定的人物、固定的事件……
>
> 每解释一个字、一个成语、一句诗、一个地名、一个人名、一个名称、一种称谓、一件史实,先得把这个字、这个成语、这句诗、这个地名、这个人名、这个名称、这种称谓、这件史实作一统计,看看三百篇中共用多少次,能不能在这些次中求出一个统一的意义。

法则有十六,且也选几条:

> 凡遇地理上的名称,必得以地理来解释,不得如《毛传》"前高后下曰旄丘"……必得查出这些地理名称都在

什么地方……

凡遇地名，不仅解释古时在什么地方，现今在什么地方，遇必要时，还要解释它的历史与环境，务期与诗义发生关系。

如将同一地名的诗篇作一归纳，求其统一的地带，一定可以寻出各篇中的历史事迹。

如将同一地带地名的诗篇作一连系，一定可以发现一件古代史或故事……

如将相关地名的诗篇……作一连系，一定可以发现一件古史……

如遇山川名称，必得指出山的那一段，川的那一段，不能只说山名、水名、或发源于何处……

如遇人物的名称，必须追究出他是什么时候人、什么地方人、什么职位，他与诗篇中其他人物的关系，他在诗篇中什么地位……

如遇文物制度上的名称，必须以周时的文物制度来解释，不得以后世衍出的意义作解释……

凡遇历史事实，必须找出事件发生的地点、时间、人物，甚至月份、日子，这样才能与历史事实相配合。并将每件历史事件的年份时代算成西历，就不致有年代先后倒置的错误。

如将《诗经》中的同一诗句，同一称谓，同一名物的诗篇作一归纳，往往发现这些诗篇的关系；但必须受其他法则的协助与约束。说得更详细一点，就是这种法则不能单独使用，必须与其他法则所得的结果相配合，才可成立。

删节号替代的是例子。我初看这些近于自虐的法则时，不由替李先生捏了一把汗，再想却都是老实认真，好像看见一个"赛"先生。结果呢，李辰冬先生说："这样，就发现了三百篇的每一个字、每一句诗、每个地名、每个人名、每件史实都是实录，没有一点虚假。不仅是一部千古不朽的文学伟著，也是一部活生生的宣王复兴史与幽王亡国史。"至于断定三百篇都是尹吉甫所作，是由地理的统一、人物的统一、时代的统一、史事的统一、体裁的统一、名物的统一、诗句的统一、风格的统一、声韵的统一、起兴的统一、人格的统一这十一点来得到的。

李辰冬先生提到他研究《诗经》得力于清儒，最得力的书是顾祖禹《读史方舆纪要》、雷学淇《竹书纪年义证》、于省吾《双剑誃吉金文选》、吴其濬《植物名实图考长编》、焦氏《易林》、燕京大学引得编纂处编的《诗经引得》，训诂最得力于王引之、马瑞辰、王国维、闻一多。

这样一本学术书，我却读得像《福尔摩斯侦探案大全》一样，紧张，迷惑，释然，微笑，感慨或大笑乃至惊动了邻家的狗。关于这尹吉甫，择其大略是——

尹吉甫原籍南燕，今河南延津县北三十五里，本姓姞，后改为吉，他的一支不知何时到卫国今河北濮阳县的复关为氓，也就是"外国人"。周宣王二年（公元前八二六年）卫国准备平定陈、宋时，尹吉甫这位士的文武之才为卫侯赏识，派为浚邑的良人（良人是率领二千人的乡长，而非我此前读知的丈夫）。宣王三年随卫侯之孙、卫武公次子惠孙（《诗经》中被称为孙子仲）去平陈（今河南淮阳县）与宋（今河南商丘），初春出征，十月凯旋，与孙子仲的女儿仲氏恋爱，留下《击鼓》《女曰鸡鸣》等几十篇诗。

宣王四年随南燕国君蹶父到陕西韩城把韩侯迎到镐京，朝见宣王后又送韩侯到南燕迎亲，韩侯娶的是蹶父的女儿，之后再护送韩侯到今河北固安县的新韩城，他作些歌颂与迎亲的诗，《关雎》《麟之趾》等诗即是这时所作。

宣王五年初春，随卫人赴镐京勤王，西征猃狁。宣王逐猃狁四月到今陕西白水县的彭衙时，派他赴洛阳，这时他作"兮甲盘铭"纪念自己的战功。六月再去西征，十月才打到今山西永济与南仲会师，合力将猃狁逐到今山西洪洞县。《六月》《公刘》《甫田》等几十首诗就是这时作的。

宣王六年初春，又随宣王南征徐戎，此时派他为尹氏，尹吉甫的尹由此而来（尹是史官）。四月随宣王回到永济。宣王出征是逢山祭山，逢水祭水，逢宗庙祭宗庙，尹吉甫也就写些祭诗。"周颂"的一部分颂和《江汉》等诗即为此时所作。

六月刚回卫国，八月又随方叔伐荆蛮，方叔率领的人是殷的后人，所以凯旋时到宋祭祖，尹吉甫作《商颂》等颂。这年冬天他与仲氏私自结婚，因双方家长反对。从辈分上论，尹吉甫是仲氏的爷爷辈。后来仲氏的父亲孙子仲也答应了。

宣王七年，随申伯安定申、甫、许三国，此时仲氏也随父亲孙子仲到甫国，于是夫妻俩在许国有了一段好日子，留下《汝坟》《汉广》一些诗。这年冬天他随仲山甫赴齐迎娶齐胡公的女儿庄姜，由尹吉甫护送回卫，留下《南山》等诗。

宣王八年到十年，尹吉甫又被派去东征恢复鲁国的土地，产生"鲁颂"里的颂。但这次没有用他的文武之才，而是监建营房，于是气愤，有《大东》等诗。此一去三年，回家时，父母为他娶姜女来抵制仲氏，致使仲氏非回家不可。仲氏回去后住在漕邑，尹吉甫去漕欲接她回来，终致断绝，其时仲氏已身怀六甲。后来仲氏改嫁给蹶父的儿子伯氏，也就是尹吉甫的本家侄儿。仲氏临出嫁还去浚邑看望尹吉甫，告之再嫁，这时有《载驰》等诗。

宣王十六年，卫武公即位，在浚邑春秋祭祀，尹吉甫作《斯干》等诗。

宣王二十五年时已连续大旱五年，尹吉甫父母饿死，有《云汉》《蓼莪》。

幽王四年（公元前七七八年），西戎作乱，镐京危急，让尹吉甫随伯氏西征，伯氏因不听尹吉甫的计谋，丧兵失地，反将责任推于尹吉甫，有《何人斯》等篇。尹吉甫四处控诉，终将本家侄儿正法，这时的侄媳妇仲氏怨怒于尹吉甫，鼓动卫侯没收了尹吉甫的官职与土地，逐出卫国，有《十月之交》《伐檀》《巷伯》等诗。尹吉甫只得回原籍南燕，不受蹶父欢迎，流浪到今山西汾阳县死去，有《小宛》《鸤鸠》等篇。李辰冬先生估计尹吉甫死时七十八岁。

看《我的治学经验》一篇,知道这位李辰冬先生早年进的燕京大学,修马季明先生的国文,读中国古典文论。一位在清华念哲学的朋友李戏鱼先生介绍他读美国斯宾冈(J.E. Spingarn)的《创造的批评》(*The Creative Criticism*),大喜,后来又读斯宾冈的《新批评》(*The New Criticism*),并译成中文投北新书局登在《北新月刊》上。之后,由斯宾冈摸到意大利的克罗齐(B. Croce),读朱光潜译的《美学》,选修邓以蛰先生在燕大哲学系开的美学,写《克罗齐论》登在燕大文学会的《睿湖》的创刊号。当时凡提到文学批评,必称法国,于是李辰冬燕大毕业后即去法国。一九三四年自法回国,在天津女子师范学院教"近代欧洲文学史",一九四八年在兰州国立西北师范学院教"文学批评",做陶渊明、曹植、李白作品系年各成书,并著《文学新论》一书,认为"文学的时代并不是(对应)政治的时代",由是对中国文学史做总检讨。所有的转折在于一九四六年李辰冬先生教了一门与平生所学毫无关系的"工业心理学",认识到统计学,觉得可用于文学研究,但怎样用法则是一年都未想通。

既教文学史,于是先统计了一下《诗经》里的"诗"字,不料结果是三百篇内只用过三次,进而查周与周以前的文献,只有两次。查《诗经》里的"歌",则有十四处。这倒也并不能称为怎样的伟大,结论却找到了:歌抒情,诗言志。周的官爵世袭,宗法社会彼此是属亲,各种情况都歌,而春秋时代则要求官做,孔子常歌,但两次要弟子言志,是言怀抱,是以言志用诗。原始社会封建社会是歌,诗是郡县治下固定的文体,诗是歌的延续，歌的形式的固定。进而由统计"士"，认《诗经》为"士"所作，再进而是"征"，不料却查出"士""出征"的路线，渐渐找出尹吉甫这个"士"随周王"出征"的过程以至最后惊人的结论。

如果我写了这样内容的一篇小说（我当然写不出），结果可能是"胡说"或"有趣"，李辰冬先生考证研究出这样一段古史故事，反应是"胡说"而没有"或"。《诗经研究方法论》就收有质答的文章，例如质《竹书纪年》《易林》的可靠，恋爱辈分不合，孔子删诗，有二十三篇诗作者可考，例如《巷伯》一诗明明写是"寺人孟子作为此诗"，古无私人著作，古采诗，为何此事从无记载，西周宣王复兴史难道要改写等等繁多得令人捏一把汗的问题，及至看完辩答，清晰得令人愉快。我因对三百篇的每篇诗，也就是每个"犯罪现场"都有了解，都有腹疑，现在突然来了个福尔摩斯·李，一五一十头头是道，证明"罪犯"就是尹吉甫，知我者，华生大夫也。

这其实还不只是西周史改写，文学史也改写了。尹吉甫晚荷马一百年，一直说中国无史诗，我想所谓史诗的意思是记述历史因果行为的诗，这回有了，而且与荷马史诗的不同在于《诗经》里有非常个人的情感。尹吉甫又早屈原五百年，也就是说，中国的私人诗可提早五百年。七十年代末与八十年代初，人民文学出版社的两套《中国文学史》，一是中国科学院文学研究所中国文学史编写组编写的，一是游国恩等五人编的，都做高校文科教材，对于《诗经》的提法是五百年"诗歌总集"、"民歌总集"；一九八四年江苏古籍出版社出版金启华先生的

《诗经全译》的提法是五百年"诗歌总集";一九八七年陕西人民出版社出版魏炯若先生的《读风知新记》,其中的质疑非常精彩,许多地方几乎就是李辰冬先生在得出结论之前的质疑。看来,今后再碰《诗经》,李辰冬先生积二十年筑起的这道墙,是轻易绕不过去的。

中午爬起来,想,既然《诗经通释》一九六二年初刊,七一年出版,《诗经研究》七四年出版,《诗经研究方法论》七八年出版,美国的图书馆,大学里的中文藏书一定会收有前两本。大胆假设之后,且来找找看,起码要知道李辰冬先生将哪篇定为三百之首,取代《关雎》。有分教……

分教是,找不到《诗经通释》与《诗经研究》。美国是最好"异端邪说"的地方,居然找不到,怪。电话电传 E-MAIL 往来之间,亦逢人就问,都回答不知道,也问过北大复旦的朋友,还是不知道。没听说过。有这样的解释?有意思。胡说吧?直觉于是上来了:也许有人在这十几年间驳倒了李辰冬,于是销声匿迹?或因为什么政治原因……又开始大胆假设。寻找加上假设,又有其他书的骚扰,也就过去了一年多。

终于想通了,既在台湾发端,何不溯源?于是在写给朱天文的信里附了一笔,有枣没枣打一竿子。不久回信来了,内有詹宏志的答复:"李辰冬的诗经研究是出了名的,他主张诗三百是尹吉甫一人所写,吓坏了六十年代的人。他的三本诗经专著《诗经通释》《诗经研究》《诗经研究方法论》都由同一家出版社出版,前二者至今再版不歇,阿城找到的倒是比较不流通的后者。李辰冬是文学史与文学理论的学者,自称是梁实秋的学生，一九〇六年生，一九七七年还有新书出版，一九八〇年还有新作写出，可见创作力至老不衰，如今不知仍在否，在的话八十五岁了，我得问一下别人。该社还出过他的《文学与生活》《三国水浒与西游》，东大则出版有他的《陶渊明评论》《杜甫作品系年》《文学新论》《浮士德研究》（译）等书，据说他还有《红楼梦研究》《中国文学发展史》《文学研究》等多种，但我不曾见过。若阿城想要《诗经通释》《诗经研究》，我可托同事去买，不难。"这回信是九一年四月。

此前曾经问过在芝加哥一个早年在台湾师大念过书的朋友，请她的老师打听一下，不料回音说，《诗经通释》极难买到，还没出印刷厂就卖光了。不久，师大的老师搞到一本，寄芝加哥，我去芝加哥取回。又不久，台湾焦雄屏寄来《诗经通释》和《诗经研究》，踏破铁鞋，不料一下就有两本《诗经通释》，倒叫我不好意思。

这《诗经通释》是上中下合订本，厚厚的一千三百多页，一九八八年再版，属文史丛书第四，电脑编号A004。从书首"三版修订自序"看，八〇年就已经是三版了。《诗经研究》属文史丛书第二二，九〇年再版，电脑编号A022。《诗经研究方法论》电脑编号A023。三本书都没有国际图书编码（ISBN），大概是美国图书馆无法收藏的原因？可大学图书馆远东语文藏书差不多都有《金光大道》，同一时期初版，也没有ISBN呀？怪。

《诗经通释》定《邶风·击鼓》为首篇，它原是毛诗篇次的第三十一、"邶风"第六篇，而《诗》被尊为"经"以来居首的《周南·关雎》,在《诗经通释》里排第五十七。通释体例是每首诗有原文,诗义关键,字句解释,诗篇联系,诗义辨正。全书并有三篇自序及十六篇论文。书末附研究中用的经学、地理、历史、音韵、名物考释古今著作参考书目一百六十七种。书价是"特价六百元",合美金二十四五元,比在美国买两张CD音乐唱片的钱还少。

《诗经研究》里有几处情景记述,十分生动。李辰冬做出《诗经》乃尹吉甫一人所作的结论后,无人相信,"我的一位最好朋友,他对我的《陶渊明评论》一书备加赞扬,认为是最科学的著述,并请我到他的学校讲解研究陶渊明的方法;可是提起我发现尹吉甫是《诗经》的作者时,他马上堵起耳朵说:'我不听!我不听!'那时是在师大教员休息室,他指着在座的一位同仁说:'你说,他的算什么方法!'另指一位说:'你说,他的算什么方法!'所有在座的同仁他都指遍而耻笑我……胡适之先生也说:'不可能,因为古人没有讲过。比如《小星》篇明明是讲姨太太进御的,怎么会是尹吉甫的自传?'我说:'不是,是他出征时发牢骚的诗。'胡先生回答说:'我不同你辩论。'并郑重地劝告我说:'李先生,你的个性太强了。朱老夫子讲:"凡事要退一步看。"朱老夫子是圣人哟!他的话没有错哟!'"

另一处讲到:"当我的《尹吉甫生平事迹考》完成后……我想请钱穆先生指正,因为他是古代史专家。他那时在马大讲学,我怕他不肯指教,事先给陈铁凡先生去信,征得他的同意才寄去。谁知寄去后,钱先生回信说他的眼睛有毛病,而我的字太小，一时不能看。后来陈先生告诉我：钱先生是相信朱熹的民谣。"还有一处也有意思："几年前，台湾广播电台为广播全部《红楼梦》，整整花了一年的准备，在正式广播的头一晚，为引起听众的注意，约了几位他们认为的《红楼梦》专家，如胡（适之）先生、李宗侗先生以及兄弟我，开一个座谈会，目的在为电台捧场，而胡先生第一句话就说：'《红楼梦》毫无价值。'记者着了慌，忙忙说：'胡先生，您这一讲我们明天还播不播？'胡先生不好意思，只好改口说：'我只讲讲《红楼梦》的考证，至于价值问题请李先生讲好了。'记者就问：'《红楼梦》既无价值，胡先生为什么要考证它的作者呢？'胡先生回答说：'我只是对考证发生兴趣，对《红楼梦》本身不感兴趣。'"

我虽然有读书速度过快的毛病，还是用了三四天才读完《诗经通释》，当然这之中还有做饭吃饭睡觉洗漱写稿大小便接送朋友看新闻等等有为之事。我另一个毛病是爱将有为之书做闲书读，不料总是读得很累，因为有为的读书可以做计划，又很容易找到理由不读了，例如"文化大革命"后期要全民读的《反杜林论》，而武侠侦探，你怎么能有计划或找个理由不读了？读闲书和闲读书才会因"不忍释卷"而累，与初衷相反。我朋友中有做教授的，总有一点为五斗米不得不读书的苦相，从前为做官读书的也是说"十年寒窗苦"。学术何时能成"闲术"，知识也就恢复平实貌了。我看这李辰冬先生最初也是兴趣，由"统计"（不是归纳，李辰冬特别指出归纳会偏差，因为不懂或认为无用的部分就有可能不去归纳）来试一下"诗"

字，就像买了一把快刀，随手削削木头，不料削出轩然大波。我本来收有中国中原几个地区的乡下剪纸千数张，闲时按十五国风所言的动植物及礼俗配置，以证西周的遗传，现在看来是将牛头对马嘴，待以后什么时候再说罢。

一九九一年冬于美国洛杉矶银湖

# 三版修订自序

趁此三版机会,总编辑周先生将此书重新校正一过,减去许多错误,实深感激!

此书于一九七一年八月出版后,所有反对我与支持我的人,我都非常感谢!因为反对我的人,使我反省我的错误在哪里,而使他反对,反省的结果,更加强了我的信心,于是我写了几篇文章来答复,收在拙著《诗经研究》与《诗经研究方法论》两书,请读者指正!支持我的人,我发现都是些研究自然科学的青年,这种鼓励,使我知道我没有走错,而且将来接续有人。每种新的学说,都要等待几十年或几百年后才能流行,我期待着!

一九八〇年四月二十九日于台北内湖

# 再版自序

本书初版于一九七一年八月,到今年八月刚刚一年,彭社长告诉我说要再版,实在使我兴奋!借此机会,初版中如有错误,均加改正。苏雪林先生特意寄一勘误表来,对此书的爱护,可谓既深且巨。在此特为致谢。

一年来,除王保德先生曾予赐教外,未见一位诗经专家惠予指正,至感遗憾。我很希望听听他们的高见,以做我的修正,大概因书未出齐,不便指摘。现今书上、中、下三册已出全,至盼多予惠教,梁实秋先生从美国来信说:"全书印竣,在兄必觉如释重负,在《诗经》研究上则是投一最新之挑战。如果有人批评,无论多么严厉,我们都欢迎。"我颇具同感。

一九七二年八月三十一日于台北

# 自序

《诗经》三百零五篇都是尹吉甫的作品,也都是他的自传;透过他的自传,使我们知道宣王三年(公元前八二五)到幽王七年(公元前七七五)这五十年间的史事。这是骇人听闻的发现,也是使人不敢相信的发现,然确是如此,这部《诗经通释》就在一字一句做证明。甲骨文、钟鼎文固然是最古老、最可靠的史料;但三百篇才真正是更翔实、更有用、更有系统、更生动的史料。不,不仅是史料,简直就是一部活生生的中国古代史。

这种发现,绝不是大胆假设、小心求证得来。我没有那么大的胆量敢假设三百篇是一个人所写。我是先从三百篇里寻求出许许多多原理法则,然后再依据这些原理法则来一字一句解释三百篇,最后才发现这个事实。世人之所以不敢相信我,是由于受《诗谱》《毛序》《毛传》《郑笺》《诗集传》的束缚太深,因而也就不肯面对三百篇的本身来研究。实际上,所谓"诗谱"就是"乐谱",也就是六经中的《乐经》。乐章是断章取义的"歌诗以合意"，并不是诗的本来面目。可是一受《诗谱》的束缚，大家都限定在各国国风或二雅三颂里寻找诗义，无怪乎要驴唇不对马嘴，愈找愈糊涂，愈糊涂愈找，开始是"《诗》无达诂"，到后来也就迷了途径。如能打破《诗谱》的束缚，从三百篇的本身找出一些原理法则，面对三百篇本身来追寻一字一句的意义，不仅知道了它的意义，并发现了篇与篇之间的关系，自然也就联结起来而为一个人的作品了。

　　清儒已经发明了许许多多研究三百篇的方法，可是他们对这些方法有时用，有时不用；有利时用，无利时就不用，因而得不出全盘的结果。现代学者，偶尔也用清儒的方法来治三百篇，然是一鳞半爪、鸡零狗碎地来使用，没有把清儒所发明的方法综合起来运用，所以也得不出全盘的结果。再者，西洋治文学的方法，近达四十八种之多（实际上还不止此），内中与清儒所发明的固有相同，但大多数则为我国所没有，而近代学者真能运用西洋方法来研究文学者则甚少。学术进步由于方法的进步，有新方法就有新见解，无新方法就只有人云亦云。连胡适之先生这么博闻多识的学术界泰斗，十数年前听到我说西洋有三十七种方法来研究文学（那时我只知道有三十七种）他还大吃一惊！现代学者既不能将清儒所发明的方法综合运用，又不能接受西洋的治学方法，只有抱残守缺，在古人的解说里打转。有时发现一点真实，但大多数都是将工夫白费。全面的知才是真知，知道了全面然后才能知道细微，可是把完整的三百篇大卸八块，分为十五国风、大小雅、三颂，限定在这个范围里来钻研，真所谓瞎子摸象，愈摸愈不知象的全面目了！

"不识庐山真面目,只缘身在此山中",正好拿来形容两千年来《诗经》研究的现象。

如能打破《诗谱》的束缚而又能在《诗经》本身发现许多原理法则,那么,一个新世界、一个新境界就显现在我们眼前。这时,《竹书纪年》所记载的从宣王三年到幽王七年的事迹就成了三百篇的时代纲领,因而也就在三百篇里发现一些纲领诗,这些诗都有确切的年月可考而把三百篇的先后次第连贯起来。其次,还可发现一些钥匙诗,这些诗在表面上并无年月,然将其表现的事迹与纲领诗做一对照,就发现了它的写作年月而与纲领诗配合起来。一与纲领诗配合,不仅了解了它本身的意义,又能打开其他诗篇之门,所以称之为钥匙诗。三百篇就由纲领诗与钥匙诗这两种交互配合而组织成一个完整的史迹。换言之,也就是从宣王三年到幽王七年的断代史。到这时,《诗经》里的历史事实,在金文、石鼓文、《尚书》《左传》《史记》《汉书》《三国志》,凡涉及古代史的典籍里都可找出证据,证明三百篇的一字一句没有不是写实。甚至如《吉日》篇"吉日庚午"的"庚午"、"吉日维戊"的戊日,《十月之交》篇"十月之交,朔日辛卯"的"辛卯"、"彼月而微"的月食、"此日而微"的日食,都可算出是哪一天来。

三百篇,就像是一件打碎了的周鼎,在地下埋藏几千年,长满了铜锈,盖满了泥土,这个人说它是这个,那个人说它是那个,谁也不确知它到底是什么;现在细心把泥土洗掉,铜锈刮掉,渐渐地露出它原来面目。先把几个大的破片支撑成一个轮廓,然后再依磕口、花纹、形状、厚薄,将细片一一凑合起来，居然成了一件完整的物件。这是一种多么令人兴奋、多么令人高兴的工作！这样，整整花了我二十年时间。我从一九四九年就开始摸索，直到一九六九年才完成，再加上两年的修正，现在竟有出版机会，高兴的程度绝非笔墨可以形容！

然而这是一件反传统，甚至可以说是革命的工作，于是卫道之士就出来反对了。除过讥讽、谩骂、批评外，还公开以《村佬佬信口开河》《李辰冬可以休矣》做题目来嘲笑。长期发展科学委员会补助我研究《诗经》已经两年了，自从我发现三百篇是尹吉甫一个人的作品后，反而停止了补助，认为补助我这样的研究是科学会的耻辱！二十年来，我就是在这种彷徨、苦闷、不安、冷漠、讥讽、笑骂、孤独、沉闷、矛盾、冲突中过活。在这段黑暗中寻求光明的期间，并不是没有了解我、鼓励我的人；也就因为他们给我勇气、给我信心，才使我完成这件工作。谨将他们的鼓励记述于下，永志不忘。

最先要感激的是梁实秋先生。当《我怎样发现尹吉甫是〈诗经〉作者》发表时，没有人不表示怀疑，独独梁先生对我说："辰冬，你的路子走对了，西洋有这种方法，我跟着你走。"梁先生是研究莎士比亚的，研究莎士比亚的方法就有三十多种，他深深了解这些方法，也深深知道这些成就，所以他敢肯定地来鼓励我。从此以后，我每有《诗经》的撰述都请他指教。我有勇气来完成这部著述，他的鼓励最大。

其次要感激的是赵友培先生。赵先生看到我的《我怎样发现尹吉甫是〈诗经〉作者》后，有一天在和平东路遇到，很远他就对我摇手说："不可能，不可能。"我问他："你看过我的文章没有？""没有。""请你看过以后再指教好吗？"下次碰到他，我问："你看了拙文没有？""看过了，有点可能。不过我是反对党。"有人反对就好，于是我将每篇有关《诗经》的撰述都寄给他，他每次都提出许多极重要的问题而使我日夜思考，这位反对党给我的协助实在大。他继续看我的论文，继续提出疑难，最后他说"我是支持你的反对党"，反对党成了极支持我研究的人。人生的旅途上，难得有这样的知己！他知无不言，言无不尽，毫无成见，对就是对，不对就是不对，而成了我的畏友。此书临出版前他还诚恳告诫："不要有矛盾，自己立的原则，自己要死守，不可予人以可乘之机。"这种纯挚的友谊，实在使我感动得流泪。此书的最后一校，他原想再看一遍的，因忙不克如愿；但他如何重视这部书，可以想见了。

第三位是徐高阮先生。徐先生对我发表的有关《诗经》文章都看过，他时常同王德昭先生谈论我的问题。及至他看到我在《文坛月刊》发表的《释诗六月》，他给该刊发行人穆中南先生写信说："李先生这种研究，是史学上的伟大成就，不是浅学之流可以了解的！"这时我还不认识徐先生，借此与他通信，感谢他对我的鼓励。此书杀青后，我从新加坡将全稿寄给他，他除在信中鼓励外，还在《学艺培植重于奖励》(《阳明杂志》第三十二期)中以我为例，象征自由思想之可贵。现在《诗经通释》问世，而他去世了，不能共享这书出版的愉快，思之怅然！能多有几位像徐先生这样提倡新风气的人，我相信台湾的学术风气不会这么沉闷！

第四位是虞君质先生。虞先生是我最敬畏的朋友，我每篇文章写成后，不先请他指正，几乎不敢发表。有关《诗经》论文，当然也先请他过目。他很知道我的研究精神，所以他在《艺苑精华录》中（三七二页）说："李先生对于《诗经》研究，十多年来是无日不读《诗》，无日不谈《诗》，而且无日不穷搜博览有关这方面的典籍文献，常常弄到深夜二三点钟才去休息，但在早上六七点钟他又起床做《诗经》研究了。……这是一种极专门的中国学问，绝非靠常识做直觉性的判断所可解决。"真是知己之言！

第五位是巴壶天先生。巴先生接任新加坡义安学院中文系主任后的第一个念头就是希望我去教书。他看到我所发表的《诗经》论文，就决定让我教《诗经》，使我感到荣幸而且高兴！巴先生通今博古，智慧超群，今竟赞同我的研究方法而让我教这门功课，这是何等的鼓励，到新加坡后，我们住在一起，请教方便，每写一章，就先请他过目，他提出许多疑问，我一一为之解答。老实讲，假如不是去新加坡六年，这部《诗经》研究恐怕要胎死腹中，永远没有完成的一天！因为长期发展科学委员会不再补助我以后，仅凭那每月只够十天生活的师范大学薪水，绝对养不活四口之家，将自己零卖是势所必然。到了新加坡，生活既无问题，我可全心全意地从事研究，所以在六年内完成了我十数年来想完成而无法完成的心愿。我在《诗经通释》的末尾所以特别注明完成于新加坡，就是为此。亲友们都以为我从新加坡带回多少钱来，实际上，并未带钱而是带回一百万字，这比带回一百万元要欣慰得多！

第六位是李曰刚先生。他看过我的全部原稿后，第一句话就是"工程浩大"。他又说:"不废江河万古流。"他解释说:"我所以要引杜甫这句诗,因为他当时受人轻蔑,故借王杨卢骆来自喻。你现在的情形正与他相同,所以这句诗对你最合适。"他的美意使我至为感奋。我从新加坡回国后,他排除万难,使我重回师范大学,并开"《诗经》"这门课程,使我有与学生讨论的机会。深情厚谊,终身不忘!

其他如杨一峰老师、张侯生老师、田培林老师以及新加坡的连士升先生都给我莫大的鼓励,使我感激不尽。

谈到出版方面,我要感谢的有三位:就是高亚伟、刘彦俊与彭诚晃先生。我一到师范大学教书就住在师大第一宿舍,与高亚伟先生的后窗相对,声音相闻,我日夜研究《诗经》的情形,他知道得很清楚。从新加坡回来后,他就约我为《新时代》撰写关于《诗经》的文章,这样引起了刘彦俊先生的注意。刘先生又从亚伟兄那里听到我二十年如一日的《诗经》研究情形,愿意介绍出版。我一听十分有感。我二十年来勤奋耐劳,只知耕耘,不问收获。试问:这二十年来我吃尽辛苦为的是什么?名吗?人人在反对,人人在怀疑,认为我不懂学问。利吗?收不到稿费。现在有人肯印我这部书,高兴的情形,真比写完这部稿子时还有过之。因为从新加坡带回这部稿子后,出版发生问题。一般书店认为字数太多——《诗经通释》六十万字,另有《诗经研究》四十万字,合共一百万字,且太专门,与营利的目的不合,根本不予考虑。易静正先生很热心地介绍到"国立"编译馆,满以为可以接受,因为该馆是在提倡学术呀!谁知馆方认为太新,怕受指责,他们印的是四平八稳而毫无问题的书，所以被拒绝了。现在有彭经理来印，怎不值得庆幸呢？果然应验了梁实秋先生鼓励我的话："德不孤，必有邻！"

还有我不得不感激的是内子王志敬女士。二十年来，我能全心全意从事研究工作都离不开她的辅助。结婚以来，家庭经济我从不过问，只知道把微薄的薪津交给她就不管了。她为维持这一家的生活，不得不到实践家政专科学校教书以弥补家用。我为研究方便，不得不购买大批参考图书，每月的购书费都在几百几千，也得由她来付。两个孩子的教育，也完全由她负责。只要是她能做的事，绝不麻烦我。我每有稿子，都由她再抄一遍。不仅止抄，有时还提出意见来讨论。我不同意时，争得脸红耳赤，而最后还是听从她的，因为她的常识比我丰富。《诗经通释》与《诗经研究》整整改了七遍，而她也抄了七遍，手指生了厚胝，两眼也因此昏花。在人们怀疑、反对、谩骂，没有收入的情况下，她没有说过一句怨言。朋友们都好意劝我停止这种无益的工作，她从来没有灰心，劝我停止。我请她抄，她就抄，往往能在一天之内抄出一万多字而没有一点错误。这部书所以献给她，就由这个缘故。

至于校对方面，沈谦君彻底校了第四校，改正一些错字并提出一些宝贵的意见。郑明娳同学校了第一校，省去我许多时间，都值得感激。

最后关于书名要略加说明。书名曾经三次更易：最初叫《诗经研究》，后来改为《诗经的三种观点与三种解释》。发现作者是尹吉甫后，就又决定用《诗经通释》。为什么称"通释"呢？因为不仅将三百篇串通来解释，而且由尹吉甫的生平贯通来解释，所以称为"通释"。从新加坡返台后，看见王静芝先生也有一部《诗经通释》。既然有人用了这个名称，就再三考虑要改换，想来想去，没有再比这个名称更合适的，故仍之。一九六二年六月，我就用《诗经通释》这个名称在《师大学报》第七期发表我初期的研究。临付印时，我还同刘彦俊先生、彭诚晃经理商议，要不要改个名称。后来决定不需要，因为名称虽同，而内容完全殊异；既不是偷袭，也就不避同名了。

一九七一年六月六日序于台北

# 目 录

**【第一编】平陈与宋前后诗篇**

**第一卷 平陈与宋时诗篇（宣王三年）**

| | | |
|---|---|---|
| 一 | 击鼓（邶风） | 3 |
| 二 | 清人（郑风） | 15 |
| 三 | 东门之枌（陈风） | 19 |
| 四 | 椒聊（唐风） | 22 |
| 五 | 宛丘（陈风） | 25 |
| 六 | 君子阳阳（王风） | 28 |
| 七 | 东方之日（齐风） | 30 |
| 八 | 东门之池（陈风） | 32 |
| 九 | 泽陂（陈风） | 34 |
| 十 | 东门之杨（陈风） | 37 |
| 十一 | 野有蔓草（郑风） | 39 |
| 十二 | 绸缪（唐风） | 41 |
| 十三 | 小星（召南） | 44 |
| 十四 | 出其东门（郑风） | 49 |
| 十五 | 芣苢（周南） | 51 |
| 十六 | 采葛（王风） | 54 |

| 十七 | 子衿（郑风） | 56 |
|---|---|---|
| 十八 | 静女（邶风） | 58 |
| 十九 | 女曰鸡鸣（郑风） | 60 |
| 二十 | 野有死麕（召南） | 66 |
| 二十一 | 木瓜（卫风） | 69 |
| 二十二 | 丘中有麻（王风） | 71 |
| 二十三 | 防有鹊巢（陈风） | 73 |
| 二十四 | 终风（邶风） | 75 |
| 二十五 | 晨风（秦风） | 78 |
| 二十六 | 风雨（郑风） | 80 |
| 二十七 | 有杕之杜（唐风） | 81 |
| 二十八 | 株林（陈风） | 84 |
| 二十九 | 大车（王风） | 87 |
| 三十 | 河广（卫风） | 89 |
| 三十一 | 东门之墠（郑风） | 91 |
| 三十二 | 月出（陈风） | 94 |
| 三十三 | 式微（邶风） | 96 |

**第二卷 平陈与宋胜利后诗篇**

| 一 | 定之方中（鄘风） | 101 |
|---|---|---|
| 二 | 清庙（周颂） | 106 |
| 三 | 武（周颂） | 109 |

**第三卷 平陈与宋前诗篇（宣王二年）**

| 一 | 简兮（邶风） | 112 |

| 二 | 猗嗟（齐风） | 115 |
| 三 | 羔羊（召南） | 118 |
| 四 | 干旄（鄘风） | 120 |
| 五 | 羔裘（郑风） | 126 |
| 六 | 驷驖（秦风） | 129 |
| 七 | 大叔于田（郑风） | 131 |
| 八 | 叔于田（郑风） | 135 |
| 九 | 卢令（齐风） | 138 |
| 十 | 淇奥（卫风） | 139 |
| 十一 | 鹤鸣（小雅） | 142 |
| 十二 | 兔罝（周南） | 144 |
| 十三 | 采绿（小雅） | 147 |
| 十四 | 桑中（鄘风） | 150 |
| 十五 | 十亩之间（魏风） | 153 |
| 十六 | 蘀兮（郑风） | 156 |
| 十七 | 采蘩（召南） | 158 |
| 十八 | 采蘋（召南） | 160 |
| 十九 | 东方未明（齐风） | 163 |

【第二编】西迎韩侯与韩侯迎亲诗篇（宣王四年）

| 一 | 韩奕（大雅） | 169 |
| 二 | 关雎（周南） | 179 |
| 三 | 鹊巢（召南） | 183 |
| 四 | 桃夭（周南） | 186 |

| 五 | 狼跋（豳风） | 188 |
| --- | --- | --- |
| 六 | 螽斯（周南） | 190 |
| 七 | 麟之趾（周南） | 192 |

## 【第三编】西征猃狁时诗篇（宣王五年）

| 一 | 六月（小雅） | 197 |
| --- | --- | --- |
| 二 | 生民（大雅） | 212 |
| 三 | 思文（周颂） | 219 |
| 四 | 绵（大雅） | 221 |
| 五 | 皇矣（大雅） | 231 |
| 六 | 天作（周颂） | 241 |
| 七 | 公刘（大雅） | 242 |
| 八 | 凫鹥（大雅） | 250 |
| 九 | 既醉（大雅） | 252 |
| 十 | 棫朴（大雅） | 256 |
| 十一 | 吉日（小雅） | 260 |
| 十二 | 潜（周颂） | 265 |
| 十三 | 驺虞（召南） | 266 |
| 十四 | 鱼丽（小雅） | 269 |
| 十五 | 南有嘉鱼（小雅） | 271 |
| 十六 | 瓠叶（小雅） | 273 |
| 十七 | 瞻彼洛矣（小雅） | 276 |
| 十八 | 鸳鸯（小雅） | 279 |

## 【第四编】护送委积至谢城时诗篇（宣王五年）

一　　黍苗（小雅）······285

二　　无将大车（小雅）······291

三　　下泉（曹风）······293

四　　皇皇者华（小雅）······296

## 【第五编】与南仲在方山会师时诗篇（宣王六年）

一　　出车（小雅）······303

二　　草虫（召南）······314

三　　頍弁（小雅）······317

四　　凯风（邶风）······321

五　　四牡（小雅）······325

六　　鸨羽（唐风）······328

七　　绵蛮（小雅）······330

八　　甫田（齐风）······333

# 【第一编】平陈与宋前后诗篇

# 第一卷　平陈与宋时诗篇（宣王三年）

## 一

## 击鼓（邶风）

击鼓其镗，踊跃用兵。土国城漕，我独南行。
从孙子仲，平陈与宋。不我以归，忧心有忡。
爰居爰处，爰丧其马。于以求之，于林之下。
死生契阔，与子成说。执子之手，与子偕老。
于嗟阔兮，不我活兮！于嗟洵兮，不我信兮！

释音：镗，音汤。契，音挈。说，音悦。洵，音宣。

## 【诗义关键】

这首诗的关键就在：

第一，"土国城漕"的"漕"在什么地方？

第二，"从孙子仲"的"孙子仲"是谁？他是什么地方、什么时候的人？他与漕有什么关系？

第三，"平陈与宋"是什么时候的陈宋？为什么要平定它们？

第四,"死生契阔,与子成说。执子之手,与子偕老",一定是一对男女自订婚约,绝对不是对孙子仲讲的话;孙子仲是男的,怎么可以与他白首偕老呢?这首诗里明明有一对男女,男的就是"我独南行""不我以归""不我活兮""不我信兮"的"我",也就是诗人。女的就是"与子成说""执子之手"的"子"。然诗所讲的是平陈与宋,怎么会在平定陈宋时发生恋爱的事情呢?此中事故如果弄不清楚,诗义也就无法解释。

第五,"爰居爰处"的"居""处"是在什么地方?"爰丧其马"又是在什么地方?"于以求之,于林之下"的"林"是在什么地方?

第六,"死生契阔,与子成说"是在什么地方订的婚约?从孙子仲出征的是"我","我"是男的,怎么突然出现一位女子?这位女孩子一定与孙子仲有关系;否则,怎么会在孙子仲平陈与宋中出现呢?

第七,"不我以归"的"归"是归到什么地方?他们是从什么地方来的?

这些问题统统都得解决,才能了解这首诗。兹一一解答于下:

顾祖禹《读史方舆纪要》(卷十六)于滑县白马废县说:"春秋时卫之曹(按应为漕)邑。"又引《括地志》说:"白马城在卫南县西南三十四里。"又引《志》说:"今县西北十里有白马古城。一云在县南二十里。"由此可知漕在今河南省滑县,春秋时为卫邑。然漕是什么时候才属于卫国呢?同书(卷十六)又于滑县说:"古豕韦氏国,春秋时卫地,汉置白马县。"由此可知白马县是春秋时的豕韦氏故国。《新唐书》(卷七十一上)《宰相世系表》说:"刘氏出自祁姓。帝尧陶唐氏子孙生子有文在手曰'刘累',因以为名。能扰龙,事夏为御龙氏,在商为豕韦氏,在周封为杜伯,亦称唐杜氏,至宣王,灭其国。"豕韦氏国是宣王时候灭掉的,换言之,也就是宣王的时候才属卫国。到此可得一结论:汉时的白马县就是周时的漕,漕原是豕韦氏国,到宣王的时候才把它灭掉而属于卫。

《新唐书》(卷七十三下)《宰相世系表》说:"孙氏出自姬姓。卫康叔八世孙武公和,生公子惠孙,惠孙生耳,为卫上卿,食采于戚,生武仲乙,以王父字为氏……世居汲郡。"《新唐书·地理志》:"卫州、汲郡,望……县五:汲、卫、共城、新乡、黎阳。"于黎阳注说"有白马津"。由此可知白马津属于汲郡,而为卫武公这一支系世世代代所居住的地方。诗言"土国城漕,我独南行。从孙子仲,平陈与宋",孙子仲既在城漕,他一定是卫国人。漕在宣王时才由豕韦氏国改为漕而属卫,那么,城漕一定也在宣王的时候。惠孙既是卫武公的儿子,宣王时人,又世世代代居在汲郡。古人是聚族而居,在这个地方找孙子仲,自然是惠孙了。孙是辈分,对卫釐侯而言,仲是老二,卫武公的长子叫扬,所以诗人称他为"孙子仲"。到他的孙子武仲乙的时候,就拿他的名字作姓了。武仲乙所以拿他祖父"惠孙"的"孙"字作姓,显然是受《诗经》的影响。春秋的时候,《诗经》虽没有"经"的尊称,然已是士大夫必读的课本,等于《圣经》一样,以《诗经》中的名字命名的,比比皆是。如《诗经》中有"家父",春秋时也有家父;《诗经》

中有三良，名叫子车奄息、子车仲行、子车鍼虎，春秋时子舆家也有三良，名字完全相同。武仲乙知道《诗经》中的孙子仲就是他的祖父，引以为荣，也就以"孙"为姓了。否则，怎么会无缘无故把自己的"姬"姓改了呢！既然指实孙子仲就是惠孙，惠孙是卫釐侯的孙子、卫武公的公子，都得与历史的事实相合才算，那么，我们以下就要以这个人物为中心来解释历史的事实了。

然为什么平陈与宋呢？先看陈宋在什么地方。《读史方舆纪要》（卷四十七）于陈州（今之河南省淮阳县）说："周初封舜后妫满于此，为陈国。"是陈国在今河南省淮阳县。又（卷五十）于商丘县说："古商丘为阏伯之墟，春秋宋国都也。"是宋国在今河南省商丘县。既说孙子仲就是惠孙，而惠孙是卫釐侯的孙子、卫武公的儿子，就从这条路线来找为什么平陈与宋。《竹书纪年》于《厉王纪》说：

> 十三年，王在彘，共伯和即于王位，号曰共和。

又于二十六年说：

> 王陟于彘。周公、召公立太子靖为王，共伯和归其国。

雷学淇《竹书纪年义证》（卷二十四）引《鲁连子》说：

> 诸侯奉和以行天子事，号曰共和元年。十四年厉王死

于彘,共伯使诸侯奉太子靖为王,而共伯复归于卫。

由此可知,"共伯和"是卫国人。我们再看《史记·卫世家》说:

> 釐侯十三年,周厉王出奔于彘,共和行政焉。二十八年,周宣王立。四十二年,釐侯卒,太子共伯余立为君。共伯弟和有宠于釐侯,多予之赂。和以其赂赂士,以袭攻共伯于墓上。共伯入釐侯羡自杀。卫人因葬之釐侯旁,谥曰共伯,而立和为卫侯,是为武公。

同时同地不可能有两个共伯:一个是共伯余,一个是共伯和。我的论断是共邑的伯原是和,后来共伯和杀了余,卫人立他为卫侯,才将共伯作为余的谥,所以《卫世家》说:"共伯入釐侯羡自杀。卫人因葬之釐侯旁,谥曰共伯,而立和为卫侯,是为武公。"古时,长子在国,不封藩地。《御览》二百四十一引《魏武令》:"告子文:汝等悉为侯,而子桓独不封,而为五官中郎将,此是太子可知矣。"(见《全三国文》卷二)长子既不封侯,那么,共伯余是太子,他活的时候怎可以称为共伯呢?所以共伯本为和的封号,余被弑后,和立为侯,才将共伯作为余的谥,不是极为明显吗?

宣王的复兴与卫国有莫大的关系。南仲、方叔、召伯、召虎、蹶父、仲山甫、尹吉甫都是宣王复兴的中坚分子,而他们不是卫国人,就是南燕人,或与卫国有关系的人。现在共伯和也是卫国人,而且与周公、召公共同扶立宣王为王,所以复兴工作也就先从平定陈宋起。宣王复兴的两个最大劲敌，一是西北的狎狁，一是东南的淮夷，而狎狁已经快侵到镐京，情势非常危急，不得不先行驱逐，所以平定淮夷只得略为置后。可是这时的安徽、江苏、山东一带都被淮夷占据，陈宋适居南北要冲，必须先平定陈宋，才能集中力量与狎狁作战。《清人》篇"清人在彭"的彭，就是指宋国的彭城。顾栋高《春秋大事表》（卷九）引杜注说："彭城，宋邑。"又说："春秋时，吴晋往来之通道……南守则略河南、山东，北守则瞰淮江，于兵家为守攻之地。"《读史方舆纪要》（卷二十九）于徐州也说："彭城之得失，辄关南北之盛衰。"（详细论证请看下边解释的《清人》篇。）宣王复兴的中坚人物都与卫国有关，也就知道卫人平定陈宋的原因了。《诗经》这部书就是活生生地表现了诸侯怎样"复宗周"的实际情形。然平陈与宋是在哪一年呢？据《诗经》里所表现的宣王复兴的过程来看，应该是宣王三年。怎样得出这个结论，把平陈与宋这一时期的诗篇看完后再作讨论。

不过《击鼓》这首诗里的事迹固然是平陈与宋，而实际所要表现的是在平陈与宋时所发生的一件恋爱故事。要想知道此中的故事，得先有一个了解：就是现在流行的《诗经》次第是周乐的次第，所谓十五国风、大小雅与三颂都是周乐，换言之，所谓"《诗谱》"实际是《乐谱》。乐章是断章取义，并不是真正的诗义；可是自从《毛序》《郑笺》，把它当成《诗谱》，要在其中寻找诗义，那就南辕北辙，所以始终解不通了。关于这一点，我在《诗谱是了解诗经的最大障碍》中已有详细的辨正，此处不再重复。如能打破《诗谱》的束缚，将三百篇贯通来看，换言之，就是把三百篇里凡有陈宋两国地名的诗篇统统归纳到一起就发现了事迹的全貌。比如陈城有宛丘，《东门之枌》篇说："东门之枌，宛丘之栩。子仲之子，婆娑其下。"子仲之子如解为孙子仲之子，不是极自然吗？"子仲之子，婆娑其下"，就是孙子仲的女儿在那下边婆娑起舞。《宛丘》篇说："子之汤兮，宛丘之上兮。洵有情兮，而无望兮。"又提她在宛丘舞蹈，这也不会是偶合吧？从这"洵有情兮，而无望兮"，可知她在恋爱，然而男的感到没有成功的希望。陈城东门内有池，《东门之池》篇说："东门之池，可以沤麻。彼美淑姬，可与晤歌。"孙子仲是卫人，姬姓，"彼美淑姬"则提出了姓氏，不是无缘无故吧？这个女孩子在陈国时住在陈城的东门，所以《东门之杨》《东门之墠》《出其东门》，这些有关"东门"的恋爱诗，都不是无故而产生的吧？再者，陈城的北边有邛地，邛地有一防亭，《防有鹊巢》篇说："防有鹊巢，邛有旨苕。谁侜予美？心焉忉忉。"这首爱情诗，也不是虚构的吧？由这些地名将事迹连贯起来，而勾出了一幅极美丽、极生动、极可爱的恋爱故事。说得更明白一点，也就是尹吉甫与孙子仲女儿的爱情故事。然怎么知道是他们俩的故事呢？等到讲尹吉甫的求婚、结婚与仳离诗篇时就可证明。

他们不仅在这里恋爱，而且在这里自订婚约；可是订婚不久，女的回卫时并没有告诉男的，以致男的再到陈城看她时，见不到她，既着急而又起了疑心，是不是她变了心；于是他就追到株林才见到她。"爰居爰处，爰丧其马。于以求之，于林之下"，就是叙述这件事。《击鼓》这首诗也就是在株林这个地方唱出来的。见面后,她解释为什么不告而别,然后也就回卫了。俟将这一阶段的诗,一篇一篇解释清楚后,就可知道此中的详情。

以下再一字一句将此诗作一解释。

**【字句解释】**

一章。镗,击鼓声。踊跃,欢乐。兵,兵器。三代以上,称人之战者曰卒伍军旅,不曰兵;曰兵者戈戟弓矢之属之专名(阮元《积古斋钟鼎彝器款识》说)。用兵,就是练武。国,原指城墙。古时以土筑城,故曰"土国"。这首诗最主要的关键就在这个"我"字,"我"就是作者;然只从这一篇来看,根本无法知道"我"这个人是谁。但"我"是从孙子仲平陈与宋的,征服陈宋后他又回到卫国。他在陈宋的时候与孙子仲的女儿大谈恋爱,且有白头偕老之约,只要追究出孙子仲的女儿与谁谈恋爱,就可知道"我"是谁了。然得把所有在卫国谈恋爱的诗作一归纳,才能得出结论。现在只说"我"就是尹吉甫也就够了,因为以后就要逐步证明。我独南行,就是单独派了我前来南边。陈宋在卫国之南,故言"南行"。整章的意思就是:鼓声敲得镗镗地响,欢乐地在练武。以土筑漕城的时候,单独我被派往南边。

二章。从孙子仲,平陈与宋,就是跟随孙子仲去和睦陈国与宋国。平陈与宋的是孙子仲,可是写这首诗的人并不是孙子仲,而是与孙子仲女儿恋爱的尹吉甫。"不我以归"是孙子仲的女儿回卫了,没有让尹吉甫一起回去,所以这句诗是对孙子仲的女儿讲，不是对孙子仲。这一点要弄清楚，不然，这句诗就不好解释了。他们在陈宋时不仅大谈恋爱，而且自订婚约，可是孙子仲的女儿回卫时，没有告诉尹吉甫，所以他"忧心有忡"。忡、充，古通。有忡，就是充满。为什么这么忧愁呢？下边几章就告诉我们。整章的意思就是：跟随孙子仲去和睦陈宋，可是回卫的时候，不让我一起回去，使我忧愁得不得了。

三章。王引之《经传释词》解释《斯干》篇"爰居爰处"的"爰"为"于时"，也就是"在这里"的意思，很对。可是他解释这首诗的"爰"为"于"，则非是。这首诗的"爰"也是"于时"的意思。孙子仲的女儿在陈时居住在陈城东门，尹吉甫常来这里找她谈情说爱，现在又来看她时，见不到她。于以求之，于林之下，林是株林。《读史方舆纪要》（卷五十）于睢州柘城县说："在州东南九十里，东至宁陵县八十里，春秋为陈株野地。"又于归德府（宋国的商丘）说："西南至开封府陈州二百八十里。"又于宁陵县说："在府城西六十里。"宋国至陈国为二百八十里，柘城至宁陵为八十里，宁陵至商丘为六十里，则柘城至商丘为一百四十里，至陈国亦为一百四十里，正在宋国与陈国之间。于以，《郑笺》在《采蘩》篇注为"犹言往以也"，此处也是这个意思。整章的意思就是：她在这里居，她在这里住，可是再来找她的时候，不见了她的马。急忙地来追寻，终在株野的林下找到了。

四章。死生契阔，孙奕《履斋示儿编》（卷三）解释说："契，旧音絜，非。当作契合之契。契，合也。阔，离也。谓死生离合，与汝成誓矣。"成说，即成了相悦。整章的意思就是：曾经与你相好，死生离合，与你彼此相悦。咱们手牵着手，白头偕老。

五章。活，当读为《君子于役》篇"曷其有佸"的"佸"；佸，会的意思。洵，《韩诗》作"复"，远的意思。整章的意思就是：现在离别了，不再与我见面了！现在远离了，不再相信我了！

**【诗篇联系】**

从上边的解释看，这是一篇多么有趣、多么生动、多么富有历史意味的作品。然怎么发现这个故事？将《诗经》里同一个字、同一个成语、同一个诗句、同一个地名、同一个人名、同一个物件、同一件事情、同一个时间归纳到一起，就发现它们中间的关系，而逐步地组成一个完整的故事。可是这个故事是否靠得住呢？再从钟鼎文、《竹书纪年》《史记》《读史方舆纪要》《水经注》《植物名实图考长编》以及各有关典籍里找证据，才知道事实确实如此。《诗经》的真面目发现后，不仅更正了古代史的许许多多错误，而且也使清儒以来的音韵训诂学，发生了莫大的效用。

将三百篇打通来看后，发现了两种诗篇：一是纲领诗，一是钥匙诗。凡有年月事迹可考而确知其年代的，谓之纲领诗；凡无年月而事迹与纲领诗所讲的相同，谓之钥匙诗，因为它可以打开其他诗篇之门。就由这两种诗篇交互比证而将三百篇连贯起来。《击鼓》就是一篇钥匙诗，以下就可逐步看出它怎样打开了有关诗篇的意义。

## 【诗义辨正】

《毛序》："《击鼓》，怨州吁也。卫州吁用兵暴乱，使公孙文仲将而平陈与宋，国人怨其勇而无礼也。"《毛传》引隐公四年《左传》注释说："宋殇公之即位也，公子冯出奔郑，郑人欲纳之。及卫州吁立，将修先君之怨于郑，而求宠于诸侯以和其民，使告于宋曰：'君若伐郑以除君害，君为主，敝邑以赋，与陈蔡从，则卫国之愿也。'宋人许之，于是陈蔡方睦于卫，故宋公、陈侯、蔡人、卫人伐郑是也。"这明明是伐郑，与平陈宋有什么关系？况且州吁是求助于宋，甚而说"君为主，敝邑以赋"，连盟主都不敢做，怎么说是平陈与宋呢？再者，陈国也在伐郑，是同盟之国，怎么变为被平呢？只因诗在邶风，要在卫国里找一段事迹来附会，就变成了这种牛头不对马面的怪注。明明是两不相干的事，而后人既不敢怀疑《诗序》，又不敢怀疑《左传》，就在两不相干的史实中加以附会了。孔颖达《毛诗正义》说："知将兵伐郑者，州吁以隐四年春弑君，至九月被杀，其中唯夏秋再有伐郑之事。此言州吁用兵暴乱，是伐郑可知。时无伐陈宋之事，而经《序》云'平陈与宋'，《传》有告宋使除君害之事，陈侯又从之伐郑，故训"平"为"成"也。告陈与宋，成其伐事也。"他明明知道没有平陈宋的事，然不敢不信《毛序》，只有这样迂曲解释了。

到了朱熹就敢怀疑了，然也只是怀疑。《集传》说："旧说：以此为春秋隐公四年，州吁自立之时，宋、卫、陈、蔡伐郑之事，恐或然也。"他不相信，然也没有办法解决问题，只有存疑。到了姚际恒就彻底做了批判。他在《诗经通论》中说："按此事与经不合者六：当时以伐郑为主，经何以不言郑而言陈宋？一也。又卫本要宋伐郑，而陈蔡亦以睦卫而助之，何为以陈宋并言，主客无分？二也。且何以但言陈而遗蔡？三也。未有同陈宋伐郑而谓之平陈与宋者。平者，因其乱而平之，即伐也。若是乃伐陈宋矣。四也。隐四年夏，卫伐郑，《左传》云'围其东门，五日而还'，可谓至速矣。《经》何以云'不我以归'，及为此居、处、丧马之辞与生死莫保之叹乎？绝不相类。五也。闵二年，卫懿公为狄所灭，宋立戴公以庐于曹，其后，僖十二年《左传》曰：'诸侯城卫楚丘之郭。'《定之方中》诗，文公始徙楚丘，升虚望楚。毛郑谓升漕墟，望楚丘。楚丘与漕不远，皆在河南。夫《左传》曰'庐'者，野处也，其非城明矣。州吁之时，不独漕未城，即楚丘亦未城，安得有城漕之语乎？六也。郑氏屈经以就己说，种种不合如此，而千余年以来，人亦必知其不合，直是无可奈何，只得且依他说耳。无怪乎季明德求其说而不得，又以《左传》为误也。"姚际恒是面对《诗经》来解《诗经》，所以发现了《毛序》《郑笺》的错误；可是他也不得其解，又误以"此乃卫穆公背清丘之盟救陈，为宋所伐，平陈宋之难，数兴军旅，其下怨之而作此诗"。既言"救陈"，怎么说是"平陈"呢？"为宋所伐"，怎能说是平宋呢？可知他也是在"无可奈何"下而胡猜乱想了。

傅斯年《诗经讲义稿》说："《击鼓》，丈夫行役于外念及室家，思其旧盟，而为哀歌。"闻一多《风诗类钞》(《闻一多全集》第四册)说："戍士思归也。"他们的说法虽比较进步，而实际还是不对。

# 二

## 清人（郑风）

清人在彭，驷介旁旁。二矛重英，河上乎翱翔。
清人在消，驷介麃麃。二矛重乔，河上乎逍遥。
清人在轴，驷介陶陶。左旋右抽，中军作好。

**【诗义关键】**

　　这首诗的关键就在"清人"是谁，以及彭、消、轴在什么地方。《读史方舆纪要》（卷十六）于开州（今之河北省[①]濮阳县）清丘说："州东南七十里，丘高五丈。"又说："旄丘，在州东北。《志》云：即《卫风》所咏'旄丘之葛'者。"又说："寒泉冈，在州西南。"尹吉甫的家住在复关（详细证据，请看《氓》篇），再看复关与这些地方的远近。《读史方舆纪要》（同上卷）于白沙渡引《寰宇记》说："州西南黄河北岸有古复关堤。《卫风》'乘彼垝垣，以望复关'，盖谓此云。"请参阅《干旄》篇所绘的地图就可明白复关一带的形势。复关一带有旄丘，诗人自可引此以起兴，清丘也在复关一带，诗人自可引以自名。古人以家乡地名称谓自己的很平常。清人，就是尹吉甫的自称。《郑笺》说："清者，高克所帅众之邑也"，是从字面上猜想，毫无凭据。知道了清人就是尹吉甫的自称，那么，再看彭、消、轴在什么地方。

---

[①] 濮阳今属河南省。——编者注。全书注释均为编者注，后不再说明。

顾栋高《春秋大事表》（卷九）引杜注说："彭城，宋邑。"又说："春秋时，吴晋往来之通道……南守则略河南、山东，北守则瞰淮江，于兵家为守攻之地。"《读史方舆纪要》（卷二十九）于徐州也说："彭城之得失，辄关南北之盛衰。"由此可知孙子仲于平定宋国时为什么要攻守彭城的缘故。但是诗言"河上乎翱翔"，彭城有黄河吗？《读史方舆纪要》（同上卷）又于彭城废县黄河说："在州城东北。"地理环境正相吻合。"消"为"萧"之假借，萧也在宋国。《春秋大事表》六中说："萧县为宋附庸萧国，宋以封萧叔大心。"可是诗说"河上乎逍遥"，萧县也在黄河的流域吗？《读史方舆纪要》（同上卷）于萧县黄河说："县北。"地理环境也正相合。轴，《经典释文》注"音逐"，疑为陈国株野之"株"的假借。《读史方舆纪要》（卷五十）于柘城县说："春秋为陈株野地。"柘城属睢州，又于睢州说："春秋时宋、陈二国地。……兖、豫有事，此亦驰驱之所矣。"因为株野为陈宋两国交通要道，故尹吉甫于平定宋国后，在陈国的边境株野训练军事，所以诗言"左旋右抽，中军作好"。三百零五篇每篇都有写作的对象，这首诗是尹吉甫平定宋国后，在株野给他爱人仲氏报告他作战经过与当时的情况。诗中所用的翱翔、逍遥都作奔逐解，不是现在所了解的徘徊自在之意。如此讲来，整首诗的意义就豁然贯通了。

【字句解释】

一章。驷介，四匹被甲的马。旁旁，即彭彭，与《载驱》篇"行人彭彭"、《出车》篇"出车彭彭"、《北山》篇"四牡彭彭"、《烝民》篇"四牡彭彭"、《大明》篇"驷骡彭彭"、《韩奕》篇"百两彭彭"、《駉》篇"以车彭彭"之"彭彭"同,都是车马奔走的声音。二矛,一车建二矛,以备折坏。英,矛之缨饰,以赤羽为之。重英,双重的缨穗。整章的意思就是:清人在彭这个地方,驾着四匹被甲的马,彭彭地在奔驰。两支矛上都饰着双重的缨穗,在黄河边上高低不平地奔跑。

二章。麃麃,与《硕人》篇"朱帻镳镳"、《角弓》篇"雨雪瀌瀌"、《载驱》篇"行人儦儦"的"镳镳""瀌瀌""儦儦"同义,都是行动的声音。乔,《韩诗》作鷮,雉之一种,矛柄近上及矛头受刃处皆着羽毛,此以鷮羽为之(马瑞辰说)。《诗经》中用"逍遥"的还有两篇,就是《桧风·羔裘》与《白驹》。《羔裘》篇"羔裘逍遥,狐裘在朝",意思就是穿羔裘的人遥远在外,穿狐裘的人舒舒服服地在朝。《白驹》篇是讲仲氏与尹吉甫仳离后再嫁时来看尹吉甫,尹吉甫一方面惋惜,一方面希望她常通音信,所以说:"所谓伊人,于焉逍遥。"逍遥,就是远离的意思。此诗"河上乎逍遥",就是在黄河边上远驰。整章的意思就是:清人在萧这个地方,驾着四匹被甲的马麃麃地在奔跑。两支矛上都饰着双重的鷮毛,在黄河边上遥远地飞跑。

三章。陶陶,与《君子阳阳》篇"君子陶陶"的"陶陶"同义,和乐的意思。好,读去声,乐的意思。左旋右抽,身左旋,以右手抽矛以击刺(闻一多说)。中军,军中。整章的意思就是:清人在株这个地方,驾着四匹被甲的马,扬扬得意地在奔跑。向左边旋转的时候,右手就抽出矛来刺,这样地在军中作乐。

【诗篇联系】

这首诗是尹吉甫平陈与宋时的作品,毫无问题,所以排在这里。

【诗义辨正】

《毛序》:"《清人》,刺文公也。高克好利,而不顾其君。文公恶而欲远之,不能;使高克将兵而御狄于竟,陈其师旅,翱翔河上,久而不召。众散而归,高克奔陈。公子素恶高克进之不以礼,文公退之不以道,危国亡师之本,故作是诗也。"这段序是据《左传》而来。闵公二年《左传》说:"郑人恶高克,使帅师次于河上,久而弗召,师溃而归,高克奔陈,郑人为之赋《清人》。"《左传》中凡言赋诗都是唱诗,唱诗之一章或两章以合己意。如僖公二十三年《左传》"公子赋《河水》"(按《沔水》之误),公赋《六月》";襄公二十七年《左传》"为赋《相鼠》","子展赋《草虫》","伯有赋《鹑之贲贲》","子西赋《黍苗》之四章","子产赋《隰桑》","子大叔赋《野有蔓草》","印段赋《蟋蟀》","公孙段赋《桑扈》",又"赋《既醉》";昭公元年《左传》"令尹享赵孟,赋《大明》之首章","赵孟赋《小宛》之二章","赵孟赋《瓠叶》","穆叔赋《鹊巢》",赵孟"又赋《采蘩》","子皮赋《野有死麕》之卒章","赵孟赋《常棣》",昭公二年《左传》"季武子赋《绵》之卒章","韩子赋《角弓》","武子赋《节》之卒章",武子"赋《甘棠》","北宫文子赋《淇澳》","宣子赋《木瓜》"。诸如此例,不胜枚举。凡言赋诗,都作"唱"解,为什么闵公二年《左传》的"许穆夫人赋《载驰》",文公六年《左传》的"赋《黄鸟》",以及闵公二年《左传》的"郑人为之赋《清人》"的"赋"要作"作"解呢?赋《清人》是唱这首诗以刺高克,并不是作这首诗。高克奔陈在闵公二年,即周惠王十七年(公元前六六〇),此诗作于宣王三年(公元前八二五)相距已一百六十五年,当可引而赋之。

日本人竹添光鸿在他的《左传会笺》说:"作诗在师未溃之前。清,郑邑名。克所帅皆清邑之人也。即以诗断罪,隽甚。不特此也,卫人所为赋《硕人》也,许穆夫人赋《载驰》,左氏叙事,往往纬之以《诗》,别具风格。《诗序》之不可废,亦赖《左传》为之明辅。"《左传》是《左传》,《诗经》是《诗经》,凡引《左传》的事迹以实《诗》,没有不错,他反而说"左氏叙事,往往纬之以《诗》",真是错误之极!我很希望诗学家、史学家,甚而《左传》学者好好把《左传》中的"赋"字意义弄清楚,不要这样糊涂下去!这样,不仅影响《诗经》的理解,而且影响史事!

## 三

## 东门之枌(陈风)

东门之枌,宛丘之栩。子仲之子,婆娑其下。
穀旦于差,南方之原。不绩其麻,市也婆娑。
穀旦于逝,越以鬷迈。视尔如荍,贻我握椒。

释音:枌,音焚。栩,音许。差,音钗。市,音沛。鬷,音宗。荍,音求。

## 【诗义关键】

这首诗的关键就在"椒"字的象征意义,知道了它的象征意义,这首诗的情节就整个豁然明朗了。闻一多《风诗类钞》于《椒聊》篇说:"椒,即花椒……椒类多子,所以古人常用来比女人,椒类中有一种结实聚生成房的,一房椒叫作椒房。汉朝人借'椒房'这个名词来称呼他们皇后所住的房屋,正取其多子的吉祥意义。"又于《东门之枌》篇说:"莸,读菉。菉,椒结实成菉。"视尔如莸,贻我握椒,他解为:"男对女说:'我看你像一个花椒嘟噜一样,你定能给我一把花椒子儿。'意思是说你将来定能替我生许多子息。"中国语文里确有一种叫廋语,以此物隐喻彼物而开玩笑,《新五代史·李业传》:"而帝方与业及聂文进、后赞、郭允明等狎昵,多为廋语相诮戏。"这里的"椒"字就属廋语。了解了这种用法,就可知道这是一首爱情诗,而其意义也就明白了。

## 【字句解释】

一章。《读史方舆纪要》(卷四十七)于陈州(今河南淮阳县)宛丘说:"在州城南三里,高二丈。《尔雅》:'陈有宛丘,《诗》所称"宛丘之上""宛丘之下"者也。'"宛丘既在陈城,那么,东门与宛丘并提,东门是指陈城的东门。枌,白榆。栩,栎树。婆娑,舞貌。子仲,就是《击鼓》篇的孙子仲。子仲之子,就是孙子仲的女儿。孙子仲在陈国,恰恰在陈国又出现了一个子仲,这不会是巧合吧?整章的意思就是:东门的枌树下,宛丘的栩树下,孙子仲的女儿,在那里婆娑起舞。

二章。穀旦，吉日。差，《毛传》在《吉日》篇注为"择也"，此处是同一意义。原，高平之地。宛丘在陈城之南，"南方之原"当指宛丘。绩，读为缉，接的意思。凡麻既沤之后，绩之为缕曰缉。市，通沛；沛，急。整章的意思就是：选好了一个日子，我们在宛丘那里会面。她也不接她的麻了，急速地在婆娑起舞。

三章。逝，《郑笺》于《何人斯》篇注为"之也"。之，至的意思。《诗经》中许多诗篇的"逝"字都作"至"讲。《蟋蟀》篇"蟋蟀在堂，岁聿其逝"，就是岁聿其至，言岁暮已至。《杕杜》篇"期逝不至"，就是日期已经到了还不回来。《何人斯》篇"胡逝我梁"，就是为什么到我的鱼梁上来。《公刘》篇"逝彼百泉"，就是到彼百泉。此诗"穀旦于逝"，就是好的日子来到了。越以，于以。甥，《郑笺》："总也。"甥迈，《正义》："谓男女总集而合行也。"莜，《尔雅·释木》"椒樧丑，莱"，李注："莱，实也。"莱，现在叫作嘟噜。贻，给。握椒，一把花椒。整章的意思就是：好的日子来到了，我们一同去到宛丘。男的向女的开玩笑说："我看你像一个嘟噜，你给我一把花椒吧！"

## 【诗篇联系】

从上边的解释，可知这是一首在陈城恋爱的诗篇。由于地点——宛丘、人物——子仲之子、季节——绩麻、事件——恋爱，这些因素使我们将此诗与《击鼓》篇联系起来，不是没有根据吧？只由这两篇还看不出这些故事的真实性，等把这类故事统统联系到一起后就知道这些故事绝对不是偶然的相合。

【诗义辨正】

《毛序》:"《东门之枌》,疾乱也。幽公淫荒,风化之所行,男女弃其旧业,亟会于道路,歌舞于市井尔。"《史记·陈杞世家》讲到幽公的时候只说"慎公卒,子幽公宁立。幽公十二年,周厉王奔于彘。二十三年幽公卒,子釐公孝立",没提到"幽公淫荒"一语。孔颖达是最会附会的,然而他的《正义》里也找不出"幽公淫荒"的证据。昭公八年《左传》明明说:"胡公不淫,故周赐之姓,使祀虞帝。臣闻盛德必百世祀,虞之世数未也,继守将在齐,其兆既存矣。"不但幽公不淫,他的祖宗也不淫,怎么能拿荒淫来诬蔑幽公呢?只因诗在《陈风》,他就必须在陈国里找一个君来附会。在没有办法之下,又附会到胡公的元妃太姬身上。说太姬好巫,引以成风。巫必舞,就与此诗"不绩其麻,市也婆娑"牵连上了。姚际恒是最反对《毛序》《郑笺》的,然他仍然在说:"何玄子谓'陈风巫觋盛行',似近之。盖以旧传太姬好巫,而陈俗化之。"足证《毛序》影响之大。朱熹就不采取这种附会而说:"此男女聚会歌舞,而赋其事以相乐也。"虽然空泛,几乎近之。

## 四

## 椒聊（唐风）

椒聊之实,蕃衍盈升。彼其之子,硕大无朋。椒聊且,远条且!

椒聊之实，蕃衍盈匊。彼其之子，硕大且笃。椒聊且，远条且！

释音：其，音记。

## 【诗义关键】

这首诗的关键也在这个"椒"字；我们既知"椒"字的象征意义，这首诗也就容易理解了。这也是一首开"子仲之子"玩笑的诗。

## 【字句解释】

一章。椒聊，即椒菜（马瑞辰说）。草木实聚生成丛，古语叫聊，今语叫嘟噜（闻一多说）。蕃衍，即繁衍。《诗经》里用"彼其之子"一语的共有五篇，就是《王风·扬之水》《郑风·羔裘》《汾沮洳》《候人》与此诗，除此诗与《扬之水》所指为女的外，其他三篇都是指作者自己。意思就是她（他）那个人儿。硕大无朋，就是个子大得无比。个子大，是这个女孩子的特征之一。《诗经》里讲大个子女孩子的很多，如《泽陂》篇"有美一人，硕大且卷"，"有美一人，硕大且俨"；《车舝》篇"辰彼硕女"，硕女，就是大个子的女子，都是指她。孙子仲的女儿这时只十五岁，然发育得非常高大，所以诗人这样地讥讽以取乐。远，长。条，枝。且，结尾语。整章的意思就是：一嘟噜的花椒子呀，繁衍得满满一升。她这个人儿呀，高大得无比呀。一嘟噜的花椒子呀，枝子长又长呀！

二章。匊,通掬,一握的意思。笃,笃实,结实的意思。整章的意思就是:一嘟噜的花椒子呀,繁衍得满满一掬。她这个人儿呀,高大而且笃实。一嘟噜的花椒子呀,枝子长又长呀!

## 【诗篇联系】

《东门之枌》篇不是说"视尔如荍,贻我握椒",在开女的玩笑吗?这首诗又说"椒聊之实,蕃衍盈升","椒聊之实,蕃衍盈匊";又说"椒聊且,远条且",都是隐喻子孙繁多之意。其为开"彼其之子"的玩笑,显而易见。假如把这首诗与《东门之枌》摆在一起,不是没有理由吧?《诗经》里绝不随便用字,在某一时期,某一场合,都用同一的文字来表现,过了这个时期,或在不同的场合,绝不用相同的字。比如"椒"字共用在三篇,就是《东门之枌》《椒聊》与《载芟》。古人在祭祖时用椒熏香,使祖宗闻之以得安慰,所以《载芟》篇说:"有椒其馨,胡考之宁。"其他两篇都用作廋语。用字的比较,也是了解《诗经》的一种方法。

## 【诗义辨正】

《毛序》:"《椒聊》,刺晋昭公也。君子见沃之盛强,能修其政,知其蕃衍盛大,子孙将有晋国焉。"《史记·晋世家》说:"昭侯元年,封文侯弟成师于曲沃。曲沃邑大于翼。翼,晋君都邑也。成师封曲沃,号为桓叔。靖侯庶孙栾宾相桓叔。桓叔是时五十八矣,好德,晋国之众皆附焉。君子曰:晋之乱,其在曲沃矣。末大于本,而得民心,不乱何待?"这或许是《毛序》的根据,然与《椒聊》诗有什么关系呢？只因诗在《唐风》,而唐为晋之先世,就使彼此发生了关系,其为附会可知。欧阳修在《诗本义·本末论》中说:"《关雎》《鹊巢》,文王之诗也,不系之文王,而下系之周公、召公。召公自有诗,则得列于本国；周公亦自有诗,则不得列于本国,而上系于豳。豳,太王之国也,考其诗则周公之诗也。周、召,周公、召公之国也,考其诗则文王之诗也。《何彼襛矣》,武王之诗,不列于《雅》,而寓于《召南》之《风》。《棠棣》,周公之诗也,不列于《周南》,而寓于文王之《雅》。卫之诗,一公之诗也,或系之《邶》,或系之《鄘》,或系之《卫》。诗述在位之君,而《风》系已亡之国。晋之为晋久矣,不得为晋而谓之唐。郑去咸林而徙河南,为郑甚新,而遂得为郑。自汉以来,其说多矣。盖《诗》之类例,不一如此,宜其说者之纷然也！"《诗谱》的错误,欧阳修批判得非常正确。可是他不知道《诗谱》是由误会乐谱而来,他自己又编了一个诗谱,重蹈了郑氏的覆辙。现在根本打破了这种束缚,才能发现《诗经》的真正面目。

## 五

## 宛丘（陈风）

子之汤兮,宛丘之上兮。洵有情兮,而无望兮。
坎其击鼓,宛丘之下。无冬无夏,值其鹭羽。
坎其击缶,宛丘之道。无冬无夏,值其鹭翿。

释音：汤，音荡。翿，音导。

## 【诗义关键】

这首诗的关键就在"鹭羽""鹭翿"的用途：用途知道了，诗义也就容易寻求了。

《毛传》："翿，翳也。"《郑笺》："翳，舞者所持以指麾。"《毛传》又说"鹭鸟之羽可以为翳"，则鹭羽、鹭翿实际是一种东西，换字以协韵。鹭羽、鹭翿既是舞者所持的东西，加以舞的地点又在宛丘，自然使我们联想到《东门之枌》篇的"东门之枌，宛丘之栩。子仲之子，婆娑其下"。这首诗"子之汤兮"的"子"也就是《东门之枌》篇"子仲之子"的"子"，指的都是孙子仲的女儿。《毛传》以"子"指陈大夫，陈大夫再荒淫无度，也不会无冬无夏在宛丘上下跳舞。《郑笺》以为指幽公，何所据而云然？《诗经》里没有以"子"称国君的。这首诗仍是写孙子仲女儿的跳舞。且以斯义将此诗作一解释。

## 【字句解释】

一章。汤，即荡之假借，游荡的意思。宛丘，在陈城南三里，与《东门之枌》篇的宛丘是一个地点。洵，信。从"洵有情兮，而无望兮"，更可证明此诗是讲尹吉甫与孙子仲女儿恋爱的事。因为尹吉甫仅是一位由南燕流亡到卫国的武士，地位既低，家又贫穷；而孙子仲的女儿（以后简称为仲氏）是贵族，所以尹吉甫感到没有希望。整章的意思就是：她这个人游荡呀,在宛丘的上边。我们诚然有感情,然而没有希望呀!

二章。坎,声。值,执。整章的意思就是:坎坎的击鼓声,发出在宛丘的下边。也不分冬也不分夏,拿着鹭羽在舞蹈。

三章。缶,瓦盆。整章的意思就是:坎坎的击缶声,发出在宛丘的道边。也不分冬也不分夏,拿着鹭翿在舞蹈。

## 【诗篇联系】

《东门之枌》篇说"穀旦于差,南方之原",又说"穀旦于逝,越以鬷迈",是两个人一起到宛丘。这首诗说"洵有情兮,而无望兮";也是两个人。这首诗与《东门之枌》篇地点相同、人物相同、舞蹈相同、情感相同,把这两首诗联系一起,不是没有道理吧?

## 【诗义辨正】

《毛序》:"《宛丘》,刺幽公也。淫荒昏乱,游荡无度焉。"上边曾说陈幽公并无"淫荒昏乱,游荡无度"的事迹,完全是诬蔑。姚际恒就批判说:"《小序》谓刺幽公,恐'子'字未妥。"《诗经》中没有称国君为子的。且幽公再游荡无度,也绝对不会无冬无夏在路边上击鼓、击缶而舞蹈。只因诗在《陈风》,故有此种附会。《集传》说:"国人见此人常游荡于宛丘之上,故叙其事以刺之。"他已看出不是幽公。傅斯年说:"形容舞者之辞。"皮毛之见。

# 六

## 君子阳阳（王风）

君子阳阳，左执簧，右招我由《房》。其乐只且！
君子陶陶，左执翿，右招我由《敖》。其乐只且！

释音：簧，通皇。

## 【诗义关键】

这首诗的关键就在"左执簧，右招我由《房》"，"左执翿，右招我由《敖》"这几句，这几句理解了，诗义也就明白了。

"左执簧""左执翿"，在文法上是连类对举。《诗经》里凡是连类对举，其意义都是一样的。翿既是鹭羽所做的翳，那么簧不应该是另一种东西笙。簧为皇之假借。皇，一名翿，舞师拿着的一把五彩羽毛，歌舞时自己盖在头上，借以装扮鸟形（闻一多说）。《房》是《房中》，舞曲名；《敖》是《骜夏》，也是舞曲名（亦闻一多说）。左执簧，右招我由《房》，就是左手拿着鹭羽，右手牵着我跳《房中》舞。左执翿，右招我由《敖》，就是左手拿着鹭翿，右手牵着我跳《骜夏》舞。这不是两个人在跳舞吗？《宛丘》篇说"无冬无夏，执其鹭翿"，也是执翿而舞，不过一个是男子的口气、一个是女子的口气的不同罢了。这首诗是仲氏讲她在学跳舞，不会是附会吧？兹以此义将这首诗作一解释。

【字句解释】

一章。阳阳，通作扬扬，快乐之状（马瑞辰说）。整章的意思就是：扬扬得意的君子，左手拿着鹭羽，右手牵着我跳《房中》舞。快乐呀，真快乐！

二章。陶陶，和乐貌。整章的意思就是：快活喜乐的君子，左手拿着鹭翿，右手牵着我跳《骜夏》舞。快乐呀，真快乐！

【诗篇联系】

《诗经》里用"翿"字的只有《宛丘》与此篇，由此篇的"翿"使我们联想到《宛丘》篇。将两篇的情节做一对照，使我们了解了此诗的意义。将这两首诗排在一起，是否可以呢？

【诗义辨正】

《毛序》："《君子阳阳》，闵周也。君子遭乱，相招为禄仕，全身远害而已。"诗在《王风》，而王城指东周，所以就附会说"闵周也"。《序》说君子遭乱，诗里哪一点有乱的迹象呢？《集传》说："此诗疑亦前篇（按指《君子于役》篇）妇人所作。盖其夫既归，不以行役为劳，而安于贫贱以自乐，其家人又识其意而深叹美之，皆可谓贤矣。岂非先王之泽哉！"他是在说教呢，还是在解诗呢？姚际恒批评他们说："《大序》谓'君子遭乱，相招为禄仕'，此据'招'之一字为说，臆测也。《集传》谓'疑亦前篇妇人所作'，此据'房'之一字为说，更鄙而稚。大抵乐必用诗，故作乐者亦作诗以摹写之；然其人其事不可考矣。"批评得甚为正确。

# 七

## 东方之日（齐风）

东方之日兮，彼姝者子，在我室兮。在我室兮，履我即兮。

东方之月兮，彼姝者子，在我闼兮。在我闼兮，履我发兮。

释音：姝，音枢。

## 【诗义关键】

这首诗的关键就在"在我室兮，履我即兮"，"在我闼兮，履我发兮"。这几句了解了，诗义也就明白了。

即，为就之假借。履，践（马瑞辰说）。在我室兮，履我即兮，就是在我的室里，跟着我的脚步。发，为跋之假借；跋，是脚后跟。闼为内门（亦马瑞辰说）。在我闼兮，履我发兮，就是在我的内门里，跟着我的脚后跟。这不就是《君子阳阳》篇的"左执簧，右招我由《房》"，"左执翿，右招我由《敖》"吗？不也是在跳舞吗？不过，一个出自女子之口、一个出自男子之口的不同罢了。从此，诗意也就豁然开朗，原来也是一首爱情诗。

## 【字句解释】

一章。东方之日，是喻美女的出现。马瑞辰引《文选》李善注引《韩诗薛君章句》说:"诗人所说者,颜色盛也,言美如东方之日出也。"美人的出现,现在还说"太阳出来了"。姝,《方言》:"齐、魏、燕、代之间谓好曰姝。"尹吉甫是南燕人,在卫国作仕,正是魏、燕、代之间。彼姝者子,指仲氏。仲氏长得异常漂亮,《诗经》中凡言美人,除《硕人》篇的庄姜外,都是指她。整章的意思就是:东边的太阳出来了,那位漂亮的姑娘呀,在我房里。在我房里,跟着我的脚步。

二章。东方之月,也是象征美女的出现。整章的意思就是:东边的月亮出来了,那位美丽的姑娘呀,在我的内门。在我的内门,跟着我的脚跟。

**【诗篇联系】**

从"履我即兮""履我发兮"来看,不成问题是写舞蹈。再从《君子阳阳》篇"左执簧,右招我由《房》","左执翿,右招我由《敖》"来看,不成问题这两首诗写的是一回事。不过,前一首由女子的口气、这一首由男子的口气来唱不同罢了。

**【诗义辨正】**

《毛序》:"《东方之日》,刺衰也。君臣失道,男女淫奔,不能以礼化也。"《毛序》只言"刺衰",没有讲出刺哪一位君,所以大家都来猜了,有人说刺襄公,有人说刺哀公,又有人说刺庄公,姚际恒就批评说:"《小序》谓刺衰,孔氏谓刺哀公,《伪传》《说》谓刺庄公,何玄子谓刺襄公,说诗者果可以群逞臆见如此乎?"屈万里说:"此情歌之类。"表面见解。

# 八

## 东门之池（陈风）

东门之池，可以沤麻。彼美淑姬，可与晤歌。
东门之池，可以沤纻。彼美淑姬，可与晤语。
东门之池，可以沤菅。彼美淑姬，可与晤言。

释音：纻，音苎。菅，音间。

## 【诗义关键】

这首诗的关键就在"东门之池"的"东门"是哪一国的东门？"彼美淑姬"的"姬"是实在的姓呢，还是普通的词汇？这两个问题解决了，诗义也就知道了。

《水经注》（卷二十二）说："（陈）城之东门内有池。池水东西七十步，南北八十许步。水至清洁，而不耗竭，不生鱼草。水中有故台处，《诗》所谓'东门之池'也。"《元和郡县志》："陈州东门池在州城东门内道南。《诗·陈风》'东门之池，可以沤麻'即此也。"（马瑞辰说）由此可知东门之池是指陈城东门内的池。这样，与《东门之枌》篇的东门一致了。我们曾说仲氏长得异常漂亮，而仲氏是孙子仲的女儿，孙子仲就是卫武公的儿子惠孙，那么，他姓姬，他的女儿当然也姓姬。如此讲来"彼美淑姬"是实有其人，并不是泛指。《东门之枌》篇说"不绩其麻"，此诗说"可以沤麻"，季节也相同。《东门之枌》篇说"子仲之子"，此诗说"彼美淑姬"，不会有两位姓姬的小姐同一个季节在陈城东门之池谈恋爱吧？不成问题，这也是一首尹吉甫与仲氏在陈城恋爱的诗篇。

**【字句解释】**

一章。《植物名实图考长编》（卷一）于"麻"条说："沤欲清水。"又注说："浊水则麻黑，水少则麻脆。"陈城东门内的池子是"水至清洁，而不耗竭"，故可以沤麻。晤，对；晤歌，对歌。整章的意思就是：东门里的池子，可以渍麻。那位漂亮的姬家姑娘，可以与她对歌。

二章。纻，苎麻。语，《周礼·春官·大司乐》称乐语说："以乐语教国子，兴、道、讽、诵、言、语。"可知言、语亦属乐语，与歌同类。整章的意思就是：东门里的池子，可以渍苎。那位漂亮的姬家姑娘，可以与她对唱。

三章。菅，草名，似茅而华泽。整章的意思就是：东门里的池子，可以渍菅。那位漂亮的姬家姑娘，可以与她对谈。

**【诗篇联系】**

这又是一首情歌，而地点也发生在陈城。既是姬姓的女儿在恋爱，自然使我们联想到孙子仲的女儿。把它们联系在一起，是极自然的安置。

**【诗义辨正】**

《毛序》："《东门之池》，刺时也。疾其君之淫昏，而思贤女以配君子也。"诗在《陈风》,即先入为主地认陈幽公是一位淫昏之主,所以说:"疾其君之淫昏。"然幽公不论怎样淫昏,也不至于在东门之池与一位女孩子对唱。看见"淑姬"二字,于是就说"思贤女以配君子"。可是哪一点是根据诗来讲诗呢?《集传》是面对诗篇的,说:"此亦男女会遇之辞。盖因其会遇之地所见之物以起兴也。"表面上的确是如此。

# 九

## 泽陂（陈风）

彼泽之陂,有蒲与荷。有美一人,伤如之何?寤寐无为,涕泗滂沱。

彼泽之陂,有蒲与蕳。有美一人,硕大且卷。寤寐无为,中心悁悁。

彼泽之陂,有蒲菡萏。有美一人,硕大且俨。寤寐无为,辗转伏枕。

释音:陂,音皮。卷,音权。

## 【诗义关键】

这首诗的关键就在菡萏是什么时候开花以及"硕大且卷"的美人是谁。这两个问题解决了,诗义也就显现了。

菡萏,莲花,莲在夏季开花。《植物名实图考长编》(卷一)

于"麻"条引《图经》说:"麻花上勃勃者,七月七日采。"由此看来,采麻与莲花盛开是同一季节。此诗又说"有美一人,硕大且卷",使我们想到《椒聊》篇"彼其之子,硕大无朋","彼其之子,硕大且笃"。再加以《东门之池》篇说"彼美淑姬,可与晤歌",是尹吉甫与仲氏曾在东门之池对唱。不会在同一季节,同一地点,同是两个恋人,同是高大的美女在池子边大哭吧?自然而然让我们将此诗排在这里。

**【字句解释】**

一章。泽,水池。陂,即陂池。《毛传》:"陂,泽障也。"《尚书·泰誓》:"官人以世,惟宫室、台榭、陂池、侈服,以残害于尔万姓。"《礼记·月令》:"毋漉陂池。"陂池是在池中围出一部分作为栽种荷花、蒲草之用,所以诗言"彼泽之陂,有蒲与荷"。如,若。《诗经》中用"寤寐"成语的共有四篇,就是《关雎》《终风》《考槃》与此诗。《诗经》中凡言"寤"都作"梦"解,如《下泉》篇"忾我寤叹",即在梦里叹息。凡言"寐"都作"睡"讲,如《氓》篇"夙兴夜寐",即早起晚睡。《兔爰》篇"尚寐无觉",即还在睡觉没有感觉吗?寤寐合起来就是睡里梦里。无为,即没有别的。涕,眼泪。泗,鼻涕。滂沱,本来是指小水池,借来形容眼泪鼻涕之多。整章的意思就是:那个池子的陂池里,长着菖蒲与荷花。有一位美人呀,怎么这样伤心呢?睡里梦里都在鼻涕一把泪一把地哭。

二章。蕳,《毛传》:"兰也。"《郑笺》:"当作莲。莲,芙蕖实也。"以《郑笺》为是。因为一、三两章都言荷,不应此章独言兰，不合《诗经》连类对举的法则；且兰亦非水中之物。卷，《经典释文》"本又作婘"；《广雅》"婘，好也"。悁悁，忧思。整章的意思就是：那个池子的陂池里，长着菖蒲与莲花。有一位美丽的人儿呀，既高大而又好看，睡里梦里，心中都在忧愁。

三章。菡萏，荷花。俨，《韩诗》作"嬮"。《玉篇》"嬮，又鱼检切"，正与俨声近而义通。《太平御览》引《韩诗薛君章句》以嬮为重颐，重颐即今所言之酒窝。整章的意思就是：那个池子的陂池里，长着菖蒲与荷花。有一位美人呀，高大而又有酒窝。睡里梦里都在枕头上辗转不安。

## 【诗篇联系】

很显然，这是一首写男女恋人在闹别扭的诗。一位大个子的美女在池子边与爱人闹别扭，自然使我们将此诗与《东门之池》篇连在一起。

## 【诗义辨正】

《毛序》："《泽陂》，刺时也。言灵公君臣淫于其国，男女相悦，忧思感伤焉。"诗在《陈风》，就认此诗为刺陈灵公了。"男女相悦，忧思感伤"，难道一定由于陈灵公君臣淫于国吗？倒不如姚际恒说得干脆。他说："《序》谓'刺时，男女相悦'，《集传》谓'与《月出》相类'，但诗云'伤如之何'，云'涕泗滂沱'，苟男女相念，奚至于此？是必伤逝之作。或谓伤泄冶之见杀，则与意不合。未详此诗之旨也。"

# 十

## 东门之杨(陈风)

东门之杨,其叶牂牂。昏以为期,明星煌煌。
东门之杨,其叶肺肺。昏以为期,明星晢晢。

释音:牂,音臧。肺,音沛。晢,读为晰。

## 【诗义关键】

假如不与《野有蔓草》《绸缪》《小星》三篇联合起来,根本无法了解这首诗。我们先把这段故事讲出来,然后再由这四篇诗来证明。原来尹吉甫在平陈宋时,是经常出征的。有一天仲氏晓得他的军队晚间要在陈城经过,她就在东门的杨树下等,一直等到启明星出来的时候才等到。可是尹吉甫仅仅是在陈城经过,停留不久就又开拔,使她感到非常愁怅,因而又引起了尹吉甫的发牢骚。我们就顺着这个故事将这首诗作一解释。

## 【字句解释】

一章。"将"字古作"将",形与"牂"近,因讹"将"为"牂"。《尔雅·释诂》、扬雄《法言》并云:"将,大也。"(朱起凤《辞通》说)期,期限,与《采绿》篇"五日为期"的"期"同义。明星,启明星(马瑞辰说)。煌煌,明貌。整章的意思就是:东门的白杨呀,它的叶子肥大呀。本来说是黄昏的期限嘛,怎么启明星出来了还不来？

二章。《小弁》篇"萑苇淠淠"，《生民》篇"荏菽旆旆"，此诗"其叶肺肺"，淠、旆、肺三字并声近义通。肺，应为芾之假借；《广雅·释训》："芾芾，茂也。"（《辞通》说）《广韵》："晢，星光也，亦作晣"，是晢、晣通用（亦《辞通》说）。整章的意思就是：东门的白杨呀，它的叶子很茂盛呀。本来说是黄昏的期限嘛，怎么启明星出来了还不来？

## 【诗篇联系】

《诗经》中凡言东门，都是陈城的东门，因为仲氏在陈国时住在那里，所以东门成了他们恋爱的地点。然仅凭东门也不可能知道这首诗的意义。诗义是由"明星"二字晓得的。马瑞辰于《毛诗传笺通释》（卷十三）说："明星，谓启明之星，非泛言大星也。《小雅》：'东有启明，西有长庚。'《传》：'日旦出，谓明星为启明；日既入，谓明星为长庚。庚，续也。'《史记·天官书》：'太白出东方，庳近日曰明星，高远日曰大嚣。'是启明一名明星之证。"明星既为启明星，那么就与《绸缪》篇"三星在天""三星在隅""三星在户"的时间相合了。三星即参星，亦即启明星。这样使《东门之杨》与《绸缪》两篇发生了联系。再由《绸缪》篇"见此邂逅""如此邂逅何"的"邂逅"与《野有蔓草》篇"邂逅相遇"的"邂逅"，又使《绸缪》与《野有蔓草》两诗发生关系。《小星》篇"嘒彼小星，维参与昴"，参星就是启明星，也就是三星，因而《小星》篇又与《东门之杨》《绸缪》《野有蔓草》三诗联系到一起。下边就将这四篇诗联合起来试作解释。

**【诗义辨正】**

《毛序》:"《东门之杨》,刺时也。婚姻失时,男女多违,亲迎,女犹有不至者也。"全从字面上猜测。因为古人迎娶在昏时,故由昏而想到婚姻。再由"昏以为期,明星煌煌",没有及时而至,就又联想到"婚姻失时,亲迎,女犹有不至者"。《郑笺》就明明这样附会说:"亲迎之礼以昏时,女留他色,不肯时行,及至大星煌煌然。"《集传》说:"此亦男女期会而有负约不至者,故因其所见以起兴。"虽比较接近诗义,而实际仍在字面上猜想。要不是发现尹吉甫与仲氏的恋爱事迹,这首诗的意义也就永久无法知道。

## 十一

## 野有蔓草(郑风)

野有蔓草,零露漙兮。有美一人,清扬婉兮。邂逅相遇,适我愿兮!

野有蔓草,零露瀼瀼。有美一人,婉如清扬。邂逅相遇,与子偕臧。

**【诗义关键】**

这首诗的关键就在"邂逅相遇,适我愿兮",这两句懂得了,诗义也就显现了。仲氏之在东门外边迎接尹吉甫,尹吉甫并不知道。她是从她父亲孙子仲那里知道尹吉甫的队伍要从陈城经过,所以她去接他。接到他后,所以他说"邂逅相遇,适我愿兮",不期而遇正是我所愿望的。怎么知道是这种情节呢?"野有蔓草"与"东门之杨"的场地相合;"零露漙兮"与"明星煌煌"的时间也正合。再加以《绸缪》篇所写的见面后就要离别,故知此中情节。

## 【字句解释】

一章。蔓,曼之假借;曼,长(马瑞辰说)。零,落。漙,盛多貌。《诗经》里用"有美一人"的共有两篇,就是《泽陂》与此诗,而这两篇所指的,都是仲氏。清扬,眼睛。婉,为腕之假借;腕,大目貌。清扬婉兮,就是有着两只大眼睛。整章的意思就是:野地里长着很深的草,露水下得很大呀。一位美丽的人儿,有着两只大眼睛。不期而遇到呀,正是我所希望的呀!

二章。瀼瀼,露盛貌。如,作其讲,与《都人士》篇"绸直如发"的"如"同义。臧、藏,古通。与子偕臧,就是与她一起藏起来。这也正是一对爱人见面时的情景。整章的意思就是:野地里长着很深的草,露水下得很多呀。一位美丽的人儿,她的眼睛大大的。不期而遇到呀,与她一起藏起来呀。

## 【诗篇联系】

《东门之杨》篇是写等待爱人,一直等到天快亮的时候终于等到了;这一首正是写接到爱人后的情景,不是天造地设的联结吗?

## 【诗义辨正】

《毛序》:"《野有蔓草》,思遇时也。君之泽不下流,民穷于兵革,男女失时,思不期而会焉。"全是由政教观点来猜,一点也不着边际。《集传》说:"男女相遇于野田草露之间,故赋其所在以起兴。"他是从民歌的立场来猜。姚际恒说:"《小序》谓'思遇时',绝无意。或以为邂逅贤者作,然则贤其'清扬婉兮'之美耶?此似男女及时婚姻之诗。"大家都在猜,没有一个猜得对。闻一多说:"喜遇也。"表面猜到了,然而谁与谁遇呢?假如不知道作者,还是不知道真实情形。

## 十二

## 绸缪(唐风)

绸缪束薪,三星在天。今夕何夕,见此良人!子兮子兮,如此良人何!

绸缪束刍,三星在隅。今夕何夕,见此邂逅!子兮子兮,如此邂逅何!

绸缪束楚,三星在户。今夕何夕,见此粲者!子兮子兮,如此粲者何!

**【诗义关键】**

这首诗的关键就在三星是什么星，良人是哪一种人。这两个问题解决了，诗义也就显现了。

三星就是参星，到现在北方人还说"三星出现了"，就是指参星的出现。参星，就是《东门之杨》篇的明星，也就是启明星。"三星在天""三星在隅""三星在户"，也正是指启明星的出现。良人，是什么人呢？现在都依《孟子》一书而解为丈夫，这是了解此诗的最大障碍。《国语·齐语》说："管子对曰：'作内政而寄军令焉。'桓公曰：'善。'管子于是制国。五家为轨，轨为之长。十轨为里，里有司。四里为连，连为之长。十连为乡，乡有良人焉，以为军令。五家为轨，故五人为伍，轨长帅之。十轨为里，故五十人为小戎，里有司帅之。四里为连，故二百人为卒，连长帅之。十连为乡，故二千人为旅，乡良人帅之。"由此可知良人是率领二千人的旅长，也可说是乡长，这是保甲制度上的名称，原始的意思并不作丈夫解。然这是齐国的制度，现在所讲的是卫国的诗，怎么可以引以为证呢？《齐语》又说"修旧法，择其善者而业用之"，其制度是由旧的制度而来，现在讲的是宣王三年（公元前八二五），而管仲是齐桓公时人，齐桓公是周庄王十二年（公元前六八五）即位，离宣王三年已一百四十年，故谓之旧法。宣王的复兴就是用这种兵役制度而复兴的，讲到尹吉甫西征玁狁时就可知道。《诗经》中用"良人"的共有四篇，就是《小戎》《桑柔》《秦风·黄鸟》与此诗。除《黄鸟》篇的三良是指子车氏的三子外，其余各篇的良人都是尹吉甫，因为他正是卫国浚地的良人。到此，我们可以解释《击鼓》篇"土国城漕，我独南行"这两句诗了。他是良人，应该带有两千人，可是不让他带军队，只派他一个人去，所以说："我独南行。"他的职位本是良人，所以此诗说："见此良人。"他同仲氏是没有约会而遇到的，所以又说："见此邂逅。"这都是女子的口气。他们见到后，马上又要离别，所以又说："子兮子兮，如此良人何！"知道了这些情节，再将此诗一字一句作一解释。

**【字句解释】**

一章。绸缪，缠绵。束薪，捆绑柴薪。子，嗞之假借；《说文》："嗞，嗟也。"子兮，嗞嗟的声音（王引之《经义述闻》说）。如，与。整章的意思就是：有人在捆绑柴薪，天上的参星出现了。今晚是多么好的一个晚上呀！我看到了这位良人。可叹呀可叹，看到了又该怎么样呢！

二章。刍，干草。隅，房屋的一角。邂逅，应解为不期而遇的人，因为一章良人，三章粲者，都是指人，此章也应指人。整章的意思就是：有人在捆绑干草，参星在屋角出现了。今晚是多么好的一个晚上呀！看到了不期而遇的人。可叹呀可叹，看到这不期而遇的人又该怎么样呢！

三章。楚，有草木二种，此处应指楚草，因为上两章的薪、刍都是指草（闻一多说）。户，门户。粲，指美男子。整章的意思就是：有人在捆绑楚草，参星在门前出现了。今晚是多么好的一个晚上呀！看到了这位美男子。可叹呀可叹，看到这位美男子又该怎么样呢！

## 【诗篇联系】

"三星在天""三星在隅""三星在户",与《东门之杨》篇的"明星煌煌"正是一个时间。良人是率领两千人的武士,与平陈与宋的任务正合。"见此邂逅"与《野有蔓草》的"邂逅相遇"也正吻合。把《东门之杨》《野有蔓草》《绸缪》三诗连合起来,不正是一个故事吗?再者,"三星在天"的时候束薪、束刍、束楚,不正是行军的情景吗?

## 【诗义辨正】

《毛序》:"《绸缪》,刺晋乱也。国乱,则婚姻不得其时焉。"《毛传》解良人为"美室";既然有了美室,怎还婚姻不得其时呢?《集传》说:"国乱民贫,男女有失其时而后得遂其婚姻之礼者,诗人叙其妇语夫之辞曰:方绸缪以束薪也,而仰见三星之在天,今夕不知何夕也,而忽见良人之在此。既而自谓曰:子兮子兮,其将奈此良人何哉?喜之甚而自庆之辞也。"把诗解释得支离破碎,且也不着边际,这都是民谣观念的作祟!

## 十三

## 小星(召南)

嘒彼小星,三五在东。肃肃宵征,夙夜在公,寔命不同!

嘒彼小星，维参与昴。肃肃宵征，抱衾与裯，寔命不犹！

释音：嘒，音彗。昴，音卯。裯，音仇。

## 【诗义关键】

这首诗的关键就在"肃肃宵征"与"夙夜在公"，了解了这两句，诗义也就打通了。

肃肃，《毛传》："疾貌。"《诗经》里用"肃肃"的共有八篇，就是《鸨羽》《鸿雁》《黍苗》《思齐》《烝民》《雕》《兔罝》与此诗。《毛传》《郑笺》对这两个字的解释有时作"疾貌"，有时作"敬也"，有时作"鸨羽声"，有时作"羽声"，有时作"严正之貌"，其依诗立训，显而易见。实际上，除《兔罝》篇的"肃肃"读为"缩缩"外，其余各篇都作"急"讲。《鸨羽》篇"肃肃鸨羽"即急急鸨羽，形容鸨羽飞行之速；《鸿雁》篇"肃肃其羽"就是急急其羽；《黍苗》篇"肃肃谢功"，就是急急谢功；《思齐》篇"肃肃在庙"，就是急急在庙，形容祭祖者的忙碌；《烝民》篇"肃肃王命"，就是急急的王命；《雕》篇"至止肃肃"，就是至止急急，急急地来到；此篇"肃肃宵征"，就是急急宵征。《诗经》中用"征"字的共有十八篇，就是《东山》《破斧》《皇皇者华》《小雅·杕杜》《六月》《车攻》《鸿雁》《小明》《黍苗》《渐渐之石》《何草不黄》《采芑》《小宛》《烝民》《泮水》《常武》《桑柔》与此诗。《毛传》《郑笺》对此字的解释也不一致，有时解作征伐，而大多数都解为行。如解为行，使诗义也都变了。征就是出征，打仗；肃肃宵征，就是天不亮就急急地出征。

《诗经》里用"公"字的共四十一篇，就是《兔罝》《麟之趾》《采蘩》《羔羊》《简兮》《硕人》《大叔于田》《东方未明》《汾沮洳》《驷驖》《秦风·黄鸟》《七月》《破斧》《九罭》《狼跋》《天保》《六月》《白驹》《大东》《大田》《绵》《思齐》《灵台》《文王有声》《既醉》《凫鹥》《公刘》《卷阿》《云汉》《江汉》《酌》《瞻卬》《召旻》《烈文》《载见》《臣工》《雝》《有駜》《泮水》《閟宫》与此诗。这些公字里，除谭公、穆公、周公、召公、公刘、庄公、鲁公为私名，公路、公行、公族、公孙为称谓，《閟宫》《泮水》两篇之"公"为鲁公①，《六月》篇"以奏肤公"、《灵台》篇"矇瞍奏公"、《江汉》篇"肇敏戎公"、《酌》篇"实维尔公"、《文王有声》篇"王公伊濯"之"公"为"功"之假借外，其他单用"公"的，都是指卫公，因为称本国的君故只称公。等于《春秋》里称别国君主时都提出名字，称本国时则只称"公"一样。这点发现很重要，因为使这些诗篇有了范围，考证事迹时，也就有线索可寻。"在"作"为"讲，夙夜在公，也就是从早到晚为卫公。如此讲来，此诗就与平陈与宋发生了关系。

了解这两句诗，再将整篇作一解释。

**【字句解释】**

一章。嘒，明貌。与《云汉》篇"有嘒其星"的"嘒"

---

① 《有駜》篇之"公"也为鲁公。

同义（马瑞辰说）。寔，实，古今字。寔命不同，怨恨自己的命运不如人。整章的意思就是：亮晶晶的小星，三个五个在东边的天空。天不亮就急急地出征，从早到晚为公，命运实在不同！

二章。参，即《绸缪》篇的三星。现在北方乡下人，夜晚出门时还看三星出来了没有；三星出现就该动身了。昴，是昴星。衾，被子。裯，帐子。抱衾与裯，就像现在行军时带的军毡。犹，若。不犹，不若，也就是上章"不同"的意思。整章的意思就是：亮晶晶的小星，是参星与昴星。天不亮就急急地出征，抱着被子与蚊帐，命运实在不好！

## 【诗篇联系】

"嘒彼小星，三五在东"，"嘒彼小星，维参与昴"，正与《东门之杨》篇"明星煌煌""明星晢晢"，《绸缪》篇"三星在天""三星在隅""三星在户"为同一时间。"肃肃宵征"正是《绸缪》篇的良人的任务。这位良人正在恋爱，如今见了爱人而马上又要离别，自然要有怨言，《绸缪》篇是女子的口气，这首诗是男子的口气，而所写的都是离愁别恨，情感正复一致。把这四首诗——《东门之杨》《野有蔓草》《绸缪》《小星》摆在一起，不是正相连贯吗？

## 【诗义辨正】

《毛序》："《小星》，惠及下也。夫人无妒忌之行，惠及贱妾，进御于君，知其命有贵贱，能尽其心矣。"《集传》也跟着附会说:"南国夫人承后妃之化,能不妒忌以惠其下,故其众妾美之如此。盖众妾进御于君,不敢当夕,见星而往,见星而还,故因所见以起兴。其于义无所取,特取在东、在公两字之相应耳。遂言其所以如此者,由其所赋之分不同于贵者,是以深以得御于君为夫人之惠,而不敢致怨于往来之勤也。"方玉润《诗经原始》批评上两种论调说:"诗中词意唯衾裯句近闺词,余皆不类。不知何所见而云然也。且即使此句为闺阁咏,亦青楼移枕就人之意,岂深宫进御于君之象哉?姚氏际恒解此诗,引章俊卿之言以为小臣行役作,因推广其意云:'山川原隰之间,仰头见星,东西历历可指,所谓戴星而行也。抱衾裯云者,犹后人言襆被之谓。"实命不同",则较"我从事独贤"稍为浑厚。若谓众妾,则是乃其常分,安见为后妃之惠及妾媵乎?'然而诗旨原自分明,无如诸公之错会其解者何哉?夫'肃肃宵征'者,远行不逮,继之以夜也。'夙夜在公'者,勤劳王事也。命之不同,则大小臣工之不一,而朝野劳逸之悬殊也。既知命不同,而仍克尽其心,各安其分,不敢有怨天心,不敢有忽王事,此何如器识乎?"他几乎说对了;可惜他不知道真实事迹,说得还不透彻。傅斯年说:"《小星》,仕官者夙夜在公,感其劳苦而歌。"闻一多说:"此诗本是咏使者远适,夙夜征行,不敢慢君命之意。"屈万里说:"《韩诗外传》(卷一)引此诗,以为劳于仕宦者之作,近是。"都不了解征是出征,所以都在仕宦者身上猜想。然而比《毛序》《集传》要切近多了。

## 十四

## 出其东门（郑风）

出其东门，有女如云；虽则如云，匪我思存。缟衣綦巾，聊乐我员。

出其闉闍，有女如荼；虽则如荼，匪我思且。缟衣茹藘，聊可与娱。

释音：员，音云。

**【诗义关键】**

《诗经》中凡言东门，都是陈城的东门，以下将逐一证明；因为这首诗在《郑风》，孔颖达就以为是郑国的东门，非是。若是陈城东门，诗义就可寻绎了。原来尹吉甫到东门去找他的女友，女友不在，又到东门外来找她，只见到一大片的女郎，可是其中没有她，就和其中一位穿白衣围淡绿佩巾的女郎开了一个玩笑，这首诗就是向一位女子开玩笑的作品。

**【字句解释】**

一章。思存，思之所在。缟衣，白衣。綦，淡绿色。巾，佩巾。乐，即北平话的"逗乐子"。员，云，古今字，语助词。整章的意思就是：走出了那个东门，有一片像云彩那样多的女郎；虽说有一片像云彩那样多的女郎，然都不是我所思念的。

只有那位穿白衣围淡绿色佩巾的，聊且可以逗一逗乐子。

二章。闉闍，城门外的子城门。荼，茅草的穗。茅草穗是白色，与白云色相同，故类举以为对。且，通徂；《尔雅》："徂，存也。"思徂，与思存是一个意思。茹藘即绛草，此处指其叶而言。娱，逗着玩。整章的意思就是：走出了城的子门，看到一片像荼穗一样多的女郎；虽说看到一片像荼穗一样多的女郎，然都不是我所想念的。只有穿白衣围茹藘色佩巾的，聊且可以与她逗着玩。

## 【诗篇联系】

研究《诗经》有一个方法，就是将同一个字、同一个成语、同一个名词、同一个句子、同一个地名、同一个人名、同一件史事、同一个故事列在一起，自然就发现它们的关系。比如《东门之枌》《东门之池》《东门之杨》《出其东门》《东门之墠》这些东门，如果照着《国风》的国别去找，永远得不出结果。现在知道都是陈城的东门，故事就有线索可寻了。线索寻到了，不仅了解这首诗，连最不可捉摸的《芣苢》一诗，也可知它的意义了。接着下边就要解释《芣苢》篇。

## 【诗义辨正】

《毛序》："《出其东门》，闵乱也。公子五争，兵革不息，男女相弃，民人思保其家室焉。"孔颖达为附会这样说法，以桓公十一年、十五年、十七年、十八年，庄公十四年《左传》里互争的事迹以实之，请问：这么长的时间里，诗是什么时候写的？

这些事迹与诗有什么关系?《集传》说:"人见淫奔之女而作此诗。以为此女虽美且众,而非我思之所存,不如己之室家,虽贫且陋,而聊可自乐也。是时淫风大行,而其间乃有如此之人,亦可谓能自好而不为习俗所移矣。羞恶之心,人皆有之,岂不信哉!"姚际恒批评他们说:"《小序》谓'闵乱',诗绝无此意。按郑国春月,士女出游,士人见之,自言无所系思,而室家聊足与娱乐也。男固贞矣,女不必淫。以如云如荼之女而皆谓之淫,罪过!罪过!人孰无母、妻、女哉?"他所批评的是对了,而所猜想的错了。傅斯年说:"一人自言其所爱之专一。"只对了一半,因为他没有注意到"缟衣綦巾,聊乐我员"的下一半。

## 十五

## 芣苢(周南)

采采芣苢,薄言采之。采采芣苢,薄言有之。
采采芣苢,薄言掇之。采采芣苢,薄言捋之。
采采芣苢,薄言袺之。采采芣苢,薄言襭之。

释音:芣,音浮。苢,音以。掇,音夺。捋,音略。袺,音结。襭,音洁。

**【诗义关键】**

这首诗的关键就在芣苢是哪一种草?它有什么作用?它的

作用晓得了，诗义也就可以寻绎了。《植物名实图考长编》(卷七)于"车前子"条引《尔雅》说："芣苢，马舄；马舄，车前。注：今车前草，大叶长穗，好生道边，江东呼为虾蟆衣。"又引《埤雅》说："车前之实，雷之精也。善疗孕妇难产及令人有子，故《诗序》以为妇人乐有子也。"吃了车前子可以使妇人有子，这首诗的意义就显现了。《出其东门》篇不是说"缟衣綦巾，聊乐我员"，"缟衣茹藘，聊可与娱"吗？他所开的玩笑就是这篇诗。先把这首诗作一解释，再看他开的是什么玩笑。

**【字句解释】**

一章。《诗经》里用"采采"的，除《卷耳》篇外，都是"粲粲"的假借，如《蒹葭》篇"蒹葭采采"，就是蒹葭粲粲；《蜉蝣》篇"采采衣服"，就是粲粲衣服；此诗"采采芣苢"，就是粲粲芣苢。粲粲，此处作"萋萋"讲，茂盛的意思。这是成语，不能分开作"采而又采"讲。下句的"采"字才作"采"讲。《诗经》中用"薄言"成语的共有九篇，就是《采蘩》《出车》《邶风·柏舟》《采芑》《采绿》《时迈》《有客》《駉》与此诗。在这九篇里，薄，都读为"迫"；言，作"而"讲；薄言，就是迫而(高鸿缙《释薄言》说)。有，也是采的意思。整章的意思就是：粲粲的芣苢，急忙地在采它。粲粲的芣苢，急忙地得到它。

二章。掇，掠。捋，揪。整章的意思就是：粲粲的芣苢，急忙地掠它一把。粲粲的芣苢，急忙地揪它一把。

三章。袺，衣袖下的口袋，此处当动词用，就是塞在袋里。

襭，襄，也就是怀的本字，这里也作动词用，就是揣在怀里。整章的意思就是：粲粲的芣苢，急忙地塞在袋里。粲粲的芣苢，急忙地揣在怀里。

## 【诗篇联系】

了解了诗义，现在可以想象尹吉甫是怎样开这位穿白衣围淡绿色佩巾女子的玩笑了。车前子吃了可以生子，故意说她看见车前子急忙地采一把，急忙地摘一把，急忙地掠一把，急忙地揪一把，急忙地塞在袋里，急忙地揣在怀里，这不是开人家玩笑吗？到此，可以了解"聊乐我员""聊可与娱"的意义了吧？而《出其东门》与《芣苢》两篇的关系也可发现了吧？（这首诗是依据闻一多《匡斋尺牍》的解释，略加补充与修正。）

## 【诗义辨正】

《毛序》："《芣苢》，后妃之美也。和平，则妇人乐有子矣。"这是由芣苢宜怀妊的观念而演绎出来的。因为这首诗在《周南》，不敢认为是刺，所以说："后妃之美也。"《集传》附会说："化行俗美，家室和平，妇人无事，相与采此芣苢而赋其事以相乐也。采之未详何用，或曰其子治产难。"这是参和民谣与政治教化的观念而凑成的诗说。《韩诗序》说："伤夫有恶疾也。以事兴芣苢虽恶臭乎，我犹采采而不已者，以兴君子虽有恶疾，我犹守而不离去也。"芣苢有什么恶臭？真是向壁虚构以迁就自己的主观。姚际恒说"此诗未详"，倒是一句实在话。要不是闻一多给我们的启发，恐怕永远无法了解这首诗。

## 十六

## 采葛（王风）

彼采葛兮，一日不见，如三月兮！
彼采萧兮，一日不见，如三秋兮！
彼采艾兮，一日不见，如三岁兮！

**【诗义关键】**

这首诗的关键就在采葛是什么季节；季节知道了，所谓"彼采葛兮"的"彼"指的是谁，就有线索可寻了。《植物名实图考长编》（卷十）于"葛"条引《图经》说："七月着花，似豌豆花，不结实。"又引《南越笔记》说："秋霜时有葛花菜。"葛是开花后才可采，那么，采葛当在七月。同书（卷七）又于"车前子"条引《图经》说："七、八月采实。"由此可知采葛与采芣苢是同一个时候。从《出其东门》篇，知道尹吉甫去陈城东门外找仲氏没有找到，而仲氏之所以出去东门，也就是采葛，假如说此诗的"彼"即指仲氏，不会毫无道理吧？

**【字句解释】**

一章。葛，可以为绪绤，《葛覃》篇说："葛之覃兮，施于中谷，维叶莫莫。是刈是濩，为绪为绤"。整章的意思就是：她采葛去了，一天见不到，就像三个月了！

二章。《毛传》："萧所以供祭祀。"整章的意思就是：她采萧去了,一天见不到,就像三个秋天了!

三章。《植物名实图考长编》(卷九)于"艾"条引《别录》说:"艾叶味苦,微温,无毒。主灸百病,可作煎,止下痢吐血,下部䘌疮,妇人漏血,利阴气,生肌肉,辟风寒,使人有子。"整章的意思就是:她采艾去了,一天见不到,就像三年了!

**【诗篇联系】**

从《出其东门》篇知道尹吉甫到陈城东门外去找仲氏,未曾找到,在他们热恋期间,自然有一日三秋之感。然怎么就知道是指他们呢?同一个季节里,不会恰巧有第二对爱人是这样的情景吧?

**【诗义辨正】**

《毛序》:"《采葛》,惧谗也。"怎么会惧谗呢?《毛传》说:"桓王之时,政事不明,臣无大小,使出者则为谗人所毁,故惧之。"这样序《诗》,这样解《序》,与诗哪儿有一点关系?《集传》说:"采葛所以为绤绤,盖淫奔者托以行也。故因以指其人而言思念之深,未久而似久也。"也是在乱猜。姚际恒批评他们说:"《小序》谓'惧谗',无据。且谓'一日不见于君,便如三月以至三岁'。夫人君远处深宫,而人臣各有职事,不得常见君者亦多矣。必欲日日见君,方免于谗,则人臣之不被谗者几何?岂为通论?《集传》谓'淫奔',尤可恨。即谓妇人思夫,亦奚不可?何必淫奔?然终非义之正,当作怀友之诗可也。"他说"怀友",只对了一半,因为他没有分清男女。傅斯年说:"男女相思之歌。"对了。

## 十七

### 子衿（郑风）

青青子衿，悠悠我心。纵我不往，子宁不嗣音?
青青子佩，悠悠我思。纵我不往，子宁不来?
挑兮达兮，在城阙兮。一日不见，如三月兮!

释音：衿，音今。

## 【诗义关键】

尹吉甫的爱人仲氏在陈城时住在东门，那么，不仅东门之池是他们谈情说爱的场地，东门的城楼与城墙上也成为他们会面的地方。加以"一日不见，如三月兮"与《采葛》篇完全相同，自然使我们将这两篇连在一起，而此诗的意义也就发现了。

## 【字句解释】

一章。子衿与二章子佩对称，佩，既是玉佩，则衿也应为佩之一类，故闻一多以衿为紟之假借。紟，佩玉的带子，一称绶。悠悠，遥遥。嗣，《韩诗》作诒；诒，寄。音，音信。整章的意思就是：你的黑色的玉绶呀，遥遥地系着我的心。纵然我不能到你那儿，难道你就不寄个信来?

二章。整章的意思就是：你的黑色的玉佩呀，遥遥地让我在想念。纵然我不能到你那里，难道你也不能来？

三章。挑达，双声字，往来轻疾貌。城阙，城楼。整章的意思就是：走来走去呀，在那城楼上呀。一天见不到，就像三个月呀！

## 【诗篇联系】

《诗经》中的表现方法可以归纳成一个原则，就是在同一地点、同一时间、同一事件、同一感情，则用同一语句来表现。由此法则，使我们将《采葛》与此诗摆在一起；也由此诗"挑兮达兮，在城阙兮"，与《静女》篇"静女其姝，俟我于城隅"相同，又使此诗与《静女》篇排在一起了。

## 【诗义辨正】

《毛序》："《子衿》，刺学校废也。乱世则学校不修焉。"《毛传》说"青衿，青领也。学子之所服"，由误解青衿为学子之服，故而想到学校。孔颖达说："郑国衰乱，不修学校，学者分散，或去或留，故陈其留者恨责去者之辞，以刺学校之废也。"要转多么大的一个弯子才把这首序的意义解释出来！《集传》说："此亦淫奔之诗。"在道学家的朱熹看来，三百篇不是淫诗的没有几首。既然是淫诗，为什么还以此诗来教弟子呢？不过，他与汉儒比较，还是进步的，因为他还是面对着三百篇。汉儒是根本不看诗，只就诗中的一两个字来讲政教。傅斯年说："爱而不晤，责其所爱者何以不来也。"大体对了。

# 十八

## 静女（邶风）

静女其姝，俟我于城隅。爱而不见，搔首踟蹰。
静女其娈，贻我彤管。彤管有炜，说怿女美。
自牧归荑，洵美且异。匪女之为美，美人之贻。

释音：怿，音亦。女，音汝，下一"女"字同。荑，音啼。

## 【诗义关键】

这首诗的关键就在彤管。自从《郑笺》说"彤管，笔赤管也"以后，这首诗也就无法了解了。诗明明说"静女其姝，俟我于城隅"，又说"自牧归荑，洵美且异"，她明明是从牧野回来，约好在城楼见面，从田野回来怎么会带一支赤管的笔呢？所带的一定是田野里的东西，所以说"自牧归荑"。归，就是带回来的意思。彤管，一定是荑了。然荑怎么会称为彤管呢？《植物名实图考》卷八（与《植物名实图考长编》非一书）于"白茅"条说："其芽曰茅针，白嫩可啖，小儿嗜之，河南谓之茅荑。"陈城正在河南。又引雩娄农说："紫茹未拆，银线初含，苞解绵绽，沁鼻生津，物之洁，味之甘，洵无伦比。"由此可知，所谓彤管就是茅针还没有拆去紫茹时的称谓，实际也就是荑。如此讲来，全诗意义就一致了。

【字句解释】

一章。静，靖之假借；靖，善。姝，美，曾作解释。城隅，城角。爱，《方言》引作"薆"，注云："蔽也。"整章的意思就是：有一位漂亮的好姑娘，在城角上等着我。她藏起来了找不着，搔着头皮也不知怎么好。

二章。娈，少好貌。有炜，赤貌。说，同悦。怿，悦。女、汝，古今字，指彤管。整章的意思就是：有一位年轻的好姑娘，赠给我些茅针；这些茅针赤得真好看，我很喜欢你的美丽。

三章。荑，茅针。洵，诚。整章的意思就是：从牧田里带回来的茅荑，真正特别的美。并不是你特别美，是因为美人所赠。


【诗篇联系】

《采葛》篇说"彼采葛兮""彼采萧兮""彼采艾兮"，指女的去田野；这首诗说"自牧归荑"，是从田里回来，这是多么衔接！《诗经》中用"姝"字的共有三篇，就是《东方之日》《干旄》与此诗。《方言》说："齐、魏、燕、代之间谓好曰姝。"在古时交通不便之下，也只有齐魏燕代一带的人才用这个字。尹吉甫是南燕人，在卫国做仕，魏燕代也正是卫地。从这个字的使用，也可证明作者是什么地方的人。


【诗义辨正】

《毛序》："《静女》，刺时也。卫君无道，夫人无德。"诗在《邶风》，就从卫国来附会。这首诗的解说非常纷纭，只引方玉润的解说与批判，就可看出纷纭到什么程度！他说："《序》谓'刺时'，毛郑推原其意，谓'陈静女之美德，以示法戒'。《集传》则从欧阳氏说，斥为男女相期会之词。夫曰静女，而又能执彤管以为诫，则岂俟人于城隅者哉？城隅何地，抑岂静女所能至也？于是纷纷之论起。吕氏大临曰：'古之人君，夫人、媵妾散处后宫，城隅者，后宫幽闲之地也。女有静德，又处于幽闲而待进御，此有道之君所好也。'已属勉强穿凿。而吕氏祖谦（按宋人，著有《家塾读诗记》三十二卷）更主之。以为此'述古者以刺卫君'。至谓'搔首踟蹰'，与《关雎》之'寤寐思服'同为思念之切，亦何无耻之甚耶！夫'搔首踟蹰'，何可与'寤寐思服'同日并语？说诗至此，真堪绝倒！且媵女进御君王，何烦搔首不见？必说不去。然主此论者甚多。虽横渠张子（按宋人，有《诗说》一卷）亦所不免。观其诗曰'后宫西北邃城隅，俟我幽闲念彼姝'可见。"方玉润批评各家的解说是对的，然他又以卫宣姜的故事来附会，更是不伦不类。总之，都因误解彤管的意义而不能得其真解。傅斯年说："男女相爱之辞。"对了。

## 十九

### 女曰鸡鸣（郑风）

女曰："鸡鸣。"士曰："昧旦。""子兴视夜，明星有烂。将翱将翔，弋凫与雁。"

"弋言加之,与子宜之。宜言饮酒,与子偕老。琴瑟在御,莫不静好。"

"知子之来之,杂佩以赠之。知子之顺之,杂佩以问之。知子之好之,杂佩以报之。"

释音:凫,音符。

**【诗义关键】**

这首诗的关键就在"与子偕老"一句,知道与谁偕老,诗义也就清楚明白了。《诗经》里用"偕老"的共有四篇,就是《击鼓》《氓》《君子偕老》与此诗。我们看能不能找出这四首诗的关系,假如找出关系,那么,不仅与谁偕老知道了,而且使《诗经》研究发现了一片新大陆,许多诗篇也都联系到一起了。

《击鼓》篇说:"死生契阔,与子成说。执子之手,与子偕老。"这是平陈与宋时,在陈国一双男女的自订婚约。《氓》篇说:"及尔偕老,老使我怨。总角之宴,言笑晏晏,信誓旦旦。不思其反;反是不思,亦已焉哉!"总角是十五岁,这几句诗的意思就是:在十五岁的生日宴席上,我们有说有笑,并且发誓要白头偕老。可是你现在也不回头想一想,你既然不回头想一想,咱们也只有完了!从这几句话可得几点认识:第一,他们是在女的十五岁时自订白头偕老之约;第二,女的如约嫁了过来,所以《氓》篇又说"女也不爽,士贰其行";第三,因为男的变了心,所以女的要离开。《击鼓》篇所讲的是自由恋爱,《氓》篇讲的也是自由恋爱,不过由自由恋爱而延长到结婚，延长到仳离。《击鼓》篇的恋爱事件发生在陈国，而《氓》篇的故事发生在卫国。诗言："送子涉淇，至于顿丘。"又说："乘彼垝垣，以望复关。不见复关，泣涕涟涟；既见复关，载笑载言。"是男的家住在复关，女的由淇水把他送至顿丘就望着他回去。顿丘与复关邻近，都是卫地。孙子仲就是从卫国来平陈宋，后来又回到卫国，所以诗中的一对恋人也是从卫国来而又回到卫国。这样讲来，《氓》篇的恋爱事迹是不是《击鼓》篇的延续呢？正是如此。怎么知道呢？再从《氓》篇来看。

《氓》篇说："氓之蚩蚩，抱布贸丝。匪来贸丝，来即我谋。送子涉淇，至于顿丘。匪我愆期，子无良媒。将子无怒，秋以为期。"古时婚姻是由父母之命，媒妁之言，而此人并没有媒人，亲自去商议婚事。女的以为没有媒人不可以结婚，但是男的一生气，女的马上改口说："不要生气吧，我秋后嫁给你好了。"这不是自由恋爱是什么？然男的是什么人呢？是一位氓。氓是哪一种人呢？《孟子·滕文公上》说："许行自楚之滕，踵门而告文公曰：'远方之人，闻君行仁政，愿受一廛而为氓。'"《孟子·公孙丑上》也说："则天下之民皆悦而愿为之氓。"可见氓是流亡之民，所以《说文》段注："自他归往之民，则谓之氓，故字从民亡。"（林春溥《四书拾遗》说）氓既然是外国人，而我们说尹吉甫与仲氏恋爱，尹吉甫是否是外国人呢？《新唐书·宰相世系表》："吉氏出自姞姓。黄帝裔孙伯儵封于南燕，赐姓曰姞。其地东郡燕县是也。后改为吉。"南燕，在今河南延津县之北三十五里，周时与卫国为邻。由此可知尹吉甫原是南燕人，流亡到卫国的复关住家，故被称为氓。可是《氓》篇又说"女也不爽，士贰其行"，她所嫁的是一位士，尹吉甫的身份是士吗？《园有桃》篇说"不知我者，谓我士也骄"，《祈父》篇说"祈父！予，王之爪士"，这两篇也是尹吉甫所写，讲到这两篇时就可证明。由此可知尹吉甫的身份是士。到此，可以看出这件故事的限制：一、自由恋爱；二、女的是卫国人；三、男的是位外国人，而他的身份是士；四、他们曾去平陈与宋，后来又回到卫国；五、在女的十五岁时，他们在陈国自订白头偕老之约。这么多的条件限制，不会有第二对男女吧！

到此，我们可以把《击鼓》《氓》《君子偕老》与此诗作一次第。这首诗是他们在陈国时，仲氏十五岁的生日宴上，他们自订婚约；《击鼓》篇是仲氏回卫时并没有告诉尹吉甫，她是不告而别，尹吉甫以为她毁约，追到株林来质问她；《氓》篇是讲他们结婚后，因尹吉甫的父母反对这件婚事，又给尹吉甫娶了姜氏，以致仲氏不得不回娘家；《君子偕老》篇是她化离时，尹吉甫为她婉惜的作品。知道了这些情节，现在就可解释这首诗了。

## 【字句解释】

一章。昧旦，犹昧爽，天未大明。此诗的"子"，都是指"士"；士是子的身份。明星，启明星。烂，明。翱翔，翼上下曰翱，直刺不动曰翔。翱翔本是指鸟飞，这里形容猎者在田野间高低上下飞奔的情形。弋，缴射。整章的意思就是：女的说："鸡叫了。"士说："天还没有亮。"女的又说："你起来看看夜色，启明星已经发亮了。可以到田野间去追逐奔走射凫与雁了。"

二章。言，而。加，犹着，就是打中的意思。宜，肴，作动词用，谓做肴。御，迎。静，亦为竫之假借；竫，好。整章的意思就是："你射中了，我给你做肴来吃。一方面吃，一方面喝，咱们将白头偕老。你弹琴，我奏瑟，应和得非常美好。"

三章。杂佩，《毛传》："珩、璜、琚、瑀、冲牙之类。"此是女送男的信物。后世的男女自订婚约时，不是女的也要送男子以佩玉吗？顺之，爱之。《孟子·万章上》"为不顺于父母"，注："顺，爱也。"问，慰问。好之，喜欢。都是女对男的讲。整章的意思就是："知道你要来，所以赠你以杂佩。知道你会顺从我的心，所以用杂佩慰劳你。知道你喜欢我，所以用杂佩报答你。"

**【诗篇联系】**

仅就这首诗，诗义是无法了解的，若与《氓》篇一联系，诗义就显明了。《氓》篇说"总角之宴，言笑晏晏，信誓旦旦"，这不正是表现在她十五岁的生辰宴时，他们欢乐誓约的情景吗？这时女的才十五岁，还是一个天真无邪的少女，所以一天到晚在宛丘上跳舞，在东门之池对唱，在东门的杨树下整夜地等待爱人。女的年纪还太小，此其所以诗人要在《宛丘》篇说"洵有情兮，而无望兮"了。到此我们知道《东门之枌》篇"穀旦于逝"的"穀旦"指的是哪一天，就是仲氏生日这一天。原来他们约好在她生日的时候会面,所以此诗说"知子之来之,杂佩以赠之"。

## 【诗义辨正】

《毛序》:"《女曰鸡鸣》,刺不说德也。陈古义以刺今,不说德而好色也。"《郑笺》补充说:"此夫妇相警觉以夙兴,言不留色也。"都是错认士、女是夫妻而产生的误解。"女曰鸡鸣,士曰昧旦",并不见得一定要睡在一起才可以这样讲。"子兴视夜,明星有烂",明明是女的在外边,告诉男的说"启明星已经发亮了";假如女的也在房里,她能看到男的当然也能看到,用不着必须起来才能看。原来在仲氏十五岁生日的时候,尹吉甫特地来恭贺她,他就住在她家,才有"女曰""士曰"的对答。尹吉甫是她家的外甥,有亲戚关系,所以住在她家,这不是很自然的事吗?诗言"知子之来之,杂佩以赠之",如果是丈夫,应该说"回",不应只说"来"。"知子之好之,杂佩以报之",难道丈夫喜欢妻子,妻子就报答他以杂佩吗?杂佩一类东西是古时女孩子用以定情的物品,梁山伯与祝英台的故事里,祝英台不就给玉佩以为信物吗?可是这件事实要不是发现尹吉甫与仲氏的恋爱故事,梦想也不可能梦想,所以说诗的人都在夫妇上猜想了。《集传》说:"此诗人述贤夫妇相警戒之词。"姚际恒说:"只是夫妇帏房之诗,然而见此士、女之贤矣。"方玉润也说:"贤妇警夫以成德也。"闻一多说:"乐新婚也。"都在夫妇上转念头,而实际上都错了。

## 二十

## 野有死麕（召南）

野有死麕，白茅包之。有女怀春，吉士诱之。
林有朴樕，野有死鹿，白茅纯束。有女如玉。
"舒而脱脱兮，无感我帨兮，无使尨也吠！"

释音：樕，音速。尨，音芒。

### 【诗义关键】

这首诗的关键就在"有女怀春，吉士诱之"。怀春，思婚。从我们一路来讲的诗篇，所谓"有女怀春"不正是仲氏吗？尹吉甫的身份是士，吉士诱之，不正是尹吉甫吗？《女曰鸡鸣》篇"子兴视夜，明星有烂，将翱将翔，弋凫与雁"，不是女的叫男的去打猎吗？而这篇说"林有朴樕，野有死鹿，白茅纯束。有女如玉"，不正是女的也跟去打猎吗？这一篇的事迹与《女曰鸡鸣》篇非常衔接。就照这个意思将此诗作一解释。

### 【字句解释】

一章。麕，獐。《植物名实图考长编》（卷六）于"茅根"条引《本草纲目》说："茅有白茅、菅茅、黄茅、香茅、芭茅数种。叶皆相似。白茅短小，三四月开白花，成穗，结细实。其根甚长，白软如筋而有节，味甘，俗呼丝茅。"既言白茅包之，这首诗的季节一定在三四月间。整章的意思就是：在旷野里打死了一只麕，用白茅包着它。有一位想结婚的女郎，吉士在诱导她。

二章。《植物名实图考长编》（卷十七）于"槲若"条引《尔雅》说："樕朴，心。"注："槲樕别名。疏：'朴樕一名心。'某氏曰：'朴樕，槲樕也。有心，能湿，江河间以作柱。'是朴樕为木名也。故郭云：'槲樕别名。'《诗·召南·野有死麕》云'林有朴樕'，此作樕朴，文虽别，其实一也。"朴樕既为木名，它与死鹿捆在一起，当为烤鹿肉之用。纯、束二字同义，纯也是束（马瑞辰说）。用白茅把朴樕、死鹿包起来，这不是烤肉吃是什么？有女如玉，有一位像玉一样洁白的女郎。这是讲女子的皮肤。到此，又多知道仲氏的一种特征，就是她的皮肤洁白如玉。《白驹》篇"其人如玉"也是形容她。整章的意思就是：树林里有朴樕，野地里有死鹿，都用白茅捆着。有一位洁白如玉的女郎。

三章。舒，《毛传》："徐也。"脱脱，《毛传》说："舒迟也。"这样"舒而脱脱"就得解为徐迟而徐迟，不成文义。脱，《经典释文》"沈始悦反"[①]，读为脱衣之脱。感，读为憾，动的意思。帨，佩巾。尨，犬。这一章是女子的口气，整章的意思就是：慢慢地脱我的衣服，不要动我的佩巾，不要毛里毛糙地惊了狗叫。

## 【诗篇联系】

从"有女怀春，吉士诱之"，知道这是尹吉甫与仲氏的故

---

① 此处引文有误。《经典释文》（卷五）："脱脱，勑外反，舒貌。……帨，始锐反，沈始悦反，佩巾也。"

事；再从《女曰鸡鸣》篇"弋凫与雁"，知道这两篇诗有关系。他们是头一晚上自订婚约，第二天他们一起到野地来，男的想看一看女的洁白玉体，所以诗言"有女如玉"。要看玉体自然要脱女的身服，所以女的嘱咐说："舒而脱脱兮，无感我帨兮，无使尨也吠！"可知这个尨是女家的狗，因为要脱它女主人的衣服它才叫。诗情画意不是极为显明吗？

## 【诗义辨正】

《毛序》："《野有死麕》，恶无礼也。天下大乱，强暴相陵，遂成淫风。被文王之化，虽当乱世，犹恶无礼也。"《毛传》补充说："无礼者，为不由媒妁，雁币不至，劫胁以成昏，谓纣之世。"一个说文王，一个说纣世，到底是什么时代呢？《集传》说："南国被文王之化，女子有贞洁自守，不为强暴所污者，故诗人因所见以兴其事而美之。"诗在《召南》，朱熹不敢斥为淫诗；若在他风，必以淫诗目之。姚际恒说："此篇若以为刺淫之诗（欧阳氏说），则何为男称'吉士'，女称'如玉'？若以为贞女不为强暴所污（《集传》），则何为女称'怀春'，男称'吉士'？且末章之辞，尤无以见其贞意也。若直以为淫诗（季明德说），亦谬。……总于'女怀春''吉士诱'及末章之辞，皆说不去，难以通解。"最后他说："愚意：此篇是山野之民相与及时为昏姻之诗。昏礼：贽用雁，不以死；皮、帛必以制。皮、帛，俪皮、束帛也。今死麕死鹿，乃其山中射猎所有，故曰'野有'，以当俪皮。白茅，洁白之物，以当束帛。所谓吉士者，其'赳赳武夫'者流耶？……定情之夕，女属其舒徐而无使帨感、犬吠，亦情欲之感所不讳也欤？"方玉润说："此必高人逸士，抱璞怀贞，不肯出而用世，故托言以谢当世求才之贤也。"这又说到哪里去了！

## 二十一

### 木瓜（卫风）

投我以木瓜，报之以琼琚；匪报也，永以为好也。
投我以木桃，报之以琼瑶；匪报也，永以为好也。
投我以木李，报之以琼玖；匪报也，永以为好也。

释音：琚，音居。玖，音久。

**【诗义关键】**

《女曰鸡鸣》篇说"知子之好之，杂佩以报之"，此诗说"报之以琼琚"，杂佩中就包括琼琚。《诗经》中所言物品，没有不是真实的，那么，所谓木瓜，可能是尹吉甫来看仲氏时，给她带来的礼物，所以仲氏说："投我以木瓜，报之以琼琚；匪报也，永以为好也。"这明明是说以琼琚来作订婚的信物。

**【字句解释】**

一章。《植物名实图考长编》（卷十三）于"木瓜"条引《本草纲目》说："其实如小瓜，而有鼻，津润味不木者为木瓜。

圆小于木瓜，味木而酢涩者为木桃。似木瓜而无鼻，大于木桃，味涩者为木李，亦曰木梨。"实际上，木瓜、木桃、木李是一类东西而异名，不过换字以协韵。《毛传》注琼琚说："琼，玉之美者。琚，佩玉名。"注琼瑶说："美玉。"注琼玖说："玉名。"实际上，琚、瑶、玖也是同类东西而异名，也是换字以协韵。好，匹（闻一多说）。整章的意思就是：你送给我的是木瓜，我报答你的是琼琚。并不是报答你，而是拿它作为匹配的表记。

二章。整章的意思就是：你送给我的是木桃，我报答你的是琼瑶。并不是报答你，而是拿它作为匹配的表记。

三章。整章的意思就是：你送给我的是木李，我报答你的是琼玖。并不是报答你，而是拿它作为匹配的表记。

## 【诗篇联系】

从《女曰鸡鸣》篇发现了尹吉甫与仲氏私订婚约的情形，因而这首诗也可以了解了。把它摆在这里不是最自然的安排吗？

## 【诗义辨正】

《毛序》："《木瓜》，美齐桓公也。卫国有狄人之败，出处于漕，齐桓公救而封之，遗之车马器服焉。卫人思之，欲厚报之，而作是诗也。"齐桓公救了卫国，《左传》说"卫国忘亡"，这是多么大的恩德，怎么可以用木瓜、木桃、木李来作比呢？人家恢复了自己的国土，且遗以车马器服，以一块佩玉就可以报答了吗？真是比喻不伦！倒是《集传》摸到了一点边际，朱熹说："言人有赠我以微物，我当报之以重宝，而犹未足以为报也。但欲其长以为好而不忘耳。疑亦男女相赠答之辞，如《静女》之类。"屈万里引崔述说"此寻常赠答之诗"，又将诗义推远了。独闻一多认为"定情也"，确是真知灼见。

## 二十二

## 丘中有麻（王风）

丘中有麻，彼留子嗟。彼留子嗟，将其来施。
丘中有麦，彼留子国。彼留子国，将其来食。
丘中有李，彼留之子。彼留之子，贻我佩玖。

释音：将，音锵。施，音宜。

## 【诗义关键】

《女曰鸡鸣》篇"杂佩以报之"；《木瓜》篇"投我以木李，报之以琼玖"；此诗"丘中有李，彼留之子；彼留之子，贻我佩玖"。很显然，这个佩玖也就是《木瓜》篇的"琼玖"、《女曰鸡鸣》篇的"杂佩"。《木瓜》篇是以女子的口气，而此篇以男子的口气。

## 【字句解释】

一章。留，留给。自从《毛传》将"留"注为"大夫氏。子嗟，字也"后，后人都在这"留子嗟"上作考证，诗义始终不可了解。假如留是氏，子嗟是字，那么"丘中有麻，彼留子嗟"就是"丘里边有麻，那个留子嗟"，成何文句？将，语词，与《将仲子》篇的"将"同义。施，通常作施施，《颜氏家训·书证篇》说："江南旧本悉单为施。"证之以"将其来食"的对句，应该是单一施字。施，与《葛覃》篇"施于中谷"、《兔罝》篇"施于中逵"、《頍弁》篇"施于松柏"之"施"同，都是置的意思。整章的意思就是：丘里边的麻，把它留给子嗟。把它留给子嗟，让他来处置。

二章。子国与子嗟对称，都是陪衬第三章的"之子"。我们说子嗟、子国是人名，还可以引《东门之枌》篇"穀旦于逝，越以鬷迈"来做证。此诗"丘中有麻"的"丘"，就是《东门之枌》篇的宛丘。越以鬷迈，《正义》解为"男女总集而合行"，可见前往的不只尹吉甫与仲氏。《东门之枌》篇说"不绩其麻"，此诗说"丘中有麻"，同一季节。整章的意思就是：丘里边的麦子，把它留给子国。把它留给子国，让他来吃。

三章。之子，是子，就是这个人。李，就是《木瓜》篇的木李。佩玖，也是《木瓜》篇的琼玖。整章的意思就是：丘里边的木李，把它留给这个人；把它留给这个人，她曾赠我以佩玖。

**【诗篇联系】**

这首诗的"丘中有李，彼留之子。彼留之子，贻我佩玖"，不正是《木瓜》篇的"投我以木李，报之以琼玖"吗？《木瓜》篇是女子的口气，此诗是男子的口气，一唱一答，不正是《东门之池》篇说"可与晤歌"吗?这首诗既在陈国所写,此诗的丘不正是宛丘吗?如此讲来,不仅了解这首诗的意义,连写的时间与地点也都知道了。

**【诗义辨正】**

《毛序》:"《丘中有麻》,思贤也。庄王不明,贤人放逐,国人思之,而作是诗也。"诗在《王风》,就要在东周的君主里找一个人来实之,可是子嗟、子国是庄王时候的人吗?《郑笺》又说:"子嗟放逐于朝,去治卑贱之职而有功,所在则治理,所以为贤。"又有什么凭证呢?《集传》说:"妇人望其所与私者而不来,故疑丘中有麻之处,复有与之私而留之者,今安得其施施然而来乎?"朱熹是一位道学家,以他的眼光来看,人人都是淫者,所以他把所有的诗都看为淫诗了。闻一多说:"总归是合欢以后,男赠女以佩玉(参《木瓜》篇、《女曰鸡鸣》篇)。"从古到今在定情时,只有女赠男以玉佩,没有男赠女的,他整整看反了。然他将《木瓜》《女曰鸡鸣》与此诗合起来看而得此结论,已经是了不起了。

<h1 style="text-align:center">二十三</h1>

## 防有鹊巢(陈风)

防有鹊巢,邛有旨苕。谁侜予美?心焉忉忉。
中唐有甓,邛有旨鹝。谁侜予美?心焉惕惕。

释音：邛，音穷。苕，音条。侜，音舟。忉，音刀。甓，音辟。鹝，音逆。惕，音剔。

## 【诗义关键】

这首诗的关键就在防、邛在什么地方。《博物志》："邛地在陈县北，防亭在焉。"诗的事件发生在陈国。《诗经》中有许多惯用语，只有在同一的场合下使用，别的书里是找不到的。如"予美"一词，除此篇外，《葛生》篇也说："予美亡此，谁与？独处！""予美亡此，谁与？独息！""予美亡此，谁与？独旦！"予美，就是我的美人儿。《葛生》篇是仲氏仳离后，尹吉甫表现他整夜睡不着地在想念她。这首诗也用"予美"，而且事情又发生在陈国。假如说这首诗是表现仲氏在闹脾气，不无道理吧？就根据这意思将此诗作一解释。

## 【字句解释】

一章。旨，美。苕，陆玑《疏》："茎如劳豆而细，叶似蒺藜而青，其茎叶绿色，可生食。"侜，侜张，欺负的意思。忉忉，不乐貌。整章的意思就是：防亭上有鹊巢，邛地里有甘美的苕。是谁欺负了我的美人儿？使她心里不快活。

二章。中唐，中庭的路上。甓，砖。鹝，绶草。惕惕，犹忉忉。整章的意思就是：中庭的通道上有砖头，邛地里有甜美的绶草。是谁欺负了我的美人儿？使她心里难过得不得了。

【诗篇联系】

从地点，从男女恋爱时必然的闹别扭以及"予美"的惯用语，把此诗摆在这里不是极其自然吗？

【诗义辨正】

《毛序》："《防有鹊巢》，忧谗贼也。宣公多信谗，君子忧惧焉。"诗在《陈风》，要在陈国找事实，于是陈宣公蒙上了不白之冤。《史记·陈杞世家》说："宣公后有嬖姬，生子款，欲立之，乃杀其太子御寇，御寇素爱厉公子完，完惧祸及己，乃奔齐。"即令陈宣公信谗，与此诗有什么关系呢？其为附会可知。《集传》说："此男女之有私而忧或间之之辞。"这是在《毛序》上再加民谣的观念而组成的解说。

## 二十四

## 终风（邶风）

终风且暴，顾我则笑。谑浪笑敖，中心是悼。
终风且霾，惠然肯来。莫往莫来，悠悠我思。
终风且曀，不日有曀。寤言不寐，愿言则嚏。
曀曀其阴，虺虺其雷。寤言不寐，愿言则怀。

释音：霾，音埋。曀，音翳。嚏，音啼。虺，音灰。

## 【诗义关键】

这首诗的关键就在"谑浪笑敖，中心是悼"，先将这两句作一解释。谑是戏谑；浪是放浪；笑是欢笑；敖是骄傲。谁是这种性格的人呢？把上边曾经研究过的诗篇做一检讨，就可知道。《东门之枌》"视尔如荍，贻我握椒"，《椒聊》篇"彼其之子，硕大无朋"，《防有鹊巢》篇"谁侜予美？心焉忉忉"，这不就是戏谑吗？《野有蔓草》篇"邂逅相遇，与子偕臧"，《出其东门》篇"缟衣綦巾，聊乐我员"，"缟衣茹藘，聊可与娱"，《野有死麕》篇"舒而脱脱兮，无感我帨兮，无使尨也吠"，这不就是放浪不羁吗？《君子阳阳》篇"君子阳阳，左执簧，右招我由《房》。其乐只且"，《东方之日》篇"东方之日兮，彼姝者子，在我室兮。在我室兮，履我即兮"，《东门之池》篇"东门之池，可以沤麻。彼美淑姬，可与晤歌"，这不就是欢笑声吗？《东门之枌》篇"不绩其麻，市也婆娑"，《宛丘》篇"子之汤兮，宛丘之上兮"，"坎其击鼓，宛丘之下。无冬无夏，值其鹭羽"，《小星》篇"肃肃宵征，夙夜在公，寔命不同"，"肃肃宵征，抱衾与裯，寔命不犹"，《野有死麕》篇"有女怀春，吉士诱之"，《防有鹊巢》篇"谁侜予美？心焉忉忉"，这不都是傲慢的口气吗？对女孩子来说，这种性格的人是又可爱又可气，他们之所以常常闹别扭，就由这个缘故，所以说："谑浪笑敖，中心是悼。"由于戏谑笑傲，实在使我心里忧伤。这个人是谁呢？就是尹吉甫。三百篇里常常有这种性格的人出现，是否都是他，将可逐步证明。

【字句解释】

一章。终，既（《经义述闻》说）。暴，疾雷。顾，惠顾，即下章"惠然肯来"之意。整章的意思就是：在风雷交加的时候，他肯来看我，我心里很高兴。可是他谑浪笑傲的脾气，又使我心中实在难过。

二章。大风扬尘从上而下曰霾。整章的意思就是：在大风扬尘的天气里，他肯惠然来看我。现在不来了，反而使我心里遥遥地想念他。

三章。曀，阴翳。《诗经》中用"不日"成语的共有三篇，就是《君子于役》《灵台》与此诗。不日，都与《泉水》篇"靡日不思"的"靡日"同义，就是"无日"的意思。《君子于役》篇"不日不月"，就是没有一天，没有一月；《灵台》篇"不日成之"，就是没有一天就筑成了；此诗"不日有曀"，就是没有一天不是阴天。寤，梦。寐，睡。言，而。嚏，喷嚏，俗以打喷嚏是有人想念自己。整章的意思就是：在既风且阴的天气里，天天阴阴雨雨。总是做梦睡不着，情愿打个喷嚏，希望他会想念我。

四章。虺虺，雷声。整章的意思就是：在阴阴沉沉的天气里，轰轰隆隆的雷声响着。总是做梦睡不着，我情愿在想他。

【诗篇联系】

从谑浪笑傲这种性格，知道这个人就是尹吉甫，那么，他与仲氏在陈国热恋，闹别扭是常有的事，所以把这首诗摆在这里。

【诗义辨正】

《毛序》:"《终风》,卫庄姜伤己也。遭州吁之暴,见侮慢而不能正也。"诗在《邶风》,于是扯到庄姜身上。但这首诗哪一点与庄姜、州吁有关系呢?《郑笺》解释说:"州吁之为不善,如终风之无休止,而其间又有甚恶,其在庄姜之旁,视庄姜则反笑之,是无敬心之甚。"这种解释除显露其附会外,有什么根据呢?然人们打不破《卫风》的束缚,总是在庄姜身上打转。如《集传》说:"庄公之为人,狂荡暴疾,庄姜盖不忍斥言之,故但以终风且暴为比。言虽其狂暴如此,然亦有顾我而笑之时。但皆出于戏慢之意,而无爱敬之诚,则又使我不敢言,而心独伤之耳。"他把对象又转到庄公与庄姜身上。方玉润赞成说:"朱子以为详味诗辞,有夫妇之情,未见母子之意,仍定为庄公作,其说良是。"《诗序》之害,于此可见。要想了解《诗经》,第一得先打破《诗序》。傅斯年说:"妇不见爱于其夫,其夫'谑浪笑敖'以待之,伤而歌此。"几乎近之。

## 二十五

## 晨风（秦风）

鴥彼晨风,郁彼北林。未见君子,忧心钦钦。如何如何,忘我实多!

山有苞栎,隰有六駮。未见君子,忧心靡乐。如何如何,忘我实多!

山有苞棣，隰有树檖。未见君子，忧心如醉。如何
如何，忘我实多！

释音：鴥，音聿。栎，音历。驳，音剥。

## 【诗义关键】

《终风》篇里不是有一位女子希望她的情郎来看她吗？希望他来而他老也不来，心里就产生了疑惧。"未见君子，忧心钦钦。如何如何，忘我实多"，不正是表示这种疑惧的心情吗？两首诗互相联结。

## 【字句解释】

一章。鴥，疾飞貌。晨风，鸟名，一名鹯。陆玑《疏》："鹯似鹞，青黄色，燕颔，钩喙。向风摇翅，乃因风飞急，疾击鸠鸽燕雀食之。"郝懿行《尔雅义疏》认为就是《采芑》篇"鴥彼飞隼"的"隼"。郁，蓊郁。钦钦，忧而不忘之貌。整章的意思就是：那个疾飞的晨风，在那蓊郁的北林里飞翔。现在我见不到他，心里边总是念念不忘。怎么办？怎么办？他完全忘掉了我！

二章。苞栎，茂盛的栩树。六，应作苎，丛生的意思（俞樾《群经平议》说）。驳，即驳马，一名梓榆，树皮如驳马，故名。整章的意思就是：山上有茂盛的栩树，低地里有梓榆。现在看不到他，心里边总不快乐。怎么办？怎么办？他完全忘掉了我！

三章。整章的意思就是：山上有茂盛的棠棣，低地里有檖

树。现在看不到他,愁得就像醉了一样。怎么办?怎么办?他完全忘掉了我!

**【诗义辨正】**

《毛序》:"《晨风》,刺康公也。忘穆公之业,始弃其贤臣焉。"诗在《秦风》,就扯到秦康公身上,毫无根据。《集传》说:"妇人以夫不在,而言鴥彼晨风,则归于郁然之北林矣。故我未见君子,而忧心钦钦也。"有点接近,但此诗的君子并不是丈夫,因为尹吉甫与仲氏这时尚未结婚。

## 二十六

## 风雨(郑风)

风雨凄凄,鸡鸣喈喈。既见君子,云胡不夷?
风雨潇潇,鸡鸣胶胶。既见君子,云胡不瘳?
风雨如晦,鸡鸣不已。既见君子,云胡不喜?

释音:瘳,音抽。

**【诗义关键】**

《终风》篇里不是表现一位女子在风雨天里希望她的爱人来吗?现在这个男的果然在风雨天里来了;假如不是一个人的事迹,不会这样巧合吧?

## 【字句解释】

一章。凄凄,与下章潇潇对称,潇潇为风雨暴急之声,则凄凄应为凄厉之意。喈喈,鸡鸣声。云胡,为"胡云"之倒文,谁说不的意思。夷,平。整章的意思就是:凄厉的风雨飘着,鸡声不停地叫着。既然看到了君子,谁说是不安心呢?

二章。胶胶,《广韵》引作"嘐嘐";《玉篇》:"嘐,古苞切,鸡鸣也。"瘳,与夷、喜对举,意应为乐(《群经平议》说)。整章的意思就是:急暴的风雨吹着,鸡声不停地叫着。既然看到了君子,谁说是不快乐呢?

三章。晦,昏。整章的意思就是:阴沉沉的风雨天里,鸡声不停地叫着。既然看到了君子,谁说是不喜欢呢?

## 【诗义辨正】

《毛序》:"《风雨》,思君子也。乱世则思君子不改其度焉。"《毛序》是以政教的眼光来看诗,所以将风雨喻乱世。不过拿鸡来喻君子,实在不伦不类。《集传》:"淫奔之女,言当此之时,见其所期之人而心悦也。"有点接近。屈万里说:"此男女幽会之诗。"对了。

# 二十七

## 有杕之杜(唐风)

有杕之杜,生于道左。彼君子兮,噬肯适我。中心好之，曷饮食之？

有杕之杜，生于道周。彼君子兮，噬肯来游。中心好之，曷饮食之？

释音：杕，音第。噬，读为逝。

## 【诗义关键】

这首诗的关键就在"道左""道周"指的是什么地方，以及"噬肯适我"作如何讲。道左，《郑笺》说："道东。"道周，《韩诗》作"道右"，道右即道西。在解释《东门之枌》与《宛丘》篇时，不是曾引《读史方舆纪要》证明宛丘在陈城南三里吗？城南三里，它的道路一定是南北向，与道东、道西正合。由此可知，所谓"生于道左""生于道周"，是指陈城到宛丘的道路而言。地点知道了，再解释"噬肯适我"一句。"噬"为"逝"之假借，《东门之枌》篇"榖旦于逝"的"逝"作"至"讲，这里也是这个意思。"噬肯适我"就是来到的时候肯来看我。尹吉甫的身份是武士，他来陈国是为作战，不能常在陈城，所以说"逝"。如此讲来，这句诗不是正与尹吉甫的情形相合吗？

## 【字句解释】

一章。杕，孤特貌。《植物名实图考长编》（卷十六）于"棠梨"条引《本草纲目》说："《尔雅》云：'杜，甘棠也。'赤者杜，白者棠；或云：牝曰杜，牡曰棠。或云：涩者杜，甘者棠。杜者，涩也；棠者，糖也。三说俱通，末说近是。棠梨即野梨也。"中心好之,曷饮食之,就是我心里实在喜欢他,给他吃点什么呢?旧时女孩子招待她的爱人,只有叫他吃点东西,《浮生六记》里的芸娘招待沈三白不就是给他吃的吗?整章的意思就是:一棵特然孤立的棠梨,长在路的东边。有那么一位君子呀,他来的时候肯来看我。我从心眼里喜欢他呀,让他吃点什么呢?

二章。道周,《韩诗》作"道右",即道西。来游,来玩。整章的意思就是:一棵特然孤立的棠梨,长在路的西边。有那么一位君子呀,他来的时候肯来同我玩。我从心眼里喜欢他呀,给他吃点什么呢?

## 【诗篇联系】

从"道左""道周"知道这首诗的地点在陈城;再从"噬肯适我""噬肯来游",知道是尹吉甫与仲氏的事迹,所以这首诗排在这里最为恰当。

## 【诗义辨正】

《毛序》:"《有杕之杜》,刺晋武公也。武公寡特,兼其宗族,而不求贤以自辅焉。"《史记·晋世家》:"晋武公始都晋国。前即位曲沃,通年三十八年。武公称者,先晋穆侯曾孙也,曲沃桓叔孙也。桓叔者,始封曲沃。武公,庄伯子也。自桓叔初封曲沃,以至武公灭晋也,凡六十七岁,而卒代晋为诸侯。武公代晋二岁,卒。与曲沃通年,即位凡三十九年而卒。"这一段里并没有提到"武公寡特",或许《毛序》别有依据。然即令武公真的寡特，又与此诗有什么关系呢？诗明明说"中心好之，曷饮食之"，怎么说"不求贤"呢？《序》是根据"杕"字来附会。《集传》也在"杕"字上猜想，朱熹说："此人好贤而恐不足以致之，故言此杕然之杜，生于道左，其荫不足以休息。如己之寡弱，不足恃赖。则彼君子者，亦安肯顾而适我哉？"牛头不对马面，乱扯一气。傅斯年说："思君子，欲其来，而言'中心好之，曷饮食之'。"明明来了，怎么说"欲其来"呢？都没有得到诗旨。

## 二十八

### 株林（陈风）

胡为乎株林？从夏南。匪适株林，从夏南。
驾我乘马，说于株野。乘我乘驹，朝食于株。

释音：说，音税。

**【诗义关键】**

这首诗的关键就在株林与夏南两个名称。株野在陈，上边曾经讲过。从陈城到株野不到一百四十里，一夜之间当可乘马赶到。然夏南是谁呢？《方言》："自关而西，秦晋之间，凡物之壮大者而爱伟之，谓之夏。"《椒聊》篇说"彼其之子，硕大无朋"，《泽陂》篇说"有美一人，硕大且卷"，仲氏的个子不是特别高大吗？然为什么称之为"夏南"呢？从现今的河南淇县到济源县，周时称之为南阳，卫国正在这里。仲氏是卫武公的孙女，个子又高大，故诗人昵称之为夏南。这是以地理名字称谓她。南仲的"南"也是由地名而称。到现在还有人称自己的爱人叫大什么、大什么的。《毛传》说："夏南，夏征舒也"。诗明明说"从夏南"，追的是夏南。假如夏南就是夏征舒，陈灵公追他作什么呢？《郑笺》附会说"从夏氏子南之母为淫佚之行"，淫他的母亲，为什么要说"从夏南"呢？《击鼓》篇不是说"爰居爰处，爰丧其马。于以求之，于林之下"吗？尹吉甫到陈城去看仲氏，见不到她的马，知道她回去卫国，于是一夜之间追到株林见到了她。此诗就是在株林见到她后所歌唱的。株林正在陈城与宋国的都城商丘之间，为回卫的必经之路。

【字句解释】

一章。整章的意思就是：为什么要到株林来？追夏南。并不是要来株林，而是追夏南。

二章。乘马，四匹马。说，舍。"乘我乘驹"的第一个"乘"字作驾字讲。朝食于株，早上在株野吃早饭。从这句话可以看出他走了一夜，早上赶到株野，其紧张的情形可见。整章的意思就是：我驾着四匹马，赶到了株野。我驾着四匹驹马，清晨在株林吃早点。

【诗篇联系】

《击鼓》篇说："不我以归，忧心有忡。"这是讲仲氏的回卫引起尹吉甫的忧心。"爰居爰处，爰丧其马。于以求之，于林之下"，这是尹吉甫追到株林。这首诗是到达株野之后所歌，不是极自然的联系吗？

## 【诗义辨正】

《毛序》："《株林》，刺灵公也。淫乎夏姬，驱驰而往，朝夕不休息焉。"《毛传》说："夏姬，陈大夫妻，夏征舒之母，郑女也。"《史记·陈杞世家》："灵公与其大夫孔宁、仪行父，皆通于夏姬。衷其衣以戏于朝。泄冶谏曰：'君臣淫乱，民何效焉？'灵公以告二子，二子请杀泄冶，公弗禁，遂杀泄冶。十五年，灵公与二子饮于夏氏，公戏二子曰：'征舒似汝。'二子曰：'亦似公。'征舒怒。灵公罢酒出，征舒伏弩厩门射杀灵公。孔宁、仪行父皆奔楚，灵公太子午奔晋。征舒自立为陈侯。征舒，故陈大夫也。夏姬，御叔之妻，舒之母也。"宣公九年《左传》也有同样的记载，说："陈灵公与孔宁、仪行父通于夏姬，皆衷其衵服以戏于朝。泄冶谏曰：'公卿宣淫，民无效焉。且闻不令，君其纳之。'公曰：'吾能改矣。'公告二子，二子请杀之。公弗禁，遂杀泄冶。"又十年说："陈灵公与孔宁、仪行父饮酒于夏氏，公谓行父曰：'征舒似汝。'对曰：'亦似君。'征舒病之。公出，自其厩射而杀之，二子奔楚。"《陈杞世家》所载当本《左传》，然两处都讲陈灵公等人淫乱是在朝廷，并不在株野。此事怎么与株野连在一起呢？《集传》说："灵公淫于夏征舒之母，朝夕而往夏氏之邑。故其民相语曰：'君胡为乎株林乎？'曰：'从夏南耳。'然则非适株林也，特以从夏南故耳。盖淫乎夏姬，不可言也，故以从其子言之。诗人之忠厚如此。"夏征舒的采邑是株野吗？真是无中生有，任意胡说！然人们在无法解释之下，也只有承认他的胡说。屈万里《诗经释义》就于引《诗序》《郑笺》之后说："事见宣公九年及十年《左传》。"既然见《左传》，为什么不把《左传》所说的地点与诗的地点做一比较呢？《诗序》之误人，于此又可见了！

## 二十九

### 大车（王风）

大车槛槛，毳衣如菼。"岂不尔思？畏子不敢。"
大车啍啍，毳衣如璊。"岂不尔思？畏子不奔。"
"榖则异室，死则同穴。谓予不信，有如皦日！"

释音：毳，音脆。菼，音毯。啍，音吞。璊，音门。皦，音皎。

## 【诗义关键】

《击鼓》篇"死生契阔，与子成说。执子之手，与子偕老""于嗟阔兮，不我活兮！于嗟洵兮，不我信兮！"是尹吉甫追到株野看见仲氏后质问她的话。这首诗就是她解释为什么不辞而别的原因："岂不尔思？畏子不敢"，"岂不尔思？畏子不奔"。最后又向他保证说："榖则异室，死则同穴。谓予不信，有如皦日！"

**【字句解释】**

一章。大车，古代牛拉的装货或载人的车，亦称牛车。《黍苗》篇"我车我牛"的车，就是这种车。槛槛，车行声。衣，指车衣，就是车篷上的帷帐，以蔽风雨。毳，是用兽的细毛所做的布。毳衣，毳布所制的车帷。菼，初生的荻，驿赤色（闻一多说）。不敢，与不奔对称，则不敢即不敢奔之意。整章的意思就是：大车槛槛地在行走，蒙着像菼色的车帷。"我怎么不想念你呢？只是怕你不敢走，所以没有告诉你。"

二章。啍啍，也是车行声。璊，穈之假借；穈是一种赤苗的谷物（闻一多说）。整章的意思就是：大车啍啍地在行走，蒙着像穈谷色的车帷。"我怎么不想念你呢？怕你不能离开队伍。"

三章。榖，榖之假借；榖，生。如，其。皦，白。整章的意思就是："生不在一个房子里，死了埋在一起。如果不信我的话，天上的太阳可以做证。"

**【诗篇联系】**

把这篇诗摆在《株林》篇之后，显然可以看出它们的关系。尹吉甫追仲氏到了株野，质问她为什么不辞而别，现在她回答了原因，并且发誓说她并没有变心，这是多么衔接的两首诗。

**【诗义辨正】**

《毛序》："《大车》，刺周大夫也。礼义陵迟，男女淫奔，故陈古以刺今大夫,不能听男女之讼焉。"诗在《王风》,所以说"刺周大夫"。有"奔"字,就认为是淫奔。诗明明说"畏子不奔",男子并没有奔,怎么算是淫奔呢?《集传》:"周衰,大夫犹有能以刑政治其私邑者,故淫奔者畏而歌之如此。"淫奔者既然畏惧了,还有敢于歌出的道理吗?姚际恒说:"《小序》谓'刺周大夫',《大序》谓'男女淫奔,故陈古以刺今大夫,不能听男女之讼焉',颇为迂折。且夫妇有别,岂'异室'之谓乎?古大夫何为使夫妇异室也?《集传》……于'同穴'之言不可通。淫奔苟合之人,死后何人为之同穴哉?此目睫之论也。季明德谓'弃妇誓死不嫁之诗',然以'尔'与'子'皆指其夫,思夫自可,何云'畏尔不敢'乎?《伪传》《说》皆以为周人从军,讯其室家之诗,似可通。尔,指家室;子,指主之者;奔,逃亡也。"姚际恒所引各家诗说,无一不是在猜想。

# 三十

## 河广（卫风）

谁谓河广？一苇杭之。谁谓宋远？跂予望之。
谁谓河广？曾不容刀。谁谓宋远？曾不崇朝。

**【诗义关键】**

要了解这首诗,得先知道宋国与黄河在什么地方。《读史方舆纪要》(卷五十)于商丘县"商丘"说:"在城西南三里,周三百步,《左传》'阏伯居于商丘',是也。"又于"黄河"说:"在府(按归德府,即今之商丘县)北三十里。"可知商丘与黄河在一地。诗言"谁谓河广?曾不容刀。谁谓宋远?曾不崇朝",既言"曾",是作者曾经经过黄河,曾经到过宋国。尹吉甫是从卫国来平陈与宋的,一定是先平定陈国,然后再平定宋国。现在他为追仲氏而到了株野,那么,这首诗的意义就可知道了。仲氏是要回卫的,尹吉甫尽管追到了仲氏,可是他不能回去,只有望着仲氏归去,所以说"谁谓宋远?跂予望之",就是跂起脚来望着宋国,正是送人到宋国的情景。

## 【字句解释】

一章。河,黄河,黄河在宋国北三十里。杭,航之假借;航,渡。《三国志·吴书·妃嫔传》:"(琨)击张英于当利口,而船少,欲驻军更求。琨母时在军中,谓琨曰:'恐州家多发水军来逆人,则不利矣。如何可驻耶?宜伐芦苇以为洴,佐船渡军。'"《说文》:"洴,编木以渡也。"洴,就是现在说的筏。伐芦苇以为洴,就是用芦苇以为筏。一,应读为以。跂,跂起脚。予,而。整章的意思就是:谁说黄河宽广?曾经用苇筏渡过它。谁说宋国遥远?跂起脚来在望它。

二章。刀,《说文》引作舠;舠,音刀,小船。崇朝,终朝。整章的意思就是:谁说黄河宽广?曾经用舠渡过它。谁说宋国遥远?不用一个早上就到过。

**【诗篇联系】**

从《击鼓》篇,我们知道孙子仲的女儿回卫时,没有让尹吉甫知道,他以为她背弃了誓言,所以追到株野。又从《株林》篇,知道他在株野这个地方追到了她。再从《大车》篇,知道她对他解释清楚为什么不辞而别,并重申誓言,绝不相弃。最后,她回卫了,尹吉甫看着她回去。层次是多么显明,而事迹又是多么确切。

**【诗义辨正】**

《毛序》:"《河广》,宋襄公母归于卫,思而不止,故作是诗也。"孔颖达《正义》就怀疑说:"此假有渡者之辞,非喻夫人之向宋渡河也。何者?此文公之时,卫已在河南,自卫适宋不渡河。"《诗经》里没有一句诗不是事实,事实既然不合,自然不是宋襄公思母的诗了。屈万里就批评说:"宋襄公之世,卫已徙都黄河之南,适宋不待杭渡,故旧说非是。王质《诗总闻》以为宋人侨居于卫地者所作,近是。"他所批驳的对了;但王质的话是受《诗序》的束缚而猜想的,毫无凭据。

# 三十一

## 东门之墠(郑风)

东门之墠,茹藘在阪。其室则迩,其人甚远!
东门之栗,有践家室。岂不尔思?子不我即!

释音:埤,音坛。阪,音反。

## 【诗义关键】

《诗经》中用"东门"的共有五篇,就是《东门之枌》《东门之杨》《东门之池》《出其东门》与此诗。前四篇的东门都是陈城的东门,这一篇是否也是呢?诗言:"其室则迩,其人甚远!"不是明言仲氏的回卫吗?加以这首诗的"即",就是《东方之日》篇"履我即兮"的"即"。即,就的意思;履我即兮,就是跟着我的脚步在跳舞。那么,"子不我即",就是你不再跟我的脚步跳舞了。这是多么显明的事迹。说得更明白一点,就是仲氏回卫了,尹吉甫回到陈城,再来看她曾经住过的地方,睹物思人,因而有此诗之作。

## 【字句解释】

一章。埤,《焦氏易林》卷六"贲之鼎"引作"坛",坛是正字,埤是假借字。《正义》也说:"遍检诸本,字皆作坛。"坛是以土筑成的高堆。茹藘,绛草,《出其东门》篇里曾经见过。阪,坡。整章的意思就是:东门的土坛,坡上长着绛草。她住的房子就在眼前,可是她的人走远了!

二章。有践,与《何草不黄》篇的"有栈"、《伐柯》篇的"有践"同义,都是一排的意思。即,就。整章的意思就是:东门的栗树下,有着一排房子。怎么能不想她呢?她不再跟着我的脚步跳舞了!

## 【诗篇联系】

到此，我们知道《诗经》里为什么出现那么多的东门了。原来尹吉甫的女友仲氏在陈城时住在东门，所以东门成了他们谈情说爱的场所。《东门之枌》篇是共舞，《东门之池》篇是对唱，《东门之杨》篇是等情郎，《出其东门》是找女友，这首《东门之墠》是爱人离别后的睹物思人，它们的连属是不言而喻的。可是，假如打不破《诗谱》的束缚，这个事迹是绝对不可能发现的。到此也可证明《诗经》里没有一个字、没有一句诗不是事实。

## 【诗义辨正】

《毛序》："《东门之墠》，刺乱也。男女有不待礼而相奔者也。"诗明明说"其人甚远"，又说"子不我即"，怎么说"男女有不待礼而相奔"呢？既然"相奔"了，怎么又"甚远"与"不即"呢？《毛传》又解释说："男女之际，近而易，则如东门之墠；远而难，则如茹藘在阪。"简直不知他说的是什么。《郑笺》又说："城东门之外有墠，墠边有阪，茅蒐生焉。茅蒐之为难浅矣，易越而出。此女欲奔男之辞。"强不知以为知！《集传》说："门之旁有墠，墠之外有阪，阪之上有草，识其所与淫者之居也。室迩人远者，思之而未得见之辞也。"这也是依据《毛序》来附会。姚际恒说："此诗自《序》《传》以来，无不目为淫诗者。吾以为贞诗亦奚不可？男子欲求此女，此女贞洁自守，不肯苟从，故男子有室迩人远之叹。下章'不我即'者，所以写其人远也。女子贞矣，然则男子虽萌其心而遂止，亦不得为淫矣。"他是在做翻案文章，也非诗旨。傅斯年说："上章言室迩人远，下章言思之而不来，盖爱而不晤者之辞。"也是在猜。总之，假如不是发现尹吉甫与仲氏的恋爱事迹，只凭猜，是永远无法了解的。

## 三十二

## 月出（陈风）

月出皎兮，佼人僚兮。舒窈纠兮，劳心悄兮！
月出皓兮，佼人懰兮。舒忧受兮，劳心慅兮！
月出照兮，佼人燎兮。舒夭绍兮，劳心惨兮！

释音：佼，音交。懰，音刘。慅，音草。

### 【诗义关键】

这首诗的关键就在僚、懰、燎三个字。僚，《毛传》："好貌。"佼已经是好貌，如果僚还是好，那么，佼人僚兮，就变成好人好兮，不成文辞。僚、辽，古通。《杨统碑》"百辽叹伤"，《高彪碑》"辽党感恸"，《李翊碑》"显名辽畴"，《谒者景君墓表》"百辽失气"，《杨君石门颂》"百辽咸从"。（均见《经籍籑诂》）辽，都是僚之假借。僚既可借作辽，则辽也可借作僚。佼人辽兮，就是美人儿遥远了。这样，与末句"劳心悄兮"才能相连。僚、懰、燎三字既是连类对举，则意义必定一致，那么，懰应读为《桑柔》篇"捋采其刘"之"刘"。马瑞辰释"刘"为"离"之假借，甚是。佼人懰兮，就是美人儿离远了。《经典释文》"懰，又力吊反"，正是遥音。仲氏不是不辞而别吗？佼人燎兮，就是美人儿遥远了。不正是写仲氏吗？这首诗是仲氏离别后，尹吉甫在月下思念她的作品。

**【字句解释】**

一章。佼，又作姣。《方言》："自关而东，河济之间，凡好谓之姣。"尹吉甫的家乡正在河济之间。舒，发语词。窈纠，犹窈窕，亦作苗条，形容身个的细高条（朱起凤《辞通》说）。《椒聊》篇"彼其之子，硕大无朋"，不正是讲仲氏的高大身材吗？劳，高诱在《淮南子·精神训》注为"忧也"。《诗经》中凡言劳心，都作忧心解。整章的意思就是：光明的月亮出来了，美丽的人儿走远了。她那苗苗条条的身材呀，使我悄悄地在忧心呀！

二章。皓，白。慢受，《玉篇》注为"舒迟之貌"，实际是优柔的假借。王褒《洞箫赋》"优柔温润"，即温柔之意。慅，忧。整章的意思就是：洁白的月亮出来了，美丽的人儿离远了。她的温柔体贴的性情呀，使我忧心得不得了！

三章。夭绍，张衡《七辩》："蝉绵宜愧，夭绍纡折，此女色之丽也。"是夭绍即婀娜多姿之谓。整章的意思就是：月亮普照了大地，美丽的人儿遥远了。婀娜多姿的体态呀，使我的心里凄惨呀！

【诗篇联系】

仲氏回卫后，尹吉甫又到她曾经住过的陈城东门住处，睹物思人，写了一篇《东门之墠》；现在又在月亮下边想她，这不是极自然的联系吗？

【诗义辨正】

《毛序》："《月出》，刺好色也。在位不好德而说美色焉。"《集传》："此亦男女相悦而相念之辞。言月出则皎然矣，佼人则僚然矣。安得见之而舒窈纠之情乎？是以为之劳心而悄然也。"姚际恒说："自《小序》以来皆作男女之诗，而未有以事实之者。朱郁仪以为刺灵公之诗，何玄子因以三章'舒'字为指夏征舒，意更巧妙，存之。"都是在猜。闻一多说："月下有遇也。"有遇则应喜，怎么反而"劳心悄兮""劳心慅兮""劳心惨兮"呢？可见他没有了解诗意。

# 三十三

## 式微（邶风）

式微！式微！胡不归？微君之故，胡为乎中露？
式微！式微！胡不归？微君之躬，胡为乎泥中？

释音：微，读为非。

**【诗义关键】**

这首诗的关键就在"微君之故,胡为乎中露","微君之躬,胡为乎泥中"。自从《毛序》说"《式微》,黎侯寓于卫,其臣劝以归也",《毛传》又注"中露""泥中"为卫邑,这首诗就无法了解了。先把《毛序》所依据的故事找出来,看看中露、泥中到底应该怎么解。陈奂《诗毛氏传疏》说:"卫宣公之世,黎遭狄人迫逐,出寓于卫,卫即置诸东地为寓公。中露、泥中,是即所寓二邑也。"这是前人所认为的此诗故事。泥中在什么地方呢?朱右曾《诗地理征》(卷二)于"泥中"说:"《传》曰:'卫邑也。'王氏曰:'《地理志》云:"东郡有黎县。"《水经注》云:"黎县故城,世谓黎侯城,昔黎侯寓于卫,诗谓'胡为乎泥中'。"毛云"邑名",疑此城也。土地污下,城居小阜。'《郡县志》云:'黎丘在郓州郓城县西四十五里,黎侯寓卫,因以为名。'右曾案:'《左传》:"大叔疾取初妻之娣置诸犁。"犁、黎,古通用。'《皇舆表》:'在曹州府郓城县。'"他引经据典考证了一大段,请问黎到底在什么地方?在东郡呢,还是在曹州呢?所谓"泥中",又到底在什么地方?倒不如陈奂实在,干脆注为"未闻"。原来泥中就是泥水之中;中露,就是露中之倒文。然为什么在泥中、露中呢?除过出征而外,还有什么呢?《野有蔓草》篇不是明言"零露溥兮""零露瀼瀼"吗?知道了中露、泥中都不是地名,那么再看"微君之故""微君之躬"的"微"应作怎样解。

《诗经》中用"微"字的共有六篇,就是《邶风·柏舟》《七月》《伐木》《十月之交》《巧言》与此诗。在这六篇里,微字有两种用法：一是"非"之假借，如《柏舟》篇"微我无酒，以敖以游"，就是并不是因为我没有酒，所以来敖游。《伐木》篇"宁适不来，微我弗顾"，就是宁肯不来，认为我不对而不肯照顾；"宁适不来，微我有咎"，就是宁肯不来，认为我不对而有过错。这两篇的"微"都为"非"之假借。一是小的意思，如《七月》篇"遵彼微行，爰求柔桑"，就是顺着那条小路，去求柔嫩的桑叶。《十月之交》篇"彼月而微，此日而微"，就是那个月亮在被蚀，这个日头也在被蚀。《巧言》篇"既微且尰，尔勇伊何"，就是又矮又小又罗锅，你的勇敢在哪里？这首诗"式微式微"的"微"与"微君之故"的"微"意义不同，上微字作弱讲，下微字为非之假借。"微君之故，胡为乎中露"，就是要不是为君的事故，为什么在露水中行走呢？"微君之躬，胡为乎泥中"，就是要不是为君的患难，为什么在泥水中行走呢？都是出征的语气。与《小星》篇"肃肃宵征，夙夜在公，寔命不同"，"肃肃宵征，抱衾与裯，寔命不犹"是一个意思。然为什么不与《小星》篇排在一起呢？因为仲氏在陈国时，尹吉甫绝对不愿回去，而此诗说"胡不归"，一定是仲氏回去后，他也急于想回去，故有此诗之作。《小星》篇仅仅是发牢骚，这一篇是要回去，情感上大不相同。

## 【字句解释】

一章。式，发语词。微，《邶风·柏舟》篇"胡迭而微"，《毛传》"谓亏伤"，在日为亏伤，在人就是瘦。故，事故。整章的意思就是：瘦了瘦了，为什么还不回去呢？要不是为国君的事故，怎么会在露水中行走呢？

二章。躬、穷，古通，穷即患难之意（马瑞辰说）。整章的意思就是：瘦了瘦了，为什么还不回去呢？要不是为国君的患难，怎么会在泥水中行走呢？

## 【诗篇联系】

《诗经》中王事与君事分得非常清楚，王指周王，国君则指诸侯。《诗经》中出征的对象也是非常清楚，除西征猃狁、南征淮夷、东定齐鲁、北平韩土都是为王之外，其余就是平陈与宋。而平陈与宋是奉卫君之命出征的，所以这首诗应属于平陈与宋时的作品。仲氏回卫了，尹吉甫还不能回去，所以有此叹息。

## 【诗义辨正】

《毛序》："《式微》，黎侯寓于卫，其臣劝以归也。"《毛传》注说："黎侯为狄人所逐，弃其国而寄于卫。卫处之以二邑，因安之。可以归而不归，故其臣劝之。"姚际恒批评说："既失国矣，将安归乎？"诗在《邶风》，也就不得不在卫国里找段事迹来实之，却不问事实的符合与否。傅斯年说："《列女传》（刘向传《鲁诗》）以为是黎庄夫人与其传之辞。《毛诗序》以为黎侯失国，久寓于卫，其臣劝之归。毛说较通，然未必有据。"这是受了《诗序》的束缚，强为之解而又解不通，故有这种怀疑的态度。

以上三十三篇，就是《击鼓》《清人》《东门之枌》《椒聊》《宛丘》《君子阳阳》《东方之日》《东门之池》《泽陂》《东门之杨》《野有蔓草》《绸缪》《小星》《出其东门》《芣苢》《采葛》《子衿》《静女》《女曰鸡鸣》《野有死麕》《木瓜》《丘中有麻》《防有鹊巢》《终风》《晨风》《风雨》《有杕之杜》《株林》《大车》《河广》《东门之墠》《月出》与《式微》，都是宣王三年，尹吉甫平陈与宋时，在陈宋与仲氏恋爱的作品。至于怎么知道是宣王三年，又怎知道是尹吉甫所作，到这一时期的作品全部讲述完毕后，再做证明。

## 第二卷　平陈与宋胜利后诗篇

一

### 定之方中（鄘风）

定之方中，作于楚宫。揆之以日，作于楚室。树之榛栗，椅桐梓漆，爰伐琴瑟。

升彼虚矣，以望楚矣。望楚与堂，景山与京，降观于桑。卜云其吉，终然允臧。

灵雨既零，命彼倌人。星言夙驾，说于桑田。匪直也人，秉心塞渊，騋牝三千。

释音：倌，音官。说，音税。匪，读为彼。騋，音来。

## 【诗义关键】

这首诗的关键就在"定之方中"的定星是哪一个国家的星宿，以及楚宫、楚室、景山都在什么地方。得将这些问题解决，才能追寻出诗义。谨先看定星是哪一个国家的星宿。

《毛传》："定，营室也。"《汉书·天文志》："营室、东壁，并州。"王先谦《汉书补注》引《晋志》说："营室、东壁卫并州。"卫并州就是保卫并州。卫国就在并州,那么,定星是卫国的星宿,而卫卫国的是定星。楚宫、楚室都因楚丘而得名,再看楚丘在什么地方。朱右曾《诗地理征》引《寰宇记》说:"楚丘古城在卫南县西北四里。"又说:"景山,在澶州卫南县东南三里。"王绍兰《汉书地理志校注》(卷十)引《括地志》说:"白马故城,在滑州卫南县西南二十四里。"(《读史方舆纪要》卷十六引作三十四里)。又引《北道刊误志》说:"白马城在卫南县西二十里,古卫之曹邑。"由此看来,白马故城就是《击鼓》篇"土国城漕"的漕,而楚丘在其北,景山在其东北。为明白起见,兹绘图如下:

```
   △        ○
  楚        卫      △
  丘        南      景
                   山
   ○漕
```

《诗经》里有一种现象,就是在战争结束后,一定要祭祀祖宗和宴会庆祝,而这首诗说"揆之以日,作于楚室",就是计算着日子来完成楚室。又说:"匪直也人,秉心塞渊,騋牝三千。"马七尺以上曰騋。牝应为牡字形近之误,作战时不用牝马。騋牡三千,就是七尺以上的牡马有三千匹。加上"匪直也人,秉心塞渊"的恭贺语,三千匹牡马不就是胜利品吗?孙子仲是从漕这个地方去平陈与宋,现在战争结束了又回到漕,在漕建筑楚宫楚室以庆贺,两篇诗不是很自然地连到一起吗?谨以此义将此诗作一解释。

【字句解释】

一章。定星于十月望至十一月初昏而中（王引之说）。那么，定之方中，是指十月十五以后到十一月初这期间而言。于，为。楚宫、楚室，均因楚丘而得名。揆，度。树，栽。《植物名实图考长编》（卷二十）于"桐"条引陆玑《疏》："白桐宜为琴瑟，是作琴瑟宜冈桐、白桐二种也。"又曰："梓实桐皮曰椅，今人云梧桐也。是白桐、梧桐二种俱有椅名也。"又于"梓"条（卷二十）引《说文解字注》："椅，梓也。《释木》曰'椅、梓'，浑言之也。《卫风》传曰'椅，梓属'，析言之也。椅与梓有别，其分别甚微也。"又于"漆"条（卷十九）引《图经》："木高二三丈，皮白，叶似椿，花似槐，子若牛李，木心黄。六月、七月以竹筒钉入木中取之。崔豹《古今注》曰'以刚斧斫其皮开，以竹管承之，汁滴则成漆'，是也。"又于"榛"条（卷十七）引《开宝本草》："树高丈许，子如小栗，军行食之当粮。"又于"栗"条（卷十五）引陆玑《疏》说："惟濮阳、范阳栗甜美，长味，他方者悉不及也。"漕邑正是接近濮阳。整章的意思就是：定星正在天空的时候，忙着建筑楚宫。计算着日子，在建筑楚室。栽些榛树、栗树以及椅桐、梓漆，可以伐作琴瑟。

二章。虚，大丘。楚，楚丘。堂，指楚宫、楚室而言。京，指漕城。问龟曰卜。古时，在建筑宫室时一定要卜。允，诚。臧，善。卜云其吉，终然允臧，是指楚丘、楚宫的风水都很美好。整章的意思就是：登到那个高丘上，望一望楚丘的形势。望一望楚丘、楚宫、景山与城邑之后，再到桑田里从下边往上看。当初卜的时候就说好，现在完工了，果然真好！

三章。灵雨,好雨。零,落。倌人,《毛传》注为"主驾者"。星,通姓,古晴字(马瑞辰说)。言,而。匪,彼。直,为一种美德,《诗经》中常用以赞美人。如《郑风·羔裘》篇"洵直且侯",《硕鼠》篇"爰得我直",《小明》篇"正直是与",《崧高》篇"柔惠且直",都是用直以美人品。秉,持。塞渊,深远。整章的意思就是:命令倌人说:"这场好雨下过后,天晴的时候,一早就把队伍迁到桑田里。"他的为人真正正直,而且计谋又非常深远,获得了七尺以上的牡马三千匹。

## 【诗篇联系】

从《击鼓》篇"土国城漕,我独南行。从孙子仲,平陈与宋",我们知道孙子仲与尹吉甫是由卫国的漕去平定陈与宋;从《泽陂》篇"彼泽之陂,有蒲菡萏",我们知道他们在那里过了夏;再从《采葛》篇"彼采葛兮",我们知道他们在那里又过了秋;这首诗"定之方中"是在十月十五到十一月初,这时他们又回到了漕。季节是多么衔接。诗一方面讲"揆之以日,作于楚室",另一方面又讲"秉心塞渊,騋牝三千",明明是建筑宫室来庆贺这次的胜利。再从《诗经》中有关战争后必要祭祀宴会的例子,使此诗又变成钥匙诗而启开《清庙》与《武》两篇的意义。

## 【诗义辨正】

《毛序》:"《定之方中》,美卫文公也。卫为狄所灭,东徙渡河,野处漕邑。齐桓公攘戎狄而封之。文公徙居楚丘,始建城市而营宫室。得其时制，百姓悦之，国家殷富焉。"《毛传》："《春秋》闵公二年冬，狄人入卫，卫懿公及狄人战于荧泽而败。宋桓公迎卫之遗民渡河，立戴公以庐于漕。戴公立一年而卒。鲁僖公二年，齐桓公城楚丘而封卫，于是文公立而建国焉。"他们的错误以及后人之所以始终不能把这首诗解释清楚，都由于认错了这个"漕"字。《诗经》里三次言"漕"，都是有三点水的漕；《左传》中凡言曹，都是没有三点水的曹。曹在山东省曹县，漕在河南省滑县，两地分得很清楚。可是自从《毛序》《毛传》这一错认，不仅经学家解不通诗，连历史学者、地理学者也都搞糊涂了。假如漕就是曹，那么，漕本为卫地，闵公二年《左传》怎么可以说"及狄人战于荧泽，卫师败绩，遂灭卫"呢？土地并没有完全丧失，不过是偏安而已，怎么可以说是灭呢？又说"封卫于楚丘，卫国忘亡"，假如认为这个楚丘就是漕的楚丘，那么，楚丘在卫南县西北四里，漕在卫南县西二十里，相去也不过十数里，在漕就谓之亡国，在楚丘就谓之复国，这不是古今的大笑话？原来曹是曹国的曹，所以《左传》中始终言曹；楚丘则为漕之楚丘，所以僖公二年《左传》说："二年春，诸侯城楚丘而封卫焉。"因为从曹国迁回来，所以说："卫国忘亡。"《汉书·地理志》明明说：山阳郡成武"有楚丘亭，齐桓公所城，迁卫文公于此。"希望以后的人不要再把这两个地方弄混。《诗经》里的"漕"有三点水，《左传》里的"曹"没有三点水！

## 二

## 清庙（周颂）

於穆清庙，肃雝显相。济济多士，秉文之德。对越在天，骏奔走在庙。不显不承，无射于人斯！

释音：於，音乌。不，读为丕，下"不"字同。射，音亦。

### 【诗义关键】

这首诗的关键就在"於穆清庙，肃雝显相"这两句。《毛传》于《定之方中》篇注"定，营室也"，《史记·天官书》"营室为清庙"，那么，清庙就是营室，营室亦即定星。《国语·周语》"日月底于天庙"，韦注："天庙，营室也。"由此可知，定星一名天庙，一名清庙，又名营室，一星而数名。於，叹词；穆，美。於穆清庙，就是美丽的清庙星呀。肃雝是成语，《诗经》中用此成语的共有三篇，就是《何彼襛矣》《有瞽》与此诗。《何彼襛矣》篇"曷不肃雝，王姬之车"，用肃雝来形容车马；《有瞽》篇"喤喤厥声，肃雝和鸣，先祖是听"，用肃雝来形容乐声。《毛传》将"肃"注为敬，将"雝"注为和，如以和敬来解"曷不肃雝，王姬之车"，就是怎么能不和敬，这是王姬的车呀，成何文义？再以此义解释"喤喤厥声，肃雝和鸣，先祖是听"，就变成他的洪亮的声音呀，和敬和鸣，先祖来听，又成了什么文句？肃雝是成语，庄严肃穆的意思，不能分开解释。曷不肃雝，就是怎么能不庄严肃穆呢？这是王家姬姓的车呀？肃雝和鸣，就是庄严肃穆地应和着。於穆清庙，肃雝显相，就是美丽的定星呀，显出了它庄严肃穆的形相，这不正是定之方中吗？这首诗是在定之方中时祭定星的作品，毫无问题。

## 【字句解释】

《诗经》中用"多士"成语的共有三篇，就是《文王》篇"思皇多士""济济多士"，《泮水》篇"济济多士"，与此诗"济济多士"。《尚书·周书·多士篇》："尔殷遗多士""尔殷多士""告尔殷多士"。凡言"多士"都与殷有关，那么，在卫国的祭祀诗篇里怎么出现多士呢？《史记·卫世家》说："周公旦以成王命，兴师伐殷，杀武庚、禄父、管叔，放蔡叔，以武庚殷余民，封康叔为卫君，居河淇间故商墟。"卫国的人民就是殷民，而卫国是征兵制，在解释《绸缪》篇的良人时曾经讲过。现在出兵征陈宋的就是这批殷民，故有多士的出现。从这一点，加上"於穆清庙，肃雝显相"的定之方中，更可证明是平陈与宋后在卫国的祭祀。《诗经》中单用"文"字的并不是专指文王。周人尚武崇文，文是文德，故常用以尊崇祖宗。如《江汉》篇"告于文人""矢其文德"，《烈文》与《载见》篇"烈文辟公"，《思文》篇"思文后稷"，《雝》篇"亦右文母"，《泮水》篇"允文允武"，都是这个意思。秉文之德，就是秉先人之德；《郑笺》解为"文王之德"，非是。对越，对扬（王引之说）。对越在天，就是发扬在天上的恩德，指定星。骏，急貌（马瑞辰说）。骏奔走在庙，形容祭祀者的急忙情形。两"不"字均读为丕；丕，大。显，显德，指定星;承,承受,承受定星之德。射,厌。人斯,斯人之倒文,指在祭祀的这批人。《诗经》中所谓"颂",除《鲁颂》《商颂》不是颂而误为颂外,其余都是祈祷文,都是一章,也都是散文。此诗是真正的颂。全篇的意思就是:灿烂的清庙星呀,显现了它的庄严肃穆的形相。济济一堂的多士,承受着它的恩德。为宣扬在天上的恩德,急急忙忙地在庙里奔跑。大大地显示恩德吧!大大地承受吧!不要厌倦了我们这些人!

## 【诗篇联系】

从清庙,知道它是定星;从显相,知道这时是定之方中;从多士,知道是殷民去平陈宋;再从定星,又知道是卫人在祭祀。那么,认为这首诗是平定陈宋后孙子仲在漕的楚丘祭定星,不是没有根据吧?

## 【诗义辨正】

《毛序》:"《清庙》,祀文王也。周公既成洛邑,朝诸侯,率以祀文王焉。"为什么周公要在定之方中的时候祀文王呢?且诗里哪一点显出是"成洛邑"? 姚际恒就批判说:"《小序》谓'祀文王',是。《大序》谓'周公既成洛邑,朝诸侯,率以祀文王焉',谬也。按《洛诰》曰'则禋于文王、武王',又曰'文王骍牛一,武王骍牛一',是洛邑既成,兼祀文、武,此诗专祀文王,岂可通乎?至谓'朝诸侯,率以祀文王',此本《明堂位》之邪说,谓周公践天子位,朝诸侯也,尤为诬妄。《集传》偏从《序》,何耶?"姚际恒所批判的对了;然他谓"祀文王",

错了。《武》篇才是祭文王、武王的诗，此诗只是祭清庙星。

## 三

## 武（周颂）

於皇武王，无竞维烈。允文文王，克开厥后。嗣武受之，胜殷遏刘，耆定尔功。

释音：耆，音旨。

**【诗义关键】**

这首诗的关键就在"胜殷遏刘"一句，这句诗了解了，整首诗的意义就显现了。《新唐书·宰相世系表》说："刘氏出自祁姓。帝尧陶唐氏子孙生子有文在手曰'刘累'，因以为名。能扰龙，事夏为御龙氏，在商为豕韦氏，在周封为杜伯，亦称唐杜氏，至宣王，灭其国。"由此可知刘为豕韦氏之古称。《读史方舆纪要》（卷十六）于滑县说："古豕韦氏国，春秋时卫地，汉置白马县。"如此讲来，滑县就是豕韦氏国，也就是漕。《击鼓》篇说"土国城漕"，而主持城漕的是孙子仲，这不是"宣王灭其国"吗？到此，我们知道城漕的原因了。《读史方舆纪要》（卷十六）于白马废县说："每河北有变，滑台常为重地。盖其地控据河津，险固可恃也。"滑台就指漕地。卫国为宣王复兴周室，必先安定本邦，豕韦氏地既控据河津，又在邻近，自然是最先征服的对象。灭掉豕韦氏后，才再平陈与宋。《击鼓》篇说"土国城漕，我独南行"，不是就先城漕而后平陈宋吗？遏作绝讲（马瑞辰说），遏刘，就是灭绝了刘。胜殷，即胜宋，因为殷是宋的古称。文王在先，武王在后，文王又是武王的父亲，祭祀时不是应该先称文王而后武王吗？此诗怎么先武王而后文王呢？武王为卫人的直接祖先，依卫的近亲而言，应该是先武王而后文王。由此，更可证明是卫人在平定陈宋后祭祀文王、武王的作品。

**【字句解释】**

於皇，大哉。无竞，无比。烈，《尔雅·释诂》："谓功业也。"允，诚；文，文德。嗣，子孙。耆，底之假借；底，致（马瑞辰说）。尔，指武王与文王。整篇的意思就是：伟大的武王呀，有着无比的功业。诚然是有文德的文王给他的后世开创了天下。我们子孙承受了这个武力，战胜了宋国，灭亡了豕韦，安定了您们的事业。

**【诗篇联系】**

从"胜殷遏刘"，知道是平定陈宋后的作品，再从先武王而后文王，知道这是卫人在祭祖。如此看来，将此诗摆在这里，不是极合理吗？

**【诗义辨正】**

《毛序》："《武》，奏《大武》也。"屈万里引《吕氏春秋·仲夏纪·古乐》来证明说："武王伐殷，克之于坶野，乃荐馘于京太室，乃命周公作为《大武》。"试问：武王是死后的谥，他活的时候，怎么自称武王，而自己祭自己呢？哪有儿子祭自己而将父亲摆在自己的后边呢？周公是定礼作乐的人，怎能如此颠倒上下，目无尊亲呢？他又引据宣十二年《左传》"又作《武》，其卒章曰'耆定尔功'"，就认定"以《赉》为《武》之三章，以《桓》为《武》之六章。是古时《武》原分章，而今本则以章为篇也。"要知道三百篇是三百篇，武王克商后所作的颂是武王克商的颂，两者各不相关。然怎么会有同样的语句呢？自然是尹吉甫承袭前人的，但不能就此断定是一篇作品。

以上三篇，就是《定之方中》《清庙》与《武》，都是宣王三年孙子仲平定陈宋后，在漕祭祀时尹吉甫所写的祭文或歌颂的作品。

# 第三卷　平陈与宋前诗篇（宣王二年）

一

## 简兮（邶风）

简兮简兮，方将万舞。日之方中，在前上处。
硕人俣俣，公庭万舞。有力如虎，执辔如组。
左手执籥，右手秉翟。赫如渥赭，公言："锡爵。"
山有榛，隰有苓。云谁之思？西方美人。彼美人兮，西方之人兮！

释音：俣，音愚。赭，音者。

## 【诗义关键】

此诗的关键就在"万舞"是哪一种性质的舞；"公言锡爵"的"公"是哪一国的公；"硕人俣俣"的"硕人"指的是谁。这三个问题解决了，诗义也就显现出来了。

庄公二十八年《左传》："楚令尹子元欲蛊文夫人，为馆于其宫侧而振万焉。夫人闻之，泣曰：'先君以是舞也习戎备也。今令尹不寻诸仇雠，而于未亡人之侧，不亦异乎？'"由此可知万舞是一种习戎备的舞,与《击鼓》篇"击鼓其镗,踊跃用兵"是一种情形,都是在练武。我们曾说《诗经》中单称公的都是指卫公,那么,这个万舞是在卫国的公庭举行。《诗经》中用"硕人"的共有四篇,就是《考槃》《白华》《硕人》与此诗。除《硕人》篇的硕人指庄姜外,其他三篇都是指一个人,因为这三篇里的硕人都被爱情困扰着。《考槃》篇"考槃在涧,硕人之宽。独寐寤言,永矢弗谖","永矢弗谖"是发誓永远忘不了她。《白华》篇说"啸歌伤怀,念彼硕人","维彼硕人,实劳我心",这是女的在思念硕人。(关于这两篇诗的意义请看第十一编《西征玁狁时思归的诗篇》。)这首诗说:"云谁之思?西方美人。彼美人兮,西方之人兮!"西方美人是谁呢?《史记·周本纪》:"武王左杖黄钺,右秉白旄以麾,曰'远矣西土之人'",又说:"不御克奔,以役西土。"足证周人自称为西人。卫国姓姬,是武王兄弟之后,来自西方。仲氏是卫武公的孙女,而又很美,不正是西方美人吗?尹吉甫与她正在热恋,所谓硕人,不就是尹吉甫自己吗?这首诗是尹吉甫告诉仲氏他被选来跳万舞,得到卫公的赏识。万舞是在卫国的公庭朝歌举行,而她这时在漕,所以想到她。

**【字句解释】**

一章。简,大。《诗经》中用"方将"成语的共有三篇,就是《北山》《长发》与此诗。《毛传》于《北山》篇注:"将,壮也。"方将,就是方壮,三篇都是这个意思。上处,即指二章的公庭。整章的意思就是:大场面呀!大场面呀!刚刚举行过壮大的万舞。正当中午的时候,在公庭的前面。

二章。硕人,大块头。俣俣,大貌。公庭,卫君的宫庭。辔,缰。组,丝绳。整章的意思就是:一个大块头的人儿,在公庭上跳万舞。他的力气像老虎,牵着马缰就像拿根丝绳。

三章。籥,乐器,似笛,以竹为之。翟,山雉,此指其雉羽,如鹭羽之类,在跳舞时所用。赫,赤貌。赭,赤色。锡爵,赐酒,嘉赏其成功。整章的意思就是:左手执着笛子在吹,右子拿着雉羽在舞。脸上就像染了赤色,卫君说:"赐酒。"

四章。榛,树名,其实似栗而小。隰,低湿之地。苓,即今之甘草。云,发语词。西方美人,指仲氏。整章的意思就是:山上有榛树,低地有甘草。我想的是谁呢?是西方的美人。那位美人呀,是西方的人呀!

## 【诗篇联系】

从万舞,知道这是在练武;从"公言锡爵"的"公",知道这是指卫公;从硕人,知道是指尹吉甫;从西方美人,知道是指仲氏。这首诗里的硕人有几点特征值得注意:第一,"硕人俣俣",他的个子很高大;第二,"有力如虎",他非常有力气;第三,"执辔如组",他善于御马;第四,"左手执籥",他会音乐;第五,"右手秉翟",他会跳舞。到此,可以了解所谓万舞就是万能舞,什么也会,这样才可以取得女人的欢心,所以楚令尹子元拿这种舞来蛊惑文夫人。尹吉甫会跳这种舞,他也希望仲氏晓得,所以跳完后告诉她。这首诗也就是写给她的。

【诗义辨正】

《毛序》:"《简兮》,刺不用贤也。卫之贤者仕于伶官,皆可以承事王者也。"他只注意到"左手执籥,右手秉翟",而没有注意到别的,所以有这种偏颇之说。诗明明说"公言锡爵",赐他酒喝,难道是不用贤吗?再者,乐官需要"有力如虎,执辔如组"吗?《集传》:"贤者不得志而仕于伶官,有轻世肆志之心焉。故其言如此,若自誉而实自嘲也。"自誉则有之,自嘲从什么地方看得出呢?傅斯年说:"形容万舞之士而美之。"近之。

二

## 猗嗟(齐风)

猗嗟昌兮,颀而长兮。抑若扬兮,美目扬兮。巧趋跄兮,射则臧兮。

猗嗟名兮,美目清兮。仪既成兮,终日射侯,不出正兮。"展我甥兮!"

猗嗟娈兮,清扬婉兮。舞则选兮,射则贯兮。四矢反兮,以御乱兮。

释音:颀,音祈。

【诗义关键】

此诗值得注意的有几点:第一,"猗嗟昌兮,颀而长兮",

昌,是壮大,与《丰》《还》两篇"子之昌兮"的"昌"同义。既壮且大,这不就是《简兮》篇的硕人吗?第二,"舞则选兮",舞被选中了,这不就是《简兮》篇"公言锡爵"吗?万舞有比赛的性质,他被选中了,所以公才说"赐他酒喝",这不是"选"字的注解吗?第三,跳万舞的目的在习戎备,此诗说"四矢反兮,以御乱兮",也是在做战争的准备。《简兮》篇与这首诗有关联,毫无问题。不过,这首诗里还有一点值得特别注意,就是"展我甥兮"的"甥"。卫公说:"诚然不愧是我的外甥。"那么,作者与卫国的关系也发现了。《頍弁》篇说:"岂伊异人?兄弟甥舅。"《頍弁》篇是尹吉甫帅领浚地的民兵去方山营救南仲,南仲为他洗尘,他在洗尘宴上所讲的话,而南仲是卫国人,他说南仲是他舅舅,则尹吉甫之为卫国的外甥,由此可证。《伐木》篇"既有肥牡,以速诸舅",《伐木》篇是讲尹吉甫与仲氏结合而仳离后,尹吉甫到漕地想接她回去,可是本族的人以及舅舅家人都反对,不来参加他的宴席,以致达不到愿望。凡此,都足证明尹吉甫是卫国的外甥。知道了这些关系,然后再把此诗作一解释。

## 【字句解释】

一章。猗嗟,叹美词。抑,按。扬,举。《老子》:"天之道其犹张弓乎?高者抑之,下者举之。"又说:"将欲抑之,必固扬之。"抑、扬对称,此处指射箭(屈万里说)。若,作与讲。"美目扬兮"之"扬",是注视貌。《礼记·檀弓下》:"扬其目而视之。"《庄子·徐无鬼》"王命相者趋射之",注:"趋,急也。"跄是趋步时所发的声音。巧趋跄兮,就是美妙的趋步跄声一响。整章的意思就是:好大的个子呀,又高又大,不管是抑弓或是扬箭,漂亮的眼睛总是聚精会神地注视着。美妙的趋步跄声一响,箭也就射中了。

二章。名、明,古通;明,亦有"大"义。《鲁语》"取名鱼",即取大鱼(马瑞辰说)。清,清秀,指眉目言。仪,射仪。成,犹备。侯,射布,有皮布两种。正,侯中之的。展,诚。整章的意思就是:好大的身个呀,眼睛又那么清秀。射仪举行之后,整天地在射侯,没有一次不射中的,公说:"诚不愧是我的外甥!"

三章。娈,好貌。清扬婉兮,已见《野有蔓草》篇,即美丽的大眼睛。贯,中(王引之说)。四矢,《郑笺》:"礼,射三而止,每射四矢,皆得其故处,此之谓复。"由此可知,反就是复,重复中于一处。整章的意思就是:好雄壮的身材呀,好大的眼睛呀,跳舞的时候,被选作万能,现在射箭又次次中的。四根箭重复地中在一处,是为御乱而练习呀。

**【诗篇联系】**

从"猗嗟昌兮,颀而长兮"的高大个子,从"舞则选兮"的万能舞,从"以御乱兮"的练武,使此诗与《简兮》篇联系在一起。从《简兮》篇里发现尹吉甫有五点特征:一、个子高大;二、力大如虎;三、善于御马;四、能音乐;五、会跳舞。从这一篇又发现他是大眼睛,能射箭。这些特征必须注意,以后凡看到具有这些特征的人就知道他是谁了。

【诗义辨正】

《毛序》："《猗嗟》，刺鲁庄公也。齐人伤鲁庄公有威仪技艺，然而不能以礼防闲其母，失子之道，人以为齐侯之子焉。"诗在齐风，而齐国实在没有哪位君主可以附会，才扯到鲁庄公身上；而鲁庄公的母亲又与这首诗有哪一点关系呢？

# 三

## 羔羊（召南）

羔羊之皮，素丝五紽。退食自公，委蛇委蛇。
羔羊之革，素丝五緎。委蛇委蛇，自公退食。
羔羊之缝，素丝五总。委蛇委蛇，退食自公。

释音：紽，音驼。蛇，音移。緎，音域。总，音宗。

【诗义关键】

此诗的关键就在"退食自公"。公既是卫公，那么，退食自公不正是《简兮》篇"公言锡爵"的后文吗？然"羔羊之皮"怎么讲呢？这是尹吉甫在跳万舞时所得的赏赐。《礼记·玉藻》"士不衣狐白"，又说："锦衣狐裘，诸侯之服也。"尹吉甫是士，他没有资格穿狐裘，所以赏他的是羔羊之皮。

## 【字句解释】

一章。羔羊之皮,即卷毛羊之皮,较普通羊皮贵重。《毛传》"大夫羔裘",即卷毛羊皮所做之裘。素丝,即《干旄》篇的"素丝",白色的丝。紽,计算丝或线的单位,如说一紽丝,一紽线,现在的北方还如此称。一紽五两重。《仪礼·公食大夫礼》有乘皮束帛以侑宾;乘皮,即羔羊皮,束帛,即素丝(闻一多说)。委蛇,《韩诗》作逶迤,形容醉后行路的迟缓摇摆,古人是"不醉无归"的。整章的意思就是:奖赏了一袭羊皮筒和五紽素丝。从公那里一摇一摆地吃罢回来。

二章。革,犹皮。五緎,犹五紽。整章的意思就是:奖赏了一件羊皮筒和五紽素丝。一摇一摆地从公那里吃罢回来。

三章。羊皮筒是由许多块羊皮缝起来的,故有羊皮之缝。总,疑为"宗"字的假借。整章的意思就是:奖赏了一件羊皮筒和五宗素丝。摇摇摆摆地从公那里吃了回来。

## 【诗篇联系】

从"公言锡爵"与"自公退食",使我们将《简兮》与此诗联系起来,不是极自然的事实吗?

## 【诗义辨正】

毛序:"《羔羊》,《鹊巢》之功致也。召南之国,化文王之政,在位皆节俭正直,德如羔羊也。"方玉润批评说:"《小序》谓'《鹊巢》之功致',不知何所取意。《大序》以为'召南之国,化文王之政,在位皆节俭正直,德如羔羊'。服羔羊则'德如羔羊',服狐貉不将如狐貉乎?且羔羊亦何'节俭正直'之有?为之解者曰:'羊性柔顺,逆牵不进,象士之难进易退,以为正直。'夫以倒退倔强之性为正直,固大可笑;而'节俭'二字仍无着落。则其附会无理可知,而《集传》乃承而用之者何哉?姚氏际恒曰:'此篇美大夫之诗,诗人适见其服羔裘而退食,即其服饰步履之间,以叹美之,而大夫之贤,不益一字,自可于言外想见,此风人之妙致也。'其解'委蛇委蛇'之神,别有会心,较之诸家,似觉圆通,然'素丝五紽''五緎''五总',究竟无说以释其义。"他所批判别人的都对,但他认为此诗是"美召伯俭而能久",亦无所据。只因这首诗在《召南》,他又从召伯这方面来附会。傅斯年说:"《羔羊》,形容仕于公者盛服返家。"他没有了解这时只是"羔羊之皮""素丝五紽",羔裘还没有缝制起来,怎么就能"盛服返家"呢?

## 四

### 干旄（鄘风）

孑孑干旄,在浚之郊。素丝纰之,良马四之。彼姝者子,何以畀之?

孑孑干旟,在浚之都。素丝组之,良马五之。彼姝者子,何以予之?

孑孑干旌,在浚之城。素丝祝之,良马六之。彼姝者子,何以告之?

释音：纰，音避。屏，音庇。旟，音序。

**【诗义关键】**

此诗的关键就在"浚"在什么地方以及"浚"与尹吉甫的关系。这两个问题解决了，不仅以上诗篇是尹吉甫所写都有了证据，即以后各篇也都有了依据。先看浚在什么地方。

《读史方舆纪要》（卷十六）于开州（今之河北省濮阳县）濮阳废县说："城东南有浚城，又有寒泉。《诗》云：'爰有寒泉，在浚之下。'其后曰濮阳，以地在濮水北也"。为读者明了起见，兹将漕与浚的形势绘图于下：①

```
           旄  △清
           丘△  丘
    ○濮
     阳   。浚
     寒          △复关
     泉
  楚△
  丘  。
    卫 △景
    南  山
 。漕
```

知道了浚在什么地方，再追究浚与尹吉甫有什么关系。要知道这种关系，得先知道此诗"孑孑干旟"的"旟"是哪一种旗帜。《周礼·春官·司常》"鸟隼为旟""州里建旟"，旗上绘

---

① 图中的"濮阳"当指"濮阳废县"。

以鸟隼的称为旟,旟是州里的旗帜。此诗说"孑孑干旟,在浚之都",足证浚是州里,与上边讲《绸缪》篇时释良人为率领两千人的乡良人正合。然怎么知道尹吉甫就是这里的良人呢?《六月》篇是尹吉甫自述他西征狁的经过,而那篇说"织文鸟章,白旆央央",鸟章就是鸟隼的图样,这是尹吉甫自己讲他的旗帜的等级。然怎么知道就是浚地的旗帜呢?《六月》篇又说:"维此六月,既成我服;我服既成,于三十里。"这又是他自述组成民团的地方,只要追究出"三十里"在什么地方,问题也就解决了。

《诗经》里用"三十里"的还有一篇,就是《噫嘻》。《噫嘻》篇说:"骏发尔私,终三十里。"意思就是完全开发了你的三十里私田。然这块私田又在什么地方呢?《大田》篇说"雨我公田,遂及我私",这里又出现了私田;可是这两篇的私田是否是一个地方呢?诗又说"以我覃耜,俶载南亩,播厥百谷。既庭且硕,曾孙是若",从此可知私田就是南亩,而南亩属于卫公。好了,我们再来追究南亩在什么地方。《信南山》篇说:"信彼南山,维禹甸之。畇畇原隰,曾孙田之。我疆我理,南东其亩。"由此可知曾孙之田在南山之下,南亩就在南山之下,而南山又在什么地方呢?《水经注》(卷九)于清水条引应劭《地理风俗记》:"河内,殷国也,周名之为南阳。"河内,指现今河南黄河以北一带,那一带原是殷国,周时名之为南阳。又引马季长说:"朝歌以南至轵为南阳。"朝歌在今河南省淇县,轵在河南省济源县,现今称为轵城。由此又可知从现今的淇县到济源县古称之为南阳。南阳实由南山之阳而得名。从淇县到济源正是太行山所在地，那么，太行山在周时称之为南山吗？《易林》卷四说："南山大行。"可知在东汉的时候，还有人知道南山就是太行。这个地点的决定，使《诗经》三百篇有了中心，一切事迹不是发生在这里，就是由这里出发，最后又归到这里来。南山既是现今的太行山，而浚在现今的河北省濮阳县，濮阳县不正在太行山的东南吗？所谓南亩，实际上就是指浚。

然《噫嘻》篇说"骏发尔私"，《大田》篇说"遂及我私"，一尔一我，这是怎么一回事呢？到此，我们又得追究"私"字的意义。《崧高》篇说："王命召伯，彻申伯土田。王命傅御，迁其私人。"由此可知私人是属于申伯的人。《大东》篇说："东人之子，职劳不来；西人之子，粲粲衣服。舟（周）人之子，熊罴是裘；私人之子，百僚是试。"东人与西人对，周人与私人对，则西人即是周人，东人即是私人，私人也就是诸侯的人。私人既是诸侯的人，私人所耕的田就是私田。然怎么又分"尔""我"呢？尔是指成王，因为《噫嘻》篇是祭成王的诗。成王是周室的祖先，周行封建之制，而分封的主权在国王，所以说："溥天之下，莫非王土。"诸侯的田，在宗主上讲仍是王家的田，这块私田虽由私人耕耘，然对成王来说当然是成王的，由于私人耕耘，故云"尔私"。至于"我私"，这是站在耕这块田的私人立场而言。到此可以明白尹吉甫与浚地的关系了。《六月》篇说"我服既成，于三十里"，三十里是指浚地的广袤而言。他既是从这个地方征集民兵西征，那么，他一定是这块地方的主管，所以浚地也就与他发生了关系。这首诗是刚刚接管这块浚地时的作品，所以说："彼姝者子，何以告之？"那位漂亮的姑娘呀，我怎么告诉她这个消息呢？彼姝者子，当指仲氏了。就顺着这个意思将此诗作一解释。

**【字句解释】**

一章。孑孑，直直。干旄，《毛传》："注旄于干首，大夫之旃也。"干旄象征大夫的地位。孑孑干旄，也就是《出车》篇"建彼旄矣"的意思。纰，饰。之，指干旄。此诗的"彼姝者子"与《东方之日》篇的是一个人，都是指仲氏。畀，予。何以畀之？就是我赠给她什么呢？尹吉甫现在做了浚地的主管，高兴得不得了，于是想起他的爱人而想送给她点什么。整章的意思就是：直直的干旄竖立起来了，在浚邑的近郊，用素丝装饰它。另外还有四匹良马。那位漂亮的人儿呀，我送给她点什么呢？

二章。《周礼·春官·司常》："州里建旟。"由此可知旟是州里的旗帜，同时也象征着州里的地位。又说："凡祭祀，各建其旗，会同宾客，亦如之。……凡军事，建旌旗，及致民，置旗弊之。"可见这些旗不是时常竖的。上边说尹吉甫新就职才竖旄旟，不是没有根据的。组，捆。整章的意思就是：直直的干旟，在浚邑的都城竖起来了，用素丝捆着它。另外还有五匹良马。那位漂亮的人儿呀，我送给她点什么呢？

三章。《周礼·春官·司常》："析羽为旌。"又说："斿车载旌。"旌也是一种表帜。祝，织。整章的意思就是：直直的干旌竖起来了，在浚邑的城上，用素丝织起它。另外还有六匹良马。那位漂亮的人儿呀，我怎么告诉她呢？

## 【诗篇联系】

这一篇的浚地既是尹吉甫管辖之所,那么,它与以上各篇的关系都明朗了。由于跳万舞被选,而使他得到了官爵。《简兮》篇说"公言锡爵",这个爵字固作酒讲,然同时也有封爵的意思,因为在金文、在《诗经》里,凡言赐酒都有分封土地的意思。如《盂鼎铭》:"锡女鬯一卣。"《毛公厝鼎铭》:"锡女秬鬯一卣。"《师訇殷铭》:"锡女秬鬯一卣。"(以上均见《双剑誃吉金文选》)以及《江汉》篇"厘尔圭瓒,秬鬯一卣",都是赐给一秬酒祭祀祖宗而接受封地。尹吉甫是卫国的士,他是私人,当然没有资格接受这种鬯来祭祖,但《角弓》篇说"受爵不让,至于已斯亡",就是所受的爵位不能让人,一直到死了才完。士这种爵位是不能承继的,人死就完了。《角弓》篇是写幽王时仲氏要褫夺尹吉甫的官爵而他反抗的话。《瞻卬》篇说"人有土田,女反有之;人有民人,女覆夺之",与《角弓》篇为同一事件。到我们讲到这些篇时,就可知道其中详情。如此讲来,正可证明这首诗是写他初接任时的高兴情形。

## 【诗义辨正】

《毛序》:"《干旄》,美好善也。卫文公臣子多好善,贤者乐告以善道也。"除过这首诗在《鄘风》,一定要在卫国找一位君来实之之外,毫无根据。可以称卫文公为"彼姝者子"吗?《集传》:"言卫大夫乘此车马、建此旄旌以见贤者。彼其所见之贤者,将何以畀之而答其礼意之勤乎?"完全是在表面上敷衍成文,连他自己也不敢相信,所以用一个"乎"字结尾。姚际恒说:"《序》谓'美好善',意近是,故向来从之。谓大夫乘此车马以见贤者,然《邶风》'静女其姝',称女以姝。《齐风·东方之日》亦曰'彼姝者子',以称女子。今称贤者以姝,似觉未安。姑阙疑。"这种阙疑态度是很对的。傅斯年说:"此诗本事已亡,义不能详。"不知就是不知,倒是学者的态度。屈万里说:"此盖美贵妇人之诗。"从什么地方看得出呢?

# 五

## 羔裘（郑风）

羔裘如濡,洵直且侯。彼其之子,舍命不渝。
羔裘豹饰,孔武有力。彼其之子,邦之司直。
羔裘晏兮,三英粲兮。彼其之子,邦之彦兮。

**【诗义关键】**

此诗的关键就在"羔裘如濡""孔武有力"与"邦之司直"三句。羔裘是士人所穿,那么,只这一句就限定了主人翁的身份。"羔羊之皮,素丝五紽。退食自公,委蛇委蛇",是从公那里得到了羔羊皮的赏赐。"羔裘如濡",这不是新做的羔裘吗?"孔武有力"不就是《简兮》篇说的"有力如虎"吗?如此连合起来,这袭新羔裘不正是卫公所赐的羔羊皮做的吗?《吕氏春秋·自知》"汤有司过之士",《汉书·东方朔传》"史鱼为司直",是古有司直之官。此诗说"邦之司直",那不就是尹吉甫做着卫国的司直官吗?这样讲来,《干旄》篇是尹吉甫庆祝自己的诗,而此诗也是他宣扬自己的作品了。

## 【字句解释】

一章。濡,润泽。如,其。洵,信。直,正直。侯,美,漂亮的意思。舍命与敷命、布命同义,就是传达命令,不是舍命的意思(王国维《与友人论诗书中成语书》说)。渝,变。整章的意思就是:穿着润泽羔裘的人,诚然是正直而且漂亮。他那个人呀,可以传达命令而不变样。

二章。整章的意思就是:穿着镶豹皮袖口的羔裘的人,非常武勇有力。他那个人呀,诚可为邦国的司直。

三章。晏,显盛貌。英,以素丝所编的穗子。三英,三根穗子。粲、美。彦、宪,古通(闻一多说);宪,法。《六月》篇不是称尹吉甫为"文武吉甫,万邦为宪"吗?此处也是这个意思。不过那里是万邦,这里只是指卫国。整章的意思就是:羔裘真正漂亮呀,三根穗子也很美呀。他那个人呀,邦人真可以为法呀!

## 【诗篇联系】

从《简兮》《羔羊》《干旄》等篇一路看来,这不是尹吉甫穿上新制的羔裘后,在他的本邦称赞自己吗?然他为什么要自我称赞呢?从"彼其之子"的用法上来找消息。《诗经》里用这一句的共有五篇,就是《王风·扬之水》《椒聊》《汾沮洳》《候人》与此诗。前两篇的"彼其之子"指仲氏,后三篇的都指他自己,而《候人》篇又是对仲氏讲话时才这样称谓。再从上边讲过的《简兮》《猗嗟》《羔羊》《干旄》，这些诗都是写给仲氏的，那么，这首诗也是对仲氏讲，故有此种夸耀。再者，尹吉甫本有这种自我炫耀的习性，如《崧高》篇说"吉甫作诵，其诗孔硕，其风肆好，以赠申伯"，如《烝民》篇说"吉甫作诵，穆如清风。仲山甫永怀，以慰其心"，如《六月》篇说"文武吉甫，万邦为宪"，都是他自我宣扬的话。正因为他有这种习气，才引起了别人的不满。《园有桃》篇"不知我者，谓我士也骄"，就由此而来。《鸿雁》篇"维彼愚人，谓我宣骄"，也由此而来。骄是骄傲，人家都说他骄傲。

## 【诗义辨正】

《毛序》："《羔裘》，刺朝也。言古之君子以风其朝焉。"他知道这首诗所写的是一位文武兼备而且正直的君子，然什么用意他不知道，可是在郑国里又找不出事迹可以附会，只有说："以风其朝焉。"《诗经》里凡正面是美，《毛序》找不出事迹可以附会时，一律以"陈古刺今"了之。《集传》："言此羔裘润泽，毛顺而美，彼服此者，当生死之际，又能以身居其所受之理，而不可夺。盖美其大夫之辞，然不知其所指矣。"这是他误解"舍命不渝"而敷衍成辞之说。舍命，是古时成语，一定要照成语的意义来解，这是王国维对《诗经》研究的一大贡献。姚际恒说："此郑人美其大夫之诗，不知何指也。"诗在《郑风》，他就以"郑人"说之，这是受了《诗谱》的束缚。傅斯年说："美君子，而此君子为何人，则本事已亡。"要不是发现了作者，这首诗也只有这样胡乱猜下去。

# 六

## 驷驖（秦风）

驷驖孔阜，六辔在手。公之媚子，从公于狩。
奉时辰牡，辰牡孔硕。公曰："左之。"舍拔则获。
游于北园，四马既闲。輶车鸾镳，载猃歇骄。

释音：辰，音慎。輶，音由。猃，音险。

## 【诗义关键】

此诗的关键就在"公之媚子"是谁，以及"游于北园"的北园在什么地方。我们再三说《诗经》中单称"公"的都指卫公，那么，"公之媚子"也就有线索可寻了。《史记·卫世家》说"共伯弟和有宠于釐侯"，和就是卫武公。媚作爱讲，媚子，爱子，不就是有宠吗？公之媚子即指为公子时的卫武公。北园在什么地方呢？《读史方舆纪要》（卷四十九）于淇县淇园说："在县西北。……汉武帝塞瓠子决河，下淇园之竹以为楗。……章帝建初七年，幸淇园。"由此可知所谓北园实际就是淇园。诗言"游于北园，四马既闲"，是共伯和随卫侯行猎后来到北园游息。这首诗就是歌咏共伯和在淇园游息的。

## 【字句解释】

一章。驖，赤黑色的马。驷驖，四匹赤黑色的马。孔，甚。

阜，大。六辔，《正义》说："每马有二辔，四马当八辔矣。诸文皆言六辔者，以骖马内辔纳之于觖，故在手者唯六辔耳。"狩，冬猎为狩。整章的意思就是：四匹很大的铁青马，手里牵着六辔驾着。公所喜爱的儿子，跟随着公在冬狩。

二章。奉，献。时，为"是"之假借，"这个"的意思。辰应读慎，五岁兽为慎，兽之最大者（王引之说）。辰牡，大牡。左之，卫侯告诉公子从左边射。舍，放。拔，栝之假借，矢末御弦处，一名括。整章的意思就是：为公献上这个大的牡兽，这个牡兽大得不得了。公说："从左边射。"箭一发就射中了。

三章。闲，休闲。四马既闲，言行猎之后。轿车，轻车，也就是辅车。鸾，铃，马衔两端之出于口外者，两端各系一鸾，故一马二鸾，四马则为八鸾。獫，猎犬名。歇，歇息。骄，即"我马维骄"之骄①，马名。整章的意思就是：到了北园来游息，于是四马也都闲息了。响着鸾镳的轿车，以及猎犬、骄马统统都歇息了。

## 【诗篇联系】

由于"公之媚子"与"游于北园"，这首诗的意义就显现出来了。周人在作战以前一定要打猎，就等于现今作战前的军事演习一样。《吉日》《车攻》，都是这类诗，讲到那些篇时就可知道。既言"于狩"，一定是在冬季，那么，卫侯是宣王三年平陈宋，这次狩猎一定在宣王二年冬。《羔裘》篇的"羔裘

---

① 此处引文似有误。《皇皇者华》篇有"我马维驹""我马维骐""我马维骆""我马维骃"，无"我马维骄"。

如濡"不也表明是冬季吗?

## 【诗义辨正】

《毛序》:"《驷驖》,美襄公也。始命,有田狩之事,园囿之乐焉。"到汉朝的时候,已不知古人狩猎是作战的准备,所以认为是娱乐。因为诗在《秦风》,就又抬出秦襄公来,然有什么证据呢?《正义》附会说:"秦自非子以来,世为附庸,未得王命。今襄公始受王命为诸侯,有游田狩猎之事,园囿之乐焉。"方玉润说:"此诗《序》谓美襄公始命,有田狩之事,园囿之乐;然时代无可考,诗词亦不露始命意。惟既曰公,则必襄公以后诗也。田猎亦时君恒有事,奚足异?"批评得很对。闻一多说:"纪猎也。"大体对了,然真相他还是不知道。

# 七

## 大叔于田(郑风)

叔于田,乘乘马。执辔如组,两骖如舞。叔在薮,火烈具举,襢裼暴虎,献于公所。"将叔无狃,戒其伤女。"

叔于田,乘乘黄。两服上襄,两骖雁行。叔在薮,火烈具扬。叔善射忌,又良御忌。抑磬控忌,抑纵送忌。

叔于田,乘乘鸨。两服齐首,两骖如手。叔在薮,火烈具阜。叔马慢忌,叔发罕忌。抑释掤忌,抑鬯弓忌。

释音：乘，音剩。骖，音惨。裼，音锡。鸨，音保。掤，音冰。鬯，音畅。

## 【诗义关键】

此诗的关键就在"叔于田"的"叔"，与"献于公所"的"公"是谁。《诗经》中单称"公"的既是卫公，那么，就容易追究出"叔"是谁了。从《驷驖》篇，知道从卫侯狩猎的是公子和，而卫侯的长子是余，所以《史记·卫世家》说："太子共伯余立为君，共伯弟和有宠于釐侯。"和是共伯余之弟，由此可知。再者，《驷驖》篇说："奉时辰牡，辰牡孔硕。公曰：'左之。'舍拔则获。"此诗说："襢裼暴虎，献于公所。'将叔无狃，戒其伤女。'"所讲的不是一件事吗？那么，我们也可知所谓"辰牡"，就是老虎了。这首诗就是歌颂公子和在打猎时的武勇。

## 【字句解释】

一章。《释文》："'叔于田'，本或作'大叔于田'者，误。"《叔于田》有两篇，一长一短，后人为区别起见，称长者为《大叔于田》，短者为《叔于田》。于田，即《驷驖》篇的"于狩"。乘乘马，就是驾着四匹马。古时一车四马，中间夹辕之两马谓之两服；两服外之两马，谓之两骖。薮，丛草所生之处。火烈，烈火。具，俱。举，起。襢裼，裸着上身。暴虎，即搏虎。狃，《尔雅·释言》："复也。"戒，防备。整章的意思就是：老三在狩猎，驾着四匹马。他执着马缰就像拿着丝绳，两匹骖马跑得就像飞舞。老三在草丛里，猛烈的火燃起来，裸着上身与老虎搏斗，搏得的兽献给了公。公劝诫他说："不要再这样，小心它会伤害你。"

二章。乘乘黄，就是乘着四匹黄马。上，前。襄，驾。具扬，犹俱举。忌，语尾助词。抑，发语词。磬控，双声联绵字，磬即控，言止马。纵送，叠韵联绵字，送即纵，言骋马（马瑞辰、俞樾说）。整章的意思就是：老三在打猎，驾着四匹黄马。两匹服马在前，两匹骖马像雁行一样排列。老三在草丛里，举起了烈火。老三既善射箭又会驾马。说止，马就止，说走，马就走，真是灵活呀！

三章。鸨，駂之假借，骊白杂色的马。阜，猛烈，形容火势。发，射。叔马慢忌，叔发罕忌，言马慢射稀，狩猎即将停止之意。掤，箭筒之盖。释掤，即将箭筒解掉。鬯，韔之假借，弓囊，此作动词用，谓将弓盛于囊。整章的意思就是：老三在打猎，驾着四匹駂马。两匹服马齐头走着，两匹骖马就像两只手。老三在草丛里，烈火大得不得了。他的马慢慢迟缓了，他的发射也渐渐少起来了。箭筒解下来了，弓也藏到囊里了。

【诗篇联系】

从《驷驖》篇，知道"公之媚子，从公于狩"，是指共伯和，而此诗说"叔在薮，火烈具举，襢裼暴虎，献于公所。将叔无狃，戒其伤女"，这不就是"公之媚子，从公于狩"吗？所以把这两首诗摆在一起，是极其自然的。叔是老三，公子和是不是行三，史无明文，但绝不是老大，这一点可以断言。

## 【诗义辨正】

《毛序》:"《大叔于田》,刺庄公也。叔多才而好勇,不义而得众也。"诗明明说"襢裼暴虎,献于公所",赤着上身与虎搏斗,搏得后献之于公,有什么"不义"呢?这样的武勇,这样的忠孝,难道不应该"得众"吗?并且公说"将叔无狃,戒其伤女",公对叔这样爱护备至,又有什么可"刺"呢?只因诗在《郑风》,一定要在郑国找段事迹来实之,于是看见有"共叔段"的"叔"字,就硬将这篇诗安在共叔段的头上,连带着郑庄公也倒了霉!方玉润说:"此诗与前篇(按《叔于田》)同为刺庄公纵弟游猎之作。但前篇虚写,此篇实写;前篇私游,此篇从猎,而愈矜其勇也。诗曰'襢裼暴虎,献于公所',暴虎危事,太叔至亲,而叔以此骄其兄,则恃勇无君之心已可概见。庄公时,不惟不怒其无礼,而且劳而慰之,曰'将叔无狃,戒其伤女',岂真爱之耶?实纵之以蹈于危耳。诗人窥破此隐,故特咏之,以为诛心之论,如《春秋》书法,微意所在也。若谓国人爱之而恐其或伤,则好勇不义之人,人又何爱之有耶?至其词气之工,则姚氏所谓'描摹工艳,铺张亦复淋漓尽致,便为《长杨》《羽猎》之祖',庶几能识作者苦心云。"这是八股先生在讲文理呢,还是在解诗呢?我正告世人,《诗经》里的事迹是宣王与幽王时的事迹,《左传》的事迹是春秋时的事迹,相差一两百年,千万不要附会;假如还要依据《毛序》《诗谱》来解诗,除过治丝益棼外,不会有一点结果!

# 八

## 叔于田（郑风）

叔于田，巷无居人。岂无居人？不如叔也，洵美且仁！

叔于狩，巷无饮酒。岂无饮酒？不如叔也，洵美且好！

叔适野，巷无服马。岂无服马？不如叔也，洵美且武！

## 【诗义关键】

很显然，这首诗与《大叔于田》篇一样，都在赞美共伯和，也就是后来的卫武公。然为什么这样赞美他呢？《汉书地理志补注》（卷八）于共故国说："《竹书纪年》：'周厉王在彘，共伯和摄行天子事。太子靖为王，共伯和归国。'沈约注：'共伯和有至德，尊之不喜，废之不怒，逍遥得志于共山之首。'……《鲁连子》：'共伯名和，好行仁义，周厉王见逐，诸侯奉和以行天子事，后宣王立，共伯复还于国，乃逍遥于共山之首。'"足证在战国、南北朝的时候还知道共伯和的人品。《史记·卫世家》说："共伯弟和有宠于釐侯，多予之赂，和以其赂赂士。"由此可知他是怎样爱护他的士，而尹吉甫这时正是卫国的士。在行猎后欢宴的时候，尹吉甫歌这首诗来称赞他，不是极自然吗？

## 【字句解释】

一章。整章的意思就是：老三在田猎，巷子里就没有了居人。怎么会没有居人呢？没有像老三那样漂亮而仁慈。

二章。整章的意思就是：老三在田猎，巷子里就没有人吃酒。怎么会没有人吃酒呢？没有像老三那样漂亮而可亲。

三章。整章的意思就是：老三在郊野，巷子里就没有服马。怎么会没有服马呢？没有像老三那样漂亮而武勇。

## 【诗义辨正】

《毛序》："《叔于田》，刺庄公也。叔处于京，缮甲治兵，以出于田，国人悦而归之。"这是根据《左传》而来的，我且将这段故事引在下边。隐公元年《左传》说："初，郑武公娶于申，曰武姜，生庄公及共叔段。庄公寤生，惊姜氏，故名曰寤生，遂恶之。爱共叔段，欲立之。亟请于武公，公弗许。及庄公即位，为之请制，公曰：'制，岩邑也，虢叔死焉，佗邑唯命。'请京，使居之，谓之京城大叔。祭仲曰：'都城过百雉，国之害也。先王之制：大都，不过参国之一。中，五之一。小，九之一。今京不度，非制也。君将不堪。'公曰：'姜氏欲之，焉辟害？'对曰：'姜氏何厌之有？不如早为之所，使无滋蔓，蔓难图也。蔓草犹不可除，况君之宠弟乎？'公曰：'多行不义必自毙，子姑待之。'既而大叔命西鄙北鄙贰于己，公子吕曰：'国不堪贰，君将若之何？欲与大叔，臣请事之。若弗与，则请除之，无生民心。'公曰：'无庸，将自及。'大叔又收贰以为己邑，至于廪延。子封曰：'可矣，厚将得众。'公曰：'不义不暱，厚将崩。'大叔完聚，缮甲兵，具卒乘，将袭郑。夫人将启之。公闻其期曰：'可矣。'命子封帅车二百乘以伐京。京叛大叔段，段入于鄢，公伐诸鄢。五月辛丑，大叔出奔共。"这段故事与《叔于田》《大叔于田》毫无关系，可是这两篇诗在《郑风》，说诗的人一定要在郑国找事迹来实之，看见"大叔"二字与"大叔于田"的"大叔"相同，也就拉在一起了。两千年来没有人敢怀疑这篇《毛序》的错误，而争辩的只是"美"还是"刺"。只引方玉润的一段话，就可见此中情形。他说："《小序》以为刺庄公，《集传》及诸家皆谓无刺庄公意。其实，此诗的刺庄公无疑。叔之恃宠而骄，多行不义，谁则使之？庄公实使之也。诗人不必明斥公非，但极力摹写叔之游猎无度，则其平日之远君子而狎伍小人也可知。即叔之骄纵无忌，实庄公故纵其恶之意亦可见。不然，叔以国君介弟之亲，京城大叔之贵，其所好者，不应在驰骋弋猎地也。其所交者，更不宜近饮酒服马俦也。而何以日事田猎，至于巷无居人、饮酒，以及服马之不足相胜乎？曰'美且仁''美且好''美且武'者，诗人故为此夸大词，以动庄公，使其早为之备，亦如公子吕所云'欲与大叔，臣请事之；若弗与，则请除之，无生民心'之意云耳。而谓此不义之人真能得众心欤？读《诗》者，慎勿泥其辞而昧其义焉可也。"试问：这是在解诗呢，还是在辩论呢？

# 九

## 卢令（齐风）

卢令令，其人美且仁！
卢重环，其人美且鬈！
卢重鋂，其人美且偲！

释音：鬈，音权。鋂，音梅。偲，音鳃。

## 【诗义关键】

此诗的关键就在"卢"之一字。《毛传》："卢，田犬。"诗既以田犬起兴，自然是田猎的时候。加以"其人美且仁""其人美且鬈""其人美且偲"，不就是美共伯和吗？

## 【字句解释】

一章。令令，即铃铃，颈下所系之铃环声。整章的意思就是：卢犬的铃铛在响。他这个人呀，漂亮而又仁慈！

二章。重环，子母环。鬈，《郑笺》："读当为权；权，勇壮也。"整章的意思就是：卢犬戴上了子母环。他这个人呀，漂亮而又武勇！

三章。鋂，一环贯二小环。偲，有才智。整章的意思就是：卢犬戴上了鋂环。他这个人呀，漂亮而又有才智！

## 【诗篇联系】

从此诗的"美且仁""美且鬈""美且偲"看来,不就是《叔于田》篇的"美且仁""美且好""美且武"吗?这首诗也是美共伯和的,毫无问题。

## 【诗义辨正】

《毛序》:"《卢令》,刺荒也。襄公好田猎毕弋,而不修民事,百姓苦之,故陈古以风焉。"既然"好田猎毕弋,而不修民事",诗怎么说"其人美且仁""其人美且鬈""其人美且偲",还在称赞他呢?又说"故陈古以风焉",既是陈古,那么,这位人物就是古代的人,怎么会是齐襄公时候的诗呢?周人尚武,汉儒尚文,汉儒就以时代眼光认田猎为荒淫。后来解诗者都受了《诗谱》的束缚,始终在齐国里找事迹,因而就牛头不对马面。傅斯年说:"称美猎者。"近是。

十

## 淇奥(卫风)

瞻彼淇奥,绿竹猗猗。有匪君子,如切如磋,如琢如磨。瑟兮僩兮,赫兮咺兮,有匪君子,终不可谖兮!
瞻彼淇奥,绿竹青青。有匪君子,充耳琇莹,会弁如星。瑟兮僩兮,赫兮咺兮,有匪君子,终不可谖兮!
瞻彼淇奥,绿竹如箦。有匪君子,如金如锡,如圭如璧。宽兮绰兮，猗重较兮。善戏谑兮，不为虐兮！

释音：匪，音彼。僩，音限。咺，音宣。青，音菁。

## 【诗义关键】

此诗的关键就在淇奥在什么地方。《读史方舆纪要》（卷四十九）于淇县淇水说："在县西北三十里。"又于淇园说："在县西北。汉武帝塞瓠子决河，下淇园之竹以为楗。东汉初，寇恂为河内太守，讲武肄射，伐淇园之竹为矢百余万。章帝建初七年，幸淇园。今废。"诗言"瞻彼淇奥，绿竹猗猗"，与淇园之竹合，可知到东汉章帝的时候淇园还存在。奥，《毛传》："隈也。"隈是水曲之处。《水经注》于淇水说："水出朝歌西北大岭下，东流迳骆驼谷，于中逶迤九十曲，故俗有美沟之目矣。历十二峨，峨流相承，泉响不断。"正是隈字的解释。《驷驖》篇"游于北园"，我们会说北园就是淇园，于此可得一证，此诗是在淇园歌颂共伯和当无问题。

## 【字句解释】

一章。猗猗，美盛貌。匪，为彼之假借。瑟，庄严。僩，威武。赫、咺，都是显赫的意思。在厉王奔彘的时候，共伯和不是曾摄过王政而辅立宣王吗？那是多么烜赫的事。终，永远。谖，忘。整章的意思就是：看那淇水的湾上，长着无边无际的绿竹。有那一位君子呀，他的品德就像刀子切过、锉子磋过、凿子琢过、砺石磨过一样完美。庄严而又威武，烜赫而又显要，他那位君子呀，人们永远忘不掉！

二章。青青，即菁菁，茂盛貌。古人的帽子名目甚多，其中最尊贵的有两种：一种叫冕，一种叫弁。冕与弁戴在发髻上时，都要横着插一根簪子来维系，使它稳固，这根簪子叫笄。从笄的两端各有一条名叫纮的丝绳，垂下两颗玉来叫作瑱。因为两瑱正当两耳之旁，所以一名充耳，又名塞耳。琇莹，美玉名。弁，是几块白鹿皮缝合而制成的，故后世称为鹿皮冠。鹿皮缝合处的周围几条缝中缀上玉石，闪闪发光，便和星星一样，所以说"会弁如星"（参闻一多说）。整章的意思就是：看那淇水的湾上，长着一片茂盛的绿竹。有那一位君子呀，用琇莹作着充耳，弁帽上的宝石像星星。庄严而且威武，煊赫而又显要，他那位君子呀，人们永远忘不掉！

三章。簀，席。金、锡、圭、璧都是贵重而发光的东西，用以形容共伯和的容貌。宽、绰都是宽余的意思，形容共伯和在戎车上的样子。猗，《礼记正义·曲礼》《荀子·非相》杨注、《文选·西京赋》李注引诗都作"倚"，倚当为正字。重较，是车厢两旁高出轼上的部位。戎车立乘，乘车者的身体可以倚靠在重较上，所以又叫作輢。戏谑，开玩笑。虐，甚（马瑞辰说）。整章的意思就是：看那淇水的湾上，密密地长着像席一样的绿竹。有那一位君子呀，他的样子就像是金，就像是锡，就像是圭，就像是璧。宽宽松松从从容容地靠在重较上。他喜欢开人家的玩笑，可是非常地有分寸！

【诗篇联系】

从《驷骥》篇，知道"游于北园"的是共伯和，而共伯和甚得民心，尤其得武士们的拥戴。他又在王室摄过政，扶立宣王为王，那么，这些赞美词不是都很适当吗？从此，可知这首诗的写作地点就在淇园，时间是宣王二年冬季。

【诗义辨正】

《毛序》："《淇奥》，美武公之德也。有文章，又能听其规谏，以礼自防，故能入相于周，美而作是诗也。"这次让《毛序》猜对了一半。之所以说他是猜，是因为这首诗在《卫风》，所以他猜到卫武公身上。实际上，这时卫武公还是公子，并不是卫公。他入相于周在周幽王十一年（公元前七七一），而此诗写在宣王二年（公元前八二六），相距还有五十五年呢！

## 十一

## 鹤鸣（小雅）

鹤鸣于九皋，声闻于野。鱼潜在渊，或在于渚。乐彼之园，爰有树檀，其下维萚。它山之石，可以为错。

鹤鸣于九皋，声闻于天。鱼在于渚，或潜在渊。乐彼之园，爰有树檀，其下维榖。它山之石，可以攻玉。

释音：萚，音托。

## 【诗义关键】

此诗的关键就在"乐彼之园"的"园"字。园就是指《驷驖》篇"游于北园"的北园。怎么知道呢？我们看"乐彼之园，爰有树檀，其下维蘀。它山之石，可以为错"。檀是大树，蘀是小树，蘀受檀的保护。尹吉甫是卫国的外甥，在卫国做士，不是受着卫国的庇护吗？错，是磨石。它山之石，可以为错，就是别的山上的石头，可以作为磨石，就是用来磨炼他自己。它山之石象征卫国，不又是尹吉甫与卫国的关系吗？此诗当然是尹吉甫随共伯和在北园游息的时候，看见檀树下的蘀树而有所感，所以写这篇作品以自喻，同时也在恭维共伯和。就顺着这个意思将此诗作一解释。

## 【字句解释】

一章。九皋，九泽，极言其泽之多，这不与上边所讲的淇水发源处的情形相合吗？蘀，《毛传》注为"落也"。可是他于二章的榖注说："恶木也。"蘀与榖连类对举，榖为恶木，蘀一定也是榖的一类，故王引之认为是檡之假借；檡，棘名。错，砺石。整章的意思就是：鹤在九泽里叫，声音达到了远野。有的鱼潜在深渊，有的鱼在小池里。我很喜欢他家的园子，长着一棵檀树，檀树下长着檡树。别处山上的石头，可以作为磨石。

二章。榖，方玉润引陆玑说："幽州人谓之榖桑，或曰楮桑。……今江南人绩其皮以为布，又捣以为纸，谓之榖皮纸。"即今之桑皮纸。整章的意思就是：鹤在九泽里叫，声音达到了天上。有的鱼在小池里，有的鱼在深渊里。我很喜欢他家的园子,长着一棵檀树,檀树下边长着榖树。别处山上的石头,可以拿来磨玉。

**【诗篇联系】**

很显然,这首诗是尹吉甫随着共伯和在北园里游息,想到自己所依靠的卫国,等于檡木、榖木所依靠的檀树。又把自己比成一块玉石,需要他山之石来磨炼,换言之,也是希望共伯和来提携,所以写这首诗来自喻。尹吉甫把他自己比为玉,不止这一篇,《汾沮洳》篇说的"彼其之子,美如玉",也是指他自己。

**【诗义辨正】**

《毛序》:"《鹤鸣》,诲宣王也。"《毛传》说:"教宣王求贤人之未仕者。"诗既言"它山之石,可以为错","它山之石,可以攻玉",已经求了贤,还教什么呢?后人对此诗的解说虽多,然都不出教诲与招隐的范围,不必再为引述。

# 十二

## 兔罝(周南)

肃肃兔罝,椓之丁丁。赳赳武夫,公侯干城。
肃肃兔罝,施于中逵。赳赳武夫,公侯好仇。
肃肃兔罝,施于中林。赳赳武夫,公侯腹心。

释音：肃，读为缩。罝，音苴。丁，音争。施，音宜。

## 【诗义关键】

此诗的关键就在兔罝、武夫、公侯三个名词。兔，《方言》："虎，陈魏宋楚之间或谓之李父。江淮南楚之间谓之李耳，或谓之於䟽。"（按《左传》作於菟，《释文》："音乌徒。"）此诗之兔为菟之省，后人遂误为兔。兔罝，虎网。肃肃，为缩缩之假借；缩缩，密貌（马瑞辰、闻一多说）。《诗经》中用"武夫"的还有《江汉》篇。《江汉》篇"武夫滔滔""武夫洸洸"，武夫，系指武士，绝不是后世所误解的打兔之人。公，指卫公；侯，指卫公之子孙，诸侯在国内均被称为公，其子孙在自己的采地都被称为侯。侯，是主的意思，并不是公侯伯子男的侯爵。此处之侯，即指共伯和。了解了这三个名词，此诗的意义就可寻绎了。从《大叔于田》篇，不是知道共伯和在搏虎吗？尹吉甫不就是他的武士吗？所以这首诗是搏得虎后，在庆贺的宴席上，尹吉甫表示自己效忠于卫釐侯与共伯和的意思。

## 【字句解释】

一章。椓之丁丁，椓橛于地，张网其上，使网能发铮铮的声音为止，网要张得很紧时，才可发出这种声音。赳赳，雄赳赳。尹吉甫的身材不是又高又大，而又武勇吗？干，闲之假借；闲，垣。整章的意思就是：密密的虎网，紧得可以发出铮铮的响声。雄赳赳的武夫，愿意做公侯的垣城。

二章。施，放置。逵，《韩诗》作馗；《说文》："馗，九达道。"即老虎往来经过之地。中逵，逵中。仇，同逑；逑，匹。好仇，即好的匹俦。整章的意思就是：密密的虎网，张设在四通八达的地方。雄赳赳的武夫，愿意做公侯的匹俦。

三章。中林，林中。腹心，心腹，舍得拼命的人。整章的意思就是：密密的虎网，张设在树林的中间。雄赳赳的武夫，愿意做公侯的心腹。

**【诗篇联系】**

《驷驖》篇"奉时辰牡，辰牡孔硕"，《大叔于田》篇"襢裼暴虎，献于公所"，都是讲共伯和在搏虎，然搏虎时绝不是他一个人，一定有武士围护着。那么，搏虎之后，在庆贺席上，尹吉甫写这篇诗来祝贺，并示效忠之意，不是很自然吗？

**【诗义辨正】**

《毛序》："《兔罝》，后妃之化也。《关雎》之化行，则莫不好德，贤人众多也。"《郑笺》又为之附会说："罝兔之人，鄙贱之事，犹能恭敬，则是贤人众多也。"汉儒本来就把《诗经》作为政教的教本，又误解了这个"兔"字，于是产生这种不着边际的诗说。后人不解其义，也只有跟着这样说。《集传》："化行俗美，贤才众多，虽罝兔之野人，而其才之可用犹如此，故诗人因其所事以起兴而美之。而文王德化之盛，因可见矣。"姚际恒怀疑说："《小序》谓：'后妃之化。'武夫于后妃何与？益迂而无理。胡休仲曰：'诵此篇之义，必有人焉当之，如文王狩猎而得吕望之类也。……'其说特为有见,可谓不随附和者也。按《墨子》曰:'文王举闳夭、太颠于罝网之中,西土服。'金仁山主其说,近是也。"现在知道这个武夫就是尹吉甫,讲到西征猃狁、南征淮夷、东复鲁国时,就知道尹吉甫的功劳是怎样大。傅斯年说:"称美武士之辞。"不是称美武士,而是武士效忠之辞。

## 十三

## 采绿(小雅)

终朝采绿,不盈一匊。予发曲局,薄言归沐。
终朝采蓝,不盈一襜。五日为期,六日不詹。
之子于狩,言韔其弓。之子于钓,言纶之绳。
其钓维何?维鲂及鱮。维鲂及鱮,薄言观者。

释音:襜,音觇。鱮,音叙。

## 【诗义关键】

此诗的关键就在"之子于狩,言韔其弓"两句。《驷驖》篇不是讲"公之媚子,从公于狩"吗?这是指共伯和。此诗的"之子于狩"是指尹吉甫自己,因为他是跟随卫侯与共伯和去狩猎。《大叔于田》篇说"抑鬯弓忌",鬯为韔之假借,就是狩猎后将弓收起来。此诗说"言韔其弓",指的是一件事。因为狩猎完了,还不能回去,所以说"五日为期,六日不詹",詹作至讲。本来定的是五天,现在六天了还不能回去,因此有思家之作。就顺着这个意思将此诗作一解释。

**【字句解释】**

一章。绿,为菉之假借;菉,荩草。《植物名实图考长编》(卷九)于"荩草"条引《别录》说"十月采",与冬狩的时间正合。匊,掬。曲局,发乱而卷曲。整章的意思就是:整个早上在采荩草,还采不到一把。我的头发已卷曲成一团球,应该赶紧回去沐浴了。

二章。《植物名实图考长编》(卷七)于"蓝"条引《群芳谱》说"七月割,八月开花结子收",则采蓝也在十月间。又引《齐民要术》说"六月种冬蓝",则此所采者当为冬蓝。襜,衣前襟。整章的意思就是:整个早上在采蓝,还满不了一襟。预定的本是五天,现在六天了还不能回去。

三章。韔,盛弓于囊。纶,绳名,现作动词用,就是把绳子收起来。整章的意思就是:他这个人在狩猎,弓已经收起来了。他这个人在钓鱼,钓绳也卷起来了。

四章。整章的意思就是:他钓的是什么呢?有鲂鱼,有鱮鱼。只有些鲂鱼及鱮鱼,看的人快来看呀。

**【诗篇联系】**

很显然,这是共伯和狩猎后,留恋北园不去,而尹吉甫思家心切,所以有这首诗之作。把它摆在这里,不是极其自然吗?不仅自然,我们还借此知道共伯和的冬狩至少有六天之久。那么,《驷驖》《大叔于田》《叔于田》《卢令》《淇奥》《鹤鸣》《兔罝》与《采绿》这八首诗都是写在这个期间。

## 【诗义辨正】

《毛序》:"《采绿》,刺怨旷也。幽王之时,多怨旷者也。"《毛传》又解释说:"怨旷者,君子行役过时之所由也。而刺之者,讥其不但忧思而已,欲从君子于外,非礼也。"出狩原定五天,第六天不回来就算怨旷么? 真是不通之至!《毛传》于"五日为期,六日不詹"注说"妇人五日一御",更是想入非非!《郑笺》更是胡说:"妇人过于时乃怨旷。五日、六日者,五月之日、六月之日也。期至五月而归,今六月犹不至,是以忧思。"假如是五月、六月,诗人为什么不直接说五月、六月而要说五日、六日呢?《集传》说:"妇人思其君子,而言终朝采绿而不盈一匊者,思念之深,不专于事也。又念其发之曲局,于是舍之而归沐,以待其君子之还也。"诗明明说"之子于狩",难道是女子去于狩吗?"五日为期,六日不詹",明明是出狩的日期,这与妇女有什么关系呢? 拿姚际恒与方玉润这样勇于疑《序》的人,也跳不出这个圈套。姚际恒说:"此妇人思其夫之不至,既而叙其室家之乐,不知何取义也。"方玉润仍是根据《毛序》说:"妇人思夫,期逝不至也。"屈万里说:"此盖劳于事人者而思憩息之诗。"虽不中,不远矣。

## 十四

## 桑中（鄘风）

爰采唐矣，沬之乡矣。云谁之思？美孟姜矣。期我乎桑中，要我乎上宫，送我乎淇之上矣。

爰采麦矣，沬之北矣。云谁之思？美孟弋矣。期我乎桑中，要我乎上宫，送我乎淇之上矣。

爰采葑矣，沬之东矣。云谁之思？美孟庸矣。期我乎桑中，要我乎上宫，送我乎淇之上矣。

**【诗义关键】**

此诗的关键就在沬在什么地方，知道了沬的地点，诗义就好寻绎了。《读史方舆纪要》（卷十六）于濬县卫县城说："县西五十里，古朝歌也……亦曰沬邑。周武王灭殷，封其弟康叔于此。"由此看来，沬就是朝歌。又于卷四十九淇县说："朝歌城，在县东北"，"淇园，在县西北"。又可知朝歌与淇园都在淇县的北边，一个偏东，一个偏西，站在淇园的地点上，所谓"沬之东""沬之北"不就是相对朝歌来说吗？尹吉甫现在在淇园，那么，此诗是否是他写的呢？再看"爰采唐矣，沬之乡矣。云谁之思？美孟姜矣。期我乎桑中，要我乎上宫，送我乎淇之上矣"就可知道了。《植物名实图考长编》（卷十）于"菟丝子"条说："《尔雅》：唐蒙，女萝；女萝，菟丝。……《诗》云'爰采唐矣'。"又说："九月收采,曝干,得酒良。"这不与尹吉甫在淇园的季节也相同吗?地点与时间相同了,再看事件。《纪要》(卷十六)又于濬县上宫台说:"在废卫县东北。《志》云:卫县北有苑城,其东二里为上宫台,《卫风》所云'要我乎上宫'者也。"然淇水又在什么地方呢?《水经注》(卷九)于淇水说:"其水南流,东屈迳朝歌城。"为明白起见,兹绘地形如下:

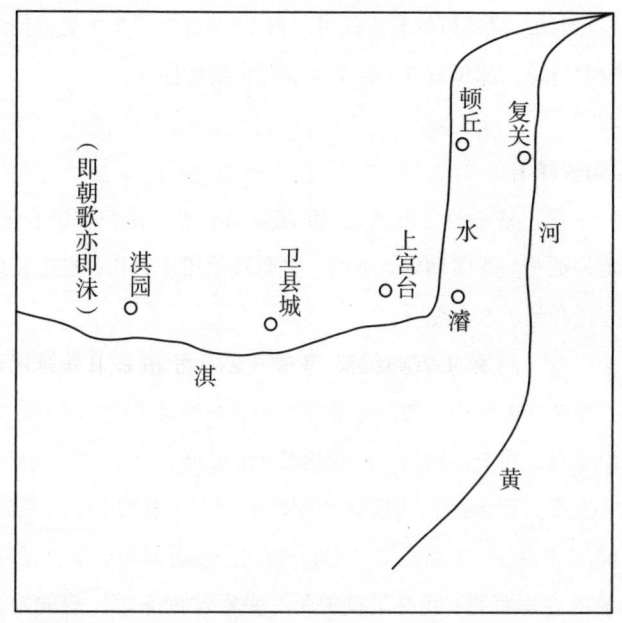

为什么要"要我乎上宫,送我乎淇之上矣"呢?因为尹吉甫家住在复关,他回复关要顺淇水而至顿丘,复关在黄河北岸,所以《氓》篇说:"送子涉淇,至于顿丘。乘彼垝垣,以望复关。不见复关,泣涕涟涟;既见复关,载笑载言。"复关与顿丘邻近,可以望到。从地理,从时间,从事件,都可证明这首诗是尹吉甫所写。然为什么说"孟姜""孟弋""孟庸"呢？这是以三个女孩子的名称来象征仲氏。《毛传》认为是三个女孩子，如果是三个，怎么能同样地"期我乎桑中，要我乎上宫，送我乎淇之上矣"呢？此诗是尹吉甫在淇园游息时，想到了他以前回家时怎么同仲氏相约，而仲氏怎么送他的情形。所以说"云谁之思？美孟姜矣"，"云谁之思，美孟弋矣"，"云谁之思，美孟庸矣"。到此，这首诗的意义就可了解了。《有女同车》是他们结婚时的诗篇，那里就以"彼美孟姜"来暗指仲氏。

## 【字句解释】

一章。整章的意思就是：我在采唐蒙呀，是在沫的乡下。想的是谁呢？是美丽的孟姜呀。她曾在桑田中等我，在上宫约我，送我到淇水上船呀。

二章。此处的麦指麦苗。整章的意思就是：我在采这麦苗呀，是在沫的北边。想的是谁呢？是美丽的孟弋呀。她曾在桑田中等我，在上宫约我，送我到淇水上船呀。

三章。葑，蔓菁。《植物名实图考长编》（卷四）于"芜菁"条说："十月将冻，耕出之。"与尹吉甫之在淇园的季节也正合。整章的意思就是：我在采蔓菁呀，是在沫的东边。想的是谁呢？是美丽的孟庸呀。她曾在桑田中等我，在上宫约我，送我到淇水上船呀。

## 【诗篇联系】

假如没有发现尹吉甫与仲氏恋爱的故事，这首诗是根本无法解释的。现在从地点、季节、人物、事件，把这首诗作一解释而排在这里，不是极其合理吗？

## 【诗义辨正】

《毛序》："《桑中》，刺奔也。卫之公室淫乱，男女相奔，至于世族在位，相窃妻妾，期于幽远，政散民流而不可止。"姚际恒批驳说："按《左传》成二年：巫臣尽室以行，申叔跪遇之曰：'夫子有三军之惧而又有桑中之喜，宜将窃妻以逃者也。'《大序》本之为说。《传》所言《桑中》固是此诗，然《传》因巫臣之事而引此诗，岂可反据巫臣之事以说此诗？大是可笑！"凡是《左传》提到《诗》，都是引《诗》以述事；后人反据《左传》以说《诗》，真可谓"颠倒事实"！傅斯年说："《桑中》，男女相爱之诗。"近之。

# 十五

## 十亩之间（魏风）

十亩之间兮，桑者闲闲兮。行，与子还兮。
十亩之外兮，桑者泄泄兮。行，与子逝兮。

## 【诗义关键】

此诗的关键就在"行，与子还兮"。《桑中》篇不是讲"期我乎桑中，要我乎上宫，送我乎淇之上矣"吗？所以送到淇水，因为尹吉甫由此回复关。可是仲氏有时候也跟着尹吉甫回复关，所以说"行，与子还兮"，"行，与子逝兮"。意思就是走的话，我同你一起回去。怎么知道呢？《将仲子》篇说："将仲子兮，无逾我里，无折我树杞。岂敢爱之？畏我父母。仲可怀也；父母之言，亦可畏也。""将仲子兮，无逾我墙，无折我树桑。岂敢爱之？畏我诸兄。仲可怀也；诸兄之言，亦可畏也。""将仲子兮，无逾我园，无折我树檀。岂敢爱之？畏人之多言。仲可怀也；人之多言，亦可畏也。"仲子，即仲氏，仲氏这时才十四岁（宣王三年时她十五岁），天真烂漫而情窦初开，毫无拘束，所以常常陪尹吉甫回去复关，因而引起尹吉甫父母、诸兄、乡人的讥讽。这首诗就是写"期我乎桑中，送我乎淇之上矣"的情形。

## 【字句解释】

一章。十亩之间，就是十亩地之间。现在的北方农民还以亩数的多少作为地的名称。如十亩地、八亩地、二十亩地、十八亩地都是以亩数的多少来称谓这块地。桑者，采桑的人。闲闲，悠闲的样子。整章的意思就是：十亩地的里边呀，采桑的人悠闲地在采桑。走的话，我同你一起回去。

二章。《诗经》里用"泄泄"的，除此诗外还有《雄雉》与《板》两篇。《雄雉》篇说"雄雉于飞，泄泄其羽"，用泄泄来形容羽翼的安详。《板》篇说"天之方蹶，无然泄泄"，就是老天爷正在失常（指日食月食、山川崩竭而言），不要还是那样安闲。此诗"泄泄"当也作安详讲。逝，去。整章的意思就是：

十亩地的外边呀，采桑的人安闲地在采桑。走的话，我同你一起去。

## 【诗篇联系】

《桑中》篇说"期我乎桑中"，此诗说"行，与子还兮"，"行，与子逝兮"，不是十分连接吗？不过，这两篇都是回想之辞，并不是尹吉甫在淇园行猎时的当前事情。

## 【诗义辨正】

《毛序》："《十亩之间》，刺时也。言其国削小，民无所居焉。"《郑笺》又附会说："古者一夫百亩，今十亩之间，往来者闲闲然，削小之甚。"马瑞辰批驳说："一夫百亩，魏虽削小，未必仅止十亩。"《集传》说："政乱国危，贤者不乐仕于其朝，而思与其友归于农圃，故其辞如此。"姚际恒又批驳朱熹说："此类刺淫之诗，盖以桑者为妇人古称；采桑皆妇人，无称男子者。若为君子思隐，则何为及于妇人耶？《毛传》解闲闲之义曰'闲闲然男女无别，往来之貌'，盖已知桑者为女子，微见其意矣。曹植诗云'美人妖且闲，采桑歧路间'，亦得此意。古西北之地多植桑，与今绝异，故指男女之私者必曰'桑中'也。此描摹桑者闲闲、泄泄之态，而行将与之还而往，正类其意。不然，则夫之呼其妻，亦未可知也。因叹此诗若杂《郑风》中，《集传》必以为淫诗；今在《魏风》，遂不之觉。于此见其有耳而无目。则其谓《郑风》为淫诗者，其非淫诗可知矣。"他批评朱熹的话固然很对，而他的解释也纯是猜想。傅斯年说：

"男女相悦，而言同归。"有点接近。

# 十六

## 萚兮（郑风）

萚兮萚兮，风其吹女。叔兮伯兮，倡，予和女。
萚兮萚兮，风其漂女。叔兮伯兮，倡，予要女。

**【诗义关键】**

这首诗的关键就在"叔兮伯兮"的"伯"指谁。《诗经》中用这一句的共有三篇，就是《旄丘》《丰》与此诗。《旄丘》篇："旄丘之葛兮，何诞之节兮。叔兮伯兮，何多日也！"旄丘在复关，诗既以旄丘起兴，则诗必与旄丘有关。《丰》篇"叔兮伯兮，驾，予与行"，"叔兮伯兮，驾，予与归"，与此诗句法完全相同。三篇诗都是女子的口气。《诗经》中单用"伯兮"的有一篇，就是《伯兮》，诗言："伯兮朅兮，邦之桀兮。伯也执殳，为王前驱。"这首诗是尹吉甫东征时，仲氏想念他的作品。《丰》篇是他们结婚时的作品，《旄丘》篇也是尹吉甫东征时仲氏想念他的作品。那么，所谓"伯"就是指尹吉甫，因为他是老大。据王国维的考证，认为《兮甲盘铭》是尹吉甫征狎狁时的彝器，那里边就自称"兮伯吉父"。仲氏把"兮伯"颠倒过来使用以称吉甫。他们不是常常在一起对唱吗？所以诗言"倡，予和女"，"倡，予要女"。就依此义将这首诗作一解释。

## 【字句解释】

一章。萚,就是《鹤鸣》篇"其下维萚"的"萚",也就是檡之假借。倡,唱。女,汝。上女字指檡,下女字指叔兮伯兮。叔是老三。整章的意思就是:檡树呀,檡树呀,风在吹你。老大呀,老三呀,唱歌的话,我来和你们。

二章。漂,同飘。要,成,歌唱时的帮腔。整章的意思就是:檡树呀,檡树呀,风在飘你。老大呀,老三呀,歌唱的话,我来帮腔。

## 【诗篇联系】

从"萚兮萚兮,风其吹女","萚兮萚兮,风其漂女",好像是秋末冬初的景象。由此,使我们想到《鹤鸣》篇"其下维萚"。尹吉甫与仲氏曾经在淇园对唱过,现在看见了这棵檡树,因而想起了他们在此同游的情景,于是歌了此诗。假如是他们在此同游时所写,就与此诗的情调不合了。尹吉甫陪共伯和游北园不能回去,他想念仲氏,故有《桑中》《十亩之间》与此诗之作。

## 【诗义辨正】

《毛序》:"《萚兮》,刺忽也。君弱臣强,不倡而和也。"《毛传》为之解释说:"不倡而和,君臣各失其礼,不相倡和。"诗明明说"倡,予和女",怎么说"不相倡和"呢?《集传》说:"此淫女之辞,言萚兮萚兮,则风将吹女矣。"他除将原诗重述一遍,解释出什么呢?诗明明说"倡,予和女",而他将"倡予"连读,他连诗还没有看懂呢!姚际恒批驳说:"《小序》谓'刺忽'，无据。《集传》谓淫诗，尤可恨。何玄子曰：'女虽善淫，不应呼叔兮，又呼伯兮，殆非人理。'言之污人齿颊矣。苏氏曰：'木槁则其萚惧风，风至而陨矣。譬如人君不能自立于国，其附之者亦不可以久也。故惧而相告曰"叔兮伯兮，子苟倡之，予将和女"，盖有异志矣。'此说可存。愚按，或谓贤者忧国乱被伐而望救于他国，亦可。"由此看来，姚际恒并不懂诗，也是在乱猜。傅斯年说："此诗无义，只是说你唱我和，当是一种极寻常的歌舞词，如《周南》之《芣苢》。"颇有见地。

## 十七

### 采蘩（召南）

于以采蘩？于沼于沚。于以用之？公侯之事。
于以采蘩？于涧之中。于以用之？公侯之宫。
被之僮僮，夙夜在公。被之祁祁，薄言还归。

**【诗义关键】**

此诗的关键就在采蘩的用途；用途知道了，诗义就豁然开朗了。《诗经》中用"采蘩"的共有三篇，就是《七月》《出车》与此诗。《七月》篇说："春日迟迟，采蘩祁祁。女心伤悲，殆及公子同归。"《出车》篇说："春日迟迟，卉木萋萋。仓庚喈喈，采蘩祁祁。执讯获丑，薄言还归。"此诗说："于以采蘩？于沼于沚。于以用之？公侯之事。被之僮僮，夙夜在公。被之祁祁，薄言还归。"凡言采蘩，都与旋归有关，然从什么地方旋归呢？"执讯获丑，薄言还归"，捕获了敌人，赶紧回来，那么采蘩就与战争有关了。有什么关系呢？蘩是"返"字的双关语。所以说"被之祁祁，薄言还归"，披得多多的，好快一点回来。《采蘋》篇的采蘋、采藻也是双关语，蘋为平，藻为早，都是取其吉利的意思。采蘩既与战争有关，此诗的"夙夜在公"，我们曾在《小星》篇见过，那篇是为卫公的平陈与宋，此篇的"夙夜在公"是否也是为平陈与宋呢？《七月》与《出车》两篇都说"春日迟迟，采蘩祁祁"，采蘩都在春天，由此，更使我们知道此诗写作的季节与地点了。

平陈与宋在宣王三年，战事于该年十月间结束，而《郑风·羔裘》《驷驖》《大叔于田》《叔于田》等篇所写的是在冬季备战，当为宣王二年的冬季。二年冬备战，三年初出征，此篇的采蘩不正是出发的开始吗？由此，不仅使我们了解了此诗，连带着《采蘋》《东方未明》两篇也都了解了。

**【字句解释】**

一章。第一、第四"于"字作"何"讲；第二、第三"于"字作"在"讲。沼、沚都是小池子。整章的意思就是：在什么地方采蘩？在沼里，在沚里。在什么地方使用它？公侯的战事中。

二章。涧，小河沟。整章的意思就是：在什么地方采蘩？在小河沟里。在什么地方使用它？公侯的宫庭里。

三章。被，通披。僮僮、祁祁都是多貌。整章的意思就是：

披得多多的,从早到晚好为公。披得多多的,好快一点凯旋归来。

**【诗篇联系】**

从采蘩,我们知道是为战争;从"夙夜在公",我们知道此次战争是平陈与宋;从采蘩在春天,又知道这是宣王三年春平陈与宋开拔的时候。诗篇连接得多么密切,简直是一部活历史。可惜两千五百年来,《诗经》这部活历史被经学家糟蹋了!

**【诗义辨正】**

《毛序》:"《采蘩》,夫人不失职也。夫人可以奉祭祀,则不失职矣。"姚际恒说:"按《射义》云'士以《采蘩》为节,乐不失职也',明袭伪说,非附会而何?《大序》谓'夫人奉祭祀',涉泛。《集传》载:'或曰"后夫人亲蚕之礼"。'此出陆农师说。谓'蘩,白蒿,今覆蚕尚用蒿',此说近是。《七月》篇'采蘩祁祁'文承采桑之下,亦可证也。"蘩固可养蚕,但与"还归"有什么关系呢?只知其一,不知其二,所以始终无法把《诗经》搞通。

## 十八

## 采蘋(召南)

于以采蘋?南涧之滨。于以采藻?于彼行潦。
于以盛之?维筐及筥。于以湘之?维锜及釜。

于以奠之？宗室牖下。谁其尸之？有齐季女。

释音：筥，音莒。齐，音斋。

## 【诗义关键】

此诗的关键就在蘋、藻二字。蘋是平的双关语，藻是早的双关语。繁是披在身上，蘋、藻是煮成水喝，取平安、早日归来之意。不过这首诗里值得特别注意的是"季女"二字。《诗经》中用"季女"的共有三篇，就是《候人》《车舝》与此诗。这三篇的"季女"都是指仲氏。《候人》篇"婉兮娈兮，季女斯饥"，饥字是象征廋语，指性的饥渴。《候人》篇是写尹吉甫要求与仲氏结婚，而没有正式媒人，被仲氏拒绝，所以尹吉甫拿"季女斯饥"来讽刺她。《车舝》篇是写仲氏与尹吉甫结婚后，因为婆媳不和，不得不仳离；仳离后，她的父母逼她改嫁时来与尹吉甫话别，所以诗言："间关车之舝兮，思娈季女逝兮。"此诗的季女，是她跟随她父亲孙子仲去平陈与宋，在祭别祖宗的时候，她煮些蘋、藻的水，让出征的人饮，所以诗说："谁其尸之？有齐季女。"尸，作"主"讲。是谁主持这件事呢？有一位漂亮的幺妹。

## 【字句解释】

一章。行潦，小河沟。整章的意思就是：在什么地方采蘋？在南涧的边上。在什么地方采藻？在那个小河沟里。

二章。筐、筥，都是竹器，方者曰筐，圆者曰筥。湘，《韩诗》作鬺，音商，煮也。釜，即今之锅。锜，三足釜。整章的意思就是：用什么东西盛呢？用筐用筥。在什么里边煮呢？在锅里，在锜里。

三章。奠，置。宗室，宗庙。牖下，窗下。尸，主，与《祈父》篇"有母之尸饔"的"尸"同义。齐，斋之省借，好貌。季女，最小的女儿，也就是四川话的幺妹。整章的意思就是：放在什么地方？宗庙的窗户下边。谁在主持这件事？一位漂亮的幺妹。

## 【诗篇联系】

知道蘋与藻就是平与早的双关语，那么，这首诗自然与《采蘩》篇发生了关系。加上"季女"这个名词，更与仲氏发生联系。这首诗也是宣王三年初春平陈与宋时的作品，当无问题。

## 【诗义辨正】

《毛序》："《采蘋》，大夫妻能循法度也。能循法度，则可以承先祖，共祭祀矣。"姚际恒批驳说："《小序》谓'大夫妻能循法度'，按《射义》云'卿大夫以《采蘋》为节，乐循法也'，《序》袭之。其云'大夫妻'，非也。古者五十始为大夫，其妻安得称'季女'耶？《大序》谓'承先祖共祭祀'，尤泛。且大夫主祭，妻助祭，何言'尸'乎？《毛传》曰：'古之将嫁女者，必先礼之于宗室，牲用鱼，芼之以蘋、藻。'郑氏曰：'古者，妇人先嫁三月，祖庙未毁，教于公宫；祖庙既毁，教于宫室。教以妇德、妇言、妇容、妇功。教成之祭，牲用鱼，芼之以蘋、藻，所以成妇顺也。'此皆《昏义》文，毛、郑引之以解此篇为合。然又有别。毛、郑惟知以《礼》解《诗》，而不知《诗》在前，《礼》在后，盖《礼》之本《诗》为说也。吾用《礼》之本《诗》为说者以解《诗》，非以《礼》解《诗》也。"说了一大套，都是不了解文字的双关语而随便附会。

## 十九

## 东方未明（齐风）

东方未明，颠倒衣裳。颠之倒之，自公召之。
东方未晞，颠倒裳衣。倒之颠之，自公令之。
折柳樊圃，狂夫瞿瞿。不能辰夜，不夙则莫。

释音：莫，读暮。

## 【诗义关键】

此诗的关键就在"狂夫"二字。狂夫，实为《诗经》中常用的"征夫"形近之误。如《皇皇者华》篇"駪駪征夫"，《杕杜》篇"征夫遑止"，《何草不黄》篇"哀我征夫"，《烝民》篇"征夫捷捷"，都指出征的人而言。瞿瞿，与《蟋蟀》篇"良士瞿瞿"的"瞿瞿"同义，都是瞪视之貌。折柳樊圃，征夫瞿瞿，就是折些柳枝把菜园子围一围，瞪着眼瞧着它，不忍离去之意。然

"东方未明,颠倒衣裳。颠之倒之,自公召之"怎么讲呢?凡是参加过军训的人,都知道在天不亮发出紧急集合令的情形,因为心情紧张,不是将下裳穿在头上,就是将上衣穿在腿上,就知道"颠之倒之"的情景了。就依这种情景,将此诗作一解释。

【字句解释】

一章。颠倒衣裳,上为衣,下为裳,现在把衣穿在下,裳穿在上,故言颠倒衣裳,极言紧急令下后的紧张情形。整章的意思就是:东方的天还没有亮,把衣穿在下身,把裳穿在上身。这样颠倒错穿,因为从公那里下了出征令。

二章。晞,日将出。整章的意思就是:东方还没有发亮,把裳穿在上身,把衣穿在下身。这样颠倒错穿,因为从公那里下了命令。

三章。瞿瞿,《荀子·非十二子》篇"瞿瞿然",杨注"瞪视之貌"。此处之"瞿瞿"同义。整章的意思就是:折些柳枝把菜园子围一围,出征的人瞪着眼睛看着它。也分辨不出是早晨是黑夜,不是早上动身就是晚上开拔。

【诗篇联系】

从《采蘩》与《采蘋》两诗,知道平陈与宋就要出发,而军队出发都在天亮以前,所以有这种颠倒裳衣的紧张情景。把这首诗与《采蘩》《采蘋》列在一起,不是极为合理吗?这样,就接着上边讲过的那些平陈与宋的诗篇了。尹吉甫这个人很幽默,从这首诗就可以看出了。

## 【诗义辨正】

《毛序》谓:"《东方未明》,刺无节也。朝廷兴居无节,号令不时,挈壶氏不能掌其职焉。"姚际恒批驳说:"《小序》谓'刺无节',然古人鸡鸣而起,鸡鸣时正东方未明,可以起矣,并不为蚤,何言'无节'乎?此泥后世晏起而妄论古,可笑也。末章难详。"他批评得很是。末章之所以难详,由于"狂夫"二字的缘故。《集传》依"狂夫"而解释说:"折柳樊圃,虽不足恃,然狂夫见之,犹惊顾而不敢越,以比辰夜之限甚明,人所易知;今乃不能知,而不失之早,则失之莫也。"强不知以为知,我深信他自己也不知道他在说些什么!傅斯年说:"从仕于公者,感于辰夜劳苦,其君兴居不时,与《南》中之《小星》同。"除"其君兴居不时"外,他几乎说对了。

以上十九篇,就是《简兮》《猗嗟》《羔羊》《干旄》《郑风·羔裘》《驷驖》《大叔于田》《叔于田》《卢令》《淇奥》《鹤鸣》《兔罝》《采绿》《桑中》《十亩之间》《萚兮》《采蘩》《采蘋》与《东方未明》,除后三篇为宣王三年初春写的外,其余各篇都是宣王二年冬季,为准备平陈与宋而举行万舞或狩猎时,尹吉甫所写的诗篇。从这些诗篇,可以看出尹吉甫开始时是怎样地出头,怎样与卫国发生关系。从尹吉甫的宣王四年西迎韩侯,五年西征猃狁,六年南征徐国与出征荆蛮,七年上半年的戍申、戍甫、戍许,下半年的东迎庄姜,八年到十年的复周公之宇,可以断定平陈与宋是在宣王三年。把全部《诗经》研究后,更可知道我们这种判断的正确,虽说暂时找不到直接的证据。

# 【第二编】西迎韩侯与韩侯迎亲诗篇(宣王四年)

一

# 韩奕（大雅）

奕奕梁山，维禹甸之，有倬其道。韩侯受命，王亲命之："缵戎祖考，无废朕命。夙夜匪解，虔共尔位。朕命不易，榦不庭方，以佐戎辟。"

四牡奕奕，孔修且张。韩侯入觐，以其介圭，入觐于王。王锡韩侯，淑旂绥章，簟茀错衡，玄衮赤舄，钩膺镂钖，鞹鞃浅幭，鞗革金厄。

韩侯出祖，出宿于屠。显父饯之，清酒百壶。其殽维何？炰鳖鲜鱼。其蔌维何？维笋及蒲。其赠维何？乘马路车。笾豆有且，侯氏燕胥。

韩侯取妻，汾王之甥，蹶父之子。韩侯迎止，于蹶之里。百两彭彭，八鸾锵锵，不显其光。诸娣从之，祁祁如云。韩侯顾之，烂其盈门。

蹶父孔武，靡国不到。为韩姞相攸，莫如韩乐。孔乐韩土，川泽訏訏，鲂鱮甫甫，麀鹿噳噳，有熊有罴，有猫有虎。庆既令居，韩姞燕誉。

溥彼韩城，燕师所完。以先祖受命，因时百蛮。王锡韩侯，其追其貊，奄受北国，因以其伯。实墉实壑，实亩实籍。献其貔皮，赤豹黄罴。

释音：榦，音干。镂，音漏。钖，音羊。鞹，音廓。幭，音觅。鞗，音条。鸟，音庖。薮，音蔬。且，音疽。蹶，音愧。两，音辆。彭，音旁。不，音丕。訏，音许。貔，音毗。

## 【诗义关键】

这首诗的关键就在"溥彼韩城，燕师所完"的韩城在什么地方。《毛传》说："梁山于韩国之山最高大，为国之镇。……梁山，今左冯翊夏阳西北。"夏阳在今陕西韩城县南，是《毛传》认为韩城即今之陕西韩城。直到唐宋两代还都认为韩城在陕西，所以朱熹说："在今同州韩城县。"到了清朝，顾炎武提出了异议，他于《日知录》（卷三）"韩城"说："《水经注》：圣水'径方城县故城北，又东南径韩城东。《诗》："溥彼韩城，燕师所完。王锡韩侯，其追其貊，奄受北国。"王肃曰："今涿郡方城县有韩侯城，世谓寒号，非也。"'按《史记·燕世家》：'易水东分为梁门。'今顺天府固安县有方城村，即汉之方城县也。《水经注》亦云：'㴇水径良乡县之北界，历梁山南，高梁水出焉，是所谓"奕奕梁山"者矣。'旧说以韩国在同州韩城县。曹氏曰：'武王子初封于韩，其时召襄公封于北燕，实为司空，王命以燕众城之。'窃疑同州去燕二千余里，即令召公为司空，掌邦土，量地远近，兴事任力，亦当发民于近甸而已。岂有役二千里外之人而为筑城者哉？召伯营申，亦曰'因是谢人'；齐桓城邢，不过宋曹二国。而《召诰》'庶殷攻位'，蔡氏以为此迁洛之民，无役纣都之理。此皆经中明证。况'其追其貊'，乃东北之夷，而蹶父之靡国不到，亦似谓韩土在北陲之远也。

又考王符《潜夫论》曰：'昔周宣王时有韩侯，其国近燕，故《诗》云："普彼韩城，燕师所完。"其后韩西亦姓韩，为卫满所伐，迁居海中。'汉时去古未远，当有传授，今以《水经注》为定。"从此以后分为两派，一主韩城在陕西，一主韩城在河北，互相争辩，莫衷一是。我很奇怪，以前作《诗经》考证的人根本不看《诗经》，只是在地名、人名上去争辩，结果，使诗义更无法了解。现在我们来看看诗怎么讲。

这首诗共分六章：第一章是讲韩侯受命，而受命在韩城，故诗言："奕奕梁山，维禹甸之，有倬其道。"这个梁山在陕西的韩城。第二章讲韩侯到镐京朝觐宣王，宣王赐给他许多东西，故诗言："韩侯入觐，以其介圭，入觐于王。"第三章讲动身时显父在屠给他饯行的情形，所以诗言："韩侯出祖，出宿于屠。"第四章讲韩侯在镐京朝觐之后，赴南燕迎亲，南燕在今河南延津县，所以诗言"韩侯取妻，汾王之甥，蹶父之子。韩侯迎止，于蹶之里"，蹶之里就是南燕。第五章是赞美这门亲事结得好，故诗言："为韩姞相攸，莫如韩乐。"第六章是到了新韩城，赞美这块土地的富饶，而这个新韩城是蹶父完成的，所以诗言："溥彼韩城，燕师所完。"燕师是指南燕，不是顾炎武所说的北燕。原来有两个韩城，两个梁山，一新一旧，旧的在陕西，新的在河北。宣王要派韩侯镇压东北夷，所以把韩侯从旧韩城迁到新韩城。韩侯为纪念乡土，因而把陕西的韩城与梁山侨置在河北省固安县，变成了两个韩城，两个梁山。屈万里在他的《诗经释义》中是取顾炎武之说的，于是对"屠"这个地名就无法解释。他引江永《诗补义》说："今通州西有梁山，当固安县东北。"又说："梁山为韩境之山，知此韩在河北固安县境，非韩赵魏之韩也。"他既认韩城在河北，于屠这个地方就解不通了。他说："宋人谓屠在同州郿谷，地远恐非是。胡承珙谓即杜陵。"实际上，同州的郿谷说对了，因为韩侯是从陕西的韩城动身的。

知道了这首诗是讲韩侯从旧韩城迁到新韩城并赴南燕迎亲的经过，那么，再一字一句作一解释。

### 【字句解释】

一章。奕奕，大貌。此章梁山指陕西韩城的梁山。《读史方舆纪要》(卷五十四)于韩城县说："县南十九里。……《禹贡》：'治梁及岐。'《诗》：'奕奕梁山。'"此梁山曾为禹所治，故接着说："维禹甸之。"甸，即治的意思。倬，《韩诗》作晫，光亮貌。有倬其道，就是有光亮的大道。奕奕梁山，维禹甸之，有倬其道，就是高大的梁山，曾经为禹所治过，有着光亮的道路。"韩侯受命"，是宣王命令他迁至河北省新韩城，作为东北的屏障，不是像《郑笺》所说的"韩侯受王命为侯伯"，所以下边接着说："榦不庭方，以佐戎辟。"韩侯受命，王亲命之，就是韩侯所受的这道命令是宣王亲自下的。缵，继。戎，你。祖考，指武王。僖二十四年《左传》："邘、晋、应、韩，武之穆也。"韩侯为武王的后代。解，通懈。共，通恭。夙夜匪解，虔共尔位，就是从早到晚不要懈怠，好好地尽你的职务。榦，当读为《周易》"贞固足以干事"之干，治的意思。不庭，不朝。戎，战事。辟，大。戎辟，即辟戎，倒字以协韵。榦不庭方，以佐戎辟，就是治不朝之国，以辅佐大的战事。厉王无道，诸侯不朝，现在宣王复兴，第一步工作是先平定陈宋，以绝后患。第二步工作是派韩侯到现今河北省固安县以巩固东北，然后再伐最大的敌人狁。征伐狁是一件极艰巨的工作，讲到《六月》篇时就可知道此中详情，所以诗说"以佐戎辟"。整章的意思就是：高大的梁山，曾经为禹治理过，有着光亮的道路。韩侯所受的命令，是宣王亲自下的。命令说："继续你祖宗的功业，不要荒废了我的命令。从早到晚要好好地从事你的任务。我的命令是不能更动的，去治理那不朝之国，以辅助将来要举行的大的战事。"

二章。修，长。张，大。四牡奕奕，孔修且张，就是四匹壮大的牡马，都是又高又大。这是指韩侯所乘的马。第一章是讲韩侯受命，这一章是讲韩侯入朝。到此，我们了解了《竹书纪年》所记载的"四年，王命蹶父如韩，韩侯来朝"的实际情形。原来蹶父把新的韩城筑好后，到朝廷复命，宣王就派他赴韩城转送上章所说的命令。韩侯接到命令后，就从韩城到镐京朝觐宣王，也就是这一章所要讲的。《诗经》真是一部最有系统、最正确、最生动的历史，可惜以前的历史学者都不知道利用它。介圭，就是《崧高》篇"锡尔介圭，以作尔宝"的介圭。诸侯受命的时候，国王都授以介圭作为国宝，朝觐的时候要拿这个介圭来朝见，所以诗说："韩侯入觐，以其介圭，入觐于王。"《周礼·春官·司常》"交龙为旂""诸侯建旂"，故宣王赐韩侯以淑旂。章与旂对，则章亦为名词，章即《卷阿》篇"尔土宇昄章"，就是现在说的版图。淑，美。

绥，安，与《樛木》篇"福履绥之"之"绥"同义。淑旂绥章，就是美丽的旂帜与安全的版图。簟茀，以竹席所做的车篷。错衡，绘以文彩的辕前横木。玄衮，黑色的衮衣。赤舄，赤色的厚底鞋。钩膺，《毛传》注为樊缨，就是马脖子上饰以马尾所做的缨。镂，雕。锡，马额饰。镂锡，即今之当卢。鞹，革。鞃，轼。鞹鞃，以革裹的轼。《载驱》篇"簟茀朱鞹"，朱鞹即此鞹鞃。浅，浅毛的虎皮。幭，覆。浅幭，即以浅毛的虎皮覆于轼上。鞗革，金文里或作攸勒，或作鋚勒，即今之辔首。金厄，谓金饰衡轭之末。以上的车马服饰都是宣王赐给韩侯的。整章的意思就是：四匹壮大的牡马，都是又高又大。韩侯赴朝的时候是执着他的介圭而朝觐的。王赐给他美丽的旂帜，安全的版图，竹席所编的车篷，绘有文彩的衡木，黑色的衮衣，赤色的厚底鞋子，雕刻的当卢，皮革所制的轼，轼上并盖着浅毛的虎皮，皮革所制的辔首，衡轭的末端还以五金装饰着。

三章。祖，出行时的路祭。屠，通荼，即荼谷。《读史方舆纪要》（卷五十四）于邰阳县荼谷渡①说："在县东河西故城南，南去罂浮渡里许。"韩侯出祖，出宿于屠，就是韩侯出行时为祭路神，就宿在屠这个地方。清酒，祭祀之酒，由《信南山》篇"祭以清酒"可证。显父，人名，事迹无考。显父饯之，清酒百壶，就是显父给他饯行，喝了百十壶清酒。炰鳖，蒸鳖。鲜鱼，就是《六月》篇的脍鱼。"其殽维何？炰鳖鲜鱼"，

---

① 中华书局2005年版《读史方舆纪要》中作"荼峪渡"。

就是送行的肴馔有什么呢？有蒸鳖，有鲜鱼。蔌通蔬，即蔬菜。蒲，《毛传》："蒲蒻也。"蒲蒻即蒲黄。《植物名实图考长编》（卷十三）于"蒲黄"条引《图经》说："蒲黄生河东池泽。香蒲，蒲黄苗也。……春初生嫩叶，未出水时红白色，茸茸然。《周礼》以为菹。谓其始生，取其中心入地大如匕柄，白色，生啖之，甘脆。以苦酒浸，如食笋，大美。亦可以为鲊。今人罕复有食者。"屠正与河东邻近。"其蔌维何？维笋及蒲"，就是席上的蔬菜有什么呢？有春笋，有香蒲。路车，是国王所赐或别人所赠诸侯的车。如《渭阳》篇说"何以赠之，路车乘黄"；如《采菽》篇说"君子来朝，何锡予之？虽无予之，路车乘马"；如《崧高》篇说"王遣申伯，路车乘马"；以及《采芑》篇说"方叔率止""路车有奭"，都足证明诸侯的车是路车，故显父赠韩侯以路车。"其赠维何？乘马路车"，就是赠给他什么呢？四匹马，一辆路车。且，《说文》："荐也。"侯氏，指韩侯。古人尊称一种职位或一个人时，往往称氏，如尹氏、师氏、侯氏、仲氏等等。燕胥，犹燕乐，快乐的意思。笾豆有且，侯氏燕胥，就是在用笾豆祭路神的时候，韩侯感到很快活。《郑笺》说"诸侯在京师未去者，于显父饯之时，皆来相与燕"，根本没有摸清此诗的时间、地点与事件。整章的意思就是：韩侯住在屠这个地方，为的是祭祀路神。显父给他饯行，喝了百十壶清酒。送行的肴有什么呢？有蒸鳖，有鲜鱼。吃的蔬菜是什么呢？有春笋，有蒲黄。赠予的是什么呢？是四匹马，一辆路车。在祭荐笾豆的时候，韩侯感到非常高兴。

四章。汾，大；汾王，大王，与"皇王"同义，并不是指厉王（马瑞辰说）。韩侯所娶的是蹶父的女儿，蹶父姓姞，与周室世代为婚姻，故"汾王之甥"即大王的外甥女，此汾王当指宣王。蹶之里，在今河南省延津县。《潜夫论》（卷三十五）《志氏姓》说"姞氏女为后稷元妃，繁育周先，姞氏封于燕"，燕即南燕。《读史方舆纪要》（卷四十九）于胙城县（在今河南延津北三十里）东燕城说："在县西，春秋时之南燕也。"南燕在今河南延津西北，蹶父的家就在这里，韩侯是来到这里迎亲。彭彭，与《出车》篇"出车彭彭"的"彭彭"同义，也是车行声。一马两鸾，四马共八鸾，故言八鸾锵锵。不，丕之假借；丕，大。不显，大显。百两彭彭，八鸾锵锵，不显其光，就是百辆车在彭彭地作响，八鸾也锵锵发声，真是非常光彩。娣为女弟，即今之妹妹，周有娣媵制，就是妹妹们从姊共嫁一夫。祁祁，多貌。诸娣从之，祁祁如云，就是随嫁的妹妹们多得像一片云彩。古有曲顾之礼。《列女传》："（齐）孝公亲迎孟姬于其父母，三顾而出。亲迎之绥，自御轮，三曲顾姬舆，遂纳于宫。"顾之，就是以曲顾之礼来迎韩姞。韩侯顾之，烂其盈门，就是韩侯在行曲顾礼的时候，满门都是红红绿绿。整章的意思就是：韩侯所娶的是大王的外甥女，蹶父的女儿。韩侯东迎亲，到了蹶父的乡里，百十辆车子彭彭作响，八个鸾铃都叮当叮当，非常非常光彩。随嫁的妹妹们多得就像一片云彩。韩侯行曲顾礼的时候，满门都是红红绿绿。

五章。孔武，极为武勇。蹶父孔武，靡国不到，就是蹶父极为武勇，没有国家他没有到过。韩姞，蹶父姓姞，他的女儿嫁给韩侯，故称为韩姞。攸，所；相攸，选择可嫁之所。为韩姞相攸，莫如韩乐，就是为韩姞找婆家，没有再比韩国好的。这是恭贺这门亲事的话。讦讦，大貌。甫甫，也是大貌。噳噳，众多貌。猫，现今称之为山猫，虎类浅毛。孔乐韩土，川泽讦讦，鲂鱮甫甫，麀鹿噳噳，有熊有罴，有猫有虎，就是好快乐的韩土呀，川泽都是宽大的，鲂鱮都是肥大的，麀鹿是众多的，还有熊、罴、山猫与老虎。极言韩国的丰富。令，善。居，处。令居，好的住处。庆既令居，就是既然庆幸地得到这样好的住处。燕，喜。誉，安。韩姞燕誉，就是韩姞也就乐于安居。整章的意思就是：蹶父非常武勇，没有国家没有到过。为韩姞选择所归之所，没有再比韩国快乐的了。好快乐的韩国呀，川泽都是宽大的，鲂鱮也是肥大的，麀鹿是众多的，还有熊、罴、山猫与老虎。既然庆幸地得到了这么好的住处，韩姞也就乐得安居。

六章。溥，通普。燕师，指南燕的民众，并不是顾炎武所说的北燕。溥彼韩城，燕师所完，就是整个韩城都是南燕的民众所完成的。此韩城在今河北省固安县，不是陕西的旧韩城。《读史方舆纪要》（卷十一）于固安县韩寨营说："在县南，或以为古韩城也。《水经注》：'方城故城东南有韩城。'《诗》：'溥彼韩城，燕师所完。'"先祖，指韩侯的先祖。时，是。以先祖受命，因时百蛮，就是由于先祖的荫庇，让你管辖这里的各蛮族。追、貊，都是戎狄之国。奄，尽。伯，畏。王锡韩侯，其追其貊，奄受北国，因以其伯，就是王将这些追人貊人赐给韩侯，让他作为北方国家的首脑。实墉，谓修城池。实墝，谓筑沟渠。实亩，谓治田亩。实籍，谓定户籍。貔，豹属。整章的意思就是：整个韩城都是南燕的人民筑成的。由于先祖的荫庇，受到管辖这里各蛮族的命令。王将这些追人貊人赐给韩侯，就是让他来当这些北国人的首脑。他修城池，筑沟渠，治田亩，定户籍，管理得有条有理。蛮人献上了他们的貔皮、赤豹皮和黄黑皮。

## 【诗篇联系】

《竹书纪年》于宣王四年载说"王命蹶父如韩，韩侯来朝"，使我们知道这篇诗写于宣王四年。但《竹书》只载韩侯入朝，未记他到南燕迎亲，以及迁到新韩城的事。亏有这篇记载翔实而又生动的诗篇，使我们知道全部经过。不仅知道年份，而且也知道月份。"其蔌维何？维笋及蒲"，不是告诉我们是初春吗？韩侯是宣王四年初春由旧韩城动身，先到镐京朝见宣王，之后再到南燕娶亲，最后到达新韩城。假如不是作者亲随蹶父与韩侯，怎能写得这么亲切，有如目睹的事件呢？《毛序》说："《韩奕》，尹吉甫美宣王也。"虽不十分切题，然提出了作者，这是十分值得我们注意的。尹吉甫与蹶父同宗，蹶父又是尹吉甫的本家哥哥，他随蹶父去迎接韩侯，极有可能；加以此诗的风格与《诗经》里其他的"诵"体完全相同，所以我们才相信《毛序》的话。

由于韩侯迎亲，更使我们了解了《关雎》《桃夭》《鹊巢》《狼跋》《螽斯》《麟之趾》等篇的意义。为明白起见，我们且给韩侯迁都的经过绘一地图。

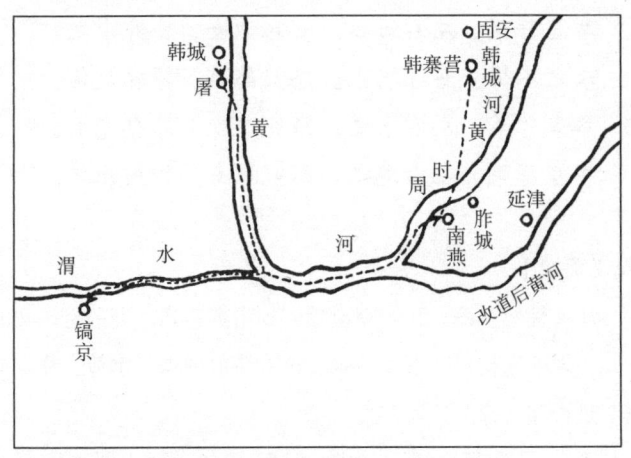

**【诗义辨正】**

《毛序》:"《韩奕》,尹吉甫美宣王也。能锡命诸侯。"《正义》补充说:"《韩奕》诗者,尹吉甫所作,以美宣王也。美其能锡命诸侯,谓赏赐韩侯,命为侯伯也。不言韩侯者,欲见宣王之所锡命,非独一国而已,故变言诸侯以广之。"这段话没有一句切合实际。《集传》说:"韩侯初立来朝,始受王命而归,诗人作此以送之。《序》亦以为尹吉甫作,今未有据。"朱熹根本没有看诗,或根本看不懂诗,才有这样不着边际的话。

## 二

## 关雎(周南)

关关雎鸠,在河之洲。窈窕淑女,君子好逑。

参差荇菜，左右流之。窈窕淑女，寤寐求之。
求之不得，寤寐思服。悠哉悠哉，辗转反侧。
参差荇菜，左右采之。窈窕淑女，琴瑟友之。
参差荇菜，左右芼之。窈窕淑女，钟鼓乐之。

## 【诗义关键】

从《韩奕》篇，我们知道韩侯到南燕迎亲，娶的是蹶父的女儿。现在来检讨一下《关雎》这首诗的地点、季节、礼仪与情节是否和《韩奕》篇有关。

第一，"在河之洲"，河指黄河，那么，南燕是否有黄河呢？《读史方舆纪要》（卷四十九）于胙城县黄河说："旧在县北，自新乡县流入境。……金时，黄河屡决，河在县南。元时，自开封府原武县决而东南流，北道之河遂绝。"由此可知在周朝的时候，南燕是临黄河。第二，再看季节。诗言"参差荇菜，左右流之"，荇菜即莕菜。《辞海》说："夏日，叶腋抽花轴，伸出水面。花小，瓣五裂，色黄，嫩叶可食。"夏为阴历四月以后，韩侯是初春由旧韩城动身先到镐京朝宣王，之后再到南燕迎亲，季节次序也相合。第三，王国维于《释乐次》（见《观堂集林》卷二）说："凡金奏之乐用钟鼓。天子、诸侯全用之，大夫、士鼓而已。"现在是韩侯娶妻，蹶父嫁女，所以诗言"钟鼓乐之"，于礼节又相合。第四，诗言"窈窕淑女，君子好逑"，"窈窕淑女，寤寐求之"，"窈窕淑女，琴瑟友之"，"窈窕淑女，钟鼓乐之"，完全站在女方来讲，当然是一首贺嫁女的诗。现在是在南燕，与女家的立场又相合。假如我们说这是贺蹶父嫁女、韩侯娶妻的诗，想不会是无稽之谈吧！

不过，这首诗的章数，前人都认为是"三章，一章四句，二章八句"，这是据《集传》。如此分章就与《诗经》中歌的体裁不合。歌的形式，每章句数都大体相同。句的字数或有多少，绝无句数大相悬殊的。今改为五章，每章四句，就与《诗经》中歌的形式一致了。

## 【字句解释】

一章。关关，雎鸠鸣声。洲，水中露出的地面。关关雎鸠，在河之洲，就是关关鸣叫的雎鸠，在黄河的洲中。这是兴，与诗义无关。千万不要扯到鸟挚不鸟挚的问题上。《方言》："窕，美也。陈楚周南之间曰窕，秦晋之间凡美色或谓之好，或谓之窕。"又说："秦晋之间，美心为窈，美状为窕。"窈窕，就是美好。逑，俦；好逑，好的匹俦，犹言嘉耦（马瑞辰说）。君子，在周时为贵族之称，不是后世专指有德之人。窈窕淑女，君子好逑，就是美丽贤淑的女子，是君子的嘉耦。

二章。参差，不齐貌。流，求。参差荇菜，左右流之，就是参差不齐的荇菜，或左或右地在找它。这也是兴，与诗义无关。寤，梦；寐，睡。窈窕淑女，寤寐求之，就是美丽贤淑的女子，睡里梦里都在求她。

三章。思，句中语词，无意义，与"旨酒思柔"句法相类（马瑞辰说）。服，思。悠哉，是形容辗转不停的样子。整章的意思就是：翻过去倒过来呀，翻来覆去地睡不着。

四章。友之，犹乐之（马瑞辰说）。整章的意思就是：参差不齐的荇菜，或左或右地采它。美丽贤淑的女子呀，琴瑟在欢乐她。

五章。芼，择。整章的意思就是：参差不齐的荇菜，或左或右地在选择它。美丽贤淑的女子呀，钟鼓在娱乐她。

## 【诗篇联系】

从地点、从季节、从礼仪、从情节，将此诗摆在《韩奕》篇之后，而认为是恭贺韩侯娶妻、蹶父嫁女，不是极自然吗？

## 【诗义辨正】

《毛序》："《关雎》，乐得淑女以配君子，忧在进贤，不淫其色。哀窈窕，思贤才，而无伤善之心焉，是《关雎》之义也。"《毛序》是受孔子"兴于诗"的影响，始终都以政教的观点来看诗。要以诗本义的观点来看，无一是处，只看姚际恒的批判也就够了，他说："《小序》谓'后妃之德'，《大序》曰：'乐得淑女以配君子，忧在进贤，不淫其色。哀窈窕，思贤才，而无伤善之心焉。'因'德'字衍为此说，则是以为后妃自咏，以淑女指妾媵。其不可通者四：雎鸠，雌雄和鸣，有夫妇之象，故托以起兴。今以妾媵为与君和鸣，不可通一也。淑女、君子，的的妙对，今以妾媵与君对，不可通二也。逑、仇同，反之为匹。今以妾媵匹君，不可通三也。《棠棣》篇曰'妻子好合，如鼓瑟琴'，今云'琴瑟友'，正是夫妇之义。若以妾媵为与君琴瑟友，则僭乱；以后妃为与妾媵琴瑟友，未闻后与妾媵可以琴瑟喻者也，不可通四也。夫妇人不妒，则亦已矣，岂有以己之坤位甘逊他人而后谓之不妒乎？此迂而不近情理之论也。《集传》因其不可通，则以为宫中之人作。夫谓王季之宫人耶？淑女得否，何预其哀乐之情？谓文王之宫人耶？诸侯娶妻，姪娣从之，未有未娶而先有妾媵者，前人已多驳之。况'琴瑟友之'，非若妾媵所敢与后妃言也。《集传》云'故其喜乐尊奉之意，不能自已，又如此云'，盖遁辞。并说不去。于此（按此字疑衍）是伪《子贡传》出，以为姒氏思淑女而作，欲与《集传》异，而不知仍归旧说也。要之，自《小序》有'后妃之德'一语，《大序》因而附会为不妒之说，以致后儒两说角立，皆有难通；而《关雎》咏淑女君子相配合之原旨竟不知何在矣。此诗只是当时诗人美世子娶妃初昏之作，以见嘉耦之合，初非偶然，为周家发祥之兆，自此可以正邦国，风天下，不必实指出太姒、文王。非若《大明》《思齐》等篇实有文王、太姒名也。世多遵《序》，即《序》中亦何尝有之乎？……或谓：如谓出于诗人之作，则寤寐反侧之说云何？曰：此全重一'求'字。男必先求女，天地之常经，人道之至正也。因'求'字生出得、不得二义来，反覆以形容君子求之之意，而又见其哀乐得性情之正。此诗人之善言也。"说来说去，连姚际恒也并不真懂。

三

## 鹊巢（召南）

维鹊有巢，维鸠居之。之子于归，百两御之。

维鹊有巢，维鸠方之。之子于归，百两将之。
维鹊有巢，维鸠盈之。之子于归，百两成之。

## 【诗义关键】

《韩奕》篇说："韩侯迎止，于蹶之里。百两彭彭，八鸾锵锵，不显其光。诸娣从之，祁祁如云。韩侯顾之，烂其盈门。"不就是此诗的"百两御之""百两将之"吗？这也是一首以女方立场来恭贺韩侯娶妻、蹶父嫁女之诗。

## 【字句解释】

一章。《诗经》中用"鸠"字的共有五篇：就是《关雎》《氓》《鸤鸠》《小宛》与此诗。《氓》篇说"于嗟鸠兮，无食桑葚"，《鸤鸠》篇也说"鸤鸠在桑"，是桑葚熟时才有鸠。《植物名实图考长编》（卷十九）于"桑"条引《农桑通诀》说："至夏初青黄未接，其桑葚已熟，民皆食葚，获活者不可胜计。"由此可知，此诗的季节正与《关雎》篇采荇菜相同，证明是同一季节的作品。《毛传》于《鸤鸠》篇及此诗均注鸤鸠为"秸鞠"，秸鞠即鹘鹕。《御览》引陆玑《疏》说："今梁宋之间，谓布谷为鹘鹕，一名桑鸠。"与"无食桑葚""鸤鸠在桑"正合。整章的意思就是：喜鹊所筑的巢，布谷借而居之。这个女儿在出嫁，百辆车子来迎娶。

二章。方，当读放，依的意思（王引之说）。将，送。整章的意思就是：喜鹊所筑的巢，布谷暂且住着。这个女儿在出嫁，百辆车子在送她。

三章。盈，住。成，成其婚事。整章的意思就是：喜鹊所筑的巢，布谷在住它。这个女儿在出嫁，百辆车子来成亲。

## 【诗篇联系】

此诗"之子于归"明明是讲嫁女，加上"百两御之""百两将之"，与《韩奕》篇所讲的完全相同，故将此诗排在《韩奕》篇之后。加以布谷鸟出现的季节，更知道了写作的时间。

## 【诗义辨正】

《毛序》："《鹊巢》，夫人之德也。国君积行累功，以致爵位。夫人起家而居有之，德如鸤鸠，乃可以配焉。"鸤鸠即布谷，布谷有什么德，要"德如鸤鸠"呢？姚际恒批驳得最痛快，他说："《小序》谓'夫人之德'，旨意且无论，其谓夫人者，本于《关雎序》，以《周南》为'王者之风'，《召南》为'诸侯之风'，故于《周南》言后妃，《召南》言夫人，以是为分别。此解二南之最不通者也。孔氏曰：'《召南》，诸侯之风，故以夫人、国君言之。'又曰：'夫人，太姒也。'均此太姒，何以在《周南》则为后妃，在《召南》则为夫人？若以为初昏，文王为世子，太姒为夫人，则《关雎》非初昏乎？《集传》于《召南》诸篇皆谓'南国诸侯被文王之化'，凛遵《序》说，寸尺不移，其何能辟《序》，而尚欲去之哉！此篇孔氏谓太姒归文王，《毛传》谓诸侯之子嫁于诸侯，《伪传》谓公子归于诸侯，意指文王女也，其说不一。愚意大抵为文王公族之女，往嫁于诸大夫之家，诗人见而美之，与《桃夭》略同。然均之不可考矣。"最后还是"不可考"。屈万里说:"此祝嫁女之诗。"对了。

## 四

## 桃夭（周南）

桃之夭夭，灼灼其华。之子于归，宜其室家。
桃之夭夭，有蕡其实。之子于归，宜其家室。
桃之夭夭，其叶蓁蓁。之子于归，宜其家人。

【诗义关键】

从这首诗的"之子于归"看来，也是一首嫁女诗，与《关雎》《鹊巢》完全相同。我们再看"桃之夭夭，有蕡其实"是什么时候。《植物名实图考长编》（卷十五）于"桃"条引《本草纲目》说:"五月早桃，十月冬桃，秋桃，霜桃，皆以时名者也。"由此可知，此诗与《关雎》《鹊巢》的季节正同。假如说这首诗也是贺蹶父嫁女、韩侯娶妻，不算没有根据吧?

【字句解释】

一章。《毛传》于《凯风》篇注"夭夭"说:"盛貌。"此诗也是这个意思。灼灼，显明貌（严粲《诗缉》引曹氏说）。室家、家室、家人三者连类对举，意义一定相同。夫以妻为室，《礼记·曲礼》:"三十曰壮，有室。"夫谓妻曰家，僖公十五年《左传》"而弃其家"，注谓"子圉妇怀嬴"。所谓室家、家室、家人，都是妻子的意思。《采薇》篇说"靡室靡家，狁之故"，这里的室、家，也是指妻子。整章的意思就是：茂盛的桃树，开得满满的花。这个女儿在出嫁，宜于做人家的妻子。

二章。蕡，大（马瑞辰说）。整章的意思就是：茂盛的桃树，长着硕大的果实。这个女儿在出嫁，宜于做他人的妻室。

三章。蓁蓁，茂盛貌。整章的意思就是：茂盛的桃树，它的叶子很稠密。这个女儿在出嫁，宜于做人家的家人。

## 【诗篇联系】

从季节、从情节，将此诗与《鹊巢》摆在一起，不是很合适吗？这些篇都是站在女方的立场来讲。

## 【诗义辨正】

《毛序》："《桃夭》，后妃之所致也。不妒忌，则男女以正，昏姻以时，国无鳏民也。"姚际恒批驳说："《小序》谓'后妃之所致'，每篇必属后妃，竟成习套。夫尧舜之世亦有四凶，太姒之世亦安能使女子尽贤，凡于归者皆宜室、宜家乎？即使非后妃之世，其时男女又岂尽踰垣、钻隙乎？此迂而不通之论也。《大序》复谓：'不妒忌，则男女以正，昏姻以时，国无鳏民。'按《孟子》言'大王好色，内无怨女，外无旷夫'，此虽谲谏之言，然于理犹近。若后妃不妒忌于宫中，与'国无鳏民'何涉？岂不可笑之甚哉！故《集传》不言后妃而言文王，亦可也；《伪传》则以为美后妃而作，即谓咏后妃，亦可也；皆较愈于谓后妃之德化所致矣。然《集传》单指文王，终觉偏，《伪传》

呼后妃为'之子',亦似轻亵,俱未安。季明德曰:'之子,指嫁者而言,但不知为何人之女。其必文王之公子、公孙而后妃所教于宫中者与?'虽属臆测,于理似近。……愚意:此指王之公族之女而言,诗人于其始嫁而叹美之,谓其将来必能尽妇道也。"有点接近事实。屈万里说:"此贺嫁女之诗。"对了。

## 五

### 狼跋（豳风）

狼跋其胡,载疐其尾。公孙硕肤,赤舄几几。
狼疐其尾,载跋其胡。公孙硕肤,德音不瑕。

释音:疐,音致。

## 【诗义关键】

诗言"公孙硕肤",一位大肚皮的公孙,显然是开一位公孙的玩笑。哪一位公孙呢?《韩奕》篇说"王锡韩侯,玄衮赤舄",与此篇"赤舄几几"正合,韩侯现在是新郎,不正是开玩笑的对象吗?加以韩侯是武王儿子的后代,不正是公孙吗?就以这个意思将此诗作一解释。

## 【字句解释】

一章。跋,践。胡,项下垂肉,即颔。载,则。疐,顿。硕肤,大肚皮。几几,鞋子鼻梁弯曲的样子。首章的意思就是:老狼踏步的时候,踩到它自己的下巴肉,它的后腿踏到了自己的尾巴。大肚皮的公孙呀,穿着鼻梁弯曲的赤色厚底鞋。

二章。德音,尊称别人的语言。不瑕,不已。二章的意思就是:老狼的后腿踩到了它自己的尾巴,当它踏步的时候,又踩到自己的下巴。大肚皮的公孙呀,说起话来没完。

## 【诗篇联系】

以上是根据闻一多《匡斋尺牍》的解释,而解释得非常出神。现在韩侯穿着赤舄而又是新郎,不正是开玩笑的对象吗?把这首诗排在这里,再恰当不过的。

## 【诗义辨正】

《毛序》:"《狼跋》,美周公也。周公摄政,远则四国流言,近则王不知,周大夫美其不失其圣也。"怎会扯到周公身上呢?《毛传》说:"兴也。跋,躐;疐,跲也。老狼有胡,进则躐其胡,退则跲其尾。进退有难,然而不失其猛。"《郑笺》又补充说:"兴者,喻周公进则躐其胡,犹始欲摄政,四国流言,辟之而居东都也。退则跲其尾,谓后复成王之位而老,成王又留之,其如是圣德无玷缺。"狼是猛兽,可以吃人,而将周公比狼,是尊敬周公呢,还是骂周公?《毛传》谓"兴",尚是起的意思;到了《郑笺》,才把兴一律解为喻,而使诗义不通了。奇怪的是,豳为太王之国,而将周公的诗都摆在这里,真是不伦不类,所以欧阳修在《诗本义·本末论》说:"召公自有诗,则得列于本国，周公亦自有诗，则不得列于本国，而上系于豳。豳，太王之国也，考其诗则周公之诗也。"他看出了不合理，然他没有解决的办法，只有仍照原样讲下去。要不是《诗经》作者的发现，这笔糊涂账将会永远糊涂下去。

# 六

## 螽斯（周南）

螽斯羽，诜诜兮。宜尔子孙振振兮。
螽斯羽，薨薨兮。宜尔子孙绳绳兮。
螽斯羽，揖揖兮。宜尔子孙蛰蛰兮。

**【诗义关键】**

从"宜尔子孙振振兮""宜尔子孙绳绳兮""宜尔子孙蛰蛰兮"，明明是恭祝子孙众多；然在什么场合之下恭祝呢？《七月》篇说"五月斯螽动股"，斯螽就是此诗的螽斯。斯螽动股，也就是此诗的诜诜、薨薨、揖揖。如此讲来，这首诗的季节与韩侯的迎亲正合，因而我们想到此诗与《关雎》《桃夭》《鹊巢》的关系。不过《关雎》《桃夭》《鹊巢》与《狼跋》都写在南燕，而这首诗写在新韩城，因为这是站在男方立场恭贺的。兹依此意，将这首诗作一解释。

## 【字句解释】

一章。螽斯，《辞海》说："昆虫类，直翅类，色绿或褐，触角为鞭状，较体稍长。复眼在触角基部。无单眼。前翅几与腹部同长，或退化而短。雄体长寸许，右前翅有透明之发声镜，鸣时颤动其翅，发声镜以摩擦而成声。又名蚕螽、蜙蝑，见《尔雅·释虫》。亦名春黍，见《方言》。"《辞海》另有图样。一章诜诜，二章薨薨，三章揖揖，都是形容螽斯羽，而非形容螽斯，可是《毛传》于一、二两章注为"众多也"，于第三章注为"会聚也"，似非确解，因为螽斯并不众多与会聚。马瑞辰解为"形容羽声之盛多"，屈万里引之，亦非确解，因为螽斯不是集体地鸣叫。《前汉纪·孝哀皇帝纪上》"有白气着天，广处如一匹布，长十余丈，西南行，薨薨如雷，一刻而止"，由此可知薨薨是一种声音。诜诜、薨薨、揖揖，都是螽斯的羽声。振振，众盛貌（马瑞辰说）。整章的意思就是：螽斯的羽诜诜在响。你的子孙们应该众而且多呀。

二章。绳绳，继续不绝之貌（屈万里说）。整章的意思就是：螽斯的羽薨薨在响。你的子孙们应该继续不绝呀。

三章。蛰蛰，和集貌。整章的意思就是：螽斯的羽揖揖在响。你的子孙们应该很和美呀。

## 【诗义辨正】

《毛序》："《螽斯》，后妃子孙众多也。言若螽斯不妒忌，则子孙众多矣。"怎么知道螽斯不妒忌呢？在乡间常常看到螽斯打架，假如不妒忌，怎么会打架呢？"螽斯羽，诜诜兮"，

"螽斯羽，薨薨兮"，"螽斯羽，揖揖兮"，都是兴，与诗义无关。屈万里说："此祝子孙盛多之诗。"近是。

七

## 麟之趾（周南）

麟之趾。振振公子，于嗟麟兮！
麟之定。振振公姓，于嗟麟兮！
麟之角。振振公族，于嗟麟兮！

## 【诗义关键】

王引之说："公姓、公族皆谓子孙。"那么，这首诗也是恭贺子孙众多的意思。所恭贺者为公，与《狼跋》篇公孙相合，因而使我们知道这首诗也是恭贺韩侯娶妻的。

## 【字句解释】

一章。《孟子·公孙丑》："麒麟之于走兽，凤凰之于飞鸟。"《孔子家语·执辔》："毛虫三百六十，而麟为之长。"可见古人以麟为杰出之兽。《易林》卷二说"麟子凤雏，生长家国"，可见古人又以麟子为杰出之子。这首诗是恭贺韩侯的子孙众多，故以麟为起兴。于，通吁；吁嗟，叹美词。趾，脚。整章的意思就是：麟的脚。众多的公子呀，都是好的麒麟呀！

二章。定，通腚，到现在河北省人还叫屁股为腚。麟之定，就是麟的屁股。屁股与趾、角对举。振振公姓，就是众多的子孙。整章的意思就是：麒麟的屁股。众多的子孙呀，都是好的麒麟呀！

三章。整章的意思就是：麒麟的头角。众多的公族呀，都是些好的麒麟呀！

【诗篇联系】

从上边的解释，很可以看出这是一首恭贺韩侯娶妻的诗，所以把它摆在这里。

【诗义辨正】

《毛序》："《麟之趾》，《关雎》之应也。《关雎》之化行，则天下无犯非礼，虽衰世之公子，皆信厚如麟趾之时也。"姚际恒批驳说："《小序》谓'《关雎》之应'，其义甚迂。《集传》以为得之。盖本于《毛传》云：'麟信而应礼。'其言本难解，故吕氏因《小序》'应'字以为应对之应；严氏以为效应之应。应对之应，则为古者行《关雎》之化，以麟出为瑞应也。效应之应，则为有《关雎》之德而致此效也。纷然摹拟如此！《大序》谓：'衰世之公子皆信厚如麟趾之时。'其云'麟趾之时'，欧阳氏、苏氏、程氏皆讥其不通矣。即其谓'衰世之公子'，'衰世'二字亦难通。意谓古者治世当有麟应；商、周之际为衰世，文王公族亦如麟应。然则谓治世有麟应者，指何世乎？可谓诞甚！衰世又何不以麟应而以人应乎？夫人重于兽，不将衰世反优于治世乎？何以解也？此诗只以麟比王之子孙族人。盖麟为神兽，世不常出，王之子孙亦各非常人，所以兴比而叹美之耳。"几乎得之。

以上七篇就是《韩奕》《关雎》《鹊巢》《桃夭》《狼跋》《螽斯》与《麟之趾》，都是尹吉甫西迎韩侯时的诗篇，时间是宣王四年。《关雎》《鹊巢》《桃夭》与《狼跋》写在南燕；《韩奕》《螽斯》与《麟之趾》则写在新韩城。

# 【第三编】西征狎狁时诗篇（宣王五年）

一

# 六月（小雅）

六月棲棲，戎车既饬。四牡骙骙，载是常服。狁猃孔炽，我是用急。王于出征，以匡王国。

比物四骊，闲之维则。维此六月，既成我服；我服既成，于三十里。王于出征，以佐天子。

四牡修广，其大有颙。薄伐猃狁。以奏肤公，有严有翼，共武之服；共武之服，以定王国。

猃狁匪茹，整居焦获。侵镐及方，至于泾阳。织文鸟章，白旆央央。元戎十乘，以先启行。

戎车既安，如轾如轩。四牡既佶，既佶且闲。薄伐猃狁，至于大原。文武吉甫，万邦为宪。

吉甫燕喜，既多受祉。来归自镐，我行永久。饮御诸友，炰鳖脍鲤。侯谁在矣？张仲孝友。

释音：旆，音沛。

## 【诗义关键】

这首诗正式提出"吉甫"的名字，并且也正是他的自传。这首诗，不仅牵连到上边所讲过的各诗，并且也关系到以后各篇，所以我们先根据这一篇诗给尹吉甫作一小传。

诗言："六月棲棲，戎车既饬。四牡骙骙，载是常服。狁孔炽，我是用急。"六月是哪一年的六月呢？《竹书纪年》于宣王时载说"五年六月，尹吉甫帅师伐狁，至于太原"，与此诗"薄伐狁，至于大原"正合。他率师伐狁是在宣王五年六月。然这首诗写在哪一年呢？他于宣王五年六月率师伐狁，总不能于一个月内就完成任务而来写这篇《六月》诗。何况诗明明说："来归自镐，我行永久"，一个月总不能算"永久"吧？这中间一定要经过一段很远的路程、很久的时日，然到底多久呢？诗又说："维此六月，既成我服；我服既成，于三十里。"在讲《干旄》篇的时候，曾经证明三十里是指浚地的广袤而言，到此，我们知道他是宣王五年六月从浚地征调民兵去西征，而"此六月"是指宣王六年的六月。此诗是他出征一年回到卫国后，追述五年六月的情形，所以诗言："来归自镐，我行永久。饮御诸友，炰鳖脍鲤。"这首诗作在宣王六年六月。

可是《兮甲盘铭》说："唯五年三月既死霸庚寅，王初格伐狁于𫞎卢，兮甲从王。折首执讯，休，亡敃。王锡兮甲马四匹，驹车。"兮甲盘，据王国维在《兮甲盘跋》(《观堂别集》卷二)的考释是尹吉甫的彝器。但是他于宣王五年六月才出征，怎么会说："唯五年三月既死霸庚寅，王初格伐狁于𫞎卢，兮甲从王"呢？既死霸庚寅，据王国维的推算是宣王五年三月二十六日。𫞎卢，即汉时的彭衙，在今陕西白水县。这里边发生了一件极大的矛盾。王国维解释说："今本《竹书纪年》，系六月尹吉甫伐玁狁事于宣王五年，不知何据？此盘所纪，亦宣王五年三月事，而云'王初各伐'，盖用兵之始，未能得志，下云：'王命甲政䵣成周四方賨至于南淮夷。'賨，读为委积之积。盖命甲征成周及东诸侯之委积，正为六月大举计也。"这是猜想之辞，事实并不如此。到此，就可知《诗经》这部书固是真史真料，而《竹书纪年》这部书也很可贵了。现在的人动不动就说《竹书纪年》靠不住，一口否定它的价值，下边就要逐步证明它的真实性；可是要不是从尹吉甫的事迹来研究《诗经》，这种史实也就永远不会发现。

原来宣王与尹吉甫从五年二月初就开始征伐玁狁，于三月二十六日到达现今的白水县。所以《小明》篇说："我征徂西，至于艽野。二月初吉，载离寒暑。心之忧矣，其毒大苦。"到此，我们又解决了一件史学家与金石学家争论不休的问题，就是《石鼓文》。从唐时的韩愈、韦应物起，一直认石鼓为宣王时的器物，到欧阳修才起了疑问，后来越考越离奇，有人说是文王时的，有人说是成王时的，有人说是宣王时的，有人说是秦之先世的，还有人说是西魏，不下一百多篇文章来讨论，而愈讨论愈糊涂。现在我们将《诗经》《兮甲盘铭》《竹书纪年》与《石鼓文》一并来看，问题就得到解决。《兮甲盘铭》不是讲宣王于五年三月二十六日在䣙虘吗？三月二十六日是庚寅。《吉日》篇说："吉日庚午，既差我马。兽之所同，麀鹿麌麌。漆沮之从，天子之所。"这是尹吉甫讲他随宣王在漆沮田猎的事，漆沮在今陕西耀县。耀县与白水邻近。三月二十六日是庚寅，上推二十天不正是庚午吗？换言之，就是宣王于五年三月初六在现今的耀县。《石鼓文·壬鼓文》说:"天子永宁,日维丙申。"从庚午再往上推三十四天,不就是丙申吗?石鼓是在陕西凤翔被发现的,凤翔正在宣王西征猃狁的路线上。三月初六上推三十四天,那么,丙申这一天不正是二月初一(因为二月是小建),所谓"二月初吉"吗?初吉,即初一,有《邾王子旃钟铭》:"唯正月初吉元日×亥"可证。(见岑仲勉《两周文史论丛·何谓生霸死霸》)。这些日期的计算不会是巧合吧?然怎么发现这段事迹,还得从《六月》篇来追寻。

《六月》篇说:"猃狁匪茹,整居焦获。侵镐及方,至于泾阳。"只要把这里的地理搞清楚就可知道猃狁入侵的路线。从入侵路线,再来追寻宣王反攻的路线,也就知道这些日期不是巧合了。焦获是焦获泽。《读史方舆纪要》(卷五十三)于泾阳县焦获泽说:"在县西北仲山西,《诗》:'猃狁匪茹,整居焦获。'"《竹书纪年》于厉王十四年说:"猃狁侵宗周西鄙。"宗周即西周,也就是镐京。据《读史方舆纪要》讲,焦获在泾阳县西北仲山西,而仲山又在泾阳西北七十里,故谓之西鄙。由此可知猃狁于厉王十四年(公元前八六五)就占据了焦获,而焦获离镐京也不过一百多里,只隔着一道渭水,其情势之紧急,可以想象。宣王复兴的最重要一件事就是驱逐猃狁。整居焦获,是整个盘踞了焦获,这是追述既往的事实。然猃狁是从什么地方来的呢?再看"侵镐及方,至于泾阳"。镐、方,《郑笺》说"皆北方地名",而未指出确切所在。《汉书·陈汤传》"千里之镐,犹以为远",镐在千里之外,可知非镐京之镐,所以颜师古注说:"镐,地名,非丰镐之镐。"镐显然是一个假借字。马瑞辰于《唐风·扬之水》篇释"从子于鹄"说:"皋与鹄古同声,皋通作鹄。三家诗从本字作皋,《毛诗》假借作鹄。"鹄即周时的曲沃,现今的闻喜县,在周时统称为大原。《经典释文》于镐注为"胡老反",于皋注为"音羔",显系镐为皋之假借。换言之,镐,也就是现今的山西闻喜县。方,据王国维《周荟京考》(《观堂集林》卷十二)说,在今山西永济县。《读史方舆纪要》(卷四十一)于首阳山说:"或又谓之方山。"首阳山在永济县东南三十里,方之得名由于方山。泾阳在今甘肃平凉县。《读史方舆纪要》(卷五十八)于平凉府平凉县泾阳城说:"在府西南,周宣王时,猃狁内侵,至于泾阳,谓此地也。"现今渭北的泾阳是后周以后始设置的。侵镐及方,至于泾阳,就是侵占了现今的闻喜与永济,一直到甘肃的平凉县。这是猃狁的入侵路线以及盘踞的地点。那么,宣王的反攻路线呢?

　　说来真是令人不敢相信:假如我们把《诗经》里有关陕西西部、北部以及山西西部的地名做一归纳,整个划出了猃狁入侵以及占领地的包围线。《生民》篇"即有邰家室"的"邰"在今陕西郿县;《绵》篇"至于岐下"、《皇矣》篇"居岐之阳"与《天作》篇"岐有夷之行"的"岐",在今陕西岐山县(石鼓就是在这里出现的);《公刘》篇"于豳斯馆"的"豳",在今陕西邠县;《棫朴》篇"淠彼泾舟"与《凫鹥》篇"凫鹥在泾"的泾水在今陕西北部;《吉日》篇"漆沮之从"与《潜》篇"猗与漆沮"的漆沮两水在今陕西耀县汇流;《瞻彼洛矣》篇的洛水,在今陕西白水县;《出车》篇"王命南仲,往城于方"的方,在今山西永济县;《汾沮洳》篇的汾水在今山西洪洞县。顺着这条路线，正是由西周的镐京出发，由郿县而西，经岐山而邠县，再由邠县顺泾水而下东转而至耀县，而白水，而山西永济，最后到达洪洞，也就是此诗说的"薄伐猃狁，至于大原"，亦即《竹书纪年》说的"尹吉甫帅师伐猃狁，至于太原"的太原。

然而这些诗怎么会连贯起来呢？原来宣王出征的时候是逢山祭山，逢水祭水，逢宗庙祭祖宗，于是产生了这些诗篇。可是这些诗篇又与尹吉甫有什么关系呢？他是跟随宣王的，这些诗篇的写作也就落在他的身上，所以《出车》篇说："岂不怀归？畏此简书。"简书就是指这些文字工作。此篇又说"文武吉甫，万邦为宪"，因为他到过这些国家，这些国家都有他的诗篇流传，所以"万邦为宪"。到此，可以了然宣王为什么五年二月初在岐山，三月初六在耀县，三月二十六在白水了吧？

发现了宣王出征的路线，那么，《竹书纪年》的六月出征，《兮甲盘铭》的三月二十六日在䨵虑，就容易衔接了。《兮甲盘铭》里于我们上边引的一段话后，又接着说："王命甲政䫉成周四方积至于南淮夷。淮夷旧我帛晦人，毋敢不出其帛、其积、其进人、其贮。毋敢不即次，即市。敢不用命，则即刑扑伐。"这段话的意思就是说，宣王派尹吉甫到现今的洛阳把那里的粮草人马送到南淮夷（实际是指谢城，下边就有说明），再征调南淮夷的赋税作为征伐之用，可是被南淮夷拒绝了。尹吉甫不得，则回到自己所管治的浚地征调人马去助战，这才接到《六月》篇所写的事迹。所以诗言："猃狁孔炽，我是用急。王于出征，以匡王国。"因为宣王现在在白水，等着军粮的接济，情势非常紧急。于，作在讲，王于出征，就是王在出征。宣王亲征这段事迹，从来没有人知道，因而史籍上也从来没有人提过。尹吉甫是宣王五年三月二十六日从白水动身到洛阳，再从洛阳到谢城（在今河南唐河县），又从谢城回到浚邑，这时是宣王五年六月。他从六月再西征，先到富虑，然后一步一步打到山西永济，就到了五年的冬季。可是战事结束了吗？没有。

原来在宣王五年的时候，南北有两个战场，北战场在永济，南仲为将；南战场在谢城，召伯为将。《兮甲盘铭》不是讲，假如南淮夷不听命令就去征伐它吗？南淮夷果然不听命令，就由召伯去征讨，不幸召伯于五年冬季阵亡于淮夷，徐国骚乱，宣王不得不于六年初春征伐徐国，以尹氏的官职又让尹吉甫随征。尹吉甫的"尹"就由此而来。《竹书纪年》于宣王六年载说"王帅师伐徐戎，皇父、休父从王伐徐戎，次于淮"，就指这件事。《召伯虎殷铭》（二）说"唯六年四月甲子，王在荟。召伯虎告曰：'余告庆'"，就是告平定徐国之庆。《竹书纪年》又于六年说："王归自伐徐，锡召公命。"这个召公指召虎。由此可知，宣王是六年初由荟京（即现今的永济县）出征徐国，到同年四月甲子（即二十六日）又回荟京。这时候，南北两个战场的战事都告结束，宣王才回到镐京大祭祖宗，而尹吉甫再回到卫国时，就是宣王六年六月了。尹吉甫回卫国后大开庆宴，所以诗言："吉甫燕喜，既多受祉。来归自镐，我行永久。饮御诸友，炰鳖脍鲤。"《六月》这首诗要包括宣王五年二月直到六年六月，一年零四个月的事。这中间产生了一百一十篇诗，内情非常复杂，等我们把这一百一十篇诗看完后，就知道其中的整个经过。

最后，我们再一提尹吉甫是以什么身份随宣王出征的。诗言："织文鸟章，白旆央央。元戎十乘，以先启行。"我们曾说"州里建旟""鸟隼为旟"，旟是州里的旗帜，尹吉甫所率领的既是州里的民兵，他怎能同宣王搭上关系呢？元戎对小戎而言，小戎指地方的民兵，元戎是国王的军队，他率的原是小戎，怎么又变成"元戎"，而且又"元戎十乘，以先启行"呢？《诗经》里有两篇《无衣》，一在《唐风》，一在《秦风》。《秦风》的《无衣》篇说："岂曰无衣？与子同袍。王于兴师，修我戈矛，与子同仇。""岂曰无衣？与子同泽。王于兴师，修我矛戟，与子偕作。""岂曰无衣？与子同裳。王于兴师，修我甲兵，与子偕行。"王于兴师，不是与《六月》篇"王于出征"一样吗？不过意义稍有不同。王于出征是王正在出征；王于兴师是王在征募王师，准备出征。衣是官服。袍、泽（襗之假借，袴子）、裳，都不是官服。"岂曰无衣？与子同袍"，"岂曰无衣？与子同泽"，"岂曰无衣？与子同裳"，可见同路出征的人，也都是没有官服的。官服是指周室的官服。可是《唐风》的《无衣》篇就说"岂曰无衣？七兮"，"岂曰无衣？六兮"，也就是穿上了六级、七级的官服。尹吉甫在周室原没有爵位，随着卫人去勤王，因功才得到周室的官爵。他的身份是武士，他的旗帜是旟，所以《诗经》里凡提到他的旗帜时都是旟。《江汉》篇，《毛序》说是"尹吉甫美宣王也"，而诗言："既出我车，既设我旟。"《出车》篇讲得更明白，一方面讲"我出我车，于彼郊矣。设此旐矣，建彼旄矣。彼旟旐斯，胡不旆旆"，这是指他自己；另一方面说"王命南仲，往城于方。出车彭彭，旂旐央央",诸侯建旐,南仲是诸侯,所以建旐。然为什么"旟旐""旂旐"一起连用呢?《周礼·春官·司常》说"县鄙建旐",尹吉甫与南仲所率领的都是县鄙的民兵,所以"旟旐""旂旐"连用。前人讲尹吉甫是大将,大错而特错。周时做大将的只有诸侯,他是没有资格的。但是他的功劳颇大,而地位低微,《诗经》里有那么多发牢骚的诗篇就由此而来。

知道了以上各点,《六月》篇就容易了解了。

## 【字句解释】

一章。棲、栖古同字;棲棲,义与《论语·宪问》篇"丘何为是栖栖者与"的"栖栖"同,往来不止之貌(马瑞辰说)。戎车,兵车,周时车战,故谓戎车。饬,备。六月棲棲,戎车既饬,就是六月里栖栖惶惶,不停地奔走,把戎车都准备好了。周时戎车是每车四马,所以《诗经》里用"四牡"的特别多。《诗经》里用"骙骙"的共有四篇,就是《采薇》《桑柔》《烝民》与此诗。《毛传》的解释,时而说"强也";时而说"不息也";时而说"彭彭也";时而说"彭彭然不得息"。显系依诗立训。假如我们求一个统一的意义,当以"强也"为佳。因为此诗刚说把戎车备好,尚未出征,怎能说"不息"呢?四牡骙骙,就是四匹强壮的牡马。《诗经》里用"常服"的还有《文王》篇的"常服黼冔"的"常服"。常服就是武士的制服,白衣、白冠、白韡。《素冠》篇的素冠、素衣、素韡就是此种制服,而汉人说是孝服,错了。四牡骙骙,载是常服,就是四匹强壮的牡马,载上这位武士。玁狁,西戎。炽,猖獗;孔炽,甚为猖獗。急,紧急。于，在。匡，正。王国，指周室。尹吉甫在平陈与宋时，是受卫侯的命令，所以处处用公；现在是为宣王出征，故常常用王，用字绝不苟且。王于出征，以匡王国，就是王在出征，以匡救周室。整章的意思就是：六月里我栖栖惶惶不停地奔波，把戎车都准备好了。四匹强壮的牡马，载上这位武士。狎狁猖獗得不得了，我才那么紧急。王正在出征，为的是平定王国。

二章。比，齐。物，马瑞辰于《烝民》篇解为射箭时地上划的线，以作射者所立之处谓之物。此篇物字，也应作如是讲。四骊，四匹骊色的马。闲，法；《论语·子张》篇"大德不逾闲"，即不逾法。比物四骊，闲之维则，就是四匹骊马在物线前站得齐齐整整，都是非常熟练而有法则。维此六月，既成我服；我服既成，于三十里，就是就在这个六月里，我组织的民众都属这三十里广袤的浚地。天子即国王。周人以国王为天所生，代替上天的，故称天子。佐，助。王于出征，以佐天子，就是王在出征，为的是佐助天子的命脉。实际上，天子就是国王，不过换字以协韵。整章的意思就是：四匹骊马在物线前站得齐齐整整，非常熟练而有法则。就在这个六月里，我组织了民众，我所组织的这些民众都是属于三十里广袤的浚地。王正在出征，为的是辅佐天子的命运。

三章。修，长。广，大。颙，《毛传》注为"大貌"，非是；果如所注，则"其大有颙"，意为其大有大，不成文理。《卷阿》篇"颙颙卬卬"的"颙"，《毛传》注为"温貌"，此诗亦作此解。四牡修广，其大有颙，就是四匹又高又大的牡马，都是壮大而且驯服，这是承上"闲之维则"来的。《诗经》中用"薄"字共三十二次，除《小旻》与《小宛》两篇"如履薄冰"的"薄"为厚薄外，其余都是"迫"的假借。肤，大。公为功之假借。薄伐猃狁，以奏肤公，就是急迫地去征伐猃狁，为的是要奏献大功。《诗经》中用"有严"的共有三篇，就是《常武》《殷武》与此诗。《常武》"有严天子"、《殷武》"下民有严"的"有严"都作"有威"讲，此篇当亦如是。这是讲军纪严明。《卷阿》篇"有冯有翼"，冯、翼对称，则冯当读凭，有冯，即有凭依；有翼，即有羽翼，有佐助的意思。有严有翼就是有军纪，上下一心。共，通恭。武之服，即常服。共武之服，就是恭恭敬敬地从事武人的职责。整章的意思就是：四匹又高又大的马，都是壮大而又驯服。急迫地去征伐猃狁，目的是想奏献大功。有军纪，上下一心，恭恭敬敬地从事武人的职责。恭恭敬敬地从事武人的职责，是为安定王的国家。

四章。茹，柔（马瑞辰说）。猃狁匪茹，整居焦获，就是猃狁一点也不柔弱，整个盘踞了焦获一带。侵镐及方，至于泾阳，就是侵占了闻喜与永济，一直到甘肃的平凉。《周礼·考工记》："鸟旟七斿。"又说："熊旗六斿。"斿是三角形的花边，以斿数的多寡象征职位的高低。鸟旟是七斿，正与《唐风·无衣》篇的"岂曰无衣？七兮"相合。白为帛之省借。旆，《尔雅·释天》"继旐曰旆"，郭注："帛续旐末为燕尾。"旂之直幅附于竿者谓之縿，其旁缀横幅附于縿而飞扬者谓之斿，则斿与旂末的燕尾正相同，可知旆就是斿。央央，显明貌。织文鸟章，白旆央央，就是旗上织的花纹是鸟隼，帛制的燕尾在风里飘扬。这两句诗正表明了尹吉甫的身份与地位。元戎对小戎而言。《小戎》篇:"小戎俴收。"我们在解释《绸缪》篇的时候不是曾说"十轨为里,故五十人为小戎"吗?可见小戎是州里民兵之称。《小戎》篇又说"厌厌良人",是良人率领着小戎,而《齐语》说:"十连为乡,故二千人为旅,乡良人帅之。"由此可知良人所率的就是由这些小戎所组成的旅。尹吉甫原来率领的是小戎,现在当上了宣王的武士,率领的则为元戎。元戎是指周室的军旅而言。元戎十乘,以先启行,就是率领着十乘元戎,以做宣王的先锋。整章的意思就是:猃狁一点也不柔弱,整个盘踞了焦获。它侵占了闻喜与永济,一直到平凉这个地方。我的旗上花纹是鸟隼,七条白旆在风里飘扬。率领着十乘元戎,作为国王的先锋。

五章。车后低谓之轾,车前高谓之轩。轾轩,原是讲普通车的颠簸情形。戎车既安,如轾如轩,就是戎车的安稳,就像普通车的颠簸一样。实际上,戎车是颇危险、颇簸动的车,他如此讲,是显示乐于战争的意思。佶,壮大貌。四牡既佶,既佶且闲,就是四匹牡马既是壮大,壮大而且熟练。大原,据王国维在《周荟京考》说,就是汉时的河东郡,在今山西夏县以北,正是《唐风·扬之水》篇"从子于沃""从子于鹄"的沃、鹄,也就是现今的闻喜县。这里是南仲与尹吉甫把猃狁逐出的地方,所以诗说:"薄伐猃狁,至于大原。"整章的意思就是:戎车非常安稳,安稳得就像坐着普通车。四匹牡马都是壮大的,壮大而且熟练。紧迫地征伐猃狁,一直把他追逐到大原。能文能武的吉甫,真可为万邦的榜样。

六章。《诗经》中用"燕喜"的共有两篇:一是《閟宫》,

一是此诗。此诗毛氏无注,《郑笺》于《閟宫》篇注为"燕,饮也",未妥。假如是燕饮,则与下句"饮御诸友"重复。此句是承接"薄伐猃狁,至于大原"而来,应该解如《北山》篇"或燕燕居息"的"燕燕",安息的意思。祉是福,也就是赏赐。吉甫燕喜,既多受祉,就是现在吉甫安息了,受到了许多赏赐。此处之镐是指镐京,与"侵镐及方"之镐为假借字者不同。因为尹吉甫于猃狁战事结束后,又回到镐京,再从镐京回到卫国,并不是从闻喜直接回去的。来归自镐,我行永久,就是我是从镐京回来的,走了很远很远的路。御,《孟子·梁惠王》篇"以御于家邦",赵注:"御,享也。"此处也是这个意思。饮御诸友,就是享燕诸友。炰为炰之假借,蒸的意思(马瑞辰说)。炰鳖,即蒸鳖。脍,《说文》:"细切肉也。"脍鲤,就是将鲤鱼切成薄片,再切为细丝,加以佐料食之,味道非常鲜美,现今东北人还有这种吃法。《韩奕》篇"炰鳖鲜鱼"的"鲜鱼"即指此。侯,周时诸侯之子弟有采地者,在本国均被称为侯,并不是卫釐侯之侯。此侯,即指张仲。"侯谁在矣?张仲孝友",就是哪位诸侯在座呢?是既孝且友的张仲。张仲无考。整章的意思就是:吉甫现在安定了,得到了许多赏赐。我是从镐京回来的,走了很远很远的路。为欢燕诸位亲友,吃的是蒸鳖与鲜鱼。哪位诸侯在座呢?是既孝且友的张仲。

## 【诗篇联系】

此诗与《韩奕》篇都是我们所谓的纲领诗,因为都有确切的年月可考。既有年月,于诗篇的排比上就有把握。此诗既是尹吉甫写他从宣王五年六月至六年六月的事迹，那么，我们就可将这一年多的诗篇依次排列出来。不过，因为这一阶段的诗篇太多，不得不分为九个部分来解释：一、西征猃狁时的诗篇；二、护送委积至谢城时的诗篇；三、到达方城与南仲会师时的诗篇；四、南征淮夷时的诗篇；五、在闻喜与南仲会师时的诗篇；六、南仲在荟京朝见宣王，以及祭祖与欢宴的诗篇；七、南仲赴首阳山与尹吉甫作别的诗篇；八、胜利后宣王在镐京祭祖的诗篇；九、西征猃狁时的思归诗篇。在西征猃狁时的诗篇里，我们又分为五个小节：一、到达邰国时的诗篇；二、到达岐山时的诗篇；三、到达豳国时的诗篇；四、到达漆沮时的诗篇；五、到达冨虞时的诗篇。这样，就可完整地将这时期的作品做一总认识。

## 【诗义辨正】

《毛序》："《六月》，宣王北伐也。《鹿鸣》废，则和乐缺矣。《四牡》废，则君臣缺矣。《皇皇者华》废，则忠信缺矣。《常棣》废，则兄弟缺矣。《伐木》废，则朋友缺矣。《天保》废，则福禄缺矣。《采薇》废，则征伐缺矣。《出车》废，则功力缺矣。《杕杜》废，则师众缺矣。《鱼丽》废，则法度缺矣。《南陔》废，则孝友缺矣。《白华》废，则廉耻缺矣。《华黍》废，则蓄积缺矣。《由庚》废，则阴阳失其道理矣。《南有嘉鱼》废，则贤者不安，下不得其所矣。《崇丘》废，则万物不遂矣。《南山有台》废，则为国之基坠矣。《由仪》废，则万物失其道理矣。《蓼萧》废，则恩泽乖矣。《湛露》废，则万国离矣。《彤弓》废，则诸夏衰矣。

《菁菁者莪》废，则无礼仪矣。《小雅》尽废，则四夷交侵，中国微矣。"这段话，哪一句是根据诗来讲呢？都是在发政教的空论，《毛序》的不可靠，在此整个暴露了。至于他说"《六月》，宣王北伐也"，实际是尹吉甫北伐，不过是辅佐宣王北伐而已。《集传》说："宣王靖即位，命尹吉甫帅师伐之，有功而归，诗人作歌以叙其事如此。"他剥夺尹吉甫的著作权倒是小事，而诗义也就不可了解，同时，与其他诗篇也就不生关系了。姚际恒是极有批判力的人，他也说："此篇则系吉甫有功而归，燕饮诸友，诗人美之而作也。"一般人所以不承认这篇是尹吉甫所写，主要的原因有二：第一，误认尹吉甫是大将，地位甚高，自有别人来叙述他的功业；第二，诗言"文武吉甫，万邦为宪"，语气太大，尹吉甫怎么能这样自夸呢？现在知道尹吉甫也不过是普通的武士，然他文武全才，才有诗篇流传下来，而且被称为经，无形中提高了他的地位。但他为什么要这样自我炫耀呢？这里有他不得已的苦衷。他本姓姞，老家在南燕，不知为什么他这一支系流亡到卫国而为氓。他有富丽的才华，远大的志愿，然处在周时的封建政治之下，远宗疏族，绝对没有出头的机会，他只有在文字方面宣扬自己。他的本名不是吉甫，而是吉父，有《兮甲盘铭》可证。甫是庶出的长子，吉甫，就是吉家庶出的长子，"文武吉甫，万邦为宪"，应该解为"吉家庶出的长子，可为万邦的法则"，他是为吉家扬名，并不是为自己。下边看到他的牢骚诗时，就可证明我们这种解释。比如《汾沮洳》篇说"彼其之子，美无度；美无度，殊异乎公路"，"彼其之子，美如英；美如英，殊异乎公行"，"彼其之子，美如玉；

美如玉,殊异乎公族"。公路、公行、公族都是贵族,尽管那个人美得无限,美得像花,美得像玉,然而总不如公路、公行、公族。这就是他所以发牢骚的原因,等我们讲到这首诗时,就知道其中详情。

## 二

## 生民（大雅）

厥初生民,时维姜嫄。生民如何？克禋克祀,以弗无子。履帝武敏歆,攸介攸止,载震载夙,载生载育,时维后稷。

诞弥厥月,先生如达。不坼不副,无菑无害。以赫厥灵,上帝不宁。不康禋祀,居然生子。

诞寘之隘巷,牛羊腓字之；诞寘之平林,会伐平林；诞寘之寒冰,鸟覆翼之。鸟乃去矣,后稷呱矣。实覃实訏,厥声载路。

诞实匍匐,克岐克嶷,以就口食。蓺之荏菽,荏菽旆旆,禾役穟穟。麻麦幪幪,瓜瓞唪唪。

诞后稷之穑,有相之道。茀厥丰草,种之黄茂。实方实苞,实种实褎,实发实秀,实坚实好,实颖实栗,即有邰家室。

诞降嘉种,维秬维秠,维穈维芑。恒之秬秠,是获是亩；恒之穈芑,是任是负,以归肇祀。

诞我祀如何？或舂或揄，或簸或蹂；释之叟叟，烝之浮浮。载谋载惟，取萧祭脂，取羝以軷，载燔载烈，以兴嗣岁。

卬盛于豆，于豆于登。其香始升，上帝居歆，胡臭亶时。后稷肇祀，庶无罪悔，以迄于今。

释音：坼，音拆。副，音劈。菑，音灾。不，音丕，下"不"字同。唪，音蚌。穈，音门。卬，音昂。盛，音成。

## 【诗义关键】

这首诗通体以上帝为主而有三个人在祭他。"厥初生民，时维姜嫄。生民如何？克禋克祀，以弗无子。"又说："不康禋祀，居然生子。"这是姜嫄在祀上帝，因为她祀上帝，居然生了儿子。"诞后稷之穑，有相之道。……诞降嘉种，维秬维秠，维穈维芑。恒之秬秠，是获是亩；恒之穈芑，是任是负，以归肇祀。"又说："后稷肇祀，庶无罪悔，以迄于今。"这是后稷在祀上帝，因为他祀上帝，上帝赐给他许多嘉种。"诞我祀如何？"又说："卬盛于豆，于豆于登。其香始升，上帝居歆，胡臭亶时。"这是"我"在祀上帝。我在什么地方祭上帝呢？诗言"即有邰家室"，是在邰这个地方。《读史方舆纪要》（卷五十四）于武功县斄城说："县西南二十二里。斄，读曰邰，即后稷所封。"又引《志》说："武功旧治渭川南鄠县境，后汉移治古斄城，今亦曰武功城。"由此可知邰就在现今的陕西鄠县。为什么在这里祭祀上帝呢？"取萧祭脂，取羝以軷。"是为軷而祭。軷，《毛传》："道祭也。"《说文》："軷，出将有事于道，必先告其神，立坛四通，树茅以依神为軷。""出将有事于道"，明明指战争，换言之，在出征的时候必先举行軷祭。在什么时候祭祀呢？"以兴嗣岁"，嗣岁是来岁，一定是在初春。然是什么身份的人在祭祀呢？"后稷肇祀，庶无罪悔，以迄于今"，承继着后稷来祭祀的，一定是一位周室的国王。我们把这几个条件凑合一下：一、祭祀的是国王；二、在郜这个地方祭祀；三、时间为初春；四、为出征而祭祀，不正与我们所发现的宣王初征时的地点、季节、目的都相合吗？就照着这个意义，将此诗作一解释。

## 【字句解释】

一章。《诗经》里的"民"字都作"人"讲。厥初生民，时维姜嫄，就是当初生人的时候，只有一个姜嫄。姜嫄是后稷的母亲，那时还是母系社会，只知有母，不知有父，后稷的父亲是谁，也就没有人提到了。《周礼·春官·大宗伯》说"以禋祀祀，昊天上帝"，注："禋之言烟，周人尚臭，烟气之臭闻者。"此诗的"上帝居歆，胡臭亶时"，即可为证。实际上，一切的原始民族都是以烟来祭祀，并不是周人特别喜欢臭味。弗，除。"生民如何？克禋克祀，以弗无子"，就是上帝所生的人怎么样呢？她能禋能祀，免得没有儿子。古人以为儿子是上帝赐给的。帝，上帝。《诗经》里凡称帝，都是指上帝。武，足迹。敏，大拇指。歆，欣喜。履帝武敏歆，就是踩到上帝足迹的大拇指时，欣然有所感觉。攸，乃。介，大。止是成熟。攸介攸止,与《小雅·甫田》篇同,不过,那一篇是指黍稷的长大成熟,这首诗是讲胎儿的长大成熟。震,娠。夙,读作肃。时,是。载震载夙,载生载育,时维后稷,就是怀了孕,保护着,生下来,长大了,就是这位后稷。整章的意思就是:最初生人的时候,只有一个姜嫄。这个人怎么样呢?她能禋能祀,为的是不要没有儿子。她踩到上帝脚迹的大拇指时,欣然有所感觉。她怀了孕,保护着,生下来,长大了,就是这位后稷。

二章。诞,发语词。弥,满。厥月,妊娠的月数。先生,最先生的。达,小羊。人是裂胎而出,羊是连胞而下。诞弥厥月,先生如达,就是月数够了,像羊一样连着衣胞生下来。坼、副,都是破裂的意思。无菑无害,就是无灾无害。赫,显。两"不"字都读为"丕";丕,大。以赫厥灵,上帝不宁,就是上帝为显示他的灵验,使孩子非常安宁。康,安。不康禋祀,居然生子,就是由于她常常地禋祀,居然生了一个儿子。整章的意思就是:满了月数的时候,就像小羊一样连胞生下。衣胞既不破,也不裂,平平安安地,倒没有一点灾害,上帝为显示他的灵验,使他平平安安。由于姜嫄不断地禋祀,居然生了一个儿子。

三章。寘,弃。隘巷,窄巷,少有人去的地方。《郑笺》于《采薇》篇"小人所腓"的"腓"注为"当作芘";芘即庇护,此诗也是这个意思。诞寘之隘巷,牛羊腓字之,就是把他丢弃到窄巷里,牛羊来庇护他。平林,树林。诞寘之平林,会伐平林,就是把他丢弃到树林里,恰恰这时候在伐树林。诞寘之寒冰,鸟覆翼之,就是把他放到冷冰上,鸟用羽翼来遮护他。鸟乃去矣，后稷呱矣，就是鸟去的时候，后稷呱呱地哭起来了。覃，长。讦，大。载，满；载路，满路。实覃实讦，厥声载路，就是他的哭声实在长、实在大，满路都听得到。从这一章的故事，后稷的出生固然是传说，而实际也合乎事实。他是连胞而下，当时的人认为是个怪胎，现在的北方人还是这样讲。生怪胎是一种耻辱，见不得人的，于是把他丢到窄巷里，可是牛羊闻到他的腥气，都来围着他。因为牛羊闻他，于是又把他丢到树林里，又被伐树林的人发现了，只好把他放在冰上冻死，恰恰有鸟来啄他，衣胞一被啄破，他呱呱地哭了，把鸟吓跑了。这段故事看来好像神话，而实际不是的。不过，周人为崇敬自己的祖宗，编造这篇神话来讲，以示自己祖宗的非凡。整章的意思就是：把他丢在窄巷里，牛羊来保护他；把他丢在树林里，又被伐林的人发现了；把他丢在冷冰上，就有鸟来掩护他。他的一声大哭，把鸟吓跑了。他的哭声实在长、实在大，满路的人都听得到。

四章。克岐，谓能跂立；克嶷，谓能正立（马瑞辰说）。就，求。诞实匍匐，克岐克嶷，以就口食，就是慢慢地会爬了，能站立了，能行走了，又能自己找东西吃了。荏菽，大豆。旆旆、穟穟、幪幪，都是茂盛的意思。役，《说文》引作颖；役、颖，双声，故通用。颖为穗；禾役，就是禾穗（马瑞辰说）。整章的意思就是：他慢慢会爬了，会站立了，会走路了，会自己找东西吃了。他种些大豆，大豆长得非常茂盛，禾穗也结得很丰富。麻麦也长得很好，瓜果也结得很多。

五章。相，即《长发》篇"相土烈烈"的相土。相土是契孙。

道，法术。有相之道，就是得到了相土耕种之术。中国的农业发达，不自周始，在商朝的时候已经相当发达，不过周人更加进步而已。茀，即"以弗无子"的"弗"。黄茂，茂盛。茀厥丰草，种之黄茂，就是除去了丰茂的荒草，所种的东西也就茂盛起来。实，是。方，谷之始生芽；苞，渐含苞；种，苗出地尚短；褎，苗渐长（程瑶田说）。发，为发茎；秀，为成穗；坚，为茎坚；好，为匀称；颖，为穗；栗，为谷之初熟。整章的意思就是：后稷的稼穑，得到了相土的技术。他除去了荒草，五谷也就茂盛起来。五谷开始生芽，含苞，禾苗渐渐长起来，高起来。再后来抽出茎叶，结穗成实。茎逐渐坚硬，而且都是整整齐齐的。结穗成实，谷子也就成熟了，就在这个邰有了家室。

六章。降，由天降。嘉种，好的种子。秬，黑黍。秠与秬相对为文，秠，亦应为禾名，但是哪一种禾，不得而知。穈，赤粱（王先谦引卢文弨说）。《植物名实图考长编》（卷二）于"粱"条引《九谷考》说："芑，白苗，嘉谷。"又说："禾有赤苗、白苗之异，谓之虋芑。"恒，遍。恒之秬秠，是获是亩，就是遍地里都是秬，都是秠，整亩整亩地来收获。任，也是负的意思。恒之穈芑，是任是负，就是遍地里都是穈，都是芑，都把它们背回来。以归肇祀，把它背回来祭祀。整章的意思就是：上天降下了许多好的种子，是秬，是秠，是穈，是芑。遍地里都是秬，都是秠，整亩整亩地在收获。遍地里都是穈，都是芑，把它们背回来，背回家来是为祭祀。

七章。由臼中取出已舂过的谷物叫揄。蹂，揉搓以去糠皮。释之，淘之。叟叟，淘米声。浮浮，热气上升貌。"诞我祀如何？或舂或揄，或簸或蹂；释之叟叟，烝之浮浮"，就是我怎样在祝祀呢？有的在舂，有的在取，有的在簸，有的在揉；淘米的声音叟叟响，蒸锅的热气在升腾。上一章讲后稷种了许多嘉禾，收获后在祭祀。这一章是讲"我"的祭祀情形，显然与后稷的不同。后稷是收获后祭祀，而此章是取现成的，只是舂舂捣捣，簸簸揉揉，淘淘蒸蒸。载，则。谋、惟，都是占卜吉日的意思。萧是一种蒿，取萧祭脂，就是把蒿上加脂油燃烧起来，使它的气味达于神灵。羝，牡羊。燔，烧。烈，烤。载谋载惟，取萧祭脂，取羝以軷，载燔载烈，就是占卜个好日子，把萧上加脂油，用牡羊来做軷祭，又是烧，又是烤。整章的意思就是：我是怎样在祭祀呢？有的在舂，有的在取，有的在簸，有的在搓；淘米的声音叟叟响，锅里的蒸气热腾腾。占卜个好日子，将蒿上加着脂油，并将牡羊烧着烤着，为的是迎接新岁。

八章。卬，我，与《匏有苦叶》篇"卬须我友"、《白华》篇"卬烘于煁"的"卬"同义。豆与登都是祭器，所不同者，登用以盛羹。香，肉香。胡臭，大臭，指萧脂的气味。亶，诚。时，是。胡臭亶时，就是大的臭味实在好。罪悔，罪过。整章的意思就是：我将祭物盛在豆里，我将羹汤盛在登里。香气开始上升了，上帝高兴了。大的臭味实在是好。自从后稷开始禋祀以来，没有一代不祭祀，一直到现在。

**【诗篇联系】**

假如没有发现宣王西征的路线，绝对不可能知道这首诗的意义。知道了它的意义，再注意它的季节、地点、用途，也更证明我们说的宣王出征时是逢山祭山，逢水祭水，逢宗庙祭祖宗，而这篇诗是开始出征时的軷祭。因为是在出生后稷的邰国，所以对后稷的情形叙述得特别详细，而实际的目的是在祭上帝。所以诗的最后说："其香始升，上帝居歆。"

## 【诗义辨正】

《毛序》："《生民》，尊祖也。后稷生于姜嫄，文武之功，起于后稷，故推以配天焉。"全是皮毛之见。下边接着讲的《思文》篇，才是祭后稷呢。

## 三

## 思文（周颂）

思文后稷，克配彼天。立我烝民，莫匪尔极。贻我来牟，帝命率育。无此疆尔界，陈常于时夏。

## 【诗义关键】

诗言"无此疆尔界，陈常于时夏"，尔，指后稷；尔界，指后稷的地界。此疆尔界，这个疆，你的界，明明是在后稷地界里讲的话。《汉书地理志补注》（卷三）于"漦，周后稷所封"下引《水经注》说："渭水又东迳漦县故城南，旧邰城也，后稷之封邑矣。城东北有姜嫄祠，西南百步有后稷祠，郿之漦亭也。"我们说宣王出征时是逢宗庙祭祖宗，到此得一证明吧？《天工开物·乃粒》说"麦有数种，小麦曰来，大麦曰牟"，可知此诗之来牟为小麦大麦之称，不是焦循在《毛诗补疏》说的"牟来为麦之合声"。此诗中只提及大麦小麦，不正是宣王在邰的正月间吗？季节也十分相合。那么，这首诗是在邰邑所作，毫无问题。

## 【字句解释】

思，语词。文，文德。思文后稷，克配彼天，就是富有文德的后稷呀，可以与天相配。立，犹定。烝民，众人。极，正。立我烝民，莫匪尔极，就是安定我的众人，没有不是根据你的法则。帝，上帝。率，《集传》："遍也。"育，养。贻我来牟，帝命率育，就是你留给我们的大麦小麦，上帝命令我们普遍地播种。常，常道。时夏，即是夏，这个夏，与《时迈》篇"肆于时夏"的"时夏"同义。周人自认为是夏代之后，故言是夏。无此疆尔界，陈常于时夏，就是不要分这个疆、你的界，把你的恩德施于整个的夏。通篇的意思就是：富有文德的后稷呀，可以与天相配。安定我的人民，没有不是根据你的法则。你遗留给我们的大麦小麦，上帝命令我们普遍地播种。不要分这个疆、你的界，请把你的恩德施于整个的夏。

## 【诗篇联系】

我们说宣王出征时是逢宗庙祭祖宗，邰有姜嫄庙、后稷庙，他征狁时经过邰，故在这里祭后稷。《周颂》里的文体都是一章，都是祈祷文，这篇不正是祈祷文吗？

**【诗义辨正】**

《毛序》："《思文》，后稷配天也。"除过把原诗抄一句以外，什么也没有说出来。姚际恒说："此郊祀后稷以配天之乐歌，周公作也。按《孝经》云'昔者周公郊祀后稷以配天'，指此也。《国语》云'周文公之为颂曰：思文后稷，克配彼天'，故知周公作也。郊祀有二：一冬至之郊，一祈谷之郊，此祈谷之郊也。《小序》谓'后稷配天'，此诗中语，是已。《集传》犹不之信，但曰'言后稷之德真可配天'，意以无祀天之文也。古人作《颂》，从简，岂同《雅》体铺张其辞乎？可谓稚见矣。"这段话里值得讨论的，是《国语》里曾有周公为颂曰"思文后稷，克配彼天"，就认此诗为周公所作。后人引用前人的语句，这是常事，怎能因为周公说过"思文后稷，克配彼天"，就认为全诗都是周公所作呢？假如是周公所作，请问"无此疆尔界"作何解？他是站在什么地位、什么立场而言？以上《生民》与《思文》两篇，都是在邰邑所写，这是宣王西征猃狁的第一站。

## 四

## 绵（大雅）

绵绵瓜瓞。民之初生，自土沮漆。古公亶父，陶复陶穴，未有家室。

古公亶父，来朝走马，率西水浒，至于岐下。爰及姜女，聿来胥宇。

周原膴膴，堇荼如饴。爰始爰谋，爰契我龟。曰止曰时，筑室于兹。

迺慰迺止，迺左迺右；迺疆迺理，迺宣迺亩。自西徂东，周爰执事。

乃召司空，乃召司徒，俾立室家。其绳则直，缩版以载，作庙翼翼。

捄之陾陾，度之薨薨，筑之登登，削屡冯冯。百堵皆兴，鼛鼓弗胜。

迺立皋门，皋门有伉。迺立应门，应门将将。迺立冢土，戎丑攸行。

肆不殄厥愠，亦不陨厥问。柞棫拔矣，行道兑矣。混夷駾矣，维其喙矣。

虞芮质厥成，文王蹶厥生。予曰有疏附，予曰有先后，予曰有奔奏，予曰有御侮。

释音：亶，音爹。饴，音移。捄，音俱。陾，音仍。冯，音凭。鼛，音皋。伉，音抗。駾，音队。喙，音讳。

## 【诗义关键】

在这里，我们有一件极重要的文献，就是《石鼓文》。先看石鼓发现的地点。《读史方舆纪要》（卷五十五）于凤翔府石鼓原说："府南二十里。旧有石鼓十，纪周宣王田猎之事。唐凤翔守郑余庆迁置孔庙中。宋大观中，致之辟雍，后入保和殿。元移置燕之太学，今原旁一名石鼓镇。"凤翔府就是现在的陕西凤翔县，与岐山县为邻。韦应物《石鼓歌》说："周宣大猎兮岐之阳，刻石表功兮炜煌煌。"韩愈《石鼓歌》也说："周纲陵迟四海沸，宣王愤起挥天戈。蒐于岐阳骋雄俊，万里禽兽皆遮罗。镌功勒成告万世，凿石作鼓隳嵯峨。"在唐朝的时候，还都认石鼓是宣王时的东西。可是自欧阳修提出疑问后，大家任意猜想，有谓文王时的，有谓成王时的，甚而有人认为是秦之先世的。假如是秦之先世，文中怎么会有"天子永宁""来乐天子"的字样呢？现在我们从壬鼓的"日维丙申"这个日子，证明是宣王五年二月初一，还不是铁证吗？难道有这么巧合的日子吗？再者，《石鼓文》里许多语句都与《诗经》相类，因此，又有人断定在《诗经》之后。于省吾于《双剑誃吉金文选·石鼓文》前就说："审其文词，十九皆本于《诗》，而非《诗》之所本决矣。考《六月》《采芑》《车攻》《吉日》诸篇之颂美宣王，而《石鼓文》多因其词句，自非文王成周之所作也。"《石鼓文》与《诗经》是一个作者，所以有类似的句子与句法，并不是后人的模拟。《戊鼓文》中有一句"□□□癸"，前三字固不可知，但从《吉日》篇"吉日维戊"来看，这一句一定是"吉日维癸"，由丙申上推三日正是癸巳。由此可知宣王在岐山至少有三天的行猎；而行猎就是作战的准备，所以《小明》篇说"二月初吉，载离寒暑"，行猎后才正式出征狎狁。知道了《石鼓文》与《诗经》的关系，我们再看《绵》这篇诗。

诗一开始就说"绵绵瓜瓞",《毛传》:"绵绵,不绝貌。瓞,㼌也。"瓞为小瓜,怎么可以用绵绵来形容呢?所以《正义》说:"瓜之本,实谓瓜蔓。"绵绵瓜瓞就是继续不绝的瓜蔓。《葛藟》篇"绵绵葛藟",《常武》篇"绵绵翼翼",《载芟》篇"绵绵其麃","绵绵"都是不绝的意思。《植物名实图考长编》(卷五)于"黄瓜菜"条引《本草纲目》说:"此菜二月生苗,田野遍有。"又于"丝瓜"条引同书说:"二月下种,生苗引蔓。"绵绵瓜瓞,到底是哪一种瓜我们不得而知,但二月时确有瓜蔓则是事实,此诗与宣王在岐山田猎的季节正相吻合。诗又言"曰止曰时,筑室于兹",兹是这里,作者一定也在这里,才可以这样讲。诗又言"柞棫拔矣",《石鼓文·己鼓文》也说"柞棫其□",最后一字虽缺,而我们可以断定为拔。因为在同一时间、同一环境之下,尹吉甫都用同一的字。诸如此类的证明,我们可以断定《绵》这篇诗是在岐山祭古公亶父的。

## 【字句解释】

一章。绵绵瓜瓞,就是继续不断的瓜蔓。这一句是兴。《诗经》中的"兴"有一个极大的用处,就是借此可以考知季节或地点;但不能作为"喻"解与诗义连在一起,像《郑笺》那样。民之初生,即初生之人,指周人而言。土为杜之假借,杜是杜水,在汉右扶风杜阳县南,南入渭,今属麟游、武功二县。漆为漆水,在右扶风漆县西北,入泾,今属邠县。沮当为徂;徂,往。自土沮漆,就是从杜水到漆水(王引之《经义述闻》说)。复为覆之假借,直穿曰穴,旁穿曰覆(于省吾《诗经新证》说)。

陶，掏。陶复陶穴，未有家室，就是掏些复、掏些穴来居住，还没有家室。西北人穴居，到现在还是如此。由此可知周民族的来源，他们最初是顺着杜水流域而到漆水流域，后来才定居在岐山。整章的意思就是：满地里继续不断地长着瓜蔓。初生的人们，从杜水流域转到漆水流域。古公亶父（太王）掏些复、掏些穴来居住，还没有成家。

二章。来朝，从早上。走马，骑着马。率，循。西水，指漆水，因为漆水在杜水之西。周民族的移民是从杜水而漆水，再由漆水而岐山。太王是由漆水流域而迁至岐山的。至于岐下，达到了岐山之下。《读史方舆纪要》（卷五十五）于岐山县岐阳废县说："在县东北五十里。……以其地在岐山南。周太王居岐之阳，即此处也。"《汉书地理志补注》（卷三）于"中水乡周太王所邑"引《水经注》说："岐水迳周城南，城在岐山之阳而近西，所谓居岐之阳也，非直因山致名，亦指水所称也。又历周原下，北则中水乡，成周聚，故曰有周也。水北即岐山矣。"姜女，即太王之妃太姜，因姓姜，故称姜女。胥，相。宇，住。爰及姜女，聿来胥宇，就是后来姜姓之女，也相继地住在这里。整章的意思就是：古公亶父，从早上骑着马，顺着漆水的边上，达到了岐山之下。后来姜姓的女儿，也来这里住下。

三章。《读史方舆纪要》（卷五十五）又于岐山县岐山说："山之南，周原在焉。即太王所居。《诗》所云'周原膴膴'者也。《志》云：原东西横亘，肥美宽平，在今县东北四十里。"膴膴，肥沃貌。周原膴膴，就是周原这个地方非常地肥沃。《植物名实图考长编》（卷三）于"堇"条引《说文》："堇，草也。根如荠，叶似柳。"又说："蒸食之甘，正所以为如饴也。"又于卷六"茅根"条引《别录》说："其根如渣芹，甜美。"又引《说文》说："茅穗名荼，义取白色也。"此诗之荼，即今之苦菜，亦名苦苣。饴，饧之属，今亦谓之糖浆。堇荼如饴，就是堇草与苦菜，就像糖浆一样甜。爰始爰谋，就是开始计谋。契，刻。刻龟甲为椭圆形小孔，然后以火灼之而卜（屈万里说）。爰契我龟，就是在龟甲上刻画而问吉凶。时，是。曰止曰时，指龟上的话，就是：是，可以住在这里。筑室于兹，于是就在这里建筑起房屋。整章的意思就是：周原非常地肥沃，所长的堇与茅根也就像糖浆那样的甜，于是开始计划，于是问龟以吉凶。卜文说："好，停在这里好了。"也就在这里建筑起房屋来。

四章。迺，乃。慰，居。在解释《有杕之杜》篇的时候，我们曾说右指西边讲，左指东边。迺左迺右，不是与上引"原东西横亘"正相合吗？意思就是有的住在原的西边，有的住在原的东边。疆，是立疆界；理，是理沟渠。宣，当作趄。田亩有三岁一易之制。上田一岁一垦，中田二岁一垦，下田三岁一垦，谓之田易居。趄，即田易居之意。迺宣迺亩，就是趄易其田亩（《群经平议》说）。自西徂东，周爰执事，就是自西边到东边，周人就执行起事务来了。整章的意思就是：就在这里东西两边居住下来，停留下来。划分疆界，治理沟渠，行三年一易田的制度。从西到东，周人也就执行起事务来。

五章。司空，执掌营建的官。司徒，执掌徒役的官。乃召司空，乃召司徒，俾立室家，就是命令司空，命令司徒，让他们成立家室。绳，为木匠所用的绳墨之绳。载，当读为栽。古有所谓版墙，先用木版围成墙的形式，用绳索捆起来，外再竖木以约束之，然后捣土而为墙（参《群经平议》说）。翼翼，谨慎貌。其绳则直，缩版以载，作庙翼翼，就是先用绳墨将线画直，然后将版集合起来，而约之以竖木，小心谨慎地在建筑宗庙。整章的意思就是：命令司空，命令司徒，让他们成立家室。他们用绳墨先将线画直，然后把墙版集合起来而以竖木束之，小心翼翼地在建筑宗庙。

六章。捄，《说文》"盛土于梩"；梩，盛土的筐。陾陾，盛土声。度，投，投土于墙版。薨薨，倒土声。筑，以杵捣土。登登，捣土声。削，削去。古有娄无屡，屡即娄之假借。娄与隆为双声，故娄之义为隆高。削娄，即削去墙土之隆高者使之平（马瑞辰说）。冯冯，读为凭凭，削土声。馨，通作皋，皋之言告。《周礼·春官·乐师》郑注："皋，当作告。"皋鼓，取告众以劝役之义。馨鼓弗胜，特言工役之众，同时赴工，鼓不胜其击（亦马瑞辰说）。整章的意思就是：有的陾陾在盛土，有的薨薨在倒土，有的登登在捣土，有的凭凭在削墙。百十堵墙都在动工，馨鼓的声音不停地在响。

七章。王之郭门曰皋门。伉，高貌。迺立皋门，皋门有伉，就是建筑了皋门，皋门很高。王之正门曰应门。将将，即锵锵，形容门的结实。迺立应门，应门将将，就是建筑了应门，应门结实得锵锵作响。冢土，《毛传》："大社也。起大事，动大众，必先有事乎社而后出。"可见冢土是民众集聚之所。戎，西戎。丑，丑类。周人除他的本族及亲戚外，都认为是丑类，所以称戎为戎丑，也就是指下章的混夷。行，去。迺立冢土，戎丑攸行,就是立了冢土之后,丑陋的西戎也就不在这里居住了。由此可知,这些地方原来是西戎盘踞之所。整章的意思就是:建筑了皋门,皋门是高高大大。建立了应门,应门是结结实实。建立了冢土,西戎也就不在这里居住了。

八章。肆,语词。殄,绝。《诗经》中的"厥"字都当"其"解,其是承上而来。这篇诗从头到尾是叙述古公亶父的立国事业,怎么能像《郑笺》所说的"文王见太王立冢土,有用大众之义,故不绝去其恚恶恶人之心,亦不废其聘问邻国之礼"呢?"文王蹶厥生",是文王依太王之业蹶然而起,是太王以后之事,与太王建国有什么关系呢?厥愠、厥问,是指太王的愠、太王的问,意义才能连贯而起下文;不然,文义就不衔接了。愠,是愠怒。问,是聘问。肆不殄厥愠,亦不陨厥问,就是既不忘记他的愤恨,也不失掉两国间的聘问,换言之,就是太王怀着愤恨之心而默默地在建立自己的国家。《史记·周本纪》说:"古公亶父复修后稷、公刘之业,积德行义,国人皆戴之。薰育、戎狄攻之,欲得财物,予之已,复攻,欲得地与民。民皆怒,欲战。古公曰:'有民立君,将以利之。今戎狄所为攻战,以吾地与民。民之在我,与其在彼何异?民欲以我故战,杀人父子而君之,予不忍为。'乃与私属遂去豳,度漆沮,逾梁山,止于岐下。"太王之迁岐山,是由戎狄所逼,心中当然怀恨。然力量不足,不敢与戎狄战,只有忍辱建设而图报复,所以诗接着说:"柞棫拔矣,行道兑矣。混夷駾矣,维其喙矣。"这样诗义才能连接下来。柞,栎树;棫,白桵:是两种木。《植物名实图考长编》(卷二十二)于"柞木"条引《说文》:《诗》有单言柞者,如'维柞之枝''析其柞薪',是也。有柞棫连言者,如《皇矣》《旱麓》《绵》是也。"柞棫拔矣,行道兑矣,就是柞树棫树拔去了,道路开辟了。换言之,交通方便了。混夷即鬼方。《小明》篇"我征徂西,至于艽野",艽野即鬼野。駾,突奔。《国语·晋语》"余病喙矣",韦注:"喙,短气貌。"(陈子展《雅颂选译》说)混夷駾矣,维其喙矣,就是混夷见太王把岐山建设起来,自动地奔跑了,因为他们短了气了。整章的意思就是:并不停止他的气愤,然也不停止他国际间的聘问。柞树棫树除去后,道路也就开辟。混夷自动地奔跑了,因为他们短了气了。

九章。《读史方舆纪要》(卷四十一)于平陆县虞城说:"县东北四十五里。《史记》:'武王封周章弟虞仲于周之北故夏墟,是为虞仲。'司马贞曰:'夏都安邑,虞在其南,故曰夏墟。'应劭曰:'吴山上有虞城,周武王封泰伯后于此。'"又卷五十四于朝邑县辅氏城说:"芮乡亦在县东。《后汉志》注:'文王时,虞芮争田,此即芮国。'《括地志》:'县南三十里有南芮乡、北芮乡。'"虞芮质厥成,文王蹶厥生,《毛传》说:"虞、芮之君,相与争田,久而不平,乃相谓曰:'西伯仁人也,盍往质焉?'乃相与朝周。入其竟,则耕者让畔,行者让路。入其邑,男女异路,班白不提挈。入其朝,士让为大夫,大夫让为卿。二国之君,感而相谓曰'我等小人,不可以履君子之庭',乃相让以其所争田为间田而退。天下闻之而归者,四十余国。"从这段故事看来,假如虞、芮不是周的盟邦,怎么能说"相与朝周"呢?所以"虞芮质厥成"之"质",应为哀公二十年《左传》"先主与吴王有质"之"质",质为盟约之意。这两句诗的意思就是:

虞、芮与有周结成盟国之后，文王也就因此而兴起。这样讲来，虞、芮两国争田，才与这首诗发生关系，否则就无法解释了。予曰，是诗人赞美说。疏附，疏远的来亲附了。先后，是承先启后，指太王与文王。奔奏，奔走奉侍之臣。御侮，抵御外侮的力量。整章的意思就是：自从虞芮与有周结盟之后，文王也就蹶然兴起。所以我赞美曰：疏远的亲附了，开创的有后继了，奔走侍奉之臣从此也有了，抵御外侮的力量也培养起来了。

### 【诗篇联系】

三百篇的体裁只有三种：一是歌，抒情的作品；二是诵，歌功颂德或申诉怨恨的作品；三是颂，祈祷文。这首诗就是诵，诵是在祭祀或宴会的时候大声念出，故谓之诵，就像现在的朗诵诗。这首诗从头到尾在赞美古公亶父，而且是在岐山赞美，假如不是宣王出征猃狁而在岐山，怎么会有机会在岐山赞美古公亶父呢？宣王是五年二月在岐山，而此诗言"绵绵瓜瓞"，季节又是这么巧合。我们说宣王出征时是逢宗庙祭祖宗，不是又得到一个证明吗？

### 【诗义辨正】

《毛序》："《绵》，文王之兴，本由大王也。"皮毛之见。他看到诗的末尾说"文王蹶厥生"，就扯到文王身上。实际上，此诗是彻头彻尾歌颂古公亶父的。《集传》说："此亦周公戒成王之诗。追述太王始迁岐周以开王业，而文王因之而以受天命也。"真是闭着眼睛说瞎话！姚际恒就批判说："臆测。"继而引孙文融说:"若周公戒成王诗,岂应称古公耶?"真是一针见血。屈万里说:"此美太王及文王之诗,盖亦周初作品。"也是臆测。

五

## 皇矣(大雅)

皇矣上帝,临下有赫,监观四方,求民之莫。维此二国,其政不获;维彼四国,爰究爰度。上帝耆之,憎其式廓,乃眷西顾,此维与宅。

作之屏之,其菑其翳;修之平之,其灌其栵。启之辟之,其柽其椐;攘之剔之,其檿其柘。帝迁明德,串夷载路。天立厥配,受命既固。

帝省其山,柞棫斯拔,松柏斯兑。帝作邦作对,自大伯王季。维此王季,因心则友。则友其兄,则笃其庆,载锡之光。受禄无丧,奄有四方。

维此王季,帝度其心,貊其德音。其德克明,克明克类,克长克君。王此大邦,克顺克比。比于文王,其德靡悔,既受帝祉,施于孙子。

帝谓文王:"无然畔援,无然歆羡,诞先登于岸。"密人不恭,敢距大邦,侵阮徂共。王赫斯怒,爰整其旅,以按徂旅,以笃于周祜,以对于天下。

依其在京,侵自阮疆,陟我高冈。无矢我陵,我陵我阿；无饮我泉，我泉我池。度其鲜原，居岐之阳，在渭之将。万邦之方，下民之王。

帝谓文王："予怀明德，不大声以色，不长夏以革。不识不知，顺帝之则。"帝谓文王："询尔仇方，同尔兄弟。以尔钩援，与尔临冲，以伐崇墉。"

临冲闲闲，崇墉言言。执讯连连，攸馘安安。是类是祃，是致是附，四方以无侮。临冲茀茀，崇墉仡仡。是伐是肆，是绝是忽，四方以无拂。

释音：栵，音例。屦，音厌。貊，音麦。

## 【诗义关键】

此诗"王此大邦"是指"居岐之阳，在渭之将"的有周，与《绵》篇"筑室于兹"所指"至于岐下"的周原是一个地方。地点相同，诗义就容易寻找了。《绵》篇是在岐山赞美古公亶父的，此诗是在岐山赞美王季与文王的，因为他们的都城都在这里。关于这篇诗的故事，《史记·周本纪》有一段记载，正可引来作为注解。司马迁说："古公卒，季历立，是为公季。公季修古公遗道，笃于行义，诸侯顺之。公季卒，子昌立，是为西伯，西伯曰文王。遵后稷、公刘之业，则古公、公季之法，笃仁、敬老、慈少、礼下贤者，日中不暇食以待士。士以此多归之。……明年，伐犬戎；明年，伐密须；明年，败耆国。殷之祖伊闻之，惧，以告帝纣，纣曰：'不有天命乎？是何能为？'明年，伐邘。明年，伐崇侯虎，而作丰邑，自岐下而徙都丰。"

知道了这段史实，我们再将此诗作一字一句的解释。

**【字句解释】**

　　一章。皇，大。有赫，赫然。监观，监察。莫，瘼之假借；瘼，病（马瑞辰说）。① 皇矣上帝，临下有赫，监观四方，求民之莫，就是伟大的上帝呀，赫然地降临下来，监察四方，寻求人民的病苦。此诗通体都是在赞美王季与文王，此二国，当指王季与文王的二国而言。可是自从《毛传》注为殷、夏后，所有解释的人都在这方面来寻求，结果，诗义始终不可了解。丕，读为丕；丕，大。维此二国，其政不获，就是只有这两个国家，他们的政绩大有斩获。四国，四方。究，谋。度，居。维彼四国，爰究爰度，就是可是他的四围都想图谋它，都想占据它。耆，读諸；諸，《玉篇》："诃怒也。"式，语词。廓，开。上帝耆之，憎其式廓，就是上帝生气了，憎恨邻国的扩张土地。这不是指《绵》篇"古公亶父，来朝走马，率西水浒，至于岐下"的缘故吗？周人自称为西人。乃眷西顾，此维与宅，就是为眷顾这些西人，给了这个住处。这个住处即指岐山。整章的意思就是：伟大的上帝呀，赫然地降临下来，为的是观察四方，寻求人们的病苦。只有这两个国家政绩大有斩获，可是他们的邻国，都想图谋他们、占据他们。上帝恼怒了，憎恨邻国的开扩地盘，才找到这个西边，让二国的人们住到这个地方。

---

① 马瑞辰原文为："至《汉书》《潜夫论》及《文选注》并引作'求民之瘼'，瘼谓病也。"

二章。作，应为柞；除木曰柞(《经义述闻》说)。屏，除。木立死曰菑，自毙曰翳。作之屏之，其菑其翳，就是把枯立的树木、死去的树木，有的柞去，有的除去。灌，丛生之木。栵，读为烈，梬也，斩而复生者也；《方言》："烈、梬，余也。陈郑之间曰梬，晋卫之间曰烈，秦晋之间曰肄。"(《经义述闻》说)修之平之，其灌其栵，就是把那些灌木与初生之木，有的修一修，有的平一平。启、辟，开辟。柽，即今河柳。椐，即今之灵寿木。启之辟之，其柽其椐，就是开始栽种的是些河柳，是些灵寿。攘、剔，都是除去的意思。檿，山桑。柘，落叶灌木，叶厚而尖，稍硬于桑叶，亦可饲蚕。攘之剔之，其檿其柘，就是铲去与剔除的，是些檿树与柘树，因为剔去可以栽桑。串夷，《郑笺》："即混夷。"帝迁明德，串夷载路，就是自从上帝派迁了明德之人(指古公亶父)，混夷也就走了。厥配，其配，指太姜。天立厥配，受命既固，就是上天给他选了配偶后，所受的天命也就巩固起来。整章的意思就是：铲去的、除去的是些枯木，是些死木；修理的、铲平的是些灌木，是些栵木。开辟的、栽种的是些柳树，是些灵寿；除去的、拔去的是些拓木，是些檿木。自从上帝派遣明德之人下来，混夷也就走他的路了。上天又给他选了一个配偶，天命也就稳固起来。

三章。省，省察。柞、棫，都是不成材的树木。兑，易直。帝省其山，柞棫斯拔，松柏斯兑，就是上帝看看他们的山，柞棫都拔掉了，松树柏树也就长直起来。对，配，配是配以邦君，亦即明君之意。帝作邦作对，自大伯王季，就是上帝建立了一个国家，从大伯、王季起，就给它配上了明君。因心，从心眼里。维此王季，因心则友，就是只有这个王季，是从心眼里友爱。上边我们不是引《史记·周本纪》说"公季修古公遗道，笃于行义，诸侯顺之"吗？正可作这句诗的注解。笃，厚。庆，福。载，则。锡，赐。光，光耀。则友其兄，则笃其庆，载锡之光，就是因为他能友爱他的哥哥，他的幸福也就笃厚起来，并赐之以光荣。禄，福。无丧，不已。奄有，尽有。受禄无丧，奄有四方，就是受福也就不止，完全有了四方。整章的意思就是：上帝来看一看他的山，柞棫一些杂木也都拔掉了，松树柏树呢，都长得很直。上帝给他们建立了一个国家，从大伯、王季起，就配上了明君。只有这个王季，从心眼里就与人友爱。因为他友爱他的哥哥大伯，所以他得到了深厚的福禄，并赐给他以光荣。他受到无限的福禄，也就有了天下。

四章。度，是豁达大量之意。貊，《礼记·乐记》引作"莫"；《小尔雅·广诂》："莫，大也。"德音，尊称别人的语言。维此王季，帝度其心，貊其德音，就是只有这个王季，上帝给了他一个宽大的度量、宏伟的言语。《诗经》中用"类"字的共有五篇：《既醉》《荡》《桑柔》《瞻卬》与此诗。除此诗第八章"是类是祃"的"类"是一种祭祀外，其他"类"字都作族类讲。其德克明，克明克类，克长克君，就是他的德能显明，能显明到他的族类，能以为之长，能以为之君。顺，不逆；克顺，对上而言，就是不叛逆祖先的功德。比，比下，指文王。王此大邦，克顺克比，比于文王，其德靡悔，就是他主宰着这个大邦，上不辜负祖宗的功德，下可比之于文王，同文王相比，一点也没有惭愧。文王为周室开国的人，其功德是无比的。现在言王季之德可与他相比，极为尊崇的意思。既受帝祉，施于孙子，就是他所受到的福禄，都遗给他的子孙。整章的意思就是：只有这个王季，上帝赐给他一个宽宏大量的心胸、宏伟的言语。他能显出他的恩德，显出他的恩德到他的族类里，而为之长，为之君。他主宰这个大国，上不愧于祖宗，下可比于文王。他同文王相比，一点也无愧色，他所受的福禄，都遗给了他的子孙。

五章。畔援，即畔嗳。《论语·先进》："由也嗳。"郑注："子路之行，失于畔嗳。"《正义》："旧注作呔嗳。字书：呔嗳，失容也。言子路性行刚强，常呔嗳失于礼容也。"（《群经平议》说）歆羡，贪羡。岸，为厈之假借。《说文》："厂，山石之厓岩，人可居，象形。……籀文从干，作厈。"诞先登于岸，就是帝命文王以迁居。《逸周书·大匡解》"周王宅程三年"，所谓厈者，即此程地（俞樾《茶香室经说》卷四说）。《中国古今地名大辞典》说："程，周邑，在今陕西咸阳县东。"《竹书纪年》："帝辛三十三年（按公元前一一二二），密人降于周师，遂迁于程。"一名鲜原。《诗·大雅》："度其鲜原，居岐之阳。"《逸周书·和寤解》"王乃出图商，至于鲜原"，可见文王是先在鲜原伐商，而后迁居鲜原。帝谓文王："无然畔援，无然歆羡，诞先登于岸。"就是上帝对文王说："不要失礼，也不要贪羡，先占据着高岸。"《读史方舆纪要》（卷五十八）于灵台县（在今甘肃省）阴密城说："县西五十里。《志》云：古密国也。周文王伐密。诗所称'密人不恭'，此矣。"阮，在今甘肃泾川县东南，一作邧。共，在今甘肃泾川县北五里。密人不恭，敢距大邦，侵阮徂共，就是密须人太不恭敬，竟敢拒绝大邦，而从阮侵犯到共。按，止。徂旅，就是往侵之旅，指密人。《毛传》以旅为地名，于是后人都在这"旅"字上做考证，使诗义简直无法了解。上言"密人不恭"，下言"王赫斯怒，爰整其旅"，当然是伐密。而《郑笺》附会说："文王赫然与其群臣尽怒曰：整其军旅，而出以却止徂国之兵，众以厚周。"强不知以为知，而在字面上打转。屈万里说："旅，《孟子》引作莒，地名；朱右曾以为即《汉书·地理志》安定郡之卤县，在今甘肃天水、伏羌之间。言文王遏止密须氏侵'旅'之师也。"上边诗明明言"密人不恭""侵阮徂共"，怎么会是侵"旅"呢？为什么不根据诗文来找答案，而要耳人之言呢？"爰整其旅"，是文王整顿自己的师旅，"以按徂旅"，是阻止往侵之军旅，意义是多么直接而明白。祜，福。对，答。以笃于周祜，以对于天下，就是以巩固自己的周室，答谢天下之人对周室的拥护。整章的意思就是：上帝对文王说："不要横行霸道，也不要贪得无厌，先要迁都于高地。"可是密人无礼，竟敢拒绝大邦的劝告，从阮国侵略到共国。文王赫然地生了气，整顿他的师旅，以来阻止往侵的军旅，为的是巩固周室的命脉，而答谢天下人对周室的拥护。

六章。依，兵盛貌（《经义述闻》说）。依其在京，言在京地兵士之盛。侵，为寝兵之寝，息兵的意思（戴震《毛郑诗考正》说）。侵自阮疆，就是自阮疆寝息军事。上言伐阮，此言自阮疆收兵而迁都于程。"陟我高冈"的高冈即指鲜原。依其在京，侵自阮疆，陟我高冈，就是京师的民众，从阮疆收兵而迁至高冈之上。矢，为逝之假借；逝，至。无矢我陵，我陵我阿；无饮我泉，我泉我池，就是不要来到我的山陵，这是我的山陵、我的山阿；不要喝我的泉水，这是我的泉水、我的池子。这是对敌人讲的话。《毛传》"小山别大山曰鲜"，则鲜原正是高冈的意思。度，量。将，侧。度其鲜原，居岐之阳，在渭之将，就是度量一下这个鲜原，是在岐山之南，渭水之侧。《读史方舆纪要》（卷五十三）于咸阳县安陵城说："在县东二十一里。《雍胜录》：'安陵有程地。'《周书》（按即《逸周书》）：'王季宅于程。'《孟子》'文王卒于毕郢'，郢即程也。"又于渭水说："在县南一里。"程就是鲜原，而鲜原在渭水之侧，由此可证。至于"居岐之阳"，实际上是在岐山的东南。方，国。万邦之方，就是万邦的盟主。万邦之方，下民之王，就是万国之头，万民之主。整章的意思就是：在京都的民众，现在都从阮疆撤退下来，迁到鲜原这个地方。不要来到我的山陵，这是我的山陵、我的山阿；不要喝我的泉水，这是我的泉水、我的池子。度量一下这个鲜原，正在岐山的东南，渭水的边上。这是万国的盟主，这是万民之主的地方。

七章。声、色，对举，则"以"应作"与"讲。不大声以色，就是不要对人声色严厉。夏、革，对举。夏谓夏楚，即扑作教刑；革谓鞭革，即鞭作官刑（马瑞辰引汪德钺说）。不长夏以革，就是不要常常动楚动鞭。"不识不知"两"不"字，均与"不显"之"不"同义，都是丕之假借；丕，大。不识不知，就是丕识丕知，多多见识，多多知道。帝谓文王："予怀明德，不大声以色，不长夏以革。不识不知，顺帝之则。"就是上帝对文王说："心里常常怀念着恩德，不要厉声厉色，不要常常动楚，不要常常鞭打。要多多见识，要多多知道，顺着上帝的法则。"仇，匹；仇方，同盟之国（《毛郑诗考正》说）。钩，句兵，戈戟之属。援，直刃之兵器（《群经平议》说）。临，临车；冲，冲车，皆攻城之具。《读史方舆纪要》（卷五十三）于鄠县酆城说："在县东五里。殷为崇侯虎国，文王伐之，故《诗》云'既伐于崇，作邑于酆'也。"崇墉，即崇国的城墙。整章的意思就是：上帝对文王说："时时刻刻怀念着恩德，不要厉声厉色地对人，也不要常常用夏楚与鞭子打人。要多多地见识，要多多地知道，顺着上帝的法则去做。"上帝又对文王说："咨询你的同盟之国，和你的兄弟之邦，用你的直刃或钩曲的武器，以及你的临车与冲车，去征伐崇国的城池。"

八章。言言、仡仡，皆谓城之高大；闲闲、茀茀，皆谓车之强盛（《经义述闻》说）。讯，即今之谍报人员。连连，得敌后，用绳子将敌人连起来。馘，杀敌而取其左耳以献功。安安，安全无恙。因为杀敌要与敌搏斗，而能安全无恙地回来，所以说"攸馘安安"。类、禡，是师祭。《尔雅疏》："师出征伐，类于上帝，禡于所征之地。"致，使其来。附，亲附。"临冲闲闲，崇墉言言，执讯连连，攸馘安安。是类是禡，是致是附，四方以无侮"，就是又高又大的临车冲车，攻击又高又大的崇城，获得的谍报人员，一串串地把他们连起来，而杀敌割耳的人也都平安地回来；于是奉行类祭，奉行禡祭，有的被虏获，有的来归附，再也没有敢于侮辱周室的国家。以戈击之曰伐。肆，突击。忽，灭（《群经平议》说）。拂，违。临冲茀茀，崇墉仡仡，是伐是肆，是绝是忽，四方以无拂，就是高大的临车、冲车攻击仡立高大的崇城，有的以戈攻，有的在突击，有的被灭亡，再也没有不顺从的国家。整章的意思就是：又高又大的临车、冲车，攻击又高又大的崇城。获得的谍报人员，一串一串地把他们连起来，而杀敌割耳的人也都平安地回来。于是举行类祭，举行祃祭，有的被虏获，有的来归附，再也没有敢于侮辱周室的国家。高大的临车冲车，攻击屹立高大的崇城。有的以戈攻，有的在突击，有的被杀绝，有的被灭亡，再也没有不顺从的国家。

## 【诗篇联系】

不成问题，这也是一篇诵，而且是歌颂王季与文王的。不仅"王此大邦"，告诉我们是在岐山歌颂王季、文王，即诗的内容，也处处表现出它的地点是在岐山。把它排在宣王五年二月在岐山的时候所作，不会有错吧？

## 【诗义辨正】

《毛序》："《皇矣》，美周也。天监代殷，莫若周。周世世修德，莫若文王。"此诗赞美的固然有文王，然也有王季，怎么不提王季一字呢？姚际恒就批评说："《小序》谓'美周'，泛混。……此篇则述文王之祖大王、父王季，皆推原其所生以见其为圣也。"他的话比较接近事实，而实际还不真懂。《集传》说："此诗叙大王、大伯、王季之德，以及文王伐密、伐崇之事也。"大体上是对，然未说出此诗的用处。

# 六

## 天作（周颂）

天作高山，大王荒之。彼作矣，文王康之。彼徂矣，岐有夷之行。子孙保之。

**【诗义关键】**

这首诗的事迹与《绵》《皇矣》两篇的完全相同。"天作高山，大王荒之"，是指《绵》篇所讲的事迹；"彼作矣，文王康之"，为《皇矣》篇所言的史事；"彼徂矣，岐有夷之行"，是讲宣王要经过这个山。"子孙保之"是宣王对祖先的承纳，就是子孙们要保守这个山。以此义来解释这首诗，再明白不过了。

**【字句解释】**

高山，指岐山。荒，有（《群经平议》说）。天作高山，大王荒之，就是老天爷制作了这个高山，大王保有了它。作，应与《皇矣》篇"作之屏之"的"作"同义，都是柞之假借。康，安。彼作矣，文王康之，就是它被开发了，文王保守了它。夷，平。行，路。彼徂矣，岐有夷之行，就是它能走人了，从此岐山有平坦的道路。子孙保之，就是我们当子孙的要永久保有它。整篇的意思就是：老天爷制作了这个高山，大王保有了它。它被开发了，文王保守了它。它能走人了，从此岐山有了平坦的道路。我们当子孙的要永久保守它。

【诗篇联系】

　　这明明是在岐山祭岐山的诗，而且是出行时祭岐山的诗，不然，怎么会说"彼徂矣，岐有夷之行"呢？宣王出征时，逢山祭山，到此再得一明证。要不然，这首诗有什么用途呢？以上三诗，即《绵》《皇矣》与此诗，都是在岐山所写，岐山是宣王出征时的第二站。

【诗义辨正】

　　《毛序》："《天作》，祀先王、先公也。"毫无根据。《集传》说："此祭大王之诗。"姚际恒批评说："《小序》谓'祀先王、先公'，诗中何以无先公？《集传》谓祀大王，诗中何以又有文王？皆非也。季明德曰：'窃意此盖祀岐山之乐歌。按《易·升卦》六四爻曰"王周享于岐山"，则周本有岐山之祭。'此说可存。"季明德几乎说对了，可惜他不知道是宣王在祭岐山。

# 七

## 公刘（大雅）

　　笃公刘！匪居匪康，迺埸迺疆，迺积迺仓。迺裹餱粮，于橐于囊，思辑用光。弓矢斯张，干戈戚扬，爰方启行。

　　笃公刘！于胥斯原。既庶既繁，既顺迺宣，而无永叹。陟则在巘，复降在原。何以舟之？维玉及瑶，鞞琫容刀。

　　笃公刘！逝彼百泉，瞻彼溥原。迺陟南冈，乃觏于京。京师之野，于时处处，于时庐旅。于时言言，于时语语。

　　笃公刘！于京斯依。跄跄济济，俾筵俾几。既登乃依，乃造其曹，执豕于牢。酌之用匏，食之饮之，君之宗之。

　　笃公刘！既溥既长，既景迺冈，相其阴阳，观其流泉。其军三单，度其隰原，彻田为粮。度其夕阳，豳居允荒。

　　笃公刘！于豳斯馆。涉渭为乱，取厉取锻。止基迺理，爰众爰有。夹其皇涧，遡其过涧。止旅乃密，芮鞫之即。


　　释音：埸，音易。橐，音驼。琫，音菶。


## 【诗义关键】

　　诗言"于豳斯馆"，是在豳这个地方建立馆舍。又说"于胥斯原"，又说"于时处处，于时庐旅。于时言言，于时语语"，都是表示在豳地的语气。那么，这首诗写在豳地，应无问题。再看豳在什么地方。《读史方舆纪要》（卷五十四）于邠州（今之陕西邠县）说："古西戎地，后公刘居此，为豳国。……唐开元十三年改豳曰邠。"又于白土废县说："豳州旧城，在州城南，又州东北有豳亭，州东五十里有豳谷。《一统志》：邠州有古公城，今为古公乡。"由此可知，豳在今陕西邠县，西南至岐山县一百二十里。《汉书地理志补注》(卷三)于"有豳乡，《诗》豳国公刘所都"，引《括地志》说："(邠)州三水县西十里有豳原，周公刘所都之地也。豳城在此原上。"又引《雍录》说："邠州三水县有古豳城，不窋之孙公刘，自庆州（按今甘肃庆阳县）南入而邑于此，《诗》曰'于豳斯馆'，又曰'豳居允荒'，是皆公刘创邑之文也。"这首诗从头到尾都是歌颂公刘在豳的建国，而且是我们所说的诵体，自无问题。是在豳这个地方歌颂公刘，这一点值得我们注意。

## 【字句解释】

一章。笃，笃实，与《椒聊》篇"硕大且笃"的"笃"同义。笃公刘，就是笃实的公刘。第一个"匪"为"彼"之假借。匪居匪康，就是他所在的地方并不安康。埸，田畔。大界曰疆，小界曰埸。露积曰庚，有屋曰仓；《史记》言公刘"仓庚皆足"，是庚即积（马瑞辰说）。迺，乃。迺场迺疆，迺积迺仓，就是疆场整理得好好的，积与仓都是满满的。餱粮，干粮。小曰橐，大曰囊。思辑用光，戴震《毛郑诗考正》说："豳在邠北百余里……今庆阳府安化县（按在今甘肃华亭县西北一百二十里）有不窋城。不窋遭迫逐，自邰而远窜。公刘力能自兴，于是思旧土，聚粮治兵，而来用复后稷之封，故《诗》曰：'思辑用光。'"如此讲来，则"光"作"光复"讲。戚，斧。扬，钺。方，始。启行，开路（《群经平议》说）。整章的意思就是：笃实的公刘呀！因为他住的地方不能安宁，所以他把疆场整理得好好的，仓庾储蓄得满满的。用大橐小橐盛着干粮，为的是光复祖宗的产业。弓、箭、干、戈、斧、钺一起动用，而做开路的先锋。

二章。胥，相。原，豳原。于胥斯原，就是相继地视察这个豳原。庶，富庶。繁，繁多。顺，顺从。宣，畅。永叹，即咏叹，慨叹之意。既庶既繁，既顺迺宣，而无永叹，就是人民既富且繁，都是很顺从，都是很畅快，没有什么慨叹不平之气。巘，小山。《读史方舆纪要》（卷五十四）于邠州邠山说："在州治南。城垣所依也。又紫微山，在城西南隅，连跨外郭……或谓之邠岩。"又于白土原说："在州东北。"又于邠州说："州泾水北绕，邠岩南峙，依山为城，地势雄壮。"陟则在巘，复降在原，是对"笃公刘，于胥斯原"而言，意思就是他到山上边看看，又到白土原上边瞧瞧。何以舟之，即何以酬之（《群经平议》说）。之，指公刘。就是公刘在出巡的时候，老百姓酬谢他什么呢？瑶，美石。鞞琫，刀鞘。鞞琫容刀，就是刀鞘中还盛着刀。整章的意思就是：笃实的公刘呀！他相继地巡视这个豳原。这个地方的人民，既富庶而又繁多，并且都是顺从的、畅快的，没有什么不平之气。他到山上看看，又到白土原上瞧瞧。他们酬答他什么呢？有玉，有瑶，有刀鞘中盛着的刀。

三章。百泉，在今甘肃泾川县西三十五里。笃公刘，逝彼百泉，就是笃实的公刘，到了百泉。《读史方舆纪要》（卷五十八）于平凉府平凉县百泉城说："府西北八十里。"又于泾州百泉说："州西三十五里。泉眼极多，四时不涸。……又共池，在州北五里。《诗》'侵阮徂共'……今之共池是也。"又于泾阳城说："在府西南。周宣王时，玁狁内侵，至于泾阳。谓此地也。"公刘从这里迁居于邠，宣王现在又出征至此，所以写的地理形势就像亲见一般。王国维《克钟克鼎跋》说："鼎铭云：'锡女田于㽙原。'此即公刘所瞻之溥原也。"但其地不详。逝彼百泉，瞻彼溥原，就是到百泉巡视一番，又往溥原看了一看，到处寻找可以定居之所。南冈，即指邠岩，邠岩不是在邠州的南边吗？京，《毛传》："绝高为之京。"古人建都是依山傍水。迺陟南冈，乃觏于京，就是跑到那邠岩一看，看出了建都之地。《尚书大传》说："八家为邻，三邻为朋，三朋为里，五里为邑，十邑为都，十都为师，州有十二师焉。"（据马瑞辰引）则师为十都之邑。京师，就是高山旁边的都邑。后以国之都为京都，本此。整章的意思就是：笃实的公刘呀！他跑到百泉，跑到溥原，到处寻找定居之所。最后到那邠岩之上，看出了建都之地。于是京都的人民就在这里住，就在这里处，就在这里言，就在这里语。

四章。依，盛，与《皇矣》篇"依其在京"的"依"同义。笃公刘，于京斯依，就是笃实的公刘，也就这样繁殖起来。《楚茨》篇"济济跄跄"是形容牛羊之多，此诗的"跄跄济济"是形容祖宗之多。《礼记·檀弓》："有司以几筵舍奠于墓左。"《疏》："几，依神也。筵，坐神席也。"俾筵俾几，就是将神灵们有的安置在筵，有的安置在几。登，是登筵。依，是依几。曹为槽之省。牢，猪圈。既登乃依，乃造其曹，执豕于牢，就是祖宗们登了筵，依了几之后，就到猪槽里，把那些猪从猪圈里牵出来。匏，即匏瓜，干后刳开可作饮酒饮水之用。酌之用匏，就是用匏勺让祖宗们饮酒。食之饮之，君之宗之，四"之"字均指祖宗。意思就是请他们吃，请他们喝，以他们为主，以他们为宗。这一章是讲公刘的祭祖。整章的意思就是：笃实的公刘呀！也就在京都繁殖起来。许许多多的神灵被安置到筵席上，安置到桌几上。祖宗入了筵，依了几，于是到猪槽里，把猪牵出来。用匏勺请祖宗喝酒，请他们吃，请他们喝，尊他们为主，尊他们为宗。

五章。溥，广。景、疆，古通，疆即划疆界（于省吾《诗经新证》说）。笃公刘，既溥既长，既景迺冈，相其阴阳，观其流泉，就是笃实的公刘，从此以后版图日见扩大，他既将山冈上的土地划出疆界，又分辨出地的向阴向阳，以及泉流的方向。单、战，古通；三战，屡战（亦于省吾说）。隰原即《诗经》中常用之原隰。《毛传》于《皇皇者华》篇说："高平曰原，下湿曰隰。"隰原就是高低不平的土地。彻，读为《孟子》"周人百亩而彻"之"彻"，取税的制度（屈万里说）。其军三单，度其隰原，彻田为粮，就是他的军旅屡次作战，为的是度量高低的土地，以订税收的粮数。度其夕阳，豳居允荒，就是从夕阳下来看地面，豳地实在大得不得了。整章的意思就是：笃实的公刘呀！他的土地广大以后，他就将山冈上的土地划出疆界，分出向阴向阳，并辨明流水泉水的方向。他的军旅屡次作战，为的是度量高低不平的土地，订出收税的制度。从落山的太阳下来看，豳这个地方实在大得不得了。

六章。馆，馆舍。笃公刘，于豳斯馆，就是笃实的公刘，在豳这个地方就建筑起馆舍来。乱，《毛传》注为"正绝流曰乱",于是《正义》将"涉渭为乱,取厉取锻",解为"公刘之为君也于此豳地,令民作此馆舍。将作之时,先使人涉渡于渭,乘舟绝水,为乱而过,取其砺石,取其锻具,所以锻砺斧斤,利其器用,伐取材木,乃为宫室"。要增加多少意思,才把这两句诗解释出来。然豳离渭水很远,绝不能跑这么远的地方取石为砺。度之情理,极不可能。后稷所住的地方原为邰,邰在渭南。后因戎狄为患,才迁至豳地。所以"涉渭为乱",应该解为涉过渭水的目的是为祸乱。厉,即砺,粗石;锻,细石。取厉取锻,是为建筑豳地;然所以在豳地建设,是因为迁都的缘故。这样,"笃公刘!于豳斯馆。涉渭为乱,取厉取锻",才一气贯串;不然,诗义就不可了解。止,即之,之读为兹;兹基迺理,就是这个基址才建立起来(于省吾说)。爰众爰有,就是人民才众多起来。皇,大;皇涧,指泾水之涧。过涧,指汭水之涧。我们先来看看泾水与汭水的形势。《读史方舆纪要》(卷五十四)于邠州泾水说:"在州西北二十里。……其上流自长武县会汭水流入境。又东南流,经州东五里。"又于泾水(卷五十二)引《周礼·夏官·职方》说:"其川泾汭。"又引《诗·公刘》:"芮鞫之即。"注:"芮、汭,同。鞫,水外也。"可知此诗之芮,即汭水。又说:"关中溉田之利,莫如泾水。"公刘的居民都是顺着泾水与汭水而居,故言:"夹其皇涧,遡其过涧。止旅乃密,芮鞫之即。"过,作经讲;过涧,经过豳邑之涧。因汭水小,泾水大,故称泾水之涧为皇涧。止,亦读为兹,止旅乃密,是人民才稠密起来。芮鞫之即,就是芮水所流之迹。即,与《东方之日》篇"履我即兮"的"即"同义。整章的意思就是：笃实的公刘呀！他在豳这个地方建筑了馆舍。他是涉过渭水为逃难而来，在这里用粗细的石头来建筑馆舍。这个基地治理起来了，人民也就逐渐多起来。从泾水的两旁追溯到汭水的两旁，住上了稠稠密密的百姓。

## 【诗篇联系】

这首诗里的地理形势，历历如绘，假如不是作者亲眼看到，绝不会写得这么清楚。现在我们知道了尹吉甫是随宣王出征猃狁而至此，在此歌颂公刘的功业，所以才有这样亲切的表现。我们说宣王出征时是"逢宗庙祭祖宗"，到此更得一证。

## 【诗义辨正】

《毛序》："《公刘》，召康公戒成王也。成王将莅政，戒以民事，美公刘之厚于民，而献是诗也。"毫无根据。姚际恒就批评说："按诗无戒辞，召康公亦未有据。"他又引金仁山说："'若《笃公刘》之诗，极道冈阜、佩服、物用、里居之详；《七月》之诗上至天文、气候，下至草木、昆虫，其声音名物，图画所不能及；安有去之七百岁而言情状物如此之详，若身亲见之者？又其末无一语追述之意。吾是以知决为豳之旧诗也。'按此说深为有理。然则此诗者固当日豳民咏公刘之旧诗，而周召之徒传之以陈于嗣王与？"假如是公刘当时的诗，怎么能直称"公刘"呢？对公，怎么能称名道姓呢？幸亏我们发现了作者，才知此中的详细情形；否则，对这首诗也就无法处理。

## 八

## 凫鹥（大雅）

凫鹥在泾。公尸来燕来宁。尔酒既清，尔殽既馨。公尸燕饮，福禄来成。

凫鹥在沙。公尸来燕来宜。尔酒既多，尔殽既嘉。公尸燕饮，福禄来为。

凫鹥在渚。公尸来燕来处。尔酒既湑，尔殽伊脯。公尸燕饮，福禄来下。

凫鹥在潀。公尸来燕来宗。既燕于宗，福禄攸降。公尸燕饮，福禄来崇。

凫鹥在亹。公尸来止熏熏。旨酒欣欣，燔炙芬芬。公尸燕饮，无有后艰。

## 【诗义关键】

诗言"凫鹥在泾"，决定了这首诗的地点。我们上边曾引《读史方舆纪要》说，泾水在邠城东五里。诗言"公尸来燕来宁"，其为绎祭甚明。绎祭之礼，孔颖达《诗经正义》说得很明白。他说："燕尸之礼，大夫谓之宾尸，即用其祭之日，今《有司彻》是其事也。天子诸侯则谓之绎，以祭之明日。《春秋》宣八年言'辛巳有事于太庙，壬午犹绎'，是谓在明日也。此公尸来燕，是绎祭之事，故云'祭祀既毕，明日又设礼而与公尸燕'也。其尸以卿大夫为之，于王实为其臣；但孝子以父象事之，故其心安，不以己实臣之故自嫌。"上篇《公刘》是正日祭公刘之诗，此诗当系翌日宴公尸之歌。公尸，即以卿大夫所扮的公刘之尸。兹依此义将这首诗作一解释。

## 【字句解释】

一章。凫，野鸭。鹥，鸥。凫鹥在泾，就是野鸭与鸥鸟落在泾水上。这个泾水指豳邑的泾水。燕，宴饮。宁，省视。公尸来燕来宁，就是公尸来到这里宴饮，来到这里省视。馨，香。尔酒既清，尔殽既馨，就是你的酒既是清的，你的肴馔既是香的。成，重，多的意思（马瑞辰说）。公尸燕饮，福禄来成，就是公尸既然在宴饮，你的福禄也就重出不穷。整章的意思就是：野鸭与鸥鸟落在泾水上。公尸来到这里宴饮，来到这里省视。您的清酒既好，您的肴馔又香。公尸既然喜欢吃，您的福禄也就无穷了。

二章。宜，肴，与《女曰鸡鸣》篇"与子宜之"之"宜"同义。为，犹助。整章的意思就是：野鸭与鸥鸟落在沙滩上。公尸来到这里宴饮，来到这里吃肉。您的酒既多，您的肴馔又嘉。公尸既然喜欢吃，福禄就来辅助您了。

三章。渚，小洲。处，止。湑，多貌。脯，干肉。整章的意思就是：野鸭与鸥鸟落在小洲上。公尸来到这里宴饮，来到这里停留。您的酒既多，您的肴又是干脯。公尸既是喜欢吃喝，福禄也就降临了。

四章。小水入大水曰潨，与汭水之流入泾水的情形正合。宗，祖。下一"宗"字为宗庙。崇，聚。整章的意思就是：野鸭与鸥鸟落在水的汇流处。公尸来到这里宴饮，来到这里做祖宗。既然宴饮在宗庙里，福禄也就降临。公尸既是喜欢吃喝，福禄也就越聚越多了。

五章。亹，为湄之假借，水涯（马瑞辰说）。来止，来之。熏熏，和悦。欣欣，有力。整章的意思就是：野鸭与鸥鸟落在水边上。公尸来到这里很是高兴。好酒既有力，炙的肉也很香。公尸既然喜欢吃喝，以后就不会有困难了。

## 【诗篇联系】

绎祭既是第二日的再祭，把这首诗排在《公刘》篇之后，再适当不过了。到此，更可证明宣王出征时是逢宗庙祭祖宗。

## 【诗义辨正】

《毛序》："《凫鹥》，守成也。太平之君子，能持盈守成，神祇祖考安乐之也。"不着边际。他说"太平之君子"，实际上，并不太平，这是出征时的作品。倒是《集传》说对了，他说："此祭之明日，绎而宾尸之乐。"然他不知道公尸指谁。

# 九

## 既醉（大雅）

既醉以酒，既饱以德。君子万年，介尔景福。
既醉以酒，尔殽既将。君子万年，介尔昭明。

昭明有融，高朗令终。令终有俶，公尸嘉告。
其告维何？笾豆静嘉。朋友攸摄，摄以威仪。
威仪孔时，君子有孝子；孝子不匮，永锡尔类。
其类维何？室家之壸。君子万年，永锡祚胤。
其胤维何？天被尔禄。君子万年，景命有仆。
其仆维何？厘尔女士；厘尔女士，从以孙子。

**【诗义关键】**

这首诗里又提到"公尸"，《诗经》里用"公尸"的也只有这两篇，那么，它们之间的关系就不难发现了。《凫鹥》篇是写宣王在豳邑祭祀公刘的翌日宴饮公尸，而宴饮公尸的目的是在求福，这首诗的"既醉以酒，既饱以德。君子万年，介尔景福"，就是给万岁的君子赐福了。宣王出征的时候，逢山祭山，逢水祭水，逢宗庙祭祖宗，当此之时，尹吉甫一方面写些祭祀的诗篇，一方面在宣王宴饮的时候，又写些诗恭祝宣王，就是这首诗的来源了。下边还要读到更多的这一类诗。

**【字句解释】**

一章。既醉以酒，既饱以德，是承《凫鹥》篇的"公尸燕饮"而来。德，作惠讲，就是设宴之惠。《诗经》中用"君子万年"的共有三篇，就是《瞻彼洛矣》《鸳鸯》与此诗。君子万年就是万岁的君子，都是指宣王。《诗经》中的尔、女（汝）颇有分别。尔对上，就像现在说的"您"，女对平辈或下辈，就是现在说的"你"。君子万年，介尔景福，就是万岁的君子呀，公尸要赐给您大的福禄。整章的意思就是：他既喝醉了您的酒，既饱餐了您的宴席。万岁的君子呀，他要赐您大的福禄了。

二章。将，美，与《破斧》篇"亦孔之将"之"将"同义。昭，亦即明；昭明，光明。整章的意思就是：既吃醉了您的酒，您的肴馔又是好的。万岁的君子呀，他要赐给您以光明。

三章。融，《尔雅》《方言》并说："长也。"昭明有融，就是长久的光明。朗，明；高朗，高明。令，善。终，结果。高朗令终，就是高明的最后结果。俶，始。令终有俶，公尸嘉告，就是最后的善果有个开始，公尸就告诉您这个好的结果。整章的意思就是：有了长久的光明，也就有高明的善果。善果的开始，公尸现在就要告诉您这个好的消息了。

四章。笾豆，是竹子编的竹器，祭祀时用以盛果实脩脯之具。笾豆静嘉，就是笾豆里所盛的果实脩脯都很美好。静，为竫之假借；竫，善；与《静女》篇"静女其姝"的"静"同义。摄，佐。朋友攸摄，就是朋友来相助。威仪是成语，《诗经》中用"威仪"的有《邶风·柏舟》《宾之初筵》《执竞》《民劳》《抑》《泮水》《板》《烝民》《瞻卬》与此诗，共十篇。威仪就是威严的仪容。这是人的行为标准，所以《烝民》篇恭维仲山甫说："威仪是力。"摄以威仪，就是以严肃的态度来佐助。整章的意思就是：他所告诉的是什么呢？就是笾豆里所盛的果实脩脯都很美好。朋友们来佐助，都是以威严肃穆的态度来佐助。

五章。孔，甚。时，是。《礼记·杂记上》"祭称孝子孝孙，丧称哀子哀孙"，孝子是在祭祖时子孙的称谓。匮，应读为坠（于省吾说）；坠，废。类，族类，指子孙。整章的意思就是：

祭祀的仪容都很好，君子有了孝子。孝子永远不废，也就永远赐给您的族类。

六章。壸，读为捆；捆，亲睦（马瑞辰说）。室家之壸，就是家室和睦。祚胤，后嗣。整章的意思就是：族类是什么样呢？家室都非常地和睦。万岁的君子呀，他要永久赐给您子嗣。

七章。被，披覆。仆，仆从。整章的意思就是：子嗣是怎样呢？老天爷要他们披上您的福禄。万岁的君子呀，您的大命里要有仆从。

八章。厘，赐。女士，就是《小雅·甫田》篇"以穀我士女"的士女，倒字以协韵（《群经平议》说）。从，跟随。从以孙子，就是他们（士女）的子孙也都跟随着。古时是奴隶制，父母是奴隶，子女也跟着是奴隶。整章的意思就是：仆从是怎样的呢？赐给您武士及其女子。赐给您武士及其女子，连带着还有他们的子孙。

### 【诗篇联系】

自从发现尹吉甫是三百篇的作者后，我们就根据着尹吉甫的生平事迹来解释诗篇，没有不是顺理成章。不仅顺理成章，而且年月、地点、事件以及诗篇的用途，都通通发现了。把这篇诗摆在《公刘》《凫鹥》之后，真可说是天造地设！

### 【诗义辨正】

《毛序》："《既醉》，太平也。醉酒饱德，人有士君子之行焉。"真是强不知以为知，完全从字面来敷衍。《集传》说："此父兄所以答《行苇》之诗。言享其饮食恩意之厚,而愿其受福如此也。"因为这首诗排在《行苇》篇之后,而《行苇》篇是宴父兄之诗,他就这样把它们扯到一起。可是这首诗明言"公尸嘉告",怎么与宴父兄有关系呢? 这首诗与《凫鹥》篇相连,怎么不从《凫鹥》篇的"公尸"上着想呢? 姚际恒就批评说:"《小序》谓'太平',泛混。《大序》谓'醉酒饱德,人有士君子之行',规摹《孟子》,绝可笑。《集传》谓'父兄所以答《行苇》',《行苇》既未必为祭诗,又何答也? 且后数章皆从'公尸嘉告'而衍之,非谢答之辞也。此祀宗庙礼成,备述神嘏之诗。"有点对。

## 十

## 棫朴（大雅）

芃芃棫朴,薪之槱之。济济辟王,左右趣之。
济济辟王,左右奉璋。奉璋峨峨,髦士攸宜。
淠彼泾舟,烝徒楫之。周王于迈,六师及之。
倬彼云汉,为章于天。周王寿考,遐不作人?
追琢其章,金玉其相。勉勉我王,纲纪四方。

释音:槱,音酉。淠,音譬。

## 【诗义关键】

既发现了宣王西征的路线,那么,这首诗的"淠彼泾舟"

的"泾"是指什么地方的泾水也就知道了。泾水不是在豳邑的东边五里吗？怎么知道是指这个地方的泾水呢？再看"周王于迈，六师及之"。天子六师，《诗经》中用六师的共有三篇：《瞻彼洛矣》《常武》与此篇。《常武》篇的六师是宣王征徐国；《瞻彼洛矣》篇的六师是宣王到达罝虞时所言；此诗六师，是宣王在豳邑发兵。怎么又知道是发兵呢？再看"左右奉璋"的"璋"，马瑞辰引《周礼·春官·典瑞》说："牙璋以起军旅，以治兵守。"又引《白虎通义》说："璋以发兵何？璋半圭，位在南方，南方阳极而阴始，起兵亦阴也，故以发兵也。"是璋用以发兵。此诗说"济济辟王，左右奉璋"，左右都在奉璋，其为发兵可知。周宣王出征的第四站是在现今的陕西耀县，由豳邑顺泾水而下正是耀县。其为宣王发兵毫无问题。晓得了这首诗的时间、地点、事件，再将此诗作一解释。

## 【字句解释】

一章。芃芃，茂盛貌。棫，白桵。朴，枣（《经义述闻》说）。薪之，作为柴。槱之，聚而燎之以祭天。芃芃棫朴，薪之槱之，就是丛生的白桵与枣树，把它们作为柴而烧之。古时发兵的时候，都要燃火以祭天，与此诗所写的事迹正合。济济，齐齐之假借；《礼记·祭义》"齐齐乎其敬也"，齐齐为敬肃之意。辟，大；辟王，大王，指宣王。济济辟王，左右趣之，就是庄严肃穆的大王，左右的人都来到他这里。整章的意思就是：丛生的白桵与枣树，把它们砍下来，烧起来。庄严肃穆的大王，左右的人都来到这里了。

二章。峨峨，大貌。《周礼·考工记·玉人》："大璋、中璋九寸。边璋，七寸。射四寸，厚寸。"因其长大，故以峨峨形容之。髦士，武士之良者。攸，所。整章的意思就是：庄严肃穆的大王，左右的人都来领璋。高高大大的璋，也只有优良的武士才适宜。

三章。淠，众貌。与《小弁》篇"萑苇淠淠"的"淠"同义。彼篇形容草，故为茂盛；此篇形容舟，故为众貌。烝，众；烝徒，众人。楫，濯，划的意思。及，与。整章的意思就是：泾水里的那些船只，由众水手划着。周王现在在出征，六师之众随着他。

四章。倬，光亮貌。云汉，天河。章，文彩。倬彼云汉，为章于天，就是光亮的天河，在天上点缀着。这是指明发兵的时间，与上边"芃芃棫朴，薪之槱之"正相吻合，因为发兵都在天亮之前。寿考，即《既醉》篇"君子万年"的"万年"。遐不，何不。作，起；作人，作育人材。遐不作人？就是怎么不作育人材呢？反语，正是加强起用新人的意思。这句诗，可能是尹吉甫指他自己。《兮甲盘铭》说："唯五年三月既死霸庚寅，王初格伐玁狁于䝞虘，兮甲从王。折首执讯，休，亡敃。王锡兮甲马四匹，驹车。"五年三月既死霸庚寅是宣王五年三月二十六日，这段话明明讲尹吉甫于三月二十六日以前曾经打过一次胜仗，宣王赐给他马四匹，驹车一辆。他们是二月初由岐山出发的，经过现今的甘肃泾川而到邠县，现在又由邠县出征，宣王才让他率领军队作战，所以说："遐不作人？"他在周室本来没有官爵，也就由这次西征玁狁，才与宣王发生关系，以他而言，不就是新人吗？整章的意思就是：那条光亮的天河，点缀在天上。万岁的周王呀，他何尝不作育人材？

五章。其，指宣王。其章、其相，当属宣王所有。下句接着是"勉勉我王，纲纪四方"，纲纪，约束；纲纪四方，正指此次出征。那么，章，应为璋之省。《周礼·考工记·玉人》又形容璋说："黄金勺，青金外，朱中，鼻寸，衡四寸，有缫。"不正是此诗说的"追琢其章，金玉其相"吗？璋是经过追琢的，金玉是璋的装饰。勉勉，黾勉。勉勉我王，纲纪四方，就是勤勉的我王，在约束四方。整章的意思就是：他的璋是经过追琢的，璋的外表又以金玉彩饰着。勤勉的我王，现在正在约束四方。

## 【诗篇联系】

这样一解释，这篇诗的时间、地点、人物、事件、情感都有了着落。将这首诗摆在这里，不是天造地设吗？豳邑，是宣王西征猃狁的第三站，这里总共产生了四篇诗，就是《公刘》《凫鹥》《既醉》与此诗。

## 【诗义辨正】

《毛序》："《棫朴》，文王能官人也。"此诗哪一点与文王有关？而释诗的人都认为是文王，连姚际恒也不例外。可见先人之见囿人之深之厚！

# 十一

## 吉日（小雅）

吉日维戊，既伯既祷。田车既好，四牡孔阜。升彼大阜，从其群丑。

吉日庚午，既差我马。兽之所同，麀鹿麌麌。漆沮之从，天子之所。

瞻彼中原，其祁孔有。儦儦俟俟，或群或友。悉率左右，以燕天子。

既张我弓，既挟我矢。发彼小豝，殪此大兕。以御宾客，且以酌醴。

释音：麌，音语。儦，音标。豝，音巴。殪，音意。

## 【诗义关键】

先看"漆沮之从，天子之所"的漆水、沮水在什么地方。《毛传》说："漆沮之水，麀鹿所生也。从漆沮驱禽而至天子之所。"等于没有注解。《毛传》又于《潜》篇说："漆、沮，岐周之二水也。"虽然指出了地点，还是等于没有说。《集传》说："漆沮，水名，在西都畿内，泾渭之北，所谓洛水。今自延韦流入鄜坊，至同州入河也。"他将洛水误为漆沮；假如是洛水，怎么不直称洛水而要称为漆沮呢？《瞻彼洛矣》篇明明提到洛水，怎么可以与漆沮相混呢？戴震于《毛郑诗考正》说："此即

《禹贡》之漆沮，合二水为水名者，分言之则非也。"郦道元《水经注》说："云阳县东大黑泉，东南流……谓之为漆沮水。……迳万年县故城北，为栎阳渠……又南屈，更名石川水……南入于渭水。"云阳县在今陕西淳化县东南，万年县在今陕西临潼县东北，中间隔了一条渭水，漆沮怎么能隔着渭水而相通呢？说来说去，没有一个人说得对。《读史方舆纪要》（卷五十四）于耀州（今之陕西耀县）沮水说："在州西门外，自延安府鄜州宜君县流入境，至城南三里之鹳鹊谷与漆水会流。"又于漆水说："在州东门外，自同官县流入境，又南合于沮水。"然怎么断定就是这里的漆沮两水呢？《纪要》又于耀州总序说："州面凭大阜，北负高原，漆水东经，沮水西绕。"与此诗说的"升彼大阜""瞻彼中原"的地理环境正相吻合。前人的《诗经》地理考证根本不看诗，只是随便找一个地名硬加上去，就算作考证了。朱右曾的《诗地理征》就犯这个毛病。《诗经》中凡二水合言，都是二水汇流之处。溱洧之在许昌，也是如此。《纪要》又于祋祤废县说："在州治东北一里。……颜师古曰：'祋，读丁活反，又丁外反。祤读诩。'盖兵祷之名。"此诗说"吉日维戊，既伯既祷"，这不会是巧合吧？

知道了地点，再来看日期。我们上边引的《兮甲盘铭》"唯五年三月既死霸庚寅"为三月二十六日，往上推二十天正是庚午，此诗说"吉日庚午，既差我马"，也不会是巧合吧？庚午是三月初六日，再往上推三十四天，也正是《石鼓文》里所说"天子永宁，日维丙申"。二月是小建，丙申，应为二月初一，与《小明》篇"二月初吉，载离寒暑"，恰相吻合。这些日期是一点不能错的。这样日期的吻合，给我们发现中国历史上一件大事，就是宣王是亲征玁狁。关于宣王的亲征玁狁，从来没有人提过；现在不仅知道了出征路线，而且日期也可算得出来。《诗经》之为真正史实，不会再有问题吧？再从此诗的"吉日维戊"的"戊"看，知道宣王是三月初四开始狩猎，直到初六才结束，这首诗也就写在这一天。不过此诗是尹吉甫写他自己跟随宣王狩猎，并不是直接赞美宣王，这一点要知道。

## 【字句解释】

一章。吉日维戊，指宣王五年三月初四。既伯既祷，《说文》引作"既禡既禂"，禡是师祭。《礼记·王制》"禡于所征之地"，注："禡，师祭也，为兵祷。"足证宣王是在出征，不是普通的狩猎。禂，通祷；祷如马祭，为马祷无疾，为田祷多获禽（马瑞辰说）。陕西耀县东北之祋祤，或即此次禡祷之遗迹。吉日维戊，既伯既祷，就是在戊日这一天，做了师祭，也做了马祭。田车，猎车。田车既好，四牡孔阜，就是猎车既是好的，四匹牡马也是极大的。群丑，指兽类。大阜，即指耀州的大阜。《读史方舆纪要》于耀州牛耳山说："州西北十八里，以两山东西分，若牛耳也。"所谓大阜，或许就是指牛耳山。整章的意思就是：在那初四的好日子，做了师祭，也做了马祭。猎车既是好的，四匹牡马也是极大的。升到那个山顶上，追逐那些野兽。

二章。差，使。庚午，即宣王五年三月初六日。吉日庚午，既差我马，就是庚午这个吉日里，差遣了我的马。同，犹聚。麀，牝鹿。麌麌，《韩奕》篇作"噳噳"，众多的意思。兽之所同，麀鹿麌麌，就是兽类所聚的地方，有许许多多麀鹿。之，是。漆沮之从，天子之所，就是顺着漆沮两水的流域，把兽类驱逐到天子所在的地方。漆沮两水在耀县城南三里的鹳鹊谷汇流，那么，宣王所在地当是这里。整章的意思就是：在庚午这个好日子里，我骑着我的马。兽类聚集的地方，有许多许多麀鹿。顺着漆沮二水的流域，把兽类驱逐到天子所在的地方。

三章。中原，即大阜。祁，《郑笺》："当作麎；麎，牝麋也。"麋似鹿而大。瞻彼中原，其祁孔有，就是看看那个大阜上，有好多好多牝鹿。儦儦，奔走貌。俟为骏之假借；骏骏，行走貌。兽三曰群，二曰友。儦儦俟俟，或群或友，就是有的在奔跑，有的在慢走，有的三个成群，有的两个成双。率，循。左右，即左右之人，与《棫朴》篇"左右奉璋"的"左右"同义。悉率左右，以燕天子，就是将领们都率着左右之人，以燕乐天子。整章的意思就是：看那大阜上，有许多许多的母鹿。有的在奔跑，有的在慢走，有的三个成群，有的两只成双。将领们率领着左右的人，以讨天子的喜欢。

四章。挟，《毛传》在《大明》篇注为"达也"，即箭达于兽。发，发矢。豝，牝豕。殪，死。既张我弓，既挟我矢，发彼小豝，殪此大兕，就是我的弓一张开，我的箭一发出，射中了那个小母猪，也射中了这个大野牛。御，享。醴，酒名。以御宾客，且以酌醴，就是既可以招待宾客，又可以佐酒下饭。整章的意思就是：我的弓一张开，我的箭一射出，就射中了那个小母猪，也射中了这个大野牛。既可以招待宾客，又可以佐酒下饭。

## 【诗篇联系】

从这篇诗的地点与日期看，绝无问题是宣王五年三月初六日宣王在漆沮两水汇流处行猎的诗篇；不过所写的是尹吉甫自己随从宣王出猎后招待宾客的事，所以整章都是以第一人称。

## 【诗义辨正】

《毛序》："《吉日》，美宣王田也。能慎微接下，无不自尽以奉其上焉。"宣王在田猎，他说对了；然说"美宣王田"，错了。这首诗并没有写宣王怎样在田猎，像《大叔于田》篇写共伯和那样；而是写尹吉甫自己怎样跟宣王田猎。此中大有区别，千万不能马虎。不然，就要像《集传》所引东莱吕氏所说的："《车攻》《吉日》，所为复古者何也？盖蒐狩之礼，可以见王赋之复焉，可以见军实之盛焉，可以见师律之严焉，可以见上下之情焉，可以见综理之周焉。欲明文武之功业者，此亦足以观矣。"扯到哪里去了！姚际恒也说："此宣王猎于西都之诗。旧传岐阳石鼓为宣王猎碣，或即此时也。诗中漆沮正近岐阳。"《石鼓文》是纪宣王在岐阳的狩猎，此诗是在耀县，怎么可以相混呢？幸亏我们发现了尹吉甫的生平事迹，才把这两件事分清楚，不然的话，他所猜的也就不知道对与不对了。

# 十二

## 潜（周颂）

猗与漆沮！潜有多鱼。有鳣有鲔，鲦鲿鰋鲤，以享以祀，以介景福。

**【诗义关键】**

漆、沮两水的地点既然知道，这首诗的意义也就显出了。我们说宣王出征的时候是逢水祭水，这不就是祭漆沮两水的祈祷文吗？

**【字句解释】**

猗与，叹美之词。鳣，《毛传》于《硕人》篇注为"鲤也"，然此诗中明明有鲤，当然不是鲤。鳣为鲟鳇，即今之黄鱼。鲔，似鳣而小。鲦，白鲦；鲿，一名黄颊鱼。鰋，即鲇鱼。整篇的意思就是：好美丽的漆沮两水呀！下边有许多鱼。有黄鱼、有鲔鱼，还有白鲦、黄颊鱼、鲇鱼、鲤鱼。拿它享宴，拿它祭祀，以乞多福。

**【诗篇联系】**

《周颂》三十一篇都是祈祷文，都是一章，都是散文，到这里又得到一次证明。宣王出征时逢水祭水，不会再有怀疑吧？

【诗义辨正】

《毛序》:"《潜》,季冬荐鱼,春献鲔也。"姚际恒批评说:"此周王荐鱼于宗庙之乐歌。《小序》谓:'季冬荐鱼,春献鲔。'按《月令》,'季冬'曰'乃命鱼师始渔,天子亲往,乃尝鱼,先荐寝庙',又'季春'曰'荐鲔于寝庙',《序》全袭之为说,则知作《小序》者汉人也。以秦《月令》释周诗,谬一。一诗当冬秋两用,谬二。上云'多鱼',下二句以六鱼实之,鲔在六鱼之内,而云'春献鲔',谬三。《月令》季冬,夏正建丑之月也。孔氏曰'冬月鱼不行,乃性定而肥,故特荐之',此释"潜"之义。今又引《月令》季春荐鲔之说,则鱼是时已不潜矣,与诗义违,谬四。《集传》直录《月令》之文以释诗,谬。窃取《序》意,若示与《序》别者,尤陋。"批驳得痛快淋漓;然他说是乐歌,亦非。祈祷文都是散文,请问怎么歌?

## 十三

## 驺虞(召南)

彼茁者葭。壹发五豝。于嗟乎驺虞!
彼茁者蓬。壹发五豵。于嗟乎驺虞!

释音:茁,音拙。葭,音加。豵,音宗。

## 【诗义关键】

《吉日》篇说"既张我弓,既挟我矢。发彼小豝,殪此大兕",提到豝;此诗也说"壹发五豝,"这两首诗的人物固然不同,然所射的对象则同。其次,我们再看"彼茁者葭"的季节。葭,即苇。《植物名实图考长编》(卷九)于"芦根"条引《农桑辑要》说:"苇四月苗高尺许。"茁是草初生貌。"彼茁者葭""彼茁者蓬",正是三四月间,季节与《吉日》篇又相合。贾谊《新书·礼》:"驺者,天子之囿也;虞者,囿之司兽者也。"驺虞是天子司囿之官。《石鼓·癸鼓文》说"虞人憖㗊,朝夕敬囗"[①],可知宣王出征时,有虞人跟随。现在宣王在狩猎,而此诗说"于嗟乎驺虞",是赞美驺虞之善射,那么,假如说这首诗是宣王在漆沮行猎后,尹吉甫在他的欢宴席上赞美驺虞的善射,不是无稽之谈吧?就以此义将这首诗作一解释。

## 【字句解释】

一章。《植物名实图考长编》(卷九)说:"芦苇之类,凡有十数种,芦、苇、葭、菼、薍、萑、蒹、华之类皆是也。"又据《诗疏》说:"此物初生为菼,长大为薍,成则名为萑,初生为葭,长大为芦,成则名为苇。"葭,为芦之初生。茁,初生茁壮貌。彼茁者葭,就是那茁壮的葭呀。壹发五豝,就是一射就中了五只牝猪。古时的弓有所谓镞者,一发四箭,也就是后世所谓的弩(详细的解释,见《行苇》篇)。因为一发四箭,所以可射

---

[①] 此引文据于省吾《双剑誃吉金文选·石鼓文》,第四字与第八字有残缺。

五豝。整章的意思就是：那茁壮的葭呀。一射就中了五只母猪。驺虞呀，真是了不起！

二章。蓬，即蓬草。豵，《毛传》注为"一岁曰豵"。整章的意思就是：那茁壮的蓬草呀。一射就中了五只豵。驺虞呀，真是了不起！

## 【诗篇联系】

假如不了解《吉日》篇，这篇诗的意义与用途也不可能知道。因为有宣王的狩猎，所以有驺虞的出现，再加以季节与猎物的相同，自然使我们将这首诗摆在这里。

## 【诗义辨正】

《毛序》："《驺虞》，《鹊巢》之应也。《鹊巢》之化行，人伦既正，朝廷既治，天下纯被文王之化，则庶类蕃殖，蒐田以时。仁如驺虞，则王道成也。"姚际恒批驳说："《小序》谓'《鹊巢》之应'，《毛传》以驺虞为义兽，谬并同。欧阳氏曰：'下句直叹驺虞不食生物，若此，乃是刺文王曾驺虞之不若也。'愚以为不必推论及此。即以兽比君上，可乎？《集传》曰'是即真所谓驺虞矣'，实泥兽比君上为言，一何可笑！欧阳氏以'驺'为'驺圉'，'虞'为'虞官'，其说至正。盖本之贾谊《礼篇》曰：'驺者，天子之圉也；虞者，圉之司兽者也。'又《尔雅·释兽》无驺虞，尤是确证。……此为诗人美驺虞之官克称其职也。若为美文王仁心之至，一发五豝，何以见其仁心之至耶？总之，以《二南》皆为文王之诗，其始终窒碍难通如此。

且既不用驺虞为兽之说，即上为美文王，下呼驺虞之官而叹美之，义亦两截；不若谓美驺虞之官为一串矣。"其见甚是。

## 十四

### 鱼丽（小雅）

鱼丽于罶，鲿鲨。君子有酒，旨且多。
鱼丽于罶，鲂鳢。君子有酒，多且旨。
鱼丽于罶，鰋鲤。君子有酒，旨且有。
物其多矣，维其嘉矣。
物其旨矣，维其偕矣。
物其有矣，维其时矣。

**【诗义关键】**

这首诗里的六种鱼，与《潜》篇同了三种。这种相同不是偶然的。再者，《诗经》中用"君子有酒"的共三篇：《南有嘉鱼》《瓠叶》与此诗。这三首诗里有一共同的情调，就是《南有嘉鱼》篇也言鱼，《瓠叶》篇言兔子，都是野生动物。还有《南有嘉鱼》篇说："南有樛木，甘瓠累之。"《瓠叶》篇说："幡幡瓠叶，采之亨之。"这种相同也不会是偶然的。加上我们在《诗经》中所发现的原则，凡是同一句子，都是表现同一事件，那么，假如说这首诗里的"君子"是指宣王，换言之，就是宣王于五年三月初六在漆沮两水的汇流处鸂鹊谷宴饮时，尹吉甫写这三篇诗来祝贺,不是无稽之谈吧?如此讲来,《南有嘉鱼》篇"南有嘉鱼""南有樛木"的"南"也有了着落。鹳鹊谷不就在耀县的南边吗?《诗经》中的字句,没有一字没有着落。且以此义,将《鱼丽》《南有嘉鱼》与《瓠叶》三诗作一解释。

**【字句解释】**

一章。丽,罹。罶,即笱,用曲薄为之,如篝,编绳为底,以承鱼梁之空,鱼入而不能出。鲨,今之吹沙小鱼。整章的意思就是:有鱼投到笱里了,是黄颊鱼,是吹沙鱼。君子所有的酒呀,既美而且多。

二章。鲂,一名鳊鱼。鳢,即今乌鱼。整章的意思就是:有鱼投到笱里了,是鳊鱼,是乌鱼。君子所有的酒呀,既多而且美。

三章。有,够多的意思。整章的意思就是:有鱼投到笱里了,是鲇鱼,是鲤鱼。君子所有的酒呀,既美而且够多。

四章。物,指鱼。整章的意思就是:鱼是真多呀,而且都很好。

五章。偕,俱。整章的意思就是:鱼是真美呀,而且色色俱全。

六章。整章的意思就是:鱼是够多的,而且都是应时的。

**【诗篇联系】**

很显然,这是歌颂一位君子在设宴,而所吃的都是鱼,不是与《潜》篇所写的正相合吗?君子指宣王,那么,这首诗当是歌颂宣王了。

## 【诗义辨正】

《毛序》:"《鱼丽》,美万物盛多,能备礼也。文武以《天保》以上治内,《采薇》以下治外。始于忧勤,终于逸乐,故美万物盛多,可以告于神明矣。"此诗之物,是承上三章的鱼而来,物多、物旨、物有,明明指鱼,怎么会扯到万物去呢?姚际恒说:"此王者燕飨臣工之乐歌。《大序》谓'文武始于忧勤,终于逸乐',赘说失理,前人已辨之。《集传》谓'燕、飨通用之乐歌',谬。彼见《燕礼》《乡饮酒礼》皆用之,故云;然岂作者预立其程,使上下通用乎?"他所批驳的甚是。

## 十五

## 南有嘉鱼(小雅)

南有嘉鱼,烝然罩罩。君子有酒,嘉宾式燕以乐。
南有嘉鱼,烝然汕汕。君子有酒,嘉宾式燕以衎。
南有樛木,甘瓠累之。君子有酒,嘉宾式燕绥之。
翩翩者鵻,烝然来思。君子有酒,嘉宾式燕又思。

释音:汕,音仙。衎,音看。鵻,音锥。

## 【诗义关键】

先看什么时候有甘瓠。《植物名实图考长编》(卷三)于"甘瓠"条引《家政法》说:"二月可种瓜瓠。"又引《四时类要》说:

"二月初掘地作坑……种十来颗子。"二月种瓠，三月正是"南有樛木，甘瓠累之"的时候，累之，言瓠藤绕在樛木之上。《鱼丽》篇说"物其多矣，维其嘉矣"，嘉指鱼；此诗也说"南有嘉鱼"。鹳鹊谷正在耀县之南，如此，不能不使我们联想到宣王与尹吉甫于宣王五年三月初四到初六日之在漆沮。

【字句解释】

一章。烝，众。罩罩，与下章汕汕对举，《说文》于汕汕说"鱼游水貌"，则罩罩亦当同义（马瑞辰说）。南有嘉鱼，烝然罩罩，就是南边的漆沮水里，有好多好鱼在游来游去。燕，宴饮。君子有酒，嘉宾式燕以乐，就是君子在设宴，众宾客都有吃有乐。整章的意思就是：南边的漆沮水里，好多好鱼在游来游去。君子在设宴，众嘉宾都有吃有乐。

二章。衎，乐。整章的意思就是：南边的漆沮水里，许多好鱼在上下优游。君子在设宴，众多的嘉宾有吃有乐。

三章。樛木，弯曲的树木。累，本亦作虆，蔓的意思。南有樛木，甘瓠累之，就是南边的漆沮之旁，有着弯曲的树木，甘瓠的蔓缠着它。绥，安。整章的意思就是：南边的漆沮两旁，有弯曲的树木，甘瓠的蔓缠着它。君子在设宴，众多的嘉宾都安静地在饮宴。

四章。翩翩，飞貌。鵻，祝鸠。思，斯之假借。翩翩者鵻，烝然来思，就是许多许多的祝鸠，都飞到这里来了。又，为友之假借；友，爱。思，语词。君子有酒，嘉宾式燕又思，就是君子在设宴，嘉宾们都很友善地在吃喝。整章的意思就是：许多许多的祝鸠飞到这里来了。君子在设宴，嘉宾们都在友善地吃喝。

## 【诗义辨正】

《毛序》："《南有嘉鱼》，乐与贤也。太平之君子至诚，乐与贤者共之也。"《正义》补充说："作《南有嘉鱼》之诗者，言乐与贤也。当周公、成王太平之时，君子之人已在位有职禄，皆有至诚笃实之心，乐与在野有贤德者，共立于朝而有之，愿俱得禄位，共相燕乐，是乐与贤也。"完全从字面上做文章，根本没有了解诗。《集传》说"此亦燕飨通用之乐"，是后来把它用来宴飨，当初作此诗时并不是"通用"。

## 十六

## 瓠叶（小雅）

幡幡瓠叶，采之亨之。君子有酒，酌言尝之。
有兔斯首，炮之燔之。君子有酒，酌言献之。
有兔斯首，燔之炙之。君子有酒，酌言酢之。
有兔斯首，燔之炮之。君子有酒，酌言酬之。

释音：炮，音庖。燔，音烦。酢，音昨。酬，音酬。

## 【诗义关键】

研究《诗经》有许多法则，假如我们死守这些法则，所有问题，无不迎刃而解。比如兴，凡是《诗经》中的兴，都是睹物起兴，也正因为睹物起兴，所以兴中所言山水草木、鸟兽虫鱼，无不可因之而断定季节与地点。这首诗的"幡幡瓠叶"，正与上首诗"甘瓠累之"的季节相合，都是二三月的景象。诗又言"有兔斯首，炮之燔之"，又与《吉日》篇宣王狩猎的事件相合。假如我们说，这首诗也是宣王在漆沮水边宴饮时，尹吉甫所歌颂的诗篇，想不会有错吧？如此讲来，君子也是指宣王了。

## 【字句解释】

一章。《植物名实图考长编》（卷三）于"甘瓠"条引《诗义疏》说："瓠叶少时可以为羹，又可淹煮，极美。故云：'幡幡瓠叶，采之烹之。'河东及扬州常食之。"耀县正与河东邻近。幡幡，反复飘动貌。亨，同烹；烹，煮。幡幡瓠叶，采之亨之，就是飘动的瓠叶，采下来，煮起来。言，而。"尝之"之"之"指瓠叶。整章的意思就是：飘动的瓠叶，采它来，烹起来。君子在设宴，一方面喝酒，一方面尝着瓠羹。

二章。斯，语词，与《小弁》篇"鹿斯之奔"的"斯"同一句法（马瑞辰说）。《郑笺》注斯为白，非是。炮之燔之，就是拿火来烧它，来烤它，即所谓烤兔肉。"献之"之"之"指兔。整章的意思就是：有许多只兔子，烧起来，烤起来。君子在设宴，一方面在喝酒，一方面献上烤兔。

三章。炙之，烤之。宾敬主人酒谓之酢。整章的意思就是：有许多只兔子，烤起来，烧起来。君子在设宴，一方面喝着酒，一方面客人向主人敬着酒。

四章。醻，主人回敬客人酒谓之醻。整章的意思就是：有许多只兔子，烤起来，烧起来。君子在设宴，一方面喝着酒，一方面主人回敬客人酒。

## 【诗篇联系】

由于《吉日》篇的启示，我们了解了《潜》《驺虞》《鱼丽》《南有嘉鱼》与此诗。这六首诗在地点上、季节上、人物上、事件上，无一不同，所以把它们排在一起。这是宣王出征猃狁的第四站，也就是在鹳鹊谷时所产生的诗篇。奇怪的是宣王在鹳鹊谷停留三天，就有《鱼丽》《南有嘉鱼》与《瓠叶》三首歌来恭祝他，当是一天一篇了。

## 【诗义辨正】

《毛序》："《瓠叶》，大夫刺幽王也。上弃礼而不能行，虽有牲牢饔饩，不肯用也。故思古之人不以微薄废礼焉。"《集传》说："此亦燕饮之诗。"姚际恒批评《毛序》说："按诗中'君子有酒'句与他篇同，而下三章言献、酢、醻，主宾之礼悉具，毫无刺意。毛、郑谓庶人之礼，则篇中明云君子矣。"又批评《集传》说："混云'燕饮之诗'，亦只得如此说；但必以瓠叶、兔首为薄物，未免执泥古人之意，后人岂知，或偶举二物为言，无不可耳。"不是偶举，而是在行猎时的宴饮，所以有这两种东西出现。尹吉甫事迹的发现，为了解三百篇的最大关键；假如不然，也只有在乱猜。

# 十七

# 瞻彼洛矣（小雅）

瞻彼洛矣，维水泱泱。君子至止，福禄如茨。韎韐有奭，以作六师。

瞻彼洛矣，维水泱泱。君子至止，鞞琫有珌。君子万年，保其家室。

瞻彼洛矣，维水泱泱。君子至止，福禄既同。君子万年，保其家邦。

释音：韎，音昧。韐，音阁。奭，音释。珌，音必。

## 【诗义关键】

到这里，我们有信史可以参证了。《兮甲盘铭》说："唯五年三月既死霸庚寅，王初格伐玁狁于䨲卤，兮甲从王。"䨲卤，即汉时的彭衙。《读史方舆纪要》（卷五十四）于白水县彭衙城说："县东北六十里。"又于洛水说："在县东三十里。"䨲卤在白水县东北六十里，洛水在白水县东三十里，相距也不过二三十里，自然可以看到，所以说"瞻彼洛矣"。由此可知，这首诗是在䨲卤所写。然洛水有二，一在陕西，一在河南洛阳，怎么知道这就是陕西的洛水呢？段玉裁《经韵楼集·伊雒字古不作洛考》（见艺文版《皇清经解》第十册）说："今学者作伊雒字皆作洛，久无有知其非者矣。古豫州之水作雒字，雍州之水作洛字，载于经典者画然。汉四百年，未尝淆溷，至魏而始乱之。"他的考证非常详细而正确，读者可以参看。地点决定了，我们再究诗的内容。

《诗经》中用"六师"的共有三篇：《棫朴》《常武》与此诗。《棫朴》篇我们已经谈过是宣王出师，《常武》篇的将于下边证明，而此诗由《兮甲盘铭》来看，当然也是指宣王。《诗经》中用"君子万年"的也有三篇：《既醉》《鸳鸯》与此诗。《既醉》篇我们也已证明是恭贺宣王的语句，《鸳鸯》与此诗当然也是。《六月》篇说"元戎十乘，以先启行"，可见尹吉甫是宣王的先锋队，先到甹虘的是他，所以诗言："君子至止，福禄如茨。韎韐有奭，以作六师。"是宣王到甹虘时，他在欢迎的语气。再由"君子万年，保其家室"，"君子万年，保其家邦"来看，当然是指出征。这首诗，不成问题是宣王于五年三月二十六日到达甹虘时，在宴席上尹吉甫恭贺他的诗。这是宣王西征玁狁的第五站。

## 【字句解释】

一章。泱泱，深广貌。瞻彼洛矣，维水泱泱，就是看到那洛水了，水深而且宽。君子，指宣王。茨，《郑笺》注为"屋盖也"。君子至止，福禄如茨，就是君子来到了，他的福禄就像房顶那样高。韎韐，《毛传》："所以代韠。"韠是韦皮所制成的蔽膝，类似现今的马靴，以茅蒐草染之，其光赤，故云"韎韐有奭"。奭是赤貌。有奭，赤得发亮。武士的韠是白色，故《素冠》篇说"素韠"，国君的韠为茅蒐色，故《毛传》说："韎韐所以代韠。"韎韐有奭，以作六师，就是蔽膝赤得发亮，正在率领着六师。整章的意思就是：看那洛水呀，河水深而又广。君子来到了，福禄就像房脊那么高。蔽膝赤得发亮，他率领着六师来到了。

二章。鞞琫，刀鞘。鞞琫有珌，与上章"鞃鞜有奭"句法相同，奭为形容词，珌，也当为形容词，故戴震解为文饰貌（见《毛郑诗考正》）。整章的意思就是：看那洛水呀，河水深而又广。君子来到了，刀鞘漂亮得不得了。万岁的君子呀，他是在保卫他的家室。

三章。同，聚；与《吉日》篇"兽之所同"的"同"同义。整章的意思就是：看那洛水呀，河水深而又广。君子来到了，福禄也都聚在这里。万岁的君子呀，他是在保卫他的邦国。

## 【诗篇联系】

很显然，这是宣王到达甿虞时，在宴席上，尹吉甫祝贺他的诗。在这里写的祝贺诗还有一首，就是《鸳鸯》，下边就要接着解释。

## 【诗义辨正】

《毛序》："《瞻彼洛矣》，刺幽王也。思古明王能爵命诸侯，赏善罚恶焉。"幽王也真倒霉，有关无关的诗篇都加在他身上，而认为刺他。实际上，这首诗与他哪有一点关系呢？《集传》说："此天子会诸侯于东都以讲武事，而诸侯美天子之诗。"他错认洛水是东都的洛水了。姚际恒也误认这里的洛水为雒水，所以也将诗义看错了。屈万里说"此颂美周王之诗"，但他说不出是哪一位周王。

# 十八

## 鸳鸯（小雅）

鸳鸯于飞，毕之罗之。君子万年，福禄宜之。
鸳鸯在梁，戢其左翼。君子万年，宜其遐福。
乘马在厩，摧之秣之。君子万年，福禄艾之。
乘马在厩，秣之摧之。君子万年，福禄绥之。

## 【诗义关键】

《既醉》与《瞻彼洛矣》两诗的"君子万年"指宣王，此诗的当然也指宣王。诗言"鸳鸯于飞，毕之罗之"，"乘马在厩，摧之秣之"，都是乡间的景象，与宣王出征的情况也相合。再加"福禄宜之""福禄艾之""福禄绥之"与《瞻彼洛矣》篇的"福禄如茨""福禄既同"也相同，所以我们断定这也是在酆虞祝贺宣王的诗。

## 【字句解释】

一章。鸳鸯，似凫而小，多栖水边，营巢于水边之树穴内。毕，田网，小而柄长谓之毕。罗，网。毕、罗，均作动词用。宜，安；福禄宜之，犹言福禄绥之（马瑞辰说）。整章的意思就是：鸳鸯在飞，用毕来掩它，用网来捕它。万岁的君子呀，福禄来安慰他。

二章。戢，歙。遐，大。整章的意思就是：鸳鸯在水梁上，翻着它左边的翅膀。万岁的君子呀，享受着鸿大的福禄。

三章。厩，养马之处。摧，与莝同义，即斩草的意思。秣，饲之以料。乘马在厩，摧之秣之，就是四匹马在厩里，喂之以草，喂之以料。《尔雅·释诂》"艾，相也"；相，是辅的意思。福禄艾之，就是福禄来辅助他。整章的意思就是：四匹马在厩里，喂之以草，喂之以料。万岁的君子呀，福禄来帮助他。

四章。整章的意思就是：四匹马在厩里，喂之以料，喂之以草。万岁的君子呀，福禄来安慰他。

## 【诗篇联系】

从"君子万年"，从郊野的情形，把这首诗排在宣王五年三月二十六日左右，认为是宣王在宴饮时，尹吉甫作歌以颂之，是没有问题的。《瞻彼洛矣》与此诗，都是写在酆鄗。

## 【诗义辨正】

《毛序》："《鸳鸯》，刺幽王也。思古明王，交于万物有道，自奉养有节焉。"这首诗怎么会与幽王有关系呢？实在没有道理，只有说"思古明王"以刺今。像这一类的诗序很多，不值一辨。《集传》说："此诸侯所以答《桑扈》也。"《桑扈》篇在此诗之前，他既认《桑扈》篇是"天子燕诸侯之诗"，故以此为诸侯所答之诗，然诸侯是谁呢？天子又是谁呢？难道没有对象、没有作者、没有因由就随便作诗吗？姚际恒又引何玄子说，认为"幽王娶申后而作"，更是不着边际，不足辨。

以上十八篇，就是《六月》《生民》《思文》《绵》《皇矣》《天作》《公刘》《凫鹥》《既醉》《棫朴》《吉日》《潜》《驺虞》《鱼丽》《南有嘉鱼》《瓠叶》《瞻彼洛矣》与《鸳鸯》，除《六月》篇外，都是写于宣王五年正月到三月二十六日间，地点有的在现今陕西鄠县，有的在岐山县，有的在邠县，有的在耀县，有的在白水县，都是初征猃狁时的作品。

# 【第四编】护送委积至谢城时诗篇（宣王五年）

一

## 黍苗（小雅）

芃芃黍苗，阴雨膏之。悠悠南行，召伯劳之。
我任我辇，我车我牛。我行既集，盖云归哉！
我徒我御，我师我旅。我行既集，盖云归处！
肃肃谢功，召伯营之。烈烈征师，召伯成之。
原隰既平，泉流既清。召伯有成，王心则宁。

**【诗义关键】**

诗言"肃肃谢功，召伯营之"，我们先看谢在什么地方。谢城在什么地方，说法甚多。

一、《集传》说："谢，邑名。申伯所封国也。今在邓州信阳军。"据《读史方舆纪要》（卷五十）于信阳州（今之河南信阳县）义阳城说："在州南四十里。……宋改县曰信阳，为信阳军治。"如此讲来，则谢城在今信阳县南四十里。

二、《纪要》于同卷罗山县高安城说："谢城，县西北六十里，盖古申伯所都。"罗山与信阳固然为邻，然一个说谢城在信阳县南四十里，一个说在罗山县西北六十里，地望不同。

三、《纪要》（卷五十一）又于南阳县申城说："府北二十里。《括地志》：南阳县北有申城，周宣王舅所封。"则谢城又在南阳县北二十里了。南阳在信阳之西，地望更远了。

四、《纪要》（卷五十一）又于唐县谢城说："在故湖阳城北。相传周申伯徙封于此。《诗》所谓'肃肃谢功，召伯营之'，又曰'申伯番番，既入于谢'者也。"湖阳城在唐县（今之唐河县）南九十里，与南阳的申城地望又不合。

五、《汉书地理志补注》（卷十四）于"故申伯国，有屈申城"，引《括地志》说："故申城在邓州南阳县北三十里。"此说虽与《纪要》的南阳说法接近，然他又引孔氏《春秋正义·外传》说："至宣王时，申伯以王舅改封于谢，《诗》云'王命召伯，定申伯之宅'是也。《地志》：南阳宛县，故申伯国。"宛县就是南阳县治。如此讲来，谢城就是南阳城了。《诗经正义》引杜预说："申国在南阳宛县。"

以上五种说法，当以唐县的谢城为正确。因为古人建城，不是傍山，就是依水，而以依水者为多。唐县即今之河南唐河县，一名沘源。唐河西纳沘水，又西南经新野至湖北襄阳县治，北会白河，入于汉。由汉水上溯至新郑，再由新郑至镐京有褒斜道，这是西周时南北必由之道。宣王南征淮夷与申伯赴谢，都是走这条路，将来我们再详细证明。

至于此诗的内容，我们有一件极可宝贵的文献，就是《兮甲盘铭》，兹将全文录后："唯五年三月既死霸庚寅，王初格伐玁狁于䓂䖒，兮甲从王。折首执讯，休，亡敃。王锡兮甲马四匹、驹车。王命甲征𤔲成周四方积至于南淮夷。淮夷旧我帛晦人，毋敢不出其帛、其积、其进人、其贮。毋敢不即次，即市。敢不用命，则即刑𢦏伐。其唯我诸侯百姓，氒贮毋不即市，毋

敢或入綊。宄貯则亦刑。兮伯吉父作盘，其眉寿万年无疆，子子孙孙永宝用。"（引自《双剑誃吉金文选》）

由此可证三件事实：一、宣王为征伐玁狁于五年三月二十六日到达㝬虡，在现今陕西的白水县。这个上边已经证明。二、宣王在㝬虡派尹吉甫赴成周，将那里的粮草人马送至南淮夷，而目的地是谢城，这正是这首《黍苗》篇所讲的。三、征集南淮夷粮草人马是为来助战，假如南淮夷不听命令，即行讨伐。南淮夷果然不听命令，而去讨伐的就是这首诗里所提到的召伯。不幸，召伯于讨伐南淮夷时，阵亡在现今的安徽霍丘县。召伯阵亡，徐国骚动，宣王不得不于六年春亲征徐国，就是《江汉》《常武》等篇所讲的事迹。兮甲盘的发现，给《诗经》研究带来一个莫大的方便；否则，有许许多多诗篇就无法了解。现在只叙尹吉甫护送委积至南淮夷的事。此诗所言，与《兮甲盘铭》的"王命甲征䛐成周四方积至于南淮夷"无一不合。兹证明如下：

诗言"芃芃黍苗，阴雨膏之"，先看黍苗是什么时候芃芃。《植物名实图考长编》（卷一）于"黍"条引《齐民要术》说"三月上旬种者为上时"，又引《本草纲目》说："有赤黍、白黍、黄黍、大黑黍、牛黍、燕颔、马革、驴皮、稻尾诸名，俱以三月种者为上时，五月即熟。"尹吉甫是三月二十六日后离开㝬虡，先到成周，然后再赴谢城，到达谢城的时候，也正是黍苗芃芃的时候。这是季节相合。诗又说："悠悠南行。"尹吉甫是从陕西白水县动身的，以陕西来看，谢城当然在南，与"悠悠南行"正合。他从陕西到洛阳，又从洛阳到唐河县，可以算是遥远的吧？悠悠，即遥遥。这是方向相同。《周礼·地官·牛人》："凡会同军旅行役，共其兵车之牛，与其牵徬，以载公任器。"此诗的"任"即是"任器"。任器，是行军时杂用之器具。辇，辎重车。"我任我辇，我车我牛"，"我徒我御，我师我旅"，正是所谓委积。《孙子·军争篇》："是故军无辎重则亡，无粮食则亡，无委积则亡。"杜牧注："辎重者，器械及军士衣装；委积者，财货也。"这是任务相同。由此三点相同，我们断定这首诗的"我"就是尹吉甫。然这首诗是在什么场合之下写的呢？就是尹吉甫到了谢城，召伯为他洗尘，他在洗尘宴上歌颂召伯的诗，所以诗说："悠悠南行，召伯劳之。"就以这个意思将此诗作一解释。

## 【字句解释】

一章。芃芃，盛貌。膏，润。芃芃黍苗，阴雨膏之，就是茂盛的黍苗，阴天的雨在膏润它。悠悠，遥遥。劳，郊劳。僖三十三年《左传》"齐国庄子来聘，自郊劳至于赠贿"，杜注："迎来曰郊劳。"整章的意思就是：茂盛的黍苗，阴天的雨在膏润它。遥遥地南来，召伯在迎接我。

二章。我任我辇，我车我牛，就是我所护送的任器，我所护送的辎重，我所护送的车，我所护送的牛。盍，读为盇，什么时候。整章的意思就是：我所护送的任器、辎重、车马、牛群，都已经到达，什么时候才能回去呢？

三章。徒，步兵。御，骑士。整章的意思就是：我所护送的步兵、骑士以及师、旅之众，都已齐集了，什么时候才能回家呢？

四章。肃肃，急急。肃肃谢功，就是急急地筑谢工程。营之，在经营。烈烈，壮烈。烈烈征师，就是壮烈的出征师旅。成，组成。整章的意思就是：急急地筑谢工程，是召伯在经营。壮烈的师旅，是召伯所组成。

五章。原，平原。隰，低地。土治曰平，水治曰清。原隰既平，泉流既清，就是疆界划分清楚了，沟渠整顿完毕了，也就是《崧高》篇说的"彻申伯土田""彻申伯土疆"的意思。《崧高》篇说"王命召伯，彻申伯土疆"，"王命召伯，定申伯之宅"。所谓"有成"，就是完成了这些任务。王，指宣王。宁，安宁。因为尹吉甫是从宣王那里来的，他现在看到这些任务已经完成，所以说王心里是会安宁的。整章的意思就是：高地低地的疆界都划清了，沟渠泉流也都疏通了。召伯这样的成就，王听到了会很高兴。

## 【诗篇联系】

假若没有《兮甲盘铭》的发现，我们不可能了解这首诗。反过来讲，假如没有这首诗，也不可能了解《兮甲盘铭》。比如"王命甲征嗣成周四方积至于南淮夷"，明明是宣王命令尹吉甫将成周各国的委积送至南淮夷，而杨树达在《积微居金文说·兮甲盘跋》说："至于犹言乃至，言王命兮甲往治成周及诸侯国邑乃至南淮夷之委积，不谓兮甲至淮夷也。"本来是一句多么清楚的话，让他解释起来多么别扭。文字是表现文物制度、思想情感的，解释文字时一定要用它所表现的文物制度、思想情感来解释，才能文从字顺；假如把文字与它所表现的文物制度、思想情感隔离开来，文字的意义就变为犹豫两可。可以这样解释，也可以那样解释，而使一个字变成了无穷的意义。训诂家最易犯这种不追究文物制度、思想情感，而只从字面来解释的毛病，杨树达也不例外。知道了尹吉甫是到达南淮夷，那么，不仅了解了这首诗，连带着也使我们了解了其他许多篇诗。

## 【诗义辨正】

《毛序》："《黍苗》，刺幽王也。不能膏润天下，卿士不能行召伯之职焉。"《集传》说："宣王封申伯于谢，命召穆公往营城邑，故将徒役南行，而行者作此。"姚际恒批评他们说："宣王命召穆公营谢，功成，徒役作此。《集传》谓'徒役南行，而行者作此'，语意不明。如是，则下章何以云'归'，云'有成'乎？《小序》谓'刺幽王'；黄东发曰：'诗中明言美召公，而《诗序》乃以为刺幽王，此类，亦何讶晦庵之去《序》耶！'此篇与《崧高》同一事，分大小雅者，此为士役美召伯之作，彼为朝臣美申伯之作；此为短章，彼为大篇也。"实际上，此诗与《崧高》都是尹吉甫所作，不过是两个时间。此诗是宣王五年四月间在谢城，亲眼看到召伯营谢之作；《崧高》篇是宣王七年尹吉甫护送申伯到谢后，追述召伯营谢之事。并不是像姚际恒所猜想的：一个是士役所写，一个是朝臣所写。

## 二

## 无将大车（小雅）

无将大车，祇自尘兮。无思百忧，祇自疧兮。
无将大车，维尘冥冥。无思百忧，不出于颎。
无将大车，维尘雝兮。无思百忧，祇自重兮。

释音：祇，音支。疧，音疹。颎，音耿。

### 【诗义关键】

这首诗的关键就在"无将大车"一句。《诗经》中用"大车"的共有两篇：一是我们解释过的《大车》篇，一就是此诗。牛车，北方人称之为大车，载货或载人之用。将，送；与《鹊巢》篇"百两将之"的"将"同义。无将大车，就是不要让我做护送大车的工作吧！然而谁在做这种工作呢？从《兮甲盘铭》，我们知道宣王于五年三月二十六日派尹吉甫赴洛阳，把那里的粮草人马护送至南淮夷，并征集南淮夷的委积来应用。委积就是用牛车护送的，所以《黍苗》篇说"我任我辇，我车我牛"，车牛是牛车之倒文以协韵。然尹吉甫赴南淮夷的任务是双重的：一是护送洛阳的委积至南淮夷，一是征集南淮夷的委积来应用，而最重要的任务还是后一项。可是他每天要随着牛车走，迟缓而吃尘土，也就耽误了后一项最重要的任务，所以诗说："无将大车，祇自尘兮。无思百忧，祇自疧兮。"就是不要让我护送大车吧！除吃尘而外没有别的，想起的没有不是忧愁。这是一首尹吉甫诉苦的诗，我们就以此义将这首诗作一解释。

**【字句解释】**

一章。衹，适。疧，读为疹；疹，病（马瑞辰说）。整章的意思就是：不要让我护送大车吧！吃的都是尘土。想到的无不是忧愁，这样子会得病的。

二章。冥冥，昏暗貌。颎与耿同；耿，不安貌。整章的意思就是：不要让我护送大车吧！都是昏暗的尘土。想到的无不是忧愁，终日在不安中过活。

三章。雝同壅；雝，拥塞，指尘土。重，累。整章的意思就是：不要让我护送大车吧！天天被尘土蒙蔽着。想到的无不是忧愁，实在感觉累得很。

**【诗篇联系】**

由于《黍苗》篇的"我车我牛"，使我们了解了这首诗。尹吉甫赴谢城的任务非常重大，不仅止是将东周诸国的委积送至谢城，还要征集南淮夷的委积来助宣王作战，可是一天到晚跟着牛车走，迟慢得不得了。他怕误了宣王的战事，因而才忧愁。这首诗排在这里，不是极其自然吗？

**【诗义辨正】**

《毛序》："《无将大车》，大夫悔将小人也。"这是完全从政教观点来看。《集传》说:"此亦行役劳苦而忧思者之作。"姚际恒一方面批评他们而又自作主张说:"此诗以'将大车'而起尘,兴'思百忧'而自病,故戒其'无'。观上下同用'无'字及'祇自'字可见。他篇若此甚多。此尤兴体之最明者。自《小序》误作比意,因大车用'将'字,遂曰'大夫悔将小人',甚迂。《集传》则谓:'行役劳苦而忧思之作。'观三章'无思百忧'二句,并无行役之意,是必以将大车为行役,甚可笑。且若是则为赋,何云兴乎?……此贤者伤乱世,忧思百出,既而欲暂已,虑其病甚,无聊之至也。"他也是从字面上来猜想。要不是尹吉甫生平事迹的发现,这首诗也就永远无法了解。

# 三

## 下泉(曹风)

冽彼下泉,浸彼苞稂。忾我寤叹,念彼周京!
冽彼下泉,浸彼苞萧。忾我寤叹,念彼京周!
冽彼下泉,浸彼苞蓍。忾我寤叹,念彼京师!
芃芃黍苗,阴雨膏之。四国有王,郇伯劳之。

释音:冽,音列。蓍,音尸。

## 【诗义关键】

诗言"芃芃黍苗,阴雨膏之",与《黍苗》篇的完全相同,难道是曹国人抄袭《黍苗》篇吗？不是的。此诗的"郇伯劳之"也就是《黍苗》篇的"召伯劳之"，郇为邵字形近之讹。这一讹，不知白费了后人的多少考证！有王，也就是后世说的勤王。"四国有王"，不就是《兮甲盘铭》说的"成周四方积"吗？因为尹吉甫把成周四方积送到了谢城，召伯来欢迎他，不就是《黍苗》篇的"悠悠南行，召伯劳之"吗？他是为国难而来的，所以再三说"忾我寤叹，念彼周京"，"忾我寤叹，念彼京周"，"忾我寤叹，念彼京师"。事件多么相合！

【字句解释】

一章。洌，寒冷。初生之禾本为苞，苞笋即春笋。洌彼下泉，浸彼苞稂，就是寒冷的泉水，浸着那初生的苞稂。忾，叹息声。寤，梦。整章的意思就是：寒冷的泉水，浸着那初生的苞稂。梦里我都在叹气，怀念那周室的京师。

二章。苞萧，初生的蒿。京周，即周京，倒字以协韵。整章的意思就是：寒冷的泉水浸着那初生的蒿。梦里我都在叹气，怀念那周室的京都。

三章。蓍，蒿类，古人以其茎为占筮之用。整章的意思就是：寒冷的泉水，浸着那初生的蓍。梦里我都在叹气，怀念那周室的京师。

四章。意思就是：茂盛的黍苗，阴天的雨在膏润它。四国来勤王，召伯在慰劳。

## 【诗篇联系】

很显然，这首诗与《黍苗》篇是同时之作，都是在召伯的欢迎宴上所写。不过这首诗应在《黍苗》篇之前，是刚到谢城的时候，召伯欢宴他，他写此诗以谢之。后来住了多天，任务不能完成，急着回去，所以《黍苗》篇有"我行既集，盖云归哉"，"我行既集，盖云归处"之叹。前后次第十分显明。

## 【诗义辨正】

《毛序》："《下泉》，思治也。曹人疾共公侵刻，下民不得其所，忧而思明王贤伯也。"这首诗在《曹风》，《诗序》也就不得不在曹国里找一个君主以实之。姚际恒就说"无据"。可是他又说"此曹人思治之诗"，也是受《曹风》的束缚。马瑞辰依据《易林》"下泉苞粮，十年无王。荀伯遇时，忧念周京"而加以考证说："此诗当为曹人美晋荀跞纳敬王于成周而作。"荀跞是晋人，与曹国有什么关系？他又说："美荀跞而诗列《曹风》者，昭二十五年，晋人为黄父之会，谋王室，具戍人；二十七年会扈，令戍周；三十二年城成周，曹人盖皆与焉。"按《春秋》或《左传》：昭二十五年会黄父，参加者为晋赵鞅，并非荀跞；二十七年会扈，参加者为晋士鞅，亦非荀跞；三十二年城成周，荀跞也没有参与。只二十六年说"晋知跞、赵鞅，帅师纳王"，然没有曹人参加，诗怎么会摆在《曹风》呢？可知马瑞辰也是臆说。而屈万里说："此本《易林》之说，何楷《诗经世本古义》及马瑞辰证成之，其说盖可信也。诗三百篇，殆以此诗为最晚。""可信"在什么地方呢？希望屈先生再做一番细心的检讨。鲁昭公二十六年为周敬王四年,西历纪元前五一六年,而此诗实际写在周宣王五年,西历为公元前八二三年,他把这首诗拉后了三百零七年,无怪乎要驴唇不对马嘴了!

## 四

## 皇皇者华（小雅）

皇皇者华,于彼原隰。駪駪征夫,每怀靡及。
我马维驹,六辔如濡。载驰载驱,周爰咨诹。
我马维骐,六辔如丝。载驰载驱,周爰咨谋。
我马维骆,六辔沃若。载驰载驱,周爰咨度。
我马维駰,六辔既均。载驰载驱,周爰咨询。

释音:駪,音莘。

## 【诗义关键】

诗言"皇皇者华",遍地都是花朵,正是尹吉甫在谢城时的季节。又言"于彼原隰",与《黍苗》篇"原隰既平"的地理环境也相同。"我马维驹,六辔如濡",濡,是润泽,形容六辔的新,与《郑风·羔裘》篇"羔裘如濡"的"如濡"是一个意思。《兮甲盘铭》不是讲宣王赐给尹吉甫一辆驹车吗?所谓驹车当是驹马所拉的车。此诗言"我马维驹,六辔如濡",不会是巧合吧？《诗经》中用"征夫"的共有四篇，就是《小雅·杕杜》《何草不黄》《烝民》与此诗。这四首诗的"征夫"都是尹吉甫的自称，将会逐一证明。在讲《东方未明》篇时，曾说那篇的"狂夫"为"征夫"之误，那篇的征夫就是尹吉甫的自称。"载驰载驱，周爰咨诹"，"载驰载驱，周爰咨谋"，"载驰载驱，周爰咨度"，"载驰载驱，周爰咨询"，不正是讲他为南淮夷的委积而在奔波忙碌吗？认为这首诗是在谢城所写，不是极为合理吗？

## 【字句解释】

一章。皇皇者华，于彼原隰，就是鲜艳的花朵呀，长在那高地与平地里。駪駪，《鲁诗》作侁侁；侁侁，往来行声。怀，《毛传》于《匪风》与《泮水》篇都训为"归"，此处也是这个意思。每怀靡及，就是每次应该回家的时候都不能回家。尹吉甫于宣王五年正月就开始出征，到现在五月，他本来应该回卫的，可是宣王又派他护送洛阳一带的粮草人马来到谢城。到了谢城又为征集南淮夷的委积，还是不能回去，此诗就是写他的忙碌以及不得回去的原因。《烝民》篇的"每怀靡及"也是这样意思。駪駪征夫，每怀靡及，就是往来不停的征夫，每次想回去都不能回去。整章的意思就是：鲜艳的花朵呀，高地低地里到处都是。往来不停的征人，每次想回去都不得回去。

二章。周，遍；爰，于。咨诹，访问。整章的意思就是：我的马是驹马，六根缰绳都是光泽的。驰驱呀，奔跑呀，到处去访问。

三章。咨谋，商议。整章的意思就是：我的马是骐马，六根缰绳的顺手就像拿着丝绳。驰驱呀，奔走呀，到处去商议。

四章。沃若，柔弱。咨度，商量。整章的意思就是：我的马是骆马，六根缰绳都很柔软。驰驱呀，奔跑呀，到处去商量。

五章。均，力量的均匀。咨询，打听。整章的意思就是：我的马是骃马，六根缰绳的力量都很均匀。驰驱呀，奔跑呀，到处去打听。

## 【诗篇联系】

《兮甲盘铭》不是讲宣王派尹吉甫征集南淮夷的物资么？假如南淮夷不听命令，即刑膑伐。果然，南淮夷不听命令，所以尹吉甫到处去商议、询问、打听、图谋，然而一无所获。这首诗不是正讲这种情形吗？因为南淮夷的抗命，接着一方面召伯去征伐，一方面尹吉甫回到卫国自己所管辖的浚地去征兵，也就接着《六月》篇所讲的事迹了。

## 【诗义辨正】

《毛序》："《皇皇者华》，君遣使臣也。送之以礼乐，言远而有光华也。"这是由襄公四年《左传》"《皇皇者华》，君教使臣曰：'必咨于周。'"而来。春秋的时候，盛行引诗赋诗，偶尔有人将此诗作为派遣使臣之用，后来也就变成一种制度，继而变为必唱的乐章，才辗转产生《毛序》这种附会。

后来说诗的谁都不敢怀疑，因而这首诗的解说也就没有多大的纠纷。

以上四篇，就是《黍苗》《无将大车》《下泉》与《皇皇者华》，都是宣王五年四月间尹吉甫护送成周一带委积至谢城时所写。

## 【第五编】与南仲在方山会师时诗篇（宣王六年）

一

# 出车（小雅）

我出我车，于彼牧矣。自天子所，谓我来矣。召彼仆夫，谓之载矣。王事多难，维其棘矣。

我出我车，于彼郊矣。设此旐矣，建彼旄矣。彼旟旐斯，胡不旆旆？忧心悄悄，仆夫况瘁。

王命南仲，往城于方。出车彭彭，旂旐央央。天子命我，城彼朔方。赫赫南仲，玁狁于襄。

昔我往矣，黍稷方华；今我来思，雨雪载涂。王事多难，不遑启居。岂不怀归？畏此简书！

喓喓草虫，趯趯阜螽。未见君子，忧心忡忡；既见君子，我心则降。赫赫南仲，薄伐西戎。

春日迟迟，卉木萋萋。仓庚喈喈，采蘩祁祁。执讯获丑，薄言还归。赫赫南仲，玁狁于夷。


释音：谓，音归。趯，音剔。降，音杭。

## 【诗义关键】

诗言"王命南仲，往城于方"，"南仲"是什么时候的人？"方"在什么地方？诗又说"天子命我，城彼朔方"，"我"又是谁？"朔方"与"方"是不是一个地方？假如是一个地方，既然派了南仲到方，为什么又派"我"来呢？"我"与"南仲"有否关系呢？"自天子所，谓我来矣"，"天子"是谁？"天子所"指的是什么地方？解决了这些问题，才可了解这首诗。

《毛传》说："南仲，文王之属。"可是《汉书·古今人表》列南仲为宣王时人，而与召虎、方叔、仲山甫、申伯、尹吉甫、韩侯、蹶父等人并列。文王到宣王相差二百多年，南仲不可能活这么长的岁数。那么，到底他是什么时候的人呢？这是《诗经》研究的一大关键。假如南仲这个人物弄不清楚，许多诗篇也就无法了解。《后汉书》（卷五十一，《列传》第四十一）《庞参传》载马融上书说："昔周宣猃狁侵镐及方……而宣王立中兴之功……是以南仲赫赫，列在周诗。"马融也认南仲为宣王时人。崔述于《丰镐考信录》（卷七）说："经传记文王之臣多矣，未有称南仲者，而《常武》，宣王时诗有南仲。大王时有獯鬻，文王时有昆夷，未有称猃狁者；而《六月》《采芑》，宣王时诗称猃狁。然则，此当为宣王时诗，非文王时诗矣。不特此也，《六月》称'侵镐及方'，此诗称'往城于方'，其地同；《六月》称'六月棲棲，戎车既饬'，此诗称'昔我往矣，黍稷方华'，其时又同。然则此二诗乃一时之事，其文正相表里。盖因镐、方皆为猃狁所侵，故分道以伐之。吉甫经略镐，而南仲经略方耳。"这是极有见地的话，可惜他不再追究：既然吉甫经略镐，南仲经略方，镐方当非一地，而诗怎么既说"王命南仲，往城于方"，又说"天子命我，城彼朔方"呢？难道两个方不是一个地方吗？必须把"我"与南仲的关系追究清楚，才可了然此中事迹。

南仲既是宣王时人,那么,"天子命我,城彼朔方"的"我"是谁呢？"我"是诗篇的作者,这个"我"是了解《诗经》的最大关键,可是研究《诗经》的人都不注意这个"我"。"我"不仅不是南仲,而且与南仲的身份、地位都迥然殊异。怎么知道？从这首诗里表现的旗帜来看。"王命南仲,往城于方。出车彭彭,旂旐央央",旂是南仲的旗帜。"我出我车,于彼郊矣。设此旐矣,建彼旄矣。彼旟旐斯,胡不旆旆",旟是"我"的旗帜。《周礼·春官·司常》说"交龙为旂……鸟隼为旟,龟蛇为旐",又说:"诸侯建旂……州里建旟,县鄙建旐……皆画其象焉。官府各象其事,州里各象其名。"又说:"凡军事建旌旗。"由此可知周人在出征的时候,诸侯、大夫、士,都要把象征他们身份与地位的旗帜竖立起来以显示自己之所在。这样讲来,诗篇里所表现的各种旗帜极具意义。此诗"旂旐央央"的"旂"所象征的是南仲,《采芑》篇"旂旐央央"的"旂"所象征的是方叔,《韩奕》篇"淑旂绥章"的"旂"所象征的是韩侯,《泮水》篇"言观其旂""其旂茷茷"的"旂"所象征的是鲁侯,《閟宫》篇"龙旂承祀"的"龙旂"所象征的也是鲁侯。南仲、方叔、韩侯、鲁侯都是诸侯,他们的旗帜都是旂,可见《诗经》里的旗帜一点也不乱用。至于旟旗,那是州里的将官才用。《干旄》篇说"孑孑干旟,在浚之都",浚为卫国的州里,故用旟。《六月》篇说"织文鸟章",鸟章为旟,那么,尹吉甫的旗帜是旟。然为什么"旂旐""旟旐"连用呢？因为诸侯与士大夫所率领的队伍都是县鄙的民众,所以把它们连合起来。尹吉甫的旗帜既是旟，而此诗的"我"是否是尹吉甫呢？只将《六月》篇与此诗做一对照，就发现"我"是谁了。

《六月》篇说"六月棲棲，戎车既饬"，又说"维此六月，既成我服"，是六月出征；此诗说："昔我往矣，黍稷方华。"黍稷方华在六月，是出征的季节相同。《六月》篇说"玁狁孔炽，我是用急"，征伐的对象是玁狁，此诗也说"赫赫南仲，玁狁于襄"，所征伐的对象又是一样。《六月》篇说"玁狁匪茹""侵镐及方"；此诗又说"王命南仲，往城于方"，"天子命我，城彼朔方"，是征伐的地点也相同。《六月》篇说"织文鸟章，白旆央央"，出征的人所率领的是州里的民众；此诗也说"彼旟旐斯，胡不旆旆"，是出征人的身份与所率领的民众也相同。《六月》篇说"王于出征，以匡王国"，是宣王在出征；此诗说"王事多难，维其棘矣"，"自天子所，谓我来矣"，宣王也在出征，是事件也相同。《六月》篇说"文武吉甫，万邦为宪"，是尹吉甫能文能武；此诗一方面说"我出我车，于彼郊矣。设此旐矣，建彼旄矣"，是良人的身份；一方面又说"岂不怀归？畏此简书"，也是能文能武。《六月》篇是以作者的第一人称"我"来表现，如"玁狁孔炽，我是用急"，"维此六月，既成我服；我服既成，于三十里"，"来归自镐，我行永久"，都是以"我"来表现，换言之，"我"就是作者，也就是尹吉甫；此诗也是用第一人称的"我"来表现，如"我出我车，于彼牧矣"，"天子命我，城彼朔方"，"我"也是作者。有此七点相同，假如我们说这首诗的"我"也是尹吉甫，而此诗为尹吉甫所写，绝无问题。

然宣王既派了南仲在方这地方伐猃狁，为什么又派尹吉甫来呢？诗言"忧心悄悄，仆夫况瘁"，况、瘁都是病的意思，意思就是我心里在悄悄地忧愁，军队都人老兵疲了。这是尹吉甫对南仲队伍的忧虑，那么，南仲是哪一年就来方这个地方征伐猃狁呢？《竹书纪年》于宣王三年载说"王命大夫仲伐西戎"，这个"仲"就是南仲。怎么知道呢？《鄩惠鼎铭》说"司徒南仲右，鄩惠入门"，南仲曾做周室的司徒，故称之为大夫。可是后人将这个仲注为秦仲，不仅使诗义不可了解，连史事也弄错了。《后汉书》（卷八十七）《西羌传》说："厉王无道，戎狄寇掠，乃入犬丘，杀秦仲之族。王命伐戎，不克。及宣王立四年，使秦仲伐戎，为戎所杀。"秦仲在宣王四年就被犬戎所杀，而此诗所叙的是宣王五六年间的事，怎么相合呢？再者，秦仲所伐者为犬丘之戎，在今西安西边，也不是方地的戎。将《竹书纪年》所记载的与此诗做一对照，可以断定不是秦仲。秦仲并没有入仕于周，怎可称他为大夫呢？我希望口口声声说《竹书纪年》靠不住的人，好好检讨一下，到底是《竹书纪年》靠不住呢？还是自己把事迹搞错了呢？

南仲既于宣王三年就在方这个地方伐猃狁，到宣王五年时还不能平定，这样，就接着我们上边的叙述了。宣王是五年正月就开始出征，二月初一在岐山，三月初六到达漆沮汇流处的鹳鹊谷，三月二十六日到达冨虡。到达冨虡后，宣王派尹吉甫赴成周，将那里的委积送到谢城，并将南淮夷的物资运来打猃狁，可是被南淮夷拒绝了。尹吉甫不得不回到自己管辖的浚地来征调人马再西征，这就接着《六月》篇所写的了。这一篇是尹吉甫写他于宣王五年六月出征之后到达方山，与南仲同心协力将猃狁平定后，又于宣王六年初春跟宣王南征徐国，而与南仲离别时所写。

到此。我们要更正崔述的两点错误。第一，他说："吉甫经略镐，而南仲经略方。"实际上，镐（在今山西闻喜县）方（在今山西永济县）两地都是南仲在经略，而因军事不利，旷日持久，人老兵疲，所以宣王令尹吉甫来协助他。尹吉甫的身份仅仅是武士，在周朝的封建政治之下，做大将的都是诸侯，他没有这种资格。后人看到《六月》篇的"文武吉甫，万邦为宪"，就认为他是大将，并认为他地位高得不得了，这是一个极大的错误。第二，崔述又认为《采芑》篇的"征伐猃狁"为宣王时事，实际上也错了。这是夷王时候的事。《竹书纪年》于夷王七年载说："虢公帅师伐太原之戎至于俞泉，获马千匹。"《不嬰𣪘铭》说："唯九月初吉戊申，伯氏曰：'不嬰驭方，猃狁广伐西俞。'"西俞，即《竹书》所纪的俞泉。不嬰驭方即方叔。伯氏即《竹书》的虢公。夷王七年为公元前八八八年，到宣王六年（《采芑》篇写于此年）的公元前八二二年，相距已六十六年，而《不嬰𣪘铭》里称方叔为小子，到宣王时为八十多岁的老人，故《采芑》篇称之为"方叔元老"。这时方叔已告老还乡。（详请参看《采芑》篇的解释）王国维在《鬼方昆夷猃狁考》里也误认方叔在宣王时伐猃狁，故在此特为辨明。宣王时伐猃狁的只有南仲，尹吉甫不过协助他而已。

关键明白了，再将此诗一字一句作一解释。

**【字句解释】**

一章。牧，牧野，周时为车战，故有牧野为养马之地。此篇牧野当在方山。方在周时为菶京所在地。《读史方舆纪要》（卷四十一）于首阳山说"或又谓之方山"，是首阳山亦有方山之称。出，派的意思。我出我车，于彼牧矣，就是我派我的戎车，来到他那个牧野。尹吉甫是由卫国而来，故称方之牧野为"彼牧"。天子所，天子所在地，不是指镐京。我们不是讲宣王于五年三月二十六日在冨虖吗？天子所即指此。自天子所，谓我来矣，就是我是从天子所在的地方来的。《诗经》中用"谓之"成语的共有五篇：《摽有梅》《北门》《都人士》《绵蛮》与此诗。古人喉齿音不分，故读归为谓，所有的"谓之"都是"归之"的意思（参闻一多说）。召彼仆夫，谓之载矣，就是召集那些仆夫，把他们载回去。棘，即今所谓棘手。整章的意思就是：我将我的戎车派出在他那个牧野了。我是从天子所在的地方来的。来的目的是召集那些仆夫，载他们回去。国事多难，非常地棘手呀！

二章。郊，也指方的牧野。旆旆，风飘旗声。整章的意思就是：我派遣了我的戎车，来到那个郊野。旐竖起来了，旄也竖立起来。那些旗旐在风里飘扬，怎么不作旆旆的响声呢？可是我的心里却悄悄地在担忧那些害了病的仆夫。

三章。《诗经》中用"彭彭"的共有七篇：《载驱》《北山》《大明》《烝民》《韩奕》《駉》与此诗。《毛传》于《载驱》篇注为"多貌"；于《北山》篇注为"彭彭然不得息"；于《大明》篇无注，而《郑笺》说"马强"，是注彭彭为强貌；于《烝民》

篇无注,而《郑笺》说"行貌";于《驷》篇注为"有力有容也";于此篇则注为"四马貌"。不管《毛传》《郑笺》,都是依诗立训,若求其一致的意义,则以"行声"为宜。出车彭彭,就是戎车都在彭彭作响。《诗经》中用"央央"的共有四篇:《六月》《采芑》《载见》与此诗。《毛传》于此诗注为"显明貌",若以此义解《载见》篇"和铃央央",即变为和铃显明,义不可通。央央亦是响声,和铃央央,就是和铃央央作响;此诗旟旐央央,就是旟旐被风飘得央央在响。襄,除。整章的意思就是:王命令南仲,到方这个地方筑城以防御。他的戎车彭彭在出动,旟旐的旗帜央央在响。天子又命令我说:"到那北方的方地筑城。"显赫的南仲,正在这里驱逐狎狁。

四章。黍为禾属而不黏者,色黄,祭祀时用,故名为稷,也就是现在说的小米。夏至播种,秋收。夏至为阴历五月初,那时种黍。稷,即今之高粱。谚语有"九里种,伏里收"之说(程瑶田《九谷考》说)。九,为九九,由冬至次日数起历八十一日为九九,那时正是立春,所以高粱是春天里就播种的。此诗言"黍稷方华",正是七八月的景象。《六月》篇说"六月棲棲,戎车既饬",六月整理军备,七月出征,所以此诗言:"昔我往矣,黍稷方华。"往,是往圉庐,因为那时宣王在这里。思,为斯之假借,指方城。今我来思,雨雪载涂,就是现在我来到这里,途中正在下雪。尹吉甫于七月由卫国浚地出发,先到圉庐,再从那里一步一步地打到方城,这时正是下雪的时候。启居,安居。简书,天子的策命。姚际恒《诗经通论》说:"《毛传》谓'戒命,邻国有急,以简书相召,则奔命救之',此用《左传》而误也。闵元年,狄人伐邢,管敬仲言于齐侯曰:'《诗》云:"岂不怀归?畏此简书。"简书,同恶相恤之谓也,请救邢以从简书。'此第谓当时天子有此简书,其中有'同恶相恤'之语,非邻国之简书也。其后邻国有戒命,则亦谓之简书耳。"这个解释极为重要,因为知道了简书的原始意义为天子的策命,那么,就与尹吉甫发生关系,而尹吉甫的主要任务就是为宣王作简书。南仲在方这个地方平定了猃狁,就要回卫,而尹吉甫还得跟随宣王去征伐淮夷,所以说"岂不怀归?畏此简书"。整章的意思就是:以前我动身的时候黍稷正在开花;现在我来到这里,满路上都在下雪。国家发生了太多的灾难,也顾不得安居乐业。怎么不想回去呢?怕的就是这种简书的工作。

五章。喓喓,虫鸣声。草虫,蝗属,俗名织布娘。趯趯,跳跃貌。阜螽,《毛传》注为"蠜也"。按蠜为蝗之幼虱,与趯趯的形容不合。阜螽应为蠡螽,一名蚱蜢。《辞源》解释说:"蝗属,体长寸许。有深灰色、黄绿色等数种。头为三角形,前翅成革质,稍能飞翔。后脚腿节壮大,便于跳跃。"喓喓草虫,趯趯阜螽,就是草虫喓喓地在叫,蚱蜢趯趯地在跳的时候。君子,指南仲。未见君子,忧心忡忡,既见君子,我心则降,就是还未见到您的时候,心里一阵子一阵子地不安,现在看到您,心里也就安定了。这是两个地点,两个季节,两种心情的话。说得详细一点,是喓喓草虫、趯趯阜螽的时候没有看到南仲,心里一阵子一阵子地不安;现在到了方山,也就是冬季的时候,见到了南仲,心里也就安定了。薄,迫。西戎,猃狁。整章的意思就是:草虫喓喓地在叫,阜螽趯趯地在跳的时候,没有看到您,心里一阵子一阵子地不安;现在既然看到您,心里也就安定了。显赫的南仲呀,正急迫地征伐西戎。

六章。萋萋,茂盛貌。仓庚,黄莺。蘩,白蒿。整章的意思就是:迟迟的春天来到了,花木也都茂盛了。黄莺喈喈地在叫,大家都去采蘩了。赶紧捉些间谍,擒些酋长,赶快地回去。显赫的南仲,把玁狁平定了。

## 【诗篇联系】

这篇诗极为重要,因为它联系着宣王五年六月直到六年六月的事迹。"昔我往矣,黍稷方华",是宣王五年六七月;"今我来思,雨雪载涂",是宣王五年十一二月;"春日迟迟,卉木萋萋",是宣王六年初春。事迹的联系固然重要,而南仲这个人物的发现更为重要,因为下边有许许多多诗篇都与他有关。假如不知道南仲与尹吉甫的关系,几十篇诗就根本无法解释。

## 【诗义辨正】

《毛序》:"《出车》,劳还率也。"根本不着边际。不仅《毛序》,历来说诗的人都没有摸到边际。我们只引姚际恒的话,就可代表其他。他说:"《小序》谓'劳还率',非。此与上篇(按指《采薇》)亦同为还归之作;但二篇似乎同,又不同,难以臆断。《采薇》言玁狁,此篇亦言之,似乎同也;《采薇》不言南仲,不言西戎,而此篇言之,又不同也。《采薇》'雨雪霏霏',此篇'雨雪载涂',似乎同也;而'春日迟迟'诸句又不同也。故曰不敢臆断。若郑氏以为文王诗,因文王不为天子,而以天子归之殷王，殊迂。季明德及《伪传》《说》，皆以为宣王，因《常武》有'南仲太祖'一语。然正以此语而可知其非宣王也，何晓晓为！南仲，《史·匈奴传》云'在襄王时'；又云'在懿王时'。《汉书·人表》有南中，在厉王时；《匈奴传》又引《出车》之诗，谓宣王命将征伐狎狁，则又在宣王时。史之矛盾如此。若郑氏谓文王时人，止因以《鹿鸣》至《鱼丽》为文、武时诗，故以南仲为文王时人，益不足凭。故南仲既不知为何时人，则亦不知此诗为何王矣。据《常武》为宣王诗，其云'南仲太祖'，则在宣王之上世可知；但不必文王耳。"《诗经》这部书实实在在无一人名、无一地名、无一事件，甚而没有一句不是真史；可惜前人受着《毛序》《诗谱》《郑笺》等的束缚，不敢打通来看。结果，一部最可靠、最生动、最翔实的史书，变成一个谜。你也猜，我也猜，猜了两千多年，使它生了层层的锈，更使后人看不出它的面目。我们试把姚际恒所提出的问题做一解答。

《常武》篇的"南仲大祖"，大祖是辈分，也就是现在说的老爷爷。为什么有这样的称呼呢？这是尹吉甫跟随他的恋人仲氏的称谓。仲氏是孙子仲的女儿，卫武公的孙女，卫鳌侯的重孙女。南仲是卫国人，与鳌侯同辈，故称为"大祖"。宣王六年的时候，他的岁数已经很高，所以有人说他是厉王时人，有人说他是懿王（当为夷王之误）时人都可能；至于说襄王时人，就不可能了。因为这首诗写于宣王六年（公元前八二二），上推至夷王元年（公元前八九四）为七十二年，故可能为夷王时人。至于说是襄王时人，那就毫无根据了。至于《采薇》与此诗的不同，因为写诗的目的不同，内容也就不同，而实际是一回事。到我们讲《采薇》篇时，就可知此中的详情。

## 二

## 草虫（召南）

　　喓喓草虫，趯趯阜螽。未见君子，忧心忡忡；亦既见止，亦既觏止，我心则降。
　　陟彼南山，言采其蕨。未见君子，忧心惙惙；亦既见止，亦既觏止，我心则说。
　　陟彼南山，言采其薇。未见君子，我心伤悲；亦既见止，亦既觏止，我心则夷。

释音：惙，音拙。

**【诗义关键】**

　　这首诗的词句几乎与《出车》篇的第五章完全相同，难道是彼此抄袭吗？不是的。《诗经》中凡在同一地点、同一时间、同一事件、同一心情之下，往往用同一的词句来表现，这不是后人的抄袭，而是一个人的作品。现在来说明此诗与《出车》篇的关系。
　　在解释《出车》篇"喓喓草虫，趯趯阜螽。未见君子，忧心忡忡；既见君子，我心则降"的时候，曾说这是两个季节、两个地点、两种心情。这首诗更显出了此种情形。诗言:"陟彼南山,言采其蕨。未见君子,忧心惙惙;亦既见止,亦既觏止,我心则说。"就是在南山采蕨的时候,那时没有看到您,心里总是在忧愁。现在到了方山,见到南仲的时候,心里也就快乐。如此讲来,不仅证明我们所考证的南山在卫国,也就是现在的太行山;而且也证明《六月》篇"我服既成,于三十里"的"三十里",就是指浚地广袤而言。因为尹吉甫的的确确是从这里出兵的。

然关于南仲的作品里怎么出现南山呢?南山是否与南仲也有关系呢?现在再来追究南仲是什么地方的人。郑樵《通志·氏族略》于"卫人字"条南氏说:"姬姓……或言周宣王南仲之后。"由此可知南仲姓姬,而且是卫国人。《读史方舆纪要》(卷四十九)于修武县南阳城引《水经注》说:"修武故宁,亦曰南阳。"宁为商时的宁邑,修武旧为商的宁邑,故言"修武故宁",周时称之为南阳。南阳就是现今河南的修武县。我疑心南仲之南由此而来,南仲的采地也就在这里。

然这首诗是在什么场合之下写的呢?是尹吉甫刚刚到达方山,南仲为他洗尘,他在洗尘宴上表示思念南仲之作。怎么又知道是刚刚到达方城而写的呢?因为还有一篇《颀弁》,那是正式的洗尘宴,所以说这是刚刚到达时的作品。

## 【字句解释】

一章。此诗中之"止",都是"之"之假借。整章的意思就是:当草虫喓喓在叫、阜螽趯趯在跳的时候,我没有看到您,心里一阵子一阵子地忧愁；现在既然见到了，也遇到了，我的心就放下了。

二章。蕨，羊齿科植物，嫩叶可食。陟彼南山，言采其蕨，就是跑到那南山边上，采摘蕨草。尹吉甫所管辖的浚地就在太行山的东南。惙惙，忧不绝貌（《辞通》说）。忧心惙惙，就是心里总是在忧愁。说，通悦。整章的意思就是：当我在南山边上，采摘蕨草的时候，那时没有看到您，心里总是在忧愁；现在既然看到了，也遇到了，我的心就高兴了。

三章。薇，即今之野豌豆苗。夷，平。整章的意思就是：当我跑到那个南山边上采薇的时候，那时没有看到您，我的心里很是伤悲；现在既然看到了，也遇到了，我的心就平定了。

## 【诗义辨正】

《毛序》："《草虫》，大夫妻能以礼自防也。"姚际恒说："按为大夫妻，岂尚虑其有非礼相犯而不自防者乎？此不通之论也。大夫妻能以礼自防，何足见其贤与文王之化耶？《毛传》以嫁时在途言之。夫方嫁在途之女，而即以未见、既见君子为忧喜，可乎？欧阳氏以为'《召南》之大夫出而行役，其妻所咏'，庶几近之。……又按《小雅·出车》篇有此'喓喓草虫'六句，为室家念南仲行役意，亦合。三百篇中多有重辞，未知孰先孰后，不必执泥以求也。何玄子直以为思南仲作，凿甚。文既互见，又相异同，必不是。《伪传》谓'南国大夫聘于京师，睹召公而归心切'，合召公，尤武断。说者又以《左传》襄二十七年，子展与赵武赋《草虫》实之。此皆当时人断章取义，不可从也。

郑氏曰'草虫鸣，阜螽跃而从之'，邪辞也。欧阳氏本之，又谓：'喻非所合而合。'前辈说诗至此，真堪一唾！"假如不是尹吉甫生平事迹的发现，还要永远这样乱猜下去！

## 三

## 頍弁（小雅）

有頍者弁，实维伊何？尔酒既旨，尔殽既嘉。岂伊异人？兄弟匪他。茑与女萝，施于松柏。未见君子，忧心弈弈；既见君子，庶几说怿！

有頍者弁，实维何期？尔酒既旨，尔殽既时。岂伊异人？兄弟具来。茑与女萝，施于松上。未见君子，忧心怲怲；既见君子，庶几有臧。

有頍者弁，实维在首。尔酒既旨，尔殽既阜。岂伊异人？兄弟甥舅。如彼雨雪，先集维霰。死丧无日，无几相见。乐酒今夕，君子维宴。

释音：頍，音奎。怲，音旁。霰，音线。

## 【诗义关键】

这首诗又遇到"未见君子，忧心弈弈；既见君子，庶几说怿"，"未见君子，忧心怲怲；既见君子，庶几有臧"，与《出车》《草虫》两篇几乎相同，这是怎么一回事呢？原来这三首诗的"君子"都是南仲，都是南仲在方山为尹吉甫设宴而尹吉甫歌颂之诗。《草虫》篇是在方山初见面时的设宴，而此诗是正式设宴欢迎。《出车》篇是尹吉甫于宣王六年初春要随宣王南征淮夷，与南仲临别时所写。同一件事，因时间的不同，于是重复地出现。然怎么知道这首诗是正式的设宴呢？我们从"有频者弁，实维伊何"，"有频者弁，实维何期"，"有频者弁，实维在首"上找解答。古时有两种帽子最尊贵，一是冕，一是弁。这两种帽子一定要遇到大典才戴，等于现在的礼帽。《淇奥》篇说"会弁如星"，《鸤鸠》篇说"其弁伊骐"，骐应读为璂，都是讲弁帽上的宝石之多，就像星星一样，这种帽子的贵重可想而知。频，《经典释文》解释说"着弁貌"，也就是戴上的意思。有频者弁，实维伊何？就是戴上了弁帽，这是为什么呢？表示惊讶之意。下章"实维何期"，意思就是这怎么敢当呢？戴上弁帽请客，尹吉甫说不敢当，这不是正式宴会是什么？而且诗又明言"乐酒今夕，君子维宴"，明明讲是在设宴。然怎么知道是第二次设宴呢？"尔酒既旨，尔殽既嘉"，"尔酒既旨，尔殽既时"，"尔酒既旨，尔殽既阜"，都是讲已经设过宴，当指《草虫》篇所设之宴。《草虫》篇是在普通便饭席上所写，而此诗则在正式宴席所言，不是很清楚明白吗？尹吉甫到方山是在下雪的时候，故此诗也说"如彼雨雪，先集维霰"，足证季节也相同。"死丧无日，无几相见"，就是还不知哪一天就要死掉，几乎不能见面，正是表示作战时的恐惧心理，与尹吉甫的出征狎狁也正相吻合。所以我们断定这首诗是尹吉甫到达方山时，南仲为他正式设宴洗尘，而他在宴席上歌颂南仲之作。

假如解释得不错,那么,我们就更进一层发现了尹吉甫与南仲的关系。诗言"岂伊异人?兄弟甥舅",原来尹吉甫是南仲的外甥,无怪乎他要这样着急,这样担心来救南仲了。因为南仲是他舅舅,所以诗言"茑与女萝,施于松柏","茑与女萝,施于松上",拿松柏比南仲,拿茑萝比自己。到此更可证明我们在讲《猗嗟》篇"展我甥兮"的"甥"是尹吉甫的正确了。卫鳌侯是尹吉甫的舅舅,南仲是卫国人,也是尹吉甫的舅舅,那么,卫鳌侯与南仲的关系也不言可喻。我们上边讲南仲与卫鳌侯是同辈,不是胡扯吧?

## 【字句解释】

一章。茑,落叶小灌木,茎稍呈蔓性,攀援树木上。女萝,即茑萝,然与茑不是一种;它是一年生蔓草,茎细长,卷于他物上。茑与女萝是两种植物,后人误而为一。茑与女萝,都是依他物而生,故尹吉甫取以喻己,表示他是依附卫国的。弈弈与绎绎通,连续貌。未见君子,忧心弈弈,就是没有见到您的时候,总是担心不已。说、怿,都是喜悦的意思。整章的意思就是:戴上弁帽来了,这是为什么呢?您的酒已经美了,您的肴馔已经好了。难道是别人吗?都是自家的兄弟们。茑同女萝,缠在松柏树上。没有见到您的时候,心里总是忧愁;现在看到您,心里也就高兴了。

二章。兄弟具来,就是兄弟们都来了。尹吉甫有七个兄弟,都来西征,下边讲《凯风》篇时就可知道。怲怲,忧盛貌,古音读同旁，与臧为韵。整章的意思就是：戴上弁帽来了，这怎么敢期望呢？您的酒已经美了，您的肴已经好了。并没有别人，兄弟们都来了。茑同女萝都缠在松树上。没有看到您的时候，心里忧愁得不得了；现在看到了您，也就很好了。

三章。阜，多。霰，雪珠。如彼雨雪，先集维霰，就是像那下雪一样，先下的是雪珠。无日，还不知哪一天。《左传》宣十二年"祸至之无日"的"无日"，即不知哪一天的意思。屈万里注为："无多日也。言人寿有限，距死丧无多日也。古语率直，不以为嫌。"是望文生义。死丧无日，无几相见，就是还不知哪一天就要死掉，几乎不能相见。乐酒今夕，君子维宴，就是今晚在欢乐饮酒，是君子在设宴。整章的意思就是：戴上弁帽来了，是头上顶着的。您的酒已经好了，您的肴已经多了，并不是别人，都是自家的兄弟甥舅。就像那下雪，先下的是雪珠。还不知哪一天就要死掉，咱们几乎不能见面。今晚在这里饮酒，是因为君子在设宴。

## 【诗篇联系】

《诗经》三百篇，都有连续性的。自从把它当成礼乐来看待后，就失掉它的连续性，因而诗义也就湮没了。现在发现了它们的关联，《草虫》《频弁》与《出车》的次第不是极为显明吗？不仅显明，而且由于《频弁》篇的了解，又使我们了解《凯风》《绵蛮》《齐风·甫田》《鸨羽》《四牡》各诗。将逐一讲解于后。

## 【诗义辨正】

《毛序》:"《頍弁》,诸公刺幽王也。暴戾无亲,不能宴乐同姓,亲睦九族,孤危将亡,故作是诗也。"这首诗与幽王有哪一点关系呢?姚际恒反而相信说:"《小序》谓'诸公刺幽王',是。《集传》谓:'燕兄弟亲戚之诗。'死丧语固可不忌,然'如彼雨雪'二句,确同'履霜坚冰'之义,则何以云?又每章有'岂伊异人'语,及云'兄弟匪他',亦非善辞也。"完全是从表面上来猜。三百篇之所以始终不能了解,就由于在表面上猜的缘故。

## 四

## 凯风(邶风)

凯风自南,吹彼棘心,棘心夭夭。母氏劬劳!
凯风自南,吹彼棘薪。母氏圣善,我无令人!
爰有寒泉,在浚之下。有子七人,母氏劳苦!
睍睆黄鸟,载好其音。有子七人,莫慰母心!

## 【诗义关键】

《頍弁》篇说"岂伊异人?兄弟具来",是兄弟们都来西征狁了。此诗说"有子七人,莫慰母心",有七个儿子,都不能安慰母亲。是不是都来西征呢?从"爰有寒泉,在浚之下",可以得到解答。尹吉甫是从浚地来的,他对南仲讲他的兄弟们都来了，那么，七个兄弟都来西征，母亲怎么能安心呢？我们先从季节来证明此诗的作者。棘心，即枣树初生的芽，不是如阮元所解释的刺（见《揅经室集·释心》）。夭夭，风吹棘心飘动的样子。这是初春的景象。初春的风是南风，所以说"凯风自南"。从《出车》篇，我们不是知道尹吉甫要于宣王六年初春随宣王南征吗？出征时想到他的母亲，所以有此诗之作。《出车》篇说"春日迟迟""仓庚喈喈"，此诗说"睍睆黄鸟，载好其音"，黄鸟即仓庚，又名黄莺，是所见的鸟也相同。然最足证明此诗为尹吉甫所作的是"我无令人"一句。《毛传》说"令，善"，则令人即为善人，使诗义不可了解了。我们且看古人对"令人"的用法。《韩诗外传》（卷九）说："孟子妻独居，踞。孟子入户视之，白其母曰：'妇无礼，请去之。'母曰：'何也？'曰：'踞。'其母曰：'何知之？'孟子曰：'我亲见之。'母曰：'乃汝无礼也，非妇无礼。《礼》不云乎："将入门，将上堂，声必扬。将入户，视必下。"不掩，人不备也。今汝往燕私之处，入户不有声，令人踞而视之，是汝之无礼也，非妇无礼也。'于是孟子自责。"此处的"令人"当作妻子讲。还有《朱子年谱》"四十七岁，令人刘氏卒"，令人也作妻子讲。"我无令人"，就是我还没有妻子，所以使"母氏劬劳""母氏劳苦"。尹吉甫这时与仲氏还没有结婚，的确没有妻子。到我们讲到他的求婚、结婚时，就可知道。《诗经》的用字，一点也不苟且，处处都是实录。比如这首诗的"爰有寒泉，在浚之下"的"下"字，就是着实的。以地望来说，北为上，南为下，在浚之下，就是在浚之南。《读史方舆纪要》（卷十六）于开州（今之河北省濮阳县）清丘说："寒泉冈在州西南。《水经注》：'濮阳城侧有寒泉冈，即《诗》所称"爰有寒泉"者。'"浚与寒泉都在南边，故谓之下。研究《诗经》时一个字都不能放松，放松一个字就可能摸不到诗义的深处。

**【字句解释】**

一章。凯风，和风。凯风自南，吹彼棘心，棘心夭夭，就是从南边吹来的和风，吹着枣树的新芽，芽在风中飘摇。劬劳，正当春耕的时候，七个儿子都来西征，又没有儿媳妇代劳，所以想起母亲的劳苦。整章的意思就是：从南边吹来的和风，吹着新生的枣树芽，芽在风中飘摇。想到母亲的劳苦。

二章。棘薪，枣树的干枝子。这时是初春，枣树还没长出叶子，只是干枝，故谓之棘薪。圣，明达。善，慈善。整章的意思就是：从南边吹来的和风，吹着枣树的干枝。母亲是又明达又慈爱，可惜我没有妻子替她操劳。

三章。爰有寒泉，在浚之下，这是实录，并不如屈万里所说："《方舆纪要》谓濮阳城东（按脱南字）有浚城，又有寒泉。以寒泉为泉名，盖后人附会为之。"《诗经》里所讲的人名、地名，没有一个假的，也没有一个是后人附会的，屈先生不了解三百篇的真实性，反随意怀疑古人。有子七人，是七个为儿子的，这是站在儿子的地位来讲话，不是站在母亲的地位。因为整首诗没有站在母亲地位来讲的。整章的意思就是：在浚地的南边呀，有个寒泉。七个为儿子的，他们的母亲在劳苦。

四章。睍睆，美丽。载，则。整章的意思就是：美丽的黄莺，唱着好听的声音。七个为儿子的,无法安慰他们的母心。

**【诗篇联系】**

从《頍弁》篇的"兄弟具来",加以此诗"爰有寒泉,在浚之下"的地理名称与"我无令人"的事实,使我们断定此诗的"有子七人"就是尹吉甫的兄弟七人。他是老大,故《兮甲盘铭》里自称为"伯",其他六位都是弟弟。到此,对尹吉甫的生平事迹又多了解一层。这首诗是他于宣王六年初春南征淮夷时,想念他母亲之作。南仲是他的舅舅,因舅舅而想到母亲,这是极自然的道理。

**【诗义辨正】**

《毛序》:"《凯风》,美孝子也。卫之淫风流行,虽有七子之母,犹不能安其室,故美七子能尽其孝道以慰其母心,而成其志尔。"污辱古人到了什么程度!诗明明说"母氏劬劳""母氏圣善""母氏劳苦",哪有一点不安其室的意味?假如真的有七个孝子的母亲要改嫁,而写这首诗把它宣扬出来,到底是"美孝子"呢,还是宣扬母亲的恶呢?这样的胡扯,而朱熹还跟着来讲,《集传》的价值也可想而知了。连姚际恒那么有批评能力的人,也在跟着说:"《小序》谓'美孝子';此孝子自作,岂他人作乎?《大序》谓'母不能安其室家',是也。"《毛序》束缚之大,从此可见!

# 五

## 四牡（小雅）

四牡骓骓，周道倭迟。岂不怀归？王事靡盬，我心伤悲。

四牡骓骓，啴啴骆马。岂不怀归？王事靡盬，不遑启处。

翩翩者鵻，载飞载下，集于苞栩。王事靡盬，不遑将父。

翩翩者鵻，载飞载止，集于苞杞。王事靡盬，不遑将母。

驾彼四骆，载骤骎骎。岂不怀归？是用作歌，将母来谂。

释音：骓，音非。盬，音古。啴，音滩。骎，音侵。

## 【诗义关键】

《诗经》里用"岂不怀归"的共有三篇：《出车》《小明》与此诗。《出车》篇说"岂不怀归？畏此简书"，是猃狁平定后，宣王又派尹吉甫随同赴南淮夷以做策命的工作。《小明》篇说"岂不怀归？畏此罪罟"，怎么不想回去呢？就怕要犯罪。这是尹吉甫在西征时对仲氏解释他不能回去的原因。此诗说："岂不怀归？王事靡盬，我心伤悲。"靡盬，就是不息。王事靡盬就是王家的战争不停止，所以使我伤悲。《诗经》中用"王事靡盬"的共有五篇：《鸨羽》《采薇》《杕杜》《北山》与此诗。而《采薇》篇明明提出"靡室靡家，猃狁之故。不遑启居，猃狁之故"，是"王事靡盬"指征伐猃狁而言。由此可知，这首诗与征伐猃狁有关。

其次，再从季节来看。苞栩、苞杞，与《下泉》篇的苞稂、苞萧、苞蓍一样，就是刚刚出芽的栩、刚刚出芽的杞、刚刚出芽的稂、刚刚出芽的萧、刚刚出芽的蓍。如此讲来，则与《凯风》篇的棘心是一个季节了。《凯风》篇是为想念母亲而写，此诗说"是用作歌，将母来谂"，也是为想念母亲而作。这首诗也是尹吉甫在赴南淮夷之前想念母亲之作，绝无问题。

## 【字句解释】

一章。骕骕，行不止貌。周道，《毛传》注为"岐周之道"，非是。因为《诗经》中用"周道"的还有四篇，就是《匪风》《小弁》《大东》《何草不黄》，而《大东》篇的"周道"是指鲁国的道路。周道，应为大道（《集传》说）。倭迟，历远之貌。整章的意思就是：四匹牡马不停地在奔走，大道也是永远地走不完。怎么不想着回家呢？王事没有完，我心里感到很伤悲。

二章。啴啴，喘息之貌。不遑，不暇。整章的意思就是：四匹牡马不停地在奔跑，骆马跑得喘息不止。难道不想回去吗？王事没有停止，也就无暇安居。

三章。翩翩，飞貌。鵻，鹁鸠。将，养。整章的意思就是：翩翩在飞的鵻鸟，时而高，时而低，飞落在刚刚发芽的栩树上。王事没有停止，也就不能奉养父亲。

四章。整章的意思就是：翩翩在飞的雏鸟，时而高，时而低，飞落在刚刚发芽的杞树上。王事没有停止，也就不能奉养母亲。

五章。骤，急速。骎骎，急速貌。来，是。谂，念。整章的意思就是：驾着那四匹骆马，飞快地飞快地在跑。怎么不想回去呢？所以写这首歌，将母亲来想念。

## 【诗篇联系】

尹吉甫于宣王五年二月就开始西征，一直到现在宣王六年初春还不能回去；不仅不能回去，还得跟随宣王南征淮夷，所以有思念双亲之意。不仅如此，现在也正是春耕的时候，田地没有人耕种，父母生活也就发生问题，于是思归之念更加深重。将这首诗排在这里，再适当不过了。

## 【诗义辨正】

《毛序》："《四牡》，劳使臣之来也。有功而见知，则说矣。"《集传》附会说："此劳使臣之诗也。"姚际恒批评说："此使臣自咏之诗，王者采之，后或因以为劳使臣之诗焉。故（《左传》）襄四年穆叔曰：'《四牡》，君所以劳使臣也。'《小序》但据《左传》，谓'劳使臣之来'。后之解诗者，因作'君探其情而代之言'。试将此诗平心读去，作使臣自咏极顺，作代使臣咏极不顺。解诗何不取顺而偏取逆乎？若夫《礼仪·燕礼》《乡饮酒礼》皆歌此诗及下《皇皇者华》，则第因《鹿鸣》而及之耳。此诗作于使臣，源也；劳使臣，流也。《燕礼》《乡饮酒礼》歌之，流而又流也。"此论极有见地。

# 六

## 鸨羽（唐风）

肃肃鸨羽，集于苞栩。王事靡盬，不能蓺稷黍，父母何怙？悠悠苍天，曷其有所！

肃肃鸨翼，集于苞棘。王事靡盬，不能蓺黍稷，父母何食？悠悠苍天，曷其有极！

肃肃鸨行，集于苞桑。王事靡盬，不能蓺稻粱，父母何尝？悠悠苍天，曷其有常！

释音：怙，音户。行，音杭。

## 【诗义关键】

这首诗的关键就在稷、黍、稻、粱是什么时候种；种的季节知道了，这首诗的意义以及作者就可知道了。

《植物名实图考长编》（卷二）于"稷"条引《九谷考》说："秦汉以来诸书，并冒粱为稷，无论稷、粱二谷，缺一不可，即以《管子》书日至七十日艺稷之说言之，日至七十日乃八九之末，今之正月也。余足迹所至，旁行南北，气候亦至不齐矣，所见五方之土，不及农末，辄相谘询，曾未闻有正月艺粱粟者。至吾徽艺粟迟至五六月，乌在其为日至百日不艺也。而高粱早种于正月者，则南北并有之，故曰稷为首种；首种者，高粱也。"由此可知稷就是现在说的高粱，而高粱种于正月。种黍的时间，同书（卷一）于"黍"条引《齐民要术》说"二种者为上时"[①]，是种黍在二月间。同书（卷二）于"稻"条又引《齐民要术》说"二月种者为上时"，是种稻也在二月间。同书（卷二）于"粱"条引《九谷考》说"二月始生，八月而熟"，是种粱也在二月间。稷、黍、稻、粱都在正二月间种，这时树木刚刚发芽，一方面证明我们所解释的苞栩、苞杞、苞桑、苞棘为正确，一方面与尹吉甫之南征季节也相合了。那么，《四牡》篇说的"不遑将父""不遑将母"，也就因为七个兄弟都来西征而田地没人耕种，才使尹吉甫大为忧虑了。

## 【字句解释】

一章。肃肃，急急。鸨，似雁而大。栩，柞。曷，什么时候。整章的意思就是：急急在飞的鸨羽，落在刚刚发芽的栩树上。战事总是不止，也就不能种稷黍，父母仗恃什么呢？高高的老天呀，什么时候才有安居之所呢！

二章。极，止。整章的意思就是：急急在飞的鸨翼，落在刚刚发芽的枣树上。战事总是不止，也就不能种黍稷，父母吃什么呢？高高的老天呀，什么时候战争才完呢！

三章。鸨行，犹雁行。常，常时。整章的意思就是：急急在飞的鸨行，落在刚刚发芽的桑树上。战争总是不止，也就不能种稻粱，父母尝什么呢？高高的老天呀，什么时候才能正常呢！

---

① 此处引文有误。《齐民要术》："三月上旬种者为上时。"

## 【诗篇联系】

将《凯风》《四牡》与此诗连到一起，就知道尹吉甫所以思念父母的原因了。现在正是春耕的时候，而他们七个兄弟都来西征，家里没人操持，父母的生活就要发生问题。而他自己又未娶妻，没有人协助母亲，所以母亲也就特别辛苦。这三首诗的关系，由此可知。

## 【诗义辨正】

《毛序》："《鸨羽》，刺时也。昭公之后，大乱五世，君子下从征役，不得养其父母，而作是诗也。"《毛传》注说："大乱五世者，昭公、孝侯、鄂侯、哀侯、小子侯。"《正义》又解释说："此言大乱五世，则乱后始作，但乱从昭起，追刺昭公，故为昭公诗也。"昭侯元年为公元前七四五年，小子侯元年为公元前七〇九年，相距已三十六年。可能于三十六年之后写一首诗说"肃肃鸨羽，集于苞栩。王事靡盬，不能蓺稷黍，父母何怙"来刺昭侯吗？况且诗之"王事"与昭侯以后之乱有什么关系呢？姚际恒反以"王事"二字而信其说，不知何据？倒不如《集传》说的"民从征役，而不得养其父母，故作此诗"，比较正确。

# 七

## 绵蛮（小雅）

绵蛮黄鸟，止于丘阿。道之云远，我劳如何？饮之食之，教之诲之，命彼后车，谓之载之！

绵蛮黄鸟，止于丘隅。岂敢惮行？畏不能趋。饮之食之，教之诲之，命彼后车，谓之载之！

绵蛮黄鸟，止于丘侧。岂敢惮行？畏不能极。饮之食之，教之诲之，命彼后车，谓之载之！

释音：惮，音但。

## 【诗义关键】

从《出车》篇，我们知道尹吉甫要于宣王六年初春跟随宣王南征淮夷，此诗所说的"道之云远"即指此而言。怎么知道呢？先从季节来看。《出车》篇说"仓庚喈喈"，《凯风》篇说"睍睆黄鸟"，此诗说"绵蛮黄鸟"，是季节相同。再从《出车》篇，我们知道狎狁的战争就要结束，南仲就要回归卫国。从《頍弁》篇，我们又知道尹吉甫的六个弟弟都来西征，而他不能回去，所以此诗"饮之食之，教之诲之。命彼后车，谓之载之"的是他的六个弟弟。然他的弟弟们为什么不去南征呢？"岂敢惮行？畏不能趋"，"岂敢惮行？畏不能极"，解答了这个问题。趋是急行；极通亟，也是急行的意思。宣王此次南征是用急行军的方式去的，下边讲到这件史事时就可知道。尹吉甫的弟弟们都还年幼，不宜于急行军，所以说：并不是以行军为苦，而是不能急行。这首诗是尹吉甫拜托南仲将他的弟弟们带回卫国，是显而易见的。

## 【字句解释】

一章。绵蛮,小鸟貌。阿,丘之曲处。《诗经》里的"谓之"都作"归之"解,上边已经说过。谓之载之,就是归之载之。整章的意思就是:小巧玲珑的黄莺,飞落在山窝里。这么远的道路,我来代劳如何?叫他们喝,叫他们吃,教导他们,训诲他们,叫那个辅车把他们带回去吧!

二章。丘隅,山丘的角上。整章的意思就是:小巧玲珑的黄莺,飞落在丘岭的角上。怎敢说不去呢?怕的是不能急行。叫他们喝,叫他们吃,教导他们,训诲他们,叫那个辅车把他们带回去吧!

三章。极与趋对举,趋为急行,则极当为亟之假借;亟,急。整章的意思就是:小巧玲珑的黄莺,飞落在丘岭的一旁。怎敢说不去呢?怕的是不能快走。叫他们喝,叫他们吃,教导他们,训诲他们,叫那个辅车把他们带回去吧!

## 【诗义辨正】

《毛序》:"《绵蛮》,微臣刺乱也。大臣不用仁心,遗忘微贱,不肯饮食教载之,故作是诗也。"《集传》说:"此微贱劳苦,而思有所托者,为鸟言以自比也。"姚际恒说:"《小序》谓'刺乱',无刺意。《集传》谓:'此微贱劳苦,而思有所托者,为鸟言以自比也。'谓禽鸟亦有教诲及后车之事,岂真误读《大学》'可以人而不如鸟乎',而以此诗为鸟言耶?可叹也!此疑王命大夫求贤,大夫为咏此诗。五'之'字,自我而言。饮、食、教、诲,言平日教养之事。先言饮食,后言教诲者,先养后教也。命后车载之者，称王之命也。又按旧解谓：'大臣出使，小臣为介，依托于卿大夫，而望其饮、食、教、诲，后车以载。'然于末二句'命'字、'谓'字不合；且意志卑陋，以饮食为先，奚足录焉？"总之，大家都在猜，没有一个猜得对。

## 八

## 甫田（齐风）

无田甫田，维莠骄骄。无思远人，劳心忉忉。
无田甫田，维莠桀桀。无思远人，劳心怛怛。
婉兮娈兮，总角丱兮。未几见兮，突而弁兮。

释音：田，音佃。怛，音达。丱，音冠。

## 【诗义关键】

《诗经》里有两篇《甫田》，一在《齐风》，一在《小雅》。我们先看《小雅》里的《甫田》。它说："曾孙来止，以其妇子，馌彼南亩。"南亩在南山之下，也就是尹吉甫所管辖的浚地。《大田》篇说"雨我公田，遂及我私"，公田即甫田，亦即大田，南亩即私田，亦即尹吉甫所耕之田。此诗说"无田甫田，维莠骄骄"，没有人耕治甫田了，满地里长的都是草。为什么没有人耕治甫田呢？《鸨羽》篇说"王事靡盬，不能蓺稷黍"，"王事靡盬，不能蓺稻粱"，不是解答了这个问题吗？尹吉甫兄弟七个都来西征了，没有人耕种，所以甫田荒废。此诗说"无思远人，劳心忉忉"，所谓远人，不是正指这些出征猃狁的人吗？由此，这两首《甫田》的关系也就发现了。这首诗也是尹吉甫于宣王六年初春要随宣王南征时想到南亩的田没有人耕种而忧心的作品。就依此义将这首诗作一解释。

**【字句解释】**

一章。上一田字读为佃，耕种的意思。莠，俗称狗尾草。骄骄，高貌。忉忉，颜帅古《匡谬正俗》说："《尔雅》音切切，忧也。"整章的意思就是：没有人在耕治甫田了，狗尾草长得高得不得了。不要想念我们这些远征之人，徒然使忧愁的心更加忧愁。

二章。桀桀，亦长貌（马瑞辰说）。怛怛，忧劳貌。整章的意思就是：没有人在耕治甫田了，狗尾草长得高而且大。不要想念我们这些远征的人，徒然使愁苦更加愁苦。

三章。婉、娈，少好貌。总角，谓两辫上耸如羊角之状，童年的发式。弁，冠。古者男子二十而冠。要了解这首诗，得先知道尹吉甫的弟弟们的岁数。《北山》篇说"嘉我未老，鲜我方将，旅力方刚，经营四方"，这是尹吉甫的自述。将，《毛传》说："壮也。"《礼记·曲礼》："三十曰壮。"鲜我方将，就是好在我正在壮年。《北山》篇写于宣王五年，假定尹吉甫这时三十岁，那么，他最小弟弟的岁数也不过十几岁，正是"婉兮娈兮，总角丱兮"的时候。现在出征一年多，个子长大了，不久再见面的时候，也就变成大人了。尹吉甫不是拜托南仲把他弟弟们带回去吗？这是他想象弟弟们回去后父母看见小儿子时的欣喜情形。这一章的意思就是：娇嫩呀，漂亮呀，还梳着羊角辫呢。不久再见面的时候，突然就是成人了。

## 【诗篇联系】

从《鸨羽》篇，我们知道尹吉甫家的田地这时没有人耕种；从《绵蛮》篇，又知道尹吉甫拜托南仲把他的弟弟们带回卫国；再从《北山》篇，我们算出了尹吉甫以及他弟弟们的岁数；那么，这首诗的意义就很清楚地显现出来了。

## 【诗义辨正】

《毛序》："《甫田》，大夫刺襄公也。无礼义而求大功，不修德而求诸侯。志大心劳，所以求者非其道也。"以往说诗的人也真可怜，一方面受着《诗序》的束缚，一方面又实在不懂，不能不在齐国里找出一个君主来附会；然而此诗与齐襄公哪儿有一点关系呢？姚际恒说："此诗未详。《小序》谓'刺襄公'，无据。《大序》谓'无礼义而求大功，不修德而求诸侯'云云，《集传》且谓"戒时人厌小而务大，忽近而图远"云云，大抵皆影响之论。而《集传》说理，于诗尤远，又以末章为比。按末章明是赋，必无此比体，惟知者可与道耳。何玄子谓'刺鲁庄公'，以末章云"婉兮娈兮"，《猗嗟》亦云'猗嗟娈兮，清扬婉兮'也。按诗多同句，而上二章之辞则全不合。"假如没有发现尹吉甫的生平事迹，也真无法了解这首诗。

以上八篇,就是《出车》《草虫》《頍弁》《凯风》《四牡》《鸨羽》《绵蛮》与《齐风·甫田》,都是写在方山,时间是宣王六年初春。

李辰冬——著

# 诗经通释 贰

山西出版传媒集团
山西人民出版社

# 目录

**【第六编】南征淮夷时诗篇（宣王六年）**

一　　江汉（大雅）……………………………339

二　　终南（秦风）……………………………351

三　　般（周颂）………………………………354

四　　赉（周颂）………………………………356

五　　旱麓（大雅）……………………………358

六　　樛木（周南）……………………………362

七　　小毖（周颂）……………………………364

八　　闵予小子（周颂）………………………368

九　　访落（周颂）……………………………370

十　　敬之（周颂）……………………………372

十一　鼓钟（小雅）……………………………374

十二　黄鸟（秦风）……………………………377

十三　常武（大雅）……………………………384

**【第七编】与南仲在曲沃会师时诗篇（宣王六年）**

一　　扬之水（唐风）…………………………395

二　　鸤鸠（曹风）……………………………399

| 三 | 车邻（秦风） | 402 |
| 四 | 隰桑（小雅） | 404 |
| 五 | 摽有梅（召南） | 407 |
| 六 | 山有枢（唐风） | 409 |
| 七 | 无衣（唐风） | 412 |
| 八 | 无衣（秦风） | 415 |
| 九 | 汾沮洳（魏风） | 417 |
| 十 | 隰有苌楚（桧风） | 420 |

## 【第八编】南仲在方山祭祖时诗篇（宣王六年）

| 一 | 采菽（小雅） | 425 |
| 二 | 庭燎（小雅） | 431 |
| 三 | 菁菁者莪（小雅） | 433 |
| 四 | 载见（周颂） | 436 |
| 五 | 维天之命（周颂） | 439 |
| 六 | 雝（周颂） | 441 |
| 七 | 烈文（周颂） | 444 |
| 八 | 蓼萧（小雅） | 446 |
| 九 | 裳裳者华（小雅） | 449 |
| 十 | 行苇（大雅） | 452 |
| 十一 | 湛露（小雅） | 457 |
| 十二 | 桑扈（小雅） | 459 |
| 十三 | 丝衣（周颂） | 462 |
| 十四 | 泂酌（大雅） | 466 |

| 十五 | 天保（小雅） | 469 |
| 十六 | 宾之初筵（小雅） | 473 |
| 十七 | 假乐（大雅） | 479 |

## 【第九编】与南仲在首阳山会晤时诗篇（宣王六年）

| 一 | 卷阿（大雅） | 485 |
| 二 | 鹿鸣（小雅） | 491 |
| 三 | 彤弓（小雅） | 494 |
| 四 | 南山有台（小雅） | 497 |
| 五 | 渭阳（秦风） | 500 |

## 【第十编】宣王在镐京祭祀时诗篇（宣王六年）

| 一 | 文王（大雅） | 505 |
| 二 | 灵台（大雅） | 512 |
| 三 | 鱼藻（小雅） | 517 |
| 四 | 有瞽（周颂） | 520 |
| 五 | 振鹭（周颂） | 523 |
| 六 | 有客（周颂） | 527 |
| 七 | 我将（周颂） | 529 |
| 八 | 时迈（周颂） | 531 |
| 九 | 维清（周颂） | 533 |
| 十 | 桓（周颂） | 535 |
| 十一 | 昊天有成命（周颂） | 536 |
| 十二 | 执竞（周颂） | 538 |

| 十三 | 文王有声（大雅） | 545 |
| 十四 | 下武（大雅） | 550 |
| 十五 | 大明（大雅） | 553 |
| 十六 | 思齐（大雅） | 559 |
| 十七 | 荡（大雅） | 562 |

## 【第十一编】西征时思归的诗篇（宣王五至六年）

| 一 | 都人士（小雅） | 571 |
| 二 | 杕杜（小雅） | 576 |
| 三 | 北山（小雅） | 580 |
| 四 | 考槃（卫风） | 583 |
| 五 | 鸿雁（小雅） | 585 |
| 六 | 陟岵（魏风） | 588 |
| 七 | 小明（小雅） | 590 |
| 八 | 雄雉（邶风） | 595 |
| 九 | 采苓（唐风） | 597 |
| 十 | 卷耳（周南） | 599 |
| 十一 | 小戎（秦风） | 603 |
| 十二 | 采薇（小雅） | 609 |
| 十三 | 何草不黄（小雅） | 614 |
| 十四 | 羔裘（桧风） | 616 |
| 十五 | 白华（小雅） | 620 |
| 十六 | 素冠（桧风） | 625 |
| 十七 | 葛覃（周南） | 629 |

| 十八 | 九罭（豳风） | 633 |

## 【第十二编】南征荆蛮前后诗篇（宣王六年）

| 一 | 采芑（小雅） | 639 |
| 二 | 祈父（小雅） | 648 |
| 三 | 殷武（商颂） | 650 |
| 四 | 那（商颂） | 661 |
| 五 | 烈祖（商颂） | 665 |
| 六 | 玄鸟（商颂） | 668 |
| 七 | 长发（商颂） | 673 |
| 八 | 酌（周颂） | 679 |
| 九 | 蟋蟀（唐风） | 682 |
| 十 | 七月（豳风） | 686 |

# 【第六编】南征淮夷时诗篇(宣王六年)

## 江汉（大雅）

江汉浮浮，武夫滔滔。匪安匪游，淮夷来求。既出我车，既设我旟，匪安匪舒，淮夷来铺。

江汉汤汤，武夫洸洸。经营四方，告成于王。四方既平，王国庶定。时靡有争，王心载宁。

江汉之浒，王命召虎："式辟四方，彻我疆土。匪疚匪棘，王国来极。于疆于理，至于南海。"

王命召虎："来旬来宣。文武受命，召公维翰。无曰'予小子'，召公是似。肇敏戎公，用锡尔祉。"

"厘尔圭瓒，秬鬯一卣，告于文人。锡山土田，于周受命，自召祖命。"虎拜稽首："天子万年！"

虎拜稽首："对扬王休，作召公考，天子万寿。明明天子，令闻不已。矢其文德，洽此四国。"

释音：秬，音巨。鬯，音畅。卣，音酉。

## 【诗义关键】

这首诗的关键就在"予小子"与"文人"两个名词。明白这两个名词的意义，整首诗的意义就豁然开朗。先来检讨在怎样的情形下用"予小子"。

一、《尚书·周书·武成》："惟九年，大统未集，予小子其承厥志。"

《史记·周本纪》载这段史事说："九年，武王上祭于毕。东观兵，至于盟津，为文王木主，载以车，中军。武王自称太子发（按证以《尚书·周书·泰誓》之文，则"太子发"应为"小子发"），言奉文王以伐，不敢自专。"

二、《尚书·周书·泰誓》："惟十有三年春，大会于孟津。……皇天震怒，命我文考，肃将天威，大勋未集，肆予小子发。"从以上两个例子看，文王崩，武王出征，祭祀文王时，自称"予小子"。

三、《尚书·周书·大诰》："武王崩，三监及淮夷叛，周公相成王。将黜殷，作《大诰》。""予惟小子，若涉渊水，予惟往求朕攸济。""予惟小子，不敢替上帝命。"

四、《尚书·周书·周官》："成王既黜殷命，灭淮夷，还归在丰，作《周官》。""今予小子只勤于德，夙夜不逮。"武王崩，成王在出征祭祖时，也自称"予小子"。

五、《尚书·周书·君奭》："召公为保，周公为师，相成王为左右。召公不说，周公作《君奭》。""在今予小子旦，非克有正，迪惟前人光，施于我冲子。""今在予小子旦，若游大川，予往，暨汝奭，其济小子，同未在位，诞无我责。"

六、《尚书·周书·金縢》："予小子，新命于三王，惟永终是图。"武王崩，周公在出征祭祖时，也自称"予小子"。

七、《尚书·周书·康诰》："成王既伐管叔、蔡叔，以殷余民封康叔，作《康诰》。""王若曰：孟侯，朕其弟，小子封，惟乃丕显考文王，克明德慎罚。""汝惟小子乃服惟弘王，应保殷民。""呜呼！肆汝小子封，惟命不于常。"

八、《尚书·周书·蔡仲之命》："蔡叔既没，王命蔡仲，践诸侯位，作《蔡仲之命》。""王若曰：小子胡，惟尔率德改行，克慎厥猷，肆予命尔侯于东土。""王曰：'呜呼！小子胡，汝往哉，无荒弃朕命。'"

武王崩，周公代成王在封自己兄弟的爵位时，称彼等为"小子"。

除《尚书》外，我们再在金文里找几个例看。

九、《宗周钟铭》："南国𠬝子敢陷虐我土，王敦伐其至，戡伐厥都。""唯皇上帝百神保余小子，朕猷有成亡竞。""用卲格丕显祖考先王，其严在上。"

十、《叔弓镈铭》："唯王五月，辰在戊寅，师于淄湦。""公曰：……女肈敏于戎攻。……女弓，毋曰余小子，女専余于艰卹。"

十一、《秦公钟铭》："秦公曰：丕显朕皇祖，受天命，奄有下国，十有二公。""曰余虽小子，穆穆帅秉明德，睿敷明刑，虔敬朕祀，以受多福。""赫赫文武，镇静不廷。"

十二、《毛公𪉴鼎铭》："王若曰：父𪉴，丕显文武，皇天弘厌厥德，配我有周，膺受大命，率襄不廷方。""乌呼！趱余小子，溷湛于艰，永巩先王。"

从以上各例，我们发现几种现象：第一，周王或诸侯驾崩，嗣位者自称"予小子"。第二，这些周王或诸侯的驾崩，都是在作战的情况之下而死亡。第三，周王或诸侯驾崩后，太子自称"予小子",称兄弟行则为"小子"。第四,"予小子"或"小子"都是在祭祀时的称谓。知道了"予小子"在什么场合之下使用,再来看"文人"的使用情形。

一、《尚书·周书·文侯之命》:"平王锡晋文侯秬鬯圭瓒,作《文侯之命》。""呜呼!闵予小子嗣,造天丕愆,殄资泽于下民。……父义和、汝克昭乃显祖,汝肇刑文武,用会绍乃辟。追孝于前文人。汝多修,扞我于艰。……用赉尔秬鬯一卣,彤弓一,彤矢百,卢弓一,卢矢百,马四匹。父往哉。柔远能迩,惠康小民。无荒宁,简恤尔都,用成尔显德。"

二、《善鼎铭》:"王在宗周。王格大师宫。王曰:'善,昔先王既命女左正夒侯,今余唯肇䌈先王命,命女左正夒侯。监□师戍。锡女乃祖旂,用事。'善,敢拜稽首,对扬皇天子丕杯休,用作宗室宝尊,唯用锡福。唯前文人秉德恭纯,余其用格我宗子雩百姓。"

三、《追毁铭》:"天子多锡追休。追敢对天子觐扬,用作朕皇祖考尊毁,用享孝于前文人。"

四、《兮仲钟铭》:"兮仲作大蓝钟,其用追孝于皇考己伯,用侃喜前文人。"

五、《叔毛鼎铭》:"叔毛作朕文考釐伯釐姬尊鼎,用朝夕享孝于□。唯□学前文人秉德。"以上金文,均引自《双剑誃吉金文选》)

以上诸例,都是父亲死后,在祭祖先父的时候,称之为"文人"或"前文人"。在《尚书·周书·文侯之命》里,"文人"与"予小子"并提,更可知是丧父后使用这两个名词。

知道了"予小子"与"文人"的用法，那么，此诗说："王命召虎：'无曰"予小子"，召公是似。'"又说："厘尔圭瓒，秬鬯一卣，告于文人。"是不是召虎死了父亲呢？宣王既然赐给召虎"秬鬯一卣，告于文人"，召虎是死了父亲绝无问题，然他的父亲是谁呢？是哪一年死的呢？又是我们必须追究的问题。《双剑誃吉金文选》里收有两篇《召伯虎殷铭》，一是宣王五年正月的，一是宣王六年四月的。五年的说："召伯虎曰：'余既讯，厎我考我母命。余弗敢辞。余或至我考我母命。'"六年的说："亦我考幽伯幽姜命……对扬朕宗君其休。"既称其父之名，又称父亲为宗君，则其父亲已死，应无问题。他的父亲在宣王五年正月的时候还活着，到六年四月就已死掉，那么，他父亲的死亡一定在五年到六年四月之间。到此，就与《诗经》里的事迹衔接起来了。宣王五年四五月间尹吉甫赴谢城的时候，有一位召伯在欢迎他。这位召伯是谁呢？是不是就是后人所认为的召虎呢？不是的。这位召伯就是召虎的父亲，召虎现在所祭的就是他。然他是怎么死亡的呢？《兮甲盘铭》不是讲如果淮夷不听命令，即刑屖伐吗？淮夷果然不听命令，而负责屖伐的就是召伯，召伯也就阵亡在淮夷。怎么知道呢？《鼓钟》篇说："鼓钟伐鼛，淮有三洲，忧心且妯。淑人君子，其德不犹。"这是在淮水边上追念祭祀一位君子。这位君子是谁呢？《江汉》篇说"匪安匪游，淮夷来求"，"匪安匪舒，淮夷来铺"，是来报淮夷之仇。宣王来报淮夷之仇，是否与这位在淮水边上死去的"君子"有关系呢？要解决这个问题，得先知道"淮有三洲"的"三洲"在什么地方，纪念这位在淮水边上死去的君子与三洲发生什么关系呢？到此，我们真正感到《诗经》是一部中国古史的宝藏，它处处都是宝贵的史料；可惜前人把它分得四零五散，各不相干，不仅失去真史的价值，而且变成了纠纷的焦点。现在我们就再依它来探索这件史迹。

《小弁》篇说："未堪家多难，予又集于蓼。"这个"蓼"字有人注为"辛苦"，有人注为"辛苦之物"，又有人注为"水红"，都是乱猜。原来蓼是古国名。《读史方舆纪要》（卷二十一）于寿州霍丘县蓼县城说："在县西北，接固始县界，古蓼国，皋陶之后封此。"然这个地方与召伯有什么关系呢？《江汉》篇说"江汉之浒，王命召虎"，又说"匪安匪游，淮夷来求"，江汉在西，淮夷在东，宣王是由西而东来伐淮夷。《常武》篇说"率彼淮浦，省此徐土"，徐国在今安徽泗县，宣王是顺着淮水来到徐国，又是由西往东。宣王南征的路线知道了，与蓼这个地方也就有关系了。蓼就在淮水边上。《读史方舆纪要》于霍丘县淮水说："在县北三十里。"召伯也就阵亡在这里。《读史方舆纪要》又说："淮自霍丘以上，西尽光州（今河南省潢川县），南唐时，每冬淮水浅涸，常发兵戍守，谓之把浅。"淮水之每冬浅涸，当不自南唐始，所谓"洲"就是水中之可居者，把浅时，一部分军队当驻在洲上。然《鼓钟》篇为什么说"淮有三洲"呢？怎么对三个洲极为伤心呢？这里又牵扯到另一篇诗，就是《秦风·黄鸟》。

提到《黄鸟》篇，前人对它起了极大的误解，认为是秦穆公时的诗。这种错误不仅使诗义不可了解，而且湮没了一大段史实。文公六年《左传》说："秦伯任好卒，以子车氏之三子奄息、仲行、鍼虎为殉，皆秦之良也。国人哀之，为之赋《黄鸟》。"我们再三说《左传》中的赋诗都是赋前人的诗以合己意，绝对没有作"作诗"讲的，而后人偏偏把它解作"作"，错误就出在这里了。《史记正义》引应劭说："秦穆公与群臣饮，酒酣，公曰：'生共此乐，死共此哀。'于是奄息、仲行、鍼虎许诺。及公薨，皆从死，《黄鸟》诗所为作也。"这是误解的开始。他没有想：秦国三良之从死，一方面是秦穆公的命令，一方面也是三良的自愿，假如要照这个故事来作诗，一定得从"忠""义"着眼，才算得体。曹子建与陶渊明的三良诗就都是从这方面着眼的。曹诗说："功名不可为，忠义我所安。秦穆先下世，三臣皆自残。生时等荣乐，既没同忧患。谁言捐躯易，杀身诚独难！"陶诗说："一朝长逝后，愿言同此归。厚恩固难忘，君命安可违？临穴罔惟疑，投义志攸希。"可是《黄鸟》篇说："彼苍者天，歼我良人；如可赎兮，人百其身！"这不明明在怨天，哪有一点忠义之气？诗又说"临其穴，惴惴其栗"，是谁在惴惴其栗？是三良呢，还是旁观的人呢？如果是三良，他们这样怕死，还有什么可以赞美呢？如果是旁观的诗人，他是赞成三良之死呢，还是不赞成？如果不赞成，那不是骂秦穆公？原来穆公是召伯的谥，"谁从穆公，子车奄息"，"谁从穆公，子车仲行"，"谁从穆公，子车鍼虎"，这三位良人跟随召伯来征淮夷，冬季在淮水把浅的时候，被敌人偷袭，因而丧生，同时，召伯也为此而阵亡，所以有三洲的出现，也所以有怨天的语气。到了秦穆公的时候，子舆氏家里也出了三良，为敬仰周时三良的人品，就以他们的名为名，这样，使后人糊涂了，把前后两件事合而为一。加以这首诗又排在《秦风》，世人也就信而不疑，不再追究诗义了。知道《鼓钟》篇里的"君子"是指召伯；三洲，即指三良所把守的三个洲，诗义就明白了。

然《小毖》篇为什么说"予又集于蓼"呢？原来召虎于宣王五年的时候就随他的父亲召伯出征淮夷，到蓼这个地方，他的父亲阵亡，他报告了宣王，宣王为镇压淮夷的骚乱，不得不南来亲征，而召虎于宣王六年初在汉江之浒迎接宣王，宣王就将他父亲的任务移交给他。于是他随宣王南征，又到了蓼这个地方来祭祀父亲，所以说："予又集于蓼。"《诗经》里《闵予小子》《访落》《敬之》《小毖》《鼓钟》与《秦风·黄鸟》，都是召虎在这里祭召伯、祭三良而产生的诗。

到此，我们可以把《诗经》里的召公、召伯、召虎交代清楚了。召公是召公奭，死后谥为康公的，他是召家的祖先，文王时人；召伯是召虎的父亲，死后谥为穆公的，宣王五年时他在城谢，《崧高》篇说的"王命召伯，定申伯之宅"，"王命召伯，彻申伯土田"，"申伯之功，召伯是营"，就是他。召虎是召伯的儿子。他们是三代，不是一个人，也不是两个人。把他们当成一个人固然是错；把他们当成两个人，而认召虎就是召伯也是错；认穆公就是召虎，更是错。

知道了这段史迹，这首诗就容易了解了，下边就来解释。

## 【字句解释】

一章。江汉，汉江之倒文以协韵。如果是长江与汉水，那么，"江汉之浒"是指什么地方呢？《汉广》篇说"汉之广矣，不可泳思；江之永矣，不可方思"，明明是将"汉江"二字分开以便歌唱；假如汉是汉水，江是长江，那么这位游女到底是从汉水归呢，还是从长江呢？宣王是从镐京而褒斜道，而汉水，而淮水流域，路线自为显明。江汉浮浮，武夫滔滔，《经义述闻》认为应作"江汉滔滔，武夫浮浮"。因为滔滔是大水貌，形容江汉；浮浮，众强貌，形容武夫。《四月》篇就说"滔滔江汉"，以滔滔形容江汉。《载驱》篇的"汶水滔滔"，也是以滔滔形容水，不是形容武夫。安，乐；游，犹乐。淮夷，淮水一带之夷。来，是。匪安匪游，淮夷来求，就是不是来这里享受，也不是来这里游乐，而是淮夷是觅。铺，《方言》《广雅》俱说："止也。"既设我旟，足证明这首诗作者的旗帜是旟，与《毛序》说的"尹吉甫美宣王"正合，因为尹吉甫的旗帜就是旟。整章的意思就是：浩荡的汉江，强壮的武夫。不是来这里享受，不是来这里游乐。派来了我的戎车，竖立了我的旟旗，不是来这里享受，也不是来这里舒适，目的是要到淮夷。

二章。汤汤，水流声。《氓》篇"淇水汤汤"，《载驱》篇"汶水汤汤"，均与此同义。洸洸，《盐铁论·繇役》引作"武夫潢潢"，《玉篇》引作潢，说："武貌。"洸洸为趪趪之假借。（马瑞辰说）《诗经》中凡言"经营四方"，都是征伐四方的意思。如《北山》篇"旅力方刚，经营四方"，《何草不黄》篇"何日不行？何人不将？经营四方"，此诗"经营四方，告成于王"，都是此义。王，指宣王。载，则；载宁，则宁。整章的意思就是：汤汤在流的汉江，勇敢有力的武夫。征伐四方，以其成功告庆于国王。四方平定之后，王国才能安定。要到没有战争的时候，王心才能安宁。

三章。浒,水涯。江汉之浒,就是汉江的边上,确切地点不可知。彻,定赋税,与《崧高》篇"彻申伯土田""彻申伯土疆"的"彻"同义。疚,疚心,指丧父而言。棘是棘手,指平定淮夷而言。极,正。于疆,是划疆界;于理,是理沟渠,与《信南山》篇"我疆我理"的"疆""理"意义一样。整章的意思就是:在汉江的边上,王命令召虎说:"开辟疆界去吧,为我的疆土定出赋税。不要疚心,也不要感觉困难,一心一意地去匡正王国。划疆界,理沟渠,一直达到南海的边上。"

四章。旬,通巡,巡抚四方,宣布德意。来,是。召公,召公奭,周室的开国功臣,也就是《召旻》篇"昔先王受命,有如召公,日辟国百里"的"召公"。翰,干。肇,谋。敏,于省吾读为谋。肇敏,犹言图谋。公,为功之假借。公,金文中有作工,有作攻,均指戎事。锡,赐。祉,福。整章的意思就是:王命令召虎说:"快去巡抚四方,宣布德意。文王武王受命的时候,你的祖先召公就是一位最主要的干部。不要说我正是戴着热孝的小子,要像召公那样去建立功业(按召公之助武王也正在丁忧的时候)。好好地去图谋战事,好赐给你以福禄。"

五章。厘,赐。圭瓒,即《旱麓》篇的玉瓒。《毛传》:"九命锡圭瓒秬鬯。"金文中用"锡女秬鬯一卣"一语的很多,如《毛公庴鼎铭》《师訇毁铭》《牧毁铭》《伯威毁铭》《盠盨铭》,都有同样的句子。秬鬯是黑黍酒,专为祭祀用的酒。卣,盛酒之器。整章的意思就是:"赐给你圭瓒一件,黑黍酒一卣,去祭告你的父亲。所赐你的山川土地,是受周室的命令,同时也是你召家祖宗的命令。"召虎跪下叩头说:"天子万岁!"

六章。虎拜稽首,对扬王休,作召公考,天子万寿。金文里像这一类的句子很多。《克钟铭》"克敢对扬天子休,用作朕皇祖考白宝劚钟";《剌鼎铭》"天子万年,剌对扬王休,用作黄公尊䵼彝";《噩侯鼎铭》"驭方拜手韽首,敢对扬天子丕显休釐,用作尊鼎";《毛公䣫鼎铭》"毛公䣫对扬天子皇休,用作尊鼎";《善鼎铭》"善敢拜韽首,对扬皇天子丕杯休,用作宗室宝尊";《大夫始鼎铭》"大夫始敢对扬天子休,用作文考日己宝鼎";《利鼎铭》"利拜韽首,对扬天子丕显皇休,用作朕文考泂伯尊鼎"。诸如此类,凡是"用作"下边都跟着说出彝器的名称。是为答谢王的恩德,故将这种恩德在彝器中记录下来。上四句诗的意思就是:召虎跪着叩头说:"为答谢王的恩德,我要作一件召公的彝器,来表扬万岁的天子。"明明,勉勉的假借。整章的意思就是:召虎叩头说:"为答谢王的恩德,我要作一件召公的彝器,将万岁爷的美事记载下来。黾勉的天子,好的声名将永垂不朽。施惠他的文德,以协和这里的各国。"

## 【诗篇联系】

《竹书纪年》于宣王六年载说"召公帅师伐淮夷",与此诗"江汉之浒,王命召虎:'式辟四方,彻我疆土。匪疚匪棘,王国来极。于疆于理,至于南海'"正合。那么,此诗写于宣王六年当无问题。《毛序》说:"《江汉》,尹吉甫美宣王也。"与"既设我旟"的旗旟正合。那么,此诗为尹吉甫所写,也无问题。如此讲来,此诗与《出车》篇正相连接。《出车》篇是讲狎狁的战事正要结束，南仲准备回卫而尹吉甫不能，因为宣王又派他南来做简书的工作。《出车》篇为宣王六年初春所写，此诗是到了汉江之浒所作。

现在要追问宣王是走哪条路到了汉江。如能把这条路追究出来，给中国古代史又增加了一页新面貌。此诗说：江汉滔滔，淮夷来求。汉江在西，淮夷在东，宣王是由西往东。《常武》篇说"率彼淮浦，省此徐土"，徐国在今安徽泗县。淮水是东西流，既然是循着淮水到了徐国，那一定也是由西往东。由此讲来，宣王一定是顺着汉江来到徐国，我们就容易追寻他的路线了。由汉水逆流而上就是褒城，褒城就是褒斜道的南口。经过褒斜道再北上就到郿县，从郿县顺渭水而下就可到蓚京（在今山西永济县），宣王正在这里，南仲、尹吉甫也正在这里伐玁狁。宣王的南征淮夷就是从这里动身的。怎么知道就是这条路线呢？我们有一个证据，就是《崧高》篇说："申伯信迈，王饯于郿。申伯还南，谢于诚归。"谢城在今河南唐河县。郿就是褒斜道的北口，申伯赴谢，宣王在郿这个地方给他饯行，走的不是褒斜道是什么呢？褒斜道是周时的南北交通要道，来往都经这里。

发现了宣王南征淮夷的路线，又使我们了解了许多无法了解的诗篇，如《终南》篇说："终南何有？有条有梅。君子至止，锦衣狐裘。颜如渥丹，其君也哉！"《诗经》中的一贯例子，兴中凡提某一地名，作者一定在这里，那么，作者现在是在终南山应无问题。再从"君子至止，锦衣狐裘"来看，季节一定是冬季或初春。终南正是褒斜道的北口，这首诗是宣王达到褒斜道北口时，尹吉甫祝贺他的作品。宣王出征时是逢山祭山，逢水祭水，逢宗庙祭祖宗，去淮夷这一路上没有周室的宗庙，故只有祭水祭山的作品出现了。如《般》篇是祭终南山的；《赉》篇是出征时祭天的；《旱麓》篇的旱山，在陕西南郑县，南郑县与褒斜道南口的褒城隔汉水遥遥相对，《旱麓》篇就是祭旱山的；再下去到了汉江之浒，有《江汉》一诗之作；再下去到了蓼国，为祭祀召伯与三良，又有《小毖》《闵予小子》《访落》《敬之》《鼓钟》《黄鸟》之作；最后到了徐国，又有《常武》一诗。我们就顺着宣王南征的路线，将这些诗篇作一解释。

**【诗义辨正】**

《毛序》："《江汉》，尹吉甫美宣王也。能兴衰拨乱，命召公平淮夷。"在所有的《毛序》里，只有这一篇说得近是。可是《集传》说"宣王命召穆公平淮南之夷"，穆公是召伯的谥，召伯这时已死，怎么命他平淮南之夷呢？倒不如《毛序》只言"召公"来得清楚一些。姚际恒也说"宣王命召穆公平淮夷，诗人美之之作"，他也错认召伯为召虎了。这是史籍上一大错误，我很希望现代的史学家把这件事搞清楚，不要再把祖宗三代的三个人误为一人，或误为两个人！

## 二

### 终南（秦风）

终南何有？有条有梅。君子至止，锦衣狐裘，颜如渥丹，其君也哉！

终南何有？有纪有堂。君子至止，黻衣绣裳，佩玉将将，寿考不忘。

**【诗义关键】**

先看终南在什么地方。《中国古今地名大辞典》说："褒斜谷，陕西终南山之谷也。南口曰褒，在褒城县北。北口曰斜，在郿县西南，长四百五十里。"《读史方舆纪要》（卷五十六）于汉中府说："褒斜道，今之北栈。南口曰褒，在褒城县北十里。北口曰斜，在凤翔府郿县西南三十里。……谷长四百七十里。"一个说褒斜道长四百五十里，一个说四百七十里，大概由于算计的起点不同。然怎么知道此诗的"终南"就是指这个地方呢？我们再看"终南何有？有条有梅"。条是枝条，与《汝坟》篇"伐其条枚""伐其条肄"，《旱麓》篇"施于条枚"的"条"是一个意思。梅是梅花。"有条有梅"正与"锦衣狐裘"的季节相合。这个时间正是宣王南征淮夷时的季节。《瞻彼洛矣》篇的"君子至止"，是宣王到达酆鄗时的语气，此篇的"君子至止"，是宣王到达终南山的语句，因为尹吉甫是宣王的先锋队，总是他先到达一个地方等着宣王。"锦衣狐裘""黻衣绣裳"都是国君的服装，所以这首诗的"其君也哉"的"君"当指国君。诸如此类的证据，假如我们说这首诗是宣王于六年初春南征淮夷到达褒斜道北口的终南山时，尹吉甫恭祝他的作品，想不会是无稽之谈吧！

【字句解释】

一章。渥丹，红润的面色，与《简兮》篇"赫如渥赭"的"渥赭"同义。《郑笺》说："赭，丹也。"《简兮》篇"赫如渥赭"是形容尹吉甫跳舞后的面色；此诗的"颜如渥丹"是形容宣王穿着狐裘的暖和情形。整章的意思就是：终南山上有什么？有树枝，有梅花。国王来到了，穿着锦面的狐裘，脸色红得发赤，真不愧是一位国君呀！

二章。纪，读为杞；堂，读为棠（《经义述闻》说）。黻衣即衮衣（胡承珙说）。将将，即锵锵，佩玉所发之声。忘、亡通，不亡即不已。整章的意思就是：终南山上有什么？有杞树，有棠树。国君来到了，穿着衮衣和绣着花纹的裳，身上的佩玉锵锵作响，万寿无疆。

【诗篇联系】

假如不是发现宣王南征淮夷时所走的路线，这首诗是无法了解的。发现了路线，这首诗的人物、地点、时间与史实都可知道，而将此诗排在这里，不是天造地设吗？

【诗义辨正】

《毛序》："《终南》，戒襄公也。能取周地，始为诸侯，受显服。大夫美之，故作是诗以戒劝之。"因为这首诗在《秦风》，就附会到襄公身上。然诗里哪有一点劝告的意思呢？为什么要在终南山劝戒襄公呢？屈万里又引《集传》说："此秦人美其君之辞。"虽把襄公去掉了，还是在秦国上附会。

## 三

### 般（周颂）

於皇时周，陟其高山。嶞山乔岳，允犹翕河。敷天之下，裒时之对，时周之命。

释音：嶞，音惰。翕，音吸。裒，音捕。

## 【诗义关键】

这首诗的关键就在"嶞山乔岳，允犹翕河"两句；这两句诗了解了，整首诗的意义就容易寻绎。嶞山，《毛传》说："山之嶞嶞小者也。"乔岳，山之高大者。允，顺。犹，通猷，也是顺的意思（马瑞辰说）。翕，合。这两句诗的意思就是：连绵不断的大小山岳，都是顺着河流的方向。遍查中国地形，山脉与河流并行的只有终南山。《读史方舆纪要》（卷五十二）于终南山引宋敏求说："终南横亘关中南面，西起秦陇，东彻蓝田，相距且八百里。昔人言山之大者，太行而外，莫如终南。"又于渭水说："渭水出临洮府渭源县西二十五里之南谷山，流经鸟鼠山下，过县北。东流经巩昌府北及通渭县、宁远县、伏羌县之北。又流经秦安县南、秦州之北。至州东南清水县西，又东南流，经山谷中入凤翔府陇州南界。又经宝鸡县南……。又东经岐山县及扶风县南。又东经郿县北……。又东流入西安府乾州武功县南。又东经盩厔县北、兴平县南。又东经鄠县北、咸阳县南……。又东过西安府城北……。又东历临潼县北、高陵县南……。又东历渭南县北及华州之北。又东历同州朝邑县南……。又东至华阴县北而入于河。"由此看来，渭水与终南不是完全平行吗？知道了终南与渭水的形势，那么，此诗说"於皇时周，陟其高山"，高山，当指终南山了。我们曾说宣王出征时是逢山祭山，这首诗就是祭终南的。

## 【字句解释】

於皇，大哉。时，是；时周，是周，这个周。敷，普遍。哀，作聚讲。对，读为《江汉》篇"对扬王休"之"对"，答的意思。整篇的意思就是：伟大的有周呀，现在要攀登它的山了。绵亘数百里的高山峻岭，都与渭水并行着。普天下的人都集聚到这里，为的是周室的命脉。

## 【诗篇联系】

从《江汉》篇，我们发现了宣王南征淮夷的路线。从《终南》篇，我们知道宣王到达了褒斜道的北口，而褒斜道的北口正是终南山。我们又知道宣王出征时是逢山祭山，那么，这首诗当是宣王祭终南山的祈祷文。

## 【诗义辨正】

《毛序》："《般》，巡守而祀四岳河海也。"有点接近，然是从字面上猜。四岳、河海，都太笼统，他不知道此诗的真正用处，也只有笼统地猜了。姚际恒说："此亦武王之诗。"有何凭据？

## 四

## 赉（周颂）

文王既勤止，我应受之，敷时绎思。我徂维求定，时周之命。於绎思。

**【诗义关键】**

这首诗的关键就在"我徂维求定"一句。《常武》篇说："率彼淮浦，省此徐土，不留不处。"末一句的意思就是不在那里停留，不在那里久处。诗又说："王犹允塞，徐方既来。徐方既同，天子之功。四方既平，徐方来庭，徐方不回，王曰'还归'。"都是安抚的意思。宣王此次出征徐国，取的是急行军，所以诗言"王旅啴啴，如飞如翰，如江如汉"，与《绵蛮》篇"岂敢惮行？畏不能趋"，"岂敢惮行？畏不能极"正相吻合。宣王并不存心灭亡徐国，只要它服从命令也就作罢，所以此诗说"我徂维求定"，我去的目的只是求一个安定。再者，此诗说"时周之命"，与《般》篇的完全相同。《诗经》的同一语句，讲的都是同一的事件，这是我们屡次证明了的。

**【字句解释】**

应受，即膺受。绎，祭名。《尔雅·释天》："绎，又祭也，周曰绎。"《般》篇不是祭终南山吗？现在又祭天，所以说"敷时绎思"，意思就是现在再普遍地做一次绎祭。整首诗的意思就是：文王既开创了天下，我恭敬地接受过来，现在再做一次普遍的绎祭。我去的目的只是想求一个安定，关系周室的命脉。请接受这个绎祭！

## 【诗篇联系】

从"我徂维求定"，知道这是宣王南征徐国的目的；再从"时周之命"与《般》篇的相同，更可知此诗与《般》篇为同时之作，那么，把此诗排在这里，不是适得其所吗？我们曾说祈祷文都是一章，这一篇不正是祈祷文吗？

## 【诗义辨正】

《毛序》："《赉》，大封于庙也。赉，予也。言所以锡予善人也。"姚际恒说："《小序》谓'大封于庙'，此因篇名赉字而为言也。按此等篇名实不知何人作，亦不知其意指所在，千载后人岂能测之。乃据此以释诗，可乎？诗中无大封之义也。又曰'赉，予也，言所以锡予善人也'，则直本《论语》'周有大赉，善人是富'为辞矣。则愚谓其依篇名说诗何疑乎？《集传》曰：'此颂文武之功而言其大封功臣之意。'其言'大封功臣'，固不能出《序》之范围，而云'颂文武之功'，尤谬。此篇与下《般》诗皆武王初有天下之辞，二篇皆无'武王'字，故知为武王；又以诗中皆曰'时周之命'，是武王语气也。此篇上言文王，下言我者，武王自我也，若谓颂文武之功，则必作于成王，诗即无武王字，其云'我应受之'及'我徂维求定，时周之命'，岂成王语气耶？"他依据诗的本文而求诗义，较之《毛序》大为进步；可惜他不知实际的史事，仍是在字面上猜。

## 五

## 旱麓（大雅）

瞻彼旱麓，榛楛济济。岂弟君子，干禄岂弟。
瑟彼玉瓒，黄流在中。岂弟君子，福禄攸降。
鸢飞戾天，鱼跃于渊。岂弟君子，遐不作人？
清酒既载，骍牡既备。以享以祀，以介景福。
瑟彼柞棫，民所燎矣。岂弟君子，神所劳矣。
莫莫葛藟，施于条枚。岂弟君子，求福不回。

释音：鸢，音冤。

### 【诗义关键】

先看"瞻彼旱麓"的旱山在什么地方。《读史方舆纪要》（卷五十六）于汉中府（今之陕西南郑县）南郑县立石山说："旱山在府西南六十五里。山高耸，云起即雨，旱岁人以为望，因名。"又于汉江条引《志》说："汉水出岷县嶓冢山……南流经褒城县南，又东南至南郑。"《汉书地理志补注》（卷四十四）于褒中引《元和志》说："今兴元府褒城县本汉褒中县，古褒国也。当斜谷大路。"又说："褒谷山在县北五里。"从这个地理形势，可以想象出宣王一出褒斜道就看到了旱山。汉水就在褒城的南边，他是从汉水而到达汉江之浒的，那么，他祭祀旱山，可能就在褒城。为什么我们敢于肯定这首诗就是宣王南征徐国时的作品呢？再看这首诗的季节。

诗言："莫莫葛藟，施于条枚。"藟，藤；葛藟就是葛藤。莫莫，茂盛貌。《植物名实图考长编》（卷十）于"葛"条引《图经》说："春生苗，引藤蔓长一二丈，紫色。"宣王是初春由荟京动身，到达旱山的时候，也不过是二月间，所以只看到葛藤缠在枝干上，看不到叶子，季节正吻合。再者，诗言"瑟彼柞棫，民所燎矣"，也就是《棫朴》篇"芃芃棫朴，薪之槱之"，把许多棫木砍下来，烧起来，都是讲发兵的情形。此诗的开始说"瞻彼旱麓，榛楛济济。岂弟君子，干禄岂弟"，四章说"清酒既载，骍牡既备。以享以祀，以介景福"，所享所祀的当为旱山。因为宣王出征时，是逢山祭山的。那么，这首诗是宣王到达褒城，祭祀旱山时，尹吉甫歌颂宣王的诗，不会有错吧？

**【字句解释】**

一章。榛，《植物名实图考长编》（卷十七）引郑注《礼》说："榛似栗而小，关中鄜坊甚多。"关中鄜坊正在陕西。楛，似荆而直，可以为箭。济济，众多。《诗经》中用"岂弟"成语的共有八篇，就是《载驱》《蓼萧》《湛露》《青蝇》《卷阿》《泂酌》《鱼藻》与此诗，都作欢乐讲。"干"为"千"之讹，《假乐》篇"千禄百福"，千与百对，百为数目字，千也当为数目字。千禄百福，极言福禄之多。整章的意思就是：看那旱山的边上呀，长满了榛树与楛树。欢乐的君子呀，得到了千百的福禄。

二章。瑟彼玉瓒，黄流在中。《毛传》说："玉瓒，圭瓒也。黄金所以饰流鬯也。九命然后锡以秬鬯圭瓒。"《郑笺》说："瑟，洁鲜貌。黄流，秬鬯也。圭瓒之状，以圭为柄，黄金为勺，青金在外，朱中央矣。"所注均欠明白。《诗经》中用"瓒"字的只有两篇，就是《江汉》与此诗。《江汉》篇"釐尔圭瓒，秬鬯一卣，告于文人"，卣为酒器，用以盛秬鬯，可知圭瓒与卣为两种物件，若照《毛传》与《郑笺》的解释，俱以圭瓒为酒器以盛秬鬯，文义似不可通。我疑心瓒为盏之同音假借，就是玉爵。瑟彼玉瓒，黄流在中，就是鲜洁的玉盏，盛着秬鬯的酒，正与祭山的情景相合，所以下边接着说："岂弟君子，福禄攸降。"攸降，所降。整章的意思就是：鲜洁的玉爵，盛着秬鬯的酒。欢乐的君子呀，福禄都降到他的身上。

三章。鸢，似鹰，唯嘴较短，尾较长。"遐不作人"句，与《棫朴》篇完全相同。《棫朴》篇是尹吉甫讲宣王起用他做将领，此诗也是尹吉甫讲宣王起用他作尹氏。《出车》篇不是讲"岂不怀归？畏此简书"，《常武》篇不是讲"王谓尹氏"吗？尹氏所管的就是简书，然这个尹氏就是宣王这次南征时派给他的职位。所以他在这里赞美宣王说"岂弟君子，遐不作人"，与《棫朴》篇的"周王寿考，遐不作人"是一个意思。整章的意思就是：鸢鸟在高空飞翔，鱼类在深渊里跳跃。欢乐的君子呀，怎能说不作育人材呢？

四章。载，《文选·西征赋》李善注引《韩诗章句》云："载，设也。"骍牡，赤色的牛，用作祭祀。整章的意思就是：清酒已经陈设上，赤牛也都摆好，用以享宴，用以祭祀，为的是乞求鸿福。

五章。第二章的"瑟"，《郑笺》注为"洁鲜貌"，此章之"瑟"，《毛传》注为"众貌"，显系依诗立训。瑟也是洁鲜貌。《植物名实图考长编》（卷二十二）于"柞木"条说："其木心理皆白色。"棫即柮木。同书又于"柮木"条说："皮纹细密，上多白点。"玉是白色，柞、棫，都是白色，故同用瑟字来形容。劳，劳来，与《黍苗》篇"召伯劳之"的"劳"同义。整章的意思就是：鲜洁的那些柞棫，人们把它烧起来了。欢乐的君子呀，是神在慰劳他。

六章。《诗经》中用"莫莫"的共有三篇，就是《葛覃》《楚茨》与此诗，而《毛传》的解释有三种。于《葛覃》篇说："成就之貌。"于《楚茨》篇说："言清静而敬至也。"于此篇说："施貌。"都是依诗立训，不足为凭。《葛覃》篇的"维叶莫莫"与"维叶萋萋"对举，萋萋为茂盛貌，则莫莫也应为茂盛的意思，即现在说的黑压压。维叶莫莫，就是黑压压的一片叶子。《楚茨》篇"君妇莫莫"，就是黑压压的一片妇女。此诗"莫莫葛藟"就是黑压压的一片葛藤。条是枝，枚是干。回，为违之假借；不回，则不违，与《常武》篇"徐方不回"，《鼓钟》篇与《閟宫》篇"其德不回"，《大明》篇"厥德不回"的"不回"同义。整章的意思就是：黑压压的一片葛藤，缠绕在树的枝干上。欢乐的君子呀，他所求的福禄都得到了。

## 【诗篇联系】

我们发现了宣王南征的路线，又发现了宣王出征时是逢山祭山,且知道每遇宣王宴饮时,尹吉甫都要写篇诗来歌颂,那么,将此诗排在这里,不是极为自然吗?

**【诗义辨正】**

《毛序》:"《旱麓》,受祖也。周之先祖,世修后稷、公刘之业,大王、王季申以百福干禄焉。"后稷的疆域在今陕西的武功,公刘的疆域在今陕西邠县,大王、王季的疆域在今陕西岐山县,与旱山有什么关系?怎么会跑到这个地方来"受祖"呢?《集传》说:"君子,指文王也,此亦以咏歌文王之德。"为什么要跑到旱山来歌咏文王呢?屈万里笼统其词说:"此亦颂美周王之诗。"是哪一个周王呢?他就说不清楚了。

## 六

## 樛木(周南)

南有樛木,葛藟累之。乐只君子,福履绥之。
南有樛木,葛藟荒之。乐只君子,福履将之。
南有樛木,葛藟萦之。乐只君子,福履成之。

**【诗义关键】**

《旱麓》篇说"莫莫葛藟,施于条枚",此诗说"南有樛木,葛藟累之","葛藟荒之","葛藟萦之",两篇的季节与景象完全相同。履,《毛传》注为"禄",履即为福禄。《诗经》用福禄的共有六篇，就是《瞻彼洛矣》篇"福禄如茨""福禄既同"；《鸳鸯》篇"福禄宜之""福禄艾之""福禄绥之"；《旱麓》篇"福禄攸降"；《凫鹥》篇"福禄来成""福禄来为""福禄来下""福禄攸降""福禄来崇"；《执竞》篇"福禄来反"；《采菽》篇"福禄申之""福禄膍之"。前三诗都是歌颂宣王，我们曾经研究过，如果认为这首诗的"乐只君子，福履绥之"，"乐只君子，福履将之"，"乐只君子，福履成之"，也是在歌颂宣王，不会很错吧？假若如此，则"南有樛木"的"南"字也有着落了。宣王与尹吉甫这时不是正在南方吗？

## 【字句解释】

一章。木下曲曰樛。只，语词。整章的意思就是：南方有些弯曲的树木，葛藤缠在它上边。欢乐的君子呀，福禄来安慰他。

二章。荒，奄。将，送，与《鹊巢》篇"百两将之"的"将"字同义。整章的意思就是：南方有些弯曲的树木，葛藤掩盖着它。欢乐的君子呀，福禄都送给他。

三章。萦，萦绕。成，成全。整章的意思就是：南方有些弯曲的树木，葛藤萦绕着它。欢乐的君子呀，福禄在成全他。

## 【诗篇联系】

三百篇实在是一部有体系、有史实、有生命的作品；可是自从后人以政教的观点来说诗，就变为无体系、无史实、无生命的东西。现在发现了研究它的原则，只要把它同一的字句做一排比，事迹与意义也就豁然显出了。把这首诗排在《旱麓》

篇之后，不是时间、地点、人物、事件、情感背景都明白地显现出来了吗？

**【诗义辨正】**

《毛序》："《樛木》，后妃逮下也。言能逮下而无嫉妒之心焉。"诗明言"君子"，与后妃有什么关系？姚际恒反而赞同说："今按《伪传》云：'南国诸侯慕文王之化，而归心于周。'然则以妾附后，以臣附君，义可并通矣。且《伪传》之说亦有可证者。《南有嘉鱼》曰：'南有樛木，甘瓠累之。君子有酒，嘉宾式燕绥之。'《旱麓》曰：'莫莫葛藟，施于条枚，岂弟君子，求福不回。'语意皆相近。此说可存，不必以《伪传》而弃之也。"他也知道用比类的方法来解释，可惜他一方面受《诗序》的束缚，一方面又未能用此类方法来研究整部《诗经》，还是得不出真义。《集传》说："后妃能逮下而无嫉妒之心，故众妾乐其德而称愿之曰：南有樛木，则葛藟累之矣。乐只君子，则福履绥之矣。"除过将《毛序》重述一遍，毫无新义。屈万里说："此祝福之诗。所祝之君子，盖亦有官爵者。"不仅有官爵，而且是一位国君呢！

# 七

## 小毖（周颂）

予其惩而毖后患。莫予荓蜂，自求辛螫。肇允彼桃虫,拚飞维鸟。未堪家多难,予又集于蓼。

释音:毖,音秘。荓,音瓶。螫,音释。拚,音翻。蓼,音了。

## 【诗义关键】

这首诗的关键就在"未堪家多难,予又集于蓼"这两句。堪,承受。多难,变故,指遭丧(马瑞辰说)。意思就是我承受不了这种家庭的变故,我又到了蓼这个地方。《访落》篇也说"维予小子,未堪家多难",是"未堪家多难"与"予小子"连在一起。《诗经》里用"予小子"的共有四篇,就是《江汉》《闵予小子》《敬之》与《访落》。这四首诗里的"予小子"是否是一个人呢?追究一下宣王出征的路线,就知道是不是一个人了。从《江汉》篇,我们知道宣王是从汉江的边上来到淮夷;从《常武》篇,我们又知道宣王是顺淮河流域来到徐国,即现今的安徽泗县。那么,只要对淮水流域做一追究,不仅发现蓼在什么地方,而且《江汉》《闵予小子》《访落》《敬之》与《小毖》这几篇诗的关系也都知道了。

《水经注》于淮水说:

淮水出南阳平氏县胎簪山,东北过桐柏山(平氏县在今河南桐柏县西)。

东过江夏平春县北(平春县在今河南信阳县西北)。

又东过新息县南(新息县在今河南息县)。

又东过期思县北(期思县在今河南固始县)。

又东过原鹿县南(原鹿县在今安徽阜阳县南)。

又东过庐江安丰县东北（安丰县在今安徽寿县南之安丰故城）。

又东北至九江寿春县西（寿春县即今安徽寿县）。

又东过寿春县北。

又东过当涂县北（当涂县在今安徽怀远县南）。

又东过钟离县北（钟离县在今安徽凤阳县东北二十里）。

又东北至下邳淮阴县西，泗水从西北来流注之（淮阴县在今江苏淮阴县东南）。

《常武》篇的徐国在今安徽泗县，而泗县就在泗水上流。"率彼淮浦，省此徐土"，就是顺着淮水流域来到这个徐国。宣王征徐的路线非常明白。然这条路线与《小毖》篇有什么关系呢？《小毖》篇说"予又集于蓼"，蓼是国名，在今安徽霍丘县。《读史方舆纪要》（卷二十一）于霍丘县淮水说："在县北三十里。"蓼国在霍丘县西北，淮水在县北三十里，是蓼国在淮水流域之证。到此，使我们明白了一件史实，就是宣王在汉江之浒命令召虎，一方面是让他负起平定淮夷的责任，一方面又赐给他秬鬯一卣，祭告他的父亲。那么，他就跟随宣王顺着淮水南征，现在又到了蓼国，所以说"未堪家多难，予又集于蓼"，我又集聚到了蓼。然这次来到是以"予小子"的心情来的，所以《访落》篇说："维予小子，未堪家多难。"了解了这个关系，诗义也就了解了。

## 【字句解释】

惩，戒。毖，慎。予其惩而毖后患，就是我要小心谨慎地不要再发生什么后患。荓，《毛传》于《桑柔》篇注为"使也"。辛，苦。蛇类与昆虫类之有毒腺而以毒牙或毒刺刺人者曰螫。莫予荓蜂，自求辛螫，就是不要使毒蜂螫到自己而引出苦痛。毒蜂象征敌人，就是小心地不让敌人杀害自己。肇，始。允，信。桃虫，鹪鹩，小鸟。拚，《韩诗》作"翻"，飞貌。肇允彼桃虫，拚飞维鸟，就是开始的时候，诚然是小的桃虫，但是会飞之后，就会变成一只大鸟。古人有桃虫生雕的传说。这两句也是比喻，比喻自己长大以后可以担当大事。整章的意思就是：我要小心谨慎地不要再发生什么患难。不要让毒蜂螫到我而引起苦痛。开始的时候，诚然是个小桃虫，然而会飞以后就可变成一只大鸟。我承担不了家庭里发生这么大的变故，我现在又集聚到蓼这个地方。

## 【诗篇联系】

孤立地来看这首诗，简直无法了解。可是从蓼这个地名，以及"未堪家多难"与《访落》篇的相同，再将有"予小子"的四篇诗做一联系，整首诗的意义就发现了。不仅了解了这首诗，连带着《闵予小子》《访落》《敬之》《鼓钟》与《秦风·黄鸟》几篇也都了解了。

## 【诗义辨正】

《毛序》："《小毖》，嗣王求助也。"求助则有之，嗣王则未必。他认为是成王的诗，那么，成王为什么在蓼这个地方求助呢？《集传》说："成王自言：予何所惩而谨后患乎？荓蜂而得辛螫，信桃虫而不知其能为大鸟，此其所当惩者。盖指管蔡之事也。然我方幼冲，未堪多难，而又集于辛苦之地，群臣奈何舍我而弗助哉！"除过把原诗重述一遍，我很怀疑他是否真懂这首诗。

八

## 闵予小子（周颂）

闵予小子，遭家不造，嬛嬛在疚。於乎皇考，永世克孝。念兹皇祖，陟降庭止。维予小子，夙夜敬止。於乎皇王，继序思不忘。

释音：嬛，音穷。

### 【诗义关键】

《江汉》篇不是讲"厘尔圭瓒，秬鬯一卣，告于文人"吗？这首诗就是召虎祭祀他父亲的祈祷文。皇王，大王，指今王。《诗经》中用皇王的，除此篇外还有《文王有声》。这两篇的"皇王"都指宣王。於乎皇王，继序思不忘，就是大王呀，我永久感谢您的盛德。因为是宣王让他承继他父祖的事业的。

### 【字句解释】

闵，通悯，可怜的意思。不造，犹言不幸。嬛嬛，茕茕，孤独无依之貌。皇考，父亲死去后之称。永世，终身。皇祖，大祖，指召公。陟降，来到。庭，庭堂。敬，即警之通假，与《常武》篇"既敬既戒"之"敬"同义。止，之。维予小子，夙夜敬止，就是我这小子呀，从早到晚都在警戒着。《江汉》篇不是讲"肇敏戎公，用锡尔祉"吗？何况他的父亲召伯就是因为不小心而被敌人偷袭的。於乎皇王，继序思不忘，这是感激宣王的话。整章的意思就是：可怜我这个丁忧的小子，遭到了家庭的不幸，而使我感受到孤独无依的苦痛。皇考呀，我要终身地孝敬您。老祖宗呀，希望您降到这个庭堂来。我这个小子呀，从早到晚都在警戒的状态中。皇王呀，我永远记着您的恩德。

## 【诗篇联系】

《江汉》篇说"厘尔圭瓒，秬鬯一卣，告于文人"，而此篇说"闵予小子，遭家不造，嬛嬛在疚。於乎皇考，永世克孝"，衔接得多么密切。《江汉》篇说"王命召虎：'……匪疚匪棘，王国来极'"，而此诗说"於乎皇王，继序思不忘"，又是多么地衔接。所以这首诗不成问题是召虎到达蓼国后，祭祀他父亲与祖宗的祈祷文。

## 【诗义辨正】

《毛序》："《闵予小子》，嗣王朝于庙也。"《毛传》解释说："嗣王者，谓成王也。除武王之丧，将始即政，朝于庙也。"此说有三点不合：第一，皇王即大王，对今王之称，若是成王祭武王，那么，今王又是谁呢？第二，从上边所举的关于使用"予小子"的例子里，所有称"予小子"的，都是热孝在身，尚未除去丧服，而他言"除武王之丧"，可知是在猜想。第三，这首诗明明是在战时，所以说"夙夜敬止"，而他说"将始即政"，根本不看诗义。可是解诗的人谁都不能逃出《毛序》这个说法。如《集传》说："成王免丧，始朝于先王之庙，而作此诗也。"姚际恒引何玄子说："殷大白《副墨》曰'武王既葬而祔主于庙'，似为得之。"都认成王在祭祀。

## 九

## 访落（周颂）

访予落止，率时昭考。於乎悠哉！朕未有艾。将予就之，继犹判涣。维予小子，未堪家多难。绍庭上下，陟降厥家。休矣皇考，以保明其身。

**【诗义关键】**

诗言"维予小子，未堪家多难"，又说"休矣皇考，以保明其身"，《诗经》里凡是同一词句，都是讲同一的事情，那么，这首诗也是召虎祭他父亲的祈祷文，当无问题。我们就以此义，将这首诗作一解释。

**【字句解释】**

访，谋。落，始。率，循。时，是。昭考与皇考同义，都是指先父。艾,《尔雅·释诂》"历也";历,阅历(马瑞辰说)。将,读为羌,语词。就,因。判奂,即《卷阿》篇的"伴奂",大的意思。休,好。保,保护。明,使之明哲。整篇的意思就是:当我开始接事的时候,我要照着皇考的一切去做。路途是那么的遥远呀,我是没有经验的。我且依照前人的路子,继续再谋光大。我这个小子呀,承担不了这个家庭的变故。乞求皇考降到这个庭里,使家庭光荣。美好的皇考呀,请您保佑我的身体并使我聪明!

## 【诗篇联系】

此诗是专祭皇考的,与《闵予小子》篇兼祭皇祖与感谢今王稍有不同。这也是召虎祭他父亲时的诗。地点当然也在蓼国。

## 【诗义辨正】

《毛序》:"《访落》,嗣王谋于庙也。"《正义》附会说:"《访落》诗者,嗣王谋于庙之乐歌也。谓成王既朝庙,而与群臣谋事,诗人述之,而为此歌焉。"此说有三点不合:第一,既言谋于庙,而《闵予小子》篇说"陟降庭止",此诗说"陟降厥家",都不是庙。《双剑誃吉金文选》里凡言"王格于"某地,不是庙就是宫,绝对没有庭的。第二,祈祷文与乐歌不同,《诗经》中凡是一章的都是祈祷文,而不是歌,从上边叙述过的诗篇,很可以看出歌与祈祷文的不同。第三,这首诗里一点也没有与群臣谋事的迹象。他之所以言"谋事",完全从"访"字猜想。其余的诗说,都不出《毛序》的范围,也就不必再引了。

# 十

## 敬之（周颂）

敬之！敬之！天维显思，命不易哉！无曰高高在上，陟降厥士，日监在兹。维予小子，不聪敬止。日就月将，学有缉熙于光明。佛时仔肩，示我显德行。

释音：不，音丕。佛，音弼。仔，音兹。

## 【诗义关键】

这首诗的关键就在"敬之！敬之！天维显思，命不易哉！"敬同警。敬之敬之，就是警惕呀警惕呀。天维显思，就是老天爷是看得很清楚的。命不易哉，就是天命是不容易得到的。这明明是祭天。然谁在祭天呢？"维予小子，不聪敬止。日就月将，学有缉熙于光明。佛时仔肩，示我显德行"，是一位予小子在祭天。那么，召虎丧父后，宣王把征伐淮夷的责任加在他身上，他除祭祀祖宗、父亲外，自然也要祭天。此诗正是这个用处。

## 【字句解释】

监，视。士，武士。周行封建之制，而封建制度的基本干部则为武士。正如罗马与欧洲中古时期的封建制度之下所产生的武士一样。无曰高高在上，陟降厥士，日监在兹，就是您不要高高地在上，派下您的武士吧，来看守这块土地。周人的心目中，一切的一切都是上天的赐予，所以乞求上天派下他的武士。不，读为丕。聪，读为听，与《祈父》篇"亶不聪"的"聪"同义。维予小子，不聪敬止，就是我这个小子，非常地听话而且警戒。《广雅·释诂》："就，久也。"《楚辞·九辩》"恐余寿之弗将"，王逸注："将，长也。"缉熙，继续。日就月将，学有缉熙于光明，就是日久月长，我继续地学习就会有成就。佛，通弼；弼，辅的意思。仔肩，犹今语责任。佛时仔肩，就是辅时的责任。德行，道路。示我显德行，就是指示我明显的道路。整篇的意思就是：警惕呀！警惕呀！老天爷是看得很清楚的，天命是不容易得到的。不要高高在上不理我，派下您的武士吧，天天监视在这里。我这个小子非常地听话而且警戒。日久月长，我继续地学习就会有成就。我担负着辅时的责任，请指示我显明的道路吧！

## 【诗篇联系】

《诗经》里用"予小子"的共有四篇，就是《江汉》《闵予小子》《访落》与此诗，都在这里讲过了，它们的联系是多么密切！《江汉》篇是宣王命令召虎平定淮夷，并赐给他秬鬯一卣去祭他死去的父亲。《闵予小子》篇是祭祖与祭父，《访落》篇专祭父，此诗则是祭天。用途多么显明。

## 【诗义辨正】

《毛序》："《敬之》，群臣进戒嗣王也。"这首诗从头到尾都是"予小子"在祈上天的保佑，哪一点有群臣进戒的意思呢？他大概把"敬"字作恭敬讲，故有此误。后人也都在这方面猜想，不必再引了。

## 十一

## 鼓钟（小雅）

鼓钟将将，淮水汤汤，忧心且伤。淑人君子，怀允不忘。

鼓钟喈喈，淮水湝湝，忧心且悲。淑人君子，其德不回。

鼓钟伐鼛，淮有三洲，忧心且妯。淑人君子，其德不犹。

鼓钟钦钦，鼓瑟鼓琴，笙磬同音。以雅以南，以籥不僭。

释音：将，音枪。汤，音商。喈，音皆。湝，音佳。鼛，音高。妯，音抽。籥，音药。

## 【诗义关键】

这首诗的关键就在"淮有三洲，忧心且妯"。既然知道宣王的南征是由淮水而下，那么，就看能否在淮水上找出三洲，而且在这里发生了使人既忧且哀的事件。《读史方舆纪要》（卷二十一）于霍丘县淮水说："淮自霍丘以上，西尽光州，南唐时，每冬淮水浅涸，常发兵戍守，谓之把浅。"淮水之每冬浅涸，当不自南唐始。我们从《兮甲盘铭》，知道宣王五年三月二十六日曾派尹吉甫到南淮夷征集委积；如果南淮夷不听命，即刑屡伐。结果，南淮夷真个抗命。那时，召伯仍在谢城，当派召伯去屡伐。后来宣王于六年初春在汉江之浒又命令召虎伐淮夷，同时，让他祭奠他的父亲。很显然，召伯就是召虎的父亲，而召虎所祭就是召伯。再从《小毖》篇"予又集于蓼"，知道召伯就是阵亡在这里，恰巧蓼这个地方就在霍丘县，也就是每冬淮水浅涸，必须把浅的地方。《秦风·黄鸟》篇又有三良阵亡的事迹，而三良是随穆公阵亡的。那么，穆公是谁呢？《逸周书·谥法解》说"布德执义曰穆"，而此诗说"淑人君子，其德不回"，"淑人君子，其德不犹"，不正合召伯的谥吗？到此，我们可以了解"淮有三洲，忧心且妯"的意义了。原来三良在淮水的三个洲上把浅的时候，被敌人偷袭而阵亡，连带着召伯也阵亡了。此诗的"淑人君子"，当指召伯。此诗是悼念召伯的，连带着也想到三良，所以说："淮有三洲，忧心且妯。"足证三良与召伯有关系。《水经注》（卷三十）说："水南有城，故安风都尉治。后立霍丘戍。淮中有洲。"朱右曾《诗地理征》说："通校全淮，惟此有洲，在今霍丘县北也。"知道了这段事迹，这首诗也就可以了解了。

【字句解释】

一章。将将，即锵锵。汤汤，水流声。怀，是怀念。允，信。《诗经》中用"不忘"的共有七篇，就是《终南》《有女同车》《蓼萧》《假乐》《烈文》《闵予小子》与此诗。除《有女同车》《假乐》篇的意义不同外，其他各篇都作"不已"解。整章的意思就是：

敲的钟声锵锵在响，淮水汤汤地不停在流。心里既忧愁而又悲伤。善人君子呀，对他诚然地怀念不已。

二章。喈喈，和声。湝湝，亦为水流声。《诗经》里用"不回"的共有五篇，就是《大明》《旱麓》《常武》《閟宫》与此诗。"回"都是"违"的假借。"不回"即"不违"。整章的意思就是：敲的钟声喈喈在响，淮水湝湝地流个不停，心里既忧愁而又伤悲。善人君子呀，他的恩德永不停止。

三章。鼛，大鼓。妯，悼。不犹，不同，与《小星》篇"寔命不犹"的"不犹"是一个意思。整章的意思就是：敲着钟，打着鼓，对着那淮水的三个洲，心里既忧愁而又悲悼。善人君子呀，他的恩德与人不同。

四章。钦钦，敲钟的声音。雅，雅乐，周时通行的音乐。南，楚声。成九年《左传》："使与之琴，操南音。"杜注："南音，楚声。"蓼国正在楚地，故以本地音乐来祭奠。籥，籥舞，即文舞。僭，乱。以，与。以雅以南，以籥不僭，就是用雅乐、用南乐、用籥舞来祭祀，都很齐整而不零乱。整章的意思就是：敲的钟声钦钦在响，鼓着瑟，弹着琴，与笙声磬声非常地调和。用雅乐、用南乐、用籥舞来祭祀，都很齐整而不零乱。

【诗篇联系】

假如没有发现宣王南征徐国的路线以及召伯在蓼国阵亡的话，这首诗根本无法了解。诗言"淮有三洲"，淮是指哪一段的淮水？淮水的三洲在什么地方呢？淑人君子指谁？为什么在淮水边上"忧心且伤"？"以雅以南"的南乐到底指什么地方的音乐？这些问题，都是无法解决的。现在解决了这些问题，把这首诗排在这里，不是极为恰当吗？

## 【诗义辨正】

《毛序》："《鼓钟》，刺幽王也。"此诗与幽王有什么关系？又哪有一点刺呢？可是《集传》又引王氏说："此诗之义未详。王氏曰：幽王鼓钟淮水之上，为流连之乐，久而忘返，闻者忧伤，而思古之君子不能忘也。"幽王在淮水上鼓钟有什么凭据？姚际恒就批评说：《小序》谓'刺幽王'，甚混。幽王无至淮之事，固不待欧阳氏而后疑之矣。严氏谓'古事亦有不见于史者'，此遵《序》之过也。《孔疏》谓《韩诗》以为昭王，以《左传》有南征之说也。后人多从之；然亦未敢信。《集传》既云'此诗之义未详'，又引王氏指幽王之说，何耶？"

## 十二

## 黄鸟（秦风）

交交黄鸟止于棘。谁从穆公？子车奄息。维此奄息，百夫之特。临其穴，惴惴其慄。彼苍者天，歼我良人；如可赎兮，人百其身！

交交黄鸟止于桑。谁从穆公？子车仲行。维此仲行，百夫之防。临其穴，惴惴其慄。彼苍者天，歼我良人；如可赎兮，人百其身！

交交黄鸟止于楚。谁从穆公？子车鍼虎。维此鍼虎，百夫之御。临其穴，惴惴其慄。彼苍者天，歼我良人；如可赎兮，人百其身！

**【诗义关键】**

这首诗被误解的程度最深：第一，由于这首诗在《秦风》，恰恰秦穆公的时候也有三位良人叫奄息、仲行、鍼虎，与《诗经》的相同，于是就铁一般地相信这是秦穆公时的作品。第二，文公六年《左传》说："秦伯任好卒，以子车氏之三子奄息、仲行、鍼虎为殉，皆秦之良也。国人哀之，为之赋《黄鸟》。"汉人误将这个"赋"字解作"作"，更增加人们的深信不疑。第三，《毛序》说："《黄鸟》，哀三良也。国人刺穆公以人从死而作是诗也。"有这三种证据，人们也就不再深究这篇诗的本身意义，而盲从了两千年。谁也不敢，而且也不可能提出异议。现在把这个问题做一个彻底的解决。先从《左传》讲起。

《左传》里提到赋诗的共有七十四次（据余培林《群经引诗考》，《台湾省立师范大学国文研究所集刊》第八号），我们把这七十四次的赋诗做一分析。断章取义而赋诗的计有：一、文公七年"赋《板》之三章"；二、文公十三年"赋《载驰》之四章"；三、又"赋《采薇》之四章"；四、成公九年"赋《韩奕》之五章"；五、又"赋《绿衣》之卒章"；六、襄公十四年"歌《巧言》之卒章"；七、襄公十六年"赋《鸿雁》之卒章"；八、襄公十九年"赋《载驰》之四章"；九、襄公二十年"赋《常棣》之七章以卒"；十、又"赋《鱼丽》之卒章"；十一、襄公二十七年"赋

《黍苗》之四章";十二、昭公元年"赋《大明》之首章";十三、又"赋《小宛》之二章";十四、又"赋《野有死麕》之卒章";十五、昭公二年"赋《绵》之卒章";十六、又"赋《节》之卒章";十七、定公十年"赋《扬之水》卒章"①。以上十七次都是断章取义,歌诗之一二章以合意,从来没有人说这些诗是当时人作的。

提篇目的计有:一、隐公三年"赋《硕人》";二、闵公二年"赋《载驰》";三、又"赋《清人》";四、僖公二十三年"赋《河水》(按即《沔水》篇)";五、又"赋《六月》";六、文公三年"赋《菁菁者莪》";七、又"赋《嘉乐》";八、文公四年"赋《湛露》及《彤弓》";九、文公六年"赋《黄鸟》";十、文公十三年"赋《鸿雁》";十一、又"赋《四月》";十二、襄公八年"赋《摽有梅》";十三、又"赋《角弓》";十四、又"赋《彤弓》";十五、襄公十四年"赋《青蝇》";十六、又"赋《匏有苦叶》";十七、襄公十六年"赋《圻父》";十八、襄公十九年"赋《黍苗》";十九、又"赋《六月》";二十、襄公二十年"赋《南山有台》";二十一、襄公二十六年"赋《嘉乐》";二十二、又"赋《蓼萧》";二十三、又"赋《缁衣》";二十四、又"赋《辔之柔矣》(按此系逸诗)";二十五、又"赋《将仲子兮》";二十六、襄公二十七年"赋《相鼠》";二十七、又"赋《草虫》";二十八、又"赋《鹑之贲贲》";二十九、又"赋《隰桑》";三十、又"赋《野有蔓草》";三十一、又"赋《蟋蟀》";三十二、又"赋《桑扈》";三十三、又"赋《既醉》";三十四、襄公二十八年"诵《茅鸱》

---

① 《左传》原文为:"对曰:'臣之业在《扬水》卒章之四言矣。'"

(按此系逸诗)"；三十五、襄公二十九年"赋《式微》"；三十六、昭公元年"赋《瓠叶》"；三十七、又"赋《鹊巢》"；三十八、又"赋《采蘩》"；三十九、又"赋《常棣》"；四十、昭公二年"赋《角弓》"；四十一、又"赋《淇澳》"；四十二、又"赋《木瓜》"；四十三、昭公三年"赋《吉日》"；四十四、昭公十二年"赋《蓼萧》"；四十五、昭公十六年"赋《野有蔓草》"；四十六、又"赋郑之《羔裘》"；四十七、又"赋《褰裳》"；四十八、又"赋《风雨》"；四十九、又"赋《有女同车》"；五十、又"赋《萚兮》"；五十一、又"赋《我将》"；五十二、昭公十七年"赋《采叔》"；五十三、又"赋《菁菁者莪》"；五十四、昭公二十五年"赋《新宫》(按此系逸诗)"；五十五、又"赋《车辖》"；五十六、定公四年"赋《无衣》"。从以上五十七次赋诗里，可以看出都是后人唱前人的诗以合己意，而《毛序》偏偏于《载驰》篇说"许穆夫人作也"，于《清人》篇说"文公退之不以道，危国亡师之本，故作是诗也"，而于此诗说"国人刺穆公以人从死而作是诗也"。《诗经》中所有赋诗，不管是赋一章或赋两章或全诗，从来没有"作"的；其他各篇的"赋"字都不作"作"解，独独《载驰》《清人》《黄鸟》这三篇的赋作"作"解，显然是误解《左传》的事迹而附会。《毛序》这样一讲，也就没有人再怀疑，真是一件奇事！诗明明讲不通，还要在那里勉强牵合。

误解此诗的最大原因，是由于误认秦穆公时的三良就是《诗经》中的三良。《史记·秦本纪》说："缪公卒，葬雍。从死者百七十七人。秦之良臣子舆氏三人，名曰奄息、仲行、鍼虎，亦在从死之中。秦人哀之，为作歌《黄鸟》之诗。"《史记正义》

又引应劭说:"秦穆公与群臣饮,酒酣,公曰:'生共此乐,死共此哀。'于是奄息、仲行、鍼虎许诺。及公薨,皆从死,《黄鸟》诗所为作也。"司马迁、应劭都是这样讲,不是铁的证据吗?然而将此诗的内容与史事做一对照,就知道大大不然了。

注意《史记》说的是"子舆氏三人,名曰奄息、仲行、鍼虎",而《诗经》说的是"子车氏"。现今《左传》也作子车,是后人改的,《黄鸟》篇正义就说:"《左传》作子舆。"车、舆固然是字异而义同,但并不是同姓,等于姞、吉也是字异而义同,然一个是南燕旧姓,一个是尹吉甫所改的新姓,时代有先后,万不能相混。《风俗通义·六国》说"昔秦穆公尝如此,七日而瘳,瘳之日,告公孙支与子舆曰",可证子舆确是秦穆公时候的姓,绝不可与子车氏相混。但怎么恰恰同名字呢?春秋时,因《诗经》中的人名而命名的很多,如《诗经》里有家父,桓公八年与十五年《左传》里也有家父,《诗经》里有皇父,文公十一年《左传》里也出现了皇父,难道他们是一个人吗?其次,我们再看与诗义的不合。

诗言"彼苍者天,歼我良人",明明是怨老天爷杀害了这三位良人,所以下边接着说"如可赎兮,人百其身",如果可以赎的话,宁愿用一百人来换。从秦穆公殉丧的有一百七十七人,怎么独独对三良表示哀悼呢?况且,殉丧在秦时是一种制度,并不是从秦穆公开始。《史记·秦本纪》说:"武公卒,葬雍平阳。初以人从死,从死者六十六人。"秦国的殉葬是从武公开始的。在商周的奴隶制度之下,这是必然的现象,谁敢反对呢?况且三良之死,一方面是穆公的愿望,一方面也是三良的许诺,正合忠义的观念。"临其穴,惴惴其慄",惴惴其慄的是谁?如果是秦人,那么，殉丧的共为一百七十七人，难道对其他的人都不惴栗，独独对三良惴栗？要知道，所谓殉丧，是一百七十七人都乱葬在一起，怎么可以单单指出三良的圹穴来惴栗呢？《史记正义》引《括地志》说"秦穆公冢在岐州雍县东南二里"，又说"三良冢在岐州雍县一里故城内"，显然不是一个冢。由此看来，三良之殉葬是自杀，不是被杀；既是自杀，有什么可惴栗呢？《史记·秦本纪》又说："秦人哀之，为作歌《黄鸟》之诗。"作是作，歌是歌，是不是在圹穴边上一边作，一边歌呢？可知司马迁是从《左传》的"赋《黄鸟》"与《毛序》的"作是诗"合到一起而产生这种糅合的句子。《黄鸟》篇是一回事，秦三良殉葬穆公是另一回事。当秦穆公死时，恰恰有三位与《黄鸟》诗中同名的三良殉葬，秦人也就歌《黄鸟》篇来哀悼他们，所以文公六年《左传》说："国人哀之，为之赋《黄鸟》。"赋是歌的意思，与春秋时代的引诗赋诗风气正合。此诗作于宣王六年（公元前八二二），秦穆公死于周襄王三十一年（公元前六二一），相距两百零一年，当可引而歌之。

再者，春秋时，凡提到秦伯任好，不是称他秦伯，就是称他秦穆，没有称他为"公"的。如文公三年《左传》说："秦伯伐晋……君子是以知秦穆之为君也。"《毛诗校勘记》就说："《石经》无公字……足利本亦无。""秦穆有焉。"文公四年《左传》又说："秦伯为之降服出次。"又说："其秦穆乎？"文公六年《左传》说："秦伯任好卒。"又说："秦穆之不为盟主也，宜哉！"而《诗经》中所称的是"穆公"，怎么可以合而为一呢？秦穆公是后人对他的称谓，在当时是没有的。

这首诗的穆公是召伯的谥，也就是后世所说的召穆公，绝对不是秦穆公，也不是召虎。分清了这一点，才可了解这首诗。

**【字句解释】**

一章。交交，古诗通作咬咬，鸟声（马瑞辰说）。夫，《礼记·郊特牲》："夫也者，以知帅人者也。"是夫为率领人的人。特，匹；匹，当也（马瑞辰说）。穴，圹穴。惴惴，恐惧貌。慄，战栗。临其穴，惴惴其慄，就是临到他的圹穴，恐惧而又战栗。因为他是被人杀害的，死得非常之惨，所以使人有战栗之感。良人，武士。彼苍者天，歼我良人，是无可奈何之辞。敌人把奄息杀害了，无可归咎，也只有归之于天了。整章的意思就是：咬咬在叫的黄鸟，飞落到小棘树上。谁跟随穆公而死呢？是子车家的奄息。只有这位奄息可以抵挡一百个领军的人。到他的圹穴上，看到了惨不忍睹的尸体。老天呀老天，您怎么杀害了我这位良人呢？假如可以赎的话，情愿以一百个人来换他。

二章。防，防御。整章的意思就是：咬咬在叫的黄鸟，飞落在桑树上。谁跟随穆公而死呢？子车家的仲行。只有这个仲行，可以防御一百个武夫。到他的圹穴上，看到了惨不忍睹的尸体。老天呀老天，您怎么杀害了我这位良人呢？如果可以赎的话，情愿以一百个人来换他。

三章。整章的意思就是：咬咬在叫的黄鸟，飞落在楚木上。谁跟随穆公而死呢？子车家的鍼虎。只有这个鍼虎，可以抵御一百个武夫。到他的圹穴上，看到了惨不忍睹的尸体。老天呀老天，您怎么杀害了我这位良人呢？如果可以赎的话，情愿以一百个人来换他。

## 【诗篇联系】

从《江汉》篇，我们知道召虎死了父亲，也就是召伯；从《常武》篇，我们知道宣王南征徐国的路线。从征徐的路线，我们又发现召伯阵亡的地点；再从《鼓钟》篇"淮有三洲"，我们知道三良也随召伯阵亡在蓼这个地方；这首诗就是追悼三良的。《出车》篇说"春日迟迟""仓庚喈喈"，仓庚就是此诗的黄鸟；《凯风》篇说"睍睆黄鸟，载好其音"；《绵蛮》篇说"绵蛮黄鸟"；此诗说"交交黄鸟止于棘"。都是同年同季的作品，都有同一鸟名的出现，这不是偶然的吧？

## 【诗义辨正】

《毛序》："《黄鸟》，哀三良也。国人刺穆公以人从死而作是诗也。"其错误，上边已详为辨正，其他诗说都是抄袭《毛序》的，也就不必再引了。

# 十三

## 常武（大雅）

赫赫明明，王命卿士，南仲大祖，大师皇父："整我六师，以修我戎。"既敬既戒，惠此南国。

王谓尹氏："命程伯休父，左右陈行，戒我师旅。"率彼淮浦，省此徐土，不留不处。三事就绪。

赫赫业业，有严天子，王舒保作。匪绍匪游，徐方绎骚。震惊徐方，如雷如霆，徐方震惊。

王奋厥武，如震如怒。进厥虎臣，阚如虓虎。铺敦淮渍，仍执丑虏。截彼淮浦，王师之所。

王旅啴啴，如飞如翰，如江如汉。如山之苞，如川之流。绵绵翼翼，不测不克，濯征徐国。

王犹允塞，徐方既来。徐方既同，天子之功。四方既平，徐方来庭。徐方不回，王曰："还归。"

## 【诗义关键】

这首诗值得我们注意的有几点：

第一，写诗的地点。诗里一再说"既敬既戒，惠此南国"，"率彼淮浦，省此徐土"，"四方既平，徐方来庭。徐方不回，王曰：'还归'"，可知此诗是平定徐国后在徐国歌颂国王的作品。徐国在什么地方呢？《读史方舆纪要》（卷二十一）于泗州（今安徽泗县）徐城废县说："州西北五十里，古徐子国。"又引《括地志》说："徐城县北四十里有大徐城，即古徐国。"由此可知徐国在今安徽泗县西北四十里，这首诗就写在这里。

第二，王师从哪一条路线来。诗言"率彼淮浦，省此徐土"，意思就是顺着淮水边上来到徐国。又说"铺敦淮渍，仍执丑虏。截彼淮浦，王师之所"，也是讲王师从淮水流域而来。上边我们根据《水经注》将淮水的流域作一说明，并在这条水的流域上发现蓼国，而解释了《小毖》《闵予小子》《访落》《敬之》《鼓钟》《秦风·黄鸟》等篇。《读史方舆纪要》又于泗州淮水说"在城南一里"，古徐国在泗州城西北五十里，可知由淮水可以直达徐国。

第三，这首诗里的王是指哪一位王。《竹书纪年》于宣王六年载说："王帅师伐徐戎，皇父、休父从王伐徐戎，次于淮。"与此诗正合，可知王是宣王。《毛序》说："《常武》，召穆公美宣王也。"他也认为是宣王，可是"召穆公美宣王"就错了。穆公是召伯的谥，他已阵亡于宣王五年冬，怎能于宣王六年美宣王呢？

第四，诗言"徐方来庭""王曰：'还归'"，归到什么地方呢？《竹书纪年》又于六年载说："王归自伐徐，锡召公命。"未言归至何处。《召伯虎毁铭》（二）说："唯六年四月甲子，王在荼。召伯虎告曰：'余告庆。'"宣王六年四月甲子是四月二十六日，告庆即是告平定淮夷之庆。可知宣王于六年四月二十六日又回到荼京，也就是《出车》篇"王命南仲，往城于方"的方。如此讲来，《常武》篇与《出车》篇又发生了联系。《出车》篇是讲宣王于六年初春由方山出征，《常武》篇是讲宣王平定徐国后又回方山。由此可知，宣王平徐，来回也只不过三个月左右，与上边我们所说他是速行军就相合了。到此，可以了解诗"王旅啴啴，如飞如翰"，"如山之苞，如川之流"的写实意义了。啴啴，《毛传》于《四牡》篇注为"喘息之貌"，此处也是这个意思。王旅啴啴，就是王的军旅赶得喘息不停。翰，飞。如飞如翰，就像是飞、就像是翔那样奔走。如山之苞，形容军旅之众多与坚强。如川之流，就像川水那样的不停。都是形容急行军的情形。其次我们又了解"震惊徐方，如雷如霆，徐方震惊"的意义。《孙子·军争篇》"动如雷震"，贾林注："其动也疾不及应。太公曰：'疾雷不及掩耳。'"因为宣王来得太快，出其不意地到达徐国，才震惊了徐国，徐方也不得不震惊。如雷如霆，正是形容出其不意的意思。宣王就是这样才慑服了徐国，所人诗人赞美说："王犹允塞，徐方既来。徐方既同，天子之功。"我们曾解释《赉》篇"我徂维求定"，我去的目的也不过为求一个安定，在此可得一个证明。

第五，这首诗是谁写的呢？《毛序》说是召穆公，上边已证明他的错误。《出车》篇说"岂不怀归？畏此简书"，宣王之所以派尹吉甫随征，就是为简书的工作。《常武》篇又说"王谓尹氏"，吉甫之为尹氏，就是从这个时候起。他在周室本来没有官爵，现在得到"尹氏"这种官职，后人也就称他为"尹吉甫"。《江汉》篇是他写的，《常武》篇也是他写的，那么，这中间的《终南》《旱麓》《樛木》《小毖》《闵予小子》《访落》《敬之》《鼓钟》《秦风·黄鸟》以及《般》《赉》两篇祈祷文，也都出自他的手笔，从三百篇的风格可以断定。

第六，诗言"赫赫明明，王命卿士，南仲大祖，大师皇父"，而《竹书纪年》载说"王帅师伐徐戎，皇父、休父从王伐徐戎，次于淮"，没有南仲。这是怎么一回事呢？难道《竹书纪年》靠不住吗？恰恰相反，适足证明《竹书纪年》的十分正确。开口闭口说《竹书纪年》靠不住的人，我希望他注意这一点！宣王是从方山这个地方南征的，南仲正在这个地方征伐狎狁，当然不能离开，可是他能为宣王整备军旅，所以诗言："王命卿士，南仲大祖，大师皇父：'整我六师，以修我戎。'"他既不能随宣王南征，也只有皇父、休父跟随了，所以《竹书纪年》只记载他们两个人。假如《竹书纪年》没有原始的根据，只是摭拾一些古代的典籍而随便编排的话，《常武》篇里明明有南仲，他怎么不作为依据而列出南仲呢？这部《诗经》研究的年月，都是依据《竹书纪年》的，怀疑《竹书纪年》，也就怀疑我们的研究，所以我很希望怀疑的人，看看我们将《竹书纪年》与三百篇配合起来，是不是重建了一段中国古代的信史！

第七，在解释《绵蛮》篇时，我们曾说那首诗是尹吉甫拜托南仲把他的弟弟们带到卫国；实际上，不仅拜托，而且是请求南仲不要让他的弟弟们来南征。怎么知道呢？此诗说："王命卿士，南仲大祖，大师皇父：'整我六师，以修我戎。'"南仲负责派遣南征的军队，所以尹吉甫请求南仲不要派遣他的弟弟们。两篇的事迹不是极为吻合吗？

## 【字句解释】

一章。赫赫，盛大貌。明明，勉勉。《诗经》中用"卿士"的共有四篇，就是《十月之交》《假乐》《长发》与此诗。凡言卿士都是在战时，《十月之交》篇是幽王征伐犬戎时所命；《长发》是讲商时的开国；《假乐》与此诗是南征淮夷与西征狎狁时所命。隐公三年《左传》"郑武公、庄公为平王卿士"，也是在战争的时候。《尚书·周书·洪范》"王省惟岁，卿士惟月，师尹惟日"，卿士的职位是以月计算的。我们再举几个《左传》中的例子来看。隐公八年："齐侯将平宋、卫，有会期。……虢公忌父始作卿士于周。"僖公五年："虢仲、虢叔，王季之穆也，为文王卿士，勋在王室。"襄公十年："王叔奔晋……单靖公为卿士，以相王室。"襄公二十五年："我先君武、庄为平、桓卿士。城濮之役，文公布命曰：'各复旧职。'命我文公戎服辅王，以授楚捷。"定公元年："若立君，则有卿士、大夫与守龟在。"这些例子里，也是凡言卿士，都与战争有关。卿士，好像现在的战时内阁总理，出则为将，入则为相，权柄甚大，然战事一结束，也就各归本职。大祖不是官职，也不是祖庙，而是辈分，也就是现在说的曾祖父。要不是发现尹吉甫的生平事迹，"南仲大祖"这一句诗就永远无法了解。原来大祖是尹吉甫随着他的女友仲氏的称谓。仲氏是惠孙的女儿，卫武公的孙女，卫釐侯的曾孙女。南仲是卫国人，既称他为大祖，当然与卫釐侯同辈。《车邻》篇说"今者不乐，逝者其耋"，耋是八十岁。《车邻》篇是恭贺南仲的诗，我们下边就要讲到。南仲这时是八十岁的老人，当然可以有曾孙女，"南仲大祖"是这样来的。《毛传》说"王命南仲于大祖，皇甫为大师"，《郑笺》附和说："南仲，文王时武臣也。……宣王之命卿士为大将也，乃用其以南仲为大祖者，今大师皇父是也。"他把南仲当成皇父的大祖，真是颠倒是非，强不知以为知！《竹书纪年》于宣王二年载说"锡太师皇父、司马休父命"，是皇父于宣王二年已做太师，现在是宣王六年，时间的先后正合。赫赫明明，王命卿士，南仲大祖，大师皇父，就是盛大地、黾勉地，王在命令两位卿士——老祖宗南仲与太师皇父。整我六师，以修我戎，就是整顿我的六师，准备我的戎车，这是宣王命令南仲与皇父的话。敬通警；警，戒敕的意思。凡出兵都要先誓师，也就是先戒敕军旅。敬、戒是一个意思。惠此南国是指徐，因为这首诗是在徐国写的。整章的意思就是：盛大地，黾勉地，王在命令左右卿士——老祖宗南仲与太师皇父说："整顿我的六师，准备我的戎车。"誓师以后，也就惠临到这个南方的徐国。

二章。此诗的"尹氏"即是尹吉甫自己，宣王派他随征的目的就是为简书的工作。程伯休父，程是国名，伯是爵位，休父是名。《读史方舆纪要》（卷四十八）于洛阳县褚氏聚说："上城聚，在故洛城西南，古程国。《史记》：'重黎之后，伯休父之国也。'关中有程地，所谓文王自程徙丰者，故此曰上程。"由此可知休父是现今河南洛阳人。而蹶父、尹吉甫是河南延津人，南仲是河南修武人，仲山甫是河南孟县人，方叔是河南沁阳人，卫武公、惠孙是河南淇县人，都是同乡。戒我师旅，就是首章的既敬既戒。三事，就是《雨无正》篇的三事大夫，指三卿。三事就绪，就是三卿也都准备就绪。整章的意思就是：王对尹氏说："叫程伯休父把军旅左右陈列起来，我要誓师告戒他们。"顺着那淮水边上，省视这个徐国，不在那里停留，也不在那里久处。三卿也都把各事准备停当。

三章。业业，盛貌。有严，庄严。舒，徐。保，安。作，行。匪绍匪游，也就是《江汉》篇的"匪安匪游"。绍与弨，音义近；《彤弓》篇"彤弓弨兮"，《毛传》："弨，弛貌。"《说文》："弛，弓解弦也。"（马瑞辰说）绎骚，骚动。《小毖》篇的蓼国，正在徐国的边界。徐国把召伯杀害以后，也就骚动起来，宣王不得不亲来镇压。整章的意思就是：浩浩荡荡地，庄严的天子，慢慢地、安适地动身了。不是来享乐，也不是来游玩，而是徐国在骚乱。国王以迅雷不及掩耳的急行军来震惊徐国，徐国也真的震惊了。

四章。震，雷。阚，虎怒貌。虓，哮之假借。铺，止，与《江汉》篇"淮夷来铺"的"铺"同义。敦，《郑笺》："当作屯。"仍，数。丑房,指敌人。截,治。整章的意思就是:王在推进他的武力,就像是打雷,就像是发怒。他的虎臣在作战,就像是咆哮的老虎。到达淮水的流域,屡次地执到俘虏。王师所至之处,没有不被平定的。

五章。濯,大。整章的意思就是:国王的军旅喘息不停地,就像是飞,就像是翔,就像是江水,就像是汉水。就像山那样壮大,就像水那样川流不息。连续不绝地,规模伟大地,不可测度地,没有不被征服的,大大地在征伐徐国。

六章。犹,谋。允,诚。塞,实在。来,来朝。同,会同,也是来朝的意思。不回,不违。整章的意思就是:王的计谋实在有用,徐国果然归顺了。徐国的来朝,全是天子的功劳。四方平定了,徐国也就来朝了。徐国不再抗命,王也就说:"班师回去。"

**【诗篇联系】**

从《竹书纪年》的宣王六年"王帅师伐徐戎,皇父、休父从王伐徐戎,次于淮","王归自伐徐,锡召公命",以及《召伯虎毁铭》(二)说的"唯六年四月甲子,王在荟。召伯虎告曰:'余告庆'",使我们知道这首诗的年月。再从此诗的"率彼淮浦,省此徐土",追究出了宣王南征徐国的路线。再从这条路线,不仅使我们了解十几首诗,而且发现了一大段中国古代史。

**【诗义辨正】**

《毛序》:"《常武》,召穆公美宣王也。有常德以立武事,因以为戒然。"穆公是召伯的谥,他已于宣王五年冬阵亡,怎么能于六年来美宣王呢？既然"有常德以立武事"，为什么又"以为戒"呢？足证他根本不懂诗，也根本不看诗，而只在"常武"与"既敬既戒"上做猜想。《集传》说："宣王自将以伐淮北之夷，而命卿士之谓南仲为大祖兼大师而字皇父者，整治其从行之六军，修其戎事以除淮夷之乱，而惠此南方之国，诗人作此以美之。"南仲与皇父是两个人，他混为一个人了。姚际恒批判说："《小序》谓'召穆公美宣王'，此臆说。《大序》谓'有常德以立武事，因以为戒然'，按此尤属影响之论。诗起句无'常武'字，必因其赫赫、明明皆为双字，故不可用，名为《常武》耳。武字是已；常字，作者之意则不可知。……按诗中极夸美王之武功，无戒其黩武意。毛、郑亦无戒王之说。然则作《序》者其为腐儒之见明矣！《集传》于末章云：'言王道甚大，而远方怀之，非独兵威然也。《序》所谓因以为戒者是也。'又其言曰：'诗中无常武字，召穆公特名其篇。'……故予谓佞《序》者莫若朱也。盖喜其同为腐儒之见耳。或依《集传》之意，谓'王曰还归'是所以戒之。按诗以'王曰还归'收束，正见其首尾完善处；乃以为戒辞，非夏虫之见乎？……此宣王自将以伐徐夷，命皇父统六军以平之，诗人美之，作此诗。"很明白的一首诗而产生这么多的误解，真是怪事！

以上十三篇，就是《江汉》《终南》《般》《赉》《旱麓》《樛木》《小毖》《闵予小子》《访落》《敬之》《鼓钟》《秦风·黄鸟》与《常武》，都是尹吉甫跟随宣王南征徐国时的诗篇。时间是宣王六年初春到四月间。

【第七编】 与南仲在曲沃会师时诗篇（宣王六年）

一

## 扬之水（唐风）

扬之水，白石凿凿。素衣朱襮，从子于沃。既见君子，云何不乐？

扬之水，白石皓皓。素衣朱绣，从子于鹄。既见君子，云何其忧？

扬之水，白石粼粼。我闻有命，不敢以告人。

释音：襮，音博。鹄，音皋。

## 【诗义关键】

先看"从子于沃"的"沃"在什么地方。沃是曲沃。《读史方舆纪要》（卷四十一）于闻喜县说："春秋时，晋之曲沃地，秦改为左邑，属河东郡。汉武帝经此，闻破南粤，因置闻喜县，仍属河东郡。"《汉书地理志补注》（卷五）于闻喜故曲沃说："按古之曲沃，即今之闻喜县。今之曲沃，乃古之新田也。近人以今之曲沃为即春秋曲沃邑，非是。"《读史方舆纪要》又于闻喜县左邑城说："在县东，春秋时之曲沃也。……《水经注》：'左邑，故曲沃，《诗》所谓"从子于鹄"者也。'"由此可知曲沃与鹄同是一地。闻喜既是古时的曲沃，而唐固《国语注》说"有溉曰沃",闻喜是否有溉田呢?《纪要》又说:"涑水在县南……合甘泉引为四渠,曰东外、乔寺、观底、蔡薛,溉田百有二十八顷。"《易林》(卷三):"扬水潜凿,使君洁白。衣素朱表,游戏皋沃。"皋沃即此诗"从子于沃""从子于鹄"。鹄为皋之假借。皋是泽的意思,那么,闻喜县是否有泽呢?春秋时,最著名的董泽就在这里。《纪要》又于董泽说:"县东北三十五里。《水经注》:'董水西经董泽陂南。陂东西七里,南北三里。'"地理环境无不相合。然最相合的还是《纪要》又于汤山说的:"山下有三泉,并出流为白石河,下流注于涑水。"与此诗之"扬之水,白石凿凿","扬之水,白石皓皓","扬之水,白石粼粼"的地理环境十分吻合。《六月》篇说:"薄伐猃狁,至于大原。"据王国维《鬼方昆夷猃狁考》引昭公元年《左传》"宣汾洮,障大泽,以处大原",证明周之大原即汉之河东郡,非汉之大原郡。曲沃既属汉之河东郡,那么,尹吉甫曾经到过这里自无问题。

其次,我们再看"从子于沃""从子于鹄"的"子"是谁。从《出车》篇我们知道征伐猃狁的主将为南仲,而南仲于宣王六年初春仍在方山,方山与曲沃邻近,那么,在曲沃的"子"是否就是南仲呢?诗言"我闻有命,不敢以告人",告诉了我们消息。从《出车》篇,我们知道尹吉甫于宣王六年初春跟随宣王南征徐国,"我闻有命"的"命"即指此。然"不敢以告人"的"人"是谁呢?我们又知道尹吉甫与南仲是甥舅关系,而尹吉甫所恋爱的就是南仲的曾孙女。他听到要派他南征而不敢告诉的,不正是仲氏吗?因为怕她担心。等我们讲到尹吉甫西征的恋爱诗篇时，就可知道此中详情。由此看来，所谓"子"即指南仲。然为什么说"从子于沃""从子于鹄"呢？尹吉甫之来到方山，原为协助南仲作战，现在南仲又将狎狁驱逐到曲沃，他从淮夷回来后，又到曲沃来协助南仲，所以说"既见君子，云何不乐？""既见君子，云何其忧？"

然为什么说"素衣朱襮，从子于沃"，"素衣朱绣，从子于鹄"呢？素衣是士的制服，加上朱襮、加上朱袖是高一级的官服。《韩诗外传》（卷九）说："'得素衣、缟冠使于两国之间，不持尺寸之兵、升斗之粮，使两国相亲如兄弟。'孔子曰：'辩士哉！'"可见素衣、缟冠是士的官服，也就是《六月》篇"载是常服"、《文王》篇"常服黼冔"的"常服"。顾栋高《毛诗类释》（卷十三）说："黼领谓之襮。"黼是诸侯的衣服，《采菽》篇说："又何予之？玄衮及黼。"现在素衣上边配上朱襮，素衣上边加上朱绣（绣为袖之假借），自然另是一种官服。尹吉甫原是武士，只是穿着素衣、素冠、素韠，现在素衣上加上朱襮、朱袖，不是升了官吗？上边说他南征淮夷时，宣王派他为尹氏，尹氏就穿这种官服，也就是《无衣》篇说的"岂曰无衣？七兮"，"岂曰无衣？六兮"，六级七级的官服。南仲先在曲沃平狎狁，现在尹吉甫从南淮夷回来，穿着六七级的官服来协助他，所以说"素衣朱襮，从子于沃"，穿着素衣朱襮的官服，跟着您也来到曲沃；"素衣朱绣，从子于鹄"，穿着素衣朱袖的官服，跟着您也来到鹄邑。尹吉甫是宣王六年四月间回到方山，他来曲沃自然也是这期间。假如不是发现尹吉甫的生平事迹，这首诗是绝对无法了解的。

## 【字句解释】

一章。扬,激扬。凿凿,显明貌。整章的意思就是:白生生的石头,激起了河里的流水。穿着素衣朱领的官服,跟着您又来到了曲沃。既然看到了您,怎么能不快乐呢?

二章。皓皓,洁白貌。整章的意思就是:洁白的石头,激起了河里的流水。穿着素衣朱袖的官服,跟着您也来到了鹄邑。既然见到了您,还有什么忧愁呢?

三章。粼粼,当读为磷磷;磷磷,发光貌。整章的意思就是:光亮的石头,激起了河里的流水。我奉到南征淮夷的命令时,不敢告诉她这个消息。

## 【诗篇联系】

《六月》篇说"薄伐猃狁,至于大原",到此有了交代。假如没有发现尹吉甫与南仲的关系,这件史实是不可能知道的。知道了这件史实,又使我们了解几首诗,如《鸤鸠》《车邻》《隰桑》《山有枢》《汾沮洳》《唐风·无衣》《秦风·无衣》《隰有苌楚》与《摽有梅》。兹再一一解释于下。

## 【诗义辨正】

《毛序》:"《扬之水》,刺晋昭公也。昭公分国以封沃,沃盛强,昭公微弱,国人将叛而归沃焉。"姚际恒引严粲说批评说:"将叛者潘父之徒而已,国人拳拳于昭公,无叛心也,彼《序》言过矣。异时潘父弑昭公,迎桓叔,晋人发兵攻桓叔,桓叔败还,归曲沃,皆可以见国人之心矣。"又说:"严氏此说得诗之正意。《集传》误从《序》,故予谓遵《序》者莫若《集传》也。"他批评得对了,然他还是不知诗的本意。

## 二

### 鸤鸠(曹风)

鸤鸠在桑,其子七兮。淑人君子,其仪一兮;其仪一兮,心如结兮。

鸤鸠在桑,其子在梅。淑人君子,其带伊丝;其带伊丝,其弁伊骐。

鸤鸠在桑,其子在棘。淑人君子,其仪不忒;其仪不忒,正是四国。

鸤鸠在桑,其子在榛。淑人君子,正是国人;正是国人,胡不万年!

释音:忒,音太。

### 【诗义关键】

诗言:"其弁伊骐。"我们就从这句诗上找线索。在解释《颀弁》篇的时候,我们曾说弁是一种尊贵的帽子,要在正式的宴会上才戴。此诗里又遇到这种帽子,那么,这首诗与宴会有关,当可断定。但这宴会是在什么季节举行呢?诗言:"鸤鸠在桑。"鸤鸠就是布谷鸟,布谷鸟于谷雨后始鸣,夏至后乃止,谷雨为阴历三月中，夏至则在五月中。换言之，布谷鸟于三月中至五月中才叫，那么，这首诗一定写在这期间。尹吉甫正是四月间在曲沃。《凯风》篇说："有子七人，莫慰母心。"尹吉甫七个弟兄都来西征了，而此诗的"鸤鸠在桑，其子七兮"、《摽有梅》篇的"摽有梅，其实七兮"，这些"七"字的出现绝不是偶然的。再者，诗又言："淑人君子，其带伊丝。"与《都人士》篇"垂带而厉"又相同。《都人士》篇的"彼都人士"是指南仲，此诗是否也指南仲呢？从上边的诸多例证，我们可以断言就是南仲。尹吉甫曾用"淑人君子"来称召伯，现在又用"淑人君子"来称南仲，他们的身份不正相同吗？假如我们说这首诗是尹吉甫初到曲沃时，南仲为他设宴欢迎，而他在欢迎宴席上歌颂南仲的作品，不是很有证据吗？且此诗又说"淑人君子""正是四国"，不正是南仲平定猃狁的功绩吗？

## 【字句解释】

一章。鸤鸠，《毛传》："秸鞠也。"《方言》："布谷，自关东西梁楚之间谓之结诰，周魏之间谓之击谷。自关而西或谓之布谷。"仪，威仪。其仪一兮，正是《都人士》篇"其容不改，出言有章"，也是形容南仲的。结，凝结如一。整章的意思就是：布谷鸟落在桑树上，它的儿子们是七个呀。善人君子呀，他的威仪总是一样呀；他的威仪总是一样，他的心就像凝结着。

二章。骐，《郑笺》："当作璂，以玉为之。"弁帽是鹿皮做的，鹿皮的合缝之处缀以宝石。每行十二颗，行数的多寡以官级而定；从七行可至十二行。宝石在弁帽上星罗棋布，就像棋子在棋盘上一样,故谓之璀。宝石发着亮光,宝石之多又像天上的星一样,所以《淇奥》篇说"会弁如星"。此诗的"其弁伊骐"就是他的弁帽上的璀就像棋子一样那么多。整章的意思就是:布谷鸟落在桑树上,它的儿子们落在梅树上。善人君子呀,他的腰带是丝做的;他的腰带是丝做的,他的弁帽上的璀石就像棋子一样那么多。

三章。忒,差。整章的意思就是:布谷鸟落在桑树上,它的儿子们落在小棘树上。善人君子呀,他的威仪没有一点差错;他的威仪没有一点差错,所以能匡正四方。

四章。整章的意思就是:布谷鸟落在桑树上,它的儿子们落在榛树上。善人君子呀,他匡正了这个国家;他匡正了这个国家,怎么能不长寿呢?

## 【诗篇联系】

假如不知道南仲先到曲沃,尹吉甫随后也跟着来到这里,假如不知道尹吉甫到达曲沃时,南仲曾正式地设宴欢迎他,而他在欢迎席上作歌以颂南仲,这首诗的意义也就无法了解。所以三百篇就像一个连环套,解开了一个套,其他的套也都可以解了。

## 【诗义辨正】

《毛序》:"《鸤鸠》,刺不壹也。在位无君子,用心之不壹也。"姚际恒批评说:"诗中纯美,无刺意。或谓美振铎,或谓美公子臧,皆无据。唯何玄子谓曹人美晋文公,意虽凿,颇有似处。"文学研究一定要建筑在作家研究上，不知道作者，就无法知道诗的产生环境，那么，只有乱猜了。仁者见仁、智者见智的分歧意见，就是这样产生的。我们讲一句话，写一首诗，只有一个意思，难道古人说一句话写一首诗就有许多意思吗？到底是我们没有方法了解古诗呢，还是古诗真的就有许多意义呢？我希望读者好好思索一下这个问题。

## 三

## 车邻（秦风）

有车邻邻，有马白颠。未见君子，寺人之令。

阪有漆，隰有栗。既见君子，并坐鼓瑟。今者不乐，逝者其耋。

阪有桑，隰有杨。既见君子，并坐鼓簧。今者不乐，逝者其亡。

释音：阪，音反。

## 【诗义关键】

《扬之水》篇说"我闻有命"，此诗说"寺人之令"。寺人是内小臣，传达王令的。《扬之水》篇的命令是让尹吉甫赴南淮夷；他回来后，在曲沃又与南仲会面，所以说："既见君子，云何其忧？"此诗也是奉王令而远去，因而"未见君子"；现在回来了，所以说"既见君子"，情形完全相同。《鸤鸠》篇说"鸤鸠在桑"，此诗说"阪有桑"，环境与季节又相同。《常武》篇称"南仲大祖"，此诗说"逝者其耋"，八十岁曰耋，情节又相合。假如说这首诗也是尹吉甫从南淮夷回来后到曲沃看见南仲时的作品，不是没有道理吧？

**【字句解释】**

一章。邻邻，或作辚辚，众车行声。白颠，额部是白的。整章的意思就是：辚辚的车声来到了，马的额头是白的。没有看到您，由于寺人的命令我南征去了。

二章。逝，至；与《有杕之杜》篇中"噬肯来游"的"噬"同义。今者不乐，逝者其耋，就是现在要不欢乐，八十岁也就到了。这是指南仲。南仲的年龄很高，除"南仲大祖"的证据外，下边还有许多证据，我们将逐一指明。整章的意思就是：山坡上有漆树，低地里有栗树。既然看到了您，并坐一起来鼓瑟。现在还不欢乐，眼看八十岁就要到了。

三章。簧，一谓之笙。笙竽中有铜片，吹时鼓动作声，故谓鼓簧。亡，死亡。整章的意思就是：山坡上有桑树，低地里有杨树。既然看到了您，并坐一起来吹簧。现在还不欢乐，眼看也就死掉了。

**【诗篇联系】**

在解释平陈与宋的诗篇时，我们知道尹吉甫能歌善舞，而且会各种音乐。现在他来到曲沃，战事结束了，生活宁静了，也该是享乐的时候，所以与南仲一起鼓瑟，一起吹簧。这首诗排在这里，想无问题。

**【诗义辨正】**

《毛序》："《车邻》，美秦仲也。秦仲始大，有车马礼乐侍御之好焉。"假如是美秦仲，"未见君子""既见君子"的"君子"是谁？"寺人之令"，令的是谁？为什么有"寺人之令"？"美秦仲"的人是谁呢？他能不能与秦仲"并坐鼓瑟""并坐鼓簧"呢？《毛序》根本不看诗，只看到"车马"二字，就在这里乱附会。姚际恒狐疑不定地说："《小序》谓'美秦仲'，刘公瑾疑为'美襄公'，无有定也。……《伪说》谓'襄公为诸侯，周大夫与燕，美之而作'，以诗中有'并坐'字，谓臣不当与君并坐也。然亦武断。何玄子谓'鼓瑟者并坐'，亦非语气。意或草创之时，君臣习狎，容有之耶？"他反复怀疑，还是不能做个决定。

## 四

## 隰桑（小雅）

隰桑有阿，其叶有难。既见君子，其乐如何？
隰桑有阿，其叶有沃。既见君子，云何不乐？
隰桑有阿，其叶有幽。既见君子，德音孔胶。
心乎爱矣，遐不谓矣？中心藏之，何日忘之！

释音：难，音那。

## 【诗义关键】

这首诗的关键就在："心乎爱矣，遐不谓矣？中心藏之，何日忘之！"谓、归古音不分，谓为归之假借（闻一多说）。前三章都言"既见君子"，那么，四章章首的"心"当指君子的心。心乎爱矣，遐不谓矣，就是您心里既然喜欢我，怎么还不让她嫁过来呢？我心里藏着这件事，什么时候曾经忘记呢？要不知道尹吉甫与仲氏恋爱，而仲氏又是南仲曾孙女的话，这四句诗是无法了解的。他们从宣王三年就自订婚约，现在是宣王六年还不能结婚。他们之不能结婚，固然由于尹吉甫时时出征，也由于双方家长的反对；尹吉甫几次来救南仲，他们相处得又非常融洽，于是南仲答应了这件婚事，尹吉甫高兴得无法形容，所以说："您心里既然喜欢我，怎么还不让她嫁过来呢？我心里存着这件事，哪一天曾经忘记过呢！"然是什么时候允许这件婚事呢？"隰桑有阿，其叶有难"，正是桑叶茂盛的时候，换言之，也就是四月间，那么，这首诗也是尹吉甫在曲沃与南仲会面时的作品。

## 【字句解释】

一章。难为傩之假借。阿、难，即《隰有苌楚》篇的"猗傩"；猗傩，茂盛的意思。整章的意思就是：低地里有旺盛的桑树，它的叶子长得很茂盛。现在看到了您，心里是怎样的快乐呀！

二章。沃，肥美。整章的意思就是：低地里有旺盛的桑树，它的叶子长得很肥沃。现在看到了您，还能说不快乐？

三章。幽，茂盛貌（马瑞辰说）。《诗经》中凡言"德音"，都是尊称他人的语言。胶，应读为《风雨》篇"鸡鸣胶胶"之"胶"，高的意思。孔胶，甚高。德音孔胶，就是现在说的声音洪亮，这是赞美老年人的话。整章的意思就是：低地里有旺盛的桑树，它的叶子都很茂盛。现在看到了您，您的声音是那么洪亮呀！

四章。上边已作解释，不赘。

## 【诗篇联系】

现在我们可以说一句：三百篇都是尹吉甫的自传以及他的作品。虽不是一个时间、一个地点所写，所关联的又不是一件事，然知道了它们的线索，一篇一篇都可连接起来，且连接得天衣无缝。这一篇的排列不就是极为恰当吗？

## 【诗义辨正】

《毛序》："《隰桑》，刺幽王也。小人在位，君子在野，思见君子，尽心以事之。"这完全是从"隰桑"——低地的桑来附会，根本不看全诗。《集传》说"此喜见君子之诗"，虽含混，然还依诗言诗。姚际恒说："此思见君子诗，亦不知其何所指也。""思见"不如《集传》的"喜见"，因为已经见到了。他又引何玄子说："朱子谓：'此喜见君子之诗，词意大概与《菁莪》相类。'今细味实有不同者。《菁莪》取兴自'中阿'而'中沚'而'中陵',有离潜向升之象。此三章但皆曰'隰桑'耳。隰者,卑下之地,其非在高明之位可知。况'其乐如何''云何不乐',又皆未有是事而假设之语乎?"这是由于错认"兴"就是喻,所以产生这些误会。兴是起,把诗篇启起的意思。然因诗人是睹物起兴,反而有助于解诗,但绝不是比喻。希望以后研究《诗经》的人切实注意这一点!

## 五

### 摽有梅（召南）

摽有梅,其实七兮。求我庶士,迨其吉兮!
摽有梅,其实三兮。求我庶士,迨其今兮!
摽有梅,顷筐塈之。求我庶士,迨其谓之!

释音:摽,音殍。塈,音戏。谓,读归。

## 【诗义关键】

这首诗的关键就在"求我庶士,迨其谓之"。我们曾说《诗经》中的"谓之"都作"归之"解。迨,愿。这两句诗的意思就是:要是要我庶士的话,愿她就嫁过来。这不是《隰桑》篇的"心乎爱矣,遐不谓矣?中心藏之,何日忘之"吗?再看这首诗的时间。《植物名实图考长编》(卷十五)于"梅实"条引《图经》说:"五月采其黄实,火熏干,作乌梅。"季节与《隰桑》

篇也正相合。那么，这首诗当然也在曲沃所写。

**【字句解释】**

一章。摽，《韩诗》引作"芞"；芞，零落的意思。庶士，庶出之士，衍作众士解。周朝的士，都是庶出，因为周是封建制度，长子承继官职，庶出之子才做士。尹吉甫也是庶出，他是《韩奕》篇里蹶父的本家弟弟，流亡到卫国而做士的。求我庶士，迨其吉兮，就是要我庶士的话，希望快选个好日子吧！仲氏是卫武公的孙女，是贵族，而尹吉甫仅仅是一位武士，有点不敢高攀的意思。整章的意思就是：树上的梅子落得只剩七个了。要我庶士的话，请选个好日子吧！

二章。整章的意思就是：树上的梅子落得只剩三个了。要我庶士的话，就在现在决定吧！

三章。顷筐，就是现在说的簸箕。塈，取。整章的意思就是：树上落下的梅子，都用簸箕拿走了。要我庶士的话，就请嫁过来吧！

**【诗篇联系】**

这是南仲应允尹吉甫的婚事而使他高兴的诗。尹吉甫与仲氏的结合，将于尹吉甫的求婚、结婚与仳离各编中有系统的叙述。现在只知道南仲允许了这门亲事就够了。

**【诗义辨正】**

《毛序》："《摽有梅》，男女及时也。召南之国，被文王之化，男女得以及时也。"姚际恒说:"《小序》谓'男女及时'。《毛传》解首章为'当盛不嫁,至于始衰';二章为'急辞';三章为'不待备礼'。欧阳氏以为'终篇无一人得及时者'是也。《集传》且以为女子自作,或因其太不雅,以为择婿之辞。嗟乎!天下乎地,男求乎女,此天地之大义,乃以为女求男,此'求'字必不可通。而且忧烦急迫至于如此,廉耻道丧,尚谓之《二南》之风、文王之化,可乎?按'求我庶士'句凡四字,'求'字既不可通,而尤不可通者'庶'字也。庶,众也。若谓女求夫,或谓父择婿,但云士可矣;或美之为吉士,如《野有死麕》篇亦可矣;奈何云'众士'乎?即主择婿之说者,曲为解曰:'求众士而择之。'然而诗无此言也。至若以此诗为比体,夫女子不比华而比实,亦不伦。……若以此诗为赋体,则梅实之落为春夏时,古嫁女于秋冬。春夏非婚嫁时,于秋冬非过则不及,尤不可以为及时也。"他反复批驳各种说法都很恰当,可是他说"愚意:此篇乃卿大夫为君求庶士之诗",则又不得其义了。再者,庶士是一个名词、一种爵位,此处不能作众士解。

## 六

## 山有枢(唐风)

山有枢,隰有榆。子有衣裳,弗曳弗娄;子有车马,弗驰弗驱。宛其死矣,他人是愉。

山有栲,隰有杻。子有廷内,弗洒弗扫;子有钟鼓,弗鼓弗考。宛其死矣，他人是保。

山有漆，隰有栗。子有酒食，何不日鼓瑟？且以喜乐，且以永日。宛其死矣，他人入室。

释音：栲，音考。杻，音纽。

## 【诗义关键】

诗言"子有衣裳""子有车马""子有廷内""子有钟鼓"，都是贵族的享受，此人之为诸侯当无问题。王国维《释乐次》说：金奏之乐，天子诸侯用钟鼓，大夫士鼓而已。此诗说"子有钟鼓"，非诸侯而何？但这不是指已经有的而言，是南仲驱逐狎狁后，宣王所赐的衣服、车马、庭堂、钟鼓而言。讲到《采芑》篇时，就可知道宣王所赐南仲的是些什么。《车邻》篇说"阪有漆，隰有栗"，此诗也说"山有漆，隰有栗"，这是偶然的相同呢，还是诗人在同一地点、同一时间、同一事件、同一人物、同一心理形态而有同一的表现呢？阪是山坡，而此诗干脆说山。我们说南仲与尹吉甫现在在曲沃，那么，曲沃是否有山呢？《读史方舆纪要》（卷四十一）于闻喜县汤山说："县东南三十里，以上有成汤庙而名。"又说："山下有三泉，并出流为白石河。"由此，我们不仅知道有山，而且知道这个山叫汤山。南仲与尹吉甫就驻扎在汤山，等于他们在永济时，驻扎在方山一样。《诗经》！《诗经》！没有一个字没有来历，没有一个字不是历史，可惜叫道学家以及假历史学者们把它糟蹋了！此诗当为尹吉甫在曲沃劝告南仲及时行乐的作品。

## 【字句解释】

一章。枢，刺榆。曳、娄，《正义》："俱是着衣之事。"驰、驱，《正义》："走马谓之驰，策马谓之驱。"愉，乐。宛，犹若（见《经词衍释》）。整章的意思就是：山上有刺榆，低地有榆树。您有显贵的衣裳，舍不得穿，舍不得着；您有名贵的车马，舍不得坐，舍不得骑。倘若是死了，他人来享受了。

二章。栲，山樗。杻，檍树。廷内，庭堂。保，保有之。整章的意思就是：山上有山樗，低地有檍树。您有庭堂，舍不得洒，舍不得扫；您有钟鼓的乐器，舍不得敲，舍不得打。倘若是死了，就是别人的了。

三章。永日，消磨日子。整章的意思就是：山上有漆树，低地有栗树。您有酒食，为什么不听着音乐吃喝呢？一方面欢喜快乐，一方面消磨日子。倘若是死了，别人就进您家了。

## 【诗篇联系】

南仲本来是贵族，现在击败了狎狁，宣王又赏赐他许多车马、衣服、财富（下边我们就要讲到），所以尹吉甫劝他及时享乐。表面上是劝告，实际上是祝贺。这首诗也是在曲沃所写。

## 【诗义辨正】

《毛序》："《山有枢》，刺晋昭公也。不能修道以正其国，有财不能用，有钟鼓不能以自乐，有朝廷不能洒扫。政荒民散，将以危亡，四邻谋取其国家而不知，国人作诗以刺之也。"据《史记·晋世家》：昭公在位只六年，虽无政绩可言，尚不至于"有财不能用,有钟鼓不能以自乐,有朝廷不能洒扫";完全因为这首诗在《唐风》,一定要在晋国找一位君来实之,倒霉的昭公,碰上这个诬蔑了。姚际恒说:"《小序》谓'刺晋昭公',无据。《集传》谓'答前篇(按即《蟋蟀》篇)之意而解其忧',亦谬。前篇先言及时为乐,后言无过甚;此篇惟言乐而已,何谓答之乎?朱子辨《序》曰:'宛其死矣之言,非臣子所得施于君父者。'何玄子因以为诸大夫哀昭公之将亡而私相告语之辞。解诗若此,岂有定见者耶?季明德谓'刺俭不中礼之诗',差可通。然未有以见其必然也。若直依诗词作及时行乐解,则类旷达者流,未可为训。且其人无子耶?若有之,则以子孙为'他人',是庄子之委蜕,佛家之本空矣。故诸家谓刺时君之败亡者,意本近是;然无所考,乌得凿然以为刺某公乎?"猜,是无法了解诗义的;现在发现了作者,一切问题都迎刃而解了。

## 七

## 无衣(唐风)

岂曰无衣?七兮。不如子之衣,安且吉兮!
岂曰无衣?六兮。不如子之衣,安且燠兮!

释音:燠,音郁。

**【诗义关键】**

在解释《扬之水》篇的时候，我们说尹吉甫是穿着"素衣朱襮""素衣朱绣"来见南仲的，而尹吉甫的旗帜是旟，旟上所绘的是鸟隼。《后汉书·舆服志》说："鸟旟七斿。"斿是代表官爵的。七斿，也就是七级的官。岂曰无衣？七兮，就是难道我没有官服吗？七级的官服呀。岂曰无衣？六兮。难道我没有官服吗？六级的官服呀。这是对下边"不如子之衣，安且吉兮"，"不如子之衣，安且燠兮"而言。南仲是诸侯，他所穿的官服是衮衣，是黼衣，所以《采菽》篇（南仲在方山朝见宣王的诗篇）说："君子来朝，何锡予之？虽无予之，路车乘马；又何予之？玄衮及黼。"尹吉甫仅仅是"素衣朱襮"，而南仲是衮衣黼衣，当然要说"不如子之衣，安且吉兮"。吉，是吉庆，因为是宣王所赐给的官服。冬天的时候，尹吉甫所穿的是羔裘，南仲所穿的是狐裘，狐裘比羔裘暖和，所以又说"不如子之衣，安且燠兮"。燠是暖的意思。然怎么说"安且吉""安且燠"呢？安是安然。南仲是主将，驻扎在一个地方，不需要时时走动；尹吉甫是武士，到处出征，与南仲比较起来，当然是南仲安适了。这首诗是尹吉甫一方面羡慕南仲，恭贺南仲；一方面又慨叹自己出身的低微。

**【字句解释】**

一章。整章的意思就是：难道我没有官服吗？七级的官服呀。总是不如您的官服既安适而又吉庆呀！

二章。整章的意思就是：难道我没有官服吗？六级的官服呀。总是不如您的官服既安适而又暖和呀!

## 【诗篇联系】

假如不知道尹吉甫的旗帜是旟,旟是七级官职的象征,假如不知道"素衣朱襮""素衣朱绣"是尹吉甫升为尹氏后所穿的官服,那么,这首诗也就无法了解。尹吉甫是穿"素衣朱襮""素衣朱绣"来见南仲的,而南仲现正在曲沃,所以这首诗也有排列的地点与时间了。

## 【诗义辨正】

《毛序》:"《无衣》,美晋武公也。武公始并晋国,其大夫为之请命乎天子之使而作是诗也。"因为这首诗在《唐风》,他不得不在晋国里找事实来附会。《集传》又附会说:"《史记》:曲沃桓叔之子武公,伐晋,灭之。尽以其宝器赂周釐王,王以武公为晋君,列于诸侯。此诗盖述其请命之意。言我非无是七章之衣也,而必请命者,盖以不如天子之命服之为安且吉也。"天子赐给诸侯之服为衮衣黼服,不是七级的官服,由《韩奕》篇"王锡韩侯""玄衮赤舄"可证。我们再从金文里找几个例证。《颂鼎铭》说"锡女玄衣黹龟",《蔡毁铭》说"锡女玄衮赤舄"。天子所赐诸侯的都是衮衣,没有是七级官服的。解释《诗经》而不从当时的文物制度,是永远解释不通的。

## 八

## 无衣（秦风）

岂曰无衣？与子同袍。王于兴师，修我戈矛，与子同仇。

岂曰无衣？与子同泽。王于兴师，修我矛戟，与子偕作。

岂曰无衣？与子同裳。王于兴师，修我甲兵，与子偕行。

### 【诗义关键】

《六月》篇说"王于出征"，是王在出征，已经是兴兵之后；此诗说"王于兴师"，是王在准备兴师，所以接着说"修我戈矛，与子同仇"，"修我矛戟，与子偕作"，"修我甲兵，与子偕行"。袍，《方言》："襺明谓之袍。"注引《广雅》："襺明，长襦也。"岂曰无衣？与子同袍，就是难道说没有衣服？与您穿同样的长袍。泽，郑作襗。满裆裤谓之襗。岂曰无衣？与子同襗，就是难道说没有衣服？与你穿的都是满裆裤。裳，下裙。岂曰无衣？与子同裳，就是难道没有衣服？与你穿同样的下裙。袍、襗、裳，都不是官服。《六月》篇说"织文鸟章"，鸟章是旗，旗是州里的旗帜，尹吉甫是以良人的身份率领着浚地的民众去勤王的，当初他在周室并没有什么官爵，所以说："岂曰无衣？与子同袍"，"岂曰无衣？与子同泽"，"岂曰无衣？与子同裳"。

子是谁,不得而知,然一定也是一位在周室没有官爵的卫国人。这首诗应该排在《六月》篇以前,说得更明白一点,应该排在宣王五年年初尹吉甫从卫国赴镐京的时候,然当时无其他诗篇可以依附,所以移在这里。这两首《无衣》不是同时之作。一首作于宣王五年年初,另一首作于宣王六年四月间,不可不辨。

## 【字句解释】

一章的意思是:难道说没有衣服?与你穿同样的长袍。王在起兵,整顿我的戈矛,与你同心去找仇人。

二章的意思是:难道说没有衣服?与你穿同样的满裆裤。王在起兵,整顿我的矛戟,与你一同前往。

三章的意思是:难道说没有衣服?与你穿同样的下裙。王在起兵,整顿我的甲兵,与你一起同往。

## 【诗义辨正】

《毛序》:"《无衣》,刺用兵也。秦人刺其君好攻战,亟用兵,而不与民同欲焉。"《正义》附会说:"康公以文七年立,十八年卒。按《春秋》:文七年,晋人秦人战于令狐;十年,秦伯伐晋;十二年,晋人秦人战于河曲;十六年,楚人秦人灭庸。见于经传者已如是,是其好攻战也。"即令秦康公好攻战,与"王于兴师"有什么关系?真正奇怪,注解《诗经》而不看经文,只给前人的话找证据,这就是几千年来所谓的"经学"研究!

# 九

## 汾沮洳（魏风）

彼汾沮洳，言采其莫。彼其之子，美无度；美无度，殊异乎公路！

彼汾一方，言采其桑。彼其之子，美如英；美如英，殊异乎公行！

彼汾一曲，言采其藚。彼其之子，美如玉；美如玉，殊异乎公族！

释音：洳，音孺。藚，音续。

## 【诗义关键】

沮洳是低湿之地，汾沮洳是汾水的低湿之地。那么，现在追究一下这个低湿之地在什么地方。《采菽》篇说"泛泛杨舟，绋纚维之"，《菁菁者莪》篇说"泛泛杨舟，载沉载浮"，两篇里都提到杨舟，我们疑心这只杨舟一定是有纪念性的。考证的结果，才知道是杨人献的杨木所做之舟。然杨在什么地方呢？《读史方舆纪要》（卷四十一）于洪洞县说："春秋时杨国……汉置杨县，属河东郡。"也正是《竹书纪年》所说的"尹吉甫帅师伐狎狁，至于太原"的太原。那么，尹吉甫是到过杨国了。然杨国与汾沮洳有什么关系呢？《纪要》同卷又于洪洞县汾河说："华池泉在县东十里，县西二十里有普济泉……县东南二十五里又有深泉、宝泉，其相近者，又有双泉及无底泉，俱引流溉田，而注于汾。"其地势之低湿可以想见。所谓汾沮洳者，不正指此地吗？《采菽》与《菁菁者莪》两诗下边就要解释，到那时更可知其详。

其次，我们再看这首诗的季节。诗言"言采其桑"，采桑在四月。《七月》篇说"蚕月条桑"，四月为蚕月，这首诗写于四月，与尹吉甫之在曲沃的月份正相吻合。公路、公行、公族，都是嫡系子孙所受的爵位。宣公二年《左传》说："及成公即位，乃宦卿之嫡子而为之田，以为公族。又宦其余子，亦为余子，其庶子为公行。晋于是有公族、余子、公行。"公族、公路、公行，既都是贵族，为什么诗言"彼其之子，美无度；美无度，殊异乎公路"，"彼其之子，美如英；美如英，殊异乎公行"，"彼其之子，美如玉；美如玉，殊异乎公族"呢？这是尹吉甫发牢骚的话。他在西征狎狁时建立了多么大的功劳，然而在分功行赏的时候，并没有他的份。在封建政治之下，嫡庶分得很清楚，为士的永远不能抬头，何况尹吉甫是由南燕流亡来的庶士！就以此义，将此诗作一解释。

## 【字句解释】

一章。莫，《正义》引陆玑《疏》说："莫，茎大如箸，赤节，节一叶，似柳叶，厚而长，有毛刺，今人缫以取茧绪。其味酢而滑。始生可以为羹，又可生食。五方通谓之酸迷，冀州人谓之干绛，河汾之间谓之莫。"彼其之子，尹吉甫自称，与《羔裘》篇"彼其之子"称他自己是一样的。美无度，即好得没有限度。

整章的意思就是：在汾水的低湿地里，采它那里的酸迷。他那个人呀，美得没有限度；尽管美得没有限度，终究不是公路！

二章。英，华。整章的意思就是：在那汾水的低湿地方，采它那里的桑叶。他那个人呀，美得就像一朵花；尽管美得就像一朵花，终究不是公行！

三章。藚，水舄。整章的意思就是：在那汾水的弯曲地方，采它那里的水舄。他那个人呀，美得就像一块玉；尽管美得就像一块玉，终究不是公族！

## 【诗篇联系】

《无衣》篇说："岂曰无衣？七兮。不如子之衣，安且吉兮！"尹吉甫已经有点发牢骚了，然不显明。这首诗是显明地在发牢骚。他发牢骚的诗篇很多，我们将会逐一讲到。他是文武全才的人，对周室的战功那么大，然因出身低微，始终当不上贵族，自然要发牢骚了。从此我们可以发现周时的社会矛盾。

## 【诗义辨正】

《毛序》："《汾沮洳》，刺俭也。其君俭以能勤，刺不得礼也。"《集传》说："此亦刺俭不中礼之诗。言若此人者，美则美矣，然其俭啬褊急之态，殊不似贵人也。"姚际恒批评他们说："《小序》谓'刺俭'，此蒙上篇（按即《葛屦》篇）之误而为说也。此篇不惟绝不见刺意，且亦无俭意。乃谓魏君亲采莫、桑与藚以合刺俭之说，岂不稚甚可笑乎？且诗亦无咏人采莫，又采桑，又采藚者。其为兴义甚明。彼盖直以每章上二句为赋也。《集传》既以为兴，而亦依《序》谓刺俭何耶？其曰'兴者，先言他物以引起所咏之辞也'，则采莫为他物矣，刺俭之意于何而见？又曰'俭啬褊急之态'，并连上篇褊急以入此篇，尤可笑。又毛郑诸解以'美无度'为美辞，以'殊异乎公路'为刺辞；方美而忽刺，亦无此理。"他所批判的都很对，可是他认为此诗是赞美公族大夫之诗，则又错了。

## 十

## 隰有苌楚（桧风）

隰有苌楚，猗傩其枝，夭之沃沃。乐子之无知。
隰有苌楚，猗傩其华，夭之沃沃。乐子之无家。
隰有苌楚，猗傩其实，夭之沃沃。乐子之无室。

**【诗义关键】**

这首诗的关键就在"乐子之无知""乐子之无家""乐子之无室"。知，《郑笺》："匹也。"正与家、室同义。家、室，都是妻子的意思。夫谓妻曰家或曰室。乐子之无知，就是好在你还没有结婚。乐子之无家，就是好在你还没有妻子。乐子之无室，就是好在你还没有成家。尹吉甫到现在不是还没有妻室吗？然他为什么讲这样的话呢？再追究他现在在什么地方。《车邻》篇说"隰有栗""隰有杨"，《山有枢》篇说"隰有榆""隰有杻""隰有栗"，《隰桑》篇说"隰桑有阿"，此诗说"隰有苌楚"。这些诗的地点完全相同。《车邻》《山有枢》《隰桑》上边都已证明在曲沃所写，那么，这首诗当然也是写在这里的。

## 【字句解释】

一章。苌楚，羊桃。《植物名实图考长编》（卷十）于"羊桃"条引《尔雅》说："长楚……今羊桃也。叶似桃，华白，子如小麦，亦如桃。"又引陆玑《疏》说："叶长而狭，华紫赤色，其枝茎弱。过一尺，引蔓于草上。"猗傩，茂盛。夭，《说文》："屈也。"《凯风》篇"凯风自南，吹彼棘心，棘心夭夭"，谓棘受风吹而弯曲（闻一多说）。沃沃，犹沃若；沃若，调柔貌（见《联绵字典》）。夭之沃沃，形容苌楚的枝、花、果被风吹动时弱不禁风的样子。整章的意思就是：低地里的羊桃，长着茂盛的枝子，被风一吹动，柔弱得不得了。好在我还没有匹偶！

二章的意思就是：低地里的羊桃，开着茂盛的花，被风一吹动，柔弱得摇摇摆摆。好在我还没有妻子！

三章的意思就是：低地里的羊桃，结着茂盛的果实，被风一吹动，柔弱得摇摇摆摆。好在我还没有成家！

## 【诗篇联系】

从《凯风》篇的"我无令人"，《采薇》篇的"靡室靡家，狁之故"，"我戍未定，靡使归聘"，我们知道尹吉甫于宣王六年四月间还没有结婚；再从《汾沮洳》篇，我们知道尹吉甫自叹不是贵族，得不到应有的报酬，所以产生这首诗的牢骚。而诗是在曲沃写的，故排在这里。

**【诗义辨正】**

《毛序》:"《隰有苌楚》,疾恣也。国人疾其君之淫恣,而思无情欲者也。"《集传》说:"政烦赋重,人不堪其苦,叹其不如草木之无知而无忧也。"姚际恒批评《郑笺》说:"解者因以'夭'为少,'无知'为无妃匹之意,殊牵强。"又批评《集传》说:"何为怨及家室乎?家、室,明是指妻,乃以无家为无累,岂非饰辞乎?"最后,他又以为"此篇为遭乱而贫窭,不能赡其妻子之诗",也是在猜。《诗经》中凡是连类举的字,它们的意义都是一样的。他既知家、室作妻子讲,可是仍将"无知"解为"无知识",反批评《郑笺》为错误,可见他是毫无原则地在解诗。研究《诗经》有许许多多法则,一定要死守这些法则,才能有真面目的发现。

以上十篇,就是《唐风·扬之水》《鸤鸠》《车邻》《隰桑》《摽有梅》《山有枢》《唐风·无衣》《秦风·无衣》《汾沮洳》与《隰有苌楚》,除《秦风·无衣》外,都是写在曲沃或杨邑,时间是宣王六年四月间。

# 【第八编】南仲在方山祭祖时诗篇（宣王六年）

一

# 采菽（小雅）

采菽采菽，筐之筥之。君子来朝，何锡予之？虽无予之，路车乘马。又何予之？玄衮及黼。

觱沸槛泉，言采其芹。君子来朝，言观其旂。其旂淠淠，鸾声嘒嘒。载骖载驷，君子所届。

赤芾在股，邪幅在下。彼交匪纾，天子所予。乐只君子，天子命之。乐只君子，福禄申之。

维柞之枝，其叶蓬蓬。乐只君子，殿天子之邦。乐只君子，万福攸同。平平左右，亦是率从。

泛泛杨舟，绋纚维之。乐只君子，天子葵之。乐只君子，福禄膍之。优哉游哉，亦是戾矣。

释音：黼，音甫。觱，音必。槛，音舰。淠，音譬。嘒，音慧。芾，音弗。纾，音舒。膍，音琵。

## 【诗义关键】

这首诗既没有人名，也没有地名，更没有明确的事迹作为考证的依据。然我们知道宣王、南仲与尹吉甫现在都在荃京，那么，就可依据这一点来考证此诗。

《召伯虎敦铭》(二)说"唯六年四月甲子,王在荟",这是宣王于六年四月间在荟,也就是现今山西永济县的铁证。宣王六年四月甲子,已经台湾师范大学同学陈安娜女士算出为六年四月二十六日,并经程发轫教授证明为正确。然此诗说"觱沸槛泉",永济这个地方有泉水吗?《读史方舆纪要》(卷四十一)于蒲州(今之永济)首阳山说:"州东南三十里,与中条连麓。……《诗》'采苓采苓,首阳之颠'是也。……或又谓之方山。"《出车》篇说"王命南仲,往城于方","天子命我,城彼朔方","方"就是这个方山,也就是首阳山。这个地点不仅是南仲、尹吉甫驻扎军队的所在,也是了解《诗经》的一个最大关键。许许多多诗篇都是在这里产生的,下边就可看到。《纪要》同卷于谷口泉说:"州东南十五里,即中条山之水谷口,有泉出焉。傍又有苍龙谷泉,俱流入大河。又有泓龙潭,在州东三十里中条山。"所谓"觱沸槛泉"者,或指苍龙谷等泉而言。

诗又言:"言采其芹。"只要把采芹的季节追究出来,就知道与宣王等在永济的时间是否相合。《泮水》篇一方面说"思乐泮水,薄采其芹",另一方面又说"翩彼飞鸮,集于泮林,食我桑黮"。采芹与葚熟是一个时候,那么,只要知道桑葚在什么时候熟,采芹也就在什么时候了。《植物名实图考长编》(卷十九)于"桑"条引《农桑通诀》说:"至夏初青黄未接,其桑葚已熟,民皆食葚,获活者不可胜计。"葚熟在夏初,采芹也在夏初,宣王正是这个时候在荟京。

"君子来朝,言观其旂"的"君子"是谁呢?先从这个"旂"

字上找线索。《周礼·春官·司常》说"诸侯建旐",来朝的一定是一位诸侯。《召伯虎毁铭》(二)说:"唯六年四月甲子,王在荓。召伯虎告曰:'余告庆。'"来朝的就是召虎吗?不是的。因为此诗又说:"泛泛杨舟,绋纚维之。"召伯虎从淮夷来,要经过四百多里的褒斜道,不可能带一只船来。在上边解释《汾沮洳》篇的时候,曾经证明汾沮洳是指杨国,也就是现今山西的洪洞县,南仲与尹吉甫曾在这里会师。洪洞县临汾水,汾水入黄河,而永济就在黄河边上。如此讲来,杨舟不是南仲带来的吗?这个杨舟,可能是杨国人送给南仲以作纪念,故《诗经》里两次提到。只从这杨舟,就可以断定这首诗是尹吉甫所写,而所歌咏的是南仲。那么,《六月》篇说"薄伐猃狁,至于大原",就又得了一个证据。因为杨国正是汉时的河东郡、周时的大原。

然南仲为什么来朝见呢?诗言:"乐只君子,殿天子之邦。乐只君子,万福攸同。平平左右,亦是率从。"是他平定了猃狁,率着他的左右军队来朝见宣王的。

知道了这首诗的人物、地点、时间与事件,再将此诗作一解释。

## 【字句解释】

一章。菽,大豆。《郑笺》:"采之者,采其叶以为藿。"采菽与获菽不同。《小明》篇说:"岁聿云莫,采萧获菽。"获菽是收豆子,采菽是采叶子。《植物名实图考长编》(卷一)于"大豆"条引《齐民要术》说:"春大豆次植谷之后,二月中旬为上时。"二月中旬种植,四月也正是采叶的时候。君子,指南仲。

来朝，来莅京朝见。锡，赐。《诗经》中用"路车"的共有五篇：《渭阳》《采芑》《崧高》《韩奕》与此诗。路车，不是天子所赐，就是别人所赠。《崧高》篇说："王遣申伯，路车乘马。"《韩奕》篇说："韩侯出祖""显父饯之""其赠维何？乘马路车"。《渭阳》篇说："我送舅氏，曰至渭阳。何以赠之？路车乘黄。"此诗说："虽无予之，路车乘马。"可见路车是一种颇尊贵的车。乘马，四匹马。玄，黑色。衮，绣卷龙于裳谓之衮。玄衮，黑色的衮衣。黼是绣斧形花纹的裳。整章的意思就是：采豆叶呀采豆叶，拿筐拿筥来盛它。君子来朝见天子了，天子赏他些什么呢？没有什么大的赏赐，是路车一辆，还有四匹马。另外还赏些什么呢？黑色的衮衣与斧形花纹的黼裳。

二章。觱沸，泉出之貌。槛，《尔雅》《说文》《释名》均引作滥，《毛诗》作槛，假借字；滥，涌出。滥泉，涌出的泉。言，而。芹，芹菜。上边不是曾引《读史方舆纪要》说谷口泉在永济东南十五里吗？这正是南仲在方山时驻扎军队的地方。尹吉甫驻扎在首阳山，与谷口泉相去十五里，因为首阳山在永济县东南三十里。这两个地点很重要，它们是了解这一时期诗篇的关键。《周礼·春官·司常》"凡军事，建旌旗"，就是将帅在什么地方，他的旗也在什么地方。君子来朝，言观其旂，就是君子来朝王了，只要看他的旂就知道。淠淠，《毛传》于《小弁》篇注为"众也"，又于此篇注为"动也"，均未妥。淠，《释文》"匹弊反"，音譬。譬譬，当为风吹旗声。嘒嘒，鸾铃声。《诗经》中凡言"载某载某"，则"载"下所跟之二字一定是同类字，如"载脂载辇""载驰载驱""载笑载言""载寝载兴""载玄载黄""载飞载下""载飞载止""载饥载渴""载渴载饥""载沉载浮""载飞载扬""载飞载鸣""载清载浊""载号载呶""载震载夙""载生载育""载谋载惟""载芟载柞""载燔载烈",没有例外。此诗"载骖载驷",就是四匹披甲的马里两匹是骖马。整章的意思就是:在沸腾的泉水边上,采摘着芹菜。君子来朝见国王了,只要看到他的旐就知道。他的旐被风吹着譬譬作响,马的鸾铃嘒嘒地响着。君子来到的时候,四匹披甲的马里两匹是骖马。

三章。芾是蔽膝。赤芾,赤颜色的蔽膝,也就是《斯干》与《采芑》两篇的朱芾。这是天子所赐予的,所以《采芑》篇说"服其命服,朱芾斯皇",此诗说"天子所予"。邪幅,《郑笺》:"如今行縢也。"行縢,就是现在说的裹腿。蔽膝在上,故言"赤芾在上"。裹腿在下,故言"邪幅在下"。彼交匪纾,《荀子·劝学》篇引作"匪交匪纾"。交,为绞之假借,《广雅》:"绞,侮也。"纾,怠缓。匪交匪纾,意即不侮慢,不骄傲(《经义述闻》说)。整章的意思就是:赤颜色的蔽膝穿在上边,裹腿绑在下边,既不侮慢,也不骄傲,而是天子所赐给的。欢乐的这位君子呀,是天子命令他的。欢乐的这位君子呀,层层的福禄加在他身上。

四章。柞,柞木。《植物名实图考长编》(卷二十二)于"柞木"条引《本草纲目》说:"叶小而有细齿,光滑而韧。……五月开碎白花,不结子。"开花的时候也正是叶子蓬蓬的时候,与宣王、南仲在方山的季节也相合。同,聚。平平,《韩诗》作"便便";便便,闲雅之貌。左右,指南仲左右之人。率从,随从。整章的意思就是:柞树的枝上,长着茂盛的叶子。这位欢乐的君子呀,奠定了天子的邦国。这位欢乐的君子呀,万福都聚在他身上。闲雅的左右之人,也都跟着他得到了福禄。

五章。泛泛,漂荡貌。绋,《毛传》"繂也",即绳索之索。纚,《毛传》"綎也",即今系舟之缆(马瑞辰说)。葵,揆。脙,厚。优哉游哉,逍遥自在貌,因为战争结束,可以逍遥自在了。戾,至,指到葇京来。整章的意思就是:漂荡着的杨舟,用缆索系着它。这位欢乐的君子呀,是天子任用他。这位欢乐的君子呀,层层福禄围着他。逍遥自在地,他也来到这里了。

## 【诗篇联系】

假如没有发现尹吉甫的生平事迹,这篇诗是无法解释的。现在根据他的事迹,不是把地点、人物、时间、事件与情感背景都讲得明明白白吗?《诗经》真是一部有生命有系统的活历史,可惜它在地下埋藏了两千年。人们都在读《诗经》,然读的是《乐经》,而不是《诗经》。

## 【诗义辨正】

《毛序》:"《采菽》,刺幽王也。侮慢诸侯,诸侯来朝,不能锡命以礼,数征会之,而无信义,君子见微而思古焉。"《集传》说:"此天子所以答《鱼藻》也。"在朱熹的心目中,周朝的时候人人可以作诗,就像后世一样,君臣可以唱和,所以他常说"某某是答某某"。那时的史氏、尹氏，是祖宗传下来的专业，并不是人人都识字，人人都会作诗。姚际恒就批评说："《小序》谓'刺幽王'，非。《集传》谓'天子所以答《鱼藻》'，亦凿。大抵西周盛王，诸侯来朝，加以锡命之诗。《诗》云'何锡予之''天子命之'是也。"他固然说不出实在事迹，而是依诗说诗，还差得不很远。很显然，这是南仲初由杨国到方山时，在欢迎席上，尹吉甫歌颂他的作品。诗言"亦是戾矣"，足证明尹吉甫先到，南仲后到，所以说也来到这里了。

## 二

### 庭燎（小雅）

夜如何其？夜未央，庭燎之光。君子至止，鸾声将将。

夜如何其？夜未艾，庭燎晣晣。君子至止，鸾声哕哕。

夜如何其？夜乡晨，庭燎有辉。君子至止，言观其旂。

释音：其，音基。将，音锵。艾，音刈。晣，音制。哕，音讳。辉，音晖。

**【诗义关键】**

《采菽》篇说"君子来朝,言观其旂。其旂淠淠,鸾声嘒嘒",此诗说"君子至止,言观其旂""君子至止,鸾声哕哕",句子完全相同。以《诗经》的惯例来看,这是南仲来朝宣王时,尹吉甫歌颂他的作品。《国语·周语》襄王十六年说:"设庭燎。"《说苑·尊贤》:"齐桓公设庭燎,为士之欲造见者。"由此可知,庭燎是国君临时召见群臣之所。《毛传》注为"大烛",是望文生义。古时朝见,都在天未亮时,故言"夜未央""夜未艾""夜乡晨"。

**【字句解释】**

一章。其,音基,语词。央,《广雅》:"已也,尽也。"庭燎之光,就是庭燎里发出的光亮。整章的意思就是:夜里什么时候了?夜还没有尽。庭燎里发出了亮光。君子来到了,马的鸾铃锵锵在响。

二章。艾,止。哕哕,即嘒嘒。整章的意思就是:夜里什么时候了?夜还没有完。庭燎里发着晣晣的亮光。君子来到了,鸾铃哕哕在响。

三章。乡,向。有辉,辉煌貌。整章的意思就是:夜里什么时候了?快到早晨了。庭燎里发着辉煌的亮光。君子来到了,一看他的旂就知道。

**【诗篇联系】**

《采菽》篇是讲南仲来到镐京朝见宣王,这首诗是讲他朝见时的情景，接连得多么紧凑；假如不是一个作者，不可能这样衔接吧？

## 【诗义辨正】

《毛序》："《庭燎》，美宣王也，因以箴之。"《毛序》根本不知道周室的文物制度。诗明言"言观其旂"，旂是诸侯所建，而王建的是大常，怎么会是宣王呢？朱熹也说："王将起视朝，不安于寝，而问夜之早晚曰：夜如何哉？夜虽未央而庭燎光矣。朝者至而闻其鸾声矣。"时而王，时而朝者，一贯相承的诗篇，让他看成四分五裂了！姚际恒说："《小序》谓'美宣王，因以箴之'，作两义说，其'箴之'之意未明言，诗中亦无见也。朱郁仪因谓'此姜后脱簪珥之时所咏'，季明德因谓'刺不早朝'，皆规模《小序》'箴之'之说取义，并非。程伊川、严坦叔因谓'规宣王过勤'，又足哂矣。"

## 三

# 菁菁者莪（小雅）

菁菁者莪，在彼中阿。既见君子，乐且有仪。
菁菁者莪，在彼中沚。既见君子，我心则喜。
菁菁者莪，在彼中陵。既见君子，锡我百朋。
泛泛杨舟，载沉载浮。既见君子，我心则休。

释音：菁，音精。

## 【诗义关键】

《采菽》篇说"泛泛杨舟"，此诗也说"泛泛杨舟"，这个"杨舟"一定有极大的纪念意义。《采菽》篇的"杨舟"属于南仲，此诗的自然也属于他，那么，"既见君子"的"君子"当然是南仲了。南仲原在杨国，尹吉甫曾到那里与他会师；而尹吉甫是时时跟随宣王的，他从杨国回来后，南仲也来这里朝见宣王，所以说"既见君子，我心则喜"。《诗经》中用"既见君子"的三次：一次在方山，就是《出车》篇的"既见君子"，是在宣王五年冬季；一次在曲沃，就是《唐风·扬之水》篇的"既见君子"，是在宣王六年四月间，尹吉甫从淮夷回来的时候；最后一次又在方山，就是这首诗的"既见君子"，时间是宣王六年五月间。宣王于六年四月二十六日左右征淮夷回到荟京后，尹吉甫就去曲沃协助南仲作战，驱逐猃狁直至杨国。之后，南仲再来荟京朝见宣王，应该是五月间了，时间先后一点也不能紊乱。知道了此诗的"君子"就是南仲，那么，"锡我百朋"的人是谁也就知道了。古时以贝为货币，十贝为一朋（王国维说）。百朋就是一千个贝，这是一个很大的数目。金文中常有赐朋之举，然数目都在三十、五十之间，甚而少至两三个朋的。如《俎子鼎铭》说"王賚伐甬贝二朋"，《耴彝铭》说"锡贝二朋"，《小臣彝铭》说"趞叔休于小臣贝三朋"，两三个朋都认为是荣耀而要记载下来，则百朋之多，可想而知了。由此，也可看出南仲与尹吉甫关系的密切，南仲怎么喜欢尹吉甫也可知道了。无怪乎他要将曾孙女嫁给尹吉甫。

## 【字句解释】

一章。菁菁，茂盛。莪，蒿。《植物名实图考长编》(卷八)于"莪蒿"条引陆玑《疏》说："一名萝蒿。生泽田渐洳之处。……三月中，茎可生食，又可蒸食。"诗言"菁菁者莪"，是莪已茂盛，当为五月间，与尹吉甫之在方山的时间正合。阿，山阿。中阿，阿中。尹吉甫与南仲不是驻扎在方山与首阳山吗？仪，威仪。乐且有仪，就是既欢乐而不失威仪，与《鸤鸠》篇"其仪一兮"之赞美南仲是一样的。整章的意思就是：茂盛的萝蒿，长在那个山阿里。现在看到了您，欢乐之中而有威仪。

二章。小渚曰沚，水中可止息之地。中沚，沚中。整章的意思就是：茂盛的萝蒿，长在那个小沚中。现在看到了您，心里非常欢喜。

三章。陵，山陵；中陵，陵中。整章的意思就是：茂盛的萝蒿，长在那个山陵上。现在看到了您，赐给我一千个贝。

四章。整章的意思就是：漂荡着的杨舟，时而沉，时而浮。现在看到了您，心里感到很美。

## 【诗篇联系】

从杨舟，从季节，从地点，在在证明此诗为尹吉甫歌颂南仲之作。再从"锡我百朋"，更可证明他们的关系。

【诗义辨正】

《毛序》:"《菁菁者莪》,乐育材也。君子能长育人材,则天下喜乐之矣。"一点也看不出此诗与乐育人材有什么关系。即令照《正义》所解释的:"作《菁菁者莪》诗者,乐育材也。言君子之为人君,能教学而长育其国人,使有材而成秀进之士,至于官爵之。君能如此,则为天下喜乐矣。故作诗以美之。"除过在"乐"字上、"喜"字上猜想以外,还有什么证据呢?然而韩愈《上宰相书》还引这首诗认为是乐育人材,以求仕进!《集传》说"此亦燕饮宾客之诗",有点接近,但他说不出理由。姚际恒说:"大抵是人君喜得见贤之诗,其余则不可以臆断也。"上一句错,下一句对,因此最好不要臆断。

## 四

## 载见(周颂)

载见辟王,曰求厥章。龙旂阳阳,和铃央央,鞗革有鸧,休有烈光。率见昭考,以孝以享,以介眉寿。永言保之,思皇多祜。烈文辟公,绥以多福,俾缉熙于纯嘏。

释音:鞗,音条。鸧,音枪。嘏,音古。

## 【诗义关键】

这是一首祭祖的祈祷文,然谁在祭祀呢?先看这位主祭者的身份。诗言:"龙旂阳阳。"旂上绘的是龙,打着龙旂来祭祖,这位主祭者一定是诸侯。然为什么祭祖呢?诗又言:"载见辟王,曰求厥章。"载,则。辟,大。《尸子·广泽》篇:"天、帝、皇、后、辟、公、弘、廓、宏、溥、介、纯、夏、帆、冢、晊、昄,皆大也。十有余名,而实一也。"辟王,大王,今王之称。章,即《卷阿》篇"尔土宇昄章,亦孔之厚矣"的"昄章",就是现今说的版图。这两句诗的意思就是:现在来朝见大王,为的是求他赐予昄章。在战争结束后,有功之臣,国王都要赐予土地,那么,这首诗里说的土地赐予谁呢?再看"和铃央央,鞗革有鸧,休有烈光"。和,也是铃。和在轼前,铃在旂上。和铃央央,是形容轼上与旂上的铃都在作响。鞗革,金文中作鋚勒,以金为之,即今之马络头。鞗革上有金属,马走起来有响声,故言"鞗革有鸧",鸧为锵之假借。休,美。烈光,强光。休有烈光,就是又好看又光亮。如此讲来,这个马络头一定是新的,而且是很光荣地得来的。到此,使我们联想到《采菽》篇说的"君子来朝,何锡予之?虽无予之,路车乘马"。那么,载见辟王,不就是指南仲的来朝吗?他朝见的时候打着龙旂,乘着宣王所赐给的车马;现在是在祭祖,也打着龙旂,乘着宣王所赐的车马,不是极相吻合吗?

## 【字句解释】

昭,显;昭考,显考。孝与享同义(马瑞辰说)。介,大。

眉寿，年老者必有豪眉，故称眉寿。南仲如今已在八十岁左右，故用眉寿。言，而，之，指土地的畈章。祜，福。烈，武烈。文，文德。周人尚武而尊文，所以常常用文武来称赞人。辟公，大公，指祖先。绥，赐。俾，使。缉熙，继续。纯，大。嘏，福；纯嘏，鸿福。全篇的意思就是：我来朝见大王，是为求得土宇的畈章。打着龙旂，和铃都在央央作响。马络头也锵锵地发出响声，并闪烁出强烈的亮光。我率领着左右来拜祖先，是来祭祀，是来求寿。我要永远保守这块版图，以宏大我的福禄。有武功有文德的祖先呀！多多地赐我福禄，我好继续有更大的福气。

## 【诗篇联系】

从龙旂，知道主祭者是一位诸侯；从眉寿，知道这位诸侯的年岁很高；从烈文辟公，知道所祭祀的是诸侯的祖先；从载见辟王，知道现在这位诸侯与国王在一个地方。诸如此类，没有一点不与南仲当时的情形相合，假如说这是南仲在方山祭祖的祈祷文，不会有丝毫问题吧？

## 【诗义辨正】

《毛序》："《载见》，诸侯始见乎武王庙也。"《诗经》中用"辟王"的只有两篇：一是《棫朴》，一是此诗。辟王，大王，指今王，在《棫朴》篇是指宣王，此诗当也指宣王，绝对不会指武王。再者，烈文辟公，祭的明明是"公"。"诸侯始见乎武王庙"，怎么能称武王为公呢？《集传》说："此诸侯助祭于武王庙之诗。"如此讲来，则是成王在祭祀，而辟王又是谁呢？姚际恒于《毛序》《集传》中反复求之，也没有得出结果。

## 五

## 维天之命（周颂）

维天之命，於穆不已。於乎不显！文王之德之纯。假以溢我，我其收之。骏惠我文王，曾孙笃之。

### 【诗义关键】

这首诗的关键就在"曾孙"是谁。《诗经》里用"曾孙"的共有五篇，就是《信南山》《甫田》《大田》《行苇》与此诗。《甫田》与《大田》都有同样的句子说："曾孙来止，以其妇子，馌彼南亩。"《信南山》篇说："信彼南山，维禹甸之。畇畇原隰，曾孙田之。我疆我理，南东其亩。"可知南亩在南山之下。而南山就是现今的太行山。太行山下边，在周时为卫国，那么，卫国人在祭祖的时候称"曾孙"。《国语·晋语》里载卫庄公蒯聩在作战的时候就祈祷说："曾孙蒯聩，以谆赵鞅之故，敢昭告于皇祖文王、烈祖康叔、文祖襄公、昭考灵公。"哀公二年《左传》也有类似的记载。《尚书·武成》也说："惟九年，大统未集，予小子其承厥志，底商之罪，告于皇天后土。所过名山大川曰：惟有道曾孙周王发，将有大正于商。"是说武王在祭祖的时候也自称"曾孙"。由此可知，"曾孙"是祭祖时主祭者的称谓。然这首诗的"曾孙"是谁呢？就是《行苇》篇"曾孙维主"的"曾孙"，也就是南仲。下边解释《行苇》篇时，就有详细的证明。

## 【字句解释】

维，发语词。《诗经》中凡言"天命"，都与国运或与开国有关。如《文王》篇说"假哉天命，有商孙子"，又说"侯服于周，天命靡常"；《殷武》篇说"天命多辟"，又说"天命降监"。不，读为丕。不显，丕显。纯，大。假，大。溢，安（马瑞辰说）。骏，大。惠，恩惠。笃，笃守。整篇的意思就是：上天赐给我们的国运，灿烂地继续不已。多么显明呀，文王的德行的伟大。它大大地鼓励了我，我要把它接受过来。文王的大恩大德，曾孙我要笃笃实实地保守着。

## 【诗篇联系】

这明明是一篇曾孙在祭祀文王的诗，然为什么祭祀呢？诗言："维天之命，於穆不已。"一定是国运发生了动摇，又在安定之后来祭告文王。南仲是卫国人，他在平定猃狁之后来祭文王，不是极合理吗？

## 【诗义辨正】

《毛序》："《维天之命》，太平告文王也。"对了；然他不知谁在告文王。《毛传》解释说："告太平者，居摄五年之末也。文王受命，不卒而崩，今天下太平，故承其意而告之，明六年制礼作乐。"他认此诗为周公所作了。那么，武王对谁自称为曾孙呢？武王的祖宗是否就有"天命"呢？难道武王对文王自称曾孙吗？他这一注解，引起了许许多多的争论，然谁也没有注意到主祭者"曾孙"二字。

# 六

## 雝（周颂）

有来雝雝，至止肃肃。相维辟公，天子穆穆。於荐广牡，相予肆祀。假哉皇考，绥予孝子。宣哲维人，文武维后。燕及皇天，克昌厥后。绥我眉寿，介以繁祉。既右烈考，亦右文母。

释音：於，音乌。

## 【诗义关键】

这首诗的关键就在"相维辟公，天子穆穆"两句。辟公，是一个成语，《诗经》中用"辟公"的共有三篇，就是《烈文》《载见》与此诗。《烈文》篇说"烈文辟公，锡兹祉福"，《载见》篇说"烈文辟公，绥以多福"，都是向辟公求福。辟公实际就是先公。相是助祭者。穆穆，谨慎貌（见《辞通》）。相维辟公，天子穆穆，就是助祭先公者为谨慎的天子。由此可知这首诗里的主祭者不是天子，天子在助祭。但主祭者是谁呢？《载见》

篇不是说"烈文辟公,绥以多福"吗?那是南仲在祭祀。假如这首诗也是南仲在祭祀,宣王怎么会来助祭呢?南仲既是卫国人,一定是卫康叔的后代,卫康叔是武王的同母少弟,都是文王的儿子,那么,卫康叔也是宣王的祖先辈,所以宣王来助祭。知道这种关系,就好解释这首诗了。

## 【字句解释】

雝雝,慢慢地。肃肃,急急地。广牡,大牡。肆是一种祭祀。《虞书》"繛类于上帝",《古文尚书》作"肆",刘玉麐说"繛为两牲同陈之象"(马瑞辰说)。肆,是用两只全牲的祭祀,所以上一句说"於荐广牡"。假,大。绥,安。宣,明。哲,智。后,主。繁,多。祉,福。右,通佑。烈,武貌。文,文德。整篇的意思就是:有的慢慢地来到,有的急急地到来,助祭先公的是肃穆的天子。献上了两只全牛,是以肆祭的仪式来祭祀。伟大的皇考呀,来安享我孝子的祭祀吧!保佑我明智地为人,能文能武地为主。我用同样的祭祀祭祀上天,让我的后代昌盛起来。赐给我以眉寿,并赐我以多福。既然保佑了我能武的父亲,也希望保佑我有文德的母亲!

## 【诗篇联系】

诗言:"相维辟公,天子穆穆。"祭先公而出现了天子,且天子是助祭者,这是值得注意的现象。现在知道南仲在方山祭祖,宣王也在那里,而宣王与南仲又是同宗,那么,天子来助祭不是极其合理吗?然宣王为什么不自己祭祀而让南仲主祭呢？宣王是一国之主，要在京师祭祀才合体制，下边讲到宣王在镐京祭祖的诗篇时，就知道此中的详情。《载见》篇里有"眉寿"，这首诗又出现了"眉寿"，与南仲的年岁也正合。

## 【诗义辨正】

《毛序》："《雝》，禘大祖也。"《正义》解释说："《雝》者，禘大祖之乐歌也。谓周公、成王太平之时禘祭大祖之庙，诗人以今之太平由此大祖，故因其祭，述其事而为此歌焉。经言祭祀文王，诸侯来助。"恰恰相反，诸侯在祭祀，国王来助祭。假如是祭文王，怎么诗里不见文王的名字，而仅仅是"辟公"呢？《毛序》解诗向例是不看诗，只是凭一个字或一个主观，随便写几句就算是说诗了。后人因为它古，"古"就可靠，于是也不看诗，又跟它而附会之，变成了诗说的紊乱现象。《集传》说："此武王祭文王之诗，言诸侯之来，皆和且敬，以助我之祭事，而天子有穆穆之容也。"既然是武王在祭祀，那天子又是谁呢？前言不照后语，随便乱讲。姚际恒说："《小序》谓'禘大祖'，谬。周之大祖后稷也。据《礼》：'禘其祖之所自出，而以其祖配之。'后稷所自出为喾，《诗》无及于喾、稷，前人已辨之。今按篇末曰'烈考、文母'，于禘义尤万里。此武王祭文王彻时之乐歌。孔子曰：'以《雍》彻。'可证。《集传》亦援《论语》，而又引《周礼·钟师》'及彻，率学士而歌《彻》'之文，颇为蛇足。此诗彻时用，岂名彻乎？《周礼》之妄也。"这首诗根本与武王没有关系，他把祭的对象搞错了，反骂《周礼》错误！

## 七

## 烈文（周颂）

烈文辟公，锡兹祉福。惠我无疆，子孙保之。无封靡于尔邦，维王其崇之。念兹戎功，继序其皇之。无竞维人，四方其训之。不显维德，百辟其刑之。於乎！前王不忘。

### 【诗义关键】

《载见》篇说"烈文辟公，绥以多福"，此诗说"烈文辟公，锡兹祉福"，同是祭辟公。诗又言"念兹戎功，继序其皇之"，这是战争结束后的祭祀。封，大。靡，损失。崇，终。无封靡于尔邦，维王其崇之，就是我没有损失您的国土，是国王把此次战争结束的。事实摆在眼前，玁狁的战事，南仲固然是主将，而实际是受宣王的指挥，不是与此诗所讲的情形完全相同吗？假如说这首诗也是南仲在方山祭祖的祈祷文，没有什么反对的理由吧？

### 【字句解释】

整篇的意思就是：有武功有文德的祖宗呀，您给我这么多的福禄。给我的无边无际的恩惠，我的子子孙孙永远保守着。我没有损失您的土地，都是国王把这次战争结束的。这一次的战功，希望能继续发扬光大。没有人比他再伟大了，四方都应该顺从他。他的大德，百官都应该以他为法则。呜呼！前王的恩德，还在继续不止。

**【诗篇联系】**

这诗的意义很明显，一位诸侯在祭祖的时候，把一切的功劳都推在今王的身上，并对今王加以极力的赞美。假如这位国王不也在战场上、同时也在眼前，诗是不能这样写的。没有怀疑，这是南仲在祭祖时的语气。

**【诗义辨正】**

《毛序》："《烈文》，成王即政，诸侯助祭也。"试问：假如是成王祭祀，那么，"维王其崇之"的"王"是谁呢？"念兹戎功"的"戎功"是什么戎功？《集传》说："此祭于宗庙，而献助祭诸侯之乐歌。言诸侯助祭使我获福，则是诸侯锡此祉福，而惠我以无疆，使我子孙保之也。"哪有天子的祉福是诸侯所赐的！锡，都是上赐下，从来没有下赐上的。再者"祭于宗庙，而献助祭诸侯之乐歌"，试问：谁献？姚际恒说"此诗当是周公所作"，自然是周公所献的了。既是周公所献，所祭的当是"先王"，怎么一开始就是"烈文辟公"呢？所以姚际恒翻来覆去地追究，也追究不出结果来。要不是宣王亲征猃狁事件的发现，这个问题恐怕也就永远无法解决。

## 八

## 蓼萧（小雅）

蓼彼萧斯，零露湑兮。既见君子，我心写兮。燕笑语兮，是以有誉处兮。

蓼彼萧斯，零露瀼瀼。既见君子，为龙为光。其德不爽，寿考不忘。

蓼彼萧斯，零露泥泥。既见君子，孔燕岂弟。宜兄宜弟，令德寿岂。

蓼彼萧斯，零露浓浓。既见君子，鞗革忡忡，和鸾雝雝，万福攸同。

释音：蓼，音六。岂，音恺，下"岂"字同。

## 【诗义关键】

《载见》篇说："龙旂阳阳，和铃央央。鞗革有鸧，休有烈光。"龙指龙旂，光指鞗革，我们上边曾作解释。此诗说"既见君子，为龙为光"，又说"既见君子，鞗革忡忡，和鸾雝雝"，龙是否即指龙旂，光是否也指鞗革呢？诗又说："燕笑语兮，是以有誉处兮。"誉处是安处，那么，是指战事结束了。诗又言："蓼彼萧斯，零露湑兮。"蓼，大。萧，也就是《菁菁者莪》篇的"莪"。蓼彼萧斯，也就是高大的蒿呀。如此讲来，不就是"菁菁者莪"吗？零露湑兮是言露水的多，露水多是在四五月间，此诗与《菁菁者莪》篇为同一季节当无问题。时间相同,地点相同,事件相同,情感也相同,假如说这首诗"既见君子"的"君子"也就是《菁菁者莪》篇"既见君子"的"君子",换言之,都是南仲,想不会有错吧?南仲的旗帜是龙旂,宣王又赐他四匹马,马的络头是新的,"既见君子,为龙为光",不就是尹吉甫在茭京看到的南仲的车马吗?这首诗又是歌颂南仲的,当无问题。

**【字句解释】**

一章。湑,浓。写,写意。燕,乐。誉,通"豫",安乐的意思。誉处,安处。整章的意思就是:那些高大的蒿上呀,落着浓厚的露水。现在看到了您,心里非常写意。欢乐地说说笑笑,因为可以安居乐业了。

二章。瀼瀼,露盛貌。爽,失。不忘,不已。整章的意思就是:那些高大的蒿上呀,落着很浓厚的露水。现在看到了您,打的是龙旂,骑的是新马。您有很多的恩德呀,可以长寿不老。

三章。泥泥,犹浓浓。孔燕,大乐。岂弟,欢乐。寿岂,犹不忘,不已的意思。整章的意思就是:那些高大的蒿上呀,落着浓浓的露水。现在见到了您,可以大大地欢乐一场。不论是兄,不论是弟,都是不已地受了您的恩德。

四章。鞗革,马络头,代表马。忡忡,形容马往前冲的情形。和、鸾,都是铃,在轼曰和,在镳曰鸾。雖雖,缓缓。万福攸同,《采菽》篇有同一的句子,就是所有的福禄都集聚到这里。整章的意思就是:那些高大的蒿上呀,落着厚厚的露水。

现在看到了您，马络头忡忡地在动，和声鸾声缓缓地在响，万般的福禄都集聚在这里。

## 【诗篇联系】

《载见》篇是讲南仲打着龙旂，驾着宣王所赐的四匹马去祭祖，所以诗言："龙旂阳阳，和铃央央。鞗革有鸧，休有烈光。"此诗也说"既见君子，为龙为光"，又说"鞗革忡忡，和鸾雝雝"，很自然地使我们想到这首诗是南仲祭祖后，尹吉甫在宴会席上歌颂他的作品。还有，诗言："宜兄宜弟，令德寿岂。"尹吉甫的七位兄弟不是都来西征吗？一定是战争结束后，他们兄弟们每人都得到南仲的赏赐，才有这样歌颂的辞句。

## 【诗义辨正】

《毛序》："《蓼萧》，泽及四海也。"不着边际。《集传》说："诸侯朝于天子，天子与之燕，以示慈惠，故歌此诗。"这首诗里，哪一点嗅到天子的气味呢？姚际恒说："此诸侯朝天子，天子美之之诗。"天子美谁？美诸侯吗？天子美诸侯能说"既见君子，孔燕岂弟。宜兄宜弟，令德寿岂"吗？能说"既见君子，鞗革忡忡，和鸾雝雝，万福攸同"吗？为什么要以"蓼彼萧斯，零露湑兮"来起兴呢？难道诸侯们在露水里边朝见天子吗？南仲的军队驻扎在中条山，他也就在这里祭祖，所以凡是这一时期的作品，都是以野地的东西为起兴。

# 九

## 裳裳者华（小雅）

裳裳者华，其叶湑兮。我觏之子，我心写兮；我心写兮，是以有誉处兮。

裳裳者华，芸其黄矣。我觏之子，维其有章矣；维其有章矣，是以有庆矣。

裳裳者华，或黄或白。我觏之子，乘其四骆；乘其四骆，六辔沃若。

左之左之，君子宜之。右之右之，君子有之。维其有之，是以似之。

## 【诗义关键】

研究《诗经》如果得到方法，也就非常容易。只要把《诗经》中的同类词句归纳到一起，也就发现了它的意义。比如《蓼萧》篇说"既见君子，我心写兮。燕笑语兮，是以有誉处兮"，此诗也说"我觏之子，我心写兮；我心写兮，是以有誉处兮"。《载见》篇说"载见辟王，曰求厥章"，此诗说"我觏之子，维其有章矣；维其有章矣，是以有庆矣"。《采菽》篇说"平平左右，亦是率从"，此诗说"左之左之，君子宜之。右之右之，君子有之。维其有之，是以似之"。这些相同不是偶然的吧？再者，《采菽》篇说"维柞之枝，其叶蓬蓬"，此诗说"裳裳者华，或黄或白"。白，即指柞树所开之花。《植物名实图考长编》

（卷二十二）于"柞木"条引《本草纲目》说："五月开碎白花，不结子。"黄指梧桐花，下边讲到《湛露》篇时就可知道。这种写实态度，假如不是受过极严格训练的尹氏，绝对办不到的。也就因为这种极严格的写实态度，尹吉甫的生平事迹才被我们发现；否则，他也就被埋没了。

【字句解释】

一章。裳、常，古同字；《广雅》："常，盛也。"（马瑞辰说）湑，浓。之子，是子。整章的意思就是：茂盛的是花呀，它的叶子很浓密。我所遇到的这个人，心里非常写意；心里非常写意，因为可以安居乐业了。

二章。芸，纷芸。黄，指梧桐花。《湛露》篇与此为同时之作，诗云"其桐其椅，其实离离"。《植物名实图考长编》（卷二十）于"桐"条引《本草衍义》说"一种梧桐，四月开淡黄小花，一如枣花"，"五六月结桐子"。整章的意思就是：茂盛的是花呀，纷纷地开着黄花。我所遇到的这个人，有了昄章了；就因为有了昄章，所以有福了。

三章。黄，指桐花；白，指柞花。整章的意思就是：茂盛的是花呀，有黄的，有白的。我所遇到的这个人，驾着四匹骆马；驾着四匹骆马，六条缰绳在他手里很柔顺。

四章。左之左之，右之右之，就是把《采菽》篇"平平左右"的"左右"拆开来以成章。似，续。似之，续其祖宗之功业。整章的意思就是：左边的人，左边的人，君子驾御之。右边的人，右边的人，是属于君子的人。也就因为有他们，才能继续祖宗的功业。

## 【诗篇联系】

研究《诗经》的人，从来不面对《诗经》，只在《毛序》《郑笺》《孔疏》或《朱集传》以及后来的诗说里打转，不肯，也不知道在《诗经》里求些法则来了解它。现在知道《诗经》是一部极端写实的作品，它所提到的山川地理、草木花鸟、人物事件，没有一点不是真实的，甚而一朵花的颜色也不苟且！我们将此诗摆在这里不是天造地设吗？

## 【诗义辨正】

《毛序》："《裳裳者华》，刺幽王也。古之仕者世禄，小人在位，则谗谄并进，弃贤者之类，绝功臣之世焉。"不知他怎么看出这首诗是在刺幽王？《集传》说："此天子美诸侯之辞，盖以答《瞻彼洛矣》。"君臣以诗相酬答，这是后世的风气，在朱熹的心目中，以为周时就风行了。完全是以后世的观点来看《诗经》，无怪乎他不能了解。我在《以诗经为古代民歌总集的批判》里，对朱熹的观点有详细的批判，请参看。姚际恒说："何玄子亦以此诗为美郑武公，曰：《诗》曰"维其有之，是以似之"，知其赋象贤也。终周之世，唯周公之后有鲁公，郑桓之后有郑武，足以当之。'"有什么凭据呢？他实在也不知道，所以又说："此说亦存之。"又说："一说'左之左之''右之右之'，承上'六辔沃若'而言，两章宜为一章。'或黄或白'，当是'左之''右之'之兴。亦似有理。"《诗经》变成了一个大谜,你也猜,我也猜,你说我不对,我说你不对。对的变为不对,不对的反说成对,是非混淆,莫此为甚!

## 十

## 行苇(大雅)

敦彼行苇,牛羊勿践履。方苞方体,维叶泥泥。
戚戚兄弟,莫远具尔。或肆之筵,或授之几。
肆筵设席,授几有缉御。或献或酢,洗爵奠斝。
醓醢以荐,或燔或炙。嘉殽脾臄,或歌或咢。
敦弓既坚,四鍭既均,舍矢既均,序宾以贤。
敦弓既句,既挟四鍭。四鍭如树,序宾以不侮。
曾孙维主,酒醴维醹。酌以大斗,以祈黄耇。
黄耇台背,以引以翼。寿考维祺,以介景福。

释音:敦,音团。行,音杭。斝,音假。醓,音贪。醢,音海。脾,音琵。臄,音剧。咢,音鄂。句,音姤。醹,音乳。耇,音苟。

## 【诗义关键】

诗言:"曾孙维主,酒醴维醹。酌以大斗,以祈黄耇。"黄耇,黄发老人。老年人的头发先变为白色,脱落后,生一种黄毛,故谓黄耇。岁数极大的人才如此,所以末章黄耇与台背并称。这是一首祭祀的诗,而主祭的人则是一位岁数极高的曾孙。《维天之命》篇说:"骏惠我文王,曾孙笃之。"两篇的"曾孙"都是南仲吗?我们看这首诗的祭祖季节。诗言"敦彼行苇,方苞方体",知道苇是什么时候方苞方体,就知道是什么季节了。《植物名实图考长编》(卷九)于"芦根"条引《农桑辑要》说"苇四月苗高尺许",苇高尺许正是方苞方体的时候。苞是初生的芽,尺许的苗不正是芽吗?与我解释的苞桑、苞杞也正相合。如此讲来,这首诗描写的不正是南仲在方山祭祖的情景吗?所以两篇的"曾孙"敢于断定都是指南仲。

【字句解释】

一章。《植物名实图考长编》(卷九)于"芦根"条又引《农桑辑要》说:"于下湿地内掘区栽之,纵横相去一二尺。"又说:"一法,二月熟耕地作垄,取根卧栽";"又压栽法,其苇长时,掘地成渠,将茎袪倒,以土压之,露其梢"。不管怎么栽,苇都是一行一行地栽,故称之为行苇。《毛传》:"行,道也。"屈万里就直接注为"道旁之苇",实是望文生义。敦,《毛传》"聚貌",也就是丛的意思。方苞,正在发芽;方体,正在成形。泥泥,也就是《蓼萧》篇"零露泥泥"的"泥泥",浓密貌。整章的意思就是:那一丛一丛的行苇,不要让牛羊去践踏。它正在发芽,正在成形,可是叶子倒很繁盛。

二章。戚戚,亲近。尔通迩。几,几案,为尊者所设。整章的意思就是:亲近的兄弟们,都在这里。有的让他坐在席上,有的在席上再加一个几案。

三章。《周礼·春官·司几筵》疏:"敷席之法,初在地者一重即谓之筵,重在上者即谓之席。……故郑注《序官》云:'敷陈曰筵,藉之曰席。'"古人席地而坐,坐的第一重叫筵,如今日之日本榻榻米。榻榻米上再加一个席垫叫作席,肆筵设席就是铺上筵,再设上席垫。《春官宗伯》说:"诸侯祭祀,席蒲筵缋纯,加莞席纷纯,右雕几。昨席莞筵纷纯,加缫席画纯。筵国宾于牖前,亦如之。左彤几。"国宾,即老臣。由此可知,诸侯与老臣,除肆筵设席外,还要布一个几案以示尊敬。缉御,《毛传》注为"踧踖之容",也就是尊敬的态度。进酒于宾曰献,客答之酒曰酢。《礼记·少仪》"胜则洗而以请",注"洗爵请行觞,不敢直饮之",正是此诗洗爵的解释,因为此诗正是讲射后饮酒的。奠,置。斝,酒器,大于爵。整章的意思就是:坐在筵上的人,加以席垫;坐在几旁的人,更加尊敬了。有的在敬酒,有的在回敬,都是洗爵置斝来饮酒。

四章。醢,肉酱。醓,醢之多汁者。醓醢以荐,或燔或炙,应该读为以荐醓醢,或燔或炙。燔、炙与醓醢不是一种食物,醓是肉汤,醢是肉酱,燔是烧,炙是烤。殽是排骨肉,脾是肚子,臄是口条。只是击鼓而不歌谓之咢。整章的意思就是:席面上有的是肉酱,有的是肉汤,有的是烧的,有的是烤的,有的是好排骨肉,有的是好肚子,有的是好口条,有的在唱歌,有的在击鼓。

五章。敦弓,《毛传》注为"画弓也。天子敦弓"。可是他又注"敦"为"聚貌"。"敦彼行苇"是一丛一丛的行苇,那么,敦弓应该是丛弓。诗言："敦弓既坚，四镞既均"，"敦弓既句，既挟四镞"。可见敦弓是一发四矢，也就是后世的弩，所以"敦弓"应该是弓的一种名称。《天工开物·佳兵》说："弓箭强者，行二百余步，弩箭最强者五十步而止。"今诗言"四镞既均"，当为后世之弩弓无疑。天子之弓为彤弓，不是敦弓，《毛传》搞错了。镞，以金为镞而去羽的矢。均，平均射出，周人在宴会以前先要比射，射中最多的坐上座，是看射中的多少以排席次，所以诗言"舍矢既均，序宾以贤"。整章的意思就是：以坚硬的敦弓，发射四根匀称的箭。序宾的次第就是谁能匀称地发射四根箭。

六章。句、彀双声，故通用，句即"彀"之假借；《尔雅·释诂》："彀，善也。"（马瑞辰说）树，中。整章的意思就是：良好的敦弓，挟上了四根箭，四根箭都射中了的坐上席，这样安排次序，对宾客才没有侮辱。

七章。醹，浓厚。斗，酒器（马瑞辰说）。整章的意思就是：曾孙在做主人，他的酒醴都是旨美的。用大斗来饮酒，是为主人祈求长寿。

八章。台背，背上像鲐鱼那样的皮。鲐鱼即河豚，皮为皱黑色，上年纪人的皮肤也是如此。黄耇台背就是黄头发、黑皱皮的老者，指南仲。引，是前导，指他为将帅而言；翼，辅翼，指他为宣王之臣而言。祺，吉。景福，大福。整章的意思就是：黄头发、黑皱皮的老者，一方面是将帅，一方面又是宣王的辅翼。庆幸地既寿且考，得到了大的福禄。

## 【诗篇联系】

从"曾孙"这个主祭者的称谓,从黄耇台背这种年纪,从苇的方苞方体的季节,再加上我们对南仲与尹吉甫的认识,这首诗是尹吉甫歌咏南仲在祭祖后宴客的情形,绝无问题。此诗说"或歌或咢",唱歌的人不就是尹吉甫自己吗?

## 【诗义辨正】

《毛序》:"《行苇》,忠厚也。周家忠厚,仁及草木,故能内睦九族,外尊事黄耇,养老乞言,以成其福禄焉。"隐公三年《左传》说:"《雅》有《行苇》《泂酌》,昭忠信也。"这是《序》说的来源。但《左传》中的引诗赋诗都是断章取义,并不是诗的本义;现在以此来说诗,当然不会恰当。《集传》说"疑此祭毕而燕父兄耆老之诗",有点接近。姚际恒说:"何玄子谓此诗美公刘。一征之《吴越春秋》曰:'公刘慈仁,行不履生草,运车以避葭苇。'一征之《列女传》曰:'晋弓工妻谒于平公曰:"君闻昔者公刘之行乎?牛、羊践葭苇,恻然为痛之。"'一征之王符《潜夫论》曰:'公刘厚德,恩及草、木、牛、羊,六畜且犹感德。'一征之《后汉书》桓荣曰:'昔文王葬枯骨,公刘敦行苇,世称其仁。'……虽未必为此诗正解,但何氏搜考可谓博矣;今载于此,以备一说。"尹吉甫生在公刘之后,公刘的此种仁慈行为,尹吉甫用以起兴,这是很自然的,但并非此诗之本旨。

# 十一

## 湛露（小雅）

湛湛露斯，匪阳不晞。厌厌夜饮，不醉无归。
湛湛露斯，在彼丰草。厌厌夜饮，在宗载考。
湛湛露斯，在彼杞棘。显允君子，莫不令德。
其桐其椅，其实离离。岂弟君子，莫不令仪。

释音：晞，音希。

## 【诗义关键】

诗言："厌厌夜饮，在宗载考。"宗即宗庙。载，则；考，成；载考，就是成礼。在宗庙成礼后就要宴饮。厌厌，《释文》引《韩诗》作"愔愔"（音阴），和悦貌。这两句诗的意思就是：在宗庙里祭祖以后，和悦地在夜饮。《蓼萧》篇说"蓼彼萧斯，零露湑兮"，此诗说"湛湛露斯，在彼丰草"，两者地点、环境不正相同吗？南仲在祭祖，那么，假如说这首诗也是南仲在祭祖时宴饮，尹吉甫歌颂之诗，不会不对吧？荟京既被称为京，当有周的宗庙可以祭祀，故言"在宗载考"。

## 【字句解释】

一章。湛湛，露盛貌。晞，干。整章的意思就是：浓厚的露水，不见太阳不会干。欢乐地在夜饮，不喝醉酒不回去。

二章。整章的意思就是：浓厚的露水在那丰草上。欢乐地夜饮，是在宗庙祭祖礼成之后。

三章。显，显赫。允，诚然。"显允君子，莫不令德"与下章"岂弟君子，莫不令仪"，是一个意思，都是歌颂南仲的酒量大，不论喝多少酒，仪度总不改变。《鸤鸠》篇，我们曾说是歌咏南仲的作品，那里的"淑人君子，其仪一兮；其仪一兮，心如结兮"，就是歌咏南仲的酒量大。《宾之初筵》篇说"彼醉不臧，不醉反耻"，上"不"字读"丕"，两句诗的意思就是喝醉了很好，不醉反而是一种耻辱。可是又说："既醉而出，并受其福。醉而不出，是谓伐德。饮酒孔嘉，维其令仪。"意思就是酒醉后还能出去，那你得了双层的福气；喝醉不能出去，那就谓之缺德。饮酒是很好的，但要有好的仪态。令仪，是指饮酒的仪态。此时令德、令仪，也是指喝酒的酒德。整章的意思就是：浓厚的露水，落在杞树枣树上。显赫的君子，不论在什么情形之下，德行莫不是好的。

四章。在解释《裳裳者华》篇时，曾说桐树开的是黄花，此诗的椅树开的是白花，所以那首诗说"裳裳者华，或黄或白"。那首诗是讲花，此诗是讲实。我们曾说桐树五月结实，仍是南仲在方山的季节。整章的意思就是：桐树与椅树，都结着累累的果实。欢乐的君子，不论在什么场合，仪态没有不好的。

## 【诗篇联系】

《裳裳者华》篇说"裳裳者华，或黄或白"，此诗说"其桐其椅"，桐树开黄花，椅树开白花。《蓼萧》篇说"蓼彼萧斯，零露湑兮"，此诗说"湛湛露斯，在彼丰草"。《维天之命》篇说"骏惠我文王，曾孙笃之"，是南仲在祭祖，此诗说"在宗载考"。时间、地点、景物、事件、人物无不吻合。不成问题，这首诗也是在南仲宴会席上所唱的。

## 【诗义辨正】

《毛序》："《湛露》，天子燕诸侯也。"文公四年《左传》："卫宁武子来聘，公与之宴，为赋《湛露》及《彤弓》，不辞，又不答赋。使行人私焉。对曰：'臣以为肄业及之也。昔诸侯朝正于王，王宴乐之，于是乎赋《湛露》。则天子当阳，诸侯用命也。'"这是《序》说的根据。然《左传》里的赋诗引诗都是断章取义，不能拿它来解诗。况且《左传》明明说"昔诸侯朝正于王，王宴乐之，于是乎赋《湛露》"，这是某一个王偶然用这首诗来宴乐诸侯，怎么可以就拿它来定诗义呢？因为《左传》这样讲，后人对这首诗的序也就不敢怀疑了。

## 十二

## 桑扈（小雅）

交交桑扈，有莺其羽。君子乐胥，受天之祜。
交交桑扈，有莺其领。君子乐胥，万邦之屏。
之屏之翰，百辟为宪。不戢不难，受福不那。

兕觥其觩，旨酒思柔。彼交匪敖，万福来求。

释音：扈，音户。丕，音丕，下二"丕"字同。戢，音缉。难，音赧。觩，音求。彼，音匪。

## 【诗义关键】

《采菽》篇的"彼交匪纾"是形容南仲的品格，这首诗也说"彼交匪敖"，难道也是形容南仲吗？再看"之屏之翰，百辟为宪"。屏是屏障，翰是干。百辟，百官。宪，法。这两句是从上边"万邦之屏"而来，意思应该是万邦的屏障、万邦的主干，百官可以为模范。这不是指南仲平定猃狁的功业吗？屈万里说"此颂美天子之诗"，天子怎么可以用屏、翰作比喻？《板》篇说"大邦维屏，大宗维翰"，《崧高》篇说"维申及甫，维周之翰"，《江汉》篇也说"文武受命，召公维翰"，都是用屏、翰来赞美诸侯。南仲是诸侯，才用屏、翰来赞美他。那么，这首诗是在什么场合之下歌咏南仲呢？诗又言："兕觥其觩，旨酒思柔。"王国维在《说觥》(《观堂集林》卷三)说：孝享之器，皆作牛首，故称兕觥。既为孝享之器，这首诗当在祭祀时写的了。

## 【字句解释】

一章。桑扈，一名窃脂，《尔雅·释鸟》《说文》均作桑雇。扈、雇通用。莺，《说文》段注："莺莺犹荧荧也，貌其光采不定。"桑扈的羽色各部不同，嘴是黄色，头是黑色，腹与背是淡灰褐色，翼是紫黑，中央还有一条白纹，脚是淡黄褐色。其色不定，故言："有莺其羽。"乐胥，欢乐。祜，作大福解。整章的意思就是：咬咬在叫的桑扈，有着杂色的羽毛。欢乐的君子，受到了天上的大福。

二章。领，颈项。整章的意思就是：咬咬在叫的桑扈，有着杂色羽毛的颈项。欢乐的君子呀，他是万邦的屏障。

三章。戢，应读为濈；《说文》："濈，和也。"难，应读为戁；《说文》："戁，敬也。"两"不"字都应读为丕；丕，大。（马瑞辰说）那，多；不那，丕那，很多的意思。整章的意思就是：他是万邦的屏障，他是万邦的主干，可以作为百官的榜样。十分和顺、十分恭敬在祭祖，受到很多很多的福禄。

四章。觥，《说文》作"觵"，当与枓木之枓音义相同，曲的意思（王国维说）。柔，嘉（马瑞辰说）。求，与《关雎》篇"君子好逑"之"逑"同；逑，匹。整章的意思就是：牛头形的兕觥，盛着旨美的好酒。不骄傲、不怠慢地在祭祀，为的是祈求万福。

**【诗篇联系】**

在同一时间、同一地点、同一人物、同一事件、同一心理形态，《诗经》里都用同一的语句来表现，几乎成了定则；只要把同一的辞句归纳到一起，就可发现它们的关系，因而也发现了诗义。就从《采菽》篇与此诗都有"彼交匪纾"或"彼交匪敖"一句，我们认为这是歌颂南仲的诗，不是极自然、极合理吗？以上一百多篇诗的关系是这样发现的，以后一百多篇诗的关系也是这样发现的。

【诗义辨正】

《毛序》:"《桑扈》,刺幽王也。君臣上下,动无礼文焉。"诗明明说"君子乐胥,万邦之屏。之屏之翰,百辟为宪",又说"彼交匪敖,万福来求",哪儿有一点"君臣上下,动无礼文"的意义呢?姚际恒说:"此天子飨诸侯之诗。《左传》成十四年:'卫侯飨苦成叔,宁惠子相。苦成叔傲,宁子曰:"苦成叔其亡乎?古之为飨食也,以观威仪,省祸福也。故《诗》曰'兕觥其觩,旨酒思柔。彼交匪敖,万福来求。'今夫子傲,取祸之道也。正解此诗之意。"春秋时的引诗赋诗都是断章取义,怎么可以拿断章取义的意义来解全诗呢?姚际恒明明懂得这个道理,怎么也说出这样的糊涂话?《左传》里明明是卫侯飨苦成叔,怎么可说成天子飨诸侯之诗呢?这是受《集传》的影响,因为《集传》说:"此亦天子燕诸侯之诗。"姚际恒处处反对《集传》,怎么也上《集传》的当呢?

十三

## 丝衣(周颂)

丝衣其紑,载弁俅俅。自堂徂基,自羊徂牛,鼐鼎及鼒。兕觥其觩,旨酒思柔。不吴不敖,胡考之休。

释音:紑,音副。吴,音语。

## 【诗义关键】

《桑扈》篇说"兕觥其觩，旨酒思柔"，这首诗也说"兕觥其觩，旨酒思柔"。《桑扈》篇这两句是祭祀时对祖宗而言，这首诗也是祭祀时对祖宗而言，所以诗说："不吴不敖，胡考之休。"胡，大；胡考，指先考。之，是。休，美。吴，喧哗。敖，傲慢。意思就是既不喧哗，又不傲慢，先考是有美德的，与《桑扈》篇"彼交匪敖"是称赞祖先的态度又相同。那么，这首诗是讲什么？《毛序》说"绎，宾尸也"，对了。我们在解释《凫鹥》篇时曾说它是绎，宾尸，诗言"公尸燕饮，福禄来成"，那是宣王在祭公刘，此诗是南仲在祭他的祖宗。就以这个意思将此诗作一解释。

## 【字句解释】

丝衣，《说文》于"紑"字下引作素衣；素、丝双声，故通用。紑，《说文》："白鲜衣貌。"载，则。弁，皮弁。俅俅，《毛传》说："恭顺貌。"俅俅是形容弁，弁怎么可用恭顺来形容呢？非是。《联绵字典》说："俅俅，转为休休，犹《说文》烋，读若休。"休休，美好貌，用来形容弁就恰当了。紑，形容丝衣，与俅俅形容弁，文法正同。堂，庭堂。基，门内。鼐，大鼎。鼒，小鼎。鼎类用以烹牲。自堂徂基，自羊徂牛，鼐鼎及鼒，就是从堂上到门内，从羊到牛，从大鼎到小鼎，意思就是所有的牺牲公尸都尝遍了。《凫鹥》篇不是说"公尸来燕来宗。既燕于宗，福禄攸降"，又说"旨酒欣欣，燔炙芬芬"吗？所谓燔炙，正是指牛羊。这几句诗正是形容公尸来到宗庙后的情形。整篇的意思就是：穿着洁白的素衣，戴着漂亮的皮弁，从堂上到门内，从羊到牛，从鼒到鼐，所有的牺牲都尝遍了。用弯曲的兕觥所盛的酒，也是美好的。安安静静、恭恭敬敬地来祭祀，这是先考的光荣。

## 【诗篇联系】

《诗经》中凡是同一句子，一定是同一事件，这里又得一证明。可惜前人受着《诗谱》的束缚，根本不敢打破十五国风、大小雅、三颂的界限，《诗经》的面目也就长久地蒙蔽着。打破了束缚，真面目也就因而显现。这首诗排在这里，不仅了解了它的意义，对周人祭祖的情形也可知道了。《凫鹥》篇说"公尸来燕来宜"，来了以后是什么样子，以及穿戴些什么，并未明言，现在由这篇诗的补充，我们知道穿的是素丝衣，戴的是白弁帽，从堂上走到门内，从羊走到牛，从鼒走到鼐，还用兕觥来喝酒。礼节的进行，都显现在眼前了。

## 【诗义辨正】

《毛序》："《丝衣》，绎，宾尸也。高子曰：'灵星之尸也。'"《集传》说："此亦祭而饮酒之诗。"姚际恒批评说："《小序》谓'绎，宾尸'，其非有三。天子、诸侯名'绎'，大夫名'宾尸'，此旧说，具见《春秋》《仪礼》；今以'绎、宾尸'连言，一也。彼既以宾尸为言，即以《有司彻》证之，其云'扫堂，燅尸俎'，非别杀牲先夕省视也。今何以告濯、告充、告洁一如正祭乎？佞《序》之徒为之说曰：'"自堂徂基"，尸俟于门基;'自羊徂牛,鼐鼎及鼒',羊先出而牛从之,鼎先出而鼒从之。'意谓正祭日不即彻,至绎之日始彻于门外。然则诗何以言'废彻不迟'乎?即《仪礼》果如是,亦不可据《仪礼》以解诗也,二也。据旧解,丝衣、爵弁为士服,然何以天子之绎独使士?郑氏曰'绎礼轻,故使士',非杜撰礼文乎?三也。《集传》不用'绎,宾尸'之说,是已。但谓祭而饮酒之诗,甚混。邹肇敏主蜡祭,亦臆测。故且阙疑。"他所批判得甚对,因为这首诗所讲的是绎,而非宾尸。这是南仲在祭祖,故谓之"绎"。

他又批判"高子曰灵星之尸也",说:"按其言'尸'与《序》同,其言'灵星'与《序》大异。古祭天地、日月、星辰、山川之属无尸,其谓有尸者妄也。孔氏曰:'《汉郊祀志》云"高祖诏御史,其令天下立灵星祠",史传之说灵星,惟有此耳。未知高子之言是此否?而或者宗之,以为祭灵星之诗。'愚按,《汉志》张晏注,附会灵星即农祥,故乐从其说者以为即祭农祥之星。孔谓汉高始立灵星祠,他史传无见,则是汉人之语无疑,而诡托之高子者也。又按,高子即公孙丑所引论《小弁》之诗,而孟子所斥为'固哉'者。无论其伪,即使属真,亦同为固执而不可从矣。宋陈祥道宗之,而明之邹氏、何氏,或竭力以证其说,甚矣末世之好诬也!又按,人谓《序》为子夏作,高子为孟子同时人,子夏何为引战国时人语耶?"所辩甚是,不必再为赘言。

## 十四

## 泂酌（大雅）

泂酌彼行潦，挹彼注兹，可以餴饎。岂弟君子，民之父母。

泂酌彼行潦，挹彼注兹，可以濯罍。岂弟君子，民之攸归。

泂酌彼行潦，挹彼注兹，可以濯溉。岂弟君子，民之攸塈。

释音：泂，音迥。潦，音老。挹，音揖。餴，音坟。饎，音炽。罍，音雷。溉，音盖。塈，音戏。

## 【诗义关键】

这首诗的关键就在"餴饎"两个字。《毛传》："餴，馏也；饎，酒食也。"馏是什么呢？《说文》："馏，饭气蒸也。"餴，音坟，通饙。《玉篇》："饙，半蒸饭也。"饎，通糦。《方言》："自河以北，赵魏之间，气熟曰糦。"《仪礼·特牲馈食礼》："主妇视饎，爨于西堂下。"原来所谓饎就是现在说的供饭。供饭怎么做呢？就是先将米煮半熟，然后捞出再蒸。蒸好后先结结实实地盛在两个较深的碗里，两碗扣在一起，再把上边的碗取掉，则成为坟头形状的饭，就是供饭。此种饭专作祭祀之用，故谓供饭。《说文》所说"饭气蒸"，《玉篇》所说"半蒸饭"都是形容词,并不是名词。饎才是名词。饛饎就是用半熟的蒸法所蒸出来的饭。如此解释,意义才能明显。不然,一个是饭气蒸,一个是气熟曰饎,两个都是形容词,或两个名词,无论如何也讲不通。《毛传》不解其义,干脆说"饎,酒食也",随便解释。然为什么说"泂酌彼行潦,挹彼注兹,可以饙饎"呢?泂,远。酌,取。行潦,小河沟。挹,汲。彼,指小河沟。注,泻入。兹,这里。意思就是:远远地从那小河沟里,取些水来,倒在这里可以做供饭。做供饭为什么要从远处的小河沟取水呢?要不是发现南仲在祭祖这件事,这首诗也就永远无法了解。南仲是卫国人,他现在在山西永济县祭祖,为表示思念家乡,为表示思念远处的祖宗,于是从远处流来的河沟里取些水来做供饭,不是极有意义的举动吗?到此,诗义也就豁然开朗了。《诗经》中用"岂弟君子"的共有五篇,就是《湛露》《卷阿》《旱麓》《青蝇》与此诗。《旱麓》篇是用在宣王身上,《青蝇》篇是用在卫武公身上,其余三篇都是用在南仲身上。此诗言"岂弟君子,民之父母",当然是指诸侯而非天子。所以这首诗也是南仲在祭祖时,尹吉甫歌咏他的作品。

【字句解释】

一章的意思就是:远远地从那小河沟里取些水来,倒在这里,可以用来蒸供饭。欢乐的君子呀,您是人们的父母。

二章。罍,酒樽,刻画作云雷形,故名罍。濯罍,洗罍。攸归,所归。整章的意思就是:远远地从那小河沟里,取些水来倒在这里，可以用来洗罍。欢乐的君子呀，人们都归顺了您。

三章。溉，当读为概，概，酒樽（《经义述闻》说）。塈，息。整章的意思就是：远远地从那小河沟里，取些水来倒在这里，可以洗概。欢乐的君子呀，您使人们有了安息。

## 【诗篇联系】

假如不知道南仲在方山祭祖，假如不懂"饎饎"两个字的意义，假如不知道古人有饮水思源的观念，这首诗的意义也就无法了解。而今这样解释，不是极显明、极自然吗？

## 【诗义辨正】

《毛序》："《泂酌》，召康公戒成王也。言皇天亲有德，飨有道也。"毫无根据。《集传》说："旧说以为召康公戒成王，言远酌彼行潦，挹之于彼而注之于此，尚可以饎饎，况岂弟之君子，岂不为民之父母乎？"他除把《序》再说一遍，还说出什么道理呢？姚际恒又引两种说法，一是苏氏说："流潦，水之薄也，然苟挹而注之，则可以饎饎，言物无不可用者。是以君子之于人未尝有所弃，犹父母之无弃子也。"另一说："虽行潦污贱之水，苟挹之于彼而注之于此，则遂可以饎饎。《孟子》曰：'虽有恶人，斋戒沐浴，则可以事上帝。'按此二说曲合兴义，未免迂滞，人必有喜其说者，故详焉。"说来说去，没有一个了解"饎饎"的意义，也就无法真正了解这首诗。

十五

# 天保（小雅）

天保定尔，亦孔之固。俾尔单厚，何福不除？俾尔多益，以莫不庶。

天保定尔，俾尔戬穀。罄无不宜，受天百禄。降尔遐福，维日不足。

天保定尔，以莫不兴。如山如阜，如冈如陵，如川之方至，以莫不增。

吉蠲为饎，是用孝享。禴祠烝尝，于公先王。君曰："卜尔，万寿无疆。"

神之吊矣，诒尔多福。民之质矣，日用饮食。群黎百姓，徧为尔德。

如月之恒，如日之升。如南山之寿，不骞不崩。如松柏之茂，无不尔或承。

释音：戬，音剪。蠲，音涓。禴，音药。

## 【诗义关键】

这首诗的关键就在"吉蠲为饎，是用孝享，禴祠烝尝，于公先王"。《毛传》说："吉，善。蠲，洁。饎，酒食也。"如此注释，则吉蠲为饎，是用孝享，就是以好的洁净的酒食来祭祀。难道在祭祀时不用好的洁净的酒食而用坏的脏的酒食吗？《集传》说:"吉,言诹日择士之善。蠲,言斋戒涤濯之洁。"不但望文生义,而且增义解释。都是因为不真正了解诗义而在猜测。饎,上篇说是现今的供饭。蠲读为涓,水的意思。吉蠲,就是吉利的水,不正是指上篇从远处拿来的小河沟的水吗?因为用在祭祀以取其吉利,故言吉蠲。是用孝享,就是用来享宴祖先。这不与《泂酌》篇发生了关系吗?夏祭曰禴,春祭曰祠,冬祭曰烝,秋祭曰尝。于公先王,即于公之先王,换言之,这位公的祖宗一定是王,所以说公之先王。这是表示诸侯在祭祖,而这位诸侯一定也是先王的后代。禴祠烝尝,于公先王,就是用四季的祭祀来祭公的先王。如此讲来,这不与《维天之命》篇相同吗?《维天之命》篇说:"维天之命,於穆不已。於乎不显!文王之德之纯。假以溢我,我其收之。骏惠我文王,曾孙笃之。"曾孙是南仲,南仲的祖先是卫康叔,康叔的祖先是文王,不是恰恰相合吗?由此,又可知道《载见》篇说的"载见辟王,曰求厥章。龙旂阳阳,和铃央央,鞗革有鸧,休有烈光。率见昭考,以孝以享,以介眉寿。永言保之,思皇多祜。烈文辟公,绥以多福,俾缉熙于纯嘏",不就是此诗的"是用孝享"吗?到此,我们发现了这首诗的写作背景,原来是在南仲祭祖及祭文王的那一天,祭后在宴会席上,尹吉甫歌颂南仲的作品。那么,"如南山之寿",以南山来歌颂南仲,就不无根由了,因为他是从那里来的。

## 【字句解释】

一章。保,保佑。孔,甚。固,坚固。天保定尔,亦孔之固，就是天算是保佑您定了，而且保佑得非常牢固。《说文》"皿"部："单，大也。"《释文》："除，本作储。"储即储积（《群经平议》说）。益，好处。庶，众。整章的意思就是：天算是保佑您定了，而且保佑得非常牢固。赐给您大而且厚的福禄，没有一样福禄没有的。赐给您许多益处，没有一样益处不是众多的。

二章。戬，福。榖，禄。罄，尽。遐，大；遐福，大福。整章的意思就是：天算是保佑您定了，赐给您许多福禄。受到了天上的样样福禄，没有一样不是合适的。降给您这些大福，多得连给的时间都来不及。

三章。兴，起。阜，土山。整章的意思就是：天算是保佑您定了，没有一样不保佑。就像是山，就像是阜，就像是山冈，就像是丘陵那样高大，就像是水刚刚流到的样子，没有不是超越以前的。

四章。君，指先公先王。卜，报（《群经平议》说）。整章的意思就是：用着吉祥的水做成供饭，用来享宴祖先。用着四季祭祀的礼品，祭祀祖宗的先王。先公先王说："报答以'万寿无疆'。"

五章。吊，至。诒，赐。民，人。质，定。群黎，百姓，也就是百官。为、化，古通用（马瑞辰说）。整章的意思就是：神是来到了，赐给您许多福禄。人民现在安定了，每日里有吃有喝。一般年老人与百官，也都普遍地受您的恩德了。

六章。恒，《毛传》"弦也"，《笺》云"月上弦而就盈"，即上弦月。南山，即今之太行山。骞，亏。崩，倒塌。南仲是现今河南修武县人，修武县在南山之下，故以南山之寿祝贺南仲。松柏是新叶生后旧叶始落，好像永不凋谢。承，继。整章的意思就是：您就像月之上弦，就像日之初升，就像南山的岁数，既不亏损，也不倒塌。就像松树柏树的茂盛，永远地继承下去。

## 【诗篇联系】

《诗经》研究，每一个字都不能放过；往往一个字关系到整首诗的意义。如这首诗的"饎"字，假如不知道它就是现在说的供饭，就不能了解"吉蠲为饎"的意义，也就不能与《泂酌》篇联结到一起，更无法发现它与《维天之命》《烈文》《载见》与《雝》等篇的关系。它的写作背景就更谈不到了。

## 【诗义辨正】

《毛序》："《天保》，下报上也。君能下下以成其政，臣能归美以报其上焉。"《毛传》解释说："下下，谓《鹿鸣》至《伐木》，皆君所以下臣也。臣亦宜归美于王，以崇君之尊，而福禄之以答其歌。"从《鹿鸣》到《伐木》，中间的篇目是《四牡》《皇皇者华》《常棣》。《鹿鸣》序说："《鹿鸣》，燕群臣嘉宾也。既饮食之，又实币帛筐篚，以将其厚意，然后忠臣嘉宾得尽其心矣。"《四牡》序说："劳使臣之来也。有功而见知，则说矣。"《皇皇者华》序说："君遣使臣也。送之以礼乐，言远而有光华也。"《常棣》序说："燕兄弟也。闵管蔡之失道，故作《常棣》焉。"《伐木》序说："燕朋友故旧也。自天子至于庶人，未有不须友以成者。亲亲以睦，友贤不弃，不遗故旧，则民德归厚矣。"即令承认《毛序》所说的《天保》篇是"臣能归美以报其上"，那么，与上五篇诗的性质不一样，人物不一样，时间不一样，地点也不一样。请问是哪一位"臣能归美以报其上"呢？《毛序》很想有系统地来解诗，可惜他根本不看诗，甚而可以说他根本不了解诗，所以产生这种驴唇不对马嘴、前言不照后语的现象。朱熹之流居然还相信，所以姚际恒引季明德之言而批驳说："若此，则出于有意，而非平时爱君之本心矣。况前五诗者，所用异时；不知为何时之燕而作耶？将先作此诗，随其燕而皆以此答耶？"他的批评可谓一针见血！

## 十六

## 宾之初筵（小雅）

宾之初筵，左右秩秩。笾豆有楚，殽核维旅。酒既和旨，饮酒孔偕。钟鼓既设，举醻逸逸。大侯既抗，弓矢斯张。射夫既同，献尔发功。发彼有的，以祈尔爵。

籥舞笙鼓，乐既和奏。烝衎烈祖，以洽百礼。百礼既至，有壬有林。锡尔纯嘏，子孙其湛。其湛曰乐，各奏尔能。宾载手仇，室人入又。酌彼康爵，以奏尔时。

宾之初筵，温温其恭。其未醉止，威仪反反。曰既醉止，威仪幡幡。舍其坐迁，屡舞僊僊。其未醉止，威仪抑抑。曰既醉止，威仪怭怭。是曰既醉，不知其秩。

宾既醉止，载号载呶。乱我笾豆，屡舞僛僛。是曰既醉，不知其邮。侧弁之俄，屡舞傞傞。既醉而出，并受其福。醉而不出，是谓伐德。饮酒孔嘉，维其令仪。

凡此饮酒，或醉或否。既立之监，或佐之史。彼醉不臧，不醉反耻。式勿从谓，无俾大怠。匪言勿言，匪由勿语。由醉之言，俾出童羖。三爵不识，矧敢多又！

释音：怭，音弼。呶，音铙。僛，音欺。傞，音娑。不，音丕。羖，音古。矧，音审。

## 【诗义关键】

这首诗的关键就在"宾载手仇，室人入又"。《诗经》中用"室人"的还有一篇就是《北门》。《北门》篇说："我入自外，室人交徧谪我"，"我入自外，室人交徧摧我"。室人，当指家人。此诗的室人，当然也是这个意思。又，为"侑"之假借。室人入侑，就是家里边的人进来侑酒。手，取。仇，为"酬"之假借。宾载手仇，就是宾客在酬酒的时候。什么情形之下，宾客在酬酒的时候，家人就进来侑酒呢？《仪礼·有司彻》说："主人及尸侑皆升就筵，司宫取爵于篚，以授妇赞者于房东，以授主妇，主妇洗于房中，出实爵，尊南西面拜，献尸。尸拜于筵上受。"如此讲来，所谓"宾载手仇"的"宾"是指尸宾。又说："尸遂执觯以兴，北面于阼阶上酬主人，主人在右，坐奠爵拜。"是尸也酬答主人之证。"宾载手仇，室人入又"是接上边"籥舞笙鼓，乐既和奏。烝衎烈祖，以洽百礼"而来，那么，此诗所讲的为宴乐尸宾，当无问题。《毛传》注这两句为"手，取也。室人，主人也。主人请射于宾，宾许诺，自取其匹而射。主人亦入于次，又射以耦宾"，显是望文生义。《郑笺》说"室人，有室中之事者，谓佐食也。又，复也。宾手挹酒，室人复酌为加爵"，也是不得其解而强为之说。后人也就根据这两种说法，反复辨正而始终无法使诗义明晰。知道了这首诗是写宴饮尸宾的情形，前后诗义也就清楚了。

## 【字句解释】

一章。宾，尸宾。初筵，刚刚开始宴饮的时候。左右，即左右之人。秩秩，秩序井然。楚，《毛传》："列貌。"殽，肉类。核，果类。核，籔通。《周礼·地官·大司徒》"其植物宜籔物"，注："籔物，李梅之属。"《正义》说"殽核即笾豆所盛，殽则实之于豆，核则加之于笾"，明指两种供物，而马瑞辰说"肉曰肴，骨曰籔"，显系错误。旅，陈。和，温和；旨，美。都是形容酒。偕，俱。醻，酬。逸逸，往来貌。张皮或布以为射者之鹄的为侯。大侯，大射之侯。《说文通训定声》说："大射之侯用虎熊豹麋之皮。"抗，举。同，会。发功，发射的功夫。的，侯中之标的。爵，酒樽，指酒樽所摆之地位。整章的意思就是：刚刚开始宴饮尸宾的时候，左右的人都是秩序井然。笾豆整齐地排列着，肉类果类都陈设在里面。酒既温和而旨美，大家也就一起来喝。钟鼓的声音一响起来，人家就往来地敬酒。大侯已经准备好，弓矢也都陈列起来。射箭的人也都聚集在一起，显示他们射箭的功力。要射中那个鹄的，好决定你的酒樽应该摆的位置。

二章。籥有两种，一种是吹籥，一种是舞籥。吹籥似笛而短，三孔；舞籥长于笛，六孔。此处指的是舞籥。籥舞，系舞籥之倒文，并不如《毛传》所注"秉籥而舞，与笙鼓相应"。笙、鼓，都是名词，籥舞也应该是名词，才与下句"乐既和奏"相连贯。烝，语词。衎，乐。烈祖，列位祖宗。洽，合。壬，大。林，多（马瑞辰说）。纯，大。嘏，福。湛，乐。能，古人以善射为能。康爵，大爵，也就是《行苇》篇"酌以大斗"的大斗。时，是，指射中而言。整章的意思就是：舞籥、笙、鼓都调和地演奏起来。为了求祖先的欢心，献上了各种礼品。陈列出来的各种礼品都是又大又多。祖宗赐给您大的福禄，子孙们也都跟着高兴了。子孙们一高兴，个个都呈献出他们的能力。尸宾来酬酒了，家人也进来侑酒。喝那个大樽的酒，以显示你的本领。

三章。反反，慎重貌。幡幡，与《瓠叶》篇"幡幡"同义。《瓠叶》篇是形容瓠叶飘动的情形，此诗是形容醉酒的人飘飘摇摇的形态。坐迁，二字连读。《仪礼·公食大夫礼》说"宰夫自东房授醯酱，公设之，宾辞，北面坐迁而东迁所"，又说"公设之于酱西，宾辞，坐迁之"，又说"宰夫授公饭粱，公设之于湆西，宾北面辞，坐迁之"。坐迁，实即座位，不过，他的位置可以移动，故谓坐迁（俞樾《茶香室经说》说）。僛僛，轻举貌。抑抑，压抑的样子。怭怭，媟慢不恭貌。秩，秩序。整章的意思就是：尸宾在开始设宴的时候，仪态温和而恭敬。当他没有喝醉时，仪态非常慎重。但是醉了之后，仪态也就摇摇欲坠。离开了他的座位,屡次地作轻狂的舞蹈。当他没有醉的时候,仪态还可以压抑得不错。可是醉了之后,仪态也就媟慢不恭了。既然是喝醉了,也就不管什么仪节了。

四章。号,呼叫。呶,喧哗。傲,通媟;媟,丑态。邮,通尤,过的意思。侧弁,歪戴着帽子。俄,偏貌。傞傞,舞不停貌。并,普的意思(《经义述闻》说)。伐德,因为祭的是尸宾,求他来赐福,他醉后不能出去,就称之为伐德;伐德,败德的意思。整章的意思就是:尸宾醉了之后,又是叫又是闹,把笾豆也弄乱了,丑态百出不停地在跳舞。既是醉了,也就不知道什么叫过错了。歪戴着弁帽,不停地在婆娑跳舞。醉了能走出去,大家都得到了幸福;醉了走不出去,这叫作败德。饮酒本来是很好的,可是一定要保持好的仪态。

五章。《仪礼·乡射礼》于"立司正"注说:"有懈倦失礼,立司正以监之。""既立之监"即司正之官(马瑞辰说)。史以纪事。凡此饮酒,既立之监,或佐之史,就是像这类宴会,一方面要立司正以监督,一方面又立史官以纪事。"彼醉不臧"之"不"读为"丕"。谓,读为归;从谓,叫人送回去。《方言》《广雅》并说:"由,式也。"(马瑞辰说)羖,黑羊;童羖,小的黑羊。整章的意思就是:凡是像这样的宴饮,有的喝醉,有的喝不醉。一方面要立司正以做监督,一方面又设史官以做记录。能喝醉是最好;不醉的,反是一种羞耻。可是醉了不要让人家送回去,也不要做些怠慢的事情。不应该讲的话不要讲,不合规矩的话也不要说。要是任由醉人讲下去,他可以说出像小羊叫那样毫无意义的话。三杯酒下肚就不认识人了,还敢让他多喝吗!

**【诗篇联系】**

由于"宾载手仇,室人入又"的了解,不仅了解这首诗,而且将这时期的其他作品都联系起来。我们曾说《丝衣》篇是这时南仲宴饮尸宾的祈祷文,诗言"丝衣其紑,载弁俅俅",而此诗说"侧弁之俄,屡舞傞傞",一个是初筵时的仪态,一个是醉后的仪态,不正相连接吗?《湛露》篇说"厌厌夜饮,在宗载考",此诗也说"烝衎烈祖,以洽百礼",又说"钟鼓既设,举醻逸逸",也是祭祀后在宗庙设宴。《采菽》篇说"平平左右,亦是率从",《裳裳者华》篇说"左之左之,君子宜之;右之右之,君子有之";此诗说"宾之初筵,左右秩秩",是助祭的人也都相同。《郑笺》解左右为"折旋揖让","折旋揖让"怎么可以解释"左右秩秩"呢?"折旋揖让"只讲一个人可以,假如人人都在折旋揖让,那就不可能是"秩秩"了。《集传》又说:"左右,筵之左右也;秩秩,有序也。"如此讲来是筵之左右都很有秩序,那么,筵指谁的筵呢?筵是第一层席,大家都坐在筵上,筵上再设席或几,以示爵位,那么,筵之左右指什么地方呢?可见他根本不知道那时候的制度。《行苇》篇说"舍矢既均,序宾以贤",又说"四镞如树,序宾以不侮";此诗也说"大侯既抗,弓矢斯张。射夫既同,献尔发功。发彼有的,以祈尔爵",也是用射箭来决定席次。有此四点相同,假如说这首诗是南仲在方山祭祀后，宴饮尸宾，尹吉甫歌咏当时情景的作品，不会有错的。

## 【诗义辨正】

《毛序》："《宾之初筵》，卫武公刺时也。幽王荒废，媟近小人，饮酒无度，天下化之，君臣上下沉湎淫液，武公既入而作是诗也。"诗明明是宴尸宾，与幽王有什么关系？《集传》说"卫武公饮酒悔过而作此诗"，卫武公在什么时候饮酒悔过？姚际恒说："卫武公饮酒悔过，出《后汉书》注引《韩诗》说，未知是否？《小序》因以为'卫武公刺时'。"马瑞辰认为是大射之诗。然据《仪礼·大射仪》篇说"大射之仪，君有命戒射"，与此诗有什么关系？不能以为《郑笺》说"将祭而射，谓之大射"，就认此篇为大射礼。

## 十七

## 假乐（大雅）

假乐君子，显显令德。宜民宜人，受禄于天。保右命之，自天申之。

千禄百福，子孙千亿。穆穆皇皇，宜君宜王。不愆不忘，率由旧章。

威仪抑抑，德音秩秩。无怨无恶，率由群匹。受福无疆，四方之纲。

之纲之纪，燕及朋友。百辟卿士，媚于天子。不解于位，民之攸墍。

释音：恶，音悟。

## 【诗义关键】

《卷阿》篇"媚于天子""四方为纲"是恭维南仲，此诗也说"媚于天子""四方之纲"。《泂酌》篇"民之攸墍"是指南仲，此诗也说"民之攸墍"。假如说这首诗也是恭贺南仲的作品，想不会有错。《斯干》篇"朱芾斯皇，室家君王"是恭贺卫武公的；而此诗也说"穆穆皇皇，宜君宜王"，用来恭贺南仲，身份也正相合。王充《论衡·艺增》说："《诗》言'子孙千亿'矣，美周宣王之德。"错了；假如是美宣王，"百辟卿士，媚于天子"的"天子"是谁呢？难道是宣王媚他自己吗？

## 【字句解释】

一章。假，为嘉之假借；嘉，欢乐。"保右命之"为"保右之命"的倒文。申，致。整章的意思就是：欢乐的君子呀，有了显赫的美德。他使人民安定，受到了天上的福禄。这种保佑的命运，是从天上得来的。

二章。千禄百福，极言福禄之多。穆穆皇皇，堂堂皇皇。二"宜"字，《释文》引作"且"。愆，过。忘，失。率，循。旧章，先王的典章。整章的意思就是：千样百样的福禄，千千万万的子孙。堂堂皇皇地可以为君，可以为王。既没有错误，又没有过失，一切的一切都遵照着旧则行事。

三章。整章的意思就是：威仪非常庄严，说话非常有条理。对任何人既没有怨恨，也没有憎恶，与人们自由自在地相处。受到了无边无际的福禄，可以作四方的纲纪。

四章。燕，安。襄十四年《左传》"士有朋友"，朋友指士的同侪。百辟，百官。解，懈。墍，息。整章的意思就是：四方有了纲，有了纪，朋友们也都安居了。百官卿士也都取爱于天子。就因为对职位的不懈怠，人们也有所安息了。

## 【诗篇联系】

从"媚于天子""民之攸墍""四方之纲"等句，我们知道这首诗是恭贺南仲的作品。再从"宜民宜人"，"之纲之纪，燕及朋友"，"不解于位，民之攸墍"，我们知道是恭贺南仲平定狎狁，那么，把这首诗排在这里不是天造地设吗？

## 【诗义辨正】

《毛序》："《假乐》，嘉成王也。"假如是嘉成王，就同王充说的美宣王一样，"百辟卿士，媚于天子"就不好解释。这两句诗明明与《卷阿》篇说的"蔼蔼王多吉士，维君子使，媚于天子"是同样的意思。由于君子的使唤，才能取媚于天子，吉士与天子之间还隔着一层君子。此诗百辟卿士与天子之间也隔着一层"君子"，所以不可能为国王。这首诗从头到尾都是恭贺这位"君子"的，而君子明明不是天子。姚际恒就怀疑说："《小序》谓'嘉成王'，想以'不愆不忘，率由旧章'二语耳。

然何自而嘉之？义亦疏矣。《集传》谓'公尸之所以答《凫鹥》'，又涉武断。何玄子谓赞美武王之德，祭武王之诗；此出时艺作《中庸》'舜其大孝也与'章以武并舜之习说耳，岂可用于此诗？或是成王之朝，而其所用则不敢强解。"说来说去，还是不了解诗的真义。

以上十七篇，就是《采菽》《庭燎》《菁菁者莪》《载见》《维天之命》《雝》《烈文》《蓼萧》《裳裳者华》《行苇》《湛露》《桑扈》《丝衣》《泂酌》《天保》《宾之初筵》与《假乐》，都是宣王六年五月间南仲在蓁京朝见宣王后，在方山祭祖时尹吉甫所写的祭祀诗或歌颂南仲的作品。

【第九编】
与南仲在首阳山会晤时诗篇（宣王六年）

一

# 卷阿（大雅）

有卷者阿，飘风自南。岂弟君子，来游来歌，以矢其音。

伴奂尔游矣，优游尔休矣。岂弟君子，俾尔弥尔性，似先公酋矣。

尔土宇昄章，亦孔之厚矣。岂弟君子，俾尔弥尔性，百神尔主矣。

尔受命长矣，茀禄尔康矣。岂弟君子，俾尔弥尔性，纯嘏尔常矣。

有冯有翼，有孝有德，以引以翼。岂弟君子，四方为则。

颙颙卬卬，如圭如璋，令闻令望。岂弟君子，四方为纲。

凤凰于飞，翙翙其羽，亦集爰止。蔼蔼王多吉士，维君子使，媚于天子。

凤凰于飞，翙翙其羽，亦傅于天。蔼蔼王多吉人，维君子命，媚于庶人。

凤凰鸣矣，于彼高冈。梧桐生矣，于彼朝阳。菶菶萋萋，雝雝喈喈。

君子之车，既庶且多。君子之马，既闲且驰。矢诗不多，维以遂歌。

释音：岂，音凯。昄，音版。冯，音凭。颙，音雍。卬，音昂。菶，音绷。

## 【诗义关键】

这首诗的关键就在"有卷者阿"的"阿"在什么地方。阿是山阿，若能找出这是什么地方的山阿，那么，整首诗的意义就豁然开朗。《菁菁者莪》篇说"菁菁者莪，在彼中阿"，《绵蛮》篇说"绵蛮黄鸟，止于丘阿"，我们曾经证明这些阿都是指首阳山的阿，因为尹吉甫驻扎在这里。此诗的阿是否也指首阳山的呢？兹由七点来证明：

第一，《行苇》篇说"黄耇台背，以引以翼"，是指南仲一方面为卫国人的引导，一方面做宣王的辅翼。此诗说"有冯有翼，有孝有德，以引以翼。岂弟君子，四方为则"，也是歌咏一位君子一方面有凭依，一方面又为天子的羽翼，是歌咏的对象相同。

第二，《载见》篇说"载见辟王，曰求厥章"，《裳裳者华》篇说"我觏之子，维其有章矣。维其有章矣，是以有庆矣"，都是歌咏南仲之得到版图。此诗说"尔土宇昄章，亦孔之厚矣"，也是讲一位君子得到封地。

第三，诗言"蔼蔼王多吉士，维君子使，媚于天子"，这位君子一定与天子有密切的关系。就因这位君子能使用士人，才为天子建立了功劳，与南仲的功业也正相合。

第四，我们知道南仲为卫康叔之后，康叔对周室的功劳很大，而此诗说"似先公酋矣"，这位君子是公的后代，对周室也有同样的功劳，与南仲的身世也正相合。

第五，《都人士》篇说"彼都人士"，都是都丽，个子高大的意思。那位都丽的人士指南仲，我们解释《都人士》篇时将做证明。此诗也说"颙颙卬卬，如圭如璋"，颙颙、卬卬，也是形容身材雄伟的样子。

第六，《湛露》篇说"岂弟君子，莫不令仪"，《泂酌》篇说"岂弟君子，民之父母"，"岂弟君子，民之攸归"，"岂弟君子，民之攸塈"，都是用"岂弟君子"来称谓南仲；此诗说"岂弟君子，四方为则"，"岂弟君子，四方为纲"，语意亦复相同。

第七，诗言"凤凰于飞，翙翙其羽，亦傅于天"，"蔼蔼王多吉人，维君子命，媚于庶人"。天子所在之地始有凤凰出现，可知这位君子与天子同在一地，与宣王、南仲之现在荟京正相吻合。

从以上七点证据，假如说这首诗所歌咏的也是南仲，不会有错吧？然南仲与首阳山有什么关系呢？诗言："岂弟君子，来游来歌，以矢其音。"矢，陈。音，德音，尊称别人的语言为德音。来游来歌，以矢其音，就是来这里游，来这里歌，一陈他的德音。不是南仲来首阳山看望尹吉甫吗？南仲到首阳山来看望尹吉甫，尹吉甫写这首诗歌颂他，诗义不是整个显现出来了吗？

## 【字句解释】

一章。卷，曲貌。阿，大陵。有卷者阿，飘风自南，就是在那弯曲的山陵上，突然从南边来了一股子风。这是惊讶南仲的突然驾临。到现在，出其不意地来一位重要客人，也还是说一股子什么风把你吹来的。整章的意思就是：在那弯曲的山陵上，竟然从南边来了一股子风。欢乐的君子呀，他来这里游，他来这里歌，为的是来与我谈谈话。

二章。伴奂，闲适之意（见《辞通》）。休，休息。伴奂尔游矣，优游尔休矣，就是闲适呀您的游玩，优游自在呀您的休息。这不正是形容南仲于平定猃狁而又祭告祖宗后，到尹吉甫驻扎地来游乐吗？弥性，即弥生，犹言永命（王国维《与友人论诗书中成语书二》说）。俾尔弥尔性，就是使您永远不朽了。整章的意思就是：消闲呀您的游玩，优游呀您的休息。欢乐的君子呀，您是永远不朽了，就像您的先公一样。

三章。畈章，版图，指所封之采地。厚，大。主，主祭。整章的意思就是：您的版图也算是大了。您是永远不朽了，您可以主祭百神了。

四章。茀，福。康，安。纯嘏，大福。整章的意思就是：您受的天命长久了，您可以安享福禄了。欢乐的君子呀，您是永远不朽了。您可以永远享受洪福了。

五章。冯，凭依。翼，羽翼。孝，孝行，对祖宗而言。德，恩德，对人民而言。引，前导。翼，辅翼。上"翼"字，指南仲有羽翼；此"翼"字，指南仲翼天子。整章的意思就是：有凭借，有羽翼，有孝行，有恩德，一方面可以做领导，一方面又为国王的辅翼。欢乐的君子呀，您是四方的模范。

六章。《毛传》于《六月》篇注"颙"为"大貌"，此处也是这个意思。卬、昂通。颙颙卬卬，就是高大的意思。如圭如璋，就像圭、就像璋那样美。闻、望，都指声望。整章的意思就是：高高大大，轩轩昂昂，就像是圭、就像是璋那样美。有好的名誉，又有好的声望。欢乐的君子呀，您是四方的依靠。

七章。古称凤凰为瑞鸟，圣王出，则凤凰现。翙翙，羽声。蔼蔼，盛多貌。使，使用。媚，取悦。整章的意思就是：在飞的凤凰，响着翙翙的羽声，也落到这里了。国王的众多武士，只有在君子的使用下，才能取悦于天子。

八章。傅，迫近。亦傅于天，也达到天那么高。庶人与天子对称，则庶人当为庶出之贵族。吉人与吉士同义，都是指武士。整章的意思就是：在飞的凤凰，响着翙翙的羽声，也与天相接近。国王的众多良士，就由于君子的命令，才取悦于贵族。

九章。朝阳，山的东面。菶菶、萋萋，都是茂盛的意思。雝雝、喈喈，都是和鸣的意思。整章的意思就是：凤凰鸣叫了，在那个高冈上。梧桐生长了，朝向着东方。茂茂盛盛，调调协协。

十章。闲，熟练，与《六月》篇"既佶且闲"的"闲"是一个意思。驰，疾驰。矢，陈。诗，志。遂，即《周易·大壮》"不能退，不能遂"的"遂"，进的意思。整章的意思就是：您的戎车既众且多。您的马匹既熟练而又快捷。陈述的意思并不多，只是献给您一首歌。

【诗篇联系】

《诗经》中的用词，没有一个字不是实录，就由于它的实录，使我们发现了这首诗的"阿"指首阳山的阿；再由此阿而知南仲到这里来看望尹吉甫，于是尹吉甫写这首歌来赞美他。从以上各诗，我们知道南仲于宣王六年五月间从曲沃到荃京来朝见宣王，朝见后，他就祭告祖先并大宴尸宾。战事结束了，祭祀完毕了，他就到尹吉甫驻扎的首阳山来看望他，于是不仅产生了这首诗，其他如《鹿鸣》《彤弓》《南山有台》与《渭阳》各篇，也都是在这里所写，将逐一解释于下。

**【诗义辨正】**

《毛序》：" 《卷阿》，召康公戒成王也。言求贤用吉士也。"这首诗从头到尾都是歌咏君子，而这位君子是"蔼蔼王多吉士，维君子使，媚于天子"，由他的使用吉士，才能取悦于天子。明明天子是天子，君子是君子，而此君子怎么会是成王呢？假若是成王，那么，"王"以及"天子"指的又是谁呢？《集传》说："此诗旧说亦召康公作。疑公从成王游，歌于卷阿之上，因王之歌，而作此以为戒。"此诗从头到尾只有歌颂，毫无戒意。姚际恒说："《小序》谓'召康公戒成王'，未见其必然。按《书·立政》曰'继自今立政，其勿以憸人，其唯吉士'，与此篇中语意相近，则亦谓周公也。或引《竹书纪年》以为'成王三十三年，游于卷阿，召康公从'，正附会此而云，不足信。《大序》谓'求贤，用吉士'，无意义，且亦只说得后半。按此篇自七章至十章始言求贤、用吉士之意。首章至六章皆祝劝王之辞。唯五章亦见用贤意；然曰'岂弟君子，四方为则'，则仍祝劝之辞也。自郑氏切合《大序》求贤之说，以通篇皆作求贤解，因以'岂弟君子'为指贤者，非矣。'岂弟君子'，从来指王,不应此篇独指贤者。且如是,则章章赞美贤臣,岂对君赓歌之体?况'四方为则''四方为纲',岂赞臣语耶?严氏更为凿说,谓'周公有明农之请,将释天下之重负以听王之所自为。康公虑周公归政之后,成王涉历尚浅,任用非人,故作《卷阿》之诗,反复歌咏,欲以动悟成王',因以每章'岂弟君子'凿实为指贤。噫!何其武断也。"说来说去,都弄不清楚此诗的真正意义。

二

## 鹿鸣(小雅)

呦呦鹿鸣,食野之苹。我有嘉宾,鼓瑟吹笙。吹笙鼓簧,承筐是将。人之好我,示我周行。

呦呦鹿鸣,食野之蒿。我有嘉宾,德音孔昭。视民不恌,君子是则是效。我有旨酒,嘉宾式燕以敖。

呦呦鹿鸣,食野之芩。我有嘉宾,鼓瑟鼓琴。鼓瑟鼓琴,和乐且湛。我有旨酒,以燕乐嘉宾之心。

释音:呦,音幽。恌,音挑。

## 【诗义关键】

《车邻》篇说"既见君子,并坐鼓瑟","既见君子,并坐鼓簧",这是尹吉甫在曲沃与南仲遇到时的欢乐;此诗说"我有嘉宾，鼓瑟吹笙"，"我有嘉宾，鼓瑟鼓琴"，是嗜好完全相同。《隰桑》篇说"既见君子，德音孔胶"，是赞美南仲的声音洪亮；此诗说"德音孔昭"，也是赞美人的声音洪亮。上边我们讲，《卷阿》篇是南仲赴首阳山看望尹吉甫，而此诗就说"我有嘉宾"，绝对不会是偶然的巧合吧？此诗又以"呦呦鹿鸣，食野之苹"，"呦呦鹿鸣，食野之蒿"，"呦呦鹿鸣，食野之芩"起兴，又是山野的景象，与山野的首阳山景象又相合。假如我们说这首诗是南仲赴首阳山看望尹吉甫时，尹吉甫欢迎他的作品，不会有疑问吧？

**【字句解释】**

一章。呦呦，鹿鸣声。苹，赖蒿，叶青白色，茎似箸而轻脆，始生，香可生食。承筐是将，是接"我有嘉宾"而言，那么，"将"应作"送"解，与《鹊巢》篇"百两将之"的"将"同义。吹笙鼓簧，承筐是将，就是既会吹笙，又能鼓簧，送来了满筐的东西。示，视之假借。《诗经》中用"周行"的共有三篇：《卷耳》《大东》与此诗。《卷耳》篇说"嗟我怀人，寘彼周行"，是尹吉甫慨叹自己置于大道之旁。《大东》篇说"佻佻公子，行彼周行。既往既来，使我心疚"，是尹吉甫为仲山甫慨叹之语。这首诗的周行，也是大道之旁的意思。人之好我，示我周行，就是人家为喜欢我，到大道旁来看我。这不正是尹吉甫所居之地的情形吗？他驻扎在首阳山，当然是扎营在道路之旁。现在是南仲来看他，所以说"人之好我，示我周行"，不是极写实、极自然的道理吗？整章的意思就是：呦呦在叫的麋鹿，吃着山野的赖蒿。来到我这里的嘉宾，既会鼓瑟，又会吹笙，送来了满筐的东西。承他的错爱，到这大道旁来看我。

二章。恌，薄；不恌，不薄。民，人。视民不恌，君子是则是效，就是承他不轻视我，实在是一位值得效法的君子。尹吉甫的身份仅是一位武士，而南仲是一位诸侯，现在南仲来看他，当然是一种荣耀，所以说"视民不恌"。整章的意思就是：呦呦在叫的麋鹿，吃着山野的老蒿。来到我这里的嘉宾，说话的声音非常洪亮。没有瞧不起的人，实在是一位值得效法的君子。我有美好的酒，嘉宾可以宴饮，可以邀游。

三章。芩，陆玑《疏》："茎如钗股，叶如竹，蔓生泽中下地咸处。"整章的意思就是：呦呦在叫的麋鹿，吃着山野的芩草。来到我这里的嘉宾，既可鼓瑟，又会击琴。既能鼓瑟，又会击琴，融和得非常欢乐。我有美好的酒，可以欢乐嘉宾的心。

**【诗篇联系】**

假如不知道尹吉甫驻扎在首阳山时南仲到这里来看他，这首诗也就根本不可能了解。知道了这件事实，此诗的意义就极为显明。比如"周行"，《大东》篇明明说"佻佻公子，行彼周行。既往既来，使我心疚"，怎么可以像《毛传》解释的"周，至；行，道"呢？也怎么可以像《郑笺》解释的"周之列位"呢？再如"视民不恌"，明明是没有瞧不起的人，而《正义》解释说"民皆象之，不愉薄于礼义"，不知他说些什么？文字的了解，一定得先了解它的实际背景，才能真正了解它的意义。

【诗义辨正】

《毛序》:"《鹿鸣》,燕群臣嘉宾也。既饮食之,又实币帛筐篚,以将其厚意,然后忠臣嘉宾得尽其心矣。"《集传》也说:"此燕飨宾客之诗。"姚际恒批评他们说:"《序》必以嘉宾连言者,以《仪礼·燕礼》《乡饮酒礼》皆歌此诗,意兼四方之宾及乡之宾言之。不知《燕礼》《乡饮酒礼》作于《诗》后,正谓凡燕宾取此诗而歌之,非此诗之为燕宾而作也。《彤弓》篇之嘉宾,岂亦兼凡宾而言乎?《序》界于两歧,实赘,然犹可也;《集传》则专谓燕宾客而作,益非矣。总之,说诗不可据《礼》,《集传》每蹈此病。"他所批评的诚然是对;然而"此燕群臣之诗",仍然逃不出《毛序》《集传》的范围。从此诗,哪一点显出群臣呢?燕群臣是在山野间吗?否则,怎么会有"呦呦鹿鸣,食野之苹"呢?文学研究建筑在作者研究上,假如不知道作者,一切论断都是无根的,你自己以为对的,往往是全盘错误。要不是从尹吉甫的生平事迹来看,根本无法了解这首诗。

## 三

# 彤弓(小雅)

彤弓弨兮,受言藏之。我有嘉宾,中心贶之。钟鼓既设,一朝飨之。

彤弓弨兮,受言载之。我有嘉宾,中心喜之。钟鼓既设,一朝右之。

彤弓弨兮，受言櫜之。我有嘉宾，中心好之。钟鼓既设，一朝醻之。

释音：弨，音超。貺，音况。櫜，音高。

## 【诗义关键】

文公四年《左传》："诸侯敌王所忾而献其功，王于是乎赐之彤弓一、彤矢百。"南仲现在平定了猃狁，来荬京的目的就是献功，那么，宣王赐给他彤弓彤矢，不是极其当然吗？加以"我有嘉宾"与《鹿鸣》篇完全一样，以同句同事的例来说，这位诸侯不就是南仲吗？再从"中心貺之""中心喜之""中心好之"的诚恳语气，不正是表现尹吉甫与南仲的关系吗？所以这首诗是南仲去首阳山看望尹吉甫时，尹吉甫歌颂他的作品，没有问题。

## 【字句解释】

一章。以丹饰弓曰彤弓。弨，弓弛貌。貺、况，古通；况，善（马瑞辰说）。整章的意思就是：彤弓放松了，把它接过来，藏起来。来到我这里的嘉宾，我是衷心地赞美他。钟鼓敲打起来了，一早上就来享宴他。

二章。载，藏的意思（马瑞辰说）。右，通侑。整章的意思就是：彤弓放松了，把它接过来，收起来。来到我这里的嘉宾，我诚心诚意地喜欢他。钟鼓敲打起来了，一早上就给他侑酒。

三章。櫜，收藏弓矢之囊，此处作动词用。醻，通酬。

整章的意思就是：彤弓放松了，把它接过来藏在囊里。来到我这里的嘉宾，我诚心诚意地欢喜他。钟鼓敲打起来了，一早上就请他饮酒。

## 【诗篇联系】

假如不是一个人所写，这首诗与《鹿鸣》篇不会连接得这么自然吧？不会恰恰也是因功而受王的彤弓赏赐，并且用同一的句子、同一的心情来表现吧？《诗经》真是一部有骨有肉、有血有泪、有欢有笑的历史与心理形态的表现，可惜让道学先生们搞得乌烟瘴气，活活地把它埋葬了！

## 【诗义辨正】

《毛序》："《彤弓》，天子锡有功诸侯也。"不错，天子是以彤弓赐有功之诸侯，但这首诗并不就是讲天子赐有功诸侯之事。"彤弓弨兮，受言藏之"，明明是接下边"我有嘉宾"的"我"，换言之，就是彤弓放松了，我接过来把它藏起来，难道天子还给诸侯收藏弓吗？若换以尹吉甫与南仲的关系，则就自然了。南仲是舅舅，外甥替他收弓不是很应该吗？因为文公四年《左传》有天子为功而赐诸侯彤弓这回事，好像铁定地这首诗就是讲这件事，《集传》之从《序》说固不足怪，姚际恒那样有判断力的人，也判不出《左传》里赐彤弓是一回事，诗是另一回事，而仍引此段史实来解释！

## 四

## 南山有台（小雅）

南山有台，北山有莱。乐只君子，邦家之基。乐只君子，万寿无期。

南山有桑，北山有杨。乐只君子，邦家之光。乐只君子，万寿无疆。

南山有杞，北山有李。乐只君子，民之父母。乐只君子，德音不已。

南山有栲，北山有杻。乐只君子，遐不眉寿？乐只君子，德音是茂。

南山有枸，北山有楰。乐只君子，遐不黄耇？乐只君子，保艾尔后。

释音：栲，音考。杻，音纽。枸，音矩。楰，音庾。耇，音苟。艾，音爱。

## 【诗义关键】

南山，就是现今的太行山，它在卫国，怎么会在这首诗里出现呢？怎么又与北山对称，而北山是指什么山呢？《读史方舆纪要》（卷四十一）于中条山说："亦名薄山。"薄与北同音，北山即薄山，薄山之变为北山，或由作者要与南山相对的缘故，或由中条山在首阳山之北。然这个南山、北山与诗义有什么关系呢？我们不是讲南仲是卫国人，他的采地就在现今河南省的修武县，而修武县在周时被称为南阳吗？那么，南山之出现就不无原因了。上边又说南仲在蓉京时驻扎在中条山，中条山在首阳山之北，以首阳山的地点来看，中条山当然是北山了。

只从南山与北山的对称，已可证明此诗与南仲的关系；除此而外，还有四种证据：

第一，《载见》篇说"以介眉寿"，《雕》篇说"绥我眉寿"，《行苇》篇说"以祈黄耇""黄耇台背"。眉寿、黄耇，都是形容南仲的年岁；此诗也说"遐不眉寿""遐不黄耇"，也是用眉寿、黄耇来称颂一位老者。

第二，《鹿鸣》篇说"德音孔昭"，《隰桑》篇说"德音孔胶"，都是形容南仲的声音洪亮；此诗说"德音是茂"，茂，也是高大的意思。

第三，《泂酌》篇说"岂弟君子，民之父母"，是歌咏南仲之德；此诗也说"乐只君子，民之父母"。

第四，《天保》篇说"君曰卜尔，万寿无疆"，是用来祝福南仲的；此诗也说"乐只君子，万寿无疆"。

这么多的词句与赞美南仲的相同，再加上南山与北山的地点，不会有第二个人吧？那么，不成问题，这首诗也是尹吉甫在首阳山赞美南仲的作品。

## 【字句解释】

一章。台，莎草。莱，藜草。整章的意思就是：南山上有莎草，北山上有藜草。欢乐的这位君子，是邦国的基础。欢乐的这位君子，长寿无期。

二章。整章的意思就是：南山上有桑树，北山上有杨树。欢乐的这位君子，是邦家的光荣。欢乐的这位君子，长寿万年！

三章。整章的意思就是：南山上有杞树，北山上有李树。欢乐的这位君子，是民之父母。欢乐的这位君子，非常健谈。

四章。整章的意思就是：南山上有栲树，北山上有杻树。欢乐的这位君子，怎么能不长寿？欢乐的这位君子，声音非常洪亮。

五章。整章的意思就是：南山上有枸树，北山上有楰树。欢乐的这位君子，怎么能不黄耇？欢乐的这位君子，后代得到了您的保护。

## 【诗篇联系】

从南山与北山，决定了这首诗的地点。南山是南仲采地的所在，他就要回到这里，北山是中条山，南仲现在所在地，故以这两个地名起兴。加上我们对南仲与尹吉甫关系的了解，可以认定这首诗是尹吉甫在首阳山歌颂南仲的作品。

## 【诗义辨正】

《毛序》："《南山有台》，乐得贤也。得贤，则能为邦家立太平之基矣。"他只是从诗里摘录几个字凑合而成这段序。《集传》说："此亦燕飨通用之乐。"难道作此诗的目的就是为通常燕飨吗？春秋时士大夫聘问，不过偶然用过这首诗作为燕飨，以后就变为通例；然不能说此诗就是为通常的燕飨而作。

## 五

## 渭阳（秦风）

我送舅氏，曰至渭阳。何以赠之？路车乘黄。
我送舅氏，悠悠我思。何以赠之？琼瑰玉佩。

释音：乘，音盛。

### 【诗义关键】

假如不知道尹吉甫与南仲是甥舅关系，假如不知道南仲于狁战事结束后，曾到首阳山去看望尹吉甫，这首诗也就永远无法了解。尹吉甫与南仲现在都在首阳山，他们会晤后，南仲也就先到镐京，然后再回卫国，而渭水正是回镐京必经之路。《读史方舆纪要》（卷三十九）于黄河说"又南过雷首山折而东"，雷首山就是南仲驻扎的中条山的另一名称，黄河在这里经过。《水经》于渭水说："东入于河。"注又引《地理志》说："渭水东至船司空入河。"渭水是流入黄河的。由雷首山乘船而黄河，而渭水，正到镐京。此诗说"我送舅氏，曰至渭阳"，不正是这条路吗？这首诗一定是尹吉甫送南仲到渭水之阳的时候，他们临别，尹吉甫作诗以送之。

### 【字句解释】

一章的意思是：我送舅舅，到了渭水的北边。赠送他什么呢？一辆路车，四匹黄马。

二章的意思是：我送舅舅，遥遥地想念着他。赠送他什么呢？琼玉、瑰玉及玉佩。

## 【诗篇联系】

我们再说一遍，《诗经》是一部活生生的历史，是有骨肉、有灵魂，一脉相连的活生命。可惜后人把它割裂得四零五散，支离破碎而变成一堆废铜烂铁。现在发现了它的命脉，它的生命也就重新活跃起来。把这一篇排在这里，不是整个结束了狎狁的战事吗？

## 【诗义辨正】

《毛序》："《渭阳》，康公念母也。康公之母，晋献公之女，文公遭骊姬之难，未反而秦姬卒。穆公纳文公。康公时为大子，赠送文公于渭之阳，念母之不见也。我见舅氏，如母存焉。及其即位，思而作是诗也。"康公念母，为什么不直接讲念母而要借送舅氏以思念母亲呢？《四牡》篇说"是用作歌，将母来谂"，并不是不可以直接表现思母之情。兹因这首诗在《秦风》，于是编造这个故事来附会。

以上五篇，就是《卷阿》《鹿鸣》《彤弓》《南山有台》与《渭阳》，都是南仲于平定狎狁后，到首阳山去看望尹吉甫，尹吉甫歌颂他的作品。时间是宣王六年五月间。

# 【第十编】宣王在镐京祭祀时诗篇（宣王六年）

一

## 文王（大雅）

文王在上，於昭于天。周虽旧邦，其命维新。有周不显，帝命不时。文王陟降，在帝左右。

亹亹文王，令闻不已。陈锡哉周，侯文王孙子。文王孙子，本支百世。凡周之士，不显亦世。

世之不显，厥犹翼翼。思皇多士，生此王国。王国克生，维周之桢。济济多士，文王以宁。

穆穆文王，於缉熙敬止。假哉天命，有商孙子。商之孙子，其丽不亿。上帝既命，侯于周服。

侯服于周，天命靡常。殷士肤敏，祼将于京。厥作祼将，常服黼冔。王之荩臣，无念尔祖。

无念尔祖，聿修厥德。永言配命，自求多福。殷之未丧师，克配上帝。宜鉴于殷，骏命不易。

命之不易，无遏尔躬。宣昭义问，有虞殷自天。上天之载，无声无臭。仪刑文王，万邦作孚。

释音：於，音乌，下一"於"字同。不，音丕，其后标释音标号的"不"均音丕。亹，音尾。黼，音甫。冔，音许。荩，音尽。

**【诗义关键】**

这首诗的关键就在"周虽旧邦，其命维新"的"维新"是什么时候，与"济济多士，文王以宁"的"多士"指哪些人。解决了这两个问题，才能真正知道这首诗的意义。

历来的人都把这首诗的"旧邦"从后稷、大王、王季算起，而认文王为维新。《毛传》说："乃新在文王也。"《郑笺》说："大王聿来胥宇而国于周，王迹起矣，而未有天命，至文王而受命。言新者，美之也。"《集传》说："周公追述文王之德，明周家所以受命而代商者，皆由于此，以戒成王。此章言文王既没而其神在上，昭明于天，是以周邦虽自后稷始封，千有余年，而其受天命，则自今始也。"屈万里说："自太王以来国于周，故曰旧邦。"他还引《尚书·康诰》"天乃大命文王，殪戎殷，诞受厥命"，《逸周书·祭公解》"皇天改大殷之命，维文王受之，维武王大克之，咸茂厥功"做证，而得结论说："皆可证文王已及身称王，周人已目之为受命代殷，故云'其命维新'。"

我很奇怪，研究《诗经》的人怎么不读诗呢？来，我们把这首诗从头到尾读一读，就知这首诗从头到尾都是赞美文王，也是祭文王，所以诗的一开始就说："文王在上，於昭于天。周虽旧邦，其命维新。"所谓"旧邦"，明明是指文王所开的周室；假如旧邦是指后稷、大王、王季所开的周室，那么"商之孙子，其丽不亿，上帝既命，侯于周服"，难道从后稷、大王、王季起，"商之孙子"就"侯于周服"吗？诗言"文王孙子，本支百世"，明明是文王的子孙在祭文王，因而"商之孙子"来助祭，所以有两个种族的子孙出现。历来研究《诗经》的人，都不看《诗经》，只是在汉儒所提出的问题上来探究、来考证、来辩论、来猜想，所以《诗经》的问题愈来愈复杂，愈来愈紊乱，而终于得不到解决！

知道旧邦是文王所开的周室，那么"维新"是在什么时候呢？诗言"文王孙子，本支百世"，所谓百世不一定一百世，然系文王的远裔应无问题。我们看周室自成、康以后，经过昭王、穆王、共王、懿王、孝王、夷王而至厉王，都是平庸之王，尤其到厉王时，天下大乱，诸侯不朝。《史记·周本纪》说："宣王即位，二相辅之修政，法文、武、成、康之遗风，诸侯复宗周。"这不是"维新"是什么？文王元祀在武王元年前七年，西历为公元前一一二八年，到宣王六年的公元前八二二年，相距已有三百零六年。称之为"本支百世"不为夸张吧？称之为"旧邦"，也不算错吧？

然祭文王的诗篇里怎么会有"商之孙子"呢？怎么又有"殷士肤敏，祼将于京"呢？到这里就得追究"济济多士"的"多士"是指哪一种人。据《尚书》，对两种人物称多士：一是殷的武士，一是夏的武士。《多士》篇说"周公初于新邑洛，用告商王士。王若曰'尔殷遗多士，弗吊'"，又说"尔殷多士""告尔殷多士"，这是指殷士为多士。《多方》篇又说"惟夏之恭多士"，又说"告尔有方多士，暨殷多士"，这是称夏士为多士。它将"有方多士"与"殷多士"分开来讲，可见殷多士与其他民族的多士不同；然都通称为多士。《尚书》里，周民族的武士或称庶士，或称髦士，或称吉士，或称良士，从不称多士，可见多士是专指夏殷两民族的武士而言。这首诗一则说"商之孙子,其丽不亿。上帝既命,侯于周服",二则说"殷士肤敏,祼将于京",三则说"殷之未丧师,克配上帝。宜鉴于殷,骏命不易",都只言殷,没有言夏,可知此诗的多士专指殷士。

为什么只言殷士呢?这与南仲的西征玁狁就有了关系。南仲是卫国人,他所率领的队伍都是卫国人,而卫国人就是殷民。《史记·卫世家》说:"周公旦以成王命,兴师伐殷,杀武庚禄父、管叔,放蔡叔,以武庚殷余民封康叔为卫君,居河、淇间故商墟。"是康叔所封之地原为殷地,所辖之民原为殷民。周室的兵役制度又与保甲制度配合,所以南仲所率领的队伍就是殷民。这是殷士出现的原因。不仅南仲所率领的队伍是殷民,即尹吉甫所率领的也是殷民。《六月》篇说"维此六月,既成我服;我服既成,于三十里",我们曾经证明"三十里"是指浚地的广袤而言,浚是卫邑,那么,尹吉甫所率领的自然也是殷民了。殷民在这次对玁狁战役中功劳最大,于是宣王在祭祖的时候,殷士也来助祭,因而这首诗里既赞美他们,又安抚他们,同时又劝告他们,诗义也就复杂了。

## 【字句解释】

一章。上,指天上。於,叹词。於昭,光亮。周虽旧邦,指文王所开创的周室。其命维新,指宣王的中兴。二"不"字都读为"丕";丕,大。时,为是之假借。陟降,为成语,就是天上地下。整章的意思就是:文王的神灵,显赫地在天上。周室虽是古老的邦国,然而它的天命是新的。周室非常显赫,上帝将天命给周是非常正确的。文王不论在天上或是在地下，都与上帝在一起。

二章。亹亹，黾勉。令闻，美名。陈，为申之假借；申，重；重锡言锡之多（马瑞辰说）。哉、在，古通用，于的意思（于省吾说）。侯，维。本支百世之"支"，庄公六年《左传》引作"枝"。本，指周的宗室；枝，指周的庶出。世，代。《诗经》里用"世"字的共有五篇，就是《下武》《荡》《崧高》《闵予小子》与此诗，都可作"代"字解。周行封建之制，长子承继，其不能承继之远枝都变为士，故言庶士。凡周之士，实际上还是文王子孙，不过是无爵可承的庶子。不显，丕显。亦世，应读为奕世，犹言永世、累世。《魏书·礼志》引《诗》即作"奕世"；《后汉书·袁术传》注引作"奕代"，盖避唐讳而改（马瑞辰说）。整章的意思就是：黾勉的文王，他的美名被人传颂不已。他所赐予周室的很多，而这很多的赐予都是赐给他的子孙。他的子孙从宗室与庶族算起来也有百代。凡是周室的庶士，也都累世地显赫。

三章。"世之不显"是"不显亦世"的重复，承上起下之句。厥，其。犹，谋。翼翼，盛貌。思，语词。皇，大。此王国，指维新之后的王国，不是指文王所开创的周。生，长生。此诗从第三章以后，都是讲殷士。"多士"与"凡周之士"的"士"不同，一指殷，一指周，这一点要分清楚。宣王复兴，殷士的功劳最大，故言："思皇多士，生此王国。"桢，应读为《维清》篇"维周之祯"之"祯"，《毛传》："祯，祥也。"（《茶香室经说》说）济济，众多。整章的意思就是：之所以能世世代代地显赫，是由于他们有伟大的谋略。众多的多士呀,生长在这个王国。王国之能生存,这是周室的祥瑞。有了这么多的殷士,文王也就安心了。

四章。《诗经》中用"穆穆"的共有五篇,就是《假乐》篇的"穆穆皇皇,宜君宜王",《雝》篇的"天子穆穆",《泮水》篇的"穆穆鲁侯",《那》篇的"於赫汤孙,穆穆厥声",以及此诗的"穆穆文王"。这些"穆穆"都作"美好"讲。缉熙,继续。止,之。假,大。有,保有。丽,为斁之省;《方言》《说文》并说:"斁,数也。"不亿,言不止一亿。服,《毛传》于《噫嘻》篇注为"事也"。整章的意思就是:美好的文王呀,到现在还继续不断地敬仰他。伟大的天命呀,保有了商朝的子孙。商朝的子孙,其数不止一亿。上帝曾经命令他们,让他们服侍周室。

五章。靡,无;靡常,无常。殷士,指来助祭的殷之多士。肤,大,与《六月》篇"以奏肤功"的"肤"同义。肤敏,义同现在说的很聪明。祼、将,都是祭礼的名称(李宗侗先生《中国古代社会史》一七一~一七二页有详细的解释)。常服,就是《六月》篇"载是常服"的"常服",戎服的意思。周时的戎服是素衣、素冠、素韠。《考工记》说:"白与黑谓之黼。"冔,冠;黼冔,黑白相间的帽子。周士与殷士戎服的区别,大概就在一顶帽子。一个是白色帽子,一个是黑白相间的帽子。王,指今王,亦即宣王。荩臣,忠心之臣。整章的意思就是:来服侍周室,由于天命是不能常久的。殷士都很聪明,来到京城参与祼将的祭祀。他们参与祭礼的时候,都穿着戎服,戴着黼冔。好好地做王的忠荩之臣,不要想念你们的祖宗。

六章。聿，发语词。厥德，其德，指殷士祖宗之德。永，咏；永言，咏言。师，众。殷之未丧师，指纣尚未失掉民众以前。骏命，大命，即天命。整章的意思就是：不要想念你们的祖宗，要依据他们的德行来修养。说到配合天命，那要靠自己去求的。当殷朝还没有丧失民众的时候，是可以与上帝作配的。应该以殷为鉴，天命是不容易得到的。

七章。遏，止。躬，行。宣昭，犹言明昭。《时迈》篇"明昭有周"、《臣工》篇"明昭上帝"的"明昭"都与"宣昭"同义。义，善；问，读为"令闻不已"的"闻"（《经义述闻》说）。义问，即令闻。虞，《毛传》于《閟宫》篇注为"误也"，此诗也是这个意思。载，法则。仪，式。刑，法。孚，信。整章的意思就是：天命是不易获得的，不要遏止了你们的躬身力行。宣扬你们的美名，不要污辱了自天降下的殷的令闻。上天的法则，既没有声音，又没有气味。只要以文王的仪型为法则，万邦也就信从你了。

## 【诗篇联系】

据《召伯虎殷铭》（二），知道宣王于六年四月二十六日的时候在荟京，那时，南北两个战场的战事都告结束。南仲在方山祭祖的时候，宣王还在助祭，那么，他回到镐京当在六年五月间。此诗说"殷士肤敏，祼将于京"，宣王祭文王当在镐京。由此，打开了另一些在镐京宣王祭祖的诗的意义，如《灵台》《文王有声》《下武》《大明》《思齐》《荡》《有瞽》《振鹭》《有客》《桓》《时迈》《执竞》《鱼藻》等。

**【诗义辨正】**

《毛序》:"《文王》,文王受命作周也。"《正义》解释说:"作《文王》诗者,言文王能受天之命而造立周邦,故作此《文王》之诗以歌述其事也。"说文王造周则可,然文王并没有使殷士来建国,此诗的后五章怎么专对殷士而言呢?《集传》又说:"周公追述文王之德,明周家所以受命而代商者,皆由于此,以戒成王。"成王真倒霉,动不动就受周公的训诫。对成王怎么一点尊重都没有呢?制礼作乐的周公未免太目中无王了吧?假如诗为周公所作,那么,"文王孙子,本支百世"怎么讲?难道周公一定就知道周室要"本支百世"吗?现在知道是宣王在祭文王,一切问题也都迎刃而解。

这首诗是谁写的呢?《六月》篇说"来归自镐,我行永久",尹吉甫于猃狁战事结束后,是从镐京回卫的。他与宣王、南仲一同在荟京,战事结束后,南仲回镐京的时候,他曾送到渭北,现在他也到了镐京。从上边所了解的尹吉甫,再加以诗篇风格的一致,假如说这首诗也是他写的,绝不会有错。

## 二

# 灵台(大雅)

经始灵台,经之营之。庶民攻之,不日成之。经始勿亟,庶民子来。

王在灵囿,麀鹿攸伏;麀鹿濯濯,白鸟翯翯。王在灵沼，於牣鱼跃。

虡业维枞，贲鼓维镛。於论鼓钟，於乐辟廱。

於论鼓钟，於乐辟廱。鼍鼓逢逢，矇瞍奏公。

释音：廱，音忧。濯，音擢，翯，音鹤。於，音乌。牣，音刃。虡，音巨。枞，音匆。鼍，音驼。

## 【诗义关键】

先看灵台在什么地方。《读史方舆纪要》（卷五十三）于鄠县灵台说："在县东北，周灵台也。《志》云：鄷宫又东二十五里，即灵囿之地，中有灵台，《诗》所称'经始灵台'者。"又于长安县灵台引《三辅故事》说："周灵台在鄠县丰水东，汉灵台在长安故城西北八里。"《汉书地理志补注》（卷三）于"鄷水出东南"引《括地志》说："沣水北经灵台西，文王引水为辟雍、灵沼。"所言地理形势都相吻合。由此知灵台在今陕西长安县西，鄠县东北。

灵台的地点晓得了，再看这个灵台是什么时候建造的。《郑笺》说："文王受命而作邑于丰，立灵台。"崔述于《丰镐考信录》（卷二）说："《灵台》一诗，前咏灵台，后咏辟雍，首尾相联，似咏一王之事者。然而后篇（按即《文王有声》篇）称'镐京辟雍'，武王始迁于镐，故先儒皆以辟雍为始于武王。苟辟雍自武王始，则灵台亦非文王事矣。……《大雅》中凡称前王皆举其谥，其称今王者，乃无谥。此云'王在灵囿'，文王未尝称王，则非文王明矣。盖孟子引诗，断章取义者多。"由于他这句"其称今王者,乃无谥"的启示,我们不仅将《大雅》里,而且将《诗经》里单用"王"字的做一归纳,就知道今王是谁了。

《诗经》中用无谥"王"字的共有四十篇,除《殷武》篇"莫敢不来王"的"王"是商王,《閟宫》篇"王曰叔父"的"王"指成王,《板》篇"及尔出王"、《臣工》篇"王厘尔成"的"王"为"往"之假借外,其余如《鸨羽》《四牡》《杕杜》篇的"王事靡盬",《秦风·无衣》篇的"王于兴师",《下泉》篇的"四国有王",《出车》篇的"王事多难""王命南仲",《六月》篇的"王于出征""以匡王国""以定王国",《黍苗》篇的"王心则宁",《文王》篇的"生此王国""王国克生""王之荩臣",《棫朴》篇的"周王于迈""周王寿考""勉勉我王",《卷阿》篇的"蔼蔼王多吉士""蔼蔼王多吉人",《韩奕》篇的"王亲命之""入觐于王""王锡韩侯",《江汉》篇的"告成于王""王国庶定""王心载宁""王命召虎""王国来极""对扬王休",《常武》篇的"王命卿士""王谓尹氏""王舒保作""王奋厥武""王师之所""王旅啴啴""王犹允塞""王曰还归",《烈文》篇的"维王其崇之",《载见》篇的"载见辟王",都经我们证明是宣王。《汝坟》篇的"王室如燬",《何彼襛矣》篇的"王姬之车",《北门》篇的"王事适我""王事敦我",《伯兮》篇的"为王前驱",《采薇》篇的"王事靡盬",《祈父》篇的"予,王之爪牙""予,王之爪士",《北山》篇的"王事靡盬""莫非王土""莫非王臣""王事傍傍""王事鞅掌",《鱼藻》篇的"王在在镐",《下武》篇的"世有哲王""王配于京",《云汉》篇的"王曰於乎",《崧高》篇的"王缵之事""王锡申伯""王遣申伯""往近王舅""王饯于郿""王之元舅",《烝民》篇的"王命仲山甫""王躬是保""出纳王命""肃肃王命""王之喉舌",《时迈》篇的"允王维后""允王保之",《酌》篇的"於铄王师""蹻蹻王之造"的"王",都将一一证明也是宣王。另外《节南山》篇的"我王不宁""以究王讻",《十月之交》篇的"俾守我王",《民劳》篇的"以定我王""以为王休""王欲玉女",《桑柔》篇的"灭我立王"的"王"都指幽王。宣王也好,幽王也好,都是今王,证明了崔述所说的正确。但他说此诗的"王"是武王,那就错了。此诗的王也指宣王,因为是宣王在建造灵台以作庆功之用,所以诗言"鼍鼓逢逢,矇瞍奏公"。公通功。我们就以此义,将此诗作一解释。

**【字句解释】**

一章。经始,始经之倒文,开始经营的意思。灵,《郑笺》于《定之方中》篇注为"善也"。《尔雅》:"令,善也。"灵、令,可通(胡承珙《毛诗后笺》说)。灵台,美好的台。《尚书·召诰》"厥既得卜则经营",注:"其已得吉卜则经营规度城郭、郊庙、朝市之位处。"经营,即规度。经之营之,即规之度之。攻,作。《诗经》中用"不日"的共有三篇,就是《君子于役》篇"君子于役,不日不月,曷其有佸",《终风》篇"终风且曀,不日有曀"与此诗"庶民攻之,不日成之"的不日,都是未照日期的意思。亟,急。子来,像子为父之事而来。整章的意思就是:开始建造灵台的时候,计划它,测量它。老百姓来建造它,不到天数也就完成了。开始的时候不要着急,老百姓都像子为父事那样热心。

二章。囿，养禽兽之所。此囿为天子所有，故美其名曰灵囿。王，指宣王。麀，牝鹿。攸，所。伏，藏匿。濯，《毛传》于《文王有声》与《常武》两篇皆注为大，此处也是大的意思。翯翯，洁白貌。沼，池；灵沼，王家池沼之美称。牣，满。整章的意思就是：王所降临的灵囿，里边藏匿着牝鹿与牡鹿；麀鹿都是高大的，白鸟都是洁白的。王所降临的灵沼，满池子的鱼在跳跃。

三章。虡业维枞，《毛传》：“植者曰虡，横者曰枞。业，大版也。枞，崇牙也。”陈奂《诗毛氏传疏》解释说：“虡立两端之木，枞则在虡端而横设之，业为覆枞之版，崇牙又为业上之饰。”虡、业、枞，是三种东西。维，与，与《无羊》篇"旐维旟矣"的"维"同义。贲，大；贲鼓，大鼓。镛，大钟。论，为伦之假借；伦，有序。辟，大。廱，《毛传》于《振鹭》篇注为"泽也"。辟廱，大池的意思（戴震《毛郑诗考正》与胡承珙《毛诗后笺》说）。整章的意思就是：虡、业与枞，大鼓、大钟都陈列起来了。鼓声钟声协调地在响，大池的旁边正在奏乐。

四章。鼍，鳄鱼之属；鼍鼓，以鼍鱼皮所制之鼓。逢逢，鼓声。奏公，《史记·屈原列传》集解、《吕览·达郁》高注引《诗》并作"奏功"。古时乐师皆以瞽者为之，故言："矇瞍奏公。"整章的意思就是：鼓声协调地在响，大池旁边正在奏乐。鼍鼓逢逢地在响，矇瞍在奏歌颂功业的乐章。

## 【诗篇联系】

从这首诗，显然可以看出宣王于平定天下回到镐京后，为祭告祖宗，先在镐池旁边筑一个灵台为奏功之用。在开始筑造的时候，先来视察地形，演习音乐，作为正式祭祖之准备。所以言"经始灵台"，所以言"於乐辟廱"。正式祭祖的诗篇是《有瞽》《振鹭》《有客》《我将》《时迈》《维清》《执竞》《桓》《昊天有成命》《大明》《文王有声》《思齐》等诗，下边就要一一讲到。

## 【诗义辨正】

《毛序》："《灵台》，民始附也。文王受命，而民乐其有灵德以及鸟兽昆虫焉。"这是抄袭《孟子·梁惠王》："文王以民力为台为沼，而民欢乐之。谓其台曰灵台，谓其沼曰灵沼，乐其有麋鹿鱼鳖。古之人与民偕乐，故能乐也。"孟子说诗，都是从政教的立场而断章取义，不能认为就是诗义。后来说诗的人，都打不破政教的观点，也就打不破《毛序》这种说法，因因相袭，无甚新意。

## 三

### 鱼藻（小雅）

鱼在在藻，有颁其首。王在在镐，岂乐饮酒。
鱼在在藻，有莘其尾。王在在镐，饮酒乐岂。

鱼在在藻，依于其蒲。王在在镐，有那其居。

释音：颁，音樊。

## 【诗义关键】

先看镐在什么地方。《读史方舆纪要》（卷五十三）于长安县镐水说："镐池在长安城西，昆明池北，即周故都。《诗》：'考卜维王，宅是镐京。'《书传》云：'文王作丰，武王理镐。'郑康成曰'镐在丰东，丰、镐相去盖二十五里。'秦始皇时，镐京故址毁，汉武帝穿昆明池，而故址益无可究。《庙记》云：'镐池周二十一里。'"《汉书地理志补注》（卷三）于"酆水出东南"引《括地志》说："沣水北经灵台西，文王引水为辟雍、灵沼。"沣水北经灵台西，正与郑康成说镐在丰东相合。原来灵台也就在镐京。则《灵台》篇与此诗是一个地点，由此可得明证。那么，"王在灵沼，於牣鱼跃"，也就是此诗的"鱼在在藻，有颁其首。王在在镐，岂乐饮酒"了。那，安。王在在镐，有那其居，就是王现在在镐京，有了安定的居处，不正是讲他出征猃狁、出征淮夷后现在回到镐京吗？衔接得这样紧凑，不能不是事实吧？

## 【字句解释】

一章。《植物名实图考长编》（卷十三）于"藻"条引陆玑《诗疏》说："其一种茎大如钗股，叶如蓬蒿，谓之聚藻，扶风人谓之藻。"现今的凤翔县一带古称扶风，正是镐京一带，那么，此诗之藻当指聚藻。颁，大头貌。整章的意思就是：鱼现在在聚藻里，有个大大的头。王现在在镐京，欢乐地在饮酒。

二章。莘，长貌。整章的意思就是：鱼现在在聚藻里，有条长长的尾巴。王现在在镐京，很快活地在饮酒。

三章。整章的意思就是：鱼现在在聚藻里，依在蒲草边上的聚藻里。王现在在镐京，有了安定的居处。

## 【诗篇联系】

由地理环境，由历史事实，不能不承认这首诗的"王"就是宣王。再由这首诗的风格与宣王出征在饮酒时，尹吉甫歌颂他的作品完全相同，也不能不承认这是尹吉甫所写。要不是发现尹吉甫的生平事迹，不仅不能了解这首诗，连这首诗的事迹与作者都不可能知道。

## 【诗义辨正】

《毛序》："《鱼藻》，刺幽王也。言万物失其性，王居镐京，将不能以自乐，故君子思古之武王焉。"驴唇不对马嘴，不知说些什么！幽王耽于酒色，反引武王的"饮酒"来劝诫吗？《集传》说："此天子燕诸侯，而诸侯美天子之诗也。"从哪一点看出这是天子与诸侯的酬对呢？姚际恒对于各种解说都持怀疑的态度，而实际情形他也不知道，只有说："《小序》谓'刺幽王'，非。阿《序》者大抵习为曲说，不悉辨也。《集传》谓'天子燕诸侯，而诸侯美天子之诗'，只得如此说。然云'在镐'，其为西周王者固无疑。邹肇敏以为武王饮至，何玄子踵之，因以

'岂乐'为恺旋之乐。按岂、恺同,亦乐也。其云'军旅作恺乐',他经未见,唯见于《周礼》,此伪书,不足信也。恺旋,疑秦汉之说,武王时安得有之?必欲以为武王诗,则谓武王初都镐之作,亦可。味二'在'字及'有那其居'句,似有祝其永远在是而奠安之意,然未敢以为必然也。"他怀疑又怀疑,最后还是不能决定。要不是宣王复兴这段事迹的发现,这首诗实在也无法解得明白。

## 四

## 有瞽（周颂）

有瞽有瞽,在周之庭。设业设虡,崇牙树羽,应田县鼓,鞉磬柷圉。既备乃奏,箫管备举。喤喤厥声,肃雝和鸣,先祖是听。我客戾止,永观厥成。

释音:鞉,音桃。柷,音祝。圉,音语。

## 【诗义关键】

《灵台》篇说"矇瞍奏公",此诗说"有瞽有瞽,在周之庭"。《灵台》篇说"虡业维枞",此诗说"设业设虡,崇牙树羽"。《灵台》篇说"经始灵台,经之营之。庶民攻之,不日成之","鼍鼓逢逢,矇瞍奏公",此诗说"喤喤厥声,肃雝和鸣,先祖是听"。这些相同,不是偶然的吧?我们说《灵台》篇是正在筑灵台以备祭祖之用,这首诗是正式祭祀,不是没有根据吧?那么,这首诗是什么时候的作品,也就不言而喻了。

**【字句解释】**

瞽,也就是《灵台》篇的矇瞍。庭,堂的阶前。树羽,就是立五彩羽于簴之角上(马瑞辰说)。应鼓,小鼓。《礼记·礼器》:"县鼓在西,应鼓在东。"注:"应,鼙也。以其与朔鼙相应,故曰应鼙。"田鼓,大鼓。县鼓,即悬鼓,周之大鼓在阶阼西边。鞉,同鼗,小鼓之有柄可摇者。柷圉,即柷敔,止乐的乐器。喤喤,洪大。肃雝,庄严而温和。我客,指殷士,因为他们是助祭者。《郑笺》说"我客,二王之后",非是。《振鹭》篇的"我客"与《有客》篇的"有客",都是指殷士,下边讲这两首诗时就可知道。永观厥成,就是《文王有声》篇的"遹观厥成";遹,通聿,语词。整篇的意思就是:矇瞍们,矇瞍们,在周室的庙堂阶前。业、虡设立起来了,崇牙上边加上彩色羽毛。应鼓、田鼓、悬鼓、鞉鼓、磬子、柷圉,各种乐器都在演奏,箫类的管乐器也在响。宏伟的乐声,庄严而协和地配合着,请祖宗们来听。我们的客人来助祭,为的是来看他们的成功。

**【诗篇联系】**

《诗》三百篇,拆开来看,不仅不能了解它们的意义,而且简直不成东西;若能彼此对照,事件发展的前后次第就非常明显。即以《灵台》篇与此诗来说,倘若拆散来看,它们到底讲些什么呢?这个人这样讲,那个人那样讲,你也无法知道谁是谁非。现在把它们联系起来，看出《灵台》篇是写准备祭祖的情形，而此篇则讲祭祀时的盛况，多么显明，多么有趣，而在史实上也有了价值。联系起来后，你还能乱猜这是文王时的事吗？全面的了解，才能了解点与面；只知点面而不知全面，就像钻牛角一样，愈钻愈深而愈糊涂。

**【诗义辨正】**

《毛序》："《有瞽》，始作乐而合乎祖也。"《毛传》解释说："王者治定制礼，功成作乐。合者，大合诸乐而奏之。"从什么地方看出是"始作乐"呢？诗明明说"喤喤厥声，肃雝和鸣，先祖是听"，正在祭祖，有什么始不始呢？"大合诸乐而奏之"，完全是皮毛之见。《那》篇说："猗与那与，置我鞉鼓。奏鼓简简，衎我烈祖"，"鞉鼓渊渊，嘒嘒管声。既和且平，依我磬声。於赫汤孙，穆穆厥声"。厥声，是指汤孙所作的乐声，那么，他们的乐器自然是管类。说得更明白一点，就是主祭者"我"的乐器是鞉鼓，是磬，而助祭者"汤孙"的乐器则是管乐。此诗说："有瞽有瞽，在周之庭。设业设虡，崇牙树羽，应田县鼓，鞉磬柷圉。既备乃奏，箫管备举。喤喤厥声，肃雝和鸣，先祖是听。我客戾止，永观厥成。"厥声，也指箫管之声，亦即"我客戾止"的"我客"的乐器。主祭者与助祭者的乐器分得很清楚。主祭者当然是周人，而助祭者为殷士，两篇的情形完全一样。因为是两个民族、两类乐器在演奏，所以《那》篇说"既和且平，依我磬声"，此诗说"既备乃奏，箫管备举"。《毛序》《毛传》都不得其解，故混言"大合诸乐"。姚际恒也不得其解，反说《小序》为"近是"。又说:"祖,文王也,成王祭也。何玄子因以为'大祫',祫,亦合也。又曰:'《序》意谓成王至是始行合祖之礼,大奏诸乐云尔,非谓以新乐始成之故合乎祖也。''我客戾止',虽或有他王之后在,然自以微子为重。《书》亦曰'虞宾在位',重先代后也。此诗微类《商颂·那》篇,因知古人为文亦有蓝本也。"他说"我客"是指微子之后,对了;但他是猜想,因为他不知道此中的实际情形。

## 五

## 振鹭(周颂)

振鹭于飞,于彼西雝。我客戾止,亦有斯容。在彼无恶,在此无斁。庶几夙夜,以永终誉。

释音:斁,音亦。

## 【诗义关键】

《有瞽》篇说"我客戾止",这首诗也说"我客戾止",这两篇是否有关系呢?先看此诗的"西雝"在什么地方。《毛传》说:"雝,泽也。"西雝,就是西泽。《读史方舆纪要》(卷五十三)于长安县镐水说:"镐池在长安城西、昆明池北,即周故都。"那么,所谓西雝即镐池了。又说"镐池周二十一里",可谓大了,故《灵台》篇称之为"辟廱",辟是大的意思。如此讲来，此诗与《文王》《灵台》《鱼藻》《有瞽》等篇是在一个地点了。然"振鹭于飞，于彼西雝"怎么讲呢？

《诗经》中用"振鹭"的还有一篇，就是《有駜》。该诗说："振振鹭，鹭于下。鼓咽咽，醉言舞。"可知振鹭是拿着羽毛在跳舞。《有駜》篇是复周公之宇后在泮水祭祖的时候，跳舞以取容于祖先。此诗是否也是在祭祖后跳舞呢？我们看"在彼无恶，在此无斁"，是对祖先的祈祷语，那么，自然也是跳舞以取容于祖先了。到此，我们可以看出《有瞽》与此诗的次第了。《有瞽》篇说"有瞽有瞽，在周之庭"，是在庙堂之上正式祭祀。此诗说"振鹭于飞，于彼西雝"，是在镐池边上跳舞，当然是在祭祖之后。阮元于《揅经室集·释颂》说："颂字即容字也。"又说："《周礼·大司乐》凡曰奏，皆金也。曰歌，皆人声也。曰舞，皆颂也。夏也，人身之动容也。"此说极为正确，启发了我们对此诗的了解。我客戾止，亦有斯容，就是我的客人来到了，也参加了这种跳舞，即指上边的振鹭。斁，厌。在彼，指殷士的参与祭祀。在此，指现在参加跳舞。在彼无恶，在此无斁，就是在祭祀的时候，您（指祖宗）没有憎恶；现在参加了跳舞，您也不要讨厌。这是对祖宗的祈求。终誉，《后汉书·崔骃传》引作"众誉"。庶几夙夜，以永终誉，就是庶几可以从早到晚勤劳，而永远保存大家的安乐。很显然，这首诗是在《有瞽》之后。说得更明白一点，就是在周室的宗庙祭祀之后，大家又来到镐池边上跳舞，以求祖先的欢愉。在跳舞时又对祖宗祈祷，故有此诗。

## 【字句解释】

这首诗的字字句句上边已经解释过了,现在只作整篇的释义。意思就是:鹭羽一上一下地在振动,在那西边的大池旁上。我的客人来到了,也参加了跳舞。在祭祀的时候,您既没有厌恶;在这里跳舞,希望您也不要讨厌。这样,可以从早到晚永远保持着大家的安乐!

## 【诗义辨正】

《毛序》:"《振鹭》,二王之后来助祭也。"《毛传》说:"二王,夏、殷也。"从以上各篇看来,并没有夏的后代来助祭。姚际恒说:"《小序》谓'二王之后来助祭',宋人悉从之,无异说。自季明德始不从,曰:'《序》似臆说,武王既有天下,封尧后于蓟,封舜后于陈,封禹后于杞,而陈与杞、宋为三恪。此来助祭,独言二王之后,何为不及陈耶?窃意此诗必专为武庚而发,盖武庚庸愚不知天命,故使之观乐辟雍以养德,庶几其能忠顺耳。'邹肇敏踵其意而为说曰:'武王西雍之客,盖指禄父,而夏之后不与。何者?鹭,白鸟也。殷人尚白,武王立受子禄父为殷公以抚殷余民,而不改其色,故"亦有斯容"与"亦白其马"皆不改色之证也。后儒见武庚以叛见诛,举而弃之不屑道,必以"我客"属嗣封之微子。夫由后而知鸱鸮毁室,罪存不贳,由武王之世观之,则武庚固殷之冢嗣,亦由丹朱在虞,商均在夏,三恪莫敢望焉。周之嘉宾孰先武庚者,无问其贤否也。'较季说尤为宛转尽致矣。何玄子又踵两家之意而别为说曰:'周成王时,微子来助祭于祖庙,周人作诗美之。

此与《有瞽》《有客》，皆一时之诗，为微子作也。何以知其为微子也？微子之封宋也，统承先王，修其礼物，作宾于王家，故《有客》之诗曰"亦白其马"。商尚白也，鹭乃白鸟，而"我客""有客"似之。意者其衣服车旗之类皆用白与？此以知其为微子也。何以知其在成王时来助祭也？《书序》曰"成王既黜殷命，杀武庚，命微子启作《微子之命》"，是则微子之封宋自成王始命之，此以知微子在成王时来助祭也。'愚按，《微子之命》篇语乃伪古文，不足据。若以尚白为言，则武庚亦必仍旧制，安见非武王时武庚来助祭，而必成王时微子来助祭乎？是仍与季、邹揣摩之说无异也。总之，《序》说原有可疑者三：周有三恪助祭，何以独二王后，一也；诗但言'我客'，不言'二客'，二也；此篇言有振鹭之容，白也，《有客》篇明言'亦白其马'，似指殷后而不指夏后，三也。有此三者，故或以为武庚，或以为微子，所自来矣。以今揆之，微子之说较优于武庚，且有《左传》以证。《左传》皇武子曰：'宋，先代之后，于周为客。天子有事，膰焉；有丧，拜焉。'按周之隆宋自愈于杞，盖一近一远，近亲而远疏，亦理势所自然也。《商颂》亦称'嘉客'，指夏后；此称'客'，指殷后也。宋国之臣言宋事，则宜为微子而非武庚也。'有事膰焉'亦来助祭之证。《集传》引《序》说者，乃引《左传》'天子有事，膰焉；有丧，拜焉'之语，然则只说得宋，遗却杞矣。"从上所引，可以看出都是根据一点事实来推想，并不了然全部情形，所以得不出结论来。

# 六

## 有客（周颂）

有客有客，亦白其马。有萋有且，敦琢其旅。有客宿宿，有客信信。言授之絷，以絷其马。薄言追之，左右绥之。既有淫威，降福孔夷。

释音：敦，音追。絷，音执。

## 【诗义关键】

这首诗的关键就在"有客有客，亦白其马"，以及"有客宿宿，有客信信"这几句。《文王》篇说："殷士肤敏，祼将于京。厥作祼将，常服黼冔。"常服是戎服，颜色是白的。黼冔是黑白相间的帽子。《振鹭》与《有瞽》两诗又都说"我客戾止"，与此诗的"有客有客"正相同。由此可知，"亦白其马"就是殷士不仅戎服是白的，连马也是白的。此诗与《文王》《有瞽》《振鹭》等篇的关系也就从此看出了。一宿曰宿，再宿曰信。周室祭祀的时候有所谓绎祭，就是第二日再祭。殷士既来助祭，自然也参与绎祭，所以说"有客宿宿，有客信信"，有的客人住了一天，有的客人住了两天。僖公二十四年《左传》说"宋，先代之后也，于周为客，天子有事，膰焉"，殷士之被称为客，自有来历。

## 【字句解释】

萋,盛貌。且,《毛传》于《韩奕》篇注为"多貌"。敦琢,即《棫朴》篇的"追琢",雕琢。上"絷"字为名词,系马索;下"絷"字为动词,系的意思。薄言,迫而。追之,到它们跟前。绥,安。《文王》篇说:"殷士肤敏,祼将于京。"将是一种祭祀,由于将领来主祭,故谓之将祭。周朝的武士都是骑士,离不开马,故有马的出现。淫,大;淫威,大威,指平定猃狁而言。夷,平,平均。整篇的意思就是:客人来了,客人来了,骑着与戎服一样白色的马。客人非常之多,而且都是挑选过的。有的客人住了一夜,有的客人住了两天。给他们些系马索,把他们的马都拴起来。到跟前来看这些马,它们都很安生而驯良。既然有很大的威望,可知祖宗降下的福禄都是一样的。

## 【诗篇联系】

把《有瞽》《振鹭》与此诗摆在一起,它们的意义不是都看出了吗?不仅了解它们的意义,而且知道它们的用途。也只有知道它们的用途,才可以知道它们的意义;否则,只有猜测了。

## 【诗义辨正】

《毛序》:"《有客》,微子来见祖庙也。"假如是微子来助祭,那么,诗言"有客有客",当指微子了。然而有几个微子呢?不然,诗怎么会说"有客宿宿,有客信信"呢?据《毛传》说:"成王既黜殷命,杀武庚,命微子代殷后,既受命,来朝而见也。"那么,诗言"既有淫威",微子有什么"淫威"呢?姚际恒说:"《小序》谓'微子来见祖庙',向来从之。惟邹肇敏曰:'愚以为箕子也。《书》载武王十三祀,王访于箕子,乃陈《洪范》。此诗之作,其因来朝而见庙乎!"淫威""降福",亦即就箕畴中"向用五福,威用六极",遂用其意,言前之非常之凶祸,今当酬以莫大之福飨,盖祝之也。'此说甚新。以威福合《洪范》,尤巧而确,存之。"《尚书》传明明说"武王胜殷,杀受,立武庚,以箕子归,作《洪范》",归是归宋,怎么反而说来朝呢?况且箕子怎么会"既有淫威"呢?都是不看全诗,而在一个字或一句话上来做考证,只有使诗义愈为分歧。

七

## 我将(周颂)

我将我享,维羊维牛,维天其右之。仪式刑文王之典,日靖四方。伊嘏文王,既右飨之。我其夙夜,畏天之威,于时保之。

## 【诗义关键】

上边曾说"将"是一种将帅做主祭的祭祀,此诗说"我将我享",所写的当为将祭。《文王》篇说"仪刑文王,万邦作孚",

这是劝殷士的话。此诗说"仪式刑文王之典，日靖四方"，不正是殷士所承诺的话吗？《振鹭》篇说"庶几夙夜，以永终誉"，此诗说"我其夙夜，畏天之威，于时保之"，不也正是殷士回答的话吗？由此，假如把《有瞽》《振鹭》《有客》与此诗排一次序，就是：《有瞽》篇是周人在祭祖的时候提到殷士也来助祭，所以诗言"我客戾止，永观厥成"；此诗是殷士的正式祭祀，所以说"我将我享，维羊维牛"；《振鹭》篇是祭祀后殷士来参加跳舞以娱神；《有客》篇是讲殷士又参加绎祭的情形。不是极自然、极有历史意义的排列吗？

## 【字句解释】

此诗的享、飨二字意义不同。享是诸侯助祭而享于神，飨是神至而歆飨。享是下享上，飨是上飨下（见顾炎武《与潘次耕书》引欧阳修说）。右，助。典，则。靖，平定。嘏，大。时，是。整篇的意思就是：我献上了羊，献上了牛，来奉行这种将祭。希望老天爷下来帮助我。我是依照着文王的典则来平靖四方。伟大的文王呀，也希望您下来享受这个祭祀。我要从早到晚，畏惧着上天的威严，这样地保持下去。

## 【诗义辨正】

《毛序》："《我将》，祀文王于明堂也。"对了；然是哪一种祭祀，他不明白。

# 八

# 时迈（周颂）

时迈其邦，昊天其子之，实右序有周。薄言震之，莫不震叠。怀柔百神，及河乔岳。允王维后，明昭有周，式序在位。载戢干戈，载櫜弓矢。我求懿德，肆于时夏，允王保之。

## 【诗义关键】

这首诗的关键就在"薄言震之，莫不震叠。怀柔百神，及河乔岳"以及"载戢干戈，载櫜弓矢"这几句。薄言，迫而。上"震"字通"镇"，镇压的意思；下"震"字是"震惊"。叠，惧。薄言震之，莫不震叠，就是要亲临镇压的话，诸侯没有不惊惧的。这不是指宣王的北征狁与南征徐国吗？怀柔，安慰。乔岳，高大的山岳。怀柔百神，及河乔岳，就是祭奠了百神以及河神与山神，这不是宣王的逢山祭山、逢水祭水、逢宗庙祭祖宗吗？载，则。戢，聚，收藏的意思。櫜，盛弓于囊。载戢干戈，载櫜弓矢，就是干戈收藏起来了，弓矢也收纳到囊里了，这不是指宣王将南北战事结束后而来到镐京吗？然在什么场合之下讲这几句话呢？"时迈其邦，昊天其子之，实右序有周。"迈，行，巡行的意思。右序，佑助（马瑞辰说）。这三句诗的意思就是：时常地巡视他的国家，上天把他当成儿子一样看待，实在地佑助周室。显然是宣王回到镐京在祭天，所以有此诗之作。

## 【字句解释】

允,诚。王,今王,指宣王。后,君。懿,美;懿德,美德。肆,施。时夏,是夏,周人自认为继夏之后,故云是夏。整篇的意思就是:时常地出巡他的国家,上天就像儿子一样看待他,实在是佑助这个周室。凡是亲去镇压的,诸侯没有不惊惧的。逢山祭山,逢水祭水,逢宗庙祭祖宗,诚然是一国之主。光明照耀着周室,顺序地继着王位。现在干戈收藏起来了,弓矢也收纳到囊里。我乞求美好的恩德,施于这个周室,王诚然能保守它。

## 【诗篇联系】

假如没有发现宣王亲征玁狁、南讨徐国的话,这首诗就无法了解,因为不知道"薄言震之,莫不震叠。怀柔百神,及河乔岳"以及"载戢干戈,载櫜弓矢"是哪一位君王的事迹。我们又知道《诗经》中凡单称"王"的都指今王,而今王就是宣王,那么,这首诗是宣王于天下太平后来祭天,不是极为明白的事吗?他不仅祭天,还接连着祭文王、武王、成王、康王,也就是《维清》《桓》《昊天有成命》《执竞》等诗,我们将继续看下去。

## 【诗义辨正】

《毛序》:"《时迈》,巡守告祭柴望也。"柴是燔柴以祭天,望是祭山川。显然,他是望文生义。他看到诗有"时迈其邦",就说是"巡守",看见有"怀柔百神,及河乔岳",就认为是告祭柴望。平时的巡守告祭柴望为什么要"载戢干戈,载櫜弓矢"呢?他不知道实在史实,只有这样猜想。《集传》说:"此巡守而朝会祭告之乐歌也。言我之以时巡行诸侯也,天其子我乎哉?盖不敢必也。"强不知以为知,丝毫没有看懂诗义!姚际恒说:"此武王克商后,告祭柴望,朝会之乐歌,周公所作也。宣十二年《左传》曰'昔武王克商,作《颂》曰"载戢干戈"',故知为武王克商后作。《国语》称周文公之《颂》曰'载戢干戈',故知周公作。"他引这一句诗来断定此诗为武王事、周公文,好像很有力量;实际上,孤例独证是靠不住的。果如宣公十二年《左传》所载"武王克商,作颂曰'载戢干戈,载櫜弓矢。我求懿德,肆于时夏,允王保之'",难道在武王二百年后的尹吉甫就不能袭用这些句子吗?我们可以袭用前人的文句,尹吉甫就不可以吗?所以仅仅凭同样的句子,不能断定就是一个人的作品;一定要各方面都吻合,才能得出正确的结果。武王之定天下是要灭人之国,而此诗说"薄言震之,莫不震叠",只是镇压而已。难道武王对殷商只是镇压吗?镇压与灭国大不相同,希望不要相混!

## 九

### 维清(周颂)

维清缉熙,文王之典。肇禋。迄用有成,维周之祯。

## 【诗义关键】

古人以禋祭祖宗,肇禋,也就是点烟,同现在的上香是一个意思。然在什么情形之下点烟呢?"维清缉熙,文王之典。"清,静,也就是天下平静的意思。缉熙,继续。《我将》篇说"仪式刑文王之典,日靖四方",照着文王的典则,天天在平靖四方,此诗"文王之典"也是这个意思。维清缉熙,文王之典,就是由于文王的法则,天下又平静了,这不就是《文王》篇说的"周虽旧邦,其命维新"吗?《文王》篇又说"王国克生,维周之桢",王国之所以能生存,是周室的吉祥,不就是此诗的"迄用有成,维周之祯"吗?所以这首诗是宣王平定天下后在镐京祭文王的作品,毫无问题。

## 【字句解释】

迄,至;迄用,至于。整篇的意思就是:天下又平静了,这是由于文王的典则。上香。现今有了成功,这是周室的祥瑞。

## 【诗篇联系】

宣王平定天下之后,一定要祭告祖宗,《文王》篇是这样产生的,这首诗也是在这种情形之下产生的。

## 【诗义辨正】

《毛序》:"《维清》,奏《象舞》也。"《毛传》:"《象舞》,象用兵时刺伐之舞,武王制焉。"武王制的《象舞》与此诗有什么关系?姚际恒就批评说:"《小序》谓'奏《象舞》',妄也。

朱仲晦不从，以为诗中无此意，是已。……《墨子》曰'武王因先王之乐，命曰《象舞》'，董子曰'武王作《象》乐'，则《象》自属武诗而不可混入《维清》之诗明矣。"

## 十

## 桓（周颂）

绥万邦，娄丰年，天命匪解。桓桓武王，保有厥士，于以四方，克定厥家。於昭于天，皇以间之。

释音：娄，音旅。解，音懈。於，音乌。

## 【诗义关键】

这首诗的关键就在"於昭于天，皇以间之"两句。於昭于天当指武王。"皇以"即《皇矣》篇的"皇矣"，大矣的意思。间，代。皇以间之就是大大地代替着。谁能大大地代替武王呢？诗又言："天命匪解。"解通懈，意思就是天命还没有懈怠。在成王的时候，刚刚平定天下，不能说"天命匪解"吧？一定是复兴之主，平定了天下，才能如此讲；那么，除过宣王，周室的君主里谁当得起这句话呢？宣王平定天下之后，祭告了天，祭告了文王，能不祭告武王吗？这首诗就是祭告武王的。

## 【字句解释】

绥,安。娄,宣公十二年《左传》引作屡;屡,常常。桓桓,武貌。於昭,显昭。整篇的意思就是:安定了万邦,历年来都是丰收,天命并没有懈怠。英勇的武王,因为有他的武士,用于四方,奠定了他的国家。光耀地昭在天上,有伟大的人在代替他。

## 【诗义辨正】

《毛序》:"《桓》,讲武类祃也。"《皇矣》篇说:"是类是祃。"类是出征时的祭上帝,祃是行军所止之处的祭马神,那是出征时的祭祀。《皇矣》篇是宣王出征猃狁时的诗篇,故有类祃的出现,而此诗中的武王,是讲武王的出征吗?不看诗义,随便安插!《集传》就怀疑说:"《春秋传》以此为《大武》之六章,则今之篇次,盖已失其旧矣。又篇内已有武王之谥,则其谓武王时作者,亦误矣。《序》以为讲武类祃之诗,岂后世取其义,而用之于其事也与?"可见朱熹也认为不对。

## 十一

## 昊天有成命(周颂)

昊天有成命,二后受之。成王不敢康,夙夜基命宥密。於缉熙,单厥心,肆其靖之。

释音:於,音乌。

## 【诗义关键】

诗言"成王不敢康，夙夜基命宥密"，成王承着二后而来，二后是文王、武王，那么，成王当系周成王。《郑笺》解为"有成命者，言周自后稷之生而已有王命也。文王、武王受其业，施行道德，成此王功，不敢自安逸"，将成王解为"成此王功"，迂曲之至！成王不敢康，就是成王不敢自安。夙夜，从早到晚。基命，天命的基础。宥，通又。密，精密。夙夜基命宥密，就是从早到晚经营得天命的基础更加巩固，《维清》篇是祭文王，《桓》篇是祭武王，这首诗自然是祭成王。

## 【字句解释】

昊天，上天。成命，定命。单，于省吾《诗经新证》于《公刘》篇解释"其军三单"的"单"为"战"，甚是，此处也是"战"之省假；战，惧。单厥心，也就是战战兢兢的意思。靖，平靖。整篇的意思就是：上天决定的意思，文王、武王承受过来。成王不敢自安，从早到晚经营得天命的基础更加巩固。继续地，战战兢兢地，将天下平定了。

## 【诗义辨正】

《毛序》："《昊天有成命》，郊祀天地也。"诗里明明提到成王，而不认为是成王，反说是祭天地，真是糊涂！无怪姚际恒骂说："《小序》谓'郊祀天地'，妄也。诗言天者多矣，何独此为郊祀天地乎？郊祀天地，不但于成王无与，即武王亦非配天者，而言二后何耶？汉儒惑其说，宋儒且引此诗以为合祀之证，其经术之疏谬可知矣。此诗成王，自是为王之成王。《国语》（按《晋语》）叔向曰'道成王之德，及武王能明文昭、定武烈'，此一证也。贾谊《新书》曰'后，王也。二后，文王、武王也。成王者，武王之子，文王之孙也。文王有大德而功未既，武王有大功而治未成，及成王承嗣，仁以莅民，故称昊天焉'，此一证也。扬雄谓'康王之时，颂声作于下'，班固谓'成、康没而颂声寝'，此一证也。然则毛、郑辈必以成王作'成其王'解，固泥于凡颂皆为成王时周公作耳。"真可谓一针见血之评。

## 十二

## 执竞（周颂）

执竞武王，无竞维烈。不显成、康，上帝是皇。自彼成、康，奄有四方，斤斤其明。钟鼓喤喤，磬筦将将，降福穰穰。降福简简，威仪反反。既醉既饱，福禄来反。

释音：不，音丕。筦，音管。

## 【诗义关键】

《维清》篇是祭文王，《桓》篇是祭武王，《昊天有成命》篇是祭成王，此诗说"自彼成、康，奄有四方，斤斤其明"，当然是祭康王。然祭康王为什么要说成、康呢？因为康王是守成之主，实在没有什么事迹可述，故连成王而言之。《史记·周本纪》说："康王即位，遍告诸侯，宣告以文、武之业以申之，作《康诰》。故成、康之际，天下安宁，刑错四十余年不用。"康王的政绩仅此而已。又说："宣王即位，二相辅之修政，法文、武、成、康之遗风，诸侯复宗周。"因为宣王是法文、武、成、康之遗风，又不得不祭康王。这是成、康连称的原因。然诗的开始为什么又提武王呢？也是因为康王没有什么政绩可述，于是先讲武王，后讲祈福，康王的功绩一字未提，可知是凑字成文而了此一篇的祈祷文。

## 【字句解释】

执，《韩诗》说："服也。"竞，强。烈，与《烈文》篇"烈文辟公"的"烈"同义，都是指武功。不，读为丕。斤斤，明貌。喤喤，大声。将将，即锵锵。穰穰，众多。简简，大貌。反反，《韩诗》作"昄昄"，善貌。来，是。反，归。整篇的意思就是：征服了强敌的武王，没有人的武功能与他相比。显赫的成王，光大了上帝的意旨。自从成王、康王以来，占据了四方，他们的光明显著地照耀着。喤喤的鼓声，锵锵的磬声，一齐演奏起来，降下了许许多多的福祉。所降的福祉都是大大的，尸宾们的威仪也都是美好的。喝醉了，吃饱了，福禄也就跟着来了。

## 【诗篇联系】

《楚茨》篇说"既醉既饱"，《宾之初筵》篇说"曰既醉止""是曰既醉""醉而不出""宾既醉止",《既醉》篇说"既醉以酒,既饱以德",都是指尸宾而言,那么,这首诗的"既醉既饱"也是指尸宾。就因为尸宾喝醉了,吃饱了,才能"降福穰穰""降福简简"。由此可知,这是一首绎宾尸的诗。不仅这一首,就连上边讲过的《维清》《桓》《昊天有成命》等诗也都是绎宾尸时的作品。此诗的"威仪反反",不正是《宾之初筵》篇的"其未醉止,威仪反反"吗?到此,更可了解一件史实,就是周人在正式祭祖之后,都要进行跳舞以娱神,跳舞之前都要祭告祖宗,这些"颂"就是祭告祖宗的祈祷文。阮元将颂释为舞,不仅正确,而且使我们知道所谓《周颂》三十一篇,都是在舞神时所产生的。《周颂》,实在应该称为周舞,不过在舞时颂美祖先,故转称为"颂"。我说祭祀后要跳舞是有根据的:如《有駜》篇说"振振鹭,鹭于下。鼓咽咽,醉言舞",是收复鲁国后在祭祀时的跳舞。《宾之初筵》篇说"舍其坐迁,屡舞僊僊",是南仲平定猃狁后在祭祀时的跳舞。《那》篇说"庸鼓有斁,万舞有奕",是平定荆蛮后在宋国祭祀时的跳舞。《閟宫》篇说"万舞洋洋,孝孙有庆",也是恢复鲁国后在祭祖时的跳舞。《振鹭》篇说"振鹭于飞,于彼西雝",是宣王将南北平定后,在镐京祭祖时的跳舞。从《诗经》中表现的战事看来,胜利后都要跳舞,足证我们所说的没有错。反过来说,幽王时打西戎吃的是败仗,也就不再有庆功舞了。

## 【诗义辨正】

《毛序》:"《执竞》,祀武王也。"祀武王怎么会有成、康的出现呢？他只看到头一句，没有注意下边的两次成、康。成、康提两次，武王只提一次，诗的重点是在武王呢，还是在成、康呢？周室是武王建立的，提到成、康的时候，很容易联想到武王；不能一看到武王就认为是祭武王的作品。姚际恒说："《小序》谓'祀武王'，固非；《集传》谓'祀武王、成王、康王'，是已；然三王并祭出何典礼，得毋卤莽耶？后之主祭三王之说者，邹肇敏曰：'文王庙在丰，武王庙在镐，其成、康亦祔于武庙可知。而此祭非祫非禘，故止及三王耳。'按成、康各有专庙，何得谓祔于武庙，此妄说也。惟新主未成庙，乃祔庙，然亦只一王，如成王崩，康王祔之，武王庙不应有两王也。朱允升曰：'祭三王无其例。然武王有世室，则必有专祭矣，岂昭王以后祭武世室而配以成、康与？'此亦臆测，毫无稽据。主祭武王之说者，范景仁曰：'祀武王而述成、康，见子孙之善继也。'吕泾野亦曰：'自成、康以来，其功则能崇天下，其德能和敬以奉祭祀，武王其必享之。'然则祀武王之诗，周公岂不曾作，而直待昭王之臣作乎？主祭成、康之说者，朱郁仪曰：'祀成王、康王而推本于武王也。'按祭礼或分或合，昭王独祀成、康二王，此何说也？季明德曰：'此盖昭王时以成、康二王祫食于武王庙之诗也。'又曰：'但不知何故而举此祭耳。'按时祭不当祫，祫祭止一尸，其辞在己亦疑之，何待人驳乎？"说来说去，都不知实际的情形而在猜，所以没有一个人猜得对。从《维清》《桓》《昊天有成命》看来，都是一诗祭一人，这首诗自然是祭康王；然因康王实在无迹可陈，只有拿武王、成王来凑数，所以有三王的出现，事实不是很清楚吗？

在此，顺便解决一个问题。王国维在《周大武乐章考》(《观堂集林》卷二）说："《乐礼》：'夫《武》始而北出，再成而灭商，三成而南，四成而南国是疆，五成而分周公左、召公右，六成复缀以《崇》。'是《武》之舞凡六成，其诗当有六篇也。据《毛诗序》于《武》曰'奏《大武》也'，于《酌》曰'告成《大武》也'，则六篇得其二。《春秋》左氏宣十二年《传》：'楚庄王曰"武王克商作《武》"，其卒章曰"耆定尔功"，其三曰"铺时绎思，我徂惟求定"，其六曰"绥万邦，屡丰年"，是以《赉》为《武》之三成，以《桓》为《武》之六成，则六篇得其四。其诗皆在《周颂》，其余二篇，自古无说。案《祭统》云'舞莫重于《武》，《宿夜》是尚'，有《宿夜》一篇。郑注：'《宿夜》，《武》曲名也。'疏引皇氏云：'师说《书传》云："武王伐纣，至于商郊，停止宿夜，士卒皆欢乐歌舞以待旦，因名焉。《武·宿夜》，其乐亡也。"'熊氏云：'此即《大武》之乐也。'案宿，古夙字。《说文解字·夕部》：'夙，早敬也。'㐁，古文夙，从人囚。佴，亦古文夙，从人囚。宿从此。又《宀部》：'宿，止也。从宀，佴声。佴，古文夙。'《丰姞敦》云'丰姞慈用夙夜享孝于諔公于室叔朋友'，夙正作㐁。是《武·宿夜》即《武·夙夜》。其诗中当有夙夜二字，因以名篇。如《时迈》有'肆于时夏'语，因称《肆夏》矣。皇侃所称师说，非也。……今考《周颂》三十一篇，其有'夙夜'字者凡四：《昊天有成命》曰'夙夜基命宥密'，《我将》曰'我其夙夜，畏天之威'，《振鹭》曰'庶几夙夜，以永终誉'，《闵予小子》曰'维予小子，夙夜敬止'。而《我将》为祀文王于明堂之诗，《振鹭》为二王之后助祭之诗，《闵予小子》为嗣王朝庙之诗，质以经文，《序》说不误。惟《昊天有成命》序云：'郊祀天地也。'然郊祀天地之诗，不应咏歌文、武之德。又郊以后稷配天，尤与文、武无涉。盖作序者见此诗有昊天字而望文言之。若《武·夙夜》而在今《周颂》中，则舍此篇莫属矣。如此，则《大武》之诗，已得五篇。其余一篇疑当为《般》。何则？《酌》《桓》《赉》《般》四篇，次在《颂》末，又皆取诗之义以名篇。前三篇既为《武》诗，则后一篇亦宜然。此《武》诗六篇之可考者也。至其次第，则《毛诗》与楚乐歌不同。楚以《赉》为第三，《桓》为第六；毛则六篇分居三处，其次则《夙夜》第一，《武》第二，《酌》第三，《桓》第四，《赉》第五，《般》第六。此殆古之次第。"

王国维花这么大的精力考证出《大武》六篇的名称与次第，而实际是把精力白费了。要知道《大武》是《大武》，三百篇是三百篇，绝不能因三百篇袭用了《大武》几句诗文，就认为是《大武》。我们来看一看他所考出的六篇诗与武王是否有关系。他说《夙夜》就是《昊天有成命》篇，那么，此诗说"昊天有成命，二后受之。成王不敢康，夙夜基命宥密"，武王的《大武》里怎么会出现成王呢？怎么能凭这首诗里有"夙夜"二字就认为是《大武》的"夙夜"呢？《武》篇说"於皇武王，无竞维烈。允文文王，克开厥后。嗣武受之，胜殷遏刘，耆定尔功"，"嗣武"明明指文王、武王以后的武力，怎么能是武王时的作品呢？诗的开始说"於皇武王，无竞维烈"，最后说"耆定尔功"，明明是对武王讲的话。《武》这首诗我们说是平陈与宋后，卫人祭祀文王、武王的作品，卫是武王的后代，故先言武王而后言文王。

《酌》篇说:"於铄王师,遵养时晦。时纯熙矣,是用大介。我龙受之,蹻蹻王之造。载用有嗣,实维尔公。允师。"诗言:"我龙受之,蹻蹻王之造。载用有嗣,实维尔公。允师。"明明是一位师氏受了王命出征,胜利后由于对王的尊崇,所以把一切功劳都推在王的身上,又与武王有什么关系呢?

《桓》篇说:"绥万邦,娄丰年,天命匪解。桓桓武王,保有厥士,于以四方,克定厥家。於昭于天,皇以间之。"明明是祭武王的作品,所以说他"於昭于天",怎么会是武王活着时的《大武》呢?

《赉》篇说:"文王既勤止,我应受之,敷时绎思。我徂维求定,时周之命。於绎思。"我们曾说这是宣王南征徐国的时候祭告上天的诗,故而说我去的目的只是求一个安定,只要徐国听命也就算了。武王的出征,哪一次是只求个安定呢?

《般》篇说:"於皇时周,陟其高山。隋山乔岳,允犹翕河。敷天之下,裒时之对,时周之命。"隋山乔岳,允犹翕河,是小山大岳都是与河水平行。这种地理形势,除过终南山与渭水外,找不出第二个地形。武王出征,遇过这种地理形势吗?武王的最大一次战争是牧野之战,而牧野是平原,既不要"陟其高山",也没有河水与山岳并行的形势。统观这六篇诗的事迹,没有一篇与武王相合,怎么可以凭几句相同的文字,就断定是《大武》呢?

然尹吉甫为什么袭用《大武》的诗句呢?《武》篇说"嗣武受之,胜殷遏刘,耆定尔功",尔功指武王之功,这不是袭用得极为恰当吗？《赉》篇说"敷时绎思，我徂维求定"，不正是宣王征徐国的目的吗？《桓》篇说"绥万邦，娄丰年"，宣王北征猃狁、南征淮夷不正是绥万邦吗？从宣王元年到宣王六年，自《诗经》来看，没有什么荒年，不是屡丰年吗？只要用得恰当，为什么不可以袭用前人的语句呢？绝对不能因为几句相同的句子就把写作的日期提前，或剥夺了尹吉甫的著作权。同样地，也不能因为《时迈》篇曰"载戢干戈，载櫜弓矢。我求懿德，肆于时夏，允王保之"，就说是武王时的作品；《左传》里的武王克商作颂，绝对不能与《诗经》的《周颂》相混！

讲到这里，读者一定有一个疑问，就是我们说："怎么可以凭几句相同的文字，就断定是《大武》呢？"而我们这部《诗经通释》，就是凭几句相同的文字，将诗篇连到一起。我们可以用这种方法，难道王国维就不能用吗？用是可以用的，但要配合其他证据；单单用这种方法是非常危险的。一定要配合时间、地点、人物、事件、情感背景，这五种因素都合了才算对，否则是靠不住的。我很希望读者再做一番细心的考证！

## 十三

## 文王有声（大雅）

文王有声，遹骏有声，遹求厥宁，遹观厥成。文王烝哉！

文王受命，有此武功。既伐于崇，作邑于丰。文王烝哉!

筑城伊淢,作丰伊匹。匪棘其欲,遹追来孝。王后烝哉!

王公伊濯,维丰之垣。四方攸同,王后维翰。王后烝哉!

丰水东注,维禹之绩。四方攸同,皇王维辟。皇王烝哉!

镐京辟廱,自西自东,自南自北,无思不服。皇王烝哉!

考卜维王,宅是镐京。维龟正之,武王成之。武王烝哉!

丰水有芑,武王岂不仕?诒厥孙谋,以燕翼子。武王烝哉!

释音:遹,音聿。淢,音洫。

## 【诗义关键】

诗言"考卜维王,宅是镐京",此诗的地点一定在镐京。又说"镐京辟廱,自西自东,自南自北,无思不服",可知,此诗的地点不仅在镐京,且也在辟廱,换言之,也就是在灵台,与《灵台》篇"於乐辟廱"正合。灵台之筑,为的是"奏功",此诗言"遹观厥成",我们敢于断言此诗与《灵台》《文王》《维清》等篇为同时同地之作。

然诗再三说"文王烝哉""武王烝哉""王后烝哉""皇王

烝哉"。"王后""皇王"都是无谥之王，是否就是文王、武王或另有其王呢？这一点搞不清楚，这首诗就无法了解。《郑笺》于"王后"下注说："变谥言王后者，非其盛事，不以义谥。"不知他说些什么。但显然，他认为王后指文王。屈万里就干脆说："王后，仍指文王言。"《郑笺》又于"皇王"注说："变王后言大王者，武王之事又益大。"他认"皇王"指武王。此诗共有八章，前两章言文王，后两章言武王，中四章两言"王后"，两言"皇王"，为什么不通称文王或武王，而于中间四章改变称谓呢？《诗经》中用"皇王"的还有一篇，就是《闵予小子》，诗言"於乎皇王，继序思不忘"，我们曾说"皇王"指宣王。那么，这首诗的"皇王""王后"是否也指宣王呢？诗言："镐京辟廱，自西自东，自南自北，无思不服。皇王烝哉！"宣王不是真正当得起这种赞美吗？诗又言："四方攸同，王后维翰，王后烝哉！"宣王不是也当得起吗？"筑城伊淢，作丰伊匹。匪棘其欲，遹追来孝。"淢是护城河。筑城伊淢，就是筑城的时候连带着也筑护城河。作丰伊匹，匹，是匹配，指文王所作的丰，意思就是现今所作的丰城与文王所作的可以匹配。棘，急。遹，语词。匪棘其欲，遹追来孝，就是并不是急急地想完成自己的私欲，而是要赶得上这个享祭。王后烝哉！国王真是好呀！宣王于胜利之后，又建了一个丰城以作享祭文王之用。此诗的中间四章都是赞美宣王的，所以说"王后烝哉"或"皇王烝哉"。了解了这一点，全诗才可以作通顺的解释。

**【字句解释】**

一章。声，声誉。骏，大。烝，《韩诗》解为美。整章的意思就是：文王有了声誉，是大大的声誉。求得了他的安宁，现在来看他的成就。美哉文王！

二章。于，应为邘。《尚书大传》："文王受命……二年伐邘……六年伐崇。"(《群经平议》说) 丰，《读史方舆纪要》(卷五十三) 于鄠县酆城说："在县东五里。殷为崇侯虎国，文王伐之，故《诗》云'既伐于崇，作邑于酆'也。"整章的意思就是：文王受到天命，有了这么大的武功。伐了邘、崇之后，就在丰这个地方作都邑。美哉文王！

三章。丰，《读史方舆纪要》又引《括地志》说："鄠县东三十五里有文王丰宫。"可见文王所作的丰在鄠县东三十五里，而宣王所筑的酆城则在县东五里。又引杜预说"丰宫东有灵台"。更可证明宣王所筑的酆城与文王所作的丰不是一个地方，所以诗言："筑城伊淢，作丰伊匹。"由此，也可证明将"王后"解为宣王的正确。然为什么又筑一个酆城呢？为的是纪念文王，所以诗又说："匪棘其欲，遹追来孝。"整章的意思就是：筑城的时候连带着筑了护城河，此城之美可与文王的丰城匹比。筑此丰城，并不是为满足自己的欲望，而是为表示孝心。美哉国王！

四章。公，通功。濯，大。同，会同。整章的意思就是：王的功绩非常之大，就像这个丰城的城墙。现在四方诸侯都来朝会，都可作为国家的枝干。美哉国王！

五章。《水经注》(卷十九) 于"丰水从南来注之"说："又北,径灵台……又北至石墩,注于渭。"又引《地说》(按《尚书·地说》之简称,此书久遗)说:"渭水又东与丰水会于短阴山内。"此诗说"丰水东注,维禹之绩",就是丰水东流入渭,是大禹的功绩。整章的意思就是:丰水注入渭水,这是大禹的功绩。现在四方都来朝会,也只有大王是这么伟大。美哉大王!

六章。服,驯服。整章的意思就是:镐京大池,从西方、从东方、从南方、从北方,只要是想到的地方,没有不顺服的。美哉大王!

七章。考卜,稽之于龟卜。维王,为王。整章的意思就是:稽之于龟卜可以为王,也就在这个镐京居住下来。再正之于龟卜,也就在此筑城。美哉武王!

八章。芑,嘉禾。仕,事。谋,谋略。整章的意思就是:丰水一带长着良好的芑禾,武王岂能无所事事?他给子孙们留下些谋略,也就在这里安居繁殖。美哉武王!

## 【诗篇联系】

这首诗里提到三个王,文王、武王、今王,今王也就是宣王。显然这是祭文、武,同时歌颂今王的作品。从"筑城伊淢,作丰伊匹。匪棘其欲,遹追来孝"看来,这篇诗是新丰城筑成后而祭祀文、武时的作品。

## 【诗义辨正】

《毛序》:"《文王有声》,继伐也。武王能广文王之声,卒其伐功也。"《集传》说:"此诗言文王迁丰,武王迁镐之事。"

都是皮毛之见。历来说诗的人都不注意"王后""皇王"的意义，也就不注意中间四章与前后两章的不同，因而也就不可能了解这首诗。

## 十四

### 下武（大雅）

下武维周，世有哲王。三后在天，王配于京。
王配于京，世德作求。永言配命，成王之孚。
成王之孚，下土之式。永言孝思，孝思维则。
媚兹一人，应侯顺德。永言孝思，昭哉嗣服。
昭兹来许，绳其祖武。於万斯年，受天之祜。
受天之祜，四方来贺。於万斯年，不遐有佐？

### 【诗义关键】

这首诗的关键就在"三后在天"的"三后"是谁，"王配于京"的"王"是哪一位王，"成王之孚"怎样讲。这三点弄明白，诗义就清楚了。三后，《毛传》注为大王、王季、文王，甚是。怎么断定甚是呢？《思齐》篇是祭三妃的，三妃是大姜、大任、大姒。大姜是大王之妃，王季之母；大任是王季之妃，文王之母；大姒是文王之妃，武王之母。这首诗是祭三后，《思齐》篇是祭三妃，配合得非常齐全。"王配于京"的"王"指哪一位王呢？诗言："下武维周，世有哲王。"世世代代都有哲王,一定是周人立国后很久的话,不仅武王的时候不能讲"世有哲王",即令成王、康王的时候,也不能这样讲。成王刚刚把天下奠定,康王也不过是第四代君,都不合诗的语气。诗又言:"受天之祜,四方来贺。"一定得有可贺之事,才能说来贺。成、康的时候,只能说四方来朝,不能说来贺;宣王平定了狁猃与淮夷,天下一统,才可以这样讲。把"世有哲王"与"四方来贺"两个条件配合起来,不正是指宣王吗?宣王现在正在祭祖,把这首诗排在这里,不是十分恰当吗?然"成王之孚"应怎样解释呢?《郑笺》说:"此为武王言也。今长我之配,行三后之教令者,欲成我周家王道之信也。王德之道成于信。《论语》曰:'民无信不立。'"他不认为成王是武王之子的成王,等于他不认为《执竞》篇的"成王"为成王。为什么他要曲为解说呢?因为《执竞》篇的《毛序》说"祀武王也",此篇说"武王有圣德,复受天命,能昭先人之功焉"。他受了《毛序》的束缚,明明是成王而不敢说是成王。现在知道宣王在祭祖,《文王》篇是祭文王,《文王有声》篇是歌颂文王与武王,这一篇在祭成王,不是极自然的顺序吗?可是这首诗里也提到今王,与《文王有声》篇同样情形,所以使诗义较为曲折。

## 【字句解释】

一章。下,与《大明》篇"明明在下"、《皇矣》篇"临下有赫"的"下"同义,都是指地下,对上天或上帝而言。武,武力。"王配于京"的"王"指今王。《毛传》说:"武王也。"武王刚刚开创天下,怎么会说"世有哲王"呢?屈万里认为是成王，移后了一代，怎么与"成王之孚"的成王相合呢？都因不了解实际的史事，所以在猜想。整章的意思就是：地上而有武力者只有周室，世世代代都出了明哲的帝王。天上的大王、王季、文王，只有现在在京师的王可以匹配。

二章。求，当读作逑，也是匹配的意思。世德，祖宗的恩德。永言，应为咏言；《尧典》作"歌永言"，《汉书·礼乐志》作"歌咏言"，《艺文志》也作"歌咏言"（《群经平议》说）。孚，信。整章的意思就是：王之所以能在京师匹配，由于祖宗世世代代的恩德。要说到配天命的话，成王是确实相符。

三章。整章的意思就是：成王之确实相符，是他可作地上人民的法则。说到孝顺，他也是照着规矩孝顺的。

四章。媚，爱。一人，指国王，与《烝民》篇"以事一人"的"一人"同义，都是指宣王。侯，乃。顺德，犹言慎德（马瑞辰说）。嗣服，后进（亦马瑞辰说）。整章的意思就是：大家喜爱这一个人，应该使他慎于德行。说到孝顺，应该使后进们显耀起来。

五章。兹、哉，古同声通用；昭兹，犹言昭哉。来许，也是后进的意思。昭兹来许，即上章昭哉嗣服，易字以协韵（马瑞辰说）。绳、承，古通用；《抑》篇"子孙绳绳"，《韩诗外传》引作"承承"。整章的意思就是：后进之所以显耀，由于承继了祖宗的武功。千千万万年呀，要受到上天的福禄。

六章。不遐，遐不的倒文；遐不，胡不的意思。《诗经》中凡言"遐不"，都是这个意思。佐，辅佐。整章的意思就是：因为受到了上天的福禄，四方的诸侯都来恭贺。千千万万年呀，怎会没有辅佐的人呢？

## 【诗篇联系】

《文王》篇是歌颂文王，《文王有声》篇是歌颂文、武兼附宣王，这一篇歌颂成王兼附宣王，祭祀的次第，显然可见。也只有知道诗篇的用途，才能了解诗的真正意义。可是，假如没有发现宣王亲征，以及宣王于平定天下后在镐京祭祖，这些篇的用途也就无法知道。

## 【诗义辨正】

《毛序》："《下武》，继文也。武王有圣德，复受天命，能昭先人之功焉。"我很奇怪，写序的人怎么闭着眼睛说话呢？诗一开头就讲"下武维周，世有哲王"，难道文王开了周室，到武王的时候就算世世代代都有哲王吗？诗又明言"成王之孚"，难道以"王德之道成于信"，就算解释清楚"成王之孚"吗？"成王之孚"是承"永言配命"而来，"王德之道成于信"就可解释"配命"吗？后人无法知道这首诗的用途，也就只有跟着他乱解了！

## 十五

## 大明（大雅）

明明在下，赫赫在上。天难忱斯，不易维王。天位殷適,使不挟四方。

挚仲氏任,自彼殷商,来嫁于周,曰嫔于京。乃及王季,维德之行。大任有身,生此文王。

维此文王,小心翼翼。昭事上帝,聿怀多福。厥德不回,以受方国。

天监在下,有命既集。文王初载,天作之合。在洽之阳,在渭之涘。文王嘉止,大邦有子。

大邦有子,俔天之妹。文定厥祥,亲迎于渭。造舟为梁,不显其光。

有命自天,命此文王。于周于京,缵女维莘。长子维行,笃生武王。保右命尔,燮伐大商。

殷商之旅,其会如林。矢于牧野:"维予侯兴,上帝临女,无贰尔心!"

牧野洋洋,檀车煌煌,驷騵彭彭。维师尚父,时维鹰扬。凉彼武王,肆伐大商,会朝清明。

释音:忱,音谌。適,读敌。回,音违。俔,音欠。丕,音丕。彭,音旁。

## 【诗义关键】

我们知道宣王的北征狎狁,殷人的功劳最大;现在殷士又在镐京助祭,自然不能不提殷、周的关系。然殷是被周所灭,不能不找些理由使殷人既不怀恨周室,也不忘记祖宗。此诗与《荡》的产生,就是这种用意。

《文王》篇已经说:"永言配命,自求多福。殷之未丧师,克配上帝。宜鉴于殷,骏命不易。"这是安慰殷人的话。此诗一开头就说"明明在下,赫赫在上。天难忱斯,不易维王。天位殷適,使不挟四方",也是安慰的意思。大任是王季的妃子、文王的母亲,使殷、周的关系密切起来。这首诗表面上是赞美文、武的功业,实际上是赞美大任。就以此义将这首诗作一解释。

## 【字句解释】

一章。明明,勉勉的假借。在下,在地下。赫赫,显赫。在上,在天上,与地下相对。忱,信赖。维,为。位,金文里位、立同字;適、敌,同声,古均通用(于省吾《诗经新证》说)。挟,达,古谓不嗣位为不达四方(马瑞辰说)。整章的意思就是:在地下黾勉努力的人,才能显赫地在天上。老天爷是不可信赖的,做王也不是容易的。是老天爷安置一些殷朝的敌人,它才不能达于四方。

二章。挚仲氏任,《毛传》:"挚国任姓之中女也。"挚国,在今河南汝南县东南。京,就是《公刘》篇"笃公刘,于京斯依"的京,豳的地名(《群经平议》说)。之,是;之行,是行。有身,怀孕,现在还说妇人有孕叫有身。大任有身,生此文王,就是大任怀了孕,生了这个文王。由此可知,文王是在豳国出生长大的。整章的意思就是:挚国的任家二姑娘,自从殷商的时候,就嫁到周室,来为豳京的媳妇。她与王季二人都是有德行的。大任怀了孕,就生下这个文王。

三章。《诗经》中凡用"翼翼",都作盛貌解。聿怀,曰怀,得到。不回,不违。方,大(马瑞辰说)。整章的意思就是:只有这个文王,非常小心谨慎。好好地侍奉上帝,因而得到了许多福祉。他从不违背道德行事,所以受到了大国。

四章。载,《毛传》:"识。"周人早婚,故《大戴礼》称文王十三生伯邑考,十五生武王发。婚姻又由父母之命,所以极早就为儿子定亲。在洽之阳,在渭之涘,指莘国,莘为大姒之国。《读史方舆纪要》(卷五十四)于郃阳县说:"古莘国地。洽,水名也。故《诗》曰:'在洽之阳。'其后流绝,故去水加邑。"又于莘城说:"在县南二十里,古莘国。伊尹耕于有莘之野。……应劭曰'莘国在洽'之阳,即此城也。武王母大姒为莘国女。《诗》曰'缵女维莘',是矣。"止,《毛传》于《相鼠》篇注为"礼也";嘉止,即嘉礼(马瑞辰说)。子,即下章"缵女维莘,长子维行"的"子",指大姒。整章的意思就是:老天爷看着下边,决定将天命赐给这个人。文王刚刚有知识的时候,老天爷就给他定了婚配。这个婚姻是在洽水的北边,渭水的涘上。文王以嘉礼迎娶过来,大邦也就有子女了。

五章。倪,《毛传》:"磬也。"磬是譬的意思。妹,《周易·归妹》王注:"妹者,少女之称。"文定,婚礼以纳币为定约,谓之文定。文王是从豳地到莘国迎亲,自然要走水路,所以说"造舟为梁,不显其光"。为,作"如"讲(见《经传释词》)。梁,桥。整章的意思就是:大国得到了一个女孩子,就像天仙一样漂亮。以币帛决定这件喜事之后,文王就到渭水的边上亲迎。所造的船就像桥梁那样平稳，而且非常非常华丽。

六章。缵，当作荐，《崧高》篇"王缵之事"，《潜夫论·志氏姓》引作"荐"；昭公五年《左传》"求昏而荐女"，杜注"荐，进也"。命尔，为尔命之倒文，指文王。燮，和。整章的意思就是：天上有命令下来，命令这个文王。在周室的京地，进上了莘国的女儿，她的排行是老大。生下了这个武王，保护佑助您的天命，协助着征伐大商。

七章。旅，众。林，树林。殷商之旅，其会如林，是袭用《尚书·武成》篇"其旅若林，会于牧野"。矢，誓。牧野，《读史方舆纪要》（卷四十九）于汲县牧野说："北去朝歌十七里。"侯，乃。整章的意思就是：殷商的军旅，集聚起来就像一座树林。武王在牧野誓师说："只有我可以兴盛起来，上帝在你们身边，你们不要有什么疑惧。"

八章。洋洋，广大貌。《读史方舆纪要》又引《水经注》说"自朝歌南暨清水，土地平旷，据皋跨泽，悉牧野矣"，所以说"牧野洋洋"。檀车，即戎车。煌煌，鲜明貌。骊，骊马白腹。彭彭，行声。师，也就是《葛覃》《十月之交》与《云汉》三篇的"师氏"，作战时的将领。鹰扬，如鹰之飞扬。凉，佐。肆，力。会，会同。朝，朝见。整章的意思就是：广阔的牧野，发亮的戎车，骊马奔跑得彭彭作响。为师氏的尚父，那时就像老鹰一样地飞扬，协助武王，大力地在伐商。从此以后，朝会也就清明了。

【诗篇联系】

六经皆史，成了人们的口头禅；只有《诗经》这部书，自从汉儒误解《乐经》而为《诗经》，硬要在断章取义的乐章里求诗义，不仅没有帮助古史，反而扰乱了古史。各有各的解说，各有各的引用，结果，反使它成为古史研究的绊脚石。譬如这首诗的"京"字，《毛传》说"大也"，他根本不知道是一个地名。《郑笺》说"周国之地，小别名也"，虽知是个地名，然在什么地方仍不知道。《集传》说"周京也"，屈万里也跟着这样说，认为是镐京。这样，怎可作为历史来看呢？自俞樾告诉我们就是豳京，那么，不仅知道王季是在这里结的婚，文王与武王也都出生在这里。文王是从这里坐船到莘国去迎亲。对周史是多么大的一个发现！以历史的眼光来看，这篇诗又与《公刘》篇发生了关系。再者，从"文王初载，天作之合"，我们知道文王是早婚，这一点为了解《诗经》提供了一大帮助。将来我们计算卫武公、卫庄公、孙子仲、尹吉甫以及仲氏的岁数时，有莫大的便利。

【诗义辨正】

《毛序》："《大明》，文王有明德，故天复命武王也。"随意胡扯。《集传》说"此亦周公戒成王之诗"，更是胡扯。这首诗哪有一点诫的意味？姚际恒说："此叙周家二母以及文王、武王之事，亦所以告成王与？"尽管这样讲，他自己也不敢相信。

# 十六

## 思齐（大雅）

思齐大任，文王之母。思媚周姜，京室之妇。大姒嗣徽音，则百斯男。

惠于宗公，神罔时怨，神罔时恫。刑于寡妻，至于兄弟，以御于家邦。

雍雍在宫，肃肃在庙。不显亦临，无射亦保。

肆戎疾不殄，烈假不瑕。不闻亦式，不谏亦入。

肆成人有德，小子有造。古之人无斁，誉髦斯士。

释音：齐，音斋。不，音丕，下四"不"字同。

## 【诗义关键】

这首诗里有三位女性：一是大姜，二是大任，三是大姒。大姜是大王之妃，王季之母；大任是王季之妃，文王之母；大姒是文王之妃，武王之母。《下武》篇说"三后在天"，三后是大王、王季、文王，她们就是这三个王的妃。很显然，是祭三后之后，此诗在祭他们的三妃。然《大明》篇是祭大任、大姒，而此诗又在祭大任、大姒，不是重复了吗？不是的。《大明》篇说"挚仲氏任，自彼殷商，来嫁于周"，明明提出大任与殷商的关系。大姒是莘国人，而伊尹耕于有莘之野，与殷商也有关系。《大明》篇之特地写大任与大姒，由于殷士助祭的关系；

而这首诗是周室的后代祭祀三妃,故与殷士无关。在不同的场合之下有不同的用途,也就有不同的写法。

**【字句解释】**

一章。思,语词。齐,读为斋,庄严的意思。媚,爱。京,豳京。嗣,继。徽,美。整章的意思就是:庄严的大任,是文王的母亲。亲爱的周姜是豳京的主妇。大姒承继她们的美德,生下了百来个男儿。

二章。于,在。宗公,先祖(马瑞辰说)。神,指宗公。罔,无。时、所,古同义通用(《经义述闻》说)。恫,痛恨。刑,仪法。寡妻,嫡妻,也就是大妻,指大任、大姜、大姒而言。御,治。整章的意思就是:恩惠在先祖那里,他们对任何人既没有怨,也没有恨。仪法则在嫡妻那里,她们的仪法可施用到兄弟,也可施用到家国。

三章。《雝》篇说"有来雝雝,至止肃肃",是讲祭祀者有的人慢慢地来到,有的人急急地来到;此诗"雝雝在宫,肃肃在庙",也是指祭祀的人有的在宫里消消停停,有的在庙里急急忙忙。不显,丕显。《诗经》中用"无射"的共有三篇,就是《车舝》篇"好尔无射"、《清庙》篇"无射于人斯"与此诗"无射亦保"。无射都是作"无厌"讲。整章的意思就是:有的人在宫里逍遥自在,有的人在庙里急急忙忙。显赫的人物固然是受到照顾,不被厌恶的人也受到保佑。

四章。此章的四个"不"字都读为丕,大的意思。肆,使。戎,大。殄,绝。烈,疠之假借;假,瘕之假借;都是疾病的意思（马瑞辰说）。瑕，已。整章的意思就是：使大的疾病都行绝迹，疠疾也都消灭。大的令闻可作为法式，大的谏诤也肯容纳。

五章。造，造就。小子，学童。古之人，古老之人，即老年人。誉，安乐（《群经平议》说）。髦士是一个名词，《小雅·甫田》篇有"烝我髦士"，《棫朴》篇有"髦士攸宜"。"誉髦斯士"，应为"誉斯髦士"，倒字以协韵。整章的意思就是：使成人们有德行，学童们有造就。老人们不见厌恶，髦士们得以安逸。

## 【诗篇联系】

这首诗完全是赞美三妃，而求三妃给予后代福禄。这首诗排在祭三后之后，极为自然。

## 【诗义辨正】

《毛序》："《思齐》，文王所以圣也。"皮毛之见。《集传》说"此诗亦歌文王之德"，不着边际。除过提"文王之母"以外，哪一点沾到文王边呢？姚际恒也不得其解说：《小序》谓'文王所以圣'，是。严氏谓：'皆言文王之所以圣，谓文王之所以得圣，由其贤母所生，止是首章之意耳。'按，此诗自以首章为主，首章特言文王之母，则以下言文王之圣即是言其所由以圣也；严说非是。此篇只重大任，其大姜固带言，而大姒亦不重。"首章明明将大任、大姜、大姒并重，一点也没有差别。以下各章都是承接首章而来，丝毫不关文王，怎么说是文王之所以圣呢？

# 十七

## 荡（大雅）

荡荡上帝，下民之辟。疾威上帝，其命多辟。天生烝民，其命匪谌。靡不有初，鲜克有终。

文王曰："咨，咨女殷商。曾是强御，曾是掊克，曾是在位，曾是在服。天降滔德，女兴是力。"

文王曰："咨，咨女殷商。而秉义类，强御多怼。流言以对，寇攘式内。侯作侯祝，靡届靡究。"

文王曰："咨，咨女殷商。女炰烋于中国，敛怨以为德。不明尔德，时无背无侧。尔德不明，以无陪无卿。"

文王曰："咨，咨女殷商。天不湎尔以酒，不义从式。既愆尔止，靡明靡晦。式号式呼，俾昼作夜。"

文王曰："咨，咨女殷商。如蜩如螗，如沸如羹。小大近丧，人尚乎由行。内奰于中国，覃及鬼方。"

文王曰："咨，咨女殷商。匪上帝不时，殷不用旧。虽无老成人，尚有典刑。曾是莫听，大命以倾。"

文王曰："咨，咨女殷商。人亦有言：'颠沛之揭，枝叶未有害，本实先拨。'殷鉴不远，在夏后之世。"

释音：湎，音免。奰，音备。

**【诗义关键】**

这首诗的形式非常奇特，除首章外，其他七章都以"文王曰咨，咨女殷商"开始，而其内容都是讲殷商灭亡的原因。如"曾是强御，曾是掊克，曾是在位，曾是在服"，再如"匪上帝不时，殷不用旧。虽无老成人，尚有典刑。曾是莫听，大命以倾"。文王并没有灭商，灭商在文王驾崩以后，文王怎么能讲商朝灭亡以后的事呢？这是假借文王的语气来告诫商的后代，自无问题。诗言："人亦有言：'颠沛之揭，枝叶未有害，本实先拨。'"颠沛，偃仆（见马融《论语注》）。拨、败，同声，拨即败之假借。《列女传·齐东郭姜传》引《诗》正作"本实先败"（马瑞辰说）。这四句诗的意思就是：人们有句话：倒下去的树，树根撅起来，并不是枝叶害它的，而是它本身先坏。这明明是譬喻，用枝叶以喻子孙。由此可知，这些话是对商代的子孙讲的，意思就是商朝之所以亡，由于它的本身坏了，与你们没有关系。一方面在追述殷商之所以亡，一方面在安慰殷商的子孙。然在什么情形之下讲这样的话呢？《文王》篇不是讲"无念尔祖，聿修厥德。永言配命，自求多福。殷之未丧师，克配上帝。宜鉴于殷，骏命不易"吗？又说"命之不易，无遏尔躬。宣昭义问，有虞殷自天。上天之载，无声无臭。仪刑文王，万邦作孚"吗？此诗开始也说"荡荡上帝，下民之辟。疾威上帝，其命多辟。天生烝民，其命匪谌。靡不有初，鲜克有终"，都是一个意思。由此，使我们相信这首诗是殷士在镐京助祭的时候，因为他们对国家的功勋，宣王也祭殷人的祖先；然宣王怎么可以直接祭殷人的祖先呢？于是假借文王的语气对殷人的祖先讲话，以消除殷人对周室的仇恨。用这种意思来看这首诗，诗义就通顺了。

**【字句解释】**

一章。荡荡与疾威都是形容上帝，而《郑笺》说："荡荡，法度废坏之貌。""疾，病人者，重赋敛也；威，罪人者，峻刑法也。"上帝怎么可以废坏法度与重赋敛、峻刑法呢？他是望文生义。《南山》篇说"鲁道有荡"，《毛传》："荡，平易也。"此处荡荡也是平易的意思。《吕览·孟春纪·贵公》篇"王道荡荡"，注："荡荡，平易也。"《诗经》中用"疾威"的共有四篇，就是《雨无正》《小旻》《召旻》与此诗。《雨无正》《小旻》与《召旻》三篇的"旻天疾威"都是讲上天的发怒，此诗也是这个意思。辟，法式。"其命多辟"之"辟"为僻之假借。谌，信赖。首章都是宽慰殷人的话，也是整篇诗的总义。整章的意思就是：平易近人的上帝，可为地下民众的法式。发怒的上帝，他的命令就多有邪僻了。老天所生的众民，命运是不可信赖的。开始的时候都很好，结果好的倒很少。

二章。咨，嗟。曾是强御，曾是掊克，曾是在位，曾是在服，四句的意思该是一致的。曾是在位、曾是在服，为赞美之词，则曾是强御、曾是掊克也应为赞美之词。强，即御；御，即强；合起来是强胜的意思（马瑞辰说）。克即掊，掊亦即克，合起来则为胜利。滔，大。这一章完全是赞美殷之先世。整章的意思就是：文王说："嗟！嗟汝殷商。你们曾经强胜过，曾经胜利过，曾经在过位，曾经服过人。上天降下的大恩大德，你们借此而兴起。"

三章。而，女。秉，用。义，是俄之假借，俄是衺的意思；类与戾通（《群经平议》说）。怼，怨。流言，谣言。寇攘，盗贼。内，人。侯，乃。作，诅。祝，咒。整章的意思就是：文王说："嗟！嗟汝殷商。你用了衺戾之人，原来是强胜得引起了怨恨。谣言一起来，寇盗也就乘机而入。诅咒一发生，也就无法遏止，无法追究。"

四章。炰烋，即咆哮之假借，大发脾气的意思（马瑞辰说）。卿，为"乡"字形近之讹。整章的意思就是：文王说："嗟！嗟汝殷商。你在国中大发脾气，你所得到的是些怨恨。不明白你的美德，由于你没有左右的人；你的美德不能使人明白，由于你没有前后的人。"

五章。上"不"字读为丕。湎，湛于酒。从式，为式从之倒文。式号式呼，就是现在说的呼呼号号。俾昼作夜，就是不分昼夜。整章的意思就是：文王说："嗟！嗟汝殷商。老天爷让你沉湎在酒里，不义之事也就跟着来了。你的行止既然错误了，光明与黑暗也就分不明白。不分昼夜地，一天到晚呼呼号号。"

六章。蜩，蝉。螗，蝉之大而黑者。沸，水沸。羹，汤。小大，远近，与《大东》篇"小东大东"的"小""大"同义。奰，怒。覃，延。鬼方，就是尹吉甫曾经征伐过的现今陕西西北部与甘肃东部一带。整章的意思就是：文王说："嗟！嗟汝殷商。怨恨你的心就像蜩子在鸣，螗子在叫，热水在沸腾，羹汤在滚烫。远近都失掉了，还会有人跟着你走吗？满国中都在怨恨，还蔓延到鬼方。"

七章。时,是。旧,旧章。老成人,老年有成之人。典刑,典则。整章的意思就是:文王说:"嗟!嗟汝殷商。并不是上帝不对,而是殷朝不遵照旧章。虽说没有老年有成之人来辅助,然还有典章刑法可资遵循。即令是这样也不顺从,所以失掉了天命。"

八章。夏后之世,即指夏朝。整章的意思就是:文王说:"嗟!嗟汝殷商。有人曾说:'倒下去的树,树根撅起来,并不是枝叶害它的,而是它本身先坏。'殷人的前鉴不远,就在夏朝的末年可以看到。"

## 【诗篇联系】

《史记·卫世家》说:"周公旦以成王命,兴师伐殷,杀武庚禄父、管叔,放蔡叔,以武庚殷余民封康叔为卫君,居河、淇间故商墟。周公旦惧康叔齿少,乃申告康叔曰:'必求殷之贤人君子长者,问其先殷所以兴,所以亡,而务爱民。'告以纣所以亡者以淫于酒。酒之失,妇人是用,故纣之乱自此始。为《梓材》,示君子可法则,故谓之《康诰》《酒诰》《梓材》以命之。康叔之国,既以此命能和集其民,民大说。"这不就是此诗的注解吗?宣王的平定獫狁,殷人的功劳最大,现在殷士又在镐京助祭,不得不给殷士们一种精神上的安慰,于是也祭他们的祖先。然商是周室灭亡的,不能不将殷之所以亡国说个明白,这首诗就是在祭祀殷祖的时候,把此中因由说给殷士听的。这首诗排在这里,不是极为合理而自然吗?宣王在镐京祭祖的诗篇,到此也就做一结束。

## 【诗义辨正】

《毛序》:"《荡》,召穆公伤周室大坏也。厉王无道,天下荡荡,无纲纪文章,故作是诗也。"我真不知道作《诗序》的人看过这首诗没有。这首诗从头到尾与"周室大坏"有什么关系?又与厉王有什么关系?难道说殷商之所以亡就是讲周室之所以亡吗?严粲与姚际恒还都跟着这样讲!姚际恒说:"《小序》谓:'召穆公伤周室大坏。'严氏曰:'臣子作诗皆发于忧国之忠,欲以感悟其君,虽敝坏已极,犹几其改图,君臣之义无所逃于天地之间也。'此诗托言文王叹商,特借秦为喻耳。"文王并没有灭商,他怎么就知道商朝一定要亡而预为之言呢?屈万里也在说:"此疑周初之诗,假文王语气,以章殷人之恶,而明周人得国之正也。"我很希望屈先生再把这首诗好好研究一下!

以上十七篇,就是《文王》《灵台》《鱼藻》《有瞽》《振鹭》《有客》《我将》《时迈》《维清》《桓》《昊天有成命》《执竞》《文王有声》《下武》《大明》《思齐》与《荡》,都是宣王六年六月间,宣王平定天下后回到镐京祭祖的时候,尹吉甫所写的祭辞或歌颂宣王的作品。

# 【第十一编】西征时思归的诗篇（宣王五至六年）

一

# 都人士（小雅）

彼都人士，狐裘黄黄。其容不改，出言有章。行归于周，万民所望。

彼都人士，台笠缁撮。彼君子女，绸直如发。我不见兮，我心不说。

彼都人士，充耳琇实。彼君子女，谓之尹吉。我不见兮，我心苑结。

彼都人士，垂带而厉。彼君子女，卷发如虿。我不见兮，言从之迈。

匪伊垂之，带则有余；匪伊卷之，发则有旟。我不见兮，云何盱矣！

释音：撮，音磋。说，音悦。谓，读归。苑，音蕴。卷，音权。虿，音差去声。盱，音吁。

**【诗义关键】**

要了解这首诗，得先将它与《出车》篇做一对照，看看能不能找出"彼都人士"的"都人士"、"彼君子女"的"女"与"我不见兮"的"我"都是谁。把这三位人物的关系弄清楚，才能了解这首诗。

《出车》篇说:"王命南仲,往城于方。出车彭彭,旂旐央央。"诸侯建旐,而南仲的身份是诸侯。此诗说:"彼都人士,狐裘黄黄。"《礼记·玉藻》篇说:"锦衣狐裘,诸侯之服也。"此诗既言"狐裘黄黄",则"彼都人士"的身份一定是位诸侯。身份相同,此其一。《出车》篇说"执讯获丑,薄言还归。赫赫南仲,玁狁于夷",是南仲平定玁狁后,要回去镐京;此诗说"行归于周,万民所望",既为万民所望,功勋一定很大。功业相同,此其二。南仲是宣王派他去征玁狁的,现在胜利了,当然先回到镐京;此诗说"行归于周",回去的地点也相同,此其三。《出车》篇说"春日迟迟",迟迟的春日是初春;此诗说"狐裘黄黄",初春时也可穿狐裘,是季节也相同,此其四。《终南》篇说"君子至止,锦衣狐裘",不是宣王于六年初春也穿狐裘吗?然《礼记·玉藻》篇说"锦衣狐裘,诸侯之服",怎么宣王也穿狐裘呢?狐裘是诸侯以上的人才能穿,并不仅限于诸侯。有此四点相同,假如说"彼都人士"就是指南仲,不会错到什么地步吧?

然"彼君子女"是谁呢?在解《隰桑》篇"既见君子"时,说这位君子指的是南仲,而诗的最后一章说:"心乎爱矣,遐不谓矣?中心藏之,何日忘之!"谓是归的同声假借。归是嫁过来,难道尹吉甫喜爱南仲而让他嫁过来吗?不是的。我们知道尹吉甫从宣王三年就与卫武公的孙女仲氏相爱,而南仲与卫釐侯同辈,也就是卫武公的本家叔叔,那么,卫武公的孙女也就是南仲的曾孙女了。我们认为"心乎爱矣,遐不谓矣?中心藏之，何日忘之！"是南仲应允仲氏嫁给尹吉甫后，尹吉甫喜悦的歌辞，而南仲是卫国人，他到镐京朝见宣王后就要回卫，而尹吉甫也是从卫国来的，此诗说"我不见兮，言从之迈"，是想跟随南仲回去看看他的爱人而不可得，所以说我看不到她，我想跟他一起回去。"之"是指南仲。到此，这首诗的三位人物就清楚了。"彼都人士"指南仲，"彼君子女"指仲氏，"我不见兮"的"我"是尹吉甫的自称，那么，这首诗是谁写的也就不言而喻了。诗又言"谓之尹吉"，许给了尹吉，尹吉不就是尹吉甫吗？

## 【字句解释】

一章。都，都丽，高大的意思（马瑞辰说）。《卷阿》篇"颙颙卬卬"，就是形容南仲的个子高大。黄黄，黄澄澄。其容不改，出言有章，形容南仲的酒量。《湛露》篇"岂弟君子，莫不令仪"，《宾之初筵》篇"饮酒孔嘉，维其令仪"，《鸤鸠》篇"淑人君子，其仪一兮；其仪一兮，心如结兮"，都是恭维南仲的酒量之大。由"行归于周，万民所望"两句，我们知道这首诗写在宣王六年初春，是尹吉甫随宣王南征时，南仲为他饯行，他于离别宴上恭贺南仲、思念仲氏的作品。整章的意思就是：那位都丽的人士，穿着黄澄澄的狐皮袄。他的仪容从不改变，说话总是有条不紊。他就要回周京去了，他是万民所仰望的。

二章。台，即《南山有台》篇的"台"，莎草；台笠，莎草所编的斗笠。缁，黑；缁撮，黑布所做的帽子。诗里怎么突然出现了台笠呢？《出车》篇说："昔我往矣，黍稷方华；今我来思，雨雪载涂。"写《出车》篇时一定在下雪，此诗与《出车》为同时之作，当然也在下雪，所以戴上台笠。彼君子女，《郑笺》解为"都人之家女也"，他虽不懂"都"字的意义，但意义还接近。马瑞辰解为"女有君子之行者"，就完全不对了。《诗经》里的君子、小人，都是阶级的区分，也就是贵族与平民之分，没有品德好坏的意思。彼君子女，就是那位君子的女儿，实际上是曾孙女，即指仲氏。屈万里解为"新妇"，不知何据？绸，稠之假借。如，尤其。彼君子女，绸直如发，就是那位君子的曾孙女，她的头发又直又稠。《君子偕老》篇"鬒发如云，不屑髢也"，也是形容仲氏的头发之多而且长。鬒，《说文》："稠发也。"髢，假发。这两句诗的意思就是头发稠得像乌云一样，一点也用不着假发。仲氏的头发很长很多，这又是她的特征之一。说、悦，通用。整章的意思就是：那位都丽的人士，戴着莎草做的斗笠、黑布做的帽子。那位君子的曾孙女，她的头发长得又稠又长。我看不到她呀，心里很不快活！

　　三章。古人戴帽子的时候，都要横着插上一根簪子来维持帽子，使它稳固。这种簪子叫作笄。从笄的两端各用一条名叫纮的丝绳垂下两颗玉来，它们叫作瑱。瑱正在左右两耳的旁边，所以又叫充耳，又名塞耳（闻一多说）。琇实，美玉。苑，读为蕴；苑结，郁结。《诗经》中凡用"谓之"都作"归之"解。尹吉，尹吉甫于南征淮夷之前，升为尹氏。他本姓吉，现在加上"尹"的官衔，故称尹吉。整章的意思就是：那位都丽的人士，他的充耳是两颗美玉。那位君子的曾孙女，现在许给了尹吉。我看不到她呀,心里非常地郁闷。

四章。垂带,即腰带。厉,《毛传》:"带之垂者。"周人在宴会入席以前,都要比箭以定席次。在射箭的时候,腰带一定要垂直不动,才显出射者的武艺高强;要是摇摆,那就表示射艺欠高明。《芄兰》篇说"容兮遂兮,垂带悸兮",就是讽刺射仪的不良。虿,蝎子;如虿,就是像蝎子尾巴。之,指南仲。迈,回去。整章的意思就是:那位都丽的人士,他的腰带垂得非常直。那位君子的曾孙女,她的头发卷得像蝎子尾巴。我看不到她呀,直想跟着他回去。

五章。旟,扬。盱,病。整章的意思就是:并不是他要把腰带垂下来,而是带长不得不垂。并不是她要把头发卷起来,而是发长不得不梳起来。我看不到她呀,怎么病起来呢!

## 【诗篇联系】

由于这篇诗的了解,不仅使我们将平陈与宋时尹吉甫与仲氏恋爱的故事连接起来,而且开启了尹吉甫西征猃狁时的许多诗篇。这首诗是宣王六年初春,尹吉甫要随宣王南征而与南仲离别时写的。尹吉甫是宣王五年六月从卫国的浚地再来西征,那么,这中间有关他思归与想念仲氏以及战争结束后他们会面时的诗篇,都有年月、地点可以安排了。这些诗篇就是:《小雅·杕杜》《北山》《小戎》《考槃》《鸿雁》《陟岵》《采薇》《何草不黄》《小明》《雄雉》《采苓》《卷耳》《桧风·羔裘》《白华》《素冠》《葛覃》与《九罭》。

**【诗义辨正】**

《毛序》:"《都人士》,周人刺衣服无常也。古者长民,衣服不贰,从容有常,以齐其民,则民德归壹。伤今不复见古人也。"凡是歌功颂德的诗篇,《毛序》于无法解释时,都以伤今思古说之,不值一驳。《集传》说:"乱离之后,人不复见昔日都邑之盛、人物仪容之美,而作此诗以叹惜之也。"这是依据《毛序》而在推想,对于诗义毫无了解。姚际恒说:"《小序》谓'周人刺衣服无常',此亦何止衣服乎?此袭《礼·缁衣》为说也。诗云'彼都',明是东周人指西周而言,盖想旧都人物之盛,伤今不见而作。"他也受《毛序》的束缚。屈万里说"此咏某贵家女出嫁于周之诗",大概据"行归于周"而言。诗言"彼都人士,台笠缁撮",难道贵家女出嫁要戴"台笠缁撮"吗?都是不懂全诗而依一字或一句以立说。

二

# 杕杜(小雅)

有杕之杜,有睆其实。王事靡盬,继嗣我日。日月阳止,女心伤止,征夫遑止?

有杕之杜,其叶萋萋。王事靡盬,我心伤悲。卉木萋止,女心悲止,征夫归止?

陟彼北山,言采其杞。王事靡盬,忧我父母。檀车幝幝,四牡痯痯,征夫不远?

匪载匪来，忧心孔疚。期逝不至，而多为恤。卜筮偕止，会言"近止"，征夫迩止？

释音：杕，音第。睆，音莞。嘽，音阐。痯，音管。

## 【诗义关键】

《南山有台》篇说"北山有莱"，我们曾说北山指首阳山，因为尹吉甫出征狎狁时就驻扎在这里。这首诗"陟彼北山，言采其杞"的"北山"，是否也指首阳山呢？追究出这首诗里所讲的事迹，就可知是不是了。《诗经》中用"王事靡盬"的共有五篇，就是《鸨羽》《四牡》《采薇》《北山》与此诗。《鸨羽》与《四牡》两篇，于解释尹吉甫南征淮夷前的诗篇时曾经解释过，所谓"王事靡盬"就是战事不已。这首诗也说"王事靡盬，继嗣我日"，"王事靡盬，我心伤悲"，"王事靡盬，忧我父母"，也是因为战事没有停止，继续我的日子而不能回去。然这首诗里怎么出来一个"女心伤止""女心悲止"呢？再看这首诗的月份。诗言"日月阳止"，十月为阳。诗又言"有杕之杜，有睆其实"，杜树是什么时候结实呢？杜，就是赤棠，一名棠梨。《植物名实图考长编》（卷十六）于"棠梨"条引《本草纲目》说："二月开白花，结实如小楝子，大霜后可食。"霜降在阴历九月中，与"日月阳止"的季节也正相合。到此可以了解此诗了。尹吉甫于宣王五年六月由卫国再西征，在卫国与仲氏离别时，约好十月间回去，然因战事的继续不停，于是诗言："日月阳止，女心伤止，征夫遑止？""卉木萋止，女心悲止，征夫归止？""期逝不至，而多为恤。卜筮偕止，会言'近止'，征夫迩止？"都是想念仲氏而替仲氏设想之词。

**【字句解释】**

一章。睍，《毛传》于《凯风》篇注为"好貌"，此处也是这个意思。继嗣，继续。遑，暇。整章的意思就是：有一棵特出的赤棠，结着美好的果实。战事还结束不了，我的日子也就继续下去。现在到十月了，女的该伤心了，出征的人还要到什么地方呢？

二章。萋萋，茂盛。整章的意思就是：有一棵特出的赤棠，有着茂盛的叶子。战事老也不完，我的心里非常悲伤。草木还未衰败，女的心里可要悲伤。出征的人也该回去了吧？

三章。北山，即中条山。杞，枸杞。檀车，戎车。幝幝，《毛传》："敝貌。"痯痯，疲惫貌。整章的意思就是：跑到那北山上边，采些杞木作柴。战争老也不完，很忧心我的父母。戎车也破旧了，四匹牡马也疲惫了，出征的人不应该再往远处去了吧？

四章。两"匪"字都为彼之假借。载，作行讲，《国语·周语》"登车以载"，注："载，行也。"逝，与《邶风·谷风》篇"毋逝我梁"、《蟋蟀》篇"岁聿其逝"、《车邻》篇"逝者其耋"的"逝"同义。期逝不至，就是日期到了还不回来。多，应为《我行其野》篇"亦祇以异"之"祇"，古同声通用；祇，适也（《群经平议》说）。而多为恤，即而适为恤，就是恰好变成了忧愁。问龟曰卜，以蓍草占休咎曰筮。会言，都说。整章的意思就是：

总是奔奔跑跑，使我非常疚心而苦痛。到了日期还不能回来，恰恰变成了忧愁。卜筮都问过了，都说："近了。"出征的人果真近了吧？

## 【诗篇联系】

从平陈与宋时各诗，知道尹吉甫与仲氏正在热恋；从《凯风》篇知道他们于宣王六年初春的时候还没有结婚；从《六月》篇知道尹吉甫于宣王五年六月时曾回卫国，并由那里再来西征，此时，当与仲氏会面；现在是宣王五年十月，诗言"期逝不至，而多为恤"，可见他曾与仲氏约好十月回去的，然因狎狁战事不能结束，也就不能如愿。为思念仲氏，他写了这篇诗，是多么显然。

## 【诗义辨正】

《毛序》："《杕杜》，劳还役也。"姚际恒批评说："此室家思其夫归之诗。《小序》谓'劳还役'，亦非。劳之而代其妻思夫，岂不甚迂乎？大抵《小序》皆谓劳者，本于《四牡》篇，《左传》谓'天子所以劳使臣'一语也。然则篇篇皆劳乎？郑氏遂附会之曰：'遣将率及戍役，同歌同时，欲其同心也。反而劳之，异歌异日，殊尊卑也。《礼记》曰"赐君子小人不同日"，此其义也。'悉支离之说。"他所批评《毛序》的大都正确；可是他说"此室家思其夫归之诗"，还是皮毛之见。实际上，他们不是夫妇，仅是一对爱人，且也不是女的所写。假如没有发现尹吉甫的生平事迹，姚氏之见也就算最近诗义了。

## 三

## 北山（小雅）

陟彼北山，言采其杞。偕偕士子，朝夕从事。王事靡盬，忧我父母。

溥天之下，莫非王土。率土之滨，莫非王臣。大夫不均，我从事独贤。

四牡彭彭，王事傍傍。嘉我未老，鲜我方将，旅力方刚，经营四方。

或燕燕居息，或尽瘁事国。或息偃在床，或不已于行。

或不知叫号，或惨惨劬劳。或栖迟偃仰，或王事鞅掌。

或湛乐饮酒，或惨惨畏咎。或出入风议，或靡事不为。

释音：行，音杭。号，音毫。鞅，音怏。湛，音耽。

## 【诗义关键】

《小雅·杕杜》篇说"陟彼北山，言采其杞"，此诗也说"陟彼北山，言采其杞"，地点与工作完全相同。《杕杜》篇说"王事靡盬，忧我父母"，此诗也说"王事靡盬，忧我父母"，事由与心情又完全相同。这是抄袭呢，还是同一个作者在同一地点、同一时间、同一事由、同一心情而用同一的语句呢?《诗经》中用"王事靡盬"的共有五篇,就是《鸨羽》《四牡》《杕杜》《采薇》与此诗,而《采薇》篇说"靡室靡家,玁狁之故;不遑启居,玁狁之故",又说"王事靡盬,不遑启处",可见"王事靡盬"是由于玁狁的战事不已。上边已经证明《鸨羽》《四牡》《杕杜》三诗为尹吉甫所作,那么,这首诗当然也是他的了。这首诗表面上是忧父母,而实际上是想仲氏;想而不能回去,也就发起牢骚了。

## 【字句解释】

一章。偕偕,强壮貌。整章的意思就是:跑到那个北山上,采些杞木下来。强壮的武士,从早到晚在做事。战事老不停止,很为我的父母担忧。

二章。溥,通普。率,循。滨,涯。不均,不公平。贤,劳。整章的意思就是:普天之下,没有不是王的土地。四海之内,没有不是王的臣子。大夫对人太不公平,使我特别劳苦。

三章。彭彭,马行声。傍傍,盛貌。嘉、鲜,都是善的意思。将,壮。旅力,即膂力。经营,纲纪。整章的意思就是:四匹牡马不停地奔跑,王的事情也特别地多。好在我还不老,正好我还年壮,膂力正值健强,不停地纲纪四方。

四章。燕燕,安息貌。尽瘁,竭心尽力。整章的意思就是:有的安安然然地在家里住着,有的竭心尽力地为国效劳。有的舒舒服服地在床上躺着,有的不停地到处奔波。

五章。叫号,困难时的呼救声音。鞅掌,繁多(《茶香室经说》说)。整章的意思就是:有的根本不知道什么叫困难,有的惨兮兮地一早到晚劳苦。有的逍遥自在地躺躺卧卧,有的繁多的王事加在他身上。

六章。风议,说些风凉话。靡事不为,无事不做。整章的意思就是:有的欢乐地在饮酒,有的惨兮兮地一早到晚怕有罪过。有的出出入入说些风凉话,有的则无事不做。

**【诗篇联系】**

这首诗,尹吉甫把他西征猃狁与南征淮夷时的忙碌情形全盘表现出来了。从宣王五年二月西征猃狁起,他就跟着宣王,军事的责任由他负,简书的工作也由他做。宣王五年三月间,宣王到达嵓虖后,军事上发生困难,又派他将洛阳的粮草人马送至淮夷;又要在淮夷征调委积,没有结果,他又从卫国调迁人马来救南仲。好容易到了五年十月,应该回去休息的时候还是不能回去。这不就是"大夫不均,我从事独贤"吗?不就是"尽瘁事国"吗?不就是"或不已于行"吗?不就是"惨惨劬劳"吗?不就是"王事鞅掌"吗?不就是"惨惨畏咎"吗?然最苦的还是"靡事不为"。他写这首诗发牢骚,是因为宣王五年十月间,又留他在首阳山建筑营房,这才使他真正感到苦痛。下边就讲解到让他建筑营房的诗。

**【诗义辨正】**

《毛序》:"《北山》,大夫刺幽王也。役使不均,己劳于从事,而不得养其父母焉。"幽王真倒霉,凡是不平的诗都加在他身上，然此诗与他有什么关系呢？姚际恒说："孟子曰：'劳于王事而不得养父母也。'但此士者所作以怨大夫也，故曰'偕偕士子'，曰'大夫不均'，有明文矣。《集传》谓'大夫行役而作'，谬。"尹吉甫的身份是士，所以说"士子"。士在大夫之下，让姚际恒说对了。

## 四

### 考槃（卫风）

考槃在涧，硕人之宽。独寐寤言，永矢弗谖。
考槃在阿，硕人之薖。独寐寤歌，永矢弗过。
考槃在陆，硕人之轴。独寐寤宿，永矢弗告。

释音：槃，音盘。谖，音喧。薖，音科。过，音戈。

## 【诗义关键】

这首诗的关键就在一个"槃"字。自从《毛传》注"槃"为"乐"，诗义也就无法知道了。架木为屋曰槃（方玉润《诗经原始》引黄一正说）。考，成。考槃在涧，就是在山涧里架木为屋。阿，是山陵。考槃在阿，就是在山陵上架木为屋。陆，是高平之地。考槃在陆，就是在高平地上架木为屋。在这些地方架木为屋做什么呢？再来追究"硕人之宽"的"硕人"是谁。《诗经》中用"硕人"的共有四篇，就是《简兮》《白华》

《硕人》与此诗。除《硕人》篇的"硕人"指庄姜外，其他三篇的"硕人"都是指尹吉甫，因为他的个子高大。《简兮》篇的"硕人"是指尹吉甫，我们曾做证明；《白华》篇的"硕人"，下边即将讲到，而此诗的"硕人"是否就是尹吉甫呢？我们再看"硕人之宽""硕人之薖""硕人之轴"应作何解。之，是。宽，《郑笺》："虚乏之色。"虚乏之色就是面有菜色。与二章薖，《郑笺》"饥意"，三章轴，《郑笺》"病也"，连类对举，意义正复一致。硕人之宽，就是硕人是虚；硕人之薖，就是硕人是饥；硕人之轴，就是硕人是病。如此讲来，不正是《采薇》篇所说"行道迟迟，载渴载饥"，为行军时的必然现象吗？加以"独寐寤言，永矢弗谖"，"独寐寤歌，永矢弗过"，"独寐寤宿，永矢弗告"的恋爱情绪，不正是尹吉甫在首阳山时思念仲氏吗？这首诗当是宣王五年十月间，尹吉甫被派在首阳山建筑营房而不能回卫时，写给仲氏之作。

【字句解释】

一章。寐，睡。寤，梦。矢，誓。谖，忘。整章的意思就是：在山涧里架木为屋，大个儿在挨饿。独个儿睡觉，在梦里发誓说："我永远忘不了你。"

二章。过，作去讲；弗过，犹弗忘（马瑞辰说）。整章的意思就是：在山阿上架木为屋，大个儿在受饥。独个儿睡觉，在梦里歌唱说："我永远不会忘掉你。"

三章。弗告，犹弗穷（马瑞辰说）。宿，应读为啸，号的意思（闻一多说）。整章的意思就是：在高平地上架木为屋，大个儿在害病。独个儿睡觉,在梦里号歌说:"我永远在爱你。"

## 【诗篇联系】

《北山》篇说"靡事不为",尹吉甫的身份本是武士,他的任务在作战,可是他能文,所以宣王把简书的工作也加在他身上。现在又让他监督建造营房,是不是无事不为呢?这种额外的工作加在他身上,你说他发不发牢骚呢?到此可以了解《北山》篇说的"大夫不均,我从事独贤"吧?又可了解《小雅·杕杜》与《北山》两篇说的"陟彼北山,言采其杞"的用途了。杞即枸杞。《植物名实图考长编》(卷十九)于"枸杞"条引《梦溪笔谈》说:"枸杞,陕西极边生者,高丈余,大可作柱。"原来采杞是做柱子用的。

## 【诗义辨正】

《毛序》:"《考槃》,刺庄公也。不能继先公之业,使贤者退而穷处。"这是误解"槃"字所致。要不是方玉润引黄一正的解释,到现在还不能知道此诗的真正意义。一个字的了解与整首诗义的了解有多么大的关系!

## 五

## 鸿雁(小雅)

鸿雁于飞,肃肃其羽。之子于征,劬劳于野。爰及矜人，哀此鳏寡！

鸿雁于飞，集于中泽。之子于垣，百堵皆作。虽则劬劳，其究安宅！

鸿雁于飞，哀鸣嗷嗷。维此哲人，谓我劬劳；维彼愚人，谓我宣骄！

## 【诗义关键】

《考槃》篇说"考槃在涧""考槃在阿""考槃在陆"，此诗说"之子于征，劬劳于野"，又说"之子于垣，百堵皆作"，是地点与工作都相同。此诗说"鸿雁于飞，哀鸣嗷嗷"，是秋季的归雁，与十月的景象也相合。《北山》篇说"大夫不均，我从事独贤"，这是对大夫分配工作的不满；此诗说"维彼愚人，谓我宣骄"，所谓愚人，不正是他所不满意的大夫吗？从《北山》各篇的发牢骚看来，不了解他的人，会不会说他是自伐其功呢？那么，哲人，自然是指南仲了。

## 【字句解释】

一章。大雁曰鸿，小雁曰雁。于，在。肃肃，急急。征，出征。矜人，可怜的人。鳏，鳏夫。寡，寡妇。既然要建筑营房，一定要征调民夫，所以当地的鳏夫寡妇以及一些可怜的人都被调用，故诗言"爰及矜人，哀此鳏寡"。这是诗人怜悯这些人的意思。整章的意思就是：鸿雁在飞，急急地翻动着它的翅膀。这个出征的人，在野地里做劳工。牵连到一些苦人，以及鳏夫与寡妇！

二章。中泽，泽中。于垣，做墙。堵，也是墙。虽则劬劳，其究安宅？就是虽说劳苦了，究竟安居之所在什么地方呢？这是作者慨叹自己的不能安定。整章的意思就是：鸿雁在飞，集聚在池泽里边。这个人在做墙，百十堵房屋都建造起来了。虽然劳苦了，安居之所究竟在什么地方呢！

三章。嗷嗷，愁苦声。哲，知；《方言》："知，齐宋之间谓之哲。"整章的意思就是：鸿雁在飞，发着嗷嗷的悲声。只有这个明白的人，才说我是劳苦；那个蠢人才说我骄傲呢！

## 【诗篇联系】

假如没有发现尹吉甫的生平事迹，这首诗也就根本无法了解。现在依据他的事迹来解释，不是极为清楚、极为明白吗？由此，它与《考槃》篇的关系也就连接起来，更足证明"考槃"的解释是正确的。

## 【诗义辨正】

《毛序》："《鸿雁》，美宣王也。万民离散，不安其居，而能劳来还定安集之，至于矜寡，无不得其所焉。"整个把诗义看反了。"之子于征，劬劳于野。爰及矜人，哀此鳏寡"，"爰"作"乃"讲，"爰及"由"劬劳于野"而来，意思就是这种劬劳牵连到苦人、鳏夫与寡妇，哪有一点"劳来还定安集之"的意思呢？诗又说："之子于垣，百堵皆作。虽则劬劳，其究安宅？"安宅，安居之宅，"其究安宅"是反问语，并不是究竟有了安居之所。姚际恒也想依据《毛序》讲，然而讲不通。他说:"《小序》谓'美宣王'。谓宣王,亦近是;然美之者,何人乎?《集传》因以为'流民喜而作此诗',非也。'哀此鳏寡',此者,上之人指民而言,未有自以为'此'者也。之子,明指他人;今以'之子'为流民自相谓,亦不类。严氏谓'流民美使臣之诗',然以首章'劬劳'指使臣,下二章'劬劳'自相谓,亦非。陈道掌曰'《鹿鸣》至此二十余篇皆朝廷制作,不应忽采民谣一篇杂入其中',其说是也。此诗为宣王命使臣安集流民而作,之子,指使臣也。篇中三'劬劳'皆属使臣言;末章'谓我劬劳',亦代使臣'我'也。宣骄,即'可与图终,难与虑始'之意。"说来说去,诗是谁写的,还是不知道。

## 六

### 陟岵（魏风）

陟彼岵兮,瞻望父兮。父曰:"嗟!予子行役,夙夜无已。上慎旃哉,犹来无止!"

陟彼屺兮,瞻望母兮。母曰:"嗟!予季行役,夙夜无寐。上慎旃哉,犹来无弃!"

陟彼冈兮,瞻望兄兮。兄曰:"嗟!予弟行役,夙夜必偕。上慎旃哉,犹来无死!"

释音:岵,音户。旃,音占。屺,音起。

## 【诗义关键】

《小雅·杕杜》与《北山》篇都说"陟彼北山",此诗说"陟彼岵兮""陟彼屺兮""陟彼冈兮",地理环境相似。《杕杜》与《北山》篇都又说"忧我父母",此诗也说"瞻望父兮""瞻望母兮",也是想念父母的意思。《頍弁》篇说"兄弟具来",是尹吉甫的七个兄弟都来西征;此诗说"予子行役""予季行役""予弟行役",是最小的儿子也去出征,与"兄弟具来"也相合。这首诗也是尹吉甫在首阳山时思念父母之作,不会有问题。我们曾说尹吉甫是长子,倘若此诗为他所作,那么,兄指谁呢?当时为大家族制,兄指本家哥哥,而七个兄弟则指同父母所生的兄弟,不是很明白吗?

## 【字句解释】

一章。岵,山之无草木者。行役,出征。上、尚,古通,《汉石经》即作"尚"。旃,"之焉"之合声(《经传释词》说)。上慎旃哉,就是小心呀小心。来,归来。无止,不要不回来,意思就是不要死在外边。整章的意思就是:跑到那光秃秃的山上,瞻望瞻望父亲呀。父亲说:"可叹呀!我的儿子出征了,从早到晚不能休息。小心呀小心,不要不回来吧!"

二章。屺,山之有草木者。无弃,不要丢在外边,就是不要死在外边。整章的意思就是:跑到草木茂盛的山上,瞻望瞻望母亲呀。母亲说:"可叹呀!我的小儿子出征了,从早到晚不能睡觉。小心呀小心,不要丢在外边吧!"

三章。整章的意思就是:跑到那山冈上,瞻望瞻望哥哥呀。

哥哥说："可叹呀！我的弟弟出征了，从早到晚都有他。小心呀小心，不要死在外边吧！"

**【诗篇联系】**

尹吉甫于宣王五年六月离开家乡的时候，告诉家里要于十月间回来；谁知到了十月，战事没有结束，他不能回去，他的弟弟们自然也不能回去，父母是否要忧虑呢？这是尹吉甫在替父母设想的话。

**【诗义辨正】**

《毛序》："《陟岵》，孝子行役，思念父母也。国迫而数侵削，役乎大国，父母兄弟离散，而作是诗也。"这首诗原排在《魏风》，魏是小国，所以产生这种无中生有的诗说。朱熹、姚际恒又都承袭这种说法。屈万里说"此行役者思家之诗"，对了。

## 七

## 小明（小雅）

明明上天，照临下土。我征徂西，至于艽野。二月初吉，载离寒暑。心之忧矣，其毒大苦。念彼共人，涕零如雨。岂不怀归？畏此罪罟。

昔我往矣，日月方除。曷云其还？岁聿云莫。念我独兮，我事孔庶。心之忧矣，惮我不暇。念彼共人，睠睠怀顾。岂不怀归？畏此谴怒。

昔我往矣，日月方奥。曷云其还？政事愈蹙。岁聿云莫，采萧获菽。心之忧矣，自诒伊戚。念彼共人，兴言出宿。岂不怀归？畏此反覆。

嗟尔君子！无恒安处。靖共尔位，正直是与。神之听之，式穀以女。

嗟尔君子！无恒安息。靖共尔位，好是正直。神之听之，介尔景福。

释音：芃，音求。大，音太。睠，音眷。奥，音郁。共，音恭。神，读慎。

## 【诗义关键】

诗言："昔我往矣，日月方除。"方，甫；方除，是刚过年的意思（屈万里说）。在解释《绵》篇的时候曾引用《石鼓文》的"日维丙申"，丙申是宣王五年二月初一。宣王于五年二月初一就在岐山，那么，他从镐京出征，当在此日之前。尹吉甫又是从卫国来勤王的，其出兵更在宣王由镐京出征之前。现在知道尹吉甫是刚过年就到镐京去，时间上正相吻合。诗又言"曷云其还？岁聿云莫"，"曷云其还？政事愈蹙"，不正是《北山》《鸿雁》《考槃》等篇所说的工作吗？"念彼共人，涕零如雨"，"念彼共人，睠睠怀顾"，"念彼共人，兴言出宿"的"共人"就是指仲氏。然为什么写这首诗呢？诗言"心之忧矣，自诒伊戚"，一定是他把不能回去的诗带给仲氏，仲氏知道这个消息后，更加难过，所以引起他想逃归的念头，可是逃归是犯罪的行为，因而诗又言"岂不怀归？畏此罪罟"，"岂不怀归？畏此谴怒"。最后，自己安慰自己说："嗟尔君子！无恒安处。靖共尔位，正直是与。神之听之，式榖以女。"就以这种意思将此诗作一解释。

## 【字句解释】

一章。芃野，就是鬼方，指现今陕西西北部与甘肃东部一带。初吉，初一。载，则。离，罹，经过的意思。共人，一块儿的人。前人讲"共"通"恭"，恭人，即妻子，非是。尹吉甫与仲氏这时还未结婚，怎么可以称仲氏为妻子呢？罪罟，罪网。整章的意思就是：光明的上天，照耀着下边的土地。我到西边去出征，曾经到达了鬼方。从二月初一起，经过了冷天，经过了暑天。心里边的忧愁，就像毒药那般苦。一想到同我在一块儿的人儿，眼泪就像下雨。怎么不想回去呢？怕的是触犯刑网。

二章。曷，什么时候。惮，劳。睠睠，反顾貌。谴怒，谴责。整章的意思就是：以前我出来的时候，刚刚过了新年。什么时候才能回去呢？现在已经到了年终。只有我一个人呀，事情特别繁多。心里边所忧愁的是我一点也不得闲暇。思念那个在一块儿的人儿，心里总是想回家。怎么不想回去呢？怕的是受到责罚。

三章。奥，暖。政事，《诗经》里将"政事"与"王事"分得很清楚：王事指军事，政事也就是现在说的文事。萧，蒿。

菽，大豆。诒，遗。戚，忧。心之忧矣，自诒伊戚，就是我心里的忧愁，也引起了她的忧愁。因为尹吉甫把不能回去的消息告诉仲氏后，也引起了仲氏的忧愁。反覆，指出戍日期的继续延长。整章的意思就是：从前我出来时，太阳刚刚暖和。什么时候才能回去呢？文事愈来愈促迫。现在已经是年终了，正是采蒿收豆的时候。我心里的忧愁，也连累她一起忧愁。想到她的时候，就睡不着起身到外边。怎么不想回去呢？就害怕这种反反复复的日期不定！

四章。尔君子，作者自称。靖，静。共，恭。靖共尔位，正直是与，就是静静地在你的职位上，正直地恭敬从事。上边讲"岂不怀归？畏此罪罟"，"岂不怀归？畏此谴怒"，颇有逃归之意。现在他假设以第三者的地位来安慰自己，所以说：要正正直直地恭敬从事。神，慎（见《尔雅·释诂》）。听之，任之。以，及。整章的意思就是：可怜你这位君子呀，经常没有定居之所。安静地、恭敬地、正正直直地在你的职位上吧。谨慎地，听它去好了，终究会得到好处的。

五章。介，赐。景福，大福。整章的意思就是：可怜你这位君子呀，经常没有定居之所。静静地、恭敬地在你的职位上吧，好好地做个正直的人。谨慎地听它去好了，会赐给你大的福禄呢。

**【诗篇联系】**

这一篇很有历史的价值，透过尹吉甫的生平，我们知道宣王西征的情形。宣王复兴，全仗着卫国的力量，而卫国的军队什么时候赴镐京呢？"昔我往矣，日月方除"，刚刚过年就开拔了。加上《六月》篇的史迹，知道这个"日月方除"是指宣王五年正月。那么，尹吉甫是宣王五年正月就西征，六月间回来一趟，直到六年六月才再回来，整整在外面一年零六个月，诗言"嗟尔君子！无恒安处"，不是随便讲的吧？

再从这首诗，我们知道尹吉甫之急于想回去，固然是为思念仲氏，也因为仲氏有信来责备他，所以他更急于想回去，甚而有潜逃的念头，由此，又使我们了解《雄雉》《采苓》各篇的意义。

## 【诗义辨正】

《毛序》："《小明》，大夫悔仕于乱世也。"皮毛之见。既然悔仕于乱世，诗怎么会说"靖共尔位，正直是与"呢？《集传》说："大夫以二月西征，至于岁莫而未得归，故呼天而诉之。复念其僚友之处者，且自言其畏罪而不敢归也。"他将共人解为僚友，难道想到僚友就"涕零如雨"吗？为什么这样苦痛呢？再者，"明明上天，照临下土"，仅仅是兴，引起这首诗而已，全篇没有一点是"呼天而诉之"的意思。姚际恒就批评说："《小序》谓'大士悔仕于乱世'，按此特以诗中'自诒伊戚'一语摹拟为此说，非也。士君子出处之道，早宜自审；世既乱，何为而仕？既仕，何为而悔？进退无据，此中下之人，何足为贤而传其诗乎？盖'自诒伊戚'，不过自责之辞，不必泥也。此诗自宜以行役为主，劳逸不均，与《北山》同意，而此篇辞意尤为浑厚矣。"他能看出此诗与《北山》篇同义，实在了不起！

# 八

## 雄雉（邶风）

雄雉于飞，泄泄其羽。我之怀矣，自诒伊阻。
雄雉于飞，下上其音。展矣君子，实劳我心。
瞻彼日月，悠悠我思。道之云远，曷云能来？
百尔君子，不知德行。不忮不求，何用不臧？

释音：泄，音异。忮，音至。

## 【诗义关键】

"自诒伊阻"，宣公二年《左传》引作"自诒伊戚"，与《小明》篇的句子完全相同，《小明》篇说"心之忧矣，自诒伊戚"，是尹吉甫将不能回去的消息告诉仲氏后，引起仲氏的忧戚。此诗说"我之怀矣，自诒伊阻"，也是因为我之不能回去，引起了女的忧戚，所以下章女的说"瞻彼日月，悠悠我思。道之云远，曷云能来"，那么，这两篇诗所讲的是一回事了。此诗共分四章：第一章是诗人所言，故说"我之怀矣，自诒伊阻"；二至四章是叙述女子的思念与责备，故二章说"展矣君子，实劳我心"；三章说"瞻彼日月，悠悠我思。道之云远，曷云能来"；四章说"百尔君子，不知德行。不忮不求，何用不臧"。这首诗一定是尹吉甫将不能回去的消息告诉仲氏后，仲氏回信埋怨他，他就将这些话写出来歌唱。

## 【字句解释】

一章。雉雉,雄的野鸡。泄泄,应为狔狔之假借;《广雅·释训》:"狔狔,飞也。"整章的意思就是:雄的野鸡在飞,翻动着它的翅膀。我的怀念呀,引起了她的忧戚。

二章。展、謇,音义相近。《方言》:"謇、展,难也。齐晋曰謇,山之东西凡难貌曰展。"展矣君子,犹言难矣君子。(《群经平议》说)整章的意思就是:雄的野鸡在飞,它的声音忽上忽下。为难的君子呀,实在使我忧心。

三章。悠悠,遥遥。《说苑·辨物》即引作"遥遥"。整章的意思就是:一天一天地、一月一月地过去了,总是遥遥地系着我的心。道路是这么遥远,什么时候才能回来呢?

四章。忮,狠;求,贪,指贪求富贵而言。不忮不求,何用不臧,就是不贪求富贵,有什么不好呢?这是仲氏责备尹吉甫的话。整章的意思就是:你们这些君子呀,不知什么叫好坏。不要贪图富贵,有什么不好呢!

## 【诗篇联系】

把此篇与《小明》篇摆在一起,显然看出男的先将不能回去的消息告诉仲氏,仲氏责备他因贪图富贵而故意不回去,所以他才有潜逃的念头。可是好好想一想,潜逃是有罪的,所以《小明》篇说"岂不怀归?畏此罪罟","岂不怀归?畏此谴怒"。假如仅仅是想回去而无潜逃的念头,怎么会有罪罟、谴怒呢?后来自己安慰自己说"靖共尔位,正直是与。神之听之,式榖以女",前后衔接得多么自然!

【诗义辨正】

《毛序》:"《雄雉》,刺卫宣公也。淫乱不恤国事,军旅数起,大夫久役,男女怨旷,国人患之而作是诗。"这首诗原在《邶风》,就在卫国找一位君主来实之,然此诗与宣公有丝毫关系吗?《集传》就改变说:"妇人以其君子从役于外,故言雄雉之飞,舒缓自得如此;而我之所思者,乃从役于外而自遗阻隔也。"虽属皮毛之见,然还是对诗说诗,较之《毛序》进步多了。姚际恒又批评二家说:"《小序》谓'刺卫宣公',《大序》谓'淫乱不恤国事',按篇中无刺讥淫乱之意。《集传》则谓'妇人思夫从役于外',按此意于上三章可通,于末章'百尔君子'难通,故不敢强说此诗也。"

# 九

## 采苓(唐风)

采苓采苓,首阳之巅。人之为言,苟亦无信。舍旃舍旃,苟亦无然。人之为言,胡得焉!

采苦采苦,首阳之下。人之为言,苟亦无与。舍旃舍旃,苟亦无然。人之为言,胡得焉!

采葑采葑,首阳之东。人之为言,苟亦无从。舍旃舍旃,苟亦无然。人之为言,胡得焉!

释音:为,读伪。

## 【诗义关键】

葑，芜菁。先看什么时候采葑。《植物名实图考长编》（卷四）于"芜菁"条引《齐民要术》说："六月中种，十月将冻，耕出之。"采葑采葑，首阳之东，这不与尹吉甫之在首阳山的时间正合吗？然这首诗讲的是什么呢？再看"人之为言"的"为言"作何讲。《正义》说："王肃诸本皆作'为言'，定本作'伪言'。"伪言，即讹言。然讹言是什么呢？再从《小明》篇找消息。《小明》篇说"念彼共人，涕零如雨。岂不怀归？畏此罪罟"，又说"念彼共人，睠睠怀顾。岂不怀归？畏此谴怒"，假如他没有潜逃的念头，怎么会有"畏此罪罟""畏此谴怒"的话语呢？因为他有这种企图，而又写些像《北山》《鸿雁》《考槃》《陟岵》这些牢骚诗篇，自然引起人们的谣言，说他要逃跑。后来他决定不潜逃了，又写这首诗来辟谣，这不是极自然的情节吗？

## 【字句解释】

一章。苓，即卷耳，见《说文》。苟，且。旃为"之焉"之合声。整章的意思就是：采苓呀采苓，在那首阳山的顶上。人家的讹言不要相信。舍掉它吧，舍掉它吧，实际并不是这样。人家的讹言，怎么会确实呢？

二章。苦，苦菜。整章的意思就是：采苦菜呀采苦菜，在那首阳山的底下。人家的讹言不要听他的。舍掉它吧，舍掉它吧，实际并不是这样。人家的讹言，怎么能对呢？

三章。整章的意思就是：采芜菁呀采芜菁，在那首阳山的东边。人家的讹言,不要听信。舍掉它吧,舍掉它吧,实际并不如此。人家的讹言,怎么会对呢?

## 【诗篇联系】

要不是把这首诗与《小明》等篇联系起来,根本不可能了解。一与它们连接,这首诗的地点、时间、人物、事件与情感背景都了如指掌。

## 【诗义辨正】

《毛序》:"《采苓》,刺晋献公也。献公好听谗焉。"这首诗原在《唐风》,就要在晋国找一位君主来实之。即令献公信谗,与这首诗有什么关系呢?或许有人以《史记·晋世家》"献公十三年,以骊姬故,重耳备蒲城守秦"的事实,认为是重耳所写,然重耳会写诗吗?首阳山离蒲城三十里,他为什么要到首阳山采苓、采苦、采葑呢?《集传》不相信这种说法而只言"此刺听谗之诗",比较客观了。

## 十

## 卷耳(周南)

采采卷耳,不盈顷筐。嗟我怀人,寘彼周行。
陟彼崔嵬,我马虺隤。我姑酌彼金罍,维以不永怀。
陟彼高冈,我马玄黄。我姑酌彼兕觥,维以不永伤。

陟彼砠矣，我马瘏矣，我仆痡矣，云何吁矣！

释音：卷，音权。行，音杭。嵬，音巍。虺，音灰。隤，音颓。儿，音似。觥，音工。砠，音徂。瘏，音涂。痡，音甫。

## 【诗义关键】

《说文》："苓，卷耳。"那么，卷耳就是《采苓》篇的苓。"采采卷耳"也就是《采苓》篇的"采苓采苓"了。崔嵬，《毛传》于《小雅·谷风》篇注为"山巅也"。此诗的"陟彼崔嵬"，也就是"首阳之巅"了。《鹿鸣》篇说"人之好我，示我周行"，我们解为"人家喜欢我，跑到道路旁边来看我"，是南仲来到首阳山看望尹吉甫。此诗说"嗟我怀人，寘彼周行"，可怜我这应该回去的人，被置在那个道路之旁，环境又完全相同。《都人士》篇说"我不见兮，云何盱矣"，是尹吉甫想念仲氏而不得见，因以致病。这首诗也说"云何吁矣"，也是因为思归而生病。诸如此类的相同，这首诗自是尹吉甫在首阳山想念仲氏之作，绝不会错。

## 【字句解释】

一章。怀，归。《匪风》篇"怀之好音"，《皇矣》篇"予怀明德"，《毛传》并训怀为归；《泮水》篇"怀我好音"，《郑笺》亦训怀为归（《群经平议·论语平议》说）。此诗的怀也是"归"意。怀人，即归人。整章的意思就是：无精打采地采着卷耳，总是采不满一簸箕。可怜我这个应该回去的人呀，被置在道路的一旁。

二章。虺隤，疲病。金罍，铜类所制的酒器。永，咏；永怀，感怀。整章的意思就是：为爬那个山顶呀，我的马也爬病了。我姑且以金罍来饮酒，为的是不要感伤。

三章。玄黄，病貌（《经义述闻》说）。《桑扈》与《丝衣》两篇都说"兕觥其觩"，兕觥本为祭祀的酒器，现在说"我姑酌彼兕觥，维以不永伤"，就是我姑且用那兕觥来喝酒，为的是不要伤心。由此尹吉甫的任务也可知道，他是主管礼仪的。整章的意思就是：为爬那个高冈呀，我的马也变成黑黄了。我姑且用兕觥来喝酒，为的是不要伤心。

四章。砠，石山之戴土者。瘏，病。痡，也是病。吁，也是病。整章的意思就是：为爬那个山呀，我的马病了，我的仆人病了，怎么我也病了呢！

## 【诗篇联系】

这首诗的时间、地点、人物、事件与情感背景，在在与《采苓》篇相同，其为一人之作，当无问题。要不是用统计、归纳与比较的方法，是无法知道的。《诗经》研究有一定的法则；假如不用这些法则，就无法得出正确的结果。

## 【诗义辨正】

《毛序》："《卷耳》，后妃之志也。又当辅佐君子，求贤审官，知臣下之勤劳，内有进贤之志，而无险诐私谒之心。朝夕思念，至于忧勤也。"《集传》说："后妃以君子不在而思念之，故赋此诗。"姚际恒批评他们说:"按襄十五年《左传》曰:'君子谓楚于是乎能官人。官人,国之急也。能官人,则民无觊心。《诗》云"嗟我怀人,寘彼周行",能官人也。王及公、侯、伯、子、男、采、卫、大夫各居其列,所谓周行也。'《左传》解诗意如此。《小序》谓'后妃之志',亦属鹘突。《大序》谓'后妃求贤审官',本《小序》之言后妃,而又用《左传》之说附会之。欧阳氏驳之曰:'妇人无外事。求贤审官,非后妃之责。又不知臣下之勤劳,阙宴劳之常礼,重赒后妃之忧伤,如此,则文王之志荒矣。'其说是。……然其自解曰:'后妃以采卷耳之不盈,而知求贤之难得,因物托意,讽其君子,以谓贤才难得,宜爱惜之;因其勤劳而宴犒之,酌以金罍,不为过礼,但不可长怀于饮乐尔。'按此仍类妇人预外事矣。且解下二章尤牵强。《集传》则谓'后妃以君子不在而思念之',解下一章为'托言欲登山以望所怀之人而往从之,则马罢病而不能进,于是且酌金罍之酒,而欲其不至于常以为念也'。杨用修驳之曰:'妇人思夫,而陟冈饮酒,携仆徂望,虽曰言之,亦伤于大义矣。原诗人之旨,以后妃思文王之行役而言也。陟冈者,文王陟之。玄黄者,文王之马。痡者,文王之仆。金罍、兕觥,悉文王酌以消忧也。盖身在闺门而思在道路,若后世诗词所谓"计程应说到凉州"意耳。'解下二章与《集传》虽别,而正旨仍作文王行役,同为臆测。又如以上诸说,后妃执顷筐而遵大路,亦颇不类。其由,盖皆执泥《小序》'后妃'二字耳。《周南》诸什岂皆言后妃乎?《左传》无后妃字,必泥是为解,所以失之。《伪传》曰:'文王遣使求贤,而闵行役之艰。'撇去后妃,近是;

然曰'遣使求贤',又多迂折。至若张敬夫、严坦叔谓'后妃备酒浆而作',尤凿。王雪山谓'后妃劳妾媵之归宁';杨维新直撇去文王、后妃,谓'大夫行役之作',并无稽。此诗固难详,然且当依《左传》谓文王求贤官人,以其道远未至,闵其在途劳苦而作,似为直捷。但采耳执筐,终近妇人事。或者,首章为比体,言采卷耳恐其不盈,以况求贤置周行,亦惟恐朝之不盈也,亦可通。"他驳来驳去,终不脱前人的窠臼,所以不能自圆其说。

## 十一

## 小戎（秦风）

小戎俴收,五楘梁辀。游环胁驱,阴靷鋈续。文茵畅毂,驾我骐馵。言念君子,温其如玉。在其板屋,乱我心曲。

四牡孔阜,六辔在手。骐骝是中,騧骊是骖。龙盾之合,鋈以觼軜。言念君子,温其在邑。方何为期,胡然我念之？

俴驷孔群,厹矛鋈錞。蒙伐有苑,虎韔镂膺。交韔二弓,竹闭绲縢。言念君子,载寝载兴。厌厌良人,秩秩德音。

释音:俴,音浅。楘,音木。辀,音舟。靷,音胤。鋈,音沃。馵,音注。骊，音留。騧，音瓜。骖，音惨。觼，音厥。軜，音纳。厹，音求。
镎，音队。韔，音畅。绲，音衮。縢，音滕。厌，音阴。

## 【诗义关键】

要了解这首诗，得先了解两个名词：一是"小戎"，二是"良人"。《国语·齐语》说："管子于是制国。五家为轨，轨为之长。十轨为里，里有司。四里为连，连为之长。十连为乡，乡有良人焉。以为军令。五家为轨，故五人为伍，轨长帅之。十轨为里，故五十人为小戎，里有司帅之。四里为连，故二百人为卒，连长帅之。十连为乡，故二千人为旅，乡良人帅之。"由此可知，小戎，是地方民团基本组织的名称。良人是乡长，同时也是旅长的名称，寓保甲与军队而为一。然这是齐国的保甲制度，与《诗经》有什么关系呢？《齐语》又说"修旧法，择其善者而业用之"，可见管仲所行的是旧时的兵制。旧指什么时候呢？据《诗经》来看，周宣王时的卫国就是这种制度；不然的话，两个名称不会这样地恰恰相合。讲平陈与宋的诗篇时，曾经说《绸缪》篇的"良人"就是尹吉甫，而尹吉甫是从卫国去的，他西征猃狁时所率领的民兵，就是由卫国的浚地而来；后来他做宣王的先行官，率领的是王家军队，故于《六月》篇特别标明"元戎十乘，以先启行"。元戎是对小戎而言，元戎是周室的军队，小戎则为地方的团队，不是很显明吗？

知道了"小戎"与"良人"的意义，再来追究这首诗的意义。此诗共分三章，都是表现一位女的在思念她的男子，而诗言："方何为期，胡然我念之？"表示他们离别很久。诗又说：

"在其板屋，乱我心曲。"尹吉甫不是正在首阳山建筑木屋吗，难道这是巧合吗？尤其"驾我骐馵"一语，更值得我们注意。这首诗通体以女的口气来写，此"我"当指女的，然她所思念的男子怎么会驾她的骐馵呢？原来周时有赐车或赠车的风俗，《采菽》篇说"君子来朝，何锡予之？虽无予之，路车乘马"，《崧高》篇说"王遣申伯，路车乘马"，这是宣王赐给南仲与申伯的车。《韩奕》篇说"其赠维何？乘马路车"，这是显父赠给韩侯的车。《渭阳》篇说"何以赠之？路车乘黄"，这是尹吉甫赠送南仲的车。南仲、申伯、韩侯都是诸侯，所赐赠的都是路车。尹吉甫是一位乡长，他所率领的是地方上的小戎，所以他的女友就送他一部戎车，如此一解，全篇诗义就豁然明朗了。

## 【字句解释】

一章。小戎，一方面是兵役制度，一方面也是戎车的名字。俴，浅。收，就是轸。轸木最大，舆底的木板与两骑板皆赖轸木相收以为固，而辀、较、轵亦将为凿以树之，轸所以收众材者，故谓之为收（见阮元《考工记车制图解》）。小戎俴收，就是浅轸的戎车。据《新中国的考古收获》图版四十七与五十九所载战国时的戎车，四面轸木确是极为低浅。辀，车辕，大车谓之辕；兵车、田车、乘车，谓之辀。辀前端上曲如桥梁，故曰梁辀。楘，车辀之饰，以皮革束之，束有五道，故谓五楘。五楘梁辀，就是梁辀上边饰着五道皮革。游环，以皮为环，在两服马之背上，游移前后无定处；靷，引两骖马之外鞁，贯其中而执之，所以制骖马使不得外出；胁驱，亦以皮为之，前系于衡之两端，后系于轸之两端，当服马胁之外，所以驱骖马不得入内（《集传》说）。实际上，游环、胁驱，都是缰绳的名称，用于服马者谓之游环，用于骖马者谓之胁驱。钱坫《车制考》（见《皇清经解续编》）说："系服马背谓之靷，亦谓游环，服马外胁谓之胁驱。"阴，舆前轼下板。阴靷，就是靷系于阴之上。续，靷端；鋈续，就是靷端镶着五金。茵，车席。文茵，虎皮所做之褥。畅，长。畅毂，长毂。据《新中国的考古收获》书中所载之车毂都是长的，可以为证。骐，《说文》："马青骊，文如博棋。"騧，马之后左足白者。整章的意思就是：浅轸的戎车，梁辀上缠着五束皮革。有游环，有胁驱，阴板上系着靷缰，靷缰的头上又镶着金属。虎皮的车褥，长长的车柱头，驾着我的骐马騧马。想到我那位君子呀，温柔得就像一块玉。可是他现在住在板屋里，使我心里乱糟糟的。

二章。骖马内辔系于觼，唯执其外辔，服马则执四辔，故云："六辔在手"。马赤身黑鬣曰骝，黄马黑喙曰骊。夹辕两马谓之服，外两马谓之骖。龙盾，盾上绘之以龙。之，是。合，双。龙盾之合，就是龙盾是一双，一对龙盾的意思。骖马内辔系轼前谓之軜，所以系軜谓之觼。鋈以觼軜，就是觼軜是以金属为之。方，正。整章的意思就是：四匹壮大的牡马，六条辔绳握在手里。骐马骝马作为中服，騧马骊马作为两边的骖马。合着两只龙盾，觼軜是金属做的。想到我那位君子呀，很温柔地在邑里。现在不正是我们约的日期吗，怎么我忽然这样想念他呢？

三章。俴驷，披浅甲的驷马（《群经平议》说）。厹矛，三隅矛。镎，矛之下端；錞镎，以金属所做之镎。系纠于盾，谓之蒙伐，以其为盾之饰，故言有苑（亦《群经平议》说）。虎韔，用虎皮所制的弓囊。镂膺，当从范处义、严粲之说，谓镂饰弓室之膺。弓以后为臂，以前为膺，故弓室以前亦为膺（马瑞辰说）。闭，古通柲，又作柲。弓有柲者为发弦时备顿伤，以竹为之。绳，绳。縢，捆扎。竹闭绲縢，就是把竹子捆扎在弓上作弓柲。厌厌，和悦之貌。与《湛露》篇"厌厌夜饮"之"厌厌"同义。秩秩，有条不紊。良人，是保甲上的名称，《毛传》于《绸缪》篇注为"美室"，《集传》解为"夫称"，均非是。整章的意思就是：浅甲的驷马非常地合群，三隅矛上镶着金镎，上边又蒙着漂亮的羽毛。虎皮制的弓囊，囊膺上又镂刻着花纹，两只弓囊与弓都是交叉着，弓里边又捆扎着竹柲。想起了那位君子，就睡睡起起、起起睡睡地睡不着。和悦的良人呀，说起话来有条不紊。

## 【诗篇联系】

假如没有发现尹吉甫与仲氏的恋爱事迹，根本不可能了解这首诗。假如不知道周时有送行人车辆的习俗，这首诗也无法十分了然。这首诗固然以仲氏的口气来思念尹吉甫，但绝不是仲氏所写，等于《诗经》中凡是以女子口气所写的诗，未必都是女的所写一样。写作要有技巧地训练，绝不是人人可以为之。此诗是尹吉甫听到仲氏想念他的消息后，假托她的想念而写的作品，与《小雅·杕杜》《雄雉》等篇是一样的情形。

## 【诗义辨正】

《毛序》："《小戎》，美襄公也。备其兵甲，以讨西戎，西戎方强，而征伐不休。国人则矜其车甲，妇人能闵其君子焉。"既是国人，又是妇人，到底是国人所写呢，还是妇人所写？这首诗原在《秦风》，就扯到襄公身上。然出征的是良人，襄公是良人的身份吗？《集传》说："西戎者，秦之臣子所与不共戴天之讨雠也。襄公上承天子之命，率其国人往而征之，故其从役者之家人，先夸车甲之盛如此，而后及其私情，盖以义兴师，则虽妇人亦知勇于赴敌而无所怨矣。"他认这首诗的作者是"从役者之家人"，比《毛序》进了一步，然家人都会写诗吗？他从民歌的观点，认为人人都可作诗，这是大错而特错。我在《以诗经为古代民歌总集的批判》里有详细的讨论，请参看。

姚际恒说："《序》谓'美襄公，国人则矜其车甲，妇人能闵其君子焉'，一诗作两义，非也。《伪传》谓'襄公遣大夫征戎而劳之'，意近是。何玄子曰：'襄公当幽王时为西垂之大夫，未为诸侯也，而所遣者亦大夫耶？'此驳非。大夫之臣亦可称大夫也。邹肇敏曰：'凡劳诗或代为其人言，或代为其室家言。而此诗"言念君子"，则襄公自念其臣子。'予初亦疑'厌厌良人'为妇目夫之词，以《孟子》'其良人出'，《唐风》'如此良人何'证之，殆合。然《黄鸟》哀三良，亦曰'歼我良人'，《雅》之《桑柔》亦曰'维此良人，作为式穀'，何也？若为室家代述，则种种军容固无烦如此觐缕耳。何玄子曰：'先秦之世，良人为君子通称。'吕氏《纪·序意》曰'秋甲子朔。朔之日，良人请问十二纪',《注》亦谓'良人,君子也'。二说皆通。"姚际恒就因搞不清楚"良人"的真正意义,所以自己也不知道到底怎样解才对。《诗经》的了解,第一得先了解它所表现的文物制度与思想情感;否则,都是在猜。

## 十二

### 采薇（小雅）

采薇采薇,薇亦作止。曰归曰归,岁亦莫止。靡室靡家,狁之故。不遑启居,狁之故。

采薇采薇,薇亦柔止。曰归曰归,心亦忧止。忧心烈烈,载饥载渴。我戍未定,靡使归聘。

采薇采薇,薇亦刚止。曰归曰归,岁亦阳止。王事靡盬,不遑启处。忧心孔疚,我行不来。

彼尔维何？维常之华。彼路斯何？君子之车。戎车既驾,四牡业业。岂敢定居？一月三捷。

驾彼四牡,四牡骙骙。君子所依,小人所腓。四牡翼翼,象弭鱼服。岂不日戒？狁孔棘。

昔我往矣,杨柳依依;今我来思,雨雪霏霏。行道迟迟,载渴载饥。我心伤悲,莫知我哀!

释音:莫,读暮。骙,音葵。弭,音米。

## 【诗义关键】

这首诗值得注意的有几点：

第一，《出车》篇说"昔我往矣，黍稷方华；今我来思，雨雪载涂"，此诗说"昔我往矣，杨柳依依；今我来思，雨雪霏霏"。黍稷方华在六月，杨柳依依也在六月，是动身的季节相同。"雨雪载涂"与"雨雪霏霏"，也是同一季节，换言之，思念仲氏的季节也相同。

第二，《出车》篇说"赫赫南仲，狁于襄"，"赫赫南仲，狁于夷"，此诗说"岂不日戒？狁孔棘"，是征伐的对象也相同。

第三，《凯风》篇说"母氏圣善，我无令人"，我们曾经证明尹吉甫这时还没有结婚。《隰有苌楚》篇说"乐子之无家""乐子之无室"，也曾经证明是尹吉甫自叹没有家室。此诗说"靡室靡家，狁之故"。夫以妻为室，夫谓妻曰家。家室既指妻言，那么，这首诗所表现的也是没有妻子，所以诗又说"我戍未定，靡使归聘"。聘，为聘娶，就是因为征伐狁，不能回去聘娶。

第四，《小戎》篇说："文茵畅毂，驾我骐馵。言念君子，温其如玉。在其板屋，乱我心曲。"尹吉甫西征狁时，仲氏送他一辆戎车，约好十月间回去，可是到期未归，因车而想念仲氏。此诗说"彼路斯何？君子之车。戎车既驾，四牡业业"，又说"驾彼四牡，四牡骙骙。君子所依，小人所腓"，也是因车而思及送车的人，这个送车的人也就是"靡使归聘"的女子。

第五，《小雅·杕杜》篇说"王事靡盬，继嗣我日。日月阳止，女心伤止，征夫遑止"，此诗说"曰归曰归，岁亦阳止。

王事靡盬，不遑启处。忧心孔疚，我行不来"，所表现的心情也完全相同。有此五点相同，这首诗也是尹吉甫在西征狎狁时思念仲氏之作，绝无问题。

**【字句解释】**

一章。薇，野豌豆。作，始生。薇亦作止，就是刚刚长出来的薇。这是回忆，回忆他六月间在卫国来西征时的情形。我们在解释《草虫》篇"陟彼南山，言采其薇。未见君子，我心伤悲；亦既见止，亦既觏止，我心则夷"的时候，曾说是两个地方、两个季节、两种心情，换言之，就是他六月间在南山采薇的时候，那时没有见到南仲，所以心里很悲伤；现在到了方山，见到了南仲，心里也就平静了。这章诗的采薇，也是两个地点、两个季节、两种心情，说得更明白一点，薇亦作止，是六月间卫国的薇，这时，他与仲氏曾经晤面，并且约好于十月间回去。可是狎狁的战事没有结束，不能回去，故言"曰归曰归，岁亦莫止。靡室靡家，狎狁之故。不遑启居，狎狁之故"。《诗经》里没有一句不是实录。"莫"通"暮"。整章的意思就是：采薇呀采薇，薇才刚刚生出来。说要回去，说要回去，快到年终了。没有妻，没有室，由于狎狁。不能有闲暇的起居，由于狎狁。

二章。柔，《毛传》："始生也。"一章注"作"为"始生"，此章又言始生，似为重复，且与下章"刚止"不类。凡物初长高时，都显出柔弱的样子，故柔应解为"初长貌"。作止、柔止、刚止，显然是三个时间，与"曰归曰归"的文气才吻合。烈烈，强烈的意思。整章的意思就是：采薇呀采薇，薇也长起来了。说是回去，说是回去，总是在担心。强烈的忧心，再加上时而饥时而渴。我的戍务没有一定地方，使我无法回去聘娶。

三章。刚止，坚硬。整章的意思就是：采薇呀采薇，薇也坚硬起来了。说是回去，说是回去，现在已到十月了。战事没有停止，也不能闲暇地安居。因为不能回去，感到非常疚心。

四章。常，棠棣。彼尔维何？维常之华。彼路斯何？君子之车。这是回忆当初她赠车时的情景。她送车时，大概还在车上扎上棠棣花，所以说那是什么呢？是棠棣的花。路上是什么呢？赠给君子的车。业业，强健貌。赠车一定要带四匹马，她所赠的是戎车，所以诗言"戎车既驾，四牡业业。岂敢定居？一月三捷"，这些话好像是回忆，又好像是给仲氏的报告。整章的意思就是：那是什么呢？棠棣的花朵。路上又是什么呢？是赠给君子的车。戎车套上了马，是四匹健壮的牡马。岂敢定居在一个地方呢？一个月里要打三次胜仗呀！

五章。依，犹倚，戎车浅軨，既不能卧，也不能坐，只有倚靠着。腓，即《生民》篇"牛羊腓字之"之"腓"，围护的意思。小人，指士卒。翼翼，也是健壮的意思。通称弓末为弭；象弭，即以象牙所饰之弓末（马瑞辰说）。鱼服，以兽鱼皮所制之箭囊。戒，警戒。棘，棘手；孔棘，非常棘手。整章的意思就是：驾着那四匹牡马，四匹牡马都是壮大的。君子可以倚靠，士卒可以围护。健壮的四匹牡马，携带着象牙所饰的弓、兽鱼皮所制的箭囊。怎么能不天天戒备呢！狎狁非常棘手。

六章。整章的意思就是：以前我出征的时候，杨柳正在低垂；现在我在想念，正是下雪的时候。路走得非常慢，时而要受饿，时而要受渴。心里非常悲伤，可是无人知道我的苦痛！

## 【诗篇联系】

不成问题，这首诗也是尹吉甫西征獯狁时想念仲氏之作，甚而这些作品都是寄给仲氏的，所以诗言"王事靡盬，不遑启处。忧心孔疚，我行不来"，"行道迟迟，载渴载饥。我心伤悲，莫知我哀"。否则，这些话就没有对象了。孔疚，正是向仲氏道歉的意思。

## 【诗义辨正】

《毛序》："《采薇》，遣戍役也。文王之时，西有昆夷之患，北有獯狁之难，以天子之命命将率，遣戍役，以守卫中国。故歌《采薇》以遣之，《出车》以劳还，《杕杜》以勤归也。"《集传》也说："此遣戍役之诗。"我真不知道他们懂不懂人类心理，会不会作文章！难道遣戍役的时候要唱"曰归曰归，心亦忧止。忧心烈烈，载饥载渴。我戍未定，靡使归聘"吗？难道要唱"行道迟迟，载渴载饥。我心伤悲，莫知我哀"，而预先引起出役人的悲伤吗？遣戍役，是让他们卫护国家呢，还是去思归呢？何其不通到这种程度！姚际恒说："此戍役还归之诗。《小序》谓'遣戍役'，非。诗明言'曰归曰归，岁亦莫止'，'今我来思，雨雪霏霏'等语，皆既归之词；岂方遣即已逆料其归时乎？又'一月三捷'，亦言实事，非逆料之词也。此不知何王之世。《大序》谓文王，文王无伐獯狁事，《辨说》已驳之。或谓宣王，然与《六月》

又不同时。或谓季历，益妄。""杨柳依依"正是六月的景致，怎么说与《六月》篇不同时呢？他不知道实际的事迹，所以在猜。

## 十三

## 何草不黄（小雅）

何草不黄？何日不行？何人不将？经营四方。
何草不玄？何人不矜？哀我征夫，独为匪民！
匪兕匪虎，率彼旷野。哀我征夫，朝夕不暇！
有芃者狐，率彼幽草。有栈之车，行彼周道。

释音：行，音杭。矜，音鳏。

### 【诗义关键】

《小雅·杕杜》篇说"日月阳止"，《采薇》篇说"岁亦莫止"，此诗说"何草不黄""何草不玄"，草的玄黄在初冬，是季节相同。《采薇》篇说"岂敢定居？一月三捷"，此诗说"何日不行？何人不将"，是出征的情形相同。《卷耳》篇说"我马瘏矣，我仆痡矣，云何吁矣"，此诗说"何人不矜"，矜，也是病的意思。《北山》篇说"偕偕士子，朝夕从事"，此诗说"哀我征夫，朝夕不暇"，忙碌也是一样。《北山》篇说"旅力方刚，经营四方"，此诗也说"何日不行？何人不将？经营四方"，任务也是一样。《北山》篇说"大夫不均，我从事独贤"，此诗说

"哀我征夫，独为匪民"，牢骚也是一样。诸如此类的相同，此诗是尹吉甫发牢骚的作品，不会有错。

**【字句解释】**

一章。将，与《敬之》篇"日就月将"的"将"同义，行的意思。整章的意思就是：哪一种草不变黄？哪一天没有出征？哪一个人不在征行而纲纪四方？

二章。玄，赤黑色。矜，读为瘝；《尔雅》："瘝，病也。"（《经义述闻》说）匪民，不是人。整章的意思就是：哪一种草不是赤黑色？哪一个人不在生病？可怜我这个征夫呀，独独地不是人！

三章。兕，犀牛。率，循。整章的意思就是：我不是犀牛，我不是老虎，一天到晚在旷野中行走。可怜我这个征夫呀，从早到晚不得休闲！

四章。芃，形容狐狸毛的丰厚。幽草，深草。有栈，与《东门之墠》《伐柯》两篇的"有践"同义，都是一排的意思。整章的意思就是：肥胖丰毛的狐狸，在那深草里行动。有一排的戎车，在大道上行走。

**【诗篇联系】**

把这一时期的作品如《小雅·杕杜》《北山》《考槃》《鸿雁》《采薇》《卷耳》《陟岵》与此诗一起来读，情调是多么一致！都是由于尹吉甫正与仲氏热恋，本来约好要在十月间回去，然因战事未能结束，他是文武全才，一切的事务又都加在他的身上，所以引起了许许多多的牢骚。可是要不是尹吉甫生平事迹的发现，这些作品也都无法了解。

## 【诗义辨正】

《毛序》说："《何草不黄》，下国刺幽王也。四夷交侵，中国背叛，用兵不息，视民如禽兽。君子忧之，故作是诗也。"这首诗与幽王有什么关系？《集传》说："周室将亡，征役不息，行者苦之，故作此诗。"恰恰相反，此诗正是周室中兴时的作品。姚际恒说："征伐不息，行者愁怨之诗。"有点接近。

## 十四

## 羔裘（桧风）

羔裘逍遥，狐裘在朝。岂不尔思？劳心忉忉。
羔裘翱翔，狐裘在堂。岂不尔思？我心忧伤。
羔裘如膏，日出有曜。岂不尔思？中心是悼。

释音：忉，音刀。

## 【诗义关键】

这首诗的关键就在"羔裘逍遥，狐裘在朝"，"羔裘翱翔，狐裘在堂"，以及"羔裘如膏，日出有曜"。了解这几句，整首诗也都了解了。宋应星《天工开物》说："羊皮裘母贱子贵，在腹者名曰胞羔，初生者名曰乳羔，三月者曰跑羔，七月者曰走羔（毛文渐直）。胞羔、乳羔，为裘不膻，古者，羔裘为大夫之服。《礼记·玉藻》篇说"士不衣狐白"，又说"锦衣狐裘，诸侯之服也"。古时服制非常严格，绝对不能随便穿着。就以我们研究过的诗篇来看，也可看出这种制度。《羔羊》篇说"羔羊之皮，素丝五紽。退食自公，委蛇委蛇"，这是卫釐侯赐给尹吉甫的羔羊皮。《郑风·羔裘》篇说"羔裘豹饰，孔武有力。彼其之子，邦之司直"，这是尹吉甫所穿之羔裘。《终南》篇说"君子至止，锦衣狐裘"，这是宣王所穿的狐裘。《都人士》篇说"彼都人士，狐裘黄黄"，这是南仲所穿的狐裘。羔裘与狐裘是代表两种身份的人，并不像《毛传》所说的"羔裘以游燕，狐裘以适朝"。《诗经》研究假如不从文物制度着手，永远无法了解。然"羔裘逍遥，狐裘在朝"，怎么解释呢？再看"逍遥"两个字应该作何解。《诗经》里用"逍遥"这个成语的共有三篇，就是《清人》《白驹》与此诗。《毛传》《郑笺》都没有注，大概以为就是逍遥自在的意思。实际上不是的。《诗经》里的逍遥应该解作《楚辞·大招》"魂魄归徕，无远遥只"的"远遥"；否则，三篇诗义就无法解释。比如《清人》篇说："清人在消，驷介麃麃。二矛重乔，河上乎逍遥。"麃麃，武貌。假如"逍遥"作"自在"讲，这四句诗就应该解为：清人在消这个地方驾着四匹壮大披甲的马，车上又插着两支重乔的矛，在黄河边上逍遥自在。这成了什么体统？若是解为远遥，那就是奔逐，意义就迥然不同了。再如《白驹》篇说"所谓伊人，于焉逍遥"，"逍遥"作"远遥"解，才可以接着下边"毋金玉尔音，而有遐心"，就是不要吝啬你的音讯，远远地想着我；不然，前后四句怎么衔接呢？此诗的"羔裘逍遥，狐裘在朝"，就是穿羔裘的人，遥远地在他方，而穿狐裘的人，则舒适地在朝廷，才能接着下两句"岂不尔思？劳心忉忉"。由于远离才想念，也由于远离才忧心；否则，人在一起有什么可思、可忧呢？这是牢骚话，也就是《北山》篇说的"或息偃在床，或不已于行"。

其次，"羔裘翱翔，狐裘在堂"怎么解释呢？翱翔，《郑笺》说"犹逍遥也"，实际上并不如此，而是飞奔的意思。《诗经》里用"翱翔"的共有五篇，就是《清人》《女曰鸡鸣》《有女同车》《载驱》与此诗。《清人》篇说"清人在彭，驷介旁旁。二矛重英，河上乎翱翔"，假如"翱翔"解作"徘徊"，那么这几句诗的意思就是：清人在彭这个地方，驾着四匹壮大的披甲的马，车上插着两支双重缨的矛，在黄河上徘徊。又成何体统？如以鸟之翱翔形容戎车的奔腾，诗义就迥然不同。《女曰鸡鸣》篇说"将翱将翔，弋凫与雁"，翱翔正是形容打雁时的飞奔情形。《有女同车》篇说："有女同车，颜如舜英。将翱将翔，佩玉将将。"将将，即锵锵。也只有车子在飞奔时，佩玉才可锵锵作响；假如在那里徘徊不前，佩玉怎么会锵锵作响呢？《载驱》篇说："汶水汤汤，行人彭彭。鲁道有荡，齐子翱翔。"这是形容齐子来归时在鲁道上的情形，试问：一位新娘子怎么在鲁道上徘徊呢？所以《诗经》里的"翱翔"二字都是用鸟的飞翔来形容人的奔跑。此诗"羔裘翱翔，狐裘在堂"，就是穿羔裘的人一天到晚奔跑在外，穿狐裘的人则舒适地在庙堂。这样，才可以接下句"岂不尔思？我心忧伤"。

最后,"羔裘如膏,日出有曜",怎么解释呢?就是羔裘磨得像膏油一样,太阳一出来就照得发亮。这是形容羔裘穿得太枯了,不仅脏,而且脏得油垢发亮,也是形容久行于外的情形,所以接着说:"岂不尔思?中心是悼。"怎么不想念你呢?心里实在是难过!如此讲来,就与尹吉甫的事迹相合了。他不是从宣王五年正月就来西征吗?正月还是穿羔裘的时候。他是穿着羔裘出来的,经过了夏,经过了秋,现在又到穿羔裘的时候,因终日出征,终日摩擦,不仅把羔裘弄得很脏,而且油垢得发亮。这是一首多么生动、多么深刻、多么有趣的诗!不知道实际情形,怎么可以看出来呢?

## 【字句解释】

一章。忉忉,忧貌。整章的意思就是:穿羔裘的人,总是遥远地在外,穿狐裘的人则安适地在朝。怎么不想念你呢?心里总是忧愁得不得了。

二章。整章的意思就是:穿羔裘的人总是奔走在外,穿狐裘的人则舒服地在堂。怎么不想念你呢?我的心里非常感伤。

三章。悼,哀伤。整章的意思就是:羔裘磨得像脂油一样,太阳一晒就发亮。怎么不想念你呢?心里边非常哀伤。

## 【诗篇联系】

在解释平陈与宋前的诗篇时,曾经解释过一篇《郑风·羔裘》,那篇的羔裘是新做的。那是宣王二年冬的事情。现在是宣王五年冬,可能这件羔裘也就是那件羔裘。那件羔裘可能是仲氏缝制的，现在磨得发亮，所以尹吉甫睹物思人，将这种情形写给她以示忧伤。这不是极合人情的联系吗？

## 【诗义辨正】

《毛序》："《羔裘》，大夫以道去其君也。国小而迫，君不用道，好洁其衣服，逍遥游燕，而不能自强于政治，故作是诗也。"全是无稽之谈。一方面他误解了"羔裘逍遥，狐裘在朝"的意义，另一方面这首诗排在《桧风》，桧是小国，就捕风捉影地写出这样的序来。《集传》从之。姚际恒也脱不出这种窠臼，他说："《小序》谓'大夫以道去其君'，以诗中'岂不尔思'句也。《大序》谓'君好洁其衣服'，则执泥矣。《郑语》：史伯谓郑桓公曰'邻仲恃险，有骄侈怠慢之心，而加之以贪冒'，此诗云'逍遥''翱翔'，意近之矣。"逍遥、翱翔，能作骄侈怠慢解吗？怎么能说"意近之矣"呢？再者，"岂不尔思"，难道一定是思君吗？仅凭这一句就能断定这首诗是"大夫以道去其君"吗？屈万里说："此疑桧人慕其君而不得近之之诗。"明明是"在朝""在堂"，怎么说"不得近之"呢？在朝、在堂还算不能近君，那么，怎样才算是近呢？都是在猜想。

<br>

十五

## 白华（小雅）

白华菅兮，白茅束兮。之子之远，俾我独兮！

英英白云，露彼菅茅。天步艰难，之子不犹！
滮池北流，浸彼稻田。啸歌伤怀，念彼硕人！
樵彼桑薪，卬烘于煁。维彼硕人，实劳我心！
鼓钟于宫，声闻于外。念子懆懆，视我迈迈。
有鹙在梁，有鹤在林。维彼硕人，实劳我心！
鸳鸯在梁，戢其左翼。之子无良，二三其德！
有扁斯石，履之卑兮。之子之远，俾我疧兮！

释音：菅，音尖。滮，音标。卬，音昂。煁，音忱。懆，音躁。

## 【诗义关键】

这首诗值得注意的有几点：

第一，"滮池北流"的滮池在什么地方。《读史方舆纪要》（卷五十三）于西安府（今长安县）滮水说："滮池水本出镐池西，而北流入镐，《诗》'滮池北流'是也。"又于镐水引《十道志》说："镐池在长安城西、昆明池北，即周故都。《诗》：'考卜维王，宅是镐京'。"又说："镐水，府西北十八里"，"滮水，府西北二十里"。由此看来，所谓滮池就在镐京，所以诗言"鼓钟于宫，声闻于外"。

第二，"白华菅兮，白茅束兮"的菅茅开花是什么季节。《植物名实图考长编》（卷六）于"茅根"条引《本草纲目》说："茅有白茅、菅茅、黄茅、香茅、芭茅数种。……白茅短小，三四月开白花，成穗。"由此可知菅茅与白茅开花在三四月间。

第三，"念彼硕人"的"硕人"是谁。在解释《考槃》篇时曾说《诗经》中用"硕人"的共有四篇，就是《简兮》《硕人》《考槃》与此诗。除《硕人》篇的"硕人"指庄姜外，其他三篇都指尹吉甫。硕人就是北方人说的大汉，这是他们爱人间的昵称，所以此诗说："啸歌伤怀，念彼硕人"，"维彼硕人，实劳我心"。

第四，"之子之远"的"远"到什么地方。既知此诗的硕人即指尹吉甫，那么，他现在在西征玁狁；不仅征玁狁，又随宣王南征淮夷，以卫国的仲氏来看当然是远了。但这首诗里还存在一个极有趣的问题，就是整篇诗是女的口气在思念男的，思念的地点在镐京，时间是三四月间，正是尹吉甫南征淮夷期间。因此，使我们想到仲氏既能跟她父亲去平陈与宋，又于宣王七年随她父母去戍申、戍甫、戍许，当然也可随她父亲到镐京；可是她到达镐京，正是尹吉甫南去淮夷的时候，还是见不到面，所以才说"念子懆懆，视我迈迈"，又说"之子无良，二三其德！"

【字句解释】

一章。之子，是子。整章的意思就是：白菅开花了，白茅捆起来了。这个人呀，他到远方去了，使我变成孤单的一个！

二章。英英，《韩诗》作"泱泱"；泱泱，大貌。露，覆（马瑞辰说）。天步，命运。艰难，不幸。不犹，不同，与《小星》篇"寔命不犹"同一意义。整章的意思就是：一大片的白云，遮盖着那些菅草。这个人的命运呀，实在不如人！

三章。整章的意思就是：滮池的水向北流，灌溉了那些稻田。高声地号出心里的悲伤，是想念那个大个儿呀！

四章。卬，我。烘，燎。煁，《说文》："烓也"；段注："行灶，非为饮食之灶，若今火炉，仅可照物，自古名之曰烓，亦名之曰煁。"此诗之煁有什么用处呢？《天工开物》于《乃服》第二"结茧"条说："其法析竹编箔，其下横架料木，约六尺高，地下摆列炭火。方圆去四五尺，即列火一盆。初上山时，火分两略轻少，引他成绪。蚕恋火意，即时造茧，不复缘走。茧绪既成，即每盆加火半斤。吐出丝来，随即干燥，所以经久不坏也。"此诗的煁就是竹山下的火盆，现今北方人养蚕还用这种方法。樵彼桑薪，卬烘于煁，就是砍下桑树的干枝来，我把它燃到火盆里。由此可知此诗正是蚕月，蚕月是四月，与"白华菅兮"的月份也正合。整章的意思就是：砍些桑树的干枝，我把它燃到火盆里。只有那个大个儿，实在使我伤心！

五章。慅慅，不安貌。迈，远行；迈迈，极言其行远。整章的意思就是：宫廷里敲的钟，在外边也听到它的声。就是因为想念你想得不得了，我才远远地来到这里！

六章。鹙，秃鹙，状如鹤而大，长颈，赤目，好啖蛇。整章的意思就是：有那秃鹙在桥梁上，有那仙鹤在树林里。只有那个大个儿，实在使我忧心！

七章。整章的意思就是：鸳鸯在那桥梁上，翻起它左边的翅膀。这个人真不好，三心二意不可靠！

八章。古人乘马，门前都有乘马石，此诗之"有扁斯石"即乘马石。疧，病。整章的意思就是：有块扁薄的石头，抬步可以低一点。这个人儿远去了，使我得了一场病。

## 【诗篇联系】

这明明是一首女子思念男子的诗，然思念的地点在镐京，时间是四月，要不是发现尹吉甫的生平事迹，怎么可以了解这首诗呢？由此，使我们想到曾经解释过的《唐风·扬之水》篇"我闻有命，不敢以告人"来。"人"指仲氏，就是尹吉甫听到要派他到淮夷去，他不敢把这个消息告诉仲氏，怕引起她的忧愁。想不到她就在这个期间到镐京来看他，使她扑了一个空，只有带着愁肠又回卫国。这首诗写得非常委婉，既是想念他，又是可怜他；既是恨他，又是原谅他。《诗经》！《诗经》！真是一部最生动的历史，要摸到它的线索，才能一步一步地深入而了解它。

## 【诗义辨正】

《毛序》："《白华》，周人刺幽后也，幽王取申女以为后，又得褒姒而黜申后，故下国化之，以妾为妻，以孽代宗，而王弗能治，周人为之作是诗也。"幽王已经倒霉了，凡是恶诗都加在他身上；现在幽后也跟着倒霉，这首诗又附会到她身上。《集传》也是这样讲。姚际恒说："《小序》谓'刺幽后'，《大序》谓'周人为之作是诗'，《集传》以为申后作。按此诗情景凄凉，造语真率，以为申后作自可。郝仲舆曰：'愚幼受朱《传》，疑申后能为《白华》之忠厚，胡不能戢父兄之逆谋？宜曰能为《小弁》之亲爱，胡乃预骊山之大恶？读古《序》，始知二诗托刺，故《序》不可易也。'何玄子驳之曰：'骊山之事，不可举以责申后。申后被废，未必大归。又幽王遇弑，事在十一年，距废后时盖已九载。此时申后存亡亦未可知。邹肇敏谓:"观于宫、于外、在梁、在林之咏,当时或废处深宫,其赋《白华》,亦如后世之赋《长门》耳。"此论为允。'愚按,郝氏佞《序》,最属可恨,故录何氏之驳于此,俾人无惑焉。"姚际恒本想解人之惑,而他说"此为申后作自可",这个惑到底解了没有呢?

## 十六

## 素冠(桧风)

庶见素冠兮,棘人栾栾兮,劳心慱慱兮!
庶见素衣兮,我心伤悲兮,聊与子同归兮!
庶见素韠兮,我心蕴结兮,聊与子如一兮!

释音:栾,音鸾。慱,音团。韠,音毕。

## 【诗义关键】

这首诗的关键就在素衣、素冠、素韠是哪一种人的制服;服制知道了,诗义也就了解了。《韩诗外传》(卷九)说:"孔子与子贡、子路、颜渊游于戎山之上,孔子喟然叹曰:'二三子各言尔志,予将览焉。……赐,尔何如?'对曰:'得素衣、缟冠使于两国之间,不持尺寸之兵,升斗之粮,使两国相亲如弟兄。'孔子曰:'辩士哉。'"从此可知,素衣、素冠在孔子的时候还是士这种人的制服。由此启示,我们再在《诗经》中找证据。《唐风·扬之水》篇说"素衣朱襮""素衣朱绣",就是素衣上边镶着朱颜色的领子,素衣上边镶着朱颜色的袖子。可是这种制服是尹吉甫当上尹氏时所穿的,而他的身份正是士。素衣、素冠、素韠,正是周时武士的制服,所以《文王》篇说"殷士肤敏,裸将于京。厥作裸将,常服黼冔",黼冔,就是黑白相间的帽子。汉儒将素衣、素冠解为丧服,诗义就不可了解了。屈万里就更正说:"旧谓此诗为刺不能三年之丧者,以有素冠、素衣之语也。按,古人丧服,以缕之粗细定其轻重,非必尚白。古冠礼用素冠,《士冠礼》'始冠',郑注云:'白布冠,今之丧冠是也。'曰'今之丧冠',明古者不必如是。《郑风·出其东门》言'缟衣綦巾',是女子平时亦衣白衣。《曲礼》云'父母存,衣冠不纯素',始以纯素为嫌。《曲礼》,盖战国晚年或秦汉间人所作,所言未必为古俗也。翟灏《通俗编》有说详之。"素衣、素冠、素韠,既是周时武士的制服,那么,这首诗的意义就有线索可寻了。

庶,幸。棘,通瘠,瘦的意思;棘人,即瘦人,女子自谓。二三两章的第二句都是女子自谓,第一章的棘人也当指女。旧说以棘人为居丧之人,其义沿用至今,实非是(屈万里说)。栾栾,瘦貌。慱慱,忧貌。庶见素冠兮,棘人栾栾兮,劳心慱慱兮,就是幸而见到戴素冠的人,瘦人瘦得不得了,忧愁的心也变成一个疙瘩了。这不是尹吉甫返回卫国后,仲氏迎接他的语气吗?《白华》篇说"维彼硕人,实劳我心","之子之远,俾我疧兮",不正是"棘人""劳心"的注解吗?顺着这个意思来解释,诗义就清楚明白了。

【字句解释】

一章。上边已作解释，不再重复。

二章。整章的意思就是：幸而见到穿素衣的人，我的心非常悲伤呀，聊且与你同路回去吧！

三章。素韠，即蔽膝，即今日之裹腿。蕴结，疙瘩。整章的意思就是：幸而见到了打素裹腿的人，我的心就像一个疙瘩，聊且同你像一个人吧！


【诗篇联系】

尹吉甫是从卫国西征的，他所恋爱的人是卫武公的孙女，他们从宣王五年初春就离别，除六月间见过一次面，可说一年零六个月没有见面。她于宣王六年三四月间曾赴镐京一次，希望能会会面，谁知尹吉甫又去南征淮夷。现在回到卫国来了，她应该如何地高兴？但是他们尚未结婚，不能算是一对夫妇，所以诗言："聊与子同归兮！""聊与子如一兮！"这是多么得体，然又多么酸心的话。


【诗义辨正】

《毛序》："《素冠》，刺不能三年也。"姚际恒批判说：《小序》谓'刺不能三年'，旧皆从之，无异说。今按之，其不可信者十：时人不行三年丧，皆然也，非一人事，何必作诗以刺凡众之人？于情理不近。一也。思行三年丧之人何至于'劳心愽愽'以及'伤悲''蕴结'之如是？此人无乃近于杞人耶？二也。玩'劳心'诸句，'与子同归'诸句，必实有其人，非虚想之辞。三也。旧训庶为幸，是思见而不可得，设想幸见之也。既幸见之，下当接以我心喜悦之句方合；今乃云'伤悲'，何耶？四也。丧礼从无素冠之文。《毛传》云：'素冠，练冠也。'郑氏不以为练冠，而以为缟冠……据《玉藻》'缟冠，素纰，既祥之冠也'为说。观此，则毛、郑已自龃龉。然郑为缟冠，亦非也。《玉藻》'缟冠，素纰'，《间传》郑注云'黑丝白纬曰缟'，此何得以'素冠'为缟冠乎？《玉藻》郑注云'纰，缘边也'，此何得以素纰为素冠乎？五也。丧礼从无'素衣'之文。《毛传》曰'素冠，故素衣'，混甚。郑氏据《丧服小记》'除成丧者，其祭也朝服、缟冠'为说，曰：'朝服缁衣、素裳。然则此言素衣者，谓素裳也。'按朝服、缁衣、素裳，《礼》无其文，乃郑自撰。以《士冠礼》……止言'素韠'，非言素裳也。即使为素裳，非言素衣也。何得明改诗之'素衣'以为素裳乎？六也。丧礼从无'素韠'之文。孔氏曰'丧服斩衰，有衰裳、绖带而已'，不言有韠。《檀弓》说既练之服云'练衣黄里，縓缘、要绖、绳屦、角瑱、鹿裘'，亦不言有韠。则丧服始终皆无韠，可为明证。七也。且郑之解素衣、素韠，唯据《小记》'除成丧者，其祭也朝服、缟冠'之'朝服'为说，其于素衣、素韠既已毫不相涉；且朝服，吉服也，《小记》不过言祥祭之日，得以借用其服，非朝服为祥祭之服也，安得以朝服惟为祥祭之服而言此诗为祥祭服耶？可笑也。八也。且《小记》之说本以'成丧'对'殇丧'言，此期、功之丧皆是，非言三年也。误而又误。九也。不特此也，诗思行三年之人，何不直言'齐衰'等项而必言祥后之祭服，如是之迂曲乎？则以上亦皆不必辩也。十也。而素冠等之为常服，又皆有可证者。素冠，《孟子》：'许子冠乎？曰：冠素。'又皮弁，尊贵所服，亦白色也。素衣，《论语》'素衣，麑裘'，《曹风》'麻衣如雪'，郑云：'麻衣，深衣也。'《郑风》女子亦着缟衣，古人多素冠、素衣，不似今人以白为丧服而忌之也。古人丧服唯以麻之升数为重轻，不关于色也。素韠，《士冠礼》'主人玄冠、朝服、缁带、素韠'；又于皮弁服云'素积、缁带、素韠'。《玉藻》云'韠，君朱，大夫素'，则又不必言矣。此诗本不知指何事何人，但'劳心''伤悲'之词，'同归''如一'之语，或如诸篇以为思君子可，以为妇人思男亦可；何必泥'素'之一字遂迁其说以为'刺不能三年'乎？素冠者，指所见其人而言，因素冠而及衣、韠，即承上素字，以衣、韠为换韵，不必泥也。"他考证的素衣、素冠、素韠，非丧服，非常正确；可惜他不知这是武士的常服，也就不能了解诗义。

## 十七

### 葛覃（周南）

葛之覃兮，施于中谷，维叶萋萋。黄鸟于飞，集于灌木，其鸣喈喈。

葛之覃兮，施于中谷，维叶莫莫。是刈是濩，为絺为绤，服之无斁。

言告师氏，言告言归。薄污我私，薄浣我衣。害浣害否？归宁父母。

释音：施，音异。绤，音痴。绤，音隙。斁，音亦。害，音曷。

## 【诗义关键】

这首诗的关键就在"师氏"二字。自从《毛传》说"师，女师也。古者，女师教以妇德、妇言、妇容、妇功。祖庙未毁，教于公宫三月；祖庙既毁，教于宗室"以后，这首诗也就无法了解了。《诗经》里用"师氏"的共有三篇，就是《十月之交》《云汉》与此诗。《十月之交》篇说"皇父卿士，番维司徒，家伯维宰，仲允膳夫，棸子内史，蹶维趣马，楀维师氏"，师氏与卿士、司徒、冢宰、膳夫、内史、趣马并列，卿士等为朝廷官职，师氏当然也是朝廷官职。《云汉》篇说"鞫哉庶正，疚哉冢宰。趣马师氏，膳夫左右"，又将师氏与庶正、冢宰、趣马、膳夫并列。师氏之不为女师，显而易见。再从金文中找些例子看。《令鼎铭》："王射，有嗣众师氏，小子卿射。"《毛公厝鼎铭》："有嗣小子、师氏、虎臣。"师氏与小子、虎臣并列，而且合射，难道女师还要习射吗？师氏，就是现在说的司令、将帅之类。言告师氏，言告言归，就是告诉师氏，我要回家省视父母，这样一了解，诗义就整个变了。

薄污我私，薄浣我衣。私与衣对称，衣就是《无衣》篇"岂曰无衣"的"衣"，《素冠》篇"庶见素衣兮"的"素衣"。衣，是官服；私，是平时所穿的衣服。这两句诗的意思就是：快点把我的官服在水里摆一摆，快点把我的平常衣服洗干净。为什么呢？我要回去安慰父母。既是回去"归宁父母"，一定曾经与父母远离。

他是在什么季节"归宁父母"呢？诗言："葛之覃兮，施于中谷，维叶莫莫。是刈是濩，为絺为绤，服之无斁。"再看什么时候刈葛，就知道什么季节回去了。《植物名实图考》（卷二十二）于"葛"条说："凡采葛，夏季葛成，嫩而短者留之。"阴历六月为夏月，也正是尹吉甫回归卫国的时候。到此，诗义就豁然明朗了。从《素冠》篇，知道尹吉甫现在回到卫国，是仲氏把他接回家的；然这是仲氏的家，不是尹吉甫的家。尹吉甫的家住在复关，他得回复关去看望自己的父母，以安慰他们思念之心。两千多年来的糊涂账，到现在才算弄清楚了。

## 【字句解释】

一章。覃，长（见《方言》）。施，蔓延。中谷，谷中。整章的意思就是：长长的葛藤呀，蔓延到整个谷中，叶子长得很是茂盛。黄鸟在飞呀，飞落在灌木上，喈喈地在叫。

二章。莫莫，黑压压的样子。刈，割。濩，煮。葛布之细者曰絺，粗者曰绤。斁，厌。整章的意思就是：长长的葛藤呀，蔓延到整个谷中，一片黑压压的叶子。把它割上来，煮出来，做成絺，做成绤，穿起来永远不会讨厌。

三章。言，而。薄，迫。污与浣不同：污是洗，用手揉搓；浣是濯，摆一摆而已，不用手搓。害为"曷"形近之讹；曷，为什么。"害浣害否"句法与"人涉卬否""或圣或否""或醉或否"相同，否，都是否定词。官服是丝质，上边绣有花纹，只能在水中轻轻地摆摆，不能揉搓，所以说"浣衣"。尹吉甫要他父母看看他的官服，所以只要摆干净就好了。整章的意思就是：我要告诉师氏，告诉他我要回家。快点把我的衣服洗出来，快点把我的官服摆干净。为什么有的摆有的洗呢？回家让父母看看我的官服，好安慰他们的心。

## 【诗篇联系】

现在知道了尹吉甫的生平事迹，再顺着他的生平事迹来解释这首诗，意义就非常清楚。他于宣王六年六月回到卫国，先到的当然是卫都沫邑，仲氏把他接到家里。他的家住在复关，不能不回去看望父母。他现在做了尹氏，穿上了官服，为安慰自己的父母，想把这些官服显示一下，所以说："薄污我私，薄浣我衣。害浣害否？归宁父母。"

## 【诗义辨正】

《毛序》："《葛覃》，后妃之本也。后妃在父母家，则志在于女功之事，躬俭节用，服浣濯之衣，尊敬师傅，则可以归安父母，化天下以妇道也。"姚际恒批评说："《小序》谓'后妃之本'，此'本'字甚鹘突。故《大序》以为'在父母家'，此误循'本'字为说也。按诗曰'归宁'，岂得谓其在父母家乎？陈少南又循《大序》'在父母家'，以为'本在父母家'，尤可哂。孔氏以'本'为'后妃之本性'，李迂仲以'本'为务本，纷然摹拟，皆《小序》下字鹘突之故也。《集传》不用其说，良是。然又谓'《小序》以为后妃之本，庶几近之'，不可解。《集传》

云'此诗后妃所自作',殊武断。此亦诗人指后妃治葛之事而咏之,以见后妃富贵不忘勤俭也。上二章言其勤,末章言其俭。首章叙葛之始生,次章叙后妃治葛为服,末章因治服而及其服浣濯之衣焉。凡妇人出行,必洁其衣,故借归宁言之。观其言'薄污''薄浣'而又继之以'害浣害否,归宁父母',其旨昭然可见。如此,则叙事次第亦与他篇同,固诗人之例也。若作后妃自咏,则必谓绤綌既成而作,于是不得不以首章为追叙,既属迂折;且后处深宫,安得见葛之延于谷中以及此原野之间鸟鸣丛木景象乎?岂目想之而成乎?必说不去。此篇解者有重治葛者,有重归宁者。按重治葛,则遗末章之义;重归宁,尤谬。妇人归宁,乃事之常,此何足见后妃之贤而咏之乎?又多作治葛甫毕,即图归宁,以是联络上下,尤滞。说得后妃如小家女相似,毫无意义。故解此篇者,于首章或谓后妃治绤綌既成,追叙初夏,或谓黄鸟鸣,动女工之思;于末章或谓洁清以事君子,或谓已嫁而孝不衰于父母,或谓勤于女工原是父母之教,或谓尊敬师傅:皆同呓语。"他说来说去,还是离不开《毛序》后妃的束缚,所以始终摸不到真义。

## 十八

### 九罭(豳风)

九罭之鱼,鳟鲂。我觏之子,衮衣绣裳。
鸿飞遵渚。公归无所,于女信处。

鸿飞遵陆。公归不复，于女信宿。

是以有衮衣兮，无以我公归兮，无使我心悲兮！

释音：罭，音域。

## 【诗义关键】

诗言"衮衣绣裳"，先看哪一种人才能穿衮衣。《采菽》篇说"何锡予之""玄衮及黼"，《韩奕》篇说"王锡韩侯""玄衮赤舄"，是衮衣都是天子所赐的官服。我们曾说《诗经》中单称"公"的都是指卫公，那么，这首诗明明是一位女子挽留男的再住几夜的意思，而此事当发生在卫国。从《素冠》与《葛覃》两篇，知道尹吉甫刚刚回到卫国时住在仲氏家里，而且《葛覃》篇又明明说"薄浣我衣""归宁父母"，此诗不是仲氏挽留尹吉甫是什么呢？除此推论而外，还有一个极有力的证据。《易林》（卷二）说："鸿飞在陆，公出不复。仲氏任止，伯氏客宿。"提出了两个人的名字，不会是巧合吧？在后汉的时候，人们一定还很熟习尹吉甫与仲氏的恋爱故事，故有此不差分毫的记载。关于尹吉甫与仲氏的故事，《易林》里还有很多，下边将逐一提出。

## 【字句解释】

一章。九罭，密网。郭注《尔雅》："九罭，今之百囊罟。"衮衣，卷龙衣，衣上绣之以龙。绣裳，裳上绣之以黻。整章的意思就是：密网里所打到的鱼，是些鳟鱼，是些鲂鱼。我所遇到的这个人，穿上了衮衣绣裳。

二章。渚，小洲。无所，不定之词。整章的意思就是：鸿雁从小渚那边飞过了。公不一定就回来，你再住一夜吧！

三章。复，返。整章的意思就是：鸿雁从陆地经过了。公不会回来的，你再留一夜吧！

四章。整章的意思就是：你这位穿衮衣的人呀，不要以为我公就要回来，不要使我悲伤吧！

【诗篇联系】

仲氏与尹吉甫离别了一年多，现在好容易见了面，当然希望他多留几天。然一方面怕卫公回来，碰到了不好；一方面又想回去省亲，急于走。这不是这首诗的背景吗？把这首诗排在这里，再自然不过了。

【诗义辨正】

《毛序》："《九罭》，美周公也。周大夫刺朝廷之不知也。"因为这首诗在《豳风》，又认《豳风》都是周公的作品，所以有这种附会。姚际恒说："《大序》谓'周大夫刺朝廷之不知'，其说甚支离。郑氏以鸿飞二章为周人晓东都人之词，于末章又言'东都人以公西归而心悲'，前后不贯。严氏以鸿飞二章为西人谓东人，末章为东人答西人，亦凿。《集传》以为皆东人作，是已。但以首章为'周公居东之时，东人喜得见之'，又未然。下章皆言公归，周公居东已二年，岂方喜得见便即归乎？盖此诗东人以周公将西归，留之不得，心悲而作。首章以九罭、鳟鲂为兴,追忆其始见也。二章、三章以鸿遵渚陆为兴,见公归将不复矣,暂时信处、信宿于女耳。'女'者,指公于我;公以我为'女'也。末章乃道其情焉。"他批评人家支离破碎,他的解释何尝不是支离破碎呢?总之,因为不知道实际事实,只有在猜。既然是猜,人人就有不同的猜法了。

以上十八篇,就是《都人士》《小雅·杕杜》《北山》《考槃》《鸿雁》《陟岵》《小明》《雄雉》《采苓》《卷耳》《小戎》《采薇》《何草不黄》《桧风·羔裘》《白华》《素冠》《葛覃》与《九罭》,都是尹吉甫于宣王五年到六年六月西征猃狁时思念仲氏的作品,前十五篇写在首阳山,最后三篇写在卫都沫邑。

# 【第十二编】南征荆蛮前后诗篇（宣王六年）

一

## 采芑(小雅)

薄言采芑，于彼新田，于此菑亩。方叔涖止，其车三千，师干之试。方叔率止，乘其四骐，四骐翼翼。路车有奭，簟茀鱼服，钩膺鞗革。

薄言采芑，于彼新田，于此中乡。方叔涖止，其车三千，旂旐央央。方叔率止，约軧错衡，八鸾玱玱。服其命服，朱芾斯皇，有玱葱珩。

鴥彼飞隼，其飞戾天，亦集爰止。方叔涖止，其车三千，师干之试。方叔率止，钲人伐鼓，陈师鞠旅。显允方叔，伐鼓渊渊，振旅阗阗。

蠢尔蛮荆，大邦为雠。方叔元老，克壮其犹。方叔率止，执讯获丑。戎车啴啴，啴啴焞焞，如霆如雷。显允方叔，征伐猃狁，蛮荆来威。

释音：芑，音起。菑，音缁。軧，音祇。玱，音仓。芾，音弗。珩，音衡。鴥，音育。阗，音田。啴，音滩。焞，音推。

## 【诗义关键】

要想了解这首诗得先解决几个问题：

第一,"蠢尔蛮荆,大邦为雠"的"蛮荆"在什么地方。《毛传》说:"蛮荆,荆州之蛮也。"陈奂于《诗毛氏传疏》里证明了"蛮荆"为"荆蛮"之误,他又说:"《汉书·地理志》:'周成王时,封文武先师鬻熊之曾孙熊绎于荆蛮为楚子,居丹阳。'今湖北宜昌府归州东南有丹阳城,即汉丹阳郡丹阳县地。宣王时之楚国,尚居于此。"归州即今之湖北省秭归县,丹阳城在县东南。《读史方舆纪要》(卷七十八)于归州丹阳城说:"州东南七里,南枕大江。周成王封熊绎于荆蛮,居丹阳。"由此可知荆蛮在今湖北省秭归县的丹阳城。

第二,"方叔莅止"的"方叔"是什么地方人。关于这一点,金文里有一段极宝贵的资料,就是《师寰殷铭》。铭文是:

> 王若曰:"师寰虔,淮夷繇我𢦏晦臣,今敢博氒众叚,反氒工事,弗迹我东域。今余肇命女達齐师、曩贅、𠦝𠂤左右虎臣征淮夷。即𣪠氒邦兽,曰𠦝、曰萃、曰铃、曰达。"师寰虔不坠,夙夜卹氒稻事。休,既有功,折首执訊无諆。徒敓敺俘,士女羊牛。俘吉金,今余弗叚组,余用作朕后男腊尊殷。其万年子子孙孙永宝用享。

《两周金文辞大系考释》于此铭加按语说:"此与《兮甲盘》及召伯虎第二殷为同时之器,观其文辞、字体、事迹即可以判之。……此师寰,余意即《小雅·采芑》篇之方叔。《诗》云'蠢尔蛮荆,大邦为雠。方叔元老,克壮其犹。方叔率止,执訊获丑',所言事迹与此相合。寰与方,盖一名一字也。寰殷为圜,名圜而字方者，乃名字对文之例。"其说甚是。我们还可以找一个证据，证明他是对的。《兮甲盘铭》不是讲"王命甲征嗣成周四方积至于南淮夷。淮夷旧我帛晦人，毋敢不出其帛、其积、其进人、其贮。毋敢不即次、即市。敢不用命，则即刑扑伐"吗？我们叙述尹吉甫在宣王五年四五月的事迹时，曾经证明南淮夷真个抗命，所以宣王令方叔来征伐。事迹前后正相衔接。《兮甲盘铭》与《师寰殷铭》为同时之作，一点也不错。

但方叔是什么地方的人呢？《两周金文辞大系考释》又于《噩侯鼎》加按语说："噩同鄂，古地名鄂者有三：一即今湖北鄂城，一在今山西乡宁县……又其一在今河南沁阳县西北。《史记·殷本纪》：'以西伯昌、九侯、鄂侯为三公。'《正义》引徐广曰：'鄂一作邘，音于，野王县有邘城。'《左传》僖廿四年：'邘、晋、应、韩，武之穆也。'杜注亦云：'河内野王县西北有邘城。'余意邘乃鄂之子邑，周人灭殷，以邘地分封，故复号邘也。"这段解释非常重要，他说明邘的所在地，就与此诗发生了关系。我以为《噩侯鼎铭》的"噩侯驭方"就是此诗的方叔。其证有二：

一、《不嬰殷铭》说："伯（白）氏曰：不嬰驭方，狁广伐西俞，王命我羞（进）追于西，余来归献禽。余命女御追于䣛（洛）。女以我车宕伐狁于高陵。"西俞，《两周金文辞大系考释》认为即《竹书纪年》之俞泉。《竹书》于夷王七年载说："虢公帅师伐太原之戎至于俞泉，获马千匹。"虢公即此铭之白氏。夷王七年为公元前八八八年，到方叔伐荆蛮的宣王六年（公元前八二二）相距六十六年。方叔此时正在八九十岁之间,已告老还乡,故诗称"方叔元老"。驭是官职,方是字。

二、方叔曾于夷王七年伐猃狁,所以《采芑》篇说:"征伐猃狁,蛮荆来威。"伐猃狁与伐荆蛮不是一个时候。一在夷王七年,一在宣王六年。《竹书纪年》于宣王五年载说:"秋八月,方叔帅师伐荆蛮。"八月是对的,五年则错了,应该是六年。《郑笺》说:"方叔先与吉甫征伐猃狁,今特往伐蛮荆,皆使来服于宣王之威。"屈万里先生又附会说:"言方叔初随吉甫征猃狁,此又来征蛮荆,蛮荆畏之也。"恰恰相反,是尹吉甫跟随方叔伐荆蛮,并不是方叔跟随尹吉甫。提到尹吉甫,我们更可证明他不可能于宣王五年八月来伐荆蛮。从上边的一些诗篇(指宣王五年尹吉甫西征猃狁的诗篇而言),我们知道尹吉甫这时正在陕西、山西一带征伐猃狁,根本无法分身。但是哪一年伐荆蛮呢?应为宣王六年八月。怎么知道呢?有诗为证。

《祈父》篇说:"祈父!予,王之爪士。胡转予于恤,靡所底止!""祈父!亶不聪。胡转予于恤,有母之尸饔!"《六月》篇说"元戎十乘,以先启行",不正是"王之爪士"吗?从《凯风》与《采薇》两篇,我们又知道尹吉甫这时还没有结婚,一切家务都由母亲操劳,所以《祈父》篇说"有母之尸饔"。尸作主讲,饔是熟食,就是由母亲来做饭。尹吉甫刚刚于宣王六年六月回到家乡,八月又要让他去征伐荆蛮,所以他才对祈父有这样的请求,可是祈父并没有允准他。为什么要叫尹吉甫跟随方叔去呢?因为他于宣王五年四五月间曾经到过荆蛮,情形比较熟悉。尹吉甫家在复关,方叔家在现今的沁阳县，地理接近，也是让他随方叔出征的原因。尹吉甫之征伐荆蛮，还有一个证据。《后汉书》（卷六十七）《李膺传》讲应奉上疏说："绲前讨蛮荆，均吉甫之功。"必定尹吉甫曾经讨过荆蛮，才拿他的功劳来比冯绲等之征伐荆蛮；否则，怎么会突然出来一个吉甫呢？可见尹吉甫之征荆蛮，后汉时的人还知道。

知道了方叔是谁以及他与尹吉甫的关系，再看征伐荆蛮的目的。诗言"薄言采芑，于彼新田，于此菑亩"，又说"薄言采芑，于彼新田，于此中乡"，此诗的关键就在这一个"芑"字。《诗经》里用"芑"字的共有三篇：《文王有声》《生民》与此诗。《毛传》于《文王有声》篇注为"草也"，于《生民》篇注为"白苗也"，又于此篇注为"菜也"。可见他是依诗立训，毫无定见。实际上，芑就是《生民》篇"诞降嘉种""维穈维芑"的"芑"。芑是一种嘉谷，也就是白苗。《植物名实图考长编》（卷二）于"粱"条引《九谷考》说："芑，白苗，嘉谷。"又说："禾有赤苗、白苗之异，谓之穈芑。诗曰'维穈维芑'是也。"然方叔为什么要来荆蛮收割芑呢？《兮伯盘铭》不是讲"淮夷旧我帛晦人，毋敢不出其帛、其积、其进人、其贮"吗？淮夷不是抗命不与吗？宣王于秋收时，派方叔来收割他的谷子，正是对淮夷的一种惩罚。如此，与《师寰殷铭》说的"师寰虔不坠，夙夜卹厥穑事"也相合了。

可是这首诗是在什么时候、什么地方写的呢？诗言"蠢尔蛮荆，大邦为雠。方叔元老，克壮其犹。方叔率止，执讯获丑"，当系胜利后，在庆功宴上尹吉甫恭贺方叔的作品，地点当在丹阳。到此，我们要更正《竹书纪年》的一点错误。它于宣王五年说："秋八月，方叔帅师伐荆蛮。"从上边的叙述，知道尹吉甫于宣王五年八月的时候正在征玁狁，怎能分身又随方叔南征呢？假如排在宣王六年八月，则与各诗所言都相吻合了。

知道了以上的事迹，然后再一字一句将此诗作一解释。

## 【字句解释】

一章。薄言，迫而；《诗经》中凡言"薄言"，都作"迫而"讲。田一岁曰菑，二岁曰新田。薄言采芑，于彼新田，于此菑亩，就是急迫地在那里收芑，新田里也是，菑亩里也是。"方叔莅止，其车三千，师干之试"与二章"方叔莅止，其车三千，旂旐央央"对举，则师干应解为师氏的旗干。《周礼·春官·司常》："交龙为旂""龟蛇为旐""诸侯建旂""县鄙建旐"。因为诸侯所率领的军队也就是县鄙的民团，所以《诗经》里总是旂旐连用；又说"凡军事建旌旗"，将帅在出征的时候都要把他的旗帜竖立在自己的所在地，以资识别。诗言"旂旐央央"，则方叔的身份是诸侯，由此可知。但《师寰𣪘铭》里又称方叔为"师寰父"，师是师氏，军队上的一种官职，则方叔出征是以师氏的名义，又由此可知。试，为帜之假借。方叔莅止，其车三千，师干之试，就是方叔来到了，戎车三千辆，旗干上是师氏的标志。率，古帅字。止，为之之假借，指三千戎车而言。翼翼，壮大貌。方叔率止，乘其四骐，四骐翼翼，就是方叔率领着戎车，他驾着四匹骐马，四匹骐马都是壮大的。路车，诸侯所乘之车。奭，赤貌。路车有奭，就是路车赤得发亮。簟,竹席。茀,车篷。鱼,一种兽名;服,箭囊;鱼服,鱼皮所做的箭囊。钩膺,樊缨,马尾所做,饰于马首。鞗,金文作鋚,辔首铜饰。鞗革,马络头上配着金饰。整章的意思就是:急忙地收获芑谷,那个新田里也是,这个菑亩里也是。方叔来到了,戎车三千辆,旗干上是师氏的标志。方叔率领着戎车,他驾着四匹骐马,四匹骐马都是壮大的。路车赤得发亮,车篷是竹席做的,箭囊是鱼皮制的。马头上饰着樊缨,络头上加着金饰。

二章。中乡,乡中,倒字以协韵。薄言采芑,于彼新田,于此中乡,就是急忙在收割芑谷,那个新田里也是,这个乡里也是。央央,旗飘的声音。方叔莅止,其车三千,旂旐央央,就是方叔来到了,戎车有三千辆,旂旐在风中飘飘作响。軜,长毂,戎车的毂较长。约軜,以皮革缠着毂。衡为车辕前端的横木。错衡,加以文采的横木。鸾,即铃,马口两边各一,四马故为八鸾。玱玱,响声。方叔率止,约軜错衡,八鸾玱玱,就是方叔率领着戎车,他的车毂缠着皮革,横木绘着文采,八个铃铛当啷当啷在响。命服,天子所赐的官服。芾是蔽膝,类今之绑腿,古以革为之。朱芾,诸侯以上的蔽膝。《斯干》篇"朱芾斯皇,室家君王",君王之家才是朱芾。斯皇,发着亮光。葱,苍色。珩,佩上的横玉。有玱葱珩,苍色的横玉叮当作响。整章的意思就是:急忙地在收割芑谷,那个新田里也是,这个乡里也是。方叔来到了,戎车有三千辆,旂旐在风中飘飘作响。方叔率领着戎车,车毂用皮革缠着,横木绘着文采,八个铃铛响着。他穿着天子所赐给的命服,朱色的裹腿发亮,苍色的佩上珩玉叮当叮当在响。

三章。鴥，急飞貌。隼，鸟名，鹰类中之最小者，毛色斑纹与鹰同，唯胸腹灰白，略带赤色。戾，至。鴥彼飞隼，其飞戾天，亦集爰止，就是那个急飞的鹰隼，可以飞达天际，也集到这里来了。这是尹吉甫象征他自己。《六月》篇说"织文鸟章"，鸟章即隼，这是尹吉甫的旗帜。尹吉甫曾为宣王的先行官，故言"其飞戾天"，现在他也来到荆蛮，故言"亦集爰止"。钲，读为镯。《周礼·地官·鼓人》云"以金镯节鼓"，击鼓必以镯为节，故言："镯人伐鼓。"（《茶香室经说》说）陈，列。鞠，告。二千五百人为师，五百人为旅。方叔率止，钲人伐鼓，陈师鞠旅，就是方叔率领着戎车，司镯的人在击鼓，为的是集合师旅而誓告之。渊渊，鼓声。振旅，言整饬师旅。阗阗，亦鼓声。整章的意思就是：急飞的鹰隼，飞得高达天际，也集到这里来了。方叔来到了，戎车有三千辆，旗干上是师氏的标志。方叔率领着戎车，司镯的人在击鼓，为的是集合师旅而誓告之。显赫的方叔，在鼓声渊渊之中整饬师旅。

四章。壮，大。犹，谋。元老，告老的功臣。讯，间谍。丑，酋长。方叔率止，执讯获丑，就是方叔率领着，捉到了许多间谍和酋长。与《师袤敦铭》说的"折首执讯无諆"，正相吻合。《诗经》中用"啴啴"的有四篇：《四牡》《崧高》《常武》与此诗。《毛传》的注解，各不相同。于《四牡》篇注为"喘息之貌"，于《崧高》篇注为"喜乐也"，于《常武》篇注为"盛也"，于此诗注为"众也"。又是依诗立训。按此四篇的"啴啴"均可释为"盛"或"众"。戎车啴啴，就是众多的戎车。焞焞，盛貌。"如霆如雷"与《常武》篇的"如雷如霆"同义，都是形容戎车来得出其不意，就像闪电，就像春雷。《孙子·军争》说"不动如山，难知如阴，动如雷震"，正是这一句的注解。来威，是畏。显允方叔，征伐玁狁，蛮荆来威，就是显赫的方叔，以征伐玁狁的威望，荆蛮一听也就怕了。从这句诗来看，可知方叔在荆蛮并没有作战，荆蛮也没有抵抗，因为军队来得太快，荆蛮一点防备也没有，只有让方叔收割禾稻。整章的意思就是：蠢笨的荆楚蛮子，敢同大邦作对。告老还乡的方叔，他的计谋实在高强。方叔率领着戎车，捉到了许多间谍，获得了大批酋长。众多的戎车，众多而且壮大，像霹雳、像闪电一样来到了。显赫的方叔以征伐玁狁的威望，荆蛮一听就怕了。

## 【诗篇联系】

这是一首纲领诗，因为它有年月可考。根据《竹书纪年》，知道它写于宣王六年八月。《植物名实图考长编》（卷二）于"粱"条引《九谷考》说："二月始生，八月而熟，得时之中，故谓之禾。"与此诗所写之季节正合。宣王之所以让尹吉甫随方叔出征荆蛮，除过他熟习地理以外，还因他与方叔同宗。《两周金文辞大系考释》又说："此噩乃姞姓之国，与周室通婚姻。别有《噩侯毁》云'噩侯乍《王姞滕毁》，王姞其万年子子孙孙永宝用'，可证。"因为他们是同宗同乡，方叔现在已告老还乡，故派尹吉甫来协助他，然为什么不直接派尹吉甫而要派方叔呢？周时，只有诸侯才有资格当将帅，而尹吉甫仅仅是一个士。由于这首纲领诗,我们了解《殷武》《烈祖》《那》《玄鸟》与《长发》等诗而解决了所谓《商颂》问题。

## 【诗义辨正】

《毛序》:"《采芑》,宣王南征也。"宣王并没有亲征荆蛮,还是《正义》说得比较恰当。他说:"谓宣王命方叔南征蛮荆之国。"《集传》说:"宣王之时,蛮荆背叛,王命方叔南征,军行采芑而食,故赋其事。"这是不了解"芑"字意义所闹的笑话。倒是姚际恒所说的较为正确。他说:"此宣王命方叔南征蛮荆,诗人美之而作;大概作于出师之时。或谓班师时作,非也。篇中'振旅',只训军之入,非班师之谓也。一、二章言军容之盛,三章言节制之严,四章归功于大将,而谓其北伐之声灵可以不战而来服也。"荆蛮在南,不在北,他言"北伐",错了。

## 二

## 祈父(小雅)

祈父!予,王之爪牙。胡转予于恤,靡所止居?
祈父!予,王之爪士。胡转予于恤,靡所底止?
祈父!亶不聪。胡转予于恤,有母之尸饔?

释音:底,音抵。亶,音但。饔,音雍。

**【诗义关键】**

这首诗值得注意的有三点：一、"予，王之爪牙"，"予，王之爪士"。爪士也就是虎贲之士。尹吉甫曾做宣王的先行官，也就是《六月》篇所说的"元戎十乘，以先启行"。二、"胡转予于恤，靡所止居？""胡转予于恤，靡所底止？"就是为什么要让我辗转于忧愁之中而不能安居呢？尹吉甫从宣王三年就平陈与宋，四年西迎韩侯，五年正月直到六年六月都在西征玁狁。刚刚西征玁狁回来，现在八月又让他去南征荆蛮，这不就是"胡转予于恤，靡所止居"吗？三、《凯风》篇说"母氏圣善，我无令人"，《采薇》篇说"靡室靡家，玁狁之故"，又说"我戍未定，靡使归聘"，我们都曾证明是尹吉甫讲他自己还没有结婚。此诗说："胡转予于恤，有母之尸饔？"尸饔是煮饭，因为他尚未结婚，没有人协助他母亲做事，只有他母亲亲自煮饭。有此三种证据，假如说这首诗写于宣王六年八月，圻父要派尹吉甫随方叔南征荆蛮，而他恳求免役的作品，想不会错误吧？

**【字句解释】**

一章。祈为圻之假借；圻父，司马，职掌封畿之兵甲。恤，忧。转予于恤，就是在忧愁里打转。止居，安定之所。整章的意思就是：圻父呀！我是王的爪牙。你为什么要让我总在忧愁之中，而没有安定之所呢？

二章。爪士，爪牙之士。底，定。整章的意思就是：圻父呀！我是王的爪士，你为什么要让我辗转于忧愁之中，而没有定居之处呢?

三章。亶,诚。聪,闻。亶不聪,不肯听我的乞求。尸饔,做饭。农业社会里,除贵族外,一切的家务都由主妇操持,娶了儿媳妇,才能有个替手。可是尹吉甫这时还没有结婚,所以说"有母之尸饔"。屈万里引陈奂说认为"陈饔以祭母",大错而特错。整章的意思就是:圻父呀!你怎么不听我的请求,为什么让我辗转于忧愁之中,而使我母亲来煮饭呢?

## 【诗义辨正】

《毛序》:"《祈父》,刺宣王也。"诗是宣王时的作品,但绝无刺意。《集传》说:"军士怨于久役,故呼祈父而告之。"有点接近。可是姚际恒又回到《毛序》的旧观点说:"《小序》谓'刺宣王',毛、郑以战于千亩而败之事实之,亦可从。何玄子曰:'千亩之战,诸侯之师皆无恙,而王师受其败,则以勤王不力故耳,故恨而责之。此祈父必侯国之祈父,故其人自称为王之爪牙。若对王朝之大司马言,则无此文矣。'议论是而细。"祈父既是诸侯之祈父,他怎么可以派遣王的爪牙之士呢?这不是犯上吗?姚际恒还以为"是而细",完全在猜想。

## 三

## 殷武(商颂)

挞彼殷武,奋伐荆楚。罙入其阻,裒荆之旅。有截其所,汤孙之绪。

维女荆楚,居国南乡。昔有成汤,自彼氐羌,莫敢不来享,莫敢不来王,曰商是常。

天命多辟,设都于禹之绩。岁事来辟,勿予祸適,稼穑匪解。

天命降监,下民有严。不僭不滥,不敢怠遑。命于下国,封建厥福。

商邑翼翼,四方之极。赫赫厥声,濯濯厥灵。寿考且宁,以保我后生。

陟彼景山,松柏丸丸。是断是迁,方斲是虔。松桷有梴,旅楹有闲,寝成孔安。

释音:罙,音弥。袁,音俘。適,音谪。斲,音卓。桷,音角。梴,音蝉。

## 【诗义关键】

这首诗的关键就在首末两章,了解这两章,诗义也就发现了。谨先将这两章作一解释。

挞,《毛传》:"疾也。"《诗经》中凡用殷商,都是追述古代的殷商,没有是殷商当代的。如《文王》篇"殷士肤敏""殷之未丧师""宜鉴于殷""有虞殷自天",《大明》篇"天位殷適""自彼殷商""殷商之旅",《荡》篇"咨女殷商""殷不用旧""殷鉴不远",《武》篇"胜殷遏刘",《玄鸟》篇"宅殷土芒芒""殷受命咸宜",都是指古代的殷。此诗的殷武,是指殷人后代的武力，正是下句"汤孙之绪"的"汤孙"。荆楚，荆州的楚国。挞彼殷武，奋伐荆楚，就是那些快速的殷人的武力，奋勇地去伐荆楚。罙，深。阻，险阻。袤为俘之别体，即今之俘字（马瑞辰说）。旅，众。罙入其阻，袤荆之旅，就是深入它的险阻，俘虏了荆州的军旅。截，《毛传》于《常武》篇注为"治也"，平定的意思。汤，商汤。孙，后代。绪，业。有截其所，汤孙之绪，就是所到之处都得到了平定，这是指汤王子孙们的功业。整章的意思就是：那些快速的殷人的武力，奋勇地去伐荆州的楚国。深入它的险阻之地，俘虏了它的军旅。大军所到之处都得到了平定，这是汤王子孙们的功业。如此讲来，这不就是《采芑》篇所伐的荆蛮吗？《采芑》篇说"戎车啴啴，啴啴焞焞，如霆如雷"，是讲军旅之速，而此诗说"挞彼殷武"，也是讲快速。《采芑》篇说"薄言采芑，于彼新田，于此中乡"，是在楚京所在地的丹阳；而此诗说"罙入其阻"，就是深入它的险要之地。《采芑》篇说"执讯获丑"，此诗说"袤荆之旅"，不也是相合吗？

然伐荆蛮怎么会与殷人有关系呢？这就与方叔的采地有关系了。上边讲方叔是现今沁阳县人，而沁阳在河内，河内就是古代的殷国。周时诸侯出征都是率领着自己地方上的民众，方叔所率领的也就是现今沁阳一带的民众，故称之为殷武。上边我们曾讲南仲与尹吉甫出征玁狁时所率领的也是河内的民众，故胜利后宣王在镐京祭祖，殷士参加助祭。方叔所率领的也是殷人，那么，此诗就与《采芑》篇发生了关系。其次，我们再来解释末章。

诗言:"商邑翼翼,四方之极。"这个"商邑"在什么地方呢?从"陟彼景山"的"景山"找消息。《读史方舆纪要》(卷三十三)于曹县曹南山说:"又有景山在县东南四十里。"王国维于《观堂集林》(卷二)《说商颂下》说:"此山(即景山)离汤所都之北亳不远,商丘蒙亳以北,惟有此山。《商颂》所咏,当即是矣。"又说:"惟宋居商丘,距景山仅百数十里。又周围数百里内别无名山,则伐景山之木以造宗庙,于事为宜。"他的论断甚是。所谓商邑就是宋都,也就是现今的商丘。然他说商丘离景山有一百数十里,不确。据《读史方舆纪要》说:"曹县,东南至河南归德府百二十里。"归德府即今之商丘。曹县离商丘一百二十里,景山又在曹县之东南四十里,那么,景山离商丘只有八十里。

但是伐荆蛮又与商邑有什么关系呢?《史记·宋微子世家》说:"武王崩,成王少,周公旦代行政当国。管、蔡疑之,乃与武庚作乱,欲袭成王、周公。周公既承成王命,诛武庚,杀管叔,放蔡叔,乃命微子开代殷后,奉其先祀,作《微子之命》以申之,国于宋。"由此可知,殷人的宗庙在宋,方叔伐荆蛮所率领的军队既是殷人,殷人的宗庙在商邑,他们从荆楚回来的时候路过宋国,就在商邑祭祀祖先,不是极自然的事吗?所谓《商颂》就是这样产生的。

关于《商颂》,王国维有一段极重要而且很有启发性的话,谨引在下边。他在《观堂集林》(卷二)《说商颂上》说:

《鲁语》,闵马父谓:"正考父校商之名颂十二篇于周大师，以《那》为首。"考汉以前无校书之说。即令校字作校理解，亦必考父自有一本，然后取周大师之本以校之，不得言"得"。是《毛诗序》改"校"为"得"，已失《鲁语》之意矣。余疑《鲁语》"校"字当读为"效"，效者，献也。谓正考父献此十二篇于周大师，韩说本之。若如《毛诗序》说，则所得之本自有次第，不得复云"以《那》为首"也。且以正考父时代考之，亦以献诗之说为长。左氏昭七年《传》："及正考父佐戴、武、宣。"《世本》："正考父生孔父嘉。"《潜夫论·氏姓志》亦云，考孔父之卒在宋殇公十年。自是上推之，则殇公十年，穆公九年，宣公十九年，武公十八年，戴公三十四年，自孔父之卒上距戴公之立凡九十年。孔父佐穆、殇二公，则其父恐不必逮事戴公。即令早与政事，亦当在戴公暮年。而戴公之三十年，平王东迁，其时宗周既灭，文物随之，宋在东土，未有亡国之祸，先代礼乐，自当无恙，故献之周大师以备四代之乐。较之《毛诗序》说，于事实为近也。然则《商颂》为考父所献，即为考父所作欤？曰：否。《鲁语》引《那》之诗而曰："先圣王之传，恭犹不敢专，称曰自古，古曰在昔，昔曰先民。"可知闵马父以《那》为先圣王之诗，而非考父自作也。《韩诗》以为考父所作，盖无所据矣。

《商颂》既为正考父所献而不是正考父所作，那么，《商颂》是什么时候的作品呢？他又以地名——上引之景山——与成语来证明是宋国的作品。尤其以成语为证，更是正确。他在《说商颂下》说：

> 自其文辞观之，则殷虚卜辞所纪祭礼与制度文物，于《商颂》中无一可寻。其所见之人、地名，与殷时之称不类；而反与周时之称相类。所用之成语，并不与周初类，而与宗周中叶以后相类，此尤不可不察也。卜辞称国都曰商，不曰殷；而《颂》则殷商错出。卜辞称汤曰大乙，不曰汤；而《颂》则曰汤、曰烈祖、曰武王。此称名之异也。其语句中亦多与周诗相袭。如《那》之"猗那"，即《桧风·隰楚》之"猗傩"，《小雅·隰桑》之"阿难"，石鼓文之"亚箬"也。《长发》之"昭假迟迟"，即《云汉》之"昭假无赢"，《烝民》之"昭假于下"也。《殷武》之"有截其所"，即《常武》之"截彼淮浦，王师之所"也。又如《烈祖》之"时靡有争"，与《江汉》句同；"约軧错衡，八鸾鸧鸧"，与《采芑》句同。凡所同者，皆宗周中叶以后之诗。……扬雄谓正考父睎尹吉甫，或非无据矣。顾此数者，其为《商颂》袭《风》《雅》，抑《风》《雅》袭《商颂》，或二者均不相袭，而同用当时之成语，皆不可知。

他用地名与成语证明《商颂》为宋时的作品，对《诗经》研究是一种莫大的贡献。他所提出的一些问题，我们现在可作解答。他说"约軧错衡，八鸾鸧鸧，与《采芑》句同"，现在知道此中原因了。古时有所谓将祭，就是在出征时由将帅做主祭的人。《采芑》篇的"约軧错衡，八鸾玱玱"是形容方叔莅临战场时的车马；《烈祖》篇的"约𱆖错衡，八鸾鸧鸧"，是方叔在商邑将祭时的车马，同一个人在同一的场合，所以车马也相同。他说"《烈祖》之'时靡有争'，与《江汉》句同"，《江汉》篇是平定徐国时所写，《烈祖》篇是平定荆蛮时所写，因事件相同、作者相同，故用同样的句子。他说："其为《商颂》袭《风》《雅》，抑《风》《雅》袭《商颂》，或二者均不相袭，而同用当时之成语，皆不可知。"现在知道是同一作者，在同一的情形之下，故用同一的语句来表现。然怎么知道《商颂》也是尹吉甫写的呢？就是从他所引的"扬雄谓正考父睎尹吉甫，或非无据矣"一句。我们先看正考父是什么时候的人。《左传》说："正考父佐戴、武、宣。"宋戴公即位在宣王二十九年（公元前七九九），宋宣公卒于周平王四十二年（公元前七二九），相距七十年。尹吉甫卒于周幽王八年左右（公元前七七四）。由此看来，可以说正考父与尹吉甫是同时的人，所以说"正考父睎尹吉甫"。睎是盼望，意思就是正考父希望成为尹吉甫。正考父一定十分知道并崇拜尹吉甫，才希望成为他。假如像后世那样对尹吉甫一无所知，怎么可以说希望成为尹吉甫呢？因为他知道《商颂》是尹吉甫所写，故将这些诗篇献给周大师。上引《鲁语》闵马父的一段话，是在鲁哀公八年（公元前四八七），距离尹吉甫之死已有二百八十七年，早不知《商颂》为尹吉甫所写，而认为是古先圣王之所作了。

到此，我们对《商颂》可得一个结论：尹吉甫随方叔出征荆蛮，而方叔所率领的军队都是殷人，故于战事结束后，顺便来到殷人的宗庙所在地宋国祭祖，由能文能武的尹吉甫写下这些诗篇。这些诗原本保存在宋国，后由正考父献给周大师而流传于后世，后世也就称之为《商颂》。到闵马父的时候，离尹吉甫之死已有二百八十多年，早就不知是谁写的，就认为是"古先圣王之传"了。

知道了这些，再将此诗作一解释。

## 【字句解释】

一章。上边已作解释，不再重复。

二章。楚在荆州，故称荆楚。南乡，南方。维女荆楚，居国南乡，就是只有你这个楚国，处在国家的南方。氐、羌，西方夷。享，献，即进贡。自彼氐羌，莫敢不来享，就是从那极西的氐羌，没有敢不来献贡的。《竹书纪年》于成汤十九年说"氐、羌来贡"，可知这句诗是事实。王，朝觐。莫敢不来王，就是没有敢不来朝觐的。常、尚，古通（《群经平议》说）。曰商是常，就是尊商为上。整章的意思就是：只有你这个荆楚，是在国家的南方。当成汤的时候，从那极西的氐、羌，没有敢不来献贡，没有敢不来朝觐，都是尊商为上。

三章。天命多辟，也就是《荡》篇"疾威上帝，其命多辟"的意思，言天命的靠不住以起下句"设都于禹之绩"。《竹书纪年》于成汤二十七年说"迁九鼎于商邑"，就是"设都于禹之绩"的注解。绩，读为迹；迹，足迹。意思就是设都于禹的足迹上，指商邑言。岁事，谓农事。《尚书大传》"耰鉏已藏，岁事欲毕"的"岁事"即指农事。因为指农事，下边才接着"稼穑匪解"。假如照《郑笺》释为"朝见之事"，前后语气就不连接了。来，是。適，读为《大明》篇"天位殷適"之"適"，適为敌之假借（于省吾说）。岁事来辟，勿予祸適，就是农事也就开辟起来，上天也没有降什么灾祸与敌人。种谷曰稼，敛谷曰穑。解，通懈。稼穑匪解，就是耕种收割从不懈怠。整章的意思就是：天命是靠不住的，成汤也就在禹所经过的足迹上建立都邑。从此农业也就开辟起来，上天也没有降下什么灾祸与敌人。耕种与收割从来都不懈怠。

四章。监，监督的人。有严，严然。天命降监，下民有严，就是上天的命令降给监督的人，下边的人民也就严肃起来。僭，差，指赏赐言。滥，指刑言。不僭不滥，就是褒赏没有差错，刑罚没有滥用。襄二十六年《左传》"善为国者，赏不僭而刑不滥，赏僭则惧及淫人，刑滥则惧及善人"，就引此句以为证。怠，怠慢。遑，暇。不敢怠遑，就是不敢怠慢与悠闲。下国，地上的国家，对上天故言下。福，为服之假借（于省吾说）。命于下国，封建厥福，就是上天又命令地上的国家说，凡是服从的都封建为诸侯。整章的意思就是：上天的命令降给监督的人，于是人们也就严肃起来。监督的人褒赏既没有差错，刑罚也不滥用。既不敢怠慢，也不敢悠闲。上天又命令地上的国家说，凡是服从的都封他为诸侯。

五章。翼翼，繁盛貌。极、则，通用；则，法（马瑞辰说）。商邑翼翼，四方之极，就是繁盛的商邑，成了各国的模范。赫赫，显盛貌。声，声威。濯濯，光明貌。灵，灵应。后生，后代。赫赫厥声，濯濯厥灵，寿考且宁，以保我后生，就是显赫的声望、明显的灵应，既长远而又安宁，保佑我们这些后世的人。这仍是对成汤而言。从第二章一直到此都是赞美成汤。屈万里先生以此章为美宋襄公,非是。整章的意思就是:繁盛的商都,成为四方的模范。显赫的声望、明显的灵应,既长远而又安宁,来保佑我们这些后世的人。

六章。丸,《说文》:"圜也。"凡物之圆而不方者谓圜。陟彼景山,松柏丸丸,就是登到那座山上边,到处都是圆滚滚的松树柏树。断,截断。迁,迁移。方,犹是。虔,伐刈(马瑞辰说)。是断是迁,方斵是虔,就是把它截断,把它搬走,把它斫开,把它削平。桷,方椽。梴,木长貌。松桷有梴,就是长长的松木所做的椽。旅,当读为梠;《说文》:"梠,楣也。"楣与楹相接,故梠楹并言(《群经平议》说)。闲,大貌。旅楹有闲,就是粗大的楣楹。寝,寝庙。孔安,非常地稳当。松桷有梴,旅楹有闲,寝成孔安,就是长长的松木做成方椽,粗大的松木做成楣与楹,寝庙非常稳当地建立起来。整章的意思就是:登到那座景山上,到处都是圆滚滚的松树柏树。截断它,搬走它,斫开它,削平它。长长的松木做成方椽,粗大的松木做楣与楹,寝庙也就非常结实地盖起来了。


【诗篇联系】

此诗一开始就说"挞彼殷武,奋伐荆楚",末两句又说"有截其所,汤孙之绪",那么,"奋伐荆楚"的,绝对不是成汤。所以二章接着说"昔有成汤"。此诗不是成汤时候的作品,当无问题。然这首诗,就是宋人所作,如王国维所说的那样吗?又不然。假如是宋人所作,怎么能说"挞彼殷武"呢?宋是殷的后代，殷武也就是宋武，他怎能自称"彼"呢？必定是宋国以外的人所写，就与我们下边所要讲的《烈祖》《那》《玄鸟》《长发》等诗的立场一致了。

## 【诗义辨正】

《毛序》："《殷武》，祀高宗也。"高宗为殷室复兴之主，此诗自始至终哪一句涉及高宗呢？自第二章"昔有成汤"起一直贯注到第五章末，都是赞美成汤，绝无赞美第二个人，怎么会扯到高宗呢？姚际恒说："《小序》谓：'祀高宗。'按鬼方在荆州之地，即今贵州。《易》称'高宗伐鬼方'，固自无疑。此盖后世特为高宗立不迁之庙，祔而祭之之诗也。"鬼方在今陕西西部、甘肃东部一带，怎么会在贵州呢？可见姚际恒搞错了。屈万里先生说："此美宋襄公之诗。"又说："世人或谓此所言伐楚，指宋襄公随齐桓公侵蔡伐楚事。按，其事在鲁僖公四年，随齐伐楚者乃宋桓公，非襄公也。惟鲁僖公十五年，宋襄公曾会诸侯盟于牡丘，谋伐楚救徐。二十二年，与楚人战于泓，宋师败绩。《颂》诗自多溢美之辞，此言伐楚，盖指牡丘之会及泓之战而言；或竟并桓公随齐伐楚之事言之也。"牡丘在今山东茌平县东十里，泓水在今河南归德府柘城县北三十里，与荆楚有什么关系呢？驴唇不对马嘴，反认"《颂》诗自多溢美之辞"，真正污辱了经书！且二十二年与楚人战，吃的是败仗，有什么可以夸耀呢？现在我们知道《诗经》里没有一个地名是假的，没有一个人名是假的，没有一件事是假的，甚至没有一句诗是假的；凡是后人认为"溢美"的，都是搞错了诗义。

## 四

## 那（商颂）

猗与那与，置我鞉鼓。奏鼓简简，衎我烈祖。汤孙奏假，绥我思成。鞉鼓渊渊，嘒嘒管声。既和且平，依我磬声。於赫汤孙，穆穆厥声。庸鼓有斁，万舞有奕。我有嘉客，亦不夷怿。自古在昔，先民有作。温恭朝夕，执事有恪。顾予烝尝，汤孙之将。

释音：猗，音依。鞉，音桃。

## 【诗义关键】

这首诗值得我们注意的是"我"与"汤孙"的区分。诗一方面说"置我鞉鼓""衎我烈祖""我有嘉客"，另方面又说"汤孙奏假，绥我思成"，"於赫汤孙，穆穆厥声"。"我"是主祭者，而汤孙是来助祭，所以诗的末尾说"顾予烝尝，汤孙之将"。诗言"衎我烈祖"，如此讲来烈祖是"我"的烈祖，而不是"汤孙"的烈祖了。既然不是汤的后代在祭祖，为什么此诗列在《商颂》里呢？"我"是谁呢？"我"与"汤孙"又是怎样的关系呢？假如不将三百篇联系着看，假如没有发现尹吉甫随方叔南征荆蛮，征蛮后，方叔在宋国祭祖，这首诗的意义也就无法了解。现在知道方叔征荆蛮所率领的是殷人，他们回国的时候到宋国来祭祖，而主祭的人则为方叔，那么，他们不仅祭祀殷人的祖先，周人的祖先也在此祭祀了，此其所以"我"在祭祀时而有汤孙助祭的原因。在祭祀的时候，一定要跳万舞以娱神，所以诗言："既和且平，依我磬声。於赫汤孙，穆穆厥声。庸鼓有斁，万舞有奕。我有嘉客，亦不夷怿。"嘉客即指汤孙。我们就依这个意思将此诗作一解释。

## 【字句解释】

猗、那，二字叠韵，皆美盛之貌，通作猗傩、阿难。草木之美盛曰猗傩，乐之美盛曰猗那（马瑞辰说）。与，犹兮（见《经典释文》）。鞉鼓，小鼓。猗与那与，置我鞉鼓，就是热闹呀，热闹呀！我的小鼓摆出来了。简简，大貌。衎，乐。烈祖，各位祖宗，此指周人之祖宗而言。奏鼓简简，衎我烈祖，就是鼓声咚咚地敲着，是为欢乐我的祖宗。《诗经》中的"奏"字，往往与乐连用，如《楚茨》篇"乐具入奏"、《宾之初筵》篇"乐既和奏"、《有瞽》篇"既备乃奏"，此诗"奏鼓简简"，都是奏乐的意思。此诗"汤孙奏假"，系由"奏鼓简简，衎我烈祖"而来，所以下边又接着"既和且平，依我磬声。於赫汤孙，穆穆厥声"，也是与乐有关，故此"奏"字应作"奏乐"讲。假，来。成，成功。汤孙奏假，绥我思成，就是汤孙也来奏乐了，为的是安慰我这次的成功。管声，就是汤孙所奏之乐器，所以下边接着说"既和且平，依我磬声"。《有瞽》篇与此有同样的情形。该诗的开始讲"有瞽有瞽，在周之庭。设业设虡，崇牙树羽，应田县鼓，鞉磬柷圉"，这都是周人的乐器。下边讲"既备乃奏，箫管备举。喤喤厥声，肃雝和鸣，先祖是听。我客戾止，永观厥成"。我客，也是指殷人，我们曾经讲过；喤喤厥声是指箫管的声音；肃雝和鸣是指箫管与周人的乐器相和谐，这样，与"我客戾止，永观厥成"才发生关系。箫管既是殷人的乐器，所以此诗才能接着说"於赫汤孙，穆穆厥声"。渊渊，鼓声。嘒嘒，响亮的意思。"鞉鼓渊渊，嘒嘒管声。既和且平，依我磬声。於赫汤孙，穆穆厥声"，就是鞉鼓渊渊地在响，箫管响亮地在吹，既和谐而又平稳，都是跟着我的磬声。显赫的汤孙呀！他们的乐声真和美。庸，通镛，大钟。斁、奕，都是盛貌。庸鼓有斁，万舞有奕，就是钟鼓敲个不停，万舞跳个不止。不，读为丕。夷、怿，都是快乐的意思。我有嘉客，亦不夷怿，就是我的嘉宾们，也都大为欢乐。作，为。自古在昔，先民有作，就是在以往的古代，先人们都是有作为的。恪，勤恳。温恭朝夕，执事有恪，就是从早到晚都是温柔恭顺，勤恳地在工作。顾，参加。予，我。秋祭曰尝，冬祭曰烝。将，帅。顾予烝尝，汤孙之将，就是参加我的烝尝之祭的，是商汤子孙的将领。整篇的意思就是：热闹呀！热闹呀！我的鞉鼓摆出来了。鼓声咚咚地敲着，是为欢乐我们的祖宗。汤孙也来奏乐了，为的是安慰我这次的成功。鞉鼓渊渊地在响，箫管响亮地在吹，既和谐而又平稳，都是跟着我的磬声。显赫的汤孙呀，他们奏出的乐声真和美。钟鼓敲个不停，万舞也跳个不止。我的嘉宾们，也都大为欢乐。在以往的古代，先人们都是有作为的。从早到晚都是温柔恭顺，勤恳地在工作。参加我这烝尝祭祀的，是商汤子孙的将领。

## 【诗篇联系】

我们在西征狎狁与复周公之宇的诗篇里，发现一种现象，就是周人于战争胜利后一定要祭祖，祭祖的时候一定要跳舞，跳舞的目的在娱神，而娱神的目的在祈福。《有駜》篇说"振振鹭，鹭于下。鼓咽咽，醉言舞。于胥乐兮"，《閟宫》篇说"万舞洋洋，孝孙有庆"，这是复周公之宇后的跳舞。《振鹭》篇说"振鹭于飞，于彼西雝。我客戾止，亦有斯容"，这是西征狎狁胜利后的跳舞。这首诗的"庸鼓有斁，万舞有奕"，是平定荆蛮后的跳舞。这些跳舞都是在娱乐祖先。知道了这种跳舞的用意，也就帮助我们了解这首诗。这首诗是歌颂殷人的参与祭祀而跳舞，与《振鹭》篇是歌颂殷人的参与祭祀而跳舞是一样的。

## 【诗义辨正】

《毛序》："《那》，祀成汤也。微子至于戴公，其间礼乐废坏，有正考甫者，得《商颂》十二篇于周之大师，以《那》为首。"祀成汤，当然是误解。诗明明说"奏鼓简简，衎我烈祖"，"顾予烝尝，汤孙之将"，"我"与"汤孙"对列，汤孙当然不会是"我"，"我"也不会是"汤孙"。主祭者既是"我"而不是汤孙，自然不会是祀成汤。由于这首诗摆在《商颂》，说诗的人也就不再去研究诗义而只在附会。到此，使我们解决了《商颂》的问题。原来这些诗都是平定荆蛮后，方叔在宋国祭祖，因为是在宋国，殷人又在助祭，所以提及商汤以及其他的殷人祖先。后来正考父把这些诗篇献给周大师，也就称为《商颂》而流传下来。它既不是商汤时的作品，也不是宋国人的著作，而是尹吉甫随方叔在宋国时所写。正考父还知道作者是谁，所以有"正考父睎尹吉甫"的传说。自从《毛序》认为它是祀成汤，后人不假思索而都一直相信，实际上是大错特错。

## 五

## 烈祖（商颂）

嗟嗟烈祖，有秩斯祜。申锡无疆，及尔斯所。既载清酤，赉我思成。亦有和羹，既戒既平。鬷假无言，时靡有争。绥我眉寿，黄耇无疆。约軧错衡，八鸾鸧鸧。以假以享，我受命溥将。自天降康，丰年穰穰。来假来飨，降福无疆。顾予烝尝，汤孙之将。

释音：赉，音来。

## 【诗义关键】

这首诗值得我们注意的也是"我"与"尔"、与"汤孙"的区分。诗一方面讲"既载清酤，赉我思成"，"绥我眉寿，黄耇无疆"，"以假以享，我受命溥将"，另一方面又说"申锡无疆，及尔斯所"，"顾予烝尝，汤孙之将"。我是主祭，"尔"与"汤孙"是助祭。我既是主祭，则"嗟嗟烈祖"的"烈祖"也就是《那》的"烈祖"，是周人的列代祖宗。这首诗也是方叔

在祭祖,有两个极有力的证据。《采芑》篇说"方叔率止,约
𫐓错衡,八鸾玱玱",此诗也说"约𫐓错衡,八鸾鸧鸧",鸧鸧
即玱玱。这是怎么回事呢?原来古时有所谓将祭,由将帅做主
祭,故称将祭,现在是方叔在主祭,车马自然是一样了。方叔
是在荆蛮战争结束后在祭祀,所以诗言"时靡有争"。方叔是
以元老的身份来出征,他的岁数当在八九十岁,所以此诗又说
"绥我眉寿,黄耇无疆",眉寿、黄耇都是高寿的特征。南仲在
征狎狁的时候,岁数也是很高,当他祭祀时,《雝》《行苇》与
《载见》篇也都用"眉寿""黄耇"字样,可见诗人一点也不滥
用文字。这首诗应是方叔在宋国祭祖,毫无问题。

## 【字句解释】

嗟嗟,连声赞美之词。与《臣工》篇"嗟嗟"同义。秩,
次第。祜,福。嗟嗟烈祖,有秩斯祜,就是真正好的列位祖
先呀,有次序地降下了福禄。申,重;申锡,即一次一件地赐
给。尔,指宋人。斯所,指宋国。申锡无疆,及尔斯所,就是
一次一次无疆无界地赐给福禄,连带着也赐给你们这个地方。
清酤,清酒。载,设。赉,《郑笺》:"读如往来之来。"赉我思
成,与《那》篇"绥我思成"同义。既载清酤,赉我思成,与
下边"亦有和羹,既戒既平"对称,就是既已摆上了清酒,来
完成我这次的成功。和羹,是盐和梅所调的汤。《尚书·说命
下》:"若作和羹,尔惟盐梅。"盐是咸的,梅是酸的,本不谐和,
现在把它们调在一起而成美味,取异族和谐之义,所以《三国
志·魏书·夏侯玄传》说"和羹之美,在于合异"。清酤与和

羹都是殷人所献的,故言:"既载清酤,赉我思成。亦有和羹,既戒既平。"既戒既平,《晏子春秋》与《申鉴》并引作"既戒且平"。戒,备;平,平和:都是形容和羹的。鬷,总,与《东门之枌》篇"越以鬷迈"之"鬷"同义。假,降。鬷假无言,时靡有争,就是列位祖宗都不言不语地降临,这时候再也没有什么争执。绥我眉寿,黄耇无疆,就是保佑我这个眉寿之人,赐我这个黄耇之人以无疆无界的年岁。这是以方叔的语气在祈福。以,为。"以假以享"与下"来假来飨",《石经》上作"享",下作"飨"。享、飨,二字意义不同。享者,下享上,《书》"享多仪";飨者,上享下,《左传》"王飨醴"。所以《我将》篇"我将我享"作"享","既右飨之"作"飨"。《閟宫》篇"享以骍牺"作"享","是飨是宜"作"飨"(顾炎武《与潘次耕书》说,见《亭林文集》卷四)。以假以享,就是为求神降临而享宴之。溥,普。将,长(《经义述闻》说)。我受命溥将,就是我受的天命将普遍而又长远。穰穰,丰收。自天降康,丰年穰穰,就是从天上降下来的安康,丰年里的收获非常之多。来假来飨,降福无疆,就是神灵降临了,吃过了,降给无边无际的福禄。整篇的意思就是:真正美好的列位祖宗呀!屡次地降下了福禄。一次又一次,无疆无界地赐予福禄,连带着也赐给你们这个地方。既已设上了清酒来完成我这次的成功,又献上了和羹,既完备而又平和。祖宗们都不言不语地降临,这时候再也没有什么争执了。保佑我以眉寿,赐我以无疆的年岁。车毂用皮革缠着,横木绘着文采,八个铃铛响着,为的是求神,为的是享神。我所受的天命是又普遍又长远。是从天上降下的安康，丰年的收获非常之多。神灵们降临了，吃过了，也降下了无边的福禄。参加我这个烝尝之祭的是商汤子孙的将领。

## 【诗义辨正】

《毛序》："《烈祖》，祀中宗也。"从什么地方看出这是祭中宗呢？所以姚际恒说："《小序》谓'祀中宗'，本无据，第取别于上篇，又以下篇而及之耳。然此与上篇末皆云'汤孙之将'，疑同为祀成汤，故《集传》云然。然一祭两诗，何所分别？辅广氏曰：'《那》与《烈祖》皆祀成汤之乐，然《那》诗则专言乐声，至《烈祖》则及于酒馔焉。商人尚声，岂始作乐之时则歌《那》，既祭而后歌《烈祖》欤？'此说似有文理。"现在我们可以解答姚际恒所提出的问题了。我们曾说周人在胜利以后一定要祭祖，祭祖时一定要跳舞，而跳舞的目的在祈福。《那》篇是跳舞时的祈福，这首诗是正式祭祀时的祈祷文，祈祷文都是一章，与《周颂》一章的形式正相同。

# 六

## 玄鸟（商颂）

天命玄鸟，降而生商，宅殷土芒芒。古帝命武汤，正域彼四方。方命厥后，奄有九有。商之先后，受命不殆，在武丁孙子。武丁孙子，武王靡不胜。龙旂十乘，大糦是承。邦畿千里，维民所止，肇域彼四海。

四海来假，来假祁祁。景员维河，殷受命咸宜，百禄是何。

释音：糦，音炽。

## 【诗义关键】

这首诗的关键就在"武丁孙子，武王靡不胜"的武王是谁。《毛传》于《长发》篇注武王为汤；假如武王是汤，问题就发生了。武丁是殷高宗，殷高宗即位在公元前一三二四年，而商汤即位在公元前一七六五年，二者相距四百多年，商汤怎么能伐他后四百多年的子孙呢？因为解不通，《郑笺》只有附会说："高宗之子孙有武功有王德于天下者，无所不胜服。"武王解为"有武功有王德"，要迂曲到什么程度！因为太迂曲，王引之于《经义述闻》又说："窃疑经文两言武丁，皆武王之讹。而武王靡不胜，则武丁之讹。盖商之先君，受命不息者，在汤之孙子，故曰：'在武王孙子。'武王孙子，犹《那》与《烈祖》之言汤孙也。汤之孙子有武丁者，绳其祖武，无所不胜任，故曰'武王孙子，武丁靡不胜'，传写者上下互讹耳。《毛传》'武丁，高宗也'，属于在'武丁孙子'之下，则所据已是误本。武丁孙子，不可与汤同号武王，于是郑训为武功王德以牵就之。武之与王，意义不伦，岂得并举而称之乎？"他说《郑笺》牵就，他何尝不牵就？于省吾于《诗经新证》又说："王肃以武丁孙子为称武丁，王引之谓两言武丁皆武王之讹，而武王靡不胜，则武丁之讹。盖王肃以为《序》称'祀高宗'，则武丁孙子不应指武丁之孙子言。王引之以为'武王，汤也'，与'武丁孙子'句不接。二说并非。孙子，即子孙之倒文。……'武王靡不胜'乃'靡不胜武王'之倒文。作倒文者以与乘承为韵耳。……胜、称，古通。……武丁孙子，武王靡不称，言武丁之孙子，靡不称述武王成汤也。"各有各的说法，各有各的根据，而实际都不对。武王就是周武王，然在《商颂》里怎么会出现周武王呢？原来是方叔在宋国祭祖，一方面祭周室的祖宗，一方面也祭殷人的祖宗，然殷是被武王灭掉的，所以在祭殷人的祖宗时，不能不提到武王。站在周人的立场是不能不这样写。我们就以这个意思试将此诗作一解释。

## 【字句解释】

玄鸟，燕。相传高辛氏妃简狄，吞燕卵而生契，契为商之始祖。古时有所谓图腾社会，以鸟兽为自己种族的祖宗，商以燕为祖宗就是图腾社会的形制。芒芒，大貌。"宅殷土芒芒"为"宅芒芒殷土"的倒文。天命玄鸟，降而生商，宅殷土芒芒，就是老天爷命令燕子，叫它降下来生了商人，住在芒芒的殷土上。古帝，古时的上帝。武汤，有武力的汤。正，划正。域，疆域。古帝命武汤，正域彼四方，就是古时候的上帝命令有武力的汤，划正了那些四方的疆界。方命，承"正域彼四方"而来，则方命应解为乃命。后，主。九有，《韩诗》作"九域"，即九州。方命厥后，奄有九有，就是乃派定他为主，遂有了九州之地。殆，坏。商之先后，受命不殆，在武丁孙子，就是商朝的先主，一直受着天命，直到武丁的子孙。武丁孙子，武王靡不胜，就是武丁的子孙，没有不被武王征服的。龙旂，交龙为旂，故称龙旂，诸侯之旗。糦，即《天保》篇"吉蠲为饎"的"饎"，供饭。承，进奉。龙旂十乘，大糦是承，就是打着十面龙旂，献上大的供饭。《载见》篇说"龙旂阳阳，和铃央央，鞗革有鸧，休有烈光。率见昭考，以孝以享，以介眉寿"，那是南仲在祭祖，我们曾经讲过。现在是方叔在主祭，故也用龙旂。畿，疆界。邦畿千里指宋国。若是商汤或武丁的邦畿，那应该是"奄有九有"，或"正域彼四方"，不止千里。《集传》说"其地在《禹贡》徐州泗滨，西及豫州盟猪之野"，正合千里之数。邦畿千里，维民所止，就是千里的邦畿，是人们所居之所。肇域，开拓。肇域彼四海，就是开拓彼四海。这一句是承"邦畿千里，维民所止"而来，意思就是由宋国开拓四方。在我们解释西征狎狁诗篇时，知道征服西戎的主要兵力是殷人；现在征服荆蛮的又是殷人；将来恢复鲁国疆土的也是殷人。所以《泮水》篇说："济济多士，克广德心。桓桓于征，狄彼东南。"殷人在宣王复兴上功绩非常之大。所以此诗又接着说："四海来假，来假祁祁。"来假就是归服，来假祁祁就是四海归服的很多很多。员，读为《长发》篇"幅陨既长"之"陨"；景员，广大的疆域。何，通荷。景员维河，殷受命咸宜，百禄是何，就是广大的疆域依着黄河流域，殷人膺受天命都是应该的，所以承受了百般的福禄。整篇的意思就是：上天命令燕子，叫它降下来生出商人，住在这芒芒的殷地上。古时的上帝又命令有武力的商汤，把那四方的土地划出疆界，派定他为主，于是占据了九州的土地。商人的先后受着天命，一直到武丁的子孙。到了武丁的子孙，才都被武王所征服。现在打着十面龙旂，献上大的供饭。就由这里人们所居的千里疆土，开拓了那个四海。四海都来归顺了，而来归顺的很多很多。广大的疆域依着黄河，殷人所受的天命都是应该的，所以承受了百般的福禄。

## 【诗篇联系】

《周礼·春官·司常》说"交龙为旂""诸侯建旂"，可见龙旂是周室诸侯的旗帜。《閟宫》篇说"龙旂承祀"，《载见》篇说"龙旂阳阳""以孝以享"都是周室的诸侯在祭祖。此诗也说"龙旂十乘，大糦是承"，可见也是周室的诸侯在祭祀；但，所祭的不是周人的祖先。在《周颂》三十一篇里，没有一篇不可发现主祭者与被祭者的关系，而且没有一篇不是在祈祷；可是这首诗里发现不出主祭者与被祭者的关系，只在赞美而无祈福的意味，这是值得我们特别注意的。殷人是被周人征服的民族，周人在祭殷人的祖先，当然不能向他们求福，所以只有赞美了。

## 【诗义辨正】

《毛序》："《玄鸟》，祀高宗也。"这首诗里提到了两位商的先后，一是成汤，一是武丁，怎么知道这首诗是单祀武丁呢？大概因为他认为《那》是祀成汤，《烈祖》祀中宗，照先后次序排列下来，应该是祀高宗了。这是毫无根据的随意安排。实际上，是祭成汤与武丁，因为诗里所歌颂的只有他们两个。

# 七

## 长发（商颂）

濬哲维商，长发其祥。洪水芒芒，禹敷下土方。外大国是疆，幅陨既长。有娀方将，帝立子生商。

玄王桓拨，受小国是达，受大国是达。率履不越，遂视既发。相土烈烈，海外有截。

帝命不违，至于汤齐。汤降不迟，圣敬日跻。昭假迟迟，上帝是祗。帝命式于九围。

受小球大球，为下国缀旒，何天之休。不竞不絿，不刚不柔，敷政优优，百禄是遒。

受小共大共，为下国骏厖，何天之龙。敷奏其勇，不震不动，不戁不竦，百禄是总。

武王载旆，有虔秉钺。如火烈烈，则莫我敢曷。苞有三蘖，莫遂莫达，九有有截。韦、顾既伐，昆吾、夏桀。

昔在中叶，有震且业。允也天子，降予卿士。实维阿衡，实左右商王。

释音：陨，音员。娀，音松。齐，音济。缀，音赘。旒，音流。絿，音求。遒，音囚。厖，音芒。戁，音赧。竦，音耸。钺，音越。曷，音遏。

## 【诗义关键】

这首诗的关键如同《玄鸟》篇一样，也在"武王"二字。《毛传》注武王为"汤也"；假如是汤，第三章已经讲了"汤降不迟，圣敬日跻。昭假迟迟，上帝是祗。帝命式于九围"了，怎么第六章又换一个名称说"武王载旆，有虔秉钺。如火烈烈，则莫我敢曷"呢？事迹不是重复了吗？再者，"韦、顾既伐"的韦是豕韦氏，豕韦氏是武丁五十年被伐的，与史实也不合（见《竹书纪年》）。诗又明明说"苞有三蘖，莫遂莫达，九有有截。韦、顾既伐，昆吾、夏桀"，可知韦、顾、昆吾都是指他们的后代，并不是指当时，与汤更是不生关系。《新唐书》（卷七十一上）《宰相世系表》说："刘氏出自祁姓。帝尧陶唐氏子孙生子有文在手曰'刘累'，因以为名。能扰龙，事夏为御龙氏，在商为豕韦氏，在周封为杜伯，亦称唐杜氏，至宣王，灭其国。"我们在解释《武》篇"胜殷遏刘"时，曾说"刘"就是豕韦氏的古称。豕韦氏故国在卫国的漕邑，《击鼓》篇说"土国城漕，我独南行。从孙子仲，平陈与宋"，假如豕韦氏不被灭亡，孙子仲怎么能在漕地筑城呢？可见所谓"宣王灭其国"是在宣王二年，因为宣王三年春，孙子仲就去平陈与宋了。

其次，我们再考察一下昆吾在什么地方，更可帮助了解此诗的意义。《读史方舆纪要》（卷十六）于开州濮阳废县说："旧城在今治西南三十里。为古颛顼之墟，亦曰帝邱。夏为昆吾氏所居。……城东南有浚城，又有寒泉，《诗》云：'爰有寒泉，在浚之下。'"我们知道尹吉甫所管辖的地方就是浚，这时，假如卫人没有将昆吾灭亡，尹吉甫怎么会在这里做官呢？韦、顾、昆吾的后代可能都是宣王二年时被卫国灭掉的，所以诗言"苞有三蘖，莫遂莫达，九有有截"。三蘖之被灭，是承继武王之志而做的，故与武王的功绩连叙在一起。知道了这首诗的武王也是周武王，整首诗的意义就容易了解了。谨解释全篇如下。

**【字句解释】**

一章。濬为睿之假借；濬哲，明哲的意思（马瑞辰说）。祥，祥瑞。濬哲维商，长发其祥，就是商家是明哲的，他们的祥瑞长久地继续着。敷，布。洪水芒芒，禹敷下土方，就是在洪水茫茫之中，禹布置下了各州的土地。疆，疆界。幅陨，犹言疆域。外大国是疆，幅陨既长，就是周围都以大国为疆界，疆域非常地广大。有娀，国名。方将，方强。有娀方将，帝立子生商，就是有娀这个国家正在强盛的时候，上帝让他的儿子产生了商家。古人认为一切都是上帝的赐予，故称国君为天子。整章的意思就是：商家是明而且哲的，他们的祥瑞永远继续着。在洪水茫茫之中，禹布置下了各国的土地。四周围都以大国为疆界，疆界非常地广大。有娀国正在强盛的时候，上帝让他的儿子产生了商家。

二章。玄王，契。桓，武勇。拨，《韩诗》作"发"；发，刚强的意思（马瑞辰说）。达，发达。玄王桓拨，受小国是达，受大国是达，就是武勇刚强的玄王，受到小国能发达，受到大国也能发达。据传说：尧始封契为小国，舜末年，复增加其土地为大国。率，循。履，《韩诗》作"礼"。率履不越，遂视既发，就是他循着礼来做事，一点也不越规，于是看着发达起来。相土，契孙。烈烈，威武貌。截，治。相土烈烈，海外有截，就是威武的相土，他使海外都来宾服。整章的意思就是：武勇刚强的玄王，得到小国能使之发达，得到大国也能使之发达。循着礼来做事，一点也不越规，于是看着发达起来。威武的相土，又让海外也都来宾服。

三章。帝命不违，为不违帝命之倒文，指玄王、相土以及成汤而言（马瑞辰说）。齐，读为济；《尔雅·释言》："济，成也。"帝命不违，至于汤齐，就是没有违背上帝的命令，一直到商汤的成功，故称汤为成汤（《群经平议》说）。不迟，适当其时。圣，明哲。敬，敬天。跻，升。汤降不迟，圣敬日跻，就是适恰这时成汤降下来了，他一天比一天地明哲与恭谨。《诗经》中凡言"昭假"，都是指光明的下降。迟迟，迟迟不去。祗，敬。昭假迟迟，上帝是祗，就是上天的恩惠迟迟不去，也就牢牢地尊敬上帝。式，用。九围，九州。帝命式于九围，就是上帝的命令也就普及于九州。整章的意思就是：没有人违背上帝的命令，一直到商汤的成功。恰恰这个时候，成汤降临了，他一天比一天地明哲与敬谨。上天的恩惠久久不去，也就牢牢地尊敬上帝。因而上帝的命令也就普及于九州。

四章。球，读为捄；《广雅》："捄，法也。"小球，大球，即小法大法（《经义述闻》说）。缀，表。旒，章。下国，与《殷武》篇"下国"同义，因对上天而言，故称殷为下国。何，读为荷；荷，承。受小球大球，为下国缀旒，何天之休，就是承受了小法大法，作为下国的法则，这是蒙受上天的美意。竞，争。絿，读为求；《广雅》："絿，求也。"敷，施。优优，温和貌。

遒，聚。不竞不絿，不刚不柔，敷政优优，百禄是遒，就是不与人竞争，也不向人乞求，既不太刚，也不太柔，温和地布施政事，所以百般福禄就聚集来了。整章的意思就是：承受了小法大法，作为下国的典则，这是承受上天的美德。不与人竞争，也不向人乞求，既不过刚，也不太柔，温柔地施行政事，所以百般福禄就聚集来了。

五章。共，读为拱；《广雅》："拱，法也。"骏厖，《大戴·将军文子》引作"恂蒙"；恂蒙，庇护的意思（马瑞辰说）。龙，宠。受小共大共，为下国骏厖，何天之龙，就是承受了小法大法，作为国家的庇护，这是蒙受了上天的恩宠。奏，陈。勇，武力。震、动，都是震惊的意思。戁、竦，都是惧怕的意思。敷奏其勇，不震不动，不戁不竦，百禄是总，就是在施用他的武力时，既不让人震惊，也不让人恐惧，所以各色各式的福禄也都总集来了。整章的意思就是：承受到小法大法，作为下国的庇护，这是上天的恩宠。当他施用武力的时候，既不让人震惊，也不让人恐惧，所以各色各样的福禄也都总集来了。

六章。旆，《荀子·议兵》《韩诗外传》并引作"发"。载，则。武王载旆，就是武王则发（《经义述闻》说）。虔，《说文》"虎行貌"；有虔，如虎之行，形容强武（马瑞辰说）。钺，大斧。武王载旆，有虔秉钺，就是武王兴起来了，武勇地执着钺器。曷，《荀子·议兵》《汉书·刑法志》俱引作"遏"；遏，止。如火烈烈，则莫我敢曷，就是像熊熊的烈火一样，没有人敢阻挡我。《史记·周本纪》说："武王左杖黄钺，右秉白旄以麾。曰：'远矣西土之人……如虎如罴，如豺如离，不御克奔，以役西土。"不正是这段诗的注释吗？苞，本。蘖，余。苞有三蘖，就是老根之处，还遗了三枝余蘖，指韦、顾、昆吾而言。遂、达，皆言顺利生长。莫遂莫达，就是不能顺利生长，指韦、顾、昆吾被灭的事。九有，九州。有截，平治。九有有截，就是九州之内也都平定了。韦、顾既伐，昆吾、夏桀，就是韦、顾两国被伐之后，夏桀的后代昆吾也跟着灭亡了。整章的意思就是：武王兴起来了，武勇地执着金钺。就像熊熊的烈火一样，没有人敢阻挡我。剩下的三枝余蘖，也是无法生，也是无法长，九州之内也就平安了。韦、顾两国既遭征伐，夏桀的后代昆吾也跟着灭亡了。

七章。中叶，中世。震，威。业，大。昔在中叶，有震且业，就是以前在中世的时候，的确是威武而且强大。予，与。允也天子，降予卿士，就是诚不愧是老天爷的儿子，给他降下了一位卿士。阿衡，官名，指伊尹。左右，辅佐。实维阿衡，实左右商王，就是他就是阿衡，实实在在辅佐了商王。整章的意思就是：以前在中世的时候，的确是威武而且强大。诚不愧是老天爷的儿子，给他降下了一位卿士。这就是那位阿衡，他实实在在辅佐了商王。

**【诗篇联系】**

这首诗如同《玄鸟》篇一样，也是站在周人的立场来赞扬殷人的先祖。周人是征服者，如只赞扬殷人的祖先，就失掉了自己的立场，所以又有武王的出现。或许有人引《史记·殷本纪》说的"于是汤曰'吾甚武'，号曰武王"，来证明武王是汤。

武王明明是谥，汤怎么能自称为武王呢？所以《史记会注考证》引王若虚说"汤决无此语"，至为卓见。殷商之兴，并不由于韦、顾与昆吾的灭亡；诗中偏偏提到这三个国家，而这三个国家都与尹吉甫有关系，这不是一种巧合吧？也就由于这首诗是尹吉甫所写，才有这种现象。因而周武王之出现于《商颂》中，也就不足为奇了。

**【诗义辨正】**

《毛序》："《长发》，大禘也。"姚际恒怀疑说："《小序》谓'大禘'，说者谓：禘则功臣与祭，征之于《盘庚》曰'兹予大享于先王，尔祖其从与享之'，诗未有阿衡之语也。按禘者，据《礼》文：'禘其祖之所自出，以其祖配之。'今惟言契而不言契之所自出，似非禘矣。《集传》谓：'今按大禘不及群庙之主，此疑为祫祭之诗。'彼意似谓禘不及群庙之主，惟祫及之；然诗中未尝有及群庙之主语。相土未为王，无庙也。岂认相土为庙耶？更难晓。愚按，祫祭之说更不如禘，抑或商之禘不必所自出耶！"他疑来疑去，还是疑不出道理。实际上，此诗既不是禘，也不是祫，而是方叔在宋国的将祭。

八

酌（周颂）

於铄王师，遵养时晦。时纯熙矣，是用大介。我龙受之,蹻蹻王之造。载用有嗣,实维尔公。允师。

释音:於,音乌。铄,音烁。

## 【诗义关键】

这首诗的关键就在头两句,了解这两句诗,诗义也就显现出来。从《师袁毁铭》,我们知道方叔的伐荆蛮是奉宣王的命令,且称他为"师",则此诗的"王师"二字有了着落。於铄,武勇貌。遵,循。养,俞樾引《周礼》郑注说:"犹治也。"时,是。晦,愚昧。於铄王师,遵养时晦,就是勇武的王师,是遵循国王的命令治平了这个愚昧。不正是《采芑》篇说的"蠢尔蛮荆,大邦为雠"吗?宣王之所以命令方叔征伐荆蛮,由于荆蛮不听命令;现在战事结束了,方叔在祭祖,故有此诗的产生。我们且以这个意思将此诗作一解释。

## 【字句解释】

纯,大。熙,光明。用,以。介,善;大介,大善,犹言大祥(马瑞辰说)。时纯熙矣,是用大介,就是现在大大地光明了,是以大祥,这是对上句"遵养时晦"而言。我龙受之,与《赉》篇"我应受之",意义相同,龙受犹应受,应为膺之假借。蹻蹻,武貌。我龙受之,蹻蹻王之造,就是我膺受这个任务,是武勇的国王的作为。载,则。有嗣,后嗣,主祭者的自称。尔指祖宗。公通功。载用有嗣,实维尔公,就是后人对先人的用处是完成您先人的功业。允,诚。方叔是以师氏的身份南征的，允师，诚不愧为师氏。整篇的意思就是：武勇的王师，遵照着国王的命令治平了这个愚昧。现在大大地光明了，是以大祥。我膺受这个任务是武勇的国王的作为。后人的成就，实在是您先人的功业。没有愧对师氏的任务。

## 【诗义辨正】

《毛序》："《酌》，告成《大武》也。言能酌先祖之道以养天下也。"根本不着边际。姚际恒就批评说："《小序》谓'告成《大武》'，又谓'言能酌先祖之道以养天下也'。按《左》宣十二年，随武子曰：'《酌》曰"於铄王师，遵养时晦"，《武》曰"无竞维烈"'，明分《酌》之与《武》，不得以此诗为《大武》也。特以《左》宣十二年，楚子以'耆定尔功'为《武》之卒章，《赉》为三章，《桓》为六章，其说支离，未可信。杜预曰'三、六之数与今《颂》篇次不同，盖楚乐歌之次第'，其说当矣。不知者以楚子所云，缺一、二、四、五章，故以《酌》属之《大武》耳。又《汉书·礼乐志》曰：'周公作《勺》，《勺》言能酌先祖之道也。'《序》似袭之，而增以'养天下'，其于诗之言'遵养'者亦不切。故《序》说皆不可用也。《集传》云'颂武王之诗，但不知所用'，此固阙疑之意；然又云'《酌》及《赉》《般》皆不用诗中字名篇，疑取乐节之名，如云《武宿夜》云尔'，其说亦支离。他诗篇名亦有不用诗中字者，又何居？《武宿夜》仅见于《祭统》，他经传亦无见也。"他所批评的非仅正确，而且看出宣十二年《左传》所说的诗篇次第根本不是《诗经》的次第，真是了不起！关于《武》《赉》《桓》各篇，我们曾分别解释过，也曾分别批驳过旧说的错误。姚际恒与我们的见解不谋而合，也真是奇事！

## 九

### 蟋蟀（唐风）

蟋蟀在堂，岁聿其莫。今我不乐，日月其除。无已大康，职思其居。好乐无荒，良士瞿瞿。

蟋蟀在堂，岁聿其逝。今我不乐，日月其迈。无已大康，职思其外。好乐无荒，良士蹶蹶。

蟋蟀在堂，役车其休。今我不乐，日月其慆。无已大康，职思其忧。好乐无荒，良士休休。

释音：大，音太。慆，音叨。

## 【诗义关键】

这首诗值得我们注意的有几点：第一，"良士瞿瞿"的"良士"。良士就是良人。尹吉甫的平陈与宋、西征狁，以及幽王六年的出征西戎，都是以良人的身份。尹吉甫的身份本是士，所以他有时自称庶士，有时自称髦士，有时自称吉士，有时自称良士，名称虽多，而实际都是指他自己。第二，"蟋蟀在堂"。《七月》篇说"十月蟋蟀入我床下"，蟋蟀入堂在十月。尹吉甫是宣王六年八月南征荆蛮，现在回来了，所以说"岁聿其莫"，季节也正吻合。第三，"役车其休"。《郑笺》解役车为"庶人乘役车，役车休，农功毕，无事也"，使诗义走远了。马瑞辰解为行役之车，也就是出征之车，这与尹吉甫的身份相合了。役车其休，就是出征的戎车休息了，也就是战事暂时停止了，与尹吉甫南征荆蛮后回来，事迹也相合。第四，"职思其忧"。尹吉甫不是正与仲氏热恋吗？他于宣王六年六月回到家乡后，八月又让他出征，所以于《祈父》篇中表现出满腹的牢骚。现在是十月，他们的婚事还没有解决，使他非常苦恼。他所忧的就是这件事。关于他们的婚事，将于尹吉甫的求婚、结婚、婚后与仳离各编中详细叙述。以上数点与尹吉甫的生平无一不合，假如说这首诗是他于宣王六年十月南征荆蛮后回到家乡，自遣自娱之作，想不会有问题吧？

## 【字句解释】

一章。聿、云，古通。莫、暮，古今字。蟋蟀在堂，岁聿其莫，就是蟋蟀跑到房里来了，岁月快到年底。除，去。今我不乐，日月其除，就是现在还不及时行乐，这一年就快完了。已，以，用的意思。康，乐。职，常。居，犹家。无已大康，职思其居，就是不要太快乐呀！常常想想这个家。尹吉甫家里很穷，完全是凭仕来生活，所以他说：常常想想这个家。荒，荒唐。瞿瞿，与《东方未明》篇"狂（征）夫瞿瞿"之"瞿瞿"同义，都是惊顾之意。好乐无荒，良士瞿瞿，就是好好地快活不要太过火，良士是时时照顾家的。整章的意思就是：蟋蟀跑到房里来了，岁月快到年底。现在还不及时行乐，一年也就快完了。不要太快乐呀！常常想到这个家。好好地快活不要太过火，良士是要时时照顾家的。

二章。逝，至。蟋蟀在堂，岁聿其逝，就是蟋蟀跑到房里来了，年底也就快要到了。迈，往。今我不乐，日月其迈，就是现在还不及时行乐，岁月也就去了。外，外边的事，指国事。尹吉甫是东征西讨、时时在外边的人，所以他关心到国事。无已大康，职思其外，就是不要太快活呀，常常想到外边。蹶蹶，振奋貌。好乐无荒，良士蹶蹶，就是好好地快活不要过火，良士是时时要振奋的。整章的意思就是：蟋蟀跑到房里来了，年底也就快要到了。现在还不及时行乐，岁月也就去了。不要太快乐呀，常常想到外边。好好地快活不要过火，良士是时时振奋的。

三章。慆，过。"蟋蟀在堂，役车其休。今我不乐，日月其慆"，就是蟋蟀跑到房里来了，戎车也在休息，现在还不及时行乐，岁月也就过去。休，美。休休，完美无缺之意。休休与瞿瞿、蹶蹶对称，都是振奋警惕之意，《集传》注为"安闲之貌"，非是。"无已大康，职思其忧。好乐无荒，良士休休"，就是不要太快乐呀，常常想到可忧的事情，好好地快乐不要过火，良士是要完美无缺的。整章的意思就是：蟋蟀跑到房里来了，戎车也在休息。现在还不及时行乐，岁月也就过去。不要太快乐呀，常常想到可忧的事情。好好地快乐不要过火，良士是要完美无缺的。

## 【诗篇联系】

尹吉甫这个人很会自我宽慰,也很会及时行乐,他向仲氏求婚被拒,就在《衡门》篇说:"岂其食鱼,必河之鲂?岂其取妻,必齐之姜?"他们结婚后,仲氏因闹别扭而回娘家,他赴漕邑想把她接回去,请双方家长来说和时,双方家长都对他们的自由婚姻不满而不肯来,他在《伐木》篇就自我宽慰说:"有酒湑我,无酒酤我。坎坎鼓我,蹲蹲舞我。迨我暇矣,饮此湑矣。"意思是等我闲暇的时候,我来击鼓跳舞喝这个酒。在西征猃狁的时候,他劝告南仲说:"子有酒食,何不日鼓瑟?且以喜乐,且以永日。宛其死矣,他人入室。"可见他的心胸非常宽宏,且富幽默感。知道了他的性格,就了解了这首诗的心理背景。

## 【诗义辨正】

《毛序》:"《蟋蟀》,刺晋僖公也。俭不中礼,故作是诗以闵之,欲其及时以礼自虞乐也。此晋也,而谓之唐,本其风俗,忧深思远,俭而用礼,乃有尧之遗风焉。"《毛序》在这里产生一个极大的矛盾:僖公明明是晋国人,而他的诗名为《唐风》,实在解不通,于是不得不屈为解释说:"此晋也,而谓之唐,本其风俗,忧深思远,俭而用礼,乃有尧之遗风焉。"因此,引起了欧阳修的疑问,他在《诗本义·本末论》说:"晋之为晋久矣,不得为晋而谓之唐。郑去咸林而徙河南,为郑甚新而遂得为郑。……诗之类例,不一如此,宜其说者之纷然也。"《集传》看出附会在晋僖公身上的不合,于是改变说:"唐俗勤俭，故其民间终岁劳苦，不敢少休。及其岁晚务闲之时，乃敢相与燕饮为乐。"他去掉了晋僖公而仍在唐俗上打转，可见《诗序》给人束缚之重！姚际恒就批评说："观诗中'良士'二字，既非君上，亦不必尽是细民，乃士大夫之诗也。"大体上他说对了。

## 十

## 七月（豳风）

七月流火，九月授衣。一之日觱发，二之日栗烈。无衣无褐，何以卒岁？三之日于耜，四之日举趾。同我妇子，馌彼南亩，田畯至喜。

七月流火，九月授衣。春日载阳，有鸣仓庚。女执懿筐，遵彼微行，爰求柔桑。春日迟迟，采蘩祁祁。女心伤悲，殆及公子同归。

七月流火，八月萑苇。蚕月条桑，取彼斧斨，以伐远扬，猗彼女桑。七月鸣鵙，八月载绩，载玄载黄，我朱孔阳，为公子裳。

四月秀葽，五月鸣蜩。八月其获，十月陨萚。一之日于貉，取彼狐狸，为公子裘。二之日其同，载缵武功，言私其豵，献豜于公。

五月斯螽动股，六月莎鸡振羽。七月在野，八月在宇，九月在户，十月蟋蟀入我床下。穹窒熏鼠，塞向墐户。嗟我妇子，曰为改岁，入此室处。

六月食郁及薁，七月亨葵及菽。八月剥枣，十月获稻。为此春酒，以介眉寿。七月食瓜，八月断壶，九月叔苴。采茶薪樗，食我农夫。

九月筑场圃，十月纳禾稼。黍稷重穋，禾麻菽麦。嗟我农夫，我稼既同，上入执宫功。昼尔于茅，宵尔索绹，亟其乘屋，其始播百谷。

二之日凿冰冲冲，三之日纳于凌阴，四之日其蚤，献羔祭韭。九月肃霜，十月涤场。朋酒斯飨，曰杀羔羊。跻彼公堂，称彼兕觥："万寿无疆！"

释音：鵖，音必。饁，音晔。萑，音丸。猗，音伊。鵙，音决。萋，音腰。蜩，音条。貉，音鹤。穧，音宗。邳，音坚。莎，音沙，穹，音穷。墐，音觐。薁，音郁。樗，音舒。食，音嗣。穋，音六。绹，音陶。

## 【诗义关键】

诗言："同我妇子，饁彼南亩。"我们在解释《干旄》篇时，曾经证明南亩在南山之下，也就是尹吉甫所管辖的浚邑。那么，此诗就与尹吉甫发生关系了。此诗说："无衣无褐，何以卒岁？"不就是《蟋蟀》篇的"无已大康，职思其忧"吗？他从宣王五年年初就西征猃狁，直到宣王六年六月才回来，回来不久又于八月间跟随方叔南征荆蛮，直到十月才又回来。周朝的武士，是由诸侯派给他一块田，由他来耕种，所收获的，一部分献给公家，一部分留作自用，也就算是俸禄。可是他年年在外出征，没有时间耕种，所以《齐风·甫田》篇说："无田甫田，维莠骄骄。"既然没有人种田，怎样来的衣褐呢？现在是十月，马上就要寒冷，所以诗言："无衣无褐，何以卒岁？"此诗说："春日迟迟，采蘩祁祁。女心伤悲，殆及公子同归。"我们在解释《采蘩》篇时，曾经说明"蘩"为"返"之谐音，出征的人身上披些蘩，取其早日返回的吉利意思。此诗既言采蘩，足证这时还有战事，不就是《蟋蟀》篇说的"无已大康，职思其外"吗？这首诗将一年内的作业，都详详细细地作一陈述，不就是《蟋蟀》说的"无已大康，职思其居"吗？

再者，这首诗里明明显出三种不同身份的人：一是"献豜于公""跻彼公堂""我朱孔阳，为公子裳""取彼狐狸，为公子裘"的"公"与"公子"。一是"采荼薪樗，食我农夫"的"农夫"。一是"嗟我农夫，我稼既同，上入执宫功"的"我"。"我"是"公""公子"与"农夫"的中间人物，是公与公子之下、农夫之上的一种人。这种人在周时就是士，士的田地由诸侯赐予，然不能世袭。他在这块田地上耕种，所以他本人也可称为农夫，但比农夫高一级。这首诗就是描写这种人的全年生活。我们就依这个意思将此诗作一解释。

## 【字句解释】

一章。火，心星，亦即火星。昭三年《左传》："火中，寒暑乃退。"《礼记·月令》"季夏，昏火中"，由此可知火中在季夏。季夏为阴历六月。六月心星在中，则七月即行西流。七月流火，就是七月的时候，火星即行西流，换言之，天气渐变凉爽。授衣，即授冬天的官服而做之。九月授衣，就是九月的时候，要开始做冬衣了。一之日、二之日，就是十一月之日、十二月之日。因为"觱发""栗烈"正是形容这两个月份的气候；"于貉""其同"，正是表现这两个月的劳作；"凿冰冲冲"，更是这两个月中间的工作，假如到二月，冰就融解，不能再凿击了。然为什么不言"十一月之日""十二月之日"，而要改为"一之日""二之日"呢？因为与三月、四月、五月等对称，多出一个"十"字，读起来就不协调。《毛传》以"一之日"为周正月，非是。因为正月的气候就不那么栗烈，冰渐融化即不能凿击了。觱发，风寒。栗烈，气寒。一之日觱发，二之日栗烈，就是十一月里寒风刺骨，十二月里冷风逼人。到过北方的人，都知道十一月里的寒风是怎样刺骨，十二月里的冰是怎样实冻，所以有"实冻腊月天"之语。因为是十一、十二月，所以下边接着说："无衣无褐，何以卒岁？"假如以"一之日"为正月，"二之日"为二月，岁已过去，还能说"卒岁"吗？衣与褐对称，衣应为官服；褐是粗布的短衣，贱者之服。无衣无褐，何以卒岁，就是没有衣服，没有短褐，怎么过得去年呢？因为尹吉甫终年在外出征，既不能耕种，田中既无所出，衣服也就成了问题。耜，农具，其柄曰耒，故耒耜连称。于耜，修理耜。举趾，耕田。三之日于耜，四之日举趾，就是三月里修理耒耜，四月里就该耕田了。《齐民要术·耕田》说："凡麦田常以五月耕，六月再耕，七月勿耕，谨摩平，以待种时。五月耕，一当三；六月耕，一当再；若七月耕，五不当一。"正可作此注解。馌，送饭。田畯，田官。至，极。同我妇子，馌彼南亩,田畯至喜,就是同我的妇人孺子,到南亩里送饭,田畯非常高兴。整章的意思就是:七月里火星西流,九月里官家就要授给冬衣。十一月里寒风刺骨,十二月里冷气逼人。没有衣服,也没有短褐,怎么过得去年呢?三月里修理农具,四月里耕地。同我的妇人孺子送饭到南亩,管田的官非常高兴。

二章。载,则。阳,温暖。仓庚,黄莺。春日载阳,有鸣仓庚,就是春天里温暖了,黄莺也在叫了。懿筐,深筐。微行,桑树间的窄行,因为桑树是一行一行地栽。柔桑,嫩桑。女执懿筐,遵彼微行,爰求柔桑,就是女子们拿着深筐,顺着窄狭的桑树行,摘那柔嫩的桑叶。春日迟迟,采蘩祁祁,《出车》篇也有同样的两句,而《出车》篇又说"执讯获丑,薄言还归。赫赫南仲,狝狁于夷",可见采蘩与战争有关。那么,采蘩的用途也就可知道了。蘩与返谐音,采些蘩披在身上,取其吉利,所以《采蘩》篇说:"被之祁祁,薄言旋归。"采蘩既为出征,出征总是伤心的事,所以诗接着说:"女心伤悲,殆及公子同归。"殆通迨;迨,愿的意思(《韩诗》说),与《摽有梅》篇"迨其吉兮"的"迨"同义。"春日迟迟,采蘩祁祁。女心伤悲,殆及公子同归",就是迟迟的春天来到了,采蘩的人非常多,女子们以悲伤的心情在采蘩,希望这些蘩能同公子们一起凯旋。《郑笺》说"春女感阳气而思男,秋士感阴气而思女,是其物化所以悲也。悲则始有与公子同归之志,欲嫁焉",全是从字面上猜想。又有人解释说:"女子好像还有别的一种公事,就是在春日艳阳的时候,公子们的春情发动了,那就不免要遭一番蹂躏了。这并不是什么稀奇的事情,据近世学者的研究，许多民族的酋长对于一切的女子有初夜权，就是在结婚的一夜，酋长先来尝新的啦。"解释到什么地方去了！整章的意思就是：七月里火星开始西流，九月里官家就授给冬衣。温暖的春天来到了，黄莺都在叫。女子们拿着深筐，顺着桑树间的窄行，采摘那些柔嫩的桑叶。迟迟的春天来到了，采蘩的人多得不得了。女子们以悲伤的心情在采蘩，希望这些蘩能同公子们一起凯旋。

三章。萑，荻。苇，芦苇。《大戴礼记·夏小正》说："七月莠萑苇，未莠则不为萑苇，莠然后为萑苇，故先言莠。"萑苇七月开花，成熟当在八月，诗言"八月萑苇"，当指萑苇长成之后而言。蚕月，养蚕之月，即阴历四月。条桑，桑树正在抽条。斧，斨，以受柄之形状为定，椭者为斧，方者为斨。远扬，扬到远处的桑枝。猗，美盛貌。女桑，初生柔嫩之桑。蚕月条桑，取彼斧斨，以伐远扬，猗彼女桑，就是当蚕月的时候，桑树正在抽条，要用斧斨把太长的枝子去掉，好让嫩桑长得茂盛。䳏，伯劳。载，则。绩，纺织。七月鸣䳏，八月载绩，载玄载黄，我朱孔阳，为公子裳，就是七月里伯劳鸣叫，八月里就要纺织，有黑色的、黄色的、朱色的，各色都很漂亮的绸，可做公子们的衣裳。整章的意思就是：七月里火星西流，八月里萑苇长成。四月的时候，桑树正在抽条，要把太长的枝子用斧头去掉，好让嫩桑长得茂盛。七月里伯劳鸣叫，八月里纺纱织绸，黑色的、黄色的、朱色的，各色漂亮的绸，可做公子们的衣裳。

四章。蓫，苦菜，即荼（马瑞辰说）。《植物名实图考长编》（卷三）于"苦菜"条引《释草小记》说："苦荬春生者，至四月，中心乃抽茎作花。《月令》'孟夏之月，苦菜秀'是也。"四月秀葽，就是四月里苦菜开花。蜩，蝉。五月鸣蜩，就是五月里蝉虫鸣叫。莽为檴之假借，与《莽兮》《鹤鸣》两篇之"莽"相同；檴，棘之一种，可以为决①。八月其获，十月陨蘀，就是八月里收获，十月里檴棘落叶。貉与祃古通用，读为祃。祃是一种田祭，狩猎时，得先祃祭。《皇矣》篇"是类是祃"即祃祭。于貉，往貉。一之日于貉，取彼狐狸，为公子裘，就是十一月里去祃祭，好取狐狸的皮，作为公子们的皮袄。同，会同，冬季的大狩猎，即《车攻》篇"会同有绎"的会同。缵，任。豕一岁曰豵，二岁豕曰豜。二之日其同，载缵武功，言私其豵，献豜于公，就是十二月里举行会同，训练武功，猎到的小猪呢，自己要，大猪呢，献给公家。整章的意思就是：四月里苦菜开花，五月里蝉虫鸣叫。八月里收割，十月里檴树落叶。十一月里举行祃祭，打些狐狸，好给公子们做皮袄。十二月里举行会同，训练武功，打到的小猪呢，自家收起来，大猪呢，献给公家。

五章。斯螽，即《螽斯》篇之"螽斯"，倒字以协韵，鸣时颤动其翅，发声镜以摩擦而成声。动股，因其发声时屁股在颤动，故言动股。莎鸡，陆玑《疏》："莎鸡如蝗而色斑，毛翅数重，其翅正赤，六月中飞而振羽，索索作声。"五月斯螽动股，六月莎鸡振羽，就是五月里螽斯振动屁股，六月里莎鸡摩擦羽翅。宇，屋檐下。七月在野，八月在宇，九月在户，十月蟋蟀入我床下，就是七月里在田野的蟋蟀，八月里在房檐下，九月

---

① 决：古代射箭时套在大拇指上的套子，以便钩弦。俗称扳指。

里在房里，十月里就要跑到我的床底下。穹、空，古通，空即洞。窒，塞。穹窒，把墙上的洞塞起来。熏鼠，把老鼠从洞中熏出来。向，北向之窗；塞向，把北向的窗堵起来。墐，涂泥；墐户，把门缝用泥涂起来。穹窒熏鼠，塞向墐户，就是把墙上的洞口塞起来，洞里的老鼠熏出来，北向的窗子堵起来，门缝用泥涂起来。改岁，换岁。嗟我妇子，曰为改岁，入此室处，就是可怜我们这些妇人孺子，现在要过年了，才到这个屋子里居住。整章的意思就是：五月里螽斯颤动屁股，六月里莎鸡摩擦翅膀。七月里在田野的蟋蟀，八月里在房檐下，九月里在房里，十月里就要跑到我的床底下。把墙洞塞起来，洞里的老鼠熏出来，向北的窗子堵起来，门缝涂起来。可怜我们这些妇人孺子，现在要过年了，才到这个屋子里居住。

六章。郁，唐棣之属，一名雀李，一名车下李，一名棣。薁，蘡李，与郁同类，同时熟。葵，秋葵。《植物名实图考长编》（卷三）于"冬葵"条引《农桑通诀》说："葵为百菜之主，备四时之馔。诗云'七月亨葵'，此种之早者，俗呼为秋葵，迟者为冬葵。"剥，收。"六月食郁及薁，七月亨葵及菽。八月剥枣，十月获稻"，就是六月里吃郁及薁，七月里烹葵菜及豆子，八月里收枣，十月里割稻子。春酒，冻醪，冻时酿之，故名冻醪。介，求。为此春酒，以介眉寿，就是用稻子做这种寿酒，以求长寿。壶，瓠之假借。断壶，断其蒂而取之。叔，拾。苴，麻子。七月食瓜，八月断壶，九月叔苴，就是七月里吃瓜，八月里摘瓠，九月里拾麻子。荼，苦菜。樗，俗称臭椿。采荼薪樗，食我农夫，就是采些荼菜，斫些臭椿作柴火，这样养活我的农夫。整章的意思就是：六月里食郁及薁，七月里烹葵菜及豆子，八月里收枣，十月里割稻子。用稻子做些寿酒，以求长寿。七月里吃瓜果，八月里摘葫芦，九月里收麻子。采些苦菜，斫些臭椿作柴火，这样养活我的农夫。

七章。场，场地，作为打麦晒禾之用。圃，菜圃。场与圃实为一地，春夏作为菜圃，秋冬即改为场地。九月筑场圃，就是九月里将菜圃筑为场地。《小雅·甫田》篇"曾孙之稼"，《郑笺》："稼，禾也。"此诗禾稼连言，则稼亦为禾。后熟曰重，先熟曰穋。黍，黄米，北方人称为小米。稷，高粱（《九谷考》说）。十月纳禾稼，黍稷重穋，禾麻菽麦，就是十月里收割禾稼，收割的有先熟和后熟的小米、高粱、谷子、芝麻、大豆、麦子。上，入。古者通称室为宫，并不是宫廷之宫始称宫（马瑞辰说）。宫功，即室内的工作。嗟我农夫，我稼既同，上入执宫功，就是可怜我们这些农夫，我的禾稼收割以后，还得到室里边去做工。于茅，治理茅草。索，搓制。绹，绳（《经义述闻》说）。昼尔于茅，宵尔索绹，就是白天里治茅草，黑夜里搓绳子。乘，覆。乘屋，覆盖屋顶。亟其乘屋，其始播百谷，就是急急忙忙地将屋顶盖好，也就该开始播种百谷了。整章的意思就是：九月里将菜园筑成场地，十月里收割禾稼，收割的有先熟、后熟的小米、高粱、谷子、芝麻、豆子、麦子。可怜我们这些农夫，场地里的活做完以后，还得做室内的工作。白天里治茅草，黑夜里搓绳子。急急忙忙将房顶盖好后，也就该开始播种百谷了。

八章。凌阴，极阴凉的地方。昭公四年《左传》说："其藏冰也，深山穷谷，固阴冱寒。"古人或许没有现在的冰窖，所以将冰藏在深山穷谷的阴凉洞里。二之日凿冰冲冲,三之日纳于凌阴,就是十二月里冲冲地在凿冰,三月里把它们藏在山谷的阴凉洞内。古人于藏冰出冰时都要举行祭祀。《左传》又说:"其藏之也,黑牡秬黍,以享司寒。其出之也,桃弧棘矢,以除其灾。……祭寒而藏之,献羔而启之。"司寒就是玄冥,北方之神,也就是《巷伯》篇的"有北"。此诗说"献羔祭韭",就是启冰时所祭的物品。韭是韭菜。四之日其蚤,献羔祭韭,就是四月里的一早,献上羔羊韭菜,以启开冰室。肃霜,严霜。涤场,清场。九月肃霜,十月涤场,就是九月里开始下严霜,十月里清除场地。两樽曰朋。朋酒斯飨,曰杀羔羊,就是用双樽酒来飨神,杀些羔羊以为供。《小雅·甫田》篇说:"以我齐明,与我牺羊,以社以方。我田既臧,农夫之庆。"此诗的"朋酒斯飨,曰杀羔羊",就是"以社以方"。《诗经》中凡单称"公",除《泮水》篇"从公于迈"、《有駜》篇"夙夜在公"的"公"为鲁公外①,其余都是指卫公。跻彼公堂,称彼兕觥:"万寿无疆!"就是登上那卫公的堂上,举起兕觥的酒杯,祝颂说:"万岁!万岁!万万岁!"整章的意思就是:十二月里冲冲地在凿冰,三月里把它藏在山谷的阴凉洞内。四月里的一早,献上羔羊韭菜,将冰室启开。九月里开始降严霜,十月里扫除场地。杀些羔羊,用双樽酒以祭社神。登上那卫公的堂上,举起兕觥的酒樽,高声祝颂说:"万岁!万岁!万万岁!"

---

① 《閟宫》篇"公车千乘"的"公"也指鲁公。

**【诗篇联系】**

这首诗里充分表现了一位士人的吃的、穿的、住的、收获的、工作的、上贡的，以及他与农夫、公侯的关系。《蟋蟀》篇说"职思其忧""职思其外""职思其居"，这首诗所表现的，不就是"其忧""其外""其居"的最真切情形吗？《蟋蟀》篇又说"良士瞿瞿""良士蹶蹶""良士休休"，瞿瞿是眷顾貌，蹶蹶是振奋貌，休休是尽忠貌，这首诗所表现的不就是这些心理形态吗？把这两首诗联合起来看，两篇的意义都可了然了。

**【诗义辨正】**

《毛序》："《七月》，陈王业也。周公遭变，故陈后稷先公风化之所由，致王业之艰难也。"因为这首诗排在《豳风》，就在周公身上做文章。实际上，《豳风》里的诗，除过《破斧》篇提到周公的名字外，其他各篇哪一篇与周公有关系呢？豳是公刘的封地，上边已经讲过，周公的诗怎么会摆在《豳风》里呢？后稷的封地在邰，更与豳地无关。假如这首诗是周公所写，那么诗言"我朱孔阳，为公子裳""取彼狐狸，为公子裘""献豜于公""跻彼公堂"的"公"和"公子"是谁呢？《集传》不得其解，也跟着说："周公以成王未知稼穑之艰难，故陈后稷、公刘风化之所由，使瞽矇朝夕讽诵以教之。"真正说梦话！难道要教成王"取彼狐狸，为公子裘"吗？要教成王"跻彼公堂，称彼兕觥：'万寿无疆！'"吗？怎么解诗而不看诗呢？姚际恒就批评说："《小序》谓'陈王业'，《大序》谓'周公遭变，故陈后稷先公风化之所由'，皆非也。《豳风》与周公何与？以下有周公诗及为公咏之诗，遂以为周公作，此揣摹附会之说也。周公去公刘之世已远，岂能代写其人民风俗至于如是之详且悉耶？篇中无言后稷事，《大序》及之，尤无谓。《集传》皆误承之。"不仅《集传》误承，屈万里先生也说"此咏豳地风土之诗，疑随周公东征之豳人怀念乡土而作者"。这首诗里哪一句提到豳，而就疑此诗为豳人所作呢？《诗序》缚人之甚，由此可见！

以上十篇，就是《采芑》《祈父》《殷武》《那》《烈祖》《玄鸟》《长发》《酌》《蟋蟀》与《七月》，都是宣王六年八月尹吉甫跟随方叔南征荆蛮前后的作品，《祈父》《蟋蟀》与《七月》三篇写在卫国，《采芑》写在荆蛮，其他六篇都写在宋国。

李辰冬——著

# 诗经通释

叁

# 目录

**【第十三编】戍申、戍甫、戍许时诗篇（宣王七年）**

一　崧高（大雅）……701
二　扬之水（王风）……708
三　汝坟（周南）……713
四　溱洧（郑风）……716
五　蒹葭（秦风）……719
六　褰裳（郑风）……721
七　山有扶苏（郑风）……724
八　狡童（郑风）……725
九　江有汜（召南）……727
十　汉广（周南）……729
十一　甘棠（召南）……732

**【第十四编】东迎庄姜时诗篇（宣王七年）**

一　烝民（大雅）……737
二　还（齐风）……742
三　硕人（卫风）……744
四　何彼襛矣（召南）……754

| 五 | 敝笱（齐风） | 757 |
| 六 | 载驱（齐风） | 758 |
| 七 | 南山（齐风） | 760 |

## 【第十五编】复周公之宇时诗篇（宣王八至十年）

| 一 | 閟宫（鲁颂） | 767 |
| 二 | 泮水（鲁颂） | 785 |
| 三 | 有駜（鲁颂） | 791 |
| 四 | 破斧（豳风） | 793 |
| 五 | 駉（鲁颂） | 797 |
| 六 | 车攻（小雅） | 801 |

## 【第十六编】东征时思归及初还家时诗篇（宣王八至十年）

| 一 | 大东（小雅） | 809 |
| 二 | 渐渐之石（小雅） | 814 |
| 三 | 苕之华（小雅） | 816 |
| 四 | 匪风（桧风） | 818 |
| 五 | 蜉蝣（曹风） | 819 |
| 六 | 东山（豳风） | 821 |

## 【第十七编】东征时仲氏思念尹吉甫的诗篇（宣王八至十年）

| 一 | 旄丘（邶风） | 831 |

| 二 | 有狐（卫风） | 833 |
| 三 | 殷其雷（召南） | 835 |
| 四 | 伯兮（卫风） | 837 |
| 五 | 君子于役（王风） | 839 |

## 【第十八编】尹吉甫向仲氏求婚时诗篇（宣王六年）

| 一 | 氓（卫风） | 843 |
| 二 | 伐柯（豳风） | 852 |
| 三 | 衡门（陈风） | 854 |
| 四 | 候人（曹风） | 856 |
| 五 | 将仲子（郑风） | 860 |
| 六 | 二子乘舟（邶风） | 863 |
| 七 | 北门（邶风） | 865 |

## 【第十九编】尹吉甫与仲氏结婚时以及婚后诗篇

| 一 | 丰（郑风） | 871 |
| 二 | 著（齐风） | 874 |
| 三 | 北风（邶风） | 877 |
| 四 | 有女同车（郑风） | 880 |
| 五 | 鸡鸣（齐风） | 883 |
| 六 | 缁衣（郑风） | 885 |
| 七 | 葛屦（魏风） | 887 |

## 【第二十编】尹吉甫与仲氏仳离时诗篇（宣王十至十一年）

| | | |
|---|---|---|
| 一 | 君子偕老（鄘风） | 893 |
| 二 | 中谷有蓷（王风） | 897 |
| 三 | 日月（邶风） | 899 |
| 四 | 蝃蝀（鄘风） | 902 |
| 五 | 泉水（邶风） | 904 |
| 六 | 匏有苦叶（邶风） | 909 |
| 七 | 遵大路（郑风） | 912 |
| 八 | 燕燕（邶风） | 914 |
| 九 | 竹竿（卫风） | 917 |
| 十 | 绿衣（邶风） | 919 |
| 十一 | 羔裘（唐风） | 921 |
| 十二 | 葛生（唐风） | 923 |
| 十三 | 载驰（鄘风） | 926 |
| 十四 | 伐木（小雅） | 931 |
| 十五 | 车辖（小雅） | 935 |
| 十六 | 白驹（小雅） | 938 |

# 【第十三编】戌申、戌甫、戌许时诗篇（宣王七年）

一

## 崧高（大雅）

崧高维岳，骏极于天。维岳降神，生甫及申。维申及甫，维周之翰。四国于蕃，四方于宣。

亹亹申伯，王缵之事。于邑于谢，南国是式。王命召伯："定申伯之宅。登是南邦，世执其功。"

王命申伯："式是南邦，因是谢人，以作尔庸。"王命召伯："彻申伯土田。"王命傅御："迁其私人。"

申伯之功，召伯是营。有俶其城，寝庙既成，既成藐藐。王锡申伯，四牡蹻蹻，钩膺濯濯。

王遣申伯，路车乘马。"我图尔居，莫如南土。锡尔介圭，以作尔宝。往近王舅，南土是保。"

申伯信迈，王饯于郿。申伯还南，谢于诚归。王命召伯："彻申伯土疆，以峙其粻，式遄其行。"

申伯番番，既入于谢，徒御啴啴。周邦咸喜，戎有良翰。不显申伯，王之元舅，文、武是宪。

申伯之德，柔惠且直。揉此万邦，闻于四国。吉甫作诵，其诗孔硕，其风肆好，以赠申伯。

释音：崧，读为崇。近，音记。番，音波。不，读为丕。

## 【诗义关键】

这首诗值得注意的有几点：第一，"于邑于谢"的"谢"在什么地方？第二，"申伯番番，既入于谢"，申伯入谢是在哪一年？第三，"王命召伯：'定申伯之宅'"，召伯城谢又是哪一年？第四，"吉甫作诵""以赠申伯"，尹吉甫是在什么地方作此诵？得先解决这些问题，才能了解这首诗。谨从谢在什么地方讲起。

《读史方舆纪要》（卷五十一）于唐县谢城说："在故湖阳城北。相传周申伯徙封于此。《诗》所谓'肃肃谢功，召伯营之'，又曰'申伯番番，既入于谢'者也。"又于湖阳城说："县南九十里。"唐县即今之河南唐河县，一名沘源。由此可知谢城在今河南唐河县南九十里。然申伯赴谢是在哪一年呢？《竹书纪年》于宣王七年载说"王锡申伯命"，是宣王七年申伯赴谢。所走的是哪一条路呢？诗言："申伯信迈，王饯于郿。"《读史方舆纪要》（卷五十五）于郿县郿城说："在县东北十五里，渭水之北。"又说："蜀汉建兴六年，诸葛武侯伐魏，扬声由斜谷道取郿县，魏主遣曹真军郿以拒之。"由此可知郿为斜谷道之要地，由镐京赴谢，取褒斜道，郿为必经之地。宣王六年年初，亲征淮夷时所走的就是这条路，上边曾经讲过。孔颖达不知道这条路线，他于《毛诗正义》怀疑说："申在镐京之东南，自镐适申，涂不经郿。解其得饯郿之意，时宣王盖省视岐周，申伯从王至岐……故饯之于郿也。"强不知以为知，随意猜想。我们看看从镐京至谢之水陆形势，就可知为什么要走这条路了。从镐至郿是渭水，从郿至褒城是褒斜道，从褒城至樊城为汉水，从樊城至唐河县为唐河。《读史方舆纪要》（卷七十九）于白河条说："唐河在县（襄阳县）东北百里，自河南唐县流入境，皆合白河而注于汉江。"由此可知，由樊城至唐县可由唐河直达。这是镐京至谢的最便当之路，所以宣王六年征淮夷时的急行军就走这条路。

那么召伯营谢是在哪一年呢？此诗一再说"王命召伯：'定申伯之宅'"，"王命召伯：'彻申伯土田'"，"申伯之功，召伯是营"，又说"王命召伯：'彻申伯土疆，以峙其粻，式遄其行'"，"有俶其城，寝庙既成，既成藐藐。王锡申伯，四牡蹻蹻，钩膺濯濯"，可知召伯城谢一定在申伯赴谢之前，换言之，就是在宣王七年之前。然在哪一年呢？《黍苗》篇说"肃肃谢功，召伯营之"，又说"原隰既平，泉流既清。召伯有成，王心则宁"。在解释《黍苗》篇时，曾经证明这是宣王五年五月间事，那么，召伯城谢当在宣王五年了。召伯五年城谢，申伯七年赴谢，前后事迹正相连接。此诗是追述，并不是召伯、申伯同时在谢。然尹吉甫是在什么时候赠这首诗呢？诗言"王遣申伯，路车乘马"，"申伯信迈，王饯于郿"，"申伯番番，既入于谢，徒御啴啴"，是讲申伯动身、路上、入谢的情形，若非尹吉甫与申伯同路赴谢，怎么会知道这么清楚呢？所以最后又说："申伯之德，柔惠且直。揉此万邦，闻于四国。吉甫作诵，其诗孔硕，其风肆好，以赠申伯。"明明是申伯到了谢城，尹吉甫在谢城赠他这首诗。《郑笺》说："以此赠申伯者，送之令以为乐。"《集传》也说："宣王之舅申伯，出封于谢，而尹吉甫作诗以送之。"他们都认为是尹吉甫在镐京送行之作，此中就大有区别了。尹吉甫之在谢与不在谢，不仅关系着历史的事实，而且关系到十数篇诗的了解，不得不辨别清楚。

【字句解释】

一章。崧、嵩，皆崇字之异体，崧高即崇高（马瑞辰说）。岳，四岳。《潜夫论·志氏姓》："炎帝苗胄，四岳伯夷，为尧典礼，折民惟刑，以封申、吕。"《毛传》也说："尧之时，姜氏为四伯，掌四岳之祀，述诸侯之职，于周则有甫、有申、有齐、有许也。"申伯之祖宗掌四岳之礼，故于赞颂申伯诗里出现了四岳。骏，大。极，至。甫，即甫国。申，即申国。翰，干。宣与蕃对称，蕃是藩篱，那么，宣应为垣之假借；垣，墙（马瑞辰说）。整章的意思就是：崇高的是四岳，高得达到天上。四岳的神灵降下来了，生出申国与甫国。只有申国与甫国是周室的支干，作为四国的藩篱，作为四方的垣墙。

二章。亹亹，黾勉。《释文》："缵，《韩诗》作践；践，任也。"王缵为"缵王"之倒文。上"于"字作"为"讲，下"于"字作"在"讲。式，法。南国，指淮夷而言。申伯的伯，不是公侯伯子男的伯，而是诸侯之长的伯，故言："南国是式。"《诗经》里有召公、召伯、召虎三个名称，召公是召公奭，周室的开国功臣；召伯名幽，是召虎的父亲。他们是三个人，不是一个人，也不是两个人。不仅《毛传》说的"召伯，召公也"是错误，即屈万里说的"召伯，召穆公虎也"，也是错误。穆公是召伯的谥，不是召虎的谥，在解释《江汉》篇时，曾有详细的辨明。此诗的召伯，即《黍苗》篇"召伯成之"的召伯，他征淮夷时，阵亡于宣王五年冬季。此诗写于宣王七年，是追述。登，成。南邦，指申国。宣王五年的时候，周朝有两个战场：一是征狎狁，南仲为将；一是征淮夷，召伯为将。谢邑即在淮夷范围之内，故诗言："定申伯之宅。"整章的意思就是：黾勉的申伯，担任着国王的大事。在谢这个地方筑好城邑，以做南方诸国的榜样。宣王命令召伯说："把申伯所住的地方安定下来，把这个南国建立起来，好让他世世代代守着这个功业。"

三章。庸，通埔；埔，城。彻，治。傅御，《集传》说："申伯家臣之长。"私人，属于诸侯的人。《大东》篇："东人之子，职劳不来；西人之子，粲粲衣服。舟（周）人之子，熊罴是裘；私人之子，百僚是试。"东人与西人对称，周人与私人对称，则东人即私人，西人即周人，私人即非王室之人。整章的意思就是：王令申伯说："作为南国的榜样，就用这些谢人，建筑你的城池。"王命召伯说："把申伯的土地整治好。"王命傅御说："把申伯的人统统迁去。"

四章。俶，善。藐藐，美貌。蹻蹻，壮大。钩膺，樊缨，马尾所做的缨，饰于马首。整章的意思就是：申伯的功业，都是召伯经营的。城池非常坚固，寝庙也盖好了，盖得非常壮丽。王赐申伯四匹壮大的牡马，牡马的头上都饰着樊缨。

五章。路车，是国王赐给诸侯或在下者赠送诸侯之车，前已数见。图，谋。介圭，大圭，诸侯之命圭。近，音记，语词。整章的意思就是：王打发申伯走的时候，赐给他一辆路车，四匹牡马。"我为你的居住打算，再没有比南方更好。赐给你一件介圭，以作你的传国之宝。去吧！舅舅，好好地保守着南方。"

六章。信迈，终于动身。还南，南归，南指谢城。因为谢是申伯的封地，故谓之还。峙，为庤之假借；庤，《说文》："储置屋下也。"（马瑞辰说）粮，粮。式，语词。遄，速。王命召伯："彻申伯土疆，以峙其粮，式遄其行。"就是王令召伯说："把申伯土地的赋税整顿一下，储存些粮食，好让申伯快快成行。"由此可知，召伯城谢是在宣王五年，而申伯赴谢则在宣王七年，因为是要储备些粮食再让申伯到任。整章的意思就是：在申伯动身的时候，王在郿这个地方给他饯行。申伯回到南边后，谢人才真正地归顺。在此成行以前，王曾命令召伯说："把申伯疆土上的赋税整治一下，储备些粮食，好让申伯快快成行。"

七章。番番，武勇貌。啴啴，盛貌。良翰，良干。不，读为丕。元舅，大舅舅。宪，法。整章的意思就是：武勇的申伯驾临了谢城，跟着壮大的步队与车乘。周人都高兴了，因为军事上有了好的主干。显赫的申伯，是国王的大舅父，他是以文王、武王为法则。

八章。柔惠，温柔仁爱。直，正直。《诗经》中常用"直"来赞美一个人的美德，如《定之方中》篇"匪直也人"，《羔裘》篇"洵直且侯""邦之司直"，《硕鼠》篇"爰得我直"，《小明》篇"正直是与""好是正直"，《绵》篇"其绳则直"，都认"直"是一种美德。揉，同《民劳》篇"柔远能迩"之"柔"，是抚慰的意思。诵，是一种文体，只是口诵，不配音乐，就像现在的朗诵诗，故谓之诵。《烝民》篇说"吉甫作诵，穆如清风"，此诗说"吉甫作诵""其风肆好"，此诗之"风"也作清风解。意思就是吉甫所作的诵，听着就像清风抚人那样舒服。整章的意思就是：申伯的德行是温柔仁爱而且正直。安抚了这些南国，美名扩扬于四方。吉甫所作的诵，意义很大，听着就像清风抚人那样舒服，用来赠给申伯。

## 【诗篇联系】

由《竹书纪年》于宣王七年载的"王锡申伯命"，使我们知道此诗作于宣王七年。再由此诗"吉甫作诵，其诗孔硕。其风肆好，以赠申伯"，知道尹吉甫此时在谢城。他于宣王三年平陈与宋；宣王四年西迎韩侯；宣王五年西征猃狁；宣王六年南征淮夷；六年六月，回到卫国后，不久又南征荆蛮；宣王七年他随申伯来到谢城，又使我们了解《王风·扬之水》《汝坟》《溱洧》《蒹葭》《褰裳》《狡童》《山有扶苏》《汉广》《江有汜》《甘棠》等诗，给尹吉甫的生平事迹又展开了新页。

## 【诗义辨正】

《毛序》："《崧高》，尹吉甫美宣王也。天下复平，能建国亲诸侯，褒赏申伯焉。"与其说"美宣王"，不如说"美申伯"，因为全篇都是讲申伯，并不是讲宣王。《郑笺》说"尹吉甫、申伯，皆周之卿士也"，大错特错。尹吉甫仅仅是"士"，并不是"卿士"，卿士为后世之将相，在朝为相，出则为将，地位非常重要。尹吉甫只是跟随申伯到申国出戍，地位与申伯大不相同。这一点一定要弄清楚；不然，误解历史倒是小事，而《诗经》也就不可能了解，因而历史事实也就搞不清楚了。

# 二

## 扬之水（王风）

扬之水，不流束薪。彼其之子，不与我戍申。怀哉！怀哉！曷月予还归哉！

扬之水，不流束楚。彼其之子，不与我戍甫。怀哉！怀哉！曷月予还归哉！

扬之水，不流束蒲。彼其之子，不与我戍许。怀哉！怀哉！曷月予还归哉！

**【诗义关键】**

这首诗的关键就在申、甫、许三国的地理形势；地理形势清楚了，诗义就容易发现。请先看申国。

根据《读史方舆纪要》，试给申国的疆域绘个轮廓。卷五十于信阳州说："春秋时申国地。"信阳州即今之河南信阳县。又同卷于罗山县高安城说："谢城，县西北六十里，盖古申伯所都。"罗山，即今之河南罗山县，与信阳为邻。又卷五十一于南阳说"周申国"，又于申城说："府（按南阳府，即今河南南阳县）北二十里。《括地志》：'南阳县北有申城，周宣王舅所封。'"同卷又于唐县谢城说："在故湖阳城北，相传周申伯徙封于此。《诗》所谓'肃肃谢功，召伯营之'，又曰'申伯番番，既入于谢'者也。"唐县，即今之河南唐河县。又于新野县棘阳城说："县东北七十里，古谢国也。"新野，则今河南新野县。由此可知，申国的疆域是西起新野、南阳，东至罗山，中间包括信阳、唐河等县，是一条带子的形势。这种形势很重要，因为宣王是让申作为南方的屏障。

甫，原名吕，到宣王的时候才改为甫。《新唐书》(卷七十五上)《宰相世系表》说："其地蔡州新蔡是也，历夏、商，世有国土。至周穆王，吕侯入为司寇。宣王世改吕为甫。"由此可知，甫，在今河南新蔡县。《读史方舆纪要》(卷五十)于新蔡县也说"古吕国"。屈万里说"在河南南阳境"，非是。

许，也是姜姓之国，在今河南许昌县。为给读者一个清楚的印象，兹将申、甫、许三国的形势绘一地图如下：

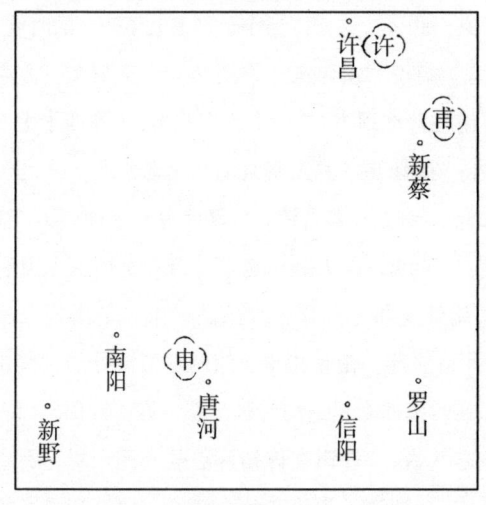

从这个地形来看，申国在南，甫与许两国在北。诗言"彼其之子，不与我戍申"，"彼其之子，不与我戍甫"，"彼其之子，不与我戍许"，次序也是由南向北，这个次序不会是巧合吧？再把三百篇中有此三国地名的诗篇连接来看，也可证明是由南向北。《汝坟》篇说"遵彼汝坟，伐其条枚"，"遵彼汝坟，伐其条肄"，先看此诗之汝水指什么地方。《读史方舆纪要》（卷五十）于新蔡县汝水说："《志》云'汝水经县南十里，有官津'"，由此可证甫国有汝水。假如像屈万里注甫国在今南阳境，那就不是汝水的流域了。然这篇诗是什么季节写的呢？再从条枚、条肄上找消息。《终南》篇说"终南何有？有条有梅"，《旱麓》篇说"莫莫葛藟，施于条枚"，我们曾经证明这两首诗写于宣王六年初春，与《毛传》说肄为"斩而复生曰肄"的季节正合。肄，就是新生的枝子。条是枝，枚是干。此诗言"伐其条枚"，也是初春的景象，那么，这首诗当作于宣王七年初春的时候。

《溱洧》篇说"溱与洧，方涣涣兮。士与女，方秉蕑兮"，再看溱、洧在什么地方。《读史方舆纪要》（卷四十七）于新郑县溱水说："在县北，源出密县境，一名浍水。东北流，至县界与洧水合。《诗》：'溱与洧，方涣涣兮。'《国语》：'主芣騩而食溱、洧。'芣騩，即大騩山也。"《诗经》中两水并称，都是两水的汇流处。如《吉日》篇的漆、沮，是指现今耀县南的鹳鹊谷；此诗之溱、洧是指溱、洧两水汇流处的大騩山。大騩山在新郑县西南四十里，与许国接邻。许，许田。《诗地理征》引《括地志》说："许田在许州许昌县南四十里，有鲁城，周公庙在其中。"知道了溱洧在什么地方，也就知道了秉蕑在什么时候。蕑，就是兰。《植物名实图考长编》（卷十一）于"兰草"条引《后汉书》注引薛君《韩诗章句》说："郑国之俗，三月上巳，之溱、洧两水之上，招魂续魄，秉兰草，祓除不祥。"

由此可知《溱洧》这首诗写于宣王七年三月上巳之日。《汝坟》篇是初春，写在甫国，《溱洧》篇是三月间写在许国，由时间上也可证明戍申、戍甫、戍许是由南而北，到此，我们就可追究这些诗的作者了。

从《崧高》篇，知道尹吉甫现在谢城，他是宣王六年冬季与仲氏结的婚，那么，"彼其之子，不与我戍申"的"子"是否就是他的妻子仲氏呢？是的。因为《汝坟》篇明明说"未见君子，惄如调饥"，"既见君子，不我遐弃"。君子，即指尹吉甫。他们既是夫妻，为什么又"未见""既见"呢？尹吉甫的身份仅仅是士，他没有资格携眷出征。可是仲氏的父亲孙子仲是贵族，他可以携眷出征，她是跟随她的父母亲到达甫国，在甫国与尹吉甫会面，所以诗言："父母孔迩。"《汝坟》这首诗纯是女的口气，所谓"父母"，当是女方的父母。然为什么《扬之水》篇又说"彼其之子"不与我戍申、戍甫、戍许呢？他们原来在一起，后来女的闹脾气，一怒而回卫了，才有《扬之水》这篇诗的写作；将这一时期的诗篇看完后，就可知道此中的详细情形。

## 【字句解释】

一章。扬，激扬。薪，柴；束薪，一捆柴。整章的意思就是：激起来的河水，冲不走一捆柴薪。她这个人呀，不同我在一起戍申。想念呀想念！什么时候才能回去呢？

二章。楚与一章的薪、三章的蒲对称，则楚当属木类。整章的意思就是：激起来的河水，冲不走一捆荆楚。她这个人呀，不同我在一起戍甫。想念呀想念！什么时候才能回去呢？

三章。蒲，蒲柳。整章的意思就是：激起来的河水，冲不走一捆蒲柳。她这个人呀，不同我在一起戍许。想念呀想念！什么时候才能回去呢？

**【诗义辨正】**

《毛序》："《扬之水》，刺平王也。不抚其民而远屯戍于母家，周人怨思焉。"这首诗在《王风》，诗中又言戍申、戍甫、戍许，所以产生这种附会。姚际恒就批评说："据《序》谓：'刺平王，使民戍母家，其民怨之而作此诗。'《集传》因谓'申侯为王法必诛'，及谓'平王与申侯为不共戴天之仇'。此等语与诗旨绝无涉，何哓哓为？然据二、三章言戍甫、戍许，则《序》亦恐臆说。申侯为平王母舅，甫、许则非，安得实指为平王及谓戍母家乎？孔氏解之曰：'言甫、许者，以其同出四岳，俱为姜姓；既重章以变文，因借甫、许以言申，其实不戍甫、许也。'按诗于闲文自多变换；戍甫、戍申乃实事也，亦可变换，然耶？否耶？吾不得而知之也。"都是在猜而都不知其实际情形。宣王承天下大乱之后，诸侯不朝，经过五六年的讨伐，大局虽是初定，而变乱仍多，现在申侯初封于申，为安定局势，故派孙子仲与尹吉甫等戍卫申、甫、许等国，这不是极自然的举措吗？并不是"借甫、许以言申"，而是确实在戍甫、戍许。"彼其之子"，《集传》注为"戍人指其室家而言"，颇为正确，而姚际恒反认为"谬"。不对的认为对，对的反认为不对，简直没有是非了！

# 三

## 汝坟（周南）

遵彼汝坟，伐其条枚。未见君子，惄如调饥。
遵彼汝坟，伐其条肄。既见君子，不我遐弃。
鲂鱼赪尾，王室如燬。虽则如燬，父母孔迩。

释音：惄，音溺。调，音朝。赪，音柽。燬，音毁。

## 【诗义关键】

这首诗里有五个要点，得把这五个要点配合无间，才能真正了解它。一是"遵彼汝坟"的地点。二是"未见君子"与"既见君子"的时间。三是"王室如燬"的原因。四是"父母孔迩"的"父母"是谁的父母。五是"虽则如燬"与"父母孔迩"怎样发生的关系。试解释如下。

从《王风·扬之水》篇的"戍申""戍甫""戍许"，我们寻出了汝水的地点，就是在甫国的南边十里。换言之，这首诗的地点就在甫国。而事件也一定发生在这里。假如不知道尹吉甫这时在戍申、戍甫、戍许，这首诗的故事也就无法追寻。也只有尹吉甫的生平事迹，才与上列五点吻合。尹吉甫于宣王六年冬与仲氏结婚后，七年春就被派来戍申；然他没有资格携眷出征，正好仲氏的父亲孙子仲也是东征西讨，就把她带到甫国来。而尹吉甫是跟随申伯来的，他是先到谢，然后到甫。开始他与仲氏没有见面，所以诗言："未见君子，惄如调饥。"后来他从申国来到甫国，所以诗又言："既见君子，不我遐弃。"他的身份是士，他的任务就在征伐，仲氏希望他不要再离开，所以说"不我遐弃"。这时，天下初定，疮痍满目，所以说"王室如燬"。燬，焚。宣王五年的时候，召伯在这一带作战，尹吉甫还给他送粮草人马，所以《黍苗》篇说"烈烈征师，召伯成之"。现在是宣王七年初春，这里仍未平定，故让孙子仲、尹吉甫来戍卫，所以诗又言"王室如燬，父母孔迩"，因为仲氏是随着她的父母来到这里的。孔迩，甚近，也就是在一起的意思。五点无一不合，这不是随意附会吧？

## 【字句解释】

一章。遵，循。惄，饥貌。调，读为朝。整章的意思就是：顺那汝水的堤防，坎伐树木的枝干。没有看到你，就像早上那样饥饿。

二章。条肄，嫩枝。遐，远。整章的意思就是：顺那汝水的堤防，坎伐树木的嫩枝。既是见到了你，不要再远弃我吧！

三章。鲂鱼，《说文》："赤尾鱼"；马瑞辰说是鳊鱼。赪，赤色。王室指周室。整章的意思就是：赤色尾巴的鳊鱼；国家就像焚烧过一样。国家虽像焚烧过一样，总算与父母在一起。

## 【诗义辨正】

《毛序》："《汝坟》，道化行也。文王之化，行乎汝坟之国，妇人能闵其君子，犹勉之以正也。"完全不着实际，任意由教化的观点来解说。此诗的解说最为纷纭，只看姚际恒的批判，就知纷纭到什么程度！他说："《小序》谓'道化行'，全鹘突，何篇不可用之。按此诗有二说。《大序》以为妇人作。则君子，指其夫也；父母，指夫之父母也。《伪说》为商人苦纣之虐，归心文王，作是诗。则君子、父母，皆指文王也。二说皆若可通。苏氏谓妇人作，而父母则指文王；《集传》本之。按妇人知有家事而已，国事未必与闻。在商世蚤知归心文王，呼为父母，绝不类。又《韩诗外传》谓'二亲不待，家贫亲老，不择官而仕'，似以'孔迩'为'死期孔迩'者，不可通。且于上两章'君子'何解？后汉周磐读《汝坟》之卒章，慨然兴叹，乃就孝廉之举，盖本韩云。按上二说，前一说于'王室如燬'句，未免意懈。刘向《列女传》：其妻谓'国家多难，惟勉强之，无有谴怒，遗父母忧。'严氏解'王室如燬'，谓'王室之事虽急如火，然父母甚近，不必念家而怠王事也'，亦甚牵强。且父母远，固可怠王事乎？后一说于'王室如燬'句义甚协而殊有关系，盖谓商之王室如焚毁而将灭亡也。君子、父母，亦不嫌其叠，如'岂弟君子，民之父母'，'乐只君子，民之父母'皆是。君子，人君之通称；父母，则益加亲亲之辞。故后一说较胜。"他在无法解释中，聊且选择一种；而实际上他还是不真了解。

# 四

## 溱洧（郑风）

溱与洧，方涣涣兮。士与女，方秉蕑兮。女曰："观乎？"士曰："既且。且往观乎，洧之外，洵訏且乐。维士与女，伊其相谑，赠之以勺药。"

溱与洧，浏其清矣。士与女，殷其盈矣。女曰："观乎？"士曰："既且。且往观乎，洧之外，洵訏且乐。维士与女，伊其将谑，赠之以勺药。"

## 【诗义关键】

《女曰鸡鸣》篇"女曰鸡鸣，士曰昧旦"，女是仲氏，士是尹吉甫，曾经讲过。这篇说："女曰：'观乎？'士曰：'既且。'"女、士，是否也是仲氏与尹吉甫呢？从地理上来求答案。溱、洧，指溱水与洧水汇流处的大騩山，大騩山在新郑的西南四十里，许在许昌南四十里，极为邻近，那么，就与尹吉甫的戍许有了关系。我们又知道，尹吉甫与仲氏于宣王七年初春在甫国，现在是三月间，他们又来到许国，时间与地点都正吻合。

## 【字句解释】

一章。涣涣，水盛貌。蕑，兰；秉蕑，执兰以祓除不祥。且、徂，古通；既且，既往。洵，信。《诗经》中用"訏"字的共有四篇，都作"大"讲，如《生民》篇"实覃实訏"，《抑》篇"訏谟定命",《韩奕》篇"川泽订订",以及此诗"洵订且乐"都是。此诗之"订",形容水大。伊,《郑笺》:"因也。"其,指洧水。伊其相谑,就是拿水来戏谑。勺药,香草。整章的意思就是:溱与洧正在涨水,男男女女,正在执兰以除不祥。女的说:"你看到了吗?"男的说:"已经看到了。我们且到洧水的外边看看好了,水涨得很大而且好玩。男男女女都拿水来戏谑,彼此还赠以芍药。"

二章。浏,流清貌。殷,众。盈,满。将,《集传》:"当作相,声之误也。"整章的意思就是:溱与洧,水清得不得了。男男女女,满满的到处都是。女的说:"你看到了吗?"男的说:"我已看到了。我们且去溱水外边看看好了,水涨得很大而且好玩,男男女女都拿水来戏谑,彼此还赠以芍药。"

## 【诗篇联系】

诗既言"士与女,殷其盈矣",当然不只是一个士、一个女;然怎么说士就是尹吉甫,而女就是仲氏呢?因为尹吉甫本身是士,他就将"士"作"人"的代名词,而士也就成为多数的人了。仲氏是女中的一个,因而也就变为多数。否则,"女曰:'观乎?'士曰:'既且'"就无法解释。因为不可能众多的士、女都是同一的相问相答。不过,这里还存在一个问题,须先加以说明。尹吉甫与仲氏这时尽管是夫妇,并不住在一起,因为他没有资格携眷出征。这首诗,想是在三月上巳之日,许国有一种拿兰草被除不祥的风俗,尹吉甫来看仲氏,仲氏问他:"你看到了没有?"尹吉甫讲他看到的情形,这样,诗篇的背景才能显现出来。

**【诗义辨正】**

《毛序》:"《溱洧》,刺乱也。兵革不息,男女相弃,淫风大行,莫之能救焉。"哪一点显出"兵革不息,男女相弃"呢?"士与女,方秉蕳兮","维士与女,伊其相谑",是"男女相弃"吗?《集传》说:"此诗淫奔者自叙之辞。"诗言"士与女,殷其盈矣",难道都是淫奔的人吗?姚际恒说:"《序》谓淫诗,此刺淫诗也。篇中'士''女'字甚多,非士与女所自作明矣。《集传》曰'郑国之俗,三月上巳之辰,采兰水上以祓除不祥',此本《后汉书》薛君注曰:'郑国之俗,三月上巳,桃花水下之时,于溱、洧两水之上,招魂续魄,秉蕳草,祓除不祥。'《韩诗传》亦云之。按此即所谓'祓禊',乃起于汉时,后谓之修禊事;今以言诗,盖附会之说也。又秉蕳者,《礼·内则》'佩帨、茝兰','男女皆佩容臭'也。秉者,身秉之,不必定是手执也。《集传》以秉蕳为采兰,尤误。兰生谷中,岂生水中乎?且手中既秉蕳,又秉勺以赠,亦稠叠不合矣。又谓'勺药,香草也',亦谬。勺药,即今牡丹,古名勺药,自唐玄宗始得木勺药于宫中,因呼牡丹,详见《庸言录》。其花香,根叶不香,何得混云香草乎?又名以药者,其根药中用此甚广,故独擅药名,即今所谓白芍也。汉人医方有白芍,无牡丹皮;其丹皮亦唐后医方始见之。或曰:'芍药善理血,为妇人要药,故以赠之。'又郑,即今河南地,今河南牡丹甚多,盖古时已然,故诗人所咏及之焉。"姚际恒的错误有二:第一,他说此诗不是士与女所写，因为篇中"士、女"字太多。请问：不是"士、女"所写，谁来写他们呢？难道不能是他们之中的一个人吗？第二，他说祓除从汉时才有，不是周时的风俗，可是《周礼·春官·司巫》"女巫掌岁时祓除衅浴"，郑注："今三月上巳水上之类。"假如周时没有这种风俗，怎么会有官来掌管呢？他只看到《晋书·礼乐志》说："汉仪：季春上巳，官及百姓皆禊于东流水上，洗濯祓除去宿垢。"这仅仅讲汉仪，并不是讲这种祓除风气就起于汉朝。

## 五

## 蒹葭（秦风）

蒹葭苍苍，白露为霜。所谓伊人，在水一方。溯洄从之，道阻且长；溯游从之，宛在水中央。

蒹葭凄凄，白露未晞。所谓伊人，在水之湄。溯洄从之，道阻且跻；溯游从之，宛在水中坻。

蒹葭采采，白露未已。所谓伊人，在水之涘。溯洄从之，道阻且右；溯游从之，宛在水中沚。

释音：葭，音加。洄，音回。坻，音迟。

## 【诗义关键】

要不是尹吉甫与仲氏故事的发现，这首诗也就根本无法了解。他们现在在溱、洧两水的汇流处大騩山，就以这个地方的地理形势将此诗作一解释。朱右曾《诗地理征》引《水经注》说："溍（溱）水……迳鄶城西，又南悬流，奔壑崩注丈余，积水成潭，广四十许步。又南注于洧，《诗》所谓'溍与洧'者也。"他们两个人各乘一只船，仲氏的船时而在水边，时而在水中央，时而在小渚边，尹吉甫的船要是逆流而追呢，很难追得上；要是顺流而追呢，也就在水的中央、水的边上、水中小岛上碰到了。如此解释，不仅了解诗义，诗情画意也很清楚地显现在我们眼前。此诗的"所谓伊人"与《白驹》篇的"所谓伊人"也就一致了，都是指仲氏。不过这首诗的时间并不与《溱洧》篇同时。《溱洧》篇是三月，而此篇是"白露为霜"的时候，换言之，也就是八月。他们在许国停留的时间最久，所以他们的游乐行为引起许国人的疵议。《载驰》篇"许人尤之，众稺且狂"，就是指此，到解释《载驰》篇时再加以详细的说明。

**【字句解释】**

一章。蒹，荻。葭，芦。苍苍，深青色，状其众多。方、旁，古通。溯洄，逆流而上。之，指伊人，也就是仲氏。阻，险阻。溯游，顺流而下。整章的意思就是：苍茫茫的一片芦苇，蒙盖着露水变成的霜。所说的那个人儿，在水的一旁。逆流而追呢，路途艰险而长远；顺流而追呢，也就在水的中间碰到了。

二章。凄凄，犹苍苍。晞，干。湄，水边。跻，升。坻，水中高地。整章的意思就是：苍茫茫的一片芦苇，露水还没有晒干。所说的那个人儿,在水的一边。逆流而追呢,路途艰险而上冲;顺流而追呢,也就在水中的小岛上碰到了。

三章。采采,凄凄。涘,涯。右,迂回。沚,小渚。整章的意思就是:苍茫茫的一片芦苇,露水还没有干净。所说的那个人儿,在水的边边上。逆流而追呢,路途艰险而迂回;顺流而追呢,也就在水中的高地碰到了。

**【诗义辨正】**

《毛序》:"《蒹葭》,刺襄公也。未能用周礼,将无以固其国焉。"诗在《秦风》,也就在秦襄公身上附会。不足辨。《集传》说"不知其何所指",倒是一句实话。姚际恒说:"此自是贤人隐居水滨,而人慕而思见之诗。'在水之湄',此一句已了。重加'溯洄''溯游'两番摹拟,所以写其深企愿见之状。于是于'在'字上加一'宛'字,遂觉点睛欲飞,入神之笔。上曰'在水',下曰'宛在水',愚之以为贤人隐居水滨,亦以此知之也。"贤人固可隐居水滨,然要溯洄、溯游来追求吗?姚氏是在作文章,不是在解诗。

# 六

## 褰裳(郑风)

子惠思我,褰裳涉溱。子不我思,岂无他人?狂童之狂也且!

子惠思我，褰裳涉洧。子不我思，岂无他士？狂童之狂也且！

## 【诗义关键】

这首诗的地点、人物与《溱洧》篇的完全相同，是否也是尹吉甫与仲氏的事迹呢？诗言"子惠思我，褰裳涉溱"，"子惠思我，褰裳涉洧"，女的住在什么地方，而男的来看她时要涉溱水与洧水呢？《王风·扬之水》篇说"彼其之子，不与我戍许"，是尹吉甫怀恨仲氏当前不与他戍许，足证仲氏曾与他一起在许国。许在什么地方呢？《文献通考·封建考》说："许，姜姓，男爵，出自尧四岳伯夷之后，周武王封其苗裔文叔于许，以续太岳之祠，地在颍川许昌县，今许州是也。"从《诗经》来看，尹吉甫出征的时候，驻扎的地点都在山上，如西征猃狁时，就驻扎在首阳山或更北的汤山，而不在永济或杨邑城内。再从此诗的"子惠思我，褰裳涉溱"，"子惠思我，褰裳涉洧"看来，一定是仲氏住在许国城内，而尹吉甫驻扎在溱、洧两水汇流处的大騩山，所以来看她的时候，可以从洧水坐船来。《读史方舆纪要》（卷四十七）于许州洧仓城说："在许昌故城东，即洧水之邸阁也。《水经注》：'洧水过长社县，分一支东流过许昌。'"由此可知，从大騩山到许昌可以从洧水直达。涉溱、涉洧，是从溱水、洧水坐船来的意思，与《氓》篇"送子涉淇，至于顿丘"，是顺淇水坐船而到顿丘同一意义，溱水流入洧水，故溱、洧连举。

溱、洧都在新郑县，而新郑县在宣王七年时为桧国。这首诗是他们闹别扭时的作品，当无问题。他们经常闹别扭，在平陈与宋时不是就有好多闹别扭的诗吗？

## 【字句解释】

一章。惠，爱。褰，搴；褰裳，提起下裳。《诗经》中用"童"字的共有六篇，就是《芄兰》篇"童子佩觿""童子佩韘"，《山有扶苏》篇"乃见狡童"，《狡童》篇"彼狡童兮"，《宾之初筵》篇"俾出童羖"，《抑》篇"彼童而角"，以及此诗"狂童之狂也且"。这些"童"字，都是"僮"之省；《广雅》："僮，痴也。"童，就是白痴的意思。狂童，狂妄而痴呆。整章的意思就是：你要爱我而想我，你会提起衣裳顺着溱水来看我。你不想我，难道就没有别人想我？狂妄而痴呆呀，也真算是狂妄！

二章。整章的意思就是：你要是爱我而想我，你会提起衣裳顺着洧水来看我。你不想我，难道就没有别的士人想我？狂妄而痴呆呀，也真算是狂妄！

## 【诗义辨正】

《毛序》："《褰裳》，思见正也。狂童恣行，国人思大国之正己也。"《集传》说："淫女语其所私者曰：'子惠然而思我，则将褰裳而涉溱以从子。子不我思，则岂无他人之可从，而必于子哉！'狂童之狂也且，亦谑之之辞。"姚际恒批评他们说："旧解皆谓忽、突争国，国人思大国正己；狂童指突。其不指忽者，以忽为世子嗣位。其立也正，国人初不怨之；且年长于突，不得为童。又国人不得称君为狂童也。后人以《集传》言淫诗之妄也，故多从之，然其实不然。《春秋》：突以桓十五年奔蔡；其年冬，公会宋公、卫侯、陈侯于袲，伐郑。十六年公会宋公、卫侯、陈侯、蔡侯伐郑。《左传》曰：'谋伐郑，将纳厉公也。'是诸侯皆助突伐忽，今乃谓国人怨突篡国而望他国来见正，岂非梦语耶？且'士'字亦说不去。或谓童指祭仲，尤谬。不辨。又或者仍惑《集传》，以为淫诗。按《左氏》：郑六卿饯韩宣子而子太叔赋之，岂敢以本国之淫诗赠大国之卿哉！必不然矣。因叹《序》说'思见正'，本循韩宣子、子太叔之言而云，而《集传》以为淫诗，又不一顾之，皆非也。"都是因为诗在《郑风》，才引起这些无谓的争论。

## 七

## 山有扶苏（郑风）

山有扶苏，隰有荷华。不见子都，乃见狂且！
山有桥松，隰有游龙。不见子充，乃见狡童！

## 【诗义关键】

《褰裳》篇"狂童之狂也且"的狂童，是仲氏骂尹吉甫；此诗的"狡童"是否也是仲氏骂尹吉甫呢？《诗经》中的"都"字有作"都丽"讲的，如《有女同车》篇"洵美且都"、《都人士》篇"彼都人士"的"都"皆是都丽、壮丽的意思。此诗的"都"也是这个意思。子都，壮大的人。尹吉甫的身个不是高大吗？

子都正是指他。子充，壮实的人，亦即子都之意。这一首也是尹吉甫、仲氏闹别扭时，仲氏骂他之诗。

**【字句解释】**

一章。扶苏，扶胥，木名。且，当为姐之省假；姐，即肆姐，放肆的意思（《茶香室经说》说）。狂且，就是狂妄而放肆。此与尹吉甫的放肆性格正合。整章的意思就是：山上边有扶胥，低地里有荷花。都美的人儿看不到，看到的却是一位狂妄而放肆的人！

二章。桥，一作乔；乔松，高大的松树。游龙，水荭。整章的意思就是：山上边有高松，低地里有水荭。壮实的人儿看不到，看到的却是一位愚而诈的人！

**【诗义辨正】**

《毛序》："《山有扶苏》，刺忽也。所美非美然。"诗在《郑风》，就附会到郑忽身上。《集传》说："淫女戏其所私者。"屈万里说："此盖女子悔婚之诗。或女子期其所爱者不至，而转遇所恶之人，因作此诗。"都是在字面上猜想。

## 八

## 狡童（郑风）

彼狡童兮，不与我言兮。维子之故，使我不能餐兮！

彼狡童兮，不与我食兮。维子之故，使我不能息兮！

## 【诗义关键】

此诗之"狡童"与《山有扶苏》篇的"狡童"相同，也是仲氏骂尹吉甫的。狡是狡猾，童是白痴；狡童，就是现在说的愚而诈。

## 【字句解释】

一章。整章的意思就是：他那位愚而诈的人呀，不同我说话了。就由你的缘故，使我吃不下饭呀！

二章。整章的意思就是：他那位愚而诈的人呀，不同我吃饭了。就由你的缘故，使我睡不着觉呀！

## 【诗义辨正】

《毛序》："《狡童》，刺忽也。不能与贤人图事，权臣擅命也。"附会。《集传》说："此亦淫女见绝而戏其人之辞。"姚际恒说："《小序》谓'刺忽'，呼君为'狡童'似未安。或谓刺祭仲；祭仲此时非童也，前人已辨之。此篇与上篇皆有深于忧时之意，大抵在郑之乱朝；其所指何人何事，不可知矣。"他是受《郑风》的束缚，而在郑国里打转。他又说："'不与我食'，此句难通。盖以世无人怨不与我食者。《毛传》谓'不与贤人共食禄'；然则贤人岂有以不食禄怼君之理！以不食禄怼君，岂得为贤？且既不食禄，又何必如此忧时困苦，以至寝食俱废耶？严氏不从，以为'共食则可以从容谋事'，亦甚牵强。"

现在知道是尹吉甫与仲氏的事迹,他们是夫妇,当在一起吃饭,由于闹别扭,尹吉甫也就不来她这里吃饭,故言"不与我食兮",事情是多么明白!

九

## 江有汜(召南)

江有汜。之子归,不我以;不我以,其后也悔!
江有渚。之子归,不我与;不我与,其后也处!
江有沱。之子归,不我过;不我过,其啸也歌!

**【诗义关键】**

假如不是尹吉甫与仲氏事迹的发现,简直无法了解这首诗。从《崧高》篇,知道尹吉甫与申伯到谢城,走的是褒斜道。再从《汝坟》篇,知道尹吉甫与仲氏是在甫国遇到一起。遇到一起后,她也就跟随尹吉甫戍许、戍甫、戍申。可是他们现在闹别扭,她一气也就回卫了。回卫的路线是顺汉水而褒斜道,而镐京,而卫国,所以有《江有汜》《汉广》两诗的写作。试以这个意义将这两首诗作一解释。

**【字句解释】**

一章。江,汉江,不是长江。汜,与二章"渚"、三章"沱"连类对举,渚、沱都是死水,则汜应如《尔雅·释丘》所说:"穷渎，汜。"以、与，与《击鼓》篇"不我以归"之"以"同义。整章的意思就是：汉江有个穷渎。你闹着要回去，不同我在一起；不同我在一起，你将来会后悔！

二章。渚，小洲。处，忧（闻一多说）。整章的意思就是：汉江有个小洲。你闹着要回去，不同我在一起；不同我在一起，你将来会忧愁！

三章。沱，谷沱，水池。过，过活。整章的意思就是：汉江有个谷沱。你闹着要回去，不同我过活；不同我过活，你将来会号啕大哭！

**【诗义辨正】**

《毛序》："《江有汜》，美媵也。勤而无怨，嫡能悔过也。文王之时，江沱之间，有嫡不以其媵备数，媵遇劳而无怨，嫡亦自悔也。"他是从教化的立场来说教，与诗义无关。然而姚际恒说"是也"，也真奇怪！《集传》说："是时汜水之旁，媵有待年于国，而嫡不与之偕行者。其后嫡被后妃夫人之化，乃能自悔而迎之，故媵见江水之有汜，而因以起兴。言江犹有汜，而之子之归，乃不我以；虽不我以，然其后也亦悔矣。"仍脱不了《毛序》的窠臼。屈万里说："此盖男子伤其所爱者舍己而嫁人之诗。"他以归为嫁。然《诗经》言"归"，不一定都是出嫁。《诗经》里用"之子于归"的共有五篇，《桃夭》《鹊巢》《东山》三篇之"归"固是出嫁；而《燕燕》《汉广》两篇之"归"就作回家讲。此诗的"归"也是回家的意思。

# 十

# 汉广（周南）

南有乔木，不可休息。汉有游女，不可求思。汉之广矣，不可泳思；江之永矣，不可方思！

翘翘错薪，言刈其楚。之子于归，言秣其马。汉之广矣，不可泳思；江之永矣，不可方思！

翘翘错薪，言刈其蒌。之子于归，言秣其驹。汉之广矣，不可泳思；江之永矣，不可方思！

释音：蒌，音间。

## 【诗义关键】

这首诗的"之子于归"，就是《江有汜》篇的"之子归"；因为仲氏是由汉水赴镐京的，故有汉水的出现。所谓"江"是汉江的江，仍指汉水，并不是长江。这首诗是他们在汉水离别时，尹吉甫对仲氏留恋不舍之词。

## 【字句解释】

一章。乔木，高大的树木。游，行；游女，出行之女。求，留。永，长。方，筏。江之永矣，不可方思，就是那么宽广的汉江呀，怎么可以筏渡，是想跟她走而不可能的意思。整章的意思就是：南边有棵高大的树木呀，可是不可以休息。汉江有个出行之女呀,想留也留不住。那么宽广的汉江呀,怎么可以游泳;江水是那样广大呀,怎么可以筏渡!

二章。翘翘,众多。错,杂错。秣,饲。整章的意思就是:一大堆的乱柴呀,都是刈下的荆楚。这个人要回去呀,给她喂一下马。那么宽广的汉江呀,怎么可以游泳;那么广大的江水呀,怎么可以筏渡!

三章。蒌,芦之假借(马瑞辰说)。整章的意思就是:一大堆的乱柴呀,都是刈下来的芦苇。这个人要回去呀,给她喂一喂驹。那么宽广的汉江呀,怎么可以游泳;那么广大的江水呀,怎么可以筏渡!

## 【诗篇联系】

诗言"之子于归,言秣其马",既然可以给她喂马,足证他们本来就有关系。"汉有游女,不可求思","求"承"游"而言,可见有留她之意,故直释"求"为"留"。《江有汜》篇不就是留她的意思吗?既然留不住地,而尹吉甫又职务在身,不能跟她走,所以说:"汉之广矣,不可泳思;江之永矣,不可方思!"由于不能跟她回去,所以有《王风·扬之水》篇的写作。"彼其之子,不与我戍申。怀哉!怀哉!曷月予还归哉!"不正与此诗衔接吗?《王风·扬之水》篇应该是仲氏回去以后的作品。

## 【诗义辨正】

《毛序》:"《汉广》,德广所及也。文王之道,被于南国,美化行乎江汉之域，无思犯礼，求而不可得也。"诗在《周南》，也就不得不在文王身上做文章。所以朱熹批评说："《小序》大无义理，皆是后人杜撰，先后增益凑合而成。多就诗中采摭言语，更不能发明诗之大旨。才见有'汉之广矣'之句，便以为'德广所及'；才见有'命彼后车'之言，便以为'不能饮食教载'；《行苇》之序，但见'牛羊勿践'，谓'仁及草木'；但见'戚戚兄弟'，便谓'亲睦九族'；见'黄耇台背'，便谓'养老'；见'以祈黄耇'，便谓'乞言'；见'介尔景福'，便谓'成其福禄'。随文生义，无复伦理"（见张心澂编《伪书通考》）。他所批评的甚为正确。《毛序》确确实实是东凑西合而成。可是朱熹于《集传》序此诗说："文王之化，自近而远，先及于江汉之间，而有以变其淫乱之俗。故其出游之女，人望见之，而知其端庄静一，非复前日之可求矣。因以乔木起兴，江汉为比，而反复咏叹之也。"这不是抄袭《毛序》吗？他为什么前后这样矛盾呢？除过"利禄"二字的原因外，不会有其他原因，可见真理难以存在！

闻一多于《诗经通义》（见《闻一多全集》第二册）说："三家皆以游女为汉水之神，即相传郑交甫所遇汉皋二女。郑交甫故事，未审起于何时代，要足证汉上旧有此神女传说，近钱穆氏谓汉水即古之湘水，然则汉之二女即湘之二妃，所谓娥皇、女英者也。娥皇、女英者，舜之二妃，其传说之起，自当甚古。因知以《诗》之游女为神女，三家并同，其必有据。且《诗》曰'汉有游女，不可求思'，下即继之曰'汉之广矣，不可泳思；江之永矣，不可方思'。夫求之必以泳以游，则女在水中明矣。"他拿汉水的神女解释此诗;但既为水神,为何要"言秣其马""言秣其驹"呢?难道女神的马真要吃草料吗?他是在断章取义,并不了解全诗的整个意义。总之,不知道尹吉甫与仲氏的事迹,这首诗是无法解释的。

十一

甘棠(召南)

蔽芾甘棠,勿翦勿伐,召伯所茇。
蔽芾甘棠,勿翦勿败,召伯所憩。
蔽芾甘棠,勿翦勿拜,召伯所说。

释音:芾,音沸。茇,音拔。

## 【诗义关键】

《诗经》里提到召伯的共有三篇,就是《黍苗》《崧高》与此诗。《黍苗》篇是宣王五年时所写,那时召伯在营谢。《崧高》篇是宣王七年时所写,是追述召伯营谢的事,上边讲过。此诗说"蔽芾甘棠,勿翦勿伐,召伯所茇",也是追述的语气。这首诗是尹吉甫于宣王七年再赴谢城时,看见召伯曾经在其下休憩过的甘棠长得茂茂盛盛,就写这首诗来纪念,毫无问题。

## 【字句解释】

一章。蔽芾,茂盛掩覆之貌。甘棠,棠梨。茇,草地休息之所。整章的意思就是:茂盛阴郁的甘棠,不要剪它的枝叶,不要伐它的条干,召伯曾经在它的下边坐卧过。

二章。败,毁。憩,休息。整章的意思就是:茂盛阴郁的甘棠,不要剪它的枝叶,不要毁它的条干,召伯曾经在它的下边休息过。

三章。拜,拔。说,读为税,舍息。整章的意思就是:茂盛阴郁的甘棠,不要剪它的枝叶,不要拔它的条干,召伯曾经在它的下边止息过。

## 【诗义辨正】

《毛序》:"《甘棠》,美召伯也。召伯之教,明于南国。"纪念召伯是对的;至说"召伯之教,明于南国",画蛇添足。《集传》说:"召伯循行南国,以布文王之政,或舍甘棠之下,其后,人思其德,故爱其树而不忍伤也。"他误认召伯为召公奭,所以说"循行南国,以布文王之政"。姚际恒说:"夫曰召伯,则武王时矣。召伯已去,人追思之,且武王以后之诗矣。"他也误认召伯为召公奭。屈万里说:"召伯,召穆公虎也。早期经籍于召伯虎或称公,而绝无称召公奭为伯者。召伯之称,又见于《小雅·黍苗》及《大雅·崧高》,皆谓召虎。而《大雅·江汉》之篇,于虎则曰召虎,于奭则曰召公,区别甚明。旧以此诗为美召公奭者,非是。"他又误认召虎为召伯。召公、召伯、召虎是三个人,在解释《江汉》篇时曾有极详细的辨证。

以上十一篇,就是《崧高》《王风·扬之水》《汝坟》《溱洧》《蒹葭》《褰裳》《山有扶苏》《狡童》《江有汜》《汉广》与《甘棠》,都是宣王七年尹吉甫戍申、戍甫、戍许时所写。

【第十四编】

东迎庄姜时诗篇（宣王七年）

一

# 烝民（大雅）

天生烝民，有物有则。民之秉彝，好是懿德。天监有周，昭假于下。保兹天子，生仲山甫。

仲山甫之德，柔嘉维则。令仪令色，小心翼翼。古训是式，威仪是力。天子是若，明命使赋。

王命仲山甫："式是百辟。缵戎祖考，王躬是保。"出纳王命，王之喉舌。赋政于外，四方爰发。

肃肃王命，仲山甫将之。邦国若否，仲山甫明之。既明且哲，以保其身。夙夜匪解，以事一人。

人亦有言："柔则茹之，刚则吐之。"维仲山甫，柔亦不茹，刚亦不吐，不侮矜寡，不畏强御。

人亦有言："德輶如毛，民鲜克举之。"我仪图之。维仲山甫举之，爱莫助之。衮职有阙，维仲山甫补之。

仲山甫出祖，四牡业业。征夫捷捷，每怀靡及。四牡彭彭，八鸾锵锵。王命仲山甫，城彼东方。

四牡骙骙，八鸾喈喈。仲山甫徂齐，式遄其归。吉甫作诵，穆如清风。仲山甫永怀，以慰其心。

释音：彝，音夷。茹，音汝。矜，音鳏。輶，音酉。

**【诗义关键】**

这首诗值得注意的有几点：第一，"仲山甫徂齐"的"齐"在什么地方？第二，仲山甫是哪一年徂齐？第三，"吉甫作诵"是在什么地方作的？第四，仲山甫赴齐的任务是什么？这些问题弄清楚，诗义才可以了解。谨先从齐在什么地方讲起。

《读史方舆纪要》（卷三十五）于临淄县齐城说："在县城北，亦曰齐国。……自齐献公以下皆都此。"由此可知，齐在今山东临淄县北。《竹书纪年》于宣王七年载说"王命樊侯仲山甫城齐"，此诗言"王命仲山甫，城彼东方"，又言"仲山甫徂齐"，事迹相合，那么，仲山甫赴齐是在宣王七年。诗言："仲山甫徂齐，式遄其归。吉甫作诵，穆如清风。仲山甫永怀，以慰其心。"意思就是：仲山甫到了齐国，急于回去，吉甫写这首诗来安慰他。那么，尹吉甫之也在齐国，甚为明显。从《崧高》篇，我们知道尹吉甫于宣王七年上半年在戍申、戍甫、戍许，他之赴齐当在下半年。到此，对尹吉甫的生平事迹又展开了一段。然仲山甫赴齐的任务是什么呢？有两个：一是"城彼东方"，因为鲁国在厉王末年整个被淮夷占据，宣王让仲山甫来齐做反攻的准备，所以《竹书纪年》载说"王命樊侯仲山甫城齐"。这段史实，将于复周公之宇时诗篇里详为叙述。另一个任务是迎娶庄姜，就是以下各诗所要讲的。可是到齐以后，尹吉甫护送庄姜回卫时，仲山甫也想回去，而任务在身，不能回去，尹吉甫才写这首诗来安慰他。

## 【字句解释】

一章。烝，众。物，法（见《经义述闻·通说上》）。则，法则。秉彝，犹云秉性、秉质。懿，美。昭假，光照。仲山甫，《潜夫论·志氏姓》"昔仲山甫亦姓樊，谥穆仲，封于南阳。南阳者，在今河内"，注："《续汉书·郡国志》：'河内郡修武，故南阳，秦始皇更名。'"在解释《出车》篇时曾说南仲的采地在南阳，即现今的河南修武县。而仲山甫的封地也在这里，我疑心他们是父子关系，不然，封地不可能在一起。是否如此，待考。整章的意思就是：上天生下众人，有事物，有法则。人们的秉性，美好的就是这种美德。老天看上了有周，让它光照于地上。为保护这位天子，才生了仲山甫。

二章。仪，仪容。色，脸色。力，行。若，读为择（马瑞辰说）。赋，布。整章的意思就是：仲山甫的德行，柔好而合乎法则。他对人接物，态度好，脸色好，小心谨慎。依以为法的是古训，终身力行的是威仪。因而被天子选上了，让他来布施命令。

三章。百辟，百官。缵，任，与《崧高》篇"王缵之事"的"缵"同义。出，谓宣布。纳，谓接纳。发，行。整章的意思就是：王令仲山甫说："作为百官的榜样。担任着你祖考的责任，来保卫国王的身体。"他宣布与接纳王的命令，就像王的喉舌一样。宣布王的政令于四方，四方也就实行起来。

四章。肃肃，急急。将，送。若，《尔雅·释诂》："善也。"若否，好坏。哲，智。解，通懈。一人，指天子。整章的意思就是：急急的王命，由仲山甫来布达。国家要有什么好坏，仲山甫能辨正之。既明辨而又智慧，用以保全他的自身。一点也不懈怠，从早到晚他侍奉着一个人。

五章。柔则茹之，刚则吐之，就是软的吃下去，硬的吐出来，也就是现在说的欺软怕硬。矜，读为鳏。强御，强横。整章的意思就是：人们常常说"软的吃下去，硬的吐出来"；只有仲山甫，软的不吃，硬的不吐。不欺侮鳏寡孤独的人，也不怕强横不讲理的人。

六章。辐，轻。衮，衮衣，天子赐给诸侯之衣。《采菽》篇"又何予之？玄衮及黼"，《韩奕》篇"王锡韩侯""玄衮赤舄"，《九罭》篇"衮衣绣裳"的"衮衣"，都是天子所赐之衣。衮职，当是诸侯之职。《郑笺》注为"王之职"，非是。整章的意思就是：人们常说："德行就像羽毛一样的轻，可是很少人能举起它。"我只是打算举起它，可是仲山甫已经举起来了，这是别人无法帮助的。诸侯们要是有什么缺欠，只有仲山甫可以补救。

七章。出祖，出行。古人出行先要祭祖，故曰出祖。业业，壮大。捷捷，急貌。四牡彭彭，八鸾锵锵，是形容"征夫捷捷"的情形。《诗经》中凡言"城"某，都是在某地筑城以防御之意。如《出车》篇"往城于方""城彼朔方"，《击鼓》篇"土国城漕"，《崧高》篇"有俶其城"，《韩奕》篇"溥彼韩城"，以及此诗"城彼东方"的"城"，都是这个意思。东方不仅是指齐，而主要指鲁国，因为这时鲁国被淮夷占据，从宣王八年起，一直打了三年仗才算平定，到下边讲复周公之宇时诗篇时，就可知道。整章的意思就是：仲山甫出行的时候，四匹牡马都是壮大的，出征的人也都不停地奔走，可是想回去总是办不到。四匹牡马不停地奔跑，八个铃铛不停地在响。因为王命令仲山甫说："你要在那个东方筑城。"

八章。骙骙，《诗经》中用"四牡骙骙"的共有四篇，就是《采薇》《六月》《桑柔》与此诗。骙骙，都作盛貌解。喈喈，和谐貌。式遄其归，就是急于回去，与《崧高》篇"式遄其行"正相反。永，通咏。咏怀，发牢骚。整章的意思就是：壮盛的四匹牡马，八个铃铛都在响。仲山甫到了齐国，急于回去。吉甫所作的诵，就像清风那样舒服，仲山甫在发牢骚，就拿这篇诵来安慰他。

## 【诗篇联系】

从"仲山甫徂齐，式遄其归。吉甫作诵，穆如清风。仲山甫永怀，以慰其心"，知道这时候尹吉甫也在齐国，使我们了解了《还》《硕人》《何彼襛矣》《敝笱》《载驱》与《南山》诸篇，因而对中国古代史又知道了一段。

## 【诗义辨正】

《毛序》："《烝民》，尹吉甫美宣王也。任贤使能，周室中兴焉。"这首诗从头到尾都在赞美仲山甫，怎能说是美宣王呢？《集传》说："宣王命樊侯仲山甫筑城于齐，而尹吉甫作诗以送之。"诗明明说"仲山甫徂齐，式遄其归。仲山甫永怀，以慰其心"，假如仲山甫不在齐国，怎么能说"式遄其归"呢？假如尹吉甫不是跟随仲山甫也到齐国，他怎么能因仲山甫发牢骚而安慰他呢？姚际恒说："宣王命樊侯仲山甫筑城于齐，尹吉甫作诗美之。《集传》谓：'作诗送之。'按美与送，所争亦无多。郝仲舆佞《序》，必谓'美宣王'，驳《集传》，谓僚友相送，非关献纳，何登于《雅》？真腐儒之见。诗末句明言'仲山甫永怀，以慰其心'，并不及美宣王之意，何缘不读诗乎？"姚际恒怪人不读诗，他何尝读诗，怎么没有看出"式遄其归"的意义呢？

## 二

### 还（齐风）

子之还兮，遭我乎峱之间兮。并驱从两肩兮，揖我谓我儇兮。
子之茂兮，遭我乎峱之道兮。并驱从两牡兮，揖我谓我好兮。
子之昌兮，遭我乎峱之阳兮。并驱从两狼兮，揖我谓我臧兮。

释音：还，音旋。峱，音铙。儇，音喧。

## 【诗义关键】

《读史方舆纪要》（卷三十五）于临淄县牛山说："县南十五里有峱山。《诗》所云'遭我乎峱之间'者。"知道了峱山的地点，诗义就容易寻找了。仲山甫与尹吉甫不是都在临淄吗？"子"，当指仲山甫；"我"当是尹吉甫自称。尹吉甫不是能射善猎吗？"遭我乎峱之阳兮"，足证他们同在峱山的南边行猎。这首诗是他们行猎后，尹吉甫歌颂仲山甫的作品。

【字句解释】

一章。还，《韩诗》作嫙；嫙，好貌。从，逐。兽三岁曰肩。儇，《韩诗》作婘；婘，好貌。整章的意思就是：你这个漂亮的人呀，在峱山之间与我碰了头。我们一起追逐两只三岁兽呀，你向我打个躬，说我能干呀！

二章。茂与昌、还对称，则茂的意义应作结实讲。整章的意思就是：你这个结实的人呀，在峱山的道上与我碰了头。我们一起追逐两只公兽呀，你向我打个躬，说我好棒呀！

三章。昌，壮大，与《丰》篇"子之昌兮"的"昌"同义。山南为阳。整章的意思就是：你这个高大的人呀，在峱山的南边与我碰了头。我们一起追逐两只狼呀，你向我打个躬，说我箭术好准呀！

【诗篇联系】

《诗经》里有一种极值得注意的现象，就是尹吉甫到什么地方，什么地方就有诗，他没有到过的，就没有。尹吉甫现在到了临淄，就有峱山地名的出现，这不会是巧合吧？尹吉甫还有一个习惯，就是在宴会的时候，喜欢编一首歌来赞美对方。他出征玁狁、南征淮夷的时候，不是就有许多歌来赞美宣王与南仲吗？他现在与仲山甫一起狩猎，他就编一支歌来赞美仲山甫与夸耀他自己，不是极自然的吗？这种自我夸耀的习性，从平陈与宋、西征玁狁、南征荆蛮，以及幽王时的西征西戎各诗都可看出，但他的自夸一点也不过分。

## 【诗义辨正】

《毛序》："《还》，刺荒也。哀公好田猎，从禽兽而无厌，国人化之，遂成风俗，习于田猎谓之贤，闲于驰逐谓之好焉。"诗在《齐风》，就附会到齐哀公身上。实际上，哪有一点儿关系呢？《集传》又在附会说："猎者交错于道路，且以便捷轻利相称誉，如此而不自知其非也。"田猎是古人战争的练习、生活的资源，有什么可"非"呢？姚际恒就批评说："《序》谓'刺哀公'，无据。按田猎亦男子所有事，《豳风》之'于貉''为裘'，《秦风》之'奉时辰牡'，安在其为荒哉？且此无'君''公'字，乃民庶耳，则尤不当刺。第诗之赠答处若有矜夸之意，以为见齐俗之尚功利则可，若必曰'不自知其非'，曰'其俗不美'，无乃矮人观场之见乎！"屈万里说"此美猎者之诗"，有点接近了。

## 三

# 硕人（卫风）

硕人其颀，衣锦褧衣。齐侯之子，卫侯之妻，东宫之妹，邢侯之姨，谭公维私。

手如柔荑，肤如凝脂，领如蝤蛴，齿如瓠犀，螓首蛾眉。巧笑倩兮，美目盼兮。

硕人敖敖，说于农郊。四牡有骄，朱幩镳镳，翟茀以朝。大夫夙退，无使君劳。

河水洋洋，北流活活。施罛濊濊，鳣鲔发发，葭菼揭揭。庶姜孽孽，庶士有朅。

释音：颀，音其。襛，音迥。蝤，音囚。蛴，音齐。螓，音秦。说，音税。幩，音汾。翟，音笛。活，音括。罛，音孤。濊，音货。发，音拨。揭，音子。朅，音桀。

## 【诗义关键】

要想了解这首诗，得把《诗经》里有关"齐子"的诗篇归纳到一起，才能发现它们之间的关系，而找出此诗的意义。《何彼襛矣》篇说"齐侯之子",《南山》篇说"齐子由归",《敝笱》篇说"齐子归止",《载驱》篇说"齐子发夕"，此诗说"齐侯之子"，这些"齐子"是否是一个人呢？我们从《载驱》篇"汶水滔滔"的汶水、"鲁道有荡"的鲁道,《南山》篇"南山崔崔"的南山，以及此诗"河水洋洋，北流活活"的河水上找线索。发现了这些地理形势，不仅发现这些诗篇的关系，而且对古代史又可多知道一段。

《水经》说"汶水出泰山莱芜县原山西南"，又说"过寿张县北，又西南至安民亭入于济"。莱芜、寿张，即今之山东莱芜县、寿张县。由此看来，汶水是从东往西流。《载驱》篇说："汶水汤汤，行人彭彭。鲁道有荡，齐子翱翔。"那么，齐子是顺汶水来到鲁道，也是由东往西。《南山》篇说："南山崔崔，雄狐绥绥。鲁道有荡，齐子由归。"南山，就是现今的太行山，也就是卫国所在地。可知齐子是由鲁道到达南山，又是由东往西。此诗说"河水洋洋，北流活活"，河，就是黄河。再看这是什么地方的黄河。齐子是由汶水下来的，汶水入济水，济水入黄河。到解释《泉水》篇时，将引《水经注》说明济水在今山东茌平县入河。由河而南，就是卫国的境界，也就是南山所在地。此诗说："硕人敖敖，说于农郊。四牡有骄，朱幩镳镳，翟茀以朝。"农郊，当系卫都的农郊，卫都沫邑，也就在现今的河南淇县东北。这里不通黄河，由黄河边上到这里就得乘车，所以诗言："四牡有骄，朱幩镳镳。"到此，就可以看出齐子走的整个路线了。她既是"齐侯之子"，当从齐国的京都临淄动身，到达汶水后，再顺汶水而济水，由济水而黄河，最后由黄河而到卫都。那么，尹吉甫之赴齐，是否就是迎接庄姜呢？兹再探讨如下。

隐公三年《左传》说："卫庄公娶于齐东宫得臣之妹曰庄姜，美而无子，卫人所为赋《硕人》也。又娶于陈曰厉妫，生孝伯，早死。其娣戴妫生桓公，庄姜以为己子。""卫庄公娶于齐东宫得臣之妹曰庄姜"，与此诗所言"齐侯之子，卫侯之妻，东宫之妹"正合，此诗当为娶庄姜时之作，毫无问题；但与"卫人所为赋《硕人》"并不是同时。这里边有一个很大的过节，非得弄清楚不可；否则，不仅这首诗无法了解，连带着也要误解《左传》。《史记·卫世家》说："庄公五年，取齐女为夫人，好而无子。又取陈女为夫人。生子，蚤死。陈女女弟亦幸于庄公，而生子完，完母死，庄公令夫人齐女子之。"庄公在一年内不可能既娶庄姜，又娶陈妫，他所以娶陈妫，由于庄姜不生，在一年内，怎么就能断定庄姜不生呢？庄公五年所娶的是陈妫，娶庄姜一定在五年之前。然在哪一年呢？假如我们说尹吉甫之赴齐是为迎庄姜，那么，当在宣王七年（公元前八二一）。可是庄公五年距宣王七年为六十八年，怎么可以等庄姜六十八年不生才再娶陈妫呢？《卫世家》说"好而无子。又取陈女为夫人"，庄公与庄姜非常和美，然因没有子嗣，庄公即位后，为继承人问题，不得不再娶，这不是极自然的道理吗？

倘若把庄公与州吁的关系做一检讨，也可助这一段故事的了解。《史记·卫世家》说："庄公有宠姜，生子州吁。十八年，州吁长，好兵，庄公使将，石碏谏庄公曰：'庶子好兵使将，乱自此起。'不听。"长是成人的意思。《礼记·曲礼》："长曰能从宗庙社稷之事矣。"《公羊传》隐公元年"隐长而卑"，注："长者，已冠也。"可证长作成人讲。古人二十而冠，那么，庄公十八年的时候州吁是二十岁，换言之，庄公未即位的前二年就生了州吁。《左传》隐公三年记载这段故事说："公子州吁，嬖人之子也，有宠而好兵，公弗禁，庄姜恶之。"这里发生了一个矛盾，就是庄公喜欢州吁，庄姜不喜欢，故不得立为太子，因而于庄公五年再娶厉妫。厉妫生子孝伯早死，其娣戴妫生完，"庄公令夫人齐女子之"，后为桓公，以致后来引起州吁杀桓公的事。从这段故事，也可断定庄公之所以再娶陈女，完全是为子嗣问题。

不过，这里遇到一件似离奇而实不离奇的问题，就是庄公的年岁与娶庄姜时的岁数。在解决这个问题之前，我们心理上得先有一个准备，就是周人早婚，寿数又非常之高。《礼记·文王世子》说："文王九十七而终，武王九十三而终。"《国语·楚语》说："昔卫武公年数九十有五矣，犹箴儆于国。"可知卫武公的年龄不止九十五岁。俞樾算出他是一百零八岁（见《茶香室经说》卷四），实际上不止此岁。怎样算出这个岁数，请看《雨无正》篇的解释。据《周本纪》，周穆王即位时已五十岁，他在位五十五年，那么他应该活一百零五岁。据《荀子·君道》："文王举太公于州人而用之，行年七十有二。"太公死于成王初年。所以《史记·齐太公世家》说："盖太公之卒，百有余年。"至于早婚，《大戴礼记》称文王十三生伯邑，十五生武王。宣王十六岁时已娶齐姜。幽王十三岁即位，于三年后即宠褒姒而废申后，他与申后结婚当在前。知道了周室的君主是早婚而长寿，就可算卫庄公的岁数了。

在解释《女曰鸡鸣》篇时，曾说宣王三年的时候，仲氏十五岁，那么，他的父亲孙子仲那时至少是三十岁。庄公是孙子仲的哥哥，那时至少是三十二岁。到宣王七年，庄公的岁数应在三十六七岁之间。周人既是早婚，他怎么这么晚才结婚呢？这里有两个原因：第一，从齐到卫一定要经过鲁国，可是正当他结婚的年龄，鲁国被淮夷占据，道路阻塞。这一点，由庄公的岁数可得证明。我们给庄公算出的寿数是一百二十二岁（见下），他应生于厉王二十年，公元前八五九年左右。厉王末年他十七岁，正应该结婚时而天下大乱，接着是共和，天下更乱，一直到宣王七年，除鲁国的淮夷外，天下始行统一，这时才顾到复周公之宇，也顾到给他娶亲。《载驱》与《南山》两篇都说"鲁道有荡"，可见鲁道之不平靖。第二，《南山》篇说："取妻如之何？必告父母。既曰告止，曷又鞠止？""取妻如之何？匪媒不得。既曰得止，曷又极止？"鞠、极，都是阻止的意思。由此看来，庄公与庄姜的婚姻一定发生过波折。什么波折呢？看看宣王七年以前十数年间的各国政治情势，就可得到解决。《史记·齐世家》说："武公九年，周厉王出奔，居彘。十年，王室乱，大臣行政，号曰共和。二十四年周宣王初立。二十六年，武公卒。子厉公无忌立。厉公暴虐。"他们之所以迟迟成婚，或由于"王室大乱""厉公暴虐"。从齐到卫，一定要经过鲁国，可是鲁国被淮夷占据，不得通行；加以厉公暴虐，不讲道理，所以他们的婚事也就拖延着。直到宣王七年，宣王才派仲山甫到齐国解决这个问题，并由武士尹吉甫保护着才把庄姜娶回来。他们结婚后，庄姜不生，而他们的情爱甚笃，庄公不愿再娶，可是即位后，为承嗣人问题，不能不再娶，才于五年再娶陈妫。隐公三年《左传》说的"卫庄公娶于齐东宫得臣之妹曰庄姜，美而无子，卫人所为赋《硕人》"，是追述，也就是庄公五年娶陈妫时卫人唱《硕人》，并不是娶庄姜的时候唱的。假如"赋《硕人》"解为"作《硕人》"，那么，诗言"说于农郊"，庄姜还没到家，怎么就知道生不生儿子呢？这段公案到现在总算让我们弄清楚了。

然庄公之所以迟婚，真正原因，恐怕还发生在上边引《齐世家》说的"武公九年,周厉王出奔,居彘。十年,王室乱,大臣行政,号曰共和"上。怎么发生在这段故事上呢?谨再补充说明。《竹书纪年》于《厉王纪》说:"十三年,王在彘,共伯和即于王位,号曰共和。"雷学淇《竹书纪年义证》引《史记索隐》引《鲁连子》说:"共伯名和,好行仁义,诸侯贤之。周厉王无道,国人作乱,王奔于彘,诸侯奉和以行天子事,号曰共和。"于"二十六年大旱,王陟于彘,周公、召公立太子靖为王,共伯和归其国,遂大雨",又引《鲁连子》说:"共伯使诸侯奉太子靖为王,而共伯复归于卫。"共伯和是卫国的共伯和,那么,就是后来的卫武公,毫无问题。《史记·周本纪》说:"宣王即位,二相辅之修政,法文、武、成、康之遗风,诸侯复宗周。"可见在共伯的时候,诸侯有不宗周的,齐国当是不宗周之一,所以《烝民》篇说:"维仲山甫,柔亦不茹,刚亦不吐,不侮矜寡,不畏强御。"仲山甫之赴齐,就是为它不朝。共和时执政者为卫武公,齐国既不朝周,也就是对卫武公不敬,那么,齐武公与卫武公之间一定发生龃龉,而庄公是卫武公的长子,所以他的婚姻也就迟延了。

其次,再给卫庄公算算岁数。他在宣王七年(公元前八二一)时,大约是三十五岁,娶陈妫是在他即位后五年(平王十八年,公元前七五三),这时他是一百零四岁。他在位二十三年,去五年,加一百零四年,他应享寿一百二十二岁。这个岁数在现在人看来好像不可能,而在古时是常事。《论衡·气寿》列举尧、舜、文王、武王、召公、周公的岁数都在百岁左右,并说:"高宗享国百年,周穆王享国百年,并未享国之时，皆出百三十四十岁矣。"我在这里，不妨再举一件一百二十七岁才结婚的事来证庄公老年娶陈妫的可能。新加坡《南洋商报》于一九六八年五月十四日载巴士斯坦莱瓜达巴合众特稿说："今年一百二十七岁的仙耶西终于和一位三十八岁的离婚妇女花蒂玛结合，而结束了他的漫长的王老五生活。"以今证古，庄公一百零四岁娶陈妫，还早二十多年呢！关于这个问题，我有一篇《〈硕人〉篇写作年代考》，讲得更详细，更有证据，收在《诗经研究》内，请参看。

## 【字句解释】

一章。硕人，高大的人。《诗经》里曾经数见，都是指尹吉甫；独有此处指庄姜。颀，长貌。衣锦褧衣：前衣字是动词，穿的意思；锦是形容词，形容褧衣所用的料子；褧衣，翟衣。《郑笺》说："国君夫人翟衣而嫁。"翟衣，就是画羽为饰之衣。齐侯之子，齐侯胡公的女儿。《左传》说"齐东宫得臣之妹"，得臣就是胡公的太子，请看《〈硕人〉篇写作年代考》一文。卫侯，卫庄公，但那时尚未即位。周时凡有采地者，在本国都称侯，卫侯并不是卫国的君主。姊妹之夫曰私。整章的意思就是：高高的个儿，穿着锦绮所制的翟衣。她是齐侯的女儿，卫侯的妻子，东宫得臣的妹妹，邢侯的姨姨，谭公是她的姐夫。

二章。荑，茅芽。柔荑，柔嫩的茅芽。脂，脂油；凝脂，凝结的脂油，又白又软又嫩。蝤蛴，白而长的木虫。瓠犀，瓠子。螓，如蝉，其额宽广。蛾眉，蛾的触须，细长而曲。倩，口辅，就是酒窝。盼，黑白分明。整章的意思就是：**手柔嫩得**

就像茅芽，皮肤白润得就像凝固的脂油，细而长的脖颈就像蝤蛴，牙齿洁白得就像瓠子，宽广的额头就像蝼首，细长而弯曲的眉毛就像蛾的触须。笑起来就显出酒窝，漂亮的眼睛黑白分明。

三章。敖敖，长貌。说，舍息。硕人敖敖，说于农郊，就是高高大大的人儿，暂住在郊外的农村。这是到了卫都边上，第二天才正式进朝。骄，壮貌。朱幩，以朱色的帛缠马口旁的铁。镳镳，盛貌。茀，车篷；翟茀，车篷上饰以羽毛。夙退，早退。君，指庄姜。大夫夙退，无使君劳，就是大夫们都早点回去吧，不要使君过于劳苦。庄姜到了卫都的近郊，来迎接新娘的大夫，也可以说来看新娘的大夫一定很多，所以劝他们早点回去，好让庄姜好好休息。整章的意思就是：高高大大的人儿，暂住在近郊的农村。四匹壮大的马，马口铁上都饰着鲜艳的朱帛，车篷上又插着许多羽毛，准备翌日朝觐。大夫们请早点回去吧，好让新娘子好好休息。

四章。洋洋，盛大貌。活活，水流声。罛，鱼罟。濊濊，鱼罟被水冲击的声音，所以《说文》说："凝流也。"鳣，鲤鱼。鲔，似鳣而小。发发，鱼在网中摇动的声音。葭，芦。菼，荻。揭，《毛传》于《荡》篇注为"蹶貌"，就是蹶起来的样子。蹶蹶，形容芦苇荻草干枯后蹶着的样子。庶姜，姜家送亲的人。孽孽，《韩诗》作"巘巘"，长貌。庶士，众士。朅，武壮貌。迎亲为什么要武士呢？这就与鲁国的不平靖有关了。整章的意思就是：宽大的河水，活活地向北流着。水里边所施的鱼罟濊濊地在响，鳣鱼鲔鱼在鱼罟中发发地活动，芦苇与荻草干枯地在那里蹶着。姜家送亲的人成了一长串，众多的武士都是武勇的。

## 【诗篇联系】

由于《烝民》篇，知道尹吉甫于宣王七年的时候在临淄，然《崧高》篇说他于宣王七年的时候在谢城，是否有了冲突呢？不冲突。从《汝坟》与《蒹葭》两诗，知道他是宣王七年初春到秋季在戍申、戍甫、戍许。从这首诗的"葭菼揭揭"，知道他是宣王七年冬季赴齐，时间正相衔接。那么，这首诗也是尹吉甫所写，当无问题。

## 【诗义辨正】

《毛序》："《硕人》，闵庄姜也。庄公惑于嬖妾，使骄上僭。庄姜贤而不答，终以无子，国人闵而忧之。"他是误会《左传》而产生这种误解。姚际恒就批驳说："《小序》谓'闵庄姜'，诗中无闵意。此徒以庄姜后事论耳。安知庄姜初嫁时何尝不盛？何尝不美？又安知庄公何尝不相得而谓之闵乎？《左传》云'初，卫庄公娶于齐东宫得臣之妹曰庄姜，美而无子，卫人所为赋《硕人》也'，亦但谓《硕人》之诗为庄姜咏。其云'无子'，亦据后事为说，不可执泥。《小序》盖执泥《左传》耳。《大序》谓'终以无子'，尤袭《传》显然。"《集传》袭《毛序》，不值一提。按《左传》中无"初"字，想系姚氏误加。

# 四

## 何彼襛矣（召南）

何彼襛矣！唐棣之华。曷不肃雝？王姬之车。
何彼襛矣！华如桃李。平王之孙，齐侯之子。
其钓维何？维丝伊缗。齐侯之子，平王之孙。

释音：缗，音民。

## 【诗义关键】

此诗的关键就在"平王之孙"，它的意义知道了，诗义也就知道了。《硕人》篇的"齐侯之子，卫侯之妻，东宫之妹，邢侯之姨，谭公维私"，是讲一个人，就是庄姜。《韩奕》篇的"汾王之甥，蹶父之子"，也是一个人，就是韩姞。《閟宫》篇的"周公之孙，庄公之子"，又是一个人，就是僖公。那么，这首诗"齐侯之子，平王之孙"，当然也是一个人；然是谁呢？从《硕人》《敝笱》《南山》与《载驱》等篇的齐女来看，当然是庄姜。但平王又是谁呢？就是宣王。为什么称宣王为平王呢？庄公与庄姜这段婚事原有纠葛，是他派仲山甫来解决的，所以"平王"是公平之王的意思。周室与齐国世世代代通婚，宣王的后就是齐女，所以说"平王之孙"，孙作外孙女解。《尔雅·释亲》"姑之子为甥，舅之子为甥，妻之昆弟为甥，姊妹之夫为甥"，注："四人体敌，故更相为甥。"由此可知，宣王可以称妻家兄弟所生之女为外甥。屈万里说："平王，即周平王。旧释平为正，非是。"假若是平王，平王之孙应该是周桓王。《史记·周本纪》说："平王崩，太子洩父蚤死，立其子林，是为桓王。桓王，平王孙也。"桓王与齐侯之子能是一个人吗？如果是宣王的外孙女，此诗就与《硕人》篇连接到一起，而与仲山甫、尹吉甫之赴齐也发生了关系。就以这个意思将此诗作一解释。

## 【字句解释】

一章。襛，一作秾，稠多。唐棣，薁李。肃雝，庄严华贵。王姬，王家姬姓，指卫。卫国的车怎么称为"王姬之车"呢？因为是奉宣王之命去迎亲的。从整章看来，车应是迎亲的车，唐棣之华，是车上所扎之花。《毛传》说"兴也"，非是。因为兴与诗义无关。此诗的"何彼襛矣"是赞美花多，而花是扎在车上，车与花有密切的关系。整章的意思就是：怎么那么多的花呀！都是薁李的花朵。怎么能不庄严华贵呢？这是王家姬姓的迎亲车呀！

二章。"华如桃李"是承上章"唐棣之华"而来，就是薁李花像桃花、像李花。《植物名实图考长编》（卷十八）于"常棣、唐棣考"引雩娄农说："唐棣，薁李也……其花或白或赤"，不正是桃花李花的颜色吗？整章的意思就是：怎么那么多的花呀！花都像桃花、像李花。迎娶的是平王的外孙女，齐侯的女儿。

三章。维、惟古通用；《玉篇》："维，为也。"伊，他。缗，纶。整章的意思就是：他用什么东西钓鱼呢？他是用丝做的纶子。迎娶的是齐侯的女儿，平王的外孙女。

## 【诗篇联系】

三百篇都有实际的用途，换言之，都是依据实际的需要而撰写的，然这首诗的用途是什么呢？《说苑·修文》讲诸侯的亲迎礼说："夫引手出户，夫行女从，拜辞父于堂，拜诸母于大门。夫先升舆执辔，女乃升舆，毂三转，然后夫下先行。"这首诗是赞美迎亲的车，当是庄公与庄姜在齐国行曲顾礼时所歌。

## 【诗义辨正】

《毛序》："《何彼襛矣》，美王姬也。虽则王姬，亦下嫁于诸侯，车服不系其夫，下王后一等。犹执妇道，以成肃雝之德也。"完全从政教的立场来猜想。《集传》又附会说："王姬下嫁于诸侯，车服之盛如此。"我很奇怪前人在讲《诗经》而不读《诗经》，诗明明言"齐侯之子"，是齐侯的女儿在出嫁，怎么扯到王姬呢？"王姬之车"是指迎亲之车，怎么会扯到"王姬下嫁于诸侯"呢？假如是王姬下嫁，那么，"齐侯之子"怎么处置呢？《硕人》篇"齐侯之子"，难道也是王姬下嫁吗？总之，都由于不知全面，而在一点上猜。

# 五

## 敝笱（齐风）

敝笱在梁，其鱼鲂鳏。齐子归止，其从如云。
敝笱在梁，其鱼鲂鱮。齐子归止，其从如雨。
敝笱在梁，其鱼唯唯。齐子归止，其从如水。

**【诗义关键】**

《鹊巢》篇说"之子于归，百两御之"，"之子于归，百两将之"，"之子于归，百两成之"，是韩姞出嫁时在南燕动身的情形，上边曾经讲过。此诗说"齐子归止，其从如云"，"齐子归止，其从如雨"，"齐子归止，其从如水"，也是讲动身时的情形，这首诗当写在齐国。换言之，就是庄姜在临淄动身时，尹吉甫祝贺她的诗。

**【字句解释】**

一章。敝，旧。笱，鱼具。梁，鱼梁。整章的意思就是：破旧的鱼笱在鱼梁上，打到的有鲂鱼，有鳏鱼。齐侯的女儿在出嫁，送亲的人就像一片云。

二章。整章的意思就是：破旧的鱼笱在鱼梁上，打到的有鲂鱼，有鲢鱼。齐侯的女儿在出嫁，送亲的人就像下雨那么多。

三章。唯唯，《韩诗》作"遗遗"，即"瀢瀢"之省，《广韵》："瀢，鱼盛貌。"（马瑞辰说）其鱼唯唯，言得鱼之多。《毛传》注"唯唯"为"出入不制"。鱼入笱,即不能出,何能"出入不制"?《郑笺》注"唯唯"为"行相随顺之貌"。鱼在笱中怎么可以"行相随顺"呢?都不对。整章的意思就是:破旧的鱼笱设在鱼梁上,打到的鱼很多很多。齐侯的女儿在出嫁,送亲的人就像流水那么长。

## 【诗义辨正】

《毛序》:"《敝笱》,刺文姜也。齐人恶鲁桓公微弱,不能防闲文姜,使至淫乱,为二国患焉。"诗在《齐风》,就扯到文姜身上。文姜淫乱时要"其从如云""其从如雨""其从如水"吗?怎么不想一想呢!《集传》又从而附和说:"齐人以敝笱不能制大鱼,比鲁庄公不能防闲文姜,故归齐而从之者众也。"姚际恒说:"此指文姜诗。归,指于归;从,指从嫁,自顺。《集传》以文姜如齐多在庄公之世,故以为刺庄公,非也。因以归为归宁,既牵强,而不能防闲其母之罪,孰若不能防闲其妻之罪为尤重耶?"他批评《集传》是对的,然他认为是文姜,仍受旧说的束缚。

## 六

## 载驱(齐风)

载驱薄薄,簟茀朱鞹。鲁道有荡,齐子发夕。
四骊济济,垂辔濔濔。鲁道有荡,齐子岂弟。

汶水汤汤，行人彭彭。鲁道有荡，齐子翱翔。
汶水滔滔，行人儦儦。鲁道有荡，齐子游敖。

释音：薄，音迫。鞹，音扩。滔，音米。儦，音标。

## 【诗义关键】

此诗的关键就在"鲁道有荡，齐子发夕"。了解了这两句的地理环境与意义，诗义也就了解了。《水经注》于汶水"过博县西北"下注说："汶水又南经钜平县故城东而西南流，城东有鲁道，《诗》所谓'鲁道有荡，齐子由归'者也。"钜平县故城在今山东泰安县西南。《读史方舆纪要》（卷三十一）于泰安（今泰安县）说："春秋战国时齐地。"又说："州北阻泰山，南临汶水，介齐、鲁之间。"发，《方言》："舍车也。"发夕，就是现在说的过宿。鲁道有荡，齐子发夕，就是鲁道这个地方还平静，齐侯之子在这里过宿。鲁道，即在齐鲁交界的地方，现已入了鲁国的境界，而鲁国现在整个被淮夷占据，居然还平定，故在此过夜。从此，不仅知道齐子归卫时曾在钜平过夜，而且知道在这里过夜的时候，尹吉甫写这首诗以祝贺。

## 【字句解释】

一章。薄薄，迫迫，疾驰貌。茀，车篷；簟茀，竹篾所制的车篷。鞹，兽皮之去毛者；朱鞹，赤色的皮。整章的意思就是：急急忙忙地在赶路，车篷是竹篾做的，车帏是赤色的皮。鲁道这个地方还平静，齐子在这里过夜。

二章。济济,众多貌。瀰瀰,亦为众多貌(见《辞通》)。骊,骊马;四骊,一车四骊。四骊济济,言车马之众多。辔是马缰。垂辔,垂着的马缰,因为在过宿,所以辔都是垂着。垂辔瀰瀰,就是到处都是垂着的辔。岂弟,欢乐。整章的意思就是:到处都是四匹骊马的车子,到处都是垂着的辔。鲁道这个地方还平静,齐子可以欢乐吧。

三章。彭彭,盛多貌。翱翔,原以形容鸟飞,现在形容行走之快。整章的意思就是:汤汤的汶水在流,路上的行人繁众。鲁道这个地方还平定,齐子可以飞奔赶路了。

四章。儦儦,众貌。游敖,即远行的意思。整章的意思就是:宽阔的汶水在流,路上的行人众多。鲁道这个地方还平静,齐子可以远行了。

## 【诗义辨正】

《毛序》:"《载驱》,齐人刺襄公也。无礼义,故盛其车服,疾驱于通道大都,与文姜淫,播其恶于万民焉。"诗在《齐风》,就附会到齐襄公身上,与《敝笱》《南山》的序文一样,都是在猜想。

## 七

## 南山(齐风)

南山崔崔,雄狐绥绥。鲁道有荡,齐子由归。既曰归止，曷又怀止？

葛屦五两，冠緌双止。鲁道有荡，齐子庸止。既曰庸止，曷又从止？

蓺麻如之何？衡从其亩。取妻如之何？必告父母。既曰告止，曷又鞠止？

析薪如之何？匪斧不克。取妻如之何？匪媒不得。既曰得止，曷又极止？

释音：緌，音蕤。衡，音横。从，音纵。

## 【诗义关键】

此诗的关键就在"既曰归止，曷又怀止"，"既曰庸止，曷又从止"，"既曰告止，曷又鞠止"，"既曰得止，曷又极止"。了解这几句，诗义也就显现了。

在解释《硕人》篇的时候，曾经给庄公计算过岁数，说他三十六七岁才与庄姜结婚，与周室的早婚不合，其中原因之一，就是齐厉公暴虐，阻止了他们的结婚。这首诗就给我们提供了证据。怀，是归的意思。既曰归止，曷又怀止，就是既然出嫁过来了，为什么还要把她追回去呢？从，追踪。庸，用、由的意思（马瑞辰说）。既曰庸止，曷又从止，就是既然让她由鲁道嫁来了，为什么还要追踪她呢？鞠，穷，故意为难的意思。既曰告止，曷又鞠止，就是既然告诉了父母，为什么又故意为难呢？极，犹穷（马瑞辰说）。既曰得止，曷又极止，就是既然请了媒人，为什么又故意找麻烦呢？且以此义将这首诗作一解释。

【字句解释】

一章。南山，今之太行山，卫国所在地。南山的出现告诉我们，此时庄姜已入卫国的境界。崔崔，高大。绥绥，舒缓貌。整章的意思就是：高大的南山在望了，野地里的雄狐迟迟地走。鲁道还平静，齐子由这里归来了。既是归来了，为什么还要追回去呢？

二章。古人亲迎时要送屦。《说苑·修文》说："诸侯以屦二两加琮，大夫庶人以屦二两加束脩二，曰：'某国寡小君，使寡人奉不珍之琮，不珍之屦，礼夫人贞女。……夫人受琮，取一两屦以履女。'"《修文》所说的正是齐国的礼俗，而此诗的葛屦是五两，或许有所改变。五两，即五双。古人的帽子要用两条带子把它系在头上，这种系帽的带子就叫緌。葛屦是男家送女家的，冠緌应该是女家送男家的。整章的意思就是：葛鞋是五双，冠带是两根。鲁道上还平静，齐子是由这里归来的。既是归来了，为什么又追踪不舍呢？

三章。蓺，种。衡、横，通。《齐民要术》说"凡种麻……耕不厌熟"，注："纵横七遍以上，则麻无叶也。"蓺麻如之何？衡从其亩，就是怎样种麻呢？要把麻田纵横地多耕治。整章的意思就是：怎样种麻呢？要把麻田纵横地多耕治。怎样娶妻呢？一定要告诉父母。既然告诉了父母，为什么又来阻拦呢？

四章。析薪，劈柴。整章的意思就是：怎样劈柴呢？没有斧头办不到。怎么样娶妻呢？一定得有媒人。既然有了媒人，为什么又故意为难呢？

## 【诗义辨正】

《毛序》:"《南山》,刺襄公也。鸟兽之行,淫乎其妹,大夫遇是恶,作诗而去之。"襄公与他的妹妹淫乱,还要告诉他的父母,还要明媒正娶吗?说诗的人怎么不看诗呢!《集传》说:"言南山有狐,以比襄公居高位而行邪行,且文姜既从此道归乎鲁矣,襄公何为而复思之乎?"是呀,襄公为什么还要思念呢?他这一问,反问出此中矛盾了。

以上七篇就是《烝民》《还》《硕人》《何彼襛矣》《敝笱》《载驱》与《南山》,都是宣王七年下半年尹吉甫赴齐迎接庄姜时的作品。《烝民》《还》《何彼襛矣》《敝笱》写在齐国,《载驱》《南山》写在由齐返卫的路上,《硕人》写在卫都的郊野。

# 【第十五编】
# 复周公之宇时诗篇（宣王八至十年）

# 一

## 閟宫（鲁颂）

閟宫有侐，实实枚枚。赫赫姜嫄，其德不回，上帝是依。无灾无害，弥月不迟，是生后稷。降之百福，黍稷重穋，稙稚菽麦。奄有下国，俾民稼穑。有稷有黍，有稻有秬。奄有下土，缵禹之绪。

后稷之孙，实维大王，居岐之阳，实始翦商。至于文、武，缵大王之绪。致天之届，于牧之野。"无贰无虞，上帝临女。"敦商之旅，克咸厥功。王曰："叔父，建尔元子，俾侯于鲁。大启尔宇，为周室辅。"

乃命鲁公，俾侯于东。锡之山川，土田附庸。周公之孙，庄公之子，龙旂承祀，六辔耳耳。春秋匪解，享祀不忒。皇皇后帝，皇祖后稷，享以骍牺。是飨是宜，降福既多。周公皇祖，亦其福女。

秋而载尝，夏而楅衡。白牡骍刚，牺尊将将。毛炰胾羹，笾豆大房。万舞洋洋，孝孙有庆。俾尔炽而昌，俾尔寿而臧。保彼东方，鲁邦是常。不亏不崩，不震不腾。三寿作朋，如冈如陵。

公车千乘，朱英绿縢，二矛重弓。公徒三万，贝胄朱綅，烝徒增增。戎、狄是膺，荆、舒是惩，则莫我敢承。俾尔昌而炽，俾尔寿而富。黄发台背，寿胥与试。俾尔昌而大，俾尔耆而艾。万有千岁，眉寿无有害。

泰山岩岩，鲁邦所詹。奄有龟、蒙，遂荒大东，至于海邦。淮夷来同，莫不率从，鲁侯之功。

保有凫、绎，遂荒徐宅，至于海邦。淮夷、蛮、貊，及彼南夷，莫不率从。莫敢不诺，鲁侯是若。

天锡公纯嘏，眉寿保鲁。居常与许，复周公之宇。鲁侯燕喜，令妻寿母，宜大夫庶士，邦国是有。既多受祉，黄发儿齿。

徂来之松，新甫之柏，是断是度，是寻是尺。松桷有舄，路寝孔硕。新庙奕奕，奚斯所作。孔曼且硕，万民是若。

释音：閟，音秘。侐，音洫。女，音汝，下一"女"字同。敦，音堆。匏，音庖。戴，音恣。縢，音滕。艾，音爱。桷，音角。舄，音细。

## 【诗义关键】

自从《毛序》说"《閟宫》，颂僖公能复周公之宇"后，一般人也就铁一般地相信这是颂僖公的诗，然而欧阳修在《鲁问》（见《诗本义》）里一一证明这首诗的事迹都与僖公不合。这篇论文极为重要，且将全文引下。他说：

> 或问：鲁诗之颂僖公盛矣！信乎其克淮夷，伐戎、狄，服荆、舒，荒徐宅，至于海邦，蛮、貊莫不从命，何其盛

也!《泮水》曰:"既作泮宫,淮夷攸服。矫矫武臣,在泮献馘。"又曰:"既克淮夷,孔淑不逆。"又曰:"憬彼淮夷,来献其琛。"《閟宫》曰:"戎、狄是膺,荆、舒是惩。"又曰:"淮夷来同,鲁侯之功。"又曰:"遂荒徐宅,至于海邦。淮夷、蛮、貊,及彼南夷,莫不率从。"其武功之盛,威德所加,如诗所陈,五霸不及也。

然鲁在春秋时常为弱国,其与诸侯会盟征伐,见于《春秋》《史记》者可数也,皆无诗人所颂之事。而淮夷、戎、狄、荆、舒、徐人之事,有见于《春秋》者,又皆与颂不合者何也?

按《春秋》,僖公在位三十三年,其伐邾者四,败莒灭项者各一。此鲁国自用兵也。其四年伐楚侵陈,六年伐郑,是时齐桓公方称伯,主兵率诸侯之师,而鲁亦与焉尔。二十八年围许,是时晋文公方称伯,主兵率诸侯而鲁亦与焉尔。十五年楚伐徐,鲁救徐而徐败。十八年宋伐齐,鲁救齐而齐败。二十六年齐人侵伐鲁鄙,鲁乞师于楚,楚为伐齐取谷。《春秋》所记僖公之兵止于是矣。其自主兵所伐邾、莒、项皆小国,虽能灭项,反见执于齐。其所伐大国皆齐、晋之兵。其所救者,又力不能胜而辄败。由是言之,鲁非强国可知也。乌有诗人所颂威武之功乎?其所侵伐小国,《春秋》必书,乌有所谓克服淮夷之事乎?

惟其十六年一会齐侯于淮尔。是会也,淮夷侵鄫,齐侯来会,谋救鄫尔。由是言之,淮夷未尝服于鲁也。其曰"戎、狄是膺,荆、舒是惩"者,郑氏以谓"僖公与齐桓举义兵，北当戎与狄，南艾荆及群舒"。按僖公即位之元年，齐桓二十七年也。齐桓十七年伐山戎，远在僖公未即位之前。至僖公十年，齐侯、许男伐北戎，鲁又不与，郑氏之说既谬，而《诗》所谓"戎、狄是膺"者，《孟子》又曰"周公方且膺之"，如《孟子》之说，岂僖公事也？

荆，楚也。僖公之元年，楚成王之十三年也。是时楚方强盛，非鲁所能制。僖之四年，从齐桓伐楚，而齐以楚强，不敢速进，乃次于陉，而楚遂与齐盟于召陵，此岂鲁僖得以为功哉？六年楚伐许，又从齐桓救许而力不能胜，许男卒面缚衔璧降于楚。十五年楚伐徐，又从齐桓救徐而力又不能胜，楚卒败徐，取其娄林之邑。舒在僖公之世，未尝与鲁通；惟三年徐人取舒一见尔。盖舒为徐取之矣。然则郑氏谓"僖公与齐桓南艾荆及群舒"者，亦谬矣。

由是言之，《诗》所谓"戎、狄是膺，荆、舒是惩"者，皆与《春秋》不合矣。楚之伐徐取娄林，齐人、徐人伐楚英氏以报之。盖徐人之有楚伐也，不求助于鲁，而求助于齐以报之，以此见徐非鲁之与国也。则所谓"遂荒徐宅"者，亦不合于《春秋》矣。

《诗》，孔子所删正也；《春秋》，孔子所修也。《诗》之言不妄，则《春秋》疏谬矣。《春秋》可信，则《诗》妄作也。其将奈何？应之曰：吾固已言之矣，虽其本有所不能达者，犹将阙之是也。惟阙其不知，以俟焉可也。

他列举史事来证明《诗》与《春秋》的不合，于是他得结论说："《诗》之言不妄，则《春秋》疏谬矣。《春秋》可信，则《诗》妄作也。"实际上，《诗》既不妄作，《春秋》也不疏谬；《春秋》可信，《诗》更可信；只是后人愚钝，把两件不相干的事扯在一起，所以引起这样的矛盾。然到底是怎么一回事呢？谨从这篇诗里来找线索。

《诗》言"居常与许，复周公之宇"，先看常与许在什么地方。《国语·齐语》"以鲁为主，反其侵地棠潜"，《管子·小匡》作"常潜"，常通棠，棠，在今山东鱼台县（《群经平议》说）。常就是棠潜。《读史方舆纪要》（卷三十二）于鱼台县说："春秋时鲁棠邑。"许就是许田。《诗地理征》引《括地志》说："许田在许州许昌县南四十里。有鲁城，周公庙在其中。"可知此诗的"许"就是指许田。隐公八年《左传》说："郑伯请释泰山之祀而祀周公，以泰山之祊易许田。"许国被郑桓公所灭，而变为郑地，鲁国以祊这个地方换回许昌县的许田，所以山东临沂县西北五十五里处也有许田。然要知道临沂县的许田是由许昌换回来的，一先一后，这一点要分清楚。上两句诗的意思就是根据着棠潜与许田，恢复了周公原有的土宇。棠潜在鲁国的极南边，许田根本不在鲁国。由此看来，鲁国是否曾经沦陷呢？第十三编在讲《王风·扬之水》篇时，该篇说"彼其之子，不与我戍许"，许是许田，那么，许田是宣王七年平定的。

再看"奄有龟、蒙，遂荒大东，至于海邦。淮夷来同，莫不率从，鲁侯之功"，"保有凫、绎，遂荒徐宅，至于海邦。淮夷、蛮、貊，及彼南夷，莫不率从。莫敢不诺，鲁侯是若"。

了解了这几句诗，整个故事就都知道了。龟，即今山东的龟山。《读史方舆纪要》（卷三十一）于新泰县龟山说："县西南四十里。《诗》'奄有龟、蒙'，谓此龟山也。"蒙，蒙山，在今山东费县，《读史方舆纪要》（卷三十三）于蒙山说："县西北五十里。"大东，即远东。奄，《方言》："遽也。"荒，有。奄有龟、蒙，遂荒大东，至于海邦，就是遽然地得到了龟山、蒙山，也就得到远东，一直达到海边。同，会同。淮夷来同，莫不率从，鲁侯之功，就是淮夷来会同之后，也就没有不听从的了，这都是鲁侯的功劳。凫是凫山，在今山东鱼台县。《读史方舆纪要》（卷三十二）于邹县凫山说："县西南五十里，连鱼台县界。《诗》'保有凫、绎'，此即凫山也。"又于峄山说："县东南廿五里。……《诗》'保有凫、绎'，绎与峄同。"徐宅，即《常武》篇所征服的徐国。《读史方舆纪要》（卷三十二）于兖州府说："《禹贡》徐、兖二州之域，春秋时属鲁。"保有凫、绎，遂荒徐宅，至于海邦，就是保住了凫山、绎山，也就有了徐国，一直到海的边界。淮夷、蛮、貊，及彼南夷，莫不率从，就是淮夷、南蛮、北貊以及南边的夷人，没有不听从的。诺，唯唯是听。若，顺，与《大田》篇"曾孙是若"、《烝民》篇"天子是若"的"若"同义。莫敢不诺，鲁侯是若，就是没有敢不唯唯是听，只有听顺鲁侯的。从这段话可以看出恢复鲁国土地的途径。一路是往东，就是先占据龟山、蒙山，一步一步往东，一直到达东海边。一路是往南，先占据凫山、绎山，一步一步往南，一直到达南海边。到此，就可了然"居常与许，复周公之宇"的意义了。鲁侯就是以常与许为根据地而一步一步将鲁国恢复的。

从上面的诗句看来，东征也好，南伐也好，都与淮夷有关。换言之，东自鲁国，南至徐宅，都被淮夷侵占了，淮夷的猖獗，可想而知。我们只要知道淮夷在什么时候这样地猖獗，这首诗的时代也就可知道了。在解释西征猃狁的诗篇时，我们曾说宣王五年的时候，南北有两个战场：北战场，南仲为将；南战场，召伯为将，召伯就是在五年冬季征淮夷而阵亡的。因为召伯阵亡，徐国骚动，宣王不得不于六年初春南征。然对徐国还不敢彻底解决，只要徐国听话也就撤兵。淮夷之猖獗，显而易见。现在是宣王八年，陈、宋、北韩、猃狁、荆蛮、申、甫、许、齐等地，次第平定。最后集中全国精锐来征服淮夷，换言之，就是恢复鲁国。从《诗经》来看，事实应该是如此，然有否其他证据呢？有一件极宝贵的资料，就是《敔段铭》。原文是：

> 唯王十月，王在成周，南淮夷迁及内，伐㴲、昴、参、泉、裒、敏、阴、阳洛。王命敔追翻于上洛㤅谷，至于伊，班马。㯭截首百。执讯卌，襄俘人四百。图于㐅伯之所，于㤅衣肆，复付乓君。唯王十又一月，王格于成周大庙，武公入右。敔告禽馘百，讯卌。王蔑敔曆，使尹氏受釐敔圭鬲。𪚔贝五十朋。锡田于敆五十田。于早五十田。敔敢对扬天子休，用作尊段。敔其万年子子孙孙永宝用。

这个段里的重要字句都不可了解，无法充分利用，但有几点可以知道：第一，"唯王十月，王在成周"，是言宣王九年十月在成周,有《竹书纪年》于宣王九年载"王会诸侯于东都,遂狩于甫",可证。冬猎为狩,与此铭的地点、时间正合。第二,"南淮夷迁入内",宣王所以在成周集聚诸侯,就是为征伐淮夷,与我们上边所发现的事迹也正合。第三,"唯王十又一月,王格于成周大庙,武公入右"。宣王九年时的诸侯只有鲁侯称武公,人物也相合。那么此铭所记的当为宣王九年事,自无问题。第四,此铭一方面讲"南淮夷迁入内",一方面又说"武公入右",那么,鲁武公的时候,一定有南淮夷作乱。第五,敔这个人与武公有什么关系,不得而知,但《读史方舆纪要》(卷三十二)于兖州府泗水县载有郚城,说是"在县东南,春秋时鲁邑"。由地理看来,敔不是武公的同姓,就是他的武士,所以《敔敦铭》里提到武公。而淮夷作乱是不是由武公平定的呢?《谥法》说"克定祸乱曰武",假如他没有武功,不可能谥为"武"的。如此讲来,《閟宫》这首诗是否就是歌颂鲁武公呢?是的。然而这里发生了一个问题。诗明明说"周公之孙,庄公之子",庄公之子为僖公,怎么会是鲁武公呢?春秋的时候,赋诗盛行;所谓赋诗就是歌诗篇的一、二章以合己意,现在现成一篇《鲁颂》只要把"献"字改为"庄"字,不就是颂僖公了吗?也就因为这一改,与史迹不合,才给后人增加许多困惑。

再者,《鲁颂》《商颂》在春秋时已单独流传。所以《左传》中称"《鲁颂》"者一次,称"《商颂》"者三次,尤其称引《鲁颂》的一次,正好证明《閟宫》篇不是颂僖公的作品。文公二年《左传》说:

秋八月丁卯，大事于大庙，跻僖公，逆祀也。于是夏父弗忌为宗伯，尊僖公。且明见曰："吾见新鬼大，故鬼小，先大后小，顺也，跻圣贤，明也。明、顺，礼也。"君子以为失礼，礼无不顺。祀，国之大事也，而逆之，可谓礼乎？子虽齐圣，不先父食久矣。故禹不先鲧，汤不先契，文武不先不窋。宋祖帝乙，郑祖厉王，犹上祖也。是以《鲁颂》曰："春秋匪解，享祀不忒。皇皇后帝，皇祖后稷。"君子曰"礼"，谓其后稷亲而先帝也。《诗》曰："问我诸姑，遂及伯姊。"君子曰"礼"，谓其姊亲而先姑也。

这里所引的《鲁颂》，正是《閟宫》篇的句子。文公是僖公的儿子，文公二年，僖公刚刚才死一年，而竟说"《鲁颂》曰"，可见《鲁颂》早已流传。夏父弗忌跻僖公，故"君子"引《鲁颂》与《诗》证明"跻僖公"的不合礼，所以接着说"可谓礼乎"。这个"君子"不知是什么时候人，然系春秋时人，当无问题。假如，《閟宫》篇就是僖公时的作品，怎么可以引作证明呢？《鲁颂》与《诗》并提，绝对不可能《诗》是古代的，而《鲁颂》是新近的。引《诗》赋《诗》是春秋时代的风气，所引的《诗》都是古代的，这一点要知道。

然而《鲁颂》是谁写的呢？我们从此诗"新庙奕奕，奚斯所作"上找消息。先看奚斯是什么时候人。《史记·鲁世家》说："釐公，亦庄公少子。哀姜恐，奔邾。季友以赂如莒，求庆父。庆父归，使人杀庆父，庆父请奔，弗听。乃使大夫奚斯行哭而往。庆父闻奚斯音，乃自杀。"《史记》里的"僖"皆作"釐"，鳌公即僖公。如此讲来，奚斯是僖公时候的人，僖公后武公一百六十多年，奚斯怎么可以为武公做庙呢？奚斯做的是"新庙"，并不是鲁武公的庙。新庙，就是僖公的庙。新庙做成后，奚斯就将原是歌颂武公的作品改换几个字，加上自己的名字就成了现在《閟宫》篇的面目，所以扬雄《法言·学行》说："正考父尝晞尹吉甫矣，公子奚斯尝晞尹吉甫矣。不欲晞则已矣，如欲晞孰御焉。"《说文》："晞，望也。"意思就是正考父与奚斯都想成为尹吉甫。在讲《商颂》各篇的时候，我们曾说正考父知道《商颂》各篇是尹吉甫所写，故他希望成为尹吉甫。奚斯也知道《鲁颂》各诗是尹吉甫所写，故他也希望成为尹吉甫。到此，我们不仅知道此诗的矛盾是谁所制造，也知道《鲁颂》各篇是尹吉甫所写。班固《两都赋序》说"奚斯颂鲁"，王逸《鲁灵光殿赋序》说"奚斯颂僖，歌其路寝，而功绩存乎辞，德音昭乎声"，也知道他们之所以错误是什么原因了。

然尹吉甫到过鲁国吗？《烝民》篇说"仲山甫徂齐，式遄其归。吉甫作诵，穆如清风。仲山甫永怀，以慰其心"，意思就是仲山甫到了齐国，急于回去；吉甫作的诵，就像清风那样和穆；仲山甫在感伤，拿这篇诗来安慰他。足证尹吉甫与仲山甫是一起在齐国。《竹书纪年》于宣王七年说"王命樊侯仲山甫城齐"，那么，他们是宣王七年在齐国。他们这次赴齐，一方面是迎娶庄姜，一方面也是做收复周公之宇的准备，所以尹吉甫送庄姜回卫，而仲山甫仍留在齐国"城彼东方"，故而感伤。复周公之宇是在宣王八年开始，一直到宣王十年才成功。我有一篇《鲁颂到底是颂谁？》，讲得更清楚，收在《诗经研究》

中，请参看。

**【字句解释】**

一章。閟，神。侐，清静。实实，广大。枚枚，细密。閟宫有侐，实实枚枚，就是清静的神殿，盖得高大而结实。回，违。赫赫姜嫄，其德不回，上帝是依，就是显赫的姜嫄，她的德行没有错过，时时是依着上帝。弥月，够月份。无灾无害，弥月不迟，是生后稷，就是既没有灾祸，也没有伤害，满了月份就生下后稷。后熟曰重，先熟曰穋。先种曰稙，后种曰穉。降之百福，黍稷重穋，稙穉菽麦，就是给他降了各样的福禄，有先后熟的小米与高粱，有先后种的大豆与麦子。下国，地上的国家，对上帝而言。种谷曰稼，敛谷曰穑。奄有下国，俾民稼穑，就是急速地有了国土，使人民耕种收获。有稷有黍，有稻有秬，就是收获的有高粱，有小米，有稻子，有黑黍。缵，任。绪，业。奄有下土，缵禹之绪，就是急速地有了土地，担任了夏禹的业绩。整章的意思就是：清静的神殿，建造得雄伟而结实。显赫的姜嫄，没有错误的德行，总是依靠着上帝。既没有灾祸，也没有伤害，满了月份的时候，就生下后稷。给他降下了百般福禄，有先后熟的小米、高粱，也有先后种的大豆、小麦。急速地有了国土，使他的人民耕种与收获，收获的有高粱，有小米，有稻子，有黑黍。急速地有了土地，担任着夏禹的业绩。

二章。翦，剪断，与《甘棠》篇"勿翦勿伐"之"翦"同义。后稷之孙，实维大王，居岐之阳，实始翦商，就是后稷的孙子，也就是大王，占据在岐山之南，实在已经开始在剪断商朝的命脉。至于文、武，缵大王之绪，就是到了文王、武王，担任着大王的业绩。届，极。致天之届，于牧之野，就是达到了天命的极致，在牧野这地方。虞，虑。无贰无虞，上帝临女，就是不要有顾虑，上帝会同你们在一起。《大明》篇里也有同样的两句，这是武王在牧野誓师之词。敦，《释文》于《常武》篇注云"迫也"，此诗同义。克咸，咸克的倒文。敦商之旅，克咸厥功，就是追迫商人的军旅，大家都建立了自己的功劳。王，成王。叔父，周公。元子，伯禽。王曰"叔父，建尔元子，俾侯于鲁。大启尔宇，为周室辅"，就是成王对周公说："叔父，把你的长子伯禽，作为鲁国的君主。大大地开发你的土地，作为周室的辅佐。"整章的意思就是：后稷的孙子，也就是大王，占据了岐山的南边，在开始剪断商朝的命脉。到了文、武，又担任起大王的业绩。达到天命的极致，是在牧野的时候。武王誓师说："不要有什么怀疑，不要有什么顾虑，上帝与你们在一起。"追逐商人的军旅，大家都建立了自己的功劳。成王对周公说："叔父，派遣你的长子，作为鲁国的君主。大大地开发你的土地，作为周室的辅佐。"

　　三章。鲁公，伯禽。乃命鲁公，俾侯于东，就是命令鲁公作为东土的君主。附庸，属国。锡之山川，土田附庸，就是赐给山川、土田以及附庸之国。"庄公之子"应为"献公之子"，前已解说。龙旂，诸侯的旗帜。承祀，奉祀。耳耳，众多貌。周公之孙，献公之子，龙旂承祀，六辔耳耳，就是周公的子孙，献公的儿子，打着龙旂来祭祀，车马非常地众多。春秋，犹言四季。忒，差。春秋匪解，享祀不忒，就是四季都不懈怠，祭享一点也不差错。后帝，上帝。骍牺，纯赤色的牛。皇皇后帝，皇祖后稷，享以骍牺，就是伟大的上帝，祖先的后稷，为他们奉献上纯赤色的牛。飨，上享下。宜，肴，此处作动词用，吃的意思。整章的意思就是：于是命令鲁公作为东土的君主，赐给他山川、土田以及附庸国家。周公的子孙，献公的儿子，打着龙旂来祭祀，车马非常地众多。一年四季都不懈怠，祭祀一点也不敢差错。伟大的上帝，祖先的后稷，为他们奉献的是纯赤色的牛。他们下来享受过了，吃过了，降下了许许多多的福禄。做祖宗的周公，也赐给你些福祉。

四章。尝，秋祭曰尝。载，则。楅衡，以横木着牛角，防其触人。秋而载尝，夏而楅衡，就是秋天用以祭祀的牛，夏天就以横木把它的角扎起来。白牡，白色的牡牛。刚，犅之假借；骍犅，赤色的牡牛。牺尊，即兕觥，兕觥专作祭祀之用，形状如兽的尊子。《七月》篇"称彼兕觥"、《桑扈》与《丝衣》两篇"兕觥其觩"的"兕觥"，都是祭祀用的酒尊。将将，金属所发出的声音。白牡骍刚，牺尊将将，就是白的牡牛，赤的牡牛，以及锵锵作响的兕觥。毛炰，小猪。胾羹，肉汤。大房，盛半体牲之俎。毛炰胾羹，笾豆大房，就是小猪、肉汤、笾豆、盛半体牲之俎。这些都是用以祭祀的物品。洋洋，盛大貌。周人于祭祀时一定要跳舞，所跳的舞就叫万舞。孝孙，孝顺的孙子，意即后代。万舞洋洋，孝孙有庆，就是盛大的万舞跳起来了，能尽孝的子孙有福了。炽，盛。昌，大。常，上。"俾尔炽而昌，俾尔寿而臧。保彼东方，鲁邦是常"，就是保佑您发达，保佑您昌盛，保佑您高寿，保佑您平安，守住那个东土，各国都以鲁国为上。不亏不崩，就是《天保》篇的"不骞不崩"，不亏损、不倒塌的意思。震，惊动。腾，乘。三寿，谓上寿、中寿、下寿。上寿，百二十岁；中寿，百岁；下寿，八十岁。朋，比。如冈如陵，就是像山冈，像丘陵。《天保》篇里曾用这一句祝贺南仲，现在用以祝贺鲁武公。整章的意思就是：秋天用以祭祀的牛，夏天就把它的角以横木捆绑起来。白色的牡牛，赤色的牡牛，兕觥的酒尊锵锵在响。小猪、肉汤、笾豆以及盛半体牲的俎。盛大的万舞跳起来了，孝顺的子孙有福了。保佑您发达，保佑您昌大，保佑您长寿，保佑您平安。使您能保守着东方，万邦以鲁国为上。不亏损，不倒塌，不震惊，不被人所乘。与三寿相比，就像山冈，就像丘陵那样长寿。

五章。朱英，盇饰，就是盇上的朱色缨。縢，行縢，即《采菽》篇的邪幅，今之缠腿。《战国策·秦策》"赢縢履蹻"即此。绿縢，绿色的缠腿。二矛重弓，一车上两支矛，两张弓。公车千乘，朱英绿縢，二矛重弓，就是公的戎车有一千乘，都是朱颜色的盇英、绿颜色的缠腿，每辆戎车上有两支矛、两张弓。徒，步卒。胄，盇。贝胄，以贝壳所饰之胄。緅，线。《诗经》中用"烝徒"的还有《棫朴》篇"烝徒楫之"的烝徒，指水师，此诗的"烝徒"意义也应相同，否则就与上边"公徒"的徒重复了。增增，众多。公徒三万，贝胄朱緅，烝徒增增，就是公的步卒有三万之多，都是戴着朱线所缝的贝壳胄，另外还有众多的水师。膺，击。荆，荆蛮。舒，国名，在今安徽舒城县。《读史方舆纪要》（卷二十六）于舒城县舒城说："即今县治。春秋时舒庸、舒鸠诸国地。……《诗》云'荆、舒是惩'，即此舒矣。"承，挡。戎、狄是膺，荆、舒是惩，则莫我敢承，就是击败了戎、狄，惩罚了荆、舒，没有敢抵挡我的。《成鼎铭》（见《两周金文辞大系考释》）一方面说"噩侯驭方率南淮夷、东夷广伐南国东国至于历寒"，一方面又说"武公迺命我率公朱车百乘，囚驭百徒"。噩侯驭方与武公并提，而噩侯驭方，我们曾说就是《采芑》篇的方叔，武公是鲁武公，可证他们都在征伐淮夷以及南国东国。老年人的头发由黑变白，又由白变黄。台鱼皮黑而且皱，老年人的皮肤也是如此，故言台背。胥，相。试，帜，与《采芑》篇"师干之试"的"试"同义。黄发台背，寿胥与试，就是黄头发，台鱼背，这就是寿相的标志。南仲与方叔的年龄都很高，所以尹吉甫用黄发、台背、眉寿这些字眼来恭贺他们，现在又用这些字眼来恭贺武公，这时武公的岁数也一定很高。整章的意思就是：公的戎车有千乘之多，都是朱色的盔英、绿色的缠腿，每辆车上都有两支矛、两张弓。公的步卒有三万之众，都是戴着朱线缝的贝壳所制的胄，另外还有众多的水师。击败了戎、狄，又惩罚了荆、舒，没有敢抵挡我的。保佑您昌盛而发达，保佑您长寿而富贵。黄头发，台鱼背，就是寿相的标志。保佑您昌盛而宏大，保佑您耆年而艾寿。有千年的长寿，长寿没有灾害。

六章。泰山为齐、鲁的分界，其阳为鲁，其阴为齐。岩岩，积石貌。詹，瞻。泰山岩岩，鲁邦所詹，就是纯是石头的泰山，为鲁国所瞻仰。整章的意思就是：纯是石头的泰山，为鲁国所瞻仰。急速地占据了龟山、蒙山，跟着征服了远东，一直达到海边的国家。淮夷归顺了，各国也就跟着听从，这是鲁侯的功业。

七章。整章的意思就是：保住了凫山、绎山，跟着征服了徐土，一直到达海边的诸国。淮夷啦，蛮貊啦，以及那些南夷诸国，跟着也就听从。没有不唯唯是听，听从鲁侯的话。

八章。纯嘏，鸿福。天锡公纯嘏，眉寿保鲁，就是老天赐给鲁公这样大寿，让他长寿地保守鲁国。燕，安；燕喜，燕安而喜乐。令，善；令妻，尊称鲁侯的妻子。寿母，高寿的母亲。宜，肴，此处作动词用。鲁侯燕喜，令妻寿母，宜大夫庶士，就是鲁侯安定了，欢乐了，同妻子与母亲一起来欢宴大夫们与众士。邦国是有，就是邦国现在算是保全了。儿齿，年老而齿如儿童的一样整齐，是健康的表现，也是一句对老年人祝贺的成语。整章的意思就是：老天赐给鲁公这样的大寿，让他长寿保护鲁国。根据棠潜与许田，恢复了周公原有的土地。鲁侯现在安定了，欢乐了，与良善的太太、高寿的母亲来欢宴大夫与众士，因为邦国保住了。由于多福，所以能有黄头发、儿童齿的高寿与健康。

九章。徂来山，在今山东泰安县。《读史方舆纪要》（卷三十一）于泰安县亭禅山说："徂徕山，州东南四十里。《诗》'徂来之松'，谓此也。"又于新泰县宫山说："县西北四十里。……旧名小泰山，即古新甫山矣。《诗》'新甫之柏'，是也。"断，斩断。度为劚之省；《广雅》："劚，分也。"（马瑞辰说）八尺曰寻。徂来之松，新甫之柏，是断是度，是寻是尺，就是徂来山的松树，新甫山的柏树，斩断来，分开来，有的分成一寻，有的分成一尺。桷，椽之方者。舃、斥，古今字；《苍颉篇》："斥，大也。"（马瑞辰说）路寝，正寝，治事之所。松桷有舃，路寝孔硕，就是松木所做的方椽很大，正寝非常地广宽。曼，长。若为诺之假借。孔曼且硕，万民是若，就是又长又大，万民都诺诺称赞。整章的意思就是：徂来山的松树，新甫山的柏树，斩断来，分开来，有的分成一寻，有的截为一尺，松木的方椽很大，正寝非常地宽敞。雄伟的新庙，是奚斯所造，盖得又长又大，万民都为之诺诺称赞。

**【诗篇联系】**

这首诗是谁写的呢？假如说是尹吉甫所写，这里就发生了一个问题，奚斯后尹吉甫一百五十年，尹吉甫作的《閟宫》里怎么会有"新庙奕奕，奚斯所作"呢？这就显出奚斯作伪的证据了。奚斯想当尹吉甫，当新庙造成祭祀僖公的时候，他把这首诗里的"献公"改为"庄公"，也就变成祭僖公的作品了。然他又不愿意埋藏自己做庙的功劳，所以加上一句"新庙奕奕，奚斯所作"，附骥尾而名也显了。诗既是尹吉甫所写，他一定参与了"复周公之宇"的战役，那么，使《诗经》中凡有东征字样的诗篇都有了作者。如《东山》篇说"我徂东山，慆慆不归"，东山就是蒙山；《大东》篇说"东人之子，职劳不来"；《旄丘》篇说"狐裘蒙戎，匪车不东。叔兮伯兮，靡所与同"；《伯兮》篇说"伯也执殳，为王前驱。自伯之东，首如飞蓬"；《匪风》说"谁将西归，怀之好音"：这些无法了解的诗，也都有了安排。然尹吉甫是在哪一年东征呢？《东山》篇说"自我不见，于今三年"，意思就是东征了三年。尹吉甫于宣王七年上半年戍申、戍甫、戍许，下半年赴齐迎庄姜，他的东征当在宣王八年。从八年到十年为三年，换言之，也就是东征战事是从八年起到十年止。事实是否如此呢？我们再来证明。《竹书纪年》于宣王九年载说"王会诸侯于东都，遂狩于甫"，《车攻》篇说"东有甫草，驾言行狩"，与《纪年》正合。《诗经》中凡是狩猎都是战争的准备，如《驷驖》篇所言的狩猎是平陈与宋的准备，《吉日》篇所言的是征伐玁狁的准备，此篇所言的狩就是东征的准备。此次战事持继了三年，为时最久，于解释《大东》篇时，会有详细的说明。到此，不仅对尹吉甫的生平又知道了一大段，就是宣王的复兴史也掀开了一页，下边就会逐一看出。

这首诗是尹吉甫所写，还有一个极有力的证据。《大东》篇说"小东大东，杼柚其空"，小东是近东，即此诗的凫山、绎山以西一带。大东即远东，即此诗的龟山、蒙山以东一带。《大东》篇是尹吉甫东征时的自传——可知尹吉甫也参与了复周公之宇的战役。

## 【诗义辨正】

由于奚斯改动《閟宫》篇，不仅《毛序》搞不清真相，后来的人也都无法明了。我们只看姚际恒的一段话就可知道，他说："《小序》谓'颂僖公能复周公之宇'，人多非之。予谓此即用诗中语，亦未为非也。大抵时至春秋，谄谀之意多，规谏之风少，僖公庸主而颂之，则此诗可知矣。"他知道这里边有问题，但怎样解决这个问题，他就不知道了。

## 二

## 泮水（鲁颂）

思乐泮水，薄采其芹。鲁侯戾止，言观其旂。其旂茷茷，鸾声哕哕。无小无大，从公于迈。

思乐泮水，薄采其藻。鲁侯戾止，其马蹻蹻。其马蹻蹻，其音昭昭。载色载笑，匪怒伊教。

思乐泮水，薄采其茆。鲁侯戾止，在泮饮酒。既饮旨酒，永锡难老。顺彼长道，屈此群丑。

穆穆鲁侯，敬明其德。敬慎威仪，维民之则。允文允武，昭假烈祖。靡有不孝，自求伊祜。

明明鲁侯，克明其德。既作泮宫，淮夷攸服。矫矫虎臣，在泮献馘，淑问如皋陶，在泮献囚。

济济多士，克广德心。桓桓于征，狄彼东南。烝烝皇皇，不吴不扬。不告于讻，在泮献功。

角弓其觩，束矢其搜。戎车孔博，徒御无斁。既克淮夷，孔淑不逆。式固尔犹，淮夷卒获。

翩彼飞鸮，集于泮林，食我桑黮，怀我好音。憬彼淮夷，来献其琛，元龟象齿，大赂南金。

释音：薄，音迫。茷，音配。哕，音慧。鸮，音枭。憬，音景。

## 【诗义关键】

先看"既作泮宫"的泮宫在什么地方。《读史方舆纪要》(卷三十二)于曲阜县书云台说:"在城内东南故泮宫中,亦曰泮宫台。《诗》所谓'既作泮宫,淮夷攸服'者。"朱右曾《诗地理征》引《水经注》说:"灵光殿之东南即泮宫也。在高门直北道西宫中。有台高八十尺,台南水东西一百步,南北六十步。台西水东西六十步,南北四百步。台池咸结石为之,《诗》所谓'思乐泮水'也。"由于泮宫台与泮水的形势,使我们想到宣王所筑的灵台与灵沼的关系,都是因水筑台以作庆功之用。所以诗言"既作泮宫,淮夷攸服",就是做了泮宫,淮夷就有归服之所。这首诗从头到尾是讲献功的事,鲁侯,当指武公。

## 【字句解释】

一章。思,语词。思乐泮水,薄采其芹,就是欢乐的泮水呀,急忙地在那里采芹。鲁侯戾止,言观其旂,就是鲁侯来到了,只要看他的旂就知道。旂象征诸侯的职位,诸侯在什么地方,他的旂也在什么地方。《采菽》篇说"君子来朝,言观其旂",《庭燎》篇说"君子至止,言观其旂",是讲南仲,与此诗的制度正同。"其旂茷茷",与"鸾声哕哕"对称,哕哕是鸾声,则茷茷当为旂被风吹所发之声。其旂茷茷,鸾声哕哕,就是他的旂哗哗在飘,鸾铃也在哕哕作声。小、大,屈万里注为"谓老少也",非是。因为这首诗是讲献功的,并不关系老少。大小应指远近,《大东》篇的"小东"指近东,"大东"指远东,此处的大小,应指远近诸侯。无小无大,从公于迈,就是远近的诸侯，都随着鲁公来到泮水。于，作在讲，迈，作行讲，因为这一章是讲鲁侯来泮宫时的情形。整章的意思就是：在那欢乐的泮水里，匆匆地采摘芹菜。鲁侯来到了，已经看到他的旂了。他的旂哗哗在飘，鸾铃哕哕地作声。远近的诸侯，都跟着他来到泮水。

二章。蹻蹻，高大貌。"其马蹻蹻"与"其音昭昭"对称，其马，指鲁侯的马；其音，当亦指鲁侯的声音。意思就是他的马是高大的，他的声音是洪亮的。声音洪亮，也是一种对老年人的恭维话。色，谓面色温和。载色载笑，匪怒伊教，就是面色和气而带着笑容，不像在教训人时那样的怒气。整章的意思就是：在那欢乐的泮水里，急忙地采摘水藻。鲁侯来到了，他的马是高大的，他的声音是洪亮的，面色温和而带笑容，不像在教训人时那样怒气冲冲。

三章。茆，莼菜。难老，即难于衰老，长寿之意。永锡难老，就是永远赐给他长寿不老。群丑，指淮夷、荆、舒诸夷。整章的意思就是：在那欢乐的泮水里，急忙地采摘莼菜。鲁侯来到了，在泮宫里饮酒。既然喝的是美酒，也就永远不会衰老。遵循那个正常的轨道，屈服了这些作乱的人。

四章。昭假，降临。昭假烈祖，就是烈祖降临。祜，福。靡有不孝，自求伊祜，就是他没有不孝敬的地方，他的福都是他自己求得的。整章的意思就是：和穆的鲁侯，很恭谨地在表现他的德行。对于威仪非常谨慎，可为人民的法则。能文能武，于是将列祖都请下来了。没有不孝敬的地方，他的福禄都是他自己求得的。

五章。明明，为勉勉之假借，与《大明》篇"明明在下"的"明明"同义。矫，勇武貌。问，通闻；淑问，令闻，好的声誉。《史记·五帝本纪》说："舜曰：'皋陶，蛮夷猾夏，寇贼奸宄，汝作士。'"士就是周时的武士。武士的主要任务在平乱。《郑笺》说"又使善听狱之吏如皋陶者献囚"，非是。淑问如皋陶，在泮献囚，就是像皋陶这样声望好的人，在泮宫献上了囚俘；正是指武士而言。整章的意思就是：勤勉的鲁侯，他能表明他的德行。现在建造了泮宫，淮夷也就有归顺之所。武勇的虎臣，在泮宫献上了敌人的耳朵；还有像皋陶那样声望好的人，在泮宫献上了囚徒。

六章。在解释《清庙》篇的时候，我们曾经证明"多士"是对殷士的称谓，那么此诗说"济济多士，克广德心。桓桓于征，狄彼东南"，可见殷人也参加了此次"复周公之宇"的战役。《烝民》篇说"王命仲山甫，城彼东方"，筑城就在复鲁，我们追究一下仲山甫是什么地方人，也可了解殷士参加东征的缘故。《潜夫论·志氏姓》说："昔仲山甫亦姓樊，谥穆仲，封于南阳。南阳者，在今河内。"注引《续汉书·郡国志》说："河内郡修武，故南阳，秦始皇更名。"由此看来，仲山甫是现今河南修武县人。河内原为殷国，那么他所率领的军队当系殷士，此其所以复鲁战争中有"多士"的出现。克广德心，就是能推广他们的德心，可知他们既不是鲁人，也不是周人。桓桓，武貌。狄，读为剔；剔，治。《毛传》："烝烝，厚也。皇皇，美也。"《郑笺》："吴，哗也。讻，讼也。"烝烝皇皇，不吴不扬，不告于讻，在泮献功，就是众多地、辉煌地，既不喧哗，也不宣扬，又不诉苦，在泮宫献上自己的功劳。因为殷士是客人，所以这一章特别来颂扬他们。整章的意思就是：众多的殷士，能推广他们的德心，武勇地在出征，整治那个东南方。众多地、辉煌地，既不喧闹，也不张扬，更不诉苦，在泮宫献上他们的功劳。

七章。角弓，以角所饰之弓。觩，曲貌。角弓其觩，就是一张张弯曲的角弓。搜，聚。束矢其搜，就是一捆捆束着的箭。博，大。戎车孔博，就是一辆辆宽大的戎车。无斁，不厌。徒御无斁，就是永无厌倦的人马。不逆，不违。既克淮夷，孔淑不逆，就是既然征服了淮夷，也就显出他们非常地良好而不违逆命令。尔，指鲁侯。犹，谋。式固尔犹，淮夷卒获，就是也就由于您的计谋，才终于平定了淮夷。整章的意思就是：一张张弯曲的角弓，一捆捆束着的箭，一辆辆宽大的戎车，以及永不厌倦的人马。现在征服了淮夷，也就显出了他们非常精良并服从命令。然这都是由于您的计谋，才终于平定淮夷的。

八章。鸮，俗称猫头鹰。黮，同葚。翩彼飞鸮，集于泮林，食我桑黮，怀我好音，就是翩翩在飞的猫头鹰，集聚在泮水的林子里，吃我桑树上的葚，记着我的好意。憬，觉悟。琛，宝。憬彼淮夷，来献其琛，就是觉悟了的淮夷，来献他的宝物。元龟，大龟。赂，读为璐（《群经平义》说）。南金，南方所出之金子。元龟象齿，大赂南金，就是所奉献的是大龟、象牙、大璐与南方所出的金子。整章的意思就是：翩翩在飞的猫头鹰，落在泮水的林子里，在吃我桑树上的葚，记着我的好意。觉悟了的淮夷，来贡献他的宝物，贡献的有大龟、象牙、大璐以及南方所出的金子。

## 【诗义辨正】

《毛序》："《泮水》，颂僖公能修泮宫也。"因为他把《鲁颂》里的诗都认为是颂僖公，连带着认为这一首诗也是颂僖公。这些诗用来歌颂僖公，有可能；但绝不是僖公时的作品，此中曲折，上边已经说明。姚际恒说："若僖公则十六年冬从齐侯会于淮，而为齐执；明年九月乃得释归。诗言纵夸大，不应以丑为美至于如此也！"他又说："许鲁斋谓颂伯禽之诗，盖伯禽有征淮夷事，见于《费誓》。"《费誓》里的事迹，除提到淮夷外，其他根本与此诗无关。此诗说"济济多士，克广德心"，多士是指殷士。伯禽之征淮夷能用殷士吗？一定是主宰殷民的人才能用殷士，伯禽是鲁人，他怎么能使用殷士呢？姚际恒又说："泮宫，宋戴仲培、明杨用修皆以为泮水之宫，非学宫。其说诚然。按《通典》载'鲁郡泗水县，泮水出焉'，泮为水名可证。"泮宫非学宫，泮为水名，他们说对了；但引泗水县的泮水而认为在那里做宫，则非是。泗水县离鲁国的首都曲阜有六十里，胜利后不在首都受降而要在六十里外的泮水边上筑宫受降，为的是什么呢？一定要根据作品的时间、地点、人物、事件、景物、情感来考证，才能得出正确的结果；否则就是附会了。

## 三

## 有駜（鲁颂）

有駜有駜，駜彼乘黄。夙夜在公，在公明明。振振鹭，鹭于下。鼓咽咽，醉言舞。于胥乐兮！

有駜有駜，駜彼乘牡。夙夜在公，在公饮酒。振振鹭，鹭于飞。鼓咽咽，醉言归。于胥乐兮！

有駜有駜，駜彼乘䭚。夙夜在公，在公载燕。自今以始，岁其有。君子有穀，诒孙子。于胥乐兮！

释音：駜，音必。咽，音渊。

## 【诗义关键】

这首诗与《閟宫》《泮水》相同之点有四：第一，《閟宫》篇说"公车千乘""公徒三万"，公是鲁公，这些车徒都是为鲁公而作战；此诗说"夙夜在公，在公明明"，意思就是从早到晚为公，勤勤勉勉地为公，都是对公服役。第二，《閟宫》篇说"鲁侯燕喜，令妻寿母，宜大夫庶士"，是在欢宴大夫庶士；此诗说"夙夜在公，在公载燕"，也是公赐给群臣的宴饮。第三，《閟宫》篇说"万舞洋洋，孝孙有庆"，是祭祖时在跳舞，此诗说"振振鹭，鹭于下"，"振振鹭，鹭于飞"，也是在跳舞。周人在胜利后祭祖时一定要跳舞。《振鹭》篇说"振鹭于飞，于彼西雝"，这是獯狁战事结束后在镐京跳舞。《那》篇说"庸鼓有斁,万舞有奕",这是征服荆蛮后在商邑跳舞。这首诗的跳舞,是为恢复鲁国后的欢乐。第四,《泮水》篇说:"济济多士,克广德心。桓桓于征,狄彼东南。"参加此次战役的有殷士,殷士不是鲁国人,等于尹吉甫不是鲁国人一样。战事结束后,他们都要回去,所以此诗说:"醉言归。"这个"归"字的意义颇为深长,不是泛言回去。有此四点相同,假如我们把此诗排在这里,说是鲁武公在设宴时,尹吉甫即席歌颂他的诗,不会有错吧?

## 【字句解释】

一章。駜,马肥壮貌。乘黄,四匹黄色的马。有駜有駜,駜彼乘黄,就是肥壮呀,肥壮呀,那四匹肥壮的黄马。在公,为公。夙夜在公,在公明明,就是从早到晚,勤勤勉勉地为公。鹭于下,即鹭羽在上下,形容舞姿。咽咽,与《采芑》篇"伐鼓渊渊"的"渊渊"同声同义,都是鼓声。下一"于"字为发语词。胥,皆。鼓咽咽,醉言舞,于胥乐兮,就是咽咽的鼓声在响,喝酒吧,喝醉了好跳舞,快乐啊,大家真是快乐啊!整章的意思就是:肥壮呀,肥壮呀,那四匹肥壮的黄马。从早到晚为公,勤勤勉勉地为公。振动的鹭羽,上上下下地在振动。咽咽的鼓声在响,喝酒吧,喝醉了好跳舞。快乐啊,大家真快乐!

二章。《湛露》篇说"不醉无归",《宾之初筵》篇说"彼醉不(读为丕)臧,不醉反耻",古人以喝醉为美,故此诗言"醉言归"。整章的意思就是:肥壮呀,肥壮呀,那四匹肥壮的牡马。从早到晚为公，为公就有酒喝。振动的鹭羽，鹭羽在上下飞动。咽咽的鼓声在响，喝酒吧，喝醉了好回去。快乐呀，大家真快乐！

三章。駽，赤黑色的马。载，则。燕、讌，古今字；在公载燕，就是为公就有宴饮。有，就是《閟宫》篇"邦国是有"的"有"。自今以始，岁其有，就是从今开始，永远保有了国土，所以下边接着说"君子有穀，诒孙子"，穀是禄的意思。整章的意思就是：肥壮呀，肥壮呀，那四匹肥壮的駽马。从早到晚为公，为公就有宴饮。从现在开始，永远保有了国土。君子有了福禄，贻给他的子孙。快乐呀，大家真快乐！

## 【诗义辨正】

《毛序》："《有駜》，颂僖公君臣之有道也。"姚际恒批评说："未有据……不切合。"《集传》说："此燕饮而颂祷之辞。"姚际恒又批评说："无以定其为何公何事。"现在我们知道"公"是鲁武公，那么，时间、地点、人物、事件、意义都可一目了然。

## 四

## 破斧（豳风）

既破我斧，又缺我斨。周公东征，四国是皇。哀我人斯，亦孔之将！

既破我斧，又缺我锜。周公东征，四国是吪。哀我人斯，亦孔之嘉！

既破我斧，又缺我锹。周公东征，四国是遒。哀我人斯，亦孔之休！

释音：斨，音枪。吪，音哦。遒，音囚。

## 【诗义关键】

这首诗的关键就在"既破我斧，又缺我斨"，"既破我斧，又缺我锜"，"既破我斧，又缺我锹"的"我"是谁。追究出这个"我"是谁，诗义就整个明朗了。斧、斨、锜、锹，都是木匠的工具，那么这个"我"一定与木工有关。我们就将《诗经》里有关木工的诗做一追究。《大东》篇说："小东大东，杼柚其空。"《方言》："土作谓之杼，木作谓之柚。"这两句诗的意思就是远东近东，在那里做遍了土工与木工。然这是谁呢？《大东》篇又说："东人之子，职劳不来；西人之子，粲粲衣服。舟人之子，熊罴是裘；私人之子，百僚是试。"东人与西人对称，舟（周）人与私人对称，由诗义看来，东人就是私人，西人就是周人，只要我们追究出东人而兼私人的是谁，不仅知道《大东》篇是谁写的，连带着《破斧》篇的"我"是谁也都知道了。《史记·周本纪》说："子昌立，是为西伯，西伯曰文王。"又说："武王朝至于商郊牧野乃誓。武王左杖黄钺，右秉白旄以麾曰：'远矣西土之人。'"在在证明周人自称为西人。武王是在商郊牧野自称为西人，那么，牧野一带自然称为东了。《汉书地理志补注》（卷十）于"东郡"引《史记索隐》说："魏都大梁，濮阳、黎阳，并是魏之东地，故立郡名东郡也。"又引《魏书·地形志》说："东郡，秦置，治滑台城。"在在证明卫国是东。尹吉甫在卫国做士，他的家就住在复关，而复关就在濮阳，正属东郡范围。再者，他的原籍是南燕，南燕也属东郡。知道了东是指什么地方，以下再追究"私人"指的是谁。

《崧高》篇说："王命傅御：'迁其私人。'私人，当是属于申伯的人。由此可知，属于诸侯之人称为私人。尹吉甫在卫国做士，不正是卫国的私人吗？东人与私人这两种身份他兼而有之，那么，《大东》篇里自称东人与私人的不就是尹吉甫吗？然尹吉甫是否可以负责土木工程呢？他在西征狎狁的时候，就负过这种任务，在解释《考槃》与《鸿雁》两诗时，曾经讨论过。他本是武士，应该去作战，而让他负责这种任务，所以他在《大东》篇里发牢骚说"百僚是试"，在《北山》篇说"靡事不为"。知道了他在东征时负的是土木工程的责任，而一连又是三年，就了然"既破我斧，又缺我斨"，"既破我斧，又缺我锜"，"既破我斧，又缺我銶"的意义了。这首诗一方面说出了他的任务，一方面又显出时间之久。然他的东征怎么又提出周公的东征呢？因为周公曾经东征，平定了东土；他们现在又东征，也平定了东土，有自我夸耀性格的尹吉甫，自然想同周公比拟了。所以诗言"哀我人斯，亦孔之将"，"哀我人斯，亦孔之嘉"，"哀我人斯，亦孔之休"，注意这个"亦"字。这首诗的着眼点是在这几句，而不在周公东征；可是解此诗的都着重在周公，因而这首诗也就不能了解了。我有一篇《释诗〈破斧〉》，解得更为详细，收在《诗经研究》里，请参看。

## 【字句解释】

一章。皇，匡。四国是皇，就是四国是正。《广雅》："将，美也。"整章的意思就是：我的斧头使破了，我的斨也缺口了。周公东征的结果，是匡正了四方。我们这些人呀，所做的也非常美好！

二章。锜，凿属。吪，化。整章的意思就是：我的斧头使破了，我的凿子也缺口了。周公东征的结果，是感化了四方。我们这些人呀，所做的也非常可嘉！

三章。銶，凿柄。遒，敛。休，美。整章的意思就是：我的斧头使坏了，我的凿柄也缺了。周公东征的结果，是四方不敢作乱。我们这些人呀，所做的也非常不错！

## 【诗义辨正】

《毛序》："《破斧》，美周公也。周大夫以恶四国焉。"他只看到周公而没注意到"我"，才这样解释。因为没有注意"我"，且不知"我"是谁，无论如何解释，也解释不通。我们且将姚际恒的解释引来看看。他说："每章首二句是比。以斧比周公，以斨、锜、銶比成王。犹云：'既危我周公矣，又将危及我成王也。'郑氏曰：'四国流言，既破毁我周公，又损伤我成王，以此二者为大罪。'得之。自欧阳氏误以斧、斨为杀伐之用，《集传》从之；严氏已不信，谓'诗人言兵器必曰弓、矢、干、戈、矛、戟，无言斧、斨、锜、銶者。斧与斨并言，乃豳人所用以采桑者。又锜为凿属,銶为木属,皆非兵器',是已。按下篇云'伐柯伐柯,匪斧不克',尤可证。然其谓'行师有除道、樵苏之事,故用斧、斨',则迂矣。况非此解乎?"你们看,因为不知道这首诗的真实事迹,产生多少可笑、幼稚而又无谓的争辩!

## 五

### 駉（鲁颂）

駉駉牡马,在坰之野。薄言駉者,有驈有皇,有骊有黄,以车彭彭。思无疆,思马斯臧!

駉駉牡马,在坰之野。薄言駉者,有骓有駓,有骍有骐,以车伾伾。思无期,思马斯才!

駉駉牡马,在坰之野,薄言駉者,有驒有骆,有骝有雒,以车绎绎。思无斁,思马斯作!

駉駉牡马,在坰之野。薄言駉者,有骃有騢,有驔有鱼,以车祛祛。思无邪,思马斯徂!

释音:駉,音扃。坰,音扃。驈,音聿。骊,音离。骓,音追。駓,音丕。驒,音驮。骝,音留。骃,音因。騢,音遐。驔,音簟。祛,音区。邪,读徐。

## 【诗义关键】

先看"在坰之野"的"野"在什么地方。《诗地理征》引刘公干《鲁都赋》说:"戢武器于有炎之库,放戎马于巨野之坰。"巨野即山东巨野县巨野泽。《读史方舆纪要》(卷三十三)于巨野县巨野泽说:"县东五里。《志》云:'泽东西百里,南北三百里,亦曰大野。'《禹贡》:'大野既潴。'《职方》:'其泽薮曰大野。'《春秋》哀十四年:'春,西狩于大野。'《尔雅》:'十薮,鲁有大野。'是也。"此诗之野即巨野,春秋时属鲁。坰,《说文》引作駉,注说"牧马苑也"。在坰之野,就是在牧马苑的巨野。《诗经》中凡言牡马都指战马,周时车战,必须养马,《閟宫》篇说"公车千乘",每乘四马,千乘至少得有四千匹马。巨野,就是鲁国的牧马之所。然这首诗是讲什么呢?此诗的每章都以"以车彭彭。思无疆,思马斯臧","以车伾伾。思无期,思马斯才","以车绎绎。思无斁,思马斯作","以车祛祛。思无邪,思马斯徂"同样的语句作结。我们只要了解了这几句诗的意义,诗义就容易寻求了。

以,驾车的意思。僖公二十六年《左传》:"凡师,能左右之曰以。"左右人曰以,左右车亦曰以。以车,就是驾车。彭彭,车行声。疆,界。无疆,没有止境。思,语词。"以车彭彭。思无疆,思马斯臧",就是驾起车来跑得彭彭作响,跑得没有止境呀,真是一些良马! 伾伾,《毛传》:"有力也。"期,期限。才,能干。"以车伾伾。思无期,思马斯才",就是驾起车来有力得很,跑得很远很远呀,真是一些能干的马! 绎绎,继续。斁,厌。作,作为。"以车绎绎。思无斁,思马斯作",就是驾起车来能不停地跑，一点也不感觉疲倦呀，真是一些有作为的马！祛祛，强健。邪，读徐，缓的意思。徂，往。"以车祛祛。思无邪，思马斯徂"，就是驾起车来强壮得很，跑得一点也不慢呀，真是一些勇往直前的马！这些诗句，没有一句不是赞美马的。每章诗的开始，都是先提出些马的名字，然后再加以赞美。这是一首赞美马的诗，毫无问题。

然在什么场合之下赞马呢？再从"薄言"二字上找消息。薄，迫；言，而。《诗经》中凡用"薄言"，都是急忙的意思。如《芣苢》篇"薄言采之"，《采蘩》与《出车》篇"薄言还归"，《邶风·柏舟》篇"薄言往愬"，《采芑》篇"薄言采芑"，《采绿》篇"薄言归沐""薄言观者"，《时迈》篇"薄言震之"，《有客》篇"薄言追之"，都是此义。薄言驷者，就是急忙地来看这些肥壮的马。到此，使我们想到《泮水》篇说"在泮献囚""在泮献馘""在泮献功"，献功时，胜利品中不能没有马，而这些马都养在巨野，所以诗言"驷驷牡马，在坰之野。薄言驷者，有骊有皇，有骊有黄，以车彭彭"，意思就是肥大的牡马，在巨野的牧马之所，急忙地来看，有骊马、有皇马，有骊马、有黄马，驾起车来彭彭作响。既言"在坰之野"，当然不是在城市；而现在又言"薄言驷者"，当然是到跟前，那么，不是献来的马是什么？从这些语辞，可以知道这首诗是鲁武公在泮宫受降，当献上俘获的马时，尹吉甫歌此以祝贺。我们就照这个意思将此诗作一解释。

## 【字句解释】

一章。骊马白胯者曰驈。黄马杂白者曰皇。马色纯黑者曰骊。黄,黄色的马。整章的意思就是:肥大的牡马,在巨野的牧马之所。急忙地来看这些马,有黑马白胯者,有黄马杂白者,有纯黑色的马,有纯黄色的马,驾起车来彭彭作响。跑起来没有止境呀,真是一些良好的马!

二章。苍白杂毛之马曰骓。黄白杂毛之马曰駓。赤黄的马曰骍。马色青骊纹如博棋者曰骐。整章的意思就是:肥大的牡马,在巨野的牧马之所。急忙地来看这些马,有苍白杂毛的马,有黄白杂毛的马,有赤黄的马,有青骊纹如博棋的马,驾起车来有力得很。跑得很久很久呀,真是一些能干的马!

三章。毛色斑驳似鱼鳞者曰驒。白马黑鬣曰骆。赤身黑鬣曰骝。黑身白鬣曰雒。整章的意思就是:肥大的牡马,在巨野的牧马之所。急忙地来看这些马,有毛色斑驳似鱼鳞的马,有白色黑鬣的马,有赤身黑鬣的马,有黑身白鬣的马,驾起车来永不休止。跑起来永远也不厌倦呀,真是一些有作为的马!

四章。阴白杂毛的马曰骃。赤白杂色的马曰騢。马之黑色而黄脊者曰驔。马之两目白者曰鱼。整章的意思就是:肥大的牡马,在巨野的牧马之所。急忙地来看这些马,有阴白杂毛的马,有赤白杂色的马,有黄脊黑色的马,有两目白色的马,驾起车来强健得很。跑起来一点也不慢呀,真是一些善于奔腾的马!

## 【诗义辨正】

《毛序》:"《驷》,颂僖公也。僖公能遵伯禽之法,俭以足用，宽以爱民，务农重谷，牧于坰野，鲁人尊之，于是季孙行父请命于周，而史克作是颂。"《诗地理征》引《郡县志》说："坰泽，俗名连泉，泽在兖州曲阜县东九里，鲁僖公牧马之地。"《读史方舆纪要》（卷三十二）于曲阜县逵泉下有同样的记载。鲁僖公养马之所在坰泽，这首诗讲的是巨野，怎么能扯在一起呢？姚际恒就批评说："《小序》谓'颂僖公'，黄东发力辨僖公非贤君；而季明德本之，以此诗为美伯禽牧马之盛，然亦无所据也。若《大序》谓'季孙行父请命于周，而史克作颂'，更无稽。"

## 六

### 车攻（小雅）

我车既攻，我马既同。四牡庞庞，驾言徂东。
田车既好，四牡孔阜。东有甫草，驾言行狩。
之子于苗，选徒嚣嚣。建旐设旄，搏兽于敖。
驾彼四牡，四牡奕奕。赤芾金舄，会同有绎。
决拾既佽，弓矢既调，射夫既同，助我举柴。
四黄既驾，两骖不猗。不失其驰，舍矢如破。
萧萧马鸣，悠悠旆旌。徒御不惊，大庖不盈。
之子于征，有闻无声。允矣君子，展也大成！

释音：庞，音龙。佽，音次。柴，音恣。不，音丕，下"不"字同。

**【诗义关键】**

先看"搏兽于敖""东有甫草"的"敖"与"甫"在什么地方。《诗地理征》引《郡县志》说:"敖山在郑州荥泽县西十五里。"《读史方舆纪要》(卷四十七)于中牟县圃田泽说:"在县西北七里。《周·职方》:'豫州薮曰圃田。'……《诗》所谓'东有甫草'也。东西五十里,南北二十六里。"由此看来,圃田也同巨野一样,是牧马的所在。《竹书纪年》于宣王九年载说"王会诸侯于东都,遂狩于甫",此诗言"东有甫草,驾言行狩",所言正同。此诗当写于宣王九年。然宣王行狩,为什么不称"王"或"天子"而称"之子于征"呢?对天子能称"之子"吗?三百篇的风格有一种特征,总是用第一身来写,换言之,以作者自己为主而表扬出天子。如《吉日》篇是随宣王在漆、沮狩猎的,而诗言"既张我弓,既挟我矢"。《采绿》篇是随共伯和狩猎的,而诗言"之子于狩",与此诗称谓相同。"之子"就是尹吉甫自己。《候人》篇说"彼其之子,三百赤芾",这是尹吉甫西征猃狁后在卫国做候人时所率领的人;此诗说"赤芾金舄",职位也正相同。不过有一点我们得特别注意,就是尹吉甫在西征猃狁、南征淮夷与征伐西戎时,所竖的旗帜都是"旟",而此诗说"建旐设旄"。《周礼·春官·司常》:"龟蛇为旐""县鄙建旐"。尹吉甫在浚邑做士,他的旗帜应该是旟,旟比旐的地位高,他为什么不建旟而建旐呢?此中原因,等我们解释《大东》篇时再为解答。现在只要知道这首诗写于宣王九年,那时他跟随宣王在敖狩猎就够了。

【字句解释】

一章。攻，《石鼓文》作"工"；工，坚固。同，会合。我车既攻，我马既同，就是我的田车修理坚固了，我的戎马也都集合了。庞庞，读为龙龙。东，《毛传》注为"洛邑"，非是。宣王是从洛邑出狩，"东"怎么会是洛邑呢？"东"是"东有甫草"的东，即指圃田。洛邑在西，圃田在东，故言"徂东"。四牡庞庞，驾言徂东，就是四匹牡马都像龙一样，现在要起驾往东。整章的意思就是：我的田车修理坚固了，我的马匹也集合起来了。四匹牡马就像龙一样，现在要起驾往东。

二章。孔阜，极大。甫草，甫田之草。整章的意思就是：田车既然修理好了，四匹牡马也极为壮大。东边有甫田的草苑，就要往那里去行狩。

三章。之子，这个人，尹吉甫自称。苗，狩猎之通称（《集传》说）。嚻嚻，众声。选徒嚻嚻，就是选出来的徒众都嚻嚻大叫。整章的意思就是：这个人在狩猎，选出来的徒众都嚻嚻在叫。旐设起来了，旄也竖起来，在敖山这个地方与兽搏斗。

四章。奕奕，高大，与《韩奕》篇"奕奕梁山"的"奕奕"同义。驾彼四牡，四牡奕奕，就是驾上那四匹牡马，四匹牡马都是高大的。赤芾金舄，就是赤色的蔽膝、金色的达屦。有绎，盛貌，与《那》篇"庸鼓有斁"的"有斁"同义。会同有绎，就是参加会同的人非常之多。整章的意思就是：驾上那四匹牡马，四匹牡马都是高大的。赤色的蔽膝、金色的达屦，参加会同的人非常之众。

五章。决，即今之扳指。拾，即今之小韬袖（俞正燮《癸巳类稿》卷三有详细的解释）。佽，便利。调，协调。柴，《说文》作㧘，打死的禽兽。整章的意思就是：扳指与小韬袖既是便利，弓与箭又甚协调，射夫们都聚合起来，帮助我来捡拾击毙的禽兽。

六章。不读为丕。猗，读为倚。四黄既驾，两骖不猗，就是四匹马在驾着田车，两匹骖马紧紧地跟着服马。《大叔于田》篇说："两服上襄，两骖雁行。"雁行就是不倚。不失其驰，舍矢如破，就是奔驰的步伐既不错乱，射击都是一发即中。整章的意思就是：四匹马驾起田车来，两匹骖马就像雁行那样倚附着。奔驰的步伐既不错乱，射击都是一发即中。

七章。萧萧，叫声。悠悠，长。萧萧马鸣，悠悠旆旌，就是马在萧萧地叫，长长的旌旗在飘扬。两"不"字都读为丕。大庖，指天子之庖。徒御不惊，大庖不盈，就是徒御们都大大地感到惊奇，天子的庖厨也就大大地满盈。尹吉甫本来善射，这首诗主要在夸耀他的箭术，所以说"徒御不惊，大庖不盈"。整章的意思就是：马匹萧萧地在叫，长长的旌旗在飘扬。徒御们都大大地感到惊奇，天子的庖厨也就大大地满盈。

八章。之子于征，有闻无声，下一句是形容上一句，闻是令闻。有闻无声，就是有令闻而自己不作声。尹吉甫之善射，本来是著名的。《还》篇不是讲"揖我谓我儇兮""揖我谓我好兮""揖我谓我臧兮"吗？就是尹吉甫称赞自己的箭术。《猗嗟》篇也说"终日射侯，不出正兮，展我甥兮"，这是卫侯称赞尹吉甫的箭术。允，信。展，诚。君子，指宣王。大成，大大地成功，指此次狩猎。允矣君子，展也大成，就是君子必定相信，这次狩猎是大大地成功。整章的意思就是：这个人在出征，他有令闻而自己不作声。君子必定相信，这次狩猎是大大地成功。

## 【诗篇联系】

以上六篇，就是《閟宫》《泮水》《有駜》《破斧》《駉》与《车攻》，都是尹吉甫在复周公之宇时的作品，但年代略有不同。前五篇是在宣王十年，恢复鲁国后在曲阜所写，最后一篇是宣王九年在敖山所写。到此，使我们了解所谓《鲁颂》问题。原来这些诗都是尹吉甫在鲁国写的，为歌颂鲁武公而作，后人也就称之为《鲁颂》，等于他在宋国所写的诗篇，称之为《商颂》一样。后来经过奚斯改作而用以颂僖公，人们也就忘了原作者，而一致认为是颂僖公了。经过这次辨明，想不会再张冠李戴了吧？

## 【诗义辨正】

《毛序》："《车攻》，宣王复古也。宣王能内修政事，外攘夷狄，复文、武之境土。修车马，备器械，复会诸侯于东都，因田猎而选车徒焉。"完全是从字面上敷衍成文，根本不了解诗义；可是后人也都跟着这样讲而没有异议，好像成了定论。

# 【第十六编】东征时思归及初还家时诗篇（宣王八至十年）

一

## 大东（小雅）

有饛簋飧，有捄棘匕。周道如砥，其直如矢。君子所履，小人所视。睠言顾之，潸焉出涕。

小东大东，杼柚其空。纠纠葛屦，可以履霜。佻佻公子，行彼周行。既往既来，使我心疚。

有冽氿泉，无浸获薪。契契寤叹，哀我惮人。薪是获薪，尚可载也；哀我惮人，亦可息也！

东人之子，职劳不来；西人之子，粲粲衣服。舟人之子，熊罴是裘；私人之子，百僚是试。

或以其酒，不以其浆。鞙鞙佩璲，不以其长。维天有汉，监亦有光。跂彼织女，终日七襄。

虽则七襄，不成报章。睆彼牵牛，不以服箱。东有启明，西有长庚。有捄天毕，载施之行。

维南有箕，不可以簸扬；维北有斗，不可以挹酒浆。维南有箕，载翕其舌；维北有斗，西柄之揭。

释音：饛，音蒙。簋，音轨。飧，音孙。匕，音比。砥，音纸。睠，音眷。潸，音山。杼，音伫。柚，音逐。佻，音挑。冽，音列。氿，音轨。契，音器。惮，音旦。鞙，音涓。睆，音莞。行，音杭。挹，音揖。翕，音吸。

**【诗义关键】**

　　这首诗的关键就在"东人之子，职劳不来；西人之子，粲粲衣服。舟人之子，熊罴是裘；私人之子，百僚是试"的"东人之子"和"私人之子"是谁。上边曾经证明尹吉甫兼有这"东人"与"私人"的两重身份，这首诗是他写的自无问题。然为什么写这首诗呢？诗言"薪是获薪，尚可载也；哀我惮人，亦可息也"，刈下来的柴薪还有人载回去，可怜我这劳苦之人，也可以回去了吧！当是思归之辞。但最重要的还不是这种思归，而是下边所比拟的星。到此，假如不知道尹吉甫的生平事迹，假如不知道尹吉甫这次东征的地位，这首诗还是无法了解。诗言："或以其酒，不以其浆。"以，作"予"讲，就是间或给他酒喝，但不给他浆喝。浆比酒贵重。《周礼·天官·浆人》："掌共王之六饮：水、浆、醴、凉、医、酏。"《礼记·玉藻》也说："五饮：上水、浆、酒、醴、酏。"浆在酒、醴之上。现在只是给他酒，不给他浆，意思就是只给他差事，而不给他好的差事。诗又言"鞙鞙佩璲，不以其长"，佩玉以长的为好，而现在不给他长的。又言"睆彼牵牛，不以服箱"，牛本用以拉车，现在不用它拉车。又言"维南有箕，不可以簸扬"，箕本是簸扬谷物的，现在不可以簸扬。"维北有斗，不可以挹酒浆"，斗是用来挹酒浆的，现在不可以挹酒浆。这些词句里，充满了不平，那么，是象征什么呢？从《车攻》篇中可以找出答案。《车攻》篇说："建旐设旄，搏兽于敖。"《周礼·春官·司常》："龟蛇为旐""县鄙建旐"。尹吉甫西征狁狁的时候，他的旗帜是旟，旟是七级爵位的旗帜，现在变成了旐，只是县鄙的旗帜，显明地他的地位降低了。他本来是武士,武士应该作战,而此诗说"小东大东,杼柚其空",只是让他管理土木工程,他会不会高兴呢?能不能不发牢骚呢?《车攻》篇就在表现他武艺的高强,已经含有不满的成分,现在让他东征,一征又是三年,而做的是些土木工程的工作,从此就可了解这首诗了。

## 【字句解释】

一章。饛,满。簋,盛食器。飧,熟食。捄,曲貌。棘匕,棘木所制之羹匙。砥,《集传》:"砺石,言平也。"君子、小人,即贵族与平民之称。睠,反顾。潸,涕下貌。整章的意思就是:簋里的熟食是丰满的,枣木制的羹匙是弯曲的。大道平坦得就像砺石,直得就像一支箭。贵族们在上边行走,平民们也只能睠着。回头看它一眼,不觉就泪落如雨。

二章。纠纠葛屦,可以履霜,在《葛屦》篇里有同样的两句,这是怎么一回事呢?原来这双葛屦是尹吉甫东征时仲氏所赠的,讲到《葛屦》篇时会有详细的解释。这里的公子我疑心就是《烝民》的仲山甫。仲山甫与尹吉甫于宣王七年同路到了齐国,本想一起回去,可是宣王让他留在那里筑城,所以尹吉甫写那篇《烝民》来安慰他。他协助武公恢复了鲁国,以后凡是鲁国有事,他的发言权也最大。比如《周语》记载说:鲁武公以括与戏见宣王,宣王想将戏立为太子,仲山甫就谏诤说不可。再如宣王之所以立鲁孝公,就由于仲山甫的推荐。因为他协助了武公恢复鲁国,所以诗言:"佻佻公子,行彼周行。既往既来,使我心疚。"既往既来,就是来来往往奔跑不停。尹吉甫同他很要好，所以说："使我心疚。""我"就是尹吉甫的自称。为什么称仲山甫为公子呢？我疑心他是南仲的儿子，因为他与南仲的封地都在南阳，也就是现今河南省的修武县。假如他俩没有关系，封地不可能在一处。南仲在宣王五年的时候，年数已经很高，尹吉甫与他很谈得来，是他允许尹吉甫与仲氏结婚的。现在尹吉甫又与他的儿子仲山甫在一起东征，所以称仲山甫为公子；看见他来来往往奔波不停，因而也就替他疚心。佻佻，独行貌。整章的意思就是：远东近东，在那里到处做土木工程。葛绳所纠成的鞋，勉强在霜地里行走。孤独的公子，在那大道上不停地来往奔走，使我感到很是心疚。

三章。冽，寒冷。氿泉，侧出之泉。契契，忧苦貌。寤叹，梦里叹息。惮人，劳苦的人。整章的意思就是：路旁边寒冷的泉水里，已经不再浸泡刈下来的柴薪了。可怜我这劳苦的人，常常在梦里叹息。柴是刈来的柴，还有时候把它载回去；可怜我这劳苦的人，也该回去休息了吧！

四章。东人之子，就是东方的人。职，常。僚，本作寮；寮，寮佐。整章的意思就是：东方的人常川劳苦而不得回去；西方的人穿着漂漂亮亮的衣裳，什么事也不做。周人穿的是熊罴所做的皮袄；诸侯的人，就得做各样的寮佐。

五章。䩦䩦，今作娟娟，好貌（马瑞辰说）。汉，天河。维天有汉，监亦有光，就是天上的天河，还可以照到一点儿光。跂，通跂；跂，《说文》："徐行"。襄，驾。从旦至暮为七辰，每辰一移，因谓七襄。作者用织女星的每天移动七次来象征仲氏的劳苦。整章的意思就是：即令给酒喝吧，也不肯给好的浆。

美好的佩玉，也不肯给长大的。天上的天河，还可照到一点儿光。蠕动的织女星，一天里要劳驾七趟。

六章。章，就是《卷阿》篇"土宇昄章"的"章"。周室是拿这土宇昄章来报答有功之臣，故称"报章"。睆，《毛传》于《凯风》篇注为"美好貌"，此诗也是这个意思。箱，车箱。东有启明，西有长庚，是讲披星戴月的出征情形。天毕，星名。整章的意思就是：织女星虽然是一天里劳驾七趟，可也得不到什么报章。那颗漂亮的牵牛星，也不用它来拉车箱。早上在东边看到的是启明，晚上在西边看到的是长庚，弯曲的天毕星，也排在那里。

七章。箕，箕星。斗，北斗星。翕，伸长。整章的意思就是：南边有颗箕星，就是不可以簸东西；北边有颗斗星，就是不可以盛酒浆。南边的那颗箕星，只是空伸着它的舌头；北边的那颗斗星，只是空撅着它那西边的把子。

## 【诗篇联系】

三百篇是文学作品，文学是情感的表现，只有从作者的情感出发，才能了解他的作品。他写任何事物，都是拿这些事物来表现他的情感，绝不是无缘无故来表现这些东西。比如这首诗里的星宿，纯以星宿来研究，就失掉了此诗的意义，且与开头四章的情感也不衔接。尹吉甫是从南燕流亡到卫国的氓民，凭他的武艺与才华，才得到士的职位。但在封建政治的社会里，对这种人本不重视；而尹吉甫又自视甚高，这样，就引起了他的烦恼。在西征猃狁的时候，他曾得到宣王与南仲的赏识，表现了一些他的才能；但在此次东征中，仅仅让他担任土木工程的职责，一肚子的牢骚无法发泄，就在夜里观望星宿，借星宿将自己的不平整个表现出来。只有从这种观点来看，才可真正了解这首诗。

## 【诗义辨正】

《毛序》："《大东》，刺乱也。东国困于役而伤于财，谭大夫作是诗以告病焉。"后来说诗的人找不到更好的解释，也只有跟着这样讲。姚际恒说："《大序》谓'东国困于役而伤于财'，是已；谓'谭大夫作'，则无可稽。"他只能这样讲，其他解诗的人也都只能这样讲。

## 二

### 渐渐之石（小雅）

渐渐之石，维其高矣。山川悠远，维其劳矣。武人东征，不皇朝矣。

渐渐之石，维其卒矣。山川悠远，曷其没矣。武人东征，不皇出矣。

有豕白蹢，烝涉波矣。月离于毕，俾滂沱矣。武人东征，不皇他矣。

释音：渐，音谗。朝，音招。卒，音崒。蹢，音的。

【诗义关键】

诗言"武人东征",这是一首东征时的诗,当无问题。然言"山川悠远",是指什么山川呢?《閟宫》篇说"奄有龟、蒙,遂荒大东",我们看看龟、蒙的形势。《读史方舆纪要》(卷三十三)于费县蒙山说:"蒙山高四十里,长六十九里。西北接新泰县界。一云:泗水县之龟山,其址与蒙山相接,绵亘盖二百余里,故《诗》以龟、蒙并称也。"诗言"渐渐之石,维其高矣。山川悠远,维其劳矣",与此地理形势不是十分吻合吗?假如说此诗也是尹吉甫所写,不会有错吧?

【字句解释】

一章。渐渐,亦作嶄嶄,高峻貌。皇,通遑,暇的意思。朝,早上。整章的意思就是:高峻的石山呀,怎么这样高呀!山川是那么遥远,真正是劳苦呀!我这个东征的武人呀,连个早上都没有呀!

二章。卒,崒之假借;崒,高。曷,什么时候。没,完。整章的意思就是:高峻的石山呀,怎么这样高峻呀!山川是那么遥远,什么时候才能走完呢!我这个东征的武人呀,出也出不去了!

三章。蹢,蹄。烝,进。离,遭遇。毕,天毕。《汉书·天文志》:"月去中道,移而西入毕则多雨。故《诗》云'月离于毕,俾滂沱矣',言多雨也。"滂沱,大雨貌。整章的意思就是:有只白蹄的猪,在那里渡水呀。月亮与毕星碰到了,在下倾盆大雨呀。我这个东征的武人,什么事情也不能做了!

## 【诗义辨正】

《毛序》:"《渐渐之石》,下国刺幽王也。戎、狄叛之,荆、舒不至,乃命将率东征,役久病于外,故作是诗也。"从什么地方看出这是刺幽王的诗呢?倒是《集传》说得比较正确:"将帅出征,经历险远,不堪劳苦而作此诗也。"

## 三

## 苕之华（小雅）

苕之华,芸其黄矣。心之忧矣,维其伤矣!
苕之华,其叶青青。知我如此,不如无生!
牂羊坟首,三星在罶。人可以食,鲜可以饱!

释音:苕,音条。青,音精。牂,音臧。罶,音柳。

## 【诗义关键】

《大东》篇说"契契寤叹,哀我惮人",劳苦得连梦里都在忧苦,与此诗说的"心之忧矣,维其伤矣"相同。《大东》篇又说"私人之子,百僚是试",就是什么工作都得做,简直没有把他当成人,与此诗的"知我如此,不如无生"是一样的怨愤。"人可以食,鲜可以饱",正是出征时的经常现象,这也是一首出征人发牢骚的诗,所以把它摆在这里。

## 【字句解释】

一章。苕，植物名，一名陵苕，又名凌霄，亦称紫葳。其花黄赤，夏中乃盛（见《植物名实图考长编》卷十"紫葳"条）。芸其黄矣，《裳裳者华》篇有同一的句子，该篇黄矣，是讲黄得很浓，《毛传》注为"将落则黄"，非是（《经义述闻》说）。整章的意思就是：陵苕的花呀，黄得怎么那么浓呀。心里的忧愁，只有伤心罢啦！

二章。青青，即菁菁，盛貌。整章的意思就是：陵苕的花呀，它的叶子很茂盛。早知我这样吃苦，不如不生我倒好！

三章。牂羊，牝羊。坟首，大头。《说文通训定声》："以土若石堰水为关空曰梁，曲薄为器，其口可入而不可出，以承梁空捕鱼者曰笱。而以曲薄为梁，令鱼可入而不可出谓之罶，罶非笱，而其用如笱。"三星，参星。整章的意思就是：牝羊长个大头，参星照在罶上。人们吃的还有，可是不能吃饱！

## 【诗义辨正】

《毛序》："《苕之华》，大夫闵时也。幽王之时，西戎、东夷交侵中国，师旅并起，因之以饥馑。君子闵周室之将亡，伤己逢之，故作是诗也。"因为诗言"人可以食，鲜可以饱"，就附会到饥馑上。《集传》说："诗人自以身逢周室之衰，如苕附物而生，虽荣不久，故以为比，而自言其心之忧伤也。"姚际恒说："此遭时饥乱之作，深悲其不幸而生此时也。"屈万里说："此伤时之诗。"都是在猜。

# 四

## 匪风（桧风）

匪风发兮，匪车偈兮。顾瞻周道，中心怛兮！
匪风飘兮，匪车嘌兮。顾瞻周道，中心吊兮！
谁能亨鱼，溉之釜鬵？谁将西归，怀之好音！

释音：匪，音彼。偈，音结。怛，音达。嘌，音漂。亨，音烹。鬵，音寻。

## 【诗义关键】

《大东》篇说"周道如砥，其直如矢"，"睠言顾之，潸焉出涕"；此诗说"顾瞻周道，中心怛兮"，"顾瞻周道，中心吊兮"。不仅地点相同，心情也相同。诗又言"谁将西归，怀之好音"，当然是东征的人才西归，那么，这首诗也是一位东征的人所写。《大东》篇是尹吉甫所写，此诗之地点、人物、情感既与它完全相同，其为尹吉甫所作，自无问题。

## 【字句解释】

一章。匪，彼。偈，疾驱貌。怛，伤。整章的意思就是：那个风刮起来了，那些车疾疾地驱行着。望一望那个大道，心里就感到悲伤！

二章。飘，犹吹。嘌，《说文》："疾也。"吊，也是伤的意思。

整章的意思就是：那个风吹起来了，那些车疾疾地跑着。望一望那个大道，心里就感到忧伤！

三章。亨，同烹。溉，涤。釜，烹饪之器，有足曰锜，无足曰釜。鬵，大釜。怀之，带来。好音，好消息。整章的意思就是：谁家烹鱼的时候，在釜鬵里洗它？谁将回到西边？请带点好消息来！

## 【诗义辨正】

《毛序》："《匪风》，思周道也。国小政乱，忧及祸难，而思周道焉。"周道，大道，他误认为周室的政教。加以此诗在《桧风》，桧是小国，于是产生这种附会。姚际恒也误解说："《小序》谓'思周道'，是。《辨说》谓：'周道但谓适周之路，如《四牡》所谓"周道逶迟"耳。'然则，西归、好音之说为何？"西归，是东征之人西归；好音，是从西边带来个好消息，因为卫国在西边，而尹吉甫是奉这个地区的命令来东征的。不知道尹吉甫的生平事迹，不可能了解这首诗。

## 五

### 蜉蝣（曹风）

蜉蝣之羽，衣裳楚楚。心之忧矣，于我归处！
蜉蝣之翼，采采衣服。心之忧矣，于我归息！
蜉蝣掘阅，麻衣如雪。心之忧矣，于我归说！

释音：阅，读穴。说，音税。

## 【诗义关键】

于、与通；与，给的意思（吴昌莹《经词衍释》说）。诗言"于我归息"，就是给我回去休息吧！"于我归处"，就是给我回去安处吧！说，读为税；"于我归说"，就是给我回去舍息吧！都是乞求的语气，与《大东》篇"哀我惮人，亦可息也"的语气完全相同。然在什么环境之下做这种乞求呢？再看蜉蝣。据《辞海》：蜉蝣是"体长五六分，色绿褐，头部短，口器退化，触角如针状。前翅小，尾端有长毛三条。幼虫体长八九分，色淡褐，栖水中。捕食小虫，约三年，蜕皮为成虫。成虫交尾产卵即死，生存期只数小时"。诗言"蜉蝣之羽，衣裳楚楚"，"蜉蝣之翼，采采衣服"，"蜉蝣掘阅，麻衣如雪"。生命这么短暂的小虫，还穿着漂亮的衣服，还掘穴而希望有个归宿，睹物生情，感慨遭遇，这不就是尹吉甫现在的处境吗？

## 【字句解释】

一章。楚楚，整齐貌。整章的意思就是：蜉蝣的羽翼，就像它的鲜亮的衣裳。心里实在忧愁，请让我回去居住吧！

二章。采采，粲粲。整章的意思就是：蜉蝣的翅膀，就像它好看的服装。心里实在忧愁，请让我回去安息吧！

三章。掘，穿。阅，读穴。麻衣，麻纹的衣。说，读税。整章的意思就是：蜉蝣在穿穴，麻纹的衣裳白得就像雪。心里实在忧愁，请让我回去休息吧！

【诗义辨正】

《毛序》:"《蜉蝣》,刺奢也。昭公国小而迫,无法以自守,好奢而任小人,将无所依焉。"诗原在《曹风》,《序》就在曹国上做文章。《集传》说:"此诗盖以时人有玩细娱而忘远虑者,故以蜉蝣为比而刺之。言蜉蝣之羽翼,犹衣裳之楚楚可爱也;然其朝生暮死,不能久存,故我心忧之,而欲其于我归处耳。《序》以为刺其君,或然而未有考也。"他比《毛序》要沾点诗义,但因不知作者,终系雾里看花,隔着一层。姚际恒说:"《大序》谓'刺昭公',第以下篇(按指《候人》篇)刺共公,此在共公前也。或谓刺共公,或谓刺曹羁,皆臆测。大抵是刺曹君奢慢,忧国之词也。"难道诗就不能表现自己,一定要刺君,或刺别人吗?仍是受了《毛序》的束缚而不能自拔。

# 六

## 东山(豳风)

我徂东山,慆慆不归。我来自东,零雨其濛。我东曰归,我心西悲。制彼裳衣,勿士行枚。蜎蜎者蠋,烝在桑野。敦彼独宿,亦在车下。

我徂东山,慆慆不归。我来自东,零雨其濛。果臝之实,亦施于宇。伊威在室,蠨蛸在户。町畽鹿场,熠燿宵行。不可畏也,伊可怀也!

我徂东山,慆慆不归。我来自东,零雨其濛。鹳鸣于垤,妇叹于室。洒埽穹窒,我征聿至。有敦瓜苦,烝在栗薪。自我不见,于今三年。

我徂东山,慆慆不归。我来自东,零雨其濛。仓庚于飞,熠燿其羽。之子于归,皇驳其马。亲结其缡,九十其仪。其新孔嘉,其旧如之何?

释音:慆,音滔。蠋,音蜀。敦,音堆。蠃,音裸。施,音异。蟏,音萧。蛸,音稍。町,音廷。畽,音湍。熠,音亦。行,音杭。不,音丕。垤,音碟。缡,音罗。仪,音娥。

## 【诗义关键】

诗言"我徂东山,慆慆不归",先看东山在什么地方。《读史方舆纪要》(卷三十三)于费县蒙山说:"《鲁颂》'奄有龟、蒙',《论语》谓之东蒙。《孟子》云'孔子登东山而小鲁',东山即蒙山也。"东山既是蒙山,那么诗又说"我东曰归,我心西悲",意思就是我虽说是从东边回来了,而心却是在西边悲伤。这一定是西边的人而往东去。他是什么样身份的人呢?诗又说"制彼裳衣,勿士行枚",勿,读为无,就是没有士再行阵衔枚。如此讲来,这位诗人的身份一定是一位"士"。地点与作者的身份决定了,再看他为什么"我心西悲"。诗言:"之子于归,皇驳其马。亲结其缡,九十其仪。其新孔嘉,其旧如之何?"我们就从这几句诗上找消息。

《仪礼·士昏礼》说"母施衿结帨",帨,就是此诗的缡。在女儿出嫁时,缡是由母亲结的,结后,并教训说:"勉之敬之，夙夜无违宫事。"此诗说"亲结其缡"，就是由母亲来结。然为什么提这件事呢？原来这里有一段极长极复杂的故事。假如不知道这段故事，也就根本无法了解这首诗。尹吉甫与仲氏从宣王三年就开始自由恋爱，因为双方家长的坚决反对，一直拖延到宣王六年冬季他们才自由结合。他们结婚时，双方家长都不参加，由尹吉甫亲自把她迎回去。回去后，尹吉甫就于宣王八年东征，一去又是三年。在这三年里，尹吉甫的父母为反对这门亲事，又给他娶了一位姜氏来抵制，以致仲氏不得不求去。所以此诗说"之子于归，皇驳其马。亲结其缡，九十其仪"，这是叙述姜氏来归时的情形。新指姜氏，旧指仲氏。"其新孔嘉，其旧如之何？"就是新的固然很好，旧的怎么处理呢？此中演变，于下编尹吉甫的求婚、结婚、婚后与仳离各篇中，将详与陈述，现在只知道这个大概就够了。这首诗就是尹吉甫东征三年回家后，仲氏闹着仳离，所以诗言"我东曰归，我心西悲"，悲的就是指仲氏要仳离。就以这种意思，将此诗作一解释。

## 【字句解释】

一章。徂，往。慆慆，久久。制，置，放置不用的意思。衣，官服，亦即戎衣。勿，通无。行枚，行阵衔枚。蜎蜎，蠕动貌。蠋，俗云大青虫。烝，进。敦，团（屈万里说）。整章的意思就是：我往东山，久久不能回来。我从东边回来的时候，下着蒙蒙的细雨。我虽说从东边回来了，而心却在西边悲伤。放置下那件戎衣，没有士再行阵衔枚了。蠕蠕爬动的大青虫，在那野外桑树上爬行。那蜷着腿独睡的人,也睡在车子底下。

二章。果臝,栝楼,一名黄瓜。施,蔓延。伊威,鼠妇,类土龟而小。蠨蛸,长足蜘蛛。町,《说文》"田践处曰町",《广韵》"田区畔埒也",也就是现在说的畦町。畽,本作疃;疃,童土,不生草木之地。熠燿,《毛传》注为"燐也",可是于第四章的"熠燿".则注为"鲜明也"。同篇中而意义不同,似非诗义。熠燿,都是鲜明,并没有两个意义。宵行,虫名,如蚕,夜行喉下有光如萤(《集传》说)。不,读为丕。怀,归。不可畏也,伊可怀也,就是实在是可怕呀,她是可以回去呀!仲氏不是闹着要回娘家吗?所以闹着回娘家,由于她的公婆让她住在这种可怕的地方,实际上等于不要她。这两句诗是尹吉甫同情她的话,所以下边接着说:"鹳鸣于垤,妇叹于室。洒埽穹窒,我征聿至。"仲氏的凄惨情景,下边讲《氓》篇时就可知道。整章的意思就是:我往东山,久久不能回来。我从东边回来的时候,下着蒙蒙的细雨。栝楼的果实,也蔓延在房檐的下边。房里有鼠妇,室里有长足蜘蛛。畦町与童土,满满都是鹿迹,夜里发光的宵行也在爬行。实在是可怕呀,她是可以回娘家呀!

三章。鹳,似鹤而顶不丹,全身灰白色,翼尾黑色。垤,蚂蚁所盗出来的土堆。聿,云。瓜苦,苦瓜的倒文以协韵。烝,爬。栗薪,栗木的柴。整章的意思就是:我往东山,久久不能回来。我从东边回来的时候,下着蒙蒙的细雨。老鹳在蚂蚁堆上叫唤,媳妇在房里叹息。当我回到家的时候,她正在洒扫房间和挡塞墙上的窟窿。一团一团的苦瓜,爬在栗木的柴上。我没有看到她，已经有了三年。

四章。整章的意思就是：我往东山，久久不能回来。我从东边回来的时候，下着蒙蒙的细雨。黄莺在飞，显出它美丽的羽翼。这个新人来归的时候，驾着皇马与驳马。由母亲来给她结缡，九道十道的仪礼。新人固然很好，旧人怎样处置呢？

## 【诗篇联系】

假如不将此诗同《氓》篇对照来看，根本无法了解。此诗说"自我不见，于今三年"，是他东征三年。《氓》篇说："自我徂尔，三岁食贫。"又说："三岁为妇，靡室劳矣。"他们是宣王六年冬天结的婚，宣王七年她随尹吉甫戍申、戍甫、戍许，宣王八年尹吉甫东征时，她也就住在婆家；然而婆媳不和，婆婆也就再娶一位姜氏来抵制，因此惹出了一大悲剧。这是一段极有趣、极复杂、极曲折的公案，我们将会一步一步来证明。

## 【诗义辨正】

《毛序》："《东山》，周公东征也。周公东征三年而归，劳归士，大夫美之，故作是诗也。一章，言其完也；二章，言其思也；三章，言其室家之望女也；四章，乐男女之得及时也。君子之于人，序其情而闵其劳，所以悦也。悦以使民，民忘其死，其唯《东山》乎？"《尚书·金縢》篇说"周公居东二年，则罪人斯得"，明明是二年，怎么会是三年呢？东征三年的是尹吉甫，不是周公。后人因这首诗在《豳风》，铁一般地相信这是周公的诗，也就不管诗义与年数合不合，硬相牵扯，以致争论百出，莫衷一是。加以误认《诗经》中的《鸱鸮》篇就是《金縢》"公乃为诗以贻王，名之曰《鸱鸮》"的《鸱鸮》，更使问题复杂与错乱。且引一段胡承珙的话，看看问题错乱到什么程度！他在《毛诗后笺》（卷十五）说："《序》云：'《东山》，周公东征也。周公东征三年而归，劳归士，大夫美之，故作是诗也。'案《鸱鸮》序云：'救乱也。'《尚书大传》'周公摄政，一年救乱，二年克殷，三年践奄'，是周公于亲迎还周以后，必有所以绸缪牖户者。故《书传》云'救乱'，与《鸱鸮》序合。其摄政之年，即奉命东征。《豳谱》正义云：'周公以秋反而居摄，其年则东征，三年而后归。'是《书传》所言三年践奄者，亦是合居摄之初年数之，首尾共三年，与此序亦合。盖居东与东征，本非一地，二年与三年，亦非一时。郑注《金縢》，惟以弗辟为弗避，及罪人为周公属党，二者于义不合。其谓武王崩后免丧，周公始遭流言，出居于东，成王感风雷之变，迎还摄政，乃作《大诰》。东征杀武庚、管叔，三年而归，所叙历历不误。王肃注《金縢》，以居东即东征，以《书》之二年合于《诗》之三年，谓武王崩后明年改元，周公即摄政，遭流言，遂作《大诰》。而东征二年克殷，杀管蔡，三年而归。《书》言其罪人斯得之年，《诗》言其归之年。东晋《尚书孔传》即同肃说。《书》正义曲为回护，谓《诗》言初去及来，凡经三年；《书》直数居东之年，除其去年，故曰二年，皆与郑说异。案之《金縢》，若居东已诛三监，则《鸱鸮》可以不作。成王虽至愚，何至叛人已诛，尚未能悟，而犹曰'王亦未敢诮公'，必待风雷之变，《金縢》之启，始释然乎？"我很奇怪！他辩驳了这一大段，没有一句提到《东山》篇的本身，而只是把别人所说的话驳来辩去，结果，与《东山》篇风马牛不相及！诗明言"我徂东山，慆慆不归"，东山就是蒙山，那么，周公在鲁国的时候是否在蒙山呢？诗言"我东曰归，我心西悲"，悲的是什么？"制彼裳衣，勿士行枚"，周公的身份是士吗？"敦彼独宿，亦在车下"，周公东征的时候是否睡在车下边？"伊威在室，蠨蛸在户。町畽鹿场，熠燿宵行"，周公的家里是否如此情形？"伊可怀也"的"伊"指谁？"之子于归，皇驳其马"的"之子"又是谁？是不是周公的妻子来归？"亲结其缡"是否周公亲自为他的新娘结缡？"其新孔嘉，其旧如之何"，是否周公与他的妻子发生变故？要一件一件来追究，看它是否与周公相合；都相合了，才能算是美周公的诗。然而不然，解诗的人都从旧说里抄来抄去，驳来驳去，根本不及诗的本身，这能算是研究《诗经》吗？这能解决《诗经》里的问题吗？我希望以后研究《诗经》的人好好想一想！

以上六篇，就是《大东》《渐渐之石》《苕之华》《匪风》《蜉蝣》与《东山》，都是宣王八年到十年，尹吉甫复周公之字时思念家室的作品。除《东山》一篇写在卫国外，其余各诗都写在鲁国。

## 【第十七编】东征时仲氏思念尹吉甫的诗篇（宣王八至十年）

一

## 旄丘（邶风）

旄丘之葛兮，何诞之节兮。叔兮伯兮，何多日也？
何其处也？必有与也。何其久也？必有以也。
狐裘蒙戎，匪车不东。叔兮伯兮，靡所与同！
琐兮尾兮，流离之子。叔兮伯兮，褎如充耳！

释音：匪，音彼。褎，音袖。

## 【诗义关键】

先看"旄丘之葛兮"的"旄丘"在什么地方。《读史方舆纪要》（卷十六）于开州（今河北省濮阳县）清丘说："又旄丘，在州东北。《志》云：即《卫风》所咏'旄丘之葛'者。"尹吉甫的家住在复关，复关在州的西南，而旄丘在州的东北，换言之，尹吉甫的家乡有旄丘。尹吉甫东征的时候，仲氏住在复关，所以以旄丘之葛来起兴。其次，再看"叔兮伯兮"是对谁的称呼。《诗经》中用"叔兮伯兮"的共有三篇，就是《萚兮》《丰》与此诗。我们曾经讲过《萚兮》篇的"叔兮伯兮"是仲氏对尹吉甫与他弟弟的称呼，因为尹吉甫是老大。这首诗是否也是对他们的称呼呢？再在"狐裘蒙戎，匪车不东"上找证据。狐裘蒙戎，就是穿蒙蒙戎戎狐皮裘的。匪，彼。匪车不东，就是他们的车子不去东边。《大东》篇不是讲"东人之子，职劳不来；西人之子，粲粲衣服"，"舟（周）人之子，熊罴是裘；私人之子，百僚是试"吗？如此讲来，所谓"匪车不东"者就是指卫人，因为卫人既是西人，也是周人，他们的车不到东边出征。这是仲氏替尹吉甫感到不平，那么，"叔兮伯兮"也是仲氏对尹吉甫与他的弟弟的称呼了。

**【字句解释】**

一章。诞，延之假借；延，长（马瑞辰说）。整章的意思就是：旄丘的葛呀，它的节子真正长呀！老三老大呀，怎么在外面停留那么久呢？

二章。处，过活。与，通予。以，因。何其久也？必有以也。这是仲氏的想念之辞，担心尹吉甫的生活情形。整章的意思就是：他在外边怎么过活呢？一定有东西给他吧？怎么那么久还不回来呢？一定有个原因吧。

三章。蒙，通厖；厖，厚。《长发》篇"为下国骏厖"，《荀子·荣辱》引作"为下国骏蒙"。茸，兽毛之细而长者。蒙茸，形容狐裘之毛的厚而细长。《释文》"蒙戎，乱貌"，非是。靡所与同，与《小星》篇"寔命不同"意义相同，都是叹息命运的不好。整章的意思就是：穿蒙戎狐裘的人，他的车就不去东征。老三老大呀，没有人像你们这样苦！

四章。琐，细；尾，末，形容尹吉甫地位的细末。流离，流离失所、居处不定之义。尹吉甫这一支，本来是从南燕流亡到卫国,现在又去东征,一去就是三年,所以称"流离之子"。
褎,袖。充耳,以棉花为之,吊在两耳之旁。褎如充耳,就是棉衣破了,棉花从袖子里跌出来在风里摆动,就像棉花所做的充耳摆动一样。整章的意思就是:细末呀,细末呀,流离失所的人!老三老大呀,袖子上的破棉就像充耳一样!

**【诗义辨正】**

《毛序》:"《旄丘》,责卫伯也。狄人迫逐黎侯,黎侯寓于卫,卫不能修方伯连率之职,黎之臣子,以责于卫也。"这首诗原在《邶风》,就捕风捉影地这样讲,其他说诗的人,也无更好的解释,只好也跟着这样讲。卫国的臣子可以称国君为"叔兮伯兮"吗?

## 二

### 有狐(卫风)

有狐绥绥,在彼淇梁。心之忧矣,之子无裳!
有狐绥绥,在彼淇厉。心之忧矣,之子无带!
有狐绥绥,在彼淇侧。心之忧矣,之子无服!

**【诗义关键】**

《读史方舆纪要》(卷十六)于开州淇水引《旧志》说:"在临河废县东南五里。"又于白沙渡引《寰宇记》说:"州西南黄河北岸，有古复关堤。《卫风》'乘彼垝垣，以望复关'，盖谓此云。"又引《郡志》说："复关堤在临河废县南三百步。"淇水在临河废县东南五里，复关堤在临河废县南三百步，则复关之有淇水，可得证明。仲氏于宣王八年到十年初夏住在复关，那么，假如说这首诗是仲氏在复关想念尹吉甫的作品，不会有问题吧？

## 【字句解释】

一章。《诗经》中凡言"狐"都是在冬季，如《旄丘》篇"狐裘蒙戎"，《北风》篇"莫赤匪狐"，《南山》篇"雄狐绥绥"，《终南》篇"锦衣狐裘"，《桧风·羔裘》篇"狐裘在朝""狐裘在堂"，《七月》篇"取彼狐狸"，《都人士》篇"狐裘黄黄"，《何草不黄》篇"有芃者狐"，都是。也就因为是冬季，所以此诗才接着说："心之忧矣，之子无裳。"绥绥，安行貌。梁，鱼梁。整章的意思就是：安然行走的狐狸，在那淇水鱼梁上。心里实在忧愁呀，他没有衣服穿呀！

二章。厉，濑之假借；濑，水浅处（《群经平议》说）。整章的意思就是：安然行走的狐狸，在那淇水的浅流处。心里实在忧愁呀，他没有衣带系呀！

三章。整章的意思就是：安然行走的狐狸，在那淇水的旁边。心里实在忧愁呀，他没有衣服穿呀！

## 【诗义辨正】

《毛序》："《有狐》，刺时也。卫之男女失时，丧其妃耦焉。

古者，国有凶荒，则杀礼而多昏，会男女之无夫家者，所以育人民也。"《集传》说："国乱民散，丧其妃耦，有寡妇见鳏夫而欲嫁之，故托言有狐独行，而忧其无裳也。"姚际恒说："此诗是妇人以夫从役于外，而忧其无衣之作。自《小序》以'刺时'解，悉不可用。"其说甚是。

## 三

## 殷其靁（召南）

殷其靁，在南山之阳。何斯违斯，莫敢或遑？振振君子，归哉！归哉！

殷其靁，在南山之侧。何斯违斯，莫敢遑息？振振君子，归哉！归哉！

殷其靁，在南山之下。何斯违斯，莫或遑处？振振君子，归哉！归哉！

## 【诗义关键】

《诗经》中的南山，曾经无数次讲过就是现今的太行山，在太行山之南、之侧、之下的就是卫国。复关就在南山的东南，这首诗是不是仲氏思念尹吉甫之作就可想而知了。

## 【字句解释】

一章。殷，盛。靁、雷，古今字。殷其靁，就是雷声不停地响。斯,此。违,去。遑,暇。振振,《有駜》篇"振振鹭"的"振振"是形容鹭羽的上下摆动,此诗的"振振"是形容君子的生活不安定。整章的意思就是:雷声不停地在响,在那南山的南边。为什么要离开家里,不敢有一点暇息呢?不安定的君子呀,回来吧!回来吧!

二章。整章的意思就是:雷声不停地在响,在那南山的旁边。为什么要离开家里,不敢有一点休息呢?不安定的君子呀,回来吧!回来吧!

三章。遑处,暇处。整章的意思就是:雷声不停地在响,在那南山的下边。为什么要离开家里,不能有一点安居呢?不安定的君子呀,回来吧!回来吧!

## 【诗义辨正】

《毛序》:"《殷其靁》,劝以义也。召南之大夫远行从政,不遑宁处,其室家能闵其勤劳,劝以义也。"姚际恒批评说:《小序》谓'劝以义',难解。《大序》因谓:'大夫远行从政,不遑宁处;其室家能闵其勤劳,劝以义。'按诗'归哉!归哉!'是望其归之辞,绝不见有'劝以义'之意。严氏曰:'谓冀其早事来归,而不敢为决辞,知其未可以归也。'此徇《序》之曲说也。振振,按《螽斯》《麟趾》之振振,皆振起、振兴意,《毛传》皆以'仁厚'训之,而于此又训以'信厚'。振振之为仁厚信厚,吾未敢信也。《集传》从之,其为解曰:'于是又美其德,且冀其早毕事而还归也。'夫冀其归,可也,何必美其德耶?二义难以合并,诗人语意断不如是。其为支辞饰说,夫复何疑。……故此诗之义当阙疑。"

屈万里说:"此妇人怀念征夫之诗。"甚是。

## 四

## 伯兮（卫风）

伯兮朅兮，邦之桀兮。伯也执殳，为王前驱。
自伯之东，首如飞蓬。岂无膏沐？谁适为容！
其雨其雨，杲杲出日。愿言思伯，甘心首疾。
焉得谖草？言树之背。愿言思伯，使我心痗。

释音：殳，音殊。适，音的。杲，音稿。谖，音宣。痗，音妹。

## 【诗义关键】

这首诗值得注意的有五点：第一，"伯兮朅兮，邦之桀兮"的"伯"是谁；第二，朅是武貌，那么，这个伯一定是武勇的；第三，"伯也执殳"，执殳的人是什么地位；第四，"为王前驱"，这个伯得与王有关系；第五，"自伯之东"，这个伯一定在东征。从这五个条件看来，不正是尹吉甫吗？尹吉甫是老大，故称伯。《蘀兮》《旄丘》《丰》三篇"叔兮伯兮"的"伯"都是称他。他是武勇的，从上边研究过的诗篇在在可以证明。《六月》篇说"文武吉甫，万邦为宪"，万邦为法的人，难道不是"邦之桀兮"吗？《候人》篇说"彼候人兮，何戈与祋"，祋、殳通。候人是尹吉甫于宣王六年西征猃狁回到卫国后的官职，候人在执殳，那么，此诗说"伯也执殳"，也正是尹吉甫了。在讲《车攻》篇时，曾经证明宣王九年东征的时候，尹吉甫曾经跟随宣王，那么，"为王前驱"就是为宣王的先锋。尹吉甫从宣王八年一直到十年初夏都在东征，由此"自伯之东"也就有着落了。这首诗是写一位妇人在思念丈夫，这位妇人自然就是仲氏了。

**【字句解释】**

一章。朅，武貌。殳，兵器，长一丈二尺而无刃。整章的意思就是：勇武，老大呀，是一国的英桀。老大背上了殳，作为国王的先锋。

二章，蓬，即北方人所说的猪毛草。飞蓬，一称转蓬，秋后在田里被风一吹到处飞跑，故称飞蓬。膏，润发之用。沐，潘汁，可以沐发。整章的意思就是：自从老大去了东边，我的头发就像飞蓬。难道说没有膏沐？为谁值得修容呢！

三章。其雨，要下雨。杲杲，光明貌。首疾，即头痛。整章的意思就是：说要下雨，说要下雨，大太阳反而出来了。为了想老大呀，我情愿想到头痛。

四章。谖草，忘忧草。背，房子背后。心痗，心疼。整章的意思就是：怎能得到一棵忘忧草，把它栽在房子的背后。为了想老大呀，我情愿想得心疼。

**【诗义辨正】**

《毛序》："《伯兮》，刺时也。言君子行役，为王前驱，过时而不反焉。"大体上对。《集传》说："妇人以夫久从征役而作是诗。"大体也对。可是姚际恒说："郑氏曰：'卫宣公之时，蔡人、卫人、陈人从王伐郑，桓五年《经》也。'此说是。何也？据诗'王'字也。不然，卫人何以为王前驱乎？'自伯之东'，从王而东也。郑在王国之东。"我们上边讲，要解释这首诗，得注意五个要点，而他仅举出一个，怎么可以正确呢？研究《诗经》一定得从三百篇的全面下手，枝枝节节来举证，绝对不会了解的。

## 五

## 君子于役（王风）

君子于役，不知其期，曷至哉？鸡栖于埘，日之夕矣，羊牛下来。君子于役，如之何勿思！

君子于役，不日不月，曷其有佸？鸡栖于桀，日之夕矣，羊牛下括。君子于役，苟无饥渴？

释音：埘，音时。佸，音括。括，音聒。

## 【诗义关键】

这首诗既无地点，又无时代，更无显著的人物来证明它的作者；但把它与上列诸诗排在一起，认定它也是仲氏思念尹吉甫的作品，不是极自然吗？因为全部三百篇都是尹吉甫的事迹，此诗不会独独例外。

**【字句解释】**

一章。坶，鸡窠，凿墙为之者。牛羊都牧于山陵之地，故言下来。整章的意思就是：君子出征去了，不知道他的期限，什么时候才能回来呢？鸡都上了窠，太阳落山了，羊牛也从山上下来了。君子出征去了，怎么能不思念呢！

二章。佸，会。桀，为橛之假借；橛，小木桩。括，至。整章的意思就是：君子出征去了，也不知有多少日，多少月，什么时候才能会面呢？鸡都落到橛上了，太阳落山了，羊牛也都回来了。君子出征去了，会不会饥渴呢？

**【诗篇联系】**

以上五篇，就是《旄丘》《殷其靁》《有狐》《伯兮》与《君子于役》，都是尹吉甫东征时，仲氏思念他的作品。这些作品的形式都是歌，古时是歌的时代，几乎人人都会歌，这几篇简单的诗可能是仲氏所写。

**【诗义辨正】**

《毛序》："《君子于役》，刺平王也。君子行役无期度，大夫思其危难以风焉。"所谓"刺平王"有什么根据呢？《集传》说："大夫久役于外，其室家思而赋之。"倒接近事实。

# 【第十八编】尹吉甫向仲氏求婚时诗篇(宣王六年)

一

## 氓（卫风）

氓之蚩蚩，抱布贸丝。匪来贸丝，来即我谋。送子涉淇，至于顿丘。匪我愆期，子无良媒。将子无怒，秋以为期。

乘彼垝垣，以望复关。不见复关，泣涕涟涟；既见复关，载笑载言。尔卜尔筮，体无咎言。以尔车来，以我贿迁。

桑之未落，其叶沃若。于嗟鸠兮，无食桑葚。于嗟女兮，无与士耽。士之耽兮，犹可说也；女之耽兮，不可说也！

桑之落矣，其黄而陨。自我徂尔，三岁食贫。淇水汤汤，渐车帷裳。女也不爽，士贰其行。士也罔极，二三其德！

三岁为妇，靡室劳矣！夙兴夜寐，靡有朝矣！言既遂矣，至于暴矣！兄弟不知，咥其笑矣！静言思之，躬自悼矣！

及尔偕老，老使我怨。淇则有岸，隰则有泮。总角之宴，言笑晏晏，信誓旦旦。不思其反；反是不思，亦已焉哉！

释音：蚩，音痴。将，音锵。垝，音危。耽，音丹。渐，音肩。咥，音西。

## 【诗义关键】

假如不将此诗与《东山》篇连起来读，根本不可能了解它的意义。谨先将这两首诗做一对照。

《东山》篇说"我东曰归，我心西悲"，东指鲁国，西指卫国，因为尹吉甫是在卫国的浚地做士。意思就是：我算是从东边回来了，然而心却在西边悲伤。因为这时家庭里发生了变故。什么变故，我们下边再讲。此诗说"送子涉淇，至于顿丘"，又说："乘彼垝垣，以望复关。不见复关，泣涕涟涟；既见复关，载笑载言。"淇水、顿丘、复关也都在卫国。由此可知，这两首诗的故事都发生在卫国。

《东山》篇说"制彼裳衣，勿士行枚"，尹吉甫的身份是士，现在鲁国的战争结束了，他回到卫国，所以说没有士再行阵衔枚了。此诗说："女也不爽，士贰其行。士也罔极，二三其德。"这首诗也牵扯到士，换言之，《东山》篇的"妇"与此篇的"女"所嫁的都是"士"这种身份的人。由此可知，丈夫的身份也相同。

《东山》篇说"自我不见，于今三年"，是他们夫妇离别了三年。此诗说"自我徂尔，三岁食贫"，又说"三岁为妇，靡室劳矣"，是诉说三年来的贫苦，显然也是夫妻离别三年。是离别的时间又相同。

《东山》篇说："伊威在室，蟏蛸在户。町畽鹿场，熠燿宵行。"又说："鹳鸣于垤，妇叹于室。洒埽穹窒，我征聿至。"是描写家庭的穷苦。此诗也说"自我徂尔，三岁食贫"，明言家庭的贫穷。是穷苦的情形又相同。

《东山》篇说："之子于归，皇驳其马。亲结其缡，九十其仪。其新孔嘉，其旧如之何？"是女的埋怨丈夫始爱终弃。而此篇也说"及尔偕老，老使我怨"，"总角之宴，言笑晏晏，信誓旦旦。不思其反；反是不思，亦已焉哉"，也是始爱终弃。是夫妻情感的发展与演变也相同。

这两篇的人物、地点、时间、家境，甚而夫妻情感的演变无一不同，假如说《氓》篇也是尹吉甫所写，而且是《东山》篇的继续，不会有错吧？果若如此，对尹吉甫的生平事迹又开展了一片园地。兹就此篇中所提到的事迹，将尹吉甫的生平作进一步的叙述。先看复关、顿丘、淇水在什么地方。

《读史方舆纪要》（卷十六）于开州（今之河北省濮阳县）白沙渡引《寰宇记》说："州西南黄河北岸，有古复关堤。《卫风》'乘彼垝垣，以望复关'，盖谓此云。"又引《郡志》说："复关堤在临河废县南三百步。"同卷于清丰县顿丘城说："县西南二十五里。古卫邑。《诗》：'送子涉淇，至于顿丘。'"《水经注》（卷九）说："淇水又北屈而西转迳顿丘北。故阚骃云：'顿丘在淇水南。'"为明白起见，我们下面绘一地图就可看出复关一带的地理形势。

诗言"送子涉淇，至于顿丘"，是女的送男的；然从什么地方送他呢？是从肥泉。《泉水》篇说："我思肥泉，兹之永叹。"《泉水》篇是他们仳离后，尹吉甫思念她的作品。肥泉

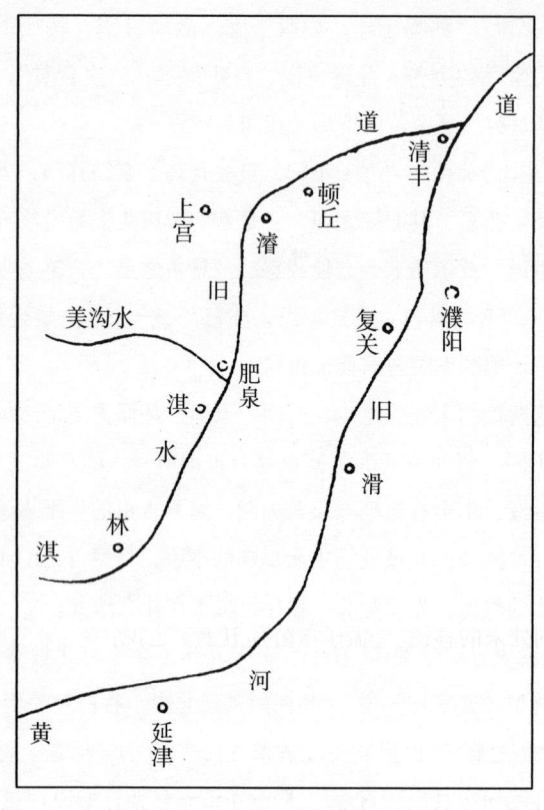

既然让他永怀,那么,她一定住在这里。《水经注》(卷九)说:"(淇水)又东流与美沟合,水出朝歌西北大岭下……东径朝歌城北……又东南注淇水,为肥泉也,故《卫诗》曰:'我思肥泉,兹之永叹。'"我们说女的住在肥泉,还有一个极大的证据,就是《桑中》篇说:"爰采唐矣,沫之乡矣。云谁之思?美孟姜矣。期我乎桑中,要我乎上宫,送我乎淇之上矣。"沬,就是朝歌。《读史方舆纪要》(卷十六)于濬县卫县城说:"县西五十里，古朝歌也。……亦曰沬邑。"知道了沬在什么地方，我们再看上宫。同书同卷又于上宫台说："在废卫县东北。《志》云：卫县北有苑城，其东二里为上宫台，《卫风》所云'要我乎上宫'者也。"朝歌、上宫都临淇水，也都是他们常常约会之地。假如她不住在肥泉，怎么能常常在这里送他回去呢？知道仲氏的家在肥泉，肥泉就临着淇水，此诗"送子涉淇，至于顿丘"就可明白了。由这地理的证明，更可知这篇诗所写的就是尹吉甫与仲氏的事迹。谨顺着这个意思，将此诗作一解释。

## 【字句解释】

一章。《孟子·滕文公上》说："许行自楚之滕，踵门而告文公曰：'远方之人，闻君行仁政，愿受一廛而为氓。'"可知氓是别处来的移民。《孟子·公孙丑上》也说："则天下之民，皆悦而愿为之氓。"所以《说文》段注："自他归往之民，则谓之氓，故字从民亡。"尹吉甫的原籍是南燕，他是流亡到卫国来的，所以此诗称他为氓。《毛传》与《集传》都注"氓"为"民"，非是。蚩，《一切经音义》引《苍颉》云"笑也"；蚩蚩，就是现在说的笑眯眯（马瑞辰说）。布，布币。贸，买。谋，商议婚事。涉，经。愆，推愆。将，读为锵，发语词。整章的意思就是：笑眯眯的氓，抱着布币来买丝；并不是真的来买丝，而是同我商议婚事。从淇水把你送到顿丘。并不是我推愆日期，而是你没有媒人。你不要生气好了，就决定在秋后嫁过去。

二章。乘，登。垝、危，古通；危，高（于省吾说）。复关，尹吉甫家的所在地，此处用来象征他。载，则。"乘彼垝垣，以望复关。不见复关，泣涕涟涟；既见复关，载笑载言"，就是登到那高墙上来看复关，看不到复关的时候，哭泣得泪一把涕一把；看到了复关，就又有说有笑。这六句诗是承上章"送子涉淇，至于顿丘"而来，讲尹吉甫走时，仲氏的送别情形。卜用龟，筮用蓍。体，龟卜之兆。咎言，凶言。贿，财，此言嫁资。"尔卜尔筮，体无咎言。以尔车来，以我贿迁"，就是你既用龟卜又用蓍筮，都没有不吉利的征兆，你迎娶的车子来时，我的嫁资也就跟着过去。这四句诗是接上章"将子无怒，秋以为期"，讲仲氏嫁过来的情形。整章的意思就是：登到那高墙上，看着你回复关。看不见你的时候，哭泣得泪一把涕一把；看见你的时候，就又有说有笑。你既用龟卜，又用蓍筮，都说没有什么不吉利。那么，你的迎亲车来时，我的嫁资也就搬过去。

三章。沃若，柔软，与《皇皇者华》《裳裳者华》之"沃若"同义。桑之未落，其叶沃若。于嗟鸠兮，无食桑葚。这四句是兴。与，和。耽，乐。于嗟女兮，无与士耽，就是可怜的女子呀，不要与士人相乐。"士之耽兮，犹可说也；女之耽兮，不可说也"，就是士人与人相乐了，还可以再喜欢别人；女子与人相乐，就不可以再喜欢别人了。仲氏从宣王三年，她十五岁的时候就与尹吉甫闹恋爱，并且自订白头之约，他们是宣王六年冬结的婚，现在是宣王十年，她二十二岁，要被公婆驱逐，所以有这种怨恨。整章的意思就是：桑树不到落叶的时候，它的叶子是柔软的。可怜的布谷呀，不要吃那桑树上的葚子。可怜的女子呀,不要与士人相乐呀。士与人相乐了,还可以喜欢别人;女子与人相乐了,就不能再喜欢别人!

四章。桑之落矣,其黄而陨。这两句是兴。汤汤,水流声。渐,《经典释文》:"子廉反,渍也,湿也。"帷裳,车篷的衣。淇水汤汤,渐车帷裳,就是汤汤的淇水,曾把车篷的帷布溅湿。这是讲她出嫁时的情形。二章讲"以尔车来,以我贿迁",可见她出嫁时坐的是车。肥泉在美沟水入淇水处,所以他们赴复关时要过淇水。句句都是写实。不爽,没有爽约。他们曾经有白头偕老之誓,现在女的嫁过来了,所以说"女也不爽"。"士贰其行",就是士变了心。那么,尹吉甫变了心吗?不是的。尹吉甫并没有变心,而是发生了事故。从三百篇里的情诗来看,尹吉甫始终都热爱仲氏,然她为什么要仳离呢?焦氏《易林》里提到尹吉甫与仲氏的故事很多,而且都很可靠,以后我们将会一一引证。《易林》(卷三)说:"行役未已,新事复起。姬、姜劳苦,不得休息。"这里没有明言这是尹吉甫的故事;但我们知道尹吉甫东征三年,他的妻子姓姬,又非常劳苦,与此所言都合。然怎么又多出一姜姓女子呢?问题就出在这里了。尹吉甫与仲氏是自由恋爱,自由恋爱是那个时代不允许的。后来他们勉强结了婚,可是尹吉甫的父母根本不承认这门婚事,所以于尹吉甫东征的时候又给他娶了姜氏,并对仲氏百般虐待。现在尹吉甫回来了,仲氏提出这个问题,尹吉甫怎么能退回父母给他娶的妻子呢?问题就发生了。尹吉甫与仲氏是自由恋爱而结合,现在尹吉甫既不能把姜氏退掉,在仲氏看来,当然认他是三心二意,以为他变了心,所以说:"士也罔极，二三其德。"这是我们的推想；然这样推想，将会逐一得到证明。整章的意思就是：桑树落叶的时候，它的叶子变黄而陨落。自从我嫁到你家来，受了三年的穷苦。汤汤的淇水，曾经溅湿了我车篷的帷衣。女的没有爽约，可是士变了心。士呀真正不好，总是三心二意。

五章。咥，耻笑的声音。整章的意思就是：做了你家三年儿媳妇，连进自己房里的工夫都没有。早起晚睡，连一个早上的时间也没有。非常地听话，还时时要挨打挨骂。兄弟们不知道实情，还咥咥地在一旁耻笑。静静地想一想，自己非常地悲伤！

六章。及，与。泮，为畔之假借。淇则有岸，隰则有泮，就是淇水还有个边岸，低地也有个畔界；比喻容忍也有个限度。"总角之宴，言笑晏晏，信誓旦旦"，使我们回想到《女曰鸡鸣》一诗。那首诗说："弋言加之，与子宜之。宜言饮酒，与子偕老。琴瑟在御，莫不静好"，"知子之来之，杂佩以赠之。知子之顺之，杂佩以问之。知子之好之，杂佩以报之"。杂佩，就是仲氏送给尹吉甫定婚的信物，那时是宣王三年，她正十五岁。是她十五岁生日的宴席上他们自定婚约，所以这三句诗是追述以前定婚的情形。整章的意思就是：现在我来同你白首偕老了，而偕老使我怨恨。淇水还有个边岸，低地也有个畔界。当我十五岁生日的宴席上，我俩和美地有说有笑，发下诚恳的誓言。你也不替我想一想；你既然不替我想一想，咱们也只有离别！

**【诗篇联系】**

从平陈与宋与西征猃狁时思念仲氏的诗篇，使我们知道尹吉甫与仲氏是怎样地自由恋爱，而此诗一开始就说："氓之蚩蚩，抱布贸丝。匪来贸丝，来即我谋"，"匪我愆期，子无良媒"。假如不是自由恋爱，怎么可以不遣媒人而亲自去商议婚事呢？因为没有媒人而被女的拒绝，可是男的一生气，女的就又改口说："将子无怒，秋以为期。"你不要生气好了，秋天就嫁过去。这首诗里所讲的也是自由恋爱的事件，正好接着平陈与宋以及西征玁狁时的恋爱诗。它不仅连接这些诗，而且告诉我们尹吉甫在宣王六年至十年，怎样求婚、怎样结婚、婚后情形以及怎样仳离。这是一篇中国古代别开生面的自由结婚的悲剧史，对历史与古代社会的研究有莫大的意义。《易林》（卷一）说："氓伯以婚，抱布自媒。弃礼急情，卒罹悔忧。"最后一句，固然是指《氓》篇里所讲的故事，实际上，还指尹吉甫的终身命运，把三百篇看完后就可知道。

## 【诗义辨正】

《毛序》："《氓》，刺时也。宣公之时，礼义消亡，淫风大行，男女无别，遂相奔诱。华落色衰，复相弃背。或乃困而自悔，丧其妃耦，故序其事以风焉。美反正，刺淫佚也。"诗在《卫风》，便以为是刺卫宣公。然此诗的地点、时间、人物、事件讲得清清楚楚，哪一点与卫宣公有关系呢？他仅是站在美刺的观点上，随便安上一个国君，就不管与诗义是否相合了。

《集传》说："此淫妇为人所弃而自叙其事，以道其悔恨之意也。夫既与之谋而不遂往，又责所无以难其事，再为之约以坚其志，此其计亦狡矣。以御蚩蚩之氓，宜其有余而不免于见弃。盖一失其身，人所贱恶，始虽以欲而迷，后必以时而悟，是以无往而不困耳。士君子立身一败，而万事瓦裂者，何以异此，可不戒哉！"我真不知道朱老夫子有没有看这首诗。诗明言"将子无怒，秋以为期"，又说"淇水汤汤，渐车帷裳。女也不爽，士贰其行"，怎么说"既与之谋而不遂往"呢？诗里将前后事迹叙述得明明白白，没有一点不是实在的事迹，怎么说"又责所无以难其事"？"总角之宴，言笑晏晏，信誓旦旦"，明明是叙述往事，怎么说"再为之约以坚其志"呢？整首诗都是女的老老实实叙述事件的经过以及自己怎样受虐待，哪有一点"狡"计呢？

方玉润《诗经原始》说："此与《谷风》相似而实不同。《谷风》寓言，借弃妇以喻逐臣；此则实赋，必有所为而作，如汉乐府《羽林郎》《陌上桑》及《古诗为焦仲卿妻作》之类，皆诗人所咏，非弃妇作也。观其以氓直起，亦某甲某乙无知之人耳。特其事，述之足以为戒，故见诸歌咏，将以为世劝焉。"他也是从劝戒的观点来看，然较《集传》为进步。

二

# 伐柯（豳风）

伐柯如何？匪斧不克。取妻如何？匪媒不得。
伐柯如何？其则不远。我觏之子，笾豆有践。

**【诗义关键】**

《氓》篇说"匪我愆期,子无良媒",此诗说"取妻如何?匪媒不得"。都是讲没有媒人便得不到妻子。践,行列貌。笾豆有践,就是将笾豆排得非常合礼。笾豆是代表礼仪。我觏之子,笾豆有践,就是我所遇到的这个人,把笾豆排列得整整齐齐;极言其知礼。仲氏之拒绝尹吉甫求婚,是依据礼来拒绝的。所以这一篇所讲的情节与《氓》篇说的"匪我愆期,子无良媒",不是偶合。假如说这首诗是尹吉甫被仲氏拒婚后所写,不是没有根据吧?

**【字句解释】**

一章。柯,斧柄。伐柯如何?匪斧不克。这两句是兴,以引起下两句。整章的意思就是:怎样伐树枝以为斧柄呢?没有斧头是不成。怎样娶到妻子呢?没有媒人是不成。

二章。则,法则。整章的意思就是:怎样伐树枝以为斧柄呢?它的法则并不在远。我所遇到的这个人儿,就非常懂得礼仪。

**【诗义辨正】**

《毛序》:"《伐柯》,美周公也。周大夫刺朝廷之不知也。"这首诗原在《豳风》,襄公二十九年《左传》载吴公子札问周乐,他批评《豳风》是"美哉!荡乎!乐而不淫,其周公之东乎",人们就铁一般相信《豳风》里都是有关周公的诗,所以每首诗都要扯到周公身上，使诗义永远得不到解决。这首诗就是如此。方玉润批判各家说："此诗未详，不敢强解。《序》以为'美周公，周大夫刺朝廷之不知也'。夫周公之德之美，他人不知，姜、召二公岂未之知乎？况东征三年，罪人斯得，心已大白于天下，虽在四国，且有'是皇是吪'之叹，独于朝廷乃多疑议，恐无是理，断不可信。且当日公虽东征，权犹在手，一朝凯撤，朝廷奉迎之不暇，何至迟留未归，犹烦周大夫之作诗以刺朝廷耶？朱子初说，亦用《序》义，后以此诗难晓，而'我觏之子'一句，又与下章同，故推求其意，以为东人欲见周公始难而终易，而为是深喜之词。然总作比看，则与《九罭》之"我觏之子"一赋一比又相戾，且皆非诗词中所有意也。姚氏际恒又以为周人喜公还归之诗。曰'"笾豆有践"者，言周公归，其待之之礼如此也'，亦含糊不可晓。总之，诸儒之说此诗者，悉牵强支离，无一确切通畅之语，故宁阙之以俟识者。"

## 三

## 衡门（陈风）

衡门之下，可以栖迟。泌之洋洋，可以乐饥。
岂其食鱼，必河之鲂？岂其取妻，必齐之姜？
岂其食鱼，必河之鲤？岂其取妻，必宋之子？

释音：乐，读疗。

## 【诗义关键】

诗所言与尹吉甫生平相合者有三：第一，"衡门之下，可以栖迟"的衡门，就是以横木所为之门，表示家境清寒，与尹吉甫的家境清寒正相合。第二，泌，《毛传》："泉水也。"上边刚刚讲过尹吉甫的家住在复关，复关在今河北省濮阳县。《读史方舆纪要》（卷十六）于开州濮阳废县说："城东南有浚城，又有寒泉，《诗》云：'爰有寒泉，在浚之下。'其后曰濮阳。"可知复关、浚、寒泉近在一地。泌之洋洋，可以乐饥，正是尹吉甫引本地景物以自慰。第三，齐国姓姜，宋国姓子，都是贵族。岂其取妻，必齐之姜？难道娶妻一定要娶齐国的姜姓女儿？岂其取妻，必宋之子？难道娶妻一定要娶宋国的子姓女儿？明明是生气的话，与《氓》篇"将子无怒"的怒气不完全一样吗？很显然，这首诗是尹吉甫被仲氏拒婚后的气愤语，而以齐姜、宋子来比喻卫姬。就以这个意思将此诗作一解释。

## 【字句解释】

一章。栖迟，止息。乐，疗；《韩诗外传》《列女传》引诗均作"疗"。疗、瘵，古同字。《说文》："瘵，治也，或作疗。"（马瑞辰说）整章的意思就是：简陋的门楼之下，也可以止息居处。洋洋的泉水，可以止渴。

二章。黄河的鲤鱼、鲂鱼最美。尹吉甫的家乡复关，正在黄河边上，故以鲤鲂来起兴。整章的意思就是：难道吃鱼一定要吃黄河里的鲂鱼？难道娶妻一定要娶齐国的姜姓？

三章。整章的意思就是：难道吃鱼一定要吃黄河里的鲤鱼？难道娶妻一定要娶宋国的子姓？

## 【诗义辨正】

《毛序》:"《衡门》,诱僖公也。愿而无立志,故作是诗以诱掖其君也。"这首诗排在《陈风》,就扯到僖公身上。方玉润就批评说:"此贤者隐居甘贫,而无求于外之诗,不知《序》何以云'诱僖公也'？夫僖公,君临万民者也,纵愿而无立志,诱之以政焉而进于道也可,奈何以无求于世之志劝之？岂非所诱反其所望乎？"他所批评的甚为正确,然他说"此贤者隐居甘贫,而无求于外之诗",则非是。他仅注意到首章,没有注意到二、三两章;而后二章才是诗人的真正意旨。《集传》说:"此隐居自乐而无求者之辞。"自从朱熹提出这种说法以后,解诗的人都没有异说。假如只是为隐居,为何提起"岂其取妻,必齐之姜"、"岂其取妻,必宋之子"呢？牢骚满腹的人,还能算是甘心隐居吗？

## 四

## 候人（曹风）

彼候人兮,何戈与祋。彼其之子,三百赤芾。
维鹈在梁,不濡其翼。彼其之子,不称其服。
维鹈在梁,不濡其咮。彼其之子,不遂其媾。
荟兮蔚兮,南山朝隮。婉兮娈兮,季女斯饥。

释音：役，音书。䴘，音啼。昧，音昼。阰，音基。

## 【诗义关键】

这首诗值得注意的有几点：

第一，我们曾说《诗经》中的南山都是指现今的太行山，此诗说"南山朝阰"，那么，这首诗的故事一定发生在卫国。《毛传》注南山为曹南山，非是。曹南山是曹南山，南山是南山，绝对不可相混。

第二，《诗经》里用"季女"的共有三篇，就是《采蘋》《车舝》与此诗。《采蘋》篇的季女，曾经证明就是仲氏。《车舝》篇的将于下篇证明也是仲氏，而此篇的季女是否也是仲氏呢？俟我们将"季女斯饥"的意义解释明白后，就知道是不是了。

第三，《国语·周语》说"候人为导"，候人就是接送宾客的人。《读史方舆纪要》（卷四十九）于武陟县候人亭说："在县西南。……刘昭曰：'武陟县有候人亭。'"武陟县就在太行山的南边，与南山的地理环境正合。

第四，饥有两种意思，肚子的饥为饥，性欲的饥亦为饥。"季女斯饥"就是季女在饥渴，此指性欲而言，与上章"彼其之子，不遂其媾"对称。从南山、从季女、从候人亭的地点，再加"彼其之子，不遂其媾"，与"婉兮娈兮，季女斯饥"，不正是尹吉甫与仲氏现在的情况吗？此诗的"候人"就是尹吉甫，季女也就是仲氏。然既言尹吉甫是士，怎么又是候人呢？士不过是一种身份，并不是官职，以这种身份可以做各种官职。现在他做着候人的官，带领着三百赤芾迎送宾客。

然他为什么说"彼其之子,不称其服"呢?他是从南燕流亡到卫的氓民,由于才干与战功,才做着大夫的官职,所以说不配穿这种官服,尤其他向仲氏求婚未遂,更感觉自己地位的低微。这种牢骚话,也是对仲氏而发。所以仲氏说:"将子无怒,秋以为期。"这首诗同《伐柯》《衡门》一样,都是求婚不遂后的牢骚。

【字句解释】

一章。何、荷,古通。祋,即《伯兮》篇"伯也执殳,为王前驱"的"殳"。《说文》:"殳,以杖殊人也。"又引《周礼》:"殳以积竹,八觚,长丈二尺,建于兵车,旅贲以先驱。"《伯兮》篇是尹吉甫于宣王八年到十年东复鲁国时的诗篇,那时他执着殳,作为宣王的先锋。此诗是宣王六年,他西征玁狁回来,做着候人的官。殳是旅贲之士所执,与尹吉甫在西征时为宣王先行官正合。赤芾,赤色的蔽膝。三百赤芾,就是打赤色蔽膝的有三百人。整章的意思就是:那位候人呀,负荷着戈殳的武器。他这个人呀,率领着三百个打赤色蔽膝的人。

二章。鹈,鹈鹕。濡,湿。不称,不配。《九罭》篇说"我觏之子,衮衣绣裳",是尹吉甫于西征玁狁时因战功而获得的官服,上边曾经讲过。不称其服的服,就是指这件衮衣绣裳而言。只有贵族才能穿这种官服,可是尹吉甫是从南燕流亡的氓民,他不是贵族,所以说不配穿这种官服。这也是牢骚话。他向仲氏求婚未遂,所以发这种牢骚。整章的意思就是:一只鹈鹕在鱼梁上,没有湿到它的羽毛。他这个人呀,不配穿这种衣服!

三章。鸟嘴曰咮。媾,婚姻。整章的意思就是:一只鹈鹕在鱼梁上,没有湿到它的嘴巴。他这个人呀,婚姻不能如愿。

四章。荟、蔚,云兴貌。隮,虹。婉,少貌。娈,好貌。婉兮娈兮,季女斯饥,就是年轻呀美丽呀,幺妹在忍着饥饿。这是开仲氏的玩笑,意思是说她忍着性欲的饥饿。尹吉甫最喜欢开仲氏的玩笑,他在《东门之枌》篇不是就说"视尔如荍,贻我握椒"吗?整章的意思就是:浓厚的云彩兴起了,南山出现了早虹。年轻美丽的幺妹,现在忍着饥饿呀。

## 【诗义辨正】

《毛序》:"《候人》,刺近小人也。共公远君子而好近小人焉。"这首诗排在《曹风》,就扯到曹共公身上。姚际恒说:"《大序》谓:'共公远君子而好近小人也。'按《左传》,僖二十八年春,晋文公伐曹。三月,入曹,数之,以其不用僖负羁而乘轩者三百人也。遂执曹伯襄以畀宋人,即共公也。《序》不言《传》文者,示其在《传》之前也。然曰'共公',则用《传》明矣。"他将《序》的来源追究出来,甚是;但他默认此诗为刺共公,则非。《左传》的"乘轩者三百人",是讲大夫三百人,并不是《诗经》的"三百赤芾"。三百赤芾指士卒,千万不能相混。可是就由这"乘轩者三百人"与"三百赤芾"的相混,历来解诗的人对这段序文都无异议。屈万里说:"《诗序》谓此为刺曹共公之诗,似是。"但又说:"上章言不遂其媾,此言季女斯饥,似此季女未成婚而被弃以至于饥馁者。"试问：季女未成婚而至于饥馁，与曹共公又有什么关系呢？

## 五

## 将仲子（郑风）

将仲子兮，无踰我里，无折我树杞。岂敢爱之？畏我父母。仲可怀也；父母之言，亦可畏也。

将仲子兮，无踰我墙，无折我树桑。岂敢爱之？畏我诸兄。仲可怀也；诸兄之言，亦可畏也。

将仲子兮，无踰我园，无折我树檀。岂敢爱之？畏人之多言。仲可怀也；人之多言，亦可畏也。

释音：将，音枪。

## 【诗义关键】

假如不是尹吉甫生平事迹的发现，这首诗也就根本无法了解。《氓》篇不是讲"送子涉淇，至于顿丘"，"乘彼垝垣，以望复关。不见复关，泣涕涟涟；既见复关，载笑载言"吗？尹吉甫的家住在复关，为什么仲氏不把他送到家里而只能送到顿丘呢？这首诗就解答了这个问题。尹吉甫与仲氏是自由恋爱，他的家人极端反对，现在仲氏把他送到顿丘，不让她再往前送，就怕引起家人与村人的非议。此诗的"仲子"也就是仲氏，所以诗言："仲可怀也；父母之言，亦可畏也"，"仲可怀也；诸兄之言，亦可畏也"，"仲可怀也；人之多言，亦可畏也"。怀，作归讲。然为什么讲"无逾我里，无折我树杞"，"无逾我墙，无折我树桑"，"无逾我园，无折我树檀"呢？从《桑中》诗说的"期我乎桑中，要我乎上宫，送我乎淇之上矣"看来，知道仲氏常常送尹吉甫回去。而仲氏还是一位十四五岁的女孩，天真活泼，无拘无束，从《宛丘》篇"无冬无夏，值其鹭羽"，"无冬无夏，值其鹭翿"，与《东门之枌》篇"东门之枌，宛丘之栩。子仲之子，婆娑其下"可知。她的举止既是无拘无束，到尹吉甫家的时候，可能爬墙上树，毫不文雅，在一般古老社会看来，怎能入眼？仲氏既被尹吉甫拒绝让她送到家，她就在高墙上看着尹吉甫回去，看不到的时候就哭，看到的时候，就有说有笑。这不正是一位天真热情而幼稚的少女的举动吗？知道了这种情形，这首诗也就容易解释了。

【字句解释】

一章。将，发语词。里，为居处之名，与庐同义（《群经平议》说）。仲子，即仲氏。怀，归。整章的意思就是：将仲子呀，不要来到我的家，不要折我的杞树。并不是爱护这棵杞树，而是害怕我的父母呀！仲子是可以到我家的；可是父母的话，也不能不畏惧呀！

二章。整章的意思就是：将仲子呀，不要来到我的墙边，不要折我的桑树。并不是爱惜这棵桑树，而是害怕各位哥哥呀。仲子是可以到我家的；但是哥哥们的话，也不能不怕呀！

三章。整章的意思就是：将仲子呀，不要来到我的园地，不要折我的檀树。并不是爱惜这棵檀树，而是怕人家的闲话呀。仲子是可以到我家的；但是人家的闲话也是可怕呀！

## 【诗义辨正】

《毛序》："《将仲子》，刺庄公也。不胜其母，以害其弟。弟叔失道，而公弗制，祭仲谏而公弗听，小不忍以致大乱焉。"因为诗排在《郑风》，就扯到郑庄公身上；然与郑庄公有什么关系呢？《集传》引莆田郑氏说："此淫奔者之辞。"此"淫奔者"为谁？假如指诗人，那么，诗言"仲可怀也；父母之言，亦可畏也"，"诸兄之言，亦可畏也"，"人之多言，亦可畏也"，明明是拒绝，怎么说是淫奔呢？方玉润批评《毛序》与《集传》说："《序》谓刺庄公不胜其母，以害其弟，祭仲谏而弗听，特以诗中有父母、兄弟、仲子等字耳。《集传》从郑渔仲说，以为无与庄公、叔段事，是矣。而又以为淫奔诗，亦非。盖女心既有所畏而不从，则不得谓之为奔，亦不得谓之为淫。姚氏知其然，仍不能断，乃曰'按此诗言郑事多不合，以为淫诗则合'，是其识亦尚游移未定耳。此诗难保非采自民间闾巷，鄙夫妇相爱慕之辞，然其义有合于圣贤守身大道，故太史录之，以为涉世法。"说来说去还是不知诗的意义。

# 六

## 二子乘舟（邶风）

二子乘舟，泛泛其景。愿言思子，中心养养。
二子乘舟，泛泛其逝。愿言思子，不瑕有害？

## 【诗义关键】

这首诗如同《将仲子》一样，假如不是尹吉甫生平事迹的发现，也是绝对无法了解。《氓》篇说"送子涉淇，至于顿丘"，是仲氏把尹吉甫送到顿丘。她是顺淇水送尹吉甫的，那么，她回肥泉的时候，一定也是顺着淇水。《氓》篇又说"既见复关，载笑载言"，倘若是仲氏一个人，她怎么能"载笑载言"呢？仲氏之送尹吉甫一定还有个同伴。现在她们坐船回去了，所以此诗言："二子乘舟，泛泛其逝。"然两个女孩子回去怎么能放心呢？所以又说："愿言思子，中心养养。""愿言思子，不瑕有害？"如此一讲，诗情画意整个显现出来了。

## 【字句解释】

一章。泛泛，漂荡貌。景，通影。愿，《郑笺》："念也。"言，而。愿言，在《诗经》中是个成语，《终风》篇"愿言则嚏"，《伯兮》篇"愿言思伯"，都作"念而"讲。养养，为瀁瀁之省，心情不安貌。整章的意思就是：她们俩坐着船，漂漂荡荡的影子远去了。想到了她们，心里就有点不安。

二章。瑕，通遐。"不瑕"为"遐不"的倒文，会不会的意思。《泉水》篇"遄臻于卫，不瑕有害"，是同一的意思，也是担心仲氏回卫时的心情。不过《泉水》篇是他们仳离时的诗。整章的意思就是：她们俩坐着船，漂漂荡荡地远去了。想到了她们，会不会遇到灾害？

## 【诗义辨正】

《毛序》："《二子乘舟》，思伋、寿也。卫宣公之二子，争相为死，国人伤而思之，作是诗也。"这又是受《邶风》的束缚而附会。姚际恒就怀疑说："《小序》谓'思伋、寿'，此有可疑。按《左传》桓十六年曰：'卫宣公烝于夷姜，生伋子，属诸右公子；为之娶于齐而美，公取之，是为宣姜；生寿及朔，属寿于左公子。夷姜缢，宣姜与公子朔构伋子。公使诸齐，使盗待诸莘，将杀之。寿子告之，使行；不可，曰："弃父之命，恶用子矣。有无父之国则可也。"及饮以酒，寿子载其旌以先，盗杀之。伋子至，曰："我之求也，此何罪？请杀我乎。"又杀之。'夫杀二子于莘，当乘车往，不当乘舟。且寿先行，伋后至，二子亦未尝并行也。又卫未渡河，莘为卫地，渡河则齐地矣，皆不相合。《毛传》则谓'待于隘而杀之'，亦与乘舟不合。其解则以'乘舟'为比，谓'如乘舟而无所薄，泛泛然迅疾而不碍也'，甚牵强，不可从。《集传》则直载其事而于'乘舟'以为赋，漫不加考，尤疏。"

# 七

## 北门（邶风）

出自北门，忧心殷殷，终窭且贫，莫知我艰。已焉哉！天实为之，谓之何哉！

王事适我，政事一埤益我。我入自外，室人交徧谪我。已焉哉！天实为之，谓之何哉！

王事敦我，政事一埤遗我。我入自外，室人交徧摧我。已焉哉！天实为之，谓之何哉！

释音：窭，音楼。谓，读归。埤，音琵。谪，音责。敦，音堆。

## 【诗义关键】

此诗的关键就在"王事适我，政事一埤益我"的"我"是谁；知道了这个人，诗义也就容易寻绎了。《诗经》里用"王事"二字的除此篇外，还有《鸨羽》《四牡》《采薇》《小雅·杕杜》《北山》与《出车》。而这后六篇诗恰恰都是尹吉甫西征猃狁时的作品，所谓"王事"就是指猃狁的战事。《诗经》里用"政事"二字的除此篇外只有《小明》，而《小明》篇也是尹吉甫西征猃狁时的作品。所谓"政事"就是指简书、建筑营房一类工作。由此看来，"王事适我，政事一埤益我"的"我"，不就是尹吉甫吗？

然他为什么讲"终窭且贫，莫知我艰"，又说"我入自外，室人交徧谪我"呢？终，作"既"讲。窶（窶），《说文》宀部："无礼居也。"从宀，娄声，当为小屋（《群经平议》说）。《氓》篇不是讲"以尔车来，以我贿迁"吗？贿，是嫁资。仲氏答应尹吉甫嫁过来，并把嫁资一起带过来，可是尹吉甫家的房子太小，这些嫁资无地可放，所以他说：屋子既小而又贫穷，没有人知道我的艰难！《衡门》篇说"衡门之下，可以栖迟"，尹吉甫不是已经讲他的家庭简陋吗？仲氏拒婚时他发牢骚；答应了他，他又为难。周时的婚姻是由父母之命，媒妁之言，而他们的结合是自由恋爱，所以遭到父母家人的反对，这是"我入自外，室人交徧谪我"的缘故。到此，我们不仅知道这首诗的意义，连"出自北门"的"北门"是什么城的北门也都知道了。他家住在复关，而仲氏住在肥泉，复关在北，肥泉在南，他去向仲氏求婚，仲氏答应了，他出了肥泉的北门回家时，引起了这么多的烦恼，不是极为显明吗？

**【字句解释】**

一章。《诗经》里的"谓之"都作"归之"讲。整章的意思就是：我从北门里出来，心里忧愁得不得了。家里的房子又小又贫穷，谁知道我的艰难呢？罢了！罢了！老天爷要这样安排，还归究什么呢！

二章。适，归。坤，增。谪，指责。整章的意思就是：战事加在我的身上，政务也加在我身上。我从外边回去，家里人轮流指责我。罢了！罢了！老天爷要这样安排，还归究什么呢？

三章。敦，迫。摧，《郑笺》："刺讥之言。"整章的意思就是：

战事逼迫我，政务也一样交给我。我从外边回去，家里人轮流讥刺我。罢了！罢了！老天爷要这样安排，还归究什么呢？

**【诗篇联系】**

尹吉甫与仲氏从宣王三年起就开始恋爱，经过西征猃狁的长久离别，爱情更行增加。他们于宣王六年既得到了南仲的许婚，尹吉甫于战事一结束，回到卫国后就与家庭商议这件婚事，想不到遭到家人的反对。开始时，仲氏因为没有正式的媒人，不愿嫁过来。后来，尹吉甫一生气，她愿意了，而自家狭小贫穷，聘娶倒成了问题。这首诗就是写这种矛盾心理。

**【诗义辨正】**

《毛序》："《北门》，刺仕不得志也。言卫之忠臣，不得其志尔。"王事、政事都加在自己身上的人还算不得志，那么，怎样才算得志呢？《集传》说："卫之贤者处乱世，事暗君，不得其志。"这是将《毛序》换了一种说法。姚际恒没有意见，大概是看不出道理也就不讲话了。

以上七篇，就是《氓》《伐柯》《衡门》《候人》《将仲子》《二子乘舟》与《北门》，除《氓》篇是宣王十年尹吉甫追述他同仲氏结婚的经过外，其他六篇都是宣王六年末他向仲氏求婚时的诗篇，地点都在卫国。

【第十九编】尹吉甫与仲氏结婚时以及婚后诗篇

一

# 丰（郑风）

子之丰兮，俟我乎巷兮，悔，予不送兮。
子之昌兮，俟我乎堂兮，悔，予不将兮。
衣锦褧衣，裳锦褧裳。叔兮伯兮，驾，予与行。
裳锦褧裳，衣锦褧衣。叔兮伯兮，驾，予与归。

**【诗义关键】**

此诗的丰、昌，都是壮大的意思。《方言》："赵魏之郊，燕之北鄙，凡大人谓之丰人。"子之丰兮，就是他这个大个子呀。《毛传》："昌，盛壮貌。"子之昌兮，就是他这个健壮的人呀。尹吉甫的身个不是高大吗？与这位新郎的身材正相合。送，是送亲。将，也是送的意思。《鹊巢》篇"之子于归，百两将之"的"将"即送亲的意思。悔，《毛传》于《云汉》篇、《郑笺》于《抑》篇均注为"恨也"。古人结婚，有送亲迎亲之礼，可是此诗说"悔，予不送兮"，"悔，予不将兮"，可恨我没有送亲的人。换句话说，女的家庭没有参加这次婚礼。《诗经》里用"叔兮伯兮"一语的共有三篇，就是《旄丘》《萚兮》与此诗。《旄丘》篇是尹吉甫东征时仲氏思念他的作品，《萚兮》篇是尹吉甫与仲氏在淇园游乐的诗篇，内里所称"叔兮伯兮"都是仲氏对尹吉甫及其弟的称谓。此诗说"叔兮伯兮，驾，予与行"，"叔兮伯兮，驾，予与归"，也是女的口气。从此三点证明，这首诗是写尹吉甫迎亲时的情形，不会有错。

【字句解释】

一章。整章的意思就是：他这个大个子呀，在巷子里等着我呀，恨我没有送亲的人！

二章。整章的意思就是：他这个健壮的人呀，在庭堂上等着我，恨我没有送亲的人！

三章。衣锦褧衣，裳锦褧裳，照文法来看，褧衣、褧裳是名词，锦是形容词，衣与裳为动词。意思就是穿着锦做的褧衣，系着锦做的褧裳。若照《毛传》在《硕人》篇所解"锦衣加褧襜"，则衣锦也为名词了。衣锦既是锦衣，则裳锦亦当为锦裳；如此，则"裳锦褧裳"变为锦裳加上褧裳，不成其为服制了。《说文·衣部》褧字注"檾也"，引《诗》"衣锦褧衣"。檾，为枲麻，一名白麻。褧衣、褧裳，本为白麻所做，现用锦来做，以为嫁者之衣，故《毛传》说："衣锦褧裳，嫁者之服。"《郑笺》不了解这个意思，注说："褧，襌也。盖以襌縠为之中衣，裳用锦而上加襌縠焉，为其文之大著也。"不仅使诗义含糊，服制也不得而知了。再者，他于《硕人》篇说："国君夫人翟衣而嫁，今衣锦者，在途之所服也。尚之以襌衣，为其文之大著。"又于此诗注说："庶人之妻嫁服也。"前后矛盾，可见他并不真正明白。叔，老三；伯，老大。整章的意思就是：穿上了锦做的褧衣，系上了锦做的褧裳。老三老大呀，驾车吧，我同你们一起走。

四章。整章的意思就是：系上了裝裳，穿上了裝衣。老三老大呀，驾车吧，我同你们一起回去。

## 【诗篇联系】

《氓》篇一方面说"匪我愆期，子无良媒"，一方面又说"将子无怒，秋以为期"。仲氏的推愆日期是因为没有媒人，她的应允是因为尹吉甫生了气，所以这门亲事双方家长都在反对。因为女方家长反对，所以没有送亲的人；由于男方家长反对，除尹吉甫与他的弟弟外，也没有其他的人来迎亲。此诗说"悔，予不送兮"，"悔，予不将兮"，是说没有人送亲；"叔兮伯兮，驾，予与行"，"叔兮伯兮，驾，予与归"，是说迎亲的人少。《氓》篇是这首诗的钥匙诗，假如没有它，这首诗也就很难了解。《易林》卷二说："季姬踟蹰，结衿待时。终日至暮，百两不来。"季姬，显然是仲氏。"百两不来"，是指他们结婚时没有百辆迎亲的车，这不会是巧合吧？尹吉甫与仲氏的恋爱故事，东汉的人们一定还知道得很清楚。

## 【诗义辨正】

《毛序》："《丰》，刺乱也。婚姻之道缺，阳倡而阴不和，男行而女不随。"诗明明说"驾，予与行"，"驾，予与归"，怎么可以说"阳倡而阴不和，男行而女不随"呢？《集传》说："妇人所期之男子已俟乎巷，而妇人以有异志不从，既则悔之而作是诗也。"他是从"悔"字来猜想，根本没有看懂全诗。姚际恒说："此女子于归自咏之诗。俟巷、俟堂，男子亲迎也。女子在房观之，悔不能送将也。于是复自言其登车之时，衣锦衣、锦裳，且有加衣如此。叔、伯，指送者，乃驾予而行以归之矣。"男子亲迎，女子怎么"悔不能送将"？姚际恒对于"悔"字也没有了解。不知尹吉甫的生平事迹，诗义是无法知道的。

## 二

### 著（齐风）

俟我于著乎而，充耳以素乎而，尚之以琼华乎而。
俟我于庭乎而，充耳以青乎而，尚之以琼莹乎而。
俟我于堂乎而，充耳以黄乎而，尚之以琼英乎而。

**【诗义关键】**

要想了解这首诗，得先了解古人的亲迎仪礼，然后再将古礼与此诗所说的仪礼做一对照，诗义就可发现了。

《说苑·修文》说："诸侯以屦二两加琮，大夫庶人以屦二两加束脩二，曰：'某国寡小君，使寡人奉不珍之琮，不珍之屦，礼夫人贞女。'夫人曰：'有幽室数辱之产，未谕于傅母之教，得承执衣裳之事，敢不敬。'拜祝，祝答拜。夫人受琮，取一两屦以履女，正笄衣裳而命之曰：'往矣，善事尔舅姑，以顺为宫室，无二尔心，无敢回也。'女拜，乃亲引其手授夫乎户，夫引手出户。夫行女从。拜辞父于堂，拜诸母于大门。夫先升舆执辔，女乃升舆，毂三转，然后夫下先行。大夫士庶人称其父曰：'某之父，某之师友，使某执不珍之屦，不珍之束脩，敢不敬礼某氏贞女。'母曰：'有草茅之产，未习于织纴纺绩之事，得奉执箕帚之事，敢不敬。'拜。"以上是诸侯大夫士与庶人亲迎的仪节以及所说的言辞。在亲迎的时候，不管诸侯、大夫、士、庶人，都是女方的父母亲自主持女儿婚事。诸侯嫁女儿时，还要在户这个地方将女儿的手授给夫。并且拜辞父于堂，拜诸母于大门。

可是此诗说"俟我于著乎而"，"俟我于庭乎而"，"俟我于堂乎而"，是谁在那三个地方等待呢？《丰》篇说"子之丰兮，俟我乎巷兮"，"子之昌兮，俟我乎堂兮"，《诗经》里凡是同一的语句，所表现的都是同一的事件，那么，这首诗的意义也就晓得了。尹吉甫与仲氏的结合，双方家长都在反对，所以亲迎时，女方家长也未露面，完全让他们自己来主持。到此，我们可以了解《东山》篇"之子于归，皇驳其马。亲结其缡，九十其仪"的意思了。《仪礼·士昏礼》"母施衿结帨"，帨就是缡（马瑞辰有极详细的说明）。缡，本由母亲来结的，现在只由尹吉甫自己在著、在庭、在堂等着，可知女方的父母没有参加，他们只有斟酌情形而自成婚礼。这首诗所表现的，就是这种自由式的婚礼。


**【字句解释】**

一章。著，通宁。门屏之间谓之宁，也就是《说苑·修文》"拜诸母于大门"的"大门"。《文选·东京赋》"戁竻塞耳"，薛综注："黈纩，言以黄绵大如丸，悬冠两边当耳。"黈为黄，纩为絮；黄绵就是黄颜色的新棉絮，也就是此诗的"充耳以黄乎而"。意思就是拿黄棉絮做充耳。琼华、琼莹、琼英，都是不同花纹的玉石。尚之，即加之。整章的意思就是：他在大门等着我呀，白色棉絮的充耳上，他又加上琼华的玉石呀。

二章。整章的意思就是：他在庭上等着我呀，青棉絮的充耳上，他又加上琼莹的玉石呀。

三章。堂，也就是《说苑·修文》"拜辞父于堂"的"堂"。整章的意思就是：他在堂上等着我呀，黄棉絮的充耳上，他又加上琼英的玉石呀。

## 【诗篇联系】

从这首诗的著、庭、堂的仪节，可知《东山》篇"九十其仪"的意义，也就是九道十道的仪节；不过那里是讲姜氏来归时的情形。再从《说苑·修文》"夫先升舆执辔，女乃升舆"，使我们知道《丰》篇"驾，予与行"的意义。三百篇彼此都有关联，也只有把它们的关系联系起来，才能真正了解诗义。

## 【诗义辨正】

《毛序》："《著》，刺时也。时不亲迎也。"此诗写的明明是亲迎，怎么说"时不亲迎"呢？实在讲不通，故《毛传》为之曲解说："时不亲迎，故陈亲迎之礼以刺之。"所谓"时"，指的是什么时候呢？从此诗来看，怎么知道诗人的时代不亲迎呢？《集传》引东莱吕氏说："《昏礼》：婿往妇家亲迎，既奠雁，御轮而先归，俟于门外，妇至则揖以入。时齐俗不亲迎，故女至婿门，始见其俟己也。"诗中的著、庭、堂，明明是指女家，男的在女家的著、庭、堂等着，怎么不是亲迎呢？可知他们都没有看懂诗义，只是跟《毛序》在附会。姚际恒就批评说："《序》谓'刺时不亲迎'。按此本言亲迎，必欲反之为刺，何居？若是则凡美者皆可为刺矣。又可异者，吕氏祖其'刺不亲迎'之说，以为'女至婿门，始见其俟己'，安见此著与庭、堂，为婿家而非女家乎？《郑风·丰》篇亦有'俟我乎堂'句，解者皆以为女家，又何居？况即谓女至婿家，安知其前婿不至女家耶？此女子于归见婿亲迎之诗，今不可知其为何人。观充耳以琼玉，则亦贵人矣。琼，赤玉，贵者用之。华、莹、英，取协韵，以赞其玉之色泽也。《毛传》分琼华、琼莹、琼英为三种物，已自可笑；而又以琼华为石，琼莹、琼英为石似玉，又以分君、卿、大夫、士，尤谬。《集传》本之，皆以三者为石似玉，亦不可解。"他所批评的甚为正确；但他将琼华、琼莹、琼英合而为一，则非是。因为著、庭、堂是三个地方，不可能在三个地方重复地戴一件东西。

## 三

### 北风（邶风）

北风其凉，雨雪其雱。惠而好我，携手同行。其虚其邪，既亟只且！

北风其喈，雨雪其霏。惠而好我，携手同归。其虚其邪，既亟只且！

莫赤匪狐，莫黑匪乌。惠而好我，携手同车。其虚其邪，既亟只且！

释音：霏，音滂。虚，音舒。邪，音徐。且，音徂。

## 【诗义关键】

《氓》篇说"将子无怒，秋以为期"；此诗说"北风其凉，雨雪其雱。惠而好我，携手同行"，"北风其喈，雨雪其霏。惠而好我，携手同归"。这不会是巧合吧？《丰》篇说"驾，予与行"，"驾，予与归"；此诗说"携手同行""携手同归"。又不会是巧合吧？再者，古人亲迎，是男的先回，女的随后再来，并不是同车，而此诗说"惠而好我，携手同车"，也更不会是巧合吧？这首诗也是尹吉甫娶仲氏时的作品，当无问题。在此，我们还可以举出一个铁证：就是《易林》卷三说的"北风牵手，相从笑语。伯歌季舞，谶乐以喜"。伯是伯兮，季是季女，即仲氏。连名字都举出来了。我们再说一遍，东汉时，尹吉甫与仲氏的恋爱故事一定很流行；不然，不可能知道得这么清楚。

## 【字句解释】

一章。雨雪，下雪。雱，盛貌。惠，爱。虚，舒之同音假借；邪，徐之同音假借；虚、邪，都是慢的意思（马瑞辰说）。亟，急。且，为徂之假借。整章的意思就是：刮着寒冷的北风，落着纷纷的大雪。因为爱我喜欢我，携着手一起同行。慢点吧！慢点吧！车走得太快了！

二章。喈，当作湝，《说文》："寒也。"(《群经平议》说)霏，雨盛貌。整章的意思就是：刮着寒冷的北风，落着片片的大雪。因为爱我喜欢我，牵着手一起回来。慢点吧！慢点吧！走得太快了！

三章。莫赤匪狐，莫黑匪乌，这是他们在路上所见到的景色。天正下着大雪，遍地都是白色，只显出赤色的狐狸、黑色的乌鸦。整章的意思就是：赤色的没有不是狐狸，黑色的没有不是乌鸦。因为爱我喜欢我，牵着手在一个车上。慢点吧！慢点吧！走得太快了！

### 【诗篇联系】

《丰》篇说"悔，予不送兮"，"悔，予不将兮"，就是没有送亲的车。因为没送亲的车，所以又说"叔兮伯兮，驾，予与行"，就是坐着叔伯的车出嫁。此诗说"携手同车"，可知这两首诗都是写实。由这种写实，使我们知道他们结婚的那一天，正下着大雪。

### 【诗义辨正】

《毛序》："《北风》，刺虐也。卫国并为威虐，百姓不亲，莫不相携持而去焉。"卫国，指什么时候的卫国？难道卫国的君主都是暴虐吗？因为这首诗排在《邶风》，不能不附会到卫国；

毫无依据，只有空泛地来讲。还有，从这首诗里，哪有一点威虐的气氛，而致百姓"莫不相携持而去"呢？因为没有人能知道这首诗的真实故事，大家只有在猜，所以姚际恒说："'莫赤'二句，在作者自有意，后人无径路可寻，遂难窥测。多方求解，终不得一当，不如但赏其词之妙可耳。"他对"莫赤"二句如此，对全篇意义，也莫不如此。他说"但赏其词之妙可耳"，试问：不懂诗义怎么能欣赏其词之妙呢？

## 四

## 有女同车（郑风）

有女同车，颜如舜华。将翱将翔，佩玉琼琚。彼美孟姜，洵美且都。

有女同车，颜如舜英。将翱将翔，佩玉将将。彼美孟姜，德音不忘。

### 【诗义关键】

这首诗与尹吉甫、仲氏的事迹相合者有五：一、"有女同车"，正与《丰》篇"驾，予与行"、《北风》篇"携手同车"相同。二、舜华，木槿花。"颜如舜华"正与《东门之池》篇"彼美淑姬"、《东方之日》篇"彼姝者子"、《静女》篇"静女其姝"、《野有蔓草》篇"有美一人"，赞美仲氏的美一样。三、都，是都丽，个子大的意思。"洵美且都"正与《泽陂》篇"有美一人,硕大且卷"、"有美一人,硕大且俨",《椒聊》篇"彼其之子,硕大无朋"相同。所以《车舝》篇称仲氏为硕女。四、德音,尊称别人的语言。"德音不忘"就是没有忘记了她的允诺,正指《氓》篇"秋以为期"而言。因为她真的秋后嫁过来了,所以说"德音不忘"。五、"将翱将翔",我们在解《女曰鸡鸣》与《清人》篇时曾说是飞奔的意思;而《北风》篇说"其虚其邪,既亟只且",正是讲车走得太快。有此五点相同,把这一篇排在这里是再自然不过了。

## 【字句解释】

一章。琼,凡言玉色美曰琼(戴震《毛郑诗考正》说)。琚,佩玉之一种。琼琚,美琚。孟姜,仲氏的代名,同《桑中》篇孟姜、孟弋、孟庸是仲氏的代名一样。整章的意思就是:同车里有位女郎,漂亮得就像木槿花。在奔在跑,她戴的佩玉是琼琚。那位美丽的孟姜呀,是真正的漂亮而且都帅!

二章。英,花。将将,即锵锵,佩玉震动的声音。整章的意思就是:同车里有位女郎,漂亮得就像木槿花。在奔在跑,她的佩玉锵锵作响。那位美丽的孟姜呀,没有忘记她的允诺。

## 【诗义辨正】

《毛序》:"《有女同车》,刺忽也。郑人刺忽之不昏于齐。太子忽尝有功于齐,齐侯请妻之,齐女贤而不取,卒以无大国之助,至于见逐,故国人刺之。"了解《诗经》的最大障碍就是《诗谱》。现今三百篇的次第，原是周乐的次第，而乐是断章取义，可是自从汉儒误认它就是诗的次第后，《诗经》也就不可了解了。每首诗都要在它划定的范围内找故事，结果，不仅使诗义无法了解，而且也歪曲了史事。比如这首诗，它与郑忽的不娶齐女有什么关系？姚际恒就批判说："《小序》谓'刺忽'，必不是。解者因以同车为亲迎，然亲迎岂是同车乎？明系曲解。且忽已辞昏，安得言亲迎耶？又谓孟姜为文姜，文姜淫乱杀夫，几亡鲁国，何以赞其'德音不忘'乎？孔氏谓前欲以文姜妻之，后又欲以他女妻之，他女必幼于文姜，而《经》谓之孟姜者，刺忽应娶不娶，何必实贤实长也。此依《大序》，谓'忽有功于齐'，故又谓非文姜。其周章无定说如此。诗人之辞多有相同者，如《采唐》（按即《桑中》篇）曰'美孟姜矣'，岂亦文姜乎？是必当时齐国有长女美而贤，故诗人多以孟姜称之耳。"他所批判的甚为正确；然最后还是受《诗谱》的束缚而认为齐国真有一个孟姜。《集传》说："此疑亦淫奔之诗。言所与同车之女，其美如此，而又叹之曰：彼美色之孟姜，信美矣而又都也。"信美而又都与淫奔有什么关系呢？方玉润既不赞成《小序》，又不赞成淫诗，因而说："然则，此诗谓何？曰：讽忽以昏齐，非刺忽以不昏齐也。曰：有辨乎？曰：有。刺忽以昏于齐者，从事后论之也；讽忽以宜昏于齐者，事前劝之也。"不管他怎么讲，都与诗无关，都是在《毛序》的范围内猜谜。屈万里说："此盖婚者美其新妇之辞。"有点近似。

# 五

## 鸡鸣（齐风）

"鸡既鸣矣，朝既盈矣。""匪鸡则鸣，苍蝇之声。"
"东方明矣，朝既昌矣。""匪东方则明，月出之光。"
"虫飞薨薨，甘与子同梦。会且归矣，无庶予子憎。"

释音：朝，音潮。

## 【诗义关键】

这首诗是以夫妻对话的口气来表现，而最重要的在末一章；末一章了解了，整首诗的意义也就豁然开朗。薨薨，蝇飞声。同梦，同睡。庶，幸。无庶，庶无的倒文，希望不要的意思（马瑞辰说）。予，给。子，你。憎，憎恶。整章的意思就是：蝇在嗡嗡地飞，我很愿意同你睡。但是朝会的人已经回来了，希望不要给你引起人们的憎恶。很显然，这是表现一对恩爱夫妻，男的留恋床第，早上不肯起来，妻子在劝解他。如此解释则整篇诗义完全明朗。"会且归矣，无庶予子憎"，俞樾译为："会且归矣，诸臣必将憎子，无幸予而使子受其憎也。"屈万里译为："朝会将散，如亟起而往，则庶几不至贻子以憎恶也。"都不切当。俞樾认"子"为君，屈万里将"会且归矣"认为已了之事，所以说"朝会将散，如亟起而往"，不无增义解经之嫌。我们就以恩爱夫妻的留恋床第，将此诗作一解释。

## 【字句解释】

一章。朝,朝廷。整章的意思就是:妻子说:"鸡已经叫了,朝廷的人已经满了。"丈夫回答说:"不是鸡叫,而是苍蝇的声音。"

二章。整章的意思就是:妻子说:"东方已经明了,朝廷的人已满了。"丈夫回答说:"不是东方的明亮,而是月亮的光。"

三章。上边已作解释,不再重复。

## 【诗篇联系】

我们没有直接的证据,证明这首诗是尹吉甫所为;但从尹吉甫与仲氏的故事发展来看,将此诗排在这里是多么自然!新婚燕尔,留恋床笫,不是极自然的现象吗?

## 【诗义辨正】

《毛序》:"《鸡鸣》,思贤妃也。哀公荒淫怠慢,故陈贤妃贞女夙夜警戒,相成之道焉。"姚际恒说:"《序》谓'思贤妃,刺哀公';朱郁仪谓'美乙公之王姬';《伪说》谓'卫姬劝桓公'。众说不一,皆无确据。"他又说:"此诗大指,予从严氏。"严氏指严粲。严粲在《诗缉》说:"古者,太师奏《鸡鸣》,则君当起。今鸡已鸣矣,会集于朝中者已盈满矣,哀公乃谓此非鸡之鸣,是苍蝇之声耳。鸡鸣与蝇声不相类,见荒淫昏乱也。"他不相信《毛序》而信严氏,可是严氏仍是从《毛序》,不是自相矛盾吗?总之,历来解诗的人都脱不了《毛序》《诗谱》的束缚。

# 六

## 缁衣（郑风）

缁衣之宜兮，敝，予又改为兮。适子之馆兮，还，予授子之粲兮。

缁衣之好兮，敝，予又改造兮。适子之馆兮，还，予授子之粲兮。

缁衣之席兮，敝，予又改作兮。适子之馆兮，还，予授子之粲兮。

**【诗义关键】**

这首诗的关键就在"敝，予又改为兮"、"还，予授子之粲兮"的"予"是谁？"予"这个人的地位、身份追究出来，诗义也就显露了。缁衣，《毛传》："卿士听朝之正服。"缁衣之宜兮，敝，予又改为兮，就是这件缁衣非常地合身呀，破了，我给你改做。足证这件缁衣是"予"这个人所做。馆，《郑笺》"卿士所之之馆；在天子之宫"，也就是现在说的办公厅。粲，餐之假借。适子之馆兮，还，予授子之粲兮，就是你去到办公厅吧，回来，我给你做饭吃。如此讲来，很显然，"予"就是作者的妻子，而且是新婚的妻子。若是老夫老妻，给他做衣做食已经多年了，还说这种话有什么意义？把这首诗排在尹吉甫与仲氏新婚之际，不是极有道理吗？

## 【字句解释】

一章。上边已作解释，不再重复。

二章。好，漂亮。改造，即改为。整章的意思就是：这件缁衣非常地漂亮呀，破了，我再给你改造。你到办公厅去吧，回来，我给你做饭吃。

三章。席，大。整章的意思就是：这件宽宽大大的缁衣呀，破了，我再给你做一件。你到办公厅去吧，回来，我给你做饭吃。

## 【诗篇联系】

要不是尹吉甫生平事迹的发现，这首诗也无法了解。现在知道了他与仲氏的恩爱情形，这首诗的意义也就自然显出了。倘若不这样解释，"敝，予又改为兮"就要如孔《疏》说的"此衣若敝，我愿王家又复改而为之兮"；"还，予授子之粲兮"要解释为"自朝而还，我愿王家授子武公以采禄兮"。增义解经要到什么程度！

## 【诗义辨正】

《毛序》："《缁衣》，美武公也。父子并为周司徒，善于其职，国人宜之，故美其德，以明有国善善之功焉。"此诗在《郑风》，所以扯到郑桓公、郑武公身上。姚际恒说："予尝谓解经以后出而胜，断为不诬。如此诗，《序》《传》皆谓国人美武公，《集传》《诗缉》皆从之，无异说。自季明德始以为'武公好贤之诗'，则改衣、适馆、授餐皆合。不然，此岂国人所宜施于君上者哉！

说不去矣。何玄子又以'武公有功周室,平王爱之而作此诗',若是,第以其德己也,私也,岂得谓之好贤乎?"说来说去,还是脱离不了《毛序》《诗谱》的束缚。

## 七

## 葛屦（魏风）

纠纠葛屦,可以履霜。掺掺女手,可以缝裳。要之襋之,好人服之。

好人提提,宛然左辟,佩其象揥。维是褊心,是以为刺。

释音:掺,音纤。襋,音棘。辟,音避。

## 【诗义关键】

《大东》篇说"纠纠葛屦,可以履霜",与此诗的头两句完全相同。《大东》是尹吉甫东征时的作品,以《诗经》的相同句子所表现的为同一事件来说,这首诗也一定与尹吉甫有关。可是诗又说"掺掺女手,可以缝裳",缝的是什么裳呢?上首诗讲的缁衣,不就是她缝的裳吗?《绿衣》篇说:"绿兮丝兮,女所治兮。我思古人,俾无訧兮。"绿,《郑笺》作椽,椽是黑色的衣,正是缁衣。《绿衣》篇是仲氏仳离后尹吉甫思念她的作品。如此讲来,此诗之缝裳是确有其事。

然下章说:"好人提提,宛然左辟,佩其象揥。维是褊心,是以为刺。"给喜欢的人做件缁衣,有什么可以为刺呢?问题就在"宛然左辟,佩其象揥"上。到此,就又回到我们讲《氓》篇时曾说当尹吉甫东征时,他的父母为他再娶姜氏的问题上了。父母所娶的妻子当然是大,而仲氏就变成偏房了。古人以右为上,所以《淮南子·要略》说:"力征争权,胜者为右。"仲氏被贬为偏房,心中自有未甘,所以她在缁衣的左襟上缝上她的象揥,表示自己的位置在左,以为讽刺。《君子偕老》篇也是仲氏仳离后,尹吉甫思念她的作品,而诗言"象之揥也",可知仲氏是有象揥。尹吉甫父母之为他另娶,从《唐风》的《羔裘》篇也可证明。诗言"岂无他人?维子之故","之"作"是"讲,故,是故人,维子是故,足证还有新人,况且诗又明言:"岂无他人?"到此,此诗的意义就明显了:尹吉甫在东征的时候,他的父母为他另娶一位姜氏,地位在仲氏之上;仲氏给他做缁衣的时候,将自己的象揥故意挂在衣服的左边,象征自己的地位来讽刺他。

## 【字句解释】

一章。纠纠,缠结之貌。葛屦,以葛所编成之鞋。掺掺,《韩诗》作"纤纤",细长貌。要,裳腰。襋,衣领。要、襋,都作动词用。好人,喜爱的人,到现在北方人对要好的人还是这样称谓。整章的意思就是:用葛所编织成的鞋子,可以在霜地里行走。细而长的女手,可以缝制衣裳。上上腰,缝上领,喜欢的人好穿它。

二章。提提,王逸《七谏》注引《诗》作"媞媞",注:"好貌。"宛然，依然。辟，同避。象揥，象牙所做的头簪。褊，为偏之假借；褊心，即偏心。整章的意思就是：我所喜欢的人很漂亮，在他左边的上襟上，佩戴着象牙所做的头簪。因为他有偏心，所以拿它来讽刺。

## 【诗篇联系】

假如不知道尹吉甫的父母曾为他另娶姜氏，不仅不知道仲氏之所以离开尹吉甫的原因，连带着这首诗也无法了解。三百篇是一个完整的故事，可惜从来没有人知道。

## 【诗义辨正】

《毛序》："《葛屦》，刺褊也。魏地狭隘，其民机巧趋利，其君俭啬褊急，而无德以将之。"诗里有"褊"字，魏国的疆土又小，就在魏国上做文章。姚际恒说："此诗刺褊，已见本文。《大序》因'纠纠葛屦'二句，并为刺俭啬，非也。俭为美德，'与其奢也宁俭'，夫子不云乎？《序》之以为俭啬者，误泥首章二句以为赋也，不知此是兴。……《集传》既以为兴，是已；乃亦依《序》谓刺俭啬，何耶？《毛传》以'女'为嫁未三月之女，武断殊甚。《集传》亦谬从之。"总之，凭猜，绝对不可能了解诗义，不仅此篇而已。

以上七篇，就是《丰》《著》《北风》《有女同车》《鸡鸣》《缁衣》与《葛屦》，都是尹吉甫与仲氏结婚时以及婚后诗篇，地点在卫国。

【第二十编】尹吉甫与仲氏仳离时诗篇（宣王十至十一年）

一

# 君子偕老（鄘风）

君子偕老，副笄六珈。委委佗佗，如山如河，象服是宜。子之不淑，云如之何！

玼兮玼兮，其之翟也。鬒发如云，不屑髢也。玉之瑱也，象之揥也，扬且之皙也。胡然而天也，胡然而帝也。

瑳兮瑳兮，其之展也。蒙彼绉絺，是绁袢也。子之清扬，扬且之颜也。展如之人兮，邦之媛也。

释音：珈，音加。玼，音此。翟，音笛。鬒，音轸。髢，音第。皙，音锡。绉，音皱。绁，音褒。袢，音半。

## 【诗义关键】

《诗经》里用"偕老"的共有四篇，就是《女曰鸡鸣》《击鼓》《氓》与此诗。《女曰鸡鸣》篇说"宜言饮酒，与子偕老"，是平陈与宋时，仲氏向尹吉甫所许的婚约。《击鼓》篇说"死生契阔，与子成说。执子之手，与子偕老"，是平陈与宋时，仲氏突然不辞而别，尹吉甫在株林追到她后，重述他们所自订的婚约。《氓》篇说"及尔偕老，老使我怨"，是仲氏嫁过来后，想不到尹吉甫的父母又给他娶了一位姜氏,仲氏埋怨尹吉甫的话。由此可知"偕老"都是用在尹吉甫与仲氏的自订婚约上。那么,此诗"君子偕老"应该解为与君子偕老的人,也是指仲氏。

从这首诗所表现的女主人翁的特征,也可以证明她就是仲氏。《都人士》篇"彼君子女,绸直如发","彼君子女,卷发如虿","匪伊卷之,发则有旟",是讲仲氏头发的稠而且长;此诗也说"鬒发如云,不屑髢也",就是头发稠得像一片云彩,一点也用不着假发。《野有蔓草》篇"有美一人,清扬婉兮","有美一人,婉如清扬",是讲仲氏有对大眼睛;此诗也说"子之清扬,扬且之颜也",就是扬起脸来的时候,她的眼睛非常地漂亮。《椒聊》篇"彼其之子,硕大无朋",《泽陂》篇"有美一人,硕大且卷",《车舝》篇"辰彼硕女",《有女同车》篇"彼美孟姜,洵美且都",都是讲仲氏的个子高大;此诗也说"委委佗佗,如山如河",就是从从容容,稳重如山,深沉如河,也是又高又长。《简兮》篇"彼美人兮,西方之人兮",《静女》篇"美人之贻",《葛生》篇"予美亡此",《野有蔓草》篇"有美一人",《东门之池》篇"彼美淑姬",《防有鹊巢》篇"谁侜予美",《泽陂》篇"有美一人",都在讲仲氏是一位美女;此诗说"展如之人兮,邦之媛也",就是像她这样的人呀,诚为一国的美女呀!诸如此类的特征,如说不是一个人,谁能相信呢?此诗是讲仲氏绝无问题,然写她什么呢?"子之不淑,云如之何!"就在这"不淑"二字的解释上。

《毛传》:"有子若是,何谓不善乎?"是释"不淑"为"不善"。《郑笺》："而为不善之行。"《正义》："可谓不善。"《集传》："淑，善也。"没有一个人不是将"不淑"释为"不善"。果如此讲，诗义就是：这是你的不好，还有什么说的呢？在骂仲氏。实际上，"不淑"是成语，不幸的意思（王国维《与友人论诗书中成语书》说）。意思就是：这是你的不幸，还有什么可说呢？是怜悯、同情仲氏，意义就整个相反了。这样讲，就与《氓》篇发生了关系。《氓》篇说"及尔偕老，老使我怨"，由于尹吉甫的父母给尹吉甫再娶，以致仲氏要回娘家，所以他在此诗里劝慰她，要她认命，与《蝃蝀》篇说的"乃如之人也，怀昏姻也！大无信也！不知命也！"是同一的意思。就以怜悯和劝慰仲氏的意思，将此诗作一解释。

## 【字句解释】

一章。副，首饰，即后世之步摇。笄，簪。珈，加。副笄六珈，就是用簪把步摇系在头上，加上六种饰物。《续汉书·舆服志》："步摇以黄金为山题，贯白珠为桂枝相缪，一爵九华。熊、虎、赤罴、天鹿、辟邪、南山丰大特六兽，《诗》所谓'副笄六珈'者。"由此可知所加的六种饰物是熊、虎、赤罴、天鹿、辟邪与南山丰大特（《群经平议》说）。"委委佗佗"与《羔羊》篇"委蛇委蛇"同，委蛇，《韩诗》作"逶迤"，形容举止的从容不迫。象服，即袆衣，袆衣上有画像，故称象服。整章的意思就是：与君子偕老的人，头上系着步摇，加上六样饰物。走起路来从容不迫，稳重如山，深沉如河，应该是穿袆衣的。可是你遇到了不幸，还有什么可说的呢！

二章。玼兮玼兮，王肃注："颜色衣服鲜明貌。"翟，即阙狄，也是贵妇人的服装。阙狄上绘有羽毛，故称翟衣。鬒，《说文》："发稠也。"髢，《郑笺》："髲也。"髲，就是现在说的假发。瑱，从衡笄两端下垂到耳，而以纮悬的玉叫瑱。之，作其讲。象，象牙。挮，搔头。扬，扬起头来。且，语助词。皙，白皙，形容脸色。胡然，何乃。天、帝，指天神，即现在说的天仙，形容女子之美。整章的意思就是：她的翟衣呀，非常地鲜艳而漂亮。她的头发稠密得就像一片云彩，一点也不需要假发。她的瑱是玉石的，她的搔头是象牙的，扬起脸来时，脸面是白皙的。她就是个天仙，就是个上帝。

三章。瑳，与《竹竿》篇"巧笑之瑳"的"瑳"同义。《竹竿》篇是形容齿白，此处是形容展衣的白。展，是展衣，也是贵族衣服的一种，白色（马瑞辰说）。蒙，冡之假借，《说文》："冡，覆也。"绉，绤之细者。绁，《说文》引作袣。绁袢，贴身的衣服。清扬，眼睛。下一"展"字，诚。媛，美女。整章的意思就是：她的展衣呀，是雪白雪白的。她穿的内衣是绉绤做的。她的眼睛呀，当抬起头来的时候，显得非常漂亮。像她这样的人，真堪称为国色呀！

**【诗篇联系】**

从这一篇的解释，可以看出三百篇的彼此关系，假如不把仲氏的特征钩稽出来，根本不可能知道这首诗的主人翁是谁。假如不知道尹吉甫与仲氏的关系，也根本不可能知道这首诗的意义。所以三百篇一定要把它们打通来看；否则，诗义就永远埋藏着。

**【诗义辨正】**

《毛序》："《君子偕老》，刺卫夫人也。夫人淫乱，失事君子之道，故陈人君之德，服饰之盛，宜与君子偕老也。"他所说的卫夫人指宣姜。宣姜固然是美，然与这首诗里所写的特征相符吗？诗中所写的服饰，难道是"人君"的"服饰之盛"吗？他根本不看诗而只在随意附会，可是从来没有人怀疑过，也真是怪事！姚际恒是最善疑《序》的，他也说："《小序》谓'刺卫夫人宣姜'，可从。"别人更不用提了。

## 二

### 中谷有蓷（王风）

中谷有蓷，暵其干矣。有女仳离，嘅其叹矣。嘅其叹矣，遇人之艰难矣！

中谷有蓷，暵其脩矣。有女仳离，条其歗矣。条其歗矣，遇人之不淑矣！

中谷有蓷，暵其湿矣。有女仳离，啜其泣矣。啜其泣矣，何嗟及矣！

释音：暵，音旱。歗，音啸。

**【诗义关键】**

《氓》篇："不思其反；反是不思，亦已焉哉！"是仲氏要离开尹吉甫而回娘家。此诗说"有女仳离"，事迹正相同。然为什么要回娘家呢？"遇人之不淑矣"，遇到不幸的人呀！此"不淑"与《君子偕老》篇的"不淑"是一个意思。"何嗟及矣"，就是嗟叹有何用呢！与《君子偕老》篇"云如之何！"又复相同。这是仲氏闹着仳离时，尹吉甫劝告她的作品，应无问题。

**【字句解释】**

一章。蓷，鏨菜；草本，生山麓原野，茎方形，高一两尺。暵，曝。嘅，叹声。《白华》篇说"天步艰难，之子不犹"，指尹吉甫而言，我们曾经讲过。"艰难"对"天步"，就是讲命运不好。此篇"艰难"也是同样的意思。整章的意思就是：谷中的鏨菜，太阳把它暵干了。一位女子要分离，在那里哀声叹气；哀声叹气，因为遇到命不好的人了！

二章。脩，将干。条，条然。歗，号。整章的意思就是：谷中的鏨菜，晒得快干了。一位女子要分离，一条一条地数着在哭呀。一条一条地数着在哭，因为遇到了不幸的人呀！

三章。湿，应读为曝，《玉篇》："曝，欲干也。"（《经义述闻》说）啜，泣，饮泣，不出声地哭，悲痛至极。整章的意思就是：谷中的鏨菜，晒得要干了。一位女子要分离，哭得不能出声了。哭得不能出声了，对事实有什么用呢！

## 【诗义辨正】

《毛序》:"《中谷有蓷》,闵周也。夫妇日以衰薄,凶年饥馑,室家相弃尔。"他说"凶年饥馑",大概是从"暵其干矣"而来。然诗只言"中谷有蓷",蓷是鳖菜,鳖菜要晒干,就可代表饥馑吗?然而姚际恒附会说:"此诗闵妇人遭饥馑而作。……仳离,仳字未详,合来恐只是'流离失所'之义。《毛传》训为'别',按'别离',以后人语,未可以'仳'之音近'别'而遂为别耳。孔氏曰:'以仳与离共文,故知当为别义。'如此说,其无确义可知。"他是在猜。屈万里说:"此咏妇人被夫遗弃之诗。"事实上恰相反。

## 三

## 日月(邶风)

日居月诸,照临下土。乃如之人兮,逝不古处!胡能有定,宁不我顾!

日居月诸,下土是冒。乃如之人兮,逝不相好!胡能有定,宁不我报!

日居月诸,出自东方。乃如之人兮,德音无良!胡能有定,俾也可忘!

日居月诸,东方自出。父兮母兮,畜我不卒!胡能有定,报我不述!

释音:古,读姑。

## 【诗义关键】

《氓》篇："不思其反；反是不思，亦已焉哉！"就是你也不替我想一想；你既然不替我想，咱们俩也只有诀别，这是仲氏决心要走的表现。然仲氏之所以要走，是由于尹吉甫的父母又给他娶了一位姜氏，把仲氏的地位贬为偏室。知道了这个故事，此诗的意义就容易寻找了。"乃如之人兮，逝不古处！""之人"指仲氏，古，读为姑，诗义就是：像她这样的好人呀，怎么不姑且相处呢？希望她不要走的意思。"乃如之人兮，逝不相好！"就是像她这样的好人呀，怎么不彼此相好呢？"乃如之人兮，德音无良！"仲氏嫁过来的时候，尹吉甫不是在《有女同车》篇讲"彼美孟姜，德音不忘"吗？现在她要走，所以说"德音无良"，意思就是说话不算话。"父兮母兮，畜我不卒！"畜，好；卒，终。诗义就是：父亲呀，母亲呀，并不是彻底爱我。述，《韩诗》作"术"；不述，就是不道（《群经平议》说）。"胡能有定，报我不述！"就是怎么能有个定准呢，不应该这样来对待我呀！指父母给他另娶姜氏而言。他报怨了仲氏，又报怨父母，这不正是尹吉甫的处境吗？

## 【字句解释】

一章。居、诸，都是语词。下土，下地。之人，是人，指仲氏。乃如之人兮，是赞美她，不是骂她。《君子偕老》篇"展如之人兮，邦之媛也"，就是赞美。逝不，曷不。胡能有定，就是什么才能有定准呢？仲氏本来发誓要与他白头偕老，而现在闹着要离开；他的父母本来很喜欢他，现在不得他的同意就硬给他娶一位姜氏,所以他说"什么才能有定准呢?"宁,乃。整章的意思就是:日头呀,月亮呀,光照着下边的土地吧!像她这样的好人呀,怎么不姑且相处呢!什么都没有定准呀,怎么不顾全我呢!

二章。冒,覆盖。整章的意思就是:日头呀,月亮呀,笼罩着下边的土地吧!像她这样的好人呀,怎么不彼此相好呢!什么都没有定准呀,怎么不报答我呢!

三章。整章的意思就是:日头呀,月亮呀,从东方出来吧!像她这样的好人呀,说话不算数了!什么都没有定准呀,怎么使我忘记得了呢!

四章。整章的意思就是:日头呀,月亮呀,从东方出来吧!父亲呀,母亲呀,怎么不爱我到底呢!什么都没有定准呀,以不正当的手段对待我呀!

## 【诗篇联系】

三百篇本来是一个有机体,篇与篇之间都是有联系的;自从汉儒误周乐的次第而为诗篇的次第后,这种有机性也就失掉了。篇与篇之间的关系隔绝了,诗义也就无法寻求。好在发现了纲领诗与钥匙诗,才又把它们组合起来。从《氓》篇里"不思其反;反是不思,亦已焉哉"这几句诗,不仅使我们了解这首诗,下边十数首诗也都了解了。

## 【诗义辨正】

《毛序》:"《日月》,卫庄姜伤己也。遭州吁之难。伤己不见答于先君，以至困穷之诗也。"这首诗在《邶风》，就在卫国找事实来附会。《正义》说："谓庄公不能定完者，隐三年《左传》曰：'公子州吁有宠而好兵，公不禁，石碏谏曰："将立州吁，乃定之矣；若犹未也，阶之为祸。"'是公有欲立州吁之意。"只因这个"定"字与诗"胡能有定"的"定"字相同，就以这段故事来说诗，证据薄弱到什么程度！然胡承珙在《毛诗后笺》还说："《郑笺》以'胡能有定'为定完，《正义》引《左传》石碏之谏以释经中'定'字，实为确论。"屈万里说："此诗当是妇人不得于其夫者所作。"假若如此，诗怎么说"父兮母兮，畜我不卒"呢？怎么怪起父母来呢？他也是在猜。

## 四

### 蝃蝀（鄘风）

蝃蝀在东，莫之敢指。女子有行，远父母兄弟。
朝隮于西，崇朝其雨。女子有行，远兄弟父母。
乃如之人也，怀昏姻也，大无信也，不知命也！

释音：蝃，音帝。蝀，音冻。大，音太。

## 【诗义关键】

《日月》篇说"乃如之人兮"，此诗也有完全相同的句子。《日月》篇的指仲氏，此诗也当是指仲氏。又言"怀昏姻也，大无信也，不知命也"，不正是指仲氏要仳离的事吗？"怀昏姻"是伤婚姻，言婚姻的不如意。大无信，也正是《日月》篇的"德音无良"。此诗与《日月》篇所咏的是一件事，毫无问题。如此讲来，女子有行，远父母兄弟，是远尹吉甫的父母兄弟了。谨以此义将此诗作一解释。

**【字句解释】**

一章。蝃蝀，即虹。北方人认为虹不可指，指了要烂指头。《诗经》中用"有行"的共四篇，就是《泉水》《竹竿》《载驰》与此诗，都是讲仲氏的回娘家。所以"有行"应作"去"讲，既不是《郑笺》说的"行，道也，妇人生而有适人之道"；也不是屈万里所解释的"出嫁"。整章的意思就是：虹从东方出来了，没有人敢指它。女的要走了，远离我的父母兄弟。

二章。朝隮，也就是《候人》篇"南山朝隮"的"朝隮"；崇朝，也就是《河广》篇"曾不崇朝"的"崇朝"。整章的意思就是：西方出现朝虹了，不出这个早上就要下雨。女的要走了，远离我的兄弟父母。

三章。命，命运。整章的意思就是：像她这样的好人呀，伤心婚姻呀，太没有信实呀，太不认命运呀！

**【诗义辨正】**

《毛序》："《蝃蝀》，止奔也，卫文公能以道化其民。淫奔之耻，国人不齿也。"《集传》说："此刺淫奔之诗。言蝃蝀在东，而人不敢指，以比淫奔之恶，人不可道。况女子有行，又当远其父母兄弟,岂可不顾此而冒行乎?"姚际恒说:"此诗未敢强解。《小序》谓'刺奔',虽近似(《大序》谓文公,尤无据),然'女子有行,远父母兄弟',《泉水》《竹竿》二篇皆有之,岂亦刺奔耶?此语乃妇人作,则此篇亦作于妇人未可知。必以为刺奔,于此二句未免费解。《伪传》《说》谓卫灵公事;诗迄陈灵,不迄卫灵也。何玄子谓刺宣公夺太子伋妇,徒以诗中'无信'二字,然此岂可据?况已有《新台》,不当更有此诗也。季明德谓:'女子在母家与人私,及既嫁而犹与所私者通,诗人刺之。'尤为可恨。总之,说诗各逞新意,如此乱掂,亦复何难!然而显悖经旨,害道惑世,何如且安于缄默为得也!"

# 五

## 泉水（邶风）

毖彼泉水,亦流于淇。有怀于卫,靡日不思。娈彼诸姬,聊与之谋。

出宿于泲,饮饯于祢。女子有行,远父母兄弟。"问我诸姑,遂及伯姊。"

出宿于干,饮饯于言。载脂载舝,还车言迈。遄臻于卫,不瑕有害?

我思肥泉,兹之永叹。思须与漕,我心悠悠。驾言出游,以写我忧。

释音:毖,音俾。

**【诗义关键】**

《蝃蝀》篇说"女子有行，远父母兄弟"，此诗也有完全相同的句子，那么，此诗当然也是写仲氏的仳离。诗又明明说"娈彼诸姬，聊与之谋"，提出了仲氏的姓，更可证明是同一事件。然写的是什么呢？就在"娈彼诸姬，聊与之谋"上，这两句诗明白了，整个诗义也就清楚了。娈，读为恋，这两句诗义就是：留恋那些姬家的姑娘，聊且与她们做计谋。仲氏不是要回娘家吗？然她的回去是因为尹吉甫的父母为他又娶姜氏，并不是与尹吉甫的情感有所破裂。但此事也不是一走了之，许许多多问题需要商议，所以他们在复关一带的沬、祢、干、言等地来回打转，迟迟不肯离别。只要把诗里的几个地名弄清楚，就知道诗义所在了。

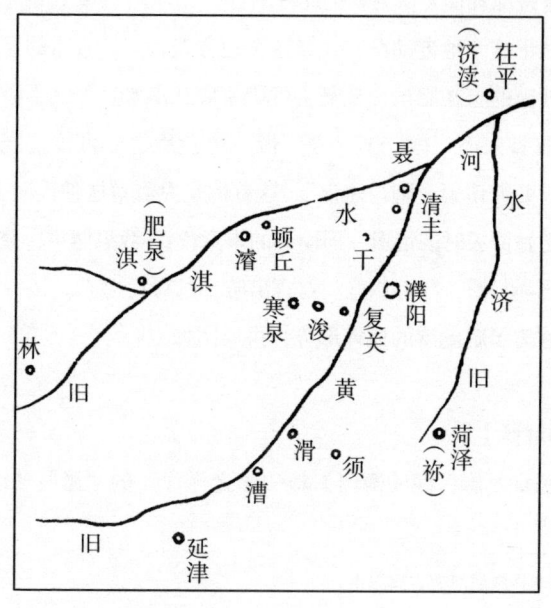

沸，《鲁诗》作"济"，也就是《匏有苦叶》篇"济盈不濡轨"的济。尹吉甫的家住在复关，复关临黄河，顺着黄河就可找到济在什么地方。《水经注》（卷五）于河水"又东北过茌平县西"注说："河水东分济，亦曰济水受河也。……自河入济，自济入淮，自淮达江，水径周通，故有四渎之名也。"济，就是指这个济渎。祢，是大瀰沟，在今山东菏泽西南。《水经注》（卷七）于济水说"又东过冤胊县南"，冤胊，在今山东菏泽县西南。"出宿于济，饮饯于祢"，就是从济渎这个地方动身，在大瀰沟这个地方饯行。干，在今河北省清丰县①西南三十里。《读史方舆纪要》（卷十六）于清丰县观泽城说："干城在县西南三十里，本卫之干邑。《诗》'出宿于干'。"又说"县北十里有聂城"，朱右曾《诗地理征》认为就是此诗的言。"出宿于干，饮饯于言"，就是从干这个地方动身，在聂这个地方饯行。尹吉甫的家在复关，仲氏的家在肥泉，从复关到肥泉应从淇水，怎么不顺淇水回去而要在济、祢、干、言一带一再盘旋、一再饯行呢？就由于"娈彼诸姬，聊与之谋"。这首诗是尹吉甫送仲氏回去后，追述送她回去时的情形，因而诗的末章说："我思肥泉，兹之永叹。思须与漕，我心悠悠。驾言出游，以写我忧。"

兹为了解此诗的地理形势，再绘图如上。

**【字句解释】**

一章。毖，即《衡门》篇"泌之洋洋"的"泌"；《说文》

---

① 清丰县现属河南省濮阳市。

引作"泌"，云："侠流也。"侠流，即疾流。"毖彼泉水"之"泉"即寒泉。怀，归。卫，指肥泉，肥泉在沫，沫即朝歌，卫之所都。"有怀于卫"之"卫"指仲氏，因为她回到这里。整章的意思就是：疾流的泉水，也流入了淇水。因为她回去了卫国，没有一天不想她。为了留恋那几位姬家姑娘，聊且与她们做个商量。

二章。诸姑，指长一辈的婆婆、婶子、大娘等，这是仲氏对她们的称呼。伯姊，大姊，想指姜氏，姜氏由父母所娶故为大，在仲氏称来当称大姊。"问我诸姑，遂及伯姊"，这是仲氏在大弥沟与尹吉甫临别时的嘱咐。整章的意思就是：从济漯这个地方动身，在大瀰沟这个地方饯行。女的要走了，远离开我的父母兄弟。"替我问候婆婆、婶子、大娘好，连带也问大姊好。"

三章。载，则。脂，脂油，此处作动词用。辇，同辖。还车，回去的车，因为是回卫，所以称"还车"。言，而。迈，行。遄，速。臻，至。不瑕有害，与《二子乘舟》篇"不瑕有害"意义相同，就是会不会遇到灾害？这也是尹吉甫替仲氏在路上担心的话。整章的意思就是：在干这个地方动身，在言这个地方饯行。车轴头膏上了油，回去的车也真的走了。他们急速地到卫国，会不会在路上遇到灾害？

四章。肥泉，仲氏的家所在地。永叹，咏叹。漕与孙子仲有密切的关系。《击鼓》篇说："土国城漕，我独南行。从孙子仲，平陈与宋。"也就由于从孙子仲平陈与宋，才与孙子仲的女儿产生这场孽债。须与漕邻近。《读史方舆纪要》（卷十六）于滑县钼城说："须城在县东南二十八里。《诗》'思须与漕'，漕……即白马县也。"须与漕，都在今河南省的滑县。悠悠，遥遥。诗言"我思肥泉，兹之永叹。思须与漕，我心悠悠"，一连提到三个地名。仲氏到底是在哪个地方呢？我们试来解释这个问题。《击鼓》篇既说："土国城漕，我独南行。从孙子仲，平陈与宋。"孙子仲是从漕邑去平陈、宋，漕邑当与孙子仲有关。仲氏是孙子仲的女儿，漕与仲氏当然也有关系了。《桑中》篇说："爰采唐矣，沫之乡矣。云谁之思？美孟姜矣。期我乎桑中，要我乎上宫，送我乎淇之上矣。"我们曾说肥泉就在沫地，尹吉甫与仲氏曾在这里约会，而她把他送上淇水，足证她就住在肥泉，不然，不会在这里与尹吉甫约会而且送他。须，《诗经》里没有再提，说不出它与仲氏的关系；但既言"思须"，则必与仲氏有关。仲氏回卫后，尹吉甫也不知道她到底住在什么地方，所以把她可能住的三个地方都想出来而在思念。驾，驾车。言，而。整章的意思就是：因为我想念肥泉，才有这篇诗的咏叹。想到须与漕这两个地方，我的心就随着到了那里。驾车出去游玩，为的是除去我的忧愁！

## 【诗篇联系】

这首诗极端重要，因为它有许多具体的地名与事实，不仅证实了三百篇就是尹吉甫的自传，而且使我们对复关一带的地理环境了如指掌。旧黄河，旧淇水，旧济水，也可依据这篇诗而把它们复原起来。它又是一篇钥匙诗，下边要解释的《匏有苦叶》《燕燕》《遵大路》《竹竿》《载驰》等诗的意义，也就由它而启开了。

【诗义辨正】

《毛序》："《泉水》，卫女思归也。嫁于诸侯，父母终，思归宁而不得，故作是诗以自见也。"全是从字面上猜想。也难怪，不知道确实的事实怎能了解诗义呢？再引一段姚际恒的话，看看大家都在怎样乱猜。他说："此卫女媵于诸侯，思归宁而不得之诗。于何知之？于诗中'诸姑''伯姊'而知之也。诸侯娶妻，嫡长有以姪、娣从者，此称姑，则为姪也，称姊，则为娣也。其时宫中有为之姑者，有为之姊者，故欲归宁不得，与之谋而问之也。"诸姑与姪娣不同，为什么不直接称姪娣而要改为诸姑、伯姊呢？《诗经》里并不是没有直接称姪娣者，如《韩奕》篇"诸娣从之，祁祁如云"，"诸娣"可以改称"诸姑"吗？《诗经》里没有一个字，没有一句诗，不是真实的，绝对不能改动。要从真实的字句来求真实的事迹，才可以真实了解诗义。至于他引何玄子的解释，也是一片胡扯，不必再枉费笔墨了。

# 六

## 匏有苦叶（邶风）

匏有苦叶，济有深涉。深则厉，浅则揭。
有瀰济盈，有鷕雉鸣。济盈不濡轨，雉鸣求其牡。
雝雝鸣雁，旭日始旦。士如归妻，迨冰未泮。
招招舟子，人涉卬否。人涉卬否，卬须我友。

释音：鷕，音腰。卬，音昂。

## 【诗义关键】

《泉水》篇"出宿于泲"，泲，即济；此诗说"济有深涉"，是地点相同。既言"出宿于泲"，就是早上从济这个地方动身；此诗说"旭日始旦"，是时间也相同。尹吉甫的身份是士，他的妻子仲氏现在回娘家，是要离别；而此诗说"士如归妻，迨冰未泮"，士如要他妻子回来，等到冰还没有化的时候，是人物的身份与事件也相同。《泉水》篇说"出宿于泲，饮饯于祢"，是尹吉甫从济这个地方动身，在祢这个地方给仲氏饯行；此诗说"招招舟子，人涉卬否。人涉卬否，卬须我友"，就是人家过河我不过，我要过河，得与我所爱的人一起过，正是写出宿于济的情景。有此四点相同，这首诗是尹吉甫把仲氏送到济渎时的作品，不会有疑问。

## 【字句解释】

一章。匏，即瓠，今谓葫芦瓜。苦，读为枯，《齐诗》即作"枯"（王先谦《诗三家义集疏》说）。济，济水。涉，渡口。厉，《释文》"本或作濿"；濿，船渡的意思。襄公十四年《左传》："诸侯之大夫从晋侯伐秦，以报栎之役也。晋侯待于竟，使六卿帅诸侯之师以进，及泾不济。叔向见叔孙穆子，穆子赋《匏有苦叶》。叔向退而具舟。"穆子赋《匏有苦叶》的用意就在"深则厉"一句，叔向了解了他的意思，于是退而具舟。揭，摄衣而涉。整章的意思就是：葫芦有了枯叶，济水遇到深的渡口。水深用船渡，水浅撩起衣裳过。

二章。瀰，水满貌。济盈，满满的济水。鹭，雉鸣声。轨，车辖头（王引之说）。整章的意思就是：济水在涨大水，野鸡在鹭鹭地叫。涨满的济水没有湿到车辖头，野鸡的叫是在求雄。

三章。雝雝，雁的和声。泮，散。迨冰未泮，指正月以前。整章的意思就是：和协的鸿雁在叫，日光在天上发亮。假如士要叫他的妻子回来，等冰化以前再谈吧。

四章。招招舟子，就是船夫在招手叫人上船。卬，我，河北、山西一带称我为卬。整章的意思就是：船夫在招手叫人过河，人家过河而我不过。为什么人家过河而我不过呢？我要同我所爱的人一起过。

## 【诗篇联系】

这篇诗，假如不与《泉水》篇联系，根本不能知道它的意义。同时，要不是发现"济"是指哪一段的济水，也不可能了解这首诗。《诗经》里的任何一条水，都要弄清楚它指的是哪一段，否则诗义也是无法了解。再从"匏有苦叶"一句，可知此诗写于宣王十年七月间，因为这个时候，匏叶开始在枯。《七月》篇说"八月断壶"，壶即葫芦，也就是这首诗的匏。八月摘壶，那么，壶叶之枯也就从七月开始了。由此可知，仲氏是宣王十年七月间回娘家的。

## 【诗义辨正】

《毛序》："《匏有苦叶》，刺卫宣公也。公与夫人并为淫乱。"姚际恒说："《小序》谓'刺卫宣公'，《大序》谓'公与夫人并为淫乱'，其说可从。济盈二句明是刺乱，且刺妇人也。"这首诗的地点在济溴，宣公与宣姜——又有人说是夷姜——的淫乱在济溴吗？解诗一定要把诗中的地点、时间、人物、事件、情感五种因素弄清楚，且将这五种因素相配无间，才算真正了解诗。否则，都是乱猜。如屈万里说"此咏婚嫁者之诗"，就是从"归妻"上猜。

## 七

## 遵大路（郑风）

遵大路兮，掺，执子之袪兮："无我恶兮，不寁故也！"
遵大路兮，掺，执子之手兮："无我魗兮，不寁好也！"

释音：掺，音纤。寁，音斩。魗，音仇。

## 【诗义关键】

《泉水》篇说"载脂载舝，还车言迈"，仲氏回卫坐的是车。知道这一点，这首诗就容易了解了。遵，循。掺，即《葛屦》篇"掺掺女手，可以缝裳"的"掺"，纤手之意。袪，袖。寁，音巾坎反（按巾原作市，据阮元《诗经校勘记》改），应为"斩"之假借;斩,绝也。遵大路兮,掺,执子之袪兮:"无我恶兮,不寁故也!"就是顺着大路的边上呀,纤手执着你的袖子说:"不要厌恶我呀,不要断绝我们的旧好呀!"这不是仲氏临别时对尹吉甫的嘱咐吗?如此一解,整首诗的意义都明朗了。

### 【字句解释】

一章。上已解释,不再重复。

二章。魗,《毛传》:"弃也。"整章的意思就是:顺着大路的边上呀,纤手执着你的手说:"不要丢弃我呀,不要断绝了我们的故情呀!"

### 【诗义辨正】

《毛序》:"《遵大路》,思君子也。庄公失道,君子去之,国人思望焉。"根本不着边际。《集传》说:"淫妇为人所弃,故于其去也,揽其袪而留之曰:'子无恶我而不留,故旧不可以遽绝也。'"有点接近。姚际恒说:"《序》谓'君子去庄公',无据。《集传》谓'淫妇为人所弃',夫夫既弃之,何为犹送至大路,使妇执其袪与手乎?又曰:'宋玉赋有"遵大路,揽子袪"之句,亦男女相悦之辞也。'然则男女相悦,又非弃妇矣。且宋玉引用《诗》辞,岂可据以解《诗》乎?"他所怀疑的都很对,假如他知道此中实情,也就了解此中曲折了。

## 八

## 燕燕（邶风）

燕燕于飞，差池其羽。之子于归，远送于野。瞻望弗及，泣涕如雨。

燕燕于飞，颉之颃之。之子于归，远于将之。瞻望弗及，伫立以泣。

燕燕于飞，下上其音。之子于归，远送于南。瞻望弗及，实劳我心。

仲氏任只，其心塞渊。终温且惠，淑慎其身。先君之思，以勖寡人。

释音：差，音雌。颉，音絜。颃，音杭。

## 【诗义关键】

《泉水》篇说："出宿于泲，饮饯于祢"，"出宿于干，饮饯于言"。从地理环境来看，尹吉甫送仲氏的路线是先从济动身，然后在祢饯行，其次又在干动身，再在言饯行。祢与漕邻近，可知仲氏回的是漕。所以《泉水》篇又说："思须与漕，我心悠悠。"仲氏回的是漕，我们还有一个证据，就是《载驰》篇"载驰载驱，归唁卫侯。驱马悠悠，言至于漕"。《载驰》篇是写尹吉甫赴漕见孙子仲想解决他与仲氏的问题，仲氏当然也在漕邑。《载驰》篇，下边就要讲到。尹吉甫从复关把仲氏送到祢，袚在南，复关在北，所以此诗说"远送于南"。复关在今河北省濮阳县，而大瀰沟在今山东菏泽县，也够算远的了，所以此诗再三说"远送于野""远于将之"。此诗又明明提出了仲氏的名字，送的是仲氏自无问题。《诗经》里用"之子于归"的共有五篇，就是《桃夭》《鹊巢》《汉广》《东山》与此诗。《桃夭》《鹊巢》《东山》三篇的"归"指出嫁；《汉广》与此诗的"归"是回家，意义不同，应当分别清楚。就以尹吉甫送仲氏回娘家的意义，试将此诗作一解释。

**【字句解释】**

一章。燕，燕子，燕子飞时不止一只，所以说燕燕。差池，犹参差，不齐的意思。野，郊野。整章的意思就是：几只燕子在飞翔，它们的翅膀高下不齐。她这个人要回家，送她到很远的郊野。直到看不见的时候，眼泪还像在落雨。

二章。鸟飞而上曰颉，飞而下曰颃。伫立，呆呆地立着。整章的意思就是：几只燕子在飞翔，有的高，有的低。她这个人要回家，送她到很远的地方。直到看不见她时，还呆呆地站在那里哭泣。

三章。整章的意思就是：几只燕子在飞翔，它们的声音时而高，时而低。她这个人要回家，送她到很远很远的南方。直到看不见她时，还实实在在让我忧伤。

四章。仲氏，即《将仲子》篇的仲子，《东门之枌》篇的"子仲之子"。《东门之枌》篇写于宣王三年，《将仲子》篇写于宣王六年，那时她尚未出嫁，故称子；现在是宣王十年，她已出嫁，故称氏。《周礼·地官·大司徒》："二曰六行：孝、友、睦、姻、任、恤。"任，即信。仲氏任只，就是仲氏实在诚实，指她实践诺言嫁过来的事情。塞，实在。渊，深。终，既。温，和。惠，贤。勖，应读为畜；畜，好。"先君之思"之"先君"是谁，不得而知；但不是尹吉甫的父亲，因为他父亲于宣王二十六年时才逝世，讲到《蓼莪》篇时就可知道。春秋以前典籍，除《诗经》外没有用"寡人"的。春秋以后的典籍里，"寡人"始为诸侯之自称，其受《诗经》的影响显而易见。古时，无夫无妇均称为寡，此诗之寡系无妇之义，因仲氏离去，故尹吉甫自称为寡人。寡德之人，是后来引申义，不是原义。整章的意思就是：仲氏实在诚实，心地也非常忠厚。既温柔而且惠顺，对自己的行为也小心谨慎。先君的意思，是希望她喜欢我的。

## 【诗义辨正】

《毛序》："《燕燕》，卫庄姜送归妾也。"《正义》解释说："隐三年《左传》曰：'卫庄公娶于齐东宫得臣之妹曰庄姜，美而无子，又娶于陈曰厉妫，生孝伯，早死。其娣戴妫生桓公，庄姜以为己子。'四年春，州吁杀桓公，经书'弑其君完'。是庄姜无子，完立，州吁杀之之事也。由其子见杀，故戴妫于是大归。庄姜养其子，与之相善，故越礼远送于野，作此诗以见庄姜之志也。"这里，充满了杜撰之辞。怎么知道"由其子见杀，故戴妫于是大归"呢？又怎么知道"庄姜养其子，与之相善，故越礼远送于野"呢？又怎么知道此诗就是庄姜所作呢？诗明明提到仲氏，戴妫就是仲氏吗？诗里的事实哪一点与庄姜送戴妨相关呢？可是朱熹、严粲、姚际恒、方玉润等无不相信，《诗序》之束缚人可想而知了！

## 九

## 竹竿（卫风）

籊籊竹竿，以钓于淇。岂不尔思？远莫致之。
泉源在左，淇水在右。女子有行，远兄弟父母。
淇水在右，泉源在左。巧笑之瑳，佩玉之傩。
淇水悠悠[①]，桧楫松舟。驾言出游，以写我忧。

释音：籊，音笛。傩，音那。

**【诗义关键】**

《蝃蝀》与《泉水》两篇都有"女子有行，远父母兄弟"，而此诗也有完全相同的句子，那么，这三首诗是写一件事，可以断言。其次，再从地理环境来证明。诗言"泉源在左，淇水在右"，尹吉甫的家乡复关有寒泉，又有淇水，寒泉水是流入淇水的。寒泉在东，淇水在西，可知东为左，西为右，与《有杕之杜》"生于道左"的左右方向正相同。这种地理上的证明，绝对不会是巧合吧？这是仲氏离别后，尹吉甫想念她的作品，当无问题。

---

① 常见的《诗经》版本多作"淇水滺滺"，"滺滺"解作"水流貌"。

## 【字句解释】

一章。籊籊，长而锐。整章的意思就是：用长长的竹竿，在淇水里钓鱼。怎么不想念你呢？因为远，没有法子得到你。

二章。整章的意思就是：寒泉在东边，淇水在西边。女子走开了，远离了我的父母兄弟。

三章。瑳，当为齹之假借；《说文》齹字注："一曰开口见齿之貌。读若柴。"（马瑞辰说）《隰有苌楚》篇"猗傩其实"，猗傩，茂盛貌。此诗之"傩"，亦当为"盛"义。佩玉之傩，即佩玉之盛，此言其声。《有女同车》篇不是就说"佩玉将将"吗？整章的意思就是：淇水在西边，寒泉在东边，想到了她开口笑时的美齿，走路时佩玉锵锵的声音。

四章。悠悠，遥遥。楫，桨；桧楫，桧木所做之桨。松舟，松木所做之舟。"驾言出游，以写我忧"，《泉水》篇有同样的句子。整章的意思就是：遥远的淇水，漂浮着桧木所做的桨、松木所做的舟。驾着舟出来游玩，为的是发泄我的忧愁。

## 【诗义辨正】

《毛序》："《竹竿》，卫女思归也，适异国而不见答，思而能以礼者也。"卫女思归，难道可以"籊籊竹竿，以钓于淇"、"驾言出游，以写我忧"吗？像仲氏这样的女子，在周朝，算是最放任、最自由的了，《诗经》里还没表现她出去钓鱼，驾舟出游。可是姚际恒附会说："《小序》谓'卫女思归'，是。《大序》增以'不见答'，臆说也。何玄子谓《泉水》及此篇皆许穆夫人作。按《泉水》云'女子有行，远父母兄弟'，又云'驾言出游，以写我忧'，此篇亦皆有之。夫两人之作，或前或后，用其语可也，必无一人之作而两篇重复者。……此或许穆夫人之媵——亦卫女而思归，和其嫡夫人之作。如此，则用其语乃可耳。故愚于两篇重句，益知主许穆夫人之作之说为非，而信其媵之作者之或是也。"他完全错了，三百篇中重复的句子，正在表示同一事、同一人、同一地点、同一心情。屈万里说："此盖男子怀念旧好（女子）之诗。首章言触景思人，次章言其人已嫁，三章念其容止，末章则以写忧作结。旧谓卫女思归之诗，恐非是。"大体对了。

## 十

## 绿衣（邶风）

绿兮衣兮，绿衣黄里。心之忧矣，曷维其已！
绿兮衣兮，绿衣黄裳。心之忧矣，曷维其亡！
绿兮丝兮，女所治兮。我思古人，俾无訧兮！
絺兮绤兮，凄其以风。我思古人，实获我心！

释音：女，读汝。古，读故。訧，音尤。

## 【诗义关键】

这首诗的关键就在"绿衣"二字。《郑笺》说："绿，当为褖。故作褖，转作绿，字之误也。"《仪礼·士丧礼》"褖衣"郑注："黑衣裳、赤缘谓之褖，褖之言缘也，所以表袍者也。"又《礼记·玉藻》篇说"士褖衣"，与《缁衣》篇的缁衣同为士的衣服。我们讲《缁衣》篇时，知道仲氏曾为尹吉甫做过一件缁衣。现在她离去了，睹物思人，所以诗言："绿兮丝兮，女所治兮。我思古人，俾无訧兮！"古人为故人，指仲氏。毫无问题，这首诗也是仲氏离别后，尹吉甫思念她的作品。仲氏是七月间离开的，此诗言"絺兮绤兮，凄其以风"，当在秋后。

## 【字句解释】

一章。曷，什么时候。已，完。整章的意思就是：褖衣，这件衣服呀，配的是黄颜色的里子。心里边的忧愁，什么时候才能完呢！

二章。亡，无。整章的意思就是：褖衣，这件衣服呀，配的是黄颜色的下裳。心里边的忧愁，什么时候才能没有！

三章。治，做。訧，《毛传》"过也"；《郑笺》解"过"为"错过"，非是。过，是超过。"俾无訧兮"与首章"曷维其已"、二章"曷维其亡"连类对举，意义应该一样。整章的意思就是：这件丝质的褖衣呀，是你所做的。我在思念故人呀，没有再过于你的！

四章。絺、绤，夏天穿的衣服。凄其，凄然。在讲《葛覃》篇时，曾说那首诗的"为絺为绤，服之无斁"的"絺绤"，是仲氏为尹吉甫所做的衣服；这首诗的絺绤也是仲氏所做。现在睹物思人，所以诗又说："我思古人，实获我心。"整章的意思就是：绨呀绤呀，现在拿它来御寒风。我所想念的这个故人，实在获得我的心意！

## 【诗义辨正】

《毛序》："《绿衣》，卫庄姜伤己也。妾上僭，夫人失位，而作是诗也。"姚际恒附会说："《小序》谓'庄姜伤己'。按《左传》：'卫庄姜美而无子。公子州吁，嬖人之子也，有宠而好兵。公弗禁，庄姜恶之。'详味自此至后数篇皆妇人语气，又皆怨而不怒，是为贤妇；则以为庄姜作，宜也。"从什么地方可以"味"出这首诗是女子的口气呢？假如是庄姜所写，那么，"绿兮丝兮，女所治兮"的"女"指谁？绿衣明明是褖衣，他说是"喻妾"，就在随意猜想了。倒不如《集传》说的"此诗无所考"，还比较客观。

## 十一

## 羔裘（唐风）

羔裘豹袪，自我人居居。岂无他人？维子之故。
羔裘豹褎，自我人究究。岂无他人？维子之好。

释音：褎，音袖。

**【诗义关键】**

《诗经》中共有三篇《羔裘》：一在《郑风》，一在《唐风》，一在《桧风》。《郑风·羔裘》篇的"羔裘"是宣王二年时，尹吉甫因跳万舞而被选，卫公赏给他一袭羔羊皮做的羔裘，我们曾经讲过。《桧风·羔裘》篇的羔裘是宣王六年初春尹吉甫因西征狎狁而磨光了的羔裘。此篇的羔裘，想是尹吉甫复周公之宇时，仲氏给他做的新羔裘。因为是他喜欢的人所做，所以此诗说"羔裘豹袪，自我人居居"，就是羔裘上边镶上豹袖，自是我的人儿做得这么好看。"羔裘豹褎，自我人究究"，就是羔裘上边加着豹袖，自是我的人儿做得这么讲究。可是这个人儿别离了，所以诗又说："岂无他人？维子之故"，"岂无他人？维子之好"。极显然，这也是仲氏离别后，尹吉甫睹物思人，想念她的作品，然这已是冬季了。

**【字句解释】**

一章。袪，袖。豹袪，豹皮做的袖口。居居，读为裾裾，服盛貌（马瑞辰说）。之，是。故，故人，此对新人而言；新人，指姜氏。尹吉甫与仲氏从宣王三年起就相恋，现在是宣王十年，自称仲氏为故人。整章的意思就是：羔裘上边镶着豹皮袖口，自是我的人儿做得这么漂亮。难道没有别人？只有你是我的故人。

二章。褎，音徐究反，同袖。究究，《毛传》"犹居居"，就是现在说的讲究。整章的意思就是：羔裘上边加着豹皮的袖口，自是我的人儿做得这么讲究。难道没有别人？只有你是我所喜欢的。

**【诗义辨正】**

《毛序》:"《羔裘》,刺时也。晋人刺其在位,不恤其民也。"这首诗在《唐风》,而唐为晋国古称,就说是刺时。然刺的是谁呢?说不出来。姚际恒又强为之解说:"《毛传》释'居居'曰:'怀恶不相亲比之貌。'释'究究'曰:'犹居居也。'《尔雅》曰:'居居、究究,恶也。'合二者之言,《序》说或是。"假如居居、究究,都当"恶"讲,那么,这两个词是形容"我人",我人既是恶人,下边怎么说"岂无他人?维子之好"呢?岂非自相矛盾吗?还是《集传》说"未详",倒比较诚实。

## 十二

## 葛生（唐风）

葛生蒙楚,蔹蔓于野。予美亡此,谁与?独处!
葛生蒙棘,蔹蔓于域。予美亡此,谁与?独息!
角枕粲兮,锦衾烂兮。予美亡此,谁与?独旦!
夏之日,冬之夜。百岁之后,归于其居。
冬之夜,夏之日。百岁之后,归于其室。

释音:蔹,音廉。

**【诗义关键】**

知道了仲氏与尹吉甫仳离的事迹,此诗就容易了解了。仲氏离别后，尹吉甫没有一天不在想念。她是在"匏有苦叶"的季节离开的，经过了穿褖衣的秋季、穿羔裘的冬季，现在到了"葛生蒙楚"的春季。夏季的白天与冬季的黑夜都最长，忧思的人也最感苦恼，所以此诗说："夏之日，冬之夜。"足证他经过了夏日，也经过了冬夜。然这首诗是写什么呢？表示他对仲氏的忠贞。"予美亡此，谁与？独处！"我的美人儿不在这里，同谁在一起呢？独个。"予美亡此，谁与？独息！"我的美人儿不在这里，同谁在一起呢？一个人睡。"予美亡此，谁与？独旦！"我的美人儿不在这里，同谁在一起呢？一个人坐到天亮。最后又发誓说："百岁之后，归于其居"，"百岁之后，归于其室"。居与室都指坟墓。死了之后，与她埋在一起。这是多么坚决，同时，也是多么想念的语气。

**【字句解释】**

一章。葛，多年生蔓草，茎长二三丈，缠绕他物上。楚，丛木，一名荆。蔹，草名，似栝楼。亡此，不在这里。谁与，和谁在一起。整章的意思就是：生出的葛藤缠在荆楚上，野地里到处都长着蔹草。我的美人儿不在这里，同谁在一起过活呢？独个儿！

二章。棘，小枣树。域，墓地。整章的意思就是：出生的葛藤缠在小枣树上，墓地里到处都长着蔹草。我的美人儿不在这里，同谁在一起过活呢？独自睡！

三章。角枕，以角所饰之枕。粲，鲜艳。锦衾，锦被。烂，华丽。独旦，独个儿坐到天亮。整章的意思就是：她所留下的鲜艳的角枕呀，华丽的锦被呀。我的美人儿不在这里，同谁在一起过活呢？独个儿坐到天亮。

四章。居，《郑笺》："坟墓也。"整章的意思就是：夏天的白昼，冬天的黑夜，实在难以忍受呀。死了以后，要同她葬在一起。

五章。室，也指坟墓。整章的意思就是：冬天的黑夜，夏天的白昼，实在长呀。死了以后，要同她埋在一起。

## 【诗篇联系】

在解释《氓》篇时，曾依据《易林》"行役未已，新事复起。姬、姜劳苦，不得休息"，而推断仲氏之要回娘家，由于尹吉甫的父母又给他娶了一位姜氏，把她贬为次室，所以她不能不离去。这种推断，固然没有正式的文献可证，然依此解决了《葛屦》《唐风·羔裘》等篇里不可解决的问题。再由此诗，更可证明这个推断的正确。他为什么再三说"谁与？独处！""谁与？独息！""谁与？独旦！"呢？一方面固是表明他对仲氏的思念，实际是想证明他没有和姜氏同居。在《大车》篇，仲氏曾对他发誓说："穀则异室，死则同穴。谓予不信，有如曒日！"现在他又以同样的誓语向仲氏表明。

## 【诗义辨正】

《毛序》："《葛生》，刺晋献公也。好攻战，则国人多丧矣。"这首诗里，哪有一点"好攻战，则国人多丧"的意味呢？只因这首诗排在《唐风》，而晋献公好战，故产生这种附会。《集传》

说："妇人以其夫久从征役而不归，故言葛生而蒙于楚，蔹生而蔓于野，各有所依托。而予之所美者独不在是，则谁与而独处于此乎？"他是照着字面在猜。屈万里说："此盖悼亡之诗。""百岁之后，归于其室"是誓言，他认为真的死了。

## 十三

## 载驰（鄘风）

载驰载驱，归唁卫侯。驱马悠悠，言至于漕。大夫跋涉，我心则忧。

既不我嘉，不能旋反；视尔不臧，我思不远。既不我嘉，不能旋济；视尔不臧，我思不閟。

陟彼阿丘，言采其蝱。女子善怀，亦各有行。许人尤之，众穉且狂。

我行其野，芃芃其麦。控于大邦，谁因谁极？大夫君子，无我有尤。百尔所思，不如我所之。

释音：閟，读闭。蝱，音盲。

## 【诗义关键】

《毛序》："《载驰》，许穆夫人作也。闵其宗国颠覆，自伤不能救也。卫懿公为狄人所灭，国人分散，露于漕邑。许穆夫人闵卫之亡，伤许之小，力不能救，思归唁其兄，又义不得，故赋是诗也。"闵公二年《左传》有"许穆夫人赋《载驰》",于是人们就铁一般相信这首诗是许穆夫人所写。尽管讲不通,也要勉为牵强,以致引起许许多多无谓的纠纷。要不是仲氏与尹吉甫仳离事件的发现,这首诗的意义也就永远埋藏下去,而著作权也就属于许穆夫人了。谨先将这首诗的真面目作一解释,然后再来批判各家的错误。

从以上各篇,知道仲氏现在回到了漕,漕这个地方很重要,必须先把它弄清楚。《读史方舆纪要》(卷十六)于滑县说:"古豕韦氏国,春秋时卫地,汉置白马县,属东郡。"又于白马废县说:"春秋时卫之曹邑也。"曹,应作漕,漕与曹在《诗经》与《左传》里是两个字,两个地名,一在山东曹县,一在河南滑县;自从经学家、地理学家、史学家误认漕与曹相通后,把它们当成一个字,以致《诗经》、地理、史学都弄错了。同书又说:"每河北有变,滑台常为重地。盖其地控据河津,险固可恃也。宋南渡后,大河南徙,滑州、白马皆在河北,而滑州故城已沦于河中。陵谷变迁,非一日矣。"由此可知漕邑原在旧黄河的南岸,而且是一个津渡。那么,《击鼓》篇说"土国城漕",在这里筑城是为防守河口。孙子仲——仲氏的父亲——之在这里的任务也可推想了。同书又于钼城说:"又须城,在县东南二十八里。《诗》'思须与漕',漕……即白马县也。须与漕盖相近矣。"到此,使我们恍然大悟漕、须、肥泉三地与仲氏的关系了。漕是她父亲孙子仲守卫的地方,须是她的住家,肥泉是她的老家。如此,《泉水》篇说的"我思肥泉,兹之永叹。思须与漕,我心悠悠"的意义就明白了。

然仲氏的回漕，并不是问题的解决。她是宣王十年夏离开的，经过秋冬以至十一年的春季，纠纷始终悬着。这中间，不可能没有来往调停的人，所以此诗说"大夫跋涉，我心则忧"，大夫们为此而奔波调停，使我心里很过意不去。这样，尹吉甫才亲自来漕解决，所以诗言："载驰载驱，归唁卫侯。驱马悠悠，言至于漕。"卫侯并不是卫螯侯，卫螯侯在沫，不在漕。周时，凡有采邑者，在其本国都被称为侯。侯，是主的意思。如《六月》篇"侯谁在矣？张仲孝友"，张仲并不是卫侯而也称为侯。此诗的卫侯，当指孙子仲，也就是卫武公的儿子惠孙。由于尹吉甫与仲氏的结合是自由恋爱，不仅尹吉甫的家里反对，仲氏的家里也反对，所以他们结婚时，双方家长都未出面。现在尹吉甫来到漕想把仲氏接回去，仲氏家里当不赞成。所以诗言"既不我嘉，不能旋反"，就是既然认为我不好，也就不能把你接回去；这是尹吉甫讲他自己。"视尔不臧，我思不远"，就是看你也不好，我的忧愁也就不能停止；这是讲仲氏。远，犹去；不远，不去，也就是不止的意思（马瑞辰说）。"既我不嘉，不能旋济"，就是既然认为我不好，也就不能把你渡回去；这又是尹吉甫讲他自己。漕与复关都是黄河的渡口，所以说"旋济"。"视尔不臧，我思不閟"，就是看你也不好，我的忧思也就不能完结；这又是讲仲氏。閟，为闭之假借；不閟，不止。注意这里的"尔""我"二字。"尔""我"所做的都不被人赞成，不正是尹吉甫与仲氏的处境吗？诗又说："我行其野，芃芃其麦。"麦在芃芃地生长，不就是"葛生蒙楚，蔹蔓于野"的季节吗？地点、人物、事件、季节与情感无一不合，这首诗是尹吉甫所写，不会有错吧？

【字句解释】

一章。载，则。唁，慰问。归，尹吉甫的家在复关，现在是到漕，因为他与仲氏是夫妇，仲氏的家也就是他的家，所以说是"归"。悠悠，遥遥。言，而。驱马悠悠，言至于漕，就是遥远地赶着马来到了漕邑。《读史方舆纪要》（卷十六）于滑县说："东北至开州百二十里。"开州就是复关的所在地濮阳，滑县是漕所在地，由此可知复关到漕有一百二十里地，故谓之"悠悠"。整章的意思就是：急急忙忙地奔驰，为的是回来安慰卫侯。遥远地赶着马来到了漕邑。大夫们为着我而奔波劳碌，实在使我心里不安。

二章。整章的意思就是：既然认为我不好，你也就不能回去；看你也不对，我的忧思也就不能停止。既然认为我不好，也就无法把你接回去；看你也不对，我的忧思也就不能完结。

三章。蝱，贝母，多年生草本，可供药用。阿丘，高丘，复关附近有旄丘、清丘，丘并不是泛指。怀，伤。亦各有行，各人有各人的行止，指仲氏与尹吉甫的自由恋爱。尤，指责。众，当读为终，既的意思（《经义述闻》说）。许人尤之，在我们解释戍甫、戍申、戍许诗篇时，不是讲他们二人在许国到处游玩吗？男女同游，也是当时人所不许的，许国人所指责的可能是这一点。整章的意思就是：登到那个丘陵上，采摘一些贝母。女人们是善感的，各人有各人的行止。许国人指责她的，既幼稚而又狂妄。

四章。芃芃，盛长貌。控，告。大邦，指卫。因，起因。极，正。谁因谁极，到底是谁起的因？是谁的不对呢？本来自由恋爱是双方情愿的，到底谁是谁非呢？所以下边接着说："大夫君子，无我有尤。"百尔，凡尔。整章的意思就是：我经过那田野里，麦子正在芃芃地生长。把这事控告到大邦来，到底是谁对谁不对呢？大夫君子们都说不出我的罪过。凡是你们所想的，都不是我所愿意的。

## 【诗义辨正】

了解了这首诗，再看《毛序》的错误在哪里。它的最大错误就在误解闵二年《左传》"许穆夫人赋《载驰》"的"赋"字。我们在解释《清人》篇时，曾列举《左传》中的"赋"字，证明都作"歌"讲，没有作"作"讲的。《左传》里的事迹是这样的："及败，宋桓公逆诸河，宵济。卫之遗民男女七百有三十人，益之以共、滕之民为五千人，立戴公以庐于曹。许穆夫人赋《载驰》。"就是赋首章"载驰载驱，归唁卫侯。驱马悠悠，言至于漕。大夫跋涉，我心则忧"以合己意。这是春秋时引诗赋诗的一般风气。诗明言"言至于漕"，是到了漕。《左传》里并没有讲"思归唁其兄，又义不得"，大概又误解了"言"字而产生了这种附会。言作"而"讲，并不是作"说是"讲。再者，闵公二年《春秋》说："十有二月，狄入卫。"《左传》也说："冬十二月，狄人伐卫。"怎么与诗"芃芃其麦"的季节相合呢？屈万里又引胡承珙说，认为所唁的是文公而不是戴公。他说："旧谓卫侯指戴公而言。按，狄入卫，在鲁闵公二年。是年冬十二月，宋桓公立戴公以庐于漕，戴公旋卒。诗言'芃芃其麦'，知非此时。至鲁僖公二年正月乃城楚丘，而诗言'言至于漕'，知此诗之作，当在城楚丘之前。然则，其时当在鲁僖公元年春间，乃唁文公，非戴公也。"其实，闵公二年《左传》于"许穆夫人赋《载驰》"下还有一段极重要的话，解诗的人都叫《诗序》把眼睛蒙蔽了，连看也不看，引起许多无谓的争论。这段话是："齐侯使公子无亏帅车三百乘，甲士三千人，以戍曹。归公乘马，祭服五称，牛羊豕鸡狗皆三百与门材。归夫人鱼轩，重锦三十两。"从上下文看来，公，当指戴公，夫人当指许穆夫人，那么，许穆夫人在不在曹呢？是不是如《诗序》说的"思归唁其兄，又义不得"呢？许穆夫人既在曹，所谓公，到底是戴公呢，还是文公呢？研究《诗经》的人根本不从诗的本身来着手，只是根据《诗序》来考证，来辩论，此其所以总是不能了解《诗经》的缘故。

## 十四

### 伐木（小雅）

伐木丁丁，鸟鸣嘤嘤。出自幽谷，迁于乔木。嘤其鸣矣，求其友声。相彼鸟矣，犹求友声；矧伊人矣，不求友生？神之听之，终和且平。

伐木许许，酾酒有藇。既有肥羜，以速诸父；宁适不来，微我弗顾。於粲洒埽，陈馈八簋。既有肥牡，以速诸舅；宁适不来，微我有咎。

伐木于阪，酾酒有衍。笾豆有践，兄弟无远。民之失德,干餱以愆。有酒湑我,无酒酤我。坎坎鼓我,蹲蹲舞我。迨我暇矣,饮此湑矣。

释音:丁,音争。神,读慎。许,音虎。醑,音师。羹,音序。羜,音贮。於,音乌。簋,音鬼。

## 【诗义关键】

这首诗的关键就在"既有肥羜,以速诸父;宁适不来,微我弗顾","既有肥牡,以速诸舅;宁适不来,微我有咎"这几句,了解这几句,诗义也就显露了。羜,羊羔。速,邀。诸父,诸位父老。宁,乃。微,非之假借,与《式微》篇"微君之故",《邶风·柏舟》篇"微我无酒"之"微"同义。顾,光顾。上四句的意思就是:我准备了肥肥的羔羊,邀请本家的父老们来饮酒;他们认为我不对,都不肯光顾。诸舅,舅舅们。咎,有罪。下四句的意思就是:我准备了肥肥的公牛,邀请舅舅们来饮酒;他们认为我不对而有罪。这不就是尹吉甫现在的处境吗?他到漕邑来,原为解决他与仲氏间的纠纷,希望能把仲氏带回去,他备酒席来请双方家长,而双方家长都不肯来。卫国不是尹吉甫的舅舅家吗?因为双方家长都不肯来,事情闹僵了,所以诗又说:"相彼鸟矣,犹求友声;矧伊人矣,不求友生?神之听之,终和且平。"友声,和好。希望和好而得不到和好,只有说听它去好了,终有和平的一天。这是尹吉甫想带仲氏回去而不得后,自安自慰的话。就以此义将这首诗作一解释。

【字句解释】

一章。丁丁,伐木声。嘤嘤,鸟鸣声。幽,深。友声,和声。相,视。矧,况。友生,同友声,换字以协韵。神,《尔雅·释诂》:"慎也。"听,听其自然的听。神之听之,与《小明》篇"神之听之"同义。终,究,非如王引之所言"既"的意思。整章的意思就是:伐木的声音争争,鸟鸣的声音嘤嘤。从深谷飞出来,落到那高大的树上。嘤嘤的鸣叫,是在寻求相合的和声。看那鸟还在求和声,何况是人,难道不求和声吗?谨慎呀,听它去好了,终究会有和平的一天。

二章。许许,亦为伐木之声。《毛传》说"柿貌"(原作柿,依《诗经校勘记》改)。《说文》:"柿,削木朴也。"段玉裁谓为锯声,近似。酾酒,醇酒。藇,美貌。馈,食物。八簋,卿之礼,诸侯十二簋(王国维《观堂别集·虢仲簋跋》说)。整章的意思就是:伐木的声音浒浒,醇酒也是很美。准备了肥美的羔羊,邀请本家的父老;他们都不肯来,说我不对而不肯光顾。地扫得干干净净,陈列了八簋食物。准备了肥美的牡牛,邀请了舅舅们来饮;他们也都不来,说我有错而认为我不对。

三章。阪,山坡。衍,美貌。笾豆有践,与《伐柯》篇相同,意义也相同,象征知礼。兄弟,即《角弓》篇"兄弟昏姻"的"兄弟"。《尔雅·释亲》:"母与妻之党为兄弟。"卫是尹吉甫的舅舅家,而他的妻子又是仲氏,所以称卫人为兄弟。失德,失和。干餱,干粮。《诗经》中用"湑"字的,如《蓼萧》篇"零露湑矣",《裳裳者华》与《车辖》篇"其叶湑兮",

《凫鹥》篇"尔酒既湑",都作盛多讲。坎坎,击鼓声。蹲蹲,舞貌。迨我暇矣,饮此湑矣,等我有暇的时候,把这些酒都喝了。尹吉甫这个人非常幽默,他常常开别人玩笑。《终风》篇说"谑浪笑敖",就是形容他的性格。现在他碰了钉子,请的客人都不来,他反幽默地说:你们都不来喝,我来喝。整章的意思就是:在那山坡上伐木,醇酒也有许多。人同人之间要有礼貌,亲戚间的兄弟不要疏远。人们要是失和,只因一口干粮也可以引起争执。有酒我就多喝,没酒我就去买。我坎坎地在击鼓,蹲蹲地在跳舞。等我有工夫的时候,把这些酒都喝光。

【诗篇联系】

三百篇实在是一个有机体,假如摸到了它的筋骨脉络,很容易把它重新组织起来。就以尹吉甫的求婚、结婚、婚后与仳离来说,《伐柯》《衡门》《候人》等篇告诉我们他怎样向仲氏求婚而被拒,他又怎样生气;《将仲子》与《二子乘舟》告诉我们仲氏怎样送他;《北风》《丰》《著》与《有女同车》告诉我们他们怎样结婚;《缁衣》《鸡鸣》告诉我们他们结婚后的新婚乐趣;《葛屦》篇告诉我们仲氏怎样为娶姜氏而吃醋;《君子偕老》《中谷有蓷》《日月》《蟋蟀》《泉水》《匏有苦叶》《燕燕》《遵大路》《竹竿》《绿衣》《唐风·羔裘》《葛生》《载驰》与此诗,又告诉我们仲氏怎样离别,他怎样送行,离别后他怎样想念仲氏,以及他怎样赴漕邑想把仲氏接回去,然因双方家长的反对,不仅不能接回去,连他请双方家长吃酒都不肯来,因此他与仲氏的婚姻终致成为僵局。成为僵局后怎么样呢？下边《车舝》与《白驹》两篇就告诉了我们。世界上还有哪些作品是像这样的真实，这样的生动，这样的有趣呢？

**【诗义辨正】**

《毛序》："《伐木》，燕朋友故旧也。自天子至于庶人，未有不须友以成者。亲亲以睦，友贤不弃，不遗故旧，则民德归厚矣。"完全是从政教的观点上做文章。《集传》说："此朋友故旧之乐歌。"也是从表面上看。

## 十五

## 车舝（小雅）

间关车之舝兮，思娈季女逝兮。匪饥匪渴，德音来括。虽无好友，式燕且喜。

依彼平林，有集维鷮。辰彼硕女，令德来教。式燕且誉，好尔无射。

虽无旨酒，式饮庶几；虽无嘉殽，式食庶几。虽无德与女，式歌且舞。

陟彼高冈，析其柞薪。析其柞薪，其叶湑兮。鲜我觏尔，我心写兮。

高山仰止，景行行止。四牡骓骓，六辔如琴。觏尔新昏，以慰我心。

释音：鼛，音辖。

## 【诗义关键】

这首诗的关键就在"思娈季女逝兮"的"季女"与"辰彼硕女"的"硕女"是谁。知道了她是谁，诗义就自然显现了。《诗经》里用"季女"的共有三篇，就是《采蘋》《候人》与此诗。《采蘋》与《候人》我们都曾讲过，知道那里的"季女"就是仲氏。那么，这首诗的"季女"是否也是她呢？我们再看"硕女"。《诗经》中讲大个子女子，除《硕人》篇的"硕人"指庄姜外，其他都是指仲氏。如《椒聊》篇"硕大无朋""硕大且笃"，《泽陂》篇"硕大且卷""硕大且俨"，《有女同车》篇"洵美且都"，都是指仲氏。那么，所谓"季女""硕女"，都是指仲氏了。因为指仲氏，与此诗所言各节也就相合了。诗言："式燕且誉，好尔无射。"射，是厌。"好尔无射"就是我仍然喜欢你，没有厌倦。足证他曾经爱过她。诗又言："鲜我觏尔，我心写兮。"就是现在我能看到你，感到很写意。无不与尹吉甫、仲氏的情形相同。而最相同的还是"匪饥匪渴，德音来括"。《候人》篇说："婉兮娈兮，季女斯饥。"我们曾说饥是双关义，即性的饥渴。此诗的饥渴也是指性而言，就是说不是为饥为渴，是来见面谈一谈。这也是开仲氏的玩笑，而显出尹吉甫的幽默感。然此诗说："觏尔新昏，以慰我心。"难道仲氏又结婚了吗？是的。她此次来看尹吉甫就是告诉他她要结婚。这首诗就是写这件事的。

【字句解释】

一章。间关,展转(马瑞辰说)。辖,通辖。思,斯。娈,美貌。逝,至,与《有杕之杜》篇"噬肯来游"的"噬"同义。德音,尊称别人的语言。来,是。括,会。友,友爱。虽无好友,式燕且喜,就是虽说没有好的友爱,然而也值得快乐,值得喜欢。因为仲氏来此,并不是为和好,而是告诉尹吉甫她要再嫁。整章的意思就是:车辖展转地在动呀,这位漂亮的幺妹来到了。不是为着饥,也不是为着渴,而是会面谈谈话。虽说没有友好的希望,但也值得快乐,值得欢喜。

二章。依,盛貌。鷮,雉。辰,《韩诗》作"展";展,诚。令德,犹言德音。誉,乐。整章的意思就是:在那平地的树林里,集聚着许多野雉。那位诚实的大个子女郎,来告诉我好的消息。快乐而且高兴,我是仍会喜欢你的。

三章。整章的意思就是:虽说没有好酒,请你且喝一点;虽说没有好菜,也请你且吃一点。虽说对你没有什么恩德,且来歌舞相乐。

四章。柞,栎。鲜,斯。整章的意思就是:登到那高岗上,斫下些栎木的枝子。斫下来的那些栎木枝子,长着茂盛的叶子。这次我能看到你,感到非常地开心。

五章。景行,大行,即大德。如琴,如琴之调和。整章的意思就是:高山我仰望着,大德我照着行。四匹壮大的牡马,六根缰绳上的铃铛就像琴那样的调和。看到了你又结婚,我心里得到了安慰。

## 【诗篇联系】

从《载驰》与《伐木》两篇，知道尹吉甫与仲氏的婚姻终于破裂，然仲氏很年轻，她家自然逼她再嫁；当她再嫁以前，她来把这消息告诉尹吉甫，因为他们仍然相爱。这个故事乍看很离奇，而实际也很自然。

## 【诗义辨正】

《毛序》："《车舝》，大夫刺幽王也。褒姒嫉妒，无道并进，谗巧败国，德泽不加于民，周人思得贤女以配君子，故作是诗也。"这是在讲政教，根本不是在讲诗。所以《集传》改为："此燕乐其新昏之诗。"虽然没有说对，但较《毛序》要切近得多。可是姚际恒反说："邹肇敏曰：'思得娈女以间其宠，则是张仪倾郑袖，陈平绐阏氏之计耳。以嬖易嬖，其何能淑！且赋《白华》者安在，岂真以不贤见黜？诗不讽王复故后而讽以别选新昏，无论艳妻骄扇，宠不再移，其为倍义而伤教亦已甚矣。'阅此可以击节。《集传》谓：'此燕乐其新昏之诗。'若是，则何关国故？"原来姚氏也是以政教来说诗！可是诗与幽王、褒姒有何关系呢？

# 十六

## 白驹（小雅）

皎皎白驹，食我场苗。絷之维之，以永今朝。所谓伊人，于焉逍遥。

皎皎白驹，食我场藿。絷之维之，以永今夕。所谓伊人，于焉嘉客。

皎皎白驹，贲然来思。尔公尔侯，逸豫无期。慎尔优游，勉尔遁思。

皎皎白驹，在彼空谷。生刍一束，其人如玉。毋金玉尔音，而有遐心！

释音：絷，音执。贲，音奔。慎，读顺。

## 【诗义关键】

假如没有《车舝》篇的配合，不可能知道这首诗的意义。现在知道仲氏在再嫁以前来看尹吉甫，此诗的意义就有线索可寻了。《蒹葭》篇的"所谓伊人"是指仲氏，我们曾经讲过。此诗说"所谓伊人，于焉嘉客"，就是所说的那个人儿，竟然变成了客人，不正是指仳离后的仲氏吗？逍遥，远去。"所谓伊人，于焉逍遥"，不也是指仲氏吗？"毋金玉尔音，而有遐心"，就是希望离别后，仲氏常给他来信。不过，这首诗的最大关键还在"慎尔优游，勉尔遁思"两句。要想了解这两句，得先知道仲氏再嫁的是谁？她所再嫁的就是《何人斯》篇"伯氏吹埙，仲氏吹篪"的"伯氏"。伯氏是南燕国君蹶父的儿子，尹吉甫的本家侄儿，这个人又矮又小又罗锅，是一个百分之百的小人。讲幽王时候的诗篇时，要详细叙述他。他与尹吉甫晚年的噩运有很大关系。像这样的人，仲氏当然不愿嫁给他，然被家庭所逼又不能不嫁，所以尹吉甫才用"慎尔优游，勉尔遁思"来安慰她。慎，读为顺。《荀子·成相》篇"布基慎圣人"，注："慎，读为顺。"优游，自由自在。遁，《广雅·释诂》："去也。"这两句诗的意思就是：你且顺着父母的意思，勉强嫁过去吧。尹吉甫与仲氏既然没有破镜重圆的希望，而她的家庭又逼着她非嫁不可，尹吉甫也只有这样安慰她。由此可知，一定是仲氏知道要她嫁给伯氏时，她心有未甘，所以找尹吉甫来商议，因而诗言"贲然来思"，急急忙忙来到这里。这首诗就是写她来看尹吉甫，住了一夜，临走时，尹吉甫怎样感激她、祝贺她与期望她的心情。

**【字句解释】**

一章。皎皎，白貌。絷，绊。维，系。永，终。整章的意思就是：洁白的白驹，在场地里吃我的草苗。拴住它，系住它，好让她停留一个朝上。所说的那个人儿呀，就要遥远地去了。

二章。藿，豆苗。整章的意思就是：洁白的白驹，在场地里吃我的豆苗。拴住它，系住它，好让她停留在今天晚上。所说的那个人儿呀，现在竟变成了嘉客。

三章。贲、奔，古通；奔，犹急貌（马瑞辰说）。伯氏既是南燕国君蹶父的儿子，将来自然可以做公做侯。逸豫，快乐。无期，无穷。整章的意思就是：洁白的白驹，急急地来到这里。祝你这个公，祝你这个侯，将来会快乐无穷。你就自由自在顺着家人的意思，勉强嫁过去吧！

四章。空谷，空洞的山谷。生刍，青刍，新刈下来的草（严粲《诗缉》说）。陌生的马不能在一个槽里吃草，这是仲氏的马在空谷而不能在尹吉甫家马槽的原因。其人如玉，是形容仲氏的美。《野有死麕》篇"有女如玉"的"玉"，不也是形容仲氏吗？音，音问，信息。整章的意思就是：洁白的白驹，在那空谷里，吃那一束束的青草。那个人就像玉那样的美。不要吝啬你的音信，常常想到我这远处的人！

**【诗篇联系】**

《载驰》篇说"我行其野，芃芃其麦"，是在春季的二月。此诗说"皎皎白驹，食我场藿"，藿，是豆苗，豆苗三四月才有，时间正相衔接。《植物名实图考长编》（卷一）于"大豆"条引崔寔说："正月可种豍豆，二月可种大豆。……四月时雨降，可种大、小豆。"可知豆苗在三四月间才有。尹吉甫与孙子仲谈判决裂后，仲氏家也就匆匆忙忙地把她嫁给伯氏了，以致后来造成极大的悲剧。讲到尹吉甫的晚年生活时，再为讲解。

**【诗义辨正】**

《毛序》："《白驹》，大夫刺宣王也。"《郑笺》："刺其不能留贤也。"因为不知道这首诗的实在事迹，也只有这样猜。姚际恒说："此思贤者之诗。《小序》必谓'刺宣王'，未见其确。郑氏谓'不能留贤'，以合《序》意，诸家从之。观此诗所以留贤者亦至矣，岂'不能留'乎？或必欲以为刺王，则谓大夫欲留之，以见王之不能留，庶可耳。"全是在猜。

以上十六篇，就是《君子偕老》《中谷有蓷》《日月》《螮蝀》《泉水》《匏有苦叶》《遵大路》《燕燕》《竹竿》《绿衣》《唐风·羔裘》《葛生》《载驰》《伐木》《车舝》与《白驹》都是尹吉甫与仲氏仳离时的作品，时间是宣王十年到十一年，地点在卫国。

李辰冬 —— 著

# 诗经通释

肆

山西出版传媒集团
山西人民出版社

# 目录

**【第二十一编】卫武公即位时祝贺诗篇（宣王十六年）**

一　　斯干（小雅）……………………………945

二　　常棣（小雅）……………………………949

**【第二十二编】卫武公在南亩祭祖时诗篇**

一　　甫田（小雅）……………………………957

二　　信南山（小雅）…………………………962

三　　良耜（周颂）……………………………965

四　　臣工（周颂）……………………………968

五　　噫嘻（周颂）……………………………970

六　　大田（小雅）……………………………973

七　　载芟（周颂）……………………………975

八　　丰年（周颂）……………………………978

九　　无羊（小雅）……………………………980

十　　楚茨（小雅）……………………………982

## 【第二十三编】逃荒与父母死亡时诗篇（宣王二十五年）

| 一 | 云汉（大雅） | 991 |
| 二 | 蓼莪（小雅） | 999 |

## 【第二十四编】出征西戎时谏诤伯氏诗篇（幽王四至六年）

| 一 | 何人斯（小雅） | 1005 |
| 二 | 民劳（大雅） | 1010 |
| 三 | 板（大雅） | 1016 |
| 四 | 抑（大雅） | 1021 |
| 五 | 小旻（小雅） | 1028 |
| 六 | 桑柔（大雅） | 1032 |
| 七 | 正月（小雅） | 1041 |

## 【第二十五编】谴责皇父等诗篇（幽王六至七年）

| 一 | 十月之交（小雅） | 1051 |
| 二 | 节南山（小雅） | 1059 |
| 三 | 雨无正（小雅） | 1066 |
| 四 | 召旻（大雅） | 1071 |
| 五 | 伐檀（魏风） | 1075 |
| 六 | 角弓（小雅） | 1079 |
| 七 | 权舆（秦风） | 1083 |
| 八 | 沔水（小雅） | 1085 |

| 九 | 菀柳（小雅）……………………………………1087 |
| 十 | 兔爰（王风）……………………………………1089 |
| 十一 | 四月（小雅）……………………………………1093 |

**【第二十六编】咒骂伯氏诗篇（幽王五至六年）**

| 一 | 巧言（小雅）……………………………………1099 |
| 二 | 新台（邶风）……………………………………1104 |
| 三 | 芄兰（卫风）……………………………………1106 |
| 四 | 相鼠（鄘风）……………………………………1108 |
| 五 | 巷伯（小雅）……………………………………1109 |
| 六 | 青蝇（小雅）……………………………………1114 |

**【第二十七编】痛恨蹶父诗篇（幽王五至六年）**

| 一 | 小宛（小雅）……………………………………1119 |
| 二 | 柏舟（邶风）……………………………………1122 |
| 三 | 扬之水（郑风）…………………………………1126 |
| 四 | 行露（召南）……………………………………1128 |
| 五 | 鹑之奔奔（鄘风）………………………………1130 |
| 六 | 墓门（陈风）……………………………………1132 |
| 七 | 柏舟（鄘风）……………………………………1134 |

**【第二十八编】斥责仲氏诗篇（幽王六年）**

| 一 | 瞻卬（大雅）……………………………………1141 |
| 二 | 墙有茨（鄘风）…………………………………1146 |

| 三 | 硕鼠（魏风） | 1147 |

## 【第二十九编】被逐出卫时诗篇（幽王六年）

| 一 | 谷风（邶风） | 1153 |
| 二 | 葛藟（王风） | 1159 |
| 三 | 我行其野（小雅） | 1161 |
| 四 | 黍离（王风） | 1162 |
| 五 | 杕杜（唐风） | 1164 |
| 六 | 园有桃（魏风） | 1166 |
| 七 | 黄鸟（小雅） | 1168 |
| 八 | 谷风（小雅） | 1169 |

## 【第三十编】被逐出卫后诗篇（幽王七年）

| 一 | 小弁（小雅） | 1175 |
| 二 | 鸱鸮（豳风） | 1180 |

附录一　补义与解答 1185
附录二　毛诗篇次在本书中页数 1233
附录三　参考书目 1243

# 【第二十一编】
## 卫武公即位时祝贺诗篇（宣王十六年）

一

## 斯干（小雅）

秩秩斯干，幽幽南山。如竹苞矣，如松茂矣。兄及弟矣，式相好矣，无相犹矣。

似续妣祖，筑室百堵，西南其户。爰居爰处，爰笑爰语。

约之阁阁，椓之橐橐。风雨攸除，鸟鼠攸去，君子攸芋。

如跂斯翼，如矢斯棘，如鸟斯革，如翚斯飞，君子攸跻。

殖殖其庭，有觉其楹。哙哙其正，哕哕其冥，君子攸宁。

下莞上簟，乃安斯寝。乃寝乃兴，乃占我梦。吉梦维何？维熊维罴，维虺维蛇。

大人占之："维熊维罴，男子之祥；维虺维蛇，女子之祥。"

乃生男子，载寝之床，载衣之裳，载弄之璋。其泣喤喤，朱芾斯皇，室家君王。

乃生女子，载寝之地，载衣之裼，载弄之瓦。无非无仪，唯酒食是议，无父母诒罹。

释音：椓，音卓。橐，音托。芋，音宇。跂，音企。翚，音辉。哙，音快。哕，音彗。莞，音官。虺，音毁。簟，音替。

## 【诗义关键】

诗言"幽幽南山"，而南山就是现今的太行山，那么，这首诗的故事一定发生在卫国。可是诗又说："兄及弟矣，式相好矣，无相犹矣。"犹，是图谋，无相犹矣，就是兄弟们现在和好了，不再图谋了。难道卫国曾经发生过兄弟图谋的事吗？我们来看《史记·卫世家》。它说："釐侯卒，太子共伯余立为君，共伯弟和有宠于釐侯，多予之赂。和以其赂赂士，以袭攻共伯于墓上。共伯入釐侯羡自杀。卫人因葬之釐侯旁，谥曰共伯，而立和为卫侯，是为武公。"这不就是兄弟图谋吗？然此诗为什么说"兄及弟矣，式相好矣"呢？这首诗是祝贺新宫室的筑成，当写于武公即位之后。《竹书纪年》于宣王十五年载记"卫釐侯薨"，与《史记·卫世家》"四十二年釐侯卒"相合。《十二诸侯年表》载武公于宣王十六年即位，则此诗当作于是年。就以祝贺卫武公新宫室落成的意义，将此诗作一解释。

## 【字句解释】

一章。《诗经》中用"秩秩"的共有五篇，就是《小戎》《巧言》《宾之初筵》《假乐》与此诗。这些"秩秩"都可作"有秩序"讲。干，涧之假借，《考槃》篇"考槃在涧"，《韩诗》涧即作"干"。幽幽，深远貌。如，其，与《都人士》篇"绸直如发"的"如"同义。如竹苞矣，如松茂矣，就是它的竹子是众多的，松树是茂盛的。在解释《淇奥》篇时，不是曾说淇园的竹子很多吗？地理环境正相吻合。整章的意思就是：山涧的水不断地流着，在深远的南山。它的竹子是繁多的，松树是茂盛的。哥哥与弟弟们，现在和好了，不再自相残杀了。

二章。似，嗣。妣，先妣；祖，祖先。爰，于是，就是在这里，与《击鼓》篇"爰居爰处，爰丧其马"的"爰"一样意思。整章的意思就是：为了嗣奉祖先，建筑了百十间宫室，门都向西南开着。于是在这里居，在这里住，在这里说笑，在这里言谈。

三章。约，《郑笺》："谓缩板也。"缩板，就是现在的筑墙板。阁阁，缩板筑墙时所发出的声音。椓，击。橐橐，土填在缩板内击之使坚固而发出的声音，如《兔罝》篇"椓之丁丁"的"丁丁"为击的声音一样。芋，当读为宇，居的意思（《经义述闻》说）。整章的意思就是：缩板的声音阁阁地响，击土的声音也橐橐发声。房子盖得很结实，可以避风雨了，鸟鼠不能来了，君子可以安生居住了。

四章。翼，房屋的四根柱子。《后汉书·班固传》"列棼橑以布翼"，注："翼，屋之四阿也。"四阿，即四柱。斯，犹其（见《经传释词》）。跂，跂立，跂起脚。棘，棱廉，即四隅。革，《韩诗》作"翮"；翮，翅。翚，五彩的野鸡。跻，登。整章的意思就是：四根柱子就像人跂着脚，四个角隅直得就像箭，檐阿就像鸟的翅膀，华丽得就像翚鸟在飞一样，这是君王所登的地方。

五章。殖殖，平正。庭，正殿。觉，高大。楹，门前的柱子。

正，昼。哙哙、快快，古今字。哕哕，明貌。整章的意思就是：正殿是平正的，两檐是高大的。白天住得很愉快，晚间也觉得很豁亮，君子感到很安宁。

六章。莞，蒲席。簟，竹席。斯，此。兴，起。虺，小蛇。整章的意思就是：下边铺着蒲席，上边又加一层竹席，居住起来才真正安逸。在这里睡，在这里起，在这里做梦。做的是什么好梦呢？梦到的是熊，是罴，是小蛇，是大蛇。

七章。大人，占卜之官。整章的意思就是：占卜的官得到的吉兆说："是熊是罴，生男孩的吉兆；是虺是蛇，生女孩的征兆。"

八章。璋，珪璋，璋是爵位的代表。喤喤，大声。整章的意思就是：要是生了男孩，让他睡在床上，让他穿上衣裳，让他玩弄珪璋。哭起来声音很洪亮，打着光亮的朱色蔽膝，可以做君，可以做王。

九章。裼，包裹婴儿的小被子。瓦，纺锤。整章的意思就是：要是生了女孩，让她睡在地上，用小被子将她包起来，让她玩耍纺锤。不要生事惹非，一天到晚只是酿酿酒，做做饭，不要给父母找来麻烦。

## 【诗义辨正】

《毛序》："《斯干》，宣王考室也。"《诗经》中的南山既是太行山，宣王在那里建筑宫室做什么？姚际恒误认南山为终南山，于是说："《小序》谓'宣王考室'，朱郁仪谓成王营洛时作。何玄子踵之。邹肇敏又谓武王。按南山自是终南山，在镐京,则谓武王、宣王者近是。若谓在洛,则南山无着落。何氏因以'南面所对之山'解之,则其非显然矣。然谓武王者,武王诗不应厕于宣王诸诗中;而下《无羊》篇亦有'大人占之'语,其非武王益可见,故不若依《序》谓宣王也。《集传》但曰'此筑室既成,而燕饮以落之',不言何王。然则篇中'室家君王'者岂民间语耶?"《诗经》中的山分得很清楚,南山是南山,终南是终南,一点也不相混。假如南山是终南山,为什么不直称终南而要称南山呢?他拿南山来证是宣王之诗,根本错误。再者,诗言"兄及弟矣,式相好矣,无相犹矣",难道宣王家中也发生过兄弟不和的事件吗?考证,一定要各方面都吻合,才是真正的考证,孤例独证是最危险的。

## 二

## 常棣(小雅)

常棣之华,鄂不韡韡。凡今之人,莫如兄弟。
死丧之威,兄弟孔怀。原隰裒矣,兄弟求矣。
脊令在原,兄弟急难。每有良朋,况也永叹。
兄弟阋于墙,外御其务。每有良朋,烝也无戎。
丧乱既平,既安且宁。虽有兄弟,不如友生。
傧尔笾豆,饮酒之饫。兄弟既具,和乐且孺。
妻子好合,如鼓瑟琴。兄弟既翕,和乐且湛。
宜尔家室,乐尔妻帑。是究是图,亶其然乎?

释音：不，音丕。韡，音伟。阋，音系。饫，音预。帑，音奴。

## 【诗义关键】

《斯干》篇"兄及弟矣，式相好矣，无相犹矣"，是曾经相犹而现在和好了；此诗正是劝兄弟和美，这两首诗的关系就不难寻找了。我们知道宣王复兴，卫人的力量最大。尹吉甫的南征北讨，都是跟着卫人，所以此诗说："原隰裒矣，兄弟求矣。"裒，是俘，意思就是在原隰里被俘虏了，兄弟们都来援助。作战都在原隰，所以说在原隰里被俘。宣王的复兴是从三年起到十年止，现在是宣王十六年，所以此诗又说："丧乱既平，既安且宁。"然在"丧乱既平"之后，不幸发生卫武公弑兄之事，以致兄弟们不甚和美，所以此诗又说："虽有兄弟，不如友生。"友生，是友爱的意思，不是如《毛传》所解释的"朋友"。这两句诗的意思就是：虽说有兄弟，不如彼此相爱。这不是劝解的话吗？以卫武公弑兄事件来解释这首诗，无一不合；假如说这首诗是劝解卫武公的兄弟们和睦，想不会错到哪里去吧？

在这里，要顺便解决一个问题。《史记会注考证》引《索隐》说："和杀恭（按应为共）伯代立，此说盖非也。按季札美康叔、武公之德，又《国语》称武公年九十五矣，犹箴儆于国，恭恪于朝，倚几有诵，至于没身，谓之睿圣。又《诗》著卫世子恭伯蚤卒，不云被杀。若武公杀兄而立，岂可以为训而形之于国史乎？盖太史公采杂说而为此记耳。"这段话不仅是猜测，且引证错误。他说"《诗》著卫世子恭伯蚤卒"，是依据《鄘风·柏舟》的毛序。《毛序》说："《柏舟》，共姜自誓也。卫世子共伯蚤死，其妻守义，父母欲夺而嫁之，誓而弗许，故作是诗以绝之。"《毛序》根本在胡扯，解释《柏舟》诗时有详细的批驳。他引伪证做证，其结果可知。梁玉绳就说："《诗疏》奉太宗敕以撰，太宗杀兄篡位，与《史记》所记武公事相似，仲达（按指司马贞，即《史记索隐》作者）假以护之耳，其说不足据。"古代弑兄的君主很多，不必为他们辩护。何况有这两篇诗做证，武公的弑兄更是信而无疑。

【字句解释】

一章。常棣，即棠棣，亦作唐棣。鄂，通萼。不，读为丕。韡韡，显明貌。整章的意思就是：唐棣的花呀，它的萼非常地显著。现今的人里，没有再比兄弟好的。

二章。威，威胁。原隰，作战不是在高地，就是在低地，故称原隰。裒，俘，与《殷武》篇"裒荆之旅"的"裒"同义。整章的意思就是：在死丧的威胁之下，兄弟们彼此十分关心。在原隰被俘了，兄弟们都来营救。

三章。脊令，即鹡鸰，属鸟类鸣禽类，体长五寸余，头黑，前额纯白，背黑色，腹下白，翼尾均长，飞行为波状，静止时常低昂其尾，巢营水溪石隙间。急难，紧急的困难。每，虽。况，兹。整章的意思就是：鹡鸰在原野里，兄弟遇到紧急的困难。虽说有好的朋友，也不过叹息叹息而已。

四章。阋，忿争。务，侮。烝，进。戎，相。整章的意思就是：兄弟们尽管在自家里斗争，但对外侮则是一致的。虽说有好的朋友，进一步是不能相助的。

五章。《诗经》中用"友生"的有两篇，就是《伐木》与此诗。《伐木》篇说："相彼鸟矣，犹求友声；矧伊人矣，不求友生？"友生，很显然也是友声，不过换字以协韵。友生，是友爱的意思，不作朋友解。整章的意思就是：祸乱已经平定，现在既安逸而又宁静。虽说兄弟们很多，但不如彼此和睦好。

六章。傧，陈。饫，餍足。具，俱。孺，亲慕。整章的意思就是：把你的笾豆陈列起来，好好地喝一顿酒。兄弟们既然都在一起，和睦快乐而又彼此爱慕。

七章。好合，合好之倒文。翕，合。湛，乐之甚。整章的意思就是：妻子们对自己丈夫的合好，就像瑟与琴那样地调协。兄弟们现在和好了，和睦快乐得无以复加。

八章。宜，安宜。帑，子。究，推寻。图，图谋。亶，诚，与《祈父》篇"祈父！亶不聪"的"亶"同义。整章的意思就是：让你的家庭安宜，让你的妻子快乐。这样的推求，这样的图谋，不是诚然好吗？

## 【诗篇联系】

此诗说"傧尔笾豆"，笾豆是祭祀时才陈列，由此可知这首诗是在祭祖时，兄弟们都聚到了一起，尹吉甫写这首诗来恭贺，同时也是劝告。提到作者，这里就发生了一个问题。僖公二十四年《左传》说："王怒，将以狄伐郑，富辰谏曰：'不可。……召穆公思周德之不类，故纠合宗族于成周而作诗曰："常棣之华，鄂不韡韡，凡今之人，莫如兄弟。"其四章曰"兄弟阋于墙，外御其侮"，如是则兄弟虽有小忿，不废懿亲。今天子不忍小忿，以弃郑亲，其若之何？'"富辰明明讲召穆公作此诗，怎么会是尹吉甫呢？可是《周语》襄王十三年又载这段事说："王怒，将以狄伐郑，富辰谏曰：'不可。古人有言曰："兄弟谗阋，侮人百里。"周文公之诗曰："兄弟阋于墙，外御其侮。"若是，则阋乃内侮，而虽阋不败亲也。'"同是这首诗，富辰时而说是召穆公，时而说是周公，到底是谁写的呢？可见他也搞不清楚，只是随便引用而已。再者，僖公二十四年是周襄王十六年（公元前六三六），与襄王十三年相差三年，同是一件事，怎么所记年代也不同呢？不是《左传》有误，就是《周语》有误，二者必居其一。我们说此诗写于宣王十六年（公元前八一二），到襄王十三或十六年，相距已一百七十多年，富辰不知道是谁所写，只是引个古代权威人物来加强自己言语的力量，至于是否真实，那就不管了。再者，穆公是召伯的谥，召伯逝于宣王五年，他怎能写他死后十一年的事呢？尹吉甫与卫武公的关系，我们讲《淇奥》《大叔于田》《叔于田》《驷驖》《鹤鸣》等诗时，曾有详细的叙述。他是卫武公的士，当然有恭贺武公的机会了。

## 【诗义辨正】

《毛序》："《常棣》，燕兄弟也。闵管、蔡之失道，故作《常棣》焉。"管、蔡失道，以致被诛，与此诗说的"兄弟既翕，和乐且湛"相合吗？可是姚际恒附会说："《小序》谓'燕兄弟'，《大序》谓'闵管、蔡之失道'，盖本《左》《国》为说也；然不言何人作。郑氏误解《传》，以为周公时召公作，非也。……按《国语》谓周公之诗。《左传》曰'周之有懿德也,犹曰"莫如兄弟"',又曰'犹惧有所侮'。虽无明文,亦是谓周公作也。又韦昭云:'召康公之后,穆公虎也,去周公历九王矣。周公作《常棣》之篇,以闵管、蔡而亲兄弟。其后周室既衰,厉王无道,骨肉恩缺,亲亲礼废,宴兄弟之乐绝。故召穆公思周德之不类,而合其宗族于成周,复作《常棣》之歌以亲之。郑、唐二君以为穆公所作,失之矣。'按韦说尤明。然郑本谓召康公,非穆公也。郑之以为康公者,以《鹿鸣》至《鱼丽》为文、武时诗也。"如此讲来,则有两篇《常棣》,一为周公作,一为召穆公作,那么,这一篇到底是谁写的呢?连姚际恒自己也搞糊涂了。

以上两篇,就是《斯干》与《常棣》,都是宣王十六年卫武公即位时,尹吉甫祝贺和劝告卫武公的作品,地点在卫国。

【第二十二编】
卫武公在南亩祭祖时诗篇

一

# 甫田（小雅）

倬彼甫田，岁取十千。我取其陈，食我农人，自古有年。今适南亩，或耘或耔，黍稷薿薿。攸介攸止，烝我髦士。

以我齐明，与我牺羊，以社以方。我田既臧，农夫之庆。琴瑟击鼓，以御田祖。以祈甘雨，以介我稷黍，以穀我士女。

曾孙来止，以其妇子，馌彼南亩，田畯至喜。攘其左右，尝其旨否。禾易长亩，终善且有。曾孙不怒，农夫克敏。

曾孙之稼，如茨如梁；曾孙之庾，如坻如京。乃求千斯仓，乃求万斯箱，黍稷稻粱，农夫之庆。报以介福，万寿无疆。

释音：食，音嗣。薿，音蚁。齐，音咨。馌，音叶。坻，音池。

## 【诗义关键】

这首诗的关键就在"今适南亩"的"南亩"在什么地方。在解释《干旄》篇时，曾经证明南亩在南山之下，实际上，就是尹吉甫所主管的浚邑。现在根据这个地点，再将此诗做一分析。

这首诗如同《七月》篇一样，有三种不同身份的人物：一是农夫；二是我，也就是士；三是曾孙。然这三种人是怎样的关系呢？诗言"曾孙来止，以其妇子，馌彼南亩"；又说"曾孙不怒，农夫克敏"；又说"曾孙之稼，如茨如梁；曾孙之庾，如坻如京"。显然，曾孙是地主。但诗又说"倬彼甫田，岁取十千。我取其陈，食我农人，自古有年"；又说"我田既臧，农夫之庆"，"以介我稷黍，以穀我士女"。从此看来，"我"就是"士"。南亩既属于曾孙，怎么又是士的呢？原来士所耕的也就是曾孙的田，曾孙的田称为"公田""甫田"或"大田"，士所耕的田称为"私田"，所以《大田》篇说："雨我公田，遂及我私。"周时，诸侯的田称公田，是世袭的；士所耕的田，不能世袭，所以《孟子》说："士无世官""惟士无田"。士有功以后，诸侯赐给他一块田，让他耕耘，所收获的一部分献给公家，一部分留作自用，一部分养活农人。此其所以这首诗里有三种不同身份的人物。

但是曾孙是谁呢？再从有"南亩"字样的诗中来找。《诗经》中用"南亩"的共有五篇，就是《七月》《大田》《载芟》《良耜》与此诗。《良耜》篇说"畟畟良耜，俶载南亩，播厥百谷，实函斯活。或来瞻女，载筐及筥，其饟伊黍"，不就是此诗的"曾孙来止，以其妇子，馌彼南亩"吗？又说"其崇如墉，其比如栉"，不也就是此诗的"曾孙之稼，如茨如梁；曾孙之庾，如坻如京"吗？又说"以开百室"，不就是《斯干》篇"筑室百堵"吗？又说"以似以续，续古之人"，也不就是《斯干》篇"似续妣祖"吗？如此讲来，曾孙不就是卫武公吗？因为他现在以孝孙的身份来祭祖，所以称之为曾孙。《集传》说"曾孙，主祭者之称"，对了。到此，可以彻底讲明这首诗中曾孙、士、农夫三种人的关系了。卫武公于收割麦子时，来到南亩视察并借以祭祖。尹吉甫是南亩的主管，也就写这首诗来祝贺他。田地是农夫耕耘的，实际上，尹吉甫的身份一半也是农人，于是在祝辞里也就提到了农夫。

**【字句解释】**

一章。倬，大貌。十千，一万。"岁取十千"承"倬彼甫田"而来，是形容甫田收获之多。《郑笺》以井田制来解释，非是。他说："甫之言丈夫也，明乎彼大古之时，以丈夫税田也。岁取十千，于井田之法，则一成之数也。九夫为井，井税一夫，其田百亩。井十为通，通税十夫，其田千亩。通十为成，成方十里，成税百夫，其田万亩。欲见其数，从井通起，故言十千，上地谷亩一钟。"他这种解释与《汉书·刑法志》所载颇有不合。《刑法志》说："因井田而制军赋。地方一里为井，井十为通，通十为成，成方十里。成十为终，终十为同，同方百里。同十为封，封十为畿，畿方千里，有税有赋（按原作租，依《补注》改）。税以足食，赋以足兵。故四井为邑，四邑为丘。丘，十六井也，有戎马一匹，牛三头。四丘为甸。甸，六十四井也，有戎马四匹，兵车一乘，牛十二头，甲士三人，卒七十二人，干戈备具，是谓乘马之法。一同百里，提封万井，除山川沈斥，城池邑居，园囿术路，三千六百井，定出赋六千四百井，戎马四百匹，兵车百乘，此卿大夫采地之大者也，是谓百乘之家。一封三百一十六里，提封十万井，定出赋六万四千井，戎马四千匹，兵车千乘，此诸侯之大者也，是谓千乘之国。天子畿方千里，提封百万井，定出赋六十四万井，戎马四万匹，兵车万乘，故称万乘之主。"根据《诗经》中的"小戎""良人"，知道卫国所行的就是这种井田军赋制；然所谓井田，是以地方一里为一井的井田制，不是像《郑笺》说的"九夫为井，井税一夫"的井田制。

再者，此诗之"甫"仅作"大"讲，与丈夫之甫无关。甫田若作"丈夫的田"解，那么，《车攻》篇"东有甫草"的"甫草"，就是丈夫的草吗？陈，旧年的粮食。食，养活。耘，除草。耔，壅根。薿薿，茂盛。据《植物名实图考长编》（卷一），黍是三月上旬种者为上时，故谚语说："椹厘厘，种黍时。"稷，是高粱，早种于正月，谚语说："九里种，伏里收。"诗言"或耘或耔，黍稷薿薿"，此诗的写作时间当在三四月间。介，大；止，成熟。"攸介攸止"与《生民》篇"攸介攸止"同义。《生民》篇是讲胎儿的长大成熟，此诗是讲黍稷的长大成熟。烝，进。整章的意思就是：广大的甫田，一年里要收获万把。我用旧年的陈粮，来养活我的农人，这样，从古到今有了年头了。现今到了南亩，有的在除草，有的在壅根，黍稷长得很茂盛。长高了，成熟了，进给我这髦士。

二章。齐，齍之假借；《说文》："齍，黍稷器。所以祀者。"明为盛之假借（马瑞辰说）。齐明，即粢盛；粢盛，祭祀的饭。"与我牺羊"的"我"是尹吉甫的自称，他的地位是士，故以羊来祭祀；诸侯则用牛。马瑞辰以羊为牛之假借，非是。社，即现今说的土地爷，此处作动词用。方，《毛传》"迎四方气于郊"，也作动词用。庆，福。御，为娱之假借。田祖，始耕田者，即神农。穀，养。整章的意思就是：用我的齍盛着黍稷所做的供饭，以及纯色的羊来祭祀土地爷，并迎四方之神。我的田里收成好，这是农夫们的福气。鼓着瑟琴，敲着土鼓，以娱乐田祖。目的在祈求好雨，使稷黍长大，以养活我这个士及其女子。

三章。田畯，田官。攘，应读为让。禾易，为禾移之假借；禾移，禾盛之貌（马瑞辰说）。长亩，竟亩。终，既。善，好。有，多。敏，勤快。整章的意思就是：曾孙来到了，和他的妇孺们，到南亩去送饭，田畯非常地高兴。他让左右之人，都尝一尝曾孙所送的饭是否旨美。满田里的禾长得都很茂盛，既好又多。曾孙没有生气，因为农夫们都很勤快。

四章。稼，禾。茨，屋顶。梁，屋梁。庾，囷。坻，通阺，秦人谓陵阪曰阺（马瑞辰说）。京，高丘。仓，仓库。箱，车箱，用以运谷。整章的意思就是：曾孙所收之禾，高得就像屋顶，就像屋梁。曾孙的囷，大得就像山陵，就像高丘。要用千把个仓库，要用万把来车辆，来运来藏这些黍稷稻粱，这是农人们的福气。神灵要赐以大福，千万年长寿无穷。

**【诗义辨正】**

《毛序》："《甫田》，刺幽王也。君子伤今而思古焉。"这首诗与幽王有什么关系呢？《集传》改变说："此诗述公卿有田禄者,力于农事,以奉方社田祖之祭。"诗明言:"烝我髦士""以穀我士女"。公卿可以自称为士吗?姚际恒说:"此王者祭方社及田祖因而省耕也。"王者所祭的是社稷,是上帝,不是方社与田祖。只从表面来猜,无法真正了解诗义的。

二

## 信南山（小雅）

信彼南山,维禹甸之。畇畇原隰,曾孙田之。我疆我理,南东其亩。

上天同云,雨雪雰雰。益之以霡霂。既优既渥,既霑既足,生我百谷。

疆埸翼翼,黍稷彧彧。曾孙之穑,以为酒食。畀我尸宾,寿考万年。

中田有庐,疆埸有瓜。是剥是菹,献之皇祖。曾孙寿考,受天之祜。

祭以清酒,从以骍牡,享于祖考。执其鸾刀,以启其毛,取其血膋。

是烝是享,苾苾芬芬,祀事孔明。先祖是皇,报以介福,万寿无疆。

释音:甸,音殿。畇,音匀。霡,音麦。霂,音木。埸,音亦。彧,音郁。膋,音聊。

## 【诗义关键】

诗言"信彼南山",限定了这首诗的地域。换言之,这首诗的事件一定是在卫国。又说:"曾孙田之。我疆我理,南东其亩。"意思就是曾孙的田是在南山的东南,又限定了地界。《甫田》篇里"我"所耕的田是"曾孙"的;这首诗里"我"所耕的田也是曾孙的。《甫田》篇里"我"所耕种的田叫南亩,在南山之下,这首诗里"我"所耕种的田在东南,不也就是南亩吗?顾祖禹说:"凡地理言南,可与东通,言北可与西通,非同东与西、南与北迥相反者。"(见阎若璩《尚书古文疏证》第八十四言)《甫田》篇说"黍稷薿薿",此诗说"黍稷彧彧",是同一个季节。然一个季节里怎么有同样的两首诗呢?《甫田》篇是讲曾孙刚刚来到南亩的情形,所以诗言"今适南亩,或耘或耔,黍稷薿薿","曾孙来止,以其妇子,馌彼南亩"。意思就是正在耘耔的时候曾孙来了。这首诗是收获后在南亩祭祖,所以诗言:"曾孙之穑,以为酒食。畀我尸宾,寿考万年。"又说:"祭以清酒,从以骍牡,享于祖考。"又说:"是烝是享,苾苾芬芬,祀事孔明。"都是讲祭祀。前篇是祝贺曾孙的来到,此篇是祝贺曾孙的祭祖,用途不同,时间不同,诗义也就不同了。

## 【字句解释】

一章。信、伸,古通;伸,长。甸,治。《禹贡》"禹敷土,随山刊木,奠高山大川,冀州既载",冀州就在南山之下。畇畇,垦辟貌。田之,之田的倒文。疆,划疆界。理,理沟渠。

整章的意思就是:长大的南山,是大禹治理过的。垦辟过的平原与低地,这是曾孙的田地。我在那个东南边上,划疆界,理沟渠。

二章。上天,天上。《尔雅·释天》"冬为上天",非是。《文王》篇"上天之载,无声无臭"的"上天"即不可作冬天讲。同,聚。同云,阴云密布之意。雰雰,犹纷纷。霢、霂,小雨。优、渥、沾、足,都是饶洽之意(《集传》说)。整章的意思就是:天上的阴云密布,落着纷纷的大雪。再加以及时的小雨,雨量非常地厚,非常地湿,非常地饶,非常地够,可以生长我的百谷。

三章。场,田畔。翼翼,盛貌,形容下章"疆场有瓜"的"瓜"。彧彧,茂盛。收谷曰穑。整章的意思就是:田畔上结的瓜很多,田里边黍稷长得很茂盛。曾孙的收获,用来作为酒食。给我的尸宾来吃喝,好使主人长寿万年。

四章。菹,泡。整章的意思就是:田间有庐舍,田畔长着瓜。把它摘下来,泡起来,好献给皇祖。曾孙因此而长寿,受到天所赐给的福禄。

五章。骍牡,赤色的牡牛。鸾刀,刀之有铃者。膋,脂膏。整章的意思就是:用清酒来祭祀,再加上赤色的牡牛,让祖先来享受。拿着带铃铛的小刀,把它的毛刮干净,取出它的血和脂膏。

六章。苾苾芬芬,是形容肉香,肉一定要蒸了煮了之后,才能发出香气,所以《楚茨》篇说:"济济跄跄,絜尔牛羊,以往烝尝。或剥或亨,或肆或将。"此诗"烝",我疑心是蒸之假借。明,为勉之假借。孔明,甚为尽力。皇,暇。整章的意思就是:把它蒸熟煮熟,发出芬芳的香味,祭祀的事务才算尽了职。先祖享受过了,赐以大的福禄,长寿无疆。

## 【诗义辨正】

《毛序》:"《信南山》,刺幽王也。不能修成王之业,疆理天下,以奉禹功,故君子思古焉。"也是在附会。《集传》说"此诗大指与《楚茨》略同",甚是。下边就要讲《楚茨》篇。姚际恒反而驳斥说:"此篇与《楚茨》略同,但彼篇言烝、尝,此独言烝,盖言王者烝祭岁也。《集传》亦以为大指与《楚茨》相似,而以曾孙为凡祭者皆得称之。按首章从南山、禹甸言起,以疆理南东之制属之曾孙,此岂为公卿咏者耶?谬矣。"他不知道南山之所在,还以为朱熹不对,真是"诗无达诂"了!屈万里说:"此亦咏祭祀之诗。"表面上是对的。

## 三

### 良耜(周颂)

畟畟良耜,俶载南亩,播厥百谷,实函斯活。或来瞻女,载筐及筥,其饟伊黍。其笠伊纠,其镈斯赵,以薅荼蓼。荼蓼朽止,黍稷茂止。获之挃挃,积之栗栗,其崇如墉,其比如栉。以开百室,百室盈止,妇子宁止。杀时犉牡,有捄其角。以似以续,续古之人。

释音：畟，音测。俶，音触。女，读汝。馌，音饷。镈，音博。薅，音蒿。挃，音室，犉，音淳。

## 【诗义关键】

《甫田》篇说"曾孙来止，以其妇子，馌彼南亩"，此诗说："畟畟良耜，俶载南亩，播厥百谷，实函斯活。或来瞻女，载筐及筥，其饟伊黍。"地点与举措完全相同。"或来瞻女"，即指曾孙之馌南亩。筐、筥，是送馌时所用的工具。"其饟伊黍"是讲所送的食物。诗又说"其笠伊纠"，是讲曾孙所戴的帽子。"其镈斯赵"是讲曾孙所用的除草器具。"以薅荼蓼"也就是《甫田》篇所说的"或耘或耔"的"耘"。"杀时犉牡"也就是《信南山》篇所说的"从以骍牡"的"骍牡"。由此看来，这首诗与《甫田》《信南山》为同时之作；此诗用作祭祀时的祈祷，而《甫田》与《信南山》是对曾孙的歌颂。

## 【字句解释】

畟畟，锋利。俶，始。载，事（《集传》说）。实，谷实。函，种在土内。女，指农夫。纠，编织。镈，锄头。赵，形容镈，如同纠字形容斗笠一样。《毛传》："赵，刺也。"刺非形容词。刺，恐为"利"字形近之误；利，锋利。薅，除草。挃挃，割禾声。栗栗，《说文》两引诗，并作"秩秩"。崇，高。墉，城墙。比，密。栉，梳子。《尔雅·释畜》："牛七尺为犉。"犉牡，七尺长的牡牛。捄，曲。似，嗣。古之人，先祖。整篇的意思就是：锋利的好的犁头，开始在南亩使用了，播种那些百谷，种子种到田里也就活了。有人来看望你们了，用筐和筥带来的食物是以黍米做的。他戴着编织的斗笠，使着锋利的锄头，除去荼蓼的草类。荼蓼腐烂掉，黍稷也就茂盛起来。挃挃地在割禾，有秩序地把它堆起来，堆积得就像城墙高，一堆挨一堆，就像梳子的齿。打开了百十间屋子，百十间屋子都装满了，妇孺们也就得到了安宁。杀些七尺高的牡牛，这些牡牛都长着弯曲的角。这些牛是来奉嗣祖先，奉嗣古远的祖先。

## 【诗义辨正】

《毛序》："《良耜》，秋报社稷也。"诗言："畟畟良耜，俶载南亩，播厥百谷，实函斯活。"又说："或来瞻女，载筐及筥，其饟伊黍。"由此可知，送饟是在开始播种百谷的时候，当然不是秋季。祭祖当也不在秋季。下文"获之挃挃，积之栗栗，其崇如墉，其比如栉"，是预祝之辞；不然的话，从夏至秋，曾孙都得在南亩了。研究诗一定要把时间搞清楚。姚际恒说："《小序》谓'秋报社稷'，近是。"其实季节不对。他又说："诗云'杀时犉牡'，是王者以大牢祭也。严氏曰：'此诗为报社稷，必陈农功之本末，故当秋时而追述春耕，预言冬获也。'"王所用的祭物是"广牡"，广牡是两只牛，不是大牢。在解释《雝》篇时，曾有说明。姚氏认"犉牡"是王者之祭，非是。严粲说"当秋时而追述春耕"，实际是当春耕而预言秋收，恰恰相反。

# 四

## 臣工（周颂）

嗟嗟臣工，敬尔在公。王釐尔成，来咨来茹。嗟嗟保介，维莫之春，亦又何求？如何新畬？於皇来牟，将受厥明。明昭上帝，迄用康年。命我众人，庤乃钱鎛，奄观铚艾。

释音：王，读往。於，音乌。庤，音峙。钱，音剪。铚，音质。艾，音刈。

## 【诗义关键】

要想了解这首诗，得先知道种麦的情形。《天工开物》于《麦工》篇说："耕种之后，勤议耨锄。凡耨草，用阔面大鎛（按鎛当为鎛之误。《集韵》"鎛，块铁"，与诗义不合）。麦苗生后，耨不厌勤（有三过四过者），余草生机，尽诛锄下，则竟亩精华，尽聚嘉实矣。"鎛是一种除草的工具，上边曾经讲过。钱，就是现在说的铫，或谓之臿，也是一种除草的农具。庤，具。铚，收获。艾，刈，古通。命我众人，庤乃钱鎛，奄观铚艾，就是命令我的众人，用钱与鎛来除草，不久就要看到收获。然什么时候锄麦地里的草呢？《植物名实图考长编》（卷一）于"小麦"条引《齐民要术》说："正月、二月劳而锄之，三月、四月锋而更锄。"与此诗的"维莫之春"的时期正合；与《甫田》篇"今适南亩，或耘或耔，黍稷薿薿"，《良耜》篇"其镈斯赵，以薅荼蓼"的季节也都正相吻合。假如说这首诗是卫武公在南亩祭祀时，尹吉甫替他写的祈祷文，不会有错吧？不过这首诗是祭上帝，与《良耜》《信南山》等篇祭祖诗颇为不同，这一点得注意。

**【字句解释】**

嗟嗟，叹美之词。《天工开物》称稻田里工作的人为稻工、麦工，臣工，我疑心就是《七月》《甫田》《大田》三篇里所提到的"田畯"。因为凡讲"馌彼南亩"，都提到"田畯至喜"，可见田畯是派来监督南亩收获的官。因为他是卫君的臣属，就称臣工。在公，为公。王、往，古同声通用。釐，为禧之假借；禧，礼告（马瑞辰说）。来，是。咨，谋。茹，度。保介，被甲之人，也就是《甫田》篇"烝我髦士"的"士"。何，读为荷；荷，蒙受。田二岁曰新，三岁曰畬。《天工开物·麦篇》说："小麦曰来，麦之长也。大麦曰牟、曰穬。"来、牟，是大、小麦的名称。明，成；成，是熟的意思。整篇的意思就是：臣工呀臣工，好好地为公家工作。把你们的成就讲述出来，好做将来的图谋、将来的调度。保介呀保介，在暮春的时候，你还有什么可求的？怎么又蒙受到新畬的田地呢？美好的小麦大麦呀，眼看就要长熟。光明显耀的上帝呀，今年才真算是一个好年。命令我的众人，用钱镈除去田里的草，不久就要看到收成。

【诗义辨正】

《毛序》:"《臣工》,诸侯助祭,遣于庙也。"姚际恒批评说:"《小序》谓'诸侯助祭遣于庙',甚迂。诗既无祭事,天子于诸侯何不敢斥言之,而呼臣工、车右,如以卑告尊不敢斥言之例乎?《集传》谓'戒农官之诗',若是,则当在《雅》,何以列于《颂》乎?邹肇敏曰:'明堂朝觐,则《我将》《载见》诸诗是已。至耕籍岂容无诗?嗟臣工,正指公、卿、大夫之属;至嗟保介,则义益显然。其为耕籍而戒农官,益可据矣。'其说近是。"假如是戒农官,那么《甫田》与《大田》篇的"田畯"就是农官,为什么不直称"田畯"而要称为"臣工"呢?公、卿、大夫固可称臣,然为什么称之为"臣工"呢?这些问题都得不到解决。

## 五

## 噫嘻(周颂)

噫嘻成王,既昭假尔。率时农夫,播厥百谷。骏发尔私,终三十里。亦服尔耕,十千维耦。

释音:假,音格。

【诗义关键】

这首诗的关键就在"骏发尔私,终三十里"这两句。这两句明白了，诗义就整个显现出来。在解释《干旄》篇时，曾经证明尹吉甫是卫国的私人，私人所耕之田谓之私田，简称曰私。《大田》篇就说："雨我公田，遂及我私。"私田，实际还是公田，不过由私人所耕，故称私田。诗言："噫嘻成王，既昭假尔。"明明是祭成王的诗，怎么与私田有关系，而又称之为"尔私"呢？成王是周朝的宗室，也是卫国的祖先，诸侯的土地固由世袭，还得由周室赐封，所以说："溥天之下，莫非王土。"现在是在祭成王，成王是周室的第三代祖宗，所以这块私田对成王来说，自然是"尔私"了。《大田》篇的作者是私人，以他的身份来说，这块田就称为"我私"。事实上是一块田，然这块田在什么地方呢？再来追究"三十里"。在解释《干旄》篇时，曾从这"三十里"追究出私田之所在，再由私田追究出南山，再由南山追究出浚地，因而断定三十里就是指浚邑的广袤而言。浚是尹吉甫所主辖的地方，那么，这首诗就与《甫田》《信南山》《良耜》《臣工》等篇有关系了。《良耜》篇说"播厥百谷"，这首诗也说"播厥百谷"，季节与业务也就完全相同。这首诗是卫武公在春耕时祭成王，毫无问题。

### 【字句解释】

噫，叹词。嘻，和。昭假，降临。骏，急。终，究。服，服役。十千，一万。整篇的意思就是：和穆的成王呀，你降临到这里来了。率领着这些农夫，播种各种谷类。急急地开发您的私田，完成了三十里的广袤。为您服役而耕耘的，有一万对人之多。

## 【诗篇联系】

以上五诗,就是《小雅·甫田》《信南山》《良耜》《臣工》与《噫嘻》,都是卫武公于春祀时在南亩祭天、祭祖的诗篇,而为尹吉甫所写。因为用途不同,各篇内容也就不同。《甫田》篇是卫武公初到南亩时,祝贺他的诗;《信南山》篇是祭祖时祝贺他之辞;《良耜》篇是祭祖;《臣工》篇是祭天;《噫嘻》篇是祭成王。内容十分明显。

## 【诗义辨正】

《毛序》:"《噫嘻》,春夏祈谷于上帝也。"诗明言"成王",怎么会是上帝呢?姚际恒引何玄子:"康王春祈谷也。既得卜于祢庙,因戒农官之诗。《家语》孔子对定公曰:'臣闻天子卜郊,则受命于祖庙而作龟于祢宫,尊祖、亲考之义也。'又《左》襄七年:'夏四月,三卜郊不从。孟献子曰:"吾乃今而后知有卜筮。夫郊祀后稷,以祈农事也。启蛰后郊,郊而后耕。今既耕而不郊,宜其不从也。"'愚以此诗章首有'成王昭格'之语,是此诗作于康王之世,乃主作龟祢宫而言。不然,周自后稷以农事开国,即欲敕农官,何不于始祖之庙举始祖为辞,而顾于成王,何取乎?"姚氏说:"其说亦巧合,存之。"假如是康王祭成王,为什么称"尔私"?难道成王的田地只有三十里吗?只知其一,不知其二,这就是前人对《诗经》考证的失败端由。

# 六

## 大田（小雅）

大田多稼，既种既戒，既备乃事。以我覃耜，俶载南亩，播厥百谷。既庭且硕，曾孙是若。

既方既皁，既坚既好，不稂不莠。去其螟螣，及其蟊贼，无害我田稚。田祖有神，秉畀炎火。

有渰萋萋，兴雨祁祁。雨我公田，遂及我私。彼有不获稚，此有不敛穧；彼有遗秉，此有滞穗，伊寡妇之利。

曾孙来止，以其妇子，馌彼南亩，田畯至喜。来方禋祀，以其骍黑，与其黍稷，以享以祀，以介景福。

释音：覃，音谈。皁，音造。莠，音酉。螟，音冥。螣，音特。稚，音稚。渰，音掩。穧，音计。

## 【诗义关键】

《甫田》篇说："曾孙来止，以其妇子，馌彼南亩，田畯至喜。"这篇又有完全相同的四句。这是怎么一回事呢？难道是同时的作品吗？不是的。《甫田》篇是讲春祀时曾孙的来到，此诗是讲秋祀时曾孙的来到。同一的行动而季节不同。此诗说："彼有不获稚，此有不敛穧；彼有遗秉，此有滞穗。"正是秋收时的情景。诗又说："来方禋祀，以其骍黑，与其黍稷，以享以祀,以介景福。"不正是秋祭吗?然《信南山》篇也说:"祭以清酒,从以骍牡,享于祖考。"与此诗有什么区别呢?注意一下这些诗的词句。《甫田》篇说"或耘或耔,黍稷薿薿";此诗说"来方禋祀,以其骍黑,与其黍稷"。一个正在生长,一个已经收获。所以《甫田》《信南山》等篇尽管与此诗的地点、人物、事件、作业相同,仅只一个季节不同,诗义也就不同了。

## 【字句解释】

一章。大田,就是甫田。种谷为稼;多稼,就是种的东西很多,所以下边说"播厥百谷"。种,选种。戒,备,谓备农具。乃事,农事。覃,利。庭,当读为挺;挺,生出(《群经平议》说)。整章的意思就是:甫田里要种的东西很多,种子选好,农具齐备了,一切都准备好。用我锋利的犁头,开始在南亩播种各种谷类。长出来的苗都是硕大的,曾孙很是满意。

二章。方,房,谓谷壳始生而未坚。皁,谓壳已合而实未坚。坚,茎坚。好,齐整。稂、莠,两种害禾之草。食心曰螟,食叶曰螣,食根曰蟊,食节曰贼。穉,谓幼苗。炎火,盛阳。秉,持。畀,予。整章的意思就是:结房了,长皁了,禾茎挺直了,整齐了,既不生稂,也不长莠。去掉那些螟螣,以及那些蟊贼,不要它们伤害我田中的幼苗。神灵的田祖,拿着阳光来晒禾苗。

三章。渰,云兴貌。萋萋,乌黑貌。穧,已刈之禾。秉,把,禾割下后,捆成一把一把放在地上。整章的意思就是:乌压压地满天黑云,落下一阵一阵大雨。雨落在我的公田里,也落在我的私田里。那里有没割下来的幼禾,这里有没收敛到的余穧；那里有遗留下来的禾把，这里有滞留在地上的禾穗，都是那些寡妇们的好处。

四章。方，就是《甫田》篇"以社以方"的"方"。骍黑，就是《良耜》篇的犉牡。犉牡，是黄牛黑唇，故曰骍黑。整章的意思就是：曾孙来到了，与他的妇孺们到南亩去送饭，田畯非常地高兴。他来到这里做方祭，做祖祭，用那黄色黑唇的牡牛，和那黍稷来供献，来祭祀，以祈求大大的福禄。

## 【诗义辨正】

《毛序》："《大田》，刺幽王也。言矜寡不能自存焉。"完全从"伊寡妇之利"一句立论。所谓"伊寡妇之利"的"寡妇"，是指收割时拾禾的人，在任何年头收割时都有，难道只幽王时才有吗？《集传》说："此诗为农夫之辞，以颂美其上，若以答前篇之意也。"前篇即《甫田》篇，《甫田》篇并不是赠，怎么需要来答呢？屈万里说："此咏稼穑之诗。"皮毛之见。

## 七

## 载芟（周颂）

载芟载柞，其耕泽泽。千耦其耘，徂隰徂畛。侯主、侯伯，侯亚、侯旅，侯强、侯以。有嗿其馌，思媚其妇，有依其士。有略其耜，俶载南亩，播厥百谷，实函斯活。驿驿其达，有厌其杰，厌厌其苗，绵绵其麃。载获济济，有实其积，万亿及秭。为酒为醴，烝畀祖妣，以洽百礼。有飶其香，邦家之光。有椒其馨，胡考之宁。匪且有且，匪今斯今，振古如兹。

释音：飶，音毖。

## 【诗义关键】

《良耜》篇说："畟畟良耜，俶载南亩，播厥百谷，实函斯活。"这篇又有完全相同的四句诗，什么缘故呢？是不是同时的作品呢？不是的。这首诗与《良耜》篇的内容与词句几乎完全相同，怎么说有区别呢？区别就在"其镈斯赵，以薅荼蓼。荼蓼朽止，黍稷茂止"所讲的是春耕的情景；而这首诗是讲一般百谷的播种、收获、储藏、制酒、祭祖。所以《良耜》篇是春祀，而此诗是秋祀。

## 【字句解释】

载，则。芟，除草。柞，除木。泽泽，土松懈貌。二人同耕为耦。耘，锄。徂，往。畛，田间小路。侯，维。主，家长。伯，长子。亚，仲叔。旅，子弟。强，即今之长工。以，今之短工。媚，爱。妇，就是《甫田》篇"以其妇子"的"妇"。依，《郑笺》："爱也。"士，就是《甫田》篇"烝我髦士"的"士"，亦即《臣工》篇的"保介"。略，畟字形近之讹。有略，锋利。驿驿，《鲁诗》引作"绎绎"，谷皆生之貌（孔《疏》引舍人说）。达，《毛传》于《生民》篇注为"生也"。厌，为餍之省，好貌（马瑞辰说）。杰，通桀；《玉篇》："桀，长禾也。"厌厌，《韩诗》于《湛露》篇作"愔愔"；愔愔，齐整的意思。绵绵，《毛传》于《葛藟》篇注为"长不绝之貌"。穧，耘。实，谷。万万曰亿，万亿曰秭。烝，进。畀，予。飶，《说文》："食之香也。"此指所供之食物。椒为降神之物。《离骚》"怀椒糈而要之"，王注："椒，香物，所以降神。"《九歌》"奠桂酒兮椒浆""播芳椒兮成堂"，都可证椒为降神之物。馨，香。胡考，先考。之，是。上"且"字作"今"字解，下"且"字作"此"字解（马瑞辰说）。振古，自古。整篇的意思就是：除去了草，砍去了小树，耕起来土就松懈了。千百对的人在锄地，低处有，田间小径上也有。这些人里有的是家长，有的是老大，有的是老二老三，有的是本家子弟，有的是长工，有的是短工。人们吃起所送的饭来，故意吃得响亮，这样，可以讨得主妇的欢喜，也可以得保介之士的喜爱。用着锋利的犁头，开始在南亩播种百谷，种子种到土里也都活了。所有的禾都生长出来了，有的还长得特别高，禾苗都很整齐，满地里的人都在除草。收获的非常非常之多，谷子堆起来，是以万、以亿、以秭来计算。将这些谷物做些酒，做些醴，好献给祖宗，以完成各样的祭祀。所供的食物都香喷喷的，这是邦家的光彩。椒发出了香气，祖先也就感到了安宁。并不是现在才这样做，也不是今天才开始，而是自古以来就是这样。

## 【诗义辨正】

《毛序》："《载芟》，春籍田而祈社稷也。"此诗从春耕叙起，一直叙到秋收，并以所收获的做成酒醴来祭祀，怎见得是"春籍田而祈社稷"呢？姚际恒就批评说："《小序》谓'春籍田而祈社稷'，今按诗无耕籍事，亦未见有祈意也。刘公瑾谓'秋成之祭，荐新于宗庙而歌此'，亦第以诗中'烝畀祖妣'一语耳。何玄子谓'孟冬腊先祖、五祀'，本《月令》文，以秦世事释周世诗，当乎？否乎？总不若《集传》谓'此诗未详所用'，阙疑之为得也。然又曰'然辞意与《丰年》相似，其用应亦不殊'，盖以万亿四句与《丰年》同。然彼简此详，亦不得执彼以例此。大抵此篇与下《良耜》相似，皆有报意，无祈意。"此诗与《丰年》相似，《集传》说对了，姚际恒反而怀疑；此诗与《良耜》篇在季节上不同，姚氏反以为相似，说诗者之歧异，于此可见！

## 八

## 丰年（周颂）

丰年多黍多稌。亦有高廪，万亿及秭。为酒为醴，烝畀祖妣，以洽百礼。降福孔皆。

释音：稌，音途。

## 【诗义关键】

《载芟》篇说："万亿及秭。为酒为醴，烝畀祖妣，以洽百礼。"这篇又有完全相同的四句，那么，这首诗也是用在祭祖，当无问题。然同一祭祖怎么会有两篇诗呢？注意这首诗的"稌"字与"亦"字。稌，是稻子，上几篇诗里都没有提过它。亦有高廪，是指稻子而言，意思就是收获的稻子也有高大的仓廪。这首诗是收获稻子后的祭祖，当无问题。

## 【字句解释】

皆，遍。孔皆，很普遍。整篇的意思就是：丰年所收获的黍多，稻子也多。稻子也是用高大的仓廪来收藏，数目之多，是以万、亿与秭来计算的。将这些稻子做些酒，做些醴，供献给祖先，以合应尽的各种礼节。降下的福禄非常普遍。

## 【诗义辨正】

《毛序》："《丰年》，秋冬报也。"大体不差。可是《正义》解释说："《丰年》诗者，秋冬报之乐歌也。谓周公成王之时，致太平而大丰熟，秋冬尝烝，报祭宗庙，诗人述其事而为此歌焉。"从什么地方看出是"周公成王之时"呢？姚际恒说："《小序》谓'秋冬报'，不言其所祭，亦是阙疑之意。郑氏谓'尝、烝'，谬，盖误泥'烝畀祖妣'句也。下不云'以洽百礼'乎？且亦未有一诗用为二时之祭者。何玄子驳曰：'使当大侵之时，用享祀之礼，而告神登歌，乃首举《丰年》为辞，毋乃不类之甚，而祖妣独无恫乎？'是也。苏氏以为'秋祭四方，冬祭蜡'，亦揣摩之说，亦犯一诗两用之弊。《集传》曰：'此秋冬报赛田事之乐歌，盖祀田祖、先农、方社之属也。'尽举诸祭言之，盖亦杂而无主矣。何玄子惩其弊，单以为'冬报八蜡'，立意固是，然亦无确证，仍不若且依《序》，谓'秋冬报'，以阙其所疑之为得也。王介甫主祭上帝，更非。"屈万里引陈奂说："此秋冬报祭，亦必自上帝百神，凡有功于谷实者遍祭之，而皆歌此诗。"这首诗只提到祖妣，毫无上帝百神之处，且三百篇每篇都有实际的、独特的用途，所以意义都不一样，而言"皆歌此诗"，错误到了极点！

## 九

## 无羊（小雅）

谁谓尔无羊？三百维群。谁谓尔无牛？九十其犉。尔羊来思，其角濈濈；尔牛来思，其耳湿湿。

或降于阿，或饮于池，或寝或讹。尔牧来思，何蓑何笠，或负其餱。三十维物，尔牲则具。

尔牧来思，以薪以蒸，以雌以雄。尔羊来思，矜矜兢兢，不骞不崩。麾之以肱，毕来既升。

牧人乃梦：众维鱼矣，旐维旟矣。大人占之："众维鱼矣，实维丰年；旐维旟矣，室家溱溱。"

释音：濈，音戢。

## 【诗义关键】

《丰年》篇："丰年多黍多稌。亦有高廪，万亿及秭。为酒为醴，烝畀祖妣，以洽百礼。"这是卫武公在南亩祭祖时，尹吉甫为他写的祈祷文。此诗也说："实维丰年。"两诗是否有关系呢？三百篇里有一种现象，就是祭祀时的祈祷文之后，接着就跟着一篇歌颂此次祭祀的诗篇，如南仲祭祖时，《维天之命》之于《行苇》，宣王祭祖时，《有瞽》之于《灵台》，都是这种情形。这首诗与《丰年》，也是同样的关系，都是卫武公在南亩祭祖时尹吉甫所写。尹吉甫的旗帜不是旟吗？他所主管的地方是县鄙，所以诗言"旐维旟矣"。就以此义将这首诗作一解释。

**【字句解释】**

一章。牛七尺长为犉。濈濈，聚貌。湿湿，动貌。整章的意思就是：谁说您没有羊？一群就是三百只。谁说您没有牛？七尺长的牛就有九十只。您的羊来的时候，只看到一大群的角。您的牛来的时候，只看到一群耳朵在蠕动。

二章。阿，大陵。讹，动。何，荷之假借。餱，干粮。《周礼·天官·膳夫》"鼎十有二物，皆有俎"，注："物，谓牢鼎之实。"整章的意思就是：有的在山陵上，有的在池子里饮水，有的在睡，有的在动。您的牧人来的时候，有的穿着蓑衣，有的戴着斗笠，有的背着干粮。作为三十个鼎里的俎，您的牲口足够了。

三章。薪之细者曰蒸。以，与，带来的意思。雌、雄，指禽言。矜矜，矜持。兢兢，戒惧。矜矜兢兢，不乱走的意思。骞，亏损。崩，死亡。麾，指挥。肱，手臂。整章的意思就是：您的牧人来了，带着粗的薪，细的蒸，还有雌雄兼备的飞禽。您的羊来了，畏畏缩缩地聚在一起，既没失落，也没死亡。用手一挥，都到牢里去了。

四章。溱溱，众多。鱼，与余同音，故以鱼协余。旐旟是县鄙的旗帜，县鄙多，旐旟也多，故象征繁盛。整章的意思就是：牧人做了一个梦：看见许许多多的鱼，许许多多的旐旟。占梦的人解释说："许许多多鱼，是丰年的吉兆；许许多多旐旟，是室家繁盛的预兆。"

## 【诗义辨正】

《毛序》："《无羊》，宣王考牧也。"毫无根据。所以《集传》改变说："此诗言牧事有成，而牛羊众多也。"他只注意到牛羊，而未注意到祭祀。一定得与《丰年》篇合看，才能知道这首诗的意义。

十

## 楚茨（小雅）

楚楚者茨，言抽其棘。自昔何为？我蓺黍稷。我黍与与，我稷翼翼。我仓既盈，我庾维亿。以为酒食，以享以祀，以妥以侑，以介景福。

济济跄跄，絜尔牛羊，以往烝尝。或剥或亨，或肆或将。祝祭于祊，祀事孔明。先祖是皇，神保是飨，孝孙有庆。报以介福,万寿无疆。

执爨踖踖,为俎孔硕,或燔或炙。君妇莫莫,为豆孔庶,为宾为客。献酬交错,礼仪卒度,笑语卒获,神保是格。报以介福,万寿攸酢。

我孔熯矣,式礼莫愆。工祝致告,徂赉孝孙。苾芬孝祀,神嗜饮食。卜尔百福,如几如式。既齐既稷,既匡既敕。永锡尔极,时万时亿。

礼仪既备,钟鼓既戒。孝孙徂位,工祝致告。神具醉止,皇尸载起。鼓钟送尸,神保聿归。诸宰君妇,废彻不迟。诸父兄弟,备言燕私。

乐具入奏,以绥后禄。尔殽既将,莫怨具庆。既醉既饱,小大稽首。神嗜饮食,使君寿考。孔惠孔时,维其尽之。子子孙孙,勿替引之。

释音:侑,音又。亨,音烹。爨,音窜。踖,音积。燔,音烦。熯,读为谨。


**【诗义关键】**

这首诗值得注意的有几点:

第一,"我"与"尔"的区别。诗言:"自昔何为? 我蓺黍稷。我黍与与,我稷翼翼。"由此可知耕种的是"我"。诗又说:"济济跄跄,絜尔牛羊,以往烝尝。"由此可知祭祀的人是"尔",这不与《甫田》等篇里所述耕种的人是士,而祭祖的人是曾孙一样吗?

第二，《甫田》篇说"曾孙之稼，如茨如梁；曾孙之庾，如坻如京"，《载芟》篇说"载获济济，有实其积，万亿及秭"，都是形容曾孙之田收获的多。可是此诗说："我仓既盈，我庾维亿。"怎么又变为我的呢？士是耕田的人，士所耕的为曾孙之田；对曾孙言，当然是曾孙所收获的，对自己言，当然是我的了。二者不仅不冲突，而且告诉我们这块田在什么地方。说得明白一点，就是南亩。

第三，诗言："我孔熯矣，式礼莫愆。"熯，即谨之本字（于省吾说）。这两句诗的意思就是：我十分谨慎了，幸好礼仪还没有什么差错。由此可知筹备礼仪与主持礼仪的是"我"，而"我"是谁呢？闵公二年《左传》说："狄人囚史华龙滑与礼孔，以逐卫人，二人曰：'我太史也，实掌其祭，不先国不可得也。'"执掌祭祀的人既是太史，不正与尹吉甫的"尹"这种身份相合吗？诗又说："先祖是皇，神保是飨，孝孙有庆。报以介福，万寿无疆。"由此可知主祭的是孝孙，先祖是孝孙的先祖，不是"我"的。

第四，诗言："神嗜饮食，使君寿考。"由此可知这位主祭者是位"君"。君，是主的意思，一国之主固然是君，一国中的"诸父兄弟"只要有土地的也可称君，所以此诗上讲"诸宰君妇"，下讲"诸父兄弟"，我们曾说这首诗的地点在南亩，那么，国君当然是卫侯，"诸父兄弟"也就是卫侯的伯伯叔叔以及兄弟们了。

第五，诗言："楚楚者茨，言抽其棘。"只要知道茨是什么时候抽棘，写诗的季节也就知道了。《植物名实图考长编》（卷七）于"蒺藜子"引赵简子说:"植蒺藜者,夏不得休息,秋得其刺焉。"蒺藜子生棘在秋天。由此可知此诗写在秋季,与《大田》《丰年》《载芟》等诗的季节正相吻合。假如说这是祝贺卫武公在南亩秋祭的作品,不会没有道理吧?

**【字句解释】**

一章。楚楚,整齐貌。茨,蒺藜。言,而。蓺,种。与与、翼翼,都是繁盛貌。妥,安坐。侑,劝。祭祀时要请尸宾,所谓安坐,所谓劝酒,都是对尸宾而言。整章的意思就是:长得整齐的蒺藜,正在抽出它的刺。我向来是做什么呢?是耕种黍稷的。我的黍长得很茂盛,我的稷长得很蕃庑。我的仓都装满了,我的囷有一亿之多。做些酒食,献上去,供上去,请尸宾坐好,劝酒,他好赐予大的福禄。

二章。济济,应读为挤挤。跄跄,行进之声。絜,洁。冬祭曰烝,秋祭曰尝,《诗经》中用"烝尝"的共有四篇,就是《天保》《那》《烈祖》与此诗。除《天保》篇的"禴祠烝尝"是讲四季祭祀外,其他三篇的时间都在秋冬,可以看出三百篇绝对不随便用字。剥,剥皮。亨,古烹字。肆,即《雝》篇"相予肆祀"的"肆祀"。肆祀是用全牲,所以上言"或剥"。将,是将祭。祊,庙门之旁。明,成。皇,往。神保,保佑之神,指尸宾。下章说"献醻交错,礼仪卒度,笑语卒获,神保是格",神灵不会笑语的,除非是尸宾,所以上边又讲"为宾为客"。宾客都是指尸宾。整章的意思就是:一大群你挤我,我挤你,都已洗刷过的牛羊跄跄跟跟地往前去,为的是烝尝。有的只是剥皮，有的要煮熟，有的为肆祭，有的为将祭。在祊这个地方祝祭之后，祭祀的事情才算整个完成。先祖们前去了，神灵们吃过了，孝顺的孙子得到庆幸。祖宗们要赐以大的福禄，万年万年地享受。

三章。爨，灶。执爨，即今所谓掌灶或掌厨。《尔雅·释训》："踖踖，敏也。"俎，礼器，古祭祀燕享，用以荐牲者，以木为架而漆饰之。此处指俎上肉而言。燔，烧；炙，烤。君妇，主妇。莫莫，形容多，即今说的黑压压一群。因为全族的大小主妇全出动，所以说"君妇莫莫"。豆，笾。宾，指尸宾，即《信南山》篇"畀我尸宾"的"宾"。客，客人。献，敬酒。醻，回敬。卒度，从头到尾都合法度。格，降临。酢，报。整章的意思就是：掌厨的非常敏捷，做出来的俎肉都是大件的，有的是烧，有的是烤。黑压压一群的主妇们摆出许许多多笾豆，是为尸宾，是为客人。相互地敬酒与回敬，从头到尾都合于礼法，从头到尾都有说有笑，显然是神灵降临了。报答的是大福，酬答的是长寿。

四章。工，官；祝，巫；工祝，即官巫。《仪礼·少牢馈食礼》"皇尸命工祝"，注："工，官也。"《楚辞·招魂》"工祝招君，背行先些"，注："男巫曰祝。"徂，往。赉，赐。苾芬孝祀，就是《信南山》篇的"是烝是享，苾苾芬芬，祀事孔明"的意思。卜尔，报尔，与《天保》篇"君曰卜尔"的"卜尔"同义。几，期。式，款式。齐，就是《甫田》篇"以我齐明"的"齐"，粢之假借，谷之供祭祀者。匡，《玉篇》："方正也。"敕，当作"饬"，整饬的意思。极，极端。时，是。万、亿，就是《丰年》与《载芟》篇的"万亿及秭"的"万亿"，指谷物收获的数量而言。整章的意思就是：我非常地谨慎呀，好在礼仪上没有差错。工祝宣布神灵的告辞说："往赐孝孙。他以喷香的供献来做祭祀，神们都很喜欢吃他的。报答您以百多种的福禄，都是您所期望的，都是合理的。您献上了粢，供上了稷，既方正又整齐。赐给您的永远是顶好的，是以万以亿计算的。"

五章。戒，备，与《大田》篇"既种既戒"的"戒"同义。皇尸，即尸宾。鼓钟，应为钟鼓之倒文。宰，主；诸宰，即下边的"诸父兄弟"，因为这些人都有封地，故谓之宰。废，去。彻，除。燕私，私宴。整章的意思就是：礼仪举行完了，钟鼓也就陈设起来。孝孙走到主祭者的位上，工祝宣告说："神们都喝够了，尸宾要起身了。"敲着钟鼓把尸宾送走，神灵也都回去了。各位主人主妇，马上将供物及筵席彻得一干二净。各位父老兄弟，这才举行家庭的私宴。

六章。后禄，后代子孙的福禄。因为是家宴，所以说"后禄"。将，美，与《破斧》篇"亦孔之将"的"将"同义。小大，长幼。替，废。引，申。整章的意思就是：乐队移到后边来演奏，可以奠定后代的福禄。您的酒席既然是嘉美的，也就没有怨恨，都很高兴。喝醉了，吃饱了，大大小小都叩头恭贺说："神既然喜欢您的饮食，这样会使您为君主的长寿不老。很多恩惠，很多机会，您都会享尽。子子孙孙，永远会继续下去，不会衰败。"

## 【诗篇联系】

上边曾说尹吉甫与卫武公的关系非常密切，尹吉甫才于武公即位后，写出《斯干》与《常棣》两诗来劝勉他们兄弟们要和睦。也因为他们关系密切，武公才于春秋两季收获的时候，到南亩来看望尹吉甫的农夫，因而在那里举行春秋祭祀。所以这十二篇诗——《斯干》《常棣》《小雅·甫田》《信南山》《良耜》《臣工》《噫嘻》《大田》《载芟》《丰年》《无羊》与《楚茨》的联系非常自然，真可谓水到渠成，毫不费力。

## 【诗义辨正】

《毛序》："《楚茨》，刺幽王也。政烦赋重，田莱多荒，饥馑降丧，民卒流亡，祭祀不飨，故君子思古焉。"真是睁着眼睛说瞎话。然而还有人承继这种说法。姚际恒就奇怪说："《小序》谓'刺幽王'，说者因谓'思古以见今之不然'。按此唯泥'自昔何为'句耳。不知此句正唤起下"黍稷"句，以见黍稷之所由来也。其余皆详叙祭祀。自始至终极其繁盛，无一字刺意。而说者犹争之，何也？《集传》不用《序》说，是已；然以为公卿之诗，又非也。彼第以《仪礼·少牢馈食礼》例之，谓其为公卿。不知钟鼓送尸，《仪礼》所无；祝称'万寿无疆'，《天保》篇亦云'君曰卜尔，万寿无疆'，此岂臣子所可当乎？"《诗经》里用"万寿无疆"的共有六篇，就是《七月》《天保》《南山有台》《信南山》《小雅·甫田》与此诗，没有一篇用在帝王身上。《七月》篇又明明说："跻彼公堂，称彼兕觥：'万寿无疆！'"难道"公"是帝王吗？后世才将"万寿无疆"专用在帝王身上，怎么可以用后世的制度来解释《诗经》呢？

# 【第二十三编】逃荒与父母死亡时诗篇(宣王二十五年)

一

# 云汉（大雅）

倬彼云汉，昭回于天。王曰："於乎！何辜今之人！天降丧乱，饥馑荐臻。靡神不举，靡爱斯牲。圭璧既卒，宁莫我听！"

"旱既大甚，蕴隆虫虫。不殄禋祀，自郊徂宫。上下奠瘗，靡神不宗。后稷不克，上帝不临。耗斁下土，宁丁我躬！"

旱既大甚，则不可推。兢兢业业，如霆如雷。周余黎民，靡有孑遗。昊天上帝，则不我遗。胡不相畏？先祖于摧！

旱既大甚，则不可沮。赫赫炎炎，云我无所。大命近止，靡瞻靡顾。群公先正，则不我助。父母先祖，胡宁忍予！

旱既大甚，涤涤山川。旱魃为虐，如惔如焚。我心惮暑，忧心如熏。群公先正，则不我闻。昊天上帝，宁俾我遯！

旱既大甚，黾勉畏去。胡宁瘨我以旱？憯不知其故！祈年孔夙，方社不莫。昊天上帝，则不我虞。敬恭明神，宜无悔怒。

旱既大甚，散无友纪。鞫哉庶正，疚哉冢宰。趣马师氏，膳夫左右，靡人不周，无不能止。瞻卬昊天，云如何里？

瞻卬昊天，有嘒其星。大夫君子，昭假无赢。大命近止，无弃尔成。何求为我？以戾庶正。瞻卬昊天，曷惠其宁？

释音：於，音乌。魃，音拔。惔，音谈。遯，音遁。瘨，音颠。憯，音惨。莫，音暮。假，音格。

## 【诗义关键】

这首诗值得讨论的有两点：第一，"旱既大甚"的旱到底是哪一年？陈乔枞《鲁诗遗说考》（卷十七）引皇甫谧《帝王世纪》说："宣王元年，以邵穆公为相，是时天大旱，王以不雨遇灾而惧，整身修行，欲以消去之。祈于群神，六月乃得雨。大夫仍叔美而歌之，今《云汉》之诗是也。"《毛诗正义》怀疑说："宣王遭旱早晚，及旱年多少，经传无文。皇甫谧以为宣王元年，不籍千亩，虢文公谏而不听，天下大旱。二年不雨，至六年乃雨，以为二年始旱，旱积五年。谧之此言，无所凭据，不可依信。"陈乔枞批驳《正义》说："孔冲远不见《鲁诗》，遂疑谧言为无据，失之疏矣。观《论衡·须颂篇》云：'成汤遭旱，周宣亦然。然而成汤加成，宣王言宣，无妄之灾，不能亏政。'以成汤与周宣并举，汤有七年之旱，则周宣之旱积五年，自是古有此说。《论衡》之语，盖亦本诸《鲁诗》。"到底谁说得对，从《诗经》中可得证明。皇甫谧说旱从宣王二年开始，一直到六年才雨，可是我们知道宣王三年平陈与宋，宣王四年东迁韩侯，宣王五年西征猃狁，宣王六年南征徐戎，宣王七年戍甫、戍申、戍许，宣王八年到十年恢复鲁国，一点没有大旱的迹象。不仅没有，《桓》篇还说："绥万邦，娄丰年，天命匪解。"而《桓》篇写于宣王六年，那么，宣王六年以前没有旱灾，可得一证。再者，皇甫谧说"宣王元年，不籍千亩"，证之以《诗经》《史记》，那时宣王正法文、武、成、康，力行美政，绝对不可能不籍千亩。《竹书纪年》将此事载于宣王二十九年初，就比较合理。皇甫谧的话不大可靠。然是哪一年呢？《竹书纪年》于宣王二十五年载："大旱，王祷于郊庙，遂雨。"此诗说："天降丧乱，饥馑荐臻。靡神不举，靡爱斯牲。圭璧既卒，宁莫我听！"荐臻，是屡次来到，足证旱得很久。把《竹书纪年》《论衡》与《帝王世纪》三种记载合起来看，可能是宣王二十五年以前曾一连旱了五年，到二十五年的时候才停止，所以此诗所写的是在灾情之中，而《竹书纪年》所载的是灾情的结束。

第二，这首诗的作者是谁？《毛序》说："《云汉》，仍叔美宣王也。"皇甫谧也有同样的记载。可是我们来算算年代。桓公五年《春秋》说："天王使仍叔之子来聘。"《左传》补充说："仍叔之子，弱也。"《笺》又解释说："仍叔之子，父在之称也。"由此可知，桓公五年的时候仍叔还在世。桓公五年为周桓王十三年（公元前七〇七），上至皇甫谧所认为旱灾已完结的宣王六年（公元前八二二）相距一百一十五年。天王既派仍叔之子，那么，仍叔一定年岁极高，不便出行，才派他的儿子做代表,就以五十岁计,仍叔这时已一百八十多岁,不会活这么大的岁数吧?认为仍叔写此诗,事实上不可能。然是谁写的呢?从这首诗的"我"字用法上找线索。

这首诗里的"我",显然是两种身份的人。"靡神不举,靡爱斯牲。圭璧既卒,宁莫我听"、"后稷不克,上帝不临。耗斁下土,宁丁我躬"的"我",显然是宣王。"赫赫炎炎,云我无所"、"我心惮暑,忧心如熏。群公先正,则不我闻。昊天上帝,宁俾我遯"、"何求为我?以戾庶正"的"我",显然不是宣王。假如是宣王,遯,是逃荒,"昊天上帝,宁俾我遯",意思是:老天呀,上帝呀,怎么忍心让我逃荒呢!难道宣王逃荒了吗?如此讲来,这个"我"绝对不是宣王。这首诗可分两段:前两章是以宣王的口气讲他怎样处理旱灾;后六章都是以逃荒者的口气来叙述他所遇到的灾难。"我"就是作者。作者既可以宣王的口气来讲话,一定与宣王的关系很密切。尹吉甫替宣王写的祈祷文里就称"我",如《有瞽》与《振鹭》两篇说"我客戾止",《我将》篇说"我将我享",《时迈》篇说"我求懿德",都是宣王的语气,也都是尹吉甫所写。此诗前两章是叙述宣王祈祷上帝与祖宗,用法正相同,所以我们认为这首诗也是尹吉甫所写。

再者,《蓼莪》篇说"蓼蓼者莪,匪莪伊蒿","蓼蓼者莪,匪莪伊蔚"。莪,是莪蒿,多年生草本,生水田;叶碎茸,细如针,色黄绿,嫩时可食。蒿,一名青蒿,多年生草本,生原野水边,丛生,春日抽茎三四尺,梢上之叶细裂如丝。蔚,一名牡蒿,多年生草本,高二三尺。这几句诗的意思就是:高大的是莪蒿，不仅是莪蒿，还有青蒿。高大的是莪蒿，不仅是莪蒿，还有牡蒿。这不是荒年的景象吗？经过荒年的人，就知道这种景象。久荒之后，满地满街长的都是蒿。因为是荒年，所以下边接着说："瓶之罄矣，维罍之耻。"罍大瓶小，平时人们是以仓以庾来藏粮食，而今以瓶以罍来藏，即令以瓶以罍来藏，而瓶罍也空了。这不也是荒年的景象吗？因为是荒年才把父母也饿死了。所以诗又接着说："父兮生我，母兮鞠我。拊我畜我，长我育我。顾我复我，出入腹我。欲报之德，昊天罔极！"罔极，不良。昊天罔极是骂老天爷，因为老天爷把他们的命夺去了。换言之，是旱灾把父母饿死的。然这个旱灾发生在什么地方呢？诗言"南山烈烈，飘风发发"，"南山律律，飘风弗弗"，指出了地点。烈烈，火烧一般。律律，犹烈烈。这几句诗的意思就是：南山发着火烧般的热气，狂风发发地不停在吹。这不也是荒年的景象吗？到此，我们恍然大悟，原来卫国也发生了旱灾，甚而把尹吉甫的父母饿死。饿死后，尹吉甫逃荒到镐京，满以为可以得到帮助，谁知"鞫哉庶正，疚哉冢宰。趣马师氏，膳夫左右，靡人不周，无不能止"。庶正们连他们自己都还不能照顾，因而尹吉甫方写出这篇哀痛的诗。三百篇没有一篇没有情感，也只有发掘出它的情感背景，才可以真正了解。我们说《云汉》后六章的"我"就是尹吉甫，不是乱猜的吧？就以此义，将这首诗作一解释。

**【字句解释】**

一章。《诗经》中用"倬"字的共有五篇，就是《小雅·甫田》《棫朴》《桑柔》《韩奕》与此诗。《毛传》有时注为"大",有时注为"明",而《郑笺》又注为"明大貌",极不一致。这些倬字都应作大讲。昭,明。回,转。於,音乌。丧乱,灾祸。《尔雅·释言》"荐,再也";荐臻,一再地到来。《礼记·王制》"山川神祇,有不举者为不敬";举,即祭的意思。牲,牺牲。《周礼·春官·大宗伯》:"以玉作六器,以礼天地四方。以苍璧礼天,以黄琮礼地,以青圭礼东方,以赤璋礼南方,以白琥礼西方,以玄璜礼北方。"《礼记·祭法》"燔柴于泰坛",疏:"燔柴于泰坛者,谓积薪于坛上,而取玉及牲置柴上燔之。"此诗"圭璧既卒"即指所焚之六种玉器。整章的意思就是:宽大的天河,光亮地转在天上。王说:"呜呼!现今的人犯了什么罪过?老天爷降下了灾祸,饥荒一再地来到!没有神不曾祭过,也从没有爱惜过牺牲。六种玉器也都烧光了,就是不听我的祈求!"

二章。蕴,《韩诗》作"郁";郁,苦热。隆,隆隆而雷,只是干雷而不下雨。虫,《尔雅·释训》引作"爞",熏的意思。虫虫,烤得慌。殄,绝。上下,谓天上、地下;天上指奠,地下指瘗。《尔雅·释天》疏:"李巡曰:祭地以玉埋地中,曰瘗埋。孙炎曰:瘗者,翳也,既祭翳藏地中。"宗,尊。不克,不能救。不临,不降临。耗、斁,都是败的意思。下土,下国。丁,当。整章的意思就是:"旱得太厉害了,苦热,只是打雷而不下雨,烤得心里发慌。不断地在祭祀,从祭天的郊祭一直到祖宗的庙祭。地上的奠祭,与地下的瘗祭,没有一个神不尊敬的。可是后稷不能援救,上帝也不光临。国家的败亡,我身当其冲!"

三章。推,去。兢兢,恐惧。《诗经》中用"业业"的共有五篇,就是《采薇》《烝民》《召旻》《常武》与此诗;而《毛传》于此五篇中注解各不相同。于《采薇》篇注为"业业然壮也",于《常武》篇注为"业业然动也",于《召旻》篇注为"危也",于《烝民》篇注为"言高大也",于此诗又注为"危也"。他是依诗立训,毫无定准。实际上,业业都可当作勤勉讲。《方言》"黎,老也";《国语·吴语》"今王播弃黎老",注:"黎,冻梨,寿征也。"黎民,老人。周余黎民,靡有孑遗,就是周室余剩下来的老人,现今一个也没有了。尹吉甫的父母就是在这次旱灾中饿死的,所以这样讲。这两句诗是有感而发。摧,折。整章的意思就是:天旱得太厉害了,没有法子除掉。恐惧地、勤勉地就像听到霹雳,就像听到大雷。周室余剩下的老人,一个也没有了! 天上的上帝,什么也不给我遗留。怎么能不害怕呢? 先祖的后代要断绝了!

四章。沮,止。赫赫,显赫。大命,生命(马瑞辰说)。整章的意思就是:天旱得太厉害了,没有方法阻止。显赫的炎热,不知到什么地方是好! 生命就快完了,上帝也不看,也不照顾。列位先公先正也不帮助我。父母祖先呀,怎么忍心看到我这样呢!

五章。涤涤,旱气,山无木、川无水的样子。魃,旱鬼。惔,燎。遯,逃荒。整章的意思就是:天旱得太厉害了,山上河里都是光秃秃的。旱鬼施着暴虐,就像火燎,就像火焚。我害怕这个暑气的忧愁,就像火熏一样。列位先公先正,也不听我的祈求。天上的上帝呀，怎忍心让我去逃荒！

六章。瘨，病。憯，曾。夙，早。莫，晚。虞，助（《经义述闻》说）。整章的意思就是：天旱得太厉害了，只有辛苦地逃走。为什么叫我受旱灾的痛苦呢？实在不知道它的缘故！很早我就举行祈年祭，方祭、社祭一点也不晚。天上的上帝，一点也不帮助我。对神灵总是恭而敬之，不应该对我有什么恨怒！

七章。友，朋友。纪，纲纪。鞫，穷。周，当作賙。无，作贫讲（马瑞辰说）。里，悝之省，忧。整章的意思就是：天旱得太厉害了，离散得也说不上朋友之道了。百官都是穷的，连冢宰也在受穷罪。趣马、师氏、膳夫以及他们左右之人，没有人不受賙济，也没有人能不受这种穷困。[①]

八章。嘒，亮。无嬴，犹无爽（马瑞辰说）。整章的意思就是：看看那天上，星星都在闪光。大夫君子们求神降临，不要差错。生命快要完了，不要舍弃了你们的成就。所求的何尝为我们自己？我是为百官而祈求的。看看那老天呀，什么时候才施恩安宁呢！

【诗义辨正】

《毛序》：“《云汉》，仍叔美宣王也。宣王承厉王之烈，内有拨乱之志，遇灾而惧，侧身修行，欲销去之。天下喜于王化复行，百姓见忧，故作是诗也。”此诗之不为仍叔所作，上边已做辨正，不再重复。可是此诗说"祈年孔夙，方社不莫"，

---

① 本书所据版本漏缺"瞻卬昊天，云如何里？"这两句诗的释文。

又给我们一个证据，证明是尹吉甫所写。在解释《小雅·甫田》篇"以我齐明，与我牺羊，以社以方"的时候，我们曾说这是县鄙的祭祀，尹吉甫是士，他所祭祀的只是社，只是方，而天子所祭的是社稷。把这首诗的前两章所写的祭祀，与后六章所写的祭祀做一比较，就可看出此中大不相同。

## 二

### 蓼莪（小雅）

蓼蓼者莪，匪莪伊蒿。哀哀父母，生我劬劳。
蓼蓼者莪，匪莪伊蔚。哀哀父母，生我劳瘁。
瓶之罄矣，维罍之耻。鲜民之生，不如死之久矣！
无父何怙？无母何恃？出则衔恤，入则靡至。
父兮生我，母兮鞠我。拊我畜我，长我育我。
顾我复我，出入腹我。欲报之德，昊天罔极！
南山烈烈，飘风发发。民莫不穀，我独何害？
南山律律，飘风弗弗。民莫不穀，我独不卒！

释音：蓼，音六。

**【诗义关键】**

这首诗的意义，在讲《云汉》篇时已经解释，不再重复。不过，关于此诗的分章略加说明。《毛诗》只分六章，四章章四句，二章章八句，太不整齐。现在分为八章，每章都是四句，与其他诗篇的分章就比较一致了。

【字句解释】

一章。整章的意思就是：高大的是莪蒿，不仅只是莪蒿，还有青蒿。可哀的父母呀，生我很是劳苦。

二章。整章的意思就是：高大的是莪蒿，不仅只是莪蒿，还有牡蒿。可哀的父母呀，生我很是痛苦。

三章。鲜，斯（马瑞辰引阮元说）。整章的意思就是：瓶是空了，罍也空了。人们像这样活着，不如早死了好！

四章。整章的意思就是：没有父亲依赖谁？没有母亲仗恃谁？出去的时候心里怀着悲伤，回到家里不知在什么地方好。

五章。鞠，育。畜，爱。拊，抚。整章的意思就是：父亲生我，母亲育我。抚慰我，喜欢我，养大我，庇护我。

六章。顾，照顾。复，念。整章的意思就是：照顾我，思念我，出出入入都抱着我。我想报答这个恩德，上天不好，把他们的命夺去了。

七章。整章的意思就是：南山上发着火烧般的热气，狂风发发地又吹个不停。人们没有不幸的，怎么独独我遭到祸害呢？

八章。整章的意思就是：南山上发着火烤般的热气，狂风弗弗地又吹个不停。人们没有不幸的，怎么独独我不能始终幸福呢！

【诗义辨正】

《毛序》:"《蓼莪》,刺幽王也。民人劳苦,孝子不得终养尔。"这首诗与幽王有什么关系,怎么扯到他身上呢?姚际恒说:"《小序》谓'刺幽王',亦混。《大序》谓'民人劳苦,孝子不得终养',以'民人劳苦'合'刺王'之意,不知诗云'民莫不穀,我独何害',则止系一人之事,岂得泛言'民'乎?《集传》从之,非。……咏诗之事不可考,而孝子之情,感伤痛极,则千古为昭也。"可惜他不知作者,不能解释得更清楚一点。

以上二诗,就是《云汉》与《蓼莪》,都是宣王二十五年大旱时尹吉甫所写。《蓼莪》篇写在卫国,《云汉》篇则写在镐京。

# 【第二十四编】
# 出征西戎时谏诤伯氏诗篇（幽王四至六年）

一

## 何人斯（小雅）

彼何人斯？其心孔艰。胡逝我梁，不入我门？伊谁云从？维暴之云！

二人从行，谁为此祸？胡逝我梁，不入唁我？始者不如今，云不我可！

彼何人斯，胡逝我陈？我闻其声，不见其身。不愧于人，不畏于天？

彼何人斯，其为飘风？胡不自北，胡不自南？胡逝我梁，祇搅我心？

尔之安行，亦不遑舍；尔之亟行，遑脂尔车。壹者之来，云何其盱？

尔还而入，我心易也；还而不入，否难知也！壹者之来，俾我祇也。

伯氏吹埙，仲氏吹篪。及尔如贯，谅不我知？出此三物，以诅尔斯。

为鬼为蜮，则不可得；有靦面目，视人罔极！作此好歌，以极反侧。

释音：埙，音喧。篪，音池。靦，音忝。

## 【诗义关键】

这首诗的最关键处就在"伯氏吹埙,仲氏吹篪"的"伯氏"与"仲氏"是谁。若能把这两个人追究出来,不仅了解了以后的四十四篇诗,而且揭开了一段久被埋藏的中国古代史。

从《诗经》,我们知道与尹吉甫自由恋爱、自由结婚而终于仳离的是仲氏,那么,这里的仲氏是否就是她呢?可是此诗说"伯氏吹埙,仲氏吹篪",埙与篪是彼此应和的乐器,意思就是夫唱妇随,怎么仲氏又与伯氏结婚了呢?《车舝》篇曾经告诉我们仲氏又结了婚,而所嫁的就是这位伯氏。为读者了解起见,我先将这段故事作一叙述,然后再一步一步来证明。她所再嫁的就是南燕国君蹶父的儿子伯氏,蹶父是尹吉甫的本家哥哥,则伯氏也就是尹吉甫的侄儿。伯氏是一位罗锅、侏儒、毫无武艺的人,然他善于逢迎谄媚,取得了幽王与皇父的欢心,于幽王四年的时候,派他去征伐西戎,随他一同去的就是尹吉甫。可是他自作主张,不听尹吉甫的计谋与劝告,打了大大的败仗,以致皇父不得不把京都迁到向城。到向以后,伯氏把这次败仗的责任一股脑儿都推在尹吉甫身上,并打算把尹吉甫置在牢里。尹吉甫心有未甘,到处辩护,终将伯氏绳之以法。仲氏与尹吉甫虽说仳离,而感情尚在维持;伯氏被杀后,她反迁怒于尹吉甫,将他逐出卫国。他回到自己的国家南燕后,他的哥哥蹶父当然对他不满,又把他驱逐,最后死在现今的山西汾阳县。这段故事非常地曲折有趣,将于下列各篇逐一证明。

然这首诗是在什么时候、什么地方、为什么事而写的呢?先引一段历史记载来确定这首诗的时间。《竹书纪年》于晋文侯五年（幽王六年）载说："王命伯士帅师伐六济之戎，王师败逋，伯士死之。"伯士就是此诗的伯氏。士为氏之假借。否则，士是官职，称谓时应该是"士伯"，不应该是"伯士"。官职在上，名字在下，这是周时起名的通例。

六济，无考；但《竹书纪年》于同年载说"西戎灭盖"。盖，据王国维的考释，应为"犬丘"二字之讹言。《读史方舆纪要》（卷五十三）于兴平县槐里城说："县东南十一里，周曰犬丘。"又于兴平县说："府西百里。"府指西安府，即镐京所在地。百里去十一里，犬丘离镐京只有八九十里，无怪乎皇父要迁都于向了。伯氏是幽王六年被处死的，他伐六济之戎当在六年之前。他于败仗后逃归南燕，皇父作都于向是在幽王五年，那么，他的败逃应更在先。《竹书纪年》又于晋文侯三年（幽王四年）载说"秦人伐西戎"，足证此时有西戎之患。此诗说"二人从行，谁为此祸"，就是两个人同路出征，是谁惹出了这个灾祸？这是尹吉甫为自己辩护。又说："胡逝我梁，不入唁我？"那么此诗当写于幽王五年皇父迁都于向之后。此时，尹吉甫回到卫国，伯氏逃归南燕，正在他诬赖尹吉甫的时候。此诗的"我"是尹吉甫自称，"尔"指仲氏。"伊谁云从？维暴之云"的"暴"者就是伯氏。

到此，这首诗的意义就显现出来了。"始者不如今，云不我可"，就是现今不像从前了，反说起我的坏话来。"及尔如贯，谅不我知？"贯，串。意思就是：你们是串通一起的，难道我不知道？又说"壹者之来，云何其盱？"盱，是病，意思就是：你就来看我一次，又有什么病痛呢？这首诗所写的是仲氏与伯氏赴尹吉甫的家乡诬陷尹吉甫，被他知道了，故写此诗来谴责他们，所以诗的末尾说"作此好歌，以极反侧"，就是作这首诗让他们反省一下。

## 【字句解释】

一章。艰，险。梁，鱼梁。暴，残暴。整章的意思就是：她是哪一种人呀，心怎么这样的阴险！为什么到了我的鱼梁，而不入我的家门？谁跟她一起来呢？就是那位残暴的人。

二章。整章的意思就是：两个人是同路去的，是谁惹下了这场大祸？为什么到了我的鱼梁，不到我家来安慰我呢？现今不像从前了，反说起我的坏话来了！

三章。堂途谓之陈。整章的意思就是：她是哪一种人呀，为什么来到我的大门前？我只听到她的声音，看不到她的人。对人你不怕惭愧，难道你不怕老天爷？

四章。飘风，旋风。现今还形容一个人突然打个转，叫作打旋风。整章的意思就是：她是哪一种人呀，难道是个旋风？为什么不从北边来？为什么不从南边来？为什么来到我的鱼梁，搅乱我的心？

五章。安行，缓行。遑，暇。亟行，急忙地来。脂车，给车膏油。整章的意思就是：你无事时来到这里，已经无暇停留你的车；现在急急忙忙地来，更是无暇给你的车膏一膏油。你只要来看我一次，会有什么病痛呢？

六章。易，悦。整章的意思就是：你回来而到我家，我心里就高兴了；回来而不到我家，那我就不了解你了！只要你来看我一次，我的心也就安慰了。

七章。埙，烧土为之，大者如鹅蛋。锐上平底，形如秤锤，六孔。篪，以竹为之。长尺四寸，围三寸，凡八孔。一孔上出寸三分，横吹之。埙篪其窍尽合，则为黄钟；其窍尽开，则为应钟，盖相应和也。（见顾栋高《毛诗类释》卷九）三物：豕、犬、鸡。古人赌咒时用此三物。整章的意思就是：伯氏吹着埙，仲氏吹着篪。你们串通在一起，难道我不知道？我敢拿出豕、犬、鸡三件东西与你赌咒。

八章。蜮，古谓之短狐，相传能含沙射人为灾，形似鳖。觍，惭貌。极，正。反、侧，都是不正。整章的意思就是：想当个鬼，想当个蜮还办不到；自己羞着脸，还说人家不对！我作这首好歌，目的就在纠正你这不正的人。

## 【诗篇联系】

发现了伯氏与仲氏是谁，也就发现了一大段中国古代史。然这段历史非常曲折，我们分成七段来叙述：一、出征西戎时谏诤伯氏诗篇；二、遣责皇父等执政诗篇；三、咒骂伯氏诗篇；四、痛恨蹶父诗篇；五、斥责仲氏诗篇；六、被逐出卫时诗篇；七、被逐出卫后诗篇。这样，这段故事就可叙完，而尹吉甫的生命也就结束了。

## 【诗义辨正】

《毛序》："《何人斯》，苏公刺暴公也。暴公为卿士，而譖苏公焉，故苏公作是诗以绝之。"姚际恒批评说："《小序》谓'苏公刺暴公'，有可疑。其谓暴公者，以诗中'维暴之云'句也。然上篇（按指《巧言》）亦有'乱是用暴'句矣。苏字，诗则无之，又不言何王之朝。其云'苏'者，得毋以《左》隐十一年，桓王以苏忿生之田与郑人而附会耶？若是，又非幽王之世矣。《集传》云'此诗与上篇文意相似，疑出一手'，则又谬。若论相似，三百篇何尝不相似？此篇与上篇同为刺逸，却绝不相似也。"《集传》说"疑出一手"，甚为正确，可惜他说不出理由，故姚氏疑之。下边讲到《巧言》篇时，就知是否出自一手了。

## 二

## 民劳（大雅）

民亦劳止，汔可小康。惠此中国，以绥四方。无纵诡随，以谨无良。式遏寇虐，憯不畏明。柔远能迩，以定我王。

民亦劳止，汔可小休。惠此中国，以为民逑。无纵诡随，以谨惽怓。式遏寇虐，无俾民忧。无弃尔劳，以为王休。

民亦劳止，汔可小息。惠此京师，以绥四国。无纵诡随，以谨罔极。式遏寇虐，无俾作慝。敬慎威仪，以近有德。

民亦劳止，汔可小愒。惠此中国，俾民忧泄。无纵诡随，以谨丑厉。式遏寇虐，无俾正败。戎虽小子，而式弘大。

民亦劳止，汔可小安。惠此中国，国无有残。无纵诡随，以谨缱绻。式遏寇虐，无俾正反。王欲玉女，是用大谏。

释音：汔，音迄。诡，音鬼。憯，音惨。怓，音铙。愒，音器。泄，音异。

## 【诗义关键】

这首诗的关键就在"戎虽小子"的"小子"是谁。《诗经》里用"小子"的共有八篇，就是《思齐》《板》《抑》《江汉》《闵予小子》《敬之》《访落》与此诗。这八篇里的小子用法有两种：一是"予小子"，一是"小子"。"予小子"是死去父亲居丧时的孝子自称，解释《江汉》《闵予小子》《敬之》与《访落》四篇时曾经讲过。现在再专谈"小子"的用法。先将《双剑誃吉金文选》里所用的"小子"做一归纳，看看能不能求出它的意义。

《令鼎铭》："王射，有嗣众师氏、小子卿射。"

《静殷铭》："王在茇京，丁卯，王命静嗣射学宫。小子、众服、众小臣、众夷仆学射。"

《师虢殷铭》："女有唯小子，余命女尸我家。"

《不嬰殷铭》："伯氏曰：'不嬰、女小子，女肈诲于戎工。锡女弓一，矢束，臣五家，田十田。用永乃事。'"

《秦公殷铭》："余虽小子，穆穆帅秉明德，剌剌趄趄，万民是敕，咸畜胤士，趩趩文武。鋠静不廷。"

《晋邦盨铭》:"余雉今小子,敢帅刑先王,秉德戜,瞽燮万邦。……余咸绥胤士。"

《小子生尊铭》:"王命生辨事乎公宗,小子生锡金尊首。"

《小子𪓿毁铭》:"卿事锡小子𪓿贝二百。"

《农卣铭》:"农迺禀乎䓼、䓼小子小大事毋又田。"

从以上的归纳,虽有许多字句不了解,但大体可得几点认识:一、小子是在学宫中学射;二、小子负责戎工的责任;三、小子有治万民、惩不廷的任务;四、小子的地位似在武士之上,所以《秦公毁铭》说"咸畜胤士",《晋邦盨铭》也说"余咸绥胤士";五、小子与国王可以直接发生关系。然小子到底是哪一种人呢?于省吾在《双剑誃吉金文选》注说:"师氏、小子,即《周礼·地官》师氏所教国子也。"小子,也就是后世的国子。小子的身份清楚了,再看《思齐》《抑》《板》与此诗中的"小子"。《思齐》是宣王祭大任、周姜、大姒的诗篇,上边已经讲过;现在只谈《板》《抑》与此诗。要想知道这三首诗中的小子是谁,得先知道这三首诗里与他发生关系的人。试做探讨如下:

第一,《板》篇说:"老夫灌灌,小子蹻蹻。匪我言耄,尔用忧谑。"由此可知,谏诤这位小子的人,一定是位老人。第二,《板》篇又说:"我虽异事,及尔同寮。我即尔谋,听我嚣嚣。"由此可知,他们是同路出征,不过职位不同。第三,《抑》篇说:"相在尔室,尚不愧于屋漏。"由此可知,这位老者曾在这位小子家里做过相。第四,《抑》篇又说:"於乎小子,未知臧否!匪手携之,言示之事;匪面命之,言提其耳。借曰未知,亦既抱子。"又说:"诲尔谆谆,听我藐藐。匪用为教,覆用为虐。"由此可知，这位老者不仅在小子家做相，而且曾经做过他的教师。第五，《抑》篇又说："於乎小子！告尔旧止。听用我谋，庶无大悔。天方艰难，曰丧厥国。"由此可知，这位小子现在负了国家重责，而不听老者的劝告。第六，《民劳》篇说："惠此中国，以绥四方。无纵诡随，以谨无良"，"惠此京师，以绥四国。无纵诡随，以谨罔极"。劝告小子的地点是在镐京。从以上六点看来，不就是尹吉甫与伯氏的关系吗？尹吉甫的"吉"是由南燕的"姞"姓而来，宣王四年的时候，他曾随蹶父赴旧韩城迎接韩侯到镐京，又从镐京到南燕，最后又到新韩城，尹吉甫与蹶父有关系，由此可知。蹶父与尹吉甫是兄弟关系，那么，与伯氏也就是叔侄关系了。《小宛》篇说："我日斯迈，而月斯征。夙兴夜寐，无忝尔所生。"生是姓。意思就是：我日日出行，月月出征，早起晚睡，没有辱没了你的姓氏。这就是对蹶父讲的。又说："教诲尔子，式穀似之。"尔，也是指蹶父，那么，尹吉甫曾教过他的儿子，他的儿子也就是伯氏了。尹吉甫与蹶父、伯氏的关系，讲到《小宛》篇时，还要详细求证。尹吉甫既然教过伯氏，无怪乎对他讲话那么诚挚而不客气。至于尹吉甫现在是否是老头子呢？我们给他算算岁数。《北山》篇说："嘉我未老，鲜我方将。"《毛传》："将，壮也。"《曲礼》："三十曰壮。"《北山》篇写于宣王五年（公元前八二三），此诗写于幽王四年（公元前七七八），相距四十五年。四十五加三十，尹吉甫现在是七十五岁的人了，可以自称为耄吧？这首诗是尹吉甫辅佐伯氏征伐西戎，暂时得到胜利，尹吉甫规劝伯氏的作品。

**【字句解释】**

一章。汔，昭二十年《左传》引诗"汔可小康"，杜注："汔，其也。"小康，暂时的安定。惠，加惠。中国，国中之倒文。纵，昭二十年《左传》引作"从"；从、纵，古通（于省吾说）。诡随，谲诈谩欺之人（《经义述闻》说）。寇，盗寇。虐，暴虐。憯，曾。能，顺（马瑞辰说）。整章的意思就是：人民也够辛苦了，现在可以希望暂时地安定。给国内人民一点恩惠吧，这样才能安定四方。不要跟随那些谲诈谩欺之人，小心自己也变成不良。要尽力遏止盗寇般的暴虐，曾经无法无天过。要使近处顺服，远处才能安宁，这样才能安慰我们的国王。

二章。逑，捄之假借；捄，法（《茶香室经说》说）。愅㦑，讙譁，即争功夺利。整章的意思就是：人民也够辛苦了，现在可以希望暂时地休息。给这个国内的人民一点恩惠吧，这样可做人们的榜样。不要跟随那些谲诈谩欺之人，小心自己也变得争功夺利。要尽量遏止那些盗寇般的暴行，不要让人们忧苦。不要舍弃你的劳苦，为国王做出些好事吧。

三章。整章的意思就是：人民也够辛苦了，现在可以希望暂时地憩一憩。给这个京师的人民一些德惠吧，也好安定四周的国家。不要跟随那些谲诈谩欺之人，小心自己不要作恶。恭敬谨慎自己的威望与仪容，以使自己接近德行。

四章。愒，息。忧，当为优，优之言优优，和的意思；泄泄，和乐（《茶香室经说》说）。正，政（《经义述闻》说）。戎，汝。式，用。整章的意思就是：人民也够辛苦了，现在可以希望暂时地安息。给这个国内的人民一些恩惠吧，也好让人民和乐自得。不要跟随那些谲诈谩欺之人,小心自己作出恶来。尽量遏止那些盗寇般的暴虐行为,不要让政治腐败。你的职位虽是小子,而作用非常弘大。

五章。残,害。缱绻,反复。玉女,好汝(马瑞辰说)。整章的意思就是:人民也够辛苦了,现在可以希望暂时地安息。给这个国内的人民一些恩惠吧,国家才不会有残害。不要跟随那些谲诈谩欺之人,小心自己也变得反复无常。尽量遏止盗寇般的暴虐,不要让政治败坏。王很想喜欢你,我才这样极力地劝你。

**【诗篇联系】**

从这首诗可以看出一位长者,同时也是一位老师在谆谆地教诫一位执政的后生。那种诚恳、忠厚、仁慈的态度充分地表现出来。要不是发现了尹吉甫与伯氏的关系,也就无法了解这首诗。所以《诗经》研究的第一步工作是追究作者,第二步是追究写作的对象,第三步是追究作者写作的时代环境,第四步是追究作者写作的心理形态;否则,都是隔靴搔痒,搔不到痒处。

**【诗义辨正】**

《毛序》:"《民劳》,召穆公刺厉王也。"召穆公可以称厉王为"小子"吗?胡承珙强为之辩护说:"称谓古今递变,三代质直,尔女之称,尊卑上下皆可施用,诗中此类甚多。"对上固可称"尔""女",但可称"小子"吗?何况"小子"是一种职位？诗明明说："王欲玉女，是用大谏。"王与女分得一清二楚，怎可说"王"就是"女"呢？《集传》说："以今考之，乃同列相戒之辞耳，未必专为刺王而发；然其忧时感事之意，亦可见矣。"几乎近之。姚际恒不得其解说：《小序》谓'召穆公刺厉王'。《集传》谓'乃同列相戒之辞'，亦是；但云'同列相戒'，稍宽泛。今合两家之说，当云：召穆公刺厉王，用事小人以戒王也。"他根本不了解诗。

## 三

### 板（大雅）

上帝板板，下民卒瘅。出话不然，为犹不远。靡圣管管，不实于亶。犹之未远，是用大谏。

天之方难，无然宪宪；天之方蹶，无然泄泄。辞之辑矣，民之洽矣；辞之怿矣，民之莫矣。

我虽异事，及尔同寮。我即尔谋，听我嚣嚣。我言维服，勿以为笑。先民有言："询于刍荛。"

天之方虐，无然谑谑。老夫灌灌，小子蹻蹻。匪我言耄，尔用忧谑。多将熇熇，不可救药。

天之方懠，无为夸毗。威仪卒迷，善人载尸。民之方殿屎，则莫我敢葵。丧乱蔑资，曾莫惠我师。

天之牖民，如埙如篪，如璋如圭，如取如携。携无曰益，牖民孔易。民之多辟，无自立辟。

价人维藩，大师维垣，大邦维屏，大宗维翰。怀德维宁，宗子维城。无俾城坏，无独斯畏？

敬天之怒，无敢戏豫；敬天之渝，无敢驰驱。昊天曰明，及尔出王；昊天曰旦，及尔游衍。

释音：瘅，音旦。亶，音旦。莫，音瘼。嚣，音敖。屎，音牺。王，音往。

## 【诗义关键】

这首诗的关键就在"大宗维翰……宗子维城。无俾城坏，无独斯畏"。这几句诗的意义与背景知道了，诗义也就了然。翰，干。大宗，长子。大宗维翰，就是长子是一棵树的主干。宗子，亦即长子。宗子维城，就是长子就像一座城池。无俾城坏，无独斯畏，就是不要把城墙破坏，破坏了你就不怕吗？大宗、宗子，是指谁呢？我们查查幽王四年的历史看。《史记·周本纪》说："三年，幽王嬖爱褒姒，褒姒生子伯服，幽王欲废太子。太子母申侯女而为后，后幽王得褒姒，爱之，欲废申后，并去太子宜臼，以褒姒为后，以伯服为太子。"又说："当幽王三年，王之后宫，见而爱之，生子伯服，竟废申后及太子，以褒姒为后，伯服为太子。"如此看来，大宗、宗子不就是指宜臼吗？无俾城坏，不就是不要废太子吗？《竹书纪年》于晋文侯四年（幽王五年）说："王世子宜臼出奔申。"此诗是四年，出奔在五年，时间正合。到此我们还得了解一件事实，就是皇父、蹶父、伯氏、仲氏等都是拥护褒姒，而尹吉甫是拥护申后与太子宜臼，反对褒姒，这样，他们之间就产生了政见的不合。讲到《十月之交》篇时，就可知道此中的详情。凡是有远见的人，都知道废申后与太子宜臼是一件危险的事，而皇父等执意孤行，以致引起大乱。《周本纪》说："周太史伯阳读史记曰：'周亡矣。'"他又说："太史伯阳曰：'祸成矣，无可奈何！'"就是有远见的话。此诗说"出话不然，为犹不远"，"犹之未远，是用大谏"，指的就是此事。

**【字句解释】**

一章。板板，通昄昄；《尔雅·释诂》："昄，大也。"（高本汉《诗经注释》说）。瘅，疲惫（亦高氏说）。犹，谋。圣，睿哲。管管，即《小雅·杕杜》篇"四牡痯痯"的"痯痯"，《尔雅》解痯为病。亶，诚实。整章的意思就是：上帝是伟大的，可是下边的老百姓却疲惫了。话要是说错了，就显出图谋的不远大。不肯讲实话，没有圣人是以为对的。因为你的图谋太窄狭了，所以我特地来谏诤。

二章。宪宪，欣欣。蹶，蹶乱。泄泄，谓多言妄发（马瑞辰说）。辑，和。洽，合。怿，读为斁；《说文》："斁，败也。"莫，读为瘼，瘼为病。整章的意思就是：天下正值困难，不要太欣喜自得。天下正在动乱，不要胡言乱语。说出的话温和，人们也就和协；说出的话不对，人们也就遭殃。

三章。嚣嚣，即謷謷，不听话言而妄语，即现在说的謷謷叫。服，用。刍荛，采薪的人，谓微贱之人。整章的意思就是：我同你的职务虽是不同，然所做的是同一件事。我是为你做计谋，而你听起来却警警叫。要听从我的话，不要当作笑话。古时有一句谚语："向那砍柴的人问路。"

四章。虐，灾。谑，戏谑。灌灌，犹款款，意志纯一的意思。蹻蹻，骄貌。耄，年老惛乱。忧，当为优；襄六年《左传》"长相优"，杜注："优，调戏也。"熇、为嗃之假借；熇，大声呼叫（《诗经注释》说）。整章的意思就是：天下正值灾难，不要太开玩笑。老夫对你是诚心诚意，你这小子的头总是抬得高高的不听话。并不是我的话有什么惛愦，而是你拿它当为戏谑，总是在大声呼叫，实在不可救药。

五章。憸，怒。夸毗，自尊自大（《诗经注释》说）。卒，尽。迷，乱。殿屎，呻吟。《采菽》篇"乐只君子，天子葵之"，葵为揆之假借；揆，度，就是天子了解这位君子。此诗之葵，为同一意义。蔑，无。资，财。我师，我的民众。我们讲过，周时作战，将帅所率领的都是自己土地上的民众，此次尹吉甫征西戎，因为没有资财，就不用他浚地的民众。《节南山》篇也说"不吊昊天，不宜空我师"，是同一的意思。整章的意思就是：天下正在动荡，不要太自尊自大。在威仪混乱的情形下，好人都没有什么用处。人民正呻吟于苦痛之中，可是没有人了解我。因为我没有资财，也就不使用我的民众。

六章。牖，应读为诱。取，取东西。携，携东西。益，当读为搤；搤，扼。辟，邪辟。整章的意思就是：上天诱导人民，就像埙篪之协和、璋圭之吻合、携取东西那么容易。只要你不扼止，诱导人民是非常容易的。人民已经够邪辟了，不要再给他们立些邪辟的榜样。

七章。价人，被甲之人，谓卿士掌军事者。藩，藩篱。大师，也就是《节南山》"尹氏大师"的"大师"。垣，墙。屏，屏障。宗子，嫡系的儿子。斯，即指城坏。整章的意思就是：被甲的人就是藩篱，太师就是垣墙，大的邦国就是屏障，长子就是树干。要怀念他的恩德才能安宁，嫡系的儿子就是城池。不要毁坏了城池，毁坏了城池，你不害怕吗？

八章。敬，读为儆。渝，变。驰驱，驰马出游。王，读为往。昊天曰明，这是象征语，意思就是等政局清明了。游衍，游乐。整章的意思就是：儆于天下正在动荡，一点也不敢逸乐。儆于天下正在动乱，也不敢骑马出游。等局势明朗了，我同你一起出游；等光明出现了，我同你一起玩乐。

### 【诗篇联系】

假如不是尹吉甫与伯氏关系的发现，这首诗根本无法了解。现在知道尹吉甫在劝告伯氏，那么，他的诚恳慈祥态度以及伯氏的蛮横、警警态度表现得入木三分。严厉的劝告以后，最后又安慰他说："等局势明朗了，我同你一起玩乐。"整个表现了老年人的慈祥心理。

### 【诗义辨正】

《毛序》："《板》，凡伯刺厉王也。"隐公七年《春秋》说："冬，天王使凡伯来聘。戎伐凡伯于楚丘以归。"由此可知，凡伯与鲁隐公是同时候的人。隐公七年即周桓王四年（公元前七一六），离厉王去位的公元前八四二年，相距已一百二十六年,他怎么能刺厉王呢?《集传》说:"今考其意,亦与前篇相类,但责之益深切耳。"前篇即《民劳》篇,不为无见。

# 四

## 抑(大雅)

抑抑威仪,维德之隅。人亦有言:"靡哲不愚。"庶人之愚,亦职维疾;哲人之愚,亦维斯戾。

无竞维人,四方其训之。有觉德行,四国顺之。訏谟定命,远犹辰告。敬慎威仪,维民之则。

其在于今,兴迷乱于政。颠覆厥德,荒湛于酒,女虽湛乐从。弗念厥绍,罔敷求先王,克共明刑。

肆皇天弗尚,如彼泉流,无沦胥以亡。夙兴夜寐,洒埽廷内,维民之章。修尔车马,弓矢戎兵,用戒戎作,用逷蛮方。

质尔人民,谨尔侯度,用戒不虞。慎尔出话,敬尔威仪,无不柔嘉。白圭之玷,尚可磨也;斯言之玷,不可为也。

无易由言,无曰苟矣。莫扪朕舌,言不可逝矣。无言不雠,无德不报。惠于朋友,庶民小子。子孙绳绳,万民靡不承。

视尔友君子,辑柔尔颜,不暇有愆。相在尔室,尚不愧于屋漏。无曰:"不显,莫予云觏。"神之格思,不可度思，矧可射思？

辟尔为德，俾臧俾嘉。淑慎尔止，不愆于仪。不僭不贼，鲜不为则。投我以桃，报之以李。彼童而角，实虹小子。

荏染柔木，言缗之丝。温温恭人，维德之基。其维哲人，告之话言，顺德之行；其维愚人，覆谓我僭，民各有心！

於乎小子，未知臧否！匪手携之，言示之事；匪面命之，言提其耳。借曰未知，亦既抱子。民之靡盈，谁夙知而莫成？

昊天孔昭，我生靡乐。视尔梦梦，我心惨惨。诲尔谆谆，听我藐藐。匪用为教，覆用为虐。借曰未知，亦聿既耄。

於乎小子！告尔旧止。听用我谋，庶无大悔。天方艰难，曰丧厥国。取譬不远，昊天不忒。回遹其德，俾民大棘。

释音：女，音汝。共，音恭。遏，音剔。射，音亦。莫，读暮。谆，音真。遹，音聿。

## 【诗义关键】

诗言："於乎小子，未知臧否！匪手携之，言示之事；匪面命之，言提其耳。借曰未知，亦既抱子。"又说："於乎小子！告尔旧止。听用我谋，庶无大悔。"由此看来，这首诗所劝告的当然也是伯氏。然为什么劝告他呢？诗又说："白圭之玷，尚可磨也；斯言之玷，不可为也。无易由言，无曰苟矣。莫扪朕舌，言不可逝矣。无言不雠，无德不报。"也是劝他讲话要慎重。《巧言》篇的"巧言如簧，颜之厚矣"，就是骂他的巧辩。不过这两首诗的时间与地点却不相同。《抑》篇是幽王四年，地点在镐京；《巧言》篇是幽王五年，地点在卫国。下边讲《巧言》篇时，就知道此中区别。

## 【字句解释】

一章。《诗经》中用"威仪"的共有十一篇，就是《邶风·柏舟》《宾之初筵》《既醉》《假乐》《民劳》《板》《烝民》《瞻卬》《执竞》《泮水》与此诗。将这些诗的"威仪"做一检讨，就知道威仪在周人心目中的重要性。《泮水》篇说："敬慎威仪，维民之则。"这是恭维鲁公的。《烝民》篇说："古训是式，威仪是力。"这是恭维仲山甫的。《既醉》篇说"朋友攸摄，摄以威仪"，又说"威仪孔时，君子有孝子"。这是恭维宣王的。《假乐》篇说："威仪抑抑，德音秩秩。"这是恭维南仲的。《邶风·柏舟》篇说："威仪棣棣，不可选也。"这是尹吉甫讲他自己。威仪这么重要，所以他在《民劳》篇劝告伯氏说："敬慎威仪，以近有德。"然威仪是什么意思呢？襄公三十一年《左传》说："有威而可畏谓之威，有仪而可象谓之仪。"由此可知威仪就是行为仪态的标准。隅，应读为寓；寓，寄。"抑抑威仪，维德之隅"，正与"敬慎威仪，以近有德"相同。因为有德才能有威仪，威仪是有德的自然表露。整章的意思就是：谨慎的威仪，是德行之所寄托。人们也说："圣人没有不蠢的。"一般人的愚蠢，被认为是毛病；明哲人的愚蠢，就要变成罪戾。

二章。《执竞》篇"无竞维烈"，是指武功再没有比得上他的；此诗"无竞维人"，就是为人再没有比得上他的。训，顺；哀公二十六年《左传》即引作"顺"。觉，大。讦，大。谟，谋。定命，定国家之命运。辰，大，与《駉驖》篇"奉时辰牡"、《车舝》篇"辰彼硕女"之"辰"同义。整章的意思就是：人要做到没有比他强，四方自然听从他。有了大的德行，四方也就来归顺。为国运决定大谋，一定得是远大的图谋、宏大的策略。谨慎你的威仪，好做人民的榜样。

三章。兴，举；举，皆（《群经平议》说）。虽，惟（亦《群经平议》说）。绍，继。罔，无。共，恭。整章的意思就是：当今之世没有人不迷乱在政治里。倾覆了自己的德行，荒淫在酒里边，你更是乐意地随从。也不想想自己所要承继的，更不普求先王之道，而恭敬地从事于贤明的法度。

四章。肆，语词。尚，上。沦，率。胥，相。戎兵，兵器。戒，备。戎作，兵事。遏，治。蛮方，指西戎。整章的意思就是：不要不尊敬上天，像那泉里的流水一样，相率地都在丧亡。要早起晚睡，洒扫庭院，作为人民的榜样。修饬你的车马、弓、矢、兵器，以备戎事，以伐西戎。

五章。质，《盐铁论·世务》引《诗》作"诰"；诰，告诫。侯度，为主的法度。周时将帅所率领的军队就是他自己领土上的人民，现在伯氏在出征，他所率领的自然是南燕的人民。《民劳》篇"式遏寇虐，憯不畏明"的"寇虐"，正指他的兵士在暴虐人民，所以此诗说"质尔人民"。"谨尔侯度"，也正是《民劳》《抑》以及此诗所劝告的话。柔、嘉，都是善（马瑞辰说）。玷，污点。整章的意思就是：告诫你的人民，谨慎你为主的法度，以防意外事件的发生。谨慎你的话语，严肃你的威仪，使它们没有不对的地方。白圭上的污点，还可以磨掉；说话有污点，可就磨不掉了。

六章。扪，持。朕，我。逝，及（《群经平议》说）。雠，答。绳绳，连续不绝。承，顺。整章的意思就是：不要随意讲话，不要认为说话是随便的。没有人拿着我的舌头，可是话一出口也就收不回来。没有一句话没有报应，所有恩德都有回报。要施惠于朋友们、百姓与小子们。那么，你就子孙永远不绝，所有的人民没有不顺从的。

七章。视，对待。君子，在位者，即今之官吏。辑、柔，都是和的意思。相，佐。屋漏，漏屋之倒文。《板》篇说"我虽异事，及尔同寮"，寮，是寮佐，也就是此诗的相。由此可知，尹吉甫曾在伯氏家做过相，所以才这样地劝诫他。矧，况。射，音亦，厌倦。整章的意思就是：对待你的朋友、官吏，要和颜悦色，不要有什么过错。这样，我在你家做相，还不愧住在漏室的里边。不要说："没有人看得到，就可以随便。"神的降临，还不知道是什么时候，怎么可以有一点松懈呢？

八章。辟，大。童，僮之假借；《广雅》："僮，痴也。"与《狡童》篇之"童"同义。角，《毛传》："自用。"虹，北方人形容蛮横不听话的孩子为虹。整章的意思就是：宏大你的德行，使它善，使它好。谨慎你的举止，不要使威仪有所差错。没有差错,没有害人,没有不合法则的。你给我一个桃子,我会报答你一个李子。可是他又痴呆,又自用,真是一位虹小子。

九章。荏染,柔韧。缗,被。话,《说文》引作"诂";诂,故言,古之善言(臧琳《经义杂记》说)。尹吉甫在伯氏眼前只是一个相的地位,国家大事用不着他管,他现在要以国是劝诫伯氏,所以伯氏说他僭位。整章的意思就是:柔韧的树木,可以被上丝弦。温和恭敬的人,才是德行的基础。只有明哲的人,告诉他古人的好话,他就顺着去做;只有那个蠢人,反说我僭越,真是人心不同!

十章。借,读为藉。盈,满。整章的意思就是:你这个小子呀,简直不知什么叫好坏!不仅用手提携过你,而且告诉你许多事情;不仅当面命令你,还提着你的耳朵告诉你。借口不知道,还亲自抱着你。要不是自满自盈的人,谁是早上知道了晚上才有成就?

十一章。梦梦,读为儚儚;《尔雅·释训》:"儚儚,惛也。"谆谆,恳切告诫之貌。整章的意思就是:上天非常明白,我的生活一点也不快乐。看到你这槽槽懂懂的样子,我心里就感到凄惨。我诚诚恳恳地教导你,而你听着满不在乎。不仅不用为教训,而且拿它当成戏谑。你不说你不知道,反说我是老耄。

十二章。旧止,旧时的举止。"取譬不远",即《荡》篇"殷鉴不远"。忒,差。回遹,邪辟。棘,困难。整章的意思就是:你这个小子呀,告诉你的都是古人走过的路子。听我所给你的计谋,就不会有大的后悔。天下正值艰难,很可能有亡国的危险。不用取远的鉴戒，上天的报应一点也不会差错。德行要是邪辟，人民也就有大的灾难。

## 【诗义辨正】

《毛序》："《抑》，卫武公刺厉王，亦以自警也。"《国语·楚语》说："昔卫武公年数九十有五矣，犹箴儆于国曰：'自卿以下至于师长士，苟在朝者，无谓我老耄而舍我。'……于是乎作《懿》以自儆。"卫武公所作的是《懿》，此诗是《抑》，自从《毛序》把它们混而为一后，造成了两千多年来纷乱的局面。《毛诗正义》颇感不合，然也不敢说不对，只有强为辩护说："案《史记·卫世家》：武公者，僖侯之子，共伯之弟，以宣王三十六年（按应为十六年）即位。则厉王之世，武公时为诸侯之庶子耳，未为国君，未有职事，善恶无豫于物，不应作诗刺王，必是后世乃作追刺之耳。正经美诗，有后王时作以追美前王者，则刺诗何独不可后王时作而追刺前王也？诗之作者欲以规谏前代之恶，其人已往，虽欲尽忠，无所裨益，后世追刺，欲何为哉？诗者，人之咏歌，情之发愤，见善欲论其功，睹恶思言其失，献之可以讽谏，咏之可以写情，本愿申己之心，非是必施于谏。往者之失，诚不可追；将来之君，庶或能改。虽刺前世之恶，冀为未然之鉴。不必虐君见在，始得出辞；其人已逝，即当杜口。……武公虽非厉王之臣，亦是朝廷之士，沦胥以败，无世不然，冀望远彼恶人，免其患祸，虽文刺前朝，实意在当代，故诵习此言，以自肃警。"诗中直呼"小子"，武公能呼厉王为"小子"吗？诗言"匪手携之，言示之事；匪面命之，言提其耳"，武公曾耳提面命厉王吗？孔颖达洋洋洒洒辩论了一大段，都是废话，因为他没有一句是根据诗。

陈奂又于《诗毛氏传疏》说："《抑》与《宾之初筵》，皆卫武公入相于周而作也。《史记·十二诸侯年表》：'武公和元年，宣王之十六年，至平王十三年而卒。'《卫世家》：'武公和四十二年，犬戎杀周幽王，武公将兵往，佐周平戎，甚有功，周平王命武公为公，五十五年卒。'据《史记》，平王始命武公为公，武公于厉王时，未为诸侯。幽王时虽为诸侯，不闻为周卿士，则入相于周，断在平王之世。入相而作《宾之初筵》刺幽王，作《抑》刺厉王，两诗皆作于平王时。而《序》云刺厉王者，本作诗之意而言，取殷鉴不远之义，因遂附于《荡》篇后。《正义》以为追刺厉王，是矣。……案《懿》，即《抑》也，抑为假借字。懿与警通。武公作《抑》，已在耄年，诗作于平王之世，其一证也。《序》云'亦以自警'者，与《国语》合。《宾之初筵》韩诗序云：'饮酒悔过。'则亦为自警而作，两诗意正同。"这就是前人所谓的《诗经》考证，考证时根本不依据《诗》，而依据《毛序》或他人的诗说，无怪乎要越辨越纷歧，越辨越难解了。

五

## 小旻（小雅）

旻天疾威，敷于下土。谋犹回遹，何日斯沮！谋臧不从，不臧覆用。我视谋犹，亦孔之邛。

潝潝訿訿，亦孔之哀。谋之其臧，则具是违；谋之不臧，则具是依。我视谋犹，伊于胡底！

我龟既厌，不我告犹。谋夫孔多，是用不集。发言盈庭，谁敢执其咎？如匪行迈谋，是用不得于道。

哀哉为犹！匪先民是程，匪大犹是经。维迩言是听，维迩言是争。如彼筑室于道谋，是用不溃于成。

国虽靡止，或圣或否。民虽靡膴，或哲或谋，或肃或艾。如彼泉流，无沦胥以败。

不敢暴虎，不敢冯河。人知其一，莫知其他。战战兢兢，如临深渊，如履薄冰。

释音：邛，音穷。潝，音吸。訿，音紫。匪，音彼。膴，音呼。暴，音搏。

## 【诗义关键】

《抑》篇说"回遹其德，俾民大棘"，他邪辟的德行，使老百姓遭到极大的灾难；此诗也说"谋犹回遹，何日斯沮"，邪辟的图谋，哪一天才完。意义完全一样。《板》篇说"出话不然，为犹不远"，"犹之未远，是用大谏"；此诗说"哀哉为犹！匪先民是程，匪大犹是经"。意义也相同。《抑》篇说"如彼泉流，无沦胥以亡"，是讲国家将要继续沦亡；此诗也说"如彼泉流，无沦胥以败"，也是讲国家在继续沦亡。《抑》篇说"相在尔室，尚不愧于屋漏"，是尹吉甫在伯氏家里做相，任务就是为他策划战事；此诗也说"我龟既厌，不我告犹"，也是为人策划。很显然，这首诗是《板》《抑》等诗的继续。

## 【字句解释】

一章。疾威，急得发出威严。敷，布。旻天疾威，敷于下土，就是老天爷急得发出威风了，已经显现在地上。这是指幽王二年泾、渭、洛竭，岐山崩；三年冬，大震雷；四年夏，陨霜。斯，乃。沮，止。整章的意思就是：老天爷急得显出威风来了，已经出现在地上。这些邪辟的图谋，到哪一天才算停止呢！好的计谋不用，不好的计谋反而采用。我看这些计谋，都是非常之有害。

二章。潝潝訿訿，《荀子·修身》引作"噏噏呰呰"，即今党同伐异的意思。具，俱。违，违背。底，至。整章的意思就是：总是党同伐异，心里感到非常地悲哀。计谋要是好，一概加以拒绝；计谋要是不好，一概加以依从。我看这些计谋，将来会产生什么结果！

三章。古人以龟卜卦，故言"我龟既厌，不我告犹"，意思就是我的灵龟也厌倦了，不再告诉我吉凶。集，就。咎，过。匪，彼。迈谋，过路之人的计谋，意思就是不相干的人的计谋。整章的意思就是：我的灵龟也厌倦了，不愿意再告诉我什么休咎。出主意的人太多了，反而没有成就。满屋里的人都在发言，出了乱子是谁负责任呢？向不相干的人讨计谋，所以总是走不上正路。

四章。程，法。经，行（马瑞辰说）。迩言，近言。如彼筑室于道谋，是用不溃于成，《郑笺》："如当路筑室，得人而与之谋，所为路人之意不同，故不得遂成也。"今俗语"当道造屋，三年不成"，就是这个意思（苏鹗《苏氏演义》说）。整章的意思就是：可怜这些计谋呀！既不遵照先人的法式，也不遵行远大的图谋。听的都是肤浅的话，争的都是肤浅的辩论。就像在路边筑室而就谋于路人，所以不能够成功。

五章。靡止，《毛传》："言小也。"膴，大、多的意思。哲，明哲。谋，多谋。肃，严正。艾，《孟子·万章上》"知好色则慕少艾"，注："艾，美好也。"整章的意思就是：国家虽不大，有圣哲，也有傻瓜。人们虽不多，有的明哲，有的多谋，有的严肃，有的美好。不要像那泉里的流水一样，相继地失败，同归于尽。

六章。暴虎，徒手与虎搏斗。冯河，游泳以渡黄河。不敢暴虎，不敢冯河，就是不敢与虎搏斗，不敢游泳过河。这是指伯氏。伯氏是既无勇又无能，讲到讽刺伯氏的诗篇时，就可知道他整个的为人。另一方面，尹吉甫既敢与虎徒手搏斗，也敢游泳过河。《大叔于田》篇说"襢裼暴虎，献于公所"，就有他的份。《河广》篇说"谁谓河广？一苇杭之"，就是指他渡黄河。人知其一，莫知其他，"其一"指伯氏的无勇，"其他"指伯氏的暴虐行为。整章的意思就是：既不敢徒手搏虎，也不敢游泳过河。人们只知道他这一点，还不知道他的其他坏处。所以我一天到晚恐惧戒备，就像在深渊的边缘，就像在薄冰上行走。

## 【诗义辨正】

《毛序》:"《小旻》,刺幽王也。"《集传》说:"大夫以王惑于邪谋,不能断以从善,而作此诗。"他们都以为刺幽王,然诗言"不敢暴虎,不敢冯河",要幽王去暴虎、冯河吗?诗又说"国虽靡止",《毛传》"靡止,言小也",周室能算是小国吗?这首诗是尹吉甫刺伯氏,伯氏是南燕人,南燕是小国,所以才这样讲。只因为这首诗摆在《十月之交》与《雨无正》之后,而《十月之交》与《雨无正》,《毛序》认为是刺幽王,就认为这首诗也是刺幽王了。诗是幽王时的作品,但不是刺幽王。

## 六

## 桑柔(大雅)

菀彼桑柔,其下侯旬。捋采其刘,瘼此下民。不殄心忧,仓兄填兮。倬彼昊天,宁不我矜!

四牡骙骙,旟旐有翩。乱生不夷,靡国不泯。民靡有黎,具祸以烬。於乎有哀,国步斯频!

国步蔑资,天不我将。靡所止疑,云徂何往?君子实维,秉心无竞。谁生厉阶,至今为梗!

忧心慇慇,念我土宇。我生不辰,逢天僤怒。自西徂东,靡所定处。多我觏痻,孔棘我圉。

为谋为毖,乱况斯削。告尔忧恤,诲尔序爵。谁能执热，逝不以濯？其何能淑？载胥及溺。

如彼遡风，亦孔之僾。民有肃心，荓云不逮。好是稼穑，力民代食。稼穑维宝，代食维好。

天降丧乱，灭我立王。降此蟊贼，稼穑卒痒。哀恫中国，具赘卒荒。靡有旅力，以念穹苍。

维此惠君，民人所瞻。秉心宣犹，考慎其相。维彼不顺，自独俾臧。自有肺肠，俾民卒狂。

瞻彼中林，甡甡其鹿。朋友已谮，不胥以榖。人亦有言："进退维谷。"

维此圣人，瞻言百里；维彼愚人，覆狂以喜。匪言不能，胡斯畏忌？

维此良人，弗求弗迪；维彼忍心，是顾是复。民之贪乱，宁为荼毒。

大风有隧，有空大谷。维此良人，作为式榖；维彼不顺，征以中垢。

大风有隧，贪人败类。听言则对，诵言如醉。匪用其良，覆俾我悖。

嗟尔朋友！予岂不知而作？如彼飞虫，时亦弋获。既之阴女，反予来赫。

民之罔极，职凉善背。为民不利，如云不克。民之回遹，职竞用力。

民之未戾，职盗为寇。凉曰不可，覆背善詈。虽曰匪予，既作尔歌。

释音：菀，音郁。兄，音况。俾，音旦。瘨，音民。僾，音爱。牲，音莘。女，音汝。不，音丕。罶，音利。

## 【诗义关键】

这首诗的关键就在"维此良人，弗求弗迪；维彼忍心，是顾是复"，"维此良人，作为式榖；维彼不顺，征以中垢"的"良人"与"忍心""不顺"之人是谁；知道他们是谁，诗义也就了解了。先看"良人"是谁。《诗经》中用"良人"的共有四篇，就是《绸缪》《小戎》《秦风·黄鸟》与此诗。除《黄鸟》篇的良人是指三良外，《绸缪》篇的良人是尹吉甫平陈与宋时的身份，《小戎》篇的良人是尹吉甫西征狎狁时的身份，上边都已讲过；那么，这首诗的良人是否也是尹吉甫呢？等我们把"忍心""不顺"之人弄清楚后，也就知道是不是他了。诗言"征以中垢"，意思就是因出征而得到耻辱，为什么得到垢辱呢？由于"维彼不顺"。不顺，就是不听话。是谁不听话呢？诗言"为谋为毖，乱况斯削。告尔忧恤，诲尔序爵"，不就是《民劳》篇"民亦劳止，汔可小康。惠此中国，以绥四方"吗？诗又说"民之未戾，职盗为寇"，不也就是《民劳》篇"式遏寇虐，无俾民忧"吗？诗言"维彼不顺，自独俾臧。自有肺肠，俾民卒狂"，不也就是《板》篇说的"老夫灌灌，小子蹻蹻。匪我言耄，尔用忧谑"，以及《抑》篇说的"诲尔谆谆，听我藐藐。匪用为教，覆用为虐"吗？就因为伯氏不听劝告，终于吃到败仗，所以诗言："自西徂东，靡所定处。多我觏痻，孔棘我圉。"我圉，是尹吉甫的家乡南燕。他们是由镐京败退下来而到南燕的，故言"自西徂东"。到此，就有史籍上的证据了。《竹书纪年》于晋文侯四年（幽王五年）载说："皇父作都于向。"皇父作都于向就是由西戎战事的失败。西戎已经侵犯到犬丘，离镐京也不过八九十里，皇父才带领一批富有的官吏把都城迁到向这个地方。以下就接到《十月之交》等篇所写的事迹。幽王四年西戎作乱，派伯氏去平定，伯氏五年四月间败逃，六年被正法。这首诗就是他败逃到南燕时，尹吉甫谴责他的作品。

## 【字句解释】

一章。菀，读为郁，茂盛貌。桑柔，柔桑的倒文。旬，荫。刘，离之假借；其刘，即《七月》篇"以伐远扬"的"远扬"。瘼，病。下民，地上之人，对上天而言故称下。殄，绝。仓兄，仓皇，谓丧乱（马瑞辰说）。填，病。整章的意思就是：茂盛的柔桑，下边布满了荫影，正在砍它的长枝。受苦的下民，不断地忧心，都在丧乱中苦痛。高大的上天呀，怎么不可怜可怜我呢！

二章。有翩，形容旗的飘扬。旟，县鄙的旗帜，良人的旗帜正是旟，与尹吉甫的身份、旗帜都相合。夷，平。泯，乱。黎，黎老，与《云汉》篇"周余黎民"之"黎"同义。火余曰烬。国步，天命。频，蹙。整章的意思就是：四匹牡马不停地奔驰，旟旗与旐旗也到处飘扬。祸乱发生了不能平夷，没有一个国家不在动荡。老年人都死光了，他们都成了灾祸的灰烬。呜呼哀哉，国运到了绝望的地步！

三章。国步蔑资，就是《板》篇的"丧乱蔑资"。将，帅。疑，定。"秉心无竞"与《执竞》篇"无竞维烈"恰恰相反。无竞维烈,是言武功之大无人超越;秉心无竞,是言没有竞争的心胸。君子,指在位者,实指皇父等人。讲到《十月之交》篇时就知此中情形。梗,烈。整章的意思就是:命定的穷苦,也当不上将帅。无所安定,也不知要到什么地方。这些执政的人,实实在在没有竞争的雄心。由谁产生了这个祸阶,到现今更为猛烈!

四章。土宇,邦国。瘨,病。整章的意思就是:心里非常地忧愁,忧愁我的邦国。我生得不是时候,正遭上上天的震怒。从西到东,没有一处是安定之所。我遭到许多的苦难,我的家乡也遇到非常的危险。

五章。谋,计谋。毖,谨慎。乱况,乱状(马瑞辰说)。削,减。序,通叙;序爵,诠叙爵位。淑,善。溺,溺亡。整章的意思就是:筹划着,谨慎着,战乱的情况算是稍微减轻。告诉你怎么忧恤人民,教导你怎么诠叙官爵。谁能拿热东西,而不将手在冷水里凉一凉?怎么能好呢?像这样继续地沉溺下去。

六章。遹风,逆风。僾,唈。肃,善。荓,使。力民代食,就是使人民劳动而自己代他们食。整章的意思就是:就像那逆着大风行走,很使你喘不过气来。人有上进之心,而你使他达不到目的。稼穑是好的,可以力民而代食;稼穑是宝物,代食之人也应该良喜。

七章。天降丧乱,灭我立王,就是上天降下了灾祸,毁灭了我所立的王国。这是尹吉甫追述他从宣王三年到十年所建立的功业。现在由于西戎作乱,周室将亡,所以说"灭我立王"。卒,尽。瘁,病。降此蟊贼,稼穑卒痒,就是上天降下了害虫,整个的禾稼都受了灾害。《雨无正》篇也说："戎成不退，饥成不遂。"幽王四五年的时候一定有旱灾，可惜历史上没有记载。不过《国语·周语》说："幽王二年，西周三川皆震。伯阳父曰：'周将亡矣。夫天地之气，不失其序，若过其序，民乱之也。阳伏而不能出，阴迫而不能烝，于是有地震。今三川实震，是阳失其所，而镇阴也。阳失而在阴，川源必塞。源塞，国必亡。夫水土演而民用也，水土无所演，民乏财用，不亡何待？昔伊、洛竭而夏亡，河竭而商亡，今周德，若二代之季矣。其川源又塞，塞必竭。夫国必依山川，山崩川竭，亡之征也。川竭，山必崩。若国亡，不过十年，数之纪也。夫天之所弃，不过其纪。'是岁也，三川竭，岐山崩。"从这段话看来，幽王二年的山崩川竭，影响到四年五年的饥馑，所以《召旻》篇也说："旻天疾威，天笃降丧。瘨我饥馑，民卒流亡，我居圉卒荒。"这时候的诗篇都在写饥馑，可知此时必有饥荒。恫，痛。中国，国中。赘，属。穹苍，天。整章的意思就是：上天降下了灾祸，来毁灭我所建立的王国。又降下了这些蟊贼，使稼穑也都受了灾恙。可痛心的国中，都成了灾荒。我没有这种力量来挽救，只有乞求上苍了。

八章。惠君，惠爱之君，实际指谁不知道。宣，明；犹，顺（马瑞辰说）。相，即《抑》篇"相在尔室"之"相"。秉心宣犹，考慎其相，就是持心明哲而且惠顺，慎重地考核其家相。由此，我疑心惠君是指蹶父；当初蹶父还明白是非，经过他的儿子伯氏巧辩后，他才憎恶尹吉甫。到解释《邶风·柏舟》篇时，就可明白此中演变。自独俾臧，就是独自以为好。狂，惑。

整章的意思就是：只有这个仁惠之君，为人们所瞻仰。他持心明正而惠顺，慎重地考察其家相。只有那不顺情理的人，独自以为好得了不起。有着不同于人的肺肠，才使人们都遭到了灾恙。

九章。牲牲，与《螽斯》篇之"诜诜"，《皇皇者华》篇之"駪駪"，都是众多之意。穀，禄。谷，山谷。整章的意思就是：瞧那树林里边，许许多多的麀鹿。朋友们已被他的欺诈所蒙蔽，不再给我俸禄。真如人们所说的，使我"进退两难"。

十章。维此哲人，瞻言百里，就是只有这个圣人，能看到百里之遥，言其眼光远大，这是尹吉甫指他自己。整章的意思就是：只有这个圣人，一看就是百里，眼光非常地远大；只有那个愚人，狂妄自喜。从不说自己不会，怎么一点也没有畏惧？

十一章。维此良人，尹吉甫自称。迪，进。弗求弗迪，不积极求进的意思。忍心，忍心之人。"弗求弗迪"，美良人；则"是顾是复"斥忍心之人，意义必定相反。"弗求弗迪"，不强求以仕进；则"是顾是复"应为恋栈不舍。贪乱，贪图暴乱。荼，为苦菜。毒，为毒虫。荼毒，苦毒。整章的意思就是：只有这个良人，不强求仕进；只有那忍心之人，才恋栈不去。为了贪图暴乱，宁可做荼毒之人。

十二章。隧，迅疾。空，虚。垢，垢辱。整章的意思就是：迅疾的大风，空虚的大谷。只有这个良人，所作所为都是好的；只有那个不听话的人，因出征而蒙了耻辱。

十三章。贪人败类，就是贪得的人就是败类。听言，顺耳之言。诵言，歌颂之言。悖，逆。整章的意思就是：迅疾的大风，贪得的人便是败类。顺耳之言，就加以应对；歌颂之言，听得如痴如醉。因为用人不当，反使我得到悖逆之罪。

十四章。作，为。弋，以绳系矢而射曰弋。整章的意思就是：唉！你们这些朋友呀，我怎会不知道而强作呢？就像那些飞鸟，有时也被弋射。他既然庇护了你们，你们反而来威吓我。

十五章。罔极，不良。凉，薄。善于背后说人坏话，指伯氏以及他的党徒。第二个"不"字读为丕。整章的意思就是：人的不良之处，就是人情冷淡刻薄而善于背地骂人。做起不利于人的事来，好像很能胜任。做起邪辟来，人们就竞相用力。

十六章。《广雅·释诂》"戾，善也"；未戾，即未善，与上章罔极同义（马瑞辰说）。《民劳》篇不是劝告伯氏"式遏寇虐，无俾民忧"吗？不过这两篇的"民"字意义稍有不同。《民劳》篇的"民"作人民讲，此篇的"民"作人讲。詈，骂。匪予，非我所为，指此次灾祸。整章的意思就是：人的不良之处，就是常常做盗寇之事。冷淡刻薄已经不可以，反而背地在骂人。虽说你不承认此次灾祸由你而来，但我已作了你的歌把它公布出来。

【诗篇联系】

知道《何人斯》篇的伯氏与仲氏是谁，使我们知道幽王三至四年间的一段历史。再由伯氏与尹吉甫关系的发现，使我们了解《民劳》《板》《抑》《小旻》与《桑柔》等诗。《民劳》《板》《抑》与《小旻》都是尹吉甫在镐京劝诫伯氏的作品，而《桑柔》

是败退到南燕后斥责伯氏的诗篇，到此，就与《十月之交》等诗连接到一起，而组成了一段完整的故事。

## 【诗义辨正】

《毛序》："《桑柔》，芮伯刺厉王也。"文公元年《左传》说："周芮良夫之诗曰：'大风有隧，贪人败类。听言则对，诵言如醉。匪用其良，覆俾我悖。'"与此诗的几句完全相同，后人就铁一般地相信，《桑柔》诗是芮良夫所写。陈奂的《诗毛氏传疏》还特别说："诗为芮良夫所作，传有明文矣。"假如真是芮良夫刺厉王的诗，他能不能讲"告尔忧恤，诲尔序爵"，他心目中还有没有王？诗又说："维彼不顺，自独俾臧。自有肺肠，俾民卒狂"，"维彼愚人，覆狂以喜。匪言不能，胡斯畏忌"。臣能不能这样地骂君？再者，诗言"自西徂东，靡所定处"，所谓西指什么地方？东又指什么地方？"乱生不夷，靡国不泯"，厉王的时候有没有这样的大战乱？《史记·周本纪》说："三年，乃相与畔，袭厉王，厉王出奔于彘。"诸侯叛乱与"靡国不泯"的敌人入侵，完全不同。方玉润在《诗经原始》就批评前人说："诸儒说《诗》，总不肯全篇合读，求其大旨所在，而碎释之，乌能得其要领？"实际上，全篇合读仍不够，还得将三百篇连贯着读才能真了解。"大风有隧"这几句诗可能是芮良夫所写，然能由此断定《桑柔》篇就是芮良夫所写吗？尹吉甫在芮良夫之后，他可不可以袭用芮良夫的诗句呢？一定得知道全面才能知道点与线。

## 七

## 正月（小雅）

正月繁霜，我心忧伤。民之讹言，亦孔之将。念我独兮，忧心京京。哀我小心，癙忧以痒。

父母生我，胡俾我瘉？不自我先，不自我后。好言自口，莠言自口，忧心愈愈，是以有侮。

忧心惸惸，念我无禄。民之无辜，并其臣仆。哀我人斯，于何从禄？瞻乌爰止，于谁之屋？

瞻彼中林，侯薪侯蒸。民今方殆，视天梦梦。既克有定，靡人弗胜。有皇上帝，伊谁云憎？

谓山盖卑，为冈为陵。民之讹言，宁莫之惩！召彼故老，讯之占梦，具曰"予圣"，谁知乌之雌雄？

谓天盖高，不敢不局；谓地盖厚，不敢不蹐。维号斯言，有伦有脊。哀今之人，胡为虺蜴？

瞻彼阪田，有菀其特。天之扤我，如不我克。彼求我则，如不我得。执我仇仇，亦不我力！

心之忧矣，如或结之。今兹之正，胡然厉矣。燎之方扬，宁或灭之；赫赫宗周，褒姒灭之。

终其永怀，又窘阴雨。其车既载，乃弃尔辅。载输尔载，将伯助予。

无弃尔辅，员于尔辐，屡顾尔仆，不输尔载。终逾绝险，曾是不意？

鱼在于沼，亦匪克乐；潜虽伏矣，亦孔之炤。忧心惨惨，念国之为虐。

彼有旨酒，又有嘉殽。洽比其邻，昏姻孔云。念我独兮，忧心慇慇！

佌佌彼有屋，蔌蔌方有穀。民今之无禄，天天是椓。哿矣富人，哀此惸独！

释音：瘋，音鼠。惸，音茕。盖，音曷。踖，音积。怞，音毁。蜴，音易。阪，音反。菀，音郁。扤，音兀。佌，音此。蔌，音速。椓，音卓。哿，音可。

## 【诗义关键】

这首诗值得注意的有几点：

第一，"赫赫宗周，褒姒灭之"。宗周，就是《雨无正》篇的周宗，都是指宜臼。这两句诗是指幽王宠褒姒，立褒姒之子伯服为太子的事。《史记·周本纪》说："幽王得褒姒，爱之，欲废申后，并去太子宜臼，以褒姒为后，以伯服为太子。周太史伯阳读史记曰：'周亡矣。'"与此同一意义。屈万里因这两句而认为是东周的作品，显然是错误。

第二，"好言自口，莠言自口，忧心愈愈，是以有侮。"好言，即现在说的"好话"；莠言，即现在说的"歹话"，意思就是好话说尽，歹话也说尽，就因为我忧心国是太厉害，所以得到了侮辱。这不是指《板》《抑》《民劳》等篇尹吉甫劝告伯氏的那些话吗？尹吉甫为国是而劝告他，败仗后，他反而咬尹吉甫一口。

第三,"民之讹言,亦孔之将。念我独兮,忧心京京。"讹言,谎言。将,大。头两句的意思就是大家的谎话也太大了,指伯氏推卸战败的责任而反诬尹吉甫而言。《沔水》篇也说"民之讹言,宁莫之惩!我友敬矣,谗言其兴",也是指这件事。京京,大。后两句的意思就是:想到我孤独无靠,心里非常地忧愁。蹶父、伯氏、仲氏联合起来诬蔑尹吉甫,而一般同僚又不敢仗义执言替他辩护,他只有受人欺负了。

第四,"召彼故老,讯之占梦,具曰'予圣',谁知乌之雌雄?"圣,睿哲。意思就是:那些老年人与占梦的人都说"我是睿哲",然而谁知道乌鸦是雌还是雄?由此可知《小旻》篇"或圣或否"、《小宛》篇"人之齐圣"、《巧言》篇"圣人莫之"、《桑柔》篇"维此圣人"的"圣"或"圣人",都是尹吉甫的自谓。他自称"圣"或"圣人",《园有桃》篇"不知我者,谓我士也骄"的责备就由此而来。

第五,"彼求我则,如不我得。执我仇仇,亦不我力!"则、贼,古通;贼,败坏(于省吾说)。意思就是:他寻找我的坏处,好像非找到不可,把我当成最大的仇人,好像非仇恨我不可。这不是伯氏对尹吉甫的态度吗?所以《巷伯》篇说:"彼谮人者,亦已大甚。"

第六,"无弃尔辅,员于尔辐,屡顾尔仆,不输尔载。终踰绝险,曾是不意?"《名义考》:"辅乃车两旁木,所以夹车者。其字从车,人颊骨似车辅,故曰辅车。"《吕氏春秋·权勋》:"宫之奇谏曰:'虞之与虢也,若车之有辅也。车依辅,辅亦依车,虞、虢之势是也。'"辅与车是两物,而关系极为密切。员,犹益,加大的意思(陈奂说)。诗意就是:不要舍弃了你的辅,加大你的轮辐,常常照顾你的仆人,车上载的东西就不会翻下来。终究会闯过危险的,你想到这个了吗?这不就是《抑》篇说的"相在尔室,尚不愧于屋漏"吗?在征伐西戎时,尹吉甫曾为伯氏的相,此诗"无弃尔辅"的"辅",就是尹吉甫的自喻。这章诗所讲的是:尽管伯氏在陷害尹吉甫,尽管尹吉甫憎恨伯氏,然还希望他能回心转意,再同心协力来为国效劳。尹吉甫人格之忠厚可敬,由此可见。

总上六点,无一点不与尹吉甫的晚年生活相合。然这首诗是什么时候写的呢?从"正月繁霜,我心忧伤"上找线索。伯氏是于幽王四年出征西戎,五年四月间败退到南燕,那么,此诗当写在幽王六年正月间,因为那时尹吉甫将被撤职,而尹吉甫劝他不要这样做,所以诗言:"无弃尔辅,员于尔辐,屡顾尔仆,不输尔载。终踰绝险,曾是不意?"可是伯氏不听他的劝告,终将尹吉甫撤职,所以诗又言:"其车既载,乃弃尔辅。"又说:"忧心惸惸,念我无禄。民之无辜,并其臣仆。哀我人斯,于何从禄?"前后事迹正相连贯。

## 【字句解释】

一章。正月繁霜,我心忧伤,就是:正月里老是下霜,我的心里实在忧伤。《礼记·月令》:"孟秋之月……凉风至,白露降。"白露为霜应该在七月,而现在正月里常常下霜,言其气候的不正。《雨无正》篇"鼠思泣血",《郑笺》:"鼠,忧也。"

此诗之瘨忧当为鼠忧,忧思的意思。整章的意思就是:正月里老是下霜,我的心里实在忧伤。他人的谎言,说得也太厉害了。想到我的孤独无靠,心里非常地忧愁。可怜我这小小的心灵,就因为忧思而得了病。

二章。瘼,病。不自我先,不自我后,就是不在我先,不在我后,恰恰在我身上,与《瞻卬》篇同一语句,也可证明为同一时间、同一作者的作品。整章的意思就是:父母生了我,为什么给我这种病痛呢?不在我先,不在我后,却适逢其会。好话说尽,歹话也说尽,就因为我太忧心国是了,才产生这种侮辱。

三章。惸惸,通茕茕;茕茕,独貌。《楚辞·九章·思美人》:"独茕茕而南行兮。"禄,俸禄。整章的意思就是:我孤独地在忧愁,想到了我没有俸禄。无罪的人遭了祸,也连累了我的臣仆。可怜我们这些人呀,到什么地方求禄呢?看看那只乌鸦,飞到谁的屋上?

四章。薪之细者曰蒸。瞻彼中林,侯薪侯蒸,就是看那林里,都是些粗的或细的干柴。这正是初春的景象,树木都还枯着。殆,危。梦梦,糊里糊涂。定,定乱。这是指《民劳》篇说的"民亦劳止,汔可小康"而言。在开始征伐西戎的时候,尹吉甫使西戎暂时停止入侵。他使西戎停止入侵后,伯氏不用他的计谋,又致失败,所以下边接着说"有皇上帝,伊谁云憎",伟大的上帝呀,你是憎恨谁呢?整章的意思就是:看看那林里,都是些粗的或细的柴薪。人们正处在危险之中,而老天只是糊涂。我既然能够定乱,那么,也就没有胜过我的人。可是伟大的上帝,你是憎恨谁呢?

五章。盖,曷之假借。山大而冈陵小,现在故意说山就是丘陵,明明是谎话,所以下边接着说:"民之讹言,宁莫之惩!"整章的意思就是:他说山是怎么的低呀,也不过是一个高坡,也不过是一个丘陵。他的谎话怎么得不到惩罚呢!那些老年人与占梦的人,都说"我是睿哲",但是谁知道乌鸦是雌的还是雄的?

六章。局,曲。蹐,小步(见《说文》)。号,喊叫。斯言,指"谓天盖高""谓地盖厚"而言。伦,道。脊,理。虺,毒蛇。蜴,蜥蜴。虺、蜴,都是害虫。整章的意思就是:你说天是高的,可是我走起路来不敢不弯着腰;你说地是厚的,可是我走起路来不敢不细着步。你喊叫这些话时,还说得有条有理。可叹现今的人呀,怎么都变成了毒虫呢?

七章。阪田,崎岖墝埆之田。扤,从兀得声,兀有危义,扤亦当有危义(屈万里说)。整章的意思就是:看那崎岖墝埆的田地里,还长出独特茂盛的禾来。老天危害我,好像非达到目的不可。他寻求我的坏处,好像非得到不可。把我当成最大的仇人,好像非用力仇恨不可!

八章。正,通政。胡,大。厉,危。扬,举。宁,乃。赫赫宗周,褒姒灭之,就是显赫的周室大宗,被褒姒灭掉了;指幽王废宜臼而言。整章的意思就是:心里边的忧愁,就像结成一个疙瘩。今天的政治,危险到了极点。刚刚开始的野火,还有熄灭的可能;显赫的周室大宗被褒姒灭掉了。

九章。终,既。永怀,咏怀、感怀的意思。窘,困。伯,老大，尹吉甫自称。整章的意思就是：当我怀伤的时候，天气是又阴又雨。车子已经载上了货，你将辅弃掉了。当货物堕下的时候，你又叫老大来救你。

十章。整章的意思就是：不要弃掉你的助手，加大你的轮辐，时时照顾你的仆人，你的货物就不会堕下来。你终会脱离危险，你曾想到这一点不？

十一章。炤，显明。整章的意思就是：鱼虽说在池里，也是不能快活；虽说潜在水的深处，也是看得很清楚。心里边非常地惨痛，只要想到国家的暴虐。

十二章。洽，融洽。比，亲近。慇慇，忧重貌。整章的意思就是：他有美酒，又有好肉。亲热地结邻而居，两亲家正来得热和。想想我的孤独呀，心里苦痛得不得了！

十三章。《君子偕老》篇"玼兮玼兮"，《毛传》注为"鲜盛貌"。此诗之"佌"，与"玼"同义。佌佌彼有屋，就是他有了漂亮的房子。皇父不是作都于向吗？皇父与伯氏在向都盖上了新房子。蔌蔌，亦作速速。榖，禄。蔌蔌方有榖，就是很快地又得了官爵。《十月之交》篇说"家伯维宰"，想指此而言。《诗经》中用"夭夭"的共有三篇，就是《桃夭》《凯风》与此诗。前两篇的夭夭都是形容风吹摆动的样子，此诗也是这个意思。椓，通作诼；诼，谮（马瑞辰说）。哿，欢乐（《经义述闻》说）。整章的意思就是：他有了华丽的房子，很快地又得了官爵。我现在没有了俸禄，就像树枝在风中摆动着被人诬陷。欢乐的富人呀，可怜可怜我这孤独无依的人吧！

【诗义辨正】

《毛序》:"《正月》,大夫刺幽王也。"诗云"洽比其邻,昏姻孔云",幽王同谁做邻居?同谁结了新亲?"哿矣富人",臣子能对幽王这样称呼吗?可是后人都不知此诗的对象,也只有跟着《毛序》那样讲。

以上七篇,就是《何人斯》《民劳》《板》《抑》《小旻》《桑柔》与《正月》,都是尹吉甫于幽王四年到六年出征西戎时,劝告伯氏的诗篇。《何人斯》《桑柔》与《正月》写在卫国,《民劳》《板》《抑》与《小旻》则写在镐京。

# 【第二十五编】
# 谴责皇父等诗篇(幽王六至七年)

一

# 十月之交（小雅）

十月之交，朔日辛卯，日有食之，亦孔之丑。彼月而微，此日而微。今此下民，亦孔之哀。

日月告凶，不用其行。四国无政，不用其良。彼月而食，则维其常；此日而食，于何不臧！

烨烨震电，不宁不令。百川沸腾，山冢崒崩。高岸为谷，深谷为陵。哀今之人，胡憯莫惩！

皇父卿士，番维司徒，家伯维宰，仲允膳夫，聚子内史，蹶维趣马，楀维师氏，艳妻煽方处。

抑此皇父，岂曰不时？胡为我作，不即我谋？彻我墙屋，田卒污莱。曰："予不戕，礼则然矣。"

皇父孔圣，作都于向。择三有事，亶侯多藏。不慭遗一老，俾守我王。择有车马，以居徂向。

黾勉从事，不敢告劳。无罪无辜，谗口嚣嚣。下民之孽，匪降自天；噂沓背憎，职竞由人。

悠悠我里，亦孔之痗。四方有羡，我独居忧。民莫不逸，我独不敢休。天命不彻，我不敢效，我友自逸。

释音：行，音杭。聚，音邹。蹶，音愧。楀，音矩。慭，音印。嚣，音敖。噂，音撙。沓，音踏。

# 【诗义关键】

这首诗值得注意的有几点：

第一，"十月之交，朔日辛卯，日有食之。"阮元《诗十月之交四篇属幽王说》（见《揅经室集》）说："雍正癸卯上距周幽王六年，积二千四百九十八年，依今推日食法，推得建酉月辛卯朔太阴交周，初宫一十二度八分三十五秒二十九微入食限。"又说："本朝时宪书密合天行，为往古所无。今遵《后编法》，推幽王六年十月朔，正得入交。从《鲁诗》说，谓厉王时事者，断难执以争矣。"

不仅阮元推算出这个日期，早于他数十年的阎若璩也算出了这个日期。他于《尚书古文疏证》第八十一说："今余既通历法矣，……向引《诗小传》谓《诗》皆夏正，无周正，自《郑笺·十月之交》为周正建酉之月，后虞𠠎造梁《大同历》果推之，在周幽王六年，疑出于傅会，此亦是未通历法时言。兹以历上推周幽王六年乙丑岁……十月建酉朔日……辰时日食。非惟虞𠠎，即唐道士傅仁均、僧一行，亦步得是日日食。乃知康成精于历学。本传称其始通《三统历》，注有《乾象历》，抑叹经解有不可尽拘以理者，此类是也！……但又以此诗为刺厉王作，自相矛盾，当削此一笺。"

再者程发轫先生在《用科学方法校正群经之差误》一文中说："朱文鑫《历代日食考》内载：'密结尔（A. S. Mitchell）谓："西元前七七六年八月，二十一日有月食，九月六日有日食，惟此次日食，中国仅见偏食，月食可见九分。"朱氏谓：幽王六年，月食在九月望戌时，日食在十月朔辰时，两食迭见，故《诗经》

相提并举，而曰'彼月而微，此日而微'也。又据奥泊尔子（Th. R. V. Oppolzer）所推，是日（九月六日即辛卯日）为全环食，所经地带，在亚洲之北，北冰洋沿岸，周都洛邑，所见偏食，在一分余。合朔在格林威基时间平时一时三〇点九分，合诸中原标准时间，约在上午九时半，与辰时相符。案西元前七七六年八月二十一日，即周幽王六年周正九月十五日乙亥望戌时月食，九月六日，即周正十月辛卯朔辰时日食。必推定日食与月食，则《诗经》所载"彼月"与"此日"，各有所当矣。又上月望为月食，本月朔为日食，在交食周期中，常有此现象，如一九六七年十月十八日，即夏正九月十五日乙卯望月食。同年十一月二日，即夏正十月朔日庚午日食，其一例也。"

第二，"皇父孔圣，作都于向。"《竹书纪年》于晋文侯四年（幽王五年）说："皇父作都于向。"先看向在什么地方。《水经注》于济水引阚骃《十三州志》说："轵县南山西曲，有故向城，即周向国也。"轵县，即今河南省济源县的轵城。南山，指轵城南的南陵。《读史方舆纪要》（卷四十九）于济源县向城说："在县西南。"轵城即在济源县的西南，与《水经注》所说相合。又引《括地志》说："高平故城，在河阳县西北四十里，即向也。"河阳县在今河南孟县境。总上所说，可知向在现今济源县轵城的西南，孟县西北四十里附近。皇父既是幽王五年作都于向，那么，就与上边《桑柔》篇的事迹衔接了。《桑柔》篇说："自西徂东，靡所定处。多我觏痻，孔棘我圉。"这是讲伯氏败退到南燕。南燕在今河南省延津县，也在豫北。我们曾说西戎入侵在幽王四年，中经尹吉甫的计谋，曾经安定了一个暂短的时期。

《竹书纪年》于晋文侯五年（幽王六年）载说："西戎灭盖。"盖为犬丘之讹。伯氏之败退就在西戎灭犬丘之后，然在什么时候呢？《桑柔》篇告诉了我们。诗言"菀彼桑柔，其下侯旬。捋采其刘"，刘，是长条，这个"条"字就告诉我们季节了。《七月》篇说："蚕月条桑。"桑是蚕月抽条，蚕月是四月，那么，伯氏之败退不就在幽王五年四月间吗？皇父之作都于向就因为伯氏的败退，如此讲来，皇父作都于向的时间也在幽王五年四月间。迁都于向之后，到幽王六年十月发生日食时，诗人就又写《十月之交》这首诗来谴责皇父。他之谴责皇父，也与伯氏有莫大的关系，下边就要讲到。

第三，"皇父卿士，番维司徒，家伯维宰，仲允膳夫，棸子内史，蹶维趣马，楀维师氏，艳妻煽方处。"我们来分析一下这些人物。《常武》篇说"大师皇父"，皇父在宣王六年的时候当着太师，现在是幽王六年，他仍做着太师。《竹书纪年》于晋殇叔四年（幽王元年）载说："王锡太师尹氏皇父命。"太师是正式的官爵，卿士是作战时临时的统帅，所以此诗称他为"皇父卿士"。雷学淇于《竹书纪年义证》说："尹氏皇父，尹吉甫之嗣也。"错到那里去了！"家伯维宰"的"家伯"就是伯氏，为什么称他"家伯"呢？因为他是尹吉甫的本家侄儿，故冠以"家"字。"蹶维趣马"的"蹶"就是《韩奕》篇的"蹶父"，也就是尹吉甫的本家哥哥，伯氏的父亲，南燕的国君。尹吉甫与蹶父、伯氏的关系，下边还要详细证明。"艳妻煽方处"的"艳妻"都认为是褒姒，现在知道错了。这首诗是写皇父迁都于向以后的事，幽王与褒姒并没有到向，所以说："不慭遗一老，俾守我王。"不留一位老臣保护国王，显然幽王仍在镐京。迁向的只是皇父等人，故诗言："皇父孔圣，作都于向。择三有事，亶侯多藏"，"择有车马，以居徂向"。艳妻既然不是褒姒而又是谁呢？就是仲氏。《说文》："艳，好而长也。从丰。丰，大也。"仲氏不是美而高大吗？艳妻，就是美丽高大的妻子。前人只注意艳作美讲，褒姒漂亮，就扯到她身上。这时仲氏同皇父等处在一起，煽动是非，一天到晚过问政事，所以尹吉甫在《瞻卬》篇骂她说"妇无公事，休其蚕织"，女人家不要管公家的事，好好去养蚕织绸好了。讲到《瞻卬》篇时，还要详细谈到她。

第四，"彻我墙屋，田卒污莱。曰：'予不戕，礼则然矣。'"到此，追究到诗人写这首诗的原因了。先将这几句诗的意义作一解释。彻通撤。污，停水。莱，生草。戕，戕害。意思就是：把我的屋子也撤去了，田里边都成了水与荒草，还说："并不是我要戕害你，礼应该如此。"这是怎么一回事呢？原来伯氏战败逃归后，把战败的责任一股脑儿推在尹吉甫身上，于是把尹吉甫的官职取消了，土地收回了，房屋也拆除了，所以皇父说："并不是我要戕害你，而是礼该如此。"《角弓》篇说"受爵不让，至于已斯亡"，我所受的爵位是不能让人的，直到死了才算完。不能凭一面之词就惩罚我，就是对这件事的辩护。这首诗是谴责皇父不明是非，只听一面之词就惩罚他的辩护词。

## 【字句解释】

一章。十月之交，朔日辛卯，日有食之，亦孔之丑。古人以天灾为政治无道的征兆，故谓之丑。微，食。整章的意思就是：当十月初一辛卯这一天，有日食的出现，实在是一件丑事。那个月亮被蚀掉，这个太阳也被蚀掉。现今的老百姓呀，真是非常哀痛呀！

二章。凶，凶兆。其行，常轨。彼月而食，则维其常；此日而食，于何不臧？就是：月食既是常有的事，那么，这个日食又有什么不好呢？这是反语，叹一般人之不畏惧。整章的意思就是：日月显示凶兆的时候，就不走它的常轨。天下不行善政的时候，也就不用他的良人。月食既是常有的事，那么，这个日食又有什么可怕呢？

三章。烨烨，闪闪。烨烨震电，不宁不令，就是闪闪的震电，既不安宁，也不吉祥。《竹书纪年》于晋文侯二年（幽王三年）载说："冬，大震电。"《礼记·月令》："仲春之月……雷乃发声，始电"，"仲秋之月……雷始收声"。现在冬天大雷震，所以是不祥之兆。崒，当读为猝；猝，急（《经义述闻》说）。百川沸腾，山冢崒崩，就是所有的河水都震动而干枯，岐山也为之崩裂。《竹书纪年》于晋文侯元年（幽王二年）载说："泾、渭、洛竭，岐山崩。"《国语·周语》上也说："幽王二年，西周三川皆震。"又说："是岁也，三川竭，岐山崩。"泾、渭、洛是三条大川，大川沸腾，其他的河流当然也跟着沸腾，故言"百川沸腾"。高岸为谷，深谷为陵，就是高的涯岸变为深谷，深谷反而变成山陵，形容山崩地裂的情形。憯，曾。整章的意思就是：冬天里闪电响雷，并不是安宁与好的征兆。所有的河流都沸腾而枯竭，岐山也为之崩裂。高的涯岸变为深谷，深谷反变为山陵。可怜当今的执政者，怎么还不以此为鉴诫！

四章。卿士，战时内阁的首领。皇父卿士，就是皇父做着卿士。司徒，掌天下土地之图、人民之数。番维司徒，就是番做着司徒。宰，宰夫，掌治朝之法，以正王及公卿群吏之位，叙群臣之职事。家伯维宰，就是本家的伯氏做着宰夫。职权所在，伯氏正好借此以陷害尹吉甫，尹吉甫之所以气愤就在此。膳夫，掌王之饮食膳羞。仲允膳夫，就是仲允做着膳夫。内史，掌爵禄废置、杀生予夺之法。棸子内史，就是棸子做着内史。趣马，掌王之马政。蹶维趣马，就是蹶父做着趣马。师氏，掌以三德三行教国子。楀维师氏，就是楀做着师氏。煽，煽动是非。方处，正处。整章的意思就是：皇父做着卿士，番做着司徒，本家的伯氏做着宰夫，仲允做着膳夫，棸子做着内史，蹶父做着趣马，楀做着师氏，漂亮高大的妻子正在他们间拨弄是非。

五章。抑、噫，古通。时，是。作，为。整章的意思就是：噫！这个皇父呀，怎么能说他不对呢？但是怎么为我的事情而不同我商议呢？拆除了我的房子，不让我耕种田地，而使田里停满了水，长满了草。并且说："我并不是要戕害你，而是礼应该如此。"

六章。圣，睿哲。三有事，三卿。亶，诚。侯，维。多藏，富有。整章的意思就是：皇父真是聪明，把向作为都城。选择的三卿，诚然都很有财富。不肯遗留一位老臣，守护我的国王。选择一些有车马的人，迁到向来居住。

七章。孽，罪过。噂，僖公十五年《左传》引作"傅"；《说文》："傅，聚也。"屈原《天问》"天何所沓"，王逸注："沓，合也。"噂沓背憎，就是当面说好，背后憎恶。职竞由人，与《桑柔》篇"职竞用力"同义，就是人们竞相用力。整章的意思就是：勤谨地从事工作，从不敢说自己劳苦。没有罪过，也没有缘故，谗言总是警警地在传播。我的罪过并不是从天降下，而是当面说好、背后说坏的那些人们竞相加的。

八章。悠悠，遥遥。我里，指复关，尹吉甫的家在那里，与《将仲子》篇"无踰我里"的"我里"是一个地方。尹吉甫现在在向，故言"悠悠我里"。痗，苦痛。上边不是讲"彻我墙屋，田卒污莱"吗？所以说乡里也遭到了苦痛。羡，余。逸，逸豫，安乐。彻，明。整章的意思就是：遥遥的我的乡里，也遭到了很大的苦痛。四方的人都有余裕，独有我在忧愁。没有人不安逸，独有我不能休闲。命运的不幸，我不敢仿效我的朋友们那样安逸。

**【诗篇联系】**

这首诗写于幽王六年十月，而伯氏败退与皇父作都于向则在幽王五年四月，中间有一年半的时间，因此，《节南山》《雨无正》《角弓》《沔水》《四月》《巧言》《巷伯》《菀柳》《新台》《芄兰》《召旻》等篇都有时间与地点安排了。这也是一首纲领诗，它使我们知道有关诗篇的年月。

**【诗义辨正】**

《毛序》："《十月之交》，大夫刺幽王也。"诗是幽王时候的作品，但并非刺幽王。诗明言："皇父孔圣，作都于向。择三有事，亶侯多藏。不慭遗一老，俾守我王。"既称"我王"，则对幽王十分尊敬，有什么讽刺的意味呢？所讽刺的是皇父，不是幽王，此中关系很大，绝对不可相混。姚际恒就说："实刺皇父也。"《郑笺》说："当为刺厉王。作《诂训传》时，移其篇第，因改之耳。"从此诗"十月之交，朔日辛卯"的日期推算，已足证明郑说的非是。

## 二

## 节南山（小雅）

节彼南山，维石岩岩。赫赫师尹，民具尔瞻。忧心如惔，不敢戏谈。国既卒斩，何用不监？

节彼南山，有实其猗。赫赫师尹，不平谓何！天方荐瘥，丧乱弘多。民言无嘉，憯莫惩嗟？

尹氏大师，维周之氐。秉国之均，四方是维。天子是毗，俾民不迷。不吊昊天，不宜空我师。

弗躬弗亲，庶民弗信。弗问弗仕，勿罔君子。式夷式已，无小人殆。琐琐姻亚，则无膴仕。

昊天不傭，降此鞠讻。昊天不惠，降此大戾。君子如届，俾民心阕。君子如夷，恶怒是违。

不吊昊天，乱靡有定。式月斯生，俾民不宁。忧心如酲，谁秉国成？不自为政，卒劳百姓。

驾彼四牡，四牡项领。我瞻四方，蹙蹙靡所骋。

方茂尔恶,相尔矛矣。既夷既怿,如相酬矣。
昊天不平,我王不宁。不惩其心,覆怨其正。
家父作诵,以究王讻。式讹尔心,以畜万邦。

释音:节,音截。惔,音谈。猗,音依。毗,音琵。幠,音武。阕,音缺。醒,音呈。骋,音逞。王,读往。

## 【诗义关键】

第一,诗言"节彼南山",南山,就是现今的太行山,那么,这首诗的地点一定是在太行山之下。

第二,诗言"尹氏大师,维周之氐","尹氏""大师"就是皇父。《竹书纪年》于晋殇叔四年(幽王元年)载说:"王锡太师尹氏皇父命。"由此可知,从幽王元年起,皇父就兼任大师、尹氏两种职位。加上南山这个地点,不就是皇父迁向的时候吗?那么,此诗就与《十月之交》篇发生了关系。然《十月之交》篇称他为卿士,此诗称他为大师、尹氏,是怎么回事呢?太师、尹氏是常任官职,而卿士只是作战时的统帅名称,一称其抵御西戎时的职位,一称其正式的官职,故有两种不同的称谓,而实际只是一个人。

第三,诗言"驾彼四牡,四牡项领。我瞻四方,蹙蹙靡所骋",不就是《桑柔》篇说的"自西徂东,靡所定处"吗?我们说《桑柔》篇是幽王五年四月间的作品,那么,这首诗就是六年秋后的作品了。诗言"节彼南山,有实其猗","有实其猗"与《载芟》篇"有实其积"句法相同,两"实"字,都有实物所指。《载芟》篇说:"载获济济,有实其积,万亿及秭。"实,指谷物,谷物以亿万与秭来形容。猗是茂盛,其"实"当指果实。有实其猗,就是有茂盛的果实。果实盛产于秋后,故知诗作于此时。

第四,"不吊昊天,乱靡有定。式月斯生,俾民不宁",不就是《桑柔》篇"乱生不夷,靡国不泯。民靡有黎,具祸以烬。於乎有哀,国步斯频"吗?再者,此诗说"昊天不平,我王不宁",也不就是《桑柔》篇"天降丧乱,灭我立王"吗?都是丧乱未平的情形。不过,此诗的对象是皇父,《桑柔》篇的对象是伯氏,这一点要分清楚。

第五,"琐琐姻亚,则无膴仕",再来追究这两句诗的意义。《尔雅·释亲》:"婿之父为姻""两婿相谓为亚"。诗义就是:仅仅由于儿女亲家的关系,不应该有这么大的官爵。此诗全篇是讽刺皇父的,如此讲来,是不是皇父给他亲家公一种重要的职位呢?原来仲氏与皇父结了新亲,皇父女儿所嫁的就是仲氏与尹吉甫所生的尹伯奇。仲氏既与皇父结成新亲,伯氏自然也与皇父成了儿女亲家,这样,才给伯氏冢宰的职位。《十月之交》篇所说的"家伯维宰"是这样来的。怎么发现这段公案呢?谨做证明如下:

《瞻卬》篇说:"妇有长舌,维厉之阶。乱匪降自天,生自妇人。匪教匪诲,时维妇寺。"历来的人,都认为这里的长舌妇是褒姒,错了;是仲氏。《易林》卷二说:"尹氏伯奇,父子生离。无罪被辜,长舌所为。"又于卷十说:"尹氏伯奇,父子生离。无罪被辜,长舌为灾。"卷十六也说:"尹氏伯奇,父子分离。无罪被辜,长舌为灾。"文字虽有不同,而所言实为一事。尹伯奇是尹吉甫的儿子,假如长舌妇是褒姒,她怎么使尹吉甫父子生离呢?原来仲氏与尹吉甫于宣王十年仳离时,已经怀孕,生下来就是尹伯奇。他一直被仲氏带着,到幽王六年的时候,他四十岁左右,仲氏给他娶了皇父的女儿,这样,使皇父与伯氏成了亲家,而仲氏也参与了政治。所以《瞻卬》又说:"人有土田,女反有之;人有民人,女覆夺之。此宜无罪,女反收之;彼宜有罪,女覆说之。"伯氏有罪,反说他无罪;尹吉甫没有罪,反说他有罪。因而把他的土地、人民也都收回来,就是《十月之交》篇说的:"彻我墙屋,田卒污莱。"我们说《十月之交》篇"艳妻煽方处"的"艳妻"是仲氏而不是褒姒,不是更有证据了吗?到此,使我们了解《正月》篇说的"洽比其邻,昏姻孔云"的意思,就是仲氏与皇父结了新亲后,在向这个地方比邻而居,来往非常密切。同时,我们也了解《我行其野》篇"不思旧姻,求尔新特"的缘故了。特,是公牛;新特,比喻皇父,因为他们新结的亲。还有,我们也了解《邶风·谷风》篇说的:"宴尔新昏,以我御穷。有洸有溃,既诒我肄。不念昔者,伊予来墍。"此诗前人都认为是弃妇之作,现在变成丈夫被弃的诗了。然怎么知道仲氏给娶亲的就是尹伯奇呢?就由这首《谷风》所说的:"宴尔新昏,不我屑以。毋逝我梁,毋发我笱。我躬不阅,遑恤我后!"我后,即指尹伯奇。解释到这篇诗时,还会把这段公案再加说明。这里,只知道"琐琐姻亚,则无膴仕",是指皇父由于与仲氏结亲而给伯氏冢宰的职位就够了。

第六,"家父作诵,以究王讻"的"家父"到底是谁呢?知道了诗中的事实,作者是谁也就自然知道了。然为什么尹吉甫不称吉甫而改称"家父"呢?因为他与蹶父、伯氏同宗,故自称为家父,而称伯氏为家伯一样。尹吉甫这时候遭到诬蔑,田财、房舍、家人统被没收,所以写这首诗为自己辩护。诗言:"昊天不平,我王不宁。不惩其心,覆怨其正。家父作诵,以究王讻。式讹尔心,以畜万邦。"他是在这种被诬被害的情况下来写这首诗,而希望皇父有所改变。

## 【字句解释】

一章。节,高峻貌。岩岩,积石貌。师,太师。尹,尹氏。惔,燂。卒,终。斩,绝。整章的意思就是:高峻的南山,都是整块整块的青石。显赫的太师兼尹氏呀,老百姓都是看着你呀!心里边的忧愁,就像火烧一样,不敢再开玩笑了。国运已经坏到绝顶,怎么也不看一看呢?

二章。猗,茂盛貌。与《淇奥》篇的"绿竹猗猗"、《隰有苌楚》篇"猗傩其枝"的"猗"同义。荐,重。瘥,病。天方荐瘥,也就指《十月之交》篇的"烨烨震电,不宁不令。百川沸腾,山冢崒崩"。整章的意思就是:那个高峻的南山,长满了茂盛的果实。显赫的太师兼尹氏呀,你为什么不公平呢?上天正一再地降下灾祸,灾难既大而且多。人们都没有一句好话,难道你不以此为惩戒吗?

三章。氏,应为柢;《尔雅·释言》:"柢,本也。"均,平。毗,辅。空,穷。整章的意思就是:尹氏与太师这两种职位,是周室的基本。秉持着国家的均平，四方就由他而维持。他辅佐着天子，使老百姓不走迷路。不好的老天爷呀，不应该让我的民众穷苦。

四章。躬、亲，都指政事而言。问，问政。仕，作事。罔，不值。夷，平。殆，近。琐琐，小貌。膴，大；膴仕，大官。整章的意思就是：不亲身处理政务，不会使人民信任。不过问政事，也不管事务，不要白白当一位君子。不要再伤害人吧，不要接近小人。小小的儿女亲家关系，不应该让他做这么大的官。

五章。傭，《韩诗》作庸；庸，常（屈万里引朱彬《经传考证》说）。鞠讻，灾祸。昊天不傭，降此鞠讻，就是上天不是平常的时候，降下这些灾祸。也就是第二章"天方荐瘥"的意思。大戾，指饥馑。届，极、正的意思。阕，息。违，去。整章的意思就是：老天不是平时，降下了这些灾祸。老天不再惠爱，降下了这次饥馑。执政的人如果公正，人们的心里也就平息。执政的人如果平正，恨怒也就不会产生。

六章。酲，病酒。国成，国政。整章的意思就是：不幸的老天，祸乱总是不停。每月都有发生，人民都不得安宁。忧愁得就像喝醉了酒，是谁在把持着国政？不亲自过问政事，终于使人民痛苦。

七章。项领，肥大的脖颈。蹙蹙，缩小之貌。整章的意思就是：驾着四匹牡马，四匹牡马都是肥壮的脖颈。我看看四方，简直没有地方可以驰骋。

八章。方茂尔恶，相尔矛矣，就是你正在作恶多端的时候，我已经看过你的矛了；就是想与皇父决斗的意思。夷，平。怿，悦。整章的意思就是：当你作恶多端的时候，我已经看过你的矛了，直想与你决斗。后来比较平息了，和睦了，也就不再仇视。

九章。整章的意思就是：上天既不平静，我们的国王也就不会安宁。你不惩戒你自己的心，反而怨恨起正人君子。

十章。究，推究。王，读为往，与《板》篇"及尔出王"之"王"同义。家父作诵，以究王讻，就是家父写这篇诵，在推究你往日的凶恶。讻，化。畜，好。整章的意思就是：家父作这篇诵，目的在推究你往日的凶恶。希望你改变你心，以施爱于万邦。

## 【诗义辨正】

《毛序》："《节南山》，家父刺幽王也。"明明是刺尹氏大师，而尹氏大师就是皇父，怎么说是刺幽王呢？姚际恒说："《小序》谓'家父刺幽王'。以诗中'南山'证之，是终南山也。自欧阳氏执《春秋》家父在桓王之世，而《集传》亦疑之。季明德、《伪传》、《说》、何玄子遂皆以为桓王时，非也。《集传》云：'大抵《序》之时代皆不足信。'予谓《序》不足信，《诗》亦不足信乎？东迁以后，曷为咏南山哉？"诗是幽王时候的作品，姚氏说对了；说南山就是终南山，错了。假如是终南山，诗人为什么不直称终南而要称南山呢？诗中并非没有称终南的。地理是了解诗义的最大关键；地理搞错了，诗义也就无法了解。屈万里说："此家父刺大师及尹氏之诗。诗中有'国既卒斩'之语，盖作于东周初年也。"他将太师与尹氏分为两个人，那么，诗言"琐琐姻亚，则无膴仕"，太师与尹氏都是因亲家关系而都予人以大官吗？他因"国既卒斩"一句而即认此诗为东周初年的作品，显然是错误。

## 三

## 雨无正（小雅）

浩浩昊天，不骏其德。降丧饥馑，斩伐四国。旻天疾威，弗虑弗图。舍彼有罪，既伏其辜；若此无罪，沦胥以铺。

周宗既灭，靡所止戾。正大夫离居，莫知我勩。三事大夫，莫肯夙夜；邦君诸侯，莫肯朝夕。庶曰式臧，覆出为恶。

如何昊天，辟言不信？如彼行迈，则靡所臻。凡百君子，各敬尔身，胡不相畏，不畏于天？

戎成不退，饥成不遂。曾我暬御，憯憯日瘁。凡百君子，莫肯用讯，听言则答，谮言则退。

哀哉不能言，匪舌是出，维躬是瘁。哿矣能言，巧言如流，俾躬处休。

维曰于仕，孔棘且殆。云不可使，得罪于天子；亦云可使，怨及朋友。

谓尔迁于王都，曰："予未有室家。"鼠思泣血，无言不疾。昔尔出居，谁从作尔室？

释音：勩，音异。辟，音僻。不，音丕。瘁，音裒。

## 【诗义关键】

这首诗值得注意的有几点：

第一，"谓尔迁于王都，曰：'予未有室家。'鼠思泣血，无言不疾。昔尔出居，谁从作尔室？"不就是指皇父等作都于向这回事吗？王都，指镐京。屈万里说是王城，非是；因为平王迁都洛阳以后，才称洛阳为王城。此是"王都"，不是"王城"。作都于向是准备在向作都城，幽王并没有迁到那里。皇父作都于向既在幽王五年四月以后，那么这首诗的写作当然也在这个期间。时间一决定，诗里的许多事迹也就可寻了。

第二，"周宗既灭，靡所止戾。"宗，就是《板》篇"大宗维翰""宗子维城"的"宗"。周宗，就是周室的宗子，指宜臼。《竹书纪年》于晋文侯四年（幽王五年）载说："王世子宜臼出奔申。"出奔，当由于被废，因被废而出奔于申，不是"周宗既灭"吗？与皇父作都于向正是同一年份。

第三，"戎成不退，饥成不遂"，也就是《桑柔》篇的"天降丧乱，灭我立王。降此蟊贼，稼穑卒痒"以及《节南山》篇的"天方荐瘥，丧乱弘多"。

第四，"舍彼有罪，既伏其辜；若此无罪，沦胥以铺"，也就是《节南山》篇的"不惩其心，覆怨其正"。

第五，"曾我暬御，憯憯日瘁。"再看这位暬御之臣是谁。《国语·楚语》上说："昔卫武公年数九十有五矣，犹箴儆于国……

居寝有亵御之箴。"亵通埶。遍查春秋以前典籍,除《诗经》与《国语·楚语》外,没有提到"亵御"的。《周礼》里也没有这种官职。如此讲来,只有卫武公的时候才有这种职位。"居寝有亵御之箴",表示这种职位与卫武公的关系非常密切,一方面随时在侍从,另一方面还进箴规。从《诗经》里,我们所知道的尹吉甫与卫武公关系不正是这样吗?《兔罝》篇说:"赳赳武夫,公侯腹心。"这是尹吉甫对卫武公忠心的表示。《常棣》篇说"宜尔家室,乐尔妻帑。是究是图,亶其然乎",《斯干》篇说"兄及弟矣,式相好矣,无相犹矣"。这都是尹吉甫劝诫卫武公的话,不正是箴规吗?假如说此诗的"埶御"就是尹吉甫,不会有错。

其次,再从卫武公的岁数来证明此诗的"埶御"就是尹吉甫。《国语·楚语》说:"昔卫武公年数九十有五矣,犹箴儆于国。"《雨无正》这首诗写于幽王五年,而诗言"曾我埶御",意思就是曾经做过埶御之臣的我。换言之,他做埶御之臣一定在幽王五年之前。尹吉甫是幽王四年征伐西戎的,我们姑以幽王四年时卫武公九十五岁来看。宣王五年的时候,尹吉甫三十岁左右,他正与卫武公的孙女仲氏热恋。周人早婚,仲氏那时十七岁,他的父亲惠孙至少是三十二岁。惠孙是卫武公的仲子,这时卫武公是四十九岁左右。从宣王五年(公元前八二三)到幽王五年(公元前七七七),相距四十六年,再加上四十九年,当幽王五年的时候,卫武公是九十五岁,这不会是巧合吧?卫武公于幽王五年的时候九十五岁,他死于平王十三年(公元前七五八),享寿一百一十四岁左右,俞樾算他活到一百零八岁,相差也只有六岁。

尹吉甫既是卫武公的贽御之臣,卫武公为什么不替他讲话呢?诗言:"凡百君子,莫肯用讯;听言则答,谮言则退。"问题就出在这几句诗上。讯,问。用讯,就是做证。诗义就是:各位君子们,不肯当作证人;可听的话则对答,谗人的话就退而不答。因而斥责他们说:"凡百君子,各敬尔身,胡不相畏,不畏于天?"各位君子们,你们只顾自己,不肯讲实话,你们不怕人,难道不怕天吗?这首诗就在斥责这些不肯讲实话的人。因为没有人做证,只有听伯氏与仲氏一面之词,所以尹吉甫被判了罪。《青蝇》篇的"岂弟君子,无信谗言","谗人罔极,交乱四国","谗人罔极,构我二人",就是尹吉甫求卫武公的谅解而斥责伯氏的话。《墙有茨》篇说的"中冓之言,不可道也;所可道也,言之丑也","中冓之言,不可详也;所可详也,言之长也","中冓之言,不可读也;所可读也,言之辱也",就是尹吉甫求卫武公的谅解而斥责仲氏的诗。中冓之言,就是指仲氏的话。讲到这两首诗时,就可知道此中详情。

## 【字句解释】

一章。浩浩,广大貌。斩伐,伤害。伏,藏(《经义述闻》说)。整章的意思就是:广大的上天,不是长远地赐人以恩惠。它降下了饥馑,伤害了各国的人民。上天已经在显示它的威严,而执政的人仍不忧虑,仍不图谋。赦免了那个有罪之人而隐藏起他的罪过;像我这个无罪之人,倒连续地受到惩罚。

二章。周宗既灭,靡所止戾,就是周室的大宗既被废掉,国家也不知如何是好。正,正直。勩,劳。三事,三卿。庶,幸。整章的意思就是:周室的大宗既已被废,国家也不知如何是好。正直的官吏都离开了,没有人知道我的勤劳。三卿大夫都不肯朝夕从事;邦国的诸侯也不肯早晚勤劳。希望他们做好,想不到反而做出更坏的事来。

三章。辟言,邪辟之言。不,读为丕。整章的意思就是:老天爷呀,怎么那样相信邪辟的言辞呢?像他那样的行为,也不知道要达到什么地步。你们这些君子,都是只顾自己,你们不怕人,难道也不怕老天爷吗?

四章。整章的意思就是:西戎来了,无法把他们赶走;饥馑成了,无法把它消灭。曾经做过蛰御之臣的我,一天到晚因忧虑而憔悴。你们这些君子,都不肯出来做证,顺从的话,你们就对答,逸言呢,你们就避而不答。

五章。哿,欢乐(《经义述闻》说)。整章的意思就是:悲痛我这个不会讲话的人,不能用舌头表达出来,身子只有憔悴。欢乐的能言的人,巧话说得就像流水,身子也就得以安全。

六章。棘,棘手。殆,危险。整章的意思就是:说到做仕,非常地棘手而且危险。要说这样做不得,就得罪了天子;如果说做得对呢,就取罪于朋友。

七章。鼠,忧;鼠思,忧思。泣血,哭出血来。无言不疾,就是没有一句话不是痛心疾首。这是对现政的不满。整章的意思就是:对你们说你们可以迁回王都,你们说:"我们没有室家。"忧愁地哭出血来,没有一句话不是痛心疾首。当初你们来这里居住的时候,是谁给你们盖造房子来?

**【诗义辨正】**

《毛序》:"《雨无正》,大夫刺幽王也。雨自上下者也,众多如雨而非所以为政也。"姚际恒批评说:"《小序》谓'大夫刺幽王',云'大夫刺',非也。诗中云'正大夫离居'及'三事大夫,莫肯夙夜',岂己身为大夫而若是言乎?《集传》谓'正大夫离居之后,暬御之臣所作',是也。"这首诗的确是暬御之臣所作,上边曾做证明;但暬御之臣是谁以及为什么写这首诗,他们就不晓得了。

## 四

## 召旻(大雅)

旻天疾威,天笃降丧。瘨我饥馑,民卒流亡,我居圉卒荒。

天降罪罟,蟊贼内讧。昏椓靡共,溃溃回遹,实靖夷我邦。

皋皋訿訿,曾不知其玷。兢兢业业,孔填不宁,我位孔贬。

如彼岁旱,草不溃茂,如彼栖苴。我相此邦,无不溃止。

维昔之富不如时;维今之疚不如兹。彼疏斯粺,胡不自替，职兄斯引？

池之竭矣，不云自频？泉之竭矣，不云自中？溥斯害矣，职兄斯弘，不烖我躬！

昔先王受命，有如召公，日辟国百里；今也日蹙国百里。於乎哀哉！维今之人，不尚有旧！

释音：瘨，音殄。圉，音语。讧，音红。稼，音卓。訿，音紫。玷，音点。稗，音败。兄，音况。不，音丕。烖，音灾。

## 【诗义关键】

这首诗值得特别提出注意的有八点：

第一，诗言"瘨我饥馑"，不就是《雨无正》篇的"降丧饥馑""饥成不遂"吗？

第二，"我居圉卒荒"，不就是《桑柔》篇"孔棘我圉"吗？

第三，"民卒流亡"，不就是《桑柔》篇"自西徂东，靡所定处"吗？

第四，"蟊贼内讧"，不就是《桑柔》篇"降此蟊贼，稼穑卒痒"，与《瞻卬》篇"蟊贼蟊疾"吗？

第五，"溃溃回遹"，不就是《小旻》篇"谋犹回遹"与《抑》篇"回遹其德"吗？

第六，"今也日蹙国百里"，不就是《桑柔》篇"乱生不夷，靡国不泯"、"於乎有哀，国步斯频"吗？

第七，"彼疏斯稗，胡不自替，职兄斯引"，不就是指《十月之交》篇里番、家伯、仲允、聚子、楀、蹶父那一批人吗？

他们都是像禾稻里的稗类，而现在都做着大官。

第八，"兢兢业业，孔填不宁，我位孔贬"，不就是尹吉甫现在的处境吗？他兢兢业业地为国勤劳，反失掉了爵位与土地。毫无问题，这也是尹吉甫怨恨皇父与那一批执政人的诗篇。

**【字句解释】**

一章。笃，厚。丧，丧乱。整章的意思就是：高远的上天在发怒了，真个降下了丧乱。又病我以饥馑，人民终于流亡，我的居圉也都变得荒芜。

二章。罪罟，灾难。讧，溃。蟊贼内讧，就是害虫使国内溃乱。昏，通惛；《说文》"惛，忧也"，忧是乱的意思（马瑞辰说）。椓与诼通；诼，犹谮（亦马瑞辰说）。共，通恭。溃溃，乱貌。回遹，邪辟。靖，谋。夷，平。整章的意思就是：上天降下了灾祸，害虫也使国内溃乱。作乱诬陷的人越发地对上恭敬，乱哄地到处都是邪辟，实在打算要平夷我的国家。

三章。皋，当读为谆；《玉篇》："谆，相欺也。"（马瑞辰说）訛，通訾；訾，毁谤（亦马瑞辰说）。玷，缺失。兢兢，恐惧。业业，危惧貌。填，《毛传》于《瞻卬》篇注为"久"。整章的意思就是：一天到晚欺诈、毁谤，也不想想自己的缺点。小心谨慎，许久以来就不敢安宁，而我的地位反而大大地贬低了。

四章。溃，又作"遂"，都是长的意思。栖苴，偃卧的枯草。止，语词。整章的意思就是：就像那旱年，草既长不起来，都是躺在地上的枯草。我看这个国家，没有不溃乱的。

五章。时，是。《诗经》里用"富"字的共有六篇，就是

《我行其野》《正月》《小宛》《瞻卬》《閟宫》与此诗。除过《閟宫》篇"俾尔寿而富"是恭维鲁侯外，其他各篇都是指伯氏因与皇父结亲而致富。《我行其野》篇说"不思旧姻，求尔新特。成不以富，亦祇以异"，这是骂仲氏与皇父的结亲完全是为了财富。《正月》篇说"洽比其邻，昏姻孔云"，"哿矣富人，哀此惸独"，这是骂仲氏、伯氏与皇父结亲后，比邻而居。《小宛》篇说"彼昏不知，壹醉日富"，这是骂伯氏糊里糊涂一天到晚在醉酒，然而越来越富。《瞻卬》篇说"天何以刺，何神不富？舍尔介狄，维予胥忌"，这是骂仲氏只看在富的份上而处尹吉甫以罪过。《十月之交》篇说"皇父孔圣，作都于向。择三有事，亶侯多藏"，"择有车马，以居徂向"，皇父所选择的三事也都是有财富的。可是为仁不富，为富不仁，所以说"维今之疚不如兹"。疏，《郑笺》："䆃也。谓粝米也。"粺，应读为稗，即稗子。替，废。兄，况。引，长。整章的意思就是：以往的财富没有像今天这么多，可是内疚也没有像现今这样重。那些粝米，这些稗子，怎么不自相引退，反而在伸张权力呢？

六章。频，绝。溥，普。不，读为丕。栽，通灾。整章的意思就是：池水的枯竭不是自己干的；泉水的枯竭，也不由于它自身。普遍地受了这种灾害，现在还正在扩大，而我身所受的灾害则更为广大！

七章。先王，指文王、武王。召公，召公奭。尚，上。整章的意思就是：当先王受命的时候，像召公那样，一天要开辟百十里国土，现在是一天要缩小百十里国土。呜呼哀哉！现今的人是赶不上古人了！

## 【诗义辨正】

《毛序》:"《召旻》,凡伯刺幽王大坏也。旻,闵也。闵天下无如召公之臣也。"隐公七年《春秋》说:"冬,天王使凡伯来聘。"由此可知凡伯是鲁隐公时候的人。隐公七年为周桓王四年(公元前七一六)。《毛序》于《板》篇说:"凡伯刺厉王也。"厉王末年为公元前八四二年,与隐公七年相距一百二十六年,凡伯之刺厉王绝对不可能。现在又说刺幽王,其不可靠,也由此而知了。因为不可靠,所以《集传》就笼统说:"此刺幽王任用小人,以致饥馑侵削之诗也。"话虽说得笼统,但大致不差。姚际恒批评说:"此刺幽王之诗。《集传》谓'刺幽王任用小人'。按此诗仍指褒姒为主。蟊贼,指褒姒也,故曰'内讧'。谓'任用小人',涉泛,无着落。"《诗经》中用"蟊贼"的共有四篇,就是《大田》《桑柔》《瞻卬》与此诗。蟊贼都是指害虫,没有做人的比喻。假如是喻褒姒,那么"今也日蹙国百里",褒姒负军事上的责任吗?他误解了"内讧"二字,故有此错误。

## 五

## 伐檀(魏风)

坎坎伐檀兮,寘之河之干兮,河水清且涟猗。不稼不穑,胡取禾三百廛兮?不狩不猎,胡瞻尔庭有县貆兮?彼君子兮,不素餐兮!

坎坎伐辐兮,寘之河之侧兮,河水清且直猗。不稼不穑，胡取禾三百亿兮？不狩不猎，胡瞻尔庭有县特兮？彼君子兮，不素食兮！

坎坎伐轮兮，寘之河之漘兮，河水清且沦猗。不稼不穑，胡取禾三百囷兮？不狩不猎，胡瞻尔庭有县鹑兮？彼君子兮，不素飧兮！

释音：猗，音医。县，音玄。貆，音宣。漘，音唇。囷，音君。鹑，音纯。飧，音孙。

## 【诗义关键】

《节南山》篇说："弗躬弗亲，庶民弗信。弗问弗仕，勿罔君子。"这是讥讽皇父的不问政事。《雨无正》篇说："三事大夫，莫肯夙夜；邦君诸侯，莫肯朝夕。"这是批评围着皇父那批人的不勤政务。《桑柔》篇说："好是稼穑，力民代食。稼穑维宝，代食维好。"这是批判伯氏这批人只知食禄，而且要吃好的俸禄。此诗说："不稼不穑，胡取禾三百廛兮？不狩不猎，胡瞻尔庭有县貆兮？彼君子兮，不素餐兮！"也是攻击那批只知食禄而不问政事的人。再者，诗言"寘之河之干兮"，河，指黄河。向城就在黄河的边上。这首诗当是尹吉甫讽刺皇父等人的作品。然诗言："河水清且涟猗""河水清且直猗""河水清且沦猗"。黄河的水是黄的，怎么说是清的呢？我们再看看这首诗的季节。"不狩不猎"，狩猎在冬季，冬季里黄河的水是清的。现今兰州一带，冬季里黄河的水就是清的，可以为证。《读史方舆纪要》（卷十六）于开州黄河故渎说:"今州东二十里有清河,即大河旧流也。"可知古时黄河的水是清的。黄河想系周朝以后的名称,因为在《诗经》里都只称河。

## 【字句解释】

一章。坎坎,伐木声。檀,檀树,可以为车。干,厓。涟,风吹水而成之纹。猗,语词。古者,一夫田百亩,别受都邑五亩之地居之,为一廛。三百廛,三百户人家的赋税。县,同悬。貆,即獾。整章的意思就是:坎坎地在伐檀木,把它放在黄河岸边,河水是清而有波纹呀。不见你种,不见你收,怎么得到三百户的赋税呢?不见你狩,不见你猎,你的房子里怎么挂着貆皮呢?真正的君子是不吃白饭的!

二章。辐,车轮中凑于毂以支辋之细柱。《丰年》篇说:"亦有高廪,万亿及秭。"亿与秭是形容廪之多。廪,就是现在说的仓。三百亿,即三百亿的米仓。特,牛皮。整章的意思就是:坎坎地在伐着车辐,把它放在黄河边旁,河水是清而直呀。不见你种,不见你收,怎么得到三百亿的米仓呢?不见你狩,不见你猎,你的房子里怎么挂着牛皮呢?真正的君子是不吃白食的!

三章。漘,涯。沦,小的波纹。囷,囤。鹑,鹌鹑。飧,熟食,朝曰饔,夕曰飧。整章的意思就是:坎坎地在伐车轮,把它放在黄河边涯,河水是清而有微波呀。不见你种,不见你收,怎么取得三百囷禾呢?不见你狩,不见你猎,你的房子里怎么悬着鹌鹑呢?真正的君子是不吃白饭的!

【诗义辨正】

《毛序》:"《伐檀》,刺贪也。在位贪鄙,无功而受禄,君子不得进仕尔。"虽不十分正确,还有点对。《集传》说:"诗人言有人于此,用力伐檀,将以为车而行陆也。今乃置之河干,则河水清涟而无所用,虽欲自食其力而不可得矣。然其志则自以为不耕,则不可以得禾,不猎,则不可以得兽,是以甘心穷饿而不悔也。诗人述其事而叹之,以为是真能不空食者。后世若徐稚之流,非其力不食,其厉志盖如此。"他根本没有看懂诗,只是在字面上胡诌。

姚际恒说:"《小序》谓'刺贪';《大序》谓'在位贪鄙,无功而受禄,君子不得进仕尔'。谓'刺贪'者,指'不稼'以下而言也。谓'不得进仕'者,指章首三句而言也。'刺贪'与'不得进仕'各自为义,两不相蒙。又首三句,解诗者不为赋,则为比。今按之,以为赋者(毛、郑解,《集传》从之),则以伐檀为实事。夫君子之人,岂必从事力作?即从事力作,如伐檀及稼穑、狩猎诸事,庸夫类为之,皆自食其力;君子为此,何以见其贤?既有难通,而'河水清且涟猗'一句,竟无着落。言君子不仕,伐檀以自给,而置于河干,可也,何为赞河水耶?《毛传》云'若俟河水清且涟',此傲《左传》'俟河之清,人寿几何'为说,添出'若俟'字,殊非语气。以为比者,苏氏解。谓伐檀宜为车,今河非用车之处,仍只君子不得进仕之义,与下义不蒙。而'河水'一句虽竭力曲解,亦终不合。再四思之,此首三句非赋非比,乃兴也。兴体不必尽与下所咏合,不可固执求之。只是咏君子者适见有伐檀为车，用置于河干，而河水正清且涟漪之时，即所见以为兴，而下乃咏其事也。此诗美君子之不素餐，'不稼'四句是借小人以形君子，亦借君子以骂小人，乃反衬'不素餐'之义耳。末二句始露其旨。若以为'刺贪'，失之矣。"他解前三句是兴，很对；然说"借小人以形君子，亦借君子以骂小人"，则非。实际上，骂的是一种人，各章意义都是一致的。

# 六

## 角弓（小雅）

骍骍角弓，翩其反矣。兄弟昏姻，无胥远矣。
尔之远矣，民胥然矣。尔之教矣，民胥效矣。
此令兄弟，绰绰有裕。不令兄弟，交相为瘉。
民之无良，相怨一方。受爵不让，至于已斯亡。
老马反为驹，不顾其后。如食宜饇，如酌孔取。
毋教猱升木，如涂涂附。君子有徽猷，小人与属。
雨雪瀌瀌，见晛曰消。莫肯下遗，式居娄骄。
雨雪浮浮，见晛曰流。如蛮如髦，我是用忧。

释音：翩，音篇。食，音嗣。饇，音预。晛，音现。娄，音屡。

## 【诗义关键】

这首诗的关键就在"受爵不让，至于已斯亡"。了解了这两句诗的意义与背景，也就了解整首诗的意义。爵，是爵位。亡、无，古通。意思就是受到的爵位是不能让人的，一直到死了才算完。由此可知，说这句话的人，一定是一位武士。因为在封建政治之下，诸侯的爵位是世袭的，父传子，子传孙，世世相袭，只有武士的爵位是身终即止，所以《孟子》说："士无世官。"《十月之交》篇说："胡为我作，不即我谋？彻我墙屋，田卒污莱。曰：'予不戕，礼则然矣。'"我们曾说，这是皇父解除尹吉甫的爵位与土地后，对尹吉甫解释他如此做的理由。《瞻卬》篇说："人有土田，女反有之；人有民人，女覆夺之。"这是仲氏夺取尹吉甫的官爵土地，下边就要讲到。那么，皇父与仲氏之施于尹吉甫的与此诗有否关系？试再探讨如下：

此诗说："兄弟昏姻，无胥远矣。"《尔雅·释亲》说"妇之党为婚兄弟，婿之党为姻兄弟"，注："古者，皆谓婚姻为兄弟。"兄弟婚姻，就是以兄弟相称的婚姻。尹吉甫不是卫国的外甥吗？不就是兄弟婚姻吗？所以《我行其野》篇说："昏姻之故，言就尔居。尔不我畜，复我邦家"，"昏姻之故，言就尔宿。尔不我畜，言归斯复"。尹吉甫与伯氏一起去征伐西戎，因为伯氏不听尹吉甫的计谋而致失败，伯氏逃归南燕后，反将失败的责任一股脑儿推在尹吉甫的身上，皇父、蹶父、卫武公与仲氏都相信了伯氏的话，所以把尹吉甫的爵位与土地一并没收，这是一方面的行动，因而此诗说："民之无良，相怨一方。"意思就是不良的人，只是以片面的理由来怨恨。由于怨恨而将他的爵位撤销。就以此义，将此诗作一解释。

【字句解释】

一章。骍骍角弓,就是以纯赤色的牛角所饰的弓。翩,反貌。翩其反矣,就是翩翩地反过来了。弓不用时,则卸其弦而向外反张。胥,相。整章的意思就是:纯赤色的牛角所饰之弓,翩翩地反过来了。兄弟相称的亲戚,不要疏远了。

二章。民,人。教,教导。整章的意思就是:你要是疏远了,人们也都疏远了。你要教他们这样做,人们也就仿效了。

三章。令,和善。绰绰,宽裕貌。整章的意思就是:兄弟们要是和善,对外则绰有余裕。兄弟们要是不和善,彼此都受到害处。

四章。整章的意思就是:不良的人,以片面之词在怨恨。承受的爵位是不能让人的,一直到死了才算完。

五章。老马,暗指皇父。驹,暗指伯氏,马二岁曰驹。如,其。饇,饱。酌,饮。如食宜饇,如酌孔取,就是他吃,要吃饱,喝,要喝得多。皇父不是撤销了尹吉甫的官爵与土地吗?而撤销的土地则都转给伯氏,所以《瞻卬》篇说:"人有土田,女反有之;人有民人,女覆夺之。"女,指仲氏,仲氏夺取这些土地人民,也都是为伯氏。整章的意思就是:老马反而为草驹着想,也不顾虑到后果。他吃要吃个饱,喝要喝得多。

六章。猱,猕猴,性善爬树。毋教猱升木,如涂涂附,就是用不着教猕猴爬树,用不着在泥墙上涂泥。意言伯氏已经够狡猾污秽了,无须再教导他。所以下边接着说:"君子有徽猷,小人与属。"徽,美。猷,道。整章的意思就是:用不着教猕猴爬树,也用不着在泥墙上涂泥。君子要是有德行,小人也就跟着走了。

七章。瀌瀌，雪盛貌。晛，日光。遗，《郑笺》："读曰随。"娄，读为屡，《荀子·非相》引诗即作"屡"。整章的意思就是：下得很大的雪，见了阳光就融化。不肯低头随人，屡次显出骄傲的态度。

八章。浮浮，盛貌。蛮，南蛮。髦，西夷之别名。尹吉甫的官爵与土地被撤销后，生活也变得穷困贫苦，就像南蛮西夷一样，所以诗言："如蛮如髦，我是用忧。"整章的意思就是：下得很大的雪，见到阳光就变成流水。就像是蛮人，就像是髦人，所以我的心里很忧愁。

**【诗篇联系】**

这首诗一定得与《十月之交》篇的"抑此皇父，岂曰不时？胡为我作，不即我谋？彻我墙屋，田卒污莱。曰：'予不戕，礼则然矣'"连起来读，才能真正知道它的意义。一篇作品，不仅要知道它的作者，还要知道它的写作对象，才能知道它所表现的心理形态。比如这首诗"尔之远矣，民胥然矣。尔之教矣，民胥效矣"的"尔"是谁？知道是谁才能追究出事实。"尔"指皇父，因为是皇父在执行命令。再者，"老马反为驹"的"老马"指谁，"毋教猱升木"是谁在"教"，"君子有徽猷"的"君子"是谁？假如不与《十月之交》篇连看，都不可能知道。三百篇每篇都有写作的对象，一定得找到对象，诗义才能连贯起来。

**【诗义辨正】**

《毛序》："《角弓》，父兄刺幽王也。不亲九族而好谗佞，骨肉相怨，故作是诗也。"姚际恒批评说："《小序》谓'刺幽王'，《大序》谓'不亲九族而好谗佞'。谓刺幽王，或是因幽王好谗，必以此诗为刺谗矣；然诗中无指谗之事。首章言兄弟带昏姻，三章单言兄弟，以兄弟为尤重也。何玄子谓：'宠任昏姻，疏远兄弟，故首章谓兄弟昏姻不宜相远，下章单言兄弟，不言昏姻。'此为臆解。昏姻者指何人乎？恐人惑其说，故及之。"姚氏批评的甚是。不知道作者与写作对象，绝对无法了解作品。

## 七

## 权舆（秦风）

於我乎！夏屋渠渠；今也每食无余。于嗟乎！不承权舆。

於我乎！每食四簋；今也每食不饱。于嗟乎！不承权舆。

释音：簋，音鬼。

## 【诗义关键】

先看"每食四簋"的是哪一等级的人。王国维于《虢仲簋跋》（见《观堂别集》卷二）说："簋者，陈黍稷之器，故其数必偶。《易·损》卦辞：'二簋可用享。'二簋者，黍一、稷一也。此殆士礼。稍进则为四簋。《诗》云'於我乎！每食四簋'，此大夫之礼也……又进，则用八簋，《诗》云'陈馈八簋'……是八簋者，卿之礼也。"《伐木》篇说"陈馈八簋""以速诸舅"，是尹吉甫邀请他的舅舅们宴饮，我们曾经讲过。他的舅舅们都是卫国的贵族，故用八簋。四簋既是大夫之礼，那么，诗言"於我乎！每食四簋；今也每食不饱。于嗟乎！不承权舆"，换言之，就是以前曾为大夫，现在不仅不是大夫了，而且吃也吃不饱。从上边解释过的各诗来看，不就是尹吉甫吗？他被革职后，土地也被没收，当然吃不饱。这是多么自然的衔接！

## 【字句解释】

一章。夏屋，大屋（戴震《毛郑诗考正》说）。《广雅》："渠渠，盛也。"无余，没有剩余。今也每食无余，就是现在呀吃的总是没有剩余。《十月之交》篇说"彻我墙屋，田卒污莱"，所以说房屋没有了，吃的也没有了。承，继。权舆，始。整章的意思就是：以前的我呀，住的是华丽的房屋；现今呀，吃的总是没有剩余。可叹呀！不能继续从前了。

二章。整章的意思就是：以前的我呀，每餐吃的都是四簋；现今呢，每餐都吃不饱。可叹呀！不能继续从前了。

## 【诗义辨正】

《毛序》："《权舆》，刺康公也。忘先君之旧臣，与贤者有始而无终也。"因为这首诗在《秦风》，也就扯到秦康公身上。

《集传》说:"此言其君始有渠渠之夏屋以待贤者,而其后礼意寖衰,供亿寖薄,至于贤者每食而无余,于是叹之。言不能继其始也。"他是从字面上猜想。要不是尹吉甫生平事迹的发现,这首诗也就永远无法了解。

## 八

## 沔水(小雅)

沔彼流水,朝宗于海。鴥彼飞隼,载飞载止。嗟我兄弟,邦人诸友。莫肯念乱,谁无父母!

沔彼流水,其流汤汤。鴥彼飞隼,载飞载扬。念彼不迹,载起载行。心之忧矣,不可弭忘。

鴥彼飞隼,率彼中陵。民之讹言,宁莫之惩!我友敬矣,谗言其兴!

释音:沔,音免。朝,音潮。鴥,音育。汤,音伤。弭,音米。

## 【诗义关键】

这首诗里有一种极值得注意的现象,必须首先予以指出。我们曾说《采芑》篇的"鴥彼飞隼,其飞戾天,亦集爰止",是尹吉甫以隼来象征他自己,因为隼就是他的旗帜的标帜。这首诗也说"鴥彼飞隼,载飞载止","鴥彼飞隼,载飞载扬","鴥彼飞隼,率彼中陵",这是偶然的相同呢?还是有必然的原因呢？从《桑柔》篇的"维此良人"，知道尹吉甫此次西征是以良人的身份参与的；再从"旟旐有翩"，知道他此次出征所打的旗帜是旟，旗上的标帜就是隼。那么，此诗与《采芑》篇有了同一的句子，不是偶然的吧？如果是表示尹吉甫的参与此次战役，这首诗的意义也就显现了。

《正月》篇说"民之讹言，宁莫之惩"，是指伯氏的谗言没有得到应得的惩罚，此诗也有完全相同的两句，所指的当然也是伯氏。诗又言："念彼不迹，载起载行。心之忧矣，不可弭忘。"不正是指伯氏的败阵，不仅没有受到惩罚，反做起冢宰的要职而在飞扬跋扈吗？"邦人诸友，莫肯念乱"，也不正是《雨无正》篇"三事大夫，莫肯夙夜；邦君诸侯，莫肯朝夕"吗？"我友敬矣，谗言其兴"，友是友爱，敬是敬重，不正是尹吉甫对伯氏的热诚反而引起伯氏的谗言吗？诗义是多么明显。

## 【字句解释】

一章。沔，水流满貌。这首诗是伯氏败退到南燕后尹吉甫所写。南燕正临黄河，黄河是东流入海。这是写实，不是《毛传》说的"水犹有所朝宗"；也不是《郑笺》说的"水流而入海，小就大也。喻诸侯朝天子亦犹是也"。鴥，疾飞。从"邦人诸友"看来，所谓"嗟我兄弟"的"兄弟"是指蹶父等人，因为蹶父是尹吉甫的本家哥哥。整章的意思就是：满满的流水，东流入海。疾飞的鹰隼，时而飞飞，时而止止。可叹我的兄弟、国人、诸位朋友都不肯忧虑国难，谁没有父母呀！

二章。汤汤，水流声，与《氓》《载驱》《鼓钟》《江汉》

所用之"汤汤"同义，《毛传》注为"言放纵无所入"，非是。功业可见者曰迹；不迹，没有功业的人。起，举而用之。《战国策·秦策》："起樗里子于国。"行，列，古军制以二十五人为行。弭，止。整章的意思就是：满满的流水，汤汤作响。疾飞的鹰隼，时而高，时而低。想到那没有功业的人，反而起用在行列之中。心里边的忧愁，简直无法让它停止。

三章。率，循。讹言，伪言。整章的意思就是：疾飞的鹰隼，在那陵中飞翔。说瞎话的人，怎么得不到惩罚呢！我对人友爱敬重，反而谗言兴起来了！

**【诗义辨正】**

《毛序》："《沔水》，规宣王也。"《集传》说："此忧乱之诗。"姚际恒说："《小序》谓'规宣王'，《集传》谓'忧乱之诗'。谓规宣王者，以诗中'谗言其兴'也；谓忧乱者，以诗中'莫肯念乱'也。不知作何归着。其余诸解纷纷，悉属猜摹，更不能悉详也。"说得很对。

# 九

## 菀柳（小雅）

有菀者柳，不尚息焉。上帝甚蹈，无自暱焉。俾予靖之，后予极焉。

有菀者柳，不尚愒焉。上帝甚蹈，无自瘵焉。俾予靖之，后予迈焉。

有鸟高飞，亦傅于天。彼人之心，于何其臻？曷予靖之，居以凶矜？

释音：暱，音腻。曷，音器。瘵，音债。

## 【诗义关键】

这首诗的关键就在"极""迈"两个字的意义。极，当为恆，《说文》心部"恆，疾也"；后予极焉，言其后乃憎疾我（《群经平议》说）。俾予靖之，后予极焉，就是使我平靖了它，后来又憎恶我。迈，为怖之假借，《说文》心部"怖，恨怒也"，引《诗》"视我怖怖"。《白华》篇"视我迈迈"，《毛传》："迈迈，不悦也。"后予迈焉，就是后乃不喜欢我（亦《群经平议》说）。俾予靖之，后予迈焉，就是使我平靖了它，后来又不喜欢我。诗又言："曷予靖之，居以凶矜？"矜，危。意思就是为什么我平靖了它，反居凶危之地呢？这不就是尹吉甫现今的处境吗？他开始平靖了西戎，然因伯氏的谗言，反而失了官爵与土地。这首诗也是他自诉遭遇的作品。

## 【字句解释】

一章。菀，读为郁，茂盛貌。息，休息。蹈，《一切经音义》引《韩诗》作"陶"；陶，变（马瑞辰说）。暱，病（亦马瑞辰说）。整章的意思就是：有棵茂盛的柳树，可是下边不能休息。上帝是变化无常的，不要自己惹出病痛来。使我平靖了西戎，后来又憎恨我。

二章。愒,息。瘵,病。整章的意思就是:有棵茂盛的柳树,可是下边不能憩息。上帝是变化无常的,不要自己惹出苦痛来。使我平靖了西戎,后来又不喜欢我。

三章。傅,附。彼人,指伯氏。整章的意思就是:一只高飞的鸟,飞得也与天接近。他那个人的心,到底要怎么样呢?为什么我平靖了西戎,反而处在凶危的境地呢?

【诗义辨正】

《毛序》:"《菀柳》,刺幽王也。暴虐无亲,而刑罚不中,诸侯皆不欲朝,言王者之不可朝事也。"姚际恒批评说:"《小序》谓'刺幽王',或谓厉王。《大序》谓'诸侯皆不欲朝',《集传》从之,非也。君虽不淑,臣节宜敦,不朝岂可训耶?"他又说:"大概是王待诸侯不以礼,诸侯相与忧危之诗。"完全在猜。

## 十

## 兔爰(王风)

有兔爰爰,雉离于罗。我生之初,尚无为;我生之后,逢此百罹。尚寐无吪!

有兔爰爰,雉离于罦。我生之初,尚无造;我生之后,逢此百忧。尚寐无觉!

有兔爰爰，雉离于罿。我生之初，尚无庸；我生之后，逢此百凶。尚寐无聪！

释音：为，读伪。罦，音孚。罿，音冲。

## 【诗义关键】

先将"我生之初，尚无为；我生之后，逢此百罹"，"我生之初，尚无造；我生之后，逢此百忧"，"我生之初，尚无庸；我生之后，逢此百凶"，作一解释。我生之初，即生我之初；我生之后，即生我之后，意义相同。为、伪，古通（马瑞辰说）。造，《毛传》："伪也。"庸，《尔雅·释诂》："劳也。"劳，即劳碌。这三段的意思就是：当我初生的时候，尚没有伪诈的事件发生；生了我以后，就逢到了百般的灾难。当我初生的时候，尚没有虚伪的事情；生了我以后，就逢到了百般的忧愁。当我初生的时候，尚没有劳碌的事情；生了我以后，就逢到了百般的丧乱。现在且以尹吉甫生存期间发生的事件看看与此诗所说的是否相合。宣王五年（公元前八二三）的时候，他是三十岁左右，那么，他应该生于厉王二十六年（公元前八五三）左右。这时正是厉王无道，接着共和，诸侯不朝，接下来就是宣王复兴，一直到宣王十年，天下才算平定。尹吉甫死于幽王七年（公元前七七五），这时又是天下大乱，而幽王就于后四年被杀。假如不是事实，不可能这样巧合吧？我们不妨再举几个前人的说法来做比较。

胡承珙《毛诗后笺》说："《吕记》引朱氏曰：'为此诗者，

盖及见西周之盛，故曰方我生之初，天下尚无事，及我生之后，而逢时之多难如此。'戴氏《续诗记》曰：'东迁以来，至于桓王伐郑之时，近七十年矣。我生之初，虽时已乱离，尚未至此；今祸患之兴，稠沓如此，不如无生之为愈也。'范氏《诗瀋》曰：'后《序》以此为桓王诗，朱子不详其世。考桓王在位二十三年，惟率蔡卫陈伐郑一事，见《春秋·传》，他无所考。诗曰"我生之初，尚无为；我生之后，逢此百罹"，则明为平王诗也。幽王之初年，周室尚平，故生初无为，至犬戎入寇，王死骊山，祸始大剧。东迁以后，戎患未息，平乃靦颜庇仇，戍申戍许，征役不息，非逢此百罹，逢此百凶乎？'《毛诗明辨录》曰：'此篇当是幽王时诗，不必拘定平王。盖我生之初，正当宣王中兴，为西周之盛；我生之后，正当幽王时，遇此君弑国亡之乱，故言逢此百罹。若东迁已定，民方安集，不至于如幽之甚。细绎之，非痛定之思也。《序》谓桓王失信，王师伤败，君子不乐其生，其人自序生初犹及见西周之盛，即在宣王中兴二三十年，又历幽至平至桓五十余年，则是八十老人矣，岂经幽王之乱，反安然不忧，至此桓王伐郑，一用兵而遂为百忧乎？'翁氏《诗附记》曰：'陈启源辨朱《传》"我生之初，天下尚无事"之说云：《序》以此为桓王时，其曰王师伤败，指繻葛之战，事在桓王十三年。距西周六十四年，距宣王之崩七十五年。如朱子之言，则此人作诗时应八九十岁，尚从征役，无是理也。"'"大家都在宣王、幽王、平王、桓王这段期间猜，然没一个说得对。因为不知道作者，不能从作者身上来找证据，所以愈辨愈乱。现在知道是尹吉甫的经历，一切问题也都得到了解决。

然他为什么写这首诗呢？就在"尚寐无吪""尚寐无觉""尚寐无聪"这三句。这是儆诫皇父等人的话，因为他们不理国政，不知危险，所以写这首诗来儆诫他们。

**【字句解释】**

一章。爰爰，缓行貌。离，同罹，遭逢的意思。罗，网罗。寐，睡。吪，化，感化的意思，与《破斧》篇之"吪"同义。整章的意思就是：兔子在缓缓地行走，野鸡倒是遭到网罗。当我初生的时候，还没有虚伪的事情；生了我之后，遭到百般的祸难。还在睡觉而无动于衷吗！

二章。罦，捕鸟网。整章的意思就是：兔子在缓缓地行走，野鸡倒遭到了罗网。当我初生的时候，还没有虚假的事情；生了我之后，遭到了百般的忧愁。还在睡觉不知道吗！

三章。罿，也是一种捕鸟之网。聪，听，与《祈父》篇之"聪"同义。整章的意思就是：兔子在缓缓地行走，野鸡倒遭到了鸟网。当我初生的时候，还没有什么劳役；生了我之后，遭到了百般的丧乱。还在睡觉听不到吗！

**【诗义辨正】**

《毛序》："《兔爰》，闵周也。桓王失信，诸侯背叛，构怨连祸，王师伤败，君子不乐其生焉。"此诗不是桓王时候的作品，已作辨正。姚际恒说："欧阳氏曰：'我生之初尚无为，谓昔尚幸世无事，闲缓如兔之爰爰也。我生之后逢此百罹，谓今时不幸，遭此乱世，如雉陷于罗网也。'按以一人比兔，又比雉，似未安。苏氏曰：'兔狡而难取，雉介而易执。世乱则轻狡之人肆，而耿介之人常被其祸。'亦求之过深。作此诗者大抵军士，若桓王好战，他国名为合从，实无肯为王出力者，故以兔比他国之卒，以雉自比欤？……繻葛之战以前，周室尚无事，自是而桓、文迭兴，霸升王降，天下大乱矣。诗人以'我生初、后'为言，此诗史也。"这首诗确是诗史，然不是姚氏所说的诗史。

## 十一

### 四月（小雅）

四月维夏，六月徂暑。先祖匪人，胡宁忍予！
秋日凄凄，百卉具腓。乱离瘼矣，爰其适归？
冬日烈烈，飘风发发。民莫不穀，我独何害？
山有嘉卉，侯栗侯梅。废为残贼，莫知其尤！
相彼泉水，载清载浊。我日构祸，曷云能穀！
滔滔江汉，南国之纪。尽瘁以仕，宁莫我有！
匪鹑匪鸢，翰飞戾天。匪鳣匪鲔，潜逃于渊。
山有蕨薇，隰有杞桋。君子作歌，维以告哀。

释音：鸢，音冤。鳣，音占。鲔，音伟。桋，音夷。

## 【诗义关键】

诗里提到四月、六月、秋日、冬日，整整一年。我们看看尹吉甫于幽王五至六年所遭遇的事件与此诗是否相合，那么，"君子作歌，维以告哀"的"君子"是谁也就知道了。

诗言："乱离瘼矣，爰其适归？"《家语》引"爰"作"奚"，意思就是离乱的病痛要到什么时候才完呢？这不就是《桑柔》篇"自西徂东，靡所定处。多我觏痻，孔棘我圉"吗？《桑柔》篇是幽王五年四月所写。此诗说："四月维夏，六月徂暑"，"秋日凄凄，百卉具腓。乱离瘼矣，爰其适归"。可见四月败退到南燕后，一直到秋天局势还不安定。诗又说："废为残贼，莫知其尤！"意思就是把我废为残贼，我也不知道犯了什么罪过！这不就是《小弁》篇说的"民莫不穀，我独于罹。何辜于天，我罪伊何"吗？又说："我日构祸，曷云能穀！"构，遘之假借。穀，禄。意思就是我天天遭到祸害，怎么能够得到俸禄呢？这不就是《正月》篇的"民之无辜，并其臣仆。哀我人斯，于何从禄"吗？又说："尽瘁以仕，宁莫我有！"瘁，劳。意思就是我尽力来做士，结果什么也得不到。这不就是《菀柳》篇说的"俾予靖之，后予极焉"、"俾予靖之，后予迈焉"、"曷予靖之，居以凶矜"吗？所以这首诗的"君子"绝无问题就是尹吉甫的自称。

## 【字句解释】

一章。先祖匪人，胡宁忍予，就是先祖简直一点也不仁慈，怎么忍心看到我这样！他怎么骂起祖先来呢？因为尹吉甫与蹶父、伯氏是同宗同祖，现在蹶父与伯氏欺压他，祖先们也不管，所以骂他们。《小宛》篇"我心忧伤，念昔先人。明发不寐，有怀二人"的"先人"就是此诗的先祖；"二人"，就是指蹶父与伯氏。整章的意思就是：四月是夏天，六月到了暑天。祖宗简直一点也不仁慈，怎么忍心让我这样呢！

二章。凄凄，凄凉。腓，病，衰败的意思。整章的意思就是：秋天凄凉的日子里，百草都衰败了。离乱的苦痛，要到什么时候才完呢？

三章。整章的意思就是：冬天寒冽的天气里，又刮着呼呼的大风。没有人不好，为什么我独独遭到祸害呢？

四章。侯，维。整章的意思就是：山上有好的树木，是栗树，是梅树。把我废为残贼，我也不知犯了什么过错！

五章。整章的意思就是：你看那泉里边的水，有时候清，也有时候浊。我天天遭到祸害，怎能够得到俸禄呢！

六章。滔滔，大水貌。江汉，汉江的倒文。整章的意思就是：浩浩荡荡的汉江，是南方国家的纲纪。我尽心尽力地来做士，什么也得不到！

七章。整章的意思就是：那个鹑鹑，那个鸢鹰，可以飞到天上。那个鳣鱼，那个鲔鱼，可以逃到深渊里，而我无法逃跑。

八章。整章的意思就是：山上有蕨草薇草，低地里有杞树梗树。君子我作这首歌，为的是诉说悲苦。

## 【诗义辨正】

《毛序》："《四月》，大夫刺幽王也。在位贪残，下国构祸，怨乱并兴焉。"完全照字面在胡诌。《集传》说:"此亦遭乱自伤之诗。"也是从字面在猜,不过比《毛序》接近一点。姚际恒说:"此疑大夫之后为仕者遭小人构祸,身历南国,而叹其无所容身也。或单主行役言,非。或主思祭祖言,亦凿。""江汉"两句仅仅是起兴,因为作者曾经到过汉江。

以上十一篇,就是《十月之交》《节南山》《雨无正》《召旻》《伐檀》《角弓》《权舆》《沔水》《菀柳》《兔爰》与《四月》,都是皇父迁都于向后,尹吉甫谴责皇父内阁的诗篇。

# 【第二十六编】
## 咒骂伯氏诗篇（幽王五至六年）

一

# 巧言（小雅）

悠悠昊天，曰父母且！无罪无辜，乱如此幠。昊天已威，予慎无罪；昊天大幠，予慎无辜。

乱之初生，僭始既涵；乱之又生，君子信谗。君子如怒，乱庶遄沮；君子如祉，乱庶遄已。

君子屡盟，乱是用长。君子信盗，乱是用暴。盗言孔甘，乱是用餤。匪其止共，维王之邛。

奕奕寝庙，君子作之。秩秩大猷，圣人莫之。他人有心，予忖度之。跃跃毚兔，遇犬获之。

荏染柔木，君子树之。往来行言，心焉数之。蛇蛇硕言，出自口矣。巧言如簧，颜之厚矣。

彼何人斯，居河之麋。无拳无勇，职为乱阶。既微且尰，尔勇伊何？为犹将多，尔居徒几何！

释音：且，音疽。幠，音呼。祉，音耻。餤，音淡。共，音恭。邛，音穷。跃，音剔。毚，音残。蛇，音移。麋，音眉。尰，音肿。

## 【诗义关键】

要想了解这首诗，得先知道"既微且尰，尔勇伊何"指的是谁；然要了解这两句诗，还得在《新台》篇找线索，我们且试试看。

闻一多于《诗新台鸿字说》（见《闻一多全集》第二册）说："《传》不为'鸿'字作训，殆以为鸟名，人所习之，无烦词费。虽然，余窃有疑焉。夫鸿者，高飞之大鸟，取鸿当以矰缴，不闻以网罗也。此其一。借曰误得，则施罟水中，亦断无得鸿之理。何则？鸿但近水而栖，初非潜渊之物，鸿既不入水，何由误絓于鱼网之中哉？此其二。抑更有进者，上文曰'燕婉之求，籧篨不鲜'，'燕婉之求，籧篨不殄'；下文曰'燕婉之求，得此戚施'。籧篨、戚施，皆喻丑恶，则此曰'鱼网之设，鸿则离之'者，当亦以鱼喻美，鸿喻丑，故《传》释之曰：'言所得非所求也。'然而夷考载籍，从无以鸿为丑鸟者。……今案，诗曰'籧篨不鲜'，又曰'籧篨不殄'，鲜、殄皆属鱼言，鲜者，美也。殄借为珍，亦美也。鲜珍为味之美，亦为容貌之美。鱼为鲜物珍物，故诗人即借求鱼，以喻求燕婉之美婿。知鲜珍皆属鱼言，则'籧篨不鲜''籧篨不殄'，犹所得者是籧篨而非鱼耳，鱼与籧篨对举以喻美丑，则籧篨之物，必鱼之同类而品质相反者，则非下文之戚施，亦即蟾蜍者何足以当之？"于是他从《名医别录》证明"虾蟆，一名苦蠪"，苦蠪为鸿之古读。此说甚是。然指的到底是谁呢？我们再从"新台有泚，河水瀰瀰"的新台与河水上找线索。

《读史方舆纪要》（卷十六）于滑县白马废县说："又滑台城，胡氏曰：'在白马县西南。'……临河有台，故曰滑台。"滑台的地点晓得了，再看谁住在滑台。同书同卷又于鄄城说："鄄城在县东南二十八里。《诗》'思须与漕',漕……即白马县也。"我们知道仲氏的家就住在须,而须这个地方有台,当时是新筑,故称"新台",因为它在滑县,后人也就称它为滑台。仲氏与尹吉甫仳离后又改嫁,改嫁的目的在求美婿,想不到所嫁的是籧篨,是戚施。籧篨是虾蟆,戚施是什么呢?《毛传》说"不能仰者",也就是现在说的驼背或罗锅。改嫁的人像虾蟆,是一个罗锅,不就是此诗的"既微且尰"吗?微,是矮小,尰是罗锅。原来仲氏改嫁的是这样一个人,这个人不就是伯氏吗?到此,我们又有历史证据了。《国语·郑语》说周幽王"侏儒戚施,实御在侧,近顽童也",所谓"侏儒戚施"原来就指伯氏!三百篇的真实性,更得到一大证明!知道了"既微且尰"的就是伯氏,诗义也就显明了。

"昊天已威,予慎无罪;昊天大幠,予慎无辜",不就是尹吉甫的自白吗?"乱之初生,僭始既涵",不就是指派伯氏去征伐西戎吗?"乱之又生,君子信谗",不就是指《民劳》篇说的"民亦劳止,汔可小康",然因不听尹吉甫的劝告而终致败逃,他反将罪过加在尹吉甫身上吗?"匪其止共,维王之邛",不就是指伯氏的谄媚幽王吗?"彼何人斯,居河之麋",伯氏的家在南燕,南燕不就是临黄河吗?这首诗是咒骂伯氏的,毫无问题。

## 【字句解释】

一章。悠悠,遥遥。且,句末语词。幠,憮之假借;《尔雅·释诂》:"憮,大也。"慎,谨慎。昊天已威,予慎无罪;昊天大憮，予慎无辜。从一开始征伐西戎的诗篇，从尹吉甫为自己辩护的诗篇，知道他是怎样地小心谨慎，怎样地在劝诫伯氏，然而伯氏不听劝告，才产生了大祸，所以尹吉甫说他自己没有罪过。整章的意思就是：遥遥的上天呀！父亲母亲呀！我没有罪，没有过，然而产生了这么大的灾祸。上天开始在发怒的时候，我就没有罪过；上天在大大生气的时候，我也没有过错。

二章。僭，为潛之假借（马瑞辰说）。乱之初生，指西戎开始作乱的时候。僭始既涵，指皇父任用伯氏而言。伯氏本是无拳无勇的人，而皇父听他的话，任命他为将帅。乱之又生，就是祸乱再生的时候。西戎作乱本来停止了一个阶段，由《民劳》篇可以证明，可是伯氏不听尹吉甫的计谋，让西戎灭犬丘，镐京危亟，皇父作都于向，所以说"乱之又生"。庶，庶几。遄，速。沮，止。君子如怒，乱庶遄沮，就是皇父如果生气的话，乱也就很快地停止。怎么知道这个君子就是皇父呢？因为皇父这时当着卿士，正在主管战事。祉，喜（《集传》说）。宣公（按马瑞辰误记宣为昭）十七年《左传》："范武子将老，召文子曰：'燮乎！吾闻之：喜怒以类者鲜，易者实多。《诗》曰："君子如怒，乱庶遄沮；君子如祉，乱庶遄已。"君子之喜怒，以已乱也，弗已者，必益之。'"祉，即作喜解。整章的意思就是：祸乱刚刚发生的时候，潛言已经涵在里边；祸乱再次发生的时候，君子就信了谗言。君子要是生气的话，祸乱也就很快地阻止；君子要是喜欢我的话，祸乱也就很快地停止。

三章。君子屡盟，就是皇父与伯氏屡次结盟，指他们共拥褒姒、结亲以及派伯氏为将帅等而言。盗，小人。暴，强暴。餤，进。匪，彼。甲骨文中止、足，同字；止共，即足恭，也就是过于恭敬（屈万里说）。邛，病。整章的意思就是：君子与他屡次盟好，祸乱也就长久下去。君子信了小人的话，祸乱也就扩大起来。小人的话非常甜蜜，祸乱也就进了一步。就由于他太恭敬了，国王也就中了病症。

四章。奕奕寝庙，君子作之，就是广大的寝庙是君子建造的。皇父不是作都于向吗？作都必先作庙。秩秩，秩序井然。猷，谋。莫，谟之假借；谟，谋。忖度，揣摩。跃跃即趯趯，跳跃的意思。毚兔，狡兔。整章的意思就是：广大的寝庙是君子建造的。井然有条的大谋，是圣人计谋的。别人的心肠，我可以揣摩得到。跳跃的狡兔，犬可以获得它。

五章。荏染，柔弱。作庙必栽种树木，寝庙是新建的，树木也是新栽的，故言"荏染柔木"。行言，流言（《群经平议》说）。数，计算。蛇蛇，即訑訑之假借，大言欺世之貌（马瑞辰说）。整章的意思就是：柔弱的小树，是君子栽种的。来来往往的流言，我心里边是有数的。夸大欺世之言，竟能从嘴里说出来。巧话说得像笙中之簧，脸皮也真是太厚了！

六章。麋，应读为湄；湄，水边。拳，拳头的力量。勇，勇敢。无拳无勇，也就是《小旻》篇"不敢暴虎，不敢冯河"。暴虎须有拳力，冯河须有勇气。职，常。《广雅》："犹，欺也。"将多，孔多。居，当训为蓄；《论语·公冶长》"臧文仲居蔡"，皇侃《疏》曰："居，犹蓄也。"为犹将多，尔居徒几何！就是做了许许多多欺诈之事，你养的歹徒到底有多少！整章的意思就是：他是什么样的人，住在黄河的边上。既没有拳力，又没有勇气，常常为祸乱的阶梯。既瘦小又罗锅，他有什么武勇？做了许许多多欺诈之事，你养的歹徒到底有多少！

## 【诗义辨正】

《毛序》："《巧言》，刺幽王也。大夫伤于谗，故作是诗也。"作品确是幽王时的，然并不是刺幽王。其他的解说都大同小异，不再陈述。

# 二

## 新台（邶风）

新台有泚，河水瀰瀰。燕婉之求，籧篨不鲜。
新台有洒，河水浼浼。燕婉之求，籧篨不殄。
鱼网之设，鸿则离之。燕婉之求，得此戚施。

释音：泚，音此。瀰，音米。籧，音渠。篨，音除。洒，音璀。浼，音每。

## 【诗义关键】

这首诗的意义上边已作说明，不再重复。

## 【字句解释】

一章。泚，鲜明貌。《说文》引作"玼"，"玼，新玉色鲜也。"与《君子偕老》篇"玼兮玼兮"之"玼"同义。燕婉，《文选·西京赋》李善注引《韩诗》作"嬿婉"，美色的意思。籧篨，《异物志》"玳瑁如龟……大者如籧篨"，是籧篨为乌龟一类东西。人不以寿死曰鲜；不鲜，不早死（胡承珙《毛诗后笺》说）。燕婉之求，籧篨不鲜，就是本来想求美婿，现在得到了老不死的乌龟。这是讥讽仲氏，同时也是骂伯氏。整章的意思就是：新鲜夺目的新台，在那宽大河水的边旁。本来想求一个漂亮的美婿，现在得到了一个老不死的乌龟。

二章。洒，《韩诗》作"漼"，云："鲜貌。"浼浼，《韩诗》作"浘浘"，云："盛貌。"殄，绝。整章的意思就是：鲜艳夺目的新台，在那宽大河水的边上。本来想求一个美婿，现在得到一个老不死的王八。

三章。离，通罹。整章的意思就是：设网本想打鱼，现在打到了一个虾蟆。本来想求一个漂亮的夫婿，现在得到了一个罗锅。

## 【诗义辨正】

《毛序》："《新台》，刺卫宣公也。纳伋之妻，作新台于河上而要之。国人恶之，而作是诗也。"这首诗原在《邶风》，也就扯到宣公身上。但喻君，怎么可以说"籧篨不鲜""籧篨不殄""得此戚施"呢？因为不得其解，大家也就乱猜。姚际恒说："籧篨、戚施，借以丑诋宣公。《国语》谓'籧篨不能俯，戚施不能仰'，是也。解者当知其为借意，不可实泥宣公身上求解。郑氏执《尔雅》'口柔、面柔'之文说宣公，固非；欧阳氏谓'国人不能俯仰新台',尤凿。季明德谓宣公始尊大如簋簌,后见齐女,俯而求之如戚施,更鄙亵不堪。"他批评的全对。

## 三

## 芄兰（卫风）

芄兰之支,童子佩觿;虽则佩觿,能不我知。容兮遂兮,垂带悸兮。

芄兰之叶,童子佩韘;虽则佩韘,能不我甲。容兮遂兮,垂带悸兮。

释音:芄,音丸。觿,音希。遂,音坠。韘,音摄。

## 【诗义关键】

先将首章作一解释,就可发现全诗的意义。觿,是象牙制的解结锥。童子佩觿,就是一个小孩子佩上了觿。能,而（《经义述闻说》）。知,《郑笺》于《隰有苌楚》篇注为"匹也",此处也是这个意思。虽则佩觿,能不我知,就是虽说佩上了觿,然而比不上我。容,犹摇。遂,通坠。悸,颤动。容兮遂兮,垂带悸兮,就是摇摇摆摆呀,垂带在那里摆动。射箭时的垂带以不摇动为好,所以《都人士》篇赞美南仲的射箭姿态说:"彼都人士,垂带而厉。"厉是直的意思。垂带摇摆,就证明箭术不高明。显然这章诗是讽刺一个小孩子的箭术差,然而小孩子的箭术差有什么可以讽刺呢？想想《巧言》篇的"既微且尰，尔勇伊何"，就显出讽刺的意味了。微，是个子矮小，矮小得像小孩子一样，就显出滑稽。尹吉甫的个子雄伟，箭术高超，他看到伯氏的个子矮小，箭术迟钝，自然要产生卑视的心理，所以说"能不我知"，不能与我匹配。这不是讽刺伯氏与仲氏吗？就以这个意思将此诗作一解释。

## 【字句解释】

一章。芄兰，草名，一名萝藦。支，枝。整章的意思就是：芄兰的枝子，一个小孩子佩上了觿锥；虽说佩上了觿锥，可是箭术不能与我匹配。摇摇摆摆呀，垂带在那里摆动。

二章。韡，今称扳指。甲，狎，近的意思。能不我甲，就是不与我接近，也是不能相比的意思。整章的意思就是：芄兰的叶子，一个小孩子戴上了扳指；虽说戴上了扳指，可是箭术不能与我接近。摇摇摆摆呀，垂带在那里摆动。

## 【诗义辨正】

《毛序》："《芄兰》，刺惠公也。骄而无礼，大夫刺之。"这首诗在《卫风》，闵公二年又有"初，惠公之即位也少"，于是扯到他的身上。实际上，哪里有一点关系呢？所以《集传》说："此诗不知所谓，不敢强解。"姚际恒也说："《小序》谓'刺惠公'。按《左传》云'初，惠公之即位也少'，杜注云：'盖年十五六。'《序》盖本《传》而意逆之耳，然未有以见其必然也。"

## 四

## 相鼠（鄘风）

相鼠有皮，人而无仪。人而无仪，不死何为！
相鼠有齿，人而无止。人而无止，不死何俟！
相鼠有体，人而无礼。人而无礼，胡不遄死！

## 【诗义关键】

诗言"人而无仪"；仪，威仪。在解释《抑》篇时，曾将《诗经》里所用的"威仪"做一归纳而得一结论说："威仪就是行为仪态的标准。"因为它是行为仪态的标准，所以尹吉甫在《抑》篇里再三劝告伯氏说："慎尔出话，敬尔威仪，无不柔嘉"，"淑慎尔止，不愆于仪"。然事实上呢？"视尔梦梦，我心惨惨。诲尔谆谆，听我藐藐。匪用为教，覆用为虐。"那么，这首诗骂的是谁也就不言而喻了。

## 【字句解释】

一章。相，视。整章的意思就是：你看那老鼠还有一张皮，一个人竟没有威仪。一个人竟没有威仪，不去死还做什么！

二章。止，行止。整章的意思就是：你看那老鼠还有牙齿，一个人竟没有行止。一个人竟没有行止，不去死还等什么！

三章。遄，速。整章的意思就是：你看那老鼠还有个身体，一个人竟没有礼仪。一个人竟没有礼仪，为什么还不快死！

**【诗义辨正】**

《毛序》:"《相鼠》,刺无礼也。卫文公能正其群臣,而刺在位承先君之化,无礼仪也。"这首诗原在《鄘风》,就扯到卫文公身上。《正义》解释这段序说:"作《相鼠》诗者,刺无礼也。由卫文公能正其群臣,使有礼仪,故刺其在位有承先君之化,无礼仪者。由文公能化之使有礼,而刺其无礼者,所以美文公也。"既言"承先君之化",就是承继了先君的礼仪;既然承继了,怎么又说"无礼仪者"呢?语无伦次,意思含糊,根本不了解诗。《集传》说:"言视彼鼠而犹必有皮,可以人而无仪乎?人而无仪,则其不死亦何为哉?"比较接近。姚际恒说:"严氏曰:'旧说"鼠尚有皮,人而无仪则鼠之不若,以人之仪喻鼠之皮",非也。诗言鼠则只有皮,人则不可以无仪;人而无仪,则何异于鼠?如此,语意方莹。'此说是。"因为不知道诗的背景,都从字面上来解释。实际是咒骂伯氏的。《新台》篇里不是已经在骂他不死吗?而咒他最凶的还是下边要解释的《巷伯》篇。

## 五

## 巷伯(小雅)

萋兮斐兮,成是贝锦。彼谮人者,亦已大甚。
哆兮侈兮,成是南箕。彼谮人者,谁适与谋?
缉缉翩翩,谋欲谮人。慎尔言也,谓尔不信。

捷捷幡幡，谋欲谮言。岂不尔受，既其女迁？

骄人好好，劳人草草。苍天！苍天！视彼骄人，矜此劳人！

彼谮人者，谁适与谋？取彼谮人，投畀豺虎！

豺虎不食，投畀有北；有北不受，投畀有昊！

杨园之道，猗于亩丘。寺人孟子，作为此诗。凡百君子，敬而听之！

释音：哆，音扯。侈，音耻。适，音的。翩，音篇。幡，音翻。女，音汝。

## 【诗义关键】

这首诗值得注意的是：

第一，"杨园之道，猗于亩丘"的地理环境。尹吉甫的住家在卫国的复关，现在看看复关的附近有没有杨园与亩丘。《读史方舆纪要》（卷十六）于开州（今之河北省濮阳县）白沙渡下引《寰宇记》说："州西南黄河北岸有古复关堤。《卫风》'乘彼垝垣，以望复关'，盖谓此云。"由此可知复关在濮阳县西南。又于杨村说："州西南十五里，旧时大河要口也。"杨村也在濮阳县西南。又于清丘说："旄丘，在州东北。《志》云：即《卫风》所咏'旄丘之葛'者。"旄丘在濮阳县东北。陈奂《诗毛氏传疏》说："《传》诂猗为加者，杨园在亩丘之上，故云'杨园之道，加于亩丘'也。"北为上，南为下，杨村在西南，旄丘在东北，地望恰恰相合。则杨园当近杨村，亩丘为旄丘之讹。

第二，再看"彼谮人者，亦已大甚"的"谮人"是谁。《诗经》中用"谮"字的共有四篇，就是《雨无正》《桑柔》《瞻卬》与此诗。把这些诗里的"谮"字做一检讨，就知道谮人是谁了。《雨无正》篇说"听言则答，谮言则退"，这是谴责与伯氏一党的人，遇到可听的话则对答，遇到伯氏谮尹吉甫的话，则避而不答。《桑柔》篇说"朋友已谮，不胥以穀"，就是朋友们也说了谮言，我的禄位也就被撤销了。《瞻卬》篇说"鞫人忮忒，谮始竟背"，是讲伯氏进了谮言反而自己受到害处。也就是此诗说的"捷捷幡幡，谋欲谮言。岂不尔受，既其女迁？"终于伯氏受了杀身之罪。不过，此诗在先，《瞻卬》篇在后，时间上有所不同。由这四篇诗的"谮"字，可知谮人就是指伯氏。

第三，再看"寺人孟子，作为此诗"的"寺人孟子"是谁。知道了地点与人物，这个名字的意义就容易解释了。寺人，内小臣，尹吉甫不是曾做卫武公的謷御之臣吗？故称寺人。《白虎通·姓名》："嫡长称伯""庶长称孟"。尹吉甫不是姞姓庶出的长子吗？这首诗是咒骂伯氏的，故自称孟子。寺人孟子，作为此诗，就是曾做寺人官职的庶出长子，写出这首诗。写这首诗干什么呢？凡百君子，就是指《雨无正》篇"凡百君子，各敬尔身，胡不相畏，不畏于天"，"凡百君子，莫肯用讯；听言则答，谮言则退"的那批不持正义的"凡百君子"。他们都不肯讲真话，做证人，故言"敬而听之"，叫他们好好听一听。如此讲来，这首诗的"寺人孟子"是谁，不是很清楚了吗？

不过，这首诗的分章有一个问题，必须在此加以说明。《毛诗》将它分为七章，四章章四句，一章五句，一章八句，一章六句，极不齐整。《诗经》中以承先启后的句子做起章的，例子很多。如《文王》篇"凡周之士，不显亦世"，"世之不显，厥犹翼翼"。"世之不显"承"不显亦世"而来，以此句起章。"上帝既命，侯于周服"，"侯服于周，天命靡常"。"侯服于周"为"侯于周服"之重复，即以此句起章。如此之类，不胜枚举。此诗"取彼谮人，投畀豺虎。豺虎不食，投畀有北"，正是同例，所以我将此诗分为八章，就是六章章四句，一章五句，一章六句，就比较齐整，而合于歌的形式了。

**【字句解释】**

一章。萋兮斐兮，是光辉灿烂的意思。整章的意思就是：光辉呀，灿烂呀，织成了这个贝纹的绸锦。那位说谗言的人，未免太过火了。

二章。《说文》："哆，张口也。"侈，张大貌。南箕由四颗星组合而成，两星在外，距离较远，两星在内，距离较近，看起来像张着大口的样子。状如簸箕，故称箕星，所以诗言"哆兮侈兮，成是南箕"。适，往。整章的意思就是：张口呀，张得宽大的口呀，组成了这个南箕。那位说谗言的人，谁还敢同他在一起谋事？

三章。缉缉，《说文》引作"咠咠"，附耳私语；翩翩，当读作谝谝，巧言的意思（马瑞辰说）。整章的意思就是：唧唧哝哝一天到晚想陷害人。说话要小心呀，不要叫人家说，你的话靠不住。

四章。捷捷，便给之貌。幡幡为便便之假借，也是便给的意思。整章的意思就是：你花言巧语，想说些陷害人的话。难道你就不受这些谮言的害处，到后来反而加在你的身上吗？

五章。骄人，骄奢的人，指伯氏。好好，自得之貌。劳人，忧人，尹吉甫自谓。草为懆之省；《广韵》："懆，心乱也。"整章的意思就是：骄奢的人，扬扬自得；忧心之人，则心乱如麻。老天呀！老天呀！你看看那骄人的样子吧，可怜我这忧心之人吧！

六章。整章的意思就是：那位说谗言的人，谁还跟他在一起谋事？把那个谮人给豺狼老虎吃掉吧！

七章。有北，应为玄冥，司寒之神。昭公四年《左传》"黑牡秬黍以享司寒"，杜注："司寒，玄冥，北方之神。"有昊，昊天。整章的意思就是：如果豺狼老虎不吃他，把他送给玄冥。如果玄冥不要，把他送给老天爷好了！

八章。整章的意思就是：往杨园去的道路，在亩丘的北面。做过寺人的庶出长子，写出这首诗。让你们这些君子，好好地听一听！

## 【诗义辨正】

《毛序》："《巷伯》，刺幽王也。寺人伤于谗，故作是诗也。""寺人伤于谗"，那应该是刺谗人，怎么说是"刺幽王"呢？幽王信谗，才可以说是刺幽王；然而此诗骂的是谮人而非幽王。《毛序》把对象搞错了。《集传》说："时有遭谗而被宫刑为巷伯者，作此诗。"他将寺人解作后世的宦官。但据《周礼·天官·寺人》说："掌王之内人及女宫之戒令，相道其出入之事而纠之。若有丧纪宾客祭祀之事，则帅女宫而致于有司。佐世妇治礼事。掌内人之禁令。凡内人吊临于外，则帅而往，立于其前，而诏相之。"寺人是一种官职，且是管内宫礼仪的官职，并无被宫刑之说。姚际恒引了各种说法，然都在臆测，不必再加辩驳了。然此诗为什么标题为"巷伯"，那就不知道原因了。

## 六

### 青蝇（小雅）

营营青蝇，止于樊。岂弟君子，无信谗言！
营营青蝇，止于棘。谗人罔极，交乱四国。
营营青蝇，止于榛。谗人罔极，构我二人。

释音：岂，音恺。

### 【诗义关键】

此诗的"谗人"，也就是《巷伯》篇的"谮人"。然"岂弟君子"是谁呢？我想就是卫武公。诗言"谗人罔极，构我二人"，诗人与君子一定有密切的关系。这种关系也只有尹吉甫与卫武公可言。想是伯氏向卫武公进谗，说败仗的责任应由尹吉甫来负，并加些挑拨是非的话在里边，所以尹吉甫作此诗以辩诬。

【字句解释】

一章。营营，往来不停之貌。樊，篱笆。整章的意思就是：飞个不停的红头苍蝇，落在篱笆上。和乐可亲的君子呀，不要相信那些谗言！

二章。交乱，扰乱。整章的意思就是：飞个不停的红头苍蝇，落在荆棘上。不好的谗人，扰乱了天下。

三章。整章的意思就是：飞个不停的红头苍蝇，落在榛树上。不好的谗人，挑拨我们二人的感情。

【诗义辨正】

《毛序》："《青蝇》，大夫刺幽王也。"《集传》说："诗人以王好听谗言，故以青蝇飞声比之，而戒王以勿听也。"臣与王，能以"我二人"来称吗？固然，周时的君臣关系不像后世那么悬殊，但从三百篇来看，凡是提到宣王、幽王，都是极端的崇敬，哪有亲热地称起"我二人"呢？屈万里说："此刺谗人之诗。"有点接近。

以上六篇，就是《巧言》《新台》《芄兰》《相鼠》《巷伯》与《青蝇》，都是幽王五至六年时，伯氏想陷害尹吉甫，尹吉甫咒骂他的作品。

# 【第二十七编】

## 痛恨蹶父诗篇（幽王五至六年）

一

## 小宛（小雅）

宛彼鸣鸠，翰飞戾天。我心忧伤，念昔先人。明发不寐，有怀二人。

人之齐圣，饮酒温克。彼昏不知，壹醉日富。各敬尔仪，天命不又。

中原有菽，庶民采之。螟蛉有子，蜾蠃负之。教诲尔子，式榖似之。

题彼脊令，载飞载鸣。我日斯迈，而月斯征。夙兴夜寐，无忝尔所生。

交交桑扈，率场啄粟。哀我填寡，宜岸宜狱。握粟出卜，自何能榖？

温温恭人，如集于木。惴惴小心，如临于谷。战战兢兢，如履薄冰。

释音：宛，音婉。螟，音冥。蛉，音令。负，音孚。惴，音赘。

## 【诗义关键】

单独看这首诗，绝对无法了解；然与我们所了解的尹吉甫生平事迹来对照，诗义就显出了。第一，"我日斯迈，而月斯征"，意思就是我天天出行，月月出征。这不就是尹吉甫的平生吗？第二，"夙兴夜寐，无忝尔所生。"生、姓，古通。定公四年《春秋》"蔡公孙姓帅师灭沈"，《释文》说："生，本作姓。"这两句诗的意思就是：我早起晚睡地劳碌，没有辱没了你的姓。这不是指蹶父吗？蹶父姓姞，尹吉甫也姓姞，后来改为吉，他们是同宗。第三，"教诲尔子，式穀似之"，这不就是《抑》篇里所表现的尹吉甫教训伯氏吗？由此可知蹶父与伯氏是父子关系，所以此诗说："我心忧伤，念昔先人。明发不寐，有怀二人。"发，是旦，明发不寐，就是达旦不寐，与《载驱》篇"齐子发夕"的"发"字同义。怀，归。有怀二人，就是归咎到他们两个人，即指蹶父与伯氏。尹吉甫与他们是同宗，故言"念昔先人"。先人是指尹吉甫与蹶父的共同祖宗。第四，"彼昏不知，壹醉日富"，不就是《抑》篇"荒湛于酒，女虽湛乐从"所指摘的伯氏吗？《我行其野》篇"成不以富"，《正月》篇"哿矣富人"，《瞻卬》篇"何神不富"，《召旻》篇"维昔之富不如时"的"富"，不都是指伯氏吗？"彼昏不知"，也不就是《抑》篇"其维愚人，覆谓我僭"的"愚人"吗？第五，"温温恭人"，不也就是《抑》篇"温温恭人"的尹吉甫自己吗？第六，"惴惴小心，如临于谷。战战兢兢，如履薄冰"，也不就是《小旻》篇"战战兢兢，如临深渊，如履薄冰"吗？诸如此类的相同，认为此诗是痛恨蹶父与伯氏的作品，尤其在指摘蹶父，不会有错吧？到此，这首诗里用的"尔"字也有着落了，就是指蹶父。

**【字句解释】**

一章。宛,小。鸠,布谷,即《鸤鸠》篇的鸤鸠。整章的意思就是:那小小会叫的布谷,振翅飞到天上。我心里在忧愁而伤感,想念我们以前的祖宗,达旦不能成寐,是在归咎那两个人。

二章。齐圣,犹言明圣(马瑞辰说)。温克,克温之倒文,就是能够温和。饮酒温克,也就是《宾之初筵》篇"饮酒孔嘉,维其令仪"的意思。昏,昏聩不智。又,佑。整章的意思就是:明哲的人,饮了酒还能温和。那个昏聩不智之人,一意在醉酒而天天在富。要小心谨慎你的威仪,老天爷是不会保佑的。

三章。中原,原中。菽,大豆。螟蛉,桑虫。蜾蠃,土蜂。负,读为孚,孚育的意思。尔,指蹶父。穀,善。教诲尔子,式穀似之,就是教诲你的儿子叫他好,也就像这样。我们从《抑》《板》《民劳》各篇可以知道尹吉甫是怎样在教导伯氏学好。整章的意思就是:平原里有大豆,老百姓在采它。桑虫生下的子,土蜂来孚育它。我教导你的儿子叫他好,也就像这样。

四章。《诗经》中凡言"鴥彼晨风""弁彼鸒斯""翩彼飞鸮",第一个字都是形容鸟,那么,此诗"题彼脊令"的"题"也该是形容鸟,故《群经平议》以"题"为"偍"之假借。《方言》:"秦晋之间,凡细而有容谓之魏,或曰偍。"脊令,亦作鹡鸰或䳭鸰,鸟类,体长五寸余,头黑,前额纯白背黑色,腹下白,翼尾均长,飞行则为波状,静止时常低昂其尾。整章的意思就是:小巧玲珑的脊鸰,一方面在飞,一方面在叫。我是日日出行,月月出征。早起晚睡,没有辱没了你的姓。

五章。交交、咬咬，古通，鸟声。桑扈，又名窃脂。填，通瘨；瘨，病。寡，贫（马瑞辰说）。二"宜"字皆为"且"字形近之讹。岸，《韩诗》及《说文》等书皆引作"犴"；犴，乡狱。整章的意思就是：咬咬在叫的桑扈，循着场地在啄粟粒。可怜我这既病且贫的人，就要坐监，就要坐牢。拿着粟出去占卜，怎么会有好的吉兆呢？

六章。温温，温良。恭人，恭谨之人。惴惴，恐惧貌。整章的意思就是：温良恭谨之人，就像站在树上。小心恐惧就像站在山谷的边上。恐惧谨慎就像走在薄冰上。

【诗义辨正】

《毛序》："《小宛》，大夫刺宣王也。"《郑笺》说："亦当为刺厉王。"《正义》说："毛以作《小宛》诗者，大夫刺幽王也。"到底是刺谁？实际上，与三王都无关系。《集传》说："此大夫遭时之乱，而兄弟相戒以免祸之诗。"他看出了此诗的兄弟关系，而实际情形还是不知道。姚际恒说："严氏谓：'刺不能自强而昏于酒，下不能抚其子，上不能绍其先。'是也。"他们都是从表面上猜。

# 二

## 柏舟（邶风）

泛彼柏舟，亦泛其流。耿耿不寐，如有隐忧。微我无酒,以敖以游。

我心匪鉴,不可以茹。亦有兄弟,不可以据。薄言往愬,逢彼之怒。

我心匪石,不可转也。我心匪席,不可卷也。威仪棣棣,不可选也。

忧心悄悄,愠于群小。觏闵既多,受侮不少。静言思之,寤辟有摽。

日居月诸,胡迭而微?心之忧矣,如匪浣衣。静言思之,不能奋飞!

释音:微,音非。匪,音彼。

## 【诗义关键】

知道了蹶父是尹吉甫的本家哥哥,这首诗也就容易解释了。"亦有兄弟,不可以据。薄言往愬,逢彼之怒",就是虽说也有兄弟,然而不可依靠,急忙地去告诉他实际情形,遭到了他的恼怒。为什么恼怒呢?"忧心悄悄,愠于群小",不就是指伯氏等人吗?"日居月诸,胡迭而微",不正是《十月之交》篇讲的"彼月而微,此日而微"吗?此诗与《十月之交》篇为同时之作,毫无问题。这首诗就是尹吉甫为伯氏的败阵而向蹶父解释时,遭到蹶父的愤怒而写。

## 【字句解释】

一章。泛,漂流的意思。耿耿,不安。如,而。隐忧,殷忧。

敖,出游。整章的意思就是:水在漂流着柏舟,水也自己在流动。不能安然地睡觉,因为有重大的忧愁。我出来遨游,并不是因为没有酒。

二章。鉴,镜。茹,度。整章的意思就是:我的心不是一面镜子,无法照出他人的心。我也有兄弟,然而不可以依靠。急忙地去告诉他实情,遭到了他的恼怒。

三章。棣棣,娴习貌。不可选,没有选择的余地。整章的意思就是:我的心不像一块石头,可以随便转动。我的心不像一张席子,可以随便卷起。我对威仪的娴习,一点也没有差错。

四章。悄悄,忧貌。愠,怒。忧心悄悄,愠于群小,就是我对国家的忧心,取怒了这一群小人。《雨无正》篇说"三事大夫,莫肯夙夜;邦君诸侯,莫肯朝夕。庶曰式臧,覆出为恶",《小旻》篇说"谋夫孔多,是用不集。发言盈庭,谁敢执其咎?如匪行迈谋,是用不得于道",都是为忧国忧民而指摘这批官吏,这批官吏自然也都仇恨他。闵,垢病。寤,读为忤。辟,同撺,两手拍击。摽,读为嘌;有嘌,嘌嘌作响。寤辟有摽,就是两手拍着心口嘌嘌作响,恨极的一种表示。(参闻一多《诗经通义》说)整章的意思就是:对国对民的忧愁,取怒了这一群小人。遭到的垢病既多,受到的侮辱自然也就不少。静静地想一想,两只手把心口拍得嘌嘌作响。

五章。浣衣,洗衣。匪,彼。奋飞,高飞远走。整章的意思就是:日头呀!月亮呀!怎么更迭着被蚀呢?心里边的忧愁,就像洗衣服那样在揉搓。静静地想一想,恨不得远走高飞!

## 【诗义辨正】

《毛序》:"《柏舟》,言仁而不遇也。卫顷公之时,仁人不遇,小人在侧。"这首诗在《邶风》,就扯到卫顷公身上。卫顷公的时候有日食月食的交互出现吗?《集传》说:"妇人不得于其夫,故以柏舟自比。"姚际恒说:"《小序》谓'仁而不遇',近是。《大序》以卫顷公实之,未可信。既知为卫顷公,亦当知'仁人'为何人矣,奚为知君而不知臣乎?大抵此诗是贤者受潜于小人之作,故孟子因'不理于口',引此以孔子当之。刘向《列女传》谓卫宣姜作。邹肇敏曰:'宣姜之不淑甚矣,向岂目淫为贞乎?'或因是疑有两宣姜;若然,何不闻有两宣公乎?原作《传》之意,特因燕尾垂涎,辑闺范以示讽喻,取其通俗易晓,故其书庞而无择,泛而未检,何得取以释诗?马贵与曰:'刘向上封事,论恭、显倾陷正人,引是诗"忧心悄悄,愠于群小",而继之曰"小人成群,亦足愠也"。此正合《序》意。夫一刘向也,《列女传》之说可信,封事之说独不可信乎?'愚按,此说是。然即以其浅近者言,篇中无一语涉夫妇事,亦无一语像妇人语。若夫饮酒、敖游、威仪棣棣,尤皆男子语。且如是,孟子引妇人诗以言孔子,亦大不伦。观其以太王诗言文王,其相伦近可证也。《集传》既从《列女传》之说,以为妇人作,又以为庄姜作;及其注《孟子》,仍谓卫之仁人作,其周章无定,亦可想见矣。"

## 三

## 扬之水（郑风）

扬之水，不流束楚。终鲜兄弟，维予与女。无信人之言，人实迋女。

扬之水，不流束薪。终鲜兄弟，维予二人。无信人之言，人实不信。

释音：女，音汝。迋，音诳。

## 【诗义关键】

《邶风·柏舟》篇说"亦有兄弟，不可以据"，此诗说"终鲜兄弟，维予与女。无信人之言，人实迋女"。《柏舟》篇是写诗人被谗而兄弟不相信他，这首诗也是如此。当幽王五年的时候，尹吉甫已是七十六岁的人，蹶父是他本家哥哥，岁数要大一点，他俩是快八十岁的老兄弟，所以诗言："终鲜兄弟，维予与女。"这首诗自然也是尹吉甫乞求蹶父谅解他的作品。

## 【字句解释】

一章。迋，同诳，欺骗。整章的意思就是：激扬起来的水，冲不走捆着的楚薪。始终缺乏兄弟，也只有我与你。不要相信人家的话，人家实在在欺骗你！

二章。整章的意思就是：激扬起来的水，冲不走捆着的柴薪。始终缺少兄弟，只有我们两个人。不要相信人家的话，人家的话实在不可信！

## 【诗篇联系】

《诗经》中有三篇《扬之水》。一在《王风》，是尹吉甫戍申、戍甫、戍许时所写。一在《唐风》，是尹吉甫西征猃狁时所写。一在《郑风》，就是这一篇。《诗经》中的"兴"都是睹物起兴，都具有考知地理、时间的价值，这是它的特有风格。前两篇是尹吉甫所写；从风格上来看，这一首也应该是他写的。现在尹吉甫被诬告，而诬告他的是蹶父的儿子，也就是他的侄儿，他自然要向蹶父说明真相，想不到蹶父舐犊情深，相信了伯氏的话，要置尹吉甫于狱中，所以尹吉甫乞求他谅解。

## 【诗义辨正】

《毛序》："《扬之水》，闵无臣也。君子闵忽之无忠臣良士，终以死亡，而作是诗也。"姚际恒批驳说："曹氏曰：'《左传》庄十四年，忽与子仪、子亹皆已死，而原繁谓厉公曰"庄公之子犹有八人"，不得为鲜。'然则非闵忽诗明矣。"《集传》说："淫者相谓：言扬之水则不流束楚矣，终鲜兄弟则维予与女矣，岂可以他人离间之言而疑之哉？彼人之言，特诳女耳。"此诗实在没有一点淫的气氛。

# 四

## 行露（召南）

厌浥行露，岂不夙夜？谓行多露。

谁谓雀无角，何以穿我屋？谁谓女无家，何以速我狱？虽速我狱，室家不足。

谁谓鼠无牙，何以穿我墉？谁谓女无家，何以速我讼？虽速我讼，亦不女从。

释音：女，音汝。

## 【诗义关键】

《小宛》篇说"哀我填寡，宜岸宜狱"，此诗说"谁谓女无家，何以速我狱？虽速我狱，室家不足"。此中有否关系呢？先看这两首诗的季节是否相同。《小宛》篇说"交交桑扈，率场啄粟"，《桑扈》篇也说"交交桑扈"，我们曾经证明《桑扈》篇是宣王六年四月所写，四月是露水最多的时候。此诗也说"厌浥行露，岂不夙夜？谓行多露"，也是露水多的时候。由此可知《小宛》与此诗为同一个月份的作品。然同一个月份与此诗的意义有什么关系呢？再把《小宛》《邶风·柏舟》《郑风·扬之水》以及下边就要讲的《鹑之奔奔》连贯起来，就发现此中关系了。尹吉甫于四月间去见蹶父，意思是想对他讲明此次败退的真正原因，想不到他舐犊情深，听信了伯氏的诬蔑，要将罪过加在尹吉甫身上，尹吉甫当然不承认，他便威吓说：如果不承认就把他置在牢里。所以尹吉甫回答说："虽速我狱，室家不足"，"虽速我讼，亦不女从"。结果，他真把尹吉甫置于牢里，所以《鹑之奔奔》篇说："人之无良，我以为兄"，"人之无良，我以为君"。蹶父既是尹吉甫的本家哥哥，又是南燕的国君，从事理上推测，不是极自然的演变吗？

## 【字句解释】

一章。厌浥，湿貌。行露，道上的露。夙夜，夙兴夜寐之简称。谓，为"归"之假借。整章的意思就是：道路上很多的露水，怎么能不早起晚睡呢？归来的路上露水很多。

二章。角，喙（《群经平议》说）。速，招致的意思。整章的意思就是：谁说麻雀没有喙，怎么会在我的房上打洞呢？谁说你没有家室，怎么置我于狱中呢？虽置我于狱中，也不过没有室家而已。

三章。墉，墙。讼，即今之打官司。整章的意思就是：谁说老鼠没有牙，怎么可以在我的墙上打洞呢？谁说你没有室家，怎么置我于官司呢？虽说置我于官司，我也不听从你的。

## 【诗义辨正】

《毛序》："《行露》，召伯听讼也。衰乱之俗微，贞信之教兴，强暴之男，不能侵陵贞女也。"这首诗原在《召南》，于是就扯到召伯身上。实际上，哪一句与召伯有关系呢？可是后人无法知道此诗的真正意义，只在这方面乱猜。姚际恒说："此篇玩'室家不足'一语，当是女既许嫁，而见一物不具，一礼不备，因不肯往以致争讼。盖亦适有此事而传其诗，以见此女之贤，不必执泥谓被文王之化也。苟必执泥，所以王雪山有'岂有化独及女而不及男'之疑也。《集传》曰：'南国之人遵召伯之教，服文王之化，有以革其前日淫乱之俗，故贞女有能以礼自守，而不为强暴所污者。'不独只说得女而遗男，且若是，则此女不将前日亦淫乱，因被服召伯、文王之化而始以礼自守耶？说诗最忌固滞，此类是也。"

## 五

## 鹑之奔奔（鄘风）

鹑之奔奔，鹊之彊彊。人之无良，我以为兄！
鹊之彊彊，鹑之奔奔。人之无良，我以为君！

释音：彊，音姜。

### 【诗义关键】

蹶父不是南燕的国君而为尹吉甫的本家哥哥吗？他昧着良心把尹吉甫关在牢里，这不是"无良"吗？这首诗也是讥讽蹶父的，毫无问题。

## 【字句解释】

一章。奔奔、彊彊,《郑笺》:"言其居有常匹,飞则相随之貌。"人之无良,即无良之人。我以为兄,即我要叫他哥哥。整章的意思就是:鹑鹑不乱配,喜鹊相追随。一位不好的人,我要向他叫哥哥!

二章。整章的意思就是:喜鹊相追随,鹑鹑不乱配。一位不好的人,我要向他叫国君!

## 【诗义辨正】

《毛序》:"《鹑之奔奔》,刺卫宣姜也。卫人以为,宣姜,鹑鹊之不若也。"姚际恒说:"《小序》谓'刺卫宣姜'。毛、郑以'我以为兄'谓'我君以为兄','君'谓惠公,'兄'谓顽;以'我以为君'为小君,'小君'谓宣姜,皆迂。上章'我'字谓'我君',下章'我'字'国人自我',亦未允。且均曰'人之无良',何以谓一指顽,一指宣姜也?大抵'人'即一人,'我'皆自我,而'为兄''为君'乃国君之弟所言耳,盖刺宣公也。陆农师以上章为'娣刺宣姜',下章为'妾刺宣姜',尤凿。夫娣即妾,何所分焉?切合'兄'字、'君'字,稚甚!毛、郑以上章之'我'为'我君',下章之'我',国人自我,虽非,然犹愈《集传》以上章为代惠公之言,下章为国人自言也。"原则上,姚际恒说对了;但他打不破《国风》的桎梏,而仍附会为刺宣公,那就错了。

# 六

## 墓门（陈风）

墓门有棘，斧以斯之。夫也不良，国人知之。知而不已，谁昔然矣。

墓门有梅，有鸮萃止。夫也不良，歌以讯之。讯予不顾，颠倒思予。

释音：谁，音畴。

## 【诗义关键】

此诗的"夫也不良"也就是上一篇的"人之无良"；此诗的"歌以讯之"也就是指《小宛》《邶风·柏舟》《郑风·扬之水》《行露》这些诗。如能把这些诗连起来看，就可发现这首诗的意义。说得明白一点，就是尹吉甫被伯氏诬告后，他到蹶父处来解释，想不到蹶父舐犊情深，反以坐牢打官司来威胁他，他就写以上各诗来申辩；可是蹶父仍然不理，所以再写这首诗来诉苦。就以这个意思，将此诗作一解释。

## 【字句解释】

一章。墓门，墓道之门。马瑞辰等以陈之墓门①实之，

---

① 此墓门，乃陈之城门名。

非是。斯,析。已,止,止其恶。谁昔,畴昔(《集传》说)。整章的意思就是:墓门上边的荆棘,用斧头来砍它。这个人的不好,国人都已知道。知道而不能改正他,很久就是这样了。

二章。萃,集。讯,王逸《离骚》注及《广韵》引作"谇";《尔雅》:"谇,告也。"(段玉裁《诗经小学》说)颠倒,反复。思,忧思。整章的意思就是:墓门上边有棵梅树,一只鸱鸮落在上边。这个人的不良,曾用歌来告诉他。告诉他他也不理,使我反复地忧愁!

## 【诗义辨正】

《毛序》:"《墓门》,刺陈佗也。陈佗无良师傅,以至于不义,恶加于万民焉。"诗原在《陈风》,就扯到陈佗身上。《集传》不信此说,只是说:"所谓不良之人,亦不知其何所指也。"姚际恒则说:"《小序》谓'刺陈佗',是。观诗中云'夫',云'国人',则为君国之事而非民间之事矣。苏氏曰:'陈佗,陈文公之子而桓公之弟也。桓公疾病,佗杀其太子免而代之。桓公之世,陈人知佗之不臣矣;而桓公不去,以及于乱。是以国人追咎桓公,以为智不及其后,故以《墓门》刺焉。夫,指陈佗也。佗之不良,国人莫不知之;知之而不去,昔者谁为此乎?'可谓善说此诗矣。"照他这样讲来,是刺桓公,不是刺陈佗了。方玉润在《诗经原始》也说:"然诗非刺陀无良师傅,乃刺桓公不能去佗耳。"可见都是在猜。

# 七

## 柏舟（鄘风）

泛彼柏舟，在彼中河。髧彼两髦，实维我仪，之死矢靡它。母也天只，不谅人只！

泛彼柏舟，在彼河侧。髧彼两髦，实维我特，之死矢靡慝。母也天只，不谅人只！

释音：髧，音昆。

## 【诗义关键】

这首诗的关键就在"髧彼两髦，实维我仪，之死矢靡它。母也天只，不谅人只"几句。髧，发垂貌。髦，发至眉。髧彼两髦，实维我仪，就是眉上垂着毛发，这是我的仪容。之，至。之死矢靡它，就是到死也不会改变。母也天只，不谅人只，就是母亲呀，老天呀，人怎么不谅解我呢？我们看哪些人不谅解他。《郑风·扬之水》篇说："无信人之言，人实迋女"，"无信人之言，人实不信"。他要求蹶父不要相信别人的话，结果，还是相信了，这不是"不谅人只"吗？《诗经》中有两篇《柏舟》，一在《邶风》，已经讲过，一在《鄘风》，就是此篇，而此篇所写的遭遇与尹吉甫的完全一样，亦当为尹吉甫之作。《诗经》中以《扬之水》《羔裘》名篇者各三，以《无衣》《黄鸟》《甫田》《谷风》名篇者各二，都是尹吉甫的作品，此诗当不例外。此诗的"之死矢靡它""之死矢靡慝",也就是《邶风·柏舟》篇的"我心匪石,不可转也。我心匪席,不可卷也","威仪棣棣,不可选也"。都是同一的坚决不移的表示。

## 【字句解释】

一章。中河,河中,指黄河。复关就在黄河边上。这个地点,也是决定作者是谁的因素。整章的意思就是:那个漂浮的柏舟,在那黄河之中。眉前垂着毛发,这是我的仪容,到死也不会改变。母亲呀!老天呀!怎么得不到人的谅解呢!

二章。特,犹仪;慝,犹它(马瑞辰说)。整章的意思就是:那个漂浮的柏舟,在黄河的边上。眉前垂着毛发,实在是我的特征,到死也不会改变。母亲呀!老天呀!怎么得不到人的谅解呢!

## 【诗义辨正】

《毛序》:"《柏舟》,共姜自誓也。卫世子共伯蚤死,其妻守义,父母欲夺而嫁之,誓而弗许,故作是诗以绝之。"因为诗在《鄘风》,就造出这种毫无依据的故事来附会。《史记·卫世家》说:"四十二年,釐侯卒,太子共伯余立为君。共伯弟和有宠于釐侯,多予之赂,和以其赂赂士,以袭攻共伯于墓上。共伯入釐侯羡自杀。卫人因葬之釐侯旁,谥曰共伯,而立和为卫侯,是为武公。"釐侯四十二年是周宣王十五年(公元前八一三)。依据上边所考证出的卫武公享寿一百一十四岁,来算一算共伯死时的岁数。卫武公崩于平王十三年(公元前七五八），上推一百一十四年，他应生于周厉王七年，到宣王十五年，应为五十九岁。共伯余是他的哥哥，至少要大一两岁，假定为六十岁，他妻子的岁数应相差不远，父母还会逼她改嫁吗？《序》说"卫世子共伯蚤死"，六十岁的人死了还算早死吗？姚际恒说："《小序》谓'共姜自誓'，《大序》曰'卫世子共伯蚤死，其妻守义，父母欲夺而嫁之，誓而弗许'，此皆谬也。孔氏曰：'《世家》：武公和篡共伯而立，五十五年卒。'《楚语》曰：'昔卫武公年九十有五矣，犹箴儆于国。'则未必有死年九十五以后也。则武公即位四十一二以上，共伯是其兄，则长矣。吕氏见此疏，因而曰：'共伯见弑之时，其齿又加长于武公，安得谓之"蚤死"乎？髦者，子事父母之饰，诸侯既小敛则脱之。《史记》谓釐侯已葬而共伯自杀，则是时共伯已脱髦矣，《诗》安得谓之"髧彼两髦"乎？是共伯未尝有见弑之事，武公未尝有篡弑之事也。'愚按，《史记》撰述他事及义理之间或有谬误，若《本纪》《世家》，天子诸侯世次传授，皆据《世本》无误。《诗小序》乃不知作于何人，安可信《诗序》而疑《史记》耶？宋儒无识，妄为武断，类如此。后人无不以东莱之言为真而确，又信东莱而疑《史记》，且曰：'睿圣武公，必无篡弑之事。'千载而下，无故代为武公洗过，亦可笑矣！当时'睿圣'之称，犹今人言聪明之谓，古'圣'字不甚重。武公不过仅能聪明好学耳，能保其不篡弑乎？自古聪明能文章之士，其不淑者亦多矣，宁独武公哉？故东莱读《疏》语而谓《史记》为误，愚读《疏》语而知《诗序》为妄。《序》谓'共姜自誓'，共伯已四十五六岁，共姜为之妻，岂有父母欲其改嫁之理？至于共伯已为诸侯，乃为武公攻于墓上，共伯入釐侯羡自杀，则《大序》谓共伯为'世子'及'蚤死'之言尤悖矣。故此诗不可以事实之；当是贞妇有夫蚤死，其母欲嫁之，而誓死不愿之作也。"姚际恒所批驳的都很对；然认为贞妇自誓，错了。

以上七篇，就是《小宛》《邶风·柏舟》《郑风·扬之水》《行露》《鹑之奔奔》《墓门》与《鄘风·柏舟》，都是幽王五至六年时由于伯氏的诬陷而引起尹吉甫对于蹶父的痛恨而作，因为蹶父袒护着他的儿子。

【第二十八编】
斥责仲氏诗篇（幽王六年）

一

## 瞻卬(大雅)

瞻卬昊天,则不我惠。孔填不宁,降此大厉。邦靡有定,士民其瘵。蟊贼蟊疾,靡有夷届。罪罟不收,靡有夷瘳。

人有土田,女反有之;人有民人,女覆夺之。此宜无罪,女反收之;彼宜有罪,女覆说之。

哲夫成城,哲妇倾城。懿厥哲妇,为枭为鸱。妇有长舌,维厉之阶。乱匪降自天,生自妇人。匪教匪诲,时维妇寺。

鞫人忮忒,谮始竟背。岂曰不极?伊胡为慝?如贾三倍,君子是识。妇无公事,休其蚕织。

天何以刺?何神不富?舍尔介狄,维予胥忌。不吊不祥,威仪不类。人之云亡,邦国殄瘁。

天之降罔,维其优矣。人之云亡,心之忧矣。天之降罔,维其几矣。人之云亡,心之悲矣。

觱沸槛泉,维其深矣。心之忧矣,宁自今矣!不自我先,不自我后。藐藐昊天,无不克巩。无忝皇祖,式救尔后!

释音：卬，音仰。瘵，音债。瘳，音抽。女，音汝。说，音脱。罍，音必。

## 【诗义关键】

这首诗值得注意的有几点：

第一，"妇有长舌，维厉之阶"的长舌妇是谁。这是此诗的关键，也是几十首诗的关键。我们从《易林》"尹氏伯奇，父子生离。无罪被辜，长舌为灾"，知道就是仲氏，那么，这首诗以及其他有关诗篇的问题都可得到解决。

第二，"乱匪降自天，生自妇人。"《十月之交》篇说："皇父卿士，番维司徒，家伯维宰，仲允膳夫，棸子内史，蹶维趣马，楀维师氏，艳妻煽方处。"艳妻，我们曾说也是仲氏。就由她与这批执政大臣来往密切，才派无能无谋的伯氏去西征，结果吃了败仗，闯出大祸，所以诗言："乱匪降自天，生自妇人。"

第三，"人有土田，女反有之；人有民人，女覆夺之"，就是《十月之交》篇说的："彻我墙屋，田卒污莱。曰：'予不戕，礼则然矣。'"仲氏怎么可以夺取尹吉甫的土地呢？尹吉甫所做的是卫国的官，他的土地也是卫国所赐予。现在认为他犯了罪，所以又将土地收回。所谓"民人"，也就是这一块土地的人民。

第四，"此宜无罪，女反收之；彼宜有罪，女覆说之"，也就是《雨无正》篇说的"舍彼有罪，既伏其辜；若此无罪，沦胥以铺"。女，指仲氏，仲氏怎么可以赦免伯氏的罪过而置尹吉甫于罪呢？就由于她与皇父结了新亲，而又与执政大臣们勾结。她的长舌妇之名，就由此而来。

第五，"鞫人忮忒，谮始竟背"，也就是《巷伯》篇说的"慎尔言也，谓尔不信"，"岂不尔受，既其女迁"。鞫人，就是极端迫害人的人。忮，狠。忒，恶。意思就是一天到晚迫害人的人，现在他反受到谮言的结果。因为伯氏终被正法了。

第六，"人之云亡，心之忧矣"，"人之云亡，心之悲矣"，就是人现在是死了，心里很感到忧愁；人现在是死了，心里很感到悲伤。《竹书纪年》于晋文侯五年（幽王六年）载说："王命伯士帅师伐六济之戎，王师败逋，伯士死之"。死是经过这一大段故事才死的。假如没有尹吉甫生平事迹的发现，这段史事也就无法知道。《易林》卷十一说："西诛不服，恃强负力。倍道趋敌，师走败覆。"不知是否指伯氏的败退？如果是的话，那我们又可知伯氏失败的原因了。

第七，"瞻卬昊天，则不我惠。孔填不宁，降此大厉。邦靡有定，士民其瘵。蟊贼蟊疾，靡有夷届"，也就是《召旻》篇说的"昊天疾威，天笃降丧。瘨我饥馑，民卒流亡"，《雨无正》篇说的"浩浩昊天，不骏其德。降丧饥馑，斩伐四国"，"戎成不退，饥成不遂"，《桑柔》篇说的"天降丧乱，灭我立王。降此蟊贼，稼穑卒痒"。这些诗都是同时的作品，所讲的也都是一件事，到此，可以决定这些诗的写作年月了。伯氏是幽王六年正法的，那么，这首诗当写于同年。《桑柔》《雨无正》《召旻》等诗则作于幽王五年，因为伯氏是幽王四年出征，五年四月间败退，六年被正法，这不是极明白、极有次第的历史吗？这首诗固是悲悼伯氏，而主要的目的还是斥责仲氏。

【字句解释】

一章。卭,同仰。瘨,读为《召旻》篇"瘨我饥馑"之"瘨"。厉,灾难。瘵,病。夷,平定。届,止。罪罟,罪网。瘳,病愈。整章的意思就是:看那老天爷呀,不给我一点恩惠。降下了大的灾难,使人非常地苦痛与不宁。国家不能安定,使士子与人民都受到了苦痛。蟊虫的灾害,也不知什么时候才停止!罪网也不收起,也不知苦痛要到什么时候才完!

二章。说,读为脱;脱,赦免。整章的意思就是:人家的土田,你反而得到;人家的百姓,你反而夺去。这个无罪的人,你把他拘留起来;那个有罪的人,你反把他赦免。

三章。哲妇,指仲氏。城,象征国。懿,通噫,叹声。枭、鸱,二鸟名,猫头鹰之类,不吉之鸟。妇寺,就是《晏子春秋·内篇·谏上第一》"身溺于妇侍"的"妇侍"。妇侍,指长舌妇,长舌妇即指仲氏。整章的意思就是:俊哲的男子可以开创国家,俊哲的妇女也可以倾覆国家。只有这个俊哲的妇女,是一只枭鸟,是一只鸱鸟。女人家长了长舌头,就成了祸乱的阶梯。祸乱不是从天降下,而是由妇人产生。既不教导也不训诲,一味地听从妇侍的话。

四章。极,正。慝,恶。整章的意思就是:一天到晚想害人的人,现在反而受到谮言的害处。难道说不应该吗?谁叫他这样作恶呢?他这样胡来,就像做生意一样,一定要得到三倍的报答,这是君子们早就看到的。女人家不要管公家的事,好好地去养蚕纺织吧!

五章。以,为。凡《诗》言"何以",都是何为若此的意思。

仲氏之与伯氏结婚，为的是伯氏家富贵。仲氏之与皇父结亲，也是因为皇父富有。她所崇拜的是财富，所以讽刺她说：哪一个神不是富足的？介狄，大狄、元凶（马瑞辰说）。胥忌，相恨。不吊，不幸。不类，不善。殄，绝。瘁，病人，指伯氏。整章的意思就是：上天为什么要讽刺你？哪个神不是富有的？舍掉你的元凶，只是向我忌恨。既是不幸，又不吉祥，就由于他不讲威仪。人虽是死了，可是国家也得了绝症。

六章。罔，古网字。优，厚。天之降罔，维其优矣，就是老天爷降下这样的罪网，算是优厚的了。指伯氏的正法而言。几，近。整章的意思就是：老天爷降下这样的罪网，算是优厚的了。人是死了，心里自然要忧伤。老天爷降下这样的罪网，算是快的了。人是死了，心里自然要悲伤。

七章。宁，乃。觱觱，旷远貌。忝，辱。整章的意思就是：泉水沸腾地涌出，它的源流是很深的。心里边的忧愁，才从今开始了！不在我之前，不在我之后，恰恰就在我身上。老天是旷远的，没有人不是自我坚强。不要辱没了你的祖宗，赶紧想办法拯救你的后人！

## 【诗义辨正】

《毛序》："《瞻卬》，凡伯刺幽王大坏也。"三百篇里《毛序》认为是凡伯作的还有两篇，就是《板》与《召旻》。那两篇曾经讨论过，证明《毛序》的不可靠，这首序当也不可靠。所以姚际恒说："此刺幽王宠褒姒致乱之诗。《小序》谓凡伯作，未见其然。"实际上，这首诗既不是刺幽王，也不是凡伯所作。

"妇有长舌"，前人都认为是褒姒，故有此误。史载褒姒不好笑，连笑都不笑的人，怎么会是长舌妇呢？长舌妇的典型人物是好说，好笑，好活动，好管闲事，也只有我们所知道的仲氏才可以当之。

## 二

## 墙有茨（鄘风）

墙有茨，不可埽也。中冓之言，不可道也；所可道也，言之丑也。

墙有茨，不可襄也。中冓之言，不可详也；所可详也，言之长也。

墙有茨，不可束也。中冓之言，不可读也；所可读也，言之辱也。

## 【诗义关键】

这首诗的关键就在"中冓之言"一句，这句诗了解了，诗义也就了然。中冓，《毛传》说："内冓。"内冓也就是内室（胡承珙说）。中冓之言，就是房里的私话。"中冓之言，不可道也；所可道也，言之丑也"，是谁把房里的私话宣扬到外边呢？除长舌妇而外，还有哪一种人呢？尹吉甫与仲氏曾经热恋过，也曾经结合过，不知讲过多少私话，现在她把他们间的私话都向外宣扬，目的是在丢尹吉甫的丑，所以尹吉甫写这首诗来辟谣。

**【字句解释】**

一章。茨，蒺藜。整章的意思就是：墙头上的蒺藜，无法子把它扫掉。房里边的私话，不可以说出去；要是说出去，都是一些丑话。

二章。襄，除。详，《韩诗》作"扬"。整章的意思就是：墙头上的蒺藜，无法子把它除掉。房里边的私话，不可以宣扬；要是宣扬出去，那是长舌妇的话。

三章。读，说（见《广雅》）。整章的意思就是：墙头上的蒺藜，无法子把它捆起来。房里边的私话，不可以说出去；要是说出去，那就太丢脸了。

**【诗义辨正】**

《毛序》："《墙有茨》，卫人刺其上也。公子顽通乎君母，国人疾之，而不可道也。"既言"国人疾之而不可道"，那么，写出这首诗来宣扬，不是反而"道"出了吗？自相矛盾。可是后人都无法了解这首诗，也只有跟着《毛序》在胡扯。

## 三

### 硕鼠（魏风）

硕鼠硕鼠，无食我黍！三岁贯女，莫我肯顾。逝将去女，适彼乐土；乐土乐土，爰得我所。

硕鼠硕鼠，无食我麦！三岁贯女，莫我肯德。逝将去女，适彼乐国；乐国乐国，爰得我直。

硕鼠硕鼠，无食我苗！三岁贯女，莫我肯劳。逝将去女，适彼乐郊；乐郊乐郊，谁之永号？

释音：女，音汝。

## 【诗义关键】

知道"三岁贯女"指的是谁，这首诗的意义也就豁然显明了。《氓》篇说"自我徂尔，三岁食贫"，又说"三岁为妇，靡室劳矣"，是尹吉甫与仲氏曾经结合三年，已经讲过。《东山》篇说"自我不见，于今三年"，是他们结婚后就离别、离别三年后再见面时的话，上边也讲过了。贯，就是《何人斯》篇"及尔如贯"的"贯"，串的意思。三岁贯女，就是三岁串女，结合三年的意思。如此讲来，"三岁贯女"不是指仲氏吗？从《瞻卬》篇，知道伯氏终因战败的罪过而正法，然他的正法，是由尹吉甫不愿担当这次败仗的责任而造成的，所以仲氏恨透了尹吉甫，于是把他逐出卫国。这首诗就是斥责仲氏不顾三年的夫妻恩情而要逼他走的作品。不过，这里要特别声明的是，尹吉甫与仲氏的结合实际上不止三年。他们是宣王六年冬结的婚；七年，同路去戍申、戍甫、戍许；八年，尹吉甫东征，这时仲氏才到复关尹吉甫的家里居住，直到十年尹吉甫东征回来，她才闹着回娘家。所谓"三岁"是指仲氏在尹吉甫家住的三岁。所以《氓》篇说："三岁为妇，靡室劳矣"，"自我徂尔，三岁食贫"。妇是媳妇，三岁为妇，就是给你家做了三年儿媳妇。

**【字句解释】**

一章。硕鼠，大老鼠。顾，眷顾。逝，发语词。去女，离开你。乐土乐土，《韩诗外传》两引都作"逝将去女，适彼乐土；适彼乐土，爰得我所"；又引次章也说："逝将去女，适彼乐国；适彼乐国，爰得我直。"《诗经》以重叠句连接的甚多，应以《韩诗》为正。(《群经平议》说)整章的意思就是：大老鼠呀大老鼠，不要吃我的黍米。与你结合了三年，一点也不肯眷顾我。我决定要离开你，到那快乐的国土；到那快乐的国土，才得到了安身之所。

二章。直、职，古通；职，所(《经义述闻》说)。整章的意思就是：大老鼠呀大老鼠，不要吃我的麦子。曾与你结合了三年，一点也不肯施恩于我。我决定要离开你，去到那快乐的国家；去到那快乐的国家，才得到了我安居之所。

三章。苗，禾；生曰苗，秀曰禾。劳，慰劳。之，其(马瑞辰说)。永号，长吁短叹。整章的意思就是：大老鼠呀大老鼠，不要吃我的禾。曾与你结合了三年，一点也不肯慰劳我。我决定离开你，到那快乐的郊野；去到那快乐的郊野，谁还再长吁短叹呢?

**【诗义辨正】**

《毛序》："《硕鼠》，刺重敛也。国人刺其君重敛，蚕食于民，不修其政，贪而畏人，若大鼠也。"若谓刺重敛，则"三岁贯女，莫我肯顾"怎么讲呢?诗又言"逝将去女,适彼乐土",难道因重敛人民就逃亡他国吗?他国又指什么地方呢?从古到今都没有人了解这首诗,大家也只有跟着《毛序》在乱猜。

以上三篇,就是《瞻卬》《墙有茨》与《硕鼠》,都是幽王六年时尹吉甫斥责仲氏的作品。

# 【第二十九编】被逐出卫时诗篇（幽王六年）

一

## 谷风（邶风）

习习谷风，以阴以雨。黾勉同心，不宜有怒。采葑采菲，无以下体。德音莫违，及尔同死。

行道迟迟，中心有违。不远伊迩，薄送我畿。谁谓荼苦？其甘如荠。宴尔新昏，如兄如弟。

泾以渭浊，湜湜其沚。宴尔新昏，不我屑以。毋逝我梁，毋发我笱。我躬不阅，遑恤我后！

就其深矣，方之舟之。就其浅矣，泳之游之。何有何亡，黾勉求之。凡民有丧，匍匐救之。

不我能慉，反以我为雠。既阻我德，贾用不售。昔育恐育鞫，及尔颠覆。既生既育，比予于毒。

我有旨蓄，亦以御冬。宴尔新昏，以我御穷。有洸有溃，既诒我肄。不念昔者，伊予来墍。

释音：湜，音植。沚，音止。慉，音畜。墍，音忾。

## 【诗义关键】

这首诗值得注意的有几点：

第一，"德音莫违，及尔同死。"德音，尊称别人的语言。

意思就是假如不是你违背了诺言,我愿意与你同死。从《大车》篇"榖则异室,死则同穴。谓予不信,有如皦日",《女曰鸡鸣》篇"宜言饮酒,与子偕老",《氓》篇"及尔偕老,老使我怨",《击鼓》篇"死生契阔,与子成说。执子之手,与子偕老",不是仲氏在在要与尹吉甫死在一起吗?可是她后来闹着仳离,又嫁给伯氏,这些都是仲氏违背诺言的明证。

第二,"宴尔新昏,如兄如弟。"《正月》篇说"洽比其邻,昏姻孔云",《我行其野》篇说"不思旧姻,求尔新特",都是讲仲氏与皇父结了新亲。

第三,"宴尔新昏,以我御穷。"皇父是富有的,而尹吉甫是贫穷的。《正月》篇不是讲"佌佌彼有屋,蔌蔌方有榖。民今之无禄,夭夭是椓。哿矣富人,哀此惸独"吗?

第四,"凡民有丧,匍匐救之。"丧是丧乱。国家只要有丧乱,尹吉甫没有不参加的。从《诗经》看来,平陈与宋有他,西征猃狁有他,南征徐国有他,征伐荆蛮有他,西迎韩侯有他,复周公之宇也有他,现在又来征伐西戎。由此看来,他说"凡民有丧,匍匐救之",一点也不夸张吧?

第五,"不我能慉,反以我为雠。既阻我德,贾用不售。"《节南山》篇说"不宜空我师",《板》篇说"丧乱蔑资,曾莫惠我师",《桑柔》篇说"国步蔑资,天不我将",《正月》篇说"无弃尔辅,员于尔辐,屡顾尔仆,不输尔载",都是表示尹吉甫想卖自己也卖不出去。

第六,"昔育恐育鞫,及尔颠覆。既生既育,比予于毒。"上二"育"字作长讲。及,与。颠覆,失败。生育,生子。诗义就是：以前我们长时期地在恐惧困难中过活，最后还是失败了。指他们长时期的恋爱结婚、最后仳离。后来生了儿子，你把我当成毒虫来看待。仲氏不是给尹吉甫生了一个儿子叫尹伯奇吗？

第七，"我躬不阅，遑恤我后"，阅，《毛传》："容也。"意思就是我自身你还不能容纳，还能怜惜我的后代？我后，即指尹伯奇。关于尹伯奇，我们不妨再多讲几句。《易林》卷十四与卷十五都说："谗言乱国，覆是为非。伯奇乖（流）离，恭子忧哀。"前两句当是指仲氏，从后两句看来，尹伯奇也被仲氏驱逐。所以此诗说"遑恤我后"。《乐府诗集》（卷五十七）载有一首《履霜操》，序曰："《琴操》曰：'《履霜操》，尹吉甫之子伯奇所作也。伯奇无罪，为后母谗而见逐，乃集芰荷以为衣，采楟花以为食。晨朝履霜，自伤见放，于是援琴鼓之而作此操，曲终投河而死。'"假如这段传说是真的，那一定是伯奇被仲氏驱逐后，回到自己的父亲那里，尹吉甫听他后妻姜氏的谗言，又把伯奇驱逐，以致伯奇投河而死。

第八，"谁谓荼苦？其甘如荠"，"我有旨蓄，亦以御冬"。尹吉甫的官职不是被撤销，土地被没收吗？他的生活发生问题，就以荼菜与旨蓄来维持，与《权舆》篇说的"今也每食无余""今也每食不饱"正合。

第九，"行道迟迟，中心有违。不远伊迩，薄送我畿。"行道，离去。迟迟，迟疑不决。伊迩，很近。畿，国畿，指南燕的国畿。意思就是我所以迟迟不去，心中实在是有违怨，倒是不远，急迫地把我送到我国的边界。南燕在现今河南延津县，与卫国接邻。三百篇里有关尹吉甫被逐出卫的诗共有八篇，就是《葛藟》《我行其野》《黍离》《唐风·杕杜》《园有桃》《小雅·黄鸟》《小雅·谷风》与此诗。只要把这八首诗的季节追究一下，就可知道他在卫国迟疑了几久。《葛藟》篇说"绵绵葛藟"。《诗经》中言葛藟都是指初春，如《樛木》篇"葛藟累之""葛藟荒之""葛藟萦之"，《旱麓》篇"莫莫葛藟"，都曾经讲过。那么，《葛藟》篇当写在初春。《我行其野》篇说"蔽芾其樗"。蔽芾，茂盛；樗，臭椿。臭椿茂盛当在夏季。《黍离》篇说"彼黍离离，彼稷之穗"，"彼黍离离，彼稷之实"。《植物名实图考长编》（卷一）于"黍"条说："三月种者为上时，五月即熟。"离离，形容禾穗下垂的情形。同书（卷二）于"稷"条说："三月下种，五六月可收。"由此看来黍与稷是同时收获。《唐风·杕杜》篇说"有杕之杜，其叶湑湑"，"有杕之杜，其叶菁菁"，当然也是夏季。如此看来，《我行其野》《黍离》与《唐风·杕杜》三诗都写在夏季。《园有桃》篇说"园有桃，其实之殽"，"园有棘，其实之食"，则为秋季。《小雅·黄鸟》篇说"黄鸟黄鸟，无集于谷，无啄我粟"，也是秋季。《小雅·谷风》篇说"无草不死，无木不萎"，写在冬季。此诗说"采葑采菲，无以下体"，我们看采葑是什么时候。葑是芜菁。《植物名实图考长编》（卷四）于"芜菁"条说："六月中种，十月将冻，耕出之。"那么，两首《谷风》都写于十月间。由这八首诗写作的季节来看，春夏秋冬整整一年。我们曾说伯氏在幽王四年出征西戎，五年四月败，逃归南燕。逃归南燕后，他将失败的责任统统推到尹吉甫身上，尹吉甫极力辩护，终于是非分明，伯氏于幽王六年正法。

正法后，引起仲氏对尹吉甫的极端憎恨，才把他逐出卫国。那么，这八首诗也就是幽王六年写的了。

以上各点，无一点不与尹吉甫的生平事迹相合，这首原来铁一般相信是"妇人为夫所弃"的诗，现在变成丈夫被妻所弃的诗了。

**【字句解释】**

一章。习习，风声。《毛传》说："习习，和舒貌。东风谓之谷风。"非是。采葑采菲的时候，哪里会有东风？《小雅·谷风》篇说"无草不死，无木不萎"，这个季节也不会有东风。《毛传》是随意注释。谷风，从山谷中来的风。以，与。菲，土瓜。下体，根，即地下茎。整章的意思就是：从山谷中来的风，呼呼在叫，阴天里带着雨。勉励地同心同德，不应该这样地生气。采芜菁，采土瓜，不要伤害了地下茎。假如不是你违背了诺言，我愿和你死在一起。

二章。整章的意思就是：我所以迟迟地离去，实在由于心中有违怨。倒是不远，急迫地把我送到南燕的边境。谁说荼菜是苦的？就像荠菜那么好吃。欢乐的你结了新亲，就像兄弟一样地亲热。

三章。泾浊渭清。以，使。湜湜，水清貌。沚，《说文》引作"止"。泾以渭浊，湜湜其沚，就是渭水是因泾水而浊的，到水不流动的时候，又是清澈的。象征尹吉甫是因伯氏而被害的，但到水落石出的时候，尹吉甫还是清白的。屑，肯。整章的意思就是：渭水是由泾水而浑浊的，到水不流动的时候，仍是清澈的。你现在结了新亲，不肯再同我来往。不要到我的鱼梁来，不要拿动我的鱼笱。我本人你还不能容纳，怎会怜恤我的后代呢！

四章。方，筏。匍匐，忙得爬着工作。整章的意思就是：水要是深的话，用筏用舟来渡过。水要是浅的话，可以浮过去，游过去。有的没的，都勉励地去寻求。国家只要有丧乱，没有不是急忙地爬着去做。

五章。慉，好。阻，阻挡。德，好处。整章的意思就是：不仅不喜欢我，反把我当成仇人来看待。阻挡着我的好处，想卖自己也卖不出去。以前是长时期地恐惧困难，并且与你一同失败了。后来生了孩子，你把我当成毒虫。

六章。旨，甘美。蓄，蓄菜，即今之干菜（屈万里引《吕氏春秋·仲秋纪》高注）。洸，武貌。溃，怒貌。诒，遗。肄，为勚之同音假借；勚，劳（马瑞辰说）；劳是苦的意思。墍，读为忾，怒的意思（《经义述闻》说）。整章的意思就是：我储备了甘美的干菜，预备着过冬。现在你结了新亲，而我却来迎接穷苦。既动武，又发怒，给我遗留下了困苦。你也不想一想以前的恩情，只是拿我来出气。

## 【诗义辨正】

《毛序》："《谷风》，刺夫妇失道也。卫人化其上，淫于新昏而弃其旧室，夫妇离绝，国俗伤败焉。"从诗的表面来看，也只有这样解释；后人解此诗的，都不出这个范围。

二

## 葛藟（王风）

绵绵葛藟，在河之浒。终远兄弟，谓他人父。谓他人父，亦莫我顾。

绵绵葛藟，在河之涘。终远兄弟，谓他人母。谓他人母，亦莫我有。

绵绵葛藟，在河之漘。终远兄弟，谓他人昆。谓他人昆，亦莫我闻。

释音：藟，音垒。涘，音俟。

## 【诗义关键】

尹吉甫不是卫国的外甥吗？他与卫人都是兄弟相称，所以《角弓》篇说："兄弟昏姻，无胥远矣。"他是南燕人，在卫国做士，所以说："终远兄弟，谓他人父。"终作既讲。远，远离。意思就是远离了自家兄弟，来称人家的父为父。"谓他人父，亦莫我顾"，"谓他人母，亦莫我有"，"谓他人昆，亦莫我闻"，这不就是尹吉甫现在的处境吗？他希望卫国人谅解他，可是卫国人不谅解，只有回到自己的国家。诗义是多么清楚。

## 【字句解释】

一章。绵绵,连续不断。浒,水边。《诗经》中用葛藟的共有三篇,就是《樛木》《旱麓》与此诗。《樛木》篇说"南有樛木,葛藟累之",《旱麓》篇说"莫莫葛藟,施于条枚",都是初春的景象。这时枝叶还没长出来,只看到葛藟的情形,所以把这两首诗都放在初春的时候。这首诗也只提到葛藟,故知也是初春时的作品。整章的意思就是:连续不断的葛藟,长在黄河的边上。远离了自家的兄弟,来称别人的父为父。尽管称别人的父为父,对我一点也不肯眷顾。

二章。涘,水涯。有,通友。整章的意思就是:连续不断的葛藟,长在黄河的涯上。远离了自家的兄弟,来称别人的母为母。尽管称别人的母为母,对我一点也不友好。

三章。漘,岸。古"闻"通"问";问,恤问(《经义述闻》说)。整章的意思就是:连续不断的葛藟,长在黄河的岸上。远离了自家的兄弟,来称别人的哥哥为哥哥。尽管称别人的哥哥为哥哥,对我一点也不怜恤。

## 【诗义辨正】

《毛序》:"《葛藟》,王族刺平王也。周室道衰,弃其九族焉。"这首诗原在《王风》,也就扯上王族。《集传》说:"有去其乡里家族,而流离失所者,作此诗以自叹。"几乎近之。姚际恒说:"《序》必谓'刺平王弃其九族',甚无据。且如郑氏谓平王以他人之父为父,固觉突然。严氏为之解曰:'言王终远我兄弟者,谓父是他人之父乎?不然,胡为不顾我也?'于

'亦'字亦不协。不若依《集传》解，较可。"

# 三

## 我行其野（小雅）

我行其野，蔽芾其樗。昏姻之故，言就尔居。尔不我畜，复我邦家。

我行其野，言采其蓫。昏姻之故，言就尔宿。尔不我畜，言归斯复。

我行其野，言采其葍。不思旧姻，求尔新特。成不以富，亦祗以异。

释音：樗，音枢。蓫，音逐。葍，音福。

## 【诗义关键】

知道了尹吉甫的生平事迹，这首诗用不着解释就可知道它的意义。旧姻，指尹吉甫与卫国的关系；新特，指仲氏与皇父所结的新亲。

## 【字句解释】

一章。整章的意思就是：我在她的郊野里行走，臭椿树正当茂盛。因为外甥与舅舅家的关系，我才到你家来住。你现在不喜欢我了，我就回到我的邦家。

二章。蓫,羊蹄,菜名。整章的意思就是:我在她的郊野里行走,采摘那些羊蹄。因为外甥与舅舅家的关系,我才到你家来住。你现在不喜欢我了,我也就回去。

三章。葍,《正义》引陆《疏》说:"一名葍,幽州人谓之燕葍,其根正白,可着热灰中温啖之。饥荒之岁,可蒸以御饥。"成,《论语》引作"诚"。整章的意思就是:我在她的郊野里行走,采摘那些燕葍。你也不念旧亲的关系,一味地去求你的新公牛。诚然你不是因富而与他结亲,可是也实在使人怀疑。

【诗义辨正】

《毛序》:"《我行其野》,刺宣王也。"姚际恒说:"此诗与上篇(按指《小雅·黄鸟》篇)相类,亦未详。《小序》谓'刺宣王',苏氏因谓'甥舅之诸侯,求人为王卿而不获者所作',似臆测。且呼王为'尔',亦不似。《集传》谓'民适异国,依其昏姻而不见收恤',于此诗固类,然无所关系也。"

## 四

## 黍离(王风)

彼黍离离,彼稷之苗。行迈靡靡,中心摇摇。知我者,谓我心忧;不知我者,谓我何求。悠悠苍天,此何人哉!

彼黍离离,彼稷之穗。行迈靡靡,中心如醉。知我者，谓我心忧；不知我者，谓我何求。悠悠苍天，此何人哉！

彼黍离离，彼稷之实。行迈靡靡，中心如噎。知我者，谓我心忧；不知我者，谓我何求。悠悠苍天，此何人哉！

## 【诗义关键】

诗言"行迈靡靡，中心摇摇"，也就是《邶风·谷风》篇说的"行道迟迟，中心有违"，所以《毛传》说："靡靡，犹迟迟也。"因为迟迟不肯离去，所以接着说："知我者，谓我心忧；不知我者，谓我何求。"知道我的人，说我心里有忧愁；不知道我的人，还以为我有什么要求。"此何人哉"，对《何人斯》篇"彼何人斯"，彼何人指仲氏，此何人是尹吉甫自谓，叹息自己处境的穷困。这首诗也是尹吉甫写他被驱逐时不肯离开卫国的心情。

## 【字句解释】

一章。《湛露》篇"其桐其椅，其实离离"，离离形容结实之多。此诗"离离"，也应形容黍之多。黍为黄米，指所结之穗而言。稷为高粱。稷先种而后熟，黍后种而先熟，故黍在结穗之时而稷还是苗。摇摇，摇摇欲坠，与下章"中心如醉"同义。整章的意思就是：那个禾穗正在茂盛，那个高粱还在长苗。迟迟地不肯离去，心里好像摇摇欲坠。知道我的人，说我心里有忧愁；不知道我的人，还以为我有什么要求。遥远的老天呀，我变成了什么样的人！

二章。整章的意思就是：那个禾穗正在茂盛，那个高粱也在结穗。迟迟地不肯离去，心里就像醉了一样。知道我的人，说我心里有忧愁；不知道我的人，还以为我有什么要求。遥远的老天呀，我变成了什么样的人！

三章。噎，食塞咽喉。整章的意思就是：那个禾穗正在茂盛，那个高粱也在结实。迟迟地不肯离去，心里就像噎着一样。知道我的人，说我心里有忧愁；不知道我的人，还以为我有什么要求。遥远的老天呀，我变成了什么样的人！

【诗义辨正】

《毛序》："《黍离》，闵宗周也。周大夫行役至于宗周，过故宗庙，宫室尽为禾黍，闵周室之颠覆，彷徨不忍去，而作是诗也。"诗原在《王风》，就生出这种附会。诗言："不知我者，谓我何求。""过故宗庙，宫室尽为禾黍"，只有伤感，对宗庙会有什么要求？"此何人哉"，是作者自叹命蹇，周大夫是"行役"而至宗周，有什么命蹇之处而要呼叫苍天呢？后人没有再好的解释，也只有认为这样讲是对的。

# 五

## 杕杜（唐风）

有杕之杜，其叶湑湑。独行踽踽。岂无他人？不如我同父。嗟行之人，胡不比焉？人无兄弟，胡不佽焉？

有杕之杜，其叶菁菁。独行睘睘。岂无他人？不如我同姓。嗟行之人，胡不比焉？人无兄弟，胡不佽焉？

释音：杕，音第。踽，音矩。佽，音次。菁，音精。睘，音茕。

## 【诗义关键】

"岂无他人？不如我同姓"，不就是《葛藟》篇"终远兄弟，谓他人父"、"终远兄弟，谓他人母"、"终远兄弟，谓他人昆"吗？如，与。不如我同姓，就是不与我同姓。"人无兄弟"，就是没有兄弟的人，也就是《葛藟》篇"终远兄弟"。"独行踽踽"，也就是《邶风·谷风》篇的"行道迟迟"，《黍离》篇的"行迈靡靡"。这首诗所讲的，不就是尹吉甫的现今情况吗？

## 【字句解释】

一章。湑湑，浓，与《裳裳者华》《车舝》两篇"其叶湑兮"的"湑"同义。踽踽，无所亲貌。比，亲。佽，助。整章的意思就是：有棵特然独出的赤棠，它的叶子长得很浓密。无亲无友的我，一个人在行走。难道没有别人吗？都不与我同父。路上行走的人呀，怎么不与我相亲呢？我这个没有兄弟的人，怎么不帮我一手呢？

二章。菁菁，茂盛。睘睘，无所依貌。整章的意思就是：有棵特然独出的赤棠，它的叶子长得很茂盛。无依无靠的我，独个儿在行走。难道没有别人吗？都不与我同姓。路上的行人呀，怎不与我相亲呢？我这个没有兄弟的人呀，怎么不帮我一把呢？

## 【诗义辨正】

《毛序》:"《杕杜》,刺时也。君不能亲其宗族,骨肉离散,独居而无兄弟,将为沃所并尔。"诗在《唐风》,就扯到晋昭公身上。《集传》说:"此无兄弟者,自伤其孤特,而求助于人之辞。"从表面来看,要比《毛序》贴切。姚际恒说:"此诗之意,似不得兄弟而终望兄弟比助之辞。言我独行无偶,岂无他人可共行乎?然终不如我兄弟也。使他人而苟如兄弟也,则嗟彼行道之人,胡不亲比我,而人无兄弟者胡不佽助我乎?"他不懂"如"作"与"讲,照字面来看,才产生这种迂曲的解说,反而说《集传》"尤谬"。说诗真无定则了!

# 六

## 园有桃(魏风)

园有桃,其实之殽。心之忧矣,我歌且谣。不知我者,谓我士也骄。彼人是哉,子曰何其?心之忧矣,其谁知之?其谁知之,盖亦勿思!

园有棘,其实之食。心之忧矣,聊以行国。不知我者,谓我士也罔极。彼人是哉,子曰何其?心之忧矣,其谁知之?其谁知之,盖亦勿思!

释音:其,音记。盖,音盍。棘,音枣。

## 【诗义关键】

这首诗的关键就在"聊以行国"的"行"字。行,犹去;行国,去国,也就是《硕鼠》篇"逝将去女,适彼乐国"的意思(陈奂说)。假如要像《郑笺》说的"聊出行于国中,观民事以写忧",诗也就永远无法了解。聊以行国,就是聊且离去此国,这不与尹吉甫的事迹相合吗?此诗说"谓我士也罔极",《氓》篇里,仲氏不是就骂尹吉甫"士也罔极,二三其德"吗?此诗说"谓我士也骄",《鸿雁》篇里尹吉甫不是就说"维彼愚人,谓我宣骄"吗?尹吉甫的失败就在他性格傲慢与自由恋爱上。这首诗正表现了他的失败原因。

## 【字句解释】

一章。曲合乐曰歌,徒歌曰谣。彼人,指仲氏。盖、盍,古通。思,忧。整章的意思就是:园子里有些桃树,它的果实可以为肴。心里边的忧愁,我用歌谣把它唱出来。不了解我的人,说我这个士子骄傲。她要说她对,你还有什么说的呢?心里的忧愁,有谁知道呢?有谁知道呢?怎么能不忧愁呢!

二章。棘,小枣树。枣棘同类,皆有刺。枣独生,高而少横枝;棘列生,卑而成林,以此为别(《梦溪笔谈》说)。整章的意思就是:园子里有些枣树,它的果实可以充饥。心里边忧愁,聊且离开这个国家。不知道我的人,说我这个士子不好。她要说她对,你还有什么说的呢?心里边的忧愁,有谁知道呢?有谁知道呢?怎么能不忧愁呢!

## 【诗义辨正】

《毛序》:"《园有桃》,刺时也。大夫忧其君,国小而迫,而俭以啬,不能用其民而无德教,日以侵削,故作是诗也。"诗原在《魏风》,魏国小而弱,故有这种附会。姚际恒说:"此贤者忧时之诗。"也不对。

## 七

## 黄鸟(小雅)

黄鸟黄鸟,无集于谷,无啄我粟。此邦之人,不我肯穀。言旋言归,复我邦族。

黄鸟黄鸟,无集于桑,无啄我梁。此邦之人,不可与明。言旋言归,复我诸兄。

黄鸟黄鸟,无集于栩,无啄我黍。此邦之人,不可与处。言旋言归,复我诸父。

释音:明,音盟。栩,音许。

## 【诗义关键】

诗言:"此邦之人,不我肯穀。"又说:"言旋言归,复我邦族。"穀是禄,当系在国外的人不能得到俸禄才要回到本国,那么,不是尹吉甫是谁呢?这首诗自然也是被逐出卫时的作品。

## 【字句解释】

一章。整章的意思就是：黄鸟呀黄鸟，不要集聚在禾谷上，不要啄我的粟。这个国家的人，不肯给我俸禄。我要回去，我要归去，回到我的邦家。

二章。明，读为盟，盟好。整章的意思就是：黄鸟呀黄鸟，不要集聚在桑树上，不要啄我的粱。这个国家的人，不肯与我友好。我要回去，我要归去，回到我哥哥们那里。

三章。整章的意思就是：黄鸟呀黄鸟，不要集聚在栩树上，不要啄我的黍。这个国家的人，不可与之相处。我要回去，我要归去，归到我叔叔伯伯们那里。

## 【诗义辨正】

《毛序》:"《黄鸟》，刺宣王也。"无据。《集传》说:"民适异国，不得其所，故作此诗。"近之。姚际恒说:"《小序》谓'刺宣王'。《集传》谓：民适异国，不得其所，于是思归，故作此诗。若是，民仍归于宣王，则非刺矣？朱郁仪曰:'宣王之世，诸侯兄弟有失所而来依于王室者。及其季年，政体怠荒，礼意衰薄，思返故国而赋是诗。'此又必欲切合刺王之意者，正不知孰是也。"

## 八

## 谷风（小雅）

习习谷风，维风及雨。将恐将惧，维予与女；将安将乐，女转弃予。

习习谷风，维风及颓。将恐将惧，寘予于怀；将安将乐，弃予如遗。

习习谷风，维山崔嵬。无草不死，无木不萎。忘我大德，思我小怨。

释音：女，音汝。

## 【诗义关键】

绝无问题这首诗与《邶风·谷风》为同时之作，也是尹吉甫抱怨仲氏的诗。"将恐将惧，维予与女"，不是指他们恋爱的时候吗？"将安将乐，女转弃予"，不是指尹吉甫于东征回来后，仲氏要弃他而去吗？"将恐将惧，寘予于怀"，是指他们恋爱的时候；"将安将乐，弃予如遗"，是指现在被驱逐。"忘我大德，思我小怨"，大德，是指尹吉甫对周室、对卫国的功劳；小怨，是指他不承认过错而致伯氏被处死刑。没有一点不与尹吉甫的事迹相合。

## 【字句解释】

一章。将，且。整章的意思就是：呼呼的谷风，风里夹着雨。又恐又惧的时候，只有我与你；又安逸又快乐的时候，你反丢弃了我。

二章。颓，暴风。整章的意思就是：呼呼的谷风，风里夹着暴风。又恐又惧的时候，你把我抱在怀里；又安逸又快乐的时候，就像丢东西一样丢弃我。

三章。崔嵬，高貌。整章的意思就是：呼呼的谷风，从崔嵬的山谷吹过来。没有一根草不死，没有一棵树不萎。忘了我的大德，只是记着我的小怨。

## 【诗篇联系】

以上八首诗，就是《葛藟》《我行其野》《黍离》《唐风·杕杜》《园有桃》《小雅·黄鸟》以及两首《谷风》，表现了尹吉甫在幽王六年时的全年心情。《四月》篇是幽王五年所写，表现了尹吉甫在那一年的心情。几首诗连起来，就可次第看出尹吉甫的环境演变与心理演变。

## 【诗义辨正】

《毛序》："《谷风》，刺幽王也。天下俗薄，朋友道绝焉。"《集传》说："此朋友相怨之诗。"姚际恒说："《小序》谓'刺幽王'，泛甚。此固朋友相怨之诗，然何以列于《雅》。而其体亦绝类《风》？不可解。严氏曰：'来自大谷之风，大风也。又习习然连续不断，继之以雨，喻连变恐惧之时，犹后人以"震风""凌雨"喻不安也。'"都是在臆测。

# 【第三十编】
# 被逐出卫后诗篇（幽王七年）

一

## 小弁（小雅）

弁彼鸒斯，归飞提提。民莫不穀，我独于罹。何辜于天，我罪伊何？心之忧矣，云如之何！

踧踧周道，鞫为茂草。我心忧伤，惄焉如擣。假寐永叹，维忧用老。心之忧矣，疢如疾首。

维桑与梓，必恭敬止。靡瞻匪父，靡依匪母。不属于毛，不罹于里。天之生我，我辰安在？

菀彼柳斯，鸣蜩嘒嘒。有漼者渊，萑苇淠淠。譬彼舟流，不知所届。心之忧矣，不遑假寐。

鹿斯之奔，维足伎伎。雉之朝雊，尚求其雌。譬彼坏木，疾用无枝。心之忧矣，宁莫之知！

相彼投兔，尚或先之。行有死人，尚或墐之。君子秉心，维其忍之。心之忧矣，涕既陨之。

君子信谗，如或酬之。君子不惠，不舒究之。伐木掎矣，析薪扡矣。舍彼有罪，予之佗矣。

莫高匪山，莫浚匪泉。君子无易由言，耳属于垣。无逝我梁，无发我笱。我躬不阅，遑恤我后！

释音：弁，音盘。鸒，音豫。提，音时。踧，音笛。惄，音溺。疢，音趁。蜩,音条。濯,音擢。萑,音丸。伎,音祈。雏,音姤。墐,音觐。倚,音几。扡,音侈。佗,音唾。

## 【诗义关键】

这首诗的关键就在"维桑与梓,必恭敬止。靡瞻匪父,靡依匪母。不属于毛,不罹于里"这几句。桑梓,父母的家乡。头两句的意思就是:对父母的家乡一定要恭恭敬敬。罹,当依《唐石经》作"离";凡别离与附离,字皆作离,不作罹(陈奂说)。后四句的意思就是:所看到的都不像父亲,所依靠的都不像母亲,既不附属于外,也不附丽于里。这是表示一位从外面回到家乡的人,遇不到一个亲人,所遇到的都是些不干痛痒的人。这是谁的遭遇呢? 再从这首诗里找线索。《诗经》中用"民莫不穀"的共有三篇,就是《四月》《蓼莪》与此诗。《四月》篇是表现尹吉甫在幽王六年时的遭遇,《蓼莪》篇是表现尹吉甫死丧父母的。《诗经》中用"无逝我梁,无发我笱。我躬不阅,遑恤我后"的共有两篇,就是《邶风·谷风》与此诗,而《谷风》篇是尹吉甫被逐出卫时所写。《诗经》中用"心之忧矣"的共有十一篇,就是《绿衣》《有狐》《蜉蝣》《小明》《苕之华》《邶风·柏舟》《园有桃》《沔水》《正月》《瞻卬》与此诗。除前五篇外,其余都是幽王五至六年时的作品,上边刚刚讲过。《诗经》中用"舍彼有罪"的共有两篇,就是《雨无正》与此诗,而《雨无正》篇是批评皇父执政的。《诗经》中用"我心忧伤"的共有四篇,就是《桧风·羔裘》《正月》《小宛》与此诗。除《羔裘》篇外,《正月》与《小宛》也都是幽王六年时的作品。从这种语句的统计,显出一种现象:三百篇没有一句不是写实,换言之,就是在同一的情景之下,都用同一的句子来表现,绝对不是抄袭。情景既然相同,是不是同一个作者呢?谨再做检讨。从上边刚刚解释过的八首诗——《邶风·谷风》《葛藟》《我行其野》《黍离》《唐风·杕杜》《园有桃》《小雅·黄鸟》《小雅·谷风》——来看,尹吉甫不是被逐出卫吗?出卫后他回到自己的国家南燕,所以《邶风·谷风》篇说"不远伊迩,薄送我畿",《我行其野》篇说"尔不我畜,复我邦家",《黄鸟》篇说"言旋言归,复我邦族",在在都足证明尹吉甫所去的是自己的老家。可是回到自己的家乡后,遇不到一个亲人,所以感到悲伤。不仅此也,南燕的国君就是蹶父,伯氏是蹶父的儿子,而伯氏的被杀是由尹吉甫拒绝承认败仗的责任,那么,他回到本国受不受欢迎,就可想而知了。此诗说"相彼投兔,尚或先之;行有死人,尚或墐之。君子秉心,维其忍之","君子信谗,如或酬之。君子不惠,不舒究之","舍彼有罪,予之佗矣",就是表现他回到南燕后,蹶父对他的态度。

【字句解释】

一章。弁,乐。鷽斯,雅乌,较乌小而多群。提提,《正义》引或本解作"群飞貌"。整章的意思就是:那些快乐的雅乌,一群一群地飞归回去。没有人不好,独独我遭到了灾祸。我有什么地方得罪于老天?我犯了什么罪呢?心里边的忧愁,怎么说出来呢!

二章。踧踧,平坦貌。鞠,与《节南山》篇"降此鞠讻"之"鞠"通;鞠,盈。踧踧周道,鞠为茂草,就是平坦的大道长满了荒草。《毛传》注踧踧为"平易",既长满了荒草就不平易;如解为平坦,意思就通顺了。惄,饥意,与《汝坟》篇"惄如调饥"之"惄"同义。假寐,和衣而睡。疚,病。整章的意思就是:平坦的大道,上边长满了荒草。我心里的感伤,就像饥饿在捣着自己。假寐中也在叹息,忧愁得使人变老。心里的忧愁呀,病得就像头疼。

三章。整章的意思就是:对于父母的家乡,一定要毕恭毕敬。可是所看到的都不像父亲,所依靠的也都不像母亲。既不附属于外,也不附丽于里。老天生我,我的好日子在哪里?

四章。蜩,蝉。嘒嘒,形容蝉声,与《小星》篇"嘒彼小星"之"嘒"形容小星是一种用法:嘒嘒,形容蝉声之响亮;嘒,形容小星之明亮。漼,深貌。淠淠,茂盛貌。整章的意思就是:那棵阴郁的柳树上,蝉在响亮地叫。在那深的死水里,长着茂盛的狄苇。我就像漂荡的船只,也不知漂荡到什么地方。心里的忧愁呀,连个假寐都不能。

五章。伎伎,一作跂跂,疾奔之貌。雊,雉鸣。用,以。宁,乃。整章的意思就是:麋鹿的奔跑,只看到腿在动。早上的野鸡鸣叫,是雄在找雌。比方那些坏树,因为病就没有枝。我心里的忧愁呀,竟没有人知道!

六章。先,开(马瑞辰说)。行,路。墐,埋。整章的意思就是:你看那投网之兔,还有释放的机会。路上死了个人,还有人肯埋他。这位君子的心肠呀，真可算是残忍了。我心里边的忧愁呀，哭泣得鼻涕也流出来。

七章。醻，酬酒。舒，申。掎，掎其巅。扡，《唐石经》作"杝"，随其理而以手离之曰杝。佗，负荷。整章的意思就是：君子的相信谗言，就像人家的酬酒非喝不可。君子的没有慈惠，一点也不肯进一步去追究。伐木的要用绳子绁其巅，砍柴的要顺着树的纹理。舍掉那个有罪的人，让我替他来负担。

八章。由，于。整章的意思就是：高的没有不是山，深的没有不是泉。君子不要随便地讲话，墙头上长有耳朵。不要来到我的鱼梁，不要打开我的鱼笱。我本人你还不喜欢呢，何况我的后代！

## 【诗义辨正】

《毛序》："《小弁》，刺幽王也。大子之傅作焉。"附会，不足置辩。姚际恒说："《小序》谓'刺幽王'，不言何人作，指何事。《大序》谓'大子之傅作焉'，则宜臼事也。然谓其傅作，有可疑。诗可代作；哀怨出于中情，岂可代乎？况此诗尤哀怨痛切之甚，异于他诗也。若谓宜臼自作，宜臼实不德，孟子何为以'亲亲之仁'许之？……赵岐注《孟子》，以为伯奇作。伯奇事仅见《琴操》，不足据。且'踧踧周道，鞫为茂草'，此岂伯奇之言哉？"这首诗本是尹吉甫所写，不知怎么传说成他儿子所作。

## 二

### 鸱鸮（豳风）

鸱鸮！鸱鸮！既取我子，无毁我室！恩斯勤斯，鬻子之闵斯！

迨天之未阴雨，彻彼桑土，绸缪牖户。今女下民，或敢侮予！

予手拮据，予所捋荼，予所蓄租，予口卒瘏，曰予未有室家。

予羽谯谯，予尾翛翛，予室翘翘，风雨所漂摇，予维音哓哓。

释音：鬻，音育。女，音汝。拮，音吉。据，音居。捋，音啰。瘏，音徒。谯，音樵。翛，音消。翘，音乔。哓，音消。

### 【诗义关键】

知道这首诗里的鸱鸮影射谁，诗义也就晓得了。《瞻卬》篇说"懿厥哲妇，为枭为鸱"，指的是仲氏；此诗的鸱鸮也是指仲氏吗？我们看"既取我子，无毁我室"怎么讲。尹吉甫与仲氏所生的儿子伯奇不是被仲氏逐出而致跳河吗？尹吉甫的房屋土地不是被仲氏没收了吗？诗义就是：既然置死了我的儿子，就不要再毁坏我的房屋。《邶风·谷风》篇说"谁谓荼苦？其甘如荠"，又说"我有旨蓄，亦以御冬"；此诗说"予所捋荼，予所蓄租",可知尹吉甫后来连饭都没得吃,日以荼菜来维生。尹吉甫的房舍被没收后流离失所,自己建造了一间茅屋,所以此诗说"迨天之未阴雨,彻彼桑土,绸缪牖户。今女下民,或敢侮予",又说"予室翘翘,风雨所漂摇",其凄苦的情景,由此可见。

**【字句解释】**

一章。恩,恩惠。勤,惜。鬻,卖(《说文》段注)。闵,怜。整章的意思就是:鸱鸮呀,鸱鸮呀,既然置死了我的儿子,不要再破坏我的家庭。开恩吧!怜悯吧!施舍一点你的怜悯吧!

二章。迨,及。彻,取。桑土,桑根;土,《释文》引《韩诗》作"杜",《方言》:"东齐谓根曰杜。"绸缪,缠绵,即现在说的捆捆绑绑。下民,老百姓。《诗经》中用"下民"的共有六篇①,就是《十月之交》《皇矣》《板》《荡》《桑柔》与此诗,意义都相同。今女下民,或敢侮予,就是现在你们这些老百姓,竟敢来欺侮我!由此使我们想到杜甫《茅屋为秋风所破歌》说的:"南村群童欺我老无力,忍能对面为盗贼。公然抱茅入竹去,唇焦口燥呼不得,归来倚杖自叹息。"情景不是完全相同吗?整章的意思就是:天还没有阴雨的时候,取些桑根,把窗户、门捆捆绑绑,使它牢固。现在你们这些老百姓,竟敢来欺侮我!

三章。拮据,就是现在说的穷困。捋,采。荼,荼菜。租,当读为苴,《说文》:"苴,茅藉也。"(马瑞辰说)卒,当读为顇,《尔雅》:"顇,病也。"(亦马瑞辰说)瘏,也是病。整章的意

---

① 《殷武》篇也用到"下民":"天命降监,下民有严。"

思就是：我的手头是拮据的，我所吃的是荼菜，我所睡的是茅藘，我的嘴也干瘪了，因为我没有了室家。

四章。谯谯，减少。翛翛，凋敝。翘翘，危险。哓哓，发抖。整章的意思就是：我的羽毛减少了，我的尾巴凋敝了，我的房子危险了，在风雨中漂摇，我说话的声音发抖了。

【诗篇联系】

从这首诗所写的凄惨景象，尹吉甫的生命是不会长久了，所以将此诗排在最后。《小弁》篇说"菀彼柳斯，鸣蜩嘒嘒"，《七月》篇说"五月鸣蜩"，可知《小弁》这首诗写在幽王七年五月，那时，尹吉甫在南燕。可是《小弁》篇又说："譬彼舟流，不知所届"，"行有死人，尚或墐之。君子秉心，维其忍之"。由此看来，尹吉甫在南燕不受欢迎，他还得流浪。《通志·氏族略》说"今汾州有尹吉甫墓"，不知是否可靠。假如可靠，尹吉甫最后流浪到现今的山西汾阳县，也就死在那里，此诗恐怕也写在那里。此诗说"予所捋荼"，什么时候采荼呢？《七月》篇说"九月叔苴，采荼薪樗"，采荼在九月，此诗也当写在幽王七年九月间。到此，可以算出尹吉甫的岁数了。宣王五年（公元前八二三）的时候他三十岁，死于幽王七年（公元前七七五）间，享寿七十八岁左右。说来真是奇迹，我们从《诗经》里发现了尹吉甫的生平事迹，再以他的生平事迹将三百篇连贯起来，而成了一部完整的故事。在这篇故事里，主宰尹吉甫命运的是仲氏，故事由她开始，也由她结束。《易林》卷一说："氓伯以婚，抱布自媒。弃礼急情，卒罹悔忧。"这不就是尹吉甫命运的缩写吗？在后汉的时候，一定还有人对他的事迹知道得很清楚，不然，《易林》里不会有那么多关于他与仲氏的事迹，而且事迹与我们所考出的都恰恰相合。现在再追究一下《易林》的作者是谁，他是什么地方的人，就知道他为什么能知道尹吉甫与仲氏的故事了。《易林》的作者，胡适之先生断归给后汉时的崔篆（见《易林断归崔篆的判决书》），而崔篆是涿郡安平人。安平，即今之河北省安平县。安平县与复关接近，在那一带，一定有尹吉甫与仲氏的传说，所以崔篆知道得很清楚。

## 【诗义辨正】

《毛序》："《鸱鸮》，周公救乱也。成王未知周公之志，公乃为诗以遗王，名之曰《鸱鸮》焉。"根据《尚书·金縢》篇而成此序。《金縢》篇说："武王既丧，管叔及其群弟乃流言于国曰：'公将不利于孺子。'周公乃告二公曰：'我之弗辟，我无以告我先王。'周公居东二年，则罪人斯得。于后，公乃为诗以贻王，名之曰《鸱鸮》。"此诗与这段事迹有什么关系？难道同一篇名就一定是同一事件吗？周公居东仅只二年，东征三年的是尹吉甫，并不是周公，请不要再强为牵扯吧！

以上两篇，就是《小弁》与《鸱鸮》，都是幽王七年左右尹吉甫被逐出卫国后，先回到南燕，后又流浪到山西汾阳所写。这是他最后的两首诗，他的生命也就从此结束。

一九六七年三月五日完稿于新加坡义安学院

# 附录一 补义与解答

# 壹、上册补义

《诗经通释》上册①出版后,感到有许多话还没有说清楚,谨作此补义。

## 一、《诗经》与《乐经》的关系

我在《自序》里说:"实际上,所谓'诗谱'就是'乐谱',也就是六经中的《乐经》。"这话是有根据的。

《汉书·礼乐志》说:

> 汉兴,乐家有制氏,以雅乐声律,世世在大乐官,但能纪其铿锵鼓舞,而不能言其义。

又说:

> 是时,河间献王有雅材,亦以为治道非礼乐不成,因献所集雅乐。天子下大乐官,常存肄之。岁时以备数,然不常御。常御及郊庙,皆非雅声。然诗乐施于后嗣,犹得有所祖述。……至成帝时,谒者常山王禹,世受河间乐,能

---

① 指台湾版《诗经通释》,分上、中、下三册。后同。

说其义。其弟子宋晔等上书言之,下大夫博士平当等考试。当以为"汉承秦灭道之后,赖先帝圣德,博受兼听,修废官,立大学,河间献王聘求幽隐,修兴雅乐以助化,时大儒公孙弘、董仲舒等皆以为音中正雅,立之大乐,春秋乡射作于学官,希阔不讲。故自公卿大夫观听者,但闻铿鎗,不晓其意,而欲以风谕众庶,其道无由。是以行之百有余年,德化至今未成。今晔等守习孤学,大指归于兴助教化,衰微之学……"事下公卿,以为久远难分明,当议,复寝。

《汉书·艺文志》也说:

又有毛公之学,自谓子夏所传,而河间献王好之,未得立。

又说:

武帝时(按公元前一四〇至公元前八七),河间献王好儒,与毛生等共采《周官》及诸子言乐事者,以作《乐记》,献《八佾》之舞,与制氏不相远。其内史丞王定传之,以授常山王禹。禹,成帝时(按公元前三二至公元前七)为谒者,数言其义,献二十四卷记。刘向校书,得《乐记》二十三篇,与禹不同,其道浸以益微。

从以上的记载,对于汉朝初年的《诗经》面目可得五点认识:

第一,汉朝初年的时候,《诗》与《乐》并传,故言"诗乐施于后嗣,犹得有所祖述"。《乐经》里一方面有诗文,一方面有乐谱;但不知诗的意义,只是听其铿锵的音乐节奏。

第二,由于朝廷不重视雅乐,《乐经》也就渐渐失传,只剩下《诗经》来传诵。

第三,"武帝时,河间献王好儒,与毛生等共采《周官》及诸子言乐事者,以作《乐记》,献《八佾》之舞,与制氏不相远。其内史丞王定传之,以授常山王禹。禹,成帝时为谒者,数言其义。"可知《毛诗》是毛生传给王定,王定传给王禹。王禹是根据《乐记》来说诗义的。

第四,宋畔等是承继毛生、王定、王禹之学,也是以《乐记》来说诗义。

第五,现在流行的《毛诗》形式,就是毛生、王定、王禹、宋畔等一脉相传的《乐经》形式。因为乐谱没有了,大家就通称它为《诗经》。郑玄干脆将《乐谱》称为《诗谱》,后人也就依据《诗谱》来追求诗义,以致驴唇不对马嘴,糊涂了两千多年。

现在我们发现了《诗经》三百零五篇都是尹吉甫一个人的作品,那么,他的作品怎么会流传于各国而作为各国的国风呢?《诗经》里的地方尹吉甫没有不到过,到这些地方时,因各种需要而写下了各种作品,这些作品也就流传在该地,逐渐演变成了各国的国风。加以春秋时,各国大夫聘问都要引诗赋诗,《诗经》就成了贵族阶级的必读课本,所以孔子说:"不学《诗》,无以言。"三百篇除"颂"这种体裁以外,都是歌唱出来的,且由于各种礼仪上的需要而歌唱的。春秋时,赋诗的人也就歌一段诗应付礼仪，渐渐形成了仪礼上必歌的乐章，这样就形成了国风。比如《鲁颂》《商颂》，就是在鲁国、宋国所歌唱的诗，所以《左传》里就有单独的称谓。孔子说："吾自卫反鲁，然后乐正，《雅》《颂》各得其所。"未发现三百篇是尹吉甫的作品以前，这几句话的背景实在无法知道。现在知道尹吉甫与卫国的关系，他是生于卫，长于卫，仕于卫，恋爱于卫，晚年又被卫人驱逐出境，他受卫国文化的影响最深最大，在卫国，可能有最完整的《乐经》原本，孔子做了校订，所以说："《雅》《颂》各得其所。"

到此，我们可以了解一件事实：西汉初年时人们还口口声声讲"六经"，魏、晋以后就变成"五经"，人们不再提《乐经》。原来《乐经》与《诗经》是合一的，从乐章方面看是《乐经》，从诗文方面看就是《诗经》。这种情形，在孔子的时候还是如此。所以《论语》里每提《关雎》《周南》《召南》《雝》都是指乐章，提到《诗经》时则说"《诗》云"或"《诗》曰"，区别非常清楚。我有一篇《孔子时代的诗经面目》，就是谈这个问题的。此文收在拙著《诗经研究》里，请参看。

**二、我为什么相信三百篇是尹吉甫一个人的作品**

我用各种方法将三百篇联系到一起，认《诗经》为尹吉甫一个人的作品；可是有些朋友说："大部分的诗篇固然是尹吉甫所写，但有些诗篇，证据缺乏，不足以证明都是他的作品。"的确是，我没有办法每篇都找出确切的证据而证明每篇诗都是尹吉甫所写；但我提出一个观点，请读者试试看这个观点能不能解决这个问题。从三百篇看来，尹吉甫到过什么地方，什么地方就有诗；他没有到过的就没有。他是什么季节在这个地方，这个地方的什么季节也就有诗。这些诗不出三种体裁：一是歌，二是诵，三是颂。不管什么体裁，都是因当时的实际需要而产生，没有一篇是无病呻吟。再说得明白一点，没有一字一句不是写实。就因为都是写实，才能把三百篇联系起来。用字、遣词、造句、结构、韵律、风格，无一不一致，也就因为一致，我们才能组成一个完整的人格，塑出一位最古老的作家。我所希望读者指正的是：这些诗篇的联系是否自然？是否合理？是否合乎史事？是否一致而无矛盾？假如是自然、合理、合乎史事而不矛盾，那么，承认不承认是一个人的作品就不是问题的焦点了。

### 三、尹吉甫的职务问题

《新时代》第十卷第十一期发表了一篇罗石圃先生的《中泰文化关系的探源》，内中一段说：

> 泰北民间如遇有庆吊祭典祀礼，均须邀请专司歌唱的人率同乐师参加，所歌唱的歌词并无固定，而是即景生情，因人因事而异，他们称歌唱者为"占甫"，伴奏的乐师只是他的随从。李辰冬先生指《诗经》上的诗，都出自尹吉甫的手笔，如果由泰人的"占甫"专司歌唱来推想，吉甫可能是当时专司歌唱的人。亦可见泰人仍保有中国中原古代风尚。

我看到这一段文字后，把《诗经》里有关祭祀的诗篇做一检讨，果然发现这种情形。如《楚茨》是一篇歌咏祭祀的，里边就说:"我孔熯矣,式礼莫愆。"熯,古"谨"字。两句诗的意思就是:我非常谨慎,好在礼仪还没有差错。足以证明尹吉甫管着歌唱与礼仪的事。《宾之初筵》也是一篇歌唱祭祀的诗,而内里也说:"宾既醉止,载号载呶。乱我笾豆,屡舞僛僛。"陈列笾豆是司礼仪人的职务,诗言"乱我笾豆",足以证明尹吉甫管着礼仪的事。还有《生民》篇是宣王出征时在邰这个地方祭上帝的诗,内里也说:"卬盛于豆,于豆于登。其香始升,上帝居歆。"卬是我。豆是笾豆,登与豆相似,用以盛羹汤。四句诗的意思就是:我把脩脯盛到豆里,把羹汤盛到登里,香气升到天上,上帝闻到了很高兴。这也是司仪者的责任。还有《绵》篇是宣王在岐山祭古公亶父的诗,而诗言:"予曰有疏附,予曰有先后,予曰有奔奏,予曰有御侮。"予,就是诗人自谓。由这些例子看来,尹吉甫确是司仪的人,同时就地就事就人编些歌词来歌唱。

但尹吉甫绝不是单纯司仪的人,一切的文字工作都由他负责,所以在《出车》篇说:"岂不怀归?畏此简书。"简书就是文字工作。《北门》篇又说"王事适我,政事一埤益我","王事敦我,政事一埤遗我"。王事就是戎事,后世说的"勤王事"就是指战事;政事就是文事,文事并不仅指文字工作。他是文武全才,无所不做,故《北山》篇说"靡事不为"。我很感谢罗先生的指点,使我对尹吉甫加深了认识。

到此,我们可以解答一个问题:为什么《诗经》里的每次战役都让尹吉甫参加?就是为礼仪和文字的工作。宣王三年时平陈与宋,他在《击鼓》篇说:"我独南行。"他本来是浚地的良人，率领二千人的旅长，为什么让他独独一个人参加呢？除礼仪上、文字上的工作以外，还有什么独独一个人可以做呢？宣王四年西迎韩侯，也让他参与，因为让他传达宣王的命令，所以《韩奕》篇说："韩侯受命，王亲命之：'缵戎祖考，无废朕命。夙夜匪解，虔共尔位。朕命不易，榦不庭方，以佐戎辟。'"假如不是让他传达命令，他怎么知道宣王的命令这么清楚呢？宣王五年派他赴谢城，并征集南淮夷的委积，也是传达宣王的命令，这有《兮甲盘铭》可证。宣王六年派他随宣王赴南淮夷，为的就是"简书"，这是他在《出车》篇说出来的。宣王六年八月又派他随方叔征荆蛮，为的也是文字工作。宣王七年上半年他随申侯赴谢城，为的也是文字工作，所以《崧高》篇说："吉甫作诵，其诗孔硕，其风肆好，以赠申伯。"宣王七年下半年派他随仲山甫赴齐，为的是迎娶庄姜。宣王八年到十年派他赴鲁国"复周公之宇"，也是为文字工作，而后来让他监督军事上的土木工程，以致他牢骚满腹，涕泪交流。《诗经》中之所以有那么多的牢骚诗，就由此而来。他在《祈父》篇说："祈父！予，王之爪牙。胡转予于恤，靡所止居？""祈父！予，王之爪士。胡转予于恤，靡所厎止？"就是由于宣王六年六月他整整出征一年半，刚刚平定猃狁回家，八月又派他随方叔去征荆蛮。他马不停蹄地到处跑，就是为文字工作。

然周室那么多人才，难道只有尹吉甫一个人能文，非派他不可吗？要知道宣王复兴的中坚分子，如南仲、方叔、蹶父、仲山甫、皇父、程伯休父、孙子仲、鲁武公这些人，不是卫国人，就是与卫国有关系的人，他们心目中只有一个尹吉甫，所以尹吉甫也就特别辛苦了。《北山》篇说"大夫不均，我从事独贤"，就是这个缘故。

**四、定星一名豕韦**

我在解释《清庙》篇时说："定星一名天庙，一名清庙，又名营室，一星而数名。"我所以要追究定星是清庙星的缘故，是在证明清庙与定星是一个星，而使《定之方中》与《清庙》两诗发生关系，让读者知道《清庙》篇是卫人在祭祀清庙星之作：卫人是在漕这个地方祭定星，而漕原为豕韦氏国，到宣王的时候被卫人灭掉而属卫。现在找到了一个直接的证据证明卫人确是在漕这个地方祭定星。《广雅》说"营室谓之豕韦"，换言之，营室原是保卫豕韦氏国的星，故谓之豕韦。现在豕韦氏国被卫国灭掉，所以卫国的人祭它来保卫自己，因而诗说："不显不承，无射于人斯！"两"不"字读为"丕"，丕是大的意思。射，厌。意思就是：大大地显示恩德吧！大大地承受吧！不要厌恶我们这些人！"我们这些人"就是指卫人。由此发现，可知我们所解释的《清庙》篇一点也不错。

**五、《叔于田》篇意义补充**

此诗的一章说："叔于田，巷无居人。岂无居人？不如叔也，洵美且仁！"二章说："叔于狩，巷无饮酒。岂无饮酒？不如叔也，洵美且好！"三章说："叔适野，巷无服马。岂无服马？不如叔也，洵美且武！"当初解释这首诗的时候，只知道是赞美共伯和，实际的背景不得而知。去年世界少棒赛在美国威廉波特举行，大家为看七虎队与赛的情形，公务员停止了办公，商人停止了营业，工厂停止了做工，主妇停止了家务，学生停止了上课，路人停止了行走，都挤在电视前看比赛，这时，我突然想起了"叔于田，巷无居人"，"叔于狩，巷无饮酒"，"叔适野，巷无服马"的情景，原来人们都去看共伯和狩猎了。为什么呢？共伯和原在周室执行天子的任务，实际也就等于天子，现在是宣王二年冬，他回到自己的本国，为平定陈、宋而准备战事。一方面，他的体力是"叔在薮，火烈具举，襢裼暴虎"(《大叔于田》篇语)；另一方面，人格又是"如切如磋，如琢如磨"，"如金如锡，如圭如璧"(《淇奥》篇语)，深得民众的爱戴。现在他在行猎，还不举国若狂争相去参观吗？知道了这种情形，这首诗不仅表现出诗人本人热爱共伯和的心情，而且万人空巷、举国若狂的场面就如绘如塑了。

## 六、"致广大而尽精微，极高明而道中庸"

我在《自序》里说"全面的知才是真知，知道了全面然后才能知道细微"，正好与《中庸》这两句话互相发明。治学问最怕钻牛角，一钻入牛角，自以为深入了，而实际变成瞎子。一件事物的存在是它与四周环境发生了关系才能存在；它本身固然重要，而它与四周环境的关系更重要。假如把它与四周环境隔绝，而只追求它的本身，它就变成了一件死东西；死东西就是无生命的东西。比如屈万里先生在《诗经释义·凯风》篇说："《方舆纪要》谓濮阳城东（按脱一'南'字）有浚城，又有寒泉。以寒泉为泉名，盖后人附会为之。"他所以这样讲，就因不知道这首诗的环境；然所以不知道环境，由于他没有一字一句将此一诗做研究；他不能一字一句做研究，还是因为不知道此诗的环境。假如知道了此诗一字一句的背景，我相信他不仅不再以为是"后人附会"，而且要赞赏此诗的用字一点也不苟且。

要想了解这首诗，得先知道此诗的"有子七人"是虚构呢，还是真实？据我们研究的结果，知道尹吉甫兄弟七个人确实都来西征狁。其次再看"我无令人"的"令人"怎么解。屈先生注"令，善也"，意思就是我无善人，怎么解释呢？且与"母氏圣善"怎么连接起来呢？原来令人作妻子解，意思就是我无妻子。妻子可为妈妈代劳，所以说："有子七人，母氏劳苦！"尹吉甫真的于宣王六年初春还没有妻子吗？这时他正与仲氏恋爱，确实还没有结婚。再从"凯风自南，吹彼棘心，棘心夭夭"与"睍睆黄鸟，载好其音"的景象，知道这是春季。再从《诗经》的全部来看，又知道这是宣王六年初春。先从大的环境知道一字一句的意义，再从一字一句的意义证实大的环境。里里外外都知道了，再从《读史方舆纪要》来求浚与寒泉的地理形势，知道寒泉在浚的东南，以地望来说，北为上，南为下，"在浚之下"就是在浚之南，这到底是"后人附会"呢，还是写实呢？

讲到这里，可以真正了解"致广大而尽精微，极高明而道中庸"的含义了。也只有全面地了解才能了解极精微的地方，把极精微地方的四周环境弄清楚，自然也就了解了全面。也只有站在高处，才能了然下面的一切活动；地位愈高，眼光就愈远愈大，才能看清下边的人哪个走的路对，哪个走得不对。中庸之道的意思就是极正确的道路，也只有站在高处的人才能看到下边的人走得是否正确,下边的人是无法看到高处的。这些年来我受尽了世人的冷漠、指摘、笑骂、轻视;然而我一点也不悲伤,也不气馁,因为我的确明白我自己走的道路。曾记胡适之先生劝告我说:"李先生,你的个性太强了!朱老夫子说过:看事情要退一步看。他是圣人哟,他的话不会错哟!"胡先生对人最诚恳,尤其对后辈极为爱护,我知道他是爱护我,才肯这样劝诫我,那时,我只有唯唯称"是"。但我深加思索,他的劝诫固然是善意,而他的观念仍是旧的,所以我给他一封信说:"我诚心接受您的训诫,但我从师大第一宿舍赴师大上课,所坐的是十五路或三路公共汽车,我所报告的都是从十五路或三路公共汽车上所看到的,一定也坐十五路或三路公共汽车,才能知道我所报告的正确与否。坐别路的公共汽车看不到我所看到的。"从此,我体会到只有自己实践出来的学问才是真学问,从书本上读的或别人说的都不是自己的真学问。也只有把书本上读的或别人说的再实践一遍,才能变成自己的学问,而敢于负责证实书本上读的或别人说的是否正确。

**七、《秦风·黄鸟》篇非秦穆公时作品的另一证据**

讲《秦风·黄鸟》篇时,我曾找出许多证据证明这篇诗不是秦穆公时的作品,现在又找到另一个有力的证据,就是《左传》里文公六年的一段话。从古到今,都是依据这段话来证明《黄鸟》篇是秦穆公时的作品;现在,反依据这段话来证明前人的错误。

文公六年《左传》说:

秦伯任好卒，以子车氏之三子奄息、仲行、鍼虎为殉，皆秦之良也。国人哀之，为之赋《黄鸟》。君子曰："秦穆之不为盟主也，宜哉！死而弃民。先王违世，犹诒之法，而况夺之善人乎？《诗》曰：'人之云亡，邦国殄瘁。'无善人之谓。若之何夺之？古之王者知命之不长，是以并建圣哲，树之风声，分之采物，著之话言，为之律度，陈之艺极，引之表仪，予之法制，告之训典，教之防利，委之常秩，道之礼则，使毋失其土宜。众隶赖之，而后即命，圣王同之。今纵无法以遗后嗣，而又收其良以死，难以在上矣。"君子是以知秦之不复东征也。

《左传》里从隐公三年（公元前七二〇）到襄公三十年（公元前五四三）共引四十三次"君子曰"的话来褒贬当时政事。这位"君子"把《诗经》背得滚瓜烂熟，动不动就引《诗经》中的语句作为褒贬的依据。如桓公十二年说："君子曰：苟信不继，盟无益也。《诗》云：'君子屡盟，乱是用长。'无信也。"如僖公九年说："君子曰：《诗》所谓'白圭之玷，尚可磨也；斯言之玷，不可为也'，荀息有焉。'"如僖公十二年说："君子曰：'管氏之世祀也宜哉，让不忘其上。《诗》曰："恺悌君子，神所劳矣。"'"如僖公二十四年说："君子曰：'服之不衷，身之灾也。《诗》曰："彼己之子，不称其服。"子臧之服，不称也夫。《诗》曰："自诒伊戚。"其子臧之谓矣。'"像这样的例子，一共有十七处。他所引的诗，除一篇是逸诗外，其他都存于现今的《诗经》。换言之，《诗经》一定产生在这位"君子"之前，他才把它念得滚瓜烂熟以作应对之用。这段文公六年的引《诗》也是同样情形，因为有"秦伯任好卒，以子车氏之三子奄息、仲行、鍼虎为殉，皆秦之良也。国人哀之，为之赋《黄鸟》"这段事实，所以"君子"才褒贬说："秦穆之不为盟主也，宜哉！……《诗》曰：'人之云亡，邦国殄瘁。'无善人之谓，若之何夺之？""《诗》曰"两句出自《瞻卬》篇，《瞻卬》篇是古诗，说得明白一点，是在秦穆以前已经流行，难道《黄鸟》篇是秦穆死时的作品吗？我再说一遍，《左传》中的"赋诗"都是唱古诗以合己意，没有作"作诗"讲的；可是汉儒这一误解，不仅误解诗义，连历史也搞错乱了！再者，秦穆公与秦三良都死在雍，而我们说的穆公与三良则死在淮水边上，地点也不对呀！

## 八、学术进步由于方法的进步

我在《自序》里说"学术进步由于方法的进步"，现在再把这句话加以说明。学技术科学的人都知道先学技术，学会了各种技术，将来可以因环境、因材料而创造适合时代需要的东西。可是学文史的人都是先背书，先念古人的书而品味其好处，从不过问这些书是用什么方法而完成的。比如《论语》，历来的人都是背背讲讲，而赞美孔子的伟大，从不过问孔子的伟大是怎样形成的。《论语》这部书都是孔子的言行，换言之，都是告诉我们怎样才可以培养成一位圣人。假如知道了孔子的伟大是怎样培养成的，那么，彼亦人也，吾亦人也，吾何畏彼哉，我也可以照样培养成为圣人。倘若你只是赞美他，崇敬他，他已经是高不可攀的圣人，后生小子，还敢希圣希贤吗？同一道理，读书，固然要知道它的好处，而最重要的还是要求得作者用什么方法得出这个好的成果。知道了他用什么方法，我也可用这种方法来实验，就可得出同样的成果。从这家得些方法，从那家又得些方法，从中国学者得些方法，再从西洋学者得些方法，方法多了，你对新材料自然而然就可得心应手来处理，这样，自然就有新见解。可是我们学术界，旧一辈的，只知道读死书，背死书；新一辈的，比较得点方法，然摆脱不掉旧传统，只有引姓张的怎么说，姓李的怎么说，姓吴的怎么说，姓高的怎么说，自己在这些夹缝中，求得一点知识，就津津自喜，以为是大发现。甚而还有人以为这样可以炫耀自己的学问博、知识广！学问的目的在解决问题，并不在炫耀学问；假如问题解决不了，除抄书外，还有什么？无怪乎人们要说"天下文章一大抄"了！果能学到方法，就可面对原始资料来处理；处理后，再来看前人的研究，就可知道哪些是对的，哪些是不对的；对的，为什么对，不对的，为什么不对，都可一目了然。这时，心中才能得到"安"。做学问的最终目的就在求一个"心安"。

我很希望以后读书的人，每遇精彩的著述，除欣赏其名言佳句外，还要特别追究所以能得出这些名言佳句的方法，这样，久而久之，就可知道求真的直接方法，而得出别人所得不出的成果！否则，只是赞美古人，变成古人的奴隶，而不能进步了。我国有数千年的文化，这是值得骄傲的；然古文化的价值是在壮大我们，强健我们，而使我们可以创造更好的文化，这才能扬祖耀宗；假若古文化压得我们抬不起身来，不仅食而不化，且变成祖宗的罪人了。我国历代都有新文化的产生，祖宗们都尽了他们的职责，而我们只是夸耀祖宗，祖宗会认我们是肖子吗？

但这里要特别注意的：所谓方法，并不是仅知一两种就可，甚而知道一二十种也不够。要把古今中外所有方法统统摸索一遍才可。比如，到现在为止，西洋至少有四十八种方法来研究文学，那么，一定要把这四十八种方法综合来运用，才能互相补助、互相约束而得出正确的结果。文学是人生，人生是多方面的，一定要从多方面来看才能知道文学的全部面貌。

### 九、"诗经通释"名称的再解释

我在《自序》里说："为什么称'通释'呢？因为不仅将三百篇串通来解释，而且由尹吉甫的生平贯通来解释，所以称为'通释'。"实际上，不止如此，我是将同一个字贯通来解释，同一句诗贯通来解释，同一个地名贯通来解释，同一个人名贯通来解释，同一个名物贯通来解释，同一件史事贯通来解释，篇与篇贯通来解释，最后以尹吉甫一个人的事迹贯通来解释，故谓之"通释"。也只有这样地贯通来解释，每个字的意义才能"通"晓，每句诗的意义才能"通"晓，每篇诗的意义才能"通"晓，因而才能"通"晓三百篇都是尹吉甫的作品，也都是他的自传。

一九七一年八月二十八日于台北

# 贰、问题解答

《诗经通释》上、中两册出版后，读过的朋友提出许多问题，谨一一奉答如下：

## 一、尹吉甫是《诗经》的作者，为什么古籍中没有记载？

极有地位的一位学术界朋友问我说："尹吉甫既是《诗经》的作者，为什么古籍里一点没有记载？孔子、孟子、司马迁、郑玄，都是圣人，都与《诗经》的时代接近，他们都不知道，怎么到了两千七百年后反而知道呢？"问得很有道理，也是人人想发问的问题，我先来解答。

说来真正奇怪：人人都知道没有作者绝对不会有作品，但读作品的人偏偏就不注意作者。我们可以背出几百首古诗，背得滚瓜烂熟，如问作者是谁，则茫无所知。孔子说："《诗》可以兴，可以观，可以群，可以怨。迩之事父，远之事君，多识于鸟兽草木之名。"又说："诵《诗》三百，授之以政，不达；使于四方，不能专对，虽多亦奚以为？""兴于《诗》，立于礼，成于乐。""不学《诗》，无以言。""人而不为《周南》《召南》，其犹正墙面而立也与？""《诗》三百，一言以蔽之曰'思无邪'。"孔子对《诗经》多么重视，然没有一句不是从"使用"的观点出发，根本不问作者；等于我们买套桌椅，只为使用，哪个木匠师傅做的，根本不必过问。这是古今中外的普遍现象，并不是仅仅对于《诗经》。

自从十九世纪法国文学批评家圣伯夫（Sainte-Beuve, Charles Augustin, 1804—1869）运用传记资料来解释作品后，世人才注意到作者与作品的关系。继之，也是法国文学批评家丹纳（Taine, Hippolyte Adolphe, 1828—1893）再以种族、环境、时代三要素来研究文学，使作者与作品的关系更加密切。从此以后，研究文学的人才注意作者，蔚然成风，使文学研究走入正轨。

然这一派的研究还是表面的，不能深入作者的心灵。自从心理分析学家弗洛伊德（Freud, Sigmund, 1856—1939）发现了人类的潜意识，并用潜意识来研究文学，给文学研究开辟了一个新的境界。继之，阿德勒（Adler, Alfred, 1870—1937），荣格（Jung, Carl, Gustav, 1875—1961）加以修正与补充，对于作者的创作活动逐渐有了了解。再有俄国社会学家波格达诺夫的社会意识学，美国哲学兼心理学家詹姆斯（James, William, 1842—1910）的意识流学说，对于作者在创作时的心理活动，形成了文艺心理学这一派学识，对作者与作品的关系更加深了认识。

但是，不管传记派也好，心理派也好，他们对作者与作品的关系的注意都是片段的而不是整体的。我于一九四八年开始用作品系年方法来研究陶渊明后，才发现作者的意识演变与作品演变的关系，将传记派与心理分析派合而为一，才知道对作品的了解建筑在对作者的了解上，对作者的了解愈深，对作品的了解才能愈深。了解了作者意识的演变，才能知道作者外在环境的演变，不管是政治的、社会的、经济的、道德的、宗教的、教育的、思想的、文学体裁的，都与意识的演变有关。总之，了解了作者的意识，才能将古今中外数十种文学研究的方法综合起来运用而使之调协一致。我之所以能发现《诗经》的作者，是我数十年来学习的总结合，不是仅用几种方法或根据古人的记载而推证出来的。

实际上，尹吉甫是《诗经》的作者也不是完全没有记载，如《六月》《烝民》《崧高》，就明白说出作者；《韩奕》《江汉》两篇，《毛序》也明明说："尹吉甫美宣王也。"人们受了《诗谱》的束缚，总是从单篇只字来看待三百篇，三百篇便变成了鸡零狗碎、没有关联性的作品。

再者，《诗经》三百零五篇是从宣王三年到幽王七年这五十年间陆续产生，而为后人集合起来，初名之为"诗"，战国以后才称为"诗经"。收集的目的在于礼乐上的应用，用不着追问作者，也没有追问作者的必要。在这种情形下，古籍里怎会有作者的记载呢？春秋战国时代把它当成乐章，宋朝以后又把它认成民歌，根本不从作者这方面来研究，怎会发现作者呢？幸亏我们生在二十世纪的科学时代；科学的目的在求真，所以从诗义的追求而发现了作者。孔子、孟子、司马迁、郑玄固然都是圣人，可惜他们都是戴着有色眼镜来看《诗》，使《诗》改变了面目。科学的方法是无色彩的，所以能看到诗的本来面目。真理的发现不在相距时代的远近，而在有无戴上有色眼镜：戴上有色眼镜，时代再近也看不出真面目；不戴有色眼镜，时代再远也能发现真形象。

**二、尹吉甫的私人作品怎会形成十五国风、大小雅以及三颂的乐章？**

据我们所发现的尹吉甫生平事迹是这样的：宣王三年他随

孙子仲平陈与宋，宣王四年随蹶父西迎韩侯，宣王五年随宣王西征狎狁，宣王六年上半年随宣王南征徐国，同年八月又随方叔南征荆蛮，宣王七年上半年戍申、戍甫、戍许，下半年又随仲山甫东迎庄姜，宣王八年至十年复周公之宇。卫武公于宣王十六年即位时，在尹吉甫所管辖的浚邑祭祖。宣王二十五年尹吉甫的父母死亡。幽王四年到七年他被逐出卫，死于现今山西的汾阳县。加以他同仲氏的恋爱、求婚、结婚、婚后、仳离以及反目的诗篇，交互组成尹吉甫的整个事迹。尹吉甫随人出征，主要任务是为简书或主持礼仪。在主持礼仪或思念仲氏的时候，他就随口歌唱些诗篇，三百篇就是这样产生的。这部《诗经通释》就是根据他的生平，重新将三百篇作一编次。从这部《诗经通释》的目录就可解释尹吉甫的私人作品怎样形成了《诗谱》的面目。

从平陈与宋时的诗篇里，就有《东门之枌》《宛丘》《东门之池》《泽陂》《东门之杨》《防有鹊巢》《株林》与《月出》，占《陈风》十篇的十分之八。从复周公之宇时的诗篇里，就有《閟宫》《泮水》《有駜》与《駉》，《鲁颂》四篇通通在这里了。从南征荆蛮时的诗篇里，就有《殷武》《那》《烈祖》《玄鸟》与《长发》，《商颂》五篇也全部在这里了。从东迎庄姜时的诗篇里，就有《还》《敝笱》《载驱》与《南山》，占《齐风》十一篇之四。从戍申、戍甫、戍许时的诗篇里，有《溱洧》《褰裳》《山有扶苏》与《狡童》，占《郑风》二十一篇之四。

从这种现象可以看出：尹吉甫在随征的时候，因人、因事、因情而写些作品，这些作品一方面流传在当地，一方面又由同行出征的武士带到各地，也就形成了各国的国风、大小雅，以及三颂。然他的作品怎么可以形成各国的国风以及大小雅与三颂呢？因为这些作品本来就是为各种礼仪所写，也就被人们使用在各种礼仪上。《六月》篇说的"文武吉甫，万邦为宪"，是指他所写的礼乐作品而言。他的作品之所以被人重视，固然由于写得好，更重要的是由于他曾是宣王的尹氏。因为他是宣王的尹氏，执笔为宣王作简书，所以他敢对申伯夸耀说"吉甫作诵，其诗孔硕，其风肆好，以赠申伯"，对仲山甫夸耀说"吉甫作诵，穆如清风。仲山甫永怀，以慰其心"。他的作品，在当时是到处风行，脍炙人口，后来也就变成士大夫聘问时的必读典籍，所以孔子说"不学诗，无以言"，不读三百篇，就不会讲话。

十五国风、大小雅与三颂，当初可能是分别流行，因为《左传》《国语》里有"商颂""鲁颂""周颂""周诗""郑诗"这些名称，尤其"郑志"二字值得我们注意。昭公十六年《左传》说：

> 四月，郑六卿饯宣子于郊。宣子曰："二三君子请皆赋，起亦以知郑志。"子齹赋《野有蔓草》。宣子曰："孺子善哉！吾有望矣。"子产赋《郑》之《羔裘》。宣子曰："起不堪也。"子大叔赋《褰裳》。宣子曰："起在此，敢勤子至于他人乎？"子大叔拜。宣子曰："善哉！子之言是。不有是事，其能终乎？"子游赋《风雨》，子旗赋《有女同车》，子柳赋《萚兮》。宣子喜曰："郑其庶乎！二三君子以君命贶起，赋不出郑志，皆昵燕好也。二三君子数世之主也，可以无惧矣。"宣子皆献马焉，而赋《我将》。

《野有蔓草》《羔裘》《褰裳》《风雨》《有女同车》《萚兮》都在现今流行的《郑风》，故言"赋不出郑志"。《诗经》中有三篇《羔裘》，一在《唐风》，一在《桧风》，一在《郑风》，而此处特别提明"赋《郑》之《羔裘》"，是别于《唐风》《桧风》之《羔裘》。又说"宣子赋《我将》"，《我将》篇在今本《诗经》的《周颂》，足证现今三百篇的形式在昭公十六年的时候早已形成。鲁昭公十六年是周景王十九年，西历前五二六年，距产生这些诗篇的平陈与宋的宣王三年已二百九十九年。此时孔子才二十五岁，换言之，在孔子二十五六岁时，《诗经》的形式已经形成。

我们还有一个证据，证明在孔子七八岁的时候，现今流行的诗乐已经风行。襄公二十九年《左传》说：

> 吴公子札来聘，见叔孙穆子，说之。……请观于周乐。使工为之歌《周南》《召南》，曰："美哉！始基之矣，犹未也；然勤而不怨矣。"为之歌《邶》《鄘》《卫》，曰："美哉！渊乎！忧而不困者也。吾闻卫康叔、武公之德如是，是其卫风乎？"为之歌《王》，曰："美哉！思而不惧，其周之东乎？"为之歌《郑》，曰："美哉！其细已甚，民弗堪也，是其先亡乎？"为之歌《齐》，曰："美哉！泱泱乎大风也哉！表东海者，其大公乎？国未可量也。"为之歌《豳》，曰："美哉！荡乎！乐而不淫，其周公之东乎？"为之歌《秦》，曰："此之谓夏声！夫能夏则大，大之至也，其周之旧乎？"为之歌《魏》，曰："美哉！沨沨乎，大而

婉,险而易,行以德辅,此则明主也。"为之歌《唐》,曰:"思深哉!其有陶唐氏之遗民乎?不然,何其忧之远也?非令德之后,谁能若是?"为之歌《陈》,曰:"国无主,其能久乎?"自《郐》以下无讥焉。为之歌《小雅》,曰:"美哉!思而不贰,怨而不言,其周德之衰乎?犹有先王之遗民焉。"为之歌《大雅》,曰:"广哉!熙熙乎,曲而有直体,其文王之德乎?"为之歌《颂》,曰:"至矣哉!直而不倨,曲而不屈,迩而不逼,远而不携,迁而不淫,复而不厌,哀而不愁,乐而不荒,用而不匮,广而不宣,施而不费,取而不贪,处而不底,行而不流。五声和,八风平,节有度,守有序,盛德之所同也。"

鲁襄公二十九年为周景王元年,西历前五四四年。这里提到《周南》《召南》《邶》《鄘》《卫》《王》《郑》《齐》《豳》《秦》《魏》《唐》《陈》《郐》共十四国,除《曹风》外,现有的《国风》都提到了,仅是编排的次第稍有不同罢了。由此可知,《诗经》的现有编次在孔子七八岁的时候就已形成了。

这些诗篇是怎样收集起来的呢?《毛序》于《商颂·那》篇说:"有正考甫者,得《商颂》十二篇于周之大师,以《那》为首。"《国语·鲁语》载说"昔正考父校商之名颂十二篇于周大师,以《那》为首",与《毛序》略同。王国维解释《鲁语》的"校"字说:"考汉以前无校书之说。即令校字作校理解,亦必考父自有一本,然后取周大师之本以校之,不得言'得'。是《毛诗序》改'校'为'得',已失《鲁语》之意矣。余疑《鲁语》'校'字当读为'效',效者,献也。谓正考父献此十二篇于周大师,韩说本之。若如《毛诗序》说,则所得之本自有次第,不得复云'以《那》为首'也。且以正考父时代考之,亦以献诗之说为长。""校"读为"效",效是献的意思,至为通顺。《左传》昭公七年说"正考父佐戴、武、宣",宋戴公之卒在周平王五年,西历前七六六年,据我们的考证,尹吉甫卒于周幽王七年,西历前七七五年,相距也不过九年,尹吉甫与正考父可说是同时代的人。扬雄《法言·学行》篇说:"正考父尝睎尹吉甫矣。"正考父一定知道《商颂》是尹吉甫所写,故一方面将《商颂》十二篇献给周大师,一方面又希望自己成为尹吉甫。可见尹吉甫在那时声望之崇高。这是最早的献诗证据。

《国语》中提到献诗的有两次。一次是《周语》:"故天子听政,使公卿至于列士献诗";一次是《晋语》:"吾闻古之王者,政德既成,又听于民,于是乎使工诵谏于朝,在列者献诗,使勿兜。"献诗的目的在谏净,或许是周室之所以收集三百篇的缘故。不过,《论语》说:"子曰:'吾自卫反鲁,然后乐正,《雅》《颂》各得其所。'"假如卫国没有更正确、更完整的《乐经》底本,孔子怎么能以校正呢? 尹吉甫是生于卫、长于卫、仕于卫、恋爱于卫、结婚于卫、仳离于卫,最后被卫人逐出于卫,爱情诗又都是写给仲氏的,所以卫国可能有一部较完整的三百篇原本,孔子才能加以校正。

从以上简略的考证,三百篇的产生、流传、搜集与成书可做概括的认识:尹吉甫随人出征的时候,因礼仪上的需要,写些祭祀或歌功颂德的作品,这些作品也就保存在各国的庙堂,如《周颂》《周诗》《商颂》《鲁颂》等就是这样流传下来的。他与仲氏热恋而又写些爱情诗，这些爱情诗也流传到各国，使他的作品更加多彩多姿。到了幽王的时候，他随伯氏征伐西戎，而伯氏不听他的计谋与劝告，以致丧土失地，周室的命运不绝如缕，政府也就迁都到向，伯氏反将失败的原因都加在他的身上，他为自身的性命计，不得不加以辩护，这样就产生了他的晚年作品。他的作品原本为礼仪所写，到后来，各国士大夫聘问时，也就引来作为全部礼乐之用，这样就流传下来。由于周大师的注意，让各国列士就己所知道的献给政府，这样就总集为《周乐》。再后来，孔子在卫国把流行的本子校正一下，现今流行的《诗经》，就是经孔子校正过的《乐经》。《乐经》在初初流行的时候，一方面有文字，就是诗，一方面有乐谱，就是乐。到西汉初年的时候还能演奏，到了东汉，乐谱失传，只剩诗文，郑玄干脆称它为"诗谱"，也就成了现今《诗经》的形式。

### 三、古无私人著述，何以《诗经》独为尹吉甫之作？

古时确无私人著述，然所谓"无私人著述"，是古人没有私人著作权的观念，并不是古人没有著述。假如古人没有著述，《尚书》中的文字从何而来？《郑风·羔裘》篇说"彼其之子，舍命不渝"，"彼其之子，邦之司直"，这是尹吉甫自述他的任务。舍命、敷命都是布命的意思；渝是变；舍命不渝，就是善会传达命令，一点也不差错。直是正直，《诗经》中以直为美德，常常拿"直"来赞美人。司直，就是敢于直陈，有什么讲什么，一点也不说谎,正是尹氏的使命。邦之司直,就是管着邦家的正直之事,这不是史臣的职务吗?

孔子无意著《论语》,是他的门弟子们将他的言行记录下来,纂辑而成。同样,尹吉甫也无意写《诗经》,他仅是因人、因事而写些应用诗篇,后人把它们纂辑而成为《诗经》。古无私人著述应该解为古人没有为自己而著述的观念,并不是古人根本没有著作。

《左传》里记载两件司直之事,引来看看司直是什么。一是宣公二年说:"赵穿攻灵公于桃园。宣子未出山而复。大史书曰:'赵盾弑其君。'以示于朝。宣子曰:'不然。'对曰:'子为正卿,亡不越境,反不讨贼,非子而谁?'宣子曰:'呜呼!《诗》曰"我之怀矣,自诒伊戚",其我之谓矣。'孔子曰:'董狐,古之良史也,书法不隐。赵宣子,古之良大夫也,为法受恶。惜也,越境乃免。'"另一件事是襄公二十五年说:"公与大夫及莒子盟,大史书曰:'崔杼弑其君。'崔子杀之。其弟嗣书而死者二人。其弟又书,乃舍之。南史氏闻大史尽死,执简以往,闻既书矣,乃还。"这两件事都发生在尹吉甫之后,但据此可知古代史臣的神圣任务。尤其南史氏听到崔杼杀了三位史臣后还是执简以往,这种为直而死的精神,实在值得大书而特书。尹吉甫就秉赋了这种直情,同时,他也拿这种"直"来赞美人。如《定之方中》篇说"匪直也人",《硕鼠》篇说"爰得我直",《小明》篇说"正直是与""好是正直",《崧高》篇说"柔惠且直",《郑风·羔裘》篇说"洵直且侯",都是。这种精神之表现在诗歌的风格上就是实录。三百篇之所以没有一个字、没有一个人名、没有一个地名、没有一件事情，甚而没有一株花草树木、一只鸟兽虫鱼不是实录，就由这个缘故。我们能把三百篇的次第重新建造起来，尹吉甫的生平事迹重新发现出来，宣王三年到幽王七年这五十年间的史事重新绘塑起来，就由于这种独特的风格。

但从宋儒以来，大家铁一般地相信三百篇是民歌；既是民歌，不仅不需要追寻作者，甚而认为追寻作者是一种荒唐的行为。"国家科学委员会"之所以拒绝我的研究，甚而认为补助我这种研究是科学会的耻辱，就由这种观念在作祟。要知道民歌没有个性，而三百篇没有一篇无个性。所谓个性就是每篇作品都有固定的时间、固定的地点、固定的人物、固定的事件、固定的情感背景，不能随便移动，也不能随便安插。这五种因素一定要配合无间，才算有个性。可是我们看看民歌，有没有这五种要素，这五种要素是否配合无间，就知道三百篇非民歌了。然三百篇中确有民歌的形式，这是由于尹吉甫用民歌的形式来创作，但它本身并非民歌，这一点要分清。假如读者想分清有个性与无个性的区别，不妨打开电视机来听听现今的流行歌曲，看哪一首有个性，换言之，哪一首有固定的时间、固定的地点、固定的人物、固定的事件与固定的情感背景，就知道民歌与三百篇的区别了。我有一篇《以三百篇为古代民歌总集的批判》，就是专门讨论这个问题的，收集在拙著《诗经研究》内，请读者指教！

### 四、关于尹吉甫的自我炫耀问题

《诗经》中常有自夸的语句,如《六月》篇说"文武吉甫,万邦为宪",《烝民》篇说"吉甫作诵,穆如清风",《崧高》篇说"吉甫作诵,其诗孔硕,其风肆好,以赠申伯",《汾沮洳》篇说"彼其之子,美无度;美无度,殊异乎公路","彼其之子,美如英;美如英,殊异乎公行","彼其之子,美如玉;美如玉,殊异乎公族"。一位朋友说:"这些诗句都太自夸了,假如是别人恭维尹吉甫,不是更合情理吗?"这是很富意义的问题,谨以心理分析学的学说来试为解答。

人人都有自卑感,人人也都有超越感,人们的努力就由自卑感的督促而想达到超越的地步。但在阶级限制下,越努力,越无法出人头地,自然产生两种心理:一是傲慢,一是自夸。尹吉甫的心理正好说明这两种现象。他原籍是南燕庶族,本姓姞,不知什么时候,他这一支系流亡到卫国的复关而为氓,也就留居在那里。他的地位低微,而才华出众,在一次万舞会上被卫公赏识,派为浚邑的良人。良人是乡长的名称,同时也是率领两千人的旅长。宣王四年的时候,他随卫人西征狎狁,这样同宣王发生关系。宣王出征时是逢山祭山,逢水祭水,逢宗庙祭祖宗,他就写些祭祀山水宗庙的诗篇来应用。同时,在宣王宴饮的时候,他又写歌功颂德的诗篇来歌唱,这样,取得了宣王的赏识。有时,还派他率领人马去讨贼,而赢得了武功。宣王在南征徐国的时候,就派他为尹氏,执行简书的工作,他的地位也就逐渐显要、逐渐重要起来。可是他出身微贱,始终受人役使，各种杂差都加在他的身上，这样，使他牢骚满腹。他能写作，性情爽朗，把这些牢骚歌唱出来，人家就说他骄傲。《鸿雁》篇说"维此哲人，谓我劬劳；维彼愚人，谓我宣骄"，就由此而来。《园有桃》篇说"心之忧矣，我歌且谣。不知我者，谓我士也骄"，也是由此而来。

因为他的才华高，功业大，然在封建政治的制度下，出身微贱的人永远当不上贵族，永远被人役使，自然而然又产生一种自我表扬的心理，也就是人们所说的自夸。《桧风·羔裘》篇说"羔裘逍遥，狐裘在朝"，"羔裘翱翔，狐裘在堂"，就是表现这种不平的心理。羔裘是穿羔裘的人，狐裘是指穿狐裘的人，这是两种身份的人。诸侯及其氏族穿狐裘，士只能穿羔裘。士是被人差使的，所以终日奔波在外；诸侯是高高在上者，所以安逸地在朝堂。《汾沮洳》篇的"彼其之子"与"公族""公行""公路"也是两种身份的人，一是贵族，一是非贵族。非贵族的人尽管"美如英""美如玉""美无度"，终究不是贵族，这也是不平心理的表现。至如《六月》篇的"文武吉甫，万邦为宪"，那是跟随宣王征伐猃狁回到卫国后，在庆功宴上的自我表扬。他跟随宣王西征时曾为礼仪写下许多诗篇，而这些诗篇也就流传于各国，成为礼乐上的必读作品，这样不可以说是"万邦为宪"吗？再者，尹吉甫本姓姞，从他才改为吉。甫是庶出长子之称，他之自称"吉甫"，寓有耀祖扬宗之义，非完全为自夸。至于《烝民》《崧高》两篇对仲山甫、申伯的自夸，那是因为他曾赞美过宣王，现在又来赞美仲山甫、申伯，也有提高他们地位的意思。

幸亏尹吉甫有自我表扬的习性，我们才能依据这些表扬而发现一位古代最伟大的作家，否则，《诗经》的作者也就根本无法寻找了。英国医学界领袖奥斯洛爵士（William Osler）说："人类史上有耳朵的时代，这时大家都在听，而且只有听；然后是眼睛的时代，这时大家都在看，而且只以所看到的为满足。最后来到了手的时代——能思想、能设计、能做事的手，作为心灵之工具的手，终于由哈维再度介绍到了世界上来。他那本小小的仅有七十二页的书，实可视为现代试验医学的起点。"（见彭歌译《改变历史的书》，页二二八）奥斯洛认为哈维的《血液循环论》是发现血液循环的第一部书而促进了医学的进步；我们也应该认为弗洛伊德的心理分析说是了解作者心灵的第一步工作。假如不了解作者以及作者的创作心理，对作品的了解都是隔靴搔痒。哈维的《血液循环论》是人类了解人体内部的基石，同样，弗洛伊德的精神分析也是人类了解作家心灵的滥觞。就拿《六月》这篇诗来说，假如因有"文武吉甫，万邦为宪"的自夸语句就剥夺了尹吉甫的著作权，那么，诗义就飘忽无定，不可捉摸。如以作者的自传来看，就与其他三百多篇的诗都有关联，彼此互证，不仅发现了尹吉甫的私人事迹，也发现了宣王亲征玁狁与亲征徐戎的史事，关系是多么重大！

### 五、敬答糜文开、裴普贤二位先生的疑问

糜文开、裴普贤贤伉俪著了一部《诗经欣赏与研究》，内中关于我的《诗经研究》说：

李辰冬博士著《诗经研究》,新创《诗经》三百零五篇出于吉甫一人之说,他说:"吉甫是《诗经》的作者,《诗经》就是吉甫的自传。"这在《诗经》研究的历史上,是一个惊人的大革命,文开已撰《从〈诗经〉篇与篇的连续性谈起》一文(见《作品月刊》四卷八期)。李博士非但把《诗经》十五单位《国风》、《周》《鲁》《商》三颂的地域区分一概打破,而且把三百零五篇五百多年的写作时代也推翻,压缩到短短数十年的时间中去,贯串在吉甫一人身上。像一部《杜诗镜铨》等于杜甫一生的自传一样,一部《诗经》也成为吉甫生平事迹坎坷荣宠、悲欢离合的自叙诗,这是多么艰难的"大胆假设";而在李博士积十年工夫的苦心求证下,居然能"持之有故,言之成理"。从十一篇钥匙诗的考证,推断了吉甫八个阶段的生平事迹,也贯串了全部《诗经》三百零五篇的写作次第,使整部《诗经》有了一个新的面目,产生了许多新的情趣。

可是李博士的考证还很粗疏,他的主张,还不能到达圆通的地步,最容易触礁的有二处:第一处是诗中自述作者姓名的共有五篇,除其中《崧高》《烝民》两篇自述为吉甫所作外,其余《小雅·巷伯》云"寺人孟子,作为此诗。凡百君子,敬而听之",《小雅·节南山》云"家父作诵,以究王讻。式讹尔心,以畜万邦",《鲁颂·閟宫》云"新庙奕奕,奚斯所作。孔曼且硕,万民是若",明言三诗是孟子、家父、奚斯三人所作,怎么可以改变作者姓名为吉甫?第二处是作者的姓名已见于其他可靠的经传者,姚际恒《诗经通论·自序》云:"其见于经传,如所谓《诗序》者,略举言之:《鸱鸮》之为周公贻成王,见于《书》;《载驰》之为许穆夫人作,《硕人》之为美庄姜,《清人》之为恶高克,《黄鸟》之为殉秦穆,见于《左传》;《时迈》《思文》之为周公作,见于《国语》:若此者真诗之序也。"以上七篇,已有诗的本事,怎么可以改变作者的年代为周宣王之世?改变作者的姓名为吉甫?

以上第一种三篇、第二种七篇,李博士都一一提出相当的理由来作新的解答,像"新庙奕奕,奚斯所作"是早已有许多人解作奚斯造庙而非作诗;《鸱鸮》之为禽言诗,亦有人疑非周公贻成王。但李博士的新解释,还是证据不充足,难于推翻旧说的,甚至解释得自相矛盾,或牵强得不成话的。例如《卫风·硕人》,李博士仍解为卫人美庄姜,而此卫人即吉甫,因此把庄姜出嫁的年代自卫庄公五年(公元前七五三)移早六十八年到周宣王七年(公元前八二一),而定庄公五年为再娶陈女之年,于是依照李博士所说"庄公扬三十多岁才完婚"的话,推算起来,庄公再娶陈女时已一百零四岁;一百零四岁而还娶亲能生子,就说得很牵强了。

现在我们既欣赏这篇《秦风》的《黄鸟》,再顺便一提李博士的解释。李博士既认十五《国风》均系吉甫的作品,所以只是后人随便把吉甫的作品分配在十五《国风》的名称下。他说:"因为这首诗误摆在《秦风》,后人铁一般地相信穆公就是秦穆公。现在知道三良随召伯征淮夷,与召伯同时阵亡，所以吉甫哀悼他们。《鼓钟》篇不是明明说：'淮有三洲'吗？就是指他们三人的坟墓。（辰冬按，现在知道三洲指三良的阵亡之地，不是指坟墓，应更正。）此诗明明讲'彼苍者天，歼我良人'，是天老爷让他们死的，与秦穆公的三良殉葬情形完全不同。"李博士的考证是召穆公南征淮夷阵亡，时吉甫相从作《鼓钟》篇哀悼他。而《鼓钟》篇中的"淮有三洲，忧心且妯。淑人君子，其德不犹"，是子车氏三子从召穆公征淮夷同时阵亡，所以诗中提及三人的坟墓"三洲"。"三洲"为三良的坟，证据不足。而李博士指《秦风·黄鸟》即吉甫哀悼随从召穆公征淮夷阵亡的三良之诗；《左传》的所谓"国人哀之，为之赋《黄鸟》"，赋只是唱的意思，不当"作"字解，所以是秦人引吉甫之诗，唱出来以表哀悼而已。可是《黄鸟》诗中指明三良为子车氏，而《左传》又确切地说"秦穆公卒，以子车氏三子为殉"，怎能无证据地解《黄鸟》诗中子车氏三良所从为召穆公，而其作者为吉甫呢？这太牵强了，哪里足以推翻旧说？召穆公与秦穆公的"穆公"可以巧合，哪里跟随穆公死的，又能巧合而都是子车氏的三兄弟呢？（二七六～二七九页）

现今的《诗经》学者对我的《诗经研究》予以注意，并肯予指教的，糜氏伉俪还是第一人。我感到十分荣幸。他们的《诗经欣赏与研究》出版于一九六四年，那时，我的考证的确"还很粗疏"。现在这些问题都已得到解答，《清人》篇在《诗经通释》上册一三页,《思文》见上册二三三页,《黄鸟》篇在上册三九五页(并于《上册补义》"黄鸟篇非秦穆公时作品的另一证据"中,再加讨论),《时迈》篇见中册五五五页,《硕人》篇见中册七八二页(另作《〈诗·硕人〉篇的写作年代考》,刊于《文艺》),《閟宫》篇见中册八〇三页,《载驰》篇见下册九六五页,《鸱鸮》篇见下册一二二四页,寺人孟子与家父则见下册一一五七与一一〇二页。是否有当,仍乞糜、裴二先生指正!

到此,不妨将我研究《诗经》的经过报告一二,以作后人研究的参考。一切研究的开始都是粗疏的,都有错误的;可是路子走对了,走一步就有一步的成就,走一步就有一步的深入,愈深入就愈增信心,一直到极精细的地步。就拿《硕人》篇的考证来说:当初我发现卫庄公是宣王七年时娶庄姜,而娶陈妫在庄公即位后五年,因为庄姜不生,为承继人问题,才不得不再娶。但宣王七年到庄公五年相隔六十八年,怎么可以相隔这么多年不娶呢?庄公娶陈妫时已一百零四岁,这样大岁数的人还可生育吗?我自己也有点迷糊了。后来发现周人长寿而早婚,就有点可能了。然庄公是惠孙的哥哥,古人娶亲是兄先弟后,宣王三年时,惠孙已经有一个十五岁的女儿,为什么庄公反而未娶呢?问题又发生了。后来再发现庄姜是齐胡公的女儿,她与庄公早于厉王时就订婚,后胡公被献公弑杀,胡公亲周而献公仇周,政治上发生了变故,他们的婚事也就延搁下来。加以鲁国的沦陷,道路不通,直到宣王七年,派仲山甫与尹吉甫把庄姜迎回,才算完了这门婚事。《诗经》研究一定到这种程度才算精细；《诗经》研究一定到这种程度才算了解。

　　再如《清人》一诗，直到全部《诗经通释》完成后才得到解决。因为此诗中的彭、消、轴三地到底在什么地方不得而知。地点不知，人物与事件也就无法追究。《诗经通释》完成后，只剩下这一篇无法安排，非常苦闷。有一天忽然想起：全部三百篇既是尹吉甫一人所写，为什么不在尹吉甫生平事迹上追寻呢？追寻的结果，果然在陈、宋发现了三地，彭为彭城，消为萧县，轴为株之假借。再查地理环境又十分吻合，能使我不相信《诗经》是尹吉甫一人所写吗？

　　再如《匏有苦叶》篇的济水，也苦恼了我许多年。此诗的济到底指什么地方，简直无从考证，诗也就无法编排。后来忽然想起：既认此诗为仲氏与尹吉甫仳离时，尹吉甫送仲氏的作品，他们是从复关动身，复关临黄河，为什么不顺着黄河来找呢？果然在黄河下流找到了济渎，而此时期的诗篇也都彼此连贯起来了，因而更使我相信《诗经》是尹吉甫一人之作。我就在这种苦恼、欢喜，欢喜、苦恼的过程中整整过了二十年。

《诗经欣赏与研究》又说：

　　李辰冬把《诗经》三百零五篇联系在吉甫一生的坎坷荣宠、悲欢离合上，是增加文学情趣的。他的大胆假设，虽仍待小心求证，我们不能贸然正式采用，但他努力的不懈、锲而不舍的研究精神是值得我们敬佩与赞扬的。在李博士假设中的吉甫，成为诗史杜甫一样的大诗人，而比杜甫更伟大。吉甫的生平，更具备了薛仁贵出征、陆放翁《钗头凤》和屈原流放的三个动人故事的要素。一部僵化了的《诗经》，在李博士新的解释下，把全部篇次重排，便充满着篇与篇间连续性的生动情趣了。（二八四页）

我很感激縻氏贤伉俪的鼓励，在举世责骂与淡漠中，他们肯予我以"赞扬"，实在给我莫大的勇气。现今全书出齐了，换言之，三百零五篇诗全部以尹吉甫的生平作一解释了，我很希望没有成见的《诗经》学者不客气地加以批判，使我更进一步来思考！在写作《诗经研究》的过程中，使我了解一种真理，就是：凡是你的话不为人接受或予人以反对，都由于你的话还没有说到使人家接受或予人以承认的程度，责任在你而不在别人。你应该考虑人家所以不接受与所以反对的原因再加研究，务期站在别人的立场来阐释问题，而使之清楚明白。只有别人也认为对了那才是真对，你一个人认为对的未必是真对。十几年来，我就是以这种态度来研究《诗经》的。

**六、高本汉先生的卓见**

瑞典汉学家高本汉先生在他的《诗经注释·序言》（董同龢译本）里说：

> 那些诗都是非常精熟的作品，节律分明，用韵严格而一致，并且常有雕琢的上层阶级的用语，就使人完全不能相信，那是无知的农民们随口唱出来的。如果再把这种成熟的作品和同一个时期的散文（钟鼎刻辞）来比，问题就

格外清楚了。相形之下,钟鼎文确实显得笨拙而缺乏文学技巧。所谓乐官采诗,无疑的,当是只采集一些民间歌谣的题材,如"关关雎鸠,在河之洲"(雎鸠在河中的小洲上喧喧地叫)之类的。至于整首的诗,则一定是出之于有训练的和受过教育的上层分子。(七页)

他这里提出了三个极严重的问题:一、他不认为三百篇是民歌;二、他认为三百篇"一定是出之于有训练的和受过教育的上层分子";三、"节律分明,用韵严格而一致"。现在知道三百篇是尹吉甫一个人的手笔,他所提出的问题就容易解答了。

我们曾说三百篇确有民歌的形式,然绝对不是民歌;因为民歌没有个性,而三百篇没有一篇没有个性。所谓个性,就是有固定的时间、固定的地点、固定的人物、固定的事件、固定的情感背景,就由这五种因素组成了作品的个性。然三百篇的个性是由于发现了作者尹吉甫,并顺着尹吉甫的生平事迹来将三百篇联系起来后才能发现的。就拿《关雎》篇来看它的个性是什么。《诗经》中用鸠字的共有五篇:《鹊巢》篇"维鸠居之""维鸠方之""维鸠盈之",《氓》篇"于嗟鸠兮,无食桑葚",《鸤鸠》篇"鸤鸠在桑",《小宛》篇"宛彼鸣鸠",以及此诗"关关雎鸠"。所有的鸠都是布谷,布谷是候鸟,三四月间才叫,那么,此诗的季节一定在三四月间。布谷亦名勃姑、步姑、郭公,英文名叫Cuckoo,都与关关音近。布谷鸟在三四月间鸣叫,那么,"参差荇菜",《植物学大辞典》说"荇菜,夏,叶腋抽花梗,伸出水面",季节也正吻合。季节决定了,再看"在河之洲"的河指什么地方的黄河。从三百篇的联系,我们知道这是指南燕的黄河,于是地点又决定了。"君子好逑"的君子是谁呢?再与《韩奕》篇作联系,知道是指韩侯。那么,"窈窕淑女"又是谁呢?也是与《韩奕》篇的联系,知道是指蹶父的女儿。人物知道了,这首诗是讲什么事呢?是恭贺蹶父嫁女、韩侯迎亲,所以事件与情感背景也都知道了。这五种因素配合起来,组成了《关雎》这首诗的个性,有此个性,还能随便安插吗?还能随便解释吗?"关关雎鸠,在河之洲","参差荇菜,左右流之","参差荇菜,左右采之","参差荇菜,左右芼之",形式确实是民歌的;然从整首诗看来,还能称之为民歌吗?人们之所以误认三百篇为民歌,由于"兴"的关系。兴是睹物起兴,但在民歌中的兴可以随便指,而《诗经》中的兴却都是写实,据此可知写诗的时间或地点。高本汉说"出之于有训练的和受过教育的上层分子",一点也不错。实际上,不仅受过训练,而且是受过史学家求"真"的严格训练!现代人都认三百篇为民歌,错了,我很希望大家再做切实的研究。

三百篇的形式是由民歌脱胎而来,脱胎后就形成极严密的组织,谨以《麟之趾》与《驺虞》两诗为例,看看严密到什么程度!

> 麟之趾。振振公子。于嗟麟兮!
> 麟之定。振振公姓。于嗟麟兮!
> 麟之角。振振公族。于嗟麟兮!(《麟之趾》)

彼茁者葭。壹发五豝。于嗟乎驺虞！

　　彼茁者蓬。壹发五豵。于嗟乎驺虞！（《驺虞》）

　　趾、定、角是连类对举。《诗经》中凡是连类对举，其意义都接近，所以趾、定、角都应该是麟身上的物体。公子、公姓、公族，又是连类对举，意义亦复相似。葭、蓬都是草；彼茁者葭，彼茁者蓬，都是讲初生蓬勃的情形，季节又都相同。豝是牝豕，一岁猪曰豵，正是同类。《诗经》中凡是连类对举的字，意义都不相远，没有例外。假如前人解释的意义不接近或相反，那就错了。民歌中有这样严密的法则吗？再由诗篇联系，我们知道《麟之趾》篇是尹吉甫在新韩城恭贺韩侯结婚的作品，《驺虞》篇是宣王五年初春尹吉甫西征狎狁时在现今耀县恭贺驺虞善射的诗。我所以要引这两首诗作例，因为高葆光先生在《诗经新评价》中为批评高本汉而说的："《诗经》里固然有精熟的作品，然拙劣者仍然不少。例如《麟之趾》《驺虞》在文艺上有什么价值？"现在知道了《麟之趾》篇是祝贺韩侯的新婚，《驺虞》篇是祝贺宣王虞人的善射，用词恰当，结构严密，韵律协调，情感真挚，这样的作品还没有文艺价值，那么，什么样的作品才有价值呢？

　　高先生又说："《甘棠》《行露》从何处断定不是农民作品？"现在再来讨论这两首诗。

　　蔽芾甘棠，勿翦勿伐，召伯所茇。

　　蔽芾甘棠，勿翦勿败，召伯所憩。

> 蔽芾甘棠，勿翦勿拜，召伯所说。(《甘棠》)

伐、败、拜连类对举。败，《说文》"毁也"；拜为拔之假借。三字意义相同。茇，草地休息之所。憩，休息。说读为税，舍息的意思。三字连类对举，意义又复相同。这样严格的写作技巧，没有受过训练的农民歌得出来吗？现在知道是尹吉甫于宣王七年随申伯再到谢城时，看见宣王五年时召伯曾经在下边休息过的甘棠树而追忆召伯之作，不是极为自然吗？因为召伯已于宣王五年冬讨淮夷时阵亡，故有此思念之作。难道是农民歌出来的吗？详请看关于此诗的解释。

其次，我们再看《行露》一诗：

> 厌浥行露，岂不夙夜？谓行多露。
> 
> 谁谓雀无角，何以穿我屋？谁谓女无家，何以速我狱？虽速我狱，室家不足。
> 
> 谁谓鼠无牙，何以穿我墉？谁谓女无家，何以速我讼？虽速我讼，亦不女从。

诗言"何以速我狱""何以速我讼"，明明这里有坐牢打官司的事；假如发现不出这件史事，这首诗也就无法解释。此诗与《小宛》《邶风·柏舟》《郑风·扬之水》《鹑之奔奔》各诗联系后，发现诗中讲的也是尹吉甫的事迹。幽王四年时，尹吉甫随他的本家侄儿伯氏讨伐西戎，伯氏不听尹吉甫的计谋，自作主张，以致丧师失地，镐京危急，皇父将京都暂迁于向。迁向后，伯氏反将败仗的责任一股脑推在尹吉甫身上。尹吉甫心有未甘，到处奔走告诉，告到伯氏的父亲蹶父的时候，蹶父舐犊情深，反逼迫尹吉甫承认败仗的责任。尹吉甫不愿意，就以起讼让他坐牢来威胁，所以此诗说："谁谓女无家，何以速我狱？虽速我狱，室家不足"，"谁谓女无家，何以速我讼？虽速我讼，亦不女从"。此诗写于幽王六年四月，四月是露水最多的时候，所以此诗以"厌浥行露"起兴。详请看关于此诗的解释。知道了此诗的情感背景，还以为是农民所歌的吗？

说来也真奇怪，以往研究《诗经》的人都是小学家，小学家注重声韵，可是按照三百篇的分布，东至山东临淄，东北至河北固安，北至山西洪洞、陕西邠县，西至甘肃平凉，南至陕西褒城、河南唐河、湖北秭归，东南至安徽泗水、河南商丘、山东曹县，广达数万里，古时交通不便，山川阻隔，声韵能一致吗？如认《商颂》是商汤时的作品，时间相距一千多年，难道一千多年之中，声韵没有变化吗？然而三百篇的声韵为什么一致呢？高葆光先生只有说："《国风》多是中原北部的产品，其用韵不出汉语系统以外，所以音类可能有一致的倾向。又我想当时诗歌多是口耳相传，采诗的人及后人著在竹帛时，难免润饰。尤其江汉等地的诗，或其言辞与北土相异，采诗时也可能像《越人歌》一样，照原意翻译，但绝不会失去本来面目。"我们再三讲：三百篇是极端写实的文字，不仅山川地理、人物事件不随便写，即一草一木、一禽一兽也不随便乱指，怎会经过采诗者的"润饰"呢？我很希望高先生再把这个问题细细思考一番！

总之，高本汉虽不知三百篇的作者，但他提出这三点现象正可作三百篇为一人所写的支柱，更使我们相信尹吉甫就是作者。

**七、尹吉甫生平事略**

中国最古老、最伟大的文学家尹吉甫整整被埋藏了两千五百年；幸亏他用最最写实的技巧来写作，使我们根据他的一字一句，将他的生平再塑出来。不仅发现了他个人，同时，也知道宣王三年到幽王七年这五十年间的史事。对中国古代历史、古代地理、古代社会、古代经济、古代风俗人情等都有了更深刻的了解。但是，读者对他太陌生，以至不敢相信《诗经》会出自他一人之手。现将他的生平作一简述，以作了解《诗经》之一助。

尹吉甫原籍南燕，在今河南延津县北三十五里。他本姓姞，后改为吉。姞姓与周室姬姓世代通婚，所以他是卫国的外甥。他这一支系不知什么时候流亡到卫国而为氓，也就留居在复关。宣王二年的时候，卫国为准备平陈与宋，在都城沬邑举行万舞，会上显出了他的才华，为卫釐侯赏识，派他为浚邑的良人，从此开始了他的事业。他能文能武，而他主要任务还是传达命令，主持礼乐，所以留下了三百多篇诗歌。

宣王三年，他随卫釐侯的孙子、卫武公的次子惠孙——《诗经》中被称为孙子仲——去平陈与宋。陈国在今河南淮阳县，宋国就是现今的河南商丘。他们是初春出征，十月凯旋。在那里他同孙子仲的女儿仲氏大谈恋爱，并且自订婚约，留下了许多缠绵悱恻的诗篇。

宣王四年,他随蹶父到陕西韩城把韩侯迎接到镐京,朝见宣王后,又送韩侯到南燕迎亲,韩侯所娶的就是蹶父的女儿。之后,又把韩侯护送至河北省固安县的新韩城。宣王之所以把韩侯从旧韩城迁到新韩城,为的是屏障东北边境,以做次年西征猃狁的准备。在这期间,他写些歌颂韩侯与恭贺韩侯迎亲的诗篇。

宣王五年初春,他随卫人赴镐京勤王,合力西征猃狁。猃狁入侵是由现今的山西闻喜县,窜到永济,再窜到陕西的焦获,最后到达甘肃的平凉。宣王是取包围线一步一步逐出猃狁,所以宣王于五年二月初一从镐京动身,第一站到达陕西鄜县,第二站到达甘肃平凉,其次,再到达陕西耀县,四月间到达陕西白水县东北的彭衙,周时称之为嵒虞。从这里宣王派尹吉甫赴洛阳,把那里的粮草人马护送到河南唐河县,以资助召伯征伐淮夷。并征调南淮夷的委积来助战,可是被南淮夷拒绝了。这时,有一件《兮甲盘铭》,是尹吉甫自己纪念他的战功的,为考证尹吉甫生平的最宝贵资料。他从南淮夷回到浚邑,征调自己所管辖的浚邑的粮草人马,于宣王五年六月间再去西征,直到十月间才开到山西永济,与南仲会师。原来,南仲于宣王三年就来征猃狁,驻扎在山西永济的首阳山,久久未克,人老兵疲,尹吉甫之来到永济就是协助南仲的。到达之后,合力把猃狁驱逐到山西洪洞县,也就是《六月》篇说的"薄伐猃狁,至于大原"。

宣王六年初春,他又随宣王南征徐戎,因为在宣王五年冬季的时候，召伯征伐淮夷，不幸阵亡在安徽的霍丘，徐戎骚动，宣王不得不亲来镇压。这时，派尹吉甫为尹氏，尹吉甫的"尹"是这样来的。平定徐戎后，他于四月间随宣王又回到永济。宣王在出征时是逢山祭山，逢水祭水，逢宗庙祭祖宗，于是尹吉甫也就写些祭山、祭水、祭祖宗的诗篇，并写些歌来颂美宣王，使三百篇更显出多彩多姿。宣王回到永济后，南北两个战场的战事都告结束，南仲就在方山祭祖，尹吉甫为南仲写些祭祖诗外，又写些歌咏这件事的诗篇。宣王于五六月间回到镐京，大祭祖宗，尹吉甫又写些歌颂的篇什。

尹吉甫于六月间刚刚回到卫国，于八月间又派他随方叔征伐荆蛮。荆蛮在今湖北的秭归县。方叔是现今河南沁阳县人，他所率领的队伍都是他领地的民众，而这些民众都是旧时的殷人，所以在凯旋归来时顺便到宋国祭祖，因为殷的宗庙是在这里。此时，尹吉甫又写些诗篇来歌颂，所谓《商颂》，就是这样产生的。

宣王七年春，他随申伯赴谢。申伯是赴任，而他赴谢的目的是安定申国、甫国与许国，因为这时淮夷猖獗，鲁国沦亡，申、甫、许各地还不平定。申国在今河南唐河县，甫国在今河南新蔡县，许国在河南许昌。这时，他的妻子仲氏——他们是宣王六年冬自由结婚的——也随她的父亲孙子仲到了甫国，他们就在这里碰了头。他们在许国一带，大玩特玩，又留下一些可爱的诗篇。

宣王七年多，他随仲山甫赴齐，迎娶庄姜。庄姜是齐胡公的女儿，在厉王的时候就与卫庄公订亲，可是胡公被其弟山所杀，后者自立为君，是为齐献公，自此就拒绝这门婚事。加以鲁国被淮夷占据，从齐国赴卫一定要经过鲁国，道路不通，也就一隔十数年不娶。到宣王七年的时候，才派仲山甫到齐国疏通这件事，勉强娶过来，由尹吉甫护送回卫。

宣王八年到十年，他又被派去东征，恢复鲁国的土地；然派用他的不是文武方面，而是让他监督建筑营房，这样，使他非常气愤。他一去三年，回来的时候，家庭发生变故，他的父母为他又娶一位姜女来抵制仲氏，以致仲氏非回娘家不可，导致出一大悲剧。现在回头再把他与仲氏的恋爱、结婚与仳离经过作一叙述。

他于宣王二年就与仲氏相识，这时她才十四岁。可是她早熟，身材异常高大，无比美丽，是她追求尹吉甫，不是尹吉甫追求她。然而相处久了，也就发生情感，尤其在陈国这一阶段，更增加了他们的热爱。于是于宣王三年，也就是仲氏十五岁的时候，他们就自订婚约。这件事，不仅女方家长反对，就是男方家长也反对。一直到宣王六年春，南仲才答应了这件婚事，南仲是仲氏的曾祖父辈，故有这种权柄。然在他们结婚的时候，双方家长都不参加，只由尹吉甫把仲氏迎到复关。可是结婚后，尹吉甫就去东征，一去又是三年。仲氏在复关苦守三年，尹吉甫的父母把她置在一间破房子里，并且不时打骂。最后，又给尹吉甫娶位姜姓女子来抵制，仲氏只好回自己的娘家。回娘家后，她住在漕邑，尹吉甫赴漕想把她接回来，请双方家长来说合，谁知没有一个人到场，这样，婚姻也就断绝。后来仲氏被迫嫁给瞂父的儿子伯氏，也就是尹吉甫的本家侄儿。她临出嫁的前几天，还到浚邑去看望尹吉甫，告诉他再嫁的事。《诗经》

中那么多的爱情诗篇都是这样产生的。

宣王十六年，卫武公即位，他写些歌颂的诗篇。后来卫武公在浚邑春秋祭祀，他又写些诗篇来祝贺。

宣王二十五年大旱，他的父母饿死，《云汉》与《蓼莪》两诗就是此时所写。

幽王四年，西戎作乱，侵至犬丘，镐京危急，让他随伯氏西征，而伯氏自作主张，不听他的计谋，以致丧兵失地，皇父将国都迁移至现今河南省济源县的向。迁向以后，皇父组织一个临时政府，自为卿士，主持国政，蹶父与伯氏父子都为显要，伯氏反将败仗的责任一股脑都推在尹吉甫身上。他心有未甘，到处控诉，终将伯氏正法。伯氏与仲氏为夫妇，伯氏正法后，仲氏迁怒于尹吉甫，鼓动皇父将尹吉甫的官职与土地均行没收，并逐出卫。他回到自己的本国南燕，不受蹶父的欢迎，又流浪到现今山西的汾阳县，也就死在这里。

《北山》篇说"嘉我未老，鲜我方将，旅力方刚，经营四方"，将是壮，三十曰壮，此诗写于宣王五年（公元前八二三）。假如宣王五年时，尹吉甫三十岁，他死于幽王七年前后（公元前七七五），那么，他的岁数应在七十八岁左右。这个岁数，正好把《诗经》中的历史事件都包括在内，所以敢于相信这是正确的。以上是尹吉甫的小传，也是三百篇的整个故事。

一九七二年五月写于台北

附录二　毛诗篇次在本书中页数

# 国 风

**周南：**

关雎（179） 葛覃（629） 卷耳（599）

樛木（362） 螽斯（190） 桃夭（186）

兔罝（144） 芣苢（51） 汉广（729）

汝坟（713） 麟之趾（192）

**召南：**

鹊巢（183） 采蘩（158） 草虫（314）

采蘋（160） 甘棠（732） 行露（1128）

羔羊（118） 殷其靁（835） 摽有梅（407）

小星（44） 江有汜（727） 野有死麕（66）

何彼襛矣（754） 驺虞（266）

**邶风：**

柏舟（1122） 绿衣（919） 燕燕（914）

日月（899） 终风（75） 击鼓（3）

凯风（321） 雄雉（595） 匏有苦叶（909）

谷风（1153） 式微（96） 旄丘（831）

简兮（112） 泉水（904） 北门（865）

北风（877）　　　　静女（58）　　　　新台（1104）
二子乘舟（863）

**鄘风：**

柏舟（1134）　　　墙有茨（1146）　　君子偕老（893）
桑中（150）　　　　鹑之奔奔（1130）　定之方中（101）
蝃蝀（902）　　　　相鼠（1108）　　　干旄（120）
载驰（926）

**卫风：**

淇奥（139）　　　　考槃（583）　　　　硕人（744）
氓（843）　　　　　竹竿（917）　　　　芄兰（1106）
河广（89）　　　　　伯兮（837）　　　　有狐（833）
木瓜（69）

**王风：**

黍离（1162）　　　君子于役（839）　　君子阳阳（28）
扬之水（708）　　　中谷有蓷（897）　　兔爰（1089）
葛藟（1159）　　　采葛（54）　　　　大车（87）
丘中有麻（71）

**郑风：**

缁衣（885）　　　　将仲子（860）　　　叔于田（135）
大叔于田（131）　　清人（15）　　　　羔裘（126）

遵大路（912） 女曰鸡鸣（60） 有女同车（880）
山有扶苏（724） 萚兮（156） 狡童（725）
褰裳（721） 丰（871） 东门之墠（91）
风雨（80） 子衿（56） 扬之水（1126）
出其东门（49） 野有蔓草（39） 溱洧（716）

**齐风：**

鸡鸣（883） 还（742） 著（874）
东方之日（30） 东方未明（163） 南山（760）
甫田（333） 卢令（138） 敝笱（757）
载驱（758） 猗嗟（115）

**魏风：**

葛屦（887） 汾沮洳（417） 园有桃（1166）
陟岵（588） 十亩之间（153） 伐檀（1075）
硕鼠（1147）

**唐风：**

蟋蟀（682） 山有枢（409） 扬之水（395）
椒聊（22） 绸缪（41） 杕杜（1164）
羔裘（921） 鸨羽（328） 无衣（412）
有杕之杜（81） 葛生（923） 采苓（597）

**秦风：**

车邻（402）　　驷驖（129）　　小戎（603）

蒹葭（719）　　终南（351）　　黄鸟（377）

晨风（78）　　　无衣（415）　　渭阳（500）

权舆（1083）

**陈风：**

宛丘（25）　　　东门之枌（19）　衡门（854）

东门之池（32）　东门之杨（37）　墓门（1132）

防有鹊巢（73）　月出（94）　　　株林（84）

泽陂（34）

**桧风：**

羔裘（616）　　　素冠（625）　　隰有苌楚（420）

匪风（818）

**曹风：**

蜉蝣（819）　　　候人（856）　　鸤鸠（399）

下泉（293）

**豳风：**

七月（686）　　　鸱鸮（1180）　　东山（821）

破斧（793）　　　伐柯（852）　　九罭（633）

狼跋（188）

# 小 雅

**鹿鸣之什：**

鹿鸣（491） 四牡（325） 皇皇者华（296）
常棣（949） 伐木（931） 天保（469）
采薇（609） 出车（303） 杕杜（576）
鱼丽（269）

**南有嘉鱼之什：**

南有嘉鱼（271） 南山有台（497） 蓼萧（446）
湛露（457） 彤弓（494） 菁菁者莪（433）
六月（197） 采芑（639） 车攻（801）
吉日（260）

**鸿雁之什：**

鸿雁（585） 庭燎（431） 沔水（1085）
鹤鸣（142） 祈父（648） 白驹（938）
黄鸟（1168） 我行其野（1161） 斯干（945）
无羊（980）

**节南山之什：**

节南山（1059） 正月（1041） 十月之交（1051）
雨无正（1066） 小旻（1028） 小宛（1119）
小弁（1175） 巧言（1099） 何人斯（1005）

巷伯（1109）

**谷风之什：**

| | | |
|---|---|---|
| 谷风（1169） | 蓼莪（999） | 大东（809） |
| 四月（1093） | 北山（580） | 无将大车（291） |
| 小明（590） | 鼓钟（374） | 楚茨（982） |
| 信南山（962） | | |

**甫田之什：**

| | | |
|---|---|---|
| 甫田（957） | 大田（973） | 瞻彼洛矣（276） |
| 裳裳者华（449） | 桑扈（459） | 鸳鸯（279） |
| 颊弁（317） | 车辖（935） | 青蝇（1114） |
| 宾之初筵（473） | | |

**鱼藻之什：**

| | | |
|---|---|---|
| 鱼藻（517） | 采菽（425） | 角弓（1079） |
| 菀柳（1087） | 都人士（571） | 采绿（147） |
| 黍苗（285） | 隰桑（404） | 白华（620） |
| 绵蛮（330） | 瓠叶（273） | 渐渐之石（814） |
| 苕之华（816） | 何草不黄（614） | |

## 大 雅

**文王之什：**

文王（505） 大明（553） 绵（221）
棫朴（256） 旱麓（358） 思齐（559）
皇矣（231） 灵台（512） 下武（550）
文王有声（545）

**生民之什：**

生民（212） 行苇（452） 既醉（252）
凫鹥（250） 假乐（479） 公刘（242）
泂酌（466） 卷阿（485） 民劳（1010）
板（1016）

**荡之什：**

荡（562） 抑（1021） 桑柔（1032）
云汉（991） 崧高（701） 烝民（737）
韩奕（169） 江汉（339） 常武（384）
瞻卬（1141） 召旻（1071）

## 周 颂

**清庙之什：**

清庙（106） 维天之命（439） 维清（533）

烈文（444） 天作（241） 昊天有成命（536）
我将（529） 时迈（531） 执竞（538）
思文（219）

臣工之什：
臣工（968） 噫嘻（970） 振鹭（523）
丰年（978） 有瞽（520） 潜（265）
雝（441） 载见（436） 有客（527）
武（109）

闵予小子之什：
闵予小子（368） 访落（370） 敬之（372）
小毖（364） 载芟（975） 良耜（965）
丝衣（462） 酌（679） 桓（535）
赉（356） 般（354）

## 鲁　颂

驷（797） 有駜（791） 泮水（785）
閟宫（767）

## 商　颂

那（661） 烈祖（665） 玄鸟（668）
长发（673） 殷武（650）

# 附录三 参考书目

## 壹、经学之部

一、孔颖达：毛诗正义（艺文印书馆版）

二、朱熹：诗集传（艺文印书馆版）

三、严粲：诗缉（广文书局版）

四、姚际恒：诗经通论（中华书局版）

五、方玉润：诗经原始（艺文印书馆版）

六、王先谦：诗三家义集疏（世界书局版）

七、顾栋高：毛诗类释（艺文印书馆版）

八、刘玉汝：诗缵绪（艺文印书馆版）

九、陈奂：诗毛氏传疏（商务印书馆版）

十、陈奂：毛诗说（附诗毛氏传疏后）

十一、陈奂：毛诗传义类（附诗毛氏传疏后）

十二、陈奂：郑氏笺考征（附诗毛氏传疏后）

十三、丁晏：诗谱考正（艺文版皇清经解续编第十三册）

十四、陈启源：毛诗稽古编（艺文版皇清经解第二册）

十五、惠周惕：诗说（艺文版皇清经解第三册）

十六、臧琳：经义杂记（艺文版皇清经解第三册）

十七、惠栋：九经古义（艺文版皇清经解第六册）

十八、钱大昕：十驾斋养新录（艺文版皇清经解第七册）

十九、钱大昕：潜研堂文集（艺文版皇清经解第七册）

二〇、孙志祖：读书脞录（艺文版皇清经解第八册）

二一、戴震：毛郑诗考正（艺文版皇清经解第九册）

二二、戴震：诗经补注（艺文版皇清经解第九册）

二三、段玉裁：毛诗故训传（艺文版皇清经解第九册）

二四、段玉裁：诗经小学（艺文版皇清经解第九册）

二五、段玉裁：经韵楼集（艺文版皇清经解第九册）

二六、李惇：群经识小（艺文版皇清经解第十二册）

二七、武亿：经读考异（艺文版皇清经解第十二册）

二八、汪中：经义知新录（艺文版皇清经解第十二册）

二九、阮元：毛诗校勘记（艺文版皇清经解第十三册）

三〇、阮元：揅经室集（艺文版皇清经解第十五册）

三一、焦循：毛诗补疏（艺文版皇清经解第十六册）

三二、臧庸：拜经日记（艺文版皇清经解第十六册）

三三、王引之：经义述闻（广文书局版）

三四、王引之：经传释词（艺文版皇清经解第十七册）

三五、李黼平：毛诗紬义（艺文版皇清经解第十九册）

三六、胡培翚：研六室杂著（艺文版皇清经解第十九册）

三七、朱彬：经传考证（艺文版皇清经解第二十册）

三八、王夫之：诗广传（中华书局版）

三九、王夫之：诗经稗疏（艺文版皇清经解续编第一册）

四〇、毛奇龄：续诗传鸟名（艺文版皇清经解续编第一册）

四一、毛奇龄：白鹭洲主客说诗（艺文版皇清经解续编第一册）

四二、武亿：群经义证（艺文版皇清经解续编第三册）

四三、庄述祖：毛诗考证（艺文版皇清经解续编第四册）

四四、庄述祖：毛诗周颂口义（艺文版皇清经解续编第四册）

四五、庄述祖：五经小学述（艺文版皇清经解续编第四册）

四六、阮元：诗书古训（艺文版皇清经解续编第四册）

四七、马瑞辰：毛诗传笺通释（艺文印书馆版）

四八、胡承珙：毛诗后笺（艺文版皇清经解续编第七册）

四九、李富孙：诗经异文释（艺文版皇清经解续编第九册）

五〇、朱绪曾：开有益斋经说（艺文版皇清经解续编第十四册）

五一、陈乔枞：鲁诗遗说考（艺文版皇清经解续编第十六册）

五二、俞樾：群经平议（艺文版皇清经解续编第二十册）

五三、胡元仪：毛诗谱（艺文版皇清经解续编第二十册）

五四、魏源：诗古微（艺文版皇清经解续编第十九册）

五五、陈乔枞：齐诗遗说考（艺文版皇清经解续编第十七册）

五六、陈乔枞：韩诗遗说考（艺文版皇清经解续编第十七册）

五七、陈乔枞：毛诗郑笺改字说（艺文版皇清经解续编第十七册）

五八、陈乔枞：齐诗翼氏学疏证（艺文版皇清经解续编第十七册）

五九、陈乔枞：诗经四家异文考（艺文版皇清经解续编第十七册）

六〇、欧阳修：诗本义（艺文印书馆版）

六一、陆德明：经典释文（艺文印书馆版）

六二、俞樾：古书疑义举例（世界书局版）

六三、吴昌莹：经词衍释（世界书局版）

六四、阮元：经籍籑诂（世界书局版）

六五、崔述：读风偶识（崔东璧遗书第五册，世界书局版）

六六、沈括：梦溪笔谈校正（世界书局版）

六七、顾炎武：日知录（商务印书馆版）

六八、韩婴：韩诗外传（汉魏丛本，新兴书局版）

六九、申培：诗说（汉魏丛本，新兴书局版）

七〇、王质：诗总闻（丛书集成初编第一七一二～一七一五册）

七一、程大昌：诗论（丛书集成初编第一七一一册）

七二、劳孝舆：春秋诗话（丛书集成初编第一七四三册）

七三、臧庸：韩诗遗说（丛书集成初编第一七四六册）

七四、吕祖谦：吕氏家塾读诗记（丛书集成初编第一七一六～一七二三册）

七五、戴溪：续吕氏家塾读诗记（丛书集成初编第一七二四册）

七六、范家相：三家诗拾遗（丛书集成初编第一七四四～一七四五册）

七七、翁方纲：诗附记（丛书集成初编第一七四三册）

七八、王应麟：诗考（丛书集成初编第一七二七册）

七九、赵悳：诗辨说（丛书集成初编第一七二七册）

八〇、王柏：诗疑（丛书集成初编第一七二六册）

八一、周孚：非诗辨妄（丛书集成初编第一七二五册）

八二、皮锡瑞：郑志疏证（世界书局版）

八三、江永：群经补义（艺文版皇清经解第四册）

八四、欧阳修：郑氏诗谱补亡（艺文印书馆版）

八五、迮鹤寿：齐诗翼氏学（艺文版皇清经解续编第十三册）

八六、林兆丰：隶经賸义（艺文版皇清经解续编第二十册）

八七、林春溥：古书拾遗（竹柏山房札记三种本，世界书局版）

八八、林春溥：开卷偶得（竹柏山房札记三种本，世界书局版）

八九、俞樾：茶香室经说（俞樾札记五种本，世界书局版）

九〇、于省吾：诗经新证（艺文印书馆版）

九一、陈子展：雅颂选译（香港文瀚出版社版）

九二、陈子展：国风选译（古典文学出版社版）

九三、屈万里：诗经释义（中华文化出版事业委员会版）

九四、顾颉刚编：古史辨（第三册）（朴社版）

九五、徐澄宇：诗经学纂要（中华书局版）

九六、朱自清：诗言志辨（开明书局版）

九七、朱自清：中国歌谣（世界书局版）

九八、谢无量：诗经研究（商务印书馆版）

九九、金启华：国风今译（建文书局版）

一〇〇、余冠英：诗经选注（大光出版社版）

一〇一、李长之：诗经试译（新月出版社版）

一〇二、赖炎元：毛诗郑笺释例（台湾省立师范大学国文研究所集刊第三号）

一〇三、平心：诗经新解（中华文史论丛第五辑）

一〇四、高亨：周颂考释（中华文史论丛第四、五、六辑）

一〇五、朱彝尊：经义考（中华书局版）

一〇六、王运熙：六朝乐府与民歌（中华书局版）

一〇七、余培林：群经引诗考（台湾省立师范大学国文研究所集刊第八号）

一〇八、扬雄：方言（汉魏丛书本，新兴书局版）

一〇九、王念孙：广雅疏证（艺文版皇清经解第十一册）

一一〇、丁福保：说文解字诂林（商务印书馆版）

一一一、冯登府：十三经诂答问（二）（艺文版皇清经解续编第十一册）

## 贰、地理之部

一一二、顾祖禹：读史方舆纪要（新兴书局版）

一一三、朱右曾：诗地理征（艺文版皇清经解续编第十五册）

一一四、吴卓信：汉书地理志补注（开明版二十五史补编第一册）

一一五、胡渭：禹贡锥指（艺文版皇清经解第一册）

一一六、江永：春秋地理考实（艺文版皇清经解第四册）

一一七、张起文：中国分省新图（上海大陆舆地学社版）

一一八、张其昀：中华民国地图中国北部，中国南部（国防研究院版）

## 叁、历史之部

一一九、张光远：先秦石鼓存诗考（台湾台北联合出版中心版）

一二〇、雷学淇：竹书纪年义证（艺文印书馆版）

一二一、于省吾：吉金文选（艺文印书馆版）

一二二、王国维：定本观堂集林（世界书局版）

一二三、崔述：丰镐考信录（崔东壁遗书第三册，世界书局版）

一二四、张心澂：伪书通考（商务印书馆版）

一二五、国语（商务印书馆版）

一二六、王充：论衡（世界书局版）

一二七、王符：潜夫论（世界书局版）

一二八、朱右曾：逸周书集训校释（世界书局版）

一二九、梁叔任：荀子约注（世界书局版）

一三〇、竹添光鸿：左传会笺（广文书局版）

一三一、杨树达：积微居金文说（科学出版社版）

一三二、马端临：文献通考·经籍考（五、六）（新兴书局版）

一三三、梁启超：中国近三百年学术史（中华书局版）

一三四、朱熹：辨伪书语（世界书局伪书考五种）

一三五、姚际恒：古今伪书考（世界书局伪书考五种）

一三六、郑振铎：中国文学论集（开明书店版）

一三七、李宗侗：中国古代社会史（中华文化出版事业委员会版）

一三八、李辰冬：文学新论（中华文化出版事业委员会版）

一三九、杨荫深：中国俗文学概论（世界书局版）

一四〇、朱雨尊：民间歌谣全集（世界书局版）

一四一、杨宽：古史新探（中华书局版）

一四二、岑仲勉：两周文史论丛（商务印书馆版）

一四三、吴廷华：仪礼章句（艺文版皇清经解第四册）

一四四、郑玄、孔颖达：礼记正义（艺文版十三经注疏本）

一四五、刘向：说苑（世界书局版）

一四六、唐晏：两汉三国学案（世界书局版）

一四七、顾栋高：春秋大事表（艺文版皇清经解第二册）

一四八、万斯大：学礼质疑（艺文版皇清经解第二册）

一四九、阎若璩：尚书古文疏证（艺文版皇清经解续编第一册）

一五〇、吴其昌：金文历朔疏证（国立武汉大学丛书本）

一五一、焦氏：易林（艺文印书馆版）

一五二、胡适：易林断归崔篆的判决书（艺文印书馆版）


## 肆、音韵之部

一五三、顾炎武：诗本音（艺文版皇清经解第一册）

一五四、孔广森：诗声类（艺文版皇清经解续编第三册）

一五五、孔广森：诗声分例（艺文版皇清经解续编第三册）

一五六、张成孙：说文谐声谱（艺文版皇清经解续编第十册）

一五七、陈奂：释毛诗音（艺文版皇清经解续编第十二册）

一五八、林之棠：诗经音释（商务印书馆版）

一五九、陆志韦：诗韵谱（香港太平书局版）

一六〇、周祖谟：汉语音韵论文集（商务印书馆版）

## 伍、名物考释之部

一六一、毛奇龄：续诗传鸟名（艺文版皇清经解第一册）

一六二、吴其濬：植物名实图考长编（世界书局版）

一六三、吴其濬：植物名实图考（世界书局版）

一六四、陈大章：诗传名物集览（丛书集成初编第一三四八～一三五一册）

一六五、陆玑：毛诗草木鸟兽虫鱼疏（丛书集成初编第一三四六册）

一六六、陆玑撰，毛晋参：毛诗草木鸟兽虫鱼疏广要（丛书集成初编第一三四六～一三四七册）

一六七、宋应星：天工开物（世界书局版）

## 图书在版编目（CIP）数据

诗经通释 / 李辰冬著 . -- 太原：山西人民出版社，2021.7

ISBN 978-7-203-11818-3

Ⅰ.①诗… Ⅱ.①李… Ⅲ.①古体诗—诗集—中国—春秋时代②《诗经》—注释 Ⅳ.①I222.2

中国版本图书馆 CIP 数据核字（2021）第 091311 号

**诗经通释**

| 著　　　者：李辰冬 |
|---|
| 责任编辑：张志杰 |
| 复　　审：刘小玲 |
| 终　　审：贺　权 |
| 出 版 者：山西出版传媒集团·山西人民出版社 |
| 地　　址：太原市建设南路 21 号 |
| 邮　　编：030012 |
| 发行营销：010-62142290 |
| 　　　　　0351-4922220　4955996　4956039 |
| 　　　　　0351-4922127（传真）　4956038（邮购） |
| 天猫官网：https://sxrmcbs.tmall.com　电话：0351-4922159 |
| E-mail：sxskcb@163.com（发行部） |
| 　　　　　sxskcb@126.com（总编室） |
| 网　　址：www.sxskcb.com |
| 经 销 者：山西出版传媒集团·山西人民出版社 |
| 承 印 厂：北京玺诚印务有限公司 |
| 开　　本：889mm×1194mm　1/32 |
| 印　　张：41.25 |
| 字　　数：860 千字 |
| 版　　次：2021 年 7 月　第 1 版 |
| 印　　次：2021 年 7 月　第 1 次印刷 |
| 书　　号：ISBN 978-7-203-11818-3 |
| 定　　价：168.00 元 |

**如有印装质量问题请与本社联系调换**

出版统筹：李占帀
责任编辑：张志杰
特约编辑：闫 亮　安 璠
封面设计：陆红强
封面绘画：赵春秋
封面集字：褚遂良　欧阳询
　　　　　赵孟頫　文徵明